Marieluise Fleißer
Briefwechsel 1925-1974

Herausgegeben
von Günther Rühle

Suhrkamp Verlag

Der Verlag dankt der Marieluise-Fleißer-Gesellschaft e. V.,
der Audi AG und der Stadt Ingolstadt
für die freundliche Unterstützung dieser Publikation.

Satz und Druck:
Memminger MedienZentrum AG
Printed in Germany
Erste Auflage 2001

1 2 3 4 5 6 – 06 05 04 03 02 01

Inhalt

Briefwechsel 1925-1974

1 Von Georg Kruse

München, den 9. Juli 1925

Sehr geehrtes Fräulein Fleißer!

Nachdem ich jetzt Ihr Drama gelesen habe, gestatte ich mir, Ihnen meinen Eindruck mitzuteilen.

Sie verfügen über ein ungewöhnlich starkes Gefühl für die dramatische Komposition der Sprache. Wie Sie die einzelnen Reden ineinanderflechten erinnert oft an Georg Büchner. Dabei glaube ich aber nicht, daß Ihr Drama irgend einem Einfluß unterliegt, sondern durchaus und stark persönlich ist. Dieser Vorzug der Selbständigkeit hat Sie dieses Mal aber noch Irrwege geleitet, die Sie sicher überwinden werden. Ihr Formwille hat sich lediglich auf Ihr Sprachgefühl verlassen, und so haben Sie eine Sprechsymphonie über das Thema menschlicher Anschauungen und seelischer Situationen geschrieben. Was Sie darstellen sind fast ausschließlich eine Reihe von Ruhepunkten im Leben Ihrer Personen, also lyrisch-epische Stoffe. Dabei ist aber die Sprachgestaltung durchaus dramatisch. Wir sehen in »der Fußwaschung« fast immer nur das *Resultat* des bewegenden Lebens. Ein Drama verlangt aber das bewegende Leben als *treibende Funktion*. Die Handlungsfaktoren Ihres Dramas sind (statt steigernder Akzente) unwesentliche Übergänge zu neuen Ruhepunkten.

Für Sie hat »die Fußwaschung« den Wert, daß Sie die Intensität Ihres dramatischen Sprachkönnens erkennen. Sie werden aus der bewegten Steigerung Ihrer eigenen Dialogteile die gleichgearteten Formnotwendigkeiten der dramatischen Gesamt-Komposition erkennen. Ich bin fest überzeugt, daß Sie sich in Ihrem nächsten Drama von dem Tasten des Anfängers zu einer bewußten Gestaltung aufgeschwungen haben werden und würde mich sehr freuen, wenn Sie mir Ihre folgende dramatische Arbeit wiederum zusenden würden, da ich an Ihrer unzweifelhaft starken Begabung lebhaftes Interesse gewonnen habe.

Eine Aufführung »Der Fußwaschung« möchte ich nicht befürworten. So sehr ich bedaure, wenn deren Qualitäten nicht für die Bühne nutzbar gemacht werden, so fallen die oben erwähnten Irrwege immerhin so stark ins Gewicht, daß rein äußerlich das Publikums-Interesse während eines Theaterabends nicht wach gehalten werden würde.

Mit vorzüglicher Hochachtung Ihr ergebener
Dr. Georg Kruse

Ab 1. September 1925 bis 1. September 1926 erreichen mich Sendungen unter der Adresse des Stadttheaters in Trier.
Anbei 1 Exemplar »Die Fußwaschung«
Zwar bin ich mir bewußt, daß mir eine Kritik Ihres Dramas Ihnen gegenüber nicht zugestanden hat. Ich sah mich jedoch zu meinen ausführlichen Darlegungen veranlaßt, um Ihnen mein starkes Interesse an Ihrer Begabung, trotz der Rücksendung des Manuskriptes, auszudrücken.

2 Von Alexander Weicker

[undatiert, ca. 1925]

Lu, Kleines Kind!
Es geschah, dass Jappes durch die Straßen wanderte. Ein feiner Regen fiel nieder und der Boden wurde wie mit Schneckenschleim beklebt. Vor einem Caféhaus hielt er an: Kellner Papier, Tinte und einen steifen Grog! – Das wurde gebracht – während Jappes an Lu dachte und Ihr also schrieb: –
Frohlocke weil noch die Wanzen dein Blut begehren. Wanzen wissen was gut ist. Mädchenblut! Junges, wildes Blut in halb kranken Gefässen, Blut, das noch rot ist. Aus Scham unterernährt zu sein. Hunger ist gut für phantastische Gehirne. Gehirne werden durch Hunger gleichsam geschröpft. Hihihi – und Lu ist halb verzweifelt. Weshalb? Der Leib stirbt nicht so schnell. Ich glaube auch ich habe einmal gehungert. Für andere. Ich habe auch oft gefressen durch andere, mit anderen. Ich glaube, ich habe sogar andere gefressen. Eine Riesenwanze! Hoho! Nicht bange sein im Leben. Kämpfen bis man krepiert und sagen: Heih, ich war tapfer. Ideale sind etwas wie Schnaps!

Ja: – ich kann nur noch spotten, mein Leben ist so schön, ich stehe so ganz über allem Elend. Ich glaube die Menschen dichten mir es manchmal an. Ich war nie elend – nur manchmal ging die Zeit so träge. Das ist alles und viel.
Hätte ich deine zwei Jahre Zeit für mich und Arbeit frei gehabt – ich wäre heute der grössenwahnsinnigste Mensch Deutschland[s] und der übrigen Liliputianer. Ich habe mich ausgeruht in der Unrast und ich kann jetzt dekretieren statt verhandeln. Ich schliesse keine Kompromisse im Leben. Du – klagst – weil du diesen Menschen schleppen musst den ich aus dir gemacht. – Armut! Du hast keinen Menschen verstanden und du wolltest zu viel, deshalb weisst du heute noch nicht was an dir vorüber gegangen ist. Eines Tages wirst du es wissen wenn ich Vergangenheit zu Dir rede in Problemen; von Verbrechen, Vergeudung, Zwang, Liebe; wenn ich dir spreche von allem schrecklichen was man mit dem Geiste anrichten kann, mit der Gleichheit der Waffenhandhabung. Jawohl mit Skrupellosigkeit gegen sich und andere. Die Konsequenz musst du noch lernen. O du weisst noch nichts denn du kannst noch nichts geben! –
Verworfen hast du mich und liebst mich nur mehr im Echo. Du hast Unrecht, denn ich bin kein Verworfener und bin stärker als die Urstimme. Du hast gezweifelt und gingst zu anderen und manchmal bist du durch deine Niedrigkeit gedrückt und glaubst ich drücke dich. Nein, ich liebe nicht und hasse nicht – ich liebe und hasse immer. Und mein Weg geht gerade ob ich Liebe finde oder Verachtung. Mich rührt das alles nicht. Ich lache zur Liebe und lache zum Hass. Und so sollst du mich verstehen: als ein Mensch, der seine Natur vollkommen unter der Faust hält, sie breit schlägt und aufstreichelt. Und noch so vieles andere in diesem Punkt – nur die Zeit hindert mich dir zu sagen was noch alles ist. Dem Geist gebe ich seines, dem Magen seines, der Perversität was ihr frommt, dem Schmerz was ihm gefällt – als ein Zufall meist, ohne Berechnung, wie ich mein Geld gebe – wer da ist. Und immer alles! Das bin ich – Der alles gibt und alles behält. Mit mir hat man alles – man hat aber auch gar nichts. Ist es eine Dummheit mein Leben, ein Irrsinn oder

eine Fatalität? – Jedenfalls ist mir unendlich wohl zu Mute und ich fühle etwas so herrliches zu leben – einerlei wie mir ist. Darüber ein andermal. Jedenfalls ist jedes mir eine wunderschöne Lösung oder ein wertvolles Problem. Ich will meine Kinderaugen behalten und vergiss [entfernt] durch Naivität zu siegen. Meine Waffe.
Am liebsten wollte ich dir ja meine Talente und mein Wissen um die Dinge in der menschlichen Seele schicken. Deine Fortuna würde dir bald das goldene Horn in die Stube giessen. Ich mache doch nie mehr was damit. Das Schreiben ist mir eine dumme Sache. Und eigentlich komme ich bald für immer nach Deutschland. *Ich habe dir hundert Mark bringen lassen und schreibe mir bitte sofort ein Wort ob sie gebracht wurden.* Ich wünsche es. Du musst deren dreissig auf die Seite legen für eine Verwendung, die ich dir erst andeute in einem Brief, wenn sie angekommen sind. Also friss dich einmal satt damit die Wanzen ordentlich Blut saufen können. Ich wollte ich könnte dich ein paar Wochen hier füttern. Ich täte es von Herzen gern. Das ist alles *(Das Geld kommt von Mara).* Wenn jemand dich fragt so sage es ist zum aufbewahren meiner Sachen: Möbel – Kleider etc ... zu irgendwem, der dich fragt. *Ich habe Mara den Brief mit diesem Briefe geschickt. Ich hoffe jeden Augenblick wird sich jemand einfinden, der dir das Geld einhändigt.*
Schluss, ich muss fort: Ich gebe deiner kleinen Liebe einen grossen Kuss und wünsche dir alles [gestrichen] Jappes

3 Von Alexander Weicker

[undatiert, ca. 1925]

Mein kleines verlassenes liebes Kind!
Regen draussen. – Ein Abend wie manchmal in München wenn wir unentschieden waren zum weggehen und nicht zu Hause bleiben konnten. – Etwas wie gestohlene Wollust wirbelt in mir auf wenn es abends anonym regnet und wenn ich die Augen dann schliesse und deine Hände fühle und deinen zähen Körper und deine leisen Worte höre ... So etwas vergangenes ge-

genwärtiges. Schön in meinem wüsten Dasein, hart und schroff, gefährlich und fahrlässig, Hols der Teufel denke ich immer für mich, aber er holt meistens die Andern. Wenn ich für alle meine Toten beten müsste! Herrje ich müsste Mönch werden ... und die Meisten hatten so schwere Seelen und um sie aus der Hölle in den Himmel zu beten wieviel Toten HP (Horse Power!) müsste ich wohl aufwenden. Doch das ist nichts.
Dein Leib, dein Hirn, dein Herz geht zum Teufel. Mensch bist du denn so, daß du nichts kannst als bei kalten Menschen wohnen. Peitsch dein Hirn, denn dein Herz ist warm und treu und dein Leib ist so zitternd, dass er vieles viebriren lässt. Also – Theater! Hätte ich deine Zeit, ich schriebe genug für uns zwei. Aber meine Parole ist immer noch Abenteuer. Heute sind sie so psychologisch verzwickt geworden, dass die Worte hier nicht genug können um dir den Schatten meines Innersten zu offenbaren. Doch was nützt es dir wenn ich dir ein Referat über mich gebe. Du hast mir leider immer so wenig geglaubt, denn du konntest nie denken, dass jemand alles Grosse hinwirft wie er furzt oder kotzt! Heraus damit! Und doch habe ich so ein herrliches Heim in deiner Seele, dass mich manchmal eine freie Sehnsucht zu dir zwingt und ich an dich denke wie an etwas sehr liebes in der Ferne das auf meinem Wege lag und liegt. Lu, kleine gute Schwester die andern haben dich bewogen mich in dir preiszugeben aber dein junges Herz hat mich verteidigt. Und das ist brav von diesem kleinen Mädchenherzen, das den Sturm meines Frühlings nicht vergessen hat.
Meine kleine Frau, die Ferne hat das geläutert was in der Nähe Rausch und Krach war. Und ich denke heute mit Genugtuung an dich zurück wie an eine Kolonie in der ich viel gearbeitet aber die mir keinen Nutzen (Liebe + zartes Denken) bringt weil sie jetzt schlecht verwaltet ist. So ist es und das wird [sich] ändern, wenn ich meine Tage wieder im Bayernlande verbringe. Und die Zeit kommt. Bald und plötzlich denke ich. Und ich habe geschworen die kleinen und grossen Geister zu verwirren und das wird kommen so ich alles gesehen habe was ich sehen wollte. Ich habe die Augen offen für alles. Ich habe so viele Revanchen zu nehmen dass ich bald Vorkehrungen treffen muss

um es zur rechten Zeit zu erreichen. Denn ich wollte nicht dass jemand von den früheren denkt ich sei tot oder gar schwach geworden! Hoho hihi! –

Meine kleine Lu um nicht allzulang hier zu verplaudern will ich auf die wesentlichen Teile deines Briefes zurückkommen. Was die Affaire Dr. Fl... anbelangt, mach dir keine Galle. Das ist einzig meine Sache und bei mir ist Credit dasselbe wie Geld. Schluss. Summe mir nichts mehr davon. – Ab ersten April läuft ein Auto von mir und ich werde dir dann hie und da was nützliches in Geld schicken können. Ich habe so vieles gegeben dass ich kämpfen musste um mit einem Schlag meine Situation wieder so zu ändern, dass ich alle abgeschüttelt. Doch das ist nicht. Materie – ich wirtschafte fast grotesk. Bin immer im Centrum und die Energie geht von mir aus!!! – Ich verwunde wie jener Arzt – aber verbinde auch! – Resultat Geld. – – –

Aber Kind höre mich. Beisse auf die Zähne, wenn du noch welche hast. Fliehe den Ekel wenn es dir nicht geht. Irgend ein Handwerk ist besser als keines. Seit ich in Paris bin habe ich alle Handwerke getrieben. Das gefällt mir. Krieche nicht für Futter. Es gibt doch Stellen wo man zu fressen kriegt gegen Arbeit! – Werde Dienstmädchen bei deinem Vater, vielleicht heiratet er dich auch wenn die andere tot ist. Dein Vater soll nicht über mich urteilen, denn ich glaube nicht, dass ich ihm missfallen würde, denn so viel Schönes wie ich ihm sagen könnte hat nie jemand ihm gesagt. Es ist ein guter Mann. Lass ihn.

Und dein Theater! – Ja, hättest du mit mir über dein Stück gesprochen als ich dich bat wäre es heute fertig. Du vergissest nicht, dass Herr Feuchtwanger keine Ideen hat und seine Technik nur angelernt hat. Der Herr ist ein guter Handwerker ohne *Prestidigitator* zu sein und das sind alles schlechte Schullehrer weil sie das Gedächtnis nicht haben alles nachzusagen was sie gelesen haben. Und das sind Kerle die den Pedanten markieren und ihre eigene Leere damit maskieren. Ich sage dir das von dem Feuchtwanger weil du mir so eingenommen schienst und der Mann in Wirklichkeit deinen Charakter und dein Temperament absolut nicht kennt, denn er ist absolut nicht intuitiv und deshalb war der Leisten auf den er deine Eselshaut zog ab-

surd. – Ich weiss der Mensch liebt meine Art und Weise nicht. Er hat Recht und ich würde mir meinen Geschmack übel nehmen wenn ich wüsste dass er es täte. –
Aber Kritisieren ist das Kriterium der eigenen Unfähigkeit (Ich sage das für mich aber ich will doch kritizieren und dir dann etwas positives sagen. Seien wir Schülerin und Schulmeister (Arschpauker!) – A. Was dir jetzt soviel zu schaffen macht.
1) Du additionnierst Sachen zusammen, die nicht zur Summe werden können. Beispiel 1 Ochs + 1 Sau + 1 Engel + 1 Nachtstopf + 1 Gemüt = 5. Aber der Zuschauer sieht dass es fünf ist aber weiss nicht Was! – Da ist die Sache. Der Zuschauer denkt nicht abstrakt. Ein Mathematiker wäre vor deinem Theater in Ekstase weil er ein wenig litterarische Phantasie in Frauen Rökken herumhüpfen sieht. Aber dem gesunden literarischen Bürger stiehlst du im Voraus seine Phantasie. Das ist schlecht.
B – Dir fehlt die Einheit und die Vereinheitlichung.
2) Die A und B stehen nur da aus Ulk. – Höre. Ich gebe dir einen Weg. Gehe ihn und du kommst zum Ziel. Schaffe so:
Fertige nicht aus. – Denke ehe du schreibst und versuche nicht zu verstehn was du geschrieben hast. Denke dir eine Figur. Du denkst da realistisch. Um dich sind Menschen, waren Menschen. Stelle dich hoch. Und sieh sie im Raum. Drei Dimensionen. 1. *Mit ihrer Maske* 2. *Ohne ihre Maske* 3. *Je mit, je ohne Maske mit andern.*
Das ist dein Theater. Glaube mir. Wirf sie hin in drei Akten wenn es geht. Oder vier.
Die litterarische Einheit ist Blödsinn. Kein Plan! Aber ein Leben, ein Herz ein Hirn und im Herzen und im Hirn Liebe und Falschheit, Berechnung etc ... Greife da im Leben um dich. Aber lasse niemanden winseln. Heut ist die Welt tot für Gemüt. Siehe die Toten durch das Prisma der modernen Sehnsucht. Und du hast Kerle die etwas wagen und ihr Leben hinter der Maske verschanzen. Lass die kleinen Mädchen und Frauen. Lass eine alles sagen was die andern zusammen sagen. Schaffe dieser eine Protagonistin und du hast zwei Typen für dein Stück. Aber bei Gott predige keine Moral keine Unterdrükkung. Nein das fühlen die Zuschauer selbst. *Schreibe aus der*

Seele der Zuschauer – wolle sie ja nur nicht belehren! – Und du willst ihnen was sagen was ans Licht kommen muss! Ach nein. Das ist grausam falsch. – Kerl höre: *schaffe dir eine These.* Und das ist das einzige was Erfolg für dich hat. Weißt du was eine These ist? – Ich denke. Ich will dich nicht belehren. Ich will gut zu dir sein und die paar Dornen, die auf deinem Wege liegen. –
Und nun das Wesentliche –
Du darfst dich nicht auf die Bühne stellen weil von der komplexen Anzahl der Zuschauer ein kleiner Bruchteil diese eine, deine Individualität versteht. Das ist klar aber nicht so einfach wie es scheint. Die Scene ist der Brennpunkt wo die Zuschauer zusammenkommen – *sich finden.* Das Theater ist die konvergierende Linie die ihren Brennpunkt auf der Bühne hat. Also ein Nonsens eine Person mit einer Moral hinzustellen, die jeder Zuschauer verdauen soll. Da ist der Fehler. – Lasse das Publikum sich alles selbst auf der Bühne sagen und es wird sich applaudieren weil es sich spielen sieht. – Das ist alles für heute und nun hast du Geschriebenes in grosser Eile wie immer. Lies es aufmerksam und du wirst sehen wie leicht es ist Theater schreiben und wie vorteilhaft für gutes Theater. Und nur das gute gibt dir Befriedigung. Kämpfe deine Zeit literarisch durch. Ich habe anderes zu tun sonst würde ich schreiben. Aber die Zeit kommt mal wieder und dann wird aus dem guten Fass getrunken.

Alles gute und einen lieben Kuss von deinem wilden Bruder

Jappes

4 *An Herbert Jhering*

Ingolstadt, den 22. Juli 1925.

Sehr geehrter Herr Jhering,
ich habe mich sehr gefreut, dass Sie mir geschrieben haben und schicke Ihnen hier sogleich »Die Fußwaschung«. Es ist das letzte Exemplar davon, das ich hiemit aus der Hand gebe, hoffentlich ist es noch lesbar. Gleichzeitig lege ich Ihnen einige kleinere Sachen bei, die ich so da habe. »Stunde einer Magd« ist

ein Abschnitt, den ich einer bereits fertigen Dienstmädchengeschichte entnahm. Sie gehört unter »die sieben Törichten im Geiste«, sieben Erzählungen in Ichform, über denen ich gerade an der Arbeit bin. »An der Schwelle« war unter Weglassung des letzten kleinen Absatzes als Anfang zu einer anderen dieser Erzählungen gedacht, die fertig, aber in der Form als Ganzes ziemlich zwitterig geworden ist, sodass ich sie vermutlich weglassen muss. Hoffentlich stört sie der etwas erotische Einschlag nicht, es ist zwar nicht allzu schlimm. Für den Augenblick kann ich keinen anderen Beitrag beibringen, da ich mitten unter der fünften der Erzählungen, »Die arme Lowise« bin und es rächt sich immer, wenn man eine Arbeit unterbricht. Aber vielleicht fällt mir in einigen Wochen, wenn ich damit fertig bin, noch was Schönes für Sie ein. Mit herzlichem Dank für Ihr freundliches Entgegenkommen verbleibe ich

mit vorzüglicher Hochachtung
Marieluise Fleißer

Anbei Die Fußwaschung; An der Schwelle; Zwischen Schlaf und Schlaf; Stunde einer Magd.
Abs.: Ingolstadt, Kupferstrasse 18.

5 An Herbert Jhering

Ingolstadt, den 15. August 25.

Sehr geehrter Herr Jhering,
Sie haben von mir zu erfahren gewünscht, ob ich mit einem Verlag in Verhandlung stehe. Ich schrieb sofort dringend an den Hans von Weber Verlag, bei dem ich die vier Geschichten seit längerer Zeit ohne Antwort liegen hatte. Nun erhalte ich zugleich mit den Geschichten die Antwort, die ich Ihnen beilege. Es hat sich sehr unglücklich getroffen. Ausserdem habe ich die schönste der Geschichten an Herrn Stefan Großmann für das Tagebuch geschickt. Ich warte noch auf Antwort. Bosch wurde mir vom Neuen Merkur nach monatelangem Warten zurückgeschickt, da es zu lang ist und ausserdem Bedenken

vorliegen gegen den Stoff, obwohl die Geschichte an und für sich Herrn Frisch gut gefiel. Er bat um ein paar andere Sachen zur Auswahl. Ich sah mich aber bis jetzt in grosser Verlegenheit ihm was zu schicken, da ich keine Exemplare hatte. In den letzten Wochen bin ich leider nicht weiter vorangeschritten, da ich furchtbar abgearbeitet bin, ich müsste notwendig einmal ausspannen, kann aber nicht.

Die Geschichten, die von Hans von Weber zurückkamen, lasse ich sogleich weitergehen an Ernst Rowohlt.

Mit vorzüglicher Hochachtung
Marieluise Fleißer

6 *An Herbert Jhering*

Ingolstadt, den 24. Aug. 25.

Sehr geehrter Herr Jhering,

ich hoffe, dass Sie mein Brief inzwischen erreicht hat. Ich schrieb Ihnen unmittelbar, nachdem ich selber vom Hans von Weber Verlag auf mein nochmaliges Verlangen Antwort bekommen hatte. Für den Fall, dass der Brief verloren gegangen ist, setze ich ihn dem Inhalte nach noch einmal her: Ich hatte die Novellen, soweit sie einstweilen vorlagen, etwa sieben Wochen lang beim Hans von Weber Verlag liegen, bis ich sie vor acht Tagen zurückbekam mit der Antwort, dass der Verlag nun leider auf ein Jahr hinaus festgelegt sei und alles Neueingehende ohne Ausnahme zurückweisen müsse. Ich konnte die Antwort deswegen nicht eher erhalten, da Herr von Weber durch einen unglücklichen Zufall verreist war. Er bedauerte sehr, dass ich auf diese Weise viel Zeit verloren habe und scheint die Sachen gar nicht mehr erst gelesen zu haben, da ich anschliessend an Ihren vorigen Brief, falls sich eine Verlegung von vornherein ausschliesse, auf baldige Rücksendung drängte. Ich hatte nämlich keine anderen Exemplare. Sobald ich sie in der Hand hatte, habe ich sie an den Ernst Rowohlt Verlag weitergeschickt, indem ich bat, die Antwort nach Möglichkeit nicht zu verzögern. Ausserdem habe ich die bis jetzt geschlossenste der Novellen bei Stefan Großmann für sein »Tagebuch« liegen, bin aber vorderhand ohne Antwort. Im übrigen bitte ich Sie inständig durch mein derzeitiges Schweigen nicht zu ermüden, ich bin schon seit langer Zeit sehr herunten und hatte vorige Woche einen glatten Nervenzusammenbruch, hoffe aber, dass es jetzt etwas besser wird. Mit vorzüglicher Hochachtung

Marieluise Fleißer

7 *An Herbert Jhering*

Ingolstadt, den 16. September 25

Sehr geehrter Herr Jhering,
durch Herrn Dr. Feuchtwanger höre ich, dass Sie einen schönen Artikel über mich geschrieben haben. Ich habe mich sehr darüber gefreut. Vielleicht darf ich Sie bitten mir ein paar Exemplare jener Nummer zugehen zu lassen. Ich weiss Ihnen grossen Dank für die viele Mühe, die Sie sich mit mir machen, und bin in aller Dankbarkeit herzlich

Ihre Marieluise Fleißer

8 *Von Lion Feuchtwanger*

Berlin, 24. Jan. 26
Hohenzollerndamm 34

Liebe M L,
das ist eine Angelegenheit, die für Christ und Juden zu schwierig ist. Wenn einem was weh tut und er schreit, dann kann der andere nichts erwidern als: Wenns dir hilft, schrei.
Die Englische Garten-Geschichte habe ich gelesen, und sie hat mich sehr angerührt. Aber die Sache ist wohl die, daß, was Du machst, wohl Kunst ist, aber sehr schwer zugänglich und ohne Nachfrage, also so gut wie ohne Marktwert. Es ist sehr verkapselt, den meisten Menschen außerordentlich unangenehm, also wollen sie naturgemäß nichts dafür bezahlen.
Ich will bei Rowohlt, bei Kiepenheuer und bei Seeler nochmals

nachdrücken, aber ich weiß natürlich nicht, ob es was nützt. Ich glaube bestimmt, daß Du Dich einmal durchsetzen mußt. Es ist ein schwacher Trost, wenn ich Dir sage, daß Du Dich in einer normalen Zeit bestimmt schon durchgesetzt hättest, daß aber in einer harten Zeit die Qualität allein nichts nützt, wenn sie keinen Marktwert hat. Es sind hier eine Reihe von Leuten ehrlich für Dich bemüht; aber da sie damit zu tun haben, sich selber mühsam oben zu halten, haben sie es nicht leicht, noch jemanden heraufzuziehen.
Ich lege Dir ein bißchen Geld bei, übermäßig viel habe ich selber nicht. Beiß die Zähne zusammen. Es wäre schade um Dich, wenn Du Dich nicht oben hieltest. Herzlichst

L

9 Von Moriz Seeler

31. III. 26

Regensburgerstr. 24 II.

Sehr verehrtes Fräulein Fleißer!
Die Beschäftigung mit Ihrer Aufführung, die Proben etc. haben mir bisher gar keine Zeit gelassen, Ihnen näheres mitzuteilen. Die Aufführung findet also endgültig am Sonntag, 18. April, im Lessingtheater statt; die Proben sind schon lange im Gange.
Was den Titel anbelangt (der Titel ist ja, zumal bei einem neuen Dichter, so ungeheuer wichtig!), so wollte uns allen auch »Fegefeuer«, »Seelen im Fegefeuer« etc. nicht so recht gefallen; wir haben eine viel ingeniösere Idee gehabt, die überall ganz enorm gezündet hat und mit der Sie hoffentlich auch einverstanden sind: »Fegefeuer in Ingolstadt« nämlich. Das ist ein Titel, der überall sehr wirkt (Jhering z. B., Dr. Feuchtwanger, Brecht etc. findet ihn ganz ausgezeichnet). In dem Titel ist das Wesentliche und Eigentliche des ganzen Stückes: »Fegefeuer« – das ist der allgemeine, die seelische Landschaft, das Metaphysische, wenn Sie wollen; Ingolstadt – das ist die Realität, die irdische Landschaft, der Boden (ohne daß ein bestimmtes Ingolstadt gemeint sein muß!), und die eigentümliche Mischung dieser beiden Elemente macht ja gerade die Bedeutung Ihres Stückes aus. Wie

gesagt – uns allen erscheint dieser Titel ungemein glücklich; ich habe, da ich vor lauter Arbeit absolut nicht dazu kam, Ihnen zu schreiben, das Stück in den Zeitungen schon unter diesem Namen angekündigt, in der festen Hoffnung, daß Sie mir die nachträgliche Autorisation dazu nicht versagen werden.
Die Besetzung der Aufführung ist wundervoll; fast jede einzelne Rolle ist ideal besetzt; ich weiß nicht, ob Ihnen die Namen der Berliner Schauspieler etwas sagen; auf jeden Fall möchte ich sie Ihnen aufzählen. Den Roelle spielt Mathias Wieman; die Olga: Maria Koppenhöfer; die Clementine: Helene Weigel; Hermine: Maria Paudler; Frau Roelle: Frieda Richard (herrlich!); der alte Berotter: Walter Franck; Protarius: Aribert Wäscher; Gervasius: H. H. v. Twardowski; Pepe: Harry Berber; Meßnerknaben: Veit Harlan und Moriz Harlan; Crusius: Leo Reuß; Christian: Martin Korleck. Das sind alles sehr begabte und bekannte Schauspieler. Die Regie führt Paul Bildt, der das ganz ausgezeichnet macht und der von Ihrem Stück geradezu besessen ist.
Ja, ich muß Ihnen überhaupt sagen, welch einen überwältigenden Eindruck alle Mitwirkenden und Beteiligten vom »Fegefeuer« haben (und dieser Eindruck wird von Probe zu Probe stärker!). Wir hatten keinem Schauspieler ursprünglich ein Buch zum Lesen gegeben, sondern alle zusammengetrommelt und Bildt (mit dem ich vorher oft und lange das ganze Stück durchgearbeitet hatte) las es den versammelten Leuten vor. Die Wirkung war ganz ungeheuerlich: alle saßen atemlos angespannt da und waren hingerissen. Ich habe kaum je gesehen, daß Schauspieler – ganz abgesehen von ihren Rollen – so an eine Sache hingegeben sind und so leidenschaftlich nur für die Sache arbeiten. Ja, dieses »Fegefeuer« ist eine ganz große neue Dichtung; hier ist soviel Fonds, soviel Fülle, soviel ursprüngliche und wahrhaft dichterische Echtheit, daß wir alle ganz glücklich sind. Es ist schön, daß es immer wieder Dinge gibt, für die man sich so hingeben und einsetzen kann! Und es spricht ja so enorm für Ihr Werk, daß gerade bei der Arbeit und erst recht eigentlich bei der Arbeit einem immer wieder neue Schönheiten aufgehen. Auch was ich ursprünglich befürchtet

hatte, daß das ganze vielleicht sehr dunkel und verworren wirken würde, stimmt nicht. Gerade bei der Arbeit stellt sich heraus, daß das alles gar nicht so gefährlich, daß das alles im Grunde ganz einfach ist. Trotzdem wären wir Ihnen natürlich sehr dankbar, wenn Sie einige Punkte, über die wir anfangs verschiedener Meinung waren, ganz klar und eindeutig formulieren würden; das würde uns die Arbeit ungeheuer erleichtern. Es handelt sich da vor allem um 3 Fragen: Von wem ist das Kind, das Olga unter dem Herzen trägt? Von Roelle oder von Pepe? 2) Was ist das für eine Versammlung, in der Roelle auftritt und spricht? (2. Akt) 3) Pepe will (im 1. Akt) den Roelle zwingen, etwas zu beichten und auf sich zu nehmen; worum handelt es sich da? Auf alle diese Fragen haben wir natürlich auch ganz bestimmte Antworten; wir möchten aber wissen, ob diese Antworten richtig sind, und deshalb wäre ich Ihnen ganz außerordentlich dankbar, wenn Sie mir einen möglichst klaren und eindeutigen Bescheid darauf gäben. Noch viel dankbarer allerdings wären wir Ihnen, wenn Sie und das würde mir am besten weiterhelfen, mir eine einfache Fabel der ganzen 4 Akte schicken würden, wenn Sie genau aufschrieben, was im Hause Berotter, auf der Dult, auf der Altane und auf dem Exerzierplatz vorgeht; das wäre das allerbeste! Tun Sie das doch bitte; das wäre von gar nicht zu überschätzendem Nutzen für uns! Noch eines möchte ich wissen: haben Sie schon ein neues Stück geschrieben? Ich möchte das sozusagen ungelesen schon erwerben, um es in der Jungen Bühne im nächsten Herbst aufzuführen. Wenn ein neues Stück von Ihnen vorliegt, so schicken Sie es mir doch bitte sofort; wenn noch keines da ist, so müssen Sie möglichst bald ein neues schreiben; es lohnt sich! Und nach diesem »Fegefeuer« haben Sie sogar die Pflicht, noch viele neue Stücke zu schreiben! Ich merke mich zur Uraufführung für alle Ihre kommenden Stücke vor! –
Wir hoffen alle sehr, daß Sie selber bei der Aufführung am 18. anwesend sind; schreiben Sie mir doch bitte, ob und wann Sie kommen; für Unterkunft für Sie würden wir bestimmt sorgen; Sie *müssen* auf jeden Fall kommen und Ihr Stück selber sehen; anders ist das gar nicht möglich! Sie werden lauter Menschen

finden, die sich sehr freuen, die Dichterin des »Fegefeuers«, die aufrichtig verehrte Dichterin, endlich selber kennen zu lernen! Also – kommen Sie unter allen Umständen!
Ich bitte Sie, feurige Kohlen auf mein Haupt zu sammeln, d.h. mir *möglichst umgehend* zu schreiben und mir auf meine vielen Fragen Antwort zu geben. Für *sehr rasche* Antwort wäre ich Ihnen außerordentlich dankbar.

Mit den besten Grüßen Ihr sehr ergebener
Moriz Seeler

Ich verhandle augenblicklich mit dem Verlag Kiepenheuer wegen des Bühnenvertriebs für Ihr Stück.

10 Von Lion Feuchtwanger

Berlin, 8. April 26

Liebe M L,
ja, Manuskript habe ich auch keines mehr. Und von wem Olga das Kind hat, bez. in welcher Versammlung Rölle spricht, weiß ich auch nicht mehr. Es ist übrigens, glaube ich, auch wirklich ziemlich gleichgültig. Wesentlich ist, daß hier alle Leute, die das Stück kennen lernen, daran glauben, und selbst ein äußerlicher Mißerfolg kann unter diesen Umständen schwerlich ein Mißerfolg werden.
Durchgesetzt hat es, allerdings von mir immer wieder angefeuert, Brecht. Ich für meine Person werde leider der Aufführung nicht beiwohnen können; es tut mir besonders leid, daß ich Dich in Berlin nicht abwarten kann. Aber ich muß, muß, muß! spätestens Dienstag nach Spanien.
Daß Du nach Berlin kommen wirst, halte ich für sicher. Ich habe heute nochmals mit Seeler telefoniert. Man wird Mittel und Wege finden. Ich brauche Geld für meine Reise und kann Dir zu meinem Bedauern nur ein bißchen Taschengeld beilegen.
Daß ich jetzt fort muß, ist insofern kein Schade für Dich, als Brecht, mit dem ich zur Zeit arbeite und weiterzuarbeiten habe,

jetzt Zeit hat, sich um die Aufführung zu kümmern. Du kannst Dich sehr auf ihn verlassen. Wende Dich, sowie Du nach Berlin kommst, gleich an ihn (Spichernstr. 16, Tel. Uhland 74 92). Ich habe heute auch nochmals eingehend mit Kiepenheuer gesprochen und ihn vor allem für Deine Novellen interessiert. Gehe unter allen Umständen, Dich auf mich berufend, zu Kiepenheuer nach Potsdam.

Die Aufführung bei der Jungen Bühne ist der beste Start, den Du heute haben kannst. Wenn auch wenig Geld dabei herausschauen wird, so ist es doch sehr wahrscheinlich, daß Du daraufhin für Deine Novellen einen Verleger finden wirst. Der innere Wert einer Aufführung an einer so weithin sichtbaren Stelle und in so ausgezeichneter Besetzung kann was literarisches Renommé anlangt, gar nicht hoch genug geschätzt werden.

Sicher ist, daß Du jetzt, wenn Du Dich durch das furchtbare Zeitungsgeschrei, das Aufführungen der Jungen Bühne hervorzurufen pflegen, nicht ins Bockhorn jagen läßt, das Schlimmste hinter Dir hast. Ich hätte mich gern in Berlin ein wenig um Dich gesorgt; aber es interessieren sich jetzt soviele Menschen in Berlin für Dich, daß es wirklich kaum Not tut, und, wie gesagt, auf Brecht kannst Du Dich verlassen.

Auf mindestens ein Jahr wird, wie immer die Geschichte ausgeht, das Echo vorhalten.

Ich wünsche Dir sehr herzlich alles Gute. Laß einmal von Dir hören. Briefe an meine Berliner Adresse erreichen mich, wenn auch vermutlich erst nach Wochen. Im Juli werde ich in Berlin zurück sein.

Herzlich
L

Äußere möglichst wenig zu der Aufführung. Wenn Du Proben sehen solltest, finde alles ausgezeichnet. Sag höchstens, man solle etwas Tempo nehmen und möglichst viel streichen.

11 Von Moriz Seeler

8. IV. 26

Liebe Marieluise Fleißer!
Ich danke Ihnen vielmals für Ihren Brief (ich muß mit Blei weiterschreiben: meine Feder ist abgebrochen); ich habe mich sehr über Ihre ausführliche Antwort gefreut.
Es ist schon recht so, wie Sie schreiben, und darauf haben wir es von Anfang an abgesehen: die Vorgänge des Stückes so klar und einfach und übersichtlich wie nur irgend möglich zu machen, damit »es dem Zuschauer möglichst wenig Kopfzerbrechen bereitet.« Ich hoffe, daß uns das gelingt. Wir spielen es ganz eindeutig so, daß das Kind der Olga von Pepe ist; ursprünglich nahmen wir Roelle als den Vater dieses Kindes an, aber es ist besser, wenn man sich für den Pepe entschließt: wenn zwischen Olga und Roelle schon vor Beginn des Stückes eine solche Beziehung bestanden hätte, würde das ganze Stück enger und kleiner werden. Was Ihr Herkommen anbelangt, so *muß* diese Reise natürlich *unter allen Umständen* ermöglicht werden. Es ist bestimmt für Sie und Ihr eigenes Weiterarbeiten von ganz großer Bedeutung, Ihr Stück selber auf der Bühne zu sehen. Ich hoffe bestimmt, daß es mir gelingen wird, die nötige Summe aufzutreiben; für eine Wohngelegenheit in Berlin wäre gesorgt. Ich habe mich heute schon nach den Ingolstädter Zügen erkundigt; am besten würden Sie den beschleunigten Personenzug nehmen, der morgens 9.39 aus Ingolstadt abfährt und abends 11.50 in Berlin ankommt. Das Billett III. Klasse kostet 29,80 M. Ich würde Ihnen vorerst 50,00 M. schicken (mehr kann ich leider im Augenblick nicht auftreiben). Ich bitte Sie nun eben, sich bereit zu halten, daß Sie, wenn ich Ihnen an einem der nächsten Tage das Geld schicke, Sie gleich abfahren können. Ich bitte Sie, mir deswegen zu schreiben (bitte wieder so umgehend wie gestern!). Wir müßten noch ein genaues Erkennungszeichen verabreden, damit ich Sie am Bahnhof erkenne, wenn ich Sie abholen komme (denn Dr. Feuchtwanger fährt morgen oder übermorgen nach Spanien); vielleicht jeder ein weißes Taschentuch um den rechten Arm oder so. Aber wir werden uns schon erkennen! Deswegen habe ich keine Sorge! Heute haben

wir wieder eine schöne und ausgiebige Probe gehabt, von 3 – 7 Uhr und vormittags auch schon.
Noch eines: Können Sie mir ein paar Ansichtspostkarten von Ingolstadt schicken? Vor allem eine Karte (oder auch mehrere) mit der Kirche von Ingolstadt.
Ceterum censeo: Sie *müssen* sehr bald wieder ein neues Stück schreiben, und die Junge Bühne muß es aufführen! Wenn man solch ein Werk wie das »Fegefeuer« geschaffen hat, dann hat man geradezu die Verpflichtung, weiterzumachen! Wollen Sie nicht einmal versuchen, ein Lustspiel zu schreiben aus Ihrer Gegend? Das würden Sie bestimmt sehr gut können.
Ich will aufhören für heute; ich bitte Sie nur nochmals, mir möglichst umgehend zu schreiben, ob Sie sich bereit halten für Mitte der nächsten Woche, um nach Berlin zu kommen.

Mit freundlichen Grüßen
Moriz Seeler

12 Von Bertolt Brecht [Postkarte]

[Poststempel: 9. 4. 26]

liebes fräulein fleißer,
falls Sie vom verlag kiepenheuer einen vertrag zugeschickt erhalten sollten (über Ihr stück), dann unterzeichnen Sie ihn nicht vor der aufführung. falls Sie nach berlin kommen sollten, stehe ich Ihnen gern zur verfügung bei abschluß von verträgen, sei es mit kiepenheuer, sei es mit einem andern verlag.

mit besten grüßen auch von feuchtwanger
Ihr brecht
spichernstr. 16/ atelier

13 Von Moriz Seeler

15. IV. 26

Liebe Marieluise Fleißer!
Schönsten Dank für Ihren letzten Brief und für die Ansichten von Ingolstadt, es ist sehr gut für uns, daß wir die haben. Ich komme erst heute dazu, Ihnen zu antworten, weil ich außeror-

dentlich viel zu tun hatte: wir haben nämlich (vielleicht haben Sie's schon in der Zeitung gelesen) die Aufführung um 8 Tage verschoben; die Premiere ist nun also erst am 25. April. Wir wären auch bis zum 18. fertig geworden, aber eben nur gerade fertig und nicht mehr; es wäre ein nicht ganz ausgeführter Bau geworden und deshalb haben wir lieber noch die eine Woche zugegeben; ich denke, diese 8 Tage werden uns sehr nützen. Wie immer beim Theater und vor allem bei der Jungen Bühne häufen sich jetzt, wo's dem Ende zugeht, die Schwierigkeiten auf eine geradezu teuflische Weise. So hat es sich plötzlich gestern ergeben, daß der Hauptdarsteller Wiemann (der Roelle) am Sonnabend, 24. April, also ausgerechnet gerade am Tage vor »Fegefeuer«, eine andere Premiere zu spielen hat, und sogar noch toller: auch Paul Bildt, der Regisseur des »Fegefeuers« (also sozusagen der Fegefeuerwehrmann) ist in dieser andern Premiere (als Schauspieler) beschäftigt. Das alles ist nicht sehr erfreulich, aber wir sind in der Jungen Bühne an Schwierigkeiten gewöhnt und auch gewohnt, diese Schwierigkeiten zu überwinden; deshalb wird unsere Aufführung doch am 25. herauskommen! (Es ist übrigens, wie ich heute höre, noch nicht ganz sicher, ob die andere Premiere wirklich am 24. stattfindet oder ob sie verschoben wird. Das wäre ein großes Glück für uns!)
An sich gehen die Proben sehr schön vorwärts. Außer der Koppenhöfer wird Ihnen noch ein Name von der Besetzung bekannt sein: Erwin Faber spielt den 1. Ministranten, hoffentlich freut Sie auch diese Besetzung. Es wird großartig!
Ihre Reise verschiebt sich durch unsere Verschiebung ja nun auch um ein paar Tage; ich schicke Ihnen zur rechten Zeit das Geld. Es bleibt also doch dabei, daß Sie abends 11.50 ankommen (mit dem Zug, der aus Ingolstadt morgens 9.39 abfährt)? Bitte bestätigen Sie mir das noch einmal. Wir wollen es bei dem Erkennungszeichen lassen: ein weißes Taschentuch um den rechten Arm gebunden. Ich bin ziemlich klein, breit und trage eine schwarze Hornbrille. Nun werden wir uns ja also wohl nicht verfehlen. Für alle Fälle aber: meine Telefonnummer ist: *Uhland 6962*. – Machen Sie sich nur keine Sorge wegen Ihrer Kleidung. Das ist uns wirklich nicht so wichtig! –

Eines interessiert mich und darüber möchte ich gern von Ihnen Auskunft haben: wissen Sie, daß in Arnolt Bronnens »Exzessen« (die auch in der Jungen Bühne die Uraufführung erlebt haben) ebenfalls eine Person namens Rölle vorkommt? Dort ist das allerdings nur eine komische Nebenfigur. Wie sind Sie gerade darauf gekommen, den Rölle des »Fegefeuers« Rölle zu nennen? Ist das ein in Süddeutschland häufiger Name? Überhaupt möcht ich gern wissen, ob Sie Sachen von Bronnen und Brecht kennen und welche? Und weil ich schon gerade beim Fragen bin: welcher Dichter und welche Dichtwerke haben überhaupt nachhaltigen Eindruck auf Sie gehabt und Einfluß auf Sie bekommen? Nehmen Sie mir bitte mein neugieriges Aushorchen, das fast wie ein Interview wirkt, nicht übel, aber wenn man sich so intensiv mit einem Dichter und seiner Arbeit beschäftigt, dann möchte man unwillkürlich gern wissen, wo er herkommt und wer ihn am meisten beeindruckt hat. Ich denke mir, daß die »Exzesse« und der »Vatermord« und wohl auch die »Septembernovelle« von Bronnen Ihnen gefallen müßten. Stimmt das? Und die andern Sachen: »Anarchie in Sillian«, »Katalaunische Schlacht«, »Ostpolzug«? Oder kennen Sie die nicht?

Sie haben mir nichts darüber geschrieben, ob Sie damit einverstanden sind, daß ein neues Stück von Ihnen (wenn Sie eines schreiben – selbstverständlich!) wieder in der Jungen Bühne zur Ur-Aufführung kommt. Bitte schreiben Sie mir, ob Sie damit einverstanden sind; es liegt mir so unendlich viel daran; denn trotz aller (nicht bloß technischen sondern auch inneren) Schwierigkeiten, die das »Fegefeuer« macht, sehe ich von Tag zu Tag mehr, wie großartig das geschaut und geformt und erlebt ist. –

Ich fände es sehr gut, wenn Sie alle Ihre Arbeiten (auch wenn Sie welche noch von früher haben!) mitbrächten. Man könnte sehen, ob man davon nicht einiges unterbrächte und Ihnen so noch etwas mehr Geld verschaffen könnte.

Mit besten Grüßen
Ihr Moriz Seeler

Geben Sie mir bitte Bescheid!

14 An Herbert Jhering

Ingolstadt, den 15. April 1926

Sehr geehrter Herr Jhering,
ich lege ein Prosastück bei, was ich gerade da habe, ein Titel dafür fällt mir in der Eile leider nicht ein. Falls es Ihnen nicht entsprechen sollte, würde ich Sie bitten eine Szene aus dem Drama abzudrucken. Was mein Kommen zur Aufführung anbelangt, so habe ich kein Geld, aber mir ist von der Jungen Bühne aus versprochen, dass das Nötigste dazu beschafft würde. Weiter habe ich nichts darüber gehört. Wenn das zutrifft, würde ich kommen.

Mit den besten Grüßen
Marieluise Fleißer

15 An Heinrich Fleißer [Telegramm]
Kupferstraße 18, Ingolstadt

Berlin, 25. April 1926, 5 Uhr 30

Aufführung gelungen Großer Beifall Gruß Luis

16 An Heinrich Fleißer

28. Apr. 1926

Lieber Vater,
ich bin leider keine Minute eher dazu gekommen Dir zu schreiben und auch jetzt ist es sehr fraglich, ob ich nicht gleich wieder weggerufen werde. Ich will Dir nur kurz das Nötigste sagen.
Ich habe wie man so sagt einen Erfolg. Die Aufführung wird ja nun wie ich hier erfahren habe keinen Pfennig tragen, auch die Schauspieler arbeiten an der Jungen Bühne für umsonst und es ist alles nur eine Sache des Bekanntwerdens für ein breites Publikum. Dafür habe ich von dem was drum und dran hängt Geld zu erwarten, ich kann jetzt mit einem Verlag in eine Geschäftsbeziehung treten und mir zunächst einmal auf ein Jahr eine Fix-Monatsrente ausbedingen. Ich gehe nicht eher von

hier weg, bis ich nicht einen Vertrag dieser Art in der Tasche habe und komme auf keinen Fall vor Sonntag. Um abzuschließen muß ich persönlich da sein, sonst wird mir alles wieder verschleppt wie im Vorjahr. Ich muß im Herbst unbedingt nach Berlin für lang. Wenn ich mir jetzt von Monat zu Monat zurücklege werde ich das machen können. Wenn ich heimkomme muß ich mich hinsetzen und arbeiten. Man erwartet bis zum Herbst ein Lustspiel von mir. Beim Herauffahren bin ich sehr krank geworden, 10 Stunden Fahrt hatte ich ununterbrochen Übelkeit mit hohem Fieber. Zum Hinunterfahren nehme ich unbedingt einen Eilzug, ich kann das nicht wieder machen. Ich bin für drei Tage krank gelegen und ständig aus dem Bett auf die Proben geholt worden. Ich weiß nicht, ob in Ingolstadt was über die Kritiken bekannt geworden ist, sie sind von den wichtigsten Zeitungen durchwegs gut, wie mir gesagt wird, ich selber verstehe das ja nicht besonders, da ich nicht weiß, wie hier die Kritiken gehandhabt werden. Jedenfalls war die von meinem Stück die erste Aufführung der Jungen Bühne, bei der nicht wütende Zischkämpfe einsetzten und bei der keine faulen Äpfel geflogen sind. Bei mir haben nur zwei Leute gezischt. Ich laufe hier in einem geliehenen Kostüm herum, man hat mir gleich gesagt, daß ich mich so, wie ich heraufkam, nicht sehen lassen kann. Na, das habe ich gewußt.
Ich muß jetzt schließen.
Ist daheim irgendetwas vorgefallen? Viele Grüße

Luis

17 An Herbert Jhering

Ingolstadt, 6. Mai 26.

Sehr geehrter Herr Jhering,
ich fühle mich sehr gedrängt Ihnen zu schreiben, da ich vermuten muß, daß sich ein anderer in meine Angst vor dem Anrufen nicht hineindenken kann. In dem Fall mit Ihnen hatte ich nämlich ganz besonders Angst und die Tatsache ist die, daß ich so und so oft ans Telefon hinausging und wieder umkehrte vor dem Apparat, weil ich merkte, ich werde vor Herzklopfen kein Wort

herausbringen. Ich weiß, daß dies von außen gesehen keine Entschuldigung ist und daß ich mit Worten nicht gutmachen kann. Aber vielleicht darf ich Ihnen rein menschlich sagen, daß in mir kein Wille war Ihnen gegenüber was zu unterlassen, aber daß ich in der Luft von Berlin ständig sehr betäubt herumging und daß eine gewisse Verwirrung, die ich an mir kenne und die mich zu meinem Unglück in Menschennähe überfällt, stärker war wie ich. Ich hoffe und vertraue, daß Sie mirs nicht allzusehr nachtragen werden. Erlauben Sie mir Ihnen zu sagen, daß ich darüber hinaus weiß, wie sehr ich Ihnen Dank schulde und daß ich was darum gäbe, wenn ich mein Versehen ungeschehen machen könnte. Sobald ich eine geeignete kürzere Arbeit von Ullstein freibekommen habe, werde ich sie Ihnen schicken. Ich bin mit den besten Grüßen

Ihre aufrichtig verpflichtete
Marieluise Fleißer

18 Von Bertolt Brecht

[Ende Mai 1926]

liebe fleisserin,
dieses alte und harmvolle städtchen ist jetzt ganz abgewrackt
und still ruht der see
da die feinde fortfallen benutze ich stärkeren tabak
(sir olivers cut plug – does not bite the tongue)
dazu 2-3 pfund kriminalromane täglich
übermorgen habe ich vor nach paris zu fliegen für zwei wochen
dann augsburg
auto habe ich nicht erjagt – es war nicht die sonne von austerlitz,
als Sie wegfuhren
mit kiepenheuer verhandle ich noch Ihretwegen
was tun Sie?
vergessen Sie berlin es ist die welt
aber lernen Sie kartenspielen für mich
nächste adresse (ab 10. juni) augsburg bleichstrasse 2

Ihr brecht

Sie scheinen dem kroner ein schreckliches zeug aufgeschwatzt zu haben
er sagte: Sie seien traurig

19 An Herbert Jhering

Ingolstadt, den 29. Juli 1926.

Sehr geehrter Herr Jhering,
ich habe soeben sieben kürzere novellistische Arbeiten dem Ullstein Verlag zum Zeitungsabdruck geschickt und halte es für sicher, dass ich von diesen mehrere für andere Zeitungen frei bekommen werde. Sobald ich Bestimmtes darüber weiss, werde ich die Arbeiten mit dem nächsten Tag an Sie abgehen lassen.
Ich arbeite zur Zeit an dem Lustspiel.
Ich habe mich sehr gefreut, dass Sie mir nicht mehr böse sind.

Mit den besten Grüssen
Ihre Marieluise Fleißer

20 Von Monty Jacobs, Vossische Zeitung

Berlin, 27. Aug. 26.

Sehr verehrtes Fräulein Fleisser.
Sie waren so freundlich, eine Reihe von Beiträgen an uns zu adressieren, und nur die Urlaubszeit entschuldigt, dass ich erst jetzt zusammenfassend Ihnen darüber berichten kann. Erlauben Sie mir gleich im Anfang zu sagen, dass meine Meinung über die eingesandten Beiträge natürlich in erster Linie vom Gesichtspunkt der Redaktionspraxis abgegeben werden muss. Ich brauche Ihnen nicht zu sagen, dass der Kunstwert einer Erzählung und ihre Verwendungsmöglichkeit für eine Tageszeitung zwei völlig verschiedene Dinge sind. Mit der Ehrlichkeit, die Sie mir hoffentlich nicht verübeln, muss ich nun sagen, dass Ihre Arbeiten sich mehr an ein Buchpublikum, als an den flüchtigen, gehetzten, im grosstädtischen Trubel umhergewirbelten

Zeitungsleser wenden. Man braucht eine Weile, um in Stimmung und Atmosphäre Ihrer Prosaskizzen hineinzukommen, und diese Zeit nimmt sich nur der Buchleser. Allein aus diesen Gründen entziehen sich fast alle der freundlichst eingesandten Schöpfungen für mein Gefühl einer Tageszeitung. Nur die »Nachgiebige« wird Ihnen Freunde erwerben, und ich bitte, freundlichst sie uns zu überlassen. Den stärksten Eindruck hat mir, wenn ich mir dies Urteil erlauben darf, »1914 im Blick eines Kindes« gemacht. Alle drei Skizzen sind aber unmöglich, und so erlaube ich mir die Anfrage, ob wir Nummer I allein drucken können. Wenn Sie hoffentlich ja sagen, so wird es mir ein Vergnügen sein, auch diese Skizze zu bringen.

Mit verbindlichstem Dank für Ihre Freundlichkeit,
Ihr in Hochschätzung ergebener
Dr. Monty Jacobs

Anlagen: div. Mscr.

21 *Von Bertolt Brecht*

liebe fleißerin,
in meiner verbrecherlaufbahn ist das stückchen, daß ich Ihren besuch in augsburg vergaß, ein glanzpunkt. ich kann nur sagen: ich will es nicht gewesen sein! was tun Sie? in zwei wochen komme ich nach augsburg! Burris wohnung ist: Hohenstaufenstr. 3.

Ihr alter ›zerknirschter‹
brecht

Berlin okt. 26

was ist mit dem lustspiel?

22 *Von Lion Feuchtwanger*

5. Dez. 26

Liebe M L,
Du hast recht, ich hätte Dir längst schreiben sollen. Aber ich glaubte immer, Du würdest nach Berlin kommen. Brecht sagte mir sowas.

Mir geht es leidlich gut. Ich habe jetzt drei Stücke fertig, eines habe ich mit Brecht gemacht, angelsächsische Stücke, auf Eis gestellt und sehr klar, Du wirst nicht viel damit anfangen können. Ich will sie, trotzdem sie äußerlich nicht viel miteinander zu tun haben, zusammen erscheinen lassen, unter dem Titel: »Angelsächsische Trilogie«. Sonst geht es mir sehr gut. Meine Bücher haben hohe Auflagen und werden viel übersetzt, »Vasantasena« viel gespielt.
»Pioniere in Ingolstadt« möchte ich gerne einmal lesen. Das Stück in München spielen zu lassen, kann nicht schaden. Ob Du Berliner Presse hinunterkriegst, ist natürlich sehr fraglich. Aber ich werde zusehen, von hier aus nachzudrücken.
Vertrag mit Ullstein? Hast Du nicht einen Vertrag, der Dich verpflichtet, Dein Stück sowieso Ullstein zuerst vorzulegen? Die Verträge mit den Bühnen sind vorgedruckt. Die übliche Tantième beträgt 10%. Als letzten Aufführungstermin würde ich den 1. April vorschreiben. Konventionalstrafe nicht unter 2.000.–M.
Von Ullstein wirst Du vorläufig über Deine Rente hinaus kaum was kriegen, zumindest nicht, wenn Du nicht persönlich vorsprichst. Jüngst wurde hier eine Deiner Erzählungen im Rundfunk vorgetragen, hast Du davon gehört.
Ich bleibe wohl den Winter über in Berlin. Es ist unwahrscheinlich, daß ich in absehbarer Zeit nach München komme. Aber ich nehme an, daß es Dich doch bald wieder nach Berlin ziehen wird.
Ende März oder anfang April möchte ich dann nach Sizilien.
Ich habe oft an Dich gedacht, manchmal mit Brecht über Dich gesprochen und würde mich sehr freuen, Dich zu sehen.
Schreib bald, möglichst ohne Maschine und mehr über Dich als über das, was Du produzierst.

Herzlichst
L

23 Von Alexander Weicker (Jappes)

314 rue St. Honoré, Paris
Ende 1926/Anfang 1927 [Von Fleißer datiert]

Kleines Kind, das ist so, ich denke an dich und komme dir Glück wünschen für das neue Jahr und grüsse dich. Ein Brief kam von dir mit guten geistigen Nachrichten. Das ist sehr gut! Ich wünsche dir viel Erfolg und, dass ich bald selbst etwas von dir sehe. Du hast mir sehr ausführlich geschrieben aber ich habe deinen Brief erst jetzt erhalten. Ich war in Rumänien, dann in Portugal und in der Schweiz nachher. Meine Eltern wohnen nicht mehr in Roodt. Deshalb habe ich nichts erhalten bis ich meine Briefe dort reklamiert habe. Schreibe nächstens auf den Brief: faire suivre nicht mehr »envoyer après«, d.h. nämlich nichts.

Ich lebe wie früher und schreibe gar nichts (es würde dir ja auch nicht gefallen – und ich befinde mich sauwohl dabei). Denke aber deshalb nicht, ich sterbe vor Hunger. Ach nein, ich lebe sehr gut und ich denke es ist in materieller Beziehung kein Unterschied zwischen München! Ja wohl mein kleines Kind. Ich reise nun bald nach Deutschland. Was ich dort tue weiss ich noch nicht. Jedenfalls ist es sicher, dass ich dich aufsuchen komme und wir werden eine Zeitlang ins Gebirge fahren und ich werde dir wieder der alte Jappes sein, den die Zeit nun wohl in dir zertrümmert hat. Es wäre schade, aber ich glaube es nicht, denn deine Liebe zu mir war so gross, dass sie nicht so schnell verbrökelt. Meine liebe liebe Lu, ich habe Vieles an dir gut zu machen und ich habe einen Wunsch zum neuen Jahr, dass ich Gelegenheit habe im Laufe der Jahre so zu tun wie ich will. Schwesterchen, vergiss mich nicht ganz und wenn du einmal in grosser Liebe an mich denkst schreibe mir einen guten Brief und sage mir ob du mit mir in die Berge fährst. Denn in mir ist nichts geändert. Ich bin im Gegenteil furchtbar kategorisch zum Leben geworden. Ich küsse dich Kleine, dein Jappes

24 Von Alfred Kerr

Berliner Tageblatt Verlag Rudolf Mosse
Jerusalemer Straße 46 – 49
Berlin SW 19, d. 18. 1. 1927

Sehr geehrtes Fräulein,
ich habe mit redaktionellen Dingen kaum etwas zu tun. Ich gab darum die Geschichte aus dem Englischen Garten an die Feuilletonredaktion. Sie scheint ein bisschen lang – die Erzählung. Ich selber habe sie mit grossem Ergötzen verschluckt. Ich liebe diese Sprache sehr. Mit verbindlicher Empfehlung
Kerr

25 An Herbert Jhering

2. Mai 1927.

Sehr geehrter Herr Jhering,
anbei schicke ich Ihnen die Novelle, die als Ostergeschichte im Berliner Tageblatt gekommen ist. Ich werde bald von mir hören lassen und bin mit den besten Grüssen Ihre Marieluise Fleißer

Adresse: Wilmersdorf, Pariserstrasse 63 bei Bütow, Oliva 7 71.

26 Von Bernhard Diebold, Frankfurter Zeitung

Frankfurt a. Main, 27. Mai 27

Sehr geehrtes Fräulein,
Ihre Einsendung war mir eine grosse Freude, denn ich bin Ihnen schon einige Male in Zeitungen begegnet und habe Sie auch vor meiner Kleistpreis-Verteilung einmal um Einsendung Ihrer Arbeiten gebeten. Scheinbar aber ist jener Brief verloren gegangen, – denn ich hörte nichts von Ihnen. Ihre Arbeiten werde ich bald lesen und zur Contralektüre weitergeben, worauf Sie Nachricht erhalten.

Ich bin in vorzüglicher Hochachtung Ihr ergebener
Bernhard Diebold

27 Von Hannes Küpper

Berlin 14. Juni 27

Mein Liebstes!
Ich erhielt heute Deinen Brief mit Adresse Kaiserhof. Deinen Brief postlagernd gleichzeitig. Vielen Dank – ich bin froh. Mit »Pioniere« steht die Sache so nach folgendem Vertragsbruch. Letzter Aufführungstermin 1. April – Konventionalstrafe 800 M. Vor allen Dingen Kerb ist ehrlich begeistert, er sagte mir das Stück müsse eine Spitzenleistung von ihm werden. Langem Schreiben kurzer Sinn Du hast hier die Möglichkeit daß mit Deinem Stück die denkbar beste Arbeit geleistet wird. – Daß München jetzt Absichten äußert auch die Aufführung zu machen ist langweilig. Auf jeden Fall schreibe *umgehend* an Grindig Arcadia-Verlag Deine Zustimmung.
Ich selbst versinke z.Zt. in Arbeit, dabei vergesse ich Dich *nicht*. – Ich freue mich kindlich auf ein Wiedersehen. – Meine Tätigkeit geht unberufen gut an. Ich habe einen guten Kontakt mit dem Oberbürgermeister – Schulz-Dornburg ist zahm. Kerb, Neher sind mir weit mehr als sympathisch. – Ich fliege morgen nach Essen auf ungefähr 8 Tage, im Anschluß daran hoffe ich auf ein paar Tage nach Kolberg zu Dir mein Mutz! zu kommen. Behalt mich lieb so wie ich Dich. – Mache um Himmelswillen nichts was mich traurig machen könnte. – Laß Dich küssen

von Deinem Hannes

Gib mir Antwort nach Essen Hotel »Kaiserhof«.

28 Von Peter Martin Lampel

Kurlazarett Kolberg 3. 9. 27

Hochverehrtes gnädigstes Fräulein!
Marie-Luise Fleißer – Ingolstadt, das kann doch nur mit dem Fegefeuer bzw. den Pionieren in Ingolstadt identisch sein. Wenn dies zutrifft, hat Herbert Jhering uns einmal zusammen erwähnt. Sie werden höchstwahrscheinlich wie ich das Verlan-

gen haben, möglichst ungestört zu arbeiten. Würde es Ihnen trotzdem passen, so teilen Sie mir bitte Tag und Zeit mit, wo ich Sie für vielleicht eine halbe Stunde zu einem Spaziergang am Strande abholen darf. Mein Strandkorb Nr. 208 steht unmittelbar an der grünen Badeanstalt, rechts vom Seesteg.

Mit ausgezeichneter Hochachtung
Peter Martin Lampel

29 Von Hannes Küpper

Essener Städtische Bühnen

Essen, den 10. Oktober 1927

Liebe Marieluise!
Deine beiden Briefe vom 7. 10. beantwortend, kann die Sache mit Seeler nicht infrage kommen. Ich verstehe Deine Nervosität nicht, da und dort was zu machen. Lasse die hiesige Sache gut und anständig herauskommen, damit ist Dir mehr genützt, denn wenn Seeler das Stück spielt, wird die ganze Berliner Presse nicht nach hier kommen, und was für Dich das Bessere ist, glaube ich sagen zu dürfen, die hiesige Aufführung. Ein Gastieren in Berlin von unserer Seite aus ist nicht ausgeschlossen, aber jetzt irgendwie feste Zusagen zu machen, ist unmöglich. Im übrigen eröffnen wir am 18. 10., und einige Wochen danach kann ich Dir schon sagen, wie die Aussichten über Gastspiele usw. sind. Solche Fragen lösen sich ja schneller als alles andere. Hinzu kommt, dass das Prestige bei der jungen Bühne 90%ig gesunken ist, wie Du ja selbst weisst.
Dass Dein Artikel im 3. Heft kommt, war von vornherein vorgesehen, denn das 2. Heft ist ja mehr oder weniger ein Kleist-Heft. Natürlich hat mir Dein Aufsatz »Bruder des Blitzes« gefallen, sonst würde ich ihn ja nicht bringen. Besprechungsbücher gehen Dir demnächst zu. Augenblicklich ist Hochdruck, übermorgen Debut von Schulz-Dornburg, am 18. 10. Eröffnung des Schauspielhauses, innerhalb 8 Tagen 4 Premieren. Du kannst Dir vorstellen, was ich zu tun habe. Ich hoffe,

nach dieser Zeit Dir einmal ausführlich dies und jenes zu schreiben.

Herzlichst Hannes

30 Von Bernard Guillemin, Magdeburgische Zeitung

Magdeburg, Bahnhofstraße 17
19. 10. 27.

Verehrtes gnädiges Fräulein,
ich hatte Ihnen im Sommer postlagernd nach Kolberg geschrieben. Sie scheinen meinen Brief nicht erhalten zu haben. Außerdem habe ich Ihnen Ihren kleinen Beitrag über Bert Brecht als leider unverwendbar an Ihre Berliner Adresse zurückgesandt. Ihr Kleistaufsatz ist gestern bei uns erschienen. Ich fand ihn sehr schön. Ich wußte nicht, wie gewandt und interessant Sie auch kritische Aufsätze zu schreiben vermögen.
Ich selbst leide unter einer Krankheit, die wir hier die »Magdeburger Seelenpest« zu nennen übereingekommen sind. Es ist ein ganz besonderes Leiden, das einen regelmäßig in Landstrichen überfällt, die sich trotz wärmster Bemühungen nicht kolonisieren und geistig segnen lassen wollen. Sonst geht es mir gut.

Ihr herzlich ergebener
B. Guillemin

P. S.: Senden Sie mir doch bald etwas neues.

31 An Herbert Jhering

9. November 27.

Sehr geehrter Herr Jhering,
schon längst wollte ich Ihnen den versprochenen Beitrag für den Börsen-Courier schicken. Ich habe einen Aufsatz über Buster Keaton geschrieben. Können Sie ihn brauchen? Es ist ein Erstdruck.
Wie geht es Ihnen? Ich bin vorerst in Ingolstadt zum Arbeiten.

Ich bin sehr fleissig über meinem Roman. Ich glaube, dass er was wird. Ich schreibe ihn in Tagebuchform, einmal ganz was anderes. Ich bin sehr gespannt, was Sie dazu sagen werden, wenn er fertig ist.
Ich hoffe bald von Ihnen zu hören und bin mit den besten Grüssen

Ihre Marieluise Fleißer

Adresse: Ingolstadt, Kupferstrasse 18, Oberbayern.

32 Von Herbert Jhering

23. Nov. 1927.

Sehr geehrtes Fräulein Fleisser,
ich habe mich sehr gefreut, einmal wieder von Ihnen zu hören. Der »Buster Keaton« hat mir sehr gut gefallen und wird sehr bald erscheinen. Ich bin sehr gespannt auf Ihre neuen Arbeiten und hoffe bald etwas von Ihnen zu hören (auch einen neuen Beitrag zu erhalten).

Mit bestem Gruß

33 Von Richard Friedenthal

Friedenssteg 1210
Danzig-Lgf. 7. 1. 28.

Liebe Marieluise!
Erst dieser Tage bekam ich von meiner Mutter Deinen lb. Brief nachgesandt u. lasse hiermit das gewünschte Bild an Dich abgehen. Es ist noch so unversehrt wie ich es von Dir erhalten – ich habe es gerahmt – u. wird Dich auch hoffentlich gut erreichen.
Wie geht es Dir immer? Und was macht Deine schriftstellerische Tätigkeit? Ich habe die ganze Zeit über die Münchener N.N. verfolgt, aber bis jetzt nichts von der angekündigten Aufführung Deines Stückes gefunden.
Ich habe hier sehr viel zu tun u. komme kaum aus der Arbeit

heraus. Ich habe mit M. einen schlechten Tausch gemacht, doch habe ich auch viel Freude an meinem Studium.
Dir wünsche ich im Neuen Jahr recht viel Erfolg u. verbleibe

mit den besten Grüßen
Dein Richard

34 *Von Lion Feuchtwanger*

13. März 28

Liebe M L,
die Geschichte »Die Ziege«, die Du mir schicktest, war, als ich Deinen Brief bekam, bereits im »Tageblatt« erschienen. Du wirst wohl in der Zwischenzeit Beleg und Geld gekriegt haben. Es ist übrigens keine gute Geschichte; Dein Brief ist besser.
Zum Dresdener Theater habe ich gar keine Beziehungen. Ich suche meine Beziehungen zum Theater überhaupt nach Möglichkeit abzubauen. Soweit Prestigedinge in Frage kommen, ist es, glaube ich, nicht schlecht, wenn die »Pioniere« in Dresden uraufgeführt werden.
Ich will in absehbarer Zeit einmal wieder bei Kiepenheuer einen Versuch machen, ob er nicht doch die Geschichten druckt.
Ich selber bin recht herunten. Es geht mir äußerlich vortrefflich. Aber der Betrieb frißt einen auf. Ich komme kaum zur Arbeit und zum Leben schon gar nicht.
Ich würde mich freuen, Dich wiederzusehen.

Herzlichst
L

35 *An Herbert Jhering*

Dresden, den 22. März 28.

Sehr geehrter Herr Jhering,
wollen Sie in diesen Tagen einen Artikel von mir bringen? Ich bin augenblicklich in Dresden. Wie Sie wissen habe ich Montag abend in der Komödie die Uraufführung von »Pioniere in In-

golstadt«. Ich würde mich ganz besonders freuen, wenn ich Sie unter den Gästen begrüßen dürfte. Mit den besten Grüßen

Ihre Marieluise Fleißer

1 Anlage

36 Von Josef Haindl

22. III. 28.

Liebe Luisl!
Herzlichen Dank für Deine raschen Zeilen, muß Dich aber ein bischen schimpfen weil Du nicht zuvor zum Essen gegangen bist! War am Montag von 2 bis ½ 5 im Schwimmbad war sehr schön, dabei lernte ich einen Nürnberger Kunstgewerbler kennen der schwimmerisch, in unserm Kreis tätig ist, lernte etwas und das beste Orts und Geschichtskundig war er auch noch und war so liebenswürdig zeigte mir rasch die Sehenswürdigkeiten Nürnbergs auch die Burg aber von einer ganz andern Seite wie wir Sie besuchten mein einziger Wunsch war Du solltest dabeigewesen sein wir gingen noch gemeinsam zum Essen dan gings in seiner Begleitung zur Bahn, das einzige was mir den ganzen Nachmittag fehlte war mein Strikerl. Mein Zug war endlos lang und als Glücksmensch bekam ich in der ersten Hälfte solang er als beschleunigter ging nur einen ungeheizten Wagen und freute mich daß Du im geheizten Zug sitzen würdest!! Von Treuchtlingen gings als Personenzug im geheitzten Wagen weiter und hatte Zeit und Gelegenheit die mir noch unbekanten Dörfer zu zählen man glaubt gar nicht wie oft ein Personenzug hält mit einer halben Stunde Verspätung kam ich an und wie ich ins Bett ging dachte ich an Dich wie Du jezt aus dem Zug steigen würdest und leider noch nicht wüßtest, wo Dein müdes abgeschundenes Haupt sich zur Ruhe legen wirst hoffentlich ist es besser gegangen als ich es mir vorstellte. Am andern Tag wachte [ich] mit einem ganz netten Karthar auf aber besser ich habe in wie Du! ich bring in schon wieder los, Turnfieber vom Schwimmen hab ich auch noch ging aber am Abend zum Training und habs noch etwas vergrössert jezt macht es ja

nichts sonst fühle ich mich sehr wohl. Meinen Eltern hab ich schon erzählt, daß ich nicht nach München gefahren bin sondern nach Nürnberg, muß aber obacht geben das ich mich nicht verplapere weil ich imer wen ich von Nürnberg spreche ganz besonders an Dich denke an und für sich geben Sie sich besonders Mutter schon ganz anders Vater war ja imer schon besser. Komm bald wieder zurück mir wird der Mittag lange man kommt an die bekannten Plätze aber ich bekomme blos große Sehnsucht nach Dir und werde ziehmlich zerfahren. Du wirst erstaunt sein vom Deinem *»Drumm Lump«* so schnell und einen so langen Brief zu erhalten aber ich bin froh wenn ich wieder einen von Dir bekomme drum schreib ich so schnell, ich hätte ihn schon geschrieben aber ich mußte den ganzen Morgen Flaschen Ettikieren aber jezt trocknen Sie und hab mir gleich Zeit genommen und Du wirst ihn schon entziffern können.
Heb mir viele Busl auf Dein Bepp der Zeit lang hat.

Gell tu fein tüchtig Essen und Ärgere Dich nicht

37 Von Josef Haindl

Sonntag, 25. März 28.

Liebs Luisl!
Möchte Dir soviel schreiben, kann aber doch nichts denken bei mir ist alles in Aufruhr. Wie geht es Dir, wartete gestern den ganzen Tag auf einen Brief, es ist grenzenlos langweilig, die Tage schleichen nur so dahin. Wann kommst Du wieder, schreibe mir Deine Ankunftszeit, warst Du schon in Berlin? Das einzige was mir besondere Freude macht, Deinen Brief immer wieder zu lesen und die Geschichte vom Englischen Garten heute ist es morgends acht Uhr wenn Du nicht mehr schläft wirst Du warscheinlich an mich denken weil Du von mir keine Ruhe kriegst. Spazieren gehen mag ich auch nicht mehr weil ich dann nicht mehr weiss wie der Tag vergehen soll. Am Freitag war ich wieder beim Training 2 Stunden lang hab ich mit den andern schwer trainiert am Schluss sind wir noch 1200 m. ge-

laufen ich war anständig müde es ist das beste noch das ich nichts mehr gewohnt bin da greift es wenigstens an. Aber nicht, dass Du Hals über Kopf nach der Uraufführung zu der ich Dir nochmals Hals und Beinbruch wünsche meine Hand gib ich Dir mein Herzl so intensiv, dass Du sie fühlen musst, gleich davon laufts sei gescheit und sammle wieder für die schöne Zeit wo Du wieder bei mir sein kannst, Stoff, nicht, dass Du Dir wieder den Kopf zermarterst weil man hier nichts sieht und hört, jezt geht es mir genau so ich lebe jezt von allem guten das Du mir in so reichem Mas gegeben hast, vor allem verweile ich wieder am liebsten in Starnberg und in Nürnberg, sei mir nicht mehr böse, dass ich von Starnberg nach München so böse war, heute will ich vormittag und Nachmittag rudern im »Einer« da denke ich mir Du sitzest eben im Bot und höre Deine lieben Worte, schreibe mir bald und viel, bitte. Die letzten Tage ist es bei uns sehr warm lieber wäre es mir es würde jezt regnen, bei uns und wenn Du wieder da wärst hätten wir einen Tag schöner wie den andern. Ostern machen wir einen schönen Ausflug gemeinsam. Eixenberger Traudl hat einen Apotheker geheiratet und zwar einen Schwager von Electro Peters [Name unleserlich], ist mir nähmlich grad durch den Kopf, dass wir damalds grad mit der zusammengestossen sind, in Starnberg. Also Strikerl sei gscheit und komm mir als libs Betzl wieder zu Ostern und lass mich ruhig noch warten, jezt hab ich mir wieder alles herruntergeschrieben von meiner Seele jezt gehts schon wieder bis ich einen Brief kriege, vielleicht ligt er schon auf der Post den hole ich mir morgen Früh. nochmal laß es Dir sehr gut gehen und hab kein Mitleid mit mir Dein Bepp

38 Von Renato Mordo

Fürstenstrasse 40
Dresden, 8. April 1928

Liebe Marieluise Fleisser!
Vielen Dank für den »Englischen Garten«, der sehr schön ist. Die Stimmung bei der zweiten und dritten Vorstellung war aus-

gezeichnet. (Auch die Aufführungen waren viel besser als die sehr nervöse Première!) Es gab starken Beifall, fast nach jedem Bild, oft auf offener Scene. Leider haben die Dresdner Presseidioten financiell sehr geschadet. Der Kartenverkauf war schlecht. Trotzdem hätte ich in glücklicherer Zeit das Stück noch forciert. Jetzt war es nicht möglich. Direktor Fischer scheint vor dem Konkours zu stehen und es muss zur Rettung des Theaters täglich Dreck gespielt werden.

Eine Zusammenstellung über die Bücher von der und über die Luxemburg will die Dresdner Volksbuchhandlung, Wettinerplatz besorgen.

Ich konnte es nicht selbst erledigen, weil ich morgen nach Darmstadt reise, um dort »Traumspiel« zu inscenieren.

Lassen Sie bald wieder von sich hören, ich grüsse Sie herzlich, auch im Namen der Wessely.

Mordo

Bis 26. d. Darmstadt, hessisches Landestheater

39 Von Edwin Redslob, Reichskunstwart

Reichsministerium des Innern, Platz der Republik 6
Berlin NW 40, den 24. 4. 1928

Sehr geehrte gnädige Frau!

Bei der Amsterdamer Olympiade 1928 wird auch ein Wettbewerb für literarische Werke stattfinden, die auf sportliche Übung und sportlichen Geist Bezug haben. Auf der Suche nach geeigneten Arbeiten hat mich Herr Oskar Loerke, der der Begutachter für die eingesandten deutschen Arbeiten ist, auf Ihren Aufsatz im Berliner Börsen-Courier vom 25. 3. 28 aufmerksam gemacht. Ich würde es sehr begrüssen, wenn Sie uns diese Arbeit zur Verfügung stellen wollen, und ich würde Sie für diesen Fall ersuchen, uns drei Exemplare zur Verfügung zu stellen und den inliegenden Einsendungsbogen zweimal ausfüllen zu wollen.

Ferner übersende ich Ihnen inliegend die Bestimmungen für die Kunstwettbewerbe auf der Olympiade.

Mit den ergebensten Empfehlungen
i. V. Dr. A. Neumeyer

40 *Von Josef Haindl*

Ingolstadt, den 31. Juli 28.

Mein Lieb!
Schönster Sternenglanz empfing mich, als ich nach dem Weken durch einen Bekannten um ¾ 2 Uhr in Ingolstadt aus dem Zug stieg und im Eilschritt, denn Auto war keines am Bahnhof, dem Bett zueilte um am anderen Morgen ja keinen Grund zum Ärger zu geben. Zwei Uhr schlagen hörte ich noch, dann schlief ich bis in den hellen Morgen hinein bis mich dumpfe Schläge an meine Tür wekten, heraus aus dem Bett und zur Uhr war eins den die helle des Tages machte mich stutzig aber 9 Uhr zeigt Sie erbarmungslos und mein schöner Traum war zerissen, den warscheinlich war ich bei Dir, denn mit dem Gedanken an Dich schlief ich ein mein Punn, um träumend noch mal alles zu durchleben, in der Kühle deiner weichen Seidenarme. Auf jedenfall bin ich gesund aus dem Bett heraus und eines Gewitters gegenwärtig, eines schweren Gewitters!, das aber dann nicht eintraf. Nun aber zu Dir, bist Du gut nach Hause gekommen, hast Du Dich nicht erkältet, dass Dich Deine Lunge wieder mehr schmerzt, sei so gut und gehe jeden Tag eine halbe Stunde zum Rudern oder zum Schwimmen, was Dich interessieren wird ist, dass Ruland beim Deutschen Turnfest im Springen den 4. Preis bekam bei cirka 50 Teilnehmer und sogar einen Sportlehrer für Springen der Deutschen Turnerschaft der den 6. Preis errang übersprang er kann sehr zufrieden sein ich hätte es nicht geglaubt nach seinem letzten Springen! Am liebsten würde ich am Sonntag wieder zu Dir rauf fahren hab heute Früh jetzt ist es ½ 8 Uhr abends Deine mir so Liebevoll aufgedrängten Tomaten mit dem Wurstbrot gegessen, sei so gut und iss von der Hardtwurst ich bringe wieder eine rauf, dann hat

sie wenigstens einen guten Zweck sei so gut und schreib mir was du wegen des Sonntag denkst? War gestern zweimal beim Schwimmen und heute einmal im Kopfweitsprung bin ich um 30 cm. weiter gekommen wie sonst und im Schwimmen kann ich auch jeder Zeit noch mitkonkurieren im ersteren bin ich weit überlegen, aber ich starten tu ich nicht sonst glauben sie, dass sie recht haben wie Du annimmst, das stimmt aber nicht.
Jetzt muss ich aber schliessen sonst muss ich noch Licht machen und möchte noch gern spazieren gehen das nächste mal mehr mein Herzl auf wiedersehen in München

Herzlichst Dein Bepp

Heb mir recht viele Küsse auf!
Hast doch keine Schwierigkeiten bekommen. von deiner Hausfrauh

41 Von Josef Haindl

Ingolstadt, den 2. August 28

Mein Punn!
Vermissen tue ich vor allem, die Antwort auf meine Frage ob Du nicht erkältet bist, aber deinem Brief nach glaube ich, dass Du Gesund und Munter bist, wie die Umstände es erlauben. Hab heute schon mit Vater gesprochen, ob ich nicht Gegenstände für den Keller, in München besorgen soll und dabei durchbliken lassen, dass ich die Revue Gruss und Kuss im Deutschen Theater, gern sehen möchte, allerdings meinte er drauf, dass ich nicht mit der Sonntagsfahrkarte rauf komm, weil das Geschäft schon geschlossen hat bis der Mittagszug raufkommt, und so kommts zu teuer, ich soll lieber schreiben, aber morgen sind wir im Keller dann fang ich noch mal an damit, vielleicht hab ich mehr Glück. Auf jedenfall komm ich bestimmt nach München, wenn ich nicht am Samstag Morgen komm, bestimmt am Sonntag Morgen, Du brauchst aber nicht am Banhof zu kommen ich komme sofort in erster Lienie zu

Dir sonst bin ich an den Zug gebunden wenn Du fort gehst brauchst Du blos hinterlassen wo Du eventuell bist oder die Zeit sagen wann Du wieder retour kommst. Auf jedenfall freue ich mich schon riesig drauf wieder einige Stunden bei Dir sein, zu dürfen, Ich war ja die Woche ganz sparsam hab diese Woche im ganzen 1.35 M ausgegeben und wird höchstens noch 1,-M dazukommen. Viele Bussi im voraus Dein glücklicher Bepp

Es ist jezt 9 Uhr und trag jezt den Brief noch fort, dann leg ich mich mit Dir ins Bett und träume alles nette vom Samstag oder Sonntag.

42 Von Josef Haindl

Ingolstadt, den 8. VIII. 28

Mein Lieb!

Du wirst Dich schon wundern von mir so lang nichts, zu hören aber ich kam mit dem Besten Willen nicht dazu trotzdem ich schon gern einen Brief von Dir hätte! War den ganzen Nachmittag gestern auswärts als ich um ½ 7 Uhr heimkam waren ein paar Zigarettenfritzen da, die fragten mich ob wir nicht abends irgendwo hin könten, Sie hatten das Auto dabei, ich sagte natürlich dabei nicht nein und schlug den Neuhau vor so gings gleich hinaus war übrigens recht nett zu essen gabs ja nichts besonderes Rotwurst und Leoni, die leztere war mein Teil, hernach noch ins Schäffbrauhaus, weil ich da auch hinmußte. Im übrigen bin frisch und munter wie der Fisch im Wasser. Du brauchst also keine Sorge haben, hoffentlich bist Du gerade so wohl wie ich! Warst Du gestern in Maria Einsiedel? Ich war heute diese Woche, das erste mal wieder beim Baden, könnte auch Ersatz in Schwimmschule für Dich haben Frau Peters und Frau Schludi interessieren sich für Freistil. Sie fragten mich und ich erklärte die Schwimmart Frau Schludi propierte Sie und hätte mit ihrem feinen Hundstapp beinahe die Donau ausgetrunken, das war ne nette Kotzerei hoffentlich schwimmen Sie in Amsterdam nicht noch mehr so außergewöhnliche Sachen aus wie die 1500 m Freistil sonst kann ich in Ruderclub nicht mehr hinaus, aus Angst Schwimmeister von solch begabten Schwimmerinnen zu werden die Fischer würden mich totschlagen, denn die ganze Donau wäre in kürzester Frist ausgetrunken. Du siehst Betätigungsfeld habe ich genügend heute gehe ich am Platz, aber Du gehst mir doch überall ab! Meine Eltern erwähnten überhaupt nichts von meiner Münchner Fahrt mit Ausnahme des Geschäftlichen Teils, desto besser! Es ist jezt 6 Uhr abends ich muss jezt schliessen, denn ich werde jeden Augenblik unterbrochen und kann ja die Kundschaft auch nicht warten lassen ich freue mich schon darauf wenn ich wieder bei Dir sein kann mein Baby mein Grosses Dir wird ja so die Nasenspitze andauernd beissen weil ich andauernd bei Dir bin ich küsse Dich jede Nacht bei mir im Bett und träumen kann ich so schön an den verschiedenen Plätzen ich komme schon um die Zeit weg bis ich wieder nach München kommen darf auf frohes Wiedersehen

Dein Bepp

Eben kommt Vater es ist ¾ 7 Uhr.

43 *Von Josef Haindl* [Geschrieben auf einem Rechnungszettel: A. Haindl, Tabakwaren, Weine & Spirituosen]

Ingolstadt, den 10. August 1928

Liebe Luisl!
Habe jetzt grad Zeit und packe Dir einige Eumalkal ein damit Du über den Sontag etwas zu knabbern hast. Heute Mittag war ich beim Rudern im Einer war sehr schön Kempter probierte es auch flog unter allgemeinen Gelächter 3mal ins Wasser beim Beinstoss brauchst Du blos aufpassen, daß Du ein Bein ausstosst als wenn Du einen neben Dir schwimmenden treffen wolltest, dann hast Du eine vorzügliche Beinarbeit.
ich muss mich beeilen sonst kriegts nicht mehr vorm Sontag

Herzlichst Dein Bepp

44 *Von Josef Haindl*

Ingolstadt, den 13. VIII. 28

Mein Lieb!
Wollte Dir schon gestern schreiben da war ich aber zu müd weil ich den ganzen Tag über 24 km ruderte, Medizinball spielte, Hochsprung, Kugelstossen Schwimen und Freiübungen trainierte. Ausserdem noch möglichst viel braun zu werden versuchte, was etwas gelang, heute kann ich jeden Knochen einzeln fühlen ohne ihn anzufassen meine Hände sind vorerst noch ganz gefühllos, aber das macht nichts das vergeht schon wieder, im ganzen hab ich jezt die Woche, einschließlich Sonntag 45 km gerudert. Bin neugierig wo die Muskeln besser auffallen in der Zunahme, wie gehts übrigens Deiner Lunge ist es schon besser?, hast Du die Emeulkal schon bekommen? Am Sonntag würde ich recht gern wieder zu Dir nach München kommen was meinst dazu, 14 Tage sinds schon nächsten Samstag, dann ist es wieder schöner als die lezten 8 Tag du mußt aber mit einem halben Neger! vorlieb nehmen wenn nicht die Sonne diese Woche einen Strich durch die Rechnung macht und dabei wieder blass werde von ½ 9 Uhr morgends bis ¾ 8 Uhr abends mit ¾ stündiger Unterbrechung Mittags, war ich gestern im Ruderclub, Abends war ich im Roli, da wurde Chang [?] und der Meisterboxerkönig gegeben das Geld hätt ich mir sparen können aber ich war zu müd um zu schlafen heute Mittag wurde ich gefragt ob ich trainiere im Einer anscheinend fahr ich zu wild, aber so bin ich in 2-3 Tagen über das gröbste hinweg und hab abends einen Bärenschlaf, ich bring also die Zeit ziemlich nützlich an. Es muß nun, mal, sein, dafür ists wieder schöner wenn ich bei Dir bin mein liebs Bunny, ich war auch riesig sparsam, wenn ich fortgeh abends 1 oder 2 Glas Bier, da kann ich leicht Krösus werden. Was macht bei Dir das Rudern bist schon wieder beim Schwimmen gewesen am Sontag wenn schönes Wetter ist, gehen wir mitsamen hinaus dan schleif ich Dich halb zu Tod, schau nur, daß Deine Lunge intakt ist sonst kann man nicht soviel machen, es freut mich,

daß Du Dir einen Ball gekauft hast, so hast Du wenigstens hernach viel Bewegung das ist sehr gesund. So jetzt Schluss

Herzlichst Dein Bepp

Vater geistert wieder !

Bitte schreib frühzeitig weil ich noch schreibe wann ich komm! vieleicht machst gleich Vorschläge

45 Von Josef Haindl

14. VIII. 28

Den Brief hab ich heute noch da, gestern Abend war ich noch beim Schwimmen, im M.T.V. 500 m. Hand über Hand wurde ausgetragen ich schwamm spielend leicht den ersten 30 m voraus, ich bin also nicht schlechter geworden wie du meintst ich hätte leicht noch 500 m schwimen könen wie gehts Deiner Arbeit bist Du zufrieden! Wegen mir kannst Du beruhigt Sein, ich bin froh, daß ich in Deiner Liebe das gefunden hab, was ich mir in den lezten Jahren im Traum nicht mehr glaubte, daß das möglich Sei! Restlos glücklich zu Sein in dem Gedanken an Dich, es wird auch für uns noch die Zeit kommen, daß unser Kämpfen ein End nimmt jezt müssen wir immerhin zufrieden sein mit den Sekunden, die wir uns sehen und küssen dürfen, aber mach Dir den Kopf nicht Schwer um mich, Du siehst, daß ich die Trennungszeit ausserhalb meiner Arbeit ganz gut anleg.

Viele Küsse von Deinem ganz zufriedenen

Bepp

46 Von Josef Haindl

Ingolstadt, den 21. August 28

Mein Herzkätzchen!

Punny, Du wirst froh sein, wenn ich Dir schreibe, es ging alles besser als ich selbst glaubte, Mutter schimpfte etwas wegen Ihrem Braten, aber der ist deswegen auch noch gegessen worden und hat so wenigstens den ganzen Tag gereicht. Mein Schwager meinte, warum ich nicht in Urlaub fahren, solang das Wetter noch schön sei, ich soll doch die schönen Tage noch ausnützen, meine Eltern meinen selbst, daß ich noch in Urlaub fahre. Sei so gut und schreibe mir wie Du meintst wann und wohin, der Urlaub gehen soll? Von Regensburg, hab ich daheim schon was erwähnt, Vater meinte selbstverständlich soll ich die Rennbote mit hinunterrudern am 1 September, vieleicht soll ich da gleich in Urlaub gehen oder eher oder später? Die Uhr hab ich gleich selbst zu Heigl hin, ich bin ja bekannt, er hat es ganz selbstverständlich genommen, in 8 oder 10 Tagen kann ich Sie wieder abholen, so ists besser da kriegst Du Sie wieder ganz bestimmt, bevor ich Deine Schwester anrufe dann weiss ich noch nicht ob Sie die Uhr gleich hinbringt. Die Reparier Nummer ist, 9453. Schade ist nur, daß der Sontag immer so rasch vergeht, heute regnets wir dürfen froh sein, daß so schön war am Sonntag, wünschen wir uns das beste für den 1. September und den Urlaub es ist ja immer eine entsetzlich lange Zeit dazwischen bis wir uns wiedersehen. Die Schwimer schnitten in Rosenheim nicht gut ab, Ruland machte den 3. Preis, Knirlberger den 1. er hat auch seit dem Deutschen Turnfest in Köln blos einmal trainiert es geschieht ihm grade recht. Schneider machte den 1 Preis im Brustschwimmen der müht sich wenigstens ehrlich ab. Ruland schaute ganz bedepst, aber es macht nichts Das Training fürs Springen ist nicht so hart wie das Schwimmtraining da soll er nur trainieren, dann wirds schon wieder besser. und als Anfänger ist es immer gut wenn mann auch Niederlagen einstecken muß, dann wachsen die Bäume nicht in den Himmel. Wie gehts Dir hast Dich nicht verdorben am Samstag und Sonntag, bin ich nicht schuld an einer eventuellen Verkältung im Bett heute wirst im Helm ins Volksbad wandern es ganz gut da schwimmst Du gleich wieder besser. Beine unter den Leib anziehen Arme verschieben Beine grätschen und gleich wieder schliessen dan gehts schon wieder besser wie im rasch fliesenden Wasser und nicht immer denken es geht nicht. vieleicht ist eine gute Schwimmerin im Volksbad mit einem Abzeichen am Trikot dan kannst ja mal fragen ob Sie in einem Verein ist, die ist sicher stolz darauf. und wird Dir Deine Bitte auf Korregur Deiner Bewegungen im Wasser gern nachkommen weil das überall gleich ist und eine solche die im Trikot das Vereinsabzeichen hat, wird immer anständig sein und wird Dir gern entgegenkommen. Jetzt werd ich schliessen sonst kriegst den Brief nicht mehr diese Woche

auf baldiges Wiedersehen mein liebes Punny
Dein Bepp

47 Von Josef Haindl

Ingolstadt, den 13. IX. 28

Liebs Herzl!
Bin gut in Ingolstadt angekommen, meine Eltern sind anscheinend wieder mehr besänftigt, meinen Schwager nach vermuten sie, dass Du mein liebs Punnerl dabei warst, sie sind doch nicht so annungslos wie wir glaubten, von Deiner Schwester Jettie hab ich schon gehört, dass in München die Tinte so selten ist dass man mit Bleistift schreiben muss. Vor allem macht es mir riesig Spass zu hören, dass der Kartharr so nett ist und Dich nach Ingolstadt in die »Tote Stadt« vertreibt, es hat doch alles seine guten Seiten. Zur Zeit hab ich ziemlich viel Lauferei wegen Neupachtung eines Ladens den früher Blumenhändler Zahn innehatte aber bitte erwähne nichts davon zu irgend jemand, selbstverständlich behalten wir den alten bei, seit gestern bin ich stundenlang dorten und handle wie ein Jude, heute hab ich in vermessen und einen Aufriss davon gemacht aber derart ungünstig zum anschauen dass ich die Schombacher ziemlich kleiner gemacht habe in ihren Lob über den Laden und bin damit einen guten Schritt näher gekommen, wie wird es morgen weiter gehen. Bis Du in Ingolstadt bist wird es schon entschieden sein es wäre ein schönes Geschäft, hoffentlich zerscheitert sich nicht noch beim Vertrag was sehr warscheinlich ist mit diesen Leuten aber ohne klaren und guten Vertrag verzichte ich lieber darauf weil ich sonst vom Kadi nicht mehr wegkomme. Jettie weiss es so halb und halb, dass Du mit dabei warst. Winters die ich in Rosenheim beim Hinunterfahren getroffen habe sind im gleichen Zug nach Ingolstadt gefahren wie ich und haben jetzt vielleicht Gesprächsstoff auf Tage

aber es macht nichts die hören schon auf wenns ihnen zu langweilig wird am Sonntag acht Tage ist die Interne Regatta ich melde den Einer es würde mir Freude machen wenn ich erster werden könnte. Jezt darf ich aber schliessen weil ich noch in die Löwengrube gehen muss. Auf frohes Wiedersehen und gute Besserung in Ingolstadt mein Herzl und schlaf recht gut im Gedenken an Deinen Bepp, viele Busserl zur Gesundung stehen Dir ohne Kosten und Rezept in Ingolstadt zur Verfügung herzlichst Dein Bepp

48 Von Josef Haindl

Ingolstadt, den 16. September 28.

Mein Schmerzenskindl!
Sicher habe ich bis gestern Abend gerechnet, dass Du kommst aber nicht mal ein Brief! Bist Du krank?, dass Du nichts hören lässt habe heute den ganzen Tag über nicht gewusst was ich mit dem Sonntag anfangen soll, jezt ist es abends Neun Uhr und gehe hernach ins Bett. Morgen habe ich im Keller zu arbeiten ich bin froh, da vergeht wenigstens die Zeit. Nächsten Sonntag den 23 September hat der Ruder Club seine Interne Regatta ich habe den Einer gemeldet. Kommst Du nicht herrunter von München es ist gerade noch billiger Tag bei der Eisenbahn am 1 Oktober wirds teuerer. Feuchtwanger hat in Nürnberg eine Aufführung gehabt von seinem Stück Kalkutta ohne Erfolg. Bert Brecht hat ein Stück umgearbeitet ich schicke Dir den Ausschnitt, habe in angezeichnet, wie fühlst Du Dich in München hast Du auch so Zeitlang, denkst Du an die schönen Tage in Pörtschach ich Kamel hätte mit meinem Alpenvereinsausweis cirka 10.-M. in Oesterreich an der Fahrt, ermässigung gehabt habe es gestern früh erfahren zu meinem grössten Leidwesen zu spät, da hätte ich Dich schon wieder besuchen können in München bin jezt fest im Sparen damit ich Dir wenigstens die Fahrt ersetzen kann, weil Du jezt Dein Geld selbst sehr notwendig brauchst. Aber das Oktoberfest wird mir schon einmal gestatten ein Paar Tage nach München zu kommen, wenn es

auch Starnberg ist! Also Punny sei so guht Du hast ja doch die Absicht nach Ingolstadt zu kommen so Komme am Sonntag den 23. richte Dich aber darauf ein, dass wir abends in den Ruder Club zum Tanzen und wenn Du nicht willst können wir auch zuschauen aber hinaus muss ich kriege ich einen 1 Preis sowieso und kriege ich keinen auch sonst heissts weil ich keinen bekommen habe bleibe ich weg und das wäre nicht sportlich, Du wirst es schon verstehen es ist ja nicht das schlimmste wenn man bei einer Konkurenz eventuell durchfällt, es fallen ja mehr durch aber wenn Du zuschauhst wird es schon gehen damit ich einen Kuss von meinem Punny bekomme wenns glükken sollte also schlaf wohl in meinem Armen und komme gesund heim, auf frohes Wiedersehen bei

Deinem Bepp, gute Nacht! mein Herzl!

49 *Von Josef Haindl*

Ingolstadt, den 26. September 28.

Mein Herz!

Endlich komme ich dazu, Dir zu schreiben es ist eine nette Lauferei die ich zur Zeit hab bin froh wenn ich soweit bin, dass ich den Laden eröffnen kann. Die Einrichtung und das Schaufenster wird ja sehr schön werden aber Geld kostets genügend aber es wird sich auch im Geschäft wieder lohnen, es wird ein nettes Schmuckkästchen. Wie bist Du nach München gekommen! ist der Karthar wieder stärker wie war die Packerei ich wäre gern an das Auto gekommen bin aber vom Schreiner nicht weggekommen mich hats sehr geärgert, am Sonntag komme ich mit dem beschleunigten nach München ich nütze die billige Fahrt noch aus hoffentlich kommt nicht in letzter Minute noch was dazwischen. Du kommst also besser nicht zur Bahn ich komm sofort nach meiner Ankunft in München zu Dir mein Punny dann machen wir, dass wir gleich weiter kommen. (Ich möchte noch einige grössere Schaufenster wegen meiner Dekoration besichtigen die Einrichtung wird erst bestenfalls Ende nächster Woche fertig, sonst könnte ich gar nicht weg vor dem

Einzug. Freue mich schon riesig Dich wieder in meinen Armen zu haben und Dich mein lieber Punn! nach Herzenslust Küssen zu dürfen. Wie gehts bei Dir mit den Arbeiten? Hoffentlich gehts wieder besser es wäre mir zuwieder wenn ich Dich mit meinem Urlaub aus dem Grössten Fortschritt herausgerissen hätte. Ich muss jetzt schliessen Denn sie rufen zum Essen. Also auf Wiedersehen mein lieber Punn und viele Küsse von

Deinem Bepp!

50 *Von Josef Haindl*

Ingolstadt, den 5. Oktober 28.

Liebes Punny!
Deinen lieben Brief heute Mittag mit Dank erhalten, gehst Du denn Mittag oder Nachmittag nicht mehr spazieren weil du Kopfweh hast?, oder hast Du Dich schon wieder besser erkältet, es gibt doch nichts besseres wie jezt so lang es noch schön ist 1 Stunde die warme Sonne noch ausnützen. Dann fragst Du an ob Du mir genehm bist am Sonntag 8 Tagen eigentlich sollt ich mich darüber ärgern! ich bin so Froh wenn Du wieder bei mir bist, dass ich jeden Tag zähle bis ich Dich wieder habe mein Kindl, dann ist es auch gut wenn Du kommst weil ich wie Du richtig geraten hast erst nächste Woche am Mittwoch um gleich ein Tag später zu sagen wie der Schreiner, mit dem Einrichten anfangen kann und am Donnerstag den ersten Tag das Geschäft aufhabe, hoffentlich gefällst meinem Punny wenns jezt fertig ist. Jeder Tag ist ein ewiger Rundlauf in den Keller, den Laden und Schreiner bin froh wenn es mal vorbei ist, ist man da fragen Sie dorten, am besten wärs wenn ich überall sein könnte aber Du hinderst mich niemals und freuhe mich wenn das Wetter so schön bleibt wie jezt wenn wir wieder einmal in die Schütten laufen können, da ists doch schöner wie in München in dem Trubel da hatt man sich wenigstens allein und das ist doch schöner wie in München ob man im Englischen Garten oder so irgendwo ist, immer ist halt nicht Urlaub da wärs ja am schönsten. Ich träumte gerade eine Viertelstunde an der Maschine

und war in Pörtschach mein Punn es war wundervoll es erscheint wie ein Märchen, aber die Wirklichkeit lässt sich ja auch ertragen am Sonntag geh ich warscheinlich zum Rudern nach München darf ich ja doch nicht schon wieder fahren es wäre ja schöner für Dich und für mich aber es ist besser so ausser es fahren vieleicht meine Eltern hinauf aber es ist sehr unwarscheinlich dann würde ich auch hinauf fahren so bleibe ich halt herunten und denke mir, dass ich Dich mein Herzl am Sonntag bei mir herunten hab du kannst ja gleich zu mir in das neue Geschäft kommen wenn Du Deinen Koffer weg hast dann hab ich Dich ein paar Stunden früher es ist ja so so lange Zeit immer dazwischen auf frohes Wiedersehen und hoffentlich ohne Regen kommst Du nach Hier damit man frei und lustig tollen kann soviel uns gefällt und Küssen ist schöner wenn wir im Herbst draussen sind. Viele Küsse von deinem Bepp

51 Von Josef Haindl [Geschrieben auf offiziellem Papier: Mitteilung A. Haindl, Zigarren und Wein en gros]

Ingolstadt, den 9 Oktober 1928

Liebes Punny!

Sei so gut und lass mir 7.50 m Indantrenfarb. Stoff schiken, die Einrichtung innen ist Kaffebraun und einen Rest mit cirka 1 ½ – 2 m farbigen Damast für Schaufensterdekoration meine Schwester meint Du sollst im Indantrenhaus Maximilianstrasse sowie Horn und auch Oberpollinger schauen, den Rest für 3.– bis 5.– M das Meter Sei so gut und besorge in so bald wie möglich Du kannst per Nachnahme schiken lassen oder auslegen dann kriegst am Sontag wieder Wie gehts Dir sonst bist wieder wohlauf am Sonntag war ich beim Rudern und Schwimen abends bis ½ 9 in der Hitler-Versammlung und dann bis ¾ 10 Uhr im M.T.V. dann im Bett bei Dir mein lieber Kerl. Also sei so gut und besorge die Stoffe auf frohes Wiedersehen am Samstag

Herzlichst Dein Bepp

52 *Von Josef Haindl*

Ingolstadt, den 18. Oktober 28

Lieber Puny!

Endlich komme ich dazu wieder etwas von mir hören zu laßen jetzt bin ich wenigstens aus dem gröbsten heraussen und kann mich wenigstens wieder umdrehen ohne mich überall zu stossen. Das Geschäft geht ganz nett aber habe beinahe ganz andere Kunden wie unten vor allem die kleinen Beträge für 10 Pf. und 12 Pf. Zigarren fallen da heroben ganz weg ebenso die Proscenium und Drama Zigaretten dafür brauche ich die bessern Preislagen wie 5 u. 6 Pf, 8 Pf Zigaretten aber vor allem 25 und 50 Stck ebenso die 20 Pf., 25 Pf und 30 Pf Preislagen in Zigarren ich glaub wenn es so weiter geht daß ich keinen schlechten Griff mit dem Geschäft gemacht hab jetzt muss ich halt obachtgeben daß ich die Kunden zur Zufriedenheit bediene und mir möglichst viel Stammkundschaft sichere soeben war Herr Oblt von Mengden bei mir zu Besuch und fragte mich ob nicht ich statt Vater die Kantinelieferung übernehmen will ist sehr nett von ihm aber ich bat ihn er soll nur Vater die Kantine weiter beliefern laßen, er meinte nebenbei daß ich ganz recht hätte mich selbständig zu machen ich wär nun doch schon 24 Jahre alt er schaute nicht schlecht als ich ihm sagte: »Ich wäre in einem halben Jahr 30 Jahre alt, da siehst Du was für einen jungen Mann Du kriegst Du liebs Gokel ob ich am Sonntag nach München komme weiß ich noch nicht wenn Du mir was zugedacht hast zum mit hinunternehmen dann schreib mir sofort dann komme ich bestimmt schiebs aber nicht auf sonst krieg ich die Post nicht mehr und Du wartest schließlich vergeblig auf mich wie gehtst Dir mein Herzl ich hab Dich gar nicht im Auto gesehen wie Du am Montag nach München gefahren bist aber jezt ist ja nicht mehr lang dann bist Du wieder bei mir mein Herzl und ich heb Dir recht viele Küsse auf und schau daß ich recht viel Geschäft dann kannst Du bei mir im schönen sonnigen Zimmer arbeiten und brauchst Dich nicht immer verkälten und hast wenigstens ein Heim wo Du Herzlich willkomen bist! nun muß ich schließen, daß ich wieder weiter arbeiten kann der Tag von Sieben bis Sieben vergeht ziemlich rasch.

Viele Küsse von Deinem Bepp

53 *Von Erich Fisch*

Berlin, den 12. 11. 28

Sehr verehrte Marieluise Fleisser!
»Pioniere in Ingolstadt« habe ich begeistert gelesen, sogleich meiner Direktion empfohlen, soeben den Vertrag angefordert, als Aufführungstermin den 8. Dezember angesetzt. Und nun bitte ich Sie noch, zur Aufführung zu kommen und in den Tagen mein Gast zu sein!
Bitte, wollen Sie zuvor aber noch Folgendes bedenken und mir Ihre Ansicht möglichst bald schreiben: Ich empfand gleich beim ersten Lesen und empfinde noch immer Ihr Stück volksliedhaft. Und möchte es so inszenieren. Die »Liebe« von Berta zu Korl. – Mit dem Ewigkeitszug! Es wird immer so sein: Wenn die Soldaten durch die Stadt marschieren, öffnen die Mädchen die Fenster und die Türen ... Aber da macht mir die letzte Szene Sorgen. Der Abgang Berta ist zu *klein*. Die drei Worte »Du mußt mitgehen« sind zu knapp, zu dünn. Darf ich folgendes vorschlagen?: Erstens eine Umstellung der Szene: Fabian – Alma vorweggenommen. Dann werden Berta und Korl photographiert, man spricht wenige Worte vom Abschied (Korl), Berta schwankt zwischen Lachen und Weinen, der Photograph bittet um freundliche Miene, Bertas Gesicht erhellt sich; Aufnahme, und dann Signal aus der Kaserne, Berta sagt noch einige Worte von Wiederkommen, oder wie war es schön oder nicht schön, oder sie sagt etwas Unbestimmtes, Abschied beider ganz kurz, Signale, Blasse Fresse Zu Bett, zu Bett ... Vorhang. – Bitte bedenken Sie diesen Vorschlag. Ich sehe ein bittersüsses Volkslied, halb Weinen halb Lachen und den Fabian tragikomisch, aber mehr tragisch. So einen fetten, verprügelten (physisch und psychisch) bleichen Jungen. Sehe ich recht? Auch darüber hörte ich gerne! Die Proben werden etwa am 25. beginnen. Mit guten Grüssen Ihr ergebener

Erich Fisch

Adresse: Oberspielleiter Erich Fisch, Kassel 46, Jordanstr. 46.

54 *An Erich Fisch* [unvollständig]

Ingolstadt, den 20. Nov. 28.

Sehr geehrter Herr Fisch,
verzeihen Sie bitte meine verspätete Antwort, die gewiss nicht schlimme Absicht war. Ich habe bis jetzt noch keine Bestätigung meines Bühnenvertriebs erhalten, nehme aber an, dass der Vertrag inzwischen perfekt geworden ist.
Ich habe mich sehr gefreut, dass Sie so an mir Interesse nehmen und es ist ein grosser Wunsch von mir, die Pioniere einmal in einer anderen Inszenierung zu sehn, es ist aber mehr wie fraglich, ob mir meine finanzielle Situation augenblicklich eine Reise gestattet. Seien Sie mir nur nicht obendrein noch böse, wenn ich nicht hinfahren kann! Auf jeden Fall danke ich Ihnen von Herzen für Ihre liebenswerte Einladung.
Was Sie von einem bittersüssen Volkslied schreiben, ist richtig und ich stimme Ihrer Ansicht von der Kleinheit der Schlussszene bei. Ich muss gestehen, dass ich mich da etwas von dem Gedanken verleiten liess, dass ein Lustspiel ein happy end brauche.
Darf ich Ihnen nun im Vertrauen einige Einzelheiten der Dresdner Aufführung mitteilen, die ich für nachteilig halte und vor deren Nachahmung man sich hüten müsste. In Dresden bestand die einzige Dekoration des Stückes in einer vergrösserten Postansichtskarte von Ingolstadt als Hintergrund. Der Rest war nackter weisser Raum mit vier Fahnenstangen (ohne Kulissen) und wirkte bei diesem Stück dessen Szenen ganz auf Stimmung beruhn, denkbar ernüchternd, da Wald nicht Wald und Nacht nicht Nacht war. Dann war da für Militärmusik usw. ein Orchestrion, ein drehorgelähnlicher Apparat, der nach meinen Beobachtungen im Münchener Phöbuspalast auf das Publikum geradezu tödlich und einschläfernd wirkt. Die einfachste Blechmusik von Dilettanten hervorgebracht ist anregender und belebender wie diese winselnde mechanische Geräuschvorrichtung. Über die Regie selbst will ich mir keine Kritik erlauben, es sei denn dass sie es sich [. . .]

55 *Von Erich Fisch*

Berlin, den 10. 12. 1928

Liebe Marieluise Fleisser!
Besten Dank für die Übersendung der Umarbeit. Aber inzwischen haben sich Wandlungen vollzogen: Ich habe meinen Gastspielvertrag mit dem Kasseler Kleinen Theater gelöst. Ich möchte lieber wieder in Berlin sein, wo ich vor zwei Jahren Verschiedenes inszenierte u.a. Klaus Manns »Anja und Esther«. Und zwar möchte ich die von mir sehr geliebten »Pioniere in I.« *hier herausbringen*. Ich werde morgen schon über die Sache verhandeln.
Nun bitte ich Sie herzl. um folgendes: Die Umarbeit mit der tragischen Wendung (Berta bekommt Kind und geht in's Wasser) nicht gut. Es wäre sehr schade, die bitter*süsse* Grundlinie zu verlassen. Nein, bitte nicht. Bleiben wir im ganzen bei der ersten Fassung. Bloss einzelne Szenen möchte ich übernehmen wie z.B. wie der Frida – Minna. (Evtl. müssten diese Szenen nur noch etwas erbreitert werden, oder besser in der zweiten Hälfte des Stücks sich wiederholen, da sonst diese Figuren allzu skizziert erscheinen.) Das Wichtigste bleibt aber der Schluss: Korl – Berta werden photographiert, dann geht alles und Berta bleibt halt alleine und spricht noch einige bittersüsse Worte. Das Ewig Gleiche: Männer kommen in die Fremde, besitzen Mädchen und gehen wieder, als wäre nichts gewesen. Ich deutete das alles wohl auch schon damals in meinem ersten Briefe an. Die Autogeschichte hatte ich auch schon herausgenommen.
Können Sie nicht einmal herkommen? Oder soll ich nach dort kommen? Bitte schreiben Sie mir sofort, wie Sie zu einer hiesigen Aufführung stehen! Ich glaube, Herbert Jhering würde sie sehr begrüssen! Und vor allem teilen Sie mir bitte mit, ob Ihnen meine obige Einstellung zum Stück zusagt. Ich fühle, dass wir sonst das Gleiche wollen. –

Adresse: Erich Fisch, Berlin-Wilmersdorf. 22. Bayerischestr. 22.

Mit guten Grüssen Ihr
E. Fisch

56 *Von Kurt Pinthus*

Berlin W 30, Heilbronnerstr. 2
19. Dezember 1928.

Sehr verehrtes Fräulein Fleisser,
ich danke Ihnen herzlich für die Übersendung Ihrer Arbeiten, die ich gleichzeitig zurückschicke. Ich weiss nicht, ob es Ihnen möglich war, meinen Vortrag über Sie und die Rezitationen von Frau Weigel im Radio mitanzuhören. Wenn Sie meinen Vortrag zu lesen wünschen, so steht er Ihnen selbstverständlich gern zur Verfügung.
Aber ich möchte Ihnen noch einmal persönlich sagen, wie sehr mich Ihre Arbeiten angerührt haben, insbesondere die mir fast durchweg unbekannten Novellen, und wie sehr ich von der Stärke Ihrer Begabung überzeugt bin. Selten habe ich mich so intensiv für jemand eingesetzt wie für Sie in meinem Vortrag. Hoffentlich wird sich nun ein Verleger finden, der Ihre Novellen druckt.
Einige Manuskripte hatte ich übrigens noch von Brecht bekommen, darunter ein Exemplar von »Stunde der Magd« und dem »Englischen Garten«, die weit vollständiger sind als die Drucke, die Sie mir übersandt hatten.
Ich danke Ihnen nochmals für die Übersendung Ihrer Arbeiten
und grüsse Sie aufs beste
Ihr Kurt Pinthus

57 *Vom Arcadia Verlag*

Berlin, den 2. März 1929

Sehr geehrte gnädige Frau,
wie Sie wissen, ist es uns nach langwierigen Unterhandlungen gelungen, den Aufführungsvertrag für Ihre »Pioniere in Ingolstadt« mit Herrn Fisch zu lösen und einen Vertrag über die Uraufführung mit dem Theater am Schiffbauerdamm abzuschliessen.
Wir zahlen an Herrn Fisch eine Abfertigung von M. 500.– (Fünfhundert Mark), von der wir M. 250.– (Zweihundert-Fünfzig Mark) Ihrem Konto belasten werden.

Das Theater am Schiffbauerdamm bewilligt uns für die Uraufführung des Stückes in Anbetracht der notwendigen Bearbeitung und des Risikos der Uraufführung 9 % Tantième. Sie erklären sich damit einverstanden, dass Sie den Ausfall von 1 %, reduziert um den Verlagsanteil von Ihrem Anteil tragen.
Um Ihnen den Aufenthalt in Berlin zur Bearbeitung des Stükkes zu ermöglichen, gewähren wir Ihnen einen Vorschuss im Betrage von M. 300.– (Dreihundert Mark)

Mit vorzüglicher Hochachtung
Arcadia Verlag [Unterschrift unleserlich]

58 Von Josef Haindl

Ingolstadt, den 10. März 29.

Mein Lieb!
Wie gehts Dir mein Punny Sei froh, dass Du jetzt in Berlin bist. Hier kann man vor lauter Pfützen gar nicht mehr aus der Stadt ich war heute Morgen beim Bagger oben da wars noch ganz schön gefroren, es war wenigstens noch ein Vergnügen spatzieren zu gehen. Ella hab ich auch getroffen Sie ist ein Stückchen mitgegangen, vorige Woche war ich einmal bei Euch droben auf Einladung von »Marie« Heute nachmittag bin ich um die Glaci herumgegangen hab mir eben frische Strümpfe und andere Schuhe angezogen, schauderhaft schmutzig und alles voll Wasser an der Donau unten war ich auch ist immer noch fest zugefroren kommende Woche wird es losgehen ich lege Dir eine Aufnahme bei von der Sprengung unterhalb der Donaubrücke ganz Hübsch aufgenommen von meiner Schwester verwirf Sie aber nicht schlimm wäre es ja nicht ich kann ja wieder einen Abzug bekommen. Was treibst Du mein Herz bleib nicht ohne Notwendigkeit abends so lange auf lass Dich lieber in der Frühe eher heraustrommeln das ist gesünder sonst wirst Du noch krank. Wielange bleibst Du eigentlich noch oben? Wie gehts mit den Pionieren haben die Proben schon begonnen, Wie war Giftgas in Berlin, über das jetzt soviel geschrieben wird, eine Rene

Kraus hat ja in der M.N.N. geschrieben als wenn lauter Kommunisten auf der Galerie gewesen wären und Max Hölz in Russischen Kittel in der Loge. Am Freitag war grosses Schrubben ich werde jetzt schon ganz Vieritous auf diesem Gebiet, vieleicht lass ich mich noch einmal ausschreiben für Accordschrubberei. Heute abend gehe ich wieder einmal ins Kino ich war mit Dir das letzte mal drinn ich muss mich wieder mal sehen lassen ein Krampf von der Fremdenlegion kommt dran, wenn es mir nimmer passt kann ich ja gehen. Was ists mit den Esswaren Du hast nicht geantwortet darauf bitte schreib mir bald wieder viele Küsse von

Deinem Bepp

59 Von Hannes Küpper

Städtische Bühnen Essen, Theaterplatz 10
den 20. März 29

Liebe Fleisser!
Ich erhielt erst heute Deine Karte und antworte also umgehend. Das Geld sende ich ebenfalls heute noch an Deine Anschrift. – Nun die Soldatenlieder. Von dem einen kenne ich nur die ersten vier Strophen:

Es war einmal ein treuer Husar,
Der liebte sein Mädchen ein ganzes Jahr,
Ein ganzes Jahr und noch viel mehr,
Die Liebe nahm kein Ende mehr.

Bei diesen Soldatenliedern ist die Musik das Wichtigste, aber jeder Kaffeehausmusiker kennt sie.

Im Argonnerwald in dunkler Nacht
Ein Pionier steht auf der Wacht.
Bis an den Feind schleicht er heran
Und zündet seine Handgranate an.

Argonnerwald, Argonnerwald,
Ein stiller Friedhof wirst Du bald.
In Deiner kühlen Erde ruht
So manch tapferes Soldatenblut.

Wie Du siehst, läppische Verse, auch hier die Melodie das Wichtigste.

Wenns Regiment früh ausmarschiert,
Der Tambour seine Trommel rührt,
Tausch mit keinem Fürsten ich.
Ich heisse Annemarie,
Ein jeder kennt mich ja,
Ich bin ja die Perle der stolzen M. G. K.
– – –
Mädchen, Mädchen, ich rate Dir,
Heirate keinen Unteroffizier.
Der kann nicht mehr lieben,
Der muss Kohldampf schieben,
Und der muss traurig sein.

Hoffentlich nützen Dir diese Sachen. Schade, dass ich nicht dort bin, da ich dann die Lieder auch musikalisch interpretieren würde. – Hier in Essen herrscht zurzeit ein grosser Rummel, in Oper und Schauspiel Uraufführungen, und die Leute stellen sich dann immer so läppisch an.
Schreibe mir doch bitte, wie es Dir geht, wie weit Du mit den Proben zufrieden bist. Denke Du von mir stets das Beste. Hoffentlich findest Du nach Deiner Aufführung Zeit zum Schreiben für mich. Herzlichst Dein Hannes

Bist Du mir etwa böse? Schreibe mir doch. Bleib mir gut! H.

60 *An den Schutzverband deutscher Schriftsteller*
Zu Händen von Herrn Syndikus Hans Erich Wolff
Berlin W 57, Bülowstrasse 22.

Berlin, den 9. April 1929

Sehr geehrter Schutzverband Deutscher Schriftsteller,
ich bitte Sie hiermit höflich mich möglichst umgehend in die Zahl Ihrer Mitglieder aufzunehmen. Gleichzeitig übersende ich per Postanweisung meinen Mitgliedsbeitrag von zwölf Mark für das Jahr 1929.
Für den Fall, dass meine Aufnahme als Mitglied vollzogen ist, ersuche ich Sie um Rechtsschutz in folgender Angelegenheit.
Durch die Vermittlung der Geschäftsstelle des Deutschen Städtetages in Berlin hat Oberbürgermeister Dr. Gruber an das Polizeipräsidium in Berlin, an den preussischen Innenminister und an die Berliner Presse folgenden Protest übermitteln lassen:
Gegen das gemeine Machwerk der Schriftstellerin Marieluise Fleisser, »Pioniere in Ingolstadt«, wodurch Ingolstadt und seine Einwohnerschaft und die ehemalige Pioniergarnison aufs schwerste beleidigt und gekränkt wird, erheben wir feierlichen Protest. Ebenso protestieren wir gegen die weitere Aufführung dieses Schmähstücks. Schliesslich protestieren wir auch gegen die Art und Weise der Besprechung dieses Fleisserschen Schandstückes im Vorwärts.

Ingolstadt, den 5. April 1929
Stadtrat gez. Dr. Gruber, Oberbürgermeister

Zur Zeit dieses Protests hatte Herr Oberbürgermeister Dr. Gruber die Aufführung weder persönlich gesehen noch das Stück, das nicht im Druck vorliegt, gelesen. Trotzdem hat er darüber auf Grund seiner Kenntnis gewisser Kritiken unter Nichtbeachtung anderer entgegenstehender Kritiken, ein amtliches Urteil gefällt, es sogar mit beleidigenden Ausdrücken gebrandmarkt und in breitester Öffentlichkeit dagegen protestiert.

In Wahrung der allgemeinen berechtigten Interessen Deutscher Schriftsteller bitte ich Sie gegen ein derartig leichtsinniges und verantwortungsloses Vorgehn einer amtlichen Stelle bei einer amtlichen Tathandlung prinzipiell Stellung zu nehmen.

Ihrer baldigen Antwort entgegensehend bin ich mit
vorzüglicher Hochachtung
Ihre

Adresse: Fleisser, z. Z. Berlin/ Charlottenburg, Bleibtreustr. 46 hochparterre rechts.

61 Vom Ullstein Verlag
Berlin SW 68, Kochstraße 22-26

den 16. April 1929

Sehr geehrte gnädige Frau!
Wir bestätigen mit Ihnen folgende Abrede getroffen zu haben:
Wir nehmen mit dem 1. Mai d.J. unsere monatlichen Zahlungen wieder auf und zwar zahlen wir Ihnen, zunächst bis Dezember 1930, monatlich

RM 300.– (dreihundert Reichsmark)

Diese Zahlungen werden, ebenso wie die früheren zu Ihren Lasten verbuchten, auf die Ihnen zustehenden Einnahmen aus Tantiemen etc. verrechnet.
Sie bleiben weiter verpflichtet, uns für die Dauer des Abkommens Ihre gesamte Produktion an dramatischen, erzählenden und lyrischen Werken – ausgenommen sind Arbeiten bis zum Umfange eines normalen Feuilletons – zuerst einzureichen, zumindest haben Sie uns Ihr nächstes abendfüllendes Bühnenwerk einzureichen. Geschieht dieses nicht während der angegebenen Zeit der Dauer des Abkommens, so bleiben Sie auch über die Zeit seines Ablaufs hinaus zur Einreichung des erwähnten Bühnenwerkes verpflichtet.
Im Falle der Annahme der Werke durch uns steht es uns frei, sie

im Ullstein- oder Propyläen-Verlag bezw. dem uns nahestehenden Arcadia-Verlag herauszubringen bezw. zu verwerten.
Auf von uns veranstaltete Buchausgaben erhalten Sie für jedes verkaufte Exemplar *12 % (zwölf Prozent)* vom Ladenpreis, errechnet auf den Ladenpreis der broschierten Ausgabe.
Von Eingängen aus dem Bühnenvertrieb, also vom Urheberanteil, der dem Bühnenverlag zufliesst, erhalten Sie *80 % (achtzig Prozent)*, während dem Bühnenverlag *20 % (zwanzig Prozent)* verbleiben.
Abrechnung über Tantiemen aus Bücherverkäufen und über Urheberanteile am Bühnenvertrieb, sowie Auszahlungen, wenn sich ein Guthaben für Sie ergeben hat, erfolgt für jedes Kalenderhalbjahr bis spätestens sechs Wochen nach Ablauf eines Halbjahres.
Sie haben das Recht, über ein Werk anderweit zu verfügen, falls wir das betreffende Manuskript ablehnen sollten. Wir sind verpflichtet, uns innerhalb eines Monats nach Erhalt des Manuskriptes zu entscheiden.
Wir bitten um Bestätigung Ihres Einverständnisses auf anliegender Durchschrift, die Sie uns zusenden wollen, und zeichnen

mit vorzüglicher Hochachtung
Ullstein Verlag [Unterschrift unleserlich]

62 Offener Brief nach Ingolstadt

Berlin, 17. 4. 1929

Sehr geehrter Herr Oberbürgermeister von Ingolstadt!
Liebe Mitbürger!
Sie haben gegen mein Stück *Pioniere in Ingolstadt* protestiert und es ein gemeines Machwerk, ein Schmähstück, ein Schandstück genannt. Warum denn gleich so hitzig? Sie haben ja die Aufführung nicht einmal gesehen, auch das Stück nicht gelesen, da es niemand zugänglich war. Waren Sie da nicht ein bißchen leichtsinnig, Herr Oberbürgermeister? Wie kann

man sich denn gleich bis in die Ausübung seiner Amtsfunktionen hinein auf das, was ein paar Zeitungen schreiben, verlassen? Und dann standen Ihrer den Zeitungen entnommenen Ansicht ja andere große Zeitungen entgegen. Haben Sie sich denn nicht das ganze Material angesehen, bevor Sie etwas taten, was Sie immerhin kompromittieren konnte? Wenn Sie sich schon darum annahmen, Herr Oberbürgermeister, wäre auch eine andere Einstellung von Ihnen denkbar gewesen. Sie hätten mich zum Beispiel gegen die Entstellung meiner Absichten in Schutz nehmen können. Aber es wird jetzt Frühling und die Säfte steigen ...

Ich schaue mein Stück an, ich schaue Ihren Protest an – ich kann mir nicht helfen, Herr Oberbürgermeister, ich bringe die beiden Dinge nicht unter einen Hut. Faktisch habe ich doch eine Riesenreklame für meine Vaterstadt gemacht, da ich eine begeisterte Ingolstädterin bin. Sie sind mir da wirklich ein wenig in den Rücken gefallen. Ich habe schöne Ansichtskarten zum Projizieren besorgt und Photographien von Leuten, die es mir erlaubt hatten; Photos, die herrlich genug sind, daß man davon träumen könnte. Damit allerdings hatte ich nicht gerechnet, daß Sie gegen Gratisreklame etwas einzuwenden haben.

Warum ich ein Stück über Ingolstadt schrieb? Weil ich in Gottesnamen die Menschen da unten mit ihren tausend Schwierigkeiten liebe. Ich verstehe nicht, was Sie eigentlich an meinem Stück kränkt. Daß es zwischen Soldaten und Dienstmädchen etwas vital zugeht? Das ist immer so gewesen, und außerdem ist Vitalität, von einem höheren Gesichtspunkt gesehen, eine positive menschliche Eigenschaft. Worum handelt es sich also: Sollten Sie fürchten, daß ich auf den einen oder anderen von Ihnen im besonderen hinschrieb? Beruhigen Sie sich, ich war kein Unmensch gegen Sie, Sie werden niemand erkennen, ich habe keinen einzigen unter Ihnen festgenagelt.

Aus Ingolstadt schrieb man mir sogar, daß man mich dort totschlagen würde. Seid doch nicht so derb, liebe Leute. Es ist nicht fein, wenn man ein Mädchen totschlägt. Es ist auch dann noch nicht fein, wenn dies Mädchen zufällig in Berlin aufge-

führt wird. Die Mädchen genießen heute größere Freiheit. Wir leben nicht mehr im Zeitalter der Hexenprozesse.
Kommt doch selber herauf und seht euch das Stück an, bevor ihr euch lang aufhetzen laßt. Vielleicht wollt ihr mich dann gar nicht mehr totschlagen. Vielleicht geht es euch dann, wie in dem Brief steht, den ich gestern von einem mir unbekannten Landsmann bekam:
»Mit sehr großer Freude und Rührung habe ich der Aufführung Ihres Stückes beigewohnt. Ich stamme aus der Gegend von Ingolstadt, und es war mir heimatlich zumute ...«
Es wird Frühling und die Säfte steigen. Mir scheint, daß Sie in dieser unruhigen Zeit an einem etwas bösen Furunkel leiden. Wenn dies Furunkel aufgegangen ist, werden Sie wieder gesünder sein.

Marieluise Fleißer

63 An den Drei Masken Verlag
Abteilung Bühnenvertrieb

24. 4. 29.

Sehr geehrter Verlag,
ich habe sehr bedauert, dass Sie nicht etwas eher anriefen. Da es sich solange hinauszog, dachte ich, dass Sie an der Sache kein Interesse mehr hätten. Ich habe mich vor ein paar Tagen anderweitig gebunden zwar nicht über das Stück, das ich mit Feuchtwanger schreiben will, aber ich habe leider übersehen es mir ausdrücklich auszunehmen und habe für den Augenblick die Hände nicht frei. Ich möchte es also einstweilen zurückstellen, umsomehr als ich den Eindruck habe, dass Feuchtwanger die Arbeit auch nicht so schnell in Angriff nehmen kann. Vielleicht können wir uns, wenn ich wieder frei bin, über den Fall nochmal unterhalten.

Bis dahin verbleibe ich mit vorzüglicher Hochachtung

Ihre

64 *Von Josef Haindl*

30. April 29

Mein Lieb,

Eben hab ich Deinen Brief vom 28 erhalten und bin nicht gerade erbaut, daß Du sogar am Sonntag arbeitest gönne Dir mein Herzl auch etwas Ruhe treib nicht solchen Raubbau mit Deiner Gesundheit was nützt Dir schließlich der größte Erfolg wenn Du dann krank bist, Du bist doch schließlich keine Maschine, gell Herzl versprich mir daß Du auch an Dich und Deine Gesundheit denkst. Wie gehts Dir sonnst bist jezt Gesundheitlich wieder voll auf der Höhe gehe doch etwas spatzieren. Das Geld an Dich ist schon Freitags weggeschikt worden Du mußt es gestern schon erhalten haben Schreib mir gleich Deine neue Adresse wenn Du Sie weißt nicht daß ich wieder 10 Tage nicht weiß wo ich hinschreiben soll. Ich mache heute Inventur muss Sie besonders genau machen weil ich dann schaue daß ich ein Mädchen für den Laden bekomme, dann kann ich wenigstens zum Grossieren weg für den Laden reinigen habe ich eine Zugeherin, Du brauchst Dir also keine Sorgen machen daß ich meinen Laden herunterkommen laße es geht ganz gut soweit, Mutter hat schon über ein Monat ein Mädchen für den Laden, die hat beim Stahl gelernt Sie sind sehr zufrieden damit, hoffentlich hab ich auch Glück dabei daß ich eine Vertrauenswürdige finde, heute gehts mir auch schon wieder besser das Turnfieber und den Sonenbrand spür ich nicht mehr blos bin ich schon wieder im Gesicht ganz dunkelbraun, aber nächsten Sonntag geht die Maidult an da haben wir zwei Sonntage offen von 10 U–6 U abends aber jezt kann man ja Abends wieder besser hinaus weils doch schon wieder ziemlich lange Tag ist, ich komme also schon an die frische Luft und kann auch abends rudern wenns schön ist und an den zwei Sonntagen gehe ich wenn es schön ist in der Frühe um 7 Uhr in den Club jezt bin ich wieder wohlauf, Sport macht Spannkräftig und frisch ich wollt Du könntest mitmachen. Einen Kuss von Deinem Bepp

Vergiss die Adresse nicht!

65 An Herbert Jhering

3. Mai 1929.

Sehr geehrter Herr Jhering,
können Sie beiliegenden Aufsatz über Kleist im Börsen-Courier brauchen?
Wie geht es Ihnen? Ich war krank und bin dann verschiedentlich umgezogen, aber jetzt habe ich eine dauernde Adresse für den Monat Mai.
Ich hoffe von Ihnen zu hören und bin mit den besten Grüssen

Ihre
Marieluise Fleißer

Adresse: Niebuhrstrasse 68/1. Bismarck 11 81

66 Von Josef Haindl

Ingolstadt, den 4. V. 29.

Meine Luisi,
wirf Deinen Kummer von Dir mein armes Herz Du hast mich und wenn wir Tausend Jahr alt werden Du warst und bist mir zu viel in meinem Leben ich bin allein schon froh weil ich wieder einen Brief erhalten hab, da höre ich mein armes Punnylein das sich sorgt und härmt und braucht sich nicht sorgen um seinen Bepp. Luisi weiß doch, daß sein Bepp treu ist und zäh er beißt sich schon durch er wird immer auf sein kleines Punnylein warten, daß sich nicht härmen und krank werden darf weil sonnst Beppi auch krank wird vor Kummer, aber wenn mein Punny gesund und munter ist dann ist auch Dein Brauni froh und munter und wenn sein Luisi noch so weit weg ist weil Beppi weiß, dass ihn Luisi sein Punny gern hat und er ist zufrieden laßt den Kopf nicht hängen wenn Luisi wieder froh und Gesund bleibt und seinem Brauni wieder schreibt daß Luisi ihn noch mag und mein kleines wie meinst Du wie wärs wenn ich Pfingsten zu Dir nach Berlin fahren würde am Samstag abend mit dem Schnellzug und am Pfingstmontag abend zurück da hätte ich mein Luisl doch zu Pfingsten bei mir aber wenn Luisi keine Zeit hat dann warten Beppi ganz gern noch die Paar Tage

zum 1. Juni, aber mein Herzl Du sollst dich [nicht] sorgen und Dein Kopfel hängen lassen sondern froh und munter sein und sollst dich auch erholen nicht blos arbeiten, wenns es Dir mein Herzl gut geht, dann bin ich auch zufrieden und glücklich, weil ich weiß wie gern sein Luisl dem Bepp hat, und Du mein armes Herzl sollst auch so schnell wie möglich eine Antwort haben wenn Du auch wieder schimpft über meine Verschwendung aber Du sollst ruhig sein und sollst Dich gesund schlafen können, dann bin ich morgen am Sonntag wieder froh und guter Dinge weil ich weiß, daß Du wieder beruhigt bist und ich Dir nicht böse bin, daß könnt ich auch nicht weil Du mein Herzl mir soviel geschenkt hast wie noch kein Mädchen ich hab von Dir Liebe bekommen und hab Dich lieben gelernt, das ich nie für möglich gehalten hab ich Küsse Dich und schlaf gut und denke an Deinen Bepp der dir gut ist mein Luisl.

67 *Von Josef Haindl*

Ingolstadt, den 7. Mai 29.

Sei so gut und schike mir einen Band von Deinen Novellen wenn sie herauskommen;

Mein Lieb,
wie gehts Dir mein Herzl hast Du meinen Eilbrief bekomen, das geschriebene gilt heute genau so wie am Samstag und auch immer ich bin froh daß ich Deine Liebe hab und alle andern Wiederwärtigkeiten zählen nicht ich wäre erst unklücklich wenn Du mich verstossen würdest, wenn ich jemals seit den schönen Tagen in Starnberg im Zweifel gewesen wäre ob ich Dich Liebe, mein Punnylein oder nicht, so hätte mich jezt diese Zeit, wo Du weg warst überzeugt daß ich ohne Dich wenn ich auch Deine lieben Worte nur in Briefen lesen konnte nicht mehr auskomme in meinem Leben es wäre vollkommen wertlos. Ich würde meine ganze Arbeitsfreude einbüssen und alles was sonst einen Menschen in seinen Augen einen Wert hat ver-

lieren, das wäre mein Untergang. Wir können ja einmal den Gedanken ins Auge fassen und wenn Du im Juni wieder hier bist besprechen, einer Übersiedlung nach Berlin, ich müsste mir halt eventuell durch einen Bekannten, von dort der auf Grund seiner Tätigkeit in Berlin sicher einen Einblick hat im Wirtschaftlichen Leben, (Finanzamt) einmal Auskünfte einholen, vielleicht kommt er sogar nach Ingolstadt in Urlaub, dann könnte ja noch viel anders werden wie Du glaubst, sollte sich aber dieser Weg nicht gangbar zeigen so wäre die lange Trennung immer noch eher zu ertragen, denn die schönen Tage des Zusammenseins liegen doch wieder im Hintergrund, leider sind unsere zwei Tätigkeiten so weit entfernt oder zum Glück! Ja mein Punny mach Dir nun den Kopf nicht schwer damit, wir werden schon einen Ausweg finden wenn Du wieder hier bist, dann werden wir schon was gescheites herausfinden gehen wird ja schließlich alles wenn man will wir haben ja auch das Verloben durchgesezt, das war meines Erachtens auch schwer. Nun mein Herzl bleib gesund und froher Dinge es wird immer besser wie man glaubt. Einen Kuss und ein frohes Wiedersehen

Dein Bepp

68 Von Josef Haindl

Ingolstadt, den 7. V. 29.

Liebe Luisi!

ich bin unruhig eben erfahre ich von Jetty, daß Du eine Karte geschrieben hast und darin schreibst Du, daß Du noch länger wie den Mai in Berlin bleibst und Deine Sachen schicken läßt was hast Du vor mein Punny? Du willst ja doch im Herbst wieder nach Berlin zurück, mußt Du den Juni auch noch oben bleiben bitte schreib mir doch wie lang Du noch in Berlin bleibst nicht immer so tropfenweise heute 14 Tage morgen 4 Wochen ich freu mich jedesmal darauf morgen Dich wieder bei mir zu haben, dann kommt wieder eine Nachricht 4 Wochen später ich zähle wieder die Tage und fast beim lezten kommt wieder ein Brief in 14 Tagen und sofort und jedesmal fällt meine Freude ins Wasser und wieder geht das Zählen an und das Bangen ob Du wohl diesmal kommst. Punny sei lieb schreib mir doch ungefähr genau wann Du denkst wieder nach Ingolstadt zu mir zu kommen, spanne mich nicht so auf die Folter, eine sichere Zeit ist mir wenn sie noch so lang ist hundertmal lieber als immer die Freude und die Freude wird wieder umgestossen in das ewige kommt mein Punny kommt mein Punny nicht, das verzehrt meine Nerven, wie Jetty mir von der Karte erzählte war ich ganz fassungslos ich war wie geprügelt, ich bitte Dich schreib mir lieber einen langen Termin aber nicht daß Du den oder den kommst und ich warte, warte, kommen tut mein Herzl nicht wieder freute ich mich vergebens, es ist grade als wenn zu einem Kinde gesagt wird morgen ist Weinachten das wird jeden Tag wiederholt und Du mein Herzl weißt selbst wie unruhig und langsam gerade die lezten Tage vergehen und wieder und wieder nichts. Mein Punny ich bitte Dich sei so gut und schreib mir Doch wie lang Du noch oben bleibst. Du weißt nicht wie ich selbst jede Zeitung und jede Illustrierte verfolge blos um etwas von Dir zu hören und um mit Dir mitzuleben jezt war ich wieder guter Dinge jezt kommt die Neue ungewissheit, Mein Herzl Du kannst aber sorglos sein ich mache keine Dummheit und tue was Du willst aber bitte schreib mir wie, was, und wann, daß diese Unruhe von mir genommen wird. Du wirst ja keine Freude an mir haben auf diesen Brief aber verzeihe mir ich kann nicht anders. Du bist mir mehr in meinem Leben als Du glaubst von in der Frühe bis zur Nacht von der Nacht bis zum Morgen so geht es weiter und immer weiter Tag für Tag, aber meine geschäftlichen Verpflichtungen erfülle ich da kannst Du außer Sorge sein es ist alles reinlich und sauber ich vernachlässige das Geschäft nicht Du kannst ohne Sorge sein ich bin nicht leichtsinnig und untergrabe mein Geschäft aber bitte schreib mir gleich ich warte auf Deine Antwort Gute Nacht mein Herzl schlaf gut und denk an mich Deinen

Bepp

und einen Kuss

69 *Von Josef Haindl*

Ingolstadt, den 9. V. 29.

Nun läuft ja heute die 3 Groschenoper

Mein Lieb,
wie gehts Dir, bist Du Gesund?, was machen Deine Arbeiten ich war jezt bei Deinem Vater und hab die Karte gelesen die Du geschrieben hast, Du willst wohl jezt schon baden weil Du Dir den Mantel nachschiken läßt, sei vorsichtig mein Herzl mit dem Wasser Du weißt daß, Du Dich leicht verkältest und Darmkatharr kriegst, nimm lieber blos Sonnenbäder und vielleicht ohne Triko zuvor eine Tusche das ist viel Gesünder für Dich, weil der Trikot nicht so schnell troken wird. Wir haben jezt die Geschäfte offen wegen der Dult, heute wäre hier Feiertag und halber Namenstag für Dich, aber den feierst Du ja nicht, nächsten Sonntag noch, ich bin froh wenn dies vorbei ist es ist ja doch nichts los auf diesen Dulten weil alles zum Plärrer lauft man steht blos drinn und hält Maulaffen feil; heute abends um sechs Uhr gehe ich zum Rudern. Wochentags wird es immer noch zu früh nacht, aber es wird jezt schon besser von Tag zu Tag, hast Du meine lezten 3 Briefe bekommen verzeih mir weil ich so nervös und erregt geschrieben hab ich wollte Dir nicht weh tun, mein Punny, aber ich konnte nicht anders ich war wie aus dem Himmel gefallen wie Jetty mir von der Karte erzählte, ich hätte besser getan eine Nacht darüber zu schlafen bis ich Dir den Brief geschrieben hätte aber Du bist mir zuviel und ich war wie geschlagen wie Jetty mir von der Karte erzählte übrigens kommen, nach Pfingsten im Juni am 29 und 30. noch mal zwei Feiertage da halten wir uns schadlos für die Pfingsttage, ich freue mich schon riesig darauf, da wird es sicher sehr schön. Jezt noch kurz etwas über die Pioniere, die hat jezt das Theater bekommen und das Manuskript geht jezt in der Stadt herum. Urteile hab ich noch nicht gehört ist ja gleich was Sie sagen, die 6 Kompagnie ist auch retour, aber das Hauptgespräch war der 1 Mai in Berlin es ist also besser gegangen wie ich meinte. Nun mein Punny sei Deinem Beppie nicht recht böse

etwas schimpfen darfst Du schon aber nicht soviel ich kann mich nun mal nicht losreissen denke bei Nacht in Deinem Bette hie und da auch an Deinen Bepp viele Küsse und frohes Wiedersehen Dein Bepp
Ich gratuliere Dir zu Deinem 41 mal

70 *Von Josef Haindl*

Ingolstadt, den 13. 5. 29

Liebs Luisl!
Punny seit Samstag schreib ich jezt Briefe und hab doch kein fortgeschikt und immer lese ich Deine lezten Briefe ich kann nicht fertig werden damit mein Herzl ich will ja nicht daß Du verkümmerst ich hab Dich ja viel zu lieb mein Baby um Dir zu schaden, aber es muß und soll einen andern Weg geben es wäre ja gut wenn ich hinauffahren würde nach Berlin wenn nur die Qual nicht größer wird und würden uns vielleicht aussprechen vielleicht wäre doch die Möglichkeit vorhanden ich weiß ja das eine es wäre mein Untergang ich kann ja keinen klaren Gedanken fassen gestern in der Frühe war ich bei Deiner lieben Mutter am Friedhof drauß und heulte mich aus. Bitte schreib mir soll ich hinaufkommen oder nicht, ich warte ja ganz gern bis Ende Mai oder Anfang Juni nach Ingolstadt wieder kommst ich hab ja keine Ruhe mehr ich kann ja Dich nicht verlieren mein Herzlpunny Du bist ja mir zu viel Viele Küsse Dein Bepp

bitte schreibe

71 *Von Josef Haindl*

Ingolstadt, den 14. 5. 29.

Lieber Punny!
Dein Brauni kommt nun doch nach Berlin, Punny ich kann ja gar mehr anders ich muß mein Ruhe wieder finden ich kome um 7.35 am Samstagmorgen in Berlin Anhalter Banhof an ich

finde schon zu Dir hin ich glaube nicht, daß Du mich abholen mußt sonst mußt Du recht früh aufstehen lieber warte ich im Banhof bis der Hauptverkehr nach 8 Uhr vorbei ist. Ich fahre am Freitag abend 18.50 hier weg Auf Wiedersehen mein Punny

Viele Küsse von Deinem Bepp

Siegfried vertritt mich im Geschäft

72 Von Josef Haindl

Ingolstadt, den 24. 5. 29.

Liebe Luis,
bist Du gut nach Hause gekommen, bei mir gings an ich hätte ruhig bis 24 Uhr in Berlin bleiben, weil mein Zug vor Schwandorf in freiher Strecke liegen geblieben ist wegen Maschinendefekt und bin so mit ¾ stündiger Verspätung nach Regensburg gekommen und hab so den Anschluss versäumt, nun bin ich statt 7 um 11 Uhr nach Ingolstadt gekommen, aber es machte ja nichts, es war ja nur schade, daß ich die Stunden auf der Eisenbahn rumkugeln mußte. Mein Brauni, ich schike Dir 3 Flaschen Rotwein für morgens und Nachmittags je ein Glas aber Du mußt mindestens je ein oder zwei Eier verquirlen und in den Wein reintun, dann wird er Dich gut stärken und brauchst auch keine Angst vor Verstopfung zu haben so zu trinken rate ich Dir nicht. Vor allem lege die Flaschen stets auf die offene, dass der Wein nicht sauer wird, dann wird er Dir gut tun mein Herzl. In Ingolstadt hat es Pfingsten geregnet. Ella hab ich wegen Deinen Sachen gesprochen und sie richtet sie am Samstag her, soll man da nachher was schiken, sei so gut und teile mir das mit was Du davon brauchen kannst, dann verpake ichs und schicke Dir was Du brauchst mein Lumpi, denke auch an Deine Gesundheit hol Dir gelegentlich eine Staude Kopfsalat und hie und da etwas Rettiche, den Kopfsalat kannst ja mit Rühr- oder Spiegeleier essen, Brauni das wird Dir sehr gut tun. Im Volksbad ist hier jezt seit ein paar Tagen grosser Betrieb weils jezt endlich auch hier warm ist. Wie wärs wenn Du Dir

für denn Juni eine Monatskarte der Stadt und Ringbahn kaufen würdest die glaub ich kostet cirka 9.- M und Du komst doch billiger weg wenn Du zum Baden und in die Stadt blos täglich 2x fährst weil 60x 30 Pf. 18.-M sind die gibts bei Wertheim auch für U Bahn und Omnibus kannst Dir ja nehmen welche Dir zweckmässig erscheint, bei schönen ruhigen Wetter kannst ja das Rudern auch wagen, Du hast ja in Pörtschach auch allein gerudert nimm ein Bott ohne Rollsitz gib aber obacht auf die Körperhaltung beim Vorgehen ausatmen beim Anziehen einatmen Oberkörper aufrichten Arme gestrekt lassen bis der Oberkörper vollkommen aufgerichtet ist (Hohlkreutz) später wenn Du wieder sicherer bist kannst ja Rollsitzbote nehmen die beschäftigen den ganzen Körper das ist ja besser, aber nicht krampfhaft sondern alles loker ohne Kraft dann gehts schneller und leichter wenns auch gleich beim Einsteigen nicht geht dafür später desto besser, und Du wirst Freude davon kriegen. Ab Montag hab ich eine Hilfe im Laden, wenn Du wieder hier bist können wir das Schwimmen in Angriff nehmen eventuell auch das Radfahren aber blos in den Abendstunden daß Du nicht gesehen wirst beim lernen in paar Tagen lernst Dus leicht.

Einen Kuss von Deinem Bepp

N.B. lass Dir den Wein gut schmeken und betrink Dich nicht wenn Du wieder einen brauchst schik den Karton zurück mit irgendetwas dann kriegst wieder frischen

73 *Von Josef Haindl*

Ingolstadt, den 28. 5. 29.

Mein Lieb,
hast Du das Paket mit den Flaschen erhalten? Wie gehts Dir mein Punni, kommst recht oft zum Baden warst schon wieder beim Rudern. Brauni magst nicht wenn Du jezt von Berlin weggehst nach Ingolstadt kommen, ich kann ja jezt weg vom Geschäft und kann Dir Gesellschaft leisten wenn Du Nachmittags zum Schwimen gehst, komm Brauni schenk mir die kurze

Zeit, die Du von Berlin wegkannst, wenn es für Dich das Opfer nicht zu groß ist, Brauni Du würdest mir die größte Freude machen und ich wäre der glücklichste Mensch auf Erden überleg es Dir aber reiflich, vielleicht könntest Du dafür im Herbst noch einen Monat an das Adriatische Meer dann hättest einen Monat länger Sommer und könntest Dir das mit dem gleichen Geld auch anschauen. Wähle wie Du willst ich bin mit allem zufrieden Brauni, die Hauptsache ists, wenn Du Dich wohl fühlst. Punnilein trink ja den Rotwein nicht zu rasch und nach Möglichkeit immer in ein Gläschen ein oder noch besser zwei Eier roh hinein, daß, Du ja keine Verstopfung kriegst sonst würd mir das Schenken leid wenn Du mein Herzl krank werden solltest, statt Dich recht gesund und kräftig wiederzusehen, Dich krank und Elend zu wissen, es ist ja immer meine ganze Freude wenn ich weiß, Daß mein Brauni gesund ist und meinem Herzl guht geht, dann wünsch ich ja für mich nichts mehr weil ich alles schon hab was ich will. Gell Punni denk an Dich werde ja nicht krank schwimm und rudere und iss was Dir schmeckt »viel Frischgemüse« und denk hie und da an

Deinen Bepp

74 Von Josef Haindl

Ingolstadt, den 31. Mai 29.

Mein Lieb,

mit grosser Freude Deinen lang erwarteten Brief heute erhalten, gestern war ja Hier Fronleichnam, da ging kein Postzustellgang, vor allem bin ich froh, daß Dir gut geht, mit Ausnahme der Zähne, die jezt ja auch wieder intakt sein werden, aber Brauni Du darfst nicht so leichtsinnig sein und wenn Du krank bist ins Wasser gehen, Du mein Lieb vor allem nicht, leidest ja so immer bei solchen Anlässen mehr wie jede andere, ich hab Dir ja früher schon einmal erzählt daß mit dem nicht zu spassen ist, erinnere nur an den Fall, damals bei uns im Schwimmbad, die ich damals herauszog, die wäre damals beinahe verrükt geworden und war sehr lange schwer krank, leidet jezt noch immer trozdem jetzt 5 Jahre vorbei sind noch immer darunter. Sei gut, meide in Zukunft bei solchen Anlässen selbst das Sonnenbad, ich kann mir ja leicht vorstellen wenn alles ins Wasser geht und hat in sich das Bewusstsein, daß man nicht hinein darf, daß es noch schwerer ist als wenn man zu Hause bleibt oder weg vom Bad, Du hättest sicher wo anders in der größten Hitze nicht soviel Milch und Eis konsumiert wie im Bad, Du hattest ja schon im Unterbewusstsein zu leiden. Brauni versprich mir daß, Du nicht mehr hinausgehst wenn wieder so ein Tag ist, es ist ja doch blos eine Qual für Dich. Mit dem Schwimmenlernen kann ich Dir jezt gut helfen ich hab ja jezt eine gute Hilfe im Laden 20-21 jährig die sehr anstellig ist und aus gutem Hause ich glaube nicht daß ich einen schlechten Griff damit gemacht habe Sie ist mit einem Herrn von der Landespolizei verlobt, eben richtet Sie zur Inventur her über die ich dann, Dir später Bericht erstatten will. Nun Brauni wenn Du mir die im lezten Brief vorgeschlagene Bitte erfüllen willst wird es Dich sicher nicht reuen, ich lerne Dir das Schwimen und rudern wenn Du willst und bei täglicher Übung kann ich Dir jezt schon versichern, daß Du mein Herzl Dich sicher nicht über verlorene Zeit beklagen wirst und kannst in den Morgenstunden, wenn Du nicht arbeiten willst auch über mich verfügen, die Nachmittagstunden gehören Dir selbstverständlich soweit es Dir angenehm ist. Brauni ich glaube, daß ich Dir sicher nicht zuviel verspreche wenn ich sage Du wirst mehr davon haben als wenn Du jezt schon ans Meer gehst, statt im Herbst, weil Du in diesen Monaten soviel lernen wirst, daß Du im Wasser ziemlich zu Hause bist, dann kannst Du die Freuden des Meeres erst voll auskosten. Aber ich will Dich nicht drängen obwohl es mir die größte Freude wäre in meinem Dasein, tu mein Herz was Du willst, schreibe mir bald darüber, vielleicht machst Du mir die Freude, vor allem bleib mir nur Gesund! Einen Kuss von Deinem

Bepp

75 Von Josef Haindl

Ing. 7. 6. 29

Liebes Brauni,
was machst Du jezt, kommst Du nach Ingolstadt. Bist Du am 21. Juni noch in Berlin an Deinem Namenstag, was wünscht Du Dir mein Herzl. Brauni wie gehts Dir, versprich mir, daß Du auf Deine Gesundheit schaust, ich wollte ich könnte Dir alles Schwere abnehmen und für Dich leiden, dann hätte ich wenigstens auch einen Zweck. Mein liebes Herz schreib doch auch einmal an Deinen Vater, mag früher gewesen sein was will er ist nun doch mal Dein Vater, es braucht ja nicht eine grosse Erklärung zu sein. Ich tue Dir ja auch den Willen und rudere und schwimme wie verükt jeden zweiten Tag schwimme ich mindestens 1000 Meter Hand über Hand und sonst noch etwas Brust und Seite, den andern Tag rudere ich. Mein Herzl komm doch Ende Juni mindestens vor dem 30. Juni nach Ingolstadt ich zahle Dir gern die Miete. Du kommst ja doch wieder im Herbst nach Berlin, ich versprich Dir heute schon ich lerne Dir alles was Dich auf Schwimmerischen sowie im Rudern interessiert Ich habe am Sonntag einen Lehrgang im Schwimen mitgemacht es war ja für mich nichts neues dabei, aber wenigstens bin ich sicher noch am laufenden zu sein, zu Deinem besten. Brauni es wird Dich sicher nicht reuen wenn Du meiner einzigen Bitte die ich noch an Dich hab nachkommst, hast Du mich früher nur ein bisschen lieb gehabt dann sei barmherzig, Du kannst nicht ermessen wenn Du auf meine einzige Bitte die ich noch hab eingehst. Mein Herzpeterl komm sei lieb zu mir und komm. Herzliche Küsse von Deinem Bepp

Brauni bitte gib mir doch auf meinen Brief gleich Antwort. Hast Du den vom Freitag nicht erhalten den müßtest Du am Samstag erhalten haben. Bitte gib mir Antwort.

76 Von Josef Haindl

Ing. 10. 6. 29

Mein Lieb,
es tut mir ja selbst so weh, daß ich mit meiner Bitte, Dir mein Brauni weh getan hab, ich hab ja nicht gewußt, daß es nicht sein kann, es war ja für mich das rettende Land in meiner innern Not. Brauni ich bin Dir nicht bös, ich kanns ja nicht sein, ich brings ja gar nicht fertig.
Es wäre ja gut wenn ichs sein könnte, aber leider weiß ich dies eine, wenn Du mich todtmarterst kann ich über Dich auch nicht schimpfen und Fluchen. Denn Tag über lauf ich drauß herum in den Geschäften abends laufe schwimme und rudere ich, aber Nachts. Es hilft ja nichts, mich mit Gedanken zu quälen, es gibt ja für mich vorerst nichts als zu warten bis Du mein Brauni wieder zu mir in mein Nesterl fliegst. Brauni kannst Du mir nicht ungefähr die Zeit schreiben, vielleicht hilft das, mir darüber hinweg. Aber Brauni laß nur Du nicht auch den Kopf hängen, Herzl wenn Du krank wirst leide ich noch mehr.
Eines bitte ich Dich Herzpeterl, schreib mir alle Wochen einmal, wenn Du auch nicht gern schreibst, Du weißt ja nicht wie ich auf Deine Briefe warte, wenn die Zeit kommt, daß ein Brief von Dir dabei sein kann, ich weiß ja, es sind ja blos Strohhalme, aber ich klammere mich daran fest wie ein Ertrinkender, ach Gott ich wollte ich wäre nie in Berlin gewesen es könnte vielleicht besser sein. Herzpeterl sei mir bitte nicht bös, einen Kuss von Deinem Sorgenbepp ich kann ja nichts dafür daß ich Dich lieb hab.
Luisl ist in Deiner Klage schon ein Termin festgesetzt zur Verhandlung.

77 Von Josef Haindl

Ingolstadt, den 20. 6. 29.

Mein Herzpeterl,
haben Dich die Grüsse der Heimat, das heißt das Paket mit den Blumen, bei voller Gesundheit erreicht, Brauni sind sie noch frisch, ich wünsche Dir nochmal alles Gute, vor allem daß Du

Dein Namensfest in recht schöner Stimmung verbringen magst. Wie geht es Dir mein Herz bist Du Gesund. Ich bin sehr viel beim Schwimmen und Rudern und bin schon beinahe Schwarz wie ein Neger. Besonders viel schwimm ich die langen Streken und bring ganz nette Zeiten heraus ich soll die bayerische Meisterschaft mitschwimmen in der Donau über 7 ½ Kilometer die Leute vom Verein plagen mich mächtig darum, ich weiß aber noch nicht ob ich mitschwimme, es ist ja noch Zeit bis Juli, den 15 oder 20 rum. Am Sonntag machte ich in der Frühe beim Anschwimmen in der Donau mit und wie die andern von der Brüke vom Geländer und ganz oben von den Verstrebungen der Brücke heruntersprangen war ich im Kahn zum Retten aber wie zu erwarten war, ging alles gut hinaus, das Springen war sehr schön, fast die ganze Stadt war auf den Beinen um eine kleine Erregung zu erhaschen. Wir hatten Hochwasser da zog, das ganze noch mehr, als wenns ruhig gewesen wäre, am Nachmittag mußte ich beim Anrudern mitfahren im Zweier ohne Steuermann, schade dieses Bott hätten wir im Wannsee gebraucht, das wäre schön gewesen nicht zu breit, das wäre schön gelaufen, wenn wir zu zweit gerudert hätten, gesteuert wird mit dem Fuß, da hätte ich Dich schön schwitzen lassen können. Brauni kommst Du recht viel zum Schwimmen bist Du schon recht schön braun, was machst Du jezt, Wie geht Deine Arbeit, kommst Du vorwärts damit. Was machst Du jezt im Juli? Bitte schreib mir doch darüber, gestern war ich bei Euch Sie haben Deine ganzen Sachen gewaschen und gebügelt, Sie wollten wissen ob Sie Dir was davon schiken sollen Brauni, Ella hab ich schon gleich gesagt wie Du geschrieben hast, daß Sie nichts schiken sollen davon, aber Sie tun Dir in Dein Namenstagpaket jezt Taschentücher einpaken die kannst Du ja immer brauchen. Dein Papa ist anscheinend leicht verärgert weil Du noch keine einzige Karte geschrieben hast bitte Brauni hols doch so rasch wie möglich nach, Sein Namenstag kommt auch im Juli vergiss nicht darauf. Nun mein Herz verbring Deinen Tag recht gut und denk auch etwas an mich nochmals Herzlichen Glückwunsch und viele Küsse von

Deinem Bepp

Auf frohes Wiedersehen!

78 Von Josef Haindl

Ingolstadt den 20. 6. 29.

Liebe Luisl,
Deinen Brief hab ich heute Abend erhalten und hab sofort Dein Geld, Dir überweisen lassen. Ich bitte Dich sei genau so anständig und teile mir Postwendend mit wann Du zurükkommst (darf auch ungefähr sein) und ob Du mir Gelegenheit zu einer längeren Aussprache gibst und bitte Dich gleichzeitig mir dann gegebenenfalls Deine Ankunft in Ingolstadt, mitzuteilen, dann hole ich Dich vom Banhof ab und legen den Zeitpunkt der Aussprache fest.
Diese mündliche Aussprache wird für Dich genau so wichtig sein, wie für mich.
Solltest Du wieder Erwarten nicht einwilligen so bitte ich auch, mir das Postwendend mitzuteilen.

Herzlichen Gruss
Bepp

79 Von Heinrich Fleißer

27. Juni 1929

Meine Tochter Luise.
Ich kome erst heute dazu deine Zeilen vom 20ten zu beantworten. Den gewünschten Bericht über betreffende Stadtratsitzung habe ich nicht in Händen, warscheinlich weil mir seinerzeit die ganze Sache so zum Ekel wurde, daß ich keine Zeitung von hier mehr lesen mochte; ich hatte es satt *unseren* Namen fast täglich als ergötzliche Zielscheibe von Hohn, Spott oder Bedauern zu wissen u. konnte sorglos dann sein wenn mich die Leute überall ansahen, wie einen Sünder. Wenn Du den Wortlaut des Protestes wissen willst den lege ich bei; Wenn ich aber über die Sache nachdenke u. überlege, wie ja der Oberbürgermeister nur Sprachrohr der Allgemeinheit hier u. des Stadtrates war u. der Protest nichts Persönliches, sondern nur Kritik eines Teaterspieles war, so glaube ich daß da nichts besonderes herausschaut für Dich; Schließlich erhältst Du es amtlich auch noch, daß das Stück den ethischen oder religiösen Gefühlen vieler

Menschen eben einfach doch nicht entspricht; Warum wird es nicht in anderen Städten auch aufgeführt? War es vieleicht doch mehr Regie? es giebt hier schon auch Leute, die es gleich in ersten Tagen gesehen haben u. dann Zeugnis dagegen ablegten, mir selbst hat ein Herr Vorhalt gemacht als ob [er] Dich in Händen hätte. nun ich wurde rot; – ich habe ja auch andre Kritiken über Deine Sachen gelesen, aber am liebsten wäre mir schon, wenn einmal Ruhe würde, mit diesen Pionieren, oder Dir gelingt es neues zu schaffen »besseres«, wie es die Dir wohl wollende Kritik in Dir verborgen glaubt. Nun ich bin kein Literat u. kann nicht urteilen ob *so* schlecht – oder *so* aussichtsvoll; jedenfalls würde es mich freuen wen Du einen materiellen Vorteil davon gehabt hättest, was hat jetzt Dir die Sache eingetragen was hast Du davon zum leben? ich weiß es nicht aber anscheinend nicht recht viel u. ist wohl Dichterruhm imer noch nicht das rentabelste; ich würde ja Dir das Geld mitsamt Ruhm scheffelweis wünschen. Es wären auch die Jahre, wo Deine Arbeit wenigstens Dir das z. Leben Notwendige einbringen sollte, aber wenn es Dir immer noch nicht das zum Leben Notwendige einbringt, u. wenn Du gleich gar vieleicht einmal eine Unterstützung von der Stadt brauchen würdest, wenn ich einmal nicht mehr lebe, dann lasse fein ja die Finger weg von der Klage: zwar lebe ich noch, aber der Rest wird immer kleiner u. sorge mich selbst schwer um die Zukunft u. wäre es mir angenehm zu wissen daß Du aus dem Ertrag Deiner Arbeit leben könntest. Denn einmal kommt die Stunde u. ich lebe vieleicht noch u. kann nichts mehr u. dafür rate ich Dir sorge Dich vor; Zu Hause geht es halt wie immer, geschäftlich nie so viel Verdienst daß ich einmal leben könnte, ohne zuzusetzen, u. wäre ich so froh wenn Heinrich einmal fertig wäre u. auf eigenen Füssen stehen kann, u. die Ella auch Aussicht hätte, mitzuverdienen für den Haushalt. so geht es nicht mehr auf die Dauer ich werde immer so müde u. abgespannt bis zum Abend, ich kann bald nicht mehr so, wie bis jetzt. Der Tot hält gute Ernte bei meinen Bekannten. vor einigen Tagen ist die Frau Oberinspektor Schuster gestorben, einige Zeit vorher unser Nachbar Hugo Widmann, dann ein Herr Delagera, mit dem ich jede Woche einige male beisammen war, lauter Mene tekel; Wie Du mir mitteilst möchtest Du gerne nach Ingolstadt für einige Zeit; wen Dir nicht bange ist, mir soll es nicht darauf ankomen, aber ich habe Bedenken, ich würde an Deiner Stelle lieber als Zigarrenladnerin in Berlin leben oder sein, wie hier als Dichterin, denn noch oft genug kann ich über Dich abfällige Urteile hören, auch von ins Gesicht spucken u. dergleichen, so schnell sind die Wogen noch nicht glatt u. dann die Sache mit dem Haindl Josef wie leicht kann da aus dem Lustspiel eine Tragödie werden, u. wenn Dich der Mann umbringen will, wie Du mir schreibst, wenn Du das riskieren willst? für möglich halte ich alles, bei der bodenlosen, unergründlichen Liebe oder Leidenschaft für Dich. Es war das ein böses Spiel, mit diesem wackeren jungen Mann, der Tapfere, der sich unermüdlich u. furchtlos gegen die öffentliche Meinung gestellt hat, der unbeirrt um geschäftliche Vor oder Nachteile unermüdlich in allen Kreisen in denen er Gelegenheit hat zu verkehren, für Dich u. *Deine* Ehre eingetreten ist, alles zusammengetragen u. verbreitet hat, was nur zu Deinen Gunsten war, der sein Elternheim u. noch mehr geopfert hat um Dich u. der nun von Dir bei Seite gesetzt, sich elend fühlt u. verzehrt in Sehnsucht, spitzig wird u. schmahl u. nicht mehr weiß, wo aus, wo ein, ja meine Liebe das ist schon nicht einfach u. haben Deine gedankenlosen Hände da schon Unheil angerichtet daß Du ihn an Deine Seite zogest. Wenn Du nicht *wirklich* Aussicht hast empor zu kommen, so daß es sein muß, einen Menschen zu *opfern* dann überlege es Dir; ich hätte es ja von jeher am liebsten gesehen wenn der Pepp die Ella oder die Jetty hätte mögen, so kommt es aber nun einmal nicht, so kommt es, immer eines nach dem andern auf Erden wird gebrannt mit dem Stigma der Erdgeborenen »verzichten« müssen, heute dem, morgen dem; – Wo Heinrich in den Ferien ist weiß ich nicht; jedenfalls habe ich ihm klar gemacht daß ich die Mittel nicht habe, ihn weiß Gott wo wieder praktizieren zu lassen, er muß sich halt auch nach der Decke strecken; vieleicht erhält er eine etwas bezahlte Anstellung f. d. Ferien. ich muß für meine alten Tage noch einige Pfennige zum zusetzen haben u. mit 62 Jahren sind die alten Tage nicht mehr zu ferne. Da muß ich in mich gehen. – Der Anny habe ich immer noch nicht geschrieben ich weiß nicht wie es kommt ich komme zu gar nichts mehr alles geht mir so langsam von den Händen es wird ein rechtes Kreuz schon mit mir. – Ich schließe nun, also wen es Dir finanziell nicht anders möglich ist dann kome! [Ein Satz dick durchgestrichen.] u. wenn Dir die Dichtkunst nicht so viel bringt, hast Du keine Verbindungen gefunden, daß Du als Sekretärin od. Redaktörin Mitarbeiterin oder ähnliches Unterkommen finden könntest? Ich meine in der Großstadt wäre das leichter, jetzt noch, so lange Dein Ruhm noch nachglüht. Bist Du erst wieder in Ingolstadt wo Dir die befruchtenden Einflüsse u. Gelegenheiten fehlen wirst Du sicher wieder stagnieren; nun schließ ich aber wirklich

Es grüßt Dich vielmals in Sorge um Dich
Dein Vater

80 An Herbert Jhering

Berlin, den 29. Juni 1929.

Sehr geehrter Herr Jhering,
anbei erlaube ich mir Ihnen mit gutem Gruß mein Erstlingsbuch zu schicken. Ich würde mich freuen, wenn Sie, bei Ihrer regen Einstellung zu meiner Arbeit, mir einige Worte darüber schreiben wollten.

Mit den besten Grüßen an Sie und Ihre liebe Frau herzlich
Ihre Marieluise Fleißer

81 Von Josef Haindl

Ingolstadt, den 1. Juli 29.

Liebe Luisl,
Besten Dank für Deine lieben Zeilen und das Buch. Wie geht es Dir? Bin gleich zu Deinem Vater, heute Morgen, ich hab das Paket erst heute bekommen weil wir Feiertag hatten am Samstag. Ich glaub Du hast seinen Brief missverstanden, er wollte

blos ausdrücken damit, daß Du hier immer noch Anpöblungen ausgesetzt wirst, aber das dürfte nicht wahr sein, es gibt ja noch immer Leute, aber es ist der sogenannte »Gebildete« Teil wie Proff. Wagner und Anhang, denen der Durst höher geht wie Wissen. Aber Du brauchst Dir keine Sorgen darüber machen, Wenn Du kommst das kann ich Dir nur im Eigensten Interesse empfehlen, teile mir Deine Ankunft mit, dann wirst Du sicher keine Anpöblung erfahren. Das Zimmer ist jetzt auch frei, Heinrich wird warscheinlich in Neuburg vom 15 ab einen Sportkurs mitmachen, der 3 Wochen dauert. Mir geht es gut. Also bitte komme Dir liegt sicher nichts im Weg!

Herzlichen Gruss
Bepp

82 An Hellmut Draws-Tychsen

7. Juli 29.

Lieber Draws!
Ich schreibe Dir um Dir mein Versprechen zu halten, wenn zwar ich hier meine Gedanken nicht konzentrieren kann. Ich bin ziemlich gehetzt mit meiner Zeit und werde das wenigste meiner Sachen in Ordnung bringen können, da meine Tages und Abendstunden belagert sind von dem Mann. Draws, ich treibe hier einen Menschen in den Tod oder in den Wahnsinn mit allem was ich sage oder tue, weil ich dies eine nicht tun will. Es ist furchtbar anzusehn. Ich glaube auch, ich würde den Mut nicht aufbringen zu dieser fortwährenden inneren Grausamkeit – weil sie durch die Situation fast ununterbrochen von meinen Nerven verlangt wird – wenn Du nicht neben mir stündest. Oh Draws am ersten Tage, bei dem ersten klarstellenden Kampf, warst Du so deutlich und lebendig in mir, daß ich nur auf das hören mußte, was Du mir sagtest, aber wo bist Du jetzt, Du bist mir jetzt viel ferner, ich höre Dich manchmal aber ich sehe Dein Gesicht nicht mehr ganz.
Was Familie und Stadt anbelangt, so ist dies nicht angenehm aber zu ertragen. Ich werde es Dir erzählen. Ich muß schon

schließen, weil mein Besuch schon wieder um mich herumstreicht wie eine arme irrende Seele. Sei mir gut, sei bei mir,

Marieluise

83 Von Bodo Uhse

Hauptschriftleiter
Itzehoe i. H., Lessingstrasse 8
Itzehoe, den 10. Juli 1929

Meine liebe Fleisserin!

Als ich Ihren lieben Brief bekam, hatte ich Bauchweh und lag matt und faul zu Bett. Aber ich habe mich doch riesig darüber gefreut, daß Sie nun langsam ansteigend zu internationalem Ruhm – der Alfred Kerr hat Sie doch soooo gelobt – sich doch noch der Ingolstädter Tage erinnerten, deren blasse aber schöne Romantik in die trockene Luft hier oben wie die tragischen Töne einer Ziehharmonika nachhallen. In der Weltbühne las ich, daß demnächst auch Ihre Skizzen herauskommen. Ich habe mich sehr darüber gefreut, denn sie sind es wert. Ist Ihre Betrachtung über Kleist auch darunter? Wenn nicht, dann bitte ich Sie, mir doch einen Durchschlag zu überlassen, den ich mir, wenn es nötig ist, hier abschreiben lassen kann, denn sie gehört – ich sage Ihnen da keine Schmeichelei – zu dem Besten, was ich über Kleist gelesen habe. Gerade darum habe ich auch immer noch die Hoffnung, daß wir uns doch noch einmal besser verstehen können. Denn dieser Kleist paßt so garnicht zu der Front, in der Sie da jetzt stehen. Ich fände es direkt geschmacklos, wenn wir uns später einmal gegenseitig aufhängen sollten, aber wenn Sie es nicht anders wollen, soll es mir recht sein. Ich garantiere Ihnen dafür, daß ich es mit Kultur und Geschmack tun werde. Lieber aber noch wäre mir, mit Ihnen einmal wieder irgendwo ein Viertel Rotwein zusammen trinken zu können. Dabei fällt mir ein, daß ich in Berlin einen Bekannten habe, der ein sehr feiner Kerl ist, klug ist, Kultur hat und mindestens Interesse verdient. Da ich weiß, daß Sie für Menschen mit nicht alltäglichem Format Interesse haben, geniert es mich wenig, in Ihren Augen in Verruf zu kommen, wenn ich Ihnen die Bitte meines Freundes um Ihre Bekanntschaft übermittle. Um ihn gleich vorzustellen, wobei ich Sie aber bitte, sich möglichst einen in der Nähe befindlichen Stuhl aufzusuchen, es ist Dr. Otto *Strasser*, der Bruder jenes nationalsozialistischen Reichstagsabgeordneten gleichen Namens, der Ihren Freund Alfred Kerr jeden Morgen zum Frühstück zu verzehren pflegt. Ich schreibe diesen Brief an Ihre Ingolstädter Adresse, da ich die andere natürlich verschmissen habe. Seien Sie mir nicht böse und schreiben Sie mir einmal. Ich möchte Ihnen noch einmal in einem anderen Brief mehr von meiner absonderlichen Tätigkeit hier oben berichten.

Mit herzlichem Gruß
Ihr unverbesserlicher Bodo Uhse

84 Vom Gustav Kiepenheuer Verlag

Berlin, den 5. 8. 1929

Liebes Fräulein Fleisser, –
zunächst möchte ich Ihnen die erfreuliche Mitteilung machen, daß Ihr Buch sehr anständig geht, und daß ich die allerschönsten Kritiken über dasselbe bekommen habe. Ich werde im Herbst noch eine besondere Propaganda für das Werk machen und wahrscheinlich einen Extra-Prospekt unseren Büchern beilegen. – Heute möchte ich Sie noch einmal fragen, ob Sie nicht in der Lage sind, mir für die bei uns im Herbst erscheinende Anthologie einen Beitrag zu geben. Es wäre sehr bedauerlich, wenn gerade Sie unter den Jüngeren fehlen würden; insbesondere gerade jetzt, wo ein wirklicher Erfolg Ihres Werkes zu verzeichnen ist. Die Herausgabe dieses Buches bedeutet ja auch eine starke Propaganda für Ihr Werk, und Sie sollten es schon aus diesem Grunde tun. Der Umfang spielt gar keine Rolle, er kann ganz gering oder auch größer sein. Was das Honorar anbelangt, so richte ich mich ganz nach Ihren Wünschen. Bitte, schreiben Sie mir doch ein paar Zeilen, ob ich mit einem Manuskript Ihrerseits rechnen kann. Selbstverständlich stehen

Ihnen die sonstigen Vorabdrucks- und Abdrucksrechte dieser Novelle für andere Zeitungen und Zeitschriften frei.

Mit freundlichen Grüßen
Ihr sehr ergebener [Unterschrift unleserlich]

85 Verlobungsanzeige mit Hellmut Draws-Tychsen

Vi hava förlovat oss och glädjas åt att därom kunna underrätta vänner och bekanta.
Wir haben uns verlobt und freuen uns, Freunden und Bekannten davon Nachricht zu geben.

MARIELUISE FLEISSER
HELLMUT DRAWS-TYCHSEN
Ingolstadt/Donau Berlin N 65
Lund, Schweden, 11. 8. 1929.
Östra Mårtensgatan 5 b – Frau Thulin
St. Gråbrödersgat. 3 b – Frau Ekberg

86 Von Herbert Jhering
Fräulein Marieluise Fleißer,
Lund, Schweden Östra Martensgaten 5 b – Frau Thulin.

16. 8. 1929.

Liebes Fräulein Fleisser,
von meiner Frau und mir die herzlichsten Glückwünsche zu Ihrer Verlobung. Hoffentlich sehen wir Sie bald bei uns, vielleicht mit Ihrem Bräutigam, wenn Sie wieder in Berlin sind. Auf jeden Fall haben wir uns sehr gefreut.
Übrigens wäre es mir sehr angenehm, wenn Sie wieder eine Arbeit für den Börsen-Courier hätten. Ich würde gern etwas von Ihnen bringen.
Mit bestem Gruß von meiner Frau und mir und mit einer Empfehlung an Herrn Hellmut Draws-Tychsen

87 Von Heinrich Fleißer

Ingolstadt, 27. Aug. 29

Liebe Tochter Luise.

Infolge einer Verletzung am Zeigefinger konnte ich letzte Wochen nicht schreiben u. hole das heute nun nach.

Ich erhielt den Brief Deines Verlobten, weiß aber nicht, was ich dazu sagen soll; bist Du wirklich der Meinung daß ich noch Geld habe oder hast Du den Mann über diese Sache so sehr im Unklaren gelassen; das könntest Du denn nun schon auch wissen wie es ungefähr um Deinen Vater heute steht; die Ausgaben für die letzten 5 Jahre, der Mangel an Ware, das Studium von Heinrich haben zum größten nun verschlungen was ich von der Inflation gerettet habe; unser Geld mitsamt dem was ich seinerzeit mit den Goldstücken der Maria kaufen konnte, es giebt ja alles nicht mehr aus heute u. dann der schlechte Preis wenn man verkaufen muß u. heute ist es nun so daß in der Hauptsache nur mehr das Geld der Jetty u. der Ella da ist u. dann noch so viel daß ich Heinrich fertig machen lassen kann u. das muß ich, weil ich die Hoffnung habe daß er mich oder eines der Familie dafür einmal wieder unterstützen kann, u. dann noch ein ganz kleiner Rest als Notpfenig für mich u. ich bin heute 61 Jahre alt, kann jeden Tag arbeitsunfähig werden u. möchte mich nicht heute schon hängen, damit ich mein letztes hergeben kann. Ich meine fast in Dir spucken trotz aller Logik der Tatsachen immer noch ein wenig die 40 tausend Mark von Hummels Worten im Kopfe herum, ja wenn ich mein Haus mit 20 – 25 tausend Mark rechne, wie der Hummel das macht u. die Ware mit 10 tausend u. mehr wäre die Sache bald beisammen, aber kaufen kann ich nichts dafür denn bei 5 – 6 hundert M. Steuern Versicherung u. sonstige Abgaben nur für das Häusel allein, bleibt da nichts übrig, sondern ich muß zulegen das kannst du auch ausrechnen u. von den Waren vom Geschäft? nun Du weißt wie fleißig ich, Frau und Jetty daran hängen müssen u. dann bleibt Netto Einkommen ab Steuern Inserate Spesen Telefon u.s.w. nachweisbar noch ganze 2400 – 2700 M. so viel wie Du allein einige Jahre Einkommen hattest u. von dem sollen dann alle leben; die einigen hundert Mark die an Zinsen noch eingehen fressen die

Schulden-Zinsen nun sage mir wie Du Dir das denkst daß ich Aussteuer und Einrichtung für Dich noch beschaffen könnte; Gesetzlichen Anspruch giebt es nur dort wo eben ein entsprechendes Einkommen oder mobiles Vermögen vorhanden ist, wie mir die Sebald Anny als Gesetzkundige auseinandersetzte. Du selbst hättest Dir seinerzeit eben einen Rückhalt machen sollen wie Du allein so viel Einkommen hattest wie ich für alle u. bei mir hast Du nicht viel bezahlt Luise, weil ich Dich nicht drängen wollte, wie gut wäre es wenn Dein Bankkonto angewachsen wäre, einige tausend Mark könntest Du haben das ist halt nun leider nicht, aber ich kann Dir da heute nun auch nicht mehr helfen u. mußt Du schon auf eigenen Beinen stehen; hoffentlich kannst Du das, sonst wärst Du wohl nicht in Schweden, wirst immerhin mehr Einkommen haben wie ich. –
Auffallend ist mir in Deinem Schreiben u. in dem andern, daß ich keine Andeutung finde über den Beruf Deines Verlobten u. ob der Mann Deiner Wahl ein gutes oder ein ungewisses oder gar kein Einkommen hat, mir fällt das auf. – Verliebt wie Du anscheinend bist, wäre ja vieleicht auch das letztere nicht ausgeschlossen, aber dann überlege lange ob Deine Aussichten so sind, dauernd für 2 Menschen aufzukommen denn das Leben ist lang u. Liebe kann erlöschen u. auf mich kannst Du materiell nun halt nicht mehr rechnen, wie das früher möglich gewesen wäre, kenn mich ja selbst oft kaum mehr aus vor Sorgen.
Nun ich weiß ja eigentlich nichts, im ungewissen denke ich immer leichter das schlimmere, es kann ja auch anders sein daß Dein Mann ein ganz richtiger wäre der auch verdient u. Du glücklich werden könntest mit ihm u. das würde ich Dir dann wünschen von ganzem Herzen.
Ich lege verschiedene Briefe bei die für Dich gekommen sind ich kann da doch nicht jeden Brief extra senden würde jedesmal 25 Pf kosten, vielleicht kannst Du die Interessenten von Deiner Adresse in Kenntnis setzen; nun schließe ich mit vielen Grüßen

D. Vater

88 *Von Kurt Fiedler, Curtis Brown Ltd.*

Gohliserstr. 29
Leipzig N 22, 28. September 29.
Per Adr. Gustav Kiepenheuer Verlag

Sehr geehrte gnädige Frau!
Ihre ausgezeichneten Novellen »Ein Pfund Orangen« haben das lebhafte Interesse eines grossen englisch-amerikanischen Verlages gefunden, der bereit ist, eine englische Ausgabe davon zu veranstalten. Da der Verlag jedoch nicht gern mit einem Band Kurzgeschichten anfangen möchte, erlaube ich mir die Anfrage, ob Sie in absehbarer Zeit einen Roman zur Verfügung hätten. Man könnte dabei über diesen Roman und die Novellen abschliessen. Der Verlag würde sehr gern mit Ihnen ein Abkommen treffen, das ihn berechtigt, das Vorkaufsrecht für Ihre gesamte Produktion zu übernehmen. Ich habe mich mit Ihrem Verlag bereits verständigt und bitte höflichst um Ihr Einverständnis und Ihre Nachricht. Mit vorzüglicher Hochachtung

Dr. Kurt Fiedler

89 *Von Max Krell, Ullstein Verlag*

Frau Marieluise Fleisser
z. Zt. Berlin-Steglitz, Schönhauserstr. 5 bei Jannasch

10. Oktober 1929

Sehr verehrte gnädige Frau,
ich habe die am Mittwoch erörterten Fragen nochmals mit den zuständigen Stellen des Hauses durchgesprochen. Der Verlag zeigt sich nach wie vor gern bereit mit Ihnen über Ihre kommende Produktion und über eine neue Formung des Vertrages zu beraten. Er sieht sich aber ausserstande, dies durch die Mittelsperson des Herrn Tychsen zu tun. Sowohl Herr Gronle wie Herr Dr. Höllering stehen Ihnen zu einer persönlichen direkten Verhandlung jederzeit gern zur Verfügung. Ich darf das auch von mir sagen und bitte Sie eventuell durch einen Anruf

mich wissen zu lassen, wann wir über das Weitere sprechen können. Ich darf nochmals betonen, dass uns an der Gesamtautorin gelegen ist und dass wir über alle Schwierigkeiten und Bedenken hinaus, die Sie aufgeworfen haben, sicher zu einer guten Zusammenarbeit kommen werden.

Ich bleibe mit den besten Empfehlungen stets

Ihr Krell

90 *An Max Krell, Ullstein Verlag*

Steglitz, Schönhauserstrasse 5 bei Jannasch

12. Okt. 29

Sehr geehrter Herr Dr. Krell!

Ich danke Ihnen für Ihre freundlichen Zeilen vom 10. c. m. und erwidere darauf höflich, dass ich erstens um Vorlage der Bemühungen für weitere Aufführungen meines ersten Stückes »Fegefeuer in Ingolstadt« bitte, dazu aber gleichzeitig feststelle, dass nicht einmal vertriebsfähige Bühnenexemplare davon vorhanden sind. Ich kann mich nach dem Vorfalle in Sachen Fisch und einiger anderer für mich schwerwiegender Vorkommnisse nicht mehr zum Vertrauen in Dr. Höllering, den literarischen Leiter des Arcadia Bühnenvertriebes, bekennen. Aus diesem Grunde und dem ungerechtfertigterweise ablehnenden Verhalten der Herren Gronle und Dr. Höllering meinem Verlobten gegenüber, sehe ich mich ausserstande eine Verhandlung zu führen, von deren einseitiger Verständnisvoraussetzung ich leider überzeugt sein muss. Ich bin gerne bereit mit Ihnen persönlich über die von meinem Verlobten vorgeschlagene neue Formung meines Vertrages zu beraten und bitte, dies im Laufe der künftigen Woche unter Hinzuziehung von Herrn Dr. Herz und meinem Verlobten geschehen zu lassen. Einen anderen Weg der Verhandlungen sehe ich nicht.

Ich hoffe auf baldige Erledigung der schwebenden Angelegenheiten und zeichne mit den besten Empfehlungen

Ihre

91 Von Karlheinz Martin, Volksbühne Berlin

Theater am Bülowplatz
Berlin C 25, Linienstrasse 227
23. I. 30

Verehrte Frau Fleisser,
ich möchte mir erlauben mich bei Ihnen zu erkundigen ob unter Ihren dramatischen Plänen nichts ist, was für die Volksbühne in Betracht käme. Ich hatte leider noch nicht die Ehre Ihre Bekanntschaft zu machen, aber ich darf Ihnen versichern, dass ich grosse Freude an Ihren bisherigen Arbeiten hatte. Bitte entschuldigen Sie meine Anfrage, die ich so direkt an Sie richte mit meiner aufrichtigen Ergebenheit
Ihr Karlheinz Martin

92 Von Rudolf Fernau

16. 2. 30

Sehr verehrtes Fräulein Fleisser!
Meine Kollegen und ich haben eine Gemeinschaft der Schauspieler des Stuttgarter Landestheaters gegründet. Wir möchten gern Ihr »Fegefeuer« geben u. bitten Sie hfl. um Zusendung eines Exemplars (vielleicht auch mit den Strichen der damaligen Vormittagsaufführung).
Ich spielte damals neben Faber einen Ministranten. Ist Ihr »Tiefseefisch« auch für uns geeignet? Sie dürfen versichert sein daß wir alle unsere Kräfte anspannen werden. Wenn nicht, vielleicht haben Sie noch ein früheres Stück. Wir würden uns glücklich schätzen wenn Sie uns Ihr Vertrauen schenken würden u. bitten Sie um Nachricht.
Mit vorzüglicher Hochachtung ergebenst
R. Fernau
Stuttgart Landestheater

93 *Von Sr. Maria Fidelis*

Südwest-Afrika, Windhoek, Weißer Sonntag 1930
[22. 4. 1930]

Mein liebes Schwesterlein!
Wie geht es Dir denn immer? Du läßt ja gar nichts mehr von Dir hören! Wenn wir auch auf 2 verschiedenen Erdteilen wohnen, so sind wir deswegen doch nicht aus der Welt u. deshalb schreibe ich Dir heute ein Brieflein. Von Vater hab ich Deine Adresse v. Berlin, die Du zuletzt angegeben hast. Denke Dir nur, durch Zufall erfuhren wir von Deiner reizenden Weihnachts-Skizze in der Vossischen Zeitung: »Als Kind zu Weihnachten«. Und auch die v. Sven Hedin. Vater hat sie mir geschickt. Das ist ein interessanter Einfall, den Ihr da gehabt habt, beide über das gleiche Thema zu schreiben u. doch in so verschiedener origineller Weise. Ich habe mich sehr gefreut über Deine Skizze. Und ich hebe sie mir auf. Es ist nur schade, daß Du mir nicht schreibst u. mir nicht ab u. zu eine Deiner Schriften schickst. Ich würde mich wirklich dafür interessieren, besonders Dein »Die Seele im Fegefeuer«. Schicke es mir einmal, bitte. Ach ja, es wäre doch schön, wenn Du mit mir in Verkehr geblieben wärest. Wie sehr hat mich Dein 1. Brief gefreut, den Du mir nach Afrika sandtest. Andere meiner Kolleginnen bekommen auch öfters Briefe v. ihren Schwestern. Nur ich erhalte so selten, ach so selten ein Brieflein u. dann ist es nur v. Vater, oder einmal auch v. Jetty, aber die ist auch sehr rar geworden im Schreiben.
Ich war neulich mit den Kindern im Kino. Es wurde ein Märchenfilm gegeben: »Frau Holle« mit sehr schönen, künstlerischen Bildern u. Naturaufnahmen von Schweden. Es waren prachtvolle Schilderungen. Mein Gott, mit heißem Herzen mußte ich dabei an Dich denken. Wir sind doch Schwestern. In Schweden sollst Du sein? In dem Lande, das Du Dir schon als Kind erträumtest? In dem Lande »wo Sage träumt von alten Heldentaten u. flimmernd sich die Nacht dem Licht vermählt«. So schreibst Du einmal in einem Deiner Gedichte. Ich las es u. merkte mir diese Zeilen. – Aber Schweden ist groß. Wo bist Du

da? Schicke mir doch Deine Adresse! Meinst Du vielleicht ich habe keinen Platz mehr für Dich in meinem Herzen? O nein, Du bist mir noch ebenso lieb wie damals, als ich Dir in München nach bestem Vermögen durchhalf durch Deine schweren Zeiten. Wenn ich Dir auch nicht mehr mit materiellen Mitteln helfen kann, so tue ich es doch noch durch jenes geheimnisvolle Etwas, das Seelen verbindet u. einander stützt u. trägt u. das für sie bei ihrem Schöpfer bürgt u. einsteht u. das wir Gebet u. Opfer heißen. – Verbunden sind wir ja doch durch die Bande des Blutes u. wären wir auch auf beiden Polen der Welt. – Wie war es so schön als Mutter noch lebte! Sie war doch alles, die Seele des Ganzen. Ich habe mich so gefreut, daß Du das Andenken an unsere lb. Mutter so hoch in Ehren hältst. Ein solcher Mensch kann kein schlechter Mensch sein, ich wenigstens glaube an ihn, wenn auch alle ihn verdammen. – Ein Echo aus meiner Seele trifft da die Deine. O seliges Weihnachtsglück der Kinderzeit, als Mutter noch lebte! Sie war es, die alles mit diesem stillen verklärenden Zauber umgab, der eine solche unwiderstehliche Macht auf uns ausübte. Ja, unser Christbaum war mit Liebe aufgehängt! Und die Christgeschenke waren mit Liebe geordnet u. an dem passendsten Platz hingelegt. Es war eben alles von der reinsten Liebe eingegeben, die Gott in ein Menschenherz senken kann, von der Mutterliebe. Für mich aber war es das Christkind. Nach dem Gebrauche mußte alles wieder an seinen Christkindl-Platz, sonst war es nicht mehr so schön; die Weihe war weg. – Und ein Wort unserer guten Mutter, wie schnell hatte es alle leis aufsteigenden Zweifel an die Echtheit des Christkindleins besiegt. Ich weiß ja noch, wie ich noch mit 12 Jahren bombenfest an diesem naiven, ahnungslosen Kinderglauben festhielt. Und auch später noch lag das reiche Glück des Weihnachtserlebens in meiner Seele u. unbewußt kam es einmal in einem Gedichte zum Ausdruck. An einem dämmernden Dezemberabend war's in Lindau, als draußen vor meinem Fenster die langen, weißen Schiffe mit ihren blitzenden Lichtern über den grauen See glitten, da stieg die Weihnachtsstimmung in mir auf u. ich verfaßte dieses Gedicht. Es kommt mir heute fast vor wie eine Antwort auf Deine Skizze u.

ich lege es Dir bei. Auch eine Photo von unserem Christbaum sollst Du haben. Vielleicht freut sie Dich. Du mußtest in frühen Jugendjahren schon viel, viel entbehren, was wir andere hatten. Du wolltest es uns nicht wissen lassen, aber ich habe es doch gemerkt u. es Dir oft heimlich tief u. bitter nachgefühlt. Und so kommt es, daß ich auch heute noch mit besonders warmer Liebe Dich umfange. – Weißt Du's noch, wie ich bei Dir einmal in München war u. Du mich getröstet hast, weil ich damals so herunter war von dem anstrengenden Vormittag der staatlichen Anstellungsprüfung? Du warst damals so lieb zu mir, das habe ich Dir nicht vergessen. Und dann, wie Du mir Deine letzten 5 M gegeben hast, wie ich von Altötting her ohne einen roten Heller bei Dir ankam? Und wie wir abends zusammen gegessen haben in dem Gasthaus u. Du mir erzählt hast, wie sehr Du Dich gefreut über die Kempter Kiste. Du hast mir gesagt, seit Mutters Tod hätte Dir niemehr jemand eine solche Freude gemacht. – Das alles sind unvergeßliche Erinnerungen für mich, die lieb u. weh zugleich in mir aufsteigen, weil Du nichts mehr von Dir hören läßt.

Und jetzt muß ich Dir noch etwas erklären: Auf der Photo siehst Du von der Decke herab ein Ei hängen. Das ist ein Straußenei, das ich hier in Afrika gemalt habe u. nach Hause geschickt. Kannst Du das Bild unterscheiden? Zwei runde Lehmhütten u. ein Baum u. ein kleiner Kaffer vorne am Wege u. hinten Berge, natürlich Abendrot. Denn ich bin nun einmal für rot in irgend einer Schattierung u. wenn rot fehlt, gefällt es mir nicht.

Hast Du meine kleine Photo vom Windhoeker »Zoo« eigentlich bekommen? Voriges Jahr zu Weihnachten (1928) schickte ich Dir eine. Es ist dort schön. Prachtvolle Palmen, farbenprächtige Schlingpflanzen u. noch buntere Vögel u. afrikanische Tiere aller Art machen ihn zu einem herrlichen Tropengarten. Im Sommer ist es fein dort. Jetzt ist wunderbar bei uns, laue Luft u. ewig lachender Himmel erinnern mich oft an die italienische Riviera; nur die Blumenfelder fehlen. Dafür gibt es Sandfelder hier – u. Diamantenfelder in Lüderitzbucht, nicht allzu weit v. hier. Würde mich interessieren, wie es bei Dir ist,

in Schweden. Ob es da wohl das ganze Jahr hindurch recht kalt ist! Ich bin lieber im warmen Süden. Könnte mich, glaube ich, bei Euch da oben nicht recht heimisch fühlen.
Vor 2 Tagen (24. IV.) hatte ich Namenstag. Bekam ein herrliches Rosenbouquet u. eines mit Rosen u. Nelken. – Die daheim scheinen es nicht zu wissen. –
Nun habe ich Dir aber viel vorgeplaudert. Nun will ich schließen. Halt, zu Deinem eigenen Namenstag, der ja auch bald kommt, wünsche ich Dir von Herzen alles Gute. Nun lebe wohl! Diesmal erwarte ich mir sicher einen Brief von Dir. Laß mich nicht umsonst warten! Und schreibe Deine Adresse v. Schweden, bitte!
Sei in schwesterlicher Liebe herzlich gegrüßt u. geküßt von

Deiner treuen
Sr. M. Fidelis

Südwest-Afrika, Windhoek, Convent Holy Cross, Höhere Töchterschule.

94 *Von Ernst Josef Aufricht, Theater am Schiffbauerdamm*

Frau Luise Fleisser
La Vella
Republik Andorra
Fonda Calones

4a Am Schiffbauerdamm
Berlin NW 6, den 16. Mai 30.

Sehr verehrte Frau Fleisser!
Da wir uns im Augenblick mitten in den Dispositionen für die nächste Spielzeit befinden und da wir sehr gern Ihr neues Stück »Der Tiefseefisch« spielen möchten, bitten wir Sie, uns umgehend eine Nachricht zukommen zu lassen, wann Ihr neues Stück fertig ist. Vielleicht ist es Ihnen möglich, uns sofort einige Szenen zum Lesen zu schicken.
Ihrer schnellen Nachricht entgegensehend, verbleibe ich mit

den besten Grüssen
Ihr Ernst Josef Aufricht

95 An Herbert Jhering [Ansichtskarte]

La Vella, Republik Andorra Fonda Calones, 2. 6. 30

Sehr geehrter Herr Jhering!
Wie wir durch unsere Wirtin erfahren haben, sind die von Ihnen fest zugesagten beiden Honorare für meinen Dramenvorabdruck und den bereits damals abgesetzten Artikel von Draws »Ich schreibe in Lund eine Komödie« noch nicht gezahlt worden und wir bitten nunmehr, das Geld, das zur Mietsverrechnung dienen soll, schnellstens an *Frau Martha Wenzel, Berlin N65, Barfusstr. 7/4* zu schicken und uns hierher an obige Adresse darüber sofort Bescheid zu geben, sowie uns je 2 Belege der beiden wie wir hoffen inzwischen publizierten Arbeiten hieher zu senden. Mit herzlichen Pfingstgrüßen an Sie und Ihre Gattin

Ihre Marieluise Fleißer

[Umseitig Vermerk von Draws-Tychsen:]
Wieder einmal klappt der Organismus einer Zeitung nicht. Also lassen wir ihn klappen.
Verbindlichste Pfingsstgrüße, Ihr ergebener Hellmut Draws-Tychsen

96 Von Arthur Sackheim, Städtische Bühnen Frankfurt am Main

den 8. 11. 1930

Sehr verehrte gnädige Frau!
Zugleich im Auftrage des Herrn Intendanten Dr. Kronacher gebe ich Ihnen anbei Ihr neues Werk »Der Tiefseefisch« zurück. Das Stück hat uns, wie alles was Sie schreiben, ausserordentlich interessiert, aber wenn ich ganz aufrichtig sein darf, es ist schwächer als manches bisherige von Ihnen. Zwar immer noch besonders energisch und besonders aufrichtig im Dialog, darin ganz persönlich, wiewohl nicht so persönlich wie in den »Ingolstadt«-Dramen. Die zentrale Figur wird für das Publikum am Ende nicht gar so interessant sein. Es entsteht – was

man bei einer so vitalen Dichterin, wie Sie es ohne Zweifel sind, am wenigstens erwartet – eine Mosaik-Arbeit, angefüllt mit einem Dialog, der herumpsychologisiert wie bei Ibsen, Strindberg und späterhin im letzten Drittel ins nahezu Literatenhafte abgleitet. Auch im dramatischen Aufbau ist »Der Tiefseefisch« nicht ganz so interessant wie frühere Dramen von Ihnen. Ich habe den Eindruck, dass Sie sich bei dem Thema noch einige Zeit hätten lassen müssen. Die Motive sind dichterisch noch nicht völlig verarbeitet, ich möchte sagen, nicht überwunden.

Ich bin überzeugt, dass Sie unsere dramaturgische Kritik nicht übelnehmen werden, sie vollzieht sich aus einer durchaus positiven Einstellung zu Ihrem Schaffen und will unter allen Umständen aufbauen helfen, nicht zerstören. Ich könnte mir durchaus denken, dass dieses Stück vielleicht nach einem Jahr überarbeitet wesentlich fruchtbarer und theatralisch wirksamer wirken würde.

In bester Hochachtung
Dr. Arthur Sackheim

97 *An einen Kameraden* [unter diesem Titel am 25. 12. 1930 im »Berliner Tageblatt« in einer Sammlung von Liebesbriefen veröffentlicht]

Lieber D ...!

Du bist in einem plötzlichen Zorn von mir gegangen. Unsere beiden Zimmer sind von einer Stunde zur anderen zwei einsame Inseln geworden. Ich höre deutlich Deine Schritte, wenn Du an meiner Wand entlang über den Gang gehst. Ich hebe den Kopf und blicke auf die Wand, als dürfte ich Deine Schritte bannen. Manchmal streichst Du mit der Hand über die Wand, aber Du trittst nicht ein. Ich könnte zu Deinem Mantel hinausgehn, der da draußen am Haken hängt. Ich könnte im Vorübergehn seinen Ärmel anfassen wie einen alten Freund.

Aber jetzt hören meine geschärften Ohren das leise Klicken des

Kleiderbügels gegen den Haken. Dein Mantel schleift gegen irgendeinen Gegenstand. Du läßt Deine Zimmertür offen. Noch hebst Du scharrend die kleine Holztür des Briefkastens hoch und mein Herz beginnt in rasenden Schlägen zu ticken. Ich weiß jetzt, was kommen wird. Du zögerst vielleicht. Du horchst nach einem Geräusch, das ich mache. Werde ich die Tür aufreißen und Deine Blicke fangen und wird dies immer so sein?
Du ziehst heftig die Tür hinter Dir ins Schloß. Du reißt daran, damit sie auch ganz sicher schließt, und dann läufst Du in einem Zug acht halbe Treppen hinunter. Ich höre jeden einzelnen Schritt bis nach unten wie einen Stoß. Wovor läufst Du davon? Jetzt setzt in meinem Kopf dies feine helle Schwirren ein, das wie eine eisige Warnung ist, der Boden scheint sich zu senken und in einer Richtung zu drehen. Dann Stillstand und Stille wie ein Loch. Ich flüchte mich zu dem großen weißen Kachelofen, der wie etwas Lebendiges in der Ecke steht, weil er Wärme abgibt. Ich presse meine Wange daran. Es hebt mich an ihm empor, als ob ich meilenweit an ihm hinaufklettern möchte. Sind wir denn Fische an einer Angel, die ganz stille halten, sich verstellen oder sich aufbäumen können, aber die eine höhere Gewalt zielbewußt ermüdet, da ihnen der unerbittliche scharfe Haken in der Kehle sitzt?
Nein! Ich darf nicht glauben, daß Gott es nicht gut mit uns meinte, als er uns beide zusammenführte, weil es nun soviel Schwierigkeiten gibt. Ich darf diesen Gedanken nicht eintreten lassen in mein Herz, der es dürre macht. Und wenn zwischen uns zuweilen die harten Worte fallen, die aus unseren Gegensätzen kommen – denselben Gegensätzen, die uns einmal angezogen und immer anziehen werden –, dann liegt es an mir allein, die Pfeile dieser Worte in jenen Eifer zu verwandeln, der mich durch die Gefahren am Wege unbeirrt vorwärtstreibt, dem Ziel einer großen und gelösten gemeinsamen Liebe entgegen. Lieben heißt nicht, sich nach einem anderen sehnen und ihn umfassen, lieben heißt, für den anderen etwas tun.
Wie könnte ich dem Rat anderer Menschen folgen und mich unverwundbar machen, so daß diese Spitzen mich nicht mehr

im Innersten treffen und jeder neben dem anderen seinen ungestörten ungeschlossenen Weg geht. Dies würde nur zu einem äußerlichen Ertragen führen, nicht zur innigen Verschmelzung, in der wir beide uns erfüllen wollen. Wenn ich einen Menschen lieb habe, muß ich ihm jenes vornehme Vorrecht einräumen, mich von ihm verwunden zu lassen und die Härte des Augenblicks durch meine freudige Hingabe in etwas verwandeln, was meine Seele liebenswerter, der Liebe würdiger macht. Da ich Dich liebe, wie darf ich mich solchen Gedanken überlassen, die mich an Deine Pflichten gegen mich mahnen. Ich muß viel mehr in erster Linie an die Pflichten denken, die ich selbst gegen Dich habe.

Du hast recht, ich darf mich nicht mehr gehen lassen, wie ich mich früher vielleicht gehen lassen konnte, weil keinem etwas dadurch genommen wurde als mir selbst. Solange ich allein war, konnte ich mich noch berauben; ich selber mußte es ja bezahlen. Ich konnte mich der Schwermut preisgeben; denn der graue Geier nagte nur an meinem eigenen Herzen. Jetzt darf ich mich selber nicht mehr kränken, auf daß Du Dich nicht gekränkt fühlst in mir. Wenn ich auch die grauen Geister, die ich zu lange einließ, nicht völlig aus mir vertreiben kann, so bin ich es Dir schuldig, daß sie mich mit der Waffe in der Hand antreffen, weil Du mich lieb hast und mich immer mehr lieben willst.

Wie dürfte ich eine Hingebung, die die Absicht hat, über die Zeit zu triumphieren, von mir stoßen, indem ich an den Schwierigkeiten, die doch nur zeitgebunden sind, hart und abgestumpft werde? Ich weiß, daß, was Dich an mich bindet, nicht meine äußere Erscheinung ist, sondern eine Kraft in mir, an die Du glaubst. Ich darf Dich nicht an mir irre machen. Was ich aus mir selber nicht konnte – Dein Vertrauen auf mich wird mir dazu helfen, daß ich es kann.

Wenn Gott in seiner Güte mich nicht abfallen ließ von seinem Haar und mir durch Deine Person seine Stimme sandte wie die Posaune des Gerichts und durch Deine Person mir seine Hand entgegenstreckte, die auf jeden wartet, solange er lebt, er muß sie bloß erfassen – wie darf ich da noch dauernd zurückfallen in

meine Fehler und sagen, ach nein, ich bin zu schwach, ich kann das alles nicht aushalten, ich bin müde und verbittert, ich habe zu viel schlechte Erfahrungen gemacht? Sondern ich muß meine Hand willig Dir entgegenstrecken und darauf vertrauen, daß ich nicht geprüft werde über meine Kräfte, und daß, wenn die Prüfung groß ist, die Kräfte so geartet sind, daß sie sich daran ausdehnen. Denn Gott will mich nicht verderben, wenn ich ihn nicht selber dazu zwinge, mich zu verderben. Wie darf ich klein vor mir selber werden und mich freiwillig in die Dürre bannen, die meine Seele von Jahr zu Jahr häßlicher und meine Freundschaft weniger wertvoll macht?
Denn wir wollen nicht irgendein Mann und irgendeine Frau sein, die sich zusammentun, um nicht allein zu leben. Ich fühle, daß Du berufen wurdest, um mich im Innersten aufzurütteln aus einem falschen Glauben an mich selbst, und mir meine Fehler endlich sichtbar zu machen. Denn ich hatte die Bereitschaft verlernt, meinem eigenen Ich zu nahe zu treten um eines anderen Willen, und wann immer mir ein anderer zu nahe trat, starrte ich, in einem unfruchtbaren Wahn befangen, wie gebannt nur auf dies eine Unrecht, das mir widerfuhr, und ließ ich befangen das Leben an mir vorbeigehen, das doch immer ein dankenswertes Wunder bleibt. Jetzt bist Du an meine Seite gestellt, wie ein sichtbarer Zeiger, der zum Zorn ausschlägt, wenn ich es nicht richtig mache, und zur Freude, wenn es mir gelungen ist, mich selber zu überwinden. Und wenn es mir schwer fällt, bist Du mir mitgegeben, wie eine Speise, an der ich mich trösten und von der ich mich nähren darf. Ich weiß, daß dies das größte Geschenk meines Lebens ist, und ich danke Dir dafür jeden Tag. Diese Gewißheit soll mein Wall sein gegen den Zynismus von draußen und die Anfechtungen von innen. Möge ich nie vergessen, daß ein Gnadengeschenk leicht verlorengeht, wenn es nicht jeden Tag neu errungen wird durch den Eifer und die Bereitschaft des Herzens.

Deine Marieluise Fleißer

98 An Hellmut Draws-Tychsen

9. 1. 31.

Lieber Draws!
Herzlichen Dank für Deinen lieben Brief. Wenn Du erkältet bist, dann mußt Du Dich ins Bett legen, mein Kind, und Dein Fieber nicht spazierentragen. Das wird sonst nur schlimmer. Ich schicke Dir die beiden Brust-Belege, die Du von der Börsen-Zeitung ins Haus bekommen hast. Ich kann leider nicht in die Stadt fahren und andere besorgen, da ich die 50 Pf. für die Fahrt nicht mehr besitze und an Frau Wenzel nach ihrer Absage nicht mehr herantreten möchte. Du brauchst Dir aber keine Sorge um mich zu machen. Ich habe noch einige Reste von meinem Weihnachtspaket zu essen. Über das Gedicht habe ich mich sehr gefreut. Ich weiß, daß ich auf Deine Liebe bauen kann wie auf einen Felsen, was immer auch über uns kommen möge. Wenn Du irgendwohin aufs Land gehen kannst und Erholung findest, dann bleibe, solange Du es machen kannst, es wird Dir vielleicht ganz gut tun. Und jetzt werde mir bald gesund und sei herzlich geküßt von Deiner Dich liebenden

Marieluise

99 An den Wolfgang Jess Verlag

Barfußstrasse 7 bei Wenzel
Berlin N 65 11. 5. 31.

Sehr geehrter Herr Jess!
Ich klopfe an Ihre Tür für einen der wertvollsten Menschen dieser Zeit, der es unendlich viel schwerer wie eine Dutzendbegabung hat. Ich schreibe ohne Wissen meines Mannes, weiss jedoch, dass ich seine Zustimmung voraussetzen darf, da ich seine Einstellung zu Ihrem Verlage kenne. Ich möchte, da mein Mann sehr verbittert ist, unnötige Enttäuschungen vermeiden und ihn daher erst im Falle Ihres prinzipiell positiven Bescheides von meinem Schritt verständigen.
Die Werke meines Mannes sollten seinerzeit im I.M. Spaeth-Verlag herauskommen. Der Verlag brach zusammen, als der

Druck soeben in Angriff genommen war. Seitdem liegen sie brach.
Wahrscheinlich ist auch Ihnen der Name Hellmut Draws-Tychsen schon häufig in grossen Berliner Zeitungen, hauptsächlich der Berliner Börsen-Zeitung, der Germania und der Deutschen Zeitung entgegengetreten; auch in den nordischen Ländern ist der Name ziemlich bekannt: Aber man spricht nur von dem Essayisten Draws-Tychsen, nicht von dem Dichter. Sie werden verstehen, dass ein Dichter, der von dem fanatischen Glauben an seine Sendung durchdrungen ist, sich mit seiner Tätigkeit als anerkannter Publizist auf die Dauer nicht zufrieden geben kann. Es ist sein geistiges Recht und mehr noch seine Pflicht, gerade mit seinem Eigentlichen gehört zu werden und es mutet wie Hohn an, dass seine jahrelangen Bemühungen in dieser Richtung bis jetzt immer wieder gescheitert sind, obwohl ihm von vielen deutschen Verlegern seine aussergewöhnliche Begabung bescheinigt wurde. Eine Aufnahme in meinen eigenen Verlag kommt nicht in Frage, weil er dort nicht hineinpasst. Unterdessen reibt mein Mann sich in seinen Nerven sichtbar auf. Alle, die ihm nahe stehn, sind sich darüber klar, dass etwas geschehen muss um das Äusserste zu vermeiden. Was nützt der Gedanke, dass diese Begabung eine Wucht und ein Block ist, an dem die Zeit vielleicht vorübergehen, aber den sie nicht zerschlagen kann und der irgendeinmal, vielleicht erst nach seinem Tod, sich durchsetzen muss, wenn man unterdessen mit ansehen muss, wie der geliebte Mensch bis zur Selbstzerstörung sich auffrisst. Dazu kommt, dass gerade seit unserer Verbindung sein vergeblicher Kampf um die Realisierung seiner Gesichte eine seelische Verschärfung erfahren hat. Es wird Ihnen ja auch klar sein, dass in einer Ehe von zwei geistig schaffenden Menschen, von denen der eine Teil sich breiterer Anerkennung erfreut, während der andere sicherlich nicht schlechtere, nur grundverschiedene, mit seiner Produktion überhaupt nicht zu Worte kommen darf, sich die Situation auf die Dauer bis zum Untragbaren zuspitzt. Ich halte es für meine heilige Pflicht alles daran zu setzen um ihn endlich unter den gleichen Bedingungen auf den Kampfplatz treten zu

sehen und ihm zur Verwirklichung seiner Mission zu verhelfen, die ja nur eine sehr einseitige und persönliche Anstrengung bleibt, solange sie nicht dem Büchermarkt zugänglich gemacht wird.
Ich halte es für am besten Ihnen dies alles ganz offen zu schreiben. Vielleicht rührt dies in dem Menschen Jess Mitgefühl auf für den Verzweiflungskampf des Geistes, der hier wieder einmal in einem besonders markanten Fall ausgefochten wird! Vielleicht legt der Mensch Jess Fürsprache bei dem Verleger ein, der es sich ja zur Lebensaufgabe gemacht hat, Vermittler des Geistes zu sein! Denken Sie daran, dass es sich um einen Menschen handelt, der sich aus dem einzigen Grunde jahrelang vergeblich bemüht, weil seine Begabung zu stark, zu eigenartig und den Kompromissen mit Modeströmungen abgeneigt ist. Ich brauche Ihnen wohl nicht erst zu sagen, dass ich nicht alle Tage derartige Briefe an Verleger schreibe, um so mehr bitte ich Sie an diese Sache alle Mühe und Hingabe zu verwenden, die Sie überhaupt daran wenden können. Ich wollte, ich könnte mit Engelszungen sprechen, statt dessen kann ich Ihnen nur sagen, dass seine Zeit kommen wird, dass auch Rilke und Morgenstern einmal entdeckt werden mussten, dass Sie sich damit ein bleibendes Verdienst erwerben und auf diese Entdeckung zeitlebens mit Nachdruck hinweisen dürfen. Ich halte Draws-Tychsen für den einzigen lebenden Lyriker überhaupt, für den einzigen, von dem ich gewiss weiss, dass er nicht anders kann, dass die Natur und der Geist dies und nichts anderes mit ihm gewollt haben.
Ich biete Ihnen einen etwa vierhundert Druckseiten starken Band: Hellmut Draws-Tychsen: Die frühen Dichtungen an, der vier Abschnitte umfasst:
1. Gedichte einer Sehnsucht,
2. Requiem und Hymnen für Cecilie Tychsen
3. Siamsänge (Übertragungen aus dem Siamesischen)
4. Ballungen um Faun und Fama (Novellen).
Es ist wichtig, dass diese vier Abschnitte zusammen erscheinen, weil sie ihrer geistigen Struktur nach ein geschlossenes Ganzes bilden und nur so das Gesicht der Begabung in ihrer Totalität

umgangen werden kann. Wir versprechen uns davon auch eine weit stärkere Wirkung auf das Publikum.
Grundsätzlich möchte ich über Draws-Tychsen aussagen, dass ihm jedes Erleben zwangsläufig zur Melodie wird, dass die Musik der Schlüssel zu seiner Sprache ist. Sie werden, wenn Sie sich in seine Sachen einlesen, sehr schnell feststellen, dass jedes Gedicht seinen eigenen und einmaligen Rhythmus hat. Seine besonderen Wesenszüge sind die ungemein starke Erfassung des Landschaftlichen, Neigung zum Mystizismus und Kulthaften (siehe Requiem!) und ein ungewöhnlich entwickelter Spieltrieb, der ins Bizarre, mitunter Grausige übergreifen kann mit dem Recht des Schöpfers auf jedes Erlebnis, das er sich mit sicherem Griff nimmt. Ich denke dabei an die ganz grossen und wuchtig hingehauenen Sachen wie Wildernde Skelette, Seltsamer Hunger, die wie die exakten Delirien eines von Gespenstern Besessenen anmuten und in Stoff und Intensität eine völlig neue Note bringen.
Ich denke, ich habe Ihnen genug gesagt um Ihre prinzipielle Stellung zu dem Phänomen Draws-Tychsen klären zu helfen. Ich lege zu Ihrer sofortigen Einsichtnahme noch das Requiem bei, ebenso einige Artikel, aus denen Sie ersehen an welchen Zeitungen er mitarbeitet, und die ich wieder an mich zurückzusenden bitte. Ich setze voraus, dass Sie diesem Schritt einer liebenden Frau Ihr Verständnis nicht versagen. Mehr kann ich im Augenblick nicht tun. Ich kann nur hoffen, dass Sie als Verleger und Mittelsmann der deutschen Kultur dem Menschen und Dichter, um den es hier geht, Gerechtigkeit widerfahren lassen. Ihre baldige Antwort erwartend zeichne ich mit den besten Empfehlungen

Acht Anlagen

100 An Hellmut Draws-Tychsen

12. Juni 31.

Lieber Draws!
Seit einigen Tagen bin ich ziemlich unruhig und warte auf eine Nachricht von Dir. Hoffentlich hast Du in dieser Burg alles nach Deinen Absichten gefunden. Bis jetzt ist für Dich keine Post gekommen außer diesem Einschreibebrief von Bikkel München, den ich Dir sogleich nachgehen ließ und den Du inzwischen wohl erhalten haben dürftest und dem Brief von Hildenbrandt, den ich Dir beilege, er hat ein Gedicht behalten, die übrigen zurückgegeben. Maril habe ich telefonisch verständigt, daß Du im bayerischen Wald bist und ihm Dein Stück, an dem Du jetzt feilst, Mitte Juni vorlegen wirst. Er verreist demnächst, ist aber, wie er sagt, bis dahin wieder zurück. Den versprochenen Zeitungsausschnitt konnte ich leider nicht auftreiben, da Frau Wenzel zufällig gerade diese Seite der Morgenpost herausgerissen hatte. Es handelte sich um eine »etwas verspätete« Arthur Silbergleitfeier. Die Morgenpost schrieb, daß die Not des Dichterstandes abnehmen würde, wenn jeder Dichter eine so verständnisvolle Interpretin wie Frau Ernestine Münchheim finden würde. Übrigens hat Alfred Richard Meyer (!) die einleitenden Worte gesprochen. – Pinthus konnte ich bis jetzt telefonisch nicht erreichen. Ich habe nur die Wirtschafterin gesprochen, die ich bat ihn an die bewußte Sache zu erinnern. Ich werde es in den nächsten Tagen noch einmal versuchen. – Frau Wenzel hat heute Deinen Schrank auf Motten nachgesehen, aber nichts gefunden. – Mein Roman fließt etwas zäh, doch ist bis jetzt noch kein Tag vergangen, an dem ich nicht wenigstens ein kleines Stück positiv vorwärts gekommen bin. Heute war der schlechteste Tag und ich hoffe sehr, daß ich es morgen wieder einholen kann. Beim Baden war ich bis jetzt noch nicht, dagegen bereits einige Male im Kino. Der Chaplinfilm »Lichter der Großstadt« und der Fritz Lang Film M haben einigen aber keineswegs ungemischten Eindruck hinterlassen. Chaplin ist deutlich auf der absteigenden Linie. In M fand ich den Peter Lorre zum ersten Mal in einer richtigen Rolle herausge-

stellt. Schauspieler werden eben sofort besser, wenn man sie nicht wild wuchern läßt, sondern bewußt führt.
Deine Uhren gehen jeden Tag. Die große streikte heute zum zweiten Male seit Deiner Abreise, dann klopfe ich sie auf den Bauch und rede ihr gut zu. Ich erzähle ihnen jeden Tag, daß sie die Bübchenuhren sind und beide Teile sind damit einverstanden.
Und Du, mein Bübchen, wie lebst Du? Bist Du gesund und mutig? Ich wünsche so sehr, daß wenigstens eines von uns beiden in diesem Jahr einen Erfolg hat und ich wäre froh, wenn Du nun an der Reihe wärest, ich glaube, vieles zwischen uns beiden würde besser werden, Du wärest dann nicht mehr so bitter. Ich verstehe Dich ja sehr gut, mein Kind, und ich glaube daran, daß meine Wünsche für Dich endlich durch die Wolken dringen müssen. Gott segne Dich, mein Kind! Und Gott bewahre Dich mir und gebe Kraft in meine Hände, daß sie stark genug sind um den großen Segen zu halten, den Du für meine Seele bist und er wende es zu Deinem und zu meinem Besten. Ich bin manchmal häßlich zu Dir gewesen, aber denke daran, daß jedes Häßliche durch einen Sturm von guten Gedanken für Dich aufgezehrt worden ist und daß, wenn ich auch den Versuchungen ausgesetzt bin, meine Liebe zu Dir täglich sich erneuert.
Ich küsse Dich. Ich denke an Dich Deine Marieluise

101 Vom Ullstein Verlag

10. September 1931

Sehr geehrte gnädige Frau,
wir haben die Prüfung Ihres neuen Romans »Zigaretten-Amricht« nach Möglichkeit beschleunigt. Immerhin musste das Manuskript bei dem grossen Interesse, das hier im Haus für Ihre Produktion besteht, von verschiedenen Stellen gelesen werden. Leider müssen wir Ihnen heute sagen, dass wir die Möglichkeit eines Vorabdrucks dieses Romans in der »Vossischen Zeitung« – ein anderes Blatt kam ja rein thematisch von vornherein nicht in Betracht – nicht gefunden haben. Dies liegt

in der Struktur des Buches selbst begründet. In seiner sehr lokkeren Bauweise, in der Freude, mit der es sich in viele Details verliebt und gelegentlich auch verliert, in der etwas abrupten sprunghaften Form, mit der andererseits wieder fallengelassene Fäden aufgenommen werden, dürfte das Buch bei einem Zerreissen in Fortsetzungen stark an Wirkung einbüssen. Der Buchleser hat die Fäden in der Hand, der Zeitungsleser wird jeden Tag von Neuem gezwungen, sie wieder aufzunehmen. Wir sehen hierin doch eine grosse Gefahr für die Wirkung des Buches selbst und möchten deshalb verzichten.
Das Manuskript geht infolgedessen mit verbindlichstem Dank für Ihr aufmerksames Angebot an Sie zurück.

Mit vorzüglicher Hochachtung
Ullstein Roman-Abteilung

102 Von Heinrich Fleißer

Ingolstadt 15 Sept 31.

Liebe Luise!
Wir haben Deine Karte erhalten; ich muß Dir aber mitteilen daß wir bis jetzt die besprochenen Photos nicht zugesandt erhielten. Wenn solche noch ankommen, werde ich selbe Dir sogleich zusenden. In Bezugnahme auf Deinen Roman freut es mich, daß sich anscheinend die Befürchtungen von Draws um den Kiepenheuerschen Verlag doch nicht erfüllt haben u. wünsche Dir von Herzen Erfolg f. Deine Arbeit u. auch für d. Stück von Draws. – Bei uns ist Gottlob alles gesund; wenn auch die schwere Zeit düster um uns u. vor uns liegt, mehr wie das bißchen Leben kann es nicht kosten; das Geschäft geht natürlich auch recht traurig, dachte immer wenn Heinrich m. d. Studium fertig u. Jetty verheiratet wäre, dann könnte ich nochmals ein wenig aufschnaufen aber so gehts halt weiter, bums, bums, bums, immer wieder ein bißchen runter; für Heinrich läßt sich nichts finden; trotz seinem guten Zeugnis u. perfekt englisch; nun wird sich schon noch einmal was finden vieleicht nächstes Frühjar wenn wir das noch erleben; Anny hat ja kürzlich erst

geschrieben wieder; ihr gehts gut aber sie hat Angst um uns in Deutschland, deßen Lage bei ihr skeptisch beurteilt wird; kann ja noch so kommen wie in China, daß am einen Fleck die Comunisten am anderen die Sozialisten am dritten die Nazisozialisten u.s.w. das Heft in Händen bekommen, das wird dann fein werden, heute schneiden wir denen den Hals ab, u. morgen die dann uns, so kommt dann jeder zu seinem Recht. aus einem Leben ohne Gott, wird ein Leben ohne Sinn = Unsinn, wenn die Menschheit die Führung durch einen hohen Gedanken verliert. – Jetty ist z. Zeit bei uns zu Besuch; immer fröhlich u. überglücklich. Sie hat es gut abbekommen noch nach ihrer unglücklich verliebten Zeit. Ihr Mann ist ein körperlich ganz hübscher Mann, nicht grantig, gutmütig, kein Spieler kein Trinker, kein Raucher kurzum ein Ideal u. was Hauptsache ist, der Jetty sehr zugetan; u. wenn er kein hoher Beamter ist, vieleicht gut so, die kleinen werden nicht so geschwind abgemurkst, wenns einmal »auf« geht. Dabei kann ihr Mann recht schöne Bilder malen, hat sich eine Trum Bibliothek angeschafft u. macht gerne Wandertouren; das gefällt alles der Jetty sehr u. hört ihm dankbar u. mit Bewunderung zu, wenn ihr Mann ihr alles mögliche erklärt, wenn sie es auch manchmal nicht ganz versteht; aber das ist ja schließlich auch nicht die Hauptsache; dafür gibt er ihr jeden Monat den ganzen Gehalt in die Hände u. läßt sich dann wieder vorgeben, was er so f. sich verbraucht. Alles in Allem ein Mann, wie man sich nur wünschen kann; ich selber bin ja nicht ganz so, freu mich aber doch daß es die Jetty, »der gute Patsch«, noch so, für unsre heutigen Verhältniße, gut erraten hat; Einsam fühlt sie sich halt da in Mainburg draußen, wenn ihr Mann nicht zu hause ist, da die zwei ein Haus ganz allein bewohnen, u. da fürchtet sich dann die Jetty öfter, nachdem sie doch auch nicht Alles so genau hört u. dann ihr manches Geräusch verdächtig erscheint, aber da soll sie sich halt ein Hündchen anschaffen, das giebt dann schon Laut, dann geht es schon, alles kann man halt nicht haben; für Marie und mich ist jetzt auch die schöne Zeit vorbei, wo wir manchmal mitsamen nach München fahren konnten; die Jetty fehlt. Ella ist im Geschäft, dann heißt es halt zu hause bleiben, es könnt halt doch einer

kommen der was kaufen möchte; wenn das wirklich nicht der Fall sein sollte, vieleicht einer der um was fragen möchte; man ist da auch in jetzigen Zeiten noch nicht sicher, daß gar niemand kommt; grad hab ich wieder um 2 M Nägel verkauft also Kopf hoch u.d. Hände raus, aus d. Hosentaschen; ich habe zwar sammtene solche, die hat mir d. Marie erst hineingenäht; roter Sammt »fein«, war früher im Auslagfenster nun färbt er meine Unterhosen m.d. Farbe der Liebe, aber d. kann man wieder rauswaschen.
Gescheites weiß ich leider nichts, drum kommt so dummes Zeug; daß d. Frau Base Dr. Ostermeier gestorben ist, weißt Du das schon? Donnerwetter, jetzt könnte die Ella in ihrem Hause sitzen, wenn wir nicht damals noch so viel Geld gehabt hätten, daß ich sie nicht herschenken mochte so um 1918 – 19, Frühjar, aber vorbei ist vorbei Menschentage sind wie Loose im Glückshafen, man tappst oft daneben. Nun recht viele Grüße v. uns allen an Dich meine liebe Luise, auch an Draws u. wollen wir hoffen, daß d. Zeiten n. noch schlechter werden. Dein Vater

103 Von Fritz H. Landshoff, Gustav Kiepenheuer Verlag

Berlin, den 23. 9. 31.

Sehr verehrte Frau Fleisser,
inliegend eine Satzprobe für Ihren Roman. Wir haben sofort eine weitere bestellt, bei der der Durchschuss, der uns noch etwas gross erscheint, etwas verringert ist. Wir werden sie Ihnen in 2 Tagen zusenden. Bei diesem Satz beträgt der Umfang incl. Titelei ca. 300 Seiten.
Ich bitte Sie zu entschuldigen, dass ich auf unsere Unterredung in der vorigen Woche noch nicht ausführlich schriftlich zurückgekommen bin. Wir haben die Frage der Vertragsverlängerung inzwischen eingehend erwogen und legen Wert auf die Feststellung, dass wir sehr gern einen neuen Vertrag mit Ihnen schliessen möchten und zwar sowohl im Verlag wie im Bühnenvertrieb. Da unser Vertrag jedoch bis Ende Januar, d.h.

noch 4 Monate läuft, möchten wir, unter Berücksichtigung der allgemeinen unsicheren Verhältnisse, Sie bitten, die Formulierung präziser Abmachungen noch ein wenig zu vertagen.
Ich hoffe recht bald von Ihnen zu hören, insbesondere hoffe ich, auch bald das Schlusskapitel zu bekommen, da mit dem Satz des Buches in diesen Tagen begonnen wird.
Mit den besten Empfehlungen auch an Herrn Draws-Tychsen
Ihr ergebener Landshoff

104 Vom Ullstein Verlag

den 23. Oktober 1931.

Sehr geehrte gnädige Frau,
Wir beziehen uns auf die mit unserer Roman-Abteilung geführten Unterredungen und bestätigen folgende Abrede mit Ihnen getroffen zu haben:
Wir sind damit einverstanden, dass Sie über die Rechte zu Buchausgaben Ihrer Bühnenwerke: *»Pioniere in Ingolstadt«* und *»Fegefeuer in Ingolstadt«* frei verfügen.
Sie Ihrerseits verpflichten sich uns Ihre nächsten drei Romane zum Vorabdruck zuerst einzureichen und uns das Vorrecht des Erwerbes zu erteilen dergestalt, dass wir Ihnen das erste Angebot machen und in jedes andere Ihnen von dritter Seite schriftlich gemachte Angebot eintreten können. Im Falle des Erwerbs der Rechte an einem solchen Roman sind wir berechtigt den Teilbetrag von *RM 2 500.– (zweitausendfünfhundert Reichsmark)* aus früheren Ihnen geleisteten Vorschüssen auf das zu zahlende Honorar anzurechnen.
Wir bitten um Ihre Gegenbestätigung und zeichnen hochachtungsvoll

Ullstein Buchverlag/Hauptbüro

105 An Fritz H. Landshoff, Gustav Kiepenheuer Verlag

29. 10. 31.

Sehr geehrter Herr Landshoff!
Nach unserer letzten Unterredung stand ich auf dem Sprung, Sie noch einmal anzurufen, um das, worum es sich für mich bei der Sache drehte, präciser zu umgrenzen. Ich unterliess es aus dem einzigen Grunde, um von meiner Seite aus die Sache nicht unnötig aufzubauschen. Nach Erhalt Ihres Briefes vom 28. c. m. kann ich indessen nicht umhin folgendes prinzipiell festzustellen:
Ich bin keine Antisemitin und jederzeit bereit die charaktervolle Leistung auch von Juden restlos anzuerkennen. Ich habe darüber noch nie in meinem Leben einen Zweifel gelassen. Wenn ich Ihnen bestimmte Wünsche hinsichtlich der Anzeigen vortrug, so bezog sich das nicht auf die Eigenschaft der jüdischen Glaubensangehörigkeit, sondern auf die Eigenschaft des Ressentiments. Ich habe Ihnen diesen Vorschlag im übrigen auf Grund meiner Erfahrung als Autor gemacht, die gezeigt hat, dass man mich unter dem falschen Gesichtswinkel einer bestimmten Parteieinstellung beurteilt, während ich den allergrössten Wert darauf lege, dass ich als Dichter und schaffender Mensch über den Parteien stehe.

Mit den besten Empfehlungen

106 An Hellmut Draws-Tychsen

[undatiert]

Lieber Draws!
Ich schicke Dir anbei zwei Briefe, die sich aus unserer Forderung betreffs der Anzeigen ergeben haben. Ich bitte Dich, in der Sache nichts zu unternehmen, bevor Du mit mir gesprochen hast. Landshoff war sofort sichtlich eingeschnappt und warf mir vor, daß ich erstens immerhin die Juden insofern schätze, als ich sie als Reklame für mich verwende und z. B. die Kritik Alfred Kerrs aufgenommen habe und daß zweitens Du mit diesen Prinzipien es sehr wohl vereinbaren könntest, in

dem eminent jüdischen S. Fischer Verlag zu erscheinen. Worauf ich antwortete, daß ich Kerr sehr schätze, daß der S. Fischer Verlag nicht aus Juden in diesem Sinne bestünde, wie wir sie hier im Auge hätten, und daß es eben solche und solche Juden gebe. Ich habe dann sofort etwas anderes besprochen, um von der heiklen Materie loszukommen, aber Landshoff war ziemlich kurz angebunden und unleidlich. Ich hielt es für notwendig ihm sofort auf seinen Brief zu antworten, damit er nicht inzwischen herumgeht und Gott weiß welche Entstellungen verbreitet. Beide Briefe bitte ich Dich wieder mitzubringen. Soviel davon.

Es tut mir leid, daß ich Dich mit der unangenehmen Sache behelligen muß; ich wollte Dich aber immerhin auf dem Laufenden erhalten.

Gleichzeitig schicke ich Dir die fünf Belege.

Herzlich grüßt Dich
Deine Marieluise

107 An Hellmut Draws-Tychsen

5. Nov. 31

Mein lieber Draws!

Heute kommt also endlich der versprochene Brief. Desto mehr habe ich an Dich gedacht und Du gehst mir jeden Tag sehr ab. Hoffentlich befindest Du Dich gesundheitlich wohl. Ich fürchte sehr, daß Du Dir in dem leichten Mantel bei der sicherlich viel größeren Kälte in Ostpreußen Schaden zufügst. – Ich habe gestern für den Hamburger Sender auf der deutschen Welle meinen nochmals stark gestrichenen Reiseartikel gelesen. Ich wußte es schon seit einiger Zeit, habe aber absichtlich nichts davon geschrieben, da ich befürchtete, daß Du sonst Deine sämtlichen Freunde darauf aufmerksam machst und die Geschichte, bei der mir selber gar nicht wohl war, feierlich abgehört wird. Ich habe übrigens sauschlecht und erregt gelesen. Ich eigene mich eben gar nicht für diese hochdeutschen Sachen. Heute bin ich den ganzen Tag so unruhig, hoffentlich gibt das nicht noch irgendein Nachspiel. Das Geld erhalte ich von Hamburg direkt und ist bis jetzt noch nicht eingetroffen. Ich wollte mir dafür ein Gesellschaftskleid kaufen, da ich fürchte, daß ich in diesen Monaten, wenn mein Roman heraußen ist und sich vielleicht einiges daraus ergeben wird, sonst in Schwierigkeiten kommen werde. Ich reflektierte auf ein entzückendes Kleid für 89 M, das ich bei Kohn in der Tauentzienstraße gesehen hatte, aber zu meinem Schrecken ist das Kleid seit gestern aus dem sonst unverändert gebliebenen Schaufenster herausgenommen und also wohl verkauft worden. Die anderen Leute stürzen sich eben auch gleich darauf, wenn einmal was Schönes zu haben ist. – Mit der Regelung der Geldaffäre in bezug auf Frau Scheerbart bin ich einverstanden. Es ist der alten Frau wohl zu gönnen, wenn sie wenigstens etwas von der ganzen Sache hat. – Ich lege Dir die Kritik aus der Börsen-Zeitung über »Geschichten aus dem Wiener Wald« bei. Ich finde sie, in anbetracht der Einstellung die die Börsen-Zeitung einige Tage vorher zur diesmaligen Kleistpreisverteilung bekundete, etwas reichlich positiv. Publikumsmäßig scheint es ein Erfolg zu sein. – Gestern habe ich nochmals mit Landshoff gesprochen, der mir aber sagte, daß der Entwurf Dir unmöglich nochmal eingesandt werden könne. Er könne sonst nicht garantieren, daß das Buch noch vor Weihnachten erscheine. Das Buch ist jetzt im Druck und erscheint bestimmt am Mittwoch den 18. November. Landshoff sagte, daß sie diesen Termin sowieso nur mit äußerster Kraftanspannung schaffen, da die reine Buchbinderarbeit sehr viel Zeit wegnehme. Ich meine auch, daß man das Buch unter keinen Umständen weiter verzögern darf. Ich habe den Entwurf, wie er jetzt ist, gesehen. Das mit der Visitenkarte ließ sich nicht durchführen, und ich glaube selbst, daß es zu klobig geworden wäre. Sie haben aber die Zeile »Frieda Geier« jetzt dadurch hervorgehoben, daß sie eine schwerer wirkende Schrift nahmen. Der Untertitel ist etwas mehr abgerückt und, soweit ich mich erinnere, auch kleiner. Das Ganze ist auf jeden Fall viel übersichtlicher geworden. Ich bitte Dich also, Dich damit zu beruhigen, denn mir liegt vor allem daran, daß das Buch zum 18. herauskommt, sonst hat es ja keinen Sinn mehr. – Ich habe von Kiepenheuer vom Nov. bereits 200 M bekommen, da Frau Wenzel von mir bezahlt werden mußte. Ich habe ein Abonnement vom Friseur und eine Untergrundmarke gekauft. Dann sind mir zum Leben noch 20 M verblieben. Es ist besser, daß Frau Wenzel wenigstens von mir aus bezahlt ist, da Kiepenheuer wegen seines Umzugs um die Monatshälfte sicherlich geldknapp sein wird. Die Rechnung war diesmal schon etwas höher, da ich, seit Du fort bist, heizen lasse. – Grüße bitte Deine Mutter und Schwester herzlich von mir. Es freut mich, daß Deine Mutter gesundheitlich ziemlich obenauf ist. – Ich bin einige Male ins Kino gegangen. Der Russenfilm »Der Weg ins Leben« hat auf mich einen unerhörten Eindruck gemacht, wenn ich auch klar übersehe, daß der Film in seiner Tendenz so aufgezogen ist, daß man wohl oder übel Sympathie dafür haben muß. – Köhnlein hat einen geradezu unverschämten Brief geschrieben, der nach 5 Tagen pünktlich ankam; ich habe ihn geöffnet und weggeschlossen. Er schreibt, Du irrst Dich, wenn Du glaubst, den Filmstreifen erworben zu haben. Der Filmstreifen sei ihm nicht feil. Du hättest nur die Abzüge erworben und diese könne er Dir nicht schicken, solange Du nicht einen Revers unterschrieben hast, daß kein Mißbrauch mit den Bildern getrieben wird. Sonst ist keine richtige Post, der Danziger Rundfunk schickte 10 Belegexemplare. Herr Drews schickte ein Versbüchlein mit der Bitte um Besprechung. Geßniger schrieb einen Brief, Halbe eine Karte und Frl. Rodig eine kurze Karte aus einem Sanatorium, wo sie sich von einer Erkrankung auskuriert. – Das Geld hast Du inzwischen wohl bekommen. – Hoffentlich wird Dein Mantel bis zum 15. fertig. Ich freue mich wenn er Dir gefällt. – Auf das kleine Paket freue ich mich. Ich möchte aber nicht, daß Du Dir unnötige Ausgaben machst, da ich weiß, daß Deine Reisekasse knapp ist. – In der kommenden Woche wird Frl. Skidelsky sich mit Bronnen, der augenblicklich krank ist, wegen des Hörspiels, das mir nun bald zum Halse heraushängt, in Verbindung setzen. Am liebsten würde ich es nicht mehr schreiben, aber ich sehe keine andere Möglichkeit, um für meinen Wintermantel, Hut und Schuhe zu sorgen. – Daß das Thaliatheater nach allem nun doch abgelehnt hat, betrübt mich ehrlich. Aber wir wollen den Mut nicht sinken lassen, nicht wahr? Wir haben auch den Trost, daß das Stück nicht veralten kann. – Daß die Danziger Neuesten Nachrichten sich so anständig benommen haben, ist erfreulich. Du hättest wohl ohne sie nicht gewußt, wie aus Danzig wegkommen. – Lieber Draws, was soll ich Dir über den Kleistpreis sagen. Es ist traurig, daß man einem Schriftsteller, der sowieso von allen Seiten geschoben wird, und der eine monatliche Rente von 1000 M hat, nicht nur die Ehre, sondern auch noch dies Geld, das er bei seinen Einkünften kaum spürt, in den Rachen wirft, während soviele Bedürftige und sich ehrlich abschindende Dichter übergangen werden. Man wird nach diesem Zuckmayer den Vorwurf nicht ersparen können, daß er den Interessen des Ullstein-Verlages in jedenfalls auffälliger Weise entgegengekommen ist. Es berührt merkwürdig, daß Leute, die, wenn man sie reden hört, das Herz auf dem rechten Fleck haben im Ernstfalle, wenn es einmal gilt, ein Exempel zu statuieren, auch nur mit den Wölfen heulen. Weiß Gott Draws, ich habe nicht den Ruf eines wackeren Naturburschen wie Zuckmayer, aber solche Dinge wirst Du, so Gott mir meine gesunden fünf Sinne läßt, von mir nie zu besehen haben. Ich fürchte nur, mein Lieber, Du wirst mit mir immer weniger Staat machen können. Ich bin mir vollkommen darüber klar, daß Horváth mir auf den Bühnen das Wasser abgräbt. Er hat ja etwas soviel Leichteres, so was mit einem Hui oben drüber weg! was dem Theatermob, der die Erfolge macht, eingeht. Aus der Besetzung bei Reinhardt ist mir deutlich geworden, daß auch Brecht dahintersteckt, mindestens inoffiziell. Das beweist mir das Auftreten der Neher und des Lorre. Es ist mir ein neuer Beweis mit welchen feinen und jesuitischen Mitteln Brecht arbeitet um mich auszuschalten. Er macht es eben so ganz undurchsichtig und auf dem Umweg über andere Personen, aber dahinter höre ich immerzu ein hämisches Kichern. – Ich vergaß Dir zu schreiben, daß Kronle um Bestätigung unserer Abmachung ersucht hat, ich habe mich aber schwer gehütet sie ihm zu geben, da sein Brief in der Form etwas ganz anderes besagt, als wir verabredet hatten. Von einer Abschreibung ist in seinem

Brief überhaupt nicht die Rede und er läuft darauf hinaus, daß ich mich zu etwas verpflichten soll, ohne einen Gegenwert dafür zu bekommen. Ich lasse die Sache liegen, bis Du kommst. – Und jetzt, lieber Draws, wünsche ich Dir noch alles Gute und schönes Wetter. Ich habe die letzten Nächte sehr schlecht geschlafen. Aber das wird wieder besser werden, wenn Du bei mir bist. Ich sehne mich sehr nach Dir und habe hier noch keinen Menschen gesehen, sodaß ich wie im Traum durch die Tage gehe. Ich bin heuer doch sehr großstadtmüde. Es macht sich geltend, daß ich ununterbrochen an diese Straßen geheftet war. Gott segne Dich, mein Kind, und bewahre Dich mir! Ich küsse Dich Deine Marieluise

Grüße bitte Friedland!

108 An den Schutzverband deutscher Schriftsteller
Geschäftsleitung, Berlin W 50

Berlin N 65, 27. 11. 31.

Sehr geehrte Herren!

Bekanntlich haben sich seit geraumer Zeit innerhalb unseres Schutzverbandes zwischen verschiedenen Interessengruppen so schwere Differenzen ergeben, dass sie die gesamte Organisation zu gefährden scheinen. Da die starke Inanspruchnahme durch mein Werk mir eine eingehende Bearbeitung der Verbandsangelegenheiten nicht gestattet und ich andererseits nicht Dinge mit meinem Namen decken will, die ich bis ins Letzte nicht übersehe, habe ich mich entschlossen, hiermit bis auf weiteres aus dem Schutzverband Deutscher Schriftsteller auszutreten.

Den fälligen Mitgliedsbeitrag bitte ich in der Zeit vom 4. bis 11. Dezember durch Nachnahme bei mir zu erheben.

Mit vorzüglicher Hochachtung

109 Von Max Friedland

Elbing, 17. Dez. 31.
Alter Markt 10/11

Liebe Marialuise.
Herzlichsten Dank für Zusendung mit handschriftlicher Widmung Ihres neuen Romanes »Mehlreisende Frieda Geier«. Ich lese ihn mit großer Spannung. Sportler und Krämer Gustl ist lebenswahr getroffen. Woher fühlen Sie nur »Kleinigkeiten können den Fremdling zum treuen Kunden erziehen«? Diese feine Beobachtung deckt sich mit meinen oft gemachten Bemerkungen in Vorträgen über Verkaufskunde. Ich führe stets als Hauptstück an, daß die einzelnen Unternehmungen meist aus denselben, bekannten Quellen kaufen. Eine gewisse Preisgrenze ist im Allgemeinen nicht zu unterschreiten. Aber das Mehr, das der Einzelne liefern kann, liegt in *Kleinigkeiten*. Und dann kommt die Unterweisung in dem »Mehr« durch Bedienung u. s. w.
Auch das psychologisch fleißig und geduldig ausgemalte Verkaufsgespräch der Reisende[n] Frieda Geier macht Ihnen so leicht kein erfahrener Kaufmann nach. Ich staune über Ihre Gabe, an die verschlungenen Pfade der Reisendendiplomatie so meisterhaft heranzukommen. Ihr Roman wird noch ein Festtagsschmaus in den Feiertagen für mich sein.
Gesundheitlich geht es mir jetzt einigermaßen durch strenge Diät. Die Thrombose ist glücklicherweise völlig überwunden. Die chronische Lebererkrankung kann ich noch ein ¼ Jahrhundert durchleben – nach Ansicht meines Arztes – also über das biblische Alter hinaus. Ich bedaure nur, daß ich dem edlen Alkohol auf lange Zeit, vielleicht für immer, Lebewohl sagen muß. Er hat mir doch manche frohe und weihevolle Stunde bereitet. Mit blassem Thee und Haferschleim heißt es nun, das Jahrhundert in die Schranken fordern. Aber --- es geht!
Wirtschaftlich will ich mich nicht äußern. Bei über 5 Millionen Arbeitslosen und vielen Millionen mit kargem Verdienst sollen diejenigen, die sich noch täglich im warmen Nest satt essen können, nicht klagen. Nur eines möchte ich bemerken: Mit einem umfangreichen Betriebe, wie ich ihn habe, heißt es

jetzt, die Ohren steif halten. Der Wirtschaftsdruck ist gewaltig.
Draws danke ich für die pünktliche Übersendung der 50.– Mk. Seine Ordnungsliebe hat sich wieder erwiesen. Schicken Sie doch Ihren Schal zurück. Sie erhalten tadellosen Ersatz.
Angenehme Feiertage und alles Gute für das neue Jahr wünscht
Ihnen und Draws recht herzlich
Ihr Sie stets schätzender Vater Friedland

Von meiner Frau soll ich Sie Beide vielmals grüßen

110 Von Heinrich Fleißer

Ingolstadt 18 Dez. 1931

Liebe Luise.
Haben Deine Zeilen erhalten u. danken Dir u. Deinem Bräutigam für die Glück und Segenswünsche, die wir Euch beiden für Neujahr 1932 u. die Weinachtsfeiertage recht von Herzen erwiedern. Natürlich wäre es hübsch gewesen wen Ihr zu Weihnachten hättet kommen können, aber halt überall das große »ABER«. – Dein Buch vom Lieben Rauchen u. Sporteln habe ich am 30. Nov. v. Verlag erhalten; es war Andreastag: ich ging an dem Tag meinem Vater z. Erinnerung in die hlg. Messe um 10 Uhr u. habe dann auch gleich Deinem Buch zu Ehren den ganzen Tag gefeiert u. mich Deiner Lektüre gewidmet; in Ingolstadt wird ja doch schon mancher vermuten daß das ganze schon doch so teilweise ein Schlüsselroman ist, wenn das auch ganz vorne anders gedruckt steht; mit Humor ist die Schilderung des Mehlverkaufes an den Bäckermeister gegeben; schade daß die Frieda die tüchtige nicht viel öfter Mehl verkauft hat. Selbstverständlich werde ich Deinem Rat das Buch nicht auszuleihen nachkommen u. an d. Kinder weitergeben; hier habe ich bis jetzt in keiner Zeitung etwas über das Buch gelesen, sollte etwas kommen werde ich Dir das dann zusenden, auch den Bazar wenn der zu uns gelangen sollte; ich danke Dir f.d. Buch.

Wenn ich übrigens übriges Geld hätte, würde ich schon selbst auch einmal nach Berlin kommen u. Euch besuchen aber überall so halt auch bei uns, die Zeiten schlecht u. d. Geschäft flau, die Bauern können nichts mehr kaufen u. die guten Käufer, vornehmen wollte ich sagen, gehen zu Stahl oder sonstwo vorne hinein u. nicht in meine Hinterwäldler Lokalitäten; bin nur froh, daß die Ella in der Bank vorderhand noch immer beschäftigt ist u. d. Brüning wird durch neue Zinsnotverordnungen u. dergleichen schon noch einige Zeit weitersorgen daß den Banken die Arbeit nicht ausgeht; 15 % Gehalts Abbau muß sich die Ella ja schon auch gefallen lassen, aber nichts oder einige Mark von mir für Mithilfe im Geschäft wäre halt doch noch viel weniger; Marie hat natürlich schon wirklich alle Hände voll zu tun, wir wollen essen unsere Wäsche soll rein sein, die Zimmer aufgeräumt, in der Großmutter Wohnung ist auch noch ein Mieter (er ist auch auf d. Vereinsbank), dessen Sachen geordnet sein sollen und Marie soll d. Rechnungen schreiben, Marie soll i. den Laden gehen, mir tun oft schon d. Füsse weh, Marie soll meine Bestellkarten copieren u. nachschauen, ob ich nichts Falsches geschrieben habe, vergeßlich werd ich halt auch, die von mir geschriebenen Postscheck kontrolieren u. dann wieder Stiefel wichsen u. so weiter, brauchen könnten wir schon wirklich jemand dazu wie d. Jetty war, aber es geht halt nicht u. so wursteln wir halt weiter alle beide bis der Tod trennt. Jetty war vorige Woche zu Besuch bei uns, machte ihre Weinachtseinkäufe hier; bin halt doch froh, wenngleich ich sie sehr vermisse daß sie, wenn auch keine große, so doch eine Versorgung u. einen braven guten Menschen als Mann hat u. leichter ist es doch für 4 als wie für 5 Menschen in heutiger Zeit Lebensunterhalt zu schaffen. Heinrich hat leider noch nichts gefunden, warten wir halt weiter ab nur kein Bangen, einmal wird es dann doch schon wieder anders werden; z. Z. hat er sich ein Radio fast ganz selbst gebaut, auch die einzelnen Teile i. d. Werkstätte angefertigt bis auf Lampen Schalter u. Batterien; leider war das Ding noch nicht fertig, wie Du in Hamburg Deinen Vortrag hieltest; Marie und Ella haben bei Bruggeier (Zigarren) Gelegenheit gehabt zuzuhören u. waren sehr begeistert; auch

Hilde war dabei; ich aber wollte vom Pickl aus zuhören bin aber ausgerutscht; er brachte Hamburg auf seiner alten Kiste nicht herbei; Heinrich hätte Hamburg schon haben können er hat das schon einige male gemacht.
Für 1932 also nochmals Dir u. Deinem Bräutigam alles Gute von uns daß Dir recht viel einfällt z. schreiben, u. daß Du oft gedruckt wirst u. recht viele kaufen wollen; es ist nur eine schon ganz ausgefallen traurige Zeit, u. meine ich wirklich es ist nicht gut wenn der Vater aller Dinge die Menschheit so nach eignem Willen weiterhantieren läßt u. dabei mit lauter Weisheit Erfinderkunst und Geldmacher Technik alles noch kaput zu werden scheint, u. es schmerzt wirklich an das Weinachten von Ungezählten auf Erden denken zu müssen. – – –
Annys Adresse ist noch immer Sister Marie Fidelis Convent of the Holly Cross, Windhoek Südwest Afrika.
Den berühmten Winterhusten habe ich heuer bis jetzt noch nicht, aber leider kommen wird er schon noch, wenn es kälter wird. Heinrich war vor kurzem schwer krank auf Leben u. Tod; zuerst Mandelentzündung dann Geschwür im Hals, das v. Arzt aufgeschnitten werden mußte, an ganz gleichem Leiden ist eine Schulfreundin d. Ella v. Eichstätt her, eine Frl. Weh von Reichertshofen innerhalb 2 Tagen an Blutvergiftung gestorben u. vor einigen Tagen begraben worden; nun ist das aber wieder glücklich rum, u. der allgemeine Gesundheitszustand in d. Familie sozusagen befriedigend. Was macht bei Euch wohl der Preisabbau? Kalbfleisch 60 Pf hier. Gänse auch 60 Pf – 70 Pf p. Pfund u. auch d. Andre billiger, nur viel Geld würden die Leute halt brauchen oder haben sollen dann gings schon ganz gut. Nun z. Schluß noch recht viele herzliche Grüße an Dich u. Draws von uns allen u. insbesonders Deinem Vater

111 Von Hans Henny Jahnn

Altona-Blankenese, 15. 1. 32.
Hirschpark

Liebe Marie Luise Fleisser,
ich habe die Aufgabe, mich zu erkundigen, wie es Ihnen in wirtschaftlicher Beziehung ergeht. Ich bitte Sie deshalb herzlich, mir mitzuteilen, wie Sie leben, wie groß Ihre Einnahmen aus dem Verkauf von Büchern sind etc.
Und endlich, ob Sie aus anderer Beschäftigung, aus Verheiratetsein oder Erbschaft Mittel für Ihren Lebensunterhalt beziehen.
Ich verspreche Ihnen, daß ich die Angaben, die Sie mir machen werden, nicht zu Ihren Ungunsten verwenden will.
Je besser die Übersicht, die ich mir aus Ihren Angaben verschaffen kann, desto günstiger das mögliche Resultat.

Mit herzlichem Gruß
Ihr Hans Henny Jahnn

112 Von Robert Musil

Berlin W. Kurfürstendamm 217, 17. 1. 32
[Pension Stern]

Sehr geehrte gnädige Frau!
Ich bin für einige Zeit in Berlin und wollte Sie telephonisch anrufen, konnte aber nirgends eine Nummer erfahren, durch die Sie zu erreichen sind. Ich bitte Sie, deshalb die Güte zu haben, mir entweder zu schreiben, wie ich es machen soll, oder mich (am besten vormittags) unter der Nummer Bismark 3395 anzuläuten, falls meine Frau und ich das Vergnügen erwarten dürfen, Sie persönlich kennen zu lernen.

Ihr hochachtungsvoll ergebener
Robert Musil

113 Von Arno Aron, Frankfurter Mühlenwerke Gebrüder Wolf

Fräulein Marieluise Fleisser dch. Vlg. Kiepenheuer

Dr. Arno Aron, Schumannstr. 20
Frankfurt (Main) 1, 26. Jan. 1932.

Sehr geehrte Verfasserin!
Als Müller erstand ich Ihr Buch mit den vier Mehlsäcken in der Annahme, noch etwas für den Verkauf hinzulernen zu können. Ich finde aber, dass sich Mehlreisende besser an Fräulein Geier kein Beispiel nehmen sollen. Die junge Dame reist nur ein Kapitel in Mehl und 21 Kapitel in Liebe. Ist dieses Verhältnis das Charakteristikum weiblicher Mehlreisender? Halten Sie den Beruf – trotz Kapitel 4 – bei 1/22 Arbeitszeit für einträglich genug? Oder sind für Mehlreisende die bekanntlich losen Sitten der früheren Müllerinnen typisch? Alles in allem: weshalb wählten Sie für das Buch gerade den Titel »Mehlreisende ...«?
U. A. w. g.
Inhaltlich gefiel mir übrigens Ihr Buch ausgezeichnet.

Mit den besten Empfehlungen ergebenst
Dr. Arno Aron

114 Von Heinrich Fleißer

12. Febr. 1932

Liebe Luise
Deine Zeilen möchte ich nun doch schon einmal beantworten; aber ich war so platt u. wie auf d. Kopf gehauen als ich Deinen Brief gelesen hatte daß ich tagelang ganz traurig war; ich war nun immer schon seit langem Deinetwegen so ganz ohne Bangen u. nun klopft auch diese Sorge wieder an; Wenn Du nun kommst würde es mich recht freuen wenn Du nicht nur als unnützer Besuch bei Deinem Vater sein möchtest, sondern uns auch ein bischen zu Hilfe kommen willst Maria allein kann ja unmöglich noch mehr leisten u. ein Mädchen f. den Haushalt leidet es nicht; das Geschäft ist ja wie überall miserabel, dazu

hat vorne noch der Fent (Oswald u. Fent) das schöne Kempterhaus in Händen mit den Riesenschaufenstern voll Werkzeuge und Eisenwaren u. da kommen der Kunden immer weniger in unsre Seitenstrasse u. zu mir u. in der Werkstätte kann ich mit meinen 64 Jahren einfach nicht mehr mitthun u. ist mir Alles bis auf den Hals herrauf z. Ekel oft u. muß doch nun so weiterwerkeln bis zum letzten Tage meines Lebens, wenn ich noch weiter existieren will, so habe ich mir das Ende einst nicht gedacht; Wie schlimm auch daß der Heinrich nun 1 ½ Jahre weg ist von der Schule u. trotz bestem Examen nichts passendes finden kann u. nun so mitessen muß an dem bischen Geld das noch vorhanden ist u. das ich so gerne einmal für Dich Ella u. auch ein wenig f. Jetty erhalten hätte bis nach meinem Ableben; aber so wie die Aussichten sind wird auch das noch so allmälig zerbröckelt u. zerieben bis zum letzten; denn was wir verdienen können in d. Woche wird so 30 – 40 M selten 50 M sein, von dem kommen dann aber noch Gas Licht Inserate, gewerbl. Steuern u. s. weiter weg es würde kaum für eine kleine Familie genügen, so sind uns aber mehr, da dürft Ihr mir einmal keinen Stein auf mich werfen wenn nichts oder nicht viel mehr übrig bleibt. Es sind ja die Zeiten auch so grausam; bei Max Wimmer wurden vorige Woche d. Schreibmaschine, die Holzspaltmaschine mit Motor, fünf Brückenwägen u. s. w. *zwangs*versteigert u. schien der Mann nach der Inflation reich u. groß gegen uns u. gehen so manche mit ihm den gleichen Weg Conkours! Zwangsversteigerung! ich muß nur immer daran denken was man da als alter Mann macht wenn man gar nichts mehr hat, da wird mir ganz übel dann.

Wenn Du nun komst u. hast auch kein Einkommen mehr dann muß die Ella von Ihrem Gehalt so lange sie noch in Stellung ist 25 M für d. Essen u. Schlafen abtreten. Ich kann ihr da dann nicht mehr helfen zaubern kann ich nicht u. anders geht es nicht. Was die Unterkommensmöglichkeit betrifft, so hat die Jetty ja den Kleiderkasten, sowie auch die Komode mitgenommen, ich habe aber von einem Schreiner von dem ich sonst auch nichts erhalten hätte einen neuen Kleiderkasten machen lassen, er steht vor der Türe der wäre frei u. das mit der Komode wird sich schon noch finden. Nun habe ich ein Anliegen an Dich Luise, wenn Du bei uns nun wieder bist sei vorsichtig im Umgang mit Ella u. Hilde. Wen Du nun einmal das Unglück gehabt hast in so jungen Jahren allein u. fern dem Elternhaus in der Blüte Deiner Seele u. dann im Denken und Fühlen von Weikert und Konsorten vergiftet zu werden, so lasse das bitte ich Dich nicht abfärben an Ella u. an Hilde die heuer komunizieren darf. Es ist für gesunde Menschen etwas hohes und heiliges um das Gefühl das sich gegen niedriges wehrt beim Mann, beim Weib am meisten beim Mädchen u. lasse mir das den Jüngsten unberührt! Ich habe Dein Buch auch der Ella nicht z. lesen gegeben da mir darin manches nicht gefiel; das Buch ist flüssig geschrieben es ist manches gut geschildert aber, ich wurde rot bei manchen Stellen u. nicht jede Familie nicht jede Mutter wird das Buch auf den Tisch legen; Du bist noch jung f. Deinen Beruf, wirst sicher auch noch nachdenklicher u. meine wen Du die heikeligen Dinge aus Deiner Feder verschwinden lassen könntest würdest Du mehr Auflagen erleben. An Kritik habe ich hier in keiner Zeitung sonst über d. Roman etwas gelesen wie im Donauboten nachgeschrieben d. Dresdner Neuesten, sie liegt bei; hier giebt es viele Hitler, wenn es einmal kracht wehe d. Hause Fleisser! Nun z. Schlusse; ich bedaure sehr daß D. Bräutigam auch unter der Ungunst der Zeiten leidet u. wünsche ihm noch kommenden guten Erfolg! Hoffen wir halt Alle so weiter ich bin schon bald grau geworden damit, das beste daß wir nicht d. ewige Leben haben; Nun auf Wiedersehen! Sei gegrüßt von Herzen u. auch Draws Dein Bräutigam

von Deinem Vater

115 Von Heinrich Fleißer

23 März 32

Liebe Luise!

Für Ostern senden wir Dir herzliche Grüße u. einige Mark Beihilfe; 20 M muß mir die Ella nun monatlich geben ich kann es nicht mehr machen daß ich sie umsonst zu Hause habe die habe ich nun Dir gesandt u. 10 M darauf gelegt u. denke, Du wirst es

wohl brauchen, nun da Du keinen Verlag-Vorschuß mehr erhälst; ich war nun fast die ganze Zeit seit meinen letzten Zeilen krank, viel im Bette u. immer so sehr müde daß ich schon dachte es wird schon bald nun die Stunde kommen, wo mein bischen Leben ausgespielt ist, ich dachte, daß ich etwa Zucker oder dergleichen hätte, weil ich immer gar so müde war oder daß es der Jahre wegen nun so weitergehen würde bis zum Ende, aber nun ist das doch noch einmal wieder weg u. bin wieder arbeitsfreudiger, es muß doch so eine Art Grippe oder dergleichen gewesen sein, daß mich so darniederhielt; – Das Geschäft geht halt immer noch miserabler bin nur neugierig ob es gar nicht mehr bessere Zeiten auch noch wieder einmal geben soll oder was noch Alles wird; Was einmal war, wird wohl für Europa nie mehr wieder werden weil die andern Nationen nun selbst erzeugen, was vor dem Krieg von uns gekauft wurde. Da sind die Aussichten für unsern Diplom ing. wohl auch windig; nun kommen wieder so viele Osterhasen ing. neu gebacken aus dem Schulbackofen, wohin mit all den guten Sachen?
Die Wahlschlacht ist nun auch im ersten Teil ausgefochten bei uns war regstes Interesse bei Verkündung der Teilergebnisse durch d. Lautsprecher; selbst Hilde mit klopfendem Herzchen u. hochroten Wangen war äußerst gespannt u. freute sich schon der Klosterfrauen wegen wenn Papa Hindenburg höher kam wie seine Partner. Ella muß doch auch gleich als Frauenzimmer v. d. Bank verschwinden, wenn NSP. hochkommt, die war auch f. Hindenburg, ich u. meine liebe bessere Hälfte auch; Heinrich aber, der junge unbeschriebene schwärmt f. den neuen Gott, den auch armen gebrechlichen, der in der Nacht v. 12. – 13. März im Waldschlößchen bei Eichstädt, bewacht von 20 SA Mann eine Zusammenkunft mit Oberst Hoffmann von hier hatte; der auch wütender NSP geworden ist.

willst Du nicht mein Bruder sein
dann schlag ich Dir den Schädel ein!

Besondere Stadtneuigkeiten weiß ich nicht, Frau Schoppe hat man gestern beerdigt, auch von den Buckmeiers einen der das Geschäft im Laden vorne geführt hat, Konkurs weiß ich keinen neuen außer der Dir auch wohlbekannten Firma Zammetzer

obwohl immer so munkelnde Gespenster häufig in Gasthausgesprächen herumirren, ganz geheimnisvoll der oder der aber doch nicht laut wer? man gewöhnt sich dran, wie an einen schlechten Magen u. giebt nicht mehr so viel drauf wie in gesunden Zeiten. Für Hilde kommt nun bald Erstkomunion; acht Tage nach Ostern, sie freut sich sehr darauf, in der Schule lernt sie gut, sie meint sie möchte einmal Lehrerin werden weltliche aber ich werds nicht mehr machen können und vieleicht braucht man solche später gar nicht mehr, wenn etwa noch alles auffliegt mit lauter Pulverfaß Politik.
Nun ich freue mich, wenn es vor Allem einmal draußen wieder schön wird, wenn die Zweiglein wieder grünen u. die Bienlein summen u. wenn die Sonne wohlig die alten Glieder wärmt u. man sich in der Schutter droben b. Winkler baden kann u. sich auf die Holzpritschen legt und aufschaut ins blaue u. graue Unendliche ins ewige weite von unserm kleinen Erdelein aus u. an nichts dann denkt als wie »schön ist die Ruhe, und ewig einmal«.
Nun schließe ich grüße Dich u. Deinen Bräutigam u. wünsche gute Ostern

Dein Vater

Herzliche Ostergrüße von uns allen Deine Maria

116 An Fritz H. Landshoff, Gustav Kiepenheuer Verlag

Berlin N 65, 6. 5. 32

Sehr geehrter Herr Landshoff!
Zunächst möchte ich Ihnen den mir derzeit übermittelten Brief des amerikanischen Verlages Simon und Schuster wieder zurückgeben und Sie bitten, die Ihnen in unserem Interesse geeignet erscheinenden Schritte in dieser Angelegenheit einzuleiten. Ich würde mich natürlich schon im Interesse der Abdeckung meiner Schulden freuen, wenn die Auslandsbeziehungen Ihres Verlages Übersetzungen meiner beiden Prosabücher möglich machen könnten. Was die geplanten skandinavischen Überset-

zungen anbetrifft, so glaubt Draws-Tychsen, dass sie nach dem bisherigen Ergebnis der Verhandlungen zu irgendeinem positiven Ausgang führen werden. Beigeschlossen überreiche ich Ihnen ferner die letzte mir unter dem 2. c. m. zugesandte Honorarabrechnung und bitte dieselbe in neuer Ausfertigung nach Beseitigung der Ihrer Buchführung unterlaufenen Irrtümer mir wieder zurückzugeben.

Abschließend habe ich Ihnen die Mitteilung zu machen, dass ich kurz vor Beendigung eines neuen kleineren Buches stehe, das ich hierdurch Ihrem Verlag anbiete. Das Buch wird den Titel »Der Regenbogen – sieben sommerliche Reiseerlebnisse« tragen und einen Umfang von höchstens zehn Bogen haben. Wir haben uns gedacht, ein billiges und geschmackvolles Buch mit flexiblem Leineneinband in der Art Ihrer Villon-Ausgabe, das in Ganzleinen 3,50 und kartoniert 2,75 kosten kann, herauszubringen, ein Buch in der Art der kleinen Meisterwerke deutscher Erzählkunst des S. Fischer Verlages mit einigen Zeichnungen von Meid oder Kubin, kurzum ein schmuckes sauberes Büchlein für die diesjährige Reisezeit, das mühelos eine Auflage von 10 000 Stück erreichen muß. Als Erscheinungstermin habe ich mir den 1. Juli gedacht. Wegen der Dringlichkeit dieser Angelegenheit bitte ich Sie, in den ersten Tagen der künftigen Woche eine nähere Unterredung zwischen uns verabreden zu wollen und mir rechtzeitig darüber Bescheid zu geben. Ich möchte hier gleich betonen, dass ich weitere Honorarvorschüsse wegen dieses Buches von Ihnen nicht verlangen werde, sondern mir hauptsächlich an einer möglichst raschen Ausgabe desselben liegt.

Mit freundlichen Grüssen, auch von Hellmut Draws-Tychsen

Ihre

2 Anlagen

117 Von Hans Henny Jahnn

Altona–Blankenese, 20. Juni 32

Liebe Frau Marieluise Fleisser,
vielen Dank für Ihre Nachricht vom 19. ds. Mein Schweigen hatte leider etwas Ungutes für Sie zu bedeuten. Ich war durch eine amerikanische Stiftung aufgefordert worden Schriftsteller namhaft zu machen, die es verdienen mit Geld unterstützt zu werden. Ich habe mich mit Bert Brecht besprochen und wir kamen zu dem Schluß, Sie als einzigen Menschen zu nennen. Ich hoffte sicher, daß für Sie ein Betrag ausgesetzt werden würde. Vor geraumer Zeit habe ich nun erfahren, daß wegen der geldlichen und wahrscheinlich politischen Situation die Stiftung keine Geldmittel mehr nach Deutschland fließen lassen will. Man hat mir diese Tatsache mit dem Ausdruck höchsten Bedauerns mitgeteilt. Leider ist Ihnen damit nicht geholfen, und ich bin sehr betrübt darüber. Ich bin gerne bereit mich für Sie bei der Kleist- und Schillerstiftung zu verwenden. Ob das Erfolg hat, weiß ich natürlich nicht. Oskar Loercke hat mir erzählt, daß es geradezu trostlos aussieht. Mit besten Grüßen

Ihr Hans Henny Jahnn

118 An Hans Henny Jahnn

15. 7. 32

Lieber Herr Hans Henny Jahnn!
Ihre freundlichen Zeilen vom 20. 6. waren keineswegs angetan, meine seit Monaten trübe wirtschaftliche Situation irgendwie zu erheitern. Ich muss nun zum 1. des künftigen Monats nach Ingolstadt zu meinem Vater zurückkehren, dessen Betrieb auch von eingreifenden wirtschaftlichen Schwierigkeiten erschüttert wurde. Seit dem vergangenen Jahre habe ich namhafte Einnahmen hier nicht gehabt. Meine Wirtsleute wünschten nunmehr, dass ich meine Verpflichtungen gegen sie sofort und endlich einlöse. Leider habe ich bei meinen Zeitungen und Verlagen, – auch bei Kiepenheuer, der im September ein neues Buch von

mir bringen wird – vergeblich die ordnungsgemässe Beschaffung von Geld versucht. Meine Nerven sind in dem ungeheuren Wirtschaftskampf der letzten Zeit stark angegriffen worden und ich sehe keine andere Möglichkeit, als Sie nachdrücklich zu bitten mir baldmöglichst den für mich allernotwendigsten Betrag aus irgendwelchen Stiftungen zu beschaffen. Ich benötige als äusserstes Minimum zweihundert Mark. Abschliessend vermag ich nur noch das ungerechtfertigte Elend Ihrer früheren Jahre als Vergleich und Rechtfertigung meiner jetzigen Lage heranzuziehen und bitte Sie nochmals kollegial und menschlich mir umgehend zu helfen. Es steht sehr schlimm.

Mit freundlichen Grüssen Ihre

119 An Fritz H. Landshoff, Gustav Kiepenheuer Verlag

Berlin, 13. 8. 32

Sehr geehrter Herr Landshoff!
Sie werden inzwischen mein neues Buchmanuskript »Andorranische Abenteuer« durchgesehen und gefunden haben, dass ihm ein neues Stück »Von Pardelrollern, Wickelbären und Kusimansen« eingefügt wurde und dass die beiden Stücke »Katalanisches Karussell« und »Sandsturm über Perpignan« novellenartig umgearbeitet und wesentlich verbessert wurden. Das noch fehlende Stück wird Ihnen am Ende der nächsten Woche übermittelt werden. Der Inhalt des neuen Buches ordnet sich also:

Ich reise mit Draws nach Schweden
Von Pardelrollern, Wickelbären und Kusimansen
Katalanisches Karussell
Andorranisches Abenteuer
Sandsturm über Perpignan
– Das 6. Stück fehlt noch –
Hölderlin in einer Berliner Kneipe.

Das äussere Format des Buches, sein Schriftbild, seine Satzanordnung versprachen Sie haargenau nach dem Novellenbuch

»Ein Pfund Orangen« einrichten zu lassen. Sollten auf dem letzten Bogen des Buches einige leere Seiten übrig bleiben, so bitte ich davon je zwei Seiten zum Abdruck von Kritiken meiner beiden bei Ihnen schon erschienenen Bücher verwenden zu wollen. Die Titel jedes Stückes stehen auf einem besonderen Blatt, auf dessen Rückseite in kleinerer Schrift, vielleicht Kolonel, das jeweils dazugehörige Gedicht von Draws-Tychsen abzusetzen wäre. Da ich am 1. September Berlin für einige Monate verlasse, bitte ich Sie, die Korrekturen mir baldmöglichst noch zur hiesigen Durchsicht zugänglich zu machen, und Sie sagten Draws-Tychsen ja auch, dass die ersten Korrekturen Ende der künftigen Woche fällig würden. Ich bin zu der berechtigten Meinung gekommen, dass man von diesem Buche nur eine einzige Ausgabe und zwar in Ganzpappe machen solle und dass der wirklich ungewöhnliche Einbandvorschlag von Frau Julie Wolfthorn dem Buch über seinen normalen Absatz hinaus einen weiteren Absatz in bibliophilen und verwandten Kreisen garantieren wird. In unserem beiderseitigen Interesse bitte ich das zu berücksichtigen und in diesem einzigen Ausnahmefalle die Mehrausgabe des Offsetdruckes nicht zu scheuen. Ich erwarte Ihre geneigte Ansicht darüber und verbleibe mit freundlichen Grüssen Ihre

120 Vom Gustav Kiepenheuer Verlag

Berlin, den 16. 8. 32.

Sehr verehrte Frau Fleisser, –
wir haben uns noch einmal eingehend mit dem endgültigen Manuskript, das wir ja nun zum erheblichen Teil in Händen haben, beschäftigt. Unabhängig von unserer Ihnen gegenüber ja auch schriftlich ausgesprochenen Bereitschaft, das Buch unverzüglich herauszubringen, möchten wir doch nicht verfehlen, Ihnen die Bedenken mitzuteilen, die wir gegen das Erscheinen des Buches hätten. Wir sind der Ansicht, dass es für Ihre Stellung weniger wichtig ist, nach dem Roman schnell wieder mit einem Buch auf dem Markt zu sein, als ein gewichtiges Werk

folgen zu lassen. Hätte der Roman einen sehr grossen und nachhaltigen äusseren Erfolg gehabt, so wären gewiss keine Bedenken gegen die Publikation eines kleinen Nebenwerkes. Da jedoch, bei aller literarischen Würdigung, die der Roman gefunden hat, sein äusserer Erfolg leider nicht allzu gross war, scheint es uns allen, dass es richtiger wäre, als nächste Veröffentlichung von Ihnen wiederum ein gewichtigeres Werk herauszubringen, selbst auf die Gefahr hin, dass die Pause zwischen den Büchern um ein paar Monate länger ist. Obgleich wir diese Bedenken Herrn Draws-Tychsen ja von Anfang an mitgeteilt haben, wollten wir, bevor wir endgültig Ihr Manuskript in Satz geben, Ihnen nochmals mit aller Klarheit unsere Einwände mitteilen. Mit den besten Grüssen Ihr

[Unterschrift unleserlich]

121 An Fritz H. Landshoff, Gustav Kiepenheuer Verlag

Berlin, 18. 8. 32

Sehr geehrter Herr Landshoff!

Schmerzlich vermisse ich eine Antwort auf meinen Brief vom 13. c.m. und beunruhige mich schon, dass Sie den Brief überhaupt nicht erhalten haben. Was Ihren Brief vom 16. c.m. anbetrifft, so bitte ich Sie gemäss unserer vom 7. 7. 32 auch schriftlich vereinbarten Verabredung trotz Ihrer neuerlich stärker gewordenen Bedenken das Manuskript »Andorranische Abenteuer« unverzüglich in Satz zu geben, sodass der fixierte Erscheinungstermin von Anfang September unbedingt gewährleistet bleibt. Darüber hinaus kann ich Ihre Meinung von einem kleinen Nebenwerke nicht teilen, weil gerade dieses Buch innerhalb meiner Produktion einen neuen lebendigen Weg aufweist. Mit besten Grüssen Ihre

122 An Max Rychner, Kölnische Zeitung

Berlin, 20. 9. 32

Sehr geehrter Herr Dr. Rychner!
Die mehrfach in Ihrer geschätzten Zeitung erschienenen ausführlichen und tiefschürfenden positiven Besprechungen meiner Bücher und die mehrfache Anregung von Freundesseite veranlassen mich, Ihnen beigeschlossen zwei erzählerische Erstdrucke »Katalanisches Karussell« und »Der Baumeister ohne Gnade« von mir zur Veröffentlichung anzubieten. Ich weiss sehr wohl, dass während der allgemeinen Wirtschaftsdepression auch führende Zeitungen nur beschränkten Raum für neue Mitarbeiter haben, hoffe und bitte aber dennoch, meine geplante gelegentliche Mitarbeit als nicht unwillkommen auffassen zu wollen. Ich wäre Ihnen für baldige prinzipielle Nachricht dankbar und für eine schnelle Mitteilung, ob und was Sie von dieser Sendung behalten können.

Mit sehr ergebenen Empfehlungen

2 Anlagen

123 An Hellmut Draws-Tychsen

2. 10. 32

Lieber Draws!
Ich habe heute morgen zwanzig Mark an Dich geschickt, die ich von meiner Schwester Ella entlieh und von denen ich hoffe, daß sie Dich inzwischen erreicht haben werden. Meine Familie weiß nichts davon. Ich habe meinem Vater gesagt, daß ich in der zweiten Hälfte des Oktober Geld bekommen werde und er war es zufrieden. Es liegt ihm nicht so sehr an der Pünktlichkeit der Bezahlung als daran, daß er das Geld überhaupt bekommen soll. – Der genaue Name der Zeitung, den Du wissen wolltest, heißt »Der Donaubote«. Bitte, verbessere das noch, wenn es möglich ist. – Ich habe eine ganz angenehme Fahrt gehabt mit anregender Unterhaltung. Die Dame, der Du mich »anvertrautest«, hat zunächst geweint, weil sie sich einen Mann aus dem Kopf schlagen muß, da er nach der Ansicht ihrer Mutter zu

hübsch für sie ist, und mir dann ihre Gedichte vorgelesen, das war der weniger anregende Teil der Fahrt. Im übrigen hat sie mir ganz munter ihre Familiengeschichte erzählt und mich eingeladen, sie einmal zu besuchen, wenn ich nach Thüringen komme. Nachher kamen einige aufdringliche Reisende in Wäsche, die ich schnell mundtot machte und ein netter Herr, der zu seiner kranken Frau nach Venedig fuhr. Bei meiner Ankunft passierte das Malheur, daß ich nicht am Nordbahnhof ausstieg, sondern wegen meines Gepäcks zum Hauptbahnhof durchfuhr, während meine Angehörigen mich am Nordbahnhof abholten, sodaß ich sie dann erst in der Stadt am Autobus antraf. Die Stimmung bei uns zuhause ist zur Zeit recht wohltuend, nur mein Bruder muß mit Vorsicht behandelt werden. Er kann es nicht verwinden, daß er keine seiner Ausbildung entsprechende Arbeit findet. Meine Schwester Ella wird vielleicht heiraten. Der hartnäckige Verehrer ist zur Zeit nach Reichenhall versetzt, sodaß ich ihn nicht genießen kann. Er ist lange im Bankwesen tätig und hat demnächst eine Berufung als Filialleiter zu erwarten. – Am Sonntag konnte ich Dir nicht schreiben, da ich mit meiner Familie einen kleinen Ausflug machte. Meine Geschwister wollen mich im »Waffenring« einführen, der die Jeunesse Dorée von Ingolstadt versammelt. Ich habe aber keine rechte Lust, da es lauter ziemlich junge Leute sind. – Meine Schwester sitzt in der Bank immer auf einem Pulverfaß, da sie als einzige Dame unter lauter Herren beschäftigt ist und man ihr nachsagt, daß sie es nicht nötig hätte. Die Leute hier haben eben unausrottbar optimistische Vorstellungen von den Vermögensverhältnissen meines Vaters. Der Direktor hält ihr aber sehr die Stange und ist auch schon einmal nach München gefahren, um mit der Leitung deswegen zu sprechen. Sie hat sich ein Rad gekauft und radelt jeden Sonntag in den Wald um sich zu erholen. – Ich stehe um ein halb neun Uhr auf, gehe auch früher schlafen. Am Vormittag helfe ich im Haushalt, vor allem beim Kochen. Maria ist sehr nett zu mir. Jetzt sind sie alle fort, Maria ist ins Kino eingeladen, von der Besitzerin des Kinos, mit der sie ziemlich befreundet ist, mein Bruder und meine Schwester sind beim Kegeln. – Mein Vater hat im vergangenen Jahr unsere

Zimmer im zweiten Stock neu herrichten lassen, sodaß ich in einer freundlichen Umgebung hause. Ich war angenehm überrascht. Ich empfinde es als eine wahre Wohltat, einmal wieder unter Bayern zu leben. Hoffentlich hält sich dieser erfreuliche Eindruck recht lange. Wenn Du im Rundfunk liest, teile mir dies vorher mit. Wir stellen dann unseren Apparat ein. Wie geht es Dir, mein Lieber? Hat es mit der Börsen-Zeitung am Samstag geklappt? Ich wünsche Dir alles Gute und küsse Dich von Herzen Deine Marieluise

Entschuldige bitte, daß das Papier einen Fleck hat. Ich habe es erst nachträglich bemerkt.

124 An Hellmut Draws-Tychsen

23. 10. 32

Lieber Draws!

Ich schreibe Dir hier in einer hellen geräumigen Wohnküche. Eine Kuckucksuhr schlenkert unter lautem Ticken ihr sichtbares klobiges Bein und der Wasserhahn, der sich nur von einem rauhen Griff völlig schließen läßt, läßt zwischen meine Silben melodisch klingende Worte fallen. Als Schönstes aber steht neben mir die kleine Holzbettstelle, in der auch ich meinen Kinderschlaf verbracht habe, mit einem rosigen kleinen Menschlein, das ein Paar riesengroße dunkelblaue Augen, ewig suchende und spielende Fingerlein, zwei hochgepolsterte weiche Säuglingssohlen und ein entzückendes vollgefressenes Bäuchlein mit einem recht strammen »Bauchschnabel« hat. Auf der runden Stirn zwischen den strichfeinen Augenbrauen zuckt ein ewiger Wechsel von banger Düsternis und heiterstem Licht wie ein unaufhörliches kleines Gewitter. Augenblicklich sind die Augen geschlossen und ich sitze allein daneben, um den Schlaf zu betreuen und etwaige Katastrophen unter der Strampeldecke genau nach mütterlicher Anweisung wenn nicht zu beseitigen so doch zu lindern. Die junge Mutter hat meine Anwesenheit benützt, um zum ersten Mal nach der Entbindung sich ein wenig Abwechslung zu gönnen und der Vater schläft schon; er muß nachts um zwei Uhr bereits wieder aufstehen zur Arbeit an seiner Lokomotive. Ich bin also kurz und gut seit einigen Tagen bei meiner Schwester in Mainburg, trinke das süffige Hallertauer Dunkel-Bier, von dem man in der Gassenschenke einen halben Liter bekommt, wenn man einen viertel Liter holt, und einen ganzen, wenn man einen halben verlangt – vorausgesetzt daß der Krug genügend groß ist. Das sind so die Schanksitten, mit denen man die einheimische hopfenbauende Bevölkerung über die Tatsache hinwegtröstet, daß sie den gleichen Bierpreis bezahlen muß wie die Fremden. Meine frischgebackene Nichte hat mich sichtlich in ihr unwissendes kleines Herz geschlossen und lacht so glockenhell bei meinen Späßen, daß die Mutter ob der Lautstärke der Freudenbezeugungen fast ein wenig eifersüchtig wird. Aus Bescheidenheit schreibe ich die Sympathie meinen glänzenden Augengläsern zu. Ich bin nämlich der einzige bebrillte Mensch ihrer Umgebung und werde mit jenem nachdenklichen Staunen betrachtet, das größere Kinder etwa für einen Taucher in seiner Tauchglocke übrig haben. Gestern habe ich, weil es mir Spaß machte, zwei Stunden lang den Kinderwagen geschoben – aber in einem so forschen Tempo und so scharfäugig nach Autos, Motorrädern, wildgewordenen Kühen, boshaften Gänsen und anderen Gefahrenmomenten ausspähend, daß die guten Mainburger mit ihren verdächtigen Seitenblicken mich zum mindesten für eine recht hypermoderne Kindsmutter hielten, zumal ich meinen langen schwarzen Herrenmantel anhatte. Meine Schwester war ehrlich froh, daß ich sie einmal aus ihrer Fron spannte. Sie hat aus lauter Mutterliebe einen Landstraßenkomplex und hält jede Kuh, die am Wiesenrand steht, für einen Stier. Heute morgen bin ich allein acht Kilometer auf der Landstraße nach Landshut durch die Hallertau gegangen. Es war mir ein Erlebnis. In sanftem Steigen und Senken der Straße kam ich rasch wechselnd durch immer neue Täler. Dabei ist mir der Rhythmus der niederbayrischen Landschaft aufgegangen. Es ist nur schade, daß ich nicht die ganzen Tage, die ich hier bin, herumstrolchen und mich satt trinken kann. Da meine Schwester keine Hilfe und mit dem Kind viele Mühe hat, muß ich gewisse Rücksichten nehmen. Seine Majestät das Kind beginnt unruhig zu werden und ich werde nun wohl bald schließen müssen. Ich habe leider übersehen, Deinen Brief mit hieher zu nehmen, sodaß ich Dir jetzt nicht Punkt für Punkt beantworten kann. Mein Vater platzte nämlich in meine Reisevorbereitungen, indem er nachts zehn Uhr unerwarteterweise zwei alte Freunde zum Besuch mitbrachte. Wir hatten einen improvisierten, sehr angeregten Abend und kamen spät ins Bett. An Frau Skidelsky möchte ich kein Buch schicken; ich denke mir, daß es dort doch wenig geschätzt und höchstens mit maliziösen Seitenhieben bedacht würde. Schlüter lasse ich für die Schrift Alfred Kerrs über den augenblicklichen Stand des deutschen Theaters sehr herzlich danken. Ich habe daraus wieder entnommen, daß Kerr immerhin die Treue des Kritikers für solche Autoren kennt, deren Begabung er einmal mit seiner scharfen Nase gewittert hat. Es lag ja kein unmittelbarer Anlaß vor mich zu erwähnen, nachdem meine dramatische Produktion seit einigen Jahren ins Hintertreffen geraten ist. Ich hoffe, daß Du die Handschriften Deiner Artikel inzwischen durch meinen Vater erhalten hast. Am Donnerstag, spätestens Freitag bin ich selbst wieder in Ingolstadt und kann nach dem Rechten sehen. Im Falle Billinger scheinst Du recht zu haben, d.h. wir müssen ihm noch die Chance des nächsten Stückes geben. Die Versuchung der schwachen zweiten Stücke nach einem Erfolg ist sehr groß und es ist nicht undenkbar, daß er nach einem Mißerfolg die Zähne zusammenbeißt und sich aufrafft. Er verfügt immerhin über Erfahrungsgut aus seiner Kindheit, wie es kein zweiter lebender Bühnenautor hat und könnte sich sehr wohl zu einem Spezialfall der niederbayrischen Landschaft entwickeln. Also schneiden wir ihm nicht allzu eilig den Lebensfaden ab und denken wir daran, daß Gottes Mühlen langsam mahlen! Für Deine Gedichte danke ich Dir sehr. Auch freue ich mich, daß Wolf sich erholt hat und bitte Wenzels diese meine Freude nebst den obligatorischen Grüßen zu übermitteln. Was den erfreulichen Novellenverkauf anbelangt, so hoffe ich, daß er nicht wieder ein Schreibfehler war. Er ist immerhin als Anzeichen einer gewissen Belebung und vor allem als untrüglicher Erfolg des Romans zu werten, der mir demnach die Stammkundschaft einiger Leser eingebracht zu haben scheint. Die Verspätung der »Andorranischen« ist wieder so beträchtlich, daß man schon kein Wort mehr darüber zu verlieren braucht. Es ist wirklich unnötig mich um acht Tage zu hetzen, wenn von den anderen doch wieder sechs Wochen geschlampt wird. Ich werde es mir aber merken. Den Rundfunkbericht über Dich konnte ich zu meinem Leidwesen doch nicht abhören, da sich herausgestellt hat, daß wir wohl die Deutsche Welle, nicht aber den Berliner Sender mit unserem Apparat herziehen können. Die Artikel habe ich Dir so eilig abgeschrieben, da ich sie noch vor meiner Mainburgfahrt wegschicken wollte. Die Reise hieher habe ich übrigens in einem winzigen Autobus gemacht, der dem kleinen blauen andorranischen glich wie ein Ei dem anderen. Jetzt muß ich aber ernstlich schließen, da meine Schwester inzwischen zurückgekehrt, das Kind im Schlafzimmer verstaut ist und ich mich in meine Dachkammer begeben will.

Recht gute Nacht!
Deine Marieluise

125 An Hellmut Draws-Tychsen

Ingolstadt, den 5. 11. 32

Lieber Draws!
Für Deine beiden Briefe und die rasche Besorgung des Stimmscheines danke ich Dir herzlich. Die Wahl macht mir dieses Mal schweres Kopfzerbrechen. Ich würde es so sehr begrüßen, wenn jene Leute die Oberhand erhielten, die ein von der heißen Liebe zum Volk durchpulstes lebendiges neues Deutschland schaffen wollen und doch macht mich so vieles bei der Anhängerschaft des Dritten Reiches stutzig. Gebe Gott, daß unser geliebtes Vaterland aus seiner tiefen Not die Wende findet! Ich ersehe aus der Zeitung, daß in Berlin Verkehrstreik ist, der auch die Untergrund lahmgelegt hat. Wie mag es Dir da wohl gehen, mein Bübchen? Läufst Du auf Schusters Rappen nach der Kro-

nenstraße? Was die Börsen-Zeitung anbelangt, so bitte ich Dich dort nichts für mich erzwingen zu wollen, die Leute werden bloß stutzig, letzten Endes erreichst Du doch nichts für mich und Du schadest Dir bloß. Wir müssen eben Geduld haben. Vielleicht arbeitet die Zeit für mich. Ferner will ich nicht, daß Du mir aus Deinen Einnahmen Geld schickst, solange Du selber in bedrängter Lage bist. Du tust besser daran, solches für Deine dringenden Schulden zu verwenden. Bitte, teile mir mit, was Du an Bürgersteuer für mich ausgelegt hast. Ich werde Dir den Betrag schicken, sobald ich selber dazu in der Lage bin. Meinem Vater und meinem Bruder hat mein neues Buch ganz gut gefallen. Ich werde indessen hier in Ingolstadt von den Buchläden boykottiert, da man meine Bücher nicht auslegt und nur auf Verlangen verkauft. Es soll auch vor geraumer Zeit eine Würdigung Ingolstadts im Bayrischen Rundfunk stattgefunden haben, in der der Sprecher der Stadt zum Ausdruck brachte, daß die Ingolstädter stolz auf ihre Dichterin Paula Schlier seien, weniger stolz seien sie allerdings auf ihre andere Dichterin Marieluise Fleißer. Nun – es wird vielleicht die Zeit kommen, in der dies Verhalten als blamabel gewertet werden wird. Mich soll es nicht kränken. Meine lieben Landsleute verstehen eben noch nicht, daß ich mich vielleicht zum treuesten Kind des Heimatbodens auswachsen werde. Die dreißig Mark von Hamburg habe ich natürlich nicht erhalten. Ich hatte zu früh aufgeatmet, doch will ich mich trösten. Ich habe mich schon in schlechteren Situationen befunden, wenn Absagen mich erreichten. Ich habe jetzt wenigstens ein Dach über dem Kopf und mein Vater hat mir bis jetzt wegen des Geldes keinen Stein in den Weg gelegt, da er sich darauf verläßt, daß ich pünktlich bezahlen werde, sobald ich dazu in der Lage bin. Mein Buch ist sehr ordentlich aufgemacht und ich habe durchaus nichts dagegen, wenn Du Landshoff einige Zeilen darüber schreibst. Warum ist es nun doch nicht blau geworden? Irre ich mich oder mußte bei den Besprechungen über den Roman eine sehr wesentliche aus Raumgründen wegbleiben? Die zitierten Besprechungen sind fabelhaft ausgewählt und ich danke Dir aufrichtig dafür. Hast Du bereits irgendwelchen Wiederhall gehört wegen der zitierten Verriße? Zu meiner Betrübnis mußte ich feststellen, daß der Roman der Seghers bereits im achten Tausend aufliegt. Diese Frau ist eben doch ein ausgesprochener Kiepenheuerautor, was man von mir keineswegs behaupten kann. Nicht daß ich ihr den Erfolg nicht gönne – sie arbeitet gewiß sehr schwer und verdient darum den Lohn für ihre Mühe – aber der Schluß ist doch recht naheliegend, daß ich vom Publikum ein wenig ungerecht behandelt worden bin. Das Versprechen Max Halbes, der Dich so plötzlich besuchte, ist recht erfreulich; hoffentlich kann er es halten. Ich schicke Dir von dem Schluß des Halbe-Artikels zwei Ausfertigungen, da der Zwang der drei Seiten sich trotz allen Sparens recht ungünstig für die Übersichtlichkeit des Manuskriptes auswirkte. Du kannst Dich selbst entscheiden. Auf der ersten Seite habe ich mir eine Korrektur erlaubt, da ich annahm, daß Dir hierbei ein Schreibfehler unterlaufen ist – es müßte denn sein, daß Du irgendeine besondere autoritäre Absicht mit dem Fehler verbindest. Bitte, lies Dir den Satz genau durch. Grammatikalisch richtig muß es heißen *den* Dichter der Jugend oder der Ausdruck muß in Anführungsstriche gesetzt werden. Der Brief an den Oberpräsidenten von Schlesien ist, wie ich glaube, sehr ordentlich und jedenfalls mit klopfendem Herzen abgeschrieben. Ich wünsche sehr, daß er seine Wirkung tut. Zu meinem Entsetzen mußte ich nach Beendigung feststellen, daß ich auf der Innenseite nicht den gleichen Abstand vom oberen Rand erriet. Es wäre für solche Fälle gut, wenn Du einen Reservebogen mit einschickst, damit ich den Schaden durch eine neue Abschrift behebe. Der Umschlag war an den Ecken trotz Deines Pappkartons bereits etwas geknüllt, als er in meine Hände kam. Meine Angehörigen lassen Dir für Deine Grüße herzlich danken und erwiedern dieselben. Die Arbeitslosigkeit meines Bruders macht mir ziemliche Sorgen. Er studiert fleißig und hält seine Kenntnisse frisch. Aber er hat infolge seines unbefriedigenden Lebens ganz verzerrte Gesichtszüge bekommen. Das Schlimme ist, daß er sich mit niemand aussprechen kann. Darin schlägt er ganz in meine Art. Auch lebt er recht unregelmäßig. Vorgestern war er mit einem Brauereibesitzer beim Kundschafttrinken und nachher auf der Jagd. Er ist erst am anderen Mittag heimgekommen und zum Abendessen aufgestanden, was natürlich böses Blut zuhause macht. Doch muß man froh sein, wenn er Umgang pflegt, der seiner Lebenserfahrung nur nützen kann. Mein Vater hat gestern zum ersten Mal eine Sehstörung gehabt, die ihn nur eine wallende Dunkelheit sehen ließ und etwa eine Stunde andauerte. Die Aufregung war nicht gering. Ich beruhigte ihn, indem ich sagte, Derartiges könne von den Nieren kommen und Du hättest auch solche Anfälle, die dann wieder vorübergingen. Hoffentlich ist es nichts Ernstliches. Diese Woche habe ich mit Haindl Bepp mich einigemale ausgesprochen, was mich sehr getröstet und einen großen Druck von mir genommen hat. Ich bin so froh, daß er durch meine Schuld nicht Schiffbruch erlitten, sondern durch das Leid an mir sich sehr zum Guten verändert hat. Ich bin sehr erschüttert, wenn ich sehe, zu welcher selbstlosen Güte gegen mich dieser einfache Mensch sich durchringen konnte. Denke Dir, er hat vor drei Jahren die Meisterschaft über 1000 Meter herausgeschwommen und von einem begeisterten Konditor eine Torte zugesagt erhalten. Diese Torte hat er angenommen unter der Voraussetzung, daß er sie nicht sogleich brauchen könne, und sie drei Jahre lang für mich aufgehoben. Als ich es erfuhr, hätte ich am liebsten geheult wie ein Schloßhund. Diese innere Treue bei allem äußeren Verzicht ist wirklich echtes Gold. Soeben sagt mir mein Vater, daß die Post für Einschreibebriefe hier bereits um 6 h geschlossen wird. Wenn das der Fall wäre könnte ich diese Sendung, die Dich ja Montag früh erreichen muß nur als gewöhnlichen Brief schikken. Doch will ich mein Glück noch einmal versuchen. Hast Du wegen meines Pelzmantels schon nachgefragt? Wenn er noch nicht verkauft ist, dann wird er wohl auch so bald nicht verkauft. Bitte schicke ihn mir dann bei der nächsten sich bietenden Gelegenheit hieher, wo ich ihn immer noch besser verwenden kann, als daß er unnütz herumliegt. Bitte Landshoff gelegentlich um ein Exemplar von Seghers Roman für mich. Und jetzt schnell zur Post. Innig küßt Dich

Deine Marieluise

80 Pf. Porto.

126 Von Hellmut Draws-Tychsen

Berlin, 15. 11. 32

Liebes Küken!
Der Brief kam soeben und ich schicke ihn sofort, weil er dringlich ist. Bitte empfehle unter allen Umständen die Dichtungen Frau Weißmanns, von denen ich Dir einiges vorlas und über die ich Dir einen Prospekt zur Information beilege; sie sind eine Empfehlung wirklich wert und ich werde sie Dir zum 23. schenken. Sonst erlaube ich mir noch vorzuschlagen an die diesjährigen Neuerscheinungen:
Hellmut Draws-Tychsen Nordische Gedichte, Auslese eines Jahrzehntes (Danziger Verlags-Gesellschaft)
Felix Hollaender Lebendiges Theater, Eine Berliner Dramaturgie (S. Fischer Berlin)
Korfiz Holm, ich – kleingeschrieben, Heitere Erlebnisse eines Verlegers (Albert Langen München)
Herbert Schlüter, Die Rückkehr der verlorenen Tochter, Roman (Transmare Verlag Berlin)
Paul Gurk, Meister Eckehart Roman (1925, Neuauflage 1932– Gotthelf-Verlag, Bern).Wähle zwei höchstens drei Bücher als besonders lesenswert. Übrigens stand am Sonntag auch noch in der Frankfurter Zeitung eine Kritik der »Andorranischen Abenteuer«, aus der ich nicht klug werde und die ich später einschicke, sobald ich sie besitze. Innig küßt Dich Dein Draws

N. S: Soeben kommt ein Brief von Vater Friedland, der herzlich und ausführlich für Dein Buch sich bedankt und Dir direkt auch schreiben wird.

127 Von Max Friedland

Elbing, den 16. Nov. 1932.

Liebe Marialuise,
Für die Übersendung Ihres letzten Buches »Andorranische Abenteuer« danke ich Ihnen sehr herzlich. Die Freude damit ist groß. Ich habe es eifrig gelesen, und da mir nicht nur die

Autorin, sondern auch die beiden Hauptpersonen lieb und bekannt sind, erlebte ich die Abenteuer mit. Allerdings bequemer als Sie. Das Übersteigen von Schlangennestern, das Hocken auf den Koffern im unwirtlichen Klima und die naßkalte Wanderung an den Tierkäfigen blieb mir dabei erspart. Aus diesem Grunde hätte ich mit Ihnen noch ein halbes Dutzend Zoo's von Anfang bis Ende am behaglichen Lesetisch durchwandern können. Ihr köstlicher Humor verkürzt die Zeit und läßt Draws' Eigenart in versöhnlichem Licht erscheinen. Etwas Herzklopfen hatte ich trotzdem auf den verschiedenen Schauplätzen. Am liebsten hätte ich Ihre Hand gestreichelt, diese milde, gütige und duldsame Frauenhand. Es gibt Schmerzen, die wir in der Erinnerung nicht missen möchten. Ich habe mir einmal bei einer Bergtour in Südtirol schwer den Fuß verknackst. Anfangs glaubte ich an einen Bruch. Stundenlang mußte ich mich mühselig zu Tal schleppen. Der Arzt war nötig und sein Verband ermöglichte es, daß ich den nächsten Tag durch den Kurgarten humpeln konnte. Eine Schwester meiner Schwiegertochter war zur gleichen Zeit in Meran. Ich habe ihr den Grund meines Lahmens so geschildert, daß wir Beide wie ein paar ausgelassene Backfische mit roten Nasen und feuchten Augen in die Frühjahrssonne hinausprusteten. Vor lauter Vergnügen holte sie eine Bekannte herbei, und ich mußte den Bildstreifen nochmal laufen lassen. Dabei hatte ich 24 Stunden vorher auf unwegsamem menschenleeren Berggelände hilflos und erschreckt dagelegen. – Nur nichts merken lassen! – Was wäre die Meraner Reise ohne diesen Fußknacks? Eine köstliche Suppe ohne Salz!

Ihre Schreibweise fesselt in jeder Zeile, sie ist so unfaßbar schlicht und doch so unnachahmbar, eine Offenbarung hoher Erzählkunst. Wie »Frieda Geyer« wird auch dieses Buch Bestand haben. Wenn Vater Friedland längst nicht mehr ist, wird sich noch mancher durch Sie den Kopf zerbrechen, wo Vater Friedland wohl in Ostpreußen gehaust haben mag. Literaturforscher werden es dereinst aufstöbern, und mein in den Wind gewehter Name wird dann nochmal heimkehren. Innigsten Dank im Voraus!

Eine Zeitungsnotiz brachte die Nachricht, daß von Ihnen ein Bühnenstück demnächst in Berlin aufgeführt wird. Stimmt das? Von Draws hatte ich diese Woche einen langen Brief.

Mit den allerherzlichsten Grüßen, auch von meiner Frau, die Ihre Abenteuer mit ins Bett genommen hat, bin ich

Ihr Sie schätzender
Max Friedland

128 An Hellmut Draws-Tychsen

Ingolstadt, 15. 12. 32

Liebes Bübchen!

Ich habe nicht jeden Deiner jüngst eingetroffenen Briefe beantwortet, da ich ja hier nicht so viel Interessantes zu schreiben habe. Nun beunruhigt es mich doch, daß Dein für »übermorgen« angekündigter nächster Brief noch nicht bei mir eingetroffen ist. Du schriebst von der gräßlichen Kälte – Du wirst mir doch nicht krank geworden sein? Oder hast Du nur über Deinen zahlreichen Verpflichtungen keine Zeit dafür gefunden? Ich lege Dir die gewünschte Paßphoto bei, die, wie ich sehe, meine letzte ist. Ich glaube, ich habe Dir eine solche bereits in Berlin gegeben, die ich, wenn es Dir nichts ausmacht gelegentlich zurückerbitte. Zwei gleiche Aufnahmen wirst Du wohl nicht brauchen. Oder habe ich dort auch etwas daraufgeschrieben? Du mußt aber, wenn Du sie jemand zeigst, hinzufügen, daß ich weniger chinesisch und weniger brünett, sondern dunkelblond bin, etwas was man aus dieser Aufnahme schwerlich schließen kann. Wie hat es Dir bei Edvard Munch gefallen? Ich habe heute anläßlich seines siebzigsten Geburtstages sein Bild in einer Zeitung gesehen und war davon sehr sympathisch berührt. Seine Bilder habe ich ja schon immer geliebt. Die fünfzig M von der Schillerstiftung habe ich inzwischen erhalten. Ich gab 10 davon meiner Schwester und habe weitere 11 für die Anschaffung von Dauerwellen verwandt, da auch meine Schwestern solche tragen und ich bis jetzt mit meiner unbeschnittenen Bürste sehr von ihnen abstach. Die Zahlung an meinen Vater habe ich mit seinem Einverständnis wieder verschieben müssen, da ich den Rest für meine Weihnachtsgeschenke und einige Kleinigkeiten brauche. Die Dauerwellerei ist kein reines Vergnügen. Ich glaube, es sind mindestens vierzig Pfund, was man während der Hauptprozedur auf dem Kopf stemmt und Dein Küken sah dabei ganz phantastisch aus, ungefähr wie »Die Herrin von Atlantis«. Dazu muß die Bedienung alle Augenblicke mit dem kalten Fön über den Kopf fahren, weil das Haar am Kopf gesotten wird, daß es nur so zischt und kracht, und man die Hitze sonst nicht aushalten würde. Ich dachte wenn bloß jetzt kein Erdbeben kommt, daß die Angestellten mich im Stich und meinem Schicksal überlassen! Zunächst sehe ich ja nun ein bißchen kraus aus, aber die Welle wird besser, je länger man sie trägt, und soll ein halbes Jahr halten. Von Frau Wenzel habe ich die Börsen-Zeitung pünktlich erhalten. Soeben bekam ich Deinen fälligen Brief und bin beruhigt darüber, daß Du die Abschriften Deines Liechtenstein-Artikels in gutem Zustand erhalten hast. Hasenkamp hat bis jetzt noch nicht gezahlt, ebensowenig die Germania. Ich sollte vielleicht doch einmal monieren und bitte Dich um die genaue Adresse von beiden, die Du sicherlich im Kopf hast. Kannst Du Dich entsinnen, welches Markenfarbband Du seinerzeit bei Schulze als Ersatz für das Remingtonfarbband gekauft hast? Ich muß mir hier eines kaufen und werde Remington nicht auftreiben. Es ist ein Jammer, daß mein Gedächtnis soviele Löcher hat und daß nur das haftet, was ich mit dem Konzentrationshammer hineingeschlagen habe. Dein Weihnachtspaket werde ich Dir nach Berlin schicken, lieber ein paar Tage nach Deiner Ankunft als zu früh, damit die Sachen nicht verderben. Was den Eilbrief an Köppen anbelangt, so bin ich betrübt, daß er sich davon nicht im mindesten rühren ließ, und ich würde Dich bitten solche verteuerten Portosendungen nur in den durchaus notwendigen Fällen von mir zu verlangen, da ich, solange ich ohne Mittel bin, meinen Vater über das Porto Rechenschaft ablegen muß und selbst, wenn ich es ihm nachher zurückerstatte, in den Verdacht eines Verschwenders komme. Beabsichtigst Du nunmehr nach Bergen zu fahren? Ich bin ja sehr froh, daß

Du die Ablenkung hast, die Du schon so lange brauchtest. Ich hoffe, diese Reise und ihr vertrauter nordischer Einschlag wird Dir gut tun und Dir einigen Frieden bringen. Fährst Du auf der norwegischen Bahn umsonst oder mußt Du auf solchen Extra-Ausflügen wie dem nach Hvalstad bezahlen? Ich hoffe, Du wirst manche Anregung mit nachhause bringen und manchen Artikel in Dir finden, den Du ohne diese Reise wohl nie gefunden hättest. Besonders freut es mich, daß Du mit Riiser-Larsen zusammenwarst. Da Dich die Erscheinung Amundsens so überaus interessiert, ist es sehr wichtig, daß Du einigen Kontakt hast mit Leuten, die ihn genau gekannt haben. Seine Persönlichkeit wird sich Dir ganz anders runden.
Was mich anbelangt, so sehne ich den Januar herbei, wo die Geschäfte Sonntags wieder geschlossen sind und ich die ausgedehnten Sonntagswanderungen, die mir und meiner Gesundheit so gut tun, wieder aufnehmen kann. Während des Dezembers mußten sie leider unterbleiben mangels eines Begleiters. Ich bin kaum an die frische Luft gekommen; dafür war ich desto mehr ins Lokal eingeladen und das ist ein schlechter Ersatz. Infolgedessen war ich auch ziemlich unlustig, bin kaum zum Lesen gekommen abgesehen von der Zeitung, die ja fortlaufend absolviert werden muß, und habe schlecht und lange geschlafen. Vor einigen Tagen habe ich mich nun aufgerafft und einen einmal wöchentlichen eisernen Abendausgang festgesetzt. Ich hoffe, daß es bei dieser vernünftigen Regelung bleiben wird. Allerdings hatte mich zuvor die abendliche Unruhe im Wohnzimmer hinausgetrieben, da ich mich, wenn das Kreuzfeuer der Unterhaltung über meinen Kopf wegschwirrt, kaum zum Lesen konzentrieren kann. Nun, vielleicht gewöhne ich mich wieder. Ich möchte nämlich nicht gerne auch abends in meinem Zimmer Licht brennen, da bei uns ohnehin sehr viel verbraucht wird. Stelle Dir vor, wir haben im letzten Monat 45 M für Licht bezahlt und wir haben für den Bedarf der Familie Fleißer allein 42 verschiedene Lampen im Haus. Es rächen sich eben die Gewohnheiten aus jenen Zeiten, da man noch vermögend war, und mein Vater ist schon zu alt und kann sich heute nicht mehr umstellen. Da dürfen wir nicht auch noch einzeln

draufhaun, um dem Faß den Boden auszuschlagen. Es herrscht bei uns ohnehin eine verhältnismäßige Toleranz in der Familie, daß ich heute, wo ich anderes gesehen habe, mich oft darüber wundern muß und mir sage, daß es sich bei uns doch eigentlich recht gut leben läßt, sobald man seinen Pflichten nachgekommen ist. Jetzt warte ich bloß noch auf das Frühjahr. Eine kleine Stadt ist etwas Zauberhaftes, wenn sich der Kreislauf in die Natur hinaus öffnet und die Enge plötzlich Landschaft und vielfältige Weite wird und die Menschen da sind, denen es Spaß macht, mit einem draußen herumzutollen. Nun, das alles werde ich haben, wenn die Zeit sich erfüllen wird. Und ich werde dann meinem einzelgängerischen Bübchen viele Briefe schreiben, wie schön es für die Kinder der Heimat draußen im Walde ist. Und jetzt sei viele Male gegrüßt und geküßt

von Deinem Fleißerkätzchen

1 Bild.

129 Von Max Friedland

19. Dez. 32

Liebe Marieluise,

Von Draws hatte ich vor wenigen Tagen eine Karte aus Oslo. »Trotz der miserablen Zeiten tröpfeln die guten Tage immer noch gelegentlich und das gibt mir Trost und Kraft zum Leben«, schrieb er u. a. an mich. Es ist mir sehr lieb, ihn in diesem ablenkenden und erquickenden Erlebnis zu wissen. Noch mehr erfreute mich Ihr lieber Brief, der mir die Gewißheit bringt, daß *beide* Freunde aus dem quälenden Nebeneinander heraus sind. Vor allem können Sie der verantwortungsvollen Aufgabe nachkommen, das weiter zu geben, was Ihnen an Geistesgaben von der Vorsehung gegeben ist. Es handelt sich bei Ihnen um ein Gut, das nicht alltäglich und deshalb *anerkannt* wertvoll ist. Eine sehr kultivierte Dame aus Danzig sprach mit mir heute über Ihr letztes Buch. Sie war voll des Lobes über Ihre Art, die Dinge zu sehen und zu schildern. Der kunstvolle

Humor, mit dem selbst die schwierigsten Erlebnisse durchwirkt sind, hat ihr eine hohe Achtung vor Ihnen eingeflößt.
Am Weihnachtsabend, den Sie hier wiederholt verlebten, trennen uns diesmal Berge und Täler. Ich möchte sie mit einer Freundschaftsgabe überfliegen.
Aus Südfrankreich, dem Lande Ihrer Schilderung, schicke ich einen Sendboten, der schon 18 Jahre sein Flaschendasein verträumt hat. Er ist würdig, Ihnen meine Festgrüße zu übermitteln. Zur Begleitung habe ich einen deutschen Feuergeist ausersehen. Bereiten Sie bitte diesem Botenpaar einen freundlichen Empfang.
Frohes Fest im väterlichen Hause! Mit herzlichen Grüßen auch von meiner Frau

Vater Friedland

130 An Hellmut Draws-Tychsen

Ingolstadt/Donau
Heiliger Abend 1932

Liebes Bübchen!
Zu meiner Bestürzung war ich gestern und vorgestern wegen der sich häufenden Weihnachtsvorbereitungen innerhalb der Familie nicht imstande, Dir den Weihnachtsbrief, auf den Du gewiß wartest, zu schreiben. Es ist an beiden Abenden so schon 1 h geworden, bis ich ins Bett kam, und aus der Ermüdung heraus wollte ich Dir auch nicht schreiben. Nun stehle ich mir heute ein Stündchen, damit Du siehst, daß ich an Dich denke. Ich hoffe, daß Du diesen Heiligen Abend bei Frau Garborg angenehm verbringen wirst. Deine Weihnachtsgaben warten hier schon auf Dich, wenn sie auch vorerst nicht zu Dir gelangen können. Du bekommst eine rötliche feinkarierte Krawatte, die Du sowohl zu Deinen farbigen wie zum grauen und blauen Anzug wirst tragen können, eine Flasche Schnaps, der keinen Namen hat, den ich aber mit Verstand zu trinken bitte, da er verbürgte 15 Jahre alt ist. Ich hatte einige Mühe ihn hier aufzutreiben, da Bayern, wie Du weißt, kein Schnapsland ist und hier

besonders in den kleineren Städten ziemlicher Schund verkauft wird. Ich hoffe, er wird Dir schmecken, wenn er auch vielleicht nicht an Eure berühmten Lachsliköre hin kann. Außerdem bekommst Du eine Flasche Zeller Schwarzen Herrgott und allerhand Süßes und Weihnachtliches zum Schnabulieren. Deinen Kuchen werde ich natürlich erst in Angriff nehmen, wenn Du wieder in Berlin bist. Ich schicke Dir heute drei Exemplare Deines Amundsenartikels und die Originalhandschrift. Das Exemplar von Köppen habe ich prompt besorgt. Es ist aber, wie ich zu meinem Leidwesen feststellen mußte, seit dem 29. Nov. (Diplomatie in Paris) bis zum vergangenen Sonnabend nichts von Dir in der Börsen-Zeitung erschienen. Nun, seitdem ist ja schon wieder eine Woche her, vielleicht finde ich in der nächsten Sendung etwas. Das erbetene Bild habe ich in meinem vor ca. 8 Tagen geschriebenen Brief mitgeschickt. Hoffentlich hast Du diesen Brief inzwischen erhalten. Es ist doch eine weite Reise hin und her. Deine norwegischen Briefe habe ich allesamt richtig erhalten und danke Dir sehr dafür. An die Damen Wolf hätte ich gern ein kleines Weihnachtspaketchen geschickt, doch war mir dies aus finanziellen Gründen nicht mehr möglich. Der Münsterische Anzeiger hat 16 M 56 Pf gezahlt, von denen ich 10 an meinen Vater gab, bis auf weiteres. Heute ist geschäftlich bei uns verhältnismäßig viel los, da die Bauern, die hauptsächlich bei uns kaufen, alle mit Weihnachtsgänsen in die Stadt kommen. Wenn es bloß den Bauern einmal wieder besser ginge, dann wären auch wir gut daran. Mein Bübchen ist also jetzt Polarkreisfahrer geworden und geht in Namsos auf den Lachsfang, ei ei! Dein Urteil über die Undset ist ja recht scharf. Vielleicht hatte sie einen schlechten Abend oder Du hast ihr nicht genügend den Hof gemacht. Dichterinnen sind oft scheu und empfindlich zugleich. Dein neuerlicher Erstickungsanfall schafft mir Sorge. Wenn deren noch einige kommen, solltest Du den Aufenthalt in dem für Dich ungesunden Klima tunlichst abkürzen. Morgen nachmittag geht es bei gutem Wetter wieder hinaus über Land, darauf freue ich mich schon sehr. Ich werde zu Weihnachten warme pelzgefütterte Handschuhe bekommen, die meinen ständig frierenden Fingerspitzen sehr wohl tun werden; ich habe sie schon probiert. Und nun, mein Bübchen, muß ich schleunigst schließen und unten im Wohnzimmer den großen Christbaum aufhängen, genauso wie meine Mutter es gemacht hat. Wenn heute abend die Kerzen brennen, sollen sie Dich von mir grüßen. Ich wünsche Dir ein gesegnetes Weihnachtsfest und bin immer Deine Marieluise

131 Vom Hessischen Landestheater

Darmstadt, den 28. Dezember 1932

Sehr verehrte Frau Fleisser!
Sie werden durch die Presse erfahren haben, dass das Hessische Landestheater Ende Januar »Die heilige Johanna der Schlachthöfe« von Bert Brecht aufführt. Sie können sich denken, dass wir mit grossen Schwierigkeiten zu kämpfen haben und wir haben daher beschlossen, in den Blättern des Hessischen Landestheaters Stimmen bedeutender Autoren zu sammeln, die sich für Brecht, für das Stück oder auch nur für die Aufführung des Werkes einsetzen. Wir wären Ihnen sehr dankbar, wenn Sie uns einige Zeilen schicken würden, die unsere Arbeit in diesem schwierigen Moment stützen könnte.
Mit bestem Dank und dem Ausdruck vorzüglicher Hochachtung

Ihr sehr ergebener Kurt Hirschfeld
Redaktion der Blätter des Hessischen Landestheaters

P.S. Redaktionsschluss 10. 1. 33
[Notiz von Draws-Tychsen:]
Überhaupt ignorieren!

132 An Hellmut Draws-Tychsen

Ingolstadt/Donau, 31. 12. 32

Lieber Draws!

Zum neuen Jahr wünsche ich Dir Glück und Segen, Gesundheit und Freude, Aufstieg und Erfolg. Möge es Dir soviel Gutes und Schönes bringen, als es Dir im vergangenen Jahre Schwarzes und Bitteres gebracht hat. Deine Karte und den letzten Brief aus Trondheim vom 23. 12. habe ich erhalten, seitdem nichts mehr. Du hast wohl auch nicht geschrieben, nachdem Du meinen Weihnachtsbrief erst mit Verspätung erhalten hast. Es tut mir leid. Ich hatte indessen das bestimmte Gefühl, daß Du nicht mehr in Oslo seiest und wartete von Dir einen Brief mit neuer Adresse ab. Als dann Deine erste Nachricht aus Trondheim eintraf, die mir Sicherheit gab, daß Du an Deine Osloer Adresse zurückkehrst, wurde ich von allen Seiten mit dringenden Weihnachtsvorbereitungen in Beschlag belegt, sodaß zwei Tage verstrichen waren, ehe ich wußte, wie mir geschah, und Du meine Hilfsstellung innerhalb der Familie ausbaden mußtest. Ich hoffe nur, daß Dich mein Brief wenigstens sofort nach den Feiertagen erreichte. Der Heilige Abend war schön wie jedes Jahr, wenn man daheim ist. Das Wesentliche an diesem Familienfest sind wohl die Kindheitserinnerungen, die einem dann bündelweise zuströmen. Nach der Bescherung gingen wir ein halbes Stündchen auf den Friedhof, wo einer schönen Sitte zufolge auf den meisten Bäumen [wohl: Gräbern, Anm. d. Hg.] Christbäume mit Kerzenlichtern brennen. Die Landschaft, die im Rauhreif lag wie in einem Geschmeide, war durch die zahlreichen schwankenden schwachen Lichtlein von unten seltsam feierlich und verzaubert.

Unser Baum heuer ist ziemlich licht aber breit und prunkvoll gewachsen. Er ließ sich selten gut hängen. An Geschenken bekam ich zwei warme Nachthemden, ein Paar Seidenstrümpfe, ein Paar pelzgefütterte braune Lederhandschuhe für die kalten Pfötgens, eine geräucherte Rinderzunge und einige Flaschen Wein, von denen ich zwei an Bübchen abgeben werde. Vater Friedland schickte mir mit einem warmen Brief eine Flasche

Weinbrand und eine verstaubte Flasche südfranzösischen Rotwein aus dem Jahre 1914. Bis jetzt habe ich mich noch nicht herangewagt. Der edle Tropfen soll mir eine persönliche Ehre und ein Labsal werden. Am Heiligen Abend habe ich immer gedacht, was Du jetzt wohl machst. Daß Du ihn als wahrscheinlich einziger Fahrgast im Zuge auf der Fahrt durch Felsschluchten verbringen würdest, konnte ich allerdings nicht erraten. Ich bin stolz auf Dich, daß sie in Muntholmen Dir zu Ehren die schwarzweißrote Flagge gehißt haben und ich mußte im Gegensatz dazu an das Flaggenerlebnis in Saßnitz denken. Entsinnst Du Dich noch, wie der Mann verstockt dastand und wie Du ihn anschnauztest, wie er schwur nie klein beizugeben und wie sie trotzdem eine Stunde später ordnungsgemäß die Marineflagge schwarzweißrot aufgezogen hatten. Du kamst es mir triumphierend erzählen. Es hat mich sehr überrascht, daß Du in Trondheim so warme Temperaturen gefunden hast. Kanntest Du es eigentlich schon. Nach dem Bild muß es eine Art Venedig des Nordens sein. Von der Umfrage im Tage-Buch habe ich übrigens keinen Beleg erhalten und fürchte schon, daß meine Zeilen darin überhaupt nicht erschienen sind. Vielleicht paßten sie ihnen nicht in den Kram. Nun, wir werden sehen. Ich erwarte Deinen nächsten Artikel und rechtzeitige Nachricht, wenn Du nach Berlin zurückfährst und bin mit heißen Wünschen, Grüßen und Küssen Deine Marieluise

In Börsen-Zeitung leider nichts erschienen.

133 An Hellmut Draws-Tychsen

13. 1. 33

Lieber Draws!
Anbei schicke ich Dir in eingeschriebenem Brief Deine beiden Artikel, von denen ich hoffe, daß Du sie bei der Börsen-Zeitung bald in klingende Münze verwandeln kannst. Ich wollte sie dem Packet, das heute früh abging und von dem ich hoffe, daß es Dich spätestens montag vormittag erreicht, nicht beile-

gen. Köppen hat diesmal den Amundsenartikel gebracht und zwar am Freitag, den 6. Januar. Ich glaube, daß ihm der Liechtensteinartikel zu scharf war, aber vielleicht wird er ihn, wenn Du ihm gut zuredest, mit einigen Strichen bringen. Ich hoffe, daß der Wein nicht gefrieren wird; ich habe ihn eingepackt, so warm es ging. Das Päckchen, das Du mir nach Deiner Berliner Ankunft schicken wolltest, eilt nicht, lieber Draws. Wichtiger ist, daß Du zuvor nach Möglichkeit Deinen anderen Verpflichtungen nachkommst. Ich habe heute morgen vom Fränkischen Courier 12 M Honorar erhalten. Ich habe davon heute gleich das Packet an Dich abgesandt und lege 2 M in Porto bei. Da ich Dir ohnehin meine Bürgersteuer zu schicken beabsichtige und Du für mich 20 M von der Germania bekommst, mag es somit aufgehen. Die positive Besprechung in S. Fischers »Neuer Rundschau« freut mich; ich habe sie nicht gelesen. »Die Dame« brachte einen Artikel von Kafka über Dramatikerinnen, ein kleines Heer von Weiblichkeiten, mit Bildern, die diesmal etwas besser ausgefallen sind als in jener berüchtigten Nummer der »Funkstunde«, die eine kleine Naturkatastrophe spurlos vom Erdboden vertilgen möge. Die Besprechung, soweit sie mir gilt, ist positiv, doch scheint mir die Art meiner Begabung ziemlich einseitig und unter etwas engem Gesichtswinkel gesehen. Man muß in betracht ziehen, daß der Mann nur die dramatische Seite meines Schaffens würdigt und da liegt ja noch nicht viel vor. Mit Stolz vermerke ich, daß ich darin »die beinahe schon klassische Marieluise Fleißer« genannt werde. Das Heft wurde mir geliehen; ich besitze es nicht. Daß Du krank warst, hat mich bestürzt. Ich hoffe, das ist wieder ganz behoben. Daß Du kein Geld hattest – Lieber Draws, enden nicht in Gottes Namen alle Deine Reisen so? Ich bin schon sehr gespannt, wenn ich von Deiner Norwegenreise Näheres hören werde. Was ist denn nun eigentlich vorgefallen, daß die Reise für Dich eine so harte Nuß geworden ist? Über Deinen Frauenartikel werden die guten Norweger nicht sehr erbaut sein und die Schweden können diesmal lachen. Vor einigen Jahren damals bei der Börsen-Zeitung-Affäre war es gerade umgekehrt. Hand aufs Herz, lieber Draws, ist des Rätsels Lösung nicht die, daß

Du ein Idealist bist, der sich immer an der Wirklichkeit wund reibt und immer das in verklärendem Lichte sieht, was ihm nicht so nah auf der Haut scheuert? Dabei mag in Deinem Urteil viel Wahres oder gegenwärtig Wahres sein. Daß dabei eine Zeitströmung im Spiel ist, sagen mir die zum Teil doch recht musischen Frauengestalten von Knut Hamsun. Es müßte denn sein, daß Hamsun lediglich die Wunschbilder seiner Phantasie zeichnet. Alle Deine Briefschaften habe ich richtig erhalten. Was den Portier von Hotel Skandia betrifft, so hoffe ich, daß diesmal etwas Trinkgeld für ihn übrig blieb. Das Schicksal von James Nydell ist eine traurige Überraschung. Daß Professor Walter, für dessen Grüße, wie auch für alle anderen Grüße, ich herzlich danke, das Orangenbuch trotz meiner jahrelangen retardierenden Bemühungen nun doch nicht erspart geblieben ist, muß wohl Schicksal sein. Wenn er sich dabei Deiner Einführung als einer Art Droste entsinnt, wird er gewiß keine reine Freude erleben. Man soll schließlich auch nicht Erwartungen erwecken, die man nicht halten kann. Am Sonntag bin ich trotz der völlig zerweichten Straßen wieder viele Stunden über Land gegangen. Zuhause haben wir einen Familienzuwachs bekommen, der Dir sicher auch Freude machen würde, einen fünf Wochen alten munteren Wellensittich, der ganz zahm im Zimmer herumflattert, turnt und hüpft. Er sitzt gerne so hoch wie möglich und schweigt sich dann aus. Wenn ihn irgendein Geräusch aufregt, oder wenn man ihm temperamentvoll zuredet, fängt er zu zetern an. Auch in den Spiegel piept er wehmütig hinein und macht die komischsten und rastlosesten Grabe-, Pick- und Flatterversuche um sich zu dem vermeintlichen Gefährten zu gesellen. Er schlüpft auch hinter den Spiegel und sucht dort. Was sein Vogelbauer betrifft, so hat er eine sichtliche Antipathie gegen die offene Tür und schlüpft regelmäßig an einer Stelle ein und aus, wo die Stäbe etwas gelockert sind. Wenn man den Käfig umdreht und er diese Stelle nicht mehr an dem gewohnten Fleck findet, gerät er in große Wut und stemmt und nagt an den verzauberten Stäben herum, ohne zu merken, daß es hinter ihm sperrangelweit in die Freiheit geht. Vor der Börsen-Zeitung hat er große Angst. Mit ihrem Rauschen und ihren großen flatternden Blättern ist sie für ihn sicherlich eine Art Gespenst. Arthur Brunck hat mir einen verzweifelt langen und verzweifelt wohlwollenden Brief geschrieben. Dies Hindernis wäre also wieder einmal genommen. Bitte, grüße Wolfthorns herzlich von mir und sage ihnen, daß ich in der letzten Zeit soviele Briefe schrieb wie sonst in meinem ganzen Leben nicht, nämlich an Dich, und daß sie mir nicht böse sein sollen, wenn mein schwach entwickelter Hang zum Briefeschreiben damit erschöpft ist. Nun werden die Briefe ja wieder seltener und dann kommen die anderen auch einmal an die Reihe. Nun aber Schluß, sonst macht mir die Post vor der Nase zu. Bis zum nächsten Mal grüßt und küßt Dich Deine Marieluise

Bitte grüße Wenzels und sage ihnen meinen herzlichen Dank für die Zeitung.
2 Artikel, 2 Urschriften, 2 M Porto.

134 An Hellmut Draws-Tychsen

13. 2. 33

Lieber Draws!
Die beiden mir am 8. c. m. übersandten Artikel habe ich bereits abgeschrieben und erwarte nun als dritten Deinen Artikel über Hugo Wolf, auf den ich sehr begierig bin und von dem ich glaube, daß er gut werden wird. Meine Abschriften sind diesmal etwas unruhig ausgefallen und ich bitte Dich, dies zu entschuldigen. Ich litt die ganze Woche an Schwindelanfällen, die mit einer nicht zum Ausbruch gekommenen Grippe zusammenhängen dürften. Daß auch Du noch nicht wohl bist, besorgt mich und ich wünsche Dir herzlich gute Besserung. Auch jetzt, wo ich schreibe, befinde ich mich in einem gewissermaßen traumhaften Zustand. Du beklagst Dich mit Recht über die Farblosigkeit meines letzten Briefes, die dem Umstand zuzuschreiben ist, daß er seines Zeichens der siebente war. Fast eine ganze Woche lang schrieb ich Briefe an Dich und zerriß sie wieder. Ich sehne Dein Kommen herbei, denn ich habe mit Dir

sehr ernste Dinge zu besprechen. Ich befinde mich auf dem Kulminationspunkte einer Entwicklung, die lange zurückreicht und deren Wellenschläge Dein Ohr sicherlich nicht überhört hat. Ich erinnere Dich nur an jenes nächtliche Gespräch auf einer Bank in der Gegend des Humboldthaines, wo ich Dir sagte, daß wir die fruchtbringende und wahrhaft auslösende Form unseres Füreinanderlebens noch nicht gefunden haben. Worüber ich mit Dir sprechen will, ist die Frucht schwersten Ringens, das lange und gründlich ausgetragen wurde. Ich weiß, ich habe von Gott jene höhere Freiheit erhalten, die mir erlaubt, nach meinen eingeborenen Lebensmöglichkeiten über den weiteren Weg meiner inneren Treue zu entscheiden. Wir haben einen Ruf erhalten, nicht um durch unerfüllbare Forderungen aneinander zu scheitern, sondern um einander zu helfen, das wollen wir nicht vergessen.

Ehrlich betrübt hat es mich, daß Du über jenen Punkt meines letzten Briefes, der Deine Schulden bei mir betrifft, mit Eleganz hinweggehst und jener Dir wohlmeinend angebotenen Klärung ausweichst, um die ich Dich ausdrücklich bat und die für meine Ruhe und meinen Frieden so notwendig ist. Ich kann daraus nicht den Schluß ziehn, daß Du für Deine Schulden bei mir nicht einstehn wirst, sobald Du in die Lage kommst, es zu tun; denn ich zweifle nicht an Deiner Ehrenhaftigkeit. Mindestens aber muß ich daraus den Schluß ziehn, daß Du meiner Freundschaft nicht vertraust und in mir einen Henker fürchtest, der Dir aus Deinen Verpflichtungen gegen mich einen Strick drehen will. Ich muß Dir mit aller mir zur Verfügung stehenden Würde sagen, daß ich das nicht um Dich verdient habe. Deine Handlungsweise ist schwer fahrlässig, da schließlich jeder Mensch damit rechnen muß, daß ihm einmal unvermutet etwas zustoßen kann. Verzeih, wenn ich um der Schwere der Folgen willen auf einen möglichen Fall hinweisen muß, der hoffentlich niemals eintreten wird. Meine Bitte an Dich ist für jeden Einsichtigen durchaus berechtigt. – Robert Musil danke ich für seinen Gruß und erhoffe die Fortsetzung des »Mannes ohne Eigenschaften«. Seine positive Stellungnahme zu Dir freut mich. Der Fall Kronacher ist typisch. Bezeichnend ist es, daß der Anonymus im »Bücherwurm« zum Gegenbeweis ausgerechnet jene »kleine Romanze« zitiert, die zu meiner Formulierung paßt wie die Faust aufs Auge und von der ich Dir schon früher sagte, daß sie für mich aus dem Ganzen herausfällt, während er die starken Stücke, nach denen allein man einen Dichter werten soll, verschweigt. Diese Art von kleinlicher Wortgerechtigkeit ist immer irreführend und schofel. Für Deine Bemühungen bei Landshoff danke ich Dir sehr. Daß ich etwas gegen meine Krampfadern tun kann, erübrigt sich infolge meiner dauernden und gänzlichen Mittellosigkeit. Ich glaube, Du machst Dir Illu [Brief bricht hier ab, zweites Blatt fehlt offensichtlich]

135 An Hellmut Draws-Tychsen

Ingolstadt, den 27. 2. 33

Lieber Draws!
Vergangenen Dienstag erwartete ich Post von Dir, da ich glaubte, daß es bei unserer prinzipiellen Verabredung bleibt, und war sehr erstaunt, als solche nicht eintraf. Nun fiel mir ein, daß Du ebenso umsonst auf Post von mir gewartet haben dürftest, und ich bitte Dich, das kleine Mißverständnis zu entschuldigen. Für Deine rasche Antwort vom 14. c.m. danke ich Dir sehr und hoffe und wünsche, daß Deine Verhältnisse sich derartig gestalten mögen, daß Deine Verpflichtungen gegen mich Dich nicht allzusehr belasten. Da Du darauf verweist, daß mir Kiepenheuer ohne Dich keine Rente gegeben hätte, muß ich Dich bitten, die Angelegenheit einmal unter jenem Gesichtspunkt zu betrachten, daß es ohne Dich meiner Verschuldung bei Kiepenheuer nicht bedurft hätte, da ich dann ja auch nicht gezwungen war in Berlin auszuhalten, sondern gerne nach Ingolstadt zurückgekehrt wäre. Es lag nicht so, daß ich die Rente haben *wollte*, sondern haben *mußte*, um in Gemeinschaft mit Dir leben zu können. Dies zur notwendigen Klärung und nun Schwamm drüber! – Wir haben unser Zimmer gegenwärtig vermietet und am 11. März kommt meine Schwester mit Mann

und Kind zu uns, weil sie dann Urlaub haben. Dies wird, wenn Du Mitte März kommst, die Frage Deiner Unterbringung bei uns recht schwierig gestalten. Vielleicht kommst Du aber sowieso etwas später und es ist überflüssige Mühe, sich heute schon darüber den Kopf zu zerbrechen. – Am Samstag sandte ich ein Packet an Dich mit Eiern, Mandarinen, Hartwurst und Gesundheitskuchen und hoffe, daß es Dich in gutem Zustand erreicht hat. – Das Gedicht »An einem letzten Tage« ist eines Deiner stärksten und ich wünsche nur, daß die darin gekennzeichnete Stimmung nicht etwa Deine vorherrschende ist und daß sich Dein gesundheitlicher Zustand wieder gebessert hat. Der Artikel über Hugo Wolf gefiel mir besonders gut. Er handelt von dem tragischen Schicksal des Komponisten, das leicht zu romantischer Übertriebenheit verführt, in einfachen und reinen Worten, die dennoch der Schwere dieses Erlebens in nichts nachstehen. – Von einer Veröffentlichung meiner beiden Dramen in Buchform möchte ich nach wie vor absehen. Ich publiziere nicht gern Sachen, in die mir derartig hineingekorkst worden ist wie in diesen beiden Fällen. Verwünschtes Kollektiv! Meine mir eigenen Urschriften, die ich in allzu großer Vertrauensseligkeit aus der Hand gab, sind ja leider nicht mehr aufzutreiben. – Wie ich aus dem Funkprogramm ersehe, hat man Paul Gurk, den ich zu grüßen bitte, Genugtuung gegeben, indem in der Bücherstunde »Palang« besprochen wird. – Zwischen Deinen Zeilen lese ich, daß Du jenen Entschluß, von dem ich Dir schrieb, für ein Ergebnis erotischer Spannung hältst. Ich muß dies zurückweisen und Dir eindeutig erklären, daß Du, wenn Du nach Ingolstadt kommst, keine Frau vorfinden wirst, die einen Fehltritt begangen hat. Unsere grundsätzliche Auseinandersetzung soll nicht nachträglich verwirrt werden durch Momente, die damit keinen ursächlichen Zusammenhang haben. Die Dinge liegen tiefer und sind von langer Hand vorbereitet. Ich befinde mich an einem Knotenpunkte meiner Entwicklung, nämlich dort, wo sich die Gesetze meiner Begabung und meiner Lebensnotwendigkeiten als grundsätzlich unterschieden von Deiner Begabung und Deinen Lebensnotwendigkeiten herausgestellt haben. Ich wehre mich dagegen, daß Du einen gen Himmel schreienden Notstand mit der Bezeichnung »Komplex« abtun und mich unmerklich über seine Wichtigkeit in meiner Lebensgestaltung wegführen willst. Ebenso absurd wäre es, zu sagen, Deutschland habe den »Komplex«, daß Frankreich es nicht aufkommen lasse. Du bist der überzüchtete Aristokrat, der in einem gefährlichen Wagemut dauernd mit seinem Leben spielt. Ich bin ein einfaches Kind aus dem Volk mit einem noch stark entwickelten Nestinstinkt, und kann meinen wahren Adel nur finden, wenn ich jene Werte entwickle, die mir blutsmäßig mitgegeben sind. Du willst mich in Bahnen reißen, auf denen ich keine Wurzel fassen kann und eingehen muß. Ich täusche mich nicht darüber, daß Du mich im Grunde zum willenlosen Werkzeug Deines Spieltriebs machen, meine Eigenart brechen und mich damit zwangsläufig zu einem Abklatsch Deiner selbst gestalten willst. Was an Dir vielleicht imponierend ist, Talmi müßte es bei mir in zweiter Hand werden und ich gebe mich nicht dazu her. Du wirst, lieber Draws, meine Freundschaft und Sorgfalt für Dich niemals verlieren, wenn Du sie nicht verlieren willst. Aber ich kann nicht in jene mißbräuchliche Gemeinschaft zurückkehren, die sich zwischen uns herauskristallisiert hat, und die mir meiner unwürdig erscheint. Da Du in allzu enger Berührung in dieser schlimmen Weise ausartest, mußt Du mir gestatten, daß ich fortan auf einer Insel lebe, die Deinen hemmungslosesten Zugriffen entzogen bleibt. Nenne es, mit welchen Worten Du willst, ich habe diese Sache vor Gott ausgetragen und weiß, daß mir kein anderer Weg bleibt.

Möge Gott uns beide schützen und geleiten.

Deine Marieluise

Die Börsen-Zeitung schicke bitte künftig alle vierzehn Tage, da ich sie nun doch etwas summarischer lesen muß. Zur genauen Durchsicht gebrauche ich nämlich meine sämtlichen Abende in der Woche von 8h – 12h und komme überhaupt nicht dazu, ein Buch zu lesen.

136 An Hellmut Draws-Tychsen

Ingolstadt/Donau, 25. 3. 33

Lieber Draws!

Diesen Brief schreibe ich Dir der grösseren Raschheit wegen auf der Maschine. Ich bin sehr bestürzt, dass in dem letzten Zeitungspäckchen gegen alle Gewohnheit eine Briefsendung, noch dazu eine derartig wichtige und dringende enthalten war, und bitte Dich die unfreiwillige Verzögerung meiner Antwort zu entschuldigen. Ich hätte sie natürlich sonst postwendend erledigt. Ich bin erst durch Deine Postkarte heute mittag aufmerksam geworden, hätte jedoch heute abend das Päckchen sowieso aufgemacht, da ich mit dem Lesen der Börsen-Zeitung nun wieder nach bin. Von einem achtlosen Beiseiteliegen, wie Du schreibst, kann nicht die Rede sein. Wie Du weisst ist der weitaus überwiegende Teil meiner Freizeit der Lektüre der Börsen-Zeitung gewidmet und ich hinke nur deswegen nach, weil ich sie so gründlich lese. Dabei liess ich das neu hinzukommende Päckchen geschlossen, um es nicht mit der vorhergehenden Woche zu verwechseln und der ordentlicheren Aufbewahrung wegen. Da niemals eine Briefsendung in den Zeitungen enthalten war, konnte ich nicht vermuten, daß Du diesmal eine Ausnahme machst, um so mehr als Du mir in Deinem Brief vom 15. 10. 32 ein für allemal erklärtest: »Die Zeitungen gehen keinesfalls billiger zu schicken und wenn ich da Briefe beilege und es wird entdeckt, musst du *zehn*faches Strafporto bezahlen, was ich lieber nicht riskieren will.« Ich wusste zwar, dass man die Zeitungen bloss als papierumwickeltes Päckchen schicken musste, um dem zu entgehen, habe aber Deine fixe Idee geachtet und mich daran gewöhnt, dass die Zeitungen strikte getrennt von den Briefsendungen ankamen. Die letzte Ursache für das nunmehr eingetretene Unheil ist also lediglich Deine eigene Weisung und ich wundere mich, dass Du mich nicht in einer beigefügten Postkarte oder vorherigen kurzen Ankündigung auf den wichtigen Inhalt *dieses* Päckchens aufmerksam machtest. Postwendend sende ich Dir also durch Eilboten die verlangten Abschriften des Briefes an den Alster-Verlag, den »Roman zwischen zwei Briefen« von Hilmar und die noch ausstehenden zwei Abschriften meiner Selbstdarstellung, von deren tatsächlichem Erscheinen ich Dich sofort benachrichtigen werde. Was Deinen Vorwurf auf der Postkarte betrifft, so will ich ihn nicht allzu tragisch nehmen, da ich Deine Gereiztheit zur Genüge kenne, vermeine jedoch und muss dies hiermit ausdrücklich feststellen, dass ich die von mir erbetenen Dienstleistungen für Dich immer sofort und pünktlich erledigt habe, zumal meiner Familie bereits auffiel, dass mir die für Dich notwendigen Arbeiten den für mich notwendigen Arbeiten oder denen für meine Familie in jedem Fall vorzugehen scheinen. Auch muss ich, ohne mich damit brüsten zu wollen, Dir immerhin zu verstehen geben, dass ich während der ganzen Dauer meines hiesigen Aufenthaltes für mich ausser einmaligem Friseur nicht das Geringste, nicht einmal ein Pfund Obst aufgewendet habe, sondern wann immer ich ein wenig Taschengeld hatte, dies restlos für die Portoverpflichtungen und Packete an Deine Adresse aufgewendet habe. Mir scheint eher, ich habe Dich ein bischen verwöhnt und Deine Unterstellung, dass ich auf Deine Nöte ja kaum eingehe, ist reichlich ungerecht. In einem einzigen Belang habe ich mich Dir gegenüber bewusst und mit Vorbedacht reserviert gezeigt, das war immer dann, wenn Du die erotische Saite anschlugst. Die Ausschaltung dieses verwirrenden Moments war mir indessen absolut notwendig, wenn ich endlich die Klarheit der Übersicht über unsere Beziehung gewinnen wollte, und ich muss sagen, sie war aufschlussreich, gesund und heilsam. Und darüber wollte ich mit Dir bei Deinem hiesigen Aufenthalte, der nun wohl in weite Ferne gerückt scheint, persönlich sprechen. Im übrigen verweise ich darauf, dass Du als erster von uns beiden die Frage aufwirfst, ob ein regelmässiger Briefwechsel zwischen uns beiden fruchtbringend ist. Ich habe es nicht getan. Zum Schluss wünsche ich Dir noch in Deiner scheusslichen Hilmarangelegenheit, in der ich keinen Zweifel an Dir hege, gutes und sauberes Gelingen und seufze lediglich über Deine Vertrauensseligkeit und Deinen Leichtsinn. Deine nicht weniger erzürnte Marieluise

Anlagen.

137 An Franz Köppen

[undatiert, ca. 27. 3. 1933]

Sehr geehrter Herr Köppen!

Vor ungefähr einer Woche habe ich von der Angelegenheit Draws-Tychsen – Hilmar Kenntnis erhalten. Ich bitte Sie heute, es mir als einem Menschen, der Draws-Tychsen besonders nahesteht, nicht zu verübeln, wenn ich aus meiner gewohnten Zurückhaltung heraustrete und nach meiner genauen Kenntnis seines Charakters Zeugnis für ihn ablege. Ich fühle mich um so mehr zu diesem vielleicht ungewöhnlichen Schritt verpflichtet, als ich weiss, dass eine aus düstersten Familienerlebnissen und unglücklichen Spannungen seines Charakters aufsteigende Bitterkeit diesen wertvollen Menschen, der sich so oft unter Selbstverleugnung für andere eingesetzt hat, nicht immer die glücklichsten Worte zu seiner eigenen Verteidigung finden lässt. Es ist mir aus immer wieder bestätigten Beobachtungen ganz unzweifelhaft, dass Draws-Tychsen sich niemals und unter keinen Umständen bestechen lässt. Man hat an ihn mehrfach Vorteile herangetragen unter der mehr oder minder versteckt ausgesprochenen Voraussetzung, dass er von seiner klaren Linie als Publizist und Kritiker abginge, und Draws-Tychsen hat dies immer mit heller Empörung zurückgewiesen. Auch was seine Bindung mit mir betrifft, so hat er als Autor wahrlich nur die Nachteile getragen und getreu seinem Charakter unter oft misslichsten Verhältnissen die Chancen ignoriert, die so mancher andere an seiner Stelle wahrgenommen hätte. Ich darf für die Lauterkeit und unantastbare Strenge seiner Berufsauffassung die Hand ins Feuer legen. Es spricht jeder Gerechtigkeit Hohn, dass man ihn nun von dritter Seite ausgerechnet mit einem Makel behaften will, den er immer weit von sich gewiesen hat.

Zur psychologischen Erklärung des speziellen Falles Hilmar muß ich vorausschicken, dass Draws-Tychsen seinen Familienangehörigen und anderen bedrängten Personen weit über das Mass seines Könnens finanzielle Hilfe angedeihen liess und darüber hinaus ein fast mystisch zu nennendes Verhältnis zum Geld hat. Im Vertrauen auf eine ausgleichende göttliche Gerechtigkeit nimmt er es ebenso arglos hin, wenn er auch einmal seinerseits einem Menschen begegnet, der ihm in bedrängter Lage beispringt. So wie er selbst ohne alle hintergründigen Absichten sich für andere einsetzt, so glaubt er, müssten auch andere Menschen sein. Die uneigennützige Hilfsbereitschaft und Güte, die er nur zu oft bewiesen hat, setzte er im Falle Hilmar auch bei einem anderen voraus, der sich leider dieses Vertrauens als unwürdig erwies. Es bleibt das persönliche Manko des Herrn Hilmar, wenn er Draws-Tychsen bei dem Glauben beliess, dass es sich hier um einen rein privaten Freundschaftsdienst handle, und ihm nicht rechtzeitig eröffnete, dass man dafür von ihm eine berufliche Gegenleistung erwarte. Draws-Tychsen hätte sonst wie in den anderen Fällen das Geld sofort und unzweideutig zurückgewiesen. Ich verstehe, dass die Tatsache einer wirklich geschriebenen Besprechung des Romans den Uneingeweihten stutzig machen kann. Aus einem Brief Draws-Tychsens an mich vom 3. 12. 32 geht indessen hervor, dass das Buch »Roman zwischen zwei Briefen« sein tatsächliches kritisches Interesse erregt hatte. Er sandte es mir sogar – was eine Ausnahme ist – unter diesem Datum zu und drängte mich es zu lesen. Leider verabsäumte ich dies damals infolge besonderer Umstände. Ich hätte ihn sonst vor einer Besprechung gewarnt, da mir bei der späteren Lektüre die unaufrichtige Konstruiertheit des Themas sofort auffiel. Dass Draws-Tychsen, der sonst einen recht sicheren Blick hat, gerade bei diesem Thema fehlgreifen konnte, scheint mir in seiner romantisch-verschrobenen und jedenfalls sehr wenig realen Vorstellung von den Frauen begründet. Wichtig für Ihre Beurteilung ist, dass Draws-Tychsen die Besprechung einzig und allein um seines Interesses am Gegenstand willen geschrieben hat. Wäre das Interesse ausgeblieben, so hätte nichts ihn dazu bewegen können, als Kritiker zu dem Buch Stellung zu nehmen. Zur Bekräftigung dessen verweise ich auf den Namen Richard Friedenthal, dem Draws-Tychsen unter ähnlichen Voraussetzungen die Besprechung seiner Bücher hartnäckig verweigerte, da er sie nicht vor seinem Gewissen verantworten zu können glaubte. Dass jetzt von dritter Seite zwischen der Tatsache der

Geldleihe und der geschriebenen Besprechung ein ursächlicher Zusammenhang konstruiert wird, dürfte entweder wider besseres Wissen aus böswilliger Absicht erfolgen oder aber in tatsächlich vorhandenem Glauben nach dem Motto »Wie der Schelm denkt, so ist er«. Wenn Draws-Tychsen es vielleicht an der nötigen Vorsicht fehlen liess, so bitte ich zu bedenken, dass er doch nur aus gutem Glauben und der germanischen Arglosigkeit eines reinen Toren fehlte. Ich bin dessen sicher, dass er aus diesem Fall die Lehre ziehen und sich weiterhin nicht mehr durch einen Augenblickseindruck zu einer Besprechung hinreissen lässt. Inständig bitte ich Sie, einem unglücklichen, aber überaus wertvollen [gestrichen: und goldechten] Menschen, den das Schicksal mit so starken Spannungen belastete, dass er nur unter den heroischsten Anstrengungen seinen Weg gehen kann, sein ohnehin mühselig schweres Leben nicht noch mit falschem Verdacht zu bemakeln. Schliesslich und endlich hat das Wort »An ihren Früchten werdet ihr sie erkennen« einen tiefen Sinn und ich darf, ohne meine Person in den Vordergrund drängen zu wollen, doch Ihre Aufmerksamkeit darauf richten, dass es Draws-Tychsen gelungen ist, in vier Jahren unermüdlicher Erziehungsarbeit einen von Grund aus anderen Menschen aus mir zu gestalten/. Unmöglich kann der Mann, der dies vollbracht hat, und der Mann, den Ihnen der Alster-Verlag zeichnet, ein und derselbe sein.

Zu Ihrer genauen Information teile ich Ihnen noch mit, dass ich diese Zeilen durch niemand angeregt aus rein eigenem Antrieb geschrieben habe und lediglich nach Beendigung des Briefes von Draws-Tychsen die Erlaubnis einholte, ihn an Sie abzusenden. Ich bitte Sie höflich, diese Zeilen auch den anderen Herren zur Kenntnis zu bringen, denen der Brief des Alster-Verlages bekannt wurde. Ich gebe mich der aufrichtigen Hoffnung hin, dass diese Zeilen Ihnen eine gerechte Beurteilung der misslichen Angelegenheit erleichtern mögen, sowie, dass Sie mir meinen freimütigen Schritt verzeihen und verbleibe *in Erwartung einer bereinigenden Nachricht*

mit sehr ergebenen Empfehlungen Ihre

/ist oben einzufügen
und dass er mein persönliches Leben sowie mein Schaffen in eine gute und fruchtbringende Bahn gelenkt hat, *sodaß selbst ein Mann von dem Range Hanns Johsts sein Urteil über mich gründlich revidierte.*
[Die kursiv gedruckten Zeilen sind handschriftlich eingefügt.]

138 An Hellmut Draws-Tychsen

Ingolstadt, den 24. 4. 33

Lieber Draws!
Der Schritt, den ich im Folgenden unternehme, steht schon seit einiger Zeit in mir fest. Ich habe solange damit gezögert in Rücksichtnahme auf Dich, da Du Dich immer wieder in schwierigen Situationen befunden hast, und weil ich mich zuvor mündlich mit Dir aussprechen wollte. Da indessen Dein Kommen nach wie vor unbestimmt bleibt und Du außerdem alle Äußerungen einer wahren und tiefen Freundschaft zu Dir als Äußerungen der erotischen Zusammengehörigkeit zu werten scheinst, halte ich dafür, daß die Umstände nunmehr gebieterisch Klarheit fordern und jedes gefühlsmäßige Schonen nur von Übel ist.
Bevor ich den vielleicht schwersten Schritt meines Lebens tue, muß ich Dich meiner unverbrüchlichen Freundestreue versichern. Du schreibst in einem Deiner Briefe, daß Du die Zeit herbeisehnst, in der wir beide ein friedliches Heim haben werden. Warum täuschst Du Dich über Dich selbst? Es gibt wertvolle Menschen, die nicht für die Ehe bestimmt sind, sondern sonst eine große Aufgabe im Leben zu erfüllen haben. Wenn sie aber über die innere Stimme sich hinwegsetzen und eine Ehe eingehen, treten sie in eine magische Kette des Unglücks ein. Wir sind, lieber Draws, mit beiden Füßen in das leidenschaftliche Bündnis unserer Liebe hineingesprungen. Nach sovielen Kämpfen und Tränen aber müssen wir endlich die Klarheit finden, die not tut. Etwas, Draws, das stärker ist als unser ehrli-

cher Wille, ist in der Ehe wider uns. Ich kann Dir Treue, Frieden und Güte geben in einer wahren Freundschaft und ich will es tun, denn meine Verbundenheit mit Dir ist lebendig wie je. In der Ehe kann ich Dir trotz der äußersten Anstrengungen, die nicht unterlassen zu haben Du mir wohl zubilligen wirst, nur Unfrieden bringen, da Du mich dauernd bis in die Wurzeln zerreibst und ich neben Dir keine Stätte finde, wo ich mein Haupt hinlegen kann. Zwar sät Deine Liebe manch gutes und wertvolles Korn. Dein unverbesserlicher Leichtsinn aber und die Ausbrüche Deiner krankhaften Streitsucht in Verbindung mit der tyrannischsten Selbstbehauptung stampfen alles, was Du gesät, wieder ins Chaos. Es mag engelhafte Frauen geben, die in der Preisgabe ihres Selbst bis zur Zerstörung ihre Bestimmung finden. Ich kann nicht zu ihnen gehören. Ich habe von Gott eine Begabung erhalten als ein Pfund damit zu wuchern.

Du hast in den letzten Monaten unseres Zusammenseins und bei meiner Rückkehr nach Ingolstadt wohl zuweilen geahnt, welches Schicksal auf uns zuwächst. Mir unverständlich rasch hast Du Dich darüber hinweggetröstet und scheinst nun zu glauben, daß die Dinge sich schon wieder einrenken werden. Du unterschätzest meine Festigkeit, die ich mir aus sovielen Prüfungen erworben habe. Du siehst nicht den ganzen schweren Ernst und die Würde meiner Situation. Hemmungslos Deinen Wünschen und Bedürfnissen folgend, bereits vor der offiziellen Eheschließung ohne Scheu Deine finanziellen Sorgen auf mich abwälzend, ja durch den Verbrauch meiner Gelder die Möglichkeit der Eheschließung immer wieder hinausschiebend und sie verweigernd, hast Du mich stets aufs neue eingekreist bis zur Regungslosigkeit. Wo ich unter Hergabe meiner letzten Mittel ein Loch zumachte, hast Du sorglos wieder neue dafür aufgemacht und bist immer wieder über mich, die als die Gefährtin Deines Lebens ungefragt alles austragen mußte, hinweggeschritten. Man kann, lieber Draws, ein Gnadengeschenk der Vorsehung auch verscherzen. Vier Jahre habe ich es getragen bis zum Zusammenbrechen und bin immer wieder aufgestanden. Im letzten Jahr in Berlin erkannte ich, daß der Weg neben Dir für mich kerzengerade ins Irrenhaus führt. Ich bin zu schwerblütig für Dich. Die sich mehrenden Nervenstörungen und Schreikrämpfe des vergangenen Jahres, die, seitdem ich in Ingolstadt bin, nie wieder aufgetreten sind, lassen mir darüber gerechterweise keinen Zweifel. Und hier hat mein Selbsterhaltungstrieb angesetzt. Gegen dies wehre ich mich. Ich darf das Nötige tun um mich bei gesundem Geiste zu erhalten, ja, Gott macht es mir außerdem zur Pflicht.

Dich, lieber Draws, bitte ich, das, was ich tun muß, aufzufassen als ein Schneiden um der Heilung willen. So muß ich Dir bei aller Güte, die für Dich in meinem Herzen wohnt, mit aller Strenge und Eindeutigkeit erklären, daß mir eine Ehegemeinschaft, wie Du sie mit mir im Brautstande durchgeführt hast, nicht zugemutet werden kann. Somit lege ich Dein mir gegebenes Eheversprechen in Deine Hände zurück, wie ich auch das meine mit dem heutigen Tage zurückziehe. Feierlich muß ich erklären, daß mein Entschluß nicht durch äußeres Unglück bedingt ist oder durch irgendeinen Grund, der außerhalb Deiner liegt, sondern einzig und allein durch Deinen Mißbrauch eines Sakraments, der ein ersprießliches Ineinanderleben auch dann verhindern müßte, wenn wir Reichtümer ernten. Ich habe zwar nicht die lebendige Verbundenheit mit Deiner Person, aber ich habe das Vertrauen zur Ehe mit Dir verloren. Meine Auffassung von der Ehe ist von der Deinen grundsätzlich unterschieden. Du siehst in der Ehe ein Instrument, durch das der Mann die Frau in dauernder Dienstbarkeit hält um seiner persönlichen Nutznießung und Verherrlichung willen. Ich sehe in der Ehe jene höhere Ordnung um der Gründung des Bollwerks der Familie und der Kinderaufziehung willen, in der Mann und Frau mit gerecht ausgewogenem Rechts- und Pflichtenkreis einander nebengeordnet sind. Meine Auffassung ist sozial, deine asozial. Ich suche in der Ehe nicht den Geliebten, sondern den Vater, dem ich die Sorge für meine Kinder mit ruhigem Gewissen anvertrauen darf. Das ist es und darum müßten wir uns als Eheleute in gegenseitiger Verbitterung immer weiter voneinander entfernen.

Nachdem ich um der Erklärung willen, die Du von mir erwarten darfst, schmerzhafte Dinge berühren mußte, will ich Dir im einzelnen keine Vorwürfe machen und hoffe, daß Du auch weiterhin mich nicht zwingen wirst, es zu tun. Wenn Du mich liebst, zeige dies indem Du einen Entschluß ehrst, der nach schwersten Kämpfen im Einklang mit Gott und meinem Gewissen zustandegekommen ist. Ich muß hier Festigkeit beweisen und darf nicht einer Gefühlsweichheit nachgeben, die nur zu neuem schweren Unheil führen würde.

Endlich bitte ich Dich, daß wir diesen Schritt, den Mißdeutungen der Menschen entrückt, in aller Stille vollziehen. Uns allein geht es ja an und noch bin ich so aufgerührt von Bitternis, daß ich die wunde Stelle nicht von fremdem Geifer berührt wissen möchte. Wenn Du aber eine offizielle Kundgebung der Lösung unserer Verlobung für unerläßlich hältst, will ich mich Dir fügen und bitte nur darum, daß wir dies nach gemeinsamer Überlegung und in einer Form tun, die geeignet ist, unser beider Ehre zu wahren.

Du hast, lieber Draws, schon früher und besonders in den ersten Monaten unserer Trennung Dich leidenschaftlich für mich eingesetzt. Ich sehe dies wohl und darf es Dir doch nicht danken, indem ich zu Dir zurückkehre. Wohl aber will ich es Dir danken, indem ich Dir in der wahren Freundschaft unverbrüchlich zugetan bleibe, von der ich hoffe, daß sie immer eines der wertvollsten Güter in Deinem Leben darstellen wird. Indem ich Dir also Deine Freiheit gebe, binde ich Dich zugleich. Der Geist bleibt derselbe. Nur die Form wandelt sich, in die er gegossen wird. Dich, lieber Draws, bitte ich, da ich mich nun beruflich ganz und gar in den vergangenen Jahren von Dir führen ließ und, nachdem ich von Deinem Geiste erfüllt bin, andere Verbindungen nicht aufnehmen möchte, dich bitte ich auch fernerhin um Deinen Schutz nach außen. Ich glaube mir dies in den Jahren, die vergangen sind, wohl um Dich verdient zu haben. Ich glaube auch, daß diese Deine Tat ihren schönsten Lohn in sich tragen und Dir jenen Halt geben wird, den Du brauchst, damit Du, wofür ich bete, ohne Bruch aus diesem tiefen und schmerzlichen Erlebnis hervorgehen kannst. Was Dein Schuldkonto bei mir betrifft, so will ich Dich trotz meiner bedrängten und unsicheren Lage, die Du ja kennst, nicht unbillig drücken, solange Du nicht imstande bist Deine Verhältnisse zu bessern. Ich erwarte aber von Dir, daß auch Du gerecht an mir handelst und Deine Schuld bei mir abzutragen Dich bemühst, sobald Du dazu in der Lage bist, namentlich aber bevor Du eine neue Ehe eingehst.

Somit glaube ich alles Wichtige gesagt zu haben und hoffe, daß unsere Freundschaft Dir wie mir eine heilige Pflicht bedeuten wird. In diesem Sinne hoffe ich auch, daß unsere Ehegemeinschaft keine verlorene war, sondern für das weitere Leben Früchte trägt. Ich will sie als eine harte Schule auffassen und keinen Groll gegen Dich in meinem Herzen tragen. Für das Gute danke ich Dir aus heißer Seele und das Böse will ich vergessen. Mögen wir, lieber Draws, an unseren Entschlüssen reifen!

Deine Dir in Freundschaft treue

Marieluise

139 An Hellmut Draws-Tychsen

Ingolstadt, den 10. 5. 33

Lieber Draws!

In Beantwortung Deines Briefes vom 7. 5., dessen Datum ich wohl bemerkt und auch nicht vergessen habe, teile ich Dir mit, daß ich Deinem Wunsche gemäß am Dienstag, den 16. Mai, zu einem persönlichen Wiedersehen nach Berlin fahren werde, mit welchem Zuge werde ich Dir rechtzeitig noch genau mitteilen. Ich habe mich meinem Vater, der in der vergangenen Woche wegen fälliger Geschäftsrechnungen und miserablen Geschäftsganges selbst wieder eine Anleihe von 700 M aufnehmen mußte, verpflichtet, ihm das Reisegeld nach meiner Rückkehr pünktlich zu erstatten, und er ist unter dieser Voraussetzung bereit, mir den Betrag vorzustrecken, mehr allerdings nicht, da er selbst sehr im Druck ist. Ich vertraue Deinem Wort, daß ich in Berlin genügend verdienen werde, um nicht in Schwierigkeiten zu geraten und dem meinem Vater gegebenen Versprechen genügen kann. Daß der Kiepenheuer Verlag in Konkurs gegangen ist, überrascht mich weniger, als Du glaubst. Ich habe damit seit Monaten rechnen müssen. Zu Deinem Brief selbst, dessen beißende Bitterkeit mir großen und vielleicht nur scheinbar verdienten Schmerz bereitete, stelle ich fest, daß es mir Unrecht zufügen heißt, wenn Du sagst, daß ich Dir meine Liebe nicht mehr geben zu können glaube. Meine Liebe zu Dir ist lebendig wie am ersten Tage, wie ich Dir ausdrücklich schrieb, und nach wie vor würde es für mich die tiefste und klarste seelische Befriedigung bedeuten, ausschließlich Dir und der Kunst zu leben, wenn sich eine Ehe zwischen uns überhaupt ermöglichen ließe. Du solltest dies aus meinem wohl fruchtlosen, aber ehrlichen und leidenschaftlichen Eintreten für Dich bei der Berliner Börsen-Zeitung immerhin gemerkt haben. Ich bin einmal nicht davor zurückgeschreckt, mit Dir ins Ungewisse zu gehen. Seit ich aber im Verlaufe von vier Jahren Deine und meine Grenzen in Verbindung mit den gleichzeitig vorhandenen Ansprüchen gesehen habe, muß mich der Gedanke an die künftige Entwicklung dieser Ehe mit tiefer Unruhe erfüllen. Was ich tat, geschah aus der bittersten Existenznot, die ich für die Zukunft in ihrer ganzen Wucht auf mich zukommen sehe und bedeutet mir keine Freude und keine Erlösung sondern einen unsäglich bitteren und unter heißen Tränen ertrotzten Verzicht. Verzicht, um Unheil in Deinem mir teuren Leben nicht weniger als in dem meinen zu verhüten. Du darfst nicht glauben, daß sich nicht alles in mir dagegen gewehrt hat, den Gedanken der geliebten Lebensgemeinsamkeit mit Dir aufgeben zu müssen und ich konnte ihn überhaupt nur fassen unter der Voraussetzung aufopferndster Freundeshingebung an Dich, denn mein Leben muß Dir geweiht bleiben, ob mit oder ohne Dich, davon kann ich nichts abziehn. Somit ist es nicht wahr, daß ich von Dir fortgegangen bin, sondern ich habe meine Sehnsucht und mein Kranksein nach Dir mit eisernem Willen niederhalten müssen und es totschweigen müssen zu Deinem und zu meinem Besten. Du aber willst, während ich um eine andere Form ringe, Dir zu dienen, den Nerv meines Lebens abschneiden, der Du bist, und stößst meine Freundschaft zurück, die nicht mit anderer Freundschaft verwechselt werden darf, und willst den

Baum der Hinwendung zu Dir, den soviele Opfer, soviel Leidenschaft, soviel Wille gepflanzt haben und in dessen Fort- und Fortblühen ich meine Ehre setzen muß, ausreißen, als wäre er nie gewesen. Möge Gott Dir verzeihen, denn mich schauert ob Deiner blinden Starrheit. Zu dem bösen Teil Deines Briefes muß ich Dir ein sehr ernstes Wort sagen. Denn wenn auch viele unüberlegte Worte fielen und ich Dir Szenen machte unter dem Alpdruck Deines oft aberwitzigen Geldausgebens, an ein Heiligtum habe ich niemals getastet zu jener Zeit, da Deine Aussichten die schlechten waren, an Deine Notlage, vielmehr hat es mich ihrer im tiefsten erbarmt, sodaß ich, wenn dies möglich gewesen wäre, meine Karriere bewußt hingegeben hätte, um Dir zu einer solchen zu verhelfen, für die Ausbeutung Deiner Not bist Du mir, lieber Draws, zu gut gewesen, ich habe Dich angebetet und weit über mich gestellt auch damals, als Du bloß an mir zerrtest. Dir aber ist eine Frau, die für Dich den großen Sprung gemacht hat zu einer Zeit, wo es ein Sprung in den Abgrund war und die spätere Wendung kaum geahnt werden konnte, nicht zu gut dafür, daß Du sie jetzt, wo die Fäden in Deine Hand laufen, mit Vernichtung bedrohst, um so eine Pression auf sie auszuüben. Oh Draws! Wenn ich Dich nicht so unverlöschlich und immerdar lieben würde, Deine Drohung wäre gewiß nicht geeignet, um wahres neues Leben in mir für Dich zu erwecken. Es ist der Fluch der ungezügelten Tyrannei, daß sie in den Preisgegebenen nur die verderbten Eigenschaften von Sklaven züchten kann. – Wenn Du in der Form meines Dankes für Deinen Einsatz Bitterkeit erblickst, so vermag ich nur zu sagen, daß es mir jederzeit ferne liegt, Deine Verdienste um mich zu schmälern. Ich darf Dich wiederum darauf aufmerksam machen, daß Du in Deinem Brief für meine für Dich geleistete Arbeit, die ich mich immer treu zu erfüllen bemühte, nicht einmal ein einziges Wort der Beachtung gefunden hast. Doch soll mich dies nicht kränken. Gekränkt hat mich die elegante Selbstverständlichkeit, mit der Du vor kurzem bedauertest, daß ich leider gar kein Geld habe und es trotzdem nicht möglich machtest aus dem von der Deutschen Zeitung bereits an Weihnachten für mich ausgezahlten Geld mir auch nur fünf

Mark zu schicken. Ich hätte dann wenigstens die Schuhe besohlen lassen können, auf deren Löchern ich seit dem August 1932 herumlaufe. Wenn ich mich auch so wenig wie möglich beklagt habe, so hat es inwendig doch an mir gefressen und Du wirst jetzt vielleicht verstehen, wieso mich der Gedanke, Dir für die Zukunft vielleicht einmal zur Last fallen zu müssen, allmählich mit Furcht und Schrecken erfüllte. Ebenso habe ich seit vierzehn Tagen aus Mangel an Papier aufhören müssen zu schreiben. Monty Jacobs hat mir statt der erwarteten 20 M das Gedicht zurückgesandt mit dem Bemerken, er habe Dir bereits gesagt, daß er Lyrik nicht annehmen könne. Daß ich ihm eine neue Kurzgeschichte einreichte, hat er bis jetzt ignoriert. – Daß Du die Zunge nicht selbst gegessen hast, bedaure ich sehr, denn ich habe mir zu diesem Behufe drei Mark von meinem Vater borgen müssen, das einzige Mal, an dem ich es übers Herz brachte, ihn um etwas zu bitten, und man hat es mir sehr nachgetragen, daß ich daran denken kann, Dir ein Paket zu schikken, während ich meinen finanziellen Verpflichtungen für insgesamt vier Monate bis jetzt noch nicht nachkommen konnte. Infolge starker Kopfschmerzen muß ich den Brief schließen, möchte aber nicht verfehlen, Dir zu sagen, daß mich trotz allen Leides der Gedanke, Dich in Bälde wiedersehen zu können, mit Freude erfüllt.

Deine Marieluise

140 Von Max Halbe

München 23, Wilhelmstraße 2, 27. 7. 33.

Verehrte Frau Marieluise Fleisser!

Ihr Brief über die furchtbare Bedrängnis Ihres Mannes, des von mir aufrichtig geschätzten Hellmut Draws-Tychsen, hat mich aufs tiefste erschüttert. Ich würde ihm gern helfen, wenn ich nur könnte. Aber ich sehe wenig Möglichkeit dazu. Draws hat ja selbst schon, wie Sie schreiben, alle nur denkbaren Wege zu beschreiten versucht. Von der hiesigen Zweigstelle der Schillerstiftung kann laut Satzung überhaupt nichts für ihn geschehen, da er in Berlin lebt und kein bayerischer Schriftsteller ist. Auch

die Hauptstiftung in Weimar kann satzungsgemäss eigentlich nichts für ihn tun. Sie ist erst für die höheren Altersklassen ab fünfundvierzig zuständig. Für die jüngeren hat, soviel ich weiss, die Notgemeinschaft in Berlin aufzukommen. In der Akademie der Dichtung bin ich zwar Mitglied, aber nur eines von vielen und ohne besonderen Einfluss, da dort jetzt andere Herren die erste Flöte blasen. Dazu gehört vor allem Hanns Johst. Mein Verhältnis zu ihm ist zwar nicht gespannt, aber doch so, dass ich ihn weder für mich selbst, noch für einen anderen um etwas bitten kann. Also diese Möglichkeit kommt leider auch nicht in Frage. Er aber ist es, der als Vorsitzender unserer Abteilung das entscheidende Wort zu sprechen hat.
Also was tun? Ich zerbreche mir den Kopf, aber ich sehe keinen Weg. Auch nicht den einer privaten Hilfeleistung, da ja heute jeder mit sich selbst zu tun hat und froh ist, wenn er sein Schifflein noch knapp durch die Wogen steuert.
Eine Kleinigkeit, aber auch nicht mehr, kann ich tun, wenn Sie in Ihrem eigenen Namen als bayerische Schriftstellerin ein Gesuch um Unterstützung an mich richten. Ich kann Ihnen dann M 50. – zugehen lassen, die Sie an Draws weitergeben mögen. Das ist dann Ihre Sache. Sollte ich noch irgend einen Weg finden, so schreibe ich Ihnen.

Inzwischen grüße ich Sie bestens als Ihr ergebener
Max Halbe

141 An Max Halbe

Ingolstadt, 28. 7. 33

Sehr geehrter Herr Dr. Max Halbe!
Für Ihre rasche und warm empfundene Antwort auf meinen Brief danke ich Ihnen aufrichtig. Naturgemäss berührt es mich sehr schmerzlich, dass Sie nicht in der Lage zu sein glauben, etwas Wesentliches für Draws-Tychsen zu tun. Die Gründe, die Sie anführen, sind leider überzeugend. Indessen habe ich noch nicht alle Hoffnung aufgegeben, dass sich vielleicht doch noch irgendein Weg finden lässt. Halten Sie es für zweckmässig, dass

ich persönlich in dieser Sache einen Brief an Hanns Johst schreibe, oder glauben Sie, dass ich Draws dadurch schade, nachdem Johst auf einen Brief von Draws wegen der Aufführung der »Norwegischen Hummern« nicht geantwortet hat? Da ich hier keinen Kürschner zur Verfügung habe, wäre ich Ihnen sehr verbunden, wenn Sie die Freundlichkeit hätten, mir die Adresse Johsts mitzuteilen – natürlich nur, wenn Ihnen diese bekannt ist. Sonst werde ich sie schon selber auf Umwegen ausfindig machen. – Draws klammert sich an den Gedanken, dass er vielleicht eine Zeit lang im Albert Langen Verlag in der Abteilung für Presse und Propaganda arbeiten und sich so über den Winter hinweghelfen könnte. Er riet mir, Korfiz Holm persönlich aufzusuchen und ihn darum zu bitten. Stehen Sie mit Herrn Holm so, dass Sie bei ihm einmal in dieser Sache auf den Busch klopfen könnten? Wenn ja, so würde ich Sie darum sehr herzlich bitten. Ich bin Ihrem Rate nachgekommen und habe soeben an die Zweig-Schillerstiftung München, Glückstrasse 8, in meinem Namen ein Gesuch um Unterstützung gerichtet. Ich kann dann wenigstens einstweilen die fünfzig Mark an Draws weitergeben. Indem ich Ihnen für Ihren Brief nochmals wärmstens danke bin ich mit freundlichen Grüssen

Ihre ergebene

142 An Hellmut Draws-Tychsen

31. 7. 33

Liebes Drawsbübchen!

Nun bin ich schon vierzehn Tage hier und habe eine ganze Reihe von Fragen an Dich. Hast Du die Nachzahlung von der Vossischen Zeitung bekommen und wieviel? Hoffentlich war sie ergiebig. Hat das Berliner Tageblatt die »Bayrischen Mädchen« bezahlt? Wie hat Monty Jacobs über die Sankta Cäcilia entschieden? Hast Du von Kiepenheuer Neues gehört? Wie steht es mit Dir und glaubst Du, noch nach Schweden fahren zu können? Was sagt denn Inger dazu? Wenn Du ihr schreibst, grüße sie bitte von mir. Hat sich sonst etwas von Bedeutung ereignet? Ich sorge mich sehr um Dich, mein liebes Bübchen, und es berührt mich schmerzlich, daß die Tage unseres Zusammenseins so von Fehlschlägen und Sorgen zermürbt worden sind. Daß doch ein gütiger Gott Dich endlich eine ruhigere Bahn finden lassen möge! Ich bete jeden Abend für Dich, daß Du Dich aus dieser Zwangslage herausarbeiten mögest. In den ersten Tagen meines Hierseins war ich von zehrender Unruhe erfüllt. Jetzt bin ich etwas ruhiger geworden, da ich sehe, daß man nichts erzwingen kann. Ich habe inzwischen Deinetwegen an den Rainer Wunderlich Verlag geschrieben und auch schon Antwort erhalten, die ich diesem Brief beilege und die leider Positives nicht gezeitigt hat. Indessen sind Dir nach meinem Empfinden nicht Tür und Tor versperrt, falls Du in ruhigeren Zeiten einmal mit einem neuen Werk an denselben Verlag herantreten wolltest. An Max Halbe habe ich einen sehr langen und ausführlichen Brief geschrieben, da ich ohne Geld nicht nach München fahren kann. Ich hätte ihm Deine Lage mündlich bestimmt nicht besser auseinandersetzen können und bin überzeugt, das Ergebnis wäre auch dann kein anderes gewesen. Halbe würde ja offenbar gerne etwas tun, ist aber von allem wesentlichen Einfluß leider ebenso ausgeschaltet. Ich habe seinem Rate folgend sofort in meinem Namen eine Unterstützung bei der Zweig-Schillerstiftung München beantragt und hoffe, daß man dem in Bälde stattgeben wird, sodaß ich Dir wenigstens diese fünfzig Mark schicken kann. Die Briefe von Halbe und Wunderlich bitte ich, wenn Du sie gelesen hast, an mich zurückzuschicken, da ich sie mir aufbewahren will. Ich denke, daß der Ton meiner eigenen Briefe in beiden Fällen der richtige war; an Halbe schrieb ich sehr offen und dringlich, an den Wunderlich Verlag mit Wärme und einer gewissen Würde. Es ist wohl die Zeit, die ein anderes Ergebnis nicht zuläßt. Wenn Du es für richtig hältst, bin ich gerne bereit, auch noch an Hanns Johst um Geld für Dich zu schreiben, der für Zuwendungen der Akademie der Maßgebende ist. Aber nur, wenn Du es für richtig hältst. Ich will Dich nicht dazu veranlassen, einen Schritt zu tun, der Dir schaden kann, und Du mußt Dir das gut überlegen. – Meine Tage fließen still. Ich war einige Male in der

Winkler-Mühle beim Schwimmen. Da ich vier Jahre nicht geschwommen habe, kann ich fast gar nichts mehr und muß mich jetzt tüchtig plagen, um bald wieder aus dem Stümper-Stadium herauszukommen. Auch gestern war ich draußen, aber nicht im Wasser, dazu war es zu kühl und windig. Um uns warm zu machen, haben wir stundenlang mit Gummiringen geworfen und ich habe heute einen netten Muskelkater. Aber das macht nichts. Wenn einmal Muskeln da sind, wird auch gleich das Schwimmen besser. – Mein Vogel hat mich schnell erkannt und ist ein Tausendkünstler im Klettern geworden. – Ich las in der Zeitung, daß der für das Verbot verantwortliche Redakteur der Deutschen Zeitung in ein Konzentrationslager gebracht worden sei. Sollte das Bie sein? Hinsichtlich des Erlasses von Göring betreffs Publikationen, die im Ausland böses Blut machen, warne ich Dich, mit Deinen norske piker hausieren zu gehen. Auch noch so befreundete Länder hören eben die Wahrheit nicht gerne, wenn es die Wahrheit über sie selbst ist. Wenn nochmals ein Stunk daraus entstehen würde, so stünden die Folgen zu den im Grunde norwegenfreundlichen Absichten Deines ungalanten Artikels in keinem Verhältnis. Man muß mit der Kurzsichtigkeit der Menschen rechnen. – Übrigens bin ich hier anläßlich des Pionierfestes in Ingolstadt wieder vom Donauboten angegriffen worden. Ein Hauptlehrer, der einen Leitartikel über die Pioniere auf der ersten Seite schrieb, konnte sich die Ausschlachtung meines Falles als Einleitung nicht entgehen lassen. Mein Vater war wieder sehr bestürzt. Die Bevölkerung aber ist durch die ewige Wiederholung schon ziemlich abgestumpft. Die »Münchener Post« erwähnte bei demselben Anlaß, daß meine »Pioniere« auf dem Scheiterhaufen der nationalen Erhebung verbrannt worden seien. Ich würde gerne wissen, ob das, wenn es stimmt, in München war. Ich habe bisher nichts darüber gehört. – Vorigen Samstag sah ich mir einen Teil des großen 2000 km Motorrennens an, das auch über Ingolstadt führte. Die Straßenübergänge waren von 10 – 5h gesperrt und die Stadt in zwei Hälften geschnitten. Einzelne Geschäfte, die an den Außenrändern der Kurven lagen, waren überhaupt vom Geschäftsleben ausgeschlossen, da es dort verboten war auch nur am Trottoir entlang zu gehen. – Ich hoffe bald und Erfreuliches von Dir zu hören und küsse Dich herzlich,

Deine Marieluise

Anbei zwei Briefe

143 An Hanns Johst

Oberallmannshausen, Einschreiben!

Ingolstadt, den 9. 8. 33

Sehr geehrter Herr Hanns Johst!

Wenn ich mir erlaube, an Sie persönlich unbekannterweise diese Zeilen zu richten, geschieht dies nicht meinetwegen und es würde mir auch in solchem Falle nicht möglich sein zu bitten. Aber für einen Menschen, der einem nahesteht, tut man mitunter das, was man für sich selbst nicht tut. Jedenfalls glaube ich nichts unversucht lassen zu dürfen, um dem Mann, dem ich mein Wort in Treue gegeben habe, in einer schweren und tragischen Situation die Hilfe zu verschaffen, die ich in eigener Person aufzubringen nicht mehr in der Lage bin, und die unbedingt notwendig ist, um den zum Reissen gespannten Lebensfaden in letzter Stunde zu festigen. Auch sagt mir mein Instinkt, dass ich sehr wohl zu Ihnen damit kommen darf, dass die Verantwortung, die Ihre Stellung mit sich bringt, Sie anders als manchen anderen in Ihrem Gewissen verpflichtet, und dass man unter den zwingendsten Umständen aus dem Glauben heraus einen Stein in die Tiefe Ihrer Persönlichkeit werfen darf, der nicht verloren geht. Ich schreibe Ihnen für einen Menschen, der gehetzt, zerfräst, halb verhungert und dennoch unwandelbar getreu seiner inneren Sendung das Äusserste auf sich zukommen sieht, der den Kreis seiner Möglichkeiten ausgeschritten hat wie ein Besessener, ohne doch einen Durchbruch zu finden und der sich nun in totenähnlicher Starre auf seine Wunde zurückgezogen hat. Ich bin allein verantwortlich für diesen Brief.

Ich habe mich bereits bei einigen Mitgliedern der Akademie um eine Unterstützung für Hellmut Draws-Tychsen bemüht, der in Schulden erstickt und dem überdies, da er ausschliesslich von Zeitungspublikationen lebte, in letzter Zeit jede noch so knappe Möglichkeit zu existieren genommen worden ist. Ich habe stets die Antwort erhalten, dass darüber Sie zu entscheiden haben. Sie haben zwar die »Norwegischen Hummern« von Draws-Tychsen für das Staatliche Schauspielhaus abgelehnt. Es kommt mir nicht zu, mit Ihnen darüber zu rechten. Es geht hier nicht um das Stück, es geht jetzt um den Autor in seiner Gänze, es geht darum, ob er überhaupt weiterleben wird oder nicht. Ich bitte Sie ebenso herzlich wie dringend um eine möglichst baldige Zuwendung der Akademie *von fünfhundert Mark* an *Hellmut Draws-Tychsen, Berlin N 65, Barfusstrasse 7/4.* Dies Geld soll ausschliesslich dazu dienen, seine vordringlichsten Schulden zu tilgen, für die bereits Prozesse laufen, und seine Existenz über die kommenden Monate hinwegzuretten; ich erhalte davon keinen Pfennig.

Infolge Ihrer langjährigen Mitarbeit an der Deutschen Zeitung darf ich voraussetzen, dass Ihnen der Lyriker Draws-Tychsen ein Begriff ist. Zu Ihrer neuerlichen Einsicht lege ich zwei Büchlein »Requiem und Hymnen für Cecilie Tychsen« und »Nordische Gedichte« bei. (»Mein Westpreussenland« besitze ich leider nicht mehr) die wir unter grossen Opfern in der Danziger Verlagsgesellschaft herausgebracht haben und die ich gütigst an mich zurückzusenden bitte, da es meine letzten Exemplare sind. Diese Büchlein stellen nur einen kleinen und durchaus nicht den stärksten Teil seiner lyrischen Produktion dar. Das deutsche Volk, dem er in fast übermenschlicher Hingabe und unbeirrbarer Treue diente, hat diesem eigenartigen Dichter die Dornenkrone des Verschweigens aufgesetzt. Er hat elf Jahre lang gewartet, ohne zu verzagen oder an seinem Volk irr zu werden und hat seine Sache seit Anbeginn auf ein nationales Deutschland gestellt. Jetzt aber ist die Zeit gekommen, da er an seinem Volk irre werden muss, da es ihm mit fast teuflischer Ausgeklügeltheit jedes noch so kleine Luftloch verschüttet hat. Oh, er besass Standhaftigkeit und Zuversicht, solange er jene, die ihm schweres Unrecht zufügten, als die Feinde seiner nationalen Idee wusste. Ja, in seinem Idealismus wollte er ganz bewusst nicht getragen werden von denen, deren er sich im Namen eines ganzen Volkes schämte. Darum hat er heute Anspruch darauf, dass ihm in seiner schwersten Not geholfen wird.

Was darf ich Ihnen sonst noch sagen, um Ihr Edelstes zu bewegen? Draws-Tychsen hat sich zu seiner nationalen Gesinnung immer kämpferisch bekannt. Er hat in den ostischen Grenzabwicklungskämpfen ausgehalten bis zum Schluss und eine schwere Kopfverletzung davongetragen, seine ganze Hirnschale ist geklammert. Er hat als Kriegsverletzter auf jede Entschädigung verzichtet, weil sein Opfer einzig dem Vaterland galt. Er hat später um seines unerschrockenen Eintretens für Deutschland willen in polnischen Gefängnissen gesessen. Er hat für nationale Zeitungen um geringsten Lohn gearbeitet, obwohl er davon leben musste. Er hat in der Ehe mit mir jeden Vorteil, den ich kraft meiner damaligen Beziehungen an ihn heranzutragen gewillt war, ausgeschlagen, weil er nicht von rechts kam, und es erschüttert mich, Ihnen sagen zu müssen, dass er damit schwerste Kämpfe in unser Zusammenleben trug und noch die Kraft aufbrachte, mich erst aussen, dann innerlich und endgültig – zu meinem schweren finanziellen Nachteil, der auch der seine war – aus der unheilvollen Umklammerung der Brechtkreise zu lösen. Er glaubte damit Dienst an der Nation zu tun und in diesem Sinne hat er auch unser Sichfinden immer verstanden. Und wenn es nach der Ansicht mancher die Tat eines reinen Toren war, ist er nicht gerade darum von jener Art Menschen, über die man den Namen Ewiges Deutschland schreiben muss? Kann ein Mann seine Gesinnung reiner bewähren und ist heute auf einmal diese Gesinnung nicht mehr gut genug? Soll das, woran er all die Jahre geglaubt und was ihn alle Hintansetzung zu ertragen geholfen hat, die Gerechtigkeit eines nationalen Deutschland, sich denn zwischen seinen Fingern in einen Irrwisch verwandeln? Hat sein Land, für das er Gut und Blut gegeben hat, keinen Platz für ihn? Ist denn Überfluss an jenen, die so in letzter Treue gedient haben? Und wenn selbst Überfluss wäre, kann ein Staat, in dem, wie ein ganzes Volk glaubt, zum ersten Mal wieder Treue um Treue gelten soll, diesen in den Tod hetzen, ohne sich selbst aufs gramvollste zu beflecken? Nein, das kann nicht nein, dass ein neues Deutschland, das er so glühend herbeigesehnt und für das er seit seiner Mannwerdung mit solcher Selbstaufopferung gezeugt hat, seine Treue straft wie ein Verbrechen, seinen kämpferischen Dienst an der nationalen Idee um der mangelnden Parteizugehörigkeit willen nicht wahrhaben will, und ihm nicht einmal das bischen Luft zum Atmen lässt, das selbst ein linksgeführtes Deutschland ihm nicht völlig rauben konnte! Wenn es aber doch sein wird, so wird auf diesem gemarterten Menschenbild eines lauteren Patrioten in späteren Generationen eine Leuchtkraft strahlen, die jene, die ihn ausmerzten furchtbar zur Rechenschaft ziehen muss. Helfen Sie! Ihr Gewissen hat das Wort.

Indem ich Sie um baldige Antwort bitte, bin ich mit deutschem Gruss

Ihre Marieluise Fleißer

Zwei Büchlein; dreissig Pfennig Porto

144 An Hellmut Draws-Tychsen

Ingolstadt, den 19. 8. 33

Liebes Bübchen!

Anbei sende ich Dir die von Dir gewünschte, von mir hergestellte Generalabrechnung des Gustav Kiepenheuer Verlags meiner Werke in zweifacher Ausfertigung. Ich denke immer an Dich, wie es Dir nun gehen mag und bin so ganz bitter und ohne Hoffnung geworden. Du meinst, ich habe wenig für Dich getan ich meine ich habe sehr viel mehr für Dich getan als für mich selbst wenn ich ein anderes Temperament habe als Du so habe ich es mir nicht gegeben und kann nicht darüber weg. Ich vermag auf Deine Anwürfe nicht mehr einzugehen. Ich sehe nur, daß ich heute nichts Wesentliches mehr für Dich tun kann und Dir so wenig helfen kann wie mir selbst. Wenn Du Dir einredest, ich könnte es tun, so klammerst Du Dich nur daran, weil Du einen Grund haben willst, mir die Schuld zu geben, wenn es Dir schlecht geht. An Johst habe ich geschrieben, so dringend ich nur konnte. Leider habe ich darauf wenigstens bis jetzt überhaupt keine Antwort erhalten. Zu Holm kann ich nicht fahren solange ich überhaupt keinen Pfennig Geld habe, auch verspreche ich mir davon ehrlich gesagt kein positives Ergebnis. Ich weiß, daß ich mit einem Spötter wie Holm nicht verhandeln kann und will nicht verantwortlich gemacht werden für etwas, dem ich mich von vornherein nicht gewachsen fühle. Ich weiß nicht einmal, worüber ich verhandeln soll, wann Du den Dienst antreten könntest, wieviel Du verlangst und was Du überhaupt arbeiten kannst, ich habe mich noch nie um eine Stellung beworben, weil ich nichts von solchen Dingen verstehe und könnte dort nur eine sentimentale und vage Rolle spielen. Ich verstehe nicht, warum Du, der in solchen Dingen Erfahrung hat, nicht selber an Holm schreibst sondern Dich hinter einen Weiberrock steckst. Ich habe all mein Herz, mein Drängen und meinen Willen in die Briefe an den Wunderlich Verlag, an Halbe und Johst gelegt, mit welchem Erfolg haben wir gesehen. Ich habe an die Feuilletonredaktion der Vossischen Zeitung – nicht an Jacobs, der wohl verreist ist – eine kleine Geschichte »Der Wellensittich« geschickt, von der ich hoffe, daß sie sie bringen werden. Ich schrieb, daß man das Honorar Dir aushändigen möge. Ich bitte Dich also Dich darum zu kümmern, daß Du es baldmöglichst bekommst. Ich bräuchte selbst dringend Geld, denke aber, daß Du es noch dringender brauchst. Die Briefe von Wunderlich und Halbe bitte ich nochmals an mich zurückzusenden ich lege das Porto bei wenn Du kannst, schreibe mir bitte welchen Ausgang die gerichtliche Verhandlung mit Waldheim gehabt hat. Ich bete jeden Tag für Dich, daß Gott Dir hilft, ich will auch nicht mich verhärten, wenn ich zu allem Verlust und dem gehäuften Dulden dieser vier Jahre nun auch noch Deine Anschuldigungen tragen soll, als wenn ich Dir irgendetwas vorenthalten würde, das ich in der Lage wäre Dir zu verschaffen, aber ich bin unendlich müde. Wärst Du doch vom ersten Tage an aufrichtig gewesen, was Du von mir willst. Vier Jahre lang konnte ich mich täuschen und Dein Tun an mir beschönigen. Jetzt in der harten

Zeit ist die Hülle abgefallen, und der einseitige Sinn dieser Ehe grinst mich nackt an. Jetzt erst bin ich ganz zerrissen. Oh ich will lieber nicht mehr schreiben. Deine Marieluise

37 Pf Porto

145 An Hellmut Draws-Tychsen

21. 9. 33

Lieber Draws!

Von Fräulein Wolf habe ich soeben einen Brief erhalten wegen Deines drohenden Offenbarungseides und ob ich es nicht möglich machen kann, daß mir jemand die 250 M für Dich leiht. Dies ist mir, wie Du ja wohl selbst wissen wirst, leider ein Ding der Unmöglichkeit. Ich habe den Brief sofort meinem Vater gezeigt und eine glatte Absage erhalten. Mein Vater findet übrigens, daß ein Offenbarungseid in den heutigen Zeiten keine Schande mehr ist und daß es wahrscheinlich wenig Dichter gibt, die ihn noch nicht geleistet haben. Ich schreibe Dir dies, nicht um Dich zu kränken, sondern um Dir zu zeigen, daß Du dadurch in den Augen der vernünftig Denkenden nicht bemakelt wirst. Möge es Dir ein kleiner Trost sein. Sonst habe ich ja leider keine Seele, an die ich mich wenden kann, denn daß ich mit diesem Ansinnen zu Herrn Haindl gehe, wirst Du wohl weder Dir selbst noch ihm zumuten wollen und es käme auch nichts dabei heraus, zumal dieser selbst zum 1. Okt. tausend Mark Schulden außer seinen regelmäßig anfallenden Zahlungen abtragen soll und nicht weiß woher nehmen und nicht stehlen. Ich selbst habe in den vier Monaten, seit ich zurück bin, außer der 10 M, die Du mir von meinem Honorar der Vossischen Zeitung schicktest, überhaupt nichts verdient und viel im Haushalt arbeiten müssen, um mich unter solchen Umständen halten zu können. Monty Jacobs hat mir einen Beitrag, den ich ihm sandte, soeben als unverwendbar zurückgeschickt. Ich lege ihn Dir in zweifacher Ausfertigung bei. Vielleicht gelingt es Dir, ihn im Tageblatt oder der Deutschen Zeitung unterzubringen. Das Honorar davon magst Du dann behalten. Mehr kann ich leider auch nicht für Dich tun und ich hoffe, daß Du mir wenigstens den guten Willen zubilligen wirst. Bitte lies Dir den Artikel vorher durch und streiche, was Dir eventuell anstößig erscheint.

Fräulein Wolf brauchst Du wegen des Briefes nicht zu schimpfen. Sie ist eine schwache Seele und hat es gut gemeint. Dir, mein liebes Bübchen, kann ich nicht anders helfen, als Dir die Hand reichen und Dich bitten, den Kopf oben zu halten und nicht zu verzagen. Ich bete jeden Tag für Dich, daß Gott sich endlich einmal durchgreifend Deiner annehmen möge und lege Dein Haupt in seine schützende Hand. Laß Dich nicht aus der Fassung bringen, mein Kind. Geldmisere bedeutet für einen Dichter nichts Ehrenrühriges, wenn es auch etwas sehr Unangenehmes ist und wird Dir einmal in Deiner Biographie keinen Abtrag tun und höchstens den anderen zur Unehre gereichen. – Meine Schwester ist gottseidank jetzt wieder so weit gesundet, daß ich wenigstens in den Nachmittagsstunden auf unserem gemeinsamen Zimmer arbeiten kann. Bitte schreibe mir, ob es Dir noch in letzter Stunde gelungen ist, den Betrag von irgendwoher aufzutreiben. Es wäre mir dies naturgemäß eine große Beruhigung. Ich schließe jetzt den Brief, um ihn möglichst schnell an Dich abgehen zu lassen und wünsche Dir Gutes

Deine Dich küssende Marieluise

2 Anlagen, 20 Pf. Porto.

146 An Hellmut Draws-Tychsen

Ingolstadt, den 23. 11. 33

Mein liebes Bübchen!

Soeben wollte ich den Brief an Dich fertig machen, da erhalte ich Deine und Friedlands Karte mit der freudigen Nachricht, die mich wieder mit Hoffnungen für Dich erfüllt hat. Also und vor allen Dingen wünsche ich Dir einen kräftigen Hals- und Beinbruch! Du wirst Dich wohl in vielem leichter tun, wenn

Du erst einmal in Berlin aufgeführt bist und ich kann Dir aus eigener schlechter Erfahrung nur raten, dann das Eisen zu schmieden, solange es warm ist. Daß Du mit den »Hummern« zuerst herauskommst ist mir eine ehrliche Erleichterung. Es wäre zu wünschen, daß Du dann baldmöglichst und noch bevor das zweite Stück akut wird, zwecks Herausgabe eines Versbuches mit einem Verlag abschließen kannst. Was Du einmal herausgebracht hast, können sie Dir dann nachträglich nicht mehr abstreiten. Also frisch heran! Vielleicht zeigt sich S. Fischer im Erfolgsfalle auch Deinen Gedichten zugänglicher. Vater Friedland danke ich sehr für seine freundliche Karte und bitte, ihn von mir zu grüßen. Es ist mir eine gewisse Beruhigung, daß Du an ihm jetzt wenigstens jemand hast, mit dem Du Dich von Zeit zu Zeit aussprechen kannst. Anbei sende ich Dir im eingeschriebenen Päckchen die fünf neuen Artikel, die durchwegs erfreulich sind und von denen ich hoffe, daß sie Dich wohlbehalten erreichen werden. Die Erzählung, die wohl für das B. T. bestimmt ist, ist ganz entzückend. Du hast für die Verdichtung solcher Jugenderinnerungen eine ausgesprochene Begabung. Von den literarischen Artikeln gefiel mir am besten der über Yeats. Gut und von lebendiger Weisheit erfüllt sind alle drei. Über Gurks Uraufführung und seinen verdienten Erfolg habe ich gelesen und bitte, ihn von mir zu grüßen. Daß sich Andorra auf die Büchersendungen hartnäckig ausschweigt, bringt mich auf die Vermutung, daß ich, ohne es zu ahnen, dort irgendwelchen Empfindlichkeiten auf die Hühneraugen getreten bin. Vielleicht besagt es aber auch nichts weiter, als daß sie dort niemand haben, der ihnen die Artikel übersetzt und sie solange nicht dazu Stellung nehmen wollen. Von der Vossischen Zeitung habe ich 52 M erhalten, nach einem halbjährigen Geldvakuum leider viel zu wenig. Ich habe einen Hut und den Stoff für den Wintermantel gekauft. Jetzt brauche ich eine weitere Einnahme um das Innenfutter und den Schneider zu bezahlen. Das Papier habe ich nun verbraucht bis auf ein paar Blatt. Wie geht es Inger? Ist sie noch krank? Grüße Sie bitte von mir sehr herzlich und sage ihr, daß ich oft an sie denke und nur deswegen nicht an sie schreibe, weil meine Briefe spröder sind als meine Gedanken. An ihrer Kette und Bluse habe ich große Freude. Ich höre, daß der Eintritt in die Reichskulturkammer bis zum 15. Dezember vollzogen sein muß und nachher nicht mehr möglich ist. Soll dies heißen, daß ich als einzelne Person bis dahin einem der beiden Fachverbände beitreten muß und sonst für immer ausgesperrt bin oder gilt dies nur für die Verbände selbst? Ich kann doch nicht eintreten, wenn mir von vornherein klar ist, daß ich den Beitrag nicht erschwingen kann. Bitte, schreibe mir darüber. An Dich, lieber Draws, habe ich ein großes Anliegen. Ich meine nämlich, daß Du es uns schuldig bist, ein Stück über Deinen erwählten musischen Freund Hugo Wolf zu schreiben. Dies Stück fehlt geradezu im deutschen Spielplan und liegt so sehr im Rahmen Deiner Begabung und geistigen Interessen, daß ich dringend hoffe, daß Du diesem Gedanken im kommenden Jahr nähertreten wirst. Ich glaube, Du hättest für lange ausgesorgt, wenn Dir ein solches Stück gelingt. Also weise nicht ab, was wie ich glaube, Dir liegen muß. Und nun sei mit guten Wünschen umarmt von

Deiner Marieluise

Das Stück Kuchen ist von meinem Geburtstagskuchen, den ich für die Familie, Dich und mich redlich in drei Teile geteilt habe. Laß ihn Dir schmecken!

147 An Hellmut Draws-Tychsen

Ingolstadt, den 21. Dezember 33

Lieber Draws!

Leider habe ich von Dir nichts gehört, wie Deine Schwierigkeit, von der Du schriebst, hinausgegangen ist und Du kannst Dir wohl denken, daß ich um Dich in Unruhe war. Ich danke Dir für die Übersendung des S. Fischer-Rundschreibens, das ich Dir anbei wieder zurückschicke, und der Formulare. Dies war sehr notwendig, da ich entgegen den Zeitungsmeldungen auf Dein Wort gebaut hatte und somit einen schweren Reinfall erlebt hätte. Unseligerweise entnehme ich aus dem an mich gerichteten Antwortschreiben, daß der erste Beitrag von 5 M noch für das 4. Quartal 33 erhoben wird, das in ein paar Tagen bereits zu Ende ist. Auch hat es der SDS fertiggebracht einen rückständigen Beitrag von 5 M anzumelden, jenen berüchtigten 5 M, die ich jetzt zwangsweise bezahlen soll. Einstweilen habe ich reklamiert. – Du hattest mir damals gesagt, daß die Angelegenheit durch Dein mündliches Vorsprechen im SDS in Ordnung gebracht sei. Wir haben aber keinerlei schriftliche Bestätigung. Auch fehlen mir die Postabschnitte dafür, daß ich einmal 5 M zuviel gezahlt, d.h. ein Quartal zweimal bezahlt hatte. Ich habe gestern meinen ganzen Besitz, jedes Blättchen einzeln, umgewendet. Damals, als Du die Abschnitte persönlich im SDS vorzeigtest, hatte ich sie noch. Wenn nicht etwa Du sie an Dich genommen hast, haben wir sie, in der Annahme, daß die Sache endgültig erledigt sei, beim Abbruch meiner Berliner Zelte vernichtet. Wenn Du daran Interesse nimmst, schreibe mir bitte, was deswegen geschehen soll. Auch muß ich Dich dringend bitten, mir jene zweite Paßphotographie, die Du Dir von mir nach Norwegen nachschicken ließest, weil Du vergessen hattest, die erste mitzunehmen, nunmehr wieder hieherzusenden. Ich benötige sie dringend für den Reichsverband. Ich hatte sie nur dreimal und die dritte Ausfertigung ist für meinen Paß verwendet worden. Ich kann mir leider keine anfertigen lassen, weil ich erstens überhaupt kein Geld und zweitens ein bis zur Unkenntlichkeit hochgeschwollenes Gesicht habe. Ich habe nämlich in folge jenes verdorbenen Eckzahnes, den ich schon in Berlin aus Geldmangel nicht richten lassen konnte und dessen Wurzel extrahiert werden mußte, am Montag bei vollem Bewußtsein eine äußerst schmerzhafte Kieferoperation durchmachen müssen. Die Wunde geht bis zur Nasenwurzel hinauf und ist dreimal geklammert. Der Zahnarzt hat zwei Stunden lang an mir gemeißelt, da es sich um eine besonders vertrackte Wurzel, eine sogenannte Hackenwurzel [?] handelte. Heute muß ich wieder hin, um mir die Klammern entfernen zu lassen. Leider macht die Geschwulst keinerlei Anstalten zurückzugehen und so werde ich voraussichtlich ein verschwollenes Weihnachten feiern müssen. – Morgen oder übermorgen werde ich ein Weihnachtspäckchen an Dich abschikken, das allerdings, wenn nicht noch besondere Umstände eintreten, ziemlich mager ausfallen muß. Ich hätte Dir gerne einen neuen Nierenwärmer gestrickt, doch ist mir dies bis jetzt nicht möglich gewesen. Vielleicht aber werden im Januar doch ein paar Mark für die Wolle herausspringen, sodaß ich denselben nachträglich anfertigen kann. Schreibe mir also bitte, was Du für einen Hüftumfang hast und ob derselbe ganz gerade oder nach oben sich verjüngend gestrickt werden soll. – An der Vossischen Zeitung sitzt seit dem 1. Okt. ein neuer Mann, ein gewisser Herr Gubler, wie mir Monty Jacobs schrieb. – An Arbeiten habe ich eine längere Novelle »Balder und Sylphide« vollendet, die ich nun zu verwerten versuche, um meinen Verpflichtungen nachzukommen. – Was macht Deine Aufführung und wie geht es Dir? Es tut mir leid, daß ich von Dir gar nichts mehr erfahre, denn ich mache mir natürlich Sorge um Dich. Um aber alles, was Dich gegen mich und wohl auch mich gegen Dich mit Bitterkeit erfüllt, gerechter beurteilen zu lernen, muß ich Dich bitten, Dich einmal in jenen Gedankengang hineinzuversetzen, als ob alles das, was mir von Dir widerfahren ist, Deiner Schwester von Herrn Wegener widerfahren sei und Du wirst sofort eine ganz andere Einstellung haben. Auch ich bin, lieber Draws, innerhalb meiner Familie nur eine arme und entrechtete Waise und muß meinen gerüttelten Teil leisten dafür, daß ich hier mein Brot verzehre und auch Dichterinnen können leider nicht von Luft und Liebe leben. Ich schreibe Dir dies ohne jeden Stachel und in der Hoffnung, daß Du Dich noch einmal zu einer gerechteren Betrachtungsweise durchringen wirst.

Und somit wünsche ich Dir besseres, jeden Tag besseres

Deine Marieluise

Anlage

148 An Hellmut Draws-Tychsen

Ingolstadt, den 21. 1. 34

Lieber Draws!

Ich danke Dir für Deinen Brief vom 11. 1. sowie für die Besorgung des Abdrucks in der Germania. Es ist dies seit meiner Berliner Anwesenheit das erste Mal, daß Du wieder etwas für mich tust. Ich muß Dich nun aber dringend anmahnen, mir das Honorar dafür unmittelbar nach Erhalt hierherzuschicken, denn ich bin immer noch ohne jede Einnahme. Ich habe nur noch zwei Seiten Papier und Du hast die längst, längst fälligen und wiederholt versprochenen fünf Mark mir immer noch nicht geschickt. Das Paßfoto schicke ich beigeschlossen wieder an Dich zurück. Wenn ich gewußt hätte, daß es Dein einziges Exemplar ist, hätte ich es nicht angefordert. – Ich will nur hoffen, daß Deine Gesichtsoperation gut verheilt. Da hast Du wohl viele Schmerzen ausgestanden. Ich selbst erwarte jeden Tag mit Bangen meine Zahnarztrechnung. – Was die Waldheimaffäre anbelangt, war ich sehr beunruhigt und habe es nicht verstanden, daß Du mir überhaupt keine Nachricht zukommen ließest. Du hättest dazu, bevor Du krank wurdest, wohl die Möglichkeit gehabt. – Deinen Vorwurf, daß ich Konjunktur treibe, muß ich zurückweisen. Der »faule Baptist«, um den es sich bloß handeln kann, liegt auf der Ebene beobachteter Wirklichkeit wie die meisten jener Zeitungsartikel, die nicht aus dichterischem Drang sondern aus der Pflicht, Geld zu verdienen, von mir geschrieben sind. Wenn es Leser gibt, die weniger unbefangen lesen, wie ich unbefangen schreibe, so ist das ihr eigener Fehler. – Von einer Auseinandersetzung mit meinem Vater bitte ich Dich abzusehen. Er ist mein Vater und darf Respekt von Dir verlangen und es gab eine Zeit, in der er viel für mich getan hat, viel, viel mehr als Du. Heute ist er alt und arm einem sehr scharfen Konkurrenzkampf ausgesetzt und in der Sorge für seine junge Frau und sein kleines Kind, die seinem Herzen am nächsten stehen, erstarrt. Ich will ihm den Lebensabend nicht mit Hefe füllen, denn er kann jeden Tag die Augen schließen und dann hätte ich viel an [ihm] versäumt, was ich gutzumachen nicht mehr in der Lage wäre.

Verlange nicht von mir, daß ich ausführlich schreibe, denn mein Kelch ist bis zum Rande mit Bitterkeit getränkt. Wenn Du mich aber persönlich aufsuchen würdest, so würde dies nur Leid zur Folge haben und ich müßte Dir die Worte des Hasses sagen, die eine klare Erkenntnis meines gescheiterten Lebenstraumes mir ins Blut treibt. Darum komm nicht! Man kann verlorenes Vertrauen nicht zurückzwingen. Es nützt nichts, sich blind dafür zu stellen, da unsere Wege sich getrennt haben. In allen Erinnerungen, die ich beschwöre, klafft ein Abgrund, der mich zurückweist. Ich finde nur Ruhe, wenn ich um Dich trauern darf wie um einen teuren Toten. Möge Dein Kämpfen Dir die Palme bringen. Meine Hände sind verdorrt und ich kann nicht lügen, sondern sage freimütig: hoffe nichts mehr von mir; sie sind verdorrt. Warum mit Gewalt das am Leben halten, was nicht mehr leben will? Jenen anderen Lebenstraum aber, der allein meine Frauenschaft noch erfüllen kann, das Kind, werde ich ihn jemals verwirklichen dürfen oder muß ich mit leeren Händen gehen bis ans Ende meiner Tage?

Marieluise

1 Photo.

149 An Hellmut Draws-Tychsen

Ingolstadt, den 28. 3. 1934

Lieber Draws!
Zum nahenden Fest wünsche ich Dir eine gute österliche Stimmung und gesegnete Einkehr zwischen gesegneter Arbeit und daß Du ins Freie fahren und ein wenig Himmel, Wald und Wasser ansehen kannst. Ein Packetchen kann ich Dir diesmal leider nicht schicken und ich hoffe, daß Du Dir selbst zum Fest kaufen kannst, was Du brauchst. Deinen Entschluß künftig nur noch über außerdeutsche Dichtung zu schreiben, begrüße ich, da die Zeit in Dir wohl nur eine Verzerrung erzeugen würde. Bei Deiner umfassenden Kenntnis der Weltliteratur und Deinem Blick ins Weite kannst Du so bei der augenblicklichen Verengung eine notwendige Aufgabe des Gegengewichts erfüllen.

Große Hoffnung für Dich setze ich auf Deine Komödie, deren mir bekanntes Stück für mein Gefühl etwas Mozartisch Ungezwungenes hat. Von der Vossischen Zeitung habe ich einen Beleg der Selbstdarstellung bis jetzt nicht erhalten. Der Weltspiegel schrieb mir, daß er »Balder und Sylphide« infolge seines reduzierten Raumes nicht bringen könne, und daß Herr Flemming sie im Anschluß an den Roman zu drucken beabsichtige. Ich danke Dir für Deine diesbezügliche Verwendung. Was die Sommerreise nach Berlin anbelangt, so werde ich, wenn Du meine Arbeit brauchst und meinen Aufenthalt finanzieren kannst, um Deinetwillen kommen. Ich glaube aber nicht, daß mein Vater heuer wieder das Fahrgeld vorstrecken wird, und auch nicht, daß er die Reise billigt. Ich gebe Dir zu bedenken, daß bei meinem vorjährigen Aufenthalt trotz meiner eigenen Einnahmen, die meinen Aufenthalt fast deckten, Deine Schulden stark angewachsen sind, da Du infolge der Inanspruchnahme durch Besuch und Zusammenarbeit Deiner Abschriften wenig neue Artikel für Dich schreiben konntest. Zudem fällt in diesem Jahr die Möglichkeit bei der Vossischen Zeitung für mich aus. Der Schritt muß also reiflich und verantwortungsvoll überlegt werden. Denn daß Du durch meinen Besuch, auch wenn wir uns durchhungern, obendrein gewaltig ins Hintertreffen gerätst und Dich nachher nur um so mehr abwürgen mußt, kann ich nicht wollen und verweigere ich entschieden. Klammere Dich darum nicht an eine vage Hoffnung, daß ich schon irgendwie verdienen werde, ich bin nicht mehr die Kuh, die Milch gibt, um mir einen drastischen Ausdruck zu gestatten, ich habe keine zuverlässigen Möglichkeiten mehr und lehne, wenn Du mich unter falschen Voraussetzungen nach Berlin lockst, jede Verantwortung ab. Ich persönlich habe zur Zeit keinerlei Wunsch nach Berlin zu fahren, da ich mich nach der Decke strecken muß und meine Verhältnisse mir dies nicht gestatten. Also keinen Leichtsinn, der dann bloß eine aufreibende Katastrophe zur Folge hat und lieber gutes Angedenken und einen herzhaften Verzicht, das mußt Du mir versprechen! Ich kann Deine größeren Arbeiten fast ebensogut auch hier abschreiben und will es gerne tun. Nur wenn Du es wirklich leisten kannst, bin ich zum persönlichen Wiedersehen und dann gerne bereit. – Vater Friedland bitte ich von mir herzlich zu grüßen und danke für seine freundlichen Zeilen. Schreibe mir bitte gelegentlich Ingers Adresse. Ich bin ihr wohl einen kleinen Brief schuldig, wenn auch Briefschreiben meine schwächste Stelle ist. Muß ich dann lateinisch schreiben? – Hast Du über Friedenthal einmal wieder etwas gehört und schreibt er noch? – Daß Deine Schwester zum Sommer wirklich heiraten kann, wird für Dich eine große Beruhigung sein. – Ich schreibe seit Wochen an einer längeren Novelle, die mir nicht besonders gefällt, weil sie nicht klingt. – Heute habe ich einem Mann ein Buch signiert, der sich, obwohl er wenig Geld hat, die »Orangen«, die ihm einmal abhanden kamen, zum zweiten Mal gekauft hat. Das nenne ich einen treuen Leser. – Ich arbeite jetzt normalerweise nur mehr 2 ½ bis drei Stunden im Haushalt, da wir ein Mädchen einstellen mußten, denn trotz meiner starken Inanspruchnahme blieb für die Frau meines Vaters zuviel Arbeit übrig. Ich glaube, ich war selbst unfreiwillig ein wenig Ursache, indem ich ja nun die Börse meines Vaters einige Male in Anspruch nehmen mußte und sich so die Überzeugung bildete, wenn das Geld doch ausgegeben werden müsse, sei es besser gleich dafür ein Dienstmädchen zu nehmen. Daß ich mich weniger abmüde, wird sich für meine Arbeit, wie ich hoffe, auswirken. Daß andererseits noch genauer gespart werden muß und ich mich mit meinen Bedürfnissen wieder ganz im Hintergrund halten muß, ist der Nachteil. – Die Hand meines Vaters ist aus dem Gips genommen. Er hat nachts immer noch ziemliche Schmerzen, doch der Arzt ist mit dem Heilen zufrieden. – Mit unserem Mieter, einem Gymnasialabiturienten, hatten wir allerhand Aufregung, da er beim Abitur durchflog und sogleich mit dem nächsten Zug heimlich nach Augsburg fuhr und sich dort tagelang versteckt hielt. Da er das Jahr über mehrmals zu den Mitschülern geäußert hatte, er müsse sich erschießen, wenn er durchfalle, da sein Bruder ihn nicht länger ernähren wolle, wurde man schließlich doch bedenklich, seine Kameraden durchsuchten die ganze Umgebung nach ihm, das Gymnasium schickte Professoren zu uns ins Haus, wir meldeten den Vermißten bei der Polizei und so weiter. Meine Schwester, die von der Bank her sehr überarbeitet ist, konnte vor Aufregung nicht mehr richtig reden und stotterte einen ganzen Abend lang. Schließlich klärte ein Telefonanruf der Mutter, die ihn bei sämtlichen Verwandten wie eine Verzweifelte suchte, die Situation. Nie wieder einen Schüler! Sagt Maria. – Ich bin ehrlich froh, daß es ins Frühjahr geht und man ins Freie kann. Der Kaffeehaushockerei als einziger Erholung kann ich nun einmal nichts abgewinnen, und mein sehnlichster Wunsch ist ein Rad, daß ich nicht so jahraus jahrein an der engsten Umgebung angehängt bleibe. Wenn ich denke, daß meine Schwester mit dem Rad bis ins Rheinland hinübergefahren ist, kribbelt es mich. Eisenbahnfahren ist zu teuer und man kennt seine Heimat viel zu wenig. Am Montag war ich bei meiner Schulfreundin und habe einen recht traurigen Eindruck mitgenommen. Ihre Mutter ist vor einem halben Jahr gestorben und jetzt will ihr Vater, der in sehr unglücklicher Ehe lebte und seit fünfzehn Jahren einen zweiten Haushalt für eine Nebenfrau bestritt, diese Frau heiraten, weil er geschäftlich völlig ruiniert ist und einfach nicht die Kraft hat zwei Haushalte zu ernähren. Die beiden Mädchen sollen sich mit der Frau, mit der sie um der Mutter willen fünfzehn Jahre tödlich verfeindet waren, auf einmal vertragen oder fortgehn und sich ihr Brot selbst verdienen. Ich glaube aber nicht, daß meine Freundin, die ganz zermürbt ist und heute um zwanzig Jahre älter aussieht als ich, hier eine Stellung findet, denn wer heute einstellt, hat die Wahl und nimmt nicht ein Wrack. Ich komme von dort immer ganz gedrückt nachhause, fühle mich aber zeitweise zum Hingehn verpflichtet, da sie von allen guten Freunden der besseren Zeiten wie das Unglück und also wie die Pest gemieden wird. Aber ich komme ins Schwätzen und muß schließen. Ich wünsche nochmals Deiner Komödie so gutes Gedeihen und Ende, wie der Beginn ist, halte mich zur Abschrift gerne zur Verfügung, grüße unsere Freunde und wünsche Dir eine klare Stirn und Deiner Mühe ein wirkliches Gelingen

Deine Marieluise

150 An Marie Hirscheider [Postkarte]

Ingolstadt, den 5. 5. 34

Sehr geehrtes Fräulein Hirscheider!
Ich hoffe, Sie haben nichts dagegen, wenn ich den Querschnitt noch ein wenig behalte. Ich bin bisher noch zu keiner gründlichen Durchsicht gekommen. Einstweilen herzlichen Dank für die freundliche Übersendung! Wegen der Kleinheit des Autos habe ich keine Komplexe und bin gern bereit mich einmal hineinzupressen, wenn es sich so fügt und Ihnen keine Umstände macht. Einstweilen guten Gruß, auch an den »jungen Mann«,

Marieluise Fleißer

151 An Hellmut Draws-Tychsen

Ingolstadt, den 19. 5. 34

Mein liebes Bübchen!
Für Deinen ausführlichen Brief und die Anlagen danke ich Dir sehr. Ich freue mich, daß Deine Gesundheit und Dein seelisches Allgemeinbefinden gut sind. Ich sah es auf den ersten Blick an der Klarheit der Schrift, denn die zugespitzte Vertracktheit und Krankheit im Schriftbild mancher anderen Briefe hat mich schmerzlich berührt und mir viel Sorge um Dich gemacht. Auch ich habe in den vergangenen Tagen viel und gut an Dich gedacht und ich wünsche, daß es uns beschieden sein möge, einander in den Grenzen, die uns das Schicksal gesteckt hat, aufrichtig Gutes zu erweisen, anstatt uns gegenseitig mit Forderungen, die sich nicht erfüllen lassen, zu zerfleischen. Der Mensch hängt an seinem Wahn, je länger und heißer er ihn gehegt hat, desto mehr und muß sich doch von der göttlichen Hand seinen Wahn entwinden lassen und muß unter großen Schmerzen lernen, daß Gott anderes mit ihm will, als was er selber wollte und daß wahre Frucht aus der gläubigen Geduld und dem demütigen Willen, nicht aber aus dem herrischen Willen rollt. Und so wahr ich fühle, daß Gott mit unserem Sichfinden etwas gewollt hat, etwas anderes freilich als unsere Kurzsich[-tig]keit daraus machte, so tief flehe ich ihn an, er möge unser

beider Weg nicht aus seiner gütigen Hand fallen lassen und in einem harmonischen Aneinanderschwingen lösen – was auch sonst Irdisches an uns haften möge. Auch über die Trennung durch Raum und Menschen hinweg bleibe die innere Zusammengehörigkeit bestehen. Und da wir den Kelch bis zur Neige getrunken haben und unser Erleben uns unerschütterlich gezeigt hat, daß unsere Zusammengehörigkeit ein anderes Gesicht tragen muß als die zwischen Mann und Frau übliche, so komme es nicht an auf den Namen und die Form, die wir ihr geben, wir wollen Gott dennoch für sie danken und nicht vergessen, daß wir aneinander eine dienende Bestimmung zu erfüllen haben. – Dieses wollte ich Dir zur fünften Wiederkehr unseres elften Mai sagen. – Es wäre schön, wenn sich alles so bewahrheiten wollte, wie Du es mir von Kiepenheuer schreibst. Fast konnte ich nicht mehr daran glauben, besonders seitdem mir vor einigen Wochen ein mit dem Auto durchreisendes Lehrer-Freundschaftspaar erzählte, meine Bücher würden in Leipzig verramscht und sie hätten sie daselbst persönlich um billiges Geld erstanden. Es lockt mich einen neuen Novellenband herauszubringen, und ich glaube, daß es sich bis zum Frühjahr, wenn nicht schon bis Weihnachten bestimmt schaffen läßt. In etwa vierzehn Tagen schicke ich Dir eine längere Novelle, die sich für das Buch eignen würde. Sie wird voraussichtlich siebenundzwanzig meiner Manuskriptseiten lang, wovon zweiundzwanzig bereits fertig sind. Die zweite Hälfte will mir nicht so recht fließen und hat mich schon viel Zeit, Mühe und Striche gekostet. Dagegen, lieber Draws, ist leider kein Kraut gewachsen und mit diesen Brüchen nach dem ersten Ansturm muß nun einmal meine Begabung in harter Kleinarbeit fertig werden. – Wenn Du reisen und es irgendwie schaffen kannst, möchte ich Dir raten, lieber Dein Zimmer in Berlin inzwischen aufzugeben und Deine Sachen zu Friedland zu schaffen, falls das geht. Dieser Luxus, das Wohnen zweimal zu bezahlen, ist doch sehr kostspielig und wirft Dich jedesmal zurück. Zudem dürften, nach dem, was Du mir von dem jungen Wenzel schreibst, Deine Tage in dieser Wohnung doch gezählt sein und von unseren Erinnerungen hängen auch nicht die schönsten in den vier Wänden. – Einen kleinen Wandertrieb verspüre ich ja auch und möchte, wenn ich es möglich machen kann, gerne ein paar Tage in Regensburg verbringen, der Stadt meiner Erinnerungen vom zwölften bis zum neunzehnten Lebensjahr. Auch an meinen früheren Deutschlehrer, den eine Klassengenossin von mir geheiratet hat, muß ich jetzt oft denken. Dieser war es, der, vielleicht ohne es zu ahnen, den Mut in mir frei gemacht hat den Gedanken eines Broterwerbs auszuschließen und den Sprung in die Kunst zu wagen. Allerdings war er selbst dann doch mehr auf einen realen Unterbau bedacht. – An Inger habe ich noch nicht geschrieben, da ich immer darauf warte, ihr etwas Schönes schreiben zu können. Somit habe ich auch nichts von ihr gehört. – Manchmal macht es mich ehrlich müde, hier herumzugehen und auf den Gesichtern fast aller Menschen den gleichen Vorwurf oder mindestens die gleiche Verdrücktheit zu lesen, daß sie mich für eine Gezeichnete halten. In den ersten Monaten der Umstellung hatte ich absolut Ruhe, aber seit ein paar Monaten flackert es da und dort auf, woran übrigens die hiesige Presse keinen Anteil mehr nimmt. Ich glaube, der Stunk hängt damit zusammen, daß Ingolstadt wieder Militärstadt wird, und man ist in militärischen Kreisen offenbar entschlossen mir die »Pioniere« ewig anzukreiden und die Tatsache meiner Zugehörigkeit zum RDS zu ignorieren. Bereits kann ich drei gute hiesige Lokale nicht mehr betreten, da ich dort in skandalöser Weise angerempelt worden bin und meine ruhige und bescheide[ne] Anwesenheit als Provokation empfunden wurde. Ich habe das Empfinden, daß sich hier etwas anspinnt, das sich in einer Kleinstadt gefährlich auswachsen kann, wenn man nicht eine geeignete Form findet ihm entgegenzutreten. Ich schreibe Dir dies, nicht weil ich Dich beunruhigen möchte, sondern damit Du Dir in aller Ruhe und sorgfältig überlegst, ob es in Deiner Macht steht etwas dagegen zu tun und ob es sich empfiehlt. – Ja, brechtsche Früchte schmecken bitter und je älter ich werde, desto klarer kommt es mir zum Bewußtsein, wie verbrecherisch jener Mann an mir gehandelt hat. – Die Vossische Zeitung hat mir sechsundfünfzig Mark Honorar bezahlt und ich habe nun meinen Pelzmantel zur Umarbeitung in eine Pelzjacke in Auftrag gegeben, da eine Pelznäherin, die mir als wirklich gut und billig arbeitend empfohlen wurde und die sonst in einem erstklassigen Geschäft in regelmäßiger Wiederkehr tätig ist, sich jetzt während der toten Saison hier bei ihren Eltern aufhält. – Unser Vogel versucht in der Paarungszeit immer sein Spiegelbild aus dem Spiegel herauszukratzen und trippelt täglich stundenlang in förmlich manischerArt vor ihm hin und her, sodaß ich befürchte, daß er hintersinnig wird. Es ist wirklich schade, daß er kein Männchen bekommen soll. Wenn er mir gehörte, ich hätte ihn längst erlöst. Den Menschen gegenüber ist er sehr unzugänglich geworden und wenn man ihm gut zuredet, schillert er einen feindselig und ganz verwirrt an und fliegt gleich fort. – Morgen bei gutem Wetter werden wir vielleicht mit einem Paddelboot, das meiner Schwester mit noch jemand zusammen gehört, paddeln. Allerdings zieht das Boot ein bischen Wasser, da es lang gebraucht ist. – Auf ein Rad bin ich heuer noch nicht gestiegen, da es mich nicht freut, solange ich nicht mein eigenes habe. An den meisten Sonntagen wäre es sowieso nicht frei. – Als ich Deinen Brief vom schönen warmen Wetter bekam, war es hier auf einmal sehr kalt geworden und ich dachte, ob Dich nicht auch bereits die Kältewelle unliebsam überrascht habe. Ich hoffe aber, daß die niedrige Temperatur bald vorübergeht. Ich bin schon ein wenig angebräunt und war bereits an drei Sonntagen beim Baden im Moorbad, das Wasser war schon ganz warm. – Dein Artikel über Simon Dach ist ausgezeichnet und ich kann mir nicht denken, was an ihm heute geltenden Grundsätzen widersprechen sollte, – das Schicksal Bruncks habe ich schon immer kommen sehen und er tut mir leid. Was Du von Deiner Mutter schreibst, hat mich sehr erschüttert. Vielleicht aber, Draws, dürfen wir nicht nach unserem Menschenherzen wünschen, das seine Liebsten in der Welt der Prüfungen festhalten und nicht für den wahren Frieden hergeben möchte. Bitte, grüße Friedland, Gurk und die Damen Wolf von mir, und sei besonders Du zum ewigen Fest des Geistes gegrüßt und mit segnenden Wünschen bedacht

Deine Marieluise

152 An Marie Hirscheider [Postkarte]

9. 6. 34

Sehr geehrtes Fräulein Hirscheider!
Ihre freundliche Einladung kann ich nunmehr mit herzlichem Dank annehmen. Es würde mir kommenden Sonntag, den 17. Juni, oder wenn das nicht geht, acht Tage später passen. Als Ziel würde sich vielleicht das Schwabenland empfehlen, da ich über Neuburg hinaus in Bayern noch nicht westlicher vorgedrungen bin. Aber darüber könnte man sich noch mündlich verständigen. Ich erwarte Sie also, wenn Sie mir nichts anderes schreiben und das Wetter Vertrauen erweckt, am Samstag nachmittag, den 16. Juni, und verbleibe bis dahin mit gutem Gruß

Marieluise Fleißer

153 An Hellmut Draws-Tychsen [Postkarte]

Ingolstadt, den 15. 6. 34

Lieber Draws!
Anbei gehen die Urschriften und Abschriften der von Dir übermittelten Arbeiten an Dich zurück. Ich danke Dir für Deinen Brief mit den Zeitungsausschnitten, die ich immer verwahre. Auf wilde Experimente wie die von Dir vorgeschriebene Reise kann ich mich nicht einlassen und ziehe es vor, mich zu bescheiden und nicht dafür bei fremden Menschen betteln zu müssen. Dein Vorschlag, das Honorar vom B. T. hierfür zu verwenden, auf das ich solange warte und um das ich mich schon so sehr gehärmt habe, hat mich aufrichtig erstaunt. Weil ich die Zähne zusammenbeiße und Dir nicht dauernd in den Ohren liege, scheinst Du zu glauben, daß ich hier von Luft und Liebe lebe. Ich habe in diesen bitteren anderthalb Jahren leider lernen müssen, daß ich von Dir nicht jene Hilfe erwarten kann, die Du kühn genug warst mir zu versprechen. [gestrichen: indem Du mich sorglos stets der letzten Mittel entblößtest.] Ich muß mich, Draws, mit dem bescheiden, was in Deiner Kraft liegt und auch Du mußt Dich mit dem bescheiden, was in meiner Kraft liegt.

Marieluise

154 An Georg Hetzelein [Postkarte]
An den Herrn Lehrer Georg? (ein Name mit drei e)
Sinbronn bei Dinkelsbühl Schulhaus

Ingolstadt/Donau, den 19. 6. 34

Lieber Herr Lehrer!
Für die genossene Gastfreundschaft sage ich Ihnen meinen herzlichen Dank. Auf dem Umschlag können Sie meine Schande lesen. Ich kann mir nämlich Ihren Namen nicht merken. Aber sonst geht es mir gut. Wenn Sie wieder mehr Zeit haben, schreiben Sie einmal.

Mit gutem Gruß
Fleißerin

155 An Hellmut Draws-Tychsen

Ingolstadt, den 21. Juni 1934

Lieber Draws!
Ich habe gezögert, Deinen Däubler-Gedenkartikel abzuschreiben, da ich von seiner Veröffentlichung in dieser Form Schwierigkeiten für Dich befürchten muß, wie damals bei den norske piker, wo ich Dich auch bloß aus falschem Gehorsam nicht gewarnt habe. Er wirkt für einen Gedenkartikel auf einen kürzlich Verstorbenen nicht würdig und rückt die eigene Person unbescheiden in den Vordergrund. Ich hoffe, daß Du meine Warnung nicht in den Wind schlagen und die jetzige Form klug abmildern wirst. Meine diesbezüglichen Vorschläge sind gar nicht so tiefgreifend, aber, wie ich glaube, wirksam.
Seite 1 Mitte: In den Satz »So war mir ... willkommen« ist unerläßlich eine Einfügung Deiner bereits bestehenden Ehrfurcht vor der Leistung Däublers. Statt »geradezu willkommen« schließe mit »noch besonders willkommen.«
Seite 2 unten setze statt »Bestechung« »Kunst der Menschenbehandlung«. Bestechung hat nämlich einen unangenehmen Beigeschmack der Straffälligkeit und ist hier unmöglich.
Auf Seite 3 setze hinter »Beziehungen« statt »zum schwedischen

Außenministerium« das weniger protzenhafte »in Schweden und vielleicht auch der Stern der Stunde«. Hinter »Sommernacht« brauchst Du eine andere Satzfolge, die ich Dir bereits in Maschinenreinschrift und drei Exemplaren beigefügt habe. Wenn Du nun noch in dem langen Absatz auf Seite 2 das uns persönlich betreffende durch kleine Striche ein wenig zurückdrängen kannst, so würde der Artikel an Gediegenheit und Würde nicht zu Deinem Nachteil gewinnen. Also sei kein Dickkopf und frage ältere Damen, wenn Du mir allein nicht glaubst.

Mit gutem Gruß
Deine Marieluise

Handschrift, 3 Abschriften, 3 Seiten Korrektur.

156 An Georg Hetzelein

Ingolstadt/Donau, den 25. 6. 34

Lieber Görgen!
Ihren Brief haben Sie mit glücklicher Hand abgeschickt. Ich war eben eine Stunde lang zornig auf Sie, da kam der Brief, das heißt, er lag schon eine Weile unten, bis ich in den ersten Stock herunterkam, und alles war wieder gut. Die Zeichnungen muß ich in einemfort ansehn. Mir geschehen in diesen Tagen seltsame Zeichen. In der Nacht, als Ihr Brief von Ihnen zu mir wanderte, haben sie in unserer Straße einen Mann tödlich gestochen. Er schleppte sich im Schatten der Häuser bis unmittelbar vor mein Fenster, und da die aufgeregten Nachbarn am Fensterstock blieben und über die Betrunkenen schalten, schämte er sich und blieb da, sich ohne jeden Laut verblutend, eine ganze Stunde liegen. Als er im Zwielicht des Morgens endlich bemerkt wurde, fing er ganz laut und mit einem starken Geltungsbedürfnis zu reden an und ich stand nun auch auf und schaute auf den Mann herunter, der da lapidare Sätze sagte, indem er mit der Stirn im Staube lag. Auch mußte sich gestern mein Vogel mit dem ganzen Körper in den herabfallenden Fliegenfänger verwickeln und im Kampf um sein Leben fast alle

Federn ausreißen. Er ist ganz nackt und wund und nur mehr ein Spottbild seiner selbst. Wir haben den Leim, mit dem er zu einem hilflosen Zottelball verpappt war, im warmen Bad und, als das nichts half, in Salatöl aufgeweicht. Danach habe ich stundenlang mit ihm gesprochen, denn er sah ganz vergraust aus und machte fast weiße Augen. Seitdem zieht er fieberhaft die noch vorhandenen Federn durch den Schnabel. Hoffentlich geht er nicht ein. Von Draws erhielt ich eine merkwürdige Karte und ich weiß nicht, hat es darauf geregnet oder hat es darauf geweint. Gehen Sie weg von Sinbronn? Sind Sie zornig auf mich, daß ich aus dem Georg einen Görgen gemacht habe? Ich denke zuviel an Sie. Fleißerin

157 An Georg Hetzelein

28. 6. 34

Lieber Görgen!
Zu Ihren beiden Bildern habe ich vor einem halben Jahr eine Antwort geschrieben. Ich werde Ihnen die Geschichte schikken, sobald ich die neue Adresse weiß, denn ich möchte sie nicht durch den Umzug gefährden. Sie heißt »Balder und Sylphide«. Am Nachmittag war ich beim Baden im Winklerweiher. Ich bin sonst eine klägliche Stümperin im Selberschwimmen, aber heut konnte ich fast schwimmen wie ein Fisch. Danach bin ich zum Trockenwerden lange Zeit um den ganzen Weiher gegangen, was jedesmal ein kleiner Kilometer ist. Mein frischgewaschenes Haar ging in der Sonne mächtig auf und flackerte um meine Schultern wie die Mähne einer Waldfrau. Ich glaube, ich habe ein ziemlich verrücktes Gesicht gemacht, denn die Leute starrten mich nur so an. Also setzte ich mich abseits an den Weiher und zauberte in das schlenkernd nasse Netz zu meinen Füßen lauter ungeborene Gedanken, die schon noch einmal aufgehen werden. Dann ging ich heim wie eine Königin und da bin ich nun – Ich weiß immer noch nicht, ob Sie von Sinbronn weggehn. Wenn ich Sie klar und deutlich was frage, Herr, dann kritzeln Sie bitte auf die Rückseite oder einen klei-

nen Zettel eine kurze Antwort. Das ist zwar nicht genial, aber zweckmäßig. Sie Elender, mit jedem Strich, den Sie für mich tun, befeuern Sie mein Blut.

Fleißerin

158 An Georg Hetzelein

Ingolstadt/Donau, den 5. 7. 34

Lieber Görgen!

Es kostet mich eine wirkliche Überwindung, Ihnen nach Regelsbach zu schreiben, wo meine Einbildung Sie dauernd von Fremdem überrannt weiß. Gegen die lahmarschige Schnecke, die Sie mir schickten, hatte ich eine greuliche Antipathie. Nein, was war da Sinbronn für ein schöner Name! Und zu Dinkelsbühl habe ich von Kind an eine dunkle Beziehung gefühlt. Das alles ist nun vorbei mit seinem Sinn. Auch höre ich Ihre Stimme nicht mehr, und da Sie sich hinter Ihre Zeichnungen verschanzen, weiß ich nicht einmal, wie Sie meine Briefe nehmen oder ob Sie gar damit hausieren gehen. Ich sollte sie zerreißen, nachdem sie geschrieben sind. Ich könnte den ganzen Tag über mich lachen. Heute nacht habe ich gemein geschlafen. Weil wir Besuch bekamen, hat man mich in eine Dachkammer ausquartiert, und da dort eine uralte Matratze ist, bin ich trotz des Unterbetts jedesmal aufgewacht, wenn ich in das Loch auf der Seite fiel. Ich weiß, daß Sie daran unschuldig sind, aber jedesmal wenn ich aufwachte, habe ich auf Sie geschimpft, hören Sie! Denn ich habe jetzt einen schrecklichen Zorn auf Sie.

Fleißerin

159 An Georg Hetzelein

Ingolstadt/Donau, den 9. 7. 34

Lieber Görgen!

Ich habe Ihnen schon einen Brief geschrieben und jetzt schreibe ich ihn noch einmal ab mit fast denselben Worten, weil ich mich noch nicht trennen will. Ihr Auge sieht in einem auf mich her, doch die Wolke habe ich erst am zweiten Tag richtig gesehen. Ich dachte, mich rührt der Schlag. Die Hauptsache konnte ich nicht lesen, die müssen Sie mir noch einmal recht deutlich herschreiben, gell? Wie heißt das weiter: wann sehen wir uns wied ... ? Ich lese da nämlich die tollsten Worte und ich möchte doch nicht etwas Tolles lesen, das Sie nicht gemeint haben, da müßte ich mich ja schämen. Als der Pfeffer- und Salzbrief lange Schritte machte, habe ich nächtlichen Besuch bekommen. Dicht neben meiner improvisierten Bettstatt war nämlich ein hoher Ballen Federbetten aufgebaut, und als ich im Morgengrauen und Halbschlaf meinen Arm hinüberreckte, fühlte ich mich kräftig an der Hand gepackt und war im Nu hoch. Es war aber eine Katze, die über die Dächer weg durch das offene Fenster bei mir eingestiegen war und mich mit beiden Pfoten, doch eingezogenen Krallen, so fest wie möglich hielt. Ich war direkt glücklich nach dem ersten Schreck und sagte ihr, daß wir beide einen Riesenkrach bekommen, wenn sie was auf die Betten macht, aber daß ich sie doch nicht hinauswerfe. Sie guckte mir immer ganz groß und blank mitten in die Augen, und so den ganzen Morgen konnte ich mich nicht leise genug aufsetzen, schon waren wieder die Augen da. Ich denke, daß es ihr bei mir gut gefiel. Aus ihrem Poststempel ersehe ich, daß der Brief zwischen 4 und 5h morgens abgeschickt ist und muß Sie bei den Ohren nehmen und dazu bemerken, daß auch für den Himmelgörgen die Nacht zum Schlafen da ist, sonst hat er in der Schule seinen Kopf nicht beisammen, und daß er dann seinen Kopf beisammen hat, bedeutet sein Dach und sein Brot. Also wenn Sie wieder so lang aufbleiben, nehmen Sie sich ja in acht, daß ich nicht mit dem Besen über Sie komme und Sie ins Bett treibe! Ist es zuviel verlangt, wenn ich auch noch wissen möchte, wie Sie wohnen, wo Sie sich waschen und in welcher Ecke das Bett steht? Denn das ist das Mindeste, damit ich nicht immerfort herumrenne wie in einem Käfig. Ihr letzter Brief hat mir einen über die Maßen lächelnden Schlaf gebracht. Aber sie machen mich unersättlich, armer Görgen. Fleißerin

160 An Georg Hetzelein

Ingolstadt/Donau, den 13. 7. 34

Lieber Herr Lehrer!

Meine Antwort vom 9. 7. unter der Adresse Regelsbach, Post Roßtal, scheint verloren gegangen zu sein. Und ich hatte mich so über Ihre Zeichnungen gefreut. Vielleicht ist es aber gut so, daß das Schicksal sie Ihnen vorenthielt, denn ich darf Ihnen wohl nicht mehr solche Briefe schreiben. Grüßen Sie, bitte, Fräulein Hirscheider von mir und reisen Sie beide gut.

Fleißerin

161 An Georg Hetzelein

Ingolstadt/Donau, den 19. Juli 34

Lieber Görgen!

Den schnippischen jungen Mann mit den spitzigen Schuhen habe ich weidlich verprügelt. Ich bin vor ihnen oft von einem großen und guten Vertrauen erfüllt und manchmal so ratlos. Heute im Morgengrauen habe ich mir gedacht, daß ich Ihnen was schreiben will, und ich hoffe, daß Sie es nicht als Lanze nehmen, die ich gegen Sie führe, sondern mehr wie einen Vogel, der aus seinem Nest gefallen ist und nun Furcht hat. Ich kenne Sie wenig, wenn ich Sie auch nach meinem Instinkt zu kennen glaube. Ich muß fürchten, daß Sie leichtsinnig mit mir und vielleicht nicht einmal ganz aufrichtig sind. Und ich weiß, daß ich tief verwundbar bin. Noch kann ichs abwürgen, wenn ich alle Kraft zusammennehme. Darum bitte ich Sie, denken Sie nicht an sich allein, denken Sie auch ein wenig an mich. Sagen Sie mir in Gottes Namen, ob Sie sich wahrhaftig getrauen, diese Flamme anzufachen, denn ich bin nicht für den Genuß da. Ich muß zahlen mit der Münze, die mir zu eigen ist, und ich bin für das Unbedingte geboren.

Fleißerin

162 *An Hellmut Draws-Tychsen* [Postkarte]

Ingolstadt, den 25. 7. 34

Lieber Draws!
Ich bestätige den richtigen Eingang Deines Einschreibens. Leider kann ich mit den Abschriften nicht beginnen, bevor Du mir vier Mark für Papier, Durchschlagpapier und Farbband übermittelt hast; mein Vorrat ist erschöpft. Kannst Du dies nicht, schreibe mir, bitte, damit ich die Urschriften baldmöglichst wieder an Dich zurückgehen lassen kann. Das letzte, was ich von Dir erhielt, war eine Empfangsbestätigung auf einer Karte vor etwa fünf Wochen. Wann war der Brief abgeschickt? Ich habe vergebens und schließlich resigniert Nachricht von Dir erwartet, ob Du die Novelle an S. Fischer weitergegeben hast. Die Abschriften will ich gerne sorgfältig und umsonst erledigen, sobald ich die vier M für meine eigenen Unkosten in der Hand habe. Mit noch so bestimmten Versprechungen lasse ich mich nicht vertrösten. Ich werde mich freuen, wenn die Komödie gut ist und bin mit freundlichen Grüßen Deine Marieluise

163 *Von Hellmut Draws-Tychsen*

Berlin N 65, 26. 7. 34

Marieluise! Ich möchte es Dir hierdurch noch einmal ausdrücklich und unwiederruflich erklären: meine Geduld gegen Deine fortgesetzten Ehrabschneidungen und sonstigen Unverschämtheiten ist nunmehr restlos erschöpft. Deine Karten vom 15. 6. und von gestern haben mich mit Recht außerordentlich erregt. Es ist nicht wahr, daß Du meinen ausführlichen und wichtigen Brief vom 11. 6. nicht erhalten hast, denn Du hast mir ja die Artikelabschriften erledigt, um die ich Dich gleichzeitig in besagtem Briefe bat. Du warst natürlich nur zu faul, den Brief zu beantworten, und außerdem war Dir sein Inhalt unbequem. Ich weiß, daß Du in solchen Fällen hartnäckig zu schweigen pflegst und kann nur wiederum feststellen, daß mir noch niemals ein Mensch nahegestanden hat, der mit einer solch unglaublichen Portion innerer Unwahrhaftigkeit ausgestattet ist. Dein Hang zu Brecht und Feuchtwanger wird mir allmählich erklärlich und die rein intellektuelle Haltung Deiner Arbeiten als hirnliche Jongleurkunst – wenn auch nicht unbedeutende – hatte ich bereits im Anbeginn erkannt. Ich bedaure den groben Fehler meiner Gutmütigkeit Dir gegenüber aufrichtig. Alle Menschen, die Dich kennen lernten, haben mich gewarnt und es gelang Dir nur in drei Fällen, Freunde, die keine wahren Freunde waren, von mir abzuwenden. Du wirst mich nicht mehr dumm machen, Marieluise; Dein Gesicht und Deine Schrift, zwei untrügliche Merkmale, sprechen gegen Dich. Wenn ich Dich hier in Berlin sehen wollte, so war das nur allerdringlichste Notwendigkeit. Dein Werk wird von amtlichen Parteistellen boykottiert und Dein Name ist verfemt, ich weiß daher nicht ein noch aus. S. Fischer hat Deine Novelle wie Du aus dem beigefügten Originalschreiben ersehen kannst, aus fadenscheinigen Gründen abgelehnt; er will eben nichts von Dir bringen. In den RDS bist Du nur um meinetwillen aufgenommen worden. Die Beschlagnahme Deiner Bücher haben Johst und Mühr verhindert. Das Berliner Tageblatt, das seine Honorare übrigens um dreißig Prozent kürzen mußte, hat Deine Novelle nur auf meine Fürsprache hin angenommen; jetzt aber haben sie berechtigte Furcht, sie abzudrucken, zumal ich soeben um Deinetwillen furchtbar in der N.S.-Presse angepöbelt wurde. Deine Sache wird leider nie zur Ruhe kommen und hat mir bereits unermeßlich geschadet, sodaß ich es satt habe, mir obendrein noch Vorhaltungen von Dir machen zu lassen. Wenn Dir mein selbstloser Kampf für Dich nicht paßt, so mußt Du Dir einen besseren Ritter aussuchen und ich werde neidlos beiseitestehen. Jedenfalls darfst Du Dir nicht einbilden, daß ich hier sorglos leben kann; mein Taktgefühl und meine Erziehung verbieten mir allerdings jenes unerzogene Benehmen, wie ich es von Dir leider gewohnt bin. Deine durchaus berechtigte Bitte um Geld kann ich leider erst nach dem Ersten erfüllen, da ich heute selber Frau Wenzel um drei Mark zum notwendigen Leben anpumpen mußte. Die Abschriften meiner

Komödie brauche ich aber bis allerspätestens 15. August, da ich mich an dem deutschen Lustspielpreis beteiligen will, dessen letzte Frist der eben erwähnte 15. August ist. Ich habe nun Tag und Nacht unter Hintansetzung meiner Gesundheit geschuftet, um rechtzeitig fertig zu werden. Es ist nun eine Gemeinheit allererster Ordnung, daß Du mir drohst, mit den Abschriften zu warten, bis ich Geld geschickt habe, und meinem Worte nicht vertrauen willst. So soll mir also wiederum die einzige Chance von Dir verpatzt werden!? Du wirst Dich täuschen, wenn Du glaubst, daß ich Dein unkameradschaftliches Verhalten auch diesmal stillschweigend hinnehme. Im Gegenteil: ich werde mit drakonischen Mitteln gegen Dich vorgehen, denn Du hast mich schon seit Jahren ganz bewußt geschädigt. Immer hast Du Dich gegen mich gestellt und mir wider besseres Wissen Deinen blödsinnigen bayerischen Willen aufgedrängt. Wer bist Du denn eigentlich, was kannst Du und was willst Du? Wer gibt Dir ein Recht, fortwährend gegen mich so überheblich aufzutreten, als wenn ich nur Staub unter Deinen Sohlen wäre? Merk Dir: eine Frau ist ohne den formenden Willen des Mannes nichts. Ohne mich wird Dein Werk keine Existenzberechtigung mehr haben. Es ist bitter, daß Du mich zwingst, all diese Dinge, die für Dich wenig ehrenvoll sind, einmal ganz nackt klarlegen zu müssen. Ich habe Dich in den letzten Briefen bereits mehrfach gewarnt und gebeten, meine Nerven zu schonen, die ich hier zu schweren notwendigen Kämpfen benötige. Aber was gilt Dir meine schwanke Gesundheit? Jaja, mit einem ungeheuerlichen Vampirtum hast Du alle Deine Männer verwüstet und obendrein literarisch gefleddert und ich verstehe nur zu gut, warum es immer zu aufregenden Trennungen mit Dir kam. Nie hast Du mein alleiniges Ringen ohne prominente Kritiker und sonstigen Klüngel anerkannt. Ich habe mir jeden Fußbreit Anerkennung erkämpfen müssen, aber ich halte ihn auch zäh. Du dagegen bist feige von Berlin ausgerückt, als Dir der Lebenskampf zu mühsälig wurde, und verdreistest Dich jetzt, über mich zu nörgeln und zu kritteln. Vor dem Gericht Gottes und der Menschen wirst Du dereinst nur ein großes leeres Maul sein und nichts weiter. Du hättest einen biederen Beamten mit Pension ehelichen sollen recht und schlecht wie eine Spießbürgerin. Allmählich glaube ich, daß Deine ganze Dichtung nur auf unnatürlich überschraubter Pubertät beruht. Du hättest körperlich rechtzeitig und kräftig befriedigt werden müssen und alle musischen Extravaganzen wären spurlos vorübergegangen. Marieluise, noch ist es Zeit, ehrlich zu sein! Ich habe Dich gerufen in meiner höchsten Not und Du hast die innere Stimme nicht erkannt, weil Du keine Auserwählte bist. Du hast nie andere Regungen gehört als Deine eigenen eintönigen Winseleien. Du bist einsam, nicht weil Du groß von Natur bist, sondern gehässig in der Seele. Niemand vermag Dich wachzurütteln weder mit guten noch mit bösen Worten. Die Deutsche Zeitung hat einen neuen Hauptschriftleiter erhalten, der verboten hat, daß dort Dein Name erscheint. Dies Verbot wird auch einschneidende Folgen für mich haben. Letzten Endes war ja auch bei der Börsen-Zeitung der tiefere Grund meiner Ausbootung Deine Gemeinschaft mit mir, was übrigens auch in den Akten des Prozesses zu finden ist. Natürlich ständen wir heute ganz anders da, wenn immer mein Wille gegolten hätte; aber Du hast es verstanden, mir in jede Suppe zu spucken. Erst jetzt, wo ich allein lebe, beginne ich langsam aufzuwachen. Es soll daher fortan nach dem Führerprinzip ausschließlich mein Wille gelten. Dein Wille hat mich um das Honorar des Däubler-Gedenkartikels gebracht, der natürlich viel zu spät zurückkam, und Dein Wille will mich jetzt lumpiger vier Mark wegen um den Lohn meiner neuen Komödie bringen. Ich verachte Deine Mätzchen, Marieluise, und stelle Dir dieses Ultimatum:

1.) Verlange ich für die Zukunft Dein blindes Vertrauen und die notwendige Achtung,

2.) wünsche ich den rechtzeitigen Erhalt meiner neuen Komödie »Opernprobe« in drei Abschriften und ohne Bedingung,

3.) ersuche ich Dich gegen Sicherstellung der Kosten, Anfang September auf vier Wochen nach Berlin zu kommen,

4.) erwarte ich, daß dieser letzte und auch der vorletzte Brief binnen fünf Tagen genau von Dir beantwortet werden.

Solltest Du mein Ultimatum ablehnen, so betrachte ich unsere

Verbindung als endgültig und unwiederruflich gelöst und werde alle etwaigen Folgen getrost auf mich nehmen. Solltest Du mein Ultimatum annehmen, so bin ich bereit, alles zu vergeben und zu vergessen. Du hälst jetzt unser Schicksal in Deinen Händen. Ich wünsche eine unwandelbare Entscheidung zwischen uns, weil ich es meiner Ehre und meiner Ruhe schuldig bin. Ich bin zu wertvoll, um Dein Spielball zu sein, und Du bist jene einzigartige Frau nicht, um die es lohnt, Spielball zu werden. Bedenke Dich gut und wähle so, daß Du es nicht und nie zu bereuen brauchst! So, nun wäre der schlimmste und schmerzvollste Brief meines bisherigen Lebens ausgeschrieben. Ich fühle mich frei, denn die unerträgliche Last Deiner Bedrängnis ist von mir abgefallen ...

Anbei sende ich Dir eine Funkzeitschrift, wo ich auf Seite 58 unten abgebildet bin. Anläßlich des hiesigen Besuches Seiner Majestät des Königs Prajadhipok von Siam bin ich in Privataudienz empfangen worden. Aus diesem Anlasse erschienen auch vier Stücke meines Siambuches in hiesigen Zeitungen, die ich beifüge. Es ist mir eine Freude ersten Ranges, Dir mitteilen zu können, daß mir nach fast neunjährigem Streit die Versöhnung mit der Deutschen Allgemeinen Zeitung gelungen ist, die heute am besten und promptesten von allen Zeitungen Deutschlands zahlt. Ich habe in ihr bereits zwei Siamarbeiten veröffentlicht, die ich beifüge. Ich bin stolz auf diesen großen Sieg. Auch der »Onkel Maomore« ist im B. T. erschienen. Ich kann diesen Monat sehr zufrieden sein, zumal wenn alles Honorar erhalten ist. Leider habe ich der Eile wegen alle Siammanuskripte mit der Hand abschreiben müssen und Du magst neben den Abschriften der Komödie, neuer Artikel und mancherlei Briefen ersehen, wie rastlos fleißig ich bin. Es ist daher ein Verbrechen, meine Kraft zu vergällen und zu unterhöhlen, denn wenn ich falle, fällst auch Du. Vergiß nie, daß ich Dein guter Engel bin!

In diesem Sinne zeichne ich Hellmut Draws Tychsen

(Neun Anlagen)

164 An Hellmut Draws-Tychsen

Ingolstadt/Donau, den 28. 7. 34

Lieber Draws!

Da es Dein Wille ist, muß ich Dir auf Dein Ultimatum mit folgender Klarstellung antworten:

1. kann ich einem Mann nicht mehr blind vertrauen, dessen mir geschriebene Briefe eine dauernde Unterdrucksetzung sind,
2. läßt über die finanzielle Frage hinaus der persönliche Zustand meines Gemütes ein persönliches Wiedersehen zwischen uns in diesem Jahr nicht als geboten erscheinen;
3. ist es mir leider unmöglich Deine beiden Briefe binnen fünf Tagen genau zu beantworten, da infolge eines unglücklichen Zusammentreffens der Umstände ich mehrfach mit Arbeit überlastet bin und meine Nächte opfern muß, um Dein Stück noch abschreiben zu können;
4. stellt meine Bitte um vorherige Einsendung des Geldes keine Niederträchtigkeit in einem drangvollen Augenblick dar, sondern war eine technische Notwendigkeit, da ich mit Luft nicht abschreiben kann und bei der Einstellung meines Vaters zu Dir mir die erforderlichen Mittel für das Material auch nicht leihweise beschaffen kann. Im übrigen will ich nach wie vor alles daransetzen, um Dir das Stück für den Termin rechtzeitig zu liefern, wenn Du mir baldmöglichst Papier, 25 Blatt schwarzes Durchschlagpapier und ein Farbband für die tragbare Remmington 13 mm breit, schwarz, zuschicken kannst; vielleicht erhältst Du das von unserer Papierhandlung auf Kredit. Eine Sendung gegen Nachnahme erscheint zwecklos, da ich nicht glaube, daß mein Vater sie einlösen wird.

Deinen Brief vom 11. 6. glaubte ich bereits beantwortet zu haben. Wenn dies nicht der Fall ist, so bitte ich mich zu entschuldigen. Ich bin nämlich, was Du nicht wissen kannst, in den vergangenen Wochen einem derartigen Sturm von psychischen Eindrücken ausgesetzt gewesen, daß ich vielleicht den Kopf ein bischen verloren habe.

Dein Brief strotzt von derartig subjektiven Behauptungen,

daß ich es nunmehr als hoffnungslos ansehe, sie jemals zu klären.
Schließlich und endlich – ich wünsche nicht mehr Deine Bedrängnis zu sein. Von Dir derartig in die Zange genommen zu werden, wie Du es tust, tötet meine Liebe. Du bist frei.

Marieluise

165 An Georg Hetzelein

Ingolstadt/Donau, 30. Juli 34

Lieber Görgen!
Ihr Schreibebrief hat mich großes Kopfzerbrechen gekostet und doch müssen Sie ihn mir noch mündlich vorlesen, denn ich habe nur einzelne Teile herausgebracht. Unter dem 25. c.m. schickte ich Ihnen ein Märchen nach Nürnberg. Ich weiß nicht, ob Sie es erhalten haben. Und wenn – sind Sie darüber böse geworden? Ihre Einladung vom 12. hat mich in einige Verlegenheit versetzt und ich wagte bisher nicht darauf zurückzukommen. Es wäre wohl am besten, sich darüber mündlich auszusprechen, ob sie sich denn auch in dieser Form durchführen läßt. Aber ich sehne mich sehr Sie wiederzusehen. Inzwischen habe ich schwere Aufregungen mit Draws, der mir ein Ultimatum gestellt hat, zu ihm nach Berlin zu kommen, widrigenfalls er seinen Schutz von mir zurückziehen will, und mit dem Satz seinen Brief schließt, ich solle nicht vergessen, daß er mein guter Engel ist. Ich hoffe nun bald von Ihnen zu hören.

Fleißerin

166 An Georg Hetzelein

Ingolstadt, den 4. 8. 34

Lieber Görgen!
Verzeihen Sie, wenn ich fast stolz bin, daß ich Sie zornig gemacht habe, denn Sie haben mich ja auch in schweren Zorn gebracht und warum sollte ich alles allein ausfressen müssen? Heute z. B. habe ich, während ich über Ihren Brief nachdachte, meinen Finger in der Fleischmaschine gequetscht und kann

noch von Glück sagen, daß er nicht ab ist. Haben Sie Erbarmen mit meinem schwachen Weiberverstand. Ich habe Sie so kurz gesehen, ich grüble hier dauernd nach über Sie und nähre bald diesen und bald jenen Verdacht und nichts kann mich froher machen, als wenn Sie ihn widerlegen. Ja, ich grüble hier und möchte haun, und da ich niemand da habe, haue ich mich dann eben selbst oder schreibe eine haarsträubende Geschichte. Die Wahrheit ist, daß Ihre Zeichnungen alle und von Anbeginn unter meinem Kopfkissen liegen, worüber meine Schwester schmunzelt. Das sollten Sie zwar eigentlich nicht wissen. Und auch diesen Brief will ich jetzt noch schnell dazu legen, damit Sie ihn gut aufnehmen, vielleicht hilfts! Ich denke, vieles wird gut sein, wenn ich Ihre Stimme wieder höre. Fleißerin

167 An Georg Hetzelein

Ingolstadt/Donau, den 9. 8. 34

Lieber Görgen!
Wachend und betend – erwarte ich Sie mit einem lachenden und einem weinenden Auge. Fleißerin

168 An Georg Hetzelein [Postkarte]

10. 8. 34

Ich schrieb nach Regelsbach, daß ich Sie erwarte. Fl.

169 An Georg Hetzelein

Ingolstadt, den 15. 8. 34

Der Ton, der mit dem Sonntag aus den wohl überreizten Nerven entsprang, ist nach meinem Empfinden verkehrt, und ich wünsche ihn nicht fortzusetzen. Wir wollen ihn vergessen. Sollten Sie wider die Gerechtigkeit an ihm festhalten, so muss

ich eher der zwar hochwertigen geistigen Anregung unseres Umgangs entsagen, als mich ihm noch einmal auszusetzen.
Ich habe mich, wie ich Ihnen gestehen muss, vergebens gefragt, wodurch ich ihn hervorgerufen haben könnte – denn dass ich Ihnen unter einem rätselhaften Stern mein besonderes Vertrauen schenkte, wie ich es in meinem bisherigen Leben nur zweimal tat, dürfen Sie mir wohl nicht zum Vorwurf machen. Ich bin zeitlebens durch den vorhandenen Schmutz der Welt mit den reinen Füssen eines Toren gegangen, und diesen Stolz will ich auch behalten.
Verzeihen Sie, wenn meine Naivität Ihre Zeichnungen, die ja die Antwort auf meine Briefe darstellten, für persönliche Bekenntnisse gehalten hat. Ich werde sie in Zukunft als das betrachten, was sie sind – vorausgesetzt, dass es bei diesem Gedankenaustausch verbleiben kann. Marieluise Fleißer

170 An Hellmut Draws-Tychsen

Ingolstadt, den 21. 8. 34

Lieber Draws!
Ich danke für die Funkzeitschrift mit Deinem Bild, das ein von Noack gemachtes zu sein scheint. Der Besuch des Königs von Siam scheint Dir ein bischen Glück gebracht zu haben. Ich gratuliere besonders zur Versöhnung mit der Deutschen Allgemeinen Zeitung. Ich bin neugierig, ob Mühr Dir gegenüber als Intendant halten wird, was er als Redakteur versprochen hat. Wenn Du jetzt mehr an der Deutschen Zeitung tätig sein wirst, so ist vielleicht zu hoffen, daß dort die neuen Herren milder zu mir stehen. Ich wünsche aber nicht, daß Du dort die Dinge meinetwegen auf die Spitze treibst. Denn es hat wirklich keinen Sinn, Dir zu schaden. – Ob ich die gewünschten Kurzarbeiten über oberbayrische Städte schreiben kann, weiß ich nicht. Bis jetzt sieht es nicht danach aus. Man kann schließlich nur das sagen, was in einem wesenhaft gereift ist und anderes bleibt überflüssige Schreibe. Wenn Du mir für meine Arbeit eine wahre Hilfe zuteil werden lassen willst, so habe ich einen tiefen und

dringenden Wunsch die deutschen Romantiker zu lesen und zwar von der Frühromantik – den Taugenichts von Eichendorff schon ausgeschlossen – also besonders *Tieck*, *Lucinde* von Schlegel, auch die Philosophen jener Epoche Schelling und Hegel und was da sonst noch ist – ich habe leider keine Literaturgeschichte zur Hand. Kannst Du sie mir baldmöglichst von der Staatsbücherei beschaffen? Wenn es Dir zuviel Mühe macht, wie ist der Weg, daß ich sie mir selbst leihweise verschaffe? Ich denke, daß mir das mit dem Kulturkammerausweis gelingen sollte. Es ist nämlich wichtig, da ich innerlich gleichsam zwingend vor dieser Türe stehe und ahne, daß diese Leute von bestimmten mich noch angehenden Dingen mehr gewußt haben als die heutige Zeit. – Hoffentlich hält Flemming vom B.T. nun endlich sein Versprechen. – An Inger habe ich bisher nicht geschrieben und bin, obgleich ich dies Mädchen aufrichtig schätze, in großer Verlegenheit, was ich ihr schreiben soll, denn ich darf so vieles nicht sagen, das ich eigentlich von Frau zu Frau sagen müßte und möchte ihr auch nicht konventionelle Beiläufigkeiten schreiben. – Wenn Du den Plan, nach Hamburg überzusiedeln verwirklichen willst, so ist letztlich der springende Punkt, ob Du Deine Absicht finanzieren kannst. Du mußt tun, was Du für gut hältst, und ich werde Dich nicht abhalten, das zu tun, was für Dich gut ist. Begleiten kann ich Dich nicht. – Ich glaube nicht, daß es lohnt, in Danzig ein neues Versbuch herauszubringen. Die Wirkung ist zu wenig nachhaltig und der Kostenpunkt frißt an Deinem Lebensmark. Wenn Du einen Mäzen findest, wäre das etwas anderes. – Zur Ablehnung von S. Fischer habe ich weiter nichts zu sagen. Du hast mir leider nicht geschrieben, worum ich Dich bat, was Du selbst für einen Eindruck von der Novelle hast. – Es kann jedenfalls nichts schaden, wenn Du Dich an dem deutschen Lustspielpreis beteiligst und vielleicht springt auf solchem Wege das Tor auf. Ich wünsche es von Herzen. An sich hat die Komödie wirklich keine schlechten Aussichten. – Schließlich möchte ich auch gern erfahren, worin eigentlich die Anpöbelung in der N.S. Presse besteht. Kannst Du mir jene Zeitung oder Zeitungen nicht wenigstens ansichtweise überlassen? Ich bitte darum. – Meine Skizze als »Nazi-Novelle« zu bezeichnen lehne ich ab. Ich finde, Ihr wollt darin mit Gewalt etwas sehen, was doch nur die unwesentliche Begleiterscheinung des eigentlichen Vorgangs ist. Der Tod jenes Gleichaltrigen hat mich um seines Gesichtsausdrucks willen erschüttert, ja mich Nacht für Nacht geradezu bedrängt, und wenn jener Mann den braunen Rock trug, so ist dies nicht der Grund, warum die Skizze geschrieben wurde, wenn ich auch diesen Umstand nicht verschweigen durfte. Ich verstehe die Skizze vielmehr in einem anderen Sinn. Sie leitet ein Jahr meines Sternzeichens ein, das astrologisch gesehen mein Glücksjahr sein soll – nun, vom Glück habe ich nichts bemerkt. Aber es ist ein überaus gefährliches Sonnenkulminationsjahr, in dem Begegnungen fremder Menschen mich mit einer ungeheuren Wucht heimsuchen. Eben erst bin ich, alle Kraft zusammennehmend, einer großen Gefahr entronnen. – Der Giono ist in sich vollendet, wenn auch nach meinem Empfinden von jener statischen Art, die für die Dynamik des Deutschen wenig trächtig wird. Ich gehe darum herum wie um ein edles Gefäß, das ich zwar staunend betrachten, aus dem ich aber nicht trinken kann. – Du scheinst auf Deinen Brief vom 26. 7. noch eine eingehende Antwort zu erwarten. Ich kann sie Dir in der Tat nicht geben, denn er ist in jener alles verwüstenden Art geschrieben, von der man sich innerlich abgrenzt wie von einem rasenden Naturschauspiel und auf die man nicht antwortet. Ich will Dir nur eines sagen: wenn mein Werk Deiner Überzeugung nach ohne Dich keine Existenzberechtigung haben sollte, so habe ich dawider keinen Starehrgeiz und will nicht der aufgeblasene Popanz aus Deiner Lunge sein. Ich will nicht meine Fehler durch einen Mann vertuschen lassen. Wenn ich eine fehlerhafte Begabung bin, so will ich dies wenigstens echt und ganz sein. Eine Leistung aus zweiter Hand hat für mich keinen Wert, da sie überflüssig ist. – Es ist auch nicht wahr, daß ich Dein Ringen ohne Klüngel nicht anerkannt habe, denn ich habe Dir gerade um dieses Ringens willen immer wieder beigestanden, soviel ich nur konnte, und ich habe unter der Mißachtung, die Dir entgegengetragen wurde, aufrichtig gelitten. Ich habe ferner im Jahre 1934 insgesamt 56 M verdient, und es wäre ein verantwortungsloser Narrenstreich gewesen, mit einer derartigen Einnahme in Berlin zu bleiben. Dein Vorwurf wegen des Däubler-Artikels läßt mich ungerührt. Hätte ich damals durch ein Veto Dir den Skandal mit den norske piker erspart, so hätte ich ebenso zeitlebens den Vorwurf zu hören bekommen, daß ich Dich um das Honorar gebracht habe, denn wie mans macht, ist es verkehrt! Alles Entscheidende, das ich in meinem Leben tat, habe ich mit einem geradezu kindlichen Vertrauen begonnen. Heute schmeckt mir der Becher, den Ihr reichen könnt, gallig, denn Eure Art scheint es zu sein, die Frauen die alles für Euch gaben, zum Dank dafür räudig zu machen und kein gutes Haar an ihnen zu lassen. Du hast mich vor die Entscheidung gestellt und ich habe, meiner persönlichen unwandelbaren Einstellung zu Dir ungeachtet, entschieden. Denn auch ich habe meine Selbstachtung als Frau und will diese nun mehr wahren. Sterben muß ich allein. Kein anderer wird es für mich tun. Und meinen Gott muß ich allein wahr machen. Kein anderer wird es für mich tun. An dem Tage, an dem mein Leben erfüllt sein wird, werde ich auch keinen Groll mehr gegen Dich hegen. Und wenn bis dahin zuweilen die Bitterkeit in mir übermächtig anschwillt, so nimm es als die Unvollkommenheit der Erde, die wir vor dem Überwinden doch auch erleiden müssen. Niemand wünscht mehr wie ich, daß Dein Leben aufwärts gehen möge. Marieluise

171 An Georg Hetzelein

Ingolstadt/Donau, den 21. 8. 34

Ich erlaube mir, Sie um die freundliche Rückgabe meiner Ihnen unter anderer Voraussetzung geschriebenen Briefe zu ersuchen – in welchem Zustande sie auch sein mögen. Mich leitet dabei die Erwägung, dass sie trotz eines durch Zeichnung und Beschriftung gegebenen Manneswortes bei Ihnen weniger gut aufgehoben sind als Ihre Zeichnungen bei mir. Die mir überlassenen großen Bilder sind wirklich schön, und ich danke Ihnen dafür. Fl.

172 An Hellmut Draws-Tychsen

Ingolstadt/Donau, den 9. 9. 34

Lieber Draws!

Beigeschlossen sende ich Dir in eingeschriebenem Brief die mir zur Ansicht überlassenen vier Briefe sowie Abschriften und Urschriften Deiner beiden Artikel, von denen besonders der chemische sehr unterhaltsam ist. Von den Gedicht-Proben des an sich guten Sadî-Gedenkartikels bin ich weniger entzückt. Er war einfach greulich abzuschreiben infolge der unpraktischen Zirkumflexe und leider unmöglich auf drei Seiten unterzubringen. – Bitte, übermittle mir doch baldmöglichst die genauen Bedingungen des Novellen-Preisausschreibens »Die neue Linie« (ich glaube einer Zeitschrift des Beyer-Verlages), das auch in diesem Jahr statthaben soll. Ich möchte den »Geizhals und die Tochter« dort einreichen, falls er an Länge die vorgeschriebenen Bedingungen erfüllt. Herr Fechter sitzt zwar im Preisrichter-Komitee – aber wenn die Einsendung anonym ist könnte ja der Zufall walten. – Die Ablehnung S. Fischers bleibt mir unverständlich. – Für die Maßnahme im Kiepenheuer-Verlag, die ich nicht ganz zu übersehen vermag, danke ich Dir sehr. Ich werde Deinem Wunsche folgend Dich selbstverständlich von etwaigen Zuschriften verständigen. Mit der Aufstellung meiner Prosastücke für ein neues Büchlein will ich noch ein wenig warten. Es langt ja auch noch nicht. – Daß die Elfingersitzung nach so langer Pause Dein Herz erlabt hat, kann ich mir denken. Bitte, grüße die Beteiligten von mir zurück. Die Leibwärmer bin ich gerne bereit zu stricken, wenn Du mir das Geld für die Wolle vorher zusendest. Es ist mir unverständlich, warum Du immer wieder eine Bewegungsfreiheit bei mir voraussetzt, die zwar bei anderen auch ärmeren Leuten üblich ist, die ich aber leider entbehren muß, und die bittere Tatsache ignorierst, daß ich jahraus jahrein ohne jeden Pfennig Geld hier verbringen muß und innerlich einen schrecklichen Schrumpfungsprozeß durchmache, da ich notgedrungen Vergleiche mit meiner Umgebung ziehe! Auch Deine Artikel wäre ich dir nicht imstande zurückzuschicken, wenn ich nicht die Briefmarken dafür klauen würde. Ich kann also an die Arbeit erst gehen, wenn ich mir die Wolle beschaffen kann. Ich würde nach meiner Erkundigung zu einem Leibwärmer mindestens zwei Strang Wolle benötigen (200 gr), der Strang besserer Wolle kostet mindestens 1,50 M bis 1,80 M. Für die zwei Leibwärmer müßte ich also wohl acht Mark in der Hand haben, was ich zwar ziemlich teuer finde. Wenn Du das Geld dafür anlegen willst, dann schicke es baldmöglichst, damit sie fertig werden, bevor die große Kälte kommt. Schreibe mir auch noch, ob der Schlauch durchgehend von oben bis unten die gleiche Weite haben soll – denn so habe ich Dich verstanden. – Auf die Schweden-Sondernummer bin ich schon gespannt. – Den Brief Krells an Schlüter finde ich typisch molluskenhaft. – Für die Deutsche Zeitung bemühe ich mich demnächst etwas Humoristisches zu schreiben, will aber nichts verschrein. Seit vier Wochen habe ich großes Pech mit einer Novelle, die ich bereits auf drei verschiedene Arten begonnen habe, jedesmal ohne über die ersten vier Seiten hinauszukommen. Entweder fehlt es am Erlebnis, daß es sich erschließen läßt, oder es fehlt am Betrachter, und ich muß sie vielleicht, um einen anderen Gesichtspunkt zu bekommen, für eine spätere Zeit zurückstellen. Nun, wir werden noch sehen! – Hinsichtlich des Weihrauchs muß ich Dir allmählich recht geben. Es kann einem schon schlecht werden, wenn man eine Zeitung aufmacht. – Wie ist es nun mit den gewünschten Büchern? Kannst Du sie mir beschaffen? Soviel ich weiß, gibt es hier leider keine Stadtbibliothek. »Lucinde« von Schlegel habe ich inzwischen leihweise erhalten. – Hoffentlich gibt es endlich einmal für mich Geld. Das Winterkleid, das ich mir schon im vorigen Jahr nicht beschaffen konnte, habe ich immer noch nicht und meine Überschuhe sind leider kaput, von anderem ganz zu schweigen. Meine innere Verfassung mögest Du daraus ersehn, daß ich mich bei Herrn Haindl um die Stelle als Ladenverkäuferin beworben habe, als diese vakant war – mit negativem Erfolg. Er meint, ich wäre zu alt geworden für seine Branche. Ja, die Idealismen einer Frau rächen sich ganz anders als die des Mannes. Aber ich will einfach nicht die Hoffnung für den Sinn meines Lebens aufgeben. Schließlich muß es mir doch meine treue Arbeit lohnen, daß sie auch mir als Frau den äußeren Halt zu geben vermag.

Gruß Marieluise

173 An Georg Hetzelein

2. 10. 34

Wenn ich der Herrgott wär,
Würde ich wem, auf Ehr!
Benzin verlöten.
Ich bin Poete nur,
Opfer der großen Hur,
Und gehe flöten.
Zween Zähne wurden mir gezogen. +)
Der Geldsack kam noch nicht geflogen.
Vor Kummer ward ich ratzekahl.
Verlockt Sie nicht dies Göttermahl? Emef

+) über die Zeit ist nichts gesagt!

174 An Georg Hetzelein

Ingolstadt, den 5. 10. 34

In mein Tintenfaß ist ein Hetzel gefallen
Und geht seitdem darin um.
Will ich mit der Feder hineinkrallen,
Stößt er mit dem Horn heraus, bumm!

Er hat mir das schönste Geständnis zersplittert,
Mir die unbefangensten Briefe verknittert,
Und will ich einmal was Rechtes sagen,
Gleich fühl ichs wie einen Hieb am Magen.

Dann wundert er sich leise,
Daß ich gemeinerweise

Und plötzlich so vürnehm –
Ach, Hetzel, hau schau wem!

Die Vürnehmheit tut nämlich weh
Vom Scheitel bis zur großen Zeh,
Besonders wenn sie erst erworben,
Und abgemurkst ist auch gestorben!

Ja, hättest mir nicht auf den Flügel gespuckt,
Dich hätte ein Engelein angeguckt!
Ich war selber gespannt auf den Schmetterling, schau –
Ich fürchte, der Ochs war zu schlau.

Fleißerin

175 An Hellmut Draws-Tychsen [Postkarte]

Ingolstadt, den 9. 10. 34

Lieber Draws!

Beigeschlossen erhältst Du die Abschriften und Urschriften Deiner beiden letzten Artikel. Hinsichtlich Halbes habe ich diesmal leider keine große Hoffnung, da er mir vor zwei Monaten, als ich vor Schulden erstickte, mit vierzig Mark ausgeholfen hat. Er schrieb damals, daß es der Schiller-Stiftung nicht gut geht, da sie ungewöhnlich in Anspruch genommen wird. Das B.T. hat mir ein neues Feuilleton zurückgeschickt, das allerdings nicht gut ist, aber woher nehmen in dieser trostlosen Depression? Für den Winter besitze ich nur einen blauen Rock, sonst kein einziges Kleidungsstück mehr und mein Vater hat mir nahegelegt in den weiblichen Arbeitsdienst zu gehen. Hoffentlich schickst Du gegen Monatende das versprochene Geld auch wirklich. Die Artikel sind gut und es freut mich, daß Deine Publikationsmöglichkeiten sich langsam erweitern. Leider habe ich infolge einer neuerlich notwendigen Zahnoperation Deinen Geburtstag übersehen. Ich wünsche Dir nachträglich Gutes und freue mich, daß Deine Schwester wenigstens unter Dach und Fach ist. In aller Eile Marieluise

176 An Georg Hetzelein

11. 10. 34

Kind der Liebe, laß Dir künden,
Du sollst suchen mich und finden.
Pyramiden, die man schaut,
Wurden stets einmal erbaut.
Jede Sphynx weiß um die Fron.
Spätere Zeit erst hat den Lohn.

Ich habe offen gestanden vermißt
Das Bild, wo Du meine Seele küßt.
In solchen Nächten flammen uns meist
Die Sterne wie Zungen vom Heiligen Geist.
Flammten sie mir,
Warum nicht Dir?

Denn ob Dir alles zum Sexus gerinnt,
Sind wir heut doch weiter als Wedekind.
Muß das Kind im Manne spielen,
Darf er drum doch zarter fühlen,
Daß ihn dies mit jenem ziert
Und die Frau ihm nicht erfriert.

Der Mensch steht höher als das Tier,
Weiß man, und Du beweis es mir!
Viel Qualen hab ich in mir verbrannt
Und Dich unter vielen Namen erkannt.

Das hat unterm Himmel gewiß seinen Grund.
Denn wärst Du nichts als ein streunender Hund,
Ich würde deswegen nicht weiter schrein.
Sonst würde aber auch gar nichts sein!

Zwar scheinst Du auf Deutlichkeiten erpicht,
Doch machst Du mir nichts weis: so eng bist Du nicht.
Und sind wir jetzt wieder einmal ergrimmt,
Mich solls nicht rühren: ich weiß es bestimmt.
Laß mich einmal den besseren Hetzel sehn.
Nennst Dus auch gelogen – lüg wenigstens schön!

177 An Georg Hetzelein

17. 10. 34

Lieber Hetzelein!
Zu Ihrem Geburtstag wünsche ich Ihnen alles, was Sie sich selber wünschen. Können Sie sich verbürgen, daß Goethe auch an dem morgigen Datum geboren ist? Ich müßte das nämlich wissen wegen einer Geschichte. Sagen Sie dem Schwabacher Dokkele, es möge nicht mehr zornig auf mich sein, weil ich es doch so gern mag.

Herzlich
Ihre Fleißerin

178 An Georg Hetzelein

22. 10. 34

Ich möchte doch wissen, wer immer mich ruft
Und mir keine Ruhe will lassen.
Er springe endlich über die Kluft!
Ich lerne ihn sonst noch hassen.

Sollten es Ihre Eintagswünsche sein,
Bitte ich, mirs bescheiden zu melden.
Einen Unbekannten bilde ich sonst mir ein
Und mache mir draus einen Helden.

Ich träume von einem oft in diesem Jahr.
Doch weiß ich nicht die Adresse,
Kann auch nicht zuerst schreiben, das ist klar.
Er hält mich sonst für eine Kesse.

Als ich sechzehn, war ich sein tiefer Schwarm.
Wir sahn uns einmal, dann nicht wieder.
Wir gingen nicht einmal mitsammen per Arm.
Doch war er bei mir wie mein Mieder.

Sieben Wochen war ich dann schwer krank.
Er hat mich durch das Fieber begleitet

Und mir als mein Jäger groß und schlank
Manch wilden Traum bereitet.

Nach drei Jahren hat er sich mir fast entdeckt.
Ich ging mit ihm durch den Englischen Garten.
Doch habe ich ihn da tödlich erschreckt
Und er wollte nicht mehr auf mich warten.

Mir ist ein Neuer prophezeit,
Der mein ganzes Leben soll wenden.
Ich bin gegen Träume nicht gefeit.
Himmel, wie läßt sich dies Träumen beenden?!

Fleißerin

179 An Georg Hetzelein

30. 10. 34

Einst hast Du mich zu den Fliegen geschickt
Und mußtest die Zeichnung mir schenken.
Seitdem habe ich keine Fliege erblickt,
Ohne an Nürnberg zu denken.

Du machtest ein sprachlos geschwollen Gesicht
Und dachtest an Deine Sünden.
Zu Ende mit Deinem Latein warst Du nicht.
Das sollte sich später finden.

Was mich betrifft, komme ich griechisch schon,
So kurz nach Deinem Feste.
Freund, ariston toch y taton!
Das Letzte ist das Beste!

Ich weiß, daß es bald einen Rückschlag gibt,
So dick wie mein letztes Kas-Trumm.
Denn wenn er vom Becher der Zustimmung nippt,
Schlägt er sofort in Kontrast um.

Fleißerin

180 An Hellmut Draws-Tychsen

Ingolstadt, den 18. 11. 34

Lieber Draws!

Deinen Brief mit dem mich teils erfreuenden, teils beunruhigenden Inhalt erhielt ich erst gestern, da ich der Einladung von Bekannten folgend eine gute Woche von zuhause weg war. Mein Vater hat mir den Brief nicht nachgeschickt, aber selbst wenn er ihn geschickt hätte, hätte ich ohne die nötigen Unterlagen die von Dir gewünschte Aufstellung nicht anfertigen können. – Für Deine endlich vom Erfolg gekrönte Bemühung beim B. T. danke ich Dir sehr. Die Arbeit hat leider durch die Striche nicht gewonnen, aber ich stehe diesem Vergehen am Dichter wie überhaupt allem Betrieb um den Dichter herum allmählich mit Zynismus gegenüber. Die Welt ist die schlechteste aller denkbaren und es hilft nichts, man muß dem ins Auge sehen lernen, daß man in Wahrheit nur für sich selbst schreibt. Selbst der Allernächste hat schon deswegen ein Hühnchen mit einem zu rupfen. – Hoffentlich werden auch die anderen Versprechungen Wirklichkeit. Ich laufe nämlich schon seit Monaten mit dem halben Mund ohne Zähne herum und brauche nach dem genausten Kostenvoranschlag hundert Mark bereits für den Zahnarzt, um wenigstens den sichtbaren Schaden zu beheben. In Berlin könnte ich mich so überhaupt nicht sehen lassen.

Beigeschlossen sende ich die Aufstellung der in den neuen Novellenband zu übernehmenden Arbeiten, deren alleinige Auswahl ich mir selber als dem verantwortlichen Schöpfer vorbehalten muß. Insgesamt werden mit dem von mir Zugelassenen zweiundachtzig einhalb meiner Manuskriptseiten erreicht, was zu wenig ist. Hinzu kommen noch zwei Novellen von vermutlich je ca. 20 Seiten Länge, eine über zwei Frauen in bezug auf einen Dritten, die ich morgen zu beginnen gedenke, und eine zwischen zwei Frauen und zwei Männern. Auch die bereits vollendete Novelle »Die Lawine« wird noch einen genau ausgebauten Schluß und einen langsamen Anschub am Anfang erhalten. Das Buch wird heißen »Ein Schifflein Brüder« und die darin enthaltenen Erzählungen werden in einer Rahmenhandlung zusammengefaßt werden, derart daß eine kleine romantische Gesellschaft von Freunden es sich zur Aufgabe macht, durch erzählende Versuche das Gesetz einer Novelle zu finden und dabei sich immer mehr dem nähern, was sie unter einer Novelle verstanden wissen.

Ich beabsichtige mit diesem Buch nur die rein dichterischen Arbeiten zu berücksichtigen und habe aus diesem Grunde das Feuilletonistische der letzten zwei Jahre ausgeschieden. Darunter rechne ich: Vom faulen Baptist und vom wackeren Schreiner; Radfahren wider Willen; Der Wellensittich; Die schwedische Aura; Der gute Zweck; Darf man in der Liebe lügen? Profil eines Verbrechers; Liebesbrief an einen Mann; Kleiner Schnörkel um eine Sonnenblume; Zeugnis für Christl; Die Wahrheit in der Hand. Ich würde demnach mit den beiden noch zu schreibenden Novellen ein Manuskript von 120 – 130 meiner Manuskriptseiten einreichen.

Die passive Teilnahmslosigkeit, mit der meine letzten Buchpublikationen aufgenommen worden sind, hat mir zu denken gegeben, und ich halte dafür, daß dem Buch etwas Neues hinzugefügt werden muß, um das Publikum aufzurütteln. Es ist mein persönlicher und dringender Wunsch an den Gustav Kiepenheuer Verlag, – den ich Dich zu übermitteln bitte, bzw. bitte mir umgehend es mitzuteilen, wenn Du ihn nicht übermitteln willst, da ich dann selbst an Kiepenheuer schreibe – daß mein Buch »Ein Schifflein Brüder« von den Illustrationen eines mir bekannten und der Romantik sehr nahestehenden Zeichners namens Georg Hetzelein, der mich durch seine Art zu zeichnen in einer besonderen und sonst bei keinem Illustrator erfahrenen Art und Weise anspricht, begleitet sein möge. Er hat eine ihm eigentümliche zwischen Romantik, naiver Kindlichkeit und spekulativer Ironie schwebende Art, die meine Begabung zu schreiben instinktiv versteht, sich dabei aber nicht beruhigt, sondern stets einen neuen erregenden Akzent darauf setzt, d.h. seine Zeichnungen begleiten nicht bloß schmiegsam das verstandene Wort, sondern überhöhen es und führen es weiter in eine schärfere Geistigkeit hinein. Das ist der Grund, warum ich gerade auf diesem Zeichner bestehe und mir nicht damit ge-

dient ist, wenn Herr Kiepenheuer, der, wie ich weiß, ja neuerdings illustrierte Bücher herausbringt, mir etwa einen anderen vorschlägt. Ein anderer, und wäre er noch so bekannt, wäre nämlich kein Ersatz, da bei ihm das instinktive Aufeinanderansprechen der Begabungen nicht vorhanden wäre. Hetzelein ist übrigens ein Liebhaber von Paul Scheerbart, mit dem er einigermaßen verwandt ist, da beide Philosophie zeichnen. – Ich bitte demnach Herrn Kiepenheuer, zu meinem Vorschlag Stellung zu nehmen. Was mich betrifft, bin ich entschlossen, die Zusammenarbeit mit Hetzelein zu realisieren. Wenn Kiepenheuer sich weigert, muß eben später ein neuer Verlag gefunden werden, der sich nicht weigert. Ich habe nämlich eine Art Aberglauben, daß mein Erfolg an den Erfolg dieses Zeichners geknüpft sein wird und man soll solche inneren Stimmen nicht verachten. – An der Honorarfrage wird es nicht scheitern, da Hetzelein nicht mehr verlangen wird wie andere. Es wäre gut, wenn Du in Erfahrung bringen könntest, was andere Illustratoren bekommen und wieviel Zeichnungen sie dafür liefern.
Das druckfertige Manuskript herzustellen ist im Augenblick nicht möglich, da mir die Frauennovelle zu schaffen macht und diese sonst nicht geschrieben wird. Auch muß zuvor die Rahmenhandlung geschrieben sein. Wie lange kann Kiepenheuer sich damit noch gedulden?
Während meines Wegseins bin ich außerordentlich angeregt worden durch die literarische Bekanntschaft mit einem Engländer namens Lawrence. Ich habe vier seiner Bücher gelesen, die auf mich einen gewaltigen Eindruck machten. Du scheinst seine Werke nicht zu kennen, da Du sie mir gegenüber nie erwähnt hast. – Den Brief der DAZ reiche ich beigeschlossen zurück. Daß Gurk veröffentlichen kann, freut mich für ihn. Ich bitte ihn wie alle unsere Freunde von mir zu grüßen. – Du hättest das Manuskript »Die Wahrheit in der Hand«, da es an *mich persönlich* geschickt worden ist, nicht einbehalten dürfen und ich muß Dich im Verkehr mit mir um mehr Delikatesse ersuchen. Ich bitte Dich, es mir umgehend zurückzusenden, da ich es in Gottes Namen bei der B.Z. einreichen muß. – Wenn Du dein Honorar von der Times erhältst, das ja reichlich bemessen

sein wird, bitte ich Dich mir endlich das leider ohne meine vorherige Verständigung einbehaltene Honorar der Deutschen Zeitung von fünfzig Mark für meinen derzeitigen Weihnachtsartikel zu übermitteln, mit dessen Übersendung Du wirklich unbotmäßig lange gewartet hast. Es ist mir peinlich, Dich geradezu anmahnen zu müssen, aber wie Du weißt, brauche ich allein für den Zahnarzt hundert Mark, die Garderobesorgen und meine persönlichen Schulden noch gar nicht gerechnet. Ich sitze somit über Deinem Brief mit einem lachenden und mit einem weinenden Auge. Fleißerin

1 Brief, 1 Aufstellung in zweifacher Ausfertigung

181 An Georg Hetzelein

Ingolstadt, den 28. 11. 34

Lieber Schorsch!

Ich danke Ihnen sehr für Ihre schweigsame Photographie und für den Romantischen Wald, den ich nur beglückt ansehen kann. Es war ein Kunststück, den Wald unbeschädigt aus der Rolle zu bringen. Das Rückblatt hat ein paar Kratzer und Büge abgekriegt, was aber der Liebe kein Kind macht. Schade, daß ich ihn jetzt noch nicht hängen kann. Ich habe mir eine Mappe bestellt, die bis zum Samstag fertig wird, damit ihm nichts passiert. Ich gehe jetzt nur mehr am Dienstag und Samstag aus und schlafe sehr gequält. Sie und Draws waren die einzigen Menschen, die nicht auf meinen Geburtstag vergessen haben. Gestern und heute haben Sie mir bös zu schaffen gemacht. Ich wollte Ihnen gestern schon schreiben, war aber dann schrecklich traurig. Draws schrieb, daß Kiepenheuer sich schon einige Male nach dem Manuskript meines neuen Buches erkundigt hat, und ich bin auf meine Art fleißig, ein Zustand, den Sie vielleicht noch als faul bezeichnen würden. Ich habe der Lawine elf Seiten voraus geschrieben, darunter ein paar sehr gute. Hoffentlich verlagert es das Schwergewicht nicht zu stark. Wenn sie fertig ist, schicke ich Ihnen die dazugeschriebenen Blätter.

Gestern habe ich im »Schriftsteller« gelesen und bekam die ermattende Zwangsvorstellung, daß Kiepenheuer trotz seiner prinzipiellen Einstellung zu mir sich meine Novellen nicht zu drucken traut wegen des erotischen Einschlags. Aber ich will mich darum noch nicht kümmern, sonst kann ich überhaupt nichts schreiben. Schon muß ich mich bei Draws aufs hohe Roß setzen, der durchaus mein Buch mit mir gemeinsam sichten und durcharbeiten will, damit es seriös wird: ein seriöser Leichnam. Von den in das Buch aufzunehmenden Geschichten besitzen Sie *Zwerg Auge*, *Balder und Sylphide* und die *Lawine*. Es wird heißen »Ein Schifflein Brüder«. Zwei Frauen und zwei Männer, Jugendfreunde, kommen nach langer Zeit wieder einmal zusammen und machen es sich zur Aufgabe Geschichten zu erzählen, die teils mißlingen, teils gelingen, teils moralisch, teils etwas anderes sind. Ich möchte, daß das Ganze romantisch aufgezogen wird. Es wäre vielleicht gut, wenn Sie sich ein wenig überlegen, was Sie eventuell dazu illustrieren würden, dies allerdings unter der Voraussetzung, daß Sie sich die Mühe vielleicht umsonst gemacht haben, denn ich kann weder dafür garantieren, daß das Buch überhaupt erscheint, noch dafür, daß es illustriert wird, was ein Buch sehr verteuert, und man die Illustration auf Grund meiner Verwendung einem Unbekannten gibt. Da aber Ihre anderen Arbeiten sich vorerst auch nicht bezahlt machen, kommt es Ihnen vielleicht nicht so darauf an. Die Zeichnungen dürfen aber nicht erotisch sein – ich selbst muß im Ernstfall aus meinem Text noch manches ausmerzen – und sie sollen nach Ihrem Sinn romantisch sein. Die Männer heißen Luis und Görgen, die Frauen Bettina und Thekla. Das kritische Geplänkel zwischen den Geschichten liegt mir verdammt noch mal nicht und ich muß darüber wahrscheinlich noch mit Ihnen reden. Grüßen Sie Fräulein Hirscheider und zeichnen Sie mir was.

Ihre Fleißerin

182 An Georg Hetzelein

3. 11. 34 [Poststempel 3. 12. 34]

Lieber Schorsch!
Hoppla, so geht's aber nicht! Zerbrechen Sie sich nicht mehr den Kopf darüber; so kommt nichts dabei heraus. Wenn überhaupt, so muß man eben sehen, ob man nicht einige der bereits vorhandenen naiven Zeichnungen hernehmen kann. Doch stehen die Aktien schlecht. Ich habe aus Berlin Nachricht, daß »mein wahnwitziges und gegen mich selbst geradezu verbrecherisches Vorhaben« die Herstellung des Buches um mindestens tausend Mark verteuern müßte und man nicht wagen kann für ein Buch von mir einen derartig hohen Preis zu fordern, wie es dann notwendig würde. Kiepenheuer wird also voraussichtlich nein sagen, da er gänzlich verarmt ist. Also reißen Sie mich in Stücke, bestreuen Sie mich mit Pfeffer und Salz, graben Sie mich ein und trösten Sie sich schließlich damit, daß noch nicht aller Tage Abend ist und Sie es ansonsten entschieden besser haben wie ich. Wenn Sie Wert darauflegen, die sechs Zeichnungen zurückzuerhalten, schreiben Sie es mir, ich schicke sie Ihnen dann zu. Was macht der andere, der ungeschäftliche Schorsch? Erstrecken sich Ihre Naturkenntnisse auch auf das Hermelin? Wenn ja, haben Sie bitte die Selbstlosigkeit, mir mitzuteilen, ob ein Hermelin dasselbe ist wie ein Wiesel oder etwas anderes, von welchen Tieren sich das kleine Raubtier nährt, ob es wie der Marder auch in Hühnerställe geht und dort auch nur das Blut aussaugt ohne das Fleisch zu fressen, ferner wie seine Stimme klingt, ob es schwarze Augen hat, ob die Sage stimmt, daß es manchmal den Mond anheult und ob es auch in Deutschland vorkommt. Sie sehen, ich bin recht wißbegierig und werde sehr stolz auf Sie sein, wenn Sie alles wissen. Ein Freund von uns, der vor einem halben Jahr für unheilbar geisteskrank erklärt wurde, wird jetzt Redakteur an einer großen Königsberger Zeitung. Sic! Dort wird ihm das Herz in die Hosen fallen, wenn er von mir etwas bringen soll. Aber daran sind wir ja gewöhnt und werden so abgehärtet, daß wir schließlich nur mehr mit knallenden Revolvern unter die Menschheit

gehen. Man bittet noch um eine Kleinigkeit: Wie heißt jener hübsche Lindlvers »Ein jedes . . . hat sein Kanaverl [?]« oder so ähnlich?

Mir ist ziemlich toll zumut. Fleißerin

183 An Hellmut Draws-Tychsen

4. 12. 34

Lieber Draws!

Dein Brief hat mich sehr geschmerzt. Was aber kann ich tun? Ich habe zwei Jahre lang gelebt wie in einem Grab und ohne Bewegtheit kann ich nicht arbeiten. An Inger habe ich keine Zeile geschrieben, da ich mich nicht in eine Verantwortung hineindrängen lassen wollte, die zu übernehmen natürlich nicht meine Aufgabe sein kann. Ich kann Inger nicht zwingen, Deine Freundin zu sein. Da Du mir aber seit anderthalb Jahren mit dieser Bitte zusetzest, will ich Deinem so dringenden Wunsche entsprechen und einen Brief an Inger, die ich wirklich gern habe, beilegen, den Du mit Deinem Brief zugleich schicken magst, wenn Du seinen Inhalt billigst. – Sonst muß ich Dir ganz schlicht sagen, ich habe Dir zuliebe unsagbar lange Jahre meine Natur überwunden und weder nach rechts noch nach links geblickt. Ich habe es Dir, wie sehr ich mich auch bemühte, nicht recht machen können und einen bis zur Zerrüttung gesteigerten Grad Deiner Unzufriedenheit erreicht. Heute habe ich die Hoffnung, es Dir recht zu machen, aufgegeben. Dies ist kein Vorwurf. Ich respektiere Deine Natur ebenso wie meine eigene, und ich wünschte, Du würdest meine auch so respektieren und jenes unfruchtbare Nachrechnen und Vergleichen meiner Briefstellen bleiben lassen. Meine Briefe sind keine gerichtlich zu beeidigenden Dokumente, sie sind bestimmt nicht meine stärkste Seite und aus den Gefühlsschwankungen heraus geschrieben, die meiner Natur angeboren sind. Ehrlich sind sie immer gemeint und ich bin mir nicht bewußt Dich wissentlich belogen zu haben. Du solltest sie bloß nicht so auf die Goldwage legen, weil ich von vornherein zugebe, daß sie manche Unzulänglichkeiten enthalten. Also nichts für ungut! Daß ich zweimal Deinen Geburtstag übersehen habe, war gewiß nicht schön von mir, und ich kann mich nur damit verteidigen, daß Du während unseres Zusammenlebens auch zweimal auf mein Fest vergessen hast. – Ich bin traurig, daß es Dir finanziell schlechter geht, als ich nach manchen Anzeichen zu hoffen begann. Auch hoffe ich sehr, daß Du wieder gesund bist. Für die Beilagen Deines Briefes danke ich Dir sehr. Das B.T. hat 75 M gezahlt, leider zu wenig für das vorhandene schlingende Loch. Hesse von der B.Z. hat mir die Arbeit zurückgeschickt. – Uhse hat mir sein Produkt auch an die Ingolstädter Adresse gesandt, wo ich es nach der Lektüre vernichtete, was nun auch mit dem anderen Exemplar geschehen ist. Ich weiß nicht, was seine leitende Idee bei diesem Tun war. Vielleicht wollte er mich beunruhigen, was ihm aber nicht glückte. – Hinsichtlich der Zuwendungen der Schiller-Stiftung habe ich meine Meinung, die übrigens niemals gegen Halbe persönlich ging, geändert. Schließlich muß ich meinen Beitrag für den Verband auch bezahlen, gehöre also dazu und brauche mich wegen einer Zuwendung nicht zu fürchten. Ich danke Dir sehr für Deine Verwendung bei Halbe und hoffe sehr, daß er es möglich machen kann. – Daß ich Dich mit Deinen Freunden zu entzweien versuche, bleibt Deine persönliche Einbildung. Ich gönne Dir Deine Freunde aufrichtig, wenn Du das Glück hast, welche zu besitzen. – In Deinem Plan, eine Professur anzustreben, kann ich Dich nur bestärken. Sie würde meinen Gedanken um Dich ein wenig Ruhe geben. – Paul Gurk beglückwünsche ich herzlich und freue mich, daß er aus dem Gröbsten herauskommt. – Ich habe Ullstein schon zweimal wegen der falschen Adresse angemahnt und werde es ein drittes Mal nachdrücklich tun. – Hat Senorita Maria einen Andorraner geheiratet? Wenn Du an Mister Church schreibst, grüße ihn bitte von mir. Grüße auch unsere Freunde, Vater Friedland und die Damen Wolf nicht zu vergessen. – Hoffentlich wird Brunck es nicht als persönliche Bedrohung empfinden, wenn er was von mir drucken soll. Die Nachricht von seiner demnächstigen Anstellung hat mich sehr überrascht. Ich glaubte ihn unheilbar geisteskrank in einer Irrenanstalt untergebracht. – Ich bin in dieser Woche fleißig gewesen, so fleißig, als hetzte der Tod hinter mir, aber seit Deinem Brief ist mein Stoff plötzlich versiegt und ich bin so müde geworden. Du sollst nicht glauben, daß es mich nicht schmerzt, wenn ich Dir Schmerz zufüge. Wer aber kann uns helfen. Ich habe eine grauenhafte Angst davor, als ein dürrer Ast vom Baume des Lebens zu fallen und suche nach einem Anstoß, der meinen Saft treiben macht wie nach einem Wunder. Da mich aber von allen Seiten die unübersteigbaren Mauern einengen, treibe ich das Spiel derer, die mit Bällen werfen. Es ist doch eine Verbindung mit Neuem und macht mich mein Grab für Stunden vergessen. Ich hasse das Begrabensein. Gestern und vorgestern bin ich ganz bei Dir gewesen. Aber ich will mich nicht überrumpeln lassen. Tausend Erinnerungen stehen wider meine Sehnsucht.

Was die Zeichnungen zu meinem Buch angeht, so würde ich den Vorschlag nicht machen, wenn ich mir nicht gerade eine Hebung des Absatzes davon versprechen würde. Da ich bestimmte Zeichnungen sehr liebe, erscheint es mir als natürlich, daß sie jene Leute ansprechen, denen wiederum meine Art zu schreiben liegen müßte. Man könnte es vielleicht doch billiger machen, indem man nur ein paar Zeichnungen aufnimmt, vielleicht vier. Ich lege einige kleinere Zeichnungen bei. Sie sind unersetzlich, dürfen nicht verloren gehen, weshalb ich sie eingeschrieben schicke und müssen baldmöglichst wieder an mich persönlich zurückgeschickt werden. Du wirst ja sehen, wie Kiepenheuer auf den Vorschlag reagiert. Daß die Herausgabe meines Buches aus diesem Grunde unterbleibt, will ich nicht, das kann ich mir jetzt nicht leisten. Ich müßte dann, um meinen Wunsch durchzusetzen eine bessere Zeit abwarten und für diesmal verzichten. Aber es täte mir leid.

Der Artikel über die Königin Christine hat mich sehr interessiert. Ich werde ihn verwahren und vielleicht einmal eine Novelle über diese Frau schreiben. Die Auswahl zu Deinem schwedischen Vortrag war sehr geschickt, und ich hoffe, Du warst mit dem Ergebnis zufrieden. Die schwedische Lyrik ist ganz entzückend übertragen und die Cecilie Tychsen Ecke sehr repräsentativ. Von den siamesischen Gedichten gefällt mir am besten das Wiegenlied. Die Verleihung des Nobelpreises an Pirandello ist ein Skandal und Dein Vorstoß gerecht und würdig. Von Horns Artikel hat mich die Stellungnahme zu Lampel und Kaiser am meisten interessiert. Mührs Artikel liest sich sehr edel und verpflichtend, aber deckt sich nicht mit der uns früher von ihm bekannt gewordenen Haltung. Es ist leicht solche Dinge als Hans im Glück [zu] versprechen, aber ich entsinne mich noch recht gut an den verärgerten Mühr.

Es ist spät geworden, sodaß ich den Brief, den ich wegen der Zeichnungen eingeschrieben schicken muß, heute nicht mehr absenden kann. Ich habe ihn ohnehin zum dritten Mal abgeschrieben und immer wieder Stellen ausgemerzt, da ich durch Deinen dauernden Tadel von meiner Unbefangenheit Dir gegenüber leider das Meiste verloren habe und so ist es auch für mich ein mühseliges Beginnen, wenn ich Dir schreibe, und dem Schmetterlingsflügel ist der Schmelz abgestreift, was schade, aber unter den obwaltenden Umständen nicht zu ändern ist. Gott behüte Dich, mein Bübchen, wenn Du auch mir gegenüber ein Schulmeister bleiben wirst, lieb habe ich Dich doch.

Noch einmal bitte ich Dich zu beachten, daß ich die Zeichnungen sehr ungern weggebe, da sie mir an der Freundschaft das Wichtigste sind. Ich werde in Sorge sein, bis ich sie wieder in meinen Händen halte und mache Dich dafür haftbar, daß sie baldmöglichst wieder unbeschädigt in meinem Besitz sind. Ich bin leider gezwungen, sie mit der teilweise vorhandenen Beschriftung einzusenden, die Du nicht ernst zu nehmen brauchst, da sie Äußerungen des Spieltriebs sind und weder von dem Urheber noch von mir ernst genommen werden.

Gott helfe mir, daß ich wieder arbeiten kann und mir jetzt nicht alle Lust genommen ist. Aber ich will aufhören, denn ich bin sehr müde und schreibe sicher schon wieder Unsinn.

Machs gut und werde mir gesund!

Marieluise

1 Brief an Inger, 12 Zeichnungen und ein Verzeichnis, *Einschreiben.*

184 An Georg Hetzelein

10. 12. 34

Lieber Schorsch!

Ich bin Ihnen schon lang einen Brief schuldig und den sollen Sie auch haben, trotzdem es jetzt schon spät ist, und mir die Finger von der Schreibmaschine müd geworden sind. Sie denken sonst, ich bin fein geworden, weil ich eventuell für Kiepenheuer arbeite, aber das ist leider noch gar nicht sicher. Auch ist mir beim Abschreiben gallenbitter zumute, es sind da ein paar solche Murksnovellen und die Rahmenhandlung will mir nicht von der Hand. – Auch geht es mir wieder so, daß ich verblöde, wenn ich über mein Quantum hinaus arbeite, es ist dann eben auch danach. Mitteleinschub und Schluß der *Lawine* sind mir sauer geworden, ich finde es literarisch. Es liegt schon seit Tagen bei mir herum und ich wollte es ihnen nicht schicken, heute kommt es aber bei. Nach dem Brief von Berlin habe ich tagelang nichts gearbeitet, weil ich dorthin einen langen und sehr ausführlichen Brief schreiben mußte und den habe ich dreimal abgeschrieben vor lauter Verdruß und immer einige Stellen weggestrichen. Auch habe ich erkleckliche – um mit Friedenthal zu reden – Abschriften bekommen, darunter eine 30 Seiten lange großenteils französisch geschriebene und mit wilden Fehlern behaftete Novelle und das paßt jetzt alles so schlecht. Die Novelle von den Frauen habe ich nicht geschrieben, sie liegt mir jetzt auch nicht mehr im Magen, ich bin ganz stumpf von der Abschreiberei. Auch hat sie den Haken, daß sie vielleicht nicht genügend anständig wird. Bitte beachten Sie in der Lawine das rote Fragezeichen und beantworten Sie mirs im nächsten Brief. Wie geht es Ihnen? Es hat mich gefreut, daß Sie nicht beleidigt waren und mir sogar auf die Fragen geantwortet haben. Ich habe Draws ein kleines Bündel ihrer naiven Zeichnungen eingeschickt und ihm würden diese schon gefallen. Der Haken ist nur das Geld. Ich habe bei dieser Gelegenheit bemerkt, daß Draws mich doch sehr lieb hat. Können Sie mir nicht einmal was Nettes für mich zeichnen, ich habe eine Aufmunterung so nötig, ich bin so verzagt und vielleicht kann ich vor Weihnachten überhaupt nichts mehr schreiben. Aber natürlich will ich Sie nicht zwingen. Ich möchte bloß wissen, was für Gedanken jetzt in Ihrem Kopf laufen und ob da noch was Liebes für mich dabei ist. Ja, jetzt kommt meine Beischläferin und will das Licht ausgelöscht haben. Also Gutnacht,

Ihre Fleißerin

185 An Georg Hetzelein

Ingolstadt, den 16. 12. 34

Lieber Schorsch!

Ja, man sollte den Beruf an den Nagel hängen, aber man fängt zähneknirschend immer wieder an. Durch einen Zufall habe ich dieser Tage allerhand Raritäten aus der Zeit vor 28 durchgesehen und entrümpelt. Ich habe bloß in einem fort den Kopf geschüttelt. Zeiten waren das und eine glückliche Eingenommenheit besaß man von der Wichtigkeit der eigenen Begabung! Na, inzwischen steckt mir ja allerhand Schrecken in den Gliedern. – Die »Dame« hat mir neuerdings geschrieben und will aus der (alten) Lawine die ganze Liebesnacht heraus haben und will eine neue Begründung für die Katastrophe. Liebesnächte sind anscheinend etwas, was den »Damen« ewig fremd bleiben muß. Dann kann es sein, daß sie vielleicht, eventuell, im Frühjahr ... Ich habe jetzt schon eine Gänsehaut, wenn ich was von der Geschichte höre. – Kiepenheuer wird das Buch wahrscheinlich nicht machen. Ich habe zwar noch keinen Bescheid aus Berlin, habe das aber so im Gefühl und bin bloß neugierig auf die Begründung. Es wäre nicht das erste Mal, daß der »kranke Wolf« was von mir ablehnt. – Wie geht es dem Ritter Schorsch? Ist er zornig auf mich oder gut auf mich zu sprechen? – Ich habe einen Vorschlag, weiß aber nicht wie weit Sie damit konform gehen. Ich muß mir nämlich Stoff zu einem neuen Kleid besorgen, den ich hier nicht passend finde. Ich würde unter anderen Umständen nach München fahren. Nun möchte ich das lieber in Nürnberg erledigen falls mir dann Gelegenheit geboten wird, Sie zu sehen. Es fragt sich dabei, ob Sie mich in Treuchtlingen abholen können. Wenn ich nämlich die ganze Reise bezahlen muß, wirds zu teuer und langt dann wieder nicht mehr für den Stoff. Das Kleid brauche ich nötig und wills nicht lange verschieben. Ohne die Rücksicht auf Sie wäre ich schon vor acht Tagen mit der Sonntagskarte nach München gefahren. Nun wird es vor Weihnachten nicht mehr verarbeitet, und man könnte es in die Ferien verlegen – falls Ihre Ferien das gestatten. Also paßt es ihm in den Kram oder paßt es ihm nicht in den Kram? Sie sind so schweigsam über sich selbst und ich wüßte gerne mehr von Ihnen. Was zeichnen oder malen Sie? Hat unsere Freundschaft sich den Fuß verstaucht? Ich wills nicht hoffen. Die schönsten Grüße an Sie und Fräulein Hirscheider.

Ihre Fleißerin

186 An Hellmut Draws-Tychsen

Ingolstadt, den 29. 12. 34

Lieber Draws!

Beigeschlossen sende ich Dir im eingeschriebenen Brief Abschriften und Urschriften Deiner Artikel, die gut sind – nur würde ich an Deiner Stelle die »ungewaschene Arschbacke« durch eine zartere Umschreibung ersetzen. Gleichzeitig reiche ich die Briefe von Kiepenheuer und Meunier zurück, nachdem ich sie abgeschrieben habe. Ich habe G. noch nicht mit dem Gutachten bekannt gemacht, da ich ihn seitdem noch nicht gesehen habe. Ich habe mit G. im Spätherbst ein paar Mal geschlafen. Seitdem hat sich mein innerer Abstand von ihm ziemlich gefestigt. Ich denke, daß es so gut sein muß, weil es notwendig war und mich von einer quälenden Begierde befreit hat. – Inger hat mir einen Weihnachtsgruß geschrieben und einen Brief versprochen. Hat sie Dir geschrieben? Hat die »Deutsche Zeitung« den »Zwerg Auge« nun gebracht? Mir gefällt dies Märchen auch gut, wohingegen mir der »Baumeister« und die »Frau mit der Lampe« wie das Gezappel einer im Fliegenleim festgeklebten Fliege vorkommt. Es wäre gut, wenn man sie für das Buch noch ausmerzen könnte. Ich habe eine kleine Atempause gemacht und hoffe im neuen Jahr gut zu beginnen. Ich denke oft an Dich, lieber Draws, manchmal mit neuer Hoffnung und manchmal rettungslos eingesperrt zwischen den Gittern der Erinnerung. Wenn Du doch ohne Gram einsehen könntest, daß ich einen Mann haben muß, der mich ernährt, weil meine Begabung finanziell nicht tragfähig ist, ich aber auch nicht vom Schreiben lassen kann. Oh mein Bübchen, ich denke und denke, ich wünsche mir Dich und wenn ich dann zur Besinnung komme, weiß ich, daß ich mir Dich nicht wünschen darf, wie soll ich herausfinden aus diesem Zauberkreis? Ich will ja wieder glauben an dies neue Jahr und will hoffen, weil dies unser einziger Reichtum bleibt. Ich bete für Dich und für mich, mein Bübchen, ich bin oft bei Dir. Ich wünsche Dir Glück und Segen Deine Marieluise

2 Artikel mit Abschriften, zwei Briefe.

187 An Hellmut Draws-Tychsen

Ingolstadt, den 11. 1. 1935

Mein liebes Bübchen!

Ich dachte einen Brief oder wenigstens eine Karte von Dir zu erhalten und bin in Sorge, weil Du nicht schreibst. Ich bin natürlich ziemlich unruhig, ob Du die Stellung beim Hamburger Fremdenblatt erhalten hast. Dein Anruf in der Neujahrsnacht war mir eine große Freude, und es hat mich sehr bewegt, Deine Stimme zu hören. Es ist nur schade, daß ich vorher nichts davon wußte. Ich hätte mir sonst überlegen können, was zu sagen ist, denn ich war am Telefon ziemlich verwirrt. Mein Versprechen bemühe ich mich zu halten, aber ich hoffe sehr, daß wir unser Wiedersehen nicht allzu lange hinausschieben müssen. Denn dieser Zustand, nicht Fisch noch Fleisch, wird mir nachgerade unerträglich. Ich gehe wie eine Träumende umher, und meine Seele ist schon lange nicht mehr hier. Zuhause benötigt man mich nicht mehr, seit wir ein Dienstmädchen haben. Auch meine Arbeit will sich gar nicht fügen. Ich habe mich jeden Tag dieses neuen Jahres abgequält und geglaubt, es zwingen zu müssen, aber es war umsonst. Ich bin eben wieder in der erstikkenden Eintönigkeit, die mich an allem darben läßt. Es wäre so bitter nötig, für das Buch noch zwei Novellen zu schreiben. Von der Deutschen Zeitung habe ich bisher nichts erhalten. Ich habe mir ein Kleid aus gutem Wollstoff machen lassen, sodaß ich jetzt wenigstens ein Winterkleid habe. Ich bräuchte freilich noch ein zweites und eines für festliche Zwecke. Ich habe hier eine gute Schneiderin, die für zwölf bis fünfzehn Mark ein Kleid tadellos arbeitet. In Berlin habe ich diese Gelegenheit nicht. Es ist schade, daß ich davon so geringen Gebrauch machen kann. Es würde sich für später lohnen. Den Zahnarzt habe ich einstweilen noch zurückstellen müssen. Mein Bruder arbeitet jetzt als Ingenieur in Berlin. Wie geht es Dir, mein Bübchen? Hoffentlich bist Du gesund. Ich würde so sehr wünschen, daß Du irgendwo untergebracht wärst. Ich flehe Gottes Segen auf Dich herab und bitte ihn darum, daß dies Jahr uns in einem besseren Sinne wieder zusammenführen möge und die Möglichkeit eines gemeinsamen gedeihlichen Zusammenlebens bringe,

Deine Dich küssende Marieluise

188 An Max Krell, Propyläen Verlag

14. 2. 35

Sehr geehrter Herr Krell!

Ich erlaube mir, mit einem Anliegen besonderer Art bei Ihnen vorzusprechen. Ich fühle nachgerade immer stärker das Bedürfnis, geregelte Arbeit zu tun und einen ordentlichen Beruf zu ergreifen. Können Sie Einfluss darauf nehmen, dass ich in Ihrem Verlag eine Anstellung als Schriftleiter erhalte bzw. die Möglichkeit, mich darauf vorzubereiten? Oder haben Sie sonst Verwendung für mich im Verlagswesen?

Ich schreibe Ihnen in der Erinnerung der sympathischen Art unserer früheren Verhandlungen. Auch weiss ich praktisch nicht, an welchen anderen Herrn ich mich in diesem Fall zu wenden habe. Vielleicht haben Sie, selbst wenn mein Anliegen nicht in Ihr Ressort schlägt, die Möglichkeit etwas für mich zu tun und mich zu empfehlen. Ich bitte Sie herzlich darum. Ich

sitze jetzt seit zwei Jahren notgedrungen in diesem Ingolstadt, das für mich keine Möglichkeit hat, und bin im Haushalt meines Vaters und meiner [gestrichen: jungen] Stiefmutter ein auf die Dauer ungern gesehener Gast. Ich schrecke nicht vor intensiver Arbeit zurück, wenn ich dadurch mein Brot verdiene.
Ich bin Mitglied des Reichsverbandes Deutscher Schriftsteller und habe vier Jahre Universitätsstudium in Literatur aufzuweisen. [gestrichen: das ich leider infolge einer schweren Nierenerkrankung und der Erschöpfung meiner finanziellen Mittel ohne Abschlussexamen abbrechen musste.] Ein Abiturientenzeugnis des Realgymnasiums Regensburg mit der Durchschnittsnote 1,17 könnte ich beibringen, falls dies erforderlich ist. [gestrichen: In einen festen Rahmen eingespannt, kann ich zuverlässig arbeiten und hoffe, dass Sie einen Versuch mit mir machen.]
Ich bitte um baldigen Bescheid und verbleibe mit freundlichen Empfehlungen

Ihre Marieluise Fleißer

189 Vom Ullstein Verlag

Berlin, den 20. Februar 1935

Sehr geehrte Frau Fleisser!
Ihr an Herrn Dr. Krell gerichtetes Schreiben wurde an uns weitergeleitet.
Wir haben uns nach einer Beschäftigungsmöglichkeit in unserm Haus umgesehen, müssen Ihnen aber leider mitteilen, dass im Augenblick ein für Sie geeigneter Posten nicht frei ist.
Wir bedauern sehr, Ihnen keinen besseren Bescheid geben zu können.

Heil Hitler

Ullstein Personalverwaltung [Unterschrift unleserlich]

190 Von Wolfgang Weyrauch

Berlin Wilmersdorf, Rudolstädterstr. 93 [ca. 28. 3. 35]

Sehr geehrte Frau Fleisser,
ich übe seit kurzem beim Berliner Tageblatt eine lektorale Tätigkeit aus und würde mich aufrichtig freuen, von Ihnen einen Prosabeitrag, an obige Adresse gesendet, erhalten zu können.

Sehr ergeben
Ihr Wolfgang Weyrauch

191 Von Wolfgang Weyrauch

[Anfang April 1935]

Sehr verehrte Frau Fleisser,
ich bedauere Ihnen Ihre Erzählung zurückgeben zu müssen. Aus manchen Gründen eignet sie sich für die Zeitung nicht.

Sehr ergeben Weyrauch

192 An Hermann Gressieker, Deutsches Theater

Ingolstadt, Kupferstraße 18, 27. April 1935

Sehr geehrter Herr Dr. Gressieker!
Ihr Brief vom 25. c.m. wurde mir nach Ingolstadt, wo ich inzwischen dauernden Aufenthalt nehmen musste, nachgeschickt und hat mich in dem Zustande einer gewissen Verbitterung, in dem ich mich befinde, fast beschämt und mir wieder Mut gegeben. Zu meinem Bedauern muss ich Ihnen sagen, dass ein neues unveröffentlichtes Bühnenwerk von mir nicht vorliegt, da ich mich in den letzten Jahren ganz der epischen Kunst zugewendet habe. Ich würde mich natürlich sehr gerne wieder in der dramatischen Richtung betätigen, wenn ich die Aussicht habe, dass es nicht ganz brotlos ist. Leider kann ich Sie nicht

persönlich aufsuchen, aber falls Sie mir einen Vorschlag machen möchten, kann dies ja auch schriftlich an die obenstehende Adresse geschehen. Es interessiert mich sicherlich, von Ihnen zu hören, an welche Art von Stücken Ihr Theater für die Zukunft denkt; vielleicht ist ein Stoff für mich darunter. Empfehlen Sie mich, bitte, Herrn Direktor Hilpert.

Mit deutschem Gruß!

193 An Hellmut Draws-Tychsen

Ingolstadt, den 24. 11. 39

Lieber Draws!

Nach unserem letzten Wiedersehen bin ich sehr krank geworden und auch Dein gestriger Brief hat einen neuen Anfall bei mir hervorgerufen. Von Dir zu mir ist eben soviel Unbereinigtes und soviel angehäuftes Leid, daß bei jedem Lebenszeichen von Dir mich der ganze Jammer aufs Neue anpackt. Beigeschlossen sende ich Dir, wie Du wünschest, »Der Skandal« von Alarçon, ebenso Manuel Venegas und den Giono. Du befindest Dich übrigens im Irrtum, wenn Du glaubst, Du habest ihn mir bloß geliehen. Du hast ihn mir, nachdem Du ihn mit einiger Mühe vom Verlag beschafft hattest, zu meinem Namenstag geschenkt. Den blauen Glaswürfel magst Du persönlich mitnehmen, ich will mich noch nicht von ihm trennen. Er ist jenes von Deinen kleinen Geschenken, an dem ich am meisten hänge und den ich seit vielen Jahren täglich verwende. Vielleicht ist es Dir möglich, wenn Du ihn unbedingt haben mußt, mir in einer großen Stadt einen ähnlichen aus blauem Glase zu beschaffen. Ich kann Dich nicht, so wie ich es ursprünglich vorhatte, auf einige Tage einladen, weil mein Mann es nicht wünscht, und muß Dich schon aus gesundheitlichen Gründen bitten, Deinen Besuch auf einige Stunden zu beschränken. Ich habe heute unsägliche Kopfschmerzen. Gott gebe, daß sich dies wieder legt. Die Briefe habe ich für Dich herausgesucht. Du magst jetzt kommen und besorgt um Deinen Nachruhm, mir das Letzte nehmen, was meinem Herzen noch teuer ist. Freundlichen Gruß

Marieluise

194 An Ludwig Almer

Ingolstadt, den 8. 5. 1940.

Lieber Ludwig!

Beigeschlossen schicke ich Dir ein Päckchen, die Zigaretten darin werden Dir wahrscheinlich die Hauptsache sein. Was den Kuchen betrifft, so hat der Bäcker wieder vorgesorgt, daß Du keinen Bandwurm bekommst. Ich weiß zwar, daß Du auf Kuchen keinen besonderen Wert legst, weiß aber wirklich nicht, was ich außerdem in das Päckchen tun könnte. Ich hoffe, daß Du inzwischen wieder ganz gesund bist. So eine Ruhr kann einen tüchtig mitnehmen. Deine Befürchtung, daß man Euch deswegen nicht nach Norwegen geschickt habe, weil man Eurer militärischen Tüchtigkeit nicht viel zutraute, ist natürlich abwegig, auch wenn Euch das ein Vorgesetzter weis machen sollte, so wäre das ja für den Mann nur ein psychologisches Mittel, um Eure Leistung auf der Höhe zu halten. Alle konnten nicht in Norwegen sein und vor allem konnte man den Westen nicht von guten Truppen entblößen, weil es mittendrin auch dort losgehen kann. Bei uns geht es seinen üblichen Gang. Am ersten Mai haben wir, die Fleißer und die Haindl, vom Eichstätter Bahnhof aus bei strahlendem Wetter einen herrlichen Waldspaziergang gemacht. Dort ist jenseits, bevor man den Bahnhof passiert, ein wunderschönes Tal, für das ich schon seit meinen Kindertagen einen Hang habe. Ich habe als junges Mädchen, wenn ich auf eigene Faust für einen Nachmittag dorthingefahren bin, manchen Traum dorthingetragen. Ich weiß nicht, ob Du es kennst. Den Freitag und Samstag war ich nochmal in München und habe mir bei dieser Gelegenheit Hamlet angesehen. Diese x-te Aufführung war natürlich nicht mehr so glänzend, Falkenbergs Regie wirkte sich ein wenig schleppend und matt aus. Die Nicklisch fand ich etwas zu passiv. Dagegen war die schauspielerische Leistung von Horst Caspar von hohen Graden. Aus diesem Menschen muß noch etwas Wundervolles werden – wenn er es erlebt: Er scheint noch sehr jung zu sein. An so einem Menschen kommen einem die Möglichkeiten des körperlichen Ausdrucks als etwas Neues und nicht zu Kopierendes zum Bewußtsein. Ich bedauerte nur, daß ich, trotzdem

ich unmittelbar neben der Proszeniumsloge saß, das Mienenspiel nicht mehr erkennen konnte. Auch mußte ich, da sich vieles auf der rechten Seite abspielte, oft durch den Korb gucken. Vielleicht kann ich mir beim nächsten Mal den Platz schon von hier aus bestellen. In diesem Jahr plane ich öfter nach München zu kommen, da ich mir ein Abonnement in den Kammerspielen genommen habe. Das nächste Mal werde ich in München voraussichtlich den Lyriker Georg Britting kennenlernen, worauf ich mich schon sehr freue. Er hat eine entzückende zarte und dabei im Ausdruck sehr tiefe Handschrift, wenn man die eine zeitlang anschaut, ist es einem, als sähe man in ein Gesicht. Er soll vom Land sein. Hast Du schon etwas von ihm gelesen? Er macht sehr männliche Gedichte. Die Ausgabe der Gedichte von Trakl bei Otto Müller, Salzburg, war, wenn man ihm glauben darf, von meinem früheren Verlobten dort angeregt worden. Das ist doch spaßig. Erst wollte Draws die Gedichte von Wilhelm Lotz durchsetzen. Als ihm das nicht gelang, machte er den an Asthma leidenden Verleger auf den Trakl scharf. Für die Wahrheit kann ich nicht garantieren, ich war nicht dabei, es kann auch übertrieben sein. Deine Vermutung, daß der Heinrich Distl aus der Lawine eine wahre Figur ist, trifft natürlich zu. Ich habe diesen Mann nur kurz gekannt, da ich den Umgang mit ihm allzu schwierig fand, aber ihn in dieser kurzen Zeit sehr intensiv beobachtet. Der Geschichte liegt in ihrer Vorbedingung sowohl als auch in ihrem Ausgang ein wahres Erlebnis zugrunde. Das Mädchen aber, das daran gestorben ist, habe ich nicht gekannt. Das ist auch nicht nötig. Die Geschichte wäre wahrscheinlich besser, wenn ich mich mehr von dem Urbild selbstständig gemacht und nicht versucht hätte, bestimmte tatsächlich in anderem Zusammenhang gefallene Reden mit einzuflechten.
Für heute genug. Laß einmal wieder was hören.

Herzlichen Gruß
Deine Luisl

195 Von Hellmut Draws-Tychsen

Frau Marieluise Haindl, Ingolstadt/Donau, Roseneckstrasse 4/I

Wien 1, 15. 11. 1940

Ich möchte nochmals um die Rückgabe meiner Briefe bitten, die nach unserer letzten Verabschiedung in München für Sie keinen Wert haben dürften, und erwarte ihre Übersendung für Ende November an die Postanschrift *München 2 Theresienstrasse 68/I*. Ihre Briefe werde ich Ihnen dann Zug um Zug zurückschicken. Nachdem ich Sie bei Ihrem Pionier-Prozess und später bei dem nationalsozialistischen Umbruch vor dem Abgrunde bewahrt habe, ist es nur billig, wenn Sie endlich und freiwillig jene restlose Bereinigung zwischen uns durchführen, die mir und Ihnen den inneren Frieden wiedergibt. Es wäre doch trostlos für uns beide, wenn ich zur Erreichung meines Wunsches ein Gericht bemühen müsste. Wenn aber unsere Beziehungen endgültig bereinigt sind, verspreche ich Ihnen als Dank alle Publikationen zu übersenden, die ich künftighin veröffentlichen werde. Ein kleines Büchlein erhalten Sie bereits beigeschlossen. Leben Sie wohl und beherzigen Sie das positive Dichterwort: Zu neuen Ufern lockt ein neuer Tag.

Hellmut

anbei ein Buch

196 An Hellmut Draws-Tychsen

München 2
Theresienstrasse 68/I — Ingolstadt, den 19. 11. 40.

In Beantwortung Ihres Briefes vom 15. c.m. muss ich Sie voll Würde darauf verweisen, dass ich eine gerichtliche Auseinandersetzung zwischen Ihnen und mir nicht zu scheuen brauche. Ihre Drohung mit diesem Mittel konnte meine Haltung nur versteifen.

Wenn ich mich trotzdem entschlossen habe, Ihrem Wunsche zu entsprechen, so geschieht dies einzig aus der Kraft der Überwindung, um Ihnen Ruhe zu geben und in der sich erinnernden Anschauung jenes göttlichen Bildes, das ich von Ihnen im reinen Herzen trug und das Sie durch Ihr Tun für diese Zeit und diesen Raum in mir zerstört haben.
Ihre Briefe sind vollständig. Ausser Ihrem letzten, den ich als meinen Beleg zurückgehalten habe, besitze ich keinen einzigen mehr. Ihrem Worte vertrauend sehe ich nunmehr der vollzähligen und postwendenden Rückreichung auch meiner eigenen Briefe entgegen mit Ausnahme dieses letzten, den Sie behalten oder vernichten mögen. Alles andere ist die Sache Ihres Gewissens. Ich habe, was mir zugefügt wurde, in die Hand Gottes gelegt.
Für das mir übersandte Buch freundlichen Dank.

Ihre Briefe eingeschrieben.

[2. Fassung dieses Briefes:]

Einschreiben!

29. 11. 40

In Beantwortung Ihres letzten Briefes aus Wien muss ich Sie voll Würde darauf verweisen, dass ich eine gerichtliche Auseinandersetzung zwischen Ihnen und mir nicht zu scheuen habe. Eine Drohung mit diesem Mittel konnte meine Haltung nur versteifen.
Wenn ich mich trotzdem entschlossen habe, Ihrem Wunsche zu willfahren, so geschieht es aus der Kraft der Überwindung, in dem Bestreben, Ihnen endliche Ruhe zu geben und in der erinnernden Anschauung jenes göttlichen Bildes, das ich von Ihnen im reinen Herzen trug und das Sie zerstören mussten für diesen Raum und diese Zeit.
Ich bin mir darüber klar, dass ich mit der Rückreichung Ihrer

Briefe mich jener Handhabe entblösse, die geeignet war, im Falle eines Angriffes von Ihrer Seite mein eigenes Verhalten Ihnen gegenüber zu begründen und vielleicht im Urteil der Menschen zu berichtigen. Ich gebe diese Zeichen meiner Schmerzen hin im Vertrauen auf eine göttliche Gerechtigkeit, die nicht zulassen wird, dass mir von allen für Sie dargebrachten Opfern und Überwindungen nichts als Schande bleibt. Ich habe alle Waffen in Ihre Hand gegeben, und meine Ehre ist die Sache Ihres Gewissens.
Ihre Briefe sind vollzählig mit Ausnahme Ihres letzten aus Wien, den ich als meinen Beleg zurückgehalten habe. Ich besitze keinen einzigen mehr. Ich vertraue auf Ihr gegebenes Wort, dass Sie mir nunmehr auch meine eigenen Briefe auf dem schnellsten Wege und ebenso vollständig zurücksenden mit Ausnahme dieses letzten, den Sie nach Ihrem Willen behalten oder vernichten mögen.
Für das mir übersandte Buch freundlichen Dank

Marieluise

Ihre sämtlichen Briefe eingeschrieben.

197 Von Hellmut Draws-Tychsen

Theresienstraße 68/I, 3. 12. 40

Frau Marieluise Haindl
Ich danke aufrichtig für die Übersendung meiner sämtlichen Briefe, die ich soeben ungelesen verbrannt habe. Damit haben Sie ein großes Leid in meinem Leben endgültig ausgelöscht und mir den lang ersehnten inneren Frieden zurückgegeben. Der Tod meines Vaters hat auch die letzte Bitternis bei mir beseitigt. Meiner ideellen Hilfe für Ihr Werk können Sie gewiß sein und irgendeine kleinliche Rache meinerseits brauchen Sie nicht zu befürchten. Niemals und zu keinem Menschen habe ich seit unserer Trennung im Jahre 1934 etwas Abfälliges über Sie verlauten lassen und Alles, was vordem lag, ist bereits vergeben und vergessen worden. Da ich erst Mitte Januar an meinen

ständigen Wohnsitz heimkehre, bin ich leider nicht in der Lage, Ihnen Ihre Briefe früher zurückzugeben, was Sie wohl verstehen werden. Also auf mein Ehrenwort schicke ich Ihnen Mitte Januar und ohne Begleitbrief restlos und vollständig Ihren sämtlichen Briefwechsel mit mir. Leben Sie wohl und werden Sie so glücklich, wie ich es im Laufe der vier letzten Jahre durch innere Überwindung geworden bin. Hellmut

198 Vom Wolfgang Krüger Verlag

Kölpinsee a. Usedom 25. 9. 44

Sehr geehrte Frau Haindl!

Wir haben »Das Pfund Orangen« und Ihre anderen Erzählungen nie vergessen, trotzdem seit so langer Zeit nichts Neues von Ihnen erschienen ist. Wir glauben aber mit Sicherheit annehmen zu dürfen, dass in Ihrem Schreibtisch Manuskripte auf die Drucklegung warten. Die Horazischen 9 Jahre sind für manche davon schon vorüber gegangen.

Unser Verlag bleibt auch weiterhin bestehen und es würde keine grössere Freude für uns geben, als Sie eines Tages zu unseren Autoren zählen zu dürfen.

Wir erlauben uns, Ihnen unsere letzte Neuerscheinung Schneider-Schelde »Offenes Fenster« zuzuschicken, damit Sie sehen, dass wir uns auch unter den heutigen Verhältnissen noch bemühen, unsere Verlagswerke so gut wie möglich auszustatten.

Bitte lassen Sie doch bald einmal von sich hören und schicken Sie uns wenn irgend möglich Manuskripte, die wir selbstverständlich ganz vertraulich behandeln. Über die Möglichkeit und die Zeit der Veröffentlichung können wir ja dann noch ausführlich korrespondieren.

Mit den besten Empfehlungen Heil Hitler!

Wolfgang Krüger Verlag, Kölpinsee auf Usedom

199 An Ella Gültig

Ingolstadt, den 29. 3. 45

Liebe Ella!
Mein Brief, der Dir für Deinen lieben Brief danken und der Freude über die Geburt Deiner kleinen Erika Ausdruck geben wollte, hat sich durch viele unaufschiebbare Arbeit in unserer gegenwärtig so gespannten Lage verzögert, weil ich ihn doch in Ruhe schreiben wollte. Da traf jene neue schmerzliche Nachricht ein und hat mich aufs tiefste bewegt. Um so mehr habe ich Grund den Segen eines gleichwohl gütigen Gottes auf Dein zum Leben erwachtes Töchterlein, auf Dich und alle Deine Kinder herabzuflehn. Möge die Kraft des allumfassenden Vaters im Himmel Dich in Deiner so schweren Lage stärken, möge er mit guter Hand Dich in Deinen Entschlüssen führen, Dich in Deinem Schmerz trösten und den festen Schild seines Schutzes über die ihres natürlichen Schutzes Beraubten halten. Ich glaube fest, liebe Ella, daß Dein Gustl, wenn er denn sanft sterben durfte, im Vertrauen auf seine Hilfe für Euch dahingegangen ist und dies Vertrauen wird an seinem Ohr Euer Fürsprecher sein. Der Herr gebe ihm die ewige Ruhe und das ewige Licht leuchte ihm. Du wirst soviel Kraft bekommen, als notwendig ist und in dieser schweren Zeit ein tapferes Herz, und es wird immer wieder ein Weg hinausführen aus der Not. Darum bitten wir zum Allmächtigen, der alles wirken kann, wenn wir den Glauben an ihn nicht verlieren.
Auch wir hier leben im Ungewissen. Bepp ist zu einem SS Polizeipionierkorps in Fürstenfeldbruck abkommandiert worden und hat vor vierzehn Tagen die Bahnfahrt nach Angermünde in Pommern angetreten, einem Ort zwischen Berlin und Stettin. Seit der ersten Karte aus Treuchtlingen habe ich noch keine weitere Nachricht. Unser Geschäft ist geschlossen, die Ladenmiete zahlen wir und unsere Wiederverkäufer werden durch Frau Arnschink auf unsere Rechnung weiterversorgt. Da wir nicht wissen, was die kommenden Wochen bringen, habe ich gestern aus meinen eigenen Ersparnissen zweihundert Mark als Notpfennig an Dich überwiesen. Mögen sie Dir, so wie sie aus

meinem Herzen kommen, eine Hilfe sein. Es ist nicht nötig, daß Du zu anderen darüber sprichst. Ich glaube, es ist besser, wenn Du das Geld nicht zur Bank gibst, sondern bei Dir selber verwahrst. Nicht als ob ich irgendwelche Nachrichten hätte, ich glaube aber, es kann ganz überraschend eintreten, daß die Banken nichts mehr auszahlen. Unsere Kriegslage kann ja Überraschungen bringen.
Liebe Ella, wenn ich in der Lage bin, Dir zu helfen, will ich es gerne tun und bin mit herzlichen Grüßen an Dich und Deine Kinder

Deine Schwester Luis

200 *An Ella Gültig* [Postkarte]

Ingolstadt, den 6. 4. 45

Liebe Ella!
Auf Grund des gemeldeten Luftangriffs teile ich Dir mit, daß bei uns hier bis jetzt alles in Ordnung ist. Diesmal ist es ins Barackenviertel gegangen und Richtung Etting. Diesen Weg bin ich den Tag vorher zu Fuß von Kipfenberg hereingegangen. Wir wollen hoffen, daß das näherrückende Unwetter uns verschonen wird, es sind in anderen Städten auch Leute am Leben geblieben. Herzlich grüßt Dich und Deine Kinder

Deine Schwester Luis

201 *Josef Haindl an den Militär-Gouverneur Ingolstadts*

Ingolstadt, den 13. Juli 1945

Betrifft: Gesuch um Entlassung der Frau Haindl aus der Untersuchungshaft.

Am Freitag, den 13. Juli wurde meine Frau, Marieluise Haindl, geb. Fleißer, durch die deutsche Kriminalpolizei in Untersuchungshaft genommen und zwar, soweit ich unterrichtet

wurde, mit der Anschuldigung, Schwarzhandel mit Zigaretten betrieben zu haben.
Ohne einer genauen Untersuchung vorgreifen zu wollen, bitte ich, meine Frau aus der Haft zu entlassen und zwar aus folgendem Grunde.
Wie durch das beigefügte ärztliche Attest bestätigt wird, leidet meine Frau an Schizophrenie (gespaltenes Irrsein). Diese Krankheit ist nicht am wenigsten durch die Tatsache verursacht, dass es meiner Frau – die vor 1933 eine Schriftstellerin von anerkanntem Rufe war und hauptsächlich für den Ullstein Verlag arbeitete – während der Naziregierung unmöglich war, irgendetwas von ihren literarischen Arbeiten zu veröffentlichen. In Rücksicht auf ihre geistige Verfassung muß erwartet werden, dass schwere Beunruhigungen wie Haft oder Untersuchungen ihr ernste Schäden verursachen, die in gar keinem Verhältnis zu dem Vergehen stehen, das man ihr zur Last legt.
Zudem bin ich überzeugt, dass eine genaue Untersuchung erweisen wird, dass meine Frau unschuldig ist. Wegen ihrer Geisteskrankheit, befasste sie sich niemals irgendwie mit meinen Geschäftsangelegenheiten. Sie gab nur einige Zigaretten zu normalem Preis aus unserem persönlichen und genehmigten Bestand an einen Mann, der unbedingt etwas Tabak haben wollte.

Hochachtungsvoll

202 *Von Wolfgang Weyrauch*

Ulenspiegel Literatur – Kunst – Satire
Frau Marie Luise Fleisser, durch freundliche Vermittlung des Zinnen-Verlages, München

am 19. Februar 1946

Sehr verehrte Frau Fleisser!
In den Kulturbriefen des Zinnen-Verlages lesen wir, daß Sie ihm Ihr Theaterstück übergeben haben. Wir sind – wie Sie sich denken können – sehr interessiert daran, daß Sie an unserer Zeitschrift Ulenspiegel, von der ich Ihnen ein paar Nummern

beilege, mitarbeiten. Bitte schauen Sie sich unsere Zeitschrift an und überlegen Sie sich ob Sie das tun wollen.
Mit den ergebensten Empfehlungen Ihr

Wolfgang Weyrauch

Anlagen

203 An Hans-J. Weitz, Hessisches Landestheater Darmstadt

10. 5. 1946

Sehr geehrter Herr Weitz!
Darf ich Ihnen als Unbekannte zu dem grossen Erfolg der »Antigone« gratulieren? Herr Schöpf sagte mir, dass Sie nun eigentlich »Karl Stuart« auf diesen Erfolg daraufsetzen müssten.
Erlauben Sie mir, Ihnen einiges zu diesem Stück, an dem ich sehr lange gearbeitet habe, zu sagen.
Karl Stuart ist kein historisches Stück. An die geschichtlichen Gestalten eines anderen Volkes und eines anderen Jahrhunderts geknüpft, ist es unmittelbar aus der deutschen Passion der zwölf Jahre herausgewachsen. Verkleidet in das Schicksal des »Königs Ohnmacht« zeigt es den in ein auswegloses Dunkel hineingehetzten schöpferischen Menschen, der da zugrundegerichtet wird von der Gewalt. An den Rand des Wahnsinns getrieben, verhöhnt, gemieden, bedroht, im äusseren Erfolg zum bitteren Scheitern verurteilt, verrät er doch nicht sein Selbst und kämpft bis zum Schluss um seinen inneren Bestand und um seine Würde.
Dreimal ist das Motiv angeschlagen, in Lilburn, dem Schweigenden, in Strafford, dem aus Gehorsam Schuldigen und Büssenden, und endlich im Hauptträger der Handlung König Karl selbst, der den Kopf seines getreuen Strafford opfern muss, um seine Frau zu retten und der, indem er die erzwungene Hinrichtung des Freundes rächt, selber gefangengenommen und hingerichtet wird.
Inmitten der Auflösung der Menschenrechte in völliger Einsamkeit und in schmerzhafter Abschnürung von jedem künst-

lerischen Kontakt niedergeschrieben, schöpft das Stück aus dem, was als Druck und Grauen in der Luft lag, und setzt ihm die Selbstbehauptung des schöpferischen Menschen entgegen. »Karl Stuart« ist ein Stück von der unzerstörbaren inneren Freiheit und von der Würde des Menschen.
Die Cromwellauffassung folgt dem englischen Schriftsteller Hilaire Belloc.
Ich bin 1929 mit einem antimilitaristischen Stück »Pioniere in Ingolstadt« im Theater am Schiffbauerdamm 43mal aufgeführt worden, war jahrelang Mitarbeiterin des Berliner Tageblatt, der Vossischen Zeitung, des Berliner Börsen-Courier, gelegentlich auch der Frankfurter Zeitung, bin im Rundfunk über den Berliner, Frankfurter und Hamburger Sender oft zu Worte gekommen und war Autorin des Gustav Kiepenheuer Verlages Berlin. Seit 1933 habe ich geschwiegen.
Ich habe die unbedingte Hoffnung, dass es mir gerechterweise gelingen muss, die Isolierung, in welche ich vor dreizehn Jahren durch die politische Entwicklung hineingezwungen worden bin, über kurz oder lang wieder zu durchbrechen.
Ich empfehle mich Ihnen herzlich Ihre Marieluise Fleißer

204 Von Hans-J. Weitz

(17b) Niedingen Post Immeneich, Haus 3a
den 28. Mai 1946.

Sehr verehrte Frau Fleißer,
Ihr Brief vom 10. Mai erreichte mich hier, wo ich seit der Vernichtung meines Darmstädter Heims wohne, und wohin ich zurückgekehrt bin, nachdem meine Aufgabe: in dem schwer zerstörten Darmstadt ein gutes Schauspiel zu schaffen, als erfüllt gelten konnte.
Wenn ich auch zunächst mich wissenschaftlicher Arbeit widmen möchte, so ist doch das Interesse an Drama und Theater nicht erloschen, und ich lasse meine Verbindungen nicht abreißen.
Indessen kann ich im Augenblick und unmittelbar wenig für

Ihren »Karl Stuart« tun. Ich habe dieses Werk bereits im Oktober gelesen, gleich als Herr Schöpf es mir schickte. Der Eindruck war stark, und es tut mir leid, daß mir das Buch jetzt nicht zur Hand ist, um ihn erneuern und zum Detail etwas äußern zu können. Ich habe es damals sogleich Herrn Intendant Henrich und Herrn Stroux weitergegeben und, als bedeutend, ihrer besonderen Beachtung empfohlen.
In den engen Verhältnissen freilich, in denen selbst wir in dieser ersten Spielzeit arbeiten mußten, war die Aussicht auf eine szenische Verwirklichung gering. Für den König zum Beispiel und für die Königin fehlten uns die Darsteller.
Zudem: historische Stoffe stehen heute im Schatten des langweiligen Historizismus, der den Nazi-Spielplan, teils ideologisch-absichtlich, teils aus Verlegenheit bestimmte. Auch habe ich die Empfindung, als werde heute, in dem von den Besatzungsmächten beschwingten Neuaufleben unserer Parteien, bei welchem selbst extreme Rechte und Linke sich wetteifernd demokratisch gebärden, wenig Stimmung sein für einen königlichen sympathischen Helden; und Cromwell wird hergebrachtermaßen nun einmal mehr als Republikaner denn als Tyrann angesehen. So wird Ihr »Stuart« es nicht leicht haben, fürchte ich. Wie überhaupt die Situation der »inneren Emigranten« schwierig ist.
Sie dürfen übrigens nicht glauben, daß Ihre Leistung mir fremd sei: im Gegenteil. Bei der Uraufführung des »Fegefeuers«, dem Berliner Debüt der Koppenhöfer, – war es 1925 oder 26? – habe ich dicht hinterm Vorhang des »Deutschen Theaters« gestanden, als junger Assistent der »Jungen Bühne«. Ihre »Pioniere« sind mir besonders lieb gewesen; noch 1934, kurz vor meinem eigenen unfreiwilligen Abgang vom Theater, habe ich mir im Arcadia-Verlag von Herrn Dr. Sulzbach ein Exemplar für meine Bibliothek geben lassen; es stand dort, neben den Dramen Brechts, bis alles, im Herbst 1943, leider verbrannte. Ihr Novellen-Bändchen bei Kiepenheuer (Orangen kamen, irre ich nicht, im Titel vor) kenne ich nicht; dagegen machte die Probe aus einem (Ehe-?) Drama »Der Tiefseefisch«, die im Berliner Bösen-Courier etwa 1931 erschien, mich sehr auf das Ganze

begierig; ist es abgeschlossen worden? – Hannes Küpper, vom Essener »Scheinwerfer«, gehört zu meinen Freunden, einer der nächsten aber ist Caspar Neher.
Es sollte mich sehr freuen, wieder von Ihnen zu hören.
Inzwischen begrüße ich Sie, in besonderer Hochachtung,
Ihnen sehr ergeben Hans-J. Weitz

205 An Hans-J. Weitz

den 15. Juni 1946

Sehr verehrter Herr Weitz!
Haben Sie herzlichen Dank für Ihren Brief vom 28. Mai. Es tut mir ja leid, dass Sie sich inzwischen vom Theater wieder entfernt haben. Ich habe mich aber doch über Ihren Brief und den warmen Ton, der aus ihm sprach, gefreut. In den zwölf Jahren, die vergangen sind, ist es eine meiner grössten Plagen gewesen, dass ich nach einer schweren inneren Erschütterung an niemand heranzutreten wagte und dass ich mit meinem ganzen Streben und dem Nerv meines Seins hoffnungslos isoliert war. Ich habe mich hier mit meiner Lage schlecht und recht abzufinden versucht und ich habe bürgerlich geheiratet und damit einen Wunsch meines Vaters erfüllt. Nun haben die Schritte, zu denen man durch Druck getrieben wird, es in sich, dass sie meistens auch keine guten Schritte sind, und ich habe schon sehr lange Zeit gegen eine menschliche Erstarrung anzukämpfen, die mich, wenn ich sie nicht durch einen entscheidenden Einschnitt in mein Leben beheben kann, eben zerstören wird. Soviel um Ihnen meine innere Situation anzudeuten, ich hoffe, ich habe Ihnen nicht zuviel gesagt. Ich möchte nicht drängen, ich weiss ja, dass man in der Kunst die äusseren Dinge nicht erzwingen kann. Aber vielleicht finden Sie einmal die Möglichkeit einer Einwirkung.
Ich schicke Ihnen heute eine Komödie »Der starke Stamm« und würde mich freuen, wenn Sie sie lesen und Zeit finden würden, mir darüber zu schreiben. Sie ist in der Hauptsache im letzten Kriegsjahr und noch vor dem Einbruch der neuen Strö-

mungen geschrieben, die ich aus meiner unfreiwilligen Gefangenschaft nur unvollkommen verfolgen kann und denen entgegenzutasten ich mich bemühe, wobei ich keineswegs weiss, wann und ob überhaupt es zündend hereinschlagen wird. In München ist sie von den Dramaturgen der Städtischen Bühnen einstimmig empfohlen worden, aber Holsboer hat sich dagegen gestellt.

Dass Sie schon das »Fegefeuer« miterlebt haben, hat mich nicht wenig gewundert, da sind Sie also von Anfang an dabei gewesen. Ich habe »Ein Pfund Orangen« nicht mehr, sonst würde ich es Ihnen schicken. »Der Tiefseefisch« ist damals nur bis zu einer ersten Niederschrift gediehen, ich habe daraus nichts Wirkliches machen können. Hannes Küpper, den Sie unter Ihre Freunde rechnen, habe ich nun schon sehr lange nicht mehr gesehen, das letzte Mal unter etwas getrübten Umständen in Berlin, wo auch Neher dabei war, ich denke, das hat sich inzwischen gelegt. Es freut mich zu hören, dass er die Zeit überstanden hat. Caspar Neher habe ich eigentlich immer gern gehabt, jedoch haben sich immer Hindernisse dazwischen geschoben, sodass ich ihn nie näher kennen lernte.

Sind Sie gut untergebracht dort, wo Sie jetzt wohnen?

Ich hoffe, ich habe Sie nicht ermüdet und empfehle mich Ihnen herzlich

Ihre Marieluise Fleißer

Der starke Stamm

206 An Hans Eberhard Friedrich

Gauting bei München, Waldpromenade 40

den 6. 7. 1946

Sehr geehrter Herr Friedrich!

Haben Sie für Ihren Brief vom 26. 6., der mich sehr gefreut hat, recht schönen Dank. Gerne werde ich an Ihrer Zeitschrift mitarbeiten, deren Rahmen mir, so wie Sie ihn schildern, sehr zusagt. Mit den guten Novellen ist das freilich so eine Sache, dass

sie nicht so häufig geschrieben werden können, wie man selber gerne möchte, besonders wenn man wie ich dauernd in einem ganzen Wust von häuslichen Pflichten steckt, mit denen man einfach nicht mehr nachkommt. Aber vielleicht finden Sie auch noch andere Aufgaben, die sich öfter bewältigen lassen, für mich. Ich suche einen Weg um mich aus meiner für mich untragbar gewordenen Situation hier zu befreien, ich würde auch eine Stellung antreten, wenn ich etwas Passendes finden kann, da ja meine literarischen Einnahmen zunächst etwas ganz Unbestimmtes sind. Haben Sie vielleicht irgendeine Möglichkeit für mich?
Ich schicke Ihnen zu Ihrer Auswahl ein Teilstück aus einer längeren Novelle, die den Titel »Die Verführung« hat und drei aufeinanderfolgende Szenen aus meiner Tragödie »Karl Stuart«, von denen man, wenn es nicht so lang sein darf, auch eine einzelne nehmen könnte. Ich hoffe, dass Sie etwas darunter finden. Es würde mich freuen, wenn sich vielleicht auch in anderer Weise etwas machen liesse, sodass ich regelmässige Einnahmen habe und ich bitte Sie sehr herzlich Ihre gegebenen Möglichkeiten zu erwägen.
Inzwischen verbleibe ich mit freundlichen Empfehlungen

Ihre

207 Von Sr. Maria Fidelis

Windhoek, 19. August 1946

Meine liebe Luise!
Wie geht es Dir. Nun, nach 7 langen Jahren kann ich Dir wieder einmal schreiben. Habe schon von Vater gehört, daß Du so Pech hattest während der Bombardierung unserer lb. Vaterstadt. Es tut mir ordentlich leid um Dich. Dagegen sind andere wieder mit heiler Haut davon gekommen. Sei nur froh, daß wenigstens Bepp gesund aus dem Krieg heimgekommen ist. Unsere arme kleine Ella mit ihren drei Kinderchen dauert mich wirklich. Wie geht's Euch nun u. was macht ihr immer? Hier hört u. liest man soviel v. großer Hungersnot. Ist es denn bei Euch auch so schlimm? Es tut mir sehr leid. – Mir geht es gut.

Habe viel Arbeit, die 2 ersten Klassen: Substanderds A + B, wie man hier 1. u. 2. Klasse heißt. Es sind im ganzen 34 nette, frische Kinderchen, manchmal nur zu lebhaft, die reinsten Stehaufmännchen im Vergleich zur englischen Klasse, wo sie wie Angemalte drinnen sitzen u. sich nicht rühren. Denn das sind meist Afrikaner Kinder, die kein Wort Englisch verstehen, wenn sie kommen. – Nun ja, man muß es halt nehmen wie's kommt. Auch ich muß mit meinen Kleinen viel Englisch sprechen, denn vom 3. Schuljahr ab gibt es nur mehr englischen Unterricht. Das ist überall so jetzt u. man muß eben mitmachen. Auch wir Srs. sprechen im Verkehr englisch. – Nur ich bin die Einzige, die an unserer Schule noch deutschen Unterricht erteilt. – Jetty's Kinder sind auch schon ganz groß geworden unterdessen. Und Heinrich hat ja wieder geheiratet u. ein kleines Mädchen. Und hat seinen Dr. gemacht. Allen Respekt! Vater schrieb mir ausführlich über die Ereignisse der letzten Jahre in unserer Familie. Na, da habt Ihr aber viel durchgemacht. Doch jetzt geht das Papier zu Ende u. ich muß schließen. Für heute viele herzl. liebe Grüße Dir u. Deinem lieben Mann.

Deine M. Fidelis

Schreibe mir auch mal!

208 *Von Richard Friedenthal*

352, Finchley Road, Hampstead, N.W. 3
Hampstead, 28. 1. 47

Liebe Marieluise Fleisser,
heute bekam ich Ihren Brief und ich antworte Ihnen gleich, damit Sie hören, dass ich mich sehr gefreut habe ein Lebenszeichen von Ihnen zu bekommen. Man freut sich garnicht immer, wenn man Briefe aus Deutschland erhält; in vielen Fällen hat man ein peinliches Gefühl, und Sie können sich sicherlich denken warum. Aber bei Ihnen ist das nun ganz und garnicht der Fall. Ich bin aufrichtig froh, dass Sie wenigstens am Leben geblieben sind und die Zeit überstanden haben. Wenn man Sie

jetzt wieder grüsst, nachdem man eine ganze Weile an Ihnen vorbeigeschlichen ist, so kann ich Ihnen nur sagen, dass mir das auch kein unbekanntes Erlebnis ist...

Aber wir wollen nicht vom deutschen Jammer reden, der mir allerdings auch aus Ihrem Brief wieder entgegentrat. Sie brauchten den nun nicht noch obendrein; Sie hätten auf alle Fälle und immer an Ihren eigenen Schwierigkeiten Ihr Päckchen zu tragen gehabt. Ich habe es eigentlich stets bewundert, wie still und gelassen Sie das taten. Sie gingen immer wie ein Mädchen oder eine Frau mit einem Krug auf dem Kopfe daher, und hatten einen stolzen Hals. Aber ich fürchte es war ein Tränenkrug, den Sie trugen, und ich fürchte sehr, dass er so bald nicht leer wird.

Merkwürdig wie man sich in anderer Menschen Seele spiegelt. War ich wirklich ein wenig streng zu Ihnen? Vielleicht ungeduldig, manchmal; ich hatte immer das Gefühl, Sie müssten aus dem Draws'schen Unsinn heraus, und ich war vor allem überzeugt, dass sehr wertvolles in Ihnen steckte, das da zugedeckt wurde unter skurrilem Getue. Und sollte ich Ihnen tatsächlich »leise böse« Ratschläge gegeben haben? Ist das nicht doch, immer noch, der Einfluss dieses Hysterikers und Halbnarren, der da aus Ihnen spricht? Ich bin ihm nicht mehr böse, obwohl ich einmal wirklich grob zornig auf ihn war, was mir selten begegnet. Es gab eine üble Szene, von der ich Ihnen nun gewiss nicht nach 15 Jahren etwas erzählen will. Ich habe das Ganze auch nie sehr tragisch genommen; ich sagte mir damals nur energisch, dass ich mit ihm Schluss machen müsste. Es tat mir sehr leid, denn das hiess, dass auch wir auseinanderkamen. Aber das war unvermeidlich.

So, in der Kantstrasse sahen wir uns zuletzt. Ja, da war ich wohl etwas mitgenommen von meiner Arbeit. Es war ein unmenschliches Stück Anstrengung, mit all den durchwachten Nächten, der Verantwortung, und den vielen Menschen, die an mir zehrten. So recht stolz war ich eigentlich nicht auf das Ding, obwohl es ja dann ein enormer Erfolg wurde und mehrere Millionen Auflagen hatte. Es sollte mir die wirtschaftliche Unabhängigkeit bringen, an meine eigentlichen Arbeiten zu gehen.

Und das hätte es ja denn auch getan, wenn die Nazis nicht gekommen wären, die mir dann alles abnahmen, die Verträge, die Tantièmen, die Stellung und das Einkommen. Das war doch recht bitter, etwas so mühsam Erworbenes und kunstreich Aufgebautes dahingleiten zu sehen. Aber es kam noch stärker; sie nahmen mir mein Vaterland ab. Jetzt sieht es freilich so aus, als ob mir das zum Glück ausgeschlagen ist, und aus manchen Briefen spricht fast so etwas wie das neidische Gefühl: »Ja, Du, Du hast es doch eigentlich herrlich getroffen!« Es war höchst ermüdend, dieses Auswandern und Umgewöhnen, das werden Sie mir glauben. Und zurückkehren werde ich nicht. Daran hindert mich schon das Andenken meines Vaters, der 42 seinem Leben ein Ende machte, ehe sie ihn holten. Denn – so merkwürdig sind ja die Menschen – wenn ich das schon vergessen könnte: die Deutschen werden so etwas nie vergessen. Sie werden instinktiv jeden hassen, dem sie Böses angetan haben.
Das gilt nun auch für das Einzelleben wie für die Völkerpsychologie. Aber ich habe Ihnen ja schlimmstenfalls, wenn Ihre Deutung richtig ist, »leise böse Ratschläge« gegeben. Sie sehen, der Satz hat sich bei mir eingehakt. Ich werde ihm jetzt aber die Draws'schen Spitzen abbrechen – so, und ihn in meinen Kamin tun.
Jetzt wollen wir noch ein paar ganz praktische Worte miteinander reden. Schicken Sie mir auf alle Fälle das Stück. Ich gebe mit Joachim Maass zusammen die »Neue Rundschau« heraus, die beim Bermann-Fischer Verlag in Stockholm erscheint. Leider kann sie vorläufig noch nicht nach Deutschland herein. Aber wir sind sehr auf der Umschau nach guten Dingen. Vielleicht kann ich auch den Bühnenvertrieb Fischer für Sie interessieren. Prosa wäre natürlich immer leichter zu placieren. Ich stiess – wie merkwürdig, oder wohl eigentlich sinnvoll solche »Zufälle« immer sind – gerade vor einigen Tagen bei einer Bekannten unter den Büchern auf Ihren »Orangen«-band und las ihn mit grossem Interesse noch einmal durch. Sie haben solch eine sichere Hand, wenn Sie schreiben (fast streift es manchmal ans Geschickte), und solch eine schwere Seele. Bestimmt ist die Verbindung schwer herzustellen, und noch schwerer wohl ein

Austausch. Und doch bin ich überzeugt, dass bei kaum jemand anders so wie bei Ihnen das Schreiben ein Ausgleich und eine Befreiung sein könnte, eine wahre Teufelsaustreibung. Vielleicht müssten Sie vor allem *viel* schreiben und sich nicht zu sehr an einige Stücke festklammern. Auf alle Fälle schreiben Sie mir weiter und erzählen Sie mir alles, was Sie bedrückt. Ich will versuchen, Ihnen etwas zu lesen zu schicken; meine Lebensmittel muss ich leider alle an meine Mutter und Schwester senden, soweit ich sie von den Rationen – die hier knapper sind als im Kriege – erübrigen kann.
Seien Sie sehr herzlich gegrüßt von Ihrem

Richard Friedenthal

[an der Seite hinzugefügt]: Graumann lebt in Amsterdam. Er hielt sich 2 Jahre in einem Hühnerstall versteckt. Sein kleiner Junge wurde bei einem Fluchtversuch von Schmugglern ermordet, die Frau hat sich dann nachträglich, etwa vor einem Jahr, das Leben genommen.

209 An Richard Friedenthal

[undatiert, Ende Januar 1947]

Lieber Richard Friedenthal,
bis heute bin ich ohne Nachricht von Ihnen und weiss nicht, ob meine Post Sie erreicht. Ich glaube aber nicht länger zögern zu sollen und schicke Ihnen ein sauberes Exemplar des »Karl Stuart«, wie ich es seinerzeit versprochen habe. Bitte, wollen Sie darin kein Drängen erblicken, wenn Sie zur Zeit nichts dafür tun können. Ich denke, es ist doch besser, als wenn Sie es nicht haben. Davon getrennt schicke ich ein weiteres Exemplar. Bitte, geben Sie es an Alfred Kerr weiter, den ich in München telefonisch erreichen konnte. Er fing gleich von dem Stück an und sagte mir, dass er es Ihnen abschlagen musste, es zu lesen, er versprach mir aber für die Zukunft, es doch zu tun, also sagte ich, dass ich zu diesem Zweck ein sauberes Exemplar, das weniger mühsam zu lesen sei, an Ihre Adresse schicken würde. Na-

türlich erwarte ich nicht, dass er es so schnell tut. Ich will nur hoffen, dass er nicht krank nach England zurückgekommen ist. Dass er bei seinem Alter sich solchen Strapazen unterzieht, vor denen mancher Jüngere zurückscheuen würde, habe ich bewundert. Wenn meine Post Sie erreicht, antworten Sie mir doch, bitte, mit einer Zeile darauf, da mich die Unterbrechung der Verbindung am meisten beunruhigt.
Wegen der Rarität schicke ich beide Exemplare getrennt, damit wenigstens nicht beide auf einmal in Verlust geraten.

Seien Sie sehr herzlich gegrüßt
Ihre

1 Karl Stuart.

210 *Von Hans-J. Weitz*

Niedingen Post Immeneich bei St. Blasien Haus 3 a
den 3. Februar 1947.

Sehr verehrte Frau Fleißer,
nicht aus Vergeßlichkeit habe ich so lange geschwiegen; im Gegenteil mußte ich an Sie, mit ungutem Gewissen, vielleicht öfter denken als wenn ich geschrieben hätte. – Nur wollte ich zuvor den »Starken Stamm« gelesen haben, der mir für eine Bahn-Lektüre zu gut war. Ich mußte aber bis Anfang November unterwegs sein und fand hier dann den Wust zu lichten, der sich in etwa anderthalb Jahren fast dauernder Abwesenheit aufgehäuft hatte. Den festen Vorsatz: doch wenigstens noch im alten Jahr an die Lesung zu gehen, vereitelte dann eine unwillkommene plötzliche Reise, von der ich erst kurz vor dem Fest zurückkehrte, eine Grippe im Leibe, die gerade am Weihnachtstage ausbrach. So ist es doch 1947 geworden, bevor ich an das Werk herankam. Nun habe ich es zweimal gelesen und möchte Ihnen meinen Eindruck sagen.
Sie haben mit den beiden Werken, dem historischen Drama und diesem Dialektstück, eine seltene Spannweite künstlerischen Darstellungsvermögens bewiesen. Ich sage Dialektstück, weil mir dies ein hervorstechendes Merkmal zu sein scheint, das den

Bühnen-Erfolg mitbestimmen könnte. Mehr als in den Ingolstädter Stücken (soweit ich mich deren erinnere) besteht hier eine einheitliche Sphäre der Sprache selbst: die Gestalten gehören der gleichen Schicht des gleichen deutschen Stammes an, und innerhalb ihrer einer Familie, die keine Standes- oder Bildungsunterschiede aufweist. Der (wenn auch sprachfremde, so doch -befreundete) Leser gewinnt den Eindruck der vollkommenen Natürlichkeit. Die Sprache ist kein humoristisches Wirkungsmittel, sondern unmittelbarer und notwendiger Ausdruck; Denk- und Redeweise sind eng verbunden; der Humor entwickelt sich an, mit, aus der Sprache. Die Gestalten sind rund und echt, und die Nüchternheit und Schärfe, mit der sie in den Engnissen und Niedrigkeiten ihrer Kleinbürgerei dargestellt werden, ist nicht lieblos; etwas vom »So ist das Leben« überkommt uns, eine verstehende Heiterkeit, worin Abstoßung und Anziehung sich nicht aufheben, sondern in einem wirkenden Gleichgewicht halten; wo noch in die berechtigte Schadenfreude sich Sympathie mischt. Diese schließliche Wirkung scheint es mir vornehmlich zu sein, die den Namen Komödie rechtfertigt.

Die drei Akte fassen straff die vorhandenen Motive und Spannungen zusammen; doch liegen, meine ich, in diesen, die zum Teil außen bleiben (wie die nur berichtweise erscheinende Automaten-Geschichte, der Boykott usw.), nicht die eigentlichen Werte; sondern in der atmosphärischen Zustands- und Menschenschilderung. Ich erwähne als besonders stark: das Leichenmahl, die Erbschaftsgespräche, den ersten Aktschluß; fast sämtliche reizvoll-karg gehaltenen Szenchen der Annerl; die Gockel-Szene [ob sie nicht statt des »stummen Spiels« zwischen Bitterwolf und Annerl wenige Worte oder Laute vertrüge, (welche die folgenden Szenen nicht vorwegnehmen, auch die Gockelszene nicht zerreißen, sondern nur gleichsam kontrapunktisch begleiten dürften?) Doch läßt sich so etwas nicht brieflich übermitteln; gesprächsweise könnte ich mich deutlicher machen.] – Sehr schön Balbinas große Klage; ist sie aber, mit ihrer übrigen Erscheinung verglichen, auch proportioniert, oder nicht ein wenig zu solo-artig? Onkel und

Schwiegermutter geben dem letzten Akt einen schönen persönlichen Auftrieb (gute Rollen zudem). Der dritte Akt scheint mir sonst allerdings, nach dem scharf zugespitzten zweiten, allzu rasch und wiederum von außen (in der als solcher sozusagen wieder originellen Folge gleich zweier Erb-Verwandten) die Lösung zu bringen. Ein etwas breiteres Anlaufen, etwas mehr Einführung in die Situation des boykottierten Bitterwolf, Annerls, Huberts schiene mir erwägenswert.

Daß das Stück von der Bayerischen Landesbühne zur Aufführung angenommen worden sei, las ich inzwischen; mit etwas bänglichen Gefühlen, muß ich allerdings gestehen. Denn die Vorzüge des Stücks werden sich, nach meiner Meinung, nur zur Geltung bringen lassen, wenn alle Rollen bis ins Kleinste hervorragend zu besetzen sind. Im andern Falle besteht die Gefahr einer Verzerrung zur Posse hin; dies ist der bei Dialektstücken herkömmliche Ausweg. Und damit wäre das Stück im Nerv getroffen. Denn mit der üblichen Dialektposse hat es nichts zu tun, und selbst bei den gewürzigsten Zutaten eines wirkungsbeflissenen »Regisseurs« könnte es einen Wettbewerb mit den technisch in ihrer Art oft sehr gut gefertigten Glanzstücken dieser Gattung nicht aufnehmen.

Ich halte dieses Ihr Werk für lebendiger, wahrer, also dichterischer als etwa die stets auf Kosten der Wahrheit interessanten, stets leicht geschminkten, leise lackierten, sorgsam angekränkelten Arbeiten des hochbegabten Billinger; und wenn ich an Verwandte Ihrer Gestalten denke, so fällt mir (bei den »Pionieren« etwa) eher der »Wozzeck« ein. Gerade die dichterischen Qualitäten aber werden, fürchte ich, einem breiteren Bühnen-Erfolg im Wege stehen. Außerhalb Bayerns ist die Möglichkeit zu entsprechender Besetzung noch geringer, und damit wächst jene Gefahr.

Hinzu kommt ein Allgemeineres. Mit Ihren beiden Werken haben Sie die äußersten Grenzen berührt, innerhalb derer der »Innen-Emigrant« sich bewegen konnte; wenn er nicht zu Märchen und anderen Unverbindlichkeiten sich herbeifand. Sie haben ein ins menschlich-Allgemeine greifendes geschichtliches Bild düsterer Gewalt und Leiden entworfen, und ein heiteres aus der Enge der Heimat und des ewig-Alltäglichen, animalisch-Lebendigen, fern von aller Blut- und Boden-Tümelei. Aber ich müßte mich täuschen (und würde es, zu Ihren Gunsten, sehr gern!), wenn Sie außer dem Fortschritt auf Ihrem persönlichen Wege, von dem Sie sich keinen Augenblick entfernt haben, einen Erfolg mit diesen Werken, einen lebendigen Anklang erleben sollten. Das liegt an der deutschen Situation, die ja nicht ihresgleichen hat, und der der einzelne Autor, in der Vereinzelung zumal, nicht gerecht werden kann. Es ist ein fast tragischer Fall: die Entfremdung, die in den zwölf Jahren zwischen der Nation und denen entstanden ist, die als erste ein Recht darauf hätten, zu ihr und mit ihr zu reden. – Aber sind wir denn noch eine Nation? wo ist der, zu dem man sprechen könnte, und welche Sprache wird noch verstanden und innerlich erwidert? Sind und werden wir weiter in die einzelnen Stämme zurückgesplittert (von allen schreienden Gegensätzen politischer Denkart, ererbter Eigenbrötelei zu schweigen), und hat der Dichter nur noch die Aussicht auf lokale Wirkung und Geltung? Kann er – und der Dramatiker vor allem – in der geistigen und materiellen Verarmung auch nur leiblich noch existieren? außer er sei so fruchtbar, daß er allein das Repertoire einer Wanderbühne bestreiten könnte?

Sie haben diese Fragen, diese Kontraste und Konflikte gewiß stark empfunden, wie Ihre Briefe spüren lassen; mögen Sie nicht hierüber sich einmal öffentlich äußern? Dies mit Worten ins Klare zu setzen – eine schriftstellerische freilich, keine gestalterische Aufgabe – wäre heute doch von Wert? Die Grenzen möglicher neuer Produktion, ein neues produktives Verhältnis von Publikum und Schaffenden zu erkunden, zu bestimmen, ist geradezu notwendig.

»Nach verlorenen Kriegen müssen Komödien geschrieben werden« sagt der hellsichtige Novalis (und Hofmannsthal ist 1921 mit seinem »Schwierigen« diesem Wort fast bewußt gefolgt). Der Blick auf das Ganze, auf seinen Sinn im Ernst ist den Schaffenden durch die allzu große Nähe noch benommen. Das »Heroische« hat dann im geistigen Bereich auf eine Weile ausgespielt; aber auch aus der Atmosphäre des täglichen Lebens weicht die Überspannung der großen Politik zurück; die Ur-Verhältnisse machen sich mit Macht geltend; die sozialen Formen, von der Familie bis in die Stände, Berufe, Ämter hinein sind gelockert, aufgerissen, umgestülpt; Glücks- und Gesinnungswechsel, Lebensüberdruß und Lebensgier; Gegensätze der Generationen, der politischen Parteiungen; das zerfallende Soldatentum, Schieber- und Schmuggler-, Spitzel- und Denunzianten-Wesen; und was nicht noch alles wirbelt nach jedem Krieg durcheinander; und nun erst nach diesem. Die unwahrscheinlichsten Kombinationen sind an der Tagesordnung; und bei allen Spaltungen ist das Gefühl doch stark: mit den anderen Menschen, wenn nicht anders, so in Fehlern und Schwäche, in Not und Dreck sich überein zu finden.

Hier wären für eine Darstellung in Ihrer Weise Motive die Fülle da, deren Behandlung eine größere Breite verträgt, ja verlangt, und die allgemeineres Interesse gewinnen könnten. Sogar ein Beispiel dafür, wie es nicht gemacht werden darf, ist schon vorhanden: des anständigen, mutigen Wiechert vorgebliche Komödie »Die Unsterblichen«; welche durch falsche Volkstümlichkeit, vordergründige Aktualität und durch das Unvermögen, Menschen auf die Bühne zu stellen, den Mißerfolg notwendig herbeiruft.

Bitte, nehmen Sie diese Ausführungen, so wenig durchgefeilt sie sind, und trotz dem skeptischen Ton bei der Beurteilung unmittelbarer Erfolgs-Aussichten, nur als Zeichen lebhafter Teilnahme, und haben Sie ›Hals-und Beinbruch‹-Wünsche für diese Stücke und für alles Kommende!

Übrigens möchte ich – für den Fall, daß Sie Erzählendes: Kurzgeschichten, Erzählungen mittleren Umfangs, Skizzen von einigem Belang geschrieben haben sollten – Sie bitten, sie an *Benno Reifenberg* zu senden, den ich vorbereitet habe; er ist Ihnen von der Frankfurter Zeitung her gewiß in Erinnerung; jetzt ist er der führende Herausgeber der »Gegenwart«, die mir unter den vielzuvielen deutschen Zeitschriften als die beste erscheinen will (wenigstens wüßte ich keine, deren Wert in so geradem Verhältnis zur – enormen – Verbreitung stünde). Reifenberg klagt aber über den Mangel an guten literarischen Beiträgen; er ist durch die geographische Lage dieser sonst so kulturfreundlichen Zone benachteiligt. Die Adresse: B.R., Redaktion der »Gegenwart«, (17b) Freiburg im Breisgau, Grünwälder Straße 4.

Darf ich das Manuskript des »Starken Stamm« behalten? Oder brauchen Sie's? Von Ihnen wieder zu hören, wird mich freuen. Neher schrieb mir dieser Tage aus Zürich.

Mit den besten Grüßen Ihr Ihnen sehr ergebener
Hans-J. Weitz

P.S. Nun noch eine persönliche Frage: ein entfernterer Vetter von mir lebte in Ingolstadt: Dr. ing. Hans Goettke, in leitender Stellung bei den Deutschen Werken, aber als Halbarier gefährdet. Er war verheiratet mit einer geborenen Kroher, Tochter eines früheren Bürgermeisters (doch nicht etwa dessen, der seinerzeit wegen der »Pioniere« Ihnen den Prozeß machen wollte?). Wissen Sie zufällig, ob er dort noch lebt? Ich habe wegen anderer, vermißter Verwandten bei ihm anzufragen; habe keine Adresse und vermute die Deutschen Werke stillgelegt.

211 *An Hans-J. Weitz*

[undatiert, wohl Mitte Februar 1947]

Sehr geehrter Herr Weitz!

Haben Sie herzlichen Dank für Ihren so eingehenden Brief vom 3. 2. Ich habe zwar lange warten müssen, bin aber nicht ungeduldig geworden. Ich habe schon gewusst, dass Sie sich mit der Angelegenheit auseinandersetzen würden, wenn Ihre Zeit es Ihnen erlaubt.

An dem Tage, wo ich Ihren Brief erhielt, bin ich reich beschenkt worden, ich bekam mit gleicher Post einen nicht minder gewichtigen aus England von einem guten Freund, mit dem ich fünfzehn Jahre lang keine Verbindung mehr hatte und der im Ausland über gute literarische Beziehungen verfügt, es ist nicht unmöglich, dass er im Laufe der Zeit etwas für mich tun kann und vor allem ist es erfreulich, dass er ganz unaufgefordert es offenbar will. Aber auch wenn er mir dieses nicht angeboten hätte, wäre die Freude doch schon gross gewesen. Sie können sich denken, dass das an einem Tage viel für mich war.

Es kommt doch manchmal ein Schimmer der Hoffnung, man muss heutzutage nur langmütig sein und besonders ich habe Gelegenheit mich darin zu üben, ich bin nun schon den zweiten Winter praktisch ausgeschaltet von meiner eigenen Arbeit und habe, solange es kalt ist, nicht mehr die kleinste Möglichkeit mich zurückzuziehn. Der einzige lauwarme Raum wird dann naturgemäss von meinem Mann belagert, der ein ununterbrochen geräuschvolles und anspruchsvolles Wesen entfaltet [gestrichen: und mir durch seine entsetzliche Fahrigkeit auf die Nerven fällt, sodass ich einfach nicht zu mir selber kommen kann. Noch nie habe ich ihn so andauernd in der Wohnung haben müssen wie seit dem Ende des Krieges.] Selbst einen Brief schreiben, bedeutet dann schon eine nur schwer zu bewältigende Angelegenheit.

Für Ihre eingehende Charakterisierung des »Starken Stammes« danke ich Ihnen sehr. Sie können das Stück gerne behalten, ich brauche es nicht. Ich kenne die Schwächen selber und weiss, dass die Automatenhandlung reichlich abgelegen ist, ich habe sie verwertet, weil mir hier bestimmte Beobachtungen im Automatenwesen, die ich einmal gemacht hatte, zustatten kamen, die Lebensnähe ist ja gar nicht so leicht herzustellen, wenn man eben nicht einmal etwas Ähnliches mit angesehen hat.

Und das ist meine grösste Schwierigkeit immer gewesen: eine Handlung zu finden, die trägt. Ich bin darin eine Frau, die ein Samenkorn braucht, das ihr ein fremder Impuls gibt und weil ich in meiner Abgeschlossenheit diesen Impuls nicht finden kann, werde ich böse auf mich selber und auf alles und widerspenstig. Wenn ich erst die Handlung habe, bin ich über den Berg weg, alles andere kann ich durch Zeit und Geduld aus mir herausziehn, die Unüberwindlichkeiten liegen für mich immer in der Handlung, also gerade in der Voraussetzung zu einer Arbeit und das ist natürlich besonders unangenehm. Die Voraus-

setzung kann mich nämlich mehr Zeit kosten wie die Arbeit selbst, obwohl auch diese sich nur langsam vollzieht.
Im übrigen weiss ich nicht, ob die Bayrische Landesbühne das Stück tatsächlich aufführen wird. Ich weiss nicht einmal, wie weit sie zur Zeit existiert, der Chefdramaturg, der das Interesse für mich hatte, ist jedenfalls von dort weggegangen zum Film und möchte mich nun zu einem Film animieren, ich habe aber bis jetzt keine Handlung gefunden.
Es ist schön von Ihnen, dass Sie mit Herrn Reifenberg über mich gesprochen haben. Leider scheint es mir, dass ich jetzt nichts Passendes für ihn habe. Vielleicht kann ich doch einmal etwas schreiben. Wenn Sie Caspar Neher gelegentlich schreiben, grüssen Sie ihn doch bitte auch von mir.
[gestrichen: Über Ihre allgemeinen Anregungen will ich noch öfter nachdenken, sie werden mir nicht verloren gehen].
Die von Ihnen gesuchte Adresse von Dr. Goettke ist Ingolstadt, Gymnasiumstrasse 11/II. Kroher Lore, die ich aus der Schule kenne, ist nicht die Tochter jenes Bürgermeisters, mit dem ich wegen der Pioniere prozessieren musste, das war ein anderer, ein gewisser Dr. Gruber.
Ich wünsche auch Ihnen eine erspriessliche Arbeit und seien Sie herzlich gegrüßt von Ihrer
Über Ihre allgemeinen Anregungen will ich noch öfter nachdenken, sie werden mir nicht verloren gehn.

Mit den besten Grüssen Ihre

212 An Richard Friedenthal

den 22. 2. 47

Lieber Richard Friedenthal!
Haben Sie sehr herzlichen Dank für Ihren Brief, der mir grosse Freude machte. Wie merkwürdig spielt das Leben – als Sie seinerzeit sich von Draws zurückzogen und damit auch von mir, da ist, wenn ich es denn aussprechen darf, für mich alles ein wenig schwerer und innerlich auswegloser geworden, ich habe aber verstanden, warum es so kommen musste, wenn auch Draws nie darüber sprach. In eben dem Masse wurde mir jetzt

durch Ihren Brief wieder ein wenig leichter und froher, so als sei mir weit da drüben ein freundliches Fenster angeleuchtet worden mitten in der Nacht.

Es scheint ja, dass ich etwas angestellt habe, weil Sie eine gewisse von mir nicht unterdrückte Bemerkung in Ihren englischen Kamin werfen mussten, und wenn Sie nach diesem schönen Zug noch sollten wissen wollen, was Sie da eigentlich hineingeworfen haben, ich habe da nur angespielt auf einige seiner Escapaden, an denen Sie, wenn man ihm glauben darf, nicht ganz unschuldig waren, vielleicht ohne es genau zu wissen, in welches empfindliche Gewebe Sie da hineingriffen. Weit mehr wie früher ist mir die Freiheit inzwischen ein kostbares Gut geworden. Derartige Beziehungen nehmen indessen fast immer die Form an, die der Mann ihnen gibt und wohl auch mit guten Gründen gibt, und gerade Draws hat nun eine solche beinahe lebensgefährliche Ausschliesslichkeit von mir verlangt, dass seine Forderung in ihrem Rückschlag die ebenso starke Gegenforderung hervorrufen musste, anders konnte es ja gar nicht sein. Hier auflockern wollen hiess die Grundvoraussetzung wegziehn, auf der nämlich dieser schon immer bis zur Grenze des Tragbaren belastete Turm sich gerade noch hielt. Das Seltsame dabei ist eigentlich nur, dass ich Ihnen so gar nicht böse gewesen bin. Und nun genug von den alten Geschichten.

Lieber Friedenthal, Sie brauchen es mir nicht erst zu sagen, ein wie schwerer Schritt Ihre Auswanderung gewesen ist. Ich war mir dessen stets bewußt, dass unsere Brüder, wenn sie hinausgegangen sind, dies wohl nicht leichtfertig getan haben und auch dass da draussen die nicht minder bitteren Dinge auf sie warteten, ich habe in den vielen Jahren oft daran gedacht. Die traurige Art, in der Sie Ihren Vater verlieren mussten und dass wir das nie wieder gutmachen können, bedaure ich tief. Da haben Sie an vielen Dingen zu tragen gehabt, und ich bin nur froh, dass nicht die verzerrte Erstarrung des Hasses aus Ihren Worten spricht, sondern ein gereifter und wertvoller Mensch.

Dass Sie die Neue Rundschau zusammen mit Joachim Maass herausgeben, wusste ich bis jetzt nicht. Den Karl Stuart habe ich vor einigen Tagen in Manuskriptform an Sie abgeschickt und bin nun gespannt, ob er Sie glücklich erreichen wird. Sie werden dann ja sehen, ob Sie was damit anfangen können. Ein sauberes Druckexemplar, das ich Ihnen viel lieber übermittelt hätte, liegt zwar hier für Sie bereit, man sagte mir aber auf der Post, dass es in gedruckter Form wohl nicht durchgehen wird. Oder haben Sie oder einer Ihrer Bekannten zufällig Verbindung mit einer Stelle der Militärregierung in München, dass man einen Versuch machen könnte, ob es nicht von dort übermittelt wird?

Was Sie von Graumann erzählen, hat mich so erschüttert. Bitte, grüssen Sie ihn sehr herzlich von mir, wenn Sie ihm einmal schreiben. Wollen Sie mich, bitte, auch Herrn Alfred Kerr empfehlen, der mir schon frühzeitig eine positive Einstellung bewiesen hat, die ich immer dankbar empfand.

Herr Sternfeld bat mich ihm Namen mit Adressen solcher Personen anzugeben, die nach meiner Meinung für ein Pen-Zentrum in Deutschland in Frage kämen. Ich habe mich wegen einiger Anschriften, die mir nicht bekannt sind, an den Kurt Desch Verlag gewandt und hoffe sie von dort zu erhalten. Ich habe freilich so isoliert gelebt, dass ich selbst meine spärlichen Angaben nur nach der Beobachtung aus der Ferne machen kann. Mich selber kann ich natürlich nicht vorschlagen, hoffe aber, dass ich nicht davon ausgeschlossen werde. In diesem Zusammenhang gebe ich Ihnen die Adresse von Walter de Gruyter, Berlin W 35, Woyrschstrasse 13, welcher die Herausgabe eines neuen Literaturkalenders vorbereitet und bereits seit einigen Monaten die neuen Anschriften der Autoren feststellt. Vielleicht könnten Sie von dort bestimmte Anschriften, die Sie suchen, erhalten. Sobald ich Antwort vom Verlag habe, werde ich selber an Herrn Sternfeld schreiben.

Ich bin froh, wenn der Winter vorüber ist. Die Höhlenmenschen, die sich ihr Holz aus dem Walde holen konnten, soviel sie brauchten, waren noch besser daran. Da wir fast jeden Abend bis acht Uhr ohne Licht sind, schreibe ich Ihnen diesen Brief in kleinen Stücken. Sie brauchen mir keine Lebensmittel zu schicken, ich muss nicht hungern, wir haben seit dem vorigen Jahr ein kleines Stück Land gepachtet, von dem wir Kartof-

feln zusätzlich haben. Wenn Sie es in der Tat möglich machen könnten, mir etwas zum Lesen zu schicken, so würden Sie einem von mir sehr bitter empfundenen Mangel abhelfen. Die Bücher, wenn sie ja in Deutschland erscheinen, gelangen nicht in unsere berufenen Hände, und wir sind recht elend von der Kultur abgeschnitten. Vor allem aber möchte ich doch jene Bücher lesen, die draussen geschrieben worden sind. Bis jetzt kenne ich nur die Grünen Oliven und nackten Berge von Claudius und das Buch von Oskar Maria Graf über seine Mutter. Sie werden es auch aus meiner Arbeit merken, in einer wie würgenden Abgeschiedenheit ich gelebt habe, ich musste das hinnehmen, [gestrichen: daran bin ich nicht schuld] ändern konnte ich es nicht.
Ich habe mich so sehr gefreut von Ihnen zu hören. Seien Sie sehr herzlich gegrüßt von Ihrer Marieluise Fleißer

213 *Von Erich Kästner, Neue Zeitung*

München, Schellingstraße 41, den 25. 2. 47

Sehr geehrte Frau Fleisser,
besten Dank für Ihr Schreiben vom 14. 2. Da Herr Johannes Tralow (Gauting bei München, Waldpromenade 22) hier sehr darum bemüht ist, die süddeutsche Gruppe des PEN-Clubs neu aufzuziehen, hielt ich es für das Beste, Ihren Brief und damit das Ansuchen von Herrn Sternfeld an Herrn Tralow weiterzuleiten.
Ich nehme auch an, daß es Herrn Tralow eher möglich sein wird, zu übersehen, inwieweit sich die früheren Kollegen des PEN-Clubs in den anderen Zonen wieder zusammengefunden haben.
Mit den besten Grüssen und der Bitte, gelegentlich Herrn Sternfeld meine beste Empfehlung zu sagen, verbleibe ich als
Ihr Erich Kästner

214 *Von Richard Friedenthal*

London, 7. 3. 47

Liebe Marieluise Fleisser,
dies nur als kurze Nachricht, dass Ihr Karl Stuart-Manuskript wohlbehalten in meine Hände gelangt ist. Die nur halb artikulierte Schreibmaschine hat mich kaum gestört – wir sind auch hier an mancherlei mechanische Ausfälle gewöhnt. Ich schreibe Ihnen noch ausführlich über das Drama, wenn ich es in Ruhe aufgenommen habe. Heute nur so viel, dass mich Ihre kraftvolle und oft wahrhaft vehemente Sprache wieder sehr stark berührt hat.
Wenn es Ihnen recht ist, dann gebe ich das Manuskript, nachdem ich es gründlich verdaut habe, einmal an Alfred Kerr. Der lebt hier, uralt, kräkelig, streitbar wie nur je, und erstaunlich munter für seine bald achtzig Jahre. Ich glaube mich zu erinnern, dass er sich seinerzeit für Ihre Arbeiten eingesetzt hat, und sein Wort gilt ja immer noch etwas, bei denen die sich seiner erinnern.
Nur noch eine praktische Frage: sind Sie bereits an einen Bühnenvertrieb gebunden? Ich entnehme dies eigentlich Ihrer Bemerkung darüber, dass Sie auch gedruckte Exemplare besitzen. Ich möchte das wissen, ehe ich den Bühnenvertrieb Bermann-Fischer für Sie angehe, da man natürlich besser Doppelkorrespondenz vermeidet, die nachher zu nichts führt.
Hoffentlich müssen Sie dort nicht allzu sehr frieren. Wir haben es hier schon recht scheusslich und waten zu Fuss zu den Untergrundstationen.
Recht herzliche Grüsse, und bald mehr von Ihrem alten Freund

Richard Friedenthal

215 *An Herbert Jhering*

Dramaturgie Deutsches Theater

den 20. 5. 47

Sehr verehrter Herr Jhering!
So sehr ich es bedauere, dass Sie den Karl Stuart ablehnen mussten – ein Stück, mit dem ich mich lange Jahre herumgeschlagen

habe und an dem mir was liegt – so sehr habe ich mich gefreut von Ihnen zu hören. Es hat mir immer leid getan, dass wir durch meinen seinerzeitigen Verlobten, der im ganzen doch recht schmerzhaft in mein Leben eingegriffen hat, so völlig auseinanderkamen. Ich bin seit dem Herbst 32 wieder in Ingolstadt und habe hier schließlich eine Notlösung für die nackte Existenz ergriffen, die mich aber wenig befriedigen kann und bei der es wohl auch nicht ewig bleiben wird. Ich lebe hier ziemlich isoliert und werde sehr gehemmt in meiner Arbeit durch mein Abgeschnittensein vom kulturellen Leben. Es ist mir nicht einmal möglich mir Eintrittskarten zu den Münchener Theatern zu beschaffen für jene seltenen Aufführungen, die mich interessieren würden. Auch Bücher, aus denen ich lernen könnte, kommen mir kaum in die Hand, und so tappe ich recht im finstern. Es würde mich unter diesen Umständen besonders interessieren, die ungeschminkten Gründe zu erfahren, warum Sie den Stuart ablehnen mussten, ich frage um zu lernen. – Durch Ihre Hände geht so vieles, was mir nicht zugänglich ist. Bestünde irgendeine Möglichkeit mir bestimmte Arbeiten, von denen Sie gerne hätten, dass ich sie lese, durch Postversand zu leihen? Ich würde Ihnen Ihre Auslagen natürlich ersetzen. Es ist wirklich fast undurchführbar, neue Arbeitspläne zu fassen, wenn so gar nichts an einen herankommt. Das macht mir ziemliche Sorge. Ausser dem Stuart habe ich nur noch eine bayrische Familienkomödie mit altmodischem Einschlag geschrieben, deren Titel Der Starke Stamm den Unterton leiser Ironie hat. Sie ist aber in einem lebhaften Dialekt geschrieben, den man wohl auch kaum abmildern könnte, da für mein Gefühl der Reiz der Komödie sich unmittelbar aus der Sprache und mit der Sprache entwickelt. Wie geht es Ihnen und wie haben Sie die so unfreundlichen Jahre überstanden? Ich wage kaum, meine herzlichen Grüsse an Ihre liebe Frau herzuschreiben, da ich nicht weiss, welche Lücken der Krieg gerissen hat. Ich habe erst vor wenigen Monaten ein Bild wiedergefunden, das Sie mir einmal schenkten und wo Sie mit Brecht und Piscator darauf sind, und das sehe ich nun manchmal an. Haben Sie wieder Verbindung mit Brecht? Es ist so schön, dass ich Ihnen wieder schreiben kann. Ich wünsche Ihnen gute Arbeit und Ihren Mühen einen guten Erfolg und bin mit herzlichen Grüssen

Ihre Luise

216 An Heinz Thiele

Intendant des Landestheaters München, Liebigstrasse 21/C

den 30. 5. 47

Sehr geehrter Herr Dr. Thiele,
wollen Sie mir, bitte, die Ihnen zu treuen Händen überlassenen frühen Novellen und die Szene aus dem Jugendstück baldmöglichst zurückreichen. Ich habe Sie Ihnen auf Ihren Wunsch gegeben, den ich nicht abschlagen wollte, ich will aber nicht, dass ein anderer sie liest. Ich nehme an, dass Sie sie nicht mehr brauchen, und die Vorstellung, dass diese frühen Arbeiten, die ich nicht gern aus der Hand gebe, womöglich im Büro herumliegen, ist mir unangenehm. Veranlassen Sie, bitte, umgehend ihre Rückreichung an mich.
Es tut mir aufrichtig leid, dass Sie sich nicht entschliessen konnten, die Komödie selbst zu inszenieren. Es ist keine so ganz leichte Aufgabe, wie es vielleicht auf den ersten Blick scheint, jenen zwielichtigen Reiz der Komödie herauszubringen, den man vielleicht ganz treffend mit der von Bernhard Diebold über mich gegebenen Definition vom unbarmherzigen Idyll umschreibt. Sie erfordert ein feinfühliges Können und einen behutsamen Stil. Gerade dieses haben wir bei Ihnen gesucht und unter solcher Voraussetzung die Arbeit an Sie gegeben. An einer bloss vordergründigen Inszenierung liegt mir wirklich nichts. Ich glaube nicht daran, dass bei Änderungen, die sich nicht für den Autor spontan ergeben, etwas organisch Richtiges herauskommen kann. Für mein Gefühl hat die Komödie einen durchgängig altmodischen Zug. Durch die aufgepappte Aktualität würde alles schief, und ich möchte mich davor hüten.

Mit den besten Grüßen Ihre

217 Von Herbert Jhering

Deutsches Theater
Berlin NW 7, den 31. Mai 1947
Schumannstraße 13a

Sehr verehrte liebe Frau Fleisser!
Herzlichen Dank für Ihren Brief. Sie können sich denken, dass ich mich sehr gefreut habe, nach so langer Zeit wieder einmal von Ihnen zu hören. Am Ende einer so schwierigen Saison wie dieser ist man doch recht abgearbeitet, sonst würde ich Ihnen ausführlicher antworten. Da Sie aber Bücher vermissen, will ich Ihnen gern meine vor kurzem erschienene »Berliner Dramaturgie« vom Verlag zuschicken lassen. Ich hoffe, dass der Postversandt in Ordnung geht.
Von Brecht und Helene Weigel habe ich aus Amerika einiges gehört. Sie kommen wahrscheinlich im Herbst nach Deutschland. Mit herzlichen Grüssen auch von meiner Frau

Ihr Herbert Jhering

218 An Richard Friedenthal

den 31. Mai 1947

Lieber Richard Friedenthal,
ich habe mich sehr gefreut, dass Sie in die Schweiz fahren durften. Ich weiss auch nicht, wann Sie wieder in England sein werden, ich nehme an, dass Sie viel Arbeit hatten und ich will Sie nicht drängen, – nachdem Sie mir aber am 7. 3. selbst anzeigten, dass Sie mir bald mehr schreiben würden, und ich seitdem ohne Nachricht von Ihnen bin, frage ich mich, ob nicht ein Brief von Ihnen verloren gegangen ist. Vielleicht ist auch mein Brief, den ich Anfang April schrieb und in dem ich Ihnen einige Fragen beantwortete, nicht bei Ihnen angekommen? Möglicherweise ist er, ohne dass ich das bedachte, wegen einer Stelle über den Verlag als Geschäftsbrief aufgefasst und darum zurückgehalten worden? Nun, diese Hemmungen fallen ja nach dem 15. Juni weg.
Oder habe ich durch etwas, was ich von hier nicht übersehen

kann, verschuldet, dass Sie jetzt nicht gern schreiben. Wenn man ja immerhin so wenig von dem jetzigen Leben eines Menschen weiss wie ich von Ihnen, kann man ja leicht was verkehrt machen. Ich hoffe, Sie finden Zeit mir wenigstens kurze Nachricht zu geben, damit ich klar sehe, was es mit der Pause auf sich hat.

Ich hoffe, dass Ihr Aufenthalt in der Schweiz sich gut für Sie anlässt und bin mit allen guten Wünschen Ihre

219 An David Luschnat

Baden-Baden, Lenauweg 1-3 (Hotel Gretel)

den 30. Juni 1947

Lieber Herr Luschnat,

Schönen Dank für Ihren Brief vom 23. 6. Ich habe mir schon gedacht, dass Sie einen recht mühsamen Weg hinter sich haben, ich sah es irgendwie an der Schrift. Sie fragen mich, ob Sie da falsch sehen, wenn Sie glauben, dass viele Deutsche die Zurückkehrenden mit Hass und Neid betrachten. Ich will aber doch hoffen, Herr Luschnat, Sie haben auch solche Menschen gefunden, die ehrlicherweise zuvor die Anfänge bedenken und die Sie ein grausames Dilemma, dem Sie sich einmal gegenübergestellt sahen, nicht entgelten lassen. Auch glaube ich, dass jene eher abstossenden Gefühle sich nicht gegen Zurückkehrende im besonderen richten, sie gelten mehr oder minder allen, die es vielleicht jetzt etwas besser haben oder doch in einer absehbaren Zukunft es etwas besser zu haben hoffen. Solche Gefühle entspringen dem Bewußtsein, dass die Decke auch nicht einmal behelfsmäßig für alle reichen wird, und wenn man sich noch so sehr danach streckt. Diese Abstossung ist Lebensangst, ich hoffe doch, sie ist nicht mehr als dieses, und wird den Herzen durch den harten Druck entpresst, unter dem wir alle atmen müssen. Aus der entsetzlichen Verengung der Möglichkeiten entsteht das bösartige Gedränge und die Lieblosigkeit, die auch unsereinem immer wieder aufstösst. Dazu kommt nun noch eine gewisse Bitterkeit durch psychologische Fehler, die vielleicht gemacht worden sind. Es wirkt sich nicht gut aus, wenn Jäger und Gejagte nur zu oft in denselben Topf geworfen werden. Der ziemlich verbreitete gute Wille, der nach meiner Beobachtung vor zwei Jahren spontan vorhanden war, wurde zurückgestossen, als sei er nichts wert, und das hat ihm nicht eben gut getan. Ein Volk, das so grausam bombardiert worden ist, hat bis zu einem gewissen Grade auch gebüßt. Zudecken hilft da nicht, das Zugedeckte schwelt gern unterirdisch fort. Ich wollte, man machte denen nicht so viel Schwierigkeiten, die sich, wenn auch im stillen, in der Vergangenheit um das Rechte mühten und die eines guten Willens sind. Besonders aufreizend wirkt es auf uns, wenn von denen, die fern von der unmittelbaren Gefahr waren, [gestrichen: und soviel nicht zu fürchten hatten,] der Vorwurf gegen uns erhoben wird, als ob wir keinen Widerstand geleistet hätten. Mir will doch scheinen, dem liegt ein unbewußtes Verschieben der Voraussetzungen und eine allzu leicht hingeredete [gestrichen: Vortäuschung] Annahme von demokratischen Möglichkeiten zugrunde, die ja aber in einem mit raffiniertem Satanismus organisierten Willkürstaat nicht vorhanden waren. Der stumme und passive Widerstand, den wir einzig leisten konnten, war ein Höllenweg, der genau zwölf Jahre dauerte, was er für die Einzelnen an Verkümmerung und schmerzhafter Zurückschrumpfung bedeutete, kann man von draussen kaum ermessen. Jene, die selber noch am Leben sind, sollten uns nicht gerade daraus einen Vorwurf machen, dass wir noch einen Kopf auf unseren Schultern tragen – auf gar nichts anderes läuft es nämlich hinaus. Ich sage das, weil Sie mich fragen, wie ich jetzt über alles denke.

Ich bin seit dem Herbst 32 in Ingolstadt und sah nach dem Umschwung keine Möglichkeit mehr nach Berlin zurückzugehn. Ich habe zunächst noch einige Kurzgeschichten an meinen gewohnten Zeitungen unterbringen können, nach dem endgültigen Wechsel der Redakteure nicht mehr. Ich habe meine Verlobung mit Draws-Tychsen später gelöst. [gestrichen: Damit war ich buchstäblich allein.] Bücher oder Theaterstücke habe ich in Hitlerdeutschland nicht veröffentlicht, auch für keinen Verlag gearbeitet. Ich hatte zwar kein offizielles Schreibverbot, aber ich konnte weder noch wollte ich in dem gewünschten Sinn schreiben, damit hörte es sich von selbst auf. Ich habe in Ingolstadt ziemlich gemieden gelebt und 1935 eine bürgerliche Ehe mit einem Jugendbekannten eingegangen. Durch diesen der Not abgerungenen Schritt löste ich zwar meine äusseren Sorgen, wurde aber in eine Lebensbahn abgedrängt, die meinem tatsächlichen Streben in keiner Weise entsprach und mir einen sehr unangenehmen Pflichtenkreis mit viel Rechnen, Buchführung und dem zeitraubenden Durcheinander eines Grosshandelsgeschäftes aufnötigte, wobei ich mich – bei allem mechanischen Gehetztwerden – vor innerer Langeweile und gefährlichem Leerbleiben zerstörte. Eine schwere Erkrankung des Gemüts machte nach einigen Jahren dem so unangemessenen Einsatz ein gewaltsames Ende – später im Kriegseinsatz habe ich noch einmal Ähnliches erlebt, dort in wesentlich leichterer Form. Ich habe dann bloss mehr den Haushalt versorgt und mir Zeit für meine eigene Arbeit genommen, was aber dem weiteren Verlauf meiner Ehe nicht eben günstig wurde. Die Möglichkeit auf eigenen Füssen zu stehen habe ich auch heute noch nicht. Ich schrieb sieben Jahre lang an einer Tragödie »Karl Stuart«, einem in englische Geschichte verkleideten Stück von der unzerstörbaren inneren Freiheit, danach eine bayrische Komödie »Der starke Stamm«. Beide Stücke sind im Kurt Desch Verlag München, mit dem ich schon 1944 den ersten Vertrag schloss, damit das Stück im Falle meines Todes nicht verloren ginge. Ausserhalb Deutschlands war ich in diesen zwölf Jahren nicht, vor der Heirat hätte ich das Geld nicht gehabt für die Reise, nachher nicht die Freiheit. Verhaftet war ich nicht. [gestrichen: Aber man steckte mich im Kriegseinsatz in ein Heereszeugamt.] Im ganzen habe ich Glück gehabt, ich bin noch da. Der von aussen gesehen vielleicht nicht so harte Weg war in Wirklichkeit doch sehr schwer, in dem englischen Stück steckt ein ganzer Abgrund von Leid.

Über Ihre Broschüre kann ich keine eigentliche Kritik schreiben, da ich alles von der lebendigen Gestalt her sehe und mir die reine Gedankenarbeit nicht eigentlich liegt. Manchmal spüre ich eine gewisse Fremdheit wie bei einem, der es nicht von hier aus mitangesehen hat. So wird man Ihnen hier nicht gerade glauben, dass das deutsche Volk todes- oder gar mordsüchtig war. Die Meisten haben keinen Krieg gewollt, er ist ihnen befohlen worden. Hitler hat es, während er auf den Krieg rüstete, die ganze Zeit verstanden dem Volk einzureden, dass er den Frieden wünsche und suche. Bei Kriegsbeginn wurde es durchaus so dargestellt, dass der Krieg von den anderen an uns herangetragen worden sei und dass man sich eben wehren müsse. Erst der Krieg in seinem Verlauf hat die Menschen, die dem Getötetwerden ausgesetzt waren und die umgekehrt töten mussten, verroht, erst dann hat die breite Heldenzüchtung eingesetzt, der man nicht mehr entrann, wo immer man eine Zeitung aufschlug – und mit den Siegen kam die Überhebung, die jetzt gebüsst wird. Seit 43 wollte so ziemlich das ganze Volk vom Krieg nichts mehr wissen, aber es wand sich ohnmächtig im unausweichbaren Griff seines Peinigers. Das ist meine eigene Meinung davon.

Mit bestem Gruß

Die literarische Produktion in Hitlerdeutschland habe ich wenig verfolgt. Soweit ich Zeit für mich hatte, habe ich mich mit dramaturgischen Studien, ausserdem mit Shakespeare und Hölderlin beschäftigt.

220 *Von Richard Friedenthal*

London, 10. 8. 47

Liebe Marieluise,
zunächst möchte ich Ihnen den Eingang der beiden Exemplare des Karl Stuart bestätigen. Eines davon habe ich an Alfred Kerr weitergeleitet, der Ihnen wohl darüber etwas schreiben wird, sobald er sich von den Strapazen seiner Schweizer Reise erholt hat. Der alte Herr, oder in mancher Beziehung Knabe, denn er ist unbeschreiblich kindlich, genoss diesen Ausflug mit vollen Backen, und ich gönnte ihm das von Herzen, denn er hat es hier doch all die Jahre hindurch sehr kümmerlich gehabt. Nicht alle

Emigranten sind ja, wie Thomas Mann – dem ich es nun auch gewiss nicht neide – sogleich in eine Le Corbusier-Villa in der kalifornischen Sonne gezogen, wo sie von einem Negerdiener betreut werden. Kerr wohnt hier in einer billigen Pension in einem winzigen möblierten Zimmerchen, wo etwa zehn zerfledderte Bücher auf einer Kommode stehen. Das ist aber für ihn nicht das Entscheidende. Am meisten leidet er, der so unendlich Geltungsbedürftige, daran, dass ihn hier niemand kennt. Er ist, als deutscher Theaterkritiker und Reisefeuilletonist, den Londonern etwa so bekannt wie der hiesige James Agate, sein getreues Ebenbild auf Englisch, den Berlinern, das heisst garnicht. Das frisst nun ständig an seiner Leber.
Wie anders wirkte da das Zeichen Zürich auf ihn ein. Da zitierte man ihn in den Tagesblättchen, sein Bild erschien im Druck, und an allen Ecken und Kanten gab es vorzüglichen Stoff zu trinken. Denn Kerr gehört noch völlig zu der trinkfrohen Scheffelzeit. Das beste Gedicht, das er in der Emigration gemacht hat (er hat für mein Gefühl wenig gute geschrieben) hat den Rüdesheimer und Assmannshäuser zum Thema, den er noch einmal trinken will. In Zürich gab es das nun alles nach Belieben. Er hatte uns hier wochenlang damit geplagt, dass er durchaus auch als »Delegierter« zum Kongress wolle, nicht nur als »Ehrengast« und Jubelgreis. Als er dann da war, als Delegierter, warum denn nicht, in Gottes Namen, wir wollten den Uralten nicht noch weiter erbosen, da nahm er natürlich an keiner einzigen Sitzung teil. Er stromerte vielmehr solo und höchst vergnügt von Lokal zu Lokal. Eines Abends traf er mich auf der Bellevue; da schlug ihm doch das Gewissen und er fragte mich, etwas ängstlich: »Sagen Sie, was wurde denn eigentlich heute in den Sitzungen besprochen ... Wissen Sie, ich konnte nicht ... Ich habe da so ein Beisel entdeckt, da gibt es ein braunes, ziemlich stark gebrautes Bier, und einen Schnaps ...« Und dann verlor er sich völlig in Hymnen auf diese gastronomischen Wunder; von den Sitzungen war nicht mehr die Rede. Selig wie ein Sonnenstäubchen schwamm er dann davon in die Nacht, mit den Händen taktierend als dirigierte er eine himmlische, überirdisch-dionysische Schnaps-Symphonie.

Aber ich wollte Ihnen nicht ein wenig maliziöse Dinge über Kerr erzählen, sondern von unserem Freunde Graumann berichten, der gerade für ein paar Wochen hier ist. Er will hier heiraten, was in Holland aus irgendeinem der hundert Pass- oder Permitgründen nicht geht.

Sein Kind hatte er, wie ich Ihnen schon wohl schrieb, auf die grässlichste Weise im Krieg verloren, und seine Frau hatte sich dann noch nachträglich das Leben genommen, als im Prozess gegen die Mörder der ganze Fall aufs neue aufgerollt wurde. Er fühlte sich wohl sehr vereinsamt und hilfsbedürftig und schloss sich an eine junge Frankfurterin an, die in Belsen befreit und dann nach Amsterdam zur Erholung geschickt wurde. Sie haben schon ein 7 Monate altes Kind.

Er sieht aber noch sehr hager und mitgenommen aus und hat, wie er sagte, völlig den Geschmack verloren. Er isst zwar, aber er spürt nicht, was er isst. Die junge Frau erzählte, auf ganz stille und unauffällige Weise, von ihrem Leben in Belsen. Nun, darüber hat man genug gelesen, aber es ist doch ganz etwas anderes mit jemand im Zimmer zu sitzen, der dort war. Sie bewegte sich recht lebhaft, während sie berichtete, und sprach eindrucksvoll, aber ihre Augen sind völlig tot dabei, wie bei einem Vogel, der einen ja auch nicht richtig ansieht. Sie ist nur davongekommen, weil sie zur Blockleiterin ernannt wurde. Das bedeutete einen Teller Suppe mehr, und auch sonst einige kleine Vorteile. »Sonst blieben in unserer Baracke etwa 20 Prozent übrig. Wir waren aber besonders gut dran. In den meisten anderen waren es etwa 5 Prozent.«

Genug nun davon. Sie sehen sicherlich um sich herum jetzt auch genug Elend. Ich entnehme aus Ihrem Brief, dass es Ihnen selber anscheinend noch leidlich geht. Machen Sie sich aber bitte keine Gedanken über meine Mutter, liebe Marieluise. Ich schicke ihr dauernd und habe auch alle meine Freunde in USA und sonstwo mobilisiert, sodass sie jetzt wohl über den Berg ist. Eine Weile sah es freilich bös genug aus. Ich bekam ein Photo von ihr und ihrem Mann, von einem ahnungslosen Hans Taps von einem amerikanischen jungen Offizier, der sie aufgenommen hatte und mir damit eine Freude machen wollte. Da

lag der alte weissbärtige Vierkandt – wegen der Kälte – im Bett, mit ganz verwildertem Bart; meine Mutter sass neben ihm auf dem Bettrand und hielt ihm die Hand. Sie sah dermassen dünn und abgemagert aus, dass man das Gefühl hatte, der Wind würde sie umblasen, wenn die Tür nur geöffnet würde. Nun scheint es dort aber schon besser zu stehen und sie geben sogar schon »Gartengesellschaften« für den neuen Frauenbund, in dessen Vorstand meine Mutter ist. Sie hat auch schon wieder am Rundfunk gesprochen, und gestern schrieb sie mir auf einer Karte, dass sie planen im Anfang September zum Philosophenkongress nach Partenkirchen zu gehen! Es ist erstaunlich, was diese über 70 jährigen noch für Vitalität entwickeln.
Mir selbst geht es jetzt besser. Die drei Wochen in der Schweiz haben mich ganz wieder auf die Beine gebracht. Ich war aber vorher abscheulich klapperig und fühlte richtig meine Eingeweide im Leib herumpoltern. Jetzt ist alles schon wieder etwas eingefettet und läuft ohne Reibung.
Eben kommt Ihre Novelle, die mir sogleich und auf Anhieb ganz ausgezeichnet gefällt. An dem Stück mühe ich mich noch etwas ab. Es sind ungemein starke Szenen darin, aber das Ganze will sich mir nicht recht zum Bild fügen. Das soll keine Kritik sein, sondern nur ein Eindruck. Ich schreibe Ihnen noch ausführlicher, sobald ich einmal in Ruhe wieder zum Lesen komme. Ich möchte Sie nur nicht so lange ohne Nachricht lassen.
Lassen Sie es sich inzwischen recht gut gehen, liebe Marieluise, und seien Sie auf das allerherzlichste gegrüsst von Ihrem

Richard F.

[Am Rand angefügt:]
Meine Reise nach Deutschland ist jetzt auf den 23. September angesetzt. Wahrscheinlich werde ich zunächst direkt nach Berlin gehen. Es ist aber möglich, dass ich auf der Rückfahrt über München komme. Da könnten wir uns dann sehen, und das wäre sehr schön! Meinen Gedichtband Brot und Salz schicke ich Ihnen als Drucksache. Hoffentlich kommt er an!

221 An Richard Friedenthal

den 27. 8. 47

Lieber Richard,
haben Sie sehr herzlichen Dank für Ihren Gedichtband Brot und Salz, der frühzeitig hier eingetroffen ist. Das Buch hält, was der schlichte und doch so schwerwiegende Titel verspricht. Ich konnte Ihnen nicht sogleich darüber schreiben, weil der Eindruck auf mich ein zu starker gewesen ist. Sie haben mich sehr froh damit gemacht, aber auch traurig, ich konnte lang nicht einschlafen, indem ich über Ihre Jahre in der Fremde nachdachte, und ich habe es mit tiefer Verehrung gelesen.
Ich hoffe, ich finde noch vor der Abreise Zeit an unseren Freund Graumann zu schreiben, von dem ich annehme, dass er zunächst wieder nach Holland zurückgehen wird.
Ich war von Freitag bis Sonntag auf der deutschen Dramaturgentagung in Augsburg, sodass Ihr Brief mich erst am Montag morgen erreichte. Am Samstag und Sonntag abend hörte ich eine Oper auf der Freilichtbühne, den Himmel mit Wolken und Sternen über mir, vor mir die uralte Bastion und den Rest der Augsburger Stadtmauer, vor welcher gespielt wird. Die Tagung machte einen etwas verstümmelten Eindruck auf mich, die grossen Bühnen und Verleger fielen so ziemlich aus, von der russischen Zone war eine einzige Vertreterin (eines Bühnenvertriebs) da, sogar die Münchener waren wie auf Verabredung erkrankt – dafür gab es viel Telegramme mit Glückwünschen, diese schaden wenigstens nicht. Es wurde eine Adresse an Bert Brecht beschlossen und eine Verwendung für des Teufels General von Zuckmayer, welches Stück bis jetzt ausserhalb Berlins in Deutschland nicht gespielt werden darf. Es war auch viel die Rede von den Autoren, die es nicht gibt. Eine Resolution, wonach deutsche lebende Autoren an deutschen Bühnen wenigstens zum gleichen Prozentsatz zu Wort kommen sollen wie ausländische, war mit viel schönen Worten geplant und fiel am anderen Tag unter den Tisch, sie artete in eine recht lahme Empfehlung der grösseren Berücksichtigung deutscher lebender Autoren aus. Zum Schluss packte mich noch ein Herr aus Stuttgart im Hinausgehn zusammen und

versicherte mir zwischen Tür und Angel, dass sie dort nach wie vor das grösste Interesse an der Uraufführung von Karl Stuart hätten, dass sie jedoch immer noch warten müssten, bis die Amerikaner aus dem Grossen Haus herausgegangen seien, dass sie den Termin ausserdem auf den Hauptdarsteller abstimmen müssten, der die halbe Spielzeit in der Schweiz spiele, und dass es im Winter hinwiederum nichts zu heizen gäbe ... Nachdem er sich noch vergewissert hatte, dass keine andere Bühne auf dem Sprung war ihm seinen lockenden Bissen wegzuschnappen, zog er ab.
Ja, es wäre sehr schön, Richard, wenn wir uns sehen könnten. Ich bin nur in Sorge, ob das mit Ihrer Rückreise über München klappt, ob Ihnen nicht vielmehr die Bestimmungen dazwischenkommen. Soweit es sich um die russische Zone handelt, ist der Ein- und Austritt mit abschreckenden Dornen bewehrt. Für unsereinen gilt, dass man die Zulassungskarte für den Interzonenzug eines bestimmten Datums schon vierzehn Tage vorher bestellen muss, dann kann man sie zwei oder einen Tag vor der Reise (günstigenfalls bis zu drei Stunden vor Abfahrt) an Ort und Stelle abholen. Diese Bestellung kann telegrafisch erfolgen bei der Reisegenehmigungsstelle des betreffenden Bahnhofs (für die Ausreise nach München wohl Potsdamer Bahnhof) mit bezahlter Rückantwort (mindestens fünfzehn Worte). So habe ich meine Zulassungskarte für den FD 111 Fahrkartenausgabe Hannover Hauptbahnhof für den 8. 9. bereits bestellt und muss sie für die Rückreise ebenso rechtzeitig beim Potsdamer Bahnhof beantragen. Ich weiss ja nicht, ob es für Sie andere Möglichkeiten gibt ...
Mein Interzonenpass wird mir, wenn nichts dazwischenkommt, drei Tage vor Antritt der Reise ausgehändigt, also am 4. 9. Und gilt, wenn er wie üblich vierzehn Tage läuft, bis zum 18. mit welchem Datum spätestens ich die russische Zone verlassen muss. Wenn mir aber die beantragten vier Wochen genehmigt werden, könnte ich bis Ende September in Berlin bleiben. Nun hängt es auch von Ihnen ab, was ich tue. Und ich frage Sie, soll ich dort bleiben, bzw. versuchen meinen Pass dort verlängern zu lassen, falls er nicht lang genug läuft. An wel-

chem Tag glauben Sie mich in Berlin besuchen zu können? Oder wollen Sie sich davon lieber ganz frei halten in den Tagen, wo Sie Ihre Mutter und Ihre Vaterstadt wiedersehn? Wenn mein Pass nicht verlängert wird, könnte ich notfalls auch ein paar Tage in Aschaffenburg bei Bekannten verbringen und von dort aus Ihnen bei Ihrer Rückkehr an den Ort, den Sie mir bezeichnen, entgegenfahren. Sie können mir noch rechtzeitig antworten über die Adresse des Kongreßbüros (Schriftstellerkongreß) Berlin W8, Jägerstrasse 2-3. Der Kongreß dauert bis zum 14. Ich bin von 9. September an in Berlin. Vielleicht geben Sie mir die Adresse Ihrer Frau Mutter an, wenn Sie nichts dagegen haben oder bezeichnen mir eine andere Adresse in Berlin, über die ich Ihnen antworten und eventuell meine Berliner Adresse angeben kann. Ich würde mich sehr freuen Sie zu sehen und wäre aufrichtig betrübt, wenn ich Sie verfehlen müsste.
Was Sie mir von Kerr schrieben, hat mich lebhaft interessiert. Ich weiss wohl, dass der Kerr von heute ein anderer ist, an dem, was er in neuerer Zeit bei uns publizierte, spürt man nur zu deutlich, dass er keinen rechten Boden mehr unter den Füssen hat – dazu muss ich Ihnen aber eines mit grossem Nachdruck sagen: ich habe mich jetzt ungefähr ein halbes Jahr lang intensiv mit seiner Welt im Drama beschäftigt, die mir einer zum Glück geliehen hat, und darin ist er bei allen zwischendurch auftauchenden Mängeln doch ein einfach herrlicher und unvergänglicher Bursche, dem ich diese Herrlichkeit immer anrechnen werde, den ich mit Entzücken lese und mit dem ich wie mit einem viel Jüngeren als der er tatsächlich ist, gewissermassen Umgang habe, einfach weil er viele mich ganz unmittelbar angehende Dinge unverwesbar, mit bezwingender Eindringlichkeit und damals jedenfalls noch mit einem sehr feinen und ihn nicht täuschenden Gefühl herausgestellt hat. Wir können es ruhig zugeben, wir haben das in Deutschland nicht alle Tage und auch nicht alle dreissig Jahre einmal. Er hat als Kritiker wunderbarerweise Leben geschaffen – ein rarer Fall. Dabei ist seine masslose Selbstüberzeugtheit zwischendurch natürlich komisch. Das kann mich aber nicht beirren. Und seine Kindlichkeit ist mir kein Fehler.

Lieber Richard, wie wird es mir mit Ihnen gehn, werde ich Sie sehen oder nicht? Bis dahin grüsse ich Sie herzlich Ihre

222 *An Peter Suhrkamp*

Berlin-Zehlendorf. Forststraße 27

den 22. Oktober 47

Sehr verehrter Herr Suhrkamp,
mit Herrn Dr. Richard Friedenthal, der mich berät und mit dem Sie anlässlich seines Deutschlandbesuchs vor Ihrer Abreise ja noch gesprochen haben, hatte ich vereinbart, dass ich bei meiner Anwesenheit in Berlin Verbindung mit Ihnen aufnehmen wollte. Leider habe ich Sie dann nicht persönlich angetroffen, da ich nach dem Schriftstellerkongress wieder zurückfahren musste.
Sie werden sich von früher noch ein wenig an mich erinnern. Seit 1933 habe ich nicht mehr publiziert. Gegenwärtig liegen zwei Bühnenstücke vor, die vom Kurt Desch Verlag München vertrieben werden. Die Tragödie »Karl Stuart« wird in Stuttgart herauskommen, wenigstens besteht dort die Absicht, das andere Stücke ist eine bayrische Dialektkomödie »Der starke Stamm«, die bereits für die Münchener Festspielwochen angekündigt war, aber auf grund einer sehr schlechten Besetzung dann von uns zurückgezogen werden musste.
Ich fühle mich bei dem Allzuvielen, das im Desch Verlag gemacht wird, nicht recht wohl und würde – zu Ihnen gesagt – lieber in einen Verlag gehn, der mehr Gesicht hat.
Ich schicke Ihnen beigeschlossen eine Novelle »Der Sohn des Gefangenen«, die ich unlängst geschrieben habe. Wollen Sie sie bringen? Man könnte vielleicht – wenn sie Ihnen gefällt und wenn Sie mich für Ihre Papierzuteilung vormerken wollen – einen Novellenband herausbringen.
Wenn unsere Verbindung zustande kommt, würde ich Wert darauf legen, dass Abdrucke von Bruchstücken oder von kleineren Sachen, auch wenn sie früher schon veröffentlicht waren in möglichst vielen Blätter und zwar möglichst verschiedener

Richtungen erscheinen. Es ist ja heute nicht mehr wie früher, Zeitungen haben nur einen beschränkten Leserkreis und dringen nicht allgemein durch. Andererseits muss der Name dem Publikum immer wieder eingehämmert werden.
Eine andere Frage: wäre es möglich, dass Sie mich über Ihre Produktion auf dem laufenden halten und mir jene Bücher, die mich besonders interessieren, gegen Bezahlung zuschicken?
Ich bitte Sie sehr darum. Man kann ja heute nicht an die Bücher heran, das ist ausserordentlich hemmend. Es ist für unsereinen so wichtig, dass er die besten Dinge liest, die am Markt sind, und ich würde besonders gerne wissen, was unsere Emigranten geschrieben haben.
Ich hoffe bald von Ihnen zu hören und bin mit freundlichen Empfehlungen

Ihre

223 Von Peter Suhrkamp, Suhrkamp Verlag
Vorm. S. Fischer, Berlin und Frankfurt

Berlin-Zehlendorf, den 13. 11. 47

Sehr verehrte Frau Fleisser –
Sie müssen entschuldigen, dass ich erst jetzt auf Ihre Sendung vom 22. Oktober antworte. Die Verzögerung ist in einigen Reisen begründet. Jetzt las ich aber »Der Sohn des Gefangenen«. Darin habe ich Ihre Art von früher, die mich immer schon angesprochen hat, natürlich sofort wieder erkannt. Da ich augenblicklich keine Zeitschrift im Verlage habe, kann ich mit dieser Erzählung allein noch nichts anfangen. Ich will aber gern die Möglichkeit eines Bandes gesammelter Erzählungen von Ihnen nachprüfen. Dazu ist notwendig, dass Sie mir im Manuskript herüberschicken, was dafür bis jetzt vorliegt. Danach werden wir dann weiter sehen.
Um Sie über die Produktion meines Verlages auf dem laufenden zu halten, schicke ich Ihnen in der Anlage ein Verzeichnis der bis jetzt seit 1945 erschienenen Bücher mit. Ausserdem lasse ich Ihren Namen auf eine Liste solcher Leute setzen, die

laufend über jede Neuerscheinung benachrichtigt werden. Mir will das richtiger erscheinen, als wenn ich Ihnen jede Neuerscheinung automatisch zusenden würde. Es dürfte doch immer manches darunter sein, was Sie gar nicht interessieren kann.

Mit besten Grüssen Ihr sehr ergebener
Peter Suhrkamp

Anlage.
PS. Das Manuskript »Der Sohn des Gefangenen« lasse ich zunächst hier liegen, bis Weiteres von Ihnen zur Bearbeitung hier eingetroffen ist.
[Handschriftlicher Vermerk Fleißers:] beantwortet 26. Nov. 47

224 Von Herbert Jhering

18. 11. 47

Liebe Frau Fleißer!
Herzlichen Dank für Ihren Artikel, er ist – ungelogen – ein kleines Meisterwerk.

Mit bestem Gruss!
Ihr Herbert Jhering

225 Von Kurt W. Marek, Rowohlt Verlag
Hamburg – Stuttgart, (24a) Hamburg 1, Rathenaustrasse 27 II

4. Dezember [1947]

Sehr verehrte gnädige Frau,
haben Sie Dank für Ihren Brief vom 26. 11. 47. Es tut mir sehr leid, dass wir uns damals missverstanden haben und dass Ihre Schauspiel-Manuskripte schon im Verlag Kurt Desch festliegen.
Selbstverständlich aber würde uns eine neu bearbeitete und stark veränderte Ausgabe Ihres Novellenbandes »Ein Pfund Orangen« sehr interessieren. Sie wissen von den Papierschwierigkeiten, denen heute der Verleger gegenübersteht. Sie wissen, dass sich deshalb heute mehr denn je jeder Verleger mit grösster

Strenge nur auf die Herausgabe dessen beschränken muss, was wirklich dem Charakter seines Verlages in jeder Hinsicht entspricht. Deshalb werden Sie nicht böse darüber sein, wenn ich Sie frage, ob wir das Manuskript erst einmal sehen dürfen. Unser Interesse an Ihrer Arbeit ist mehr als ein schönes Wort. Deshalb würden wir uns sehr freuen, bald von Ihnen zu hören.

Mit den besten Grüssen bin ich stets Ihr
Kurt W. Marek

226 An Ella Gültig

Ingolstadt, den 19. 12. 47

Liebe Ella,
für Deine freundliche Einladung danke ich Dir sehr, ich muss Dir aber leider sagen, dass es mir ganz unmöglich ist, diese Reise zu machen, schon aus finanziellen Gründen. Ich wäre auch heuer nur ein trüber Gast, da ich ganz andere Dinge im Kopf habe. Ich muss Anfang des Jahres zum Anwalt gehen wegen meiner bevorstehenden Scheidung, die Bepp jetzt erzwingen will, und ich weiss natürlich nicht, was da alles an mich herankommen wird, ich muss jetzt jeden Pfennig, den ich noch habe, halten, wobei die mit Sicherheit zu erwartende Währungsabwertung drohend über meinem Haupte schwebt und ich in absehbarer Zeit kein Einkommen habe. Praktisch lebe ich bereits getrennt von Bepp, ich muss für mich selbst kochen und auf meine Lebensmittelkarte leben. Im Dezember habe ich das letzte Wirtschaftsgeld gefasst, dann kam gleich darauf der Krach, den Bepp künstlich vom Zaun brach, nachdem er sich den Abend vorher offenbar sehr eingehend darüber mit seiner Schwester unterhalten hat. Er erstrebt die Scheidung offenbar noch vor der Abwertung. Ich glaube kaum, dass ich ab Januar noch Geld von ihm erhalten werde. Er hat mir die Lebensmittelkarten für ihn und das Mädchen abverlangt und bezahlt selbst, was darauf geholt wird. Ich muss auch nichts mehr für ihn arbeiten. Wie Du siehst, geht er jetzt aufs Ganze, und da kann man dann wohl nichts machen. An sich ist die Scheidung ja auch durchaus meine eigene Absicht, ich hätte aber natürlich

gerne damit gewartet, bis ich mir selber in meinem Beruf ein wenig hinaussehe. Ich habe halt unglücklicherweise für das Theater gearbeitet und dort ist es heute ganz besonders schwierig mit einer Arbeit anzukommen, sie wollen grundsätzlich nur Zeitstücke, die man aber gar nicht so schnell schreiben kann, weil alles erst verdaut werden muss. Mit epischen Arbeiten hätte ich mich vielleicht ein wenig leichter getan, solche müssen aber erst geschrieben werden. Nun, wir werden ja sehen, wie sich alles entwickelt, vielleicht hilft das Beten von Anny doch ein wenig, dass ich mein Auskommen finden werde. Anny hat einmal gedacht, ob ich für diesen Fall dann nicht zu Dir ziehen würde, aber das ist natürlich eine ganz undurchführbare Idee, ich könnte es mir gar nicht leisten mich dort unten zu vergraben, wo ich noch mehr abgeschnitten bin als in Ingolstadt. Zudem würde mir die für meine Arbeit unentbehrliche Ruhe fehlen. Wenn mir das Wohnungsamt keinen Strich durch die Rechnung macht, und mir den kleinen Raum dazugibt, der unmittelbar auf den Gang hinausführt, sodass ich nicht durch das Zimmer von Bepp muss, werde ich in Gottesnamen hier in der Wohnung bleiben, hier muss ich auch nicht soviel zahlen, weil mir die Miete bekannt ist. Vor den Feiertagen wollte ich ja nun nicht mehr damit anfangen, so unerquicklich freilich das Warten auf unangenehme Ereignisse ist, die sich nicht vermeiden lassen. Nach Neujahr werde ich nun aber wohl darangehen müssen. Es tut mir leid, dass ich Dir eine Enttäuschung bereiten muss und eine traurige Nachricht geben so kurz vor dem Fest. Du musst nun halt versuchen auch ohne mich ein wenig zu feiern. Kennst Du denn gar niemand, den Du Dir dazu einladen kannst? Ich selber bin ja nun nicht so abhängig davon, wie ich meinen Heiligen Abend verbringe, so richtige Weihnachten habe ich doch seit meiner Kinderzeit nicht mehr gehabt, Draws war auch ein schlechter Feierer für so was, er betrank sich bloss, und ich entbehre es nicht besonders, ich kann auch im stillen und aus der Ferne an die paar Menschen denken, die mir lieb sind. Im übrigen muss ich viel arbeiten und versuche frühere Sachen ein wenig zurechtzumachen, damit man sie eventuell neu auflegen kann, das ginge zunächst doch schneller als etwas ganz Neues schreiben. Falls Du in nächster Zeit an Anny schreibst, möchtest Du ihr, bitte, von mir etwas mitteilen, was ich über den wichtigeren Dingen in meinem Brief, den ich ihr unlängst schrieb, ganz vergessen habe. Sie fragte mich da etwas: also wenn sie mir Wolle schicken könnte, wäre mir das sehr recht, ich kann sie hier schon verarbeiten lassen. Ich brauche nämlich dringend etwas Warmes.

Wie immer bei solchen Gelegenheiten kommen jetzt sehr viele unerwartete Ausgaben für mich zusammen, meine Schreibmaschine muss ich heuer bereits das dritte Mal in Reparatur geben, mit dem Zahnarzt tut sich auch gerade jetzt allerhand und so alles Mögliche, und Bepp kommt für nichts mehr auf. Es wird schon werden! Viele herzliche Grüße und gute Feiertage, Dir und Klaus Dieter, Gert und Erika, Deine Luis

227 *Von Richard Friedenthal*

2. 2. 48

Liebe Marieluise,

ich habe ein sehr schlechtes Gewissen, dass ich nicht sogleich auf Ihren Brief antwortete und damit womöglich den Eindruck erweckte, als wäre es mir nicht lieb, wenn Sie mir Ihre Nöte mitteilen. Das ist aber nun ganz und garnicht der Fall. Ich freue mich immer, wenn Sie mir schreiben, auch wenn recht Trauriges in den Briefen steht. Helfen kann man sich ja leider in solchen Lebensfragen immer nur sehr wenig, oder im Grunde garnicht. Aber vielleicht ist es Ihnen schon eine Erleichterung, wenn Sie mit jemand darüber sprechen können. Und dass ich Ihnen sehr herzlich und mit aufrichtiger Freundschaft zugetan bin, das wissen Sie.

Nun müsste ich etwas über die Schwierigkeiten von Ehe- und anderen Beziehungen sagen, und ich könnte ja davon auch ein Lied singen, obwohl ich nicht standesamtlich verehelicht war. Aber irgendwie will mir das nicht in die Feder . . . oder die Maschine. (Ich muss nämlich im Büro schreiben, in einer der kurzen Kampfpausen vor meiner Nachtschicht, die mich bis mor-

gen früh um neun hier festhalten wird; dies zugleich als Teilentschuldigung für die Verzögerung). Das Leben ist überhaupt schon sehr schwer, selbst in normalen Zeiten, und auch wenn man allein steht (oder wankt). Wieviel schlimmer muss das jetzt dort drüben sein, wo alle Reibungsflächen noch durch die Not der Zeit aufgerauht werden. Ich habe das selbst bei Freunden erlebt, die sonst sehr glücklich miteinander lebten. Sie sind jetzt nervös, zanken sich, vertragen sich gottlob wieder dazwischen, aber es geht doch offensichtlich ein unaufhaltsamer Abnutzungsprozess vor sich. Wieviel schärfer muss das zum Ausdruck kommen, wenn von vorneherein keine tiefere Bindung da war.
Mit solchen allgemeinen Betrachtungen ist Ihnen natürlich kaum gedient; ich weiss das wohl. Wie soll ich Ihnen aber nur praktisch raten? Ich habe garkeine Übersicht über Ihre Lebensumstände und weiss nicht, wieweit Sie in der Lage wären, sich selbständig irgendwo anders durchzuschlagen. Berlin war ja stets ein sehr hartes Pflaster, und München sah mir bei meinem Besuch im Oktober auch recht kantig aus. Es hat eigentlich sehr wenig von der königlich bayrischen Gemütlichkeit behalten – wenn die je wirklich existiert hat, was ich bezweifele. Ausserdem sitzen da überall Preussen, Sachsen oder Westfalen. Ich will aber gern bei dem Sachsen Kästner, mit dem ich mich gut verstand bei meinem Besuch, für Sie intervenieren. Er hat doch viel Raum in seinem Blatt zur Verfügung und müsste eigentlich in der Lage sein, etwas für Sie zu tun. Kurt Desch, den ich ja auch besuchte, halte ich für einen besseren Warenhäusler; er stapelt alles mögliche an und packt es auch in die Auslage, aber er hat keinen rechten Kurs, und das wird ihm wohl früher oder später zum Verhängnis werden. Ein anderer, dem ich über Sie etwas schreiben könnte, ist Hanns Arens in Württemberg, der mit dem Verlag Müller-Kiepenheuer in Verbindung steht, der jetzt auch von mir einen Novellenband bringen will. Er ist ein sehr gutwilliger und bemühter Mensch. War übrigens nicht früher eines Ihrer Bücher bei Kiepenheuer erschienen? Das war allerdings wohl der andere Kiepenheuer.
Schliesslich ist da noch Martin Beheim-Schwarzbach, der in

der Redaktion der WELT in Hamburg sitzt. Auch den könnte ich ein wenig mobil machen. Er ist freilich ein langsamer Hanseate, und rührt sich für andere nur mühsam vom Fleck.
Das gleiche gilt für seinen früheren Mit-Hanseaten Joachim Maass, der in Amerika sitzt und Bermann-Fischer berät. Ich hatte ihm Ihre Novelle und das Stück geschickt, aber er schrieb mir, er könnte sich noch nicht recht entschliessen, wollte aber die Sachen noch dabehalten. Das ist alles, was mir so an praktischen Dingen einfällt, und die Hauptsache scheint mir doch, dass Sie zunächst einmal aus Ihrer Isolierung herauskommen.
Was die Scheidungsprobleme anbelangt, so müssen Sie natürlich mit irgendeinem Juristen darüber sprechen, damit Sie keine Fehler machen. Hat ihre Familie nicht irgendeinen Hausnotar oder dergleichen? Es scheint mir recht merkwürdig, dass Ihnen noch irgendwelche Schuld zugeschoben werden soll. Vor allem aber, und das gilt ja nicht für Scheidungsfragen, möchte ich Sie warnen irgendetwas zu unterzeichnen, ehe Sie sich eingehend beraten und versichert haben, dass damit für Sie keine Nachteile entstehen.
Alles recht unbestimmte Ratschläge und verzweifelt allgemeine Wendungen, ich weiss es nur zu gut, liebe Marieluise. Und ich kann Ihnen von hier aus noch nicht einmal ein paar Pakete schicken, denn das wenige was ich von meinen Rationen erübrigen kann, geht an meine Mutter und Schwester. Aber wenigstens sollen Sie doch wissen, dass ich Sie keineswegs vergessen habe. Schreiben Sie nur recht bald wieder. Vielleicht fällt mir inzwischen auch noch etwas Besseres ein. Ich habe mir einen dicken Knoten in mein Gedächtnis gemacht, der an Sie erinnern soll. Hoffentlich löst er sich einmal auf ...
Allerherzlichste Grüsse inzwischen von Ihrem alten

Richard Friedenthal

228 An Georg Hetzelein

den 4. 2. 1948

Lieber Hetzelein,
ich habe mich gefreut, von Ihnen zu hören. Ich dachte natürlich nicht, dass Sie noch oder vielleicht wieder in Regelsbach sitzen und habe mich aufs geradewohl dahin gewandt, der Einfall kam mir unter der Arbeit ganz spontan. Ich stelle gerade einen Novellenband zusammen aus früher geschriebenen zum Teil etwas umgearbeiteten Novellen, ein Verleger hat mich in diese Arbeit hineingetrieben, ich hatte sie für jetzt gar nicht im Sinn, ich wollte etwas anderes versuchen. Da sie aber jedenfalls schneller fertig wird als etwas ganz Neues, habe ich mich dann doch dazu bestimmen lassen.
Ich werde darin auch jene Erzählung aufnehmen, die Sie unter dem Namen »Die Lawine« kennen. Ich habe sie schon einmal zu bearbeiten versucht und jetzt sehe ich sie gerade wieder an, bin aber damit nicht zufrieden, das Luder stimmt irgendwie nicht. Ich habe das Urbild ja viel zu selten gesehen, um mir ein wirkliches Bild machen zu können, ein mehr umfassendes nämlich, ausserdem, glaube ich, war ich auch in jenen Jahren in einer ziemlich krankhaften Gemütsverfassung, die es mir gar nicht erlaubte richtig zu sehen. Nun wäre die Naturtreue an sich nicht so wichtig, man kann sich auch von seinem Objekt entfernen, nachdem es seine Aufgabe des ersten Anreizes erfüllt hat, aber es müsste dann eben doch auf eine Art und Weise durchgeführt sein, die von innen heraus glaubhaft wird.
Ich würde sie ja zum Teufel schmeissen, aber nun habe ich ohnehin viel zu wenig Geschichten, ich bräuchte eher noch ein paar dazu. Ich bin mit meinem Leben in eine unfreiwillige Abgeschlossenheit geraten, in dieser Stadt werde ich nie Menschen haben, wie ich sie brauche, und weil ich so gut wie keine Menschen wirklich erlebt habe, darum kann ich jetzt mit der grössten Anstrengung keine Geschichten nach der Natur schreiben, es ist schon ein Kreuz. Ich habe mir schon damit zu helfen versucht, dass ich, um die Gestalt mehr rund zu bekommen, eine längere indirekte Rede aufgenommen habe, in der der Mann selber einen Teil seines Lebens erzählt, ich habe dazu Ihre eige-

nen Angaben, die aus einem erzählerischen Versuch bei mir lagen, verwandt, die Gedankengänge, oft auch die Worte, soweit sie sich von den Gedankengängen nicht trennen liessen und soweit ich sie nicht meiner eigenen Sprache einfügen und passend machen musste. Ich tue das sonst nicht, in diesem Fall habe ich es also getan, Sie sehen daraus, welchen unübersteigbaren Schwierigkeiten ich mich gegenübersah. Ich hoffe, Sie geben mir dazu die Erlaubnis.

Mir würde aber das Beste scheinen, ich würde Sie hie und da einmal sehn. Sie müssen mir von sich erzählen, ich müsste mir Ihr Leben vorstellen können. Vielleicht könnte ich dann wieder einmal eine Geschichte schreiben. Sie müssten mir auch von anderen erzählen, Männer kommen viel eher an die Schicksale heran, jedenfalls eher als ich, seitdem ich nicht mehr in ungebundener Freiheit, sondern in dieser bürgerlichen Schicht lebe, wo man mich nur mit einer gewissen zurückhaltenden Vorsicht betrachtet, ich könnte womöglich noch darüber schreiben, also lieber nicht hineinschauen lassen! Dabei sollte ich gerade jetzt ganz und gar nicht stumm sein, man erwartet vielmehr, dass ich etwas bringe, und man würde mir Chancen geben.

Sie wissen ja wohl, dass ich hier unter dem seinerzeitigen politischen und damit Existenzdruck einen hiesigen Geschäftsmann geheiratet habe, einen recht primitiven Menschen, mit dem ich mich aber früher aus den Gründen der Naturliebe gut verstand, solange ich eben nicht ausschließlich auf ihn angewiesen war. Schlimm ist es dann erst in der Ehe geworden, in der er mir abgesehen von der materiellen Sicherung naturgemäss so ziemlich alles schuldig bleiben musste. Ich habe es oft als untragbar empfunden, dazwischen hat man dann wieder Zeiten, in denen man es einfach besser aushält, weil man es ja doch aushalten muss. Er ist bekannt wie ein bunter Hund, schwätzt mit Gott und der Welt, kann mir aber nicht das geringste davon vermitteln, wahrscheinlich sieht er es nicht, und ich bleibe mit allen Menschen auf dem Grüssfuss und fremd. Man wird ja in diesen Kreisen rein durch die Tatsache, dass man verheiratet ist, in eine Klausur hineingetrieben, die sich von selbst versteht; und das ist mörderisch gerade für einen Künstler, der auf die Menschen-

beobachtung angewiesen ist, es ist deswegen mörderisch, weil es nun schon so lange dauert.
Ich habe Ihnen sehr offen geschrieben, was ich brauche. Ich weiss nicht, ob Sie eine Möglichkeit sehen etwas dafür zu tun. Sie können mir ja sagen oder nein. Ich weiss auch noch nicht, wie man das machen kann, denn mit der Verpflegung ist jetzt alles so schwierig, ein wenig könnte ich vielleicht für mich mitbringen, und im übrigen eben hungern. Dass Sie hieher kommen, hätte ich nicht sehr gern; ich glaube, ich könnte mich hier nicht frei geben, ich hätte davon nicht viel. Ausserdem sollte ich ja gerade etwas heraus. Vielleicht gibt es einen Weg.
Wie geht es Ihnen und der Hirscheiderin? Grüssen Sie sie, bitte, herzlich von mir. Ich nehme an, Sie haben halberwachsene Kinder. Ich nehme an, Ihre Frau ist in ihrem Element, wohl ihr.
Ich würde mich freuen von Ihnen zu hören

Ihre Marieluise Fleißer

229 An Georg und Marie Hetzelein

den 3. 4. 1948

Meine Lieben!
beigeschlossen schicke ich endlich den »Karl Stuart« zum Lesen und mit herzlichem Dank die drei entliehenen Stories wieder zurück. Ich hoffe, Ihr entschuldigt mich, dass es so lange dauerte. Ich habe hier alle möglichen Dinge zu erledigen vorgefunden und wollte mir aus den Stories eine Geschichte abtippen, die ich öfter anschaun wollte, hatte aber in der Zwischenzeit meine Schreibmaschine gleich ein paar mal in Reparatur fort, der Transport funktioniert einfach nicht mehr. Das hat mich so lange aufgehalten, dann kamen die Ferien und ich dachte, jetzt seid Ihr doch nicht zuhause. – Auch jetzt hacke ich auf einem für ein paar Stunden entliehenen Modell, mit dem ich kaum zurecht komme, wie Ihr seht. – Die Story ist leider für neue Abonnenten gesperrt, wie ich auf der Post erfuhr, ich versuche es jetzt noch einmal beim Verlag direkt. Es wäre wirklich

schade, wenn ich sie nicht bekäme, sie ist gerade das was ich suche. Und ich Tor hatte das teure und für mich ganz unergiebige Prisma bestellt! – Meine Frankenreise hat mir leider nicht die ersehnte Geschichte gebracht. Ich konnte da nirgends wirklich einhaken, nun, da kann man nichts machen. Ich habe jedenfalls mein Mögliches versucht und zerbreche mir den Kopf nicht mehr darüber. Für jetzt muss ich den Verlag eben enttäuschen, zaubern kann ich auch nicht. Irgendeinmal wird dann schon geschrieben werden, was mir noch fehlt. Ihr hattet es auf jeden Fall sehr gut gemeint und dafür danke ich Euch herzlich. – Von den Fechsern ist einer gänzlich abgestorben, die beiden anderen stehen noch aufrecht in ihren Töpfen, haben aber sämtliche Blätter abgeworfen bis auf das kleine Herz. Hoffentlich bringe ich sie durch. Bitte, beunruhigt Euch nicht, wenn Ihr den Simplizissimus nicht schon zurückbekommt, ich muss nämlich gerade noch etwas anderes lesen und nachher kommt er daran, er ist inzwischen gut verwahrt, dass ihm nichts passiert. Ich bin nämlich in der Volksbibliothek ganz durch Zufall auf einen Joachim Maass gestossen, der bei Goverts, Hamburg erschienen ist. Es heisst Ein Testament und ist eins der seltsamsten Bücher, die mir je untergekommen sind. Es hat mich lebhaft erregt und ich bedaure nur, dass ich es mir nicht beschaffen kann, um es für immer zu haben. Dem Künstler sagt es sehr viel und hält lange Strecken durch stand, wo immer man es aufschlägt. Es fällt wahrscheinlich unter das Schlagwort zersetzend und ist ein seltsames Ringen um die gänzlich unbeschönigende Wahrheit über das grauenhafte Phänomen Leben. Mir verschlug es den Atem. Maass schreckt aber auch wirklich vor gar nichts zurück, hat aber irgendeine geheimnisvolle Mitte, einen durchgeglühten Kern, der in all der halbwahnsinnigen Labilität immer wieder durchstösst, man könnte es sonst kaum ertragen. Dabei ist das Grosse und Künstlerische daran rührenderweise in eine kolportagehafte Handlung eingehängt mit einem phantastischen Kriminaler, wie man sich höchstens einen träumt, es zerflattert besonders in seinem letzten Teil und wirkt bei der gewollten Hinwendung zum Guten gar nicht überzeugend, aber was sagt das alles, wenn es doch so viel drin hat. Mir war es eine

Begegnung wie ein lebendiger Mensch, aus dem ich mir was mache, und sie hat sich mir ganz durch einen Zufall angeboten, und so ist es ja immer am besten. In der Bücherei zwar wollten sie ihren Ohren nicht traun, als sie hörten, dass ich das immer noch länger behalte, weil ich es für ein so gutes Buch halte. Wieviel mehr sagt es mir als der maskenhafte Steppenwolf, es ist lebensunmittelbar und kommt von den Quellen, so verkorkst wie es sonst sein mag, ich werde es nie vergessen. – Habt Ihr an Ostern ein paar schöne Tage verbracht? Wo seid Ihr denn gewesen? Bei uns ist sowas meistens ledern, die Werktage ertrage ich leichter. – Ich habe noch eine schüchterne Anfrage. Bestünde die Möglichkeit, dass man im Sommer bei Euch draussen Wolle gegen zusammengesparte Zigaretten eintauschen kann und in welchem Verhältnis? Wenn Ihr etwas Derartiges wisst, schreibt mir bitte, es wäre so nötig, weil ich gar kein warmes Wäschestück mehr habe, ich spüre es leider an meiner Blase. Nun habe ich mich schon ein volles Jahr lang bemüht durch meine Schwester aus Afrika welche zu erhalten, jetzt weil ich an die Reihe komme, schreibt sie mir, Wolle dürfen sie leider keine mehr schicken. es ist schon ein Kreuz. Ich habe halt auch nichts Altes mehr zum Zertrennen und von meiner Stiefmutter, die für sich selber zwar jedes Jahr neue Wolle beibringt, habe ich mir wieder einen Korb geholt. Aber wohlgemerkt, Ihr sollt dabei nicht selber ins Hintertreffen kommen, so ist meine Bitte nicht zu verstehn, schreibt mir ganz offen darüber. – Was malt der Hetzel? Seid mir wegen der Verzögerung meiner Sendung nicht böse und lasst mal wieder was hören. Inzwischen bin ich mit guten Grüßen Eure Marieluise Fleißer

Beilage Drei Stories,
Karl Stuart

230 An Sr. Maria Fidelis

den 5. 5. 1948

Liebe Fidelis,
gestern ist Dein Paket hier angekommen, und ich schreibe Dir sogleich, damit Du schnell Nachricht hast. Vor allem möchte ich Dir herzlich für Deine Mühe und alle gute Absicht danken, die ich fürs Werk nehme. Ich kann mir ja denken, dass diese Pakete in ihrer Summierung eine ziemliche Belastung des Klosters darstellen, zumal das Porto sie so verteuert und dass es Dich ein ziemliches Kopfzerbrechen kostet, bis Du bei Deinen ja nicht spärlichen Anverwandten so einigermassen herumkommst. Trotzdem solltest Du Dir damit nicht allzuviel Sorge machen, wir wissen ja, dass Du tust, was Du kannst. Ich habe mich gefreut, dass Du an mich gedacht hast, aber wenn es halt nicht gegangen wäre, dann hätte ich trotzdem gewusst, dass Du mich nicht vergessen hast. Bitte, zerbrich Dir den Kopf nicht darüber, wenn ich einen Wunsch geäussert hatte, den Du dann nicht mehr erfüllen konntest. Ich habe ihn Dir geschrieben, weil Du mich seinerzeit fragtest, was ich besonders notwendig brauche, aber wenn es nun nicht geht, dann wird sich schon auch einmal in Deutschland eine Möglichkeit ergeben Wolle zu beschaffen, wenn nicht in diesem, dann vielleicht im nächsten Jahr.

Ich kann auch den Standpunkt würdigen, dass vor allem die Not gelindert werden muss, trotzdem muss ich Dir gestehen, dass ich am Kaffee und an der Schokolade am meisten Freude hatte. Über die Enthaltsamkeit kann man leicht reden, wenn man selber sie gelegentlich durchbrechen kann. Aber man kann sich draussen wohl schwerlich vorstellen, wie das nun in Wirklichkeit ist, wenn man so was neun Jahre lang nicht mehr gehabt hat. Die zu geringe Abwechslung in der Kost kann, wenn sie solange durchgeführt werden muss, nämlich auch zur richtigen Plage werden. Wahrscheinlich kann man sich das gar nicht vorstellen, wenn man es nicht selber am eigenen Leib durchgeführt hat. Mit dem Magen ist das ja überhaupt so, dass man ihn freiwillig eine zeitlang ziemlich vernachlässigen darf, wenn man selber die Möglichkeit hat, das im Notfall einmal wieder

zu ändern. Zu einem hartnäckigen Tyrannen wird er aber dann, wenn ihm die Enthaltung zwangsweise allzulange zugemutet wird und wenn gar kein Ende abzusehen ist.
In den Zeitungen steht ja wieder einmal, dass wir es in Zukunft etwas besser haben werden, aber lasst Euch dadurch nur nicht täuschen, wir wissen jedenfalls nicht mehr, wie weit wir trauen dürfen. In der Realität haben wir in Bayern nämlich immer noch nicht mehr als elfhundertundfünfundachtzig Kalorien. Wir haben beispielsweise in den nächsten Monaten jeder Normalverbraucher – und das sind wir – sage und schreibe hundert Gramm Fleisch *im Monat*. Es scheint wirklich dass die von Deutschland besetzten Gebiete bis in den Schluss hinein wesentlich mehr zu essen bekamen als wir – und dabei haben sie Zeter und Mordio schreien dürfen! Es hilft nichts, man muss die Wahrheit schon aussprechen dürfen, auch wenn man einen Krieg verloren hat.
Aus einem Deiner letzten Briefe glaubte ich eine gewisse Bitterkeit gegen die Deutschen herauslesen zu müssen. Sicherlich sieht von weitem manches rätselhaft aus, was von der Nähe gesehen doch eben unvermeidbar ist. Ein unmenschlich grausamer Druck erzeugt in den Menschen eben leider auch nicht die besten Eigenschaften, sondern ihr gerades Gegenteil, und da hat man vom sicheren Ufer leicht predigen. Es ist für Euch im Ausland sicherlich schwer, darüber gerecht zu urteilen und darum möchte ich einiges dazu sagen. Ihr messt nämlich mit dem bei Euch gewohnten Maßstab und dürft Euch nicht wundern, wenn Ihr dann zu einem falschen Resultat kommt. Ihr trampelt jetzt alle miteinander auf dem Deutschen herum und lasst ihm keine guten Eigenschaften. Man kann das damit erklären, dass es aus den Gründen der Politik geschieht, die eine reine Machtfrage ist, hoffentlich bildet Ihr Euch aber nicht in allem Ernst ein, die alleinige Wahrheit über Deutschland zu haben, die habt Ihr nämlich nicht, leider. Ihr tappt so sehr im finstern, dass es einen erbarmen könnte. Schon allein die Kriegsschuldlüge, welche, ohne vor Gott zu zittern, die Gejagten, die namenlos Unglücklichen und Wehrlosen als alle miteinander mitverantwortlich gestempelt hat – als wenn sie irgendetwas

Wirkliches dagegen hätten unternehmen können! – sie allein wäre Beweis genug für das wirklich grausige Missverständnis, das aus zweckbetonten Gründen auch noch propagiert wurde.
Es nützt wohl nichts, über die Grenzen hinüberrufen zu wollen. Nach einem verlorenen Krieg führt keine Brücke in ein anderes Land. Ihr kennt Euch selber viel zu wenig, solange Euch nicht etwas Ähnliches widerfahren ist und Ihr könnt Gott danken, wenn Ihr nie in Eurem Leben ähnliche Dinge am eigenen Leib mitmachen müsst. Ich glaube nämlich nicht mehr, dass andere Völker so viel besser sind als wir, nach dem, was ich in den letzten drei Jahren mit ansehen musste. Ihr würdet Euch wundern, wenn Ihr unter einem wirklich unausweichbaren Druck Eure eigene Verwandlung erleben würdet. Aber das wirst Du jetzt kaum verstehn.
Ich will mich aber nicht allzusehr in die Politik verlieren, um so weniger als dies ja ein Brief ist, in dem ich Dir danken will. Du hast mir schon einmal in München geholfen, als ich in meiner Studentenzeit einmal fast am Verhungern war, erinnerst Du Dich noch daran? Ich werde jene Kiste mit den guten Dingen, die einen überwältigenden Eindruck auf mich gemacht hat, in meinem Leben nicht vergessen, – obwohl ich aus natürlicher Veranlagung nicht gerade zu den Schlemmern gehörte, vielmehr lange Zeit ganz spartanisch lebte und das gewissermassen freiwillig tat. Ich würde heute nicht wieder freiwillig spartanisch leben. Wenn man älter wird, wird man nicht eigentlich besser, sondern die Fehler wachsen sich aus und werden zäh und eigensinnig, zumal wenn man niemand um sich hat, den man bewundern und zu dem man sich hinaufschwingen kann. Ist Dir das auch schon aufgefallen? Ich jedenfalls bin ein Mensch, der ein sichtbares Beispiel vor Augen haben muss, und darum ist mir das Leben jetzt so hoffnungslos.
Habe ich Dir eigentlich schon geschrieben, dass mit dem Paket ein kleines Malheur passiert ist? Die Schachtel ist nämlich unter Druck etwas breit gequetscht worden, die Herzen waren, wie ich fühlte, unter ihrer Papierhülle zerbrochen und leider war der Weyrauch aus der geplatzten Tüte herausgeschüttelt

worden und lag nun zusammen mit dem Inhalt eines Suppenwürfels und eines zerbröselten Teils der Schokolade im ganzen Paket verstreut. Ich habe den Weyrauch, so gut es ging, wieder herausgeklaubt, es ist wohl nicht nennenswert, was dabei verloren ging, aber das eine oder andere Krümel von der Suppe ist noch drin, nun, die Klosterfrauen werden das vielleicht noch beheben können. Ich habe ihn sofort gestern im Kloster abgegeben mit einem schönen Gruss an Frau Romana. Diesen hattest Du mir zwar nicht aufgetragen, ich habe es aber so gesagt, weil es beim letzten Mal Dein Wunsch war. Das Herz für Monika habe ich in der Kupferstrasse hinterlegt. Die Dinge für Jetty und Ella habe ich noch einmal in Papier eingeschlagen und verschnürt und beiden heute geschrieben, ob sie wollen, dass ich es ihnen mit der Post schicke, oder ob jemand es holt. Heiner wird nämlich kaum in absehbarer Zeit nach Immenstadt hinunterkommen, er muss jetzt immer nordwärts und siedelt in etwa vier Wochen voraussichtlich um nach Frankfurt, wo er eine kleine Wohnung vom Werk gestellt bekommen hat. Ich habe alles richtig gefunden, wie Du es schriebst, das heisst, wo Du einen Namen darauf geschrieben hattest, habe ich gar nichts erst ausgewickelt.

Ende Mai rechnet Stenglein Hans damit, dass er aus englischer Kriegsgefangenschaft zurück ist, sein Lager wird Mitte Mai aufgelöst. Er hofft das Zimmer von Heiner in München zu erhalten, wenn das Wohnungsamt nicht einen Strich durch die Rechnung macht.

Ich hoffe, Du bist gesund. Hast Du recht viel Arbeit? Ich bin zur Zeit wieder von einer entsetzlichen Zerstreutheit. Ja, Du siehst, ich mache auch viele Schreibfehler. Nun, es wird vielleicht wieder besser. Es wird mich freuen, wenn Du einmal von Dir hören lässt und ich bin mit herzlichen Grüssen Deine Schwester

Luis

231 *An Georg und Marie Hetzelein* [Postkarte]

Ingolstadt, den 26. 6. 48

Meine Lieben,
schönen Dank für die Rücksendung des »Stuart«; es ist gut, dass Ihr ihn schicktet, eine Reise, die nicht unbedingt notwendig ist, macht man nicht so bald. Ein Lesestück ist es natürlich nicht, weil sein Dialog sich aus Instinkt in der Spannung der Gegensätze bewegt und sehr stark aus den Gefühlsimpulsen lebt. Das hat mir auch noch kein Theater gesagt. Etwas anderes ist es, dass die Sprache nach einem verinnerlichten und vielleicht eigenwilligen Gesetz gebunden ist, es ist eine Sprache mit Tiefgang und beinahe klassisch, das muss einen nicht unbedingt stören. Damit muss ein Schauspieler, wenn er was taugt, sich zurechtfinden können. Natürlich sind die »Pioniere« eine ganz andere Ebene, es wäre ja entsetzlich wenn man immer auf der gleichen Ebene produzierte, das muss einfach wechseln, daraus entsteht die Spannung einer Entwicklung. Und natürlich ist es nicht unsere heutige Ebene. Der Stuart ist das andere Ende der Spannung und unter einem bestimmten Druck zustandegekommen, der inzwischen aufgehört hat und den es deutlich spiegelt. Es ist möglich, dass sich mit dem Aufhören des Drucks die Empfänglichkeit dafür verlagert hat, das muss ich hinnehmen. Ich möchte das Stück in meiner Arbeit nicht missen, ob es gespielt wird oder nicht. Wie geht es Euch? Kommt gut über die Währung. Ihr werdet zweimal erfasst, mit dem Geld und dem Haus, wir leider noch öfter.

Mit den besten Grüssen
Marieluise Fleißer

232 *Von Bertolt Brecht* [Postkarte]

Zürich September 1948

liebe fleißerin,
ich bin immer noch in zürich und werde mich melden, wenn ich nach münchen komme. danke für das lebenszeichen. konnten Sie arbeiten? ich würde gern was lesen. den uner-

schrockenen realismus der »Pioniere« könnte man jetzt brauchen, wo sich die blutsäufer in die hosen machen. herzlich Ihr brecht

PS.: schreiben Sie doch dem feuchtwanger Pacific Palisades 520 Paseo Miramar California U.S.A. (damit er Ihnen kaffee schickt usw.)

233 An Bertolt Brecht

Durch Kammerspiele im Schauspielhaus München, Herrenstraße

Ingolstadt, den 11. 9. 1948

Lieber Brecht,
ich vermute, dass Sie zur Zeit in München sind, und würde mich sehr freuen, Sie bei dieser Gelegenheit zu sehn. Wenn es Ihnen recht ist, schreiben Sie mir, bitte, auf beigefügter Postkarte, wann und wo ich Sie erreichen kann, ich werde dann nach München fahren.
Ich hoffe, dass diese Nachricht Sie erreicht.

Mit guten Grüssen an Heli und Sie Ihre

234 Von Jacob Geis

Neue Deutsche Film Gesellschaft

München-Geiselgasteig, am 24. September 1948
Bavariafilm-Platz 7

Einschreiben

Sehr geehrte Frau Fleisser!
Um diese Kostbarkeit nicht verloren gehen zu lassen, übersende ich Ihnen in der Beilage eine Karte von Bertolt Brecht, die er mich bat weiterzuleiten. Ihren Brief an Brecht habe ich

nämlich auf Anregung von Schweikart an Brecht geschickt. Ich bezeichne diese Karte deswegen als Kostbarkeit, weil Brecht nur mit grössten Schwierigkeiten dazu zu kriegen ist, selbst zu schreiben. Selbst ich habe bestenfalls nur kleine Zettel von ihm, aus denen ich immer mit grösster Mühe herausbringe, um was es sich handelt

Wann schreiben Sie ein neues Stück? Ich habe eines von Ihnen gelesen, das angeblich die Kammerspiele erworben haben, damals war die Absicht, dieses Stück meinen Sohn inszenieren zu lassen. Finden Sie das nicht sehr komisch? – Wir werden eben älter.

Mit allen besten Wünschen
Ihr Jacob Geis

1 Beilage

235 An Jacob Geis

4. 10. 48

Sehr geehrter Herr Geis,

haben Sie sehr herzlichen Dank für Ihre freundliche Vermittlung meiner Post an Brecht. Was Sie über Ihren Sohn schreiben, finde ich auch sehr komisch, es war mir übrigens bis jetzt nicht bekannt. Haben Sie nicht noch einen Enkel, der Regisseur wird, wir könnten das dann durch Generationen fortsetzen.

Mein literarischer Gaul ist ziemlich störrisch geworden, zum Teil auch deswegen, weil ich kein vernünftiges Wort aus den Menschen herauskriegen kann, warum die beiden Stücke nun eigentlich nicht gespielt werden. Ich habe bis jetzt nichts Neues geschrieben. Wenn nämlich Bedenken gegen eine Aufführung bestehen sollten, so ist mir damit ja nicht weitergeholfen, dass ich nicht präcise erfahre, worin die Bedenken bestehen, ich könnte sonst mit einem nächsten Stück in den gleichen Fehler verfallen, vorausgesetzt, es liegt an mir.

Brecht möchte gerne lesen, was ich geschrieben habe und ich möchte ihm die beiden Stücke schicken, bin aber immer noch ohne seine Adresse und sinne diesem Problem nun schon etliche Tage nach. Darf ich Sie noch einmal bemühen? Wollen Sie mir zu diesem Zweck seine Adresse geben oder ist sie ein solches Geheimnis, dass ich mit dem Versand abermals den Umweg über Sie nehmen müsste? Ich würde Ihnen das Porto natürlich beilegen. Es wäre aber weniger umständlich für Sie, wenn ich die Stücke direkt an seine Adresse schicken könnte.

Mit freundlichen Empfehlungen
Ihre

236 An Sr. Maria Fidelis

[datiert:] 1949

Meine liebe Schwester Fidelis,
ich denke viel an Dich und es betrübt mich, dass Du unter so grossen Schmerzen Deiner irdischen Auflösung entgegengehst. Ich weiss, dass Du es jetzt recht schwer hast und ich bitte zu Gott um Erleichterung für Dich und um die seelische Kraft all das Schwere zu ertragen. Du gehst jetzt durch ein gar dunkles Tor, da wird Dir oft bang zumute sein und um Deinetwillen hoffe ich, dass Du bald in das ewige Licht hinaustreten darfst, wo all dieses Quälende dann für immer überwunden ist. Liebe Schwester, vergiss uns dann nicht, die wir noch in unseren Fesseln schmachten, wir haben Deine Fürbitte wohl immer nötig und wenn ich nicht aus und ein weiss, dann will ich an Dich denken und Dir meine Nöte sagen und will an dem Glauben festhalten, dass dort eine Antwort ist und eine Bitte für mich aus Deinem so viel besseren Herzen und dass mein Ruf nicht ins Leere geht. Du hast ja eine so schöne Zuversicht bis zuletzt, die mich aufrichtig bewegt, wie glücklich bist Du doch, liebe Schwester, bei allem, was Du jetzt durchmachen musst und worüber ich mich keinen Illusionen hingebe. Es wird wohl so sein, dass die letzten Schlaken ausgebrannt werden müssen, damit Du in eine desto größere Seligkeit hinübergehen darfst. Darum verzage nicht, wenn die Bangigkeit Dich überfällt, die aus der Schwäche des Körpers kommt und aus seinen letzten Widerständen, und wenn Du glaubst ganz leer zu sein, sodass Du Dich nicht mehr hinaufschwingen kannst in Deinen schönen kindlichen Glauben, zweifle nicht daran, dass alles so wird,

wie Du es durch ein ganzes langes gottersehenendes Leben angestrebt hast und wie Du es Dir nach unseren irdischen Massen gemessen vielleicht ein wenig verdient hast. Gott kann nicht grausam sein gegen jene, die sich so ganz ihm geweiht haben, er ist ja die grosse Güte und er wird Dir Dein Fest bereiten, wie er es den Seinen versprochen hat. Die Anfechtungen der Schwäche und der Qualen, das sind nur die letzten Täuschungen der Erde und ihre letzten Angriffe auf Dich, die Du bald weit zurücklassen wirst. Täglich habe ich Dir in diesen Wochen schreiben wollen und ich schäme mich, dass ich mich immer wieder ablenken liess, aber vielleicht war das, was ich Dir sagen wollte zu Deiner Stärkung noch nicht ganz reif, ich muss die Dinge immer erst ein wenig austragen in mir und auf sie warten, damit sie mir klar werden und so, wie ich es heute sagen kann, wird es dann wohl recht sein, ich will es als eine Fügung betrachten und will hoffen, dass diese Zeilen Dich noch erreichen, und dass Du sie noch aufnehmen kannst. Quäle Dich aber nicht mit Antworten an uns, wenn es Dir schon zu schwer fällt, wir wissen, dass Du sehr müde bist und geschwächt und wir wissen, dass Du uns lieb hast bis zuletzt und wir wissen, was Du uns sagen willst, ob Du uns nun schreiben kannst oder nicht, darüber darfst Du ganz ruhig sein, noch. Wir beten für Dich und wir werden, wenn das Unvermeidliche eingetreten ist, so handeln, wie wir wissen, dass Du es gernhast, wir werden für Dich beten und für Dich heilige Messen lesen lassen, darüber kannst Du ganz ruhig sein, wir vergessen Dich schon nicht. Wir wollen von uns aus trachten, Dir jene Erleichterungen zukommen zu lassen, wie sie uns möglich sind und wenn Du ihrer nicht bedarfst, so kannst Du sie einer anderen Seele zuwenden und das wird Dir vielleicht eine Freude sein. Du wirst unseren lieben Vater und unsere liebe Mutter im Himmel wiedersehn, grüsse sie von mir, wie schön muss es dort sein, wo es keinen Krieg und keine Lebensangst gibt und wo die Liebe nimmer aufhört. Und bleibe Du immer meine liebe Schwester, der ich mein Herz ausschütten darf, auch wenn Du im Himmel bist, lass mir den Trost, dass ich mich an Dich wenden darf. Liebe Schwester Fidelis, ich wünsche Dir alle Gnade Gottes und seine Seligkeit, seinen Beistand und Mut in allem irdischen Leid, Geduld und Kraft zur Ergebung, Linderung und Trost in der Stunde der Prüfung und grossherzige Zuversicht. Ich werde Dich immer liebhaben und grüsse Dich aus meinem ganzen Herzen

Deine Schwester

237 An Bertolt Brecht

20. 1. 49

Lieber Brecht, ich gratuliere Ihnen und Heli herzlich zu Ihren Erfolgen, ich habe mich sehr darüber gefreut. Ich habe freilich bedauert, dass Sie zum Puntila nicht nach München kommen konnten. Ich selbst habe ihn bis jetzt nicht gesehen, es war von hier aus ziemlich aussichtslos, eine Karte zur Premiere zu erhalten. Ich werde Anfang Februar zu diesem Zweck nach München fahren und will nur hoffen, dass ich dann eine Karte erwische, ich kann mich ja nicht so rühren, wie ich gerne möchte. Besteht gar keine Möglichkeit, dass ich Mutter Courage wenigstens lese? Ich bin sehr begierig es zu tun.

Sie wollten gerne lesen, was ich geschrieben habe. Ich wollte Ihnen die zwei Stücke, die da liegen, schon in die Schweiz schicken und hatte bei Geis angefragt, ob er es vermitteln wolle, da ich ja Ihre Adresse nach wie vor nicht wußte. Diese Anfrage ist aber von irgendwelchen Umständen verschüttet worden, ich habe darauf von Geis nichts mehr gehört. Jetzt wo Sie aus dem ersten Ansturm Ihrer berliner Eindrücke und Probenarbeit heraus sind, melde ich mich wieder. An welche Adresse soll ich Ihnen die beiden Stücke schicken? Bleiben Sie noch länger in Berlin? Haben Sie die Absicht nach München zu kommen ganz aufgegeben. Oder haben Sie die Stücke zufällig schon in die Hand bekommen, durch Jhering vielleicht? Ich glaube, dass sie am Deutschen Theater liegen. Ich möchte die Exemplare nicht gern ins Blaue hinein abschicken, sondern mit der Sicherheit, dass Sie sie tatsächlich erhalten. Ich bin schon sehr arm an Exemplaren und kann es mir kaum leisten noch welche zu verlieren. Ich würde so gerne hören, was Sie von den Stücken halten.

Ich würde Sie sehr darum bitten, mir nicht auszuweichen, auch dann nicht, wenn Sie schimpfen. Sie können sich kaum vorstellen, wie abgeschnitten ich hier lebe, viel zu lange Jahre schon, sodass ich langsam verkomme, und wie notwendig es für mich ist in einen wirklichen Kontakt zu kommen mit jemand, der mittendrin steht und mir was sagen kann. Ich bin so unsicher geworden, dass ich nicht den Mut habe an eine neue Arbeit zu denken.

Seit dem Herbst bin ich wieder bis über die Ohren in lauter Hausarbeit vergraben, ich bin seitdem nicht mehr richtig zu mir selbst gekommen. Ich hoffe, die nächsten Monate werden leichter. Grüssen Sie Heli, wenn sie es erlaubt, und Jherings. Ich hoffe bald von Ihnen zu hören und bin herzlich Ihre Luise

238 Von Herbert Jhering

Deutsches Theater

Berlin NW 7, 26. Januar 1949

Liebe Frau Fleißer!

Ich habe Ihnen gegenüber ein sehr schlechtes Gewissen, weil ich so lange nichts von mir habe hören lassen. Inzwischen haben wir bei der Aufführung von Brechts »Mutter Courage« viel an Sie gedacht und viel von Ihnen gesprochen. Es würde sich lohnen, das herrliche Stück und die herrliche Aufführung anzusehen. Was haben Sie inzwischen geschrieben?

Wenn Sie Lust haben, auch am zweiten Band meines Almanachs, der diesmal noch internationaler eingestellt sein wird, mitzuarbeiten, würde ich mich sehr freuen und bitte nur vorher um Angabe des Themas. Die letzte Ablieferungsfrist wäre Anfang März.

Mit herzlichem Gruss auch von meiner Frau

Ihr Herbert Jhering

239 An Bertolt Brecht
Durch Schauspielhaus Zürich

den 12. 5. 1949

Lieber Brecht,
ich habe mich über die gute Aufnahme der Dreigroschenoper in München gefreut und hoffe, dass sie sich lange auf dem Spielplan behaupten wird. Zur Zeit kann ich leider nicht einmal nach München fahren und sie mir wieder anschaun. Ich höre leider gar nichts von Ihnen. Ich hatte gehofft, Sie würden mir wenigstens sagen, was Sie an den beiden Stücken, die ich Ihnen schickte, auszusetzen haben. Denn wenn ich sie mir auch selber schlecht mache, so ist das nicht das Richtige, es hält mich unnötig down und wahrscheinlich schütte ich vor lauter Grübeln das Kind mit dem Bade aus. Wenn ich nur endlich einen Stoff für mich finden könnte!
Was treiben Sie? Schreiben Sie etwas? Ich habe an Feuchtwanger leider immer noch nicht geschrieben, obwohl ich mir das schon sehr lange vorgenommen habe. Ich möchte ihm gerne ausführlicher schreiben und dazu bin ich bis jetzt nicht gekommen. Ich werde jetzt aber ganz energisch andere Dinge zurückstellen, damit das wenigstens geschieht.
Zum mindesten wüsste ich gerne, ob Sie die beiden Stücke bekommen haben, denn ich weiss nicht einmal das. Ich schickte sie Anfang März unter Ihrem Namen an das Schauspielhaus Zürich, eingeschrieben.
Den Brief nach Berlin, in dem ich Ihnen für die Courage dankte, haben Sie wohl erhalten?
Ich hoffe nun doch von Ihnen zu hören und bin mit herzlichen Grüssen

Ihre Marieluise Fleißer

240 Von Herbert Jhering

Berlin, 23. Mai 1949

Liebe Frau Fleisser!

Herzlichen Dank für Ihren Brief. Es hat mir wirklich sehr leid getan, dass Sie an dem neuen Almanach nicht mitgearbeitet haben. Ich habe sehr lange gewartet, bin allerdings auch im Drange der Berliner Ereignisse nicht mehr dazu gekommen, Sie zu mahnen. Es wäre doch schön, wenn Sie wieder zu einer produktiven Arbeit kämen. Wenn man Ihnen in dieser Hinsicht irgendwie helfen kann, schreiben Sie mir doch bitte. Wir wollen dann versuchen, alles möglich zu machen. Ich glaube ja wirklich, es wäre gut, wenn Sie für längere Zeit wieder nach Berlin kommen könnten.

Mit herzlichem Gruss
Ihr Herbert Jhering

241 Von Richard Friedenthal

London, 22. Juni 49

Liebe Marieluise,

ich muss Ihnen für Ihren Brief recht herzlich danken, auch wenn er mir den etwas unbegründeten Vorwurf macht, ich wollte wohl eigentlich »nichts Unangenehmes« hören. Habe ich wirklich den Ruf, so hartherzig zu sein? Aber Sie haben ja auch zu Zeiten davon gesprochen, dass ich eine sadistische Ader hätte. Das war allerdings wohl unter dem Einfluss des unseligen Draws, den es übrigens irgendwo in der französischen Zone geben soll. Aber ich kann mich gut in Ihre Lage hineindenken, liebe Marieluise. Das ist nun so eine Phrase, natürlich. Man kann sich immer nur sehr zeitweise, und nur sehr bedingt in anderer Menschen Schicksal hineindenken. Aber vielleicht kann man doch ein wenig teilnehmen. Das tue ich, und es ist recht schmerzlich sich vorzustellen wie Sie da ihr Leben fristen. Ich kann Ihnen auch mit guten Ratschlägen nur sehr wenig helfen. Sie klingen immer leicht pedantisch, oder gar überheblich. Trotzdem will ich nicht einfach die Hände in den Schoss legen und sagen: die arme Marieluise, da sitzt sie nun in Ingolstadt.

Ich möchte Sie vielmehr etwas an der Schulter rütteln und anstupsen, sehr freundschaftlich. Schreiben Sie, Marieluise, auch wenn es Ihnen mühsam wird, immer weiter, sogar drauflos, wenn es sein muss – tragen Sie die Dinge nicht zu lange aus. Es brauchen nicht immer allerhöchste Meisterwerke zu sein. Gerade einige Ihrer kleinen Sachen hatten einen besonderen Charm. Oder schreiben Sie auch einen grossen Roman, oder ein Stück, oder noch besser mehrere Stücke, nur schreiben Sie. Sie haben noch das besondere Glück, dass zum Schreiben nur ein wenig Tinte und Papier notwendig ist. Auch Zeit natürlich, ich weiss es nur zu gut. Von meinen eignen Sachen bleibt ja auch das meiste liegen, weil ich einfach nicht dazu komme die Schreibmaschine anzuspannen.

Ich bin jetzt »lebenslänglich« hier bei der B. B. C. angestellt, mit Pension etc. Es ist eine Stellung um die mich die meisten meiner Schicksalsgenossen sehr beneiden, denn es ist sehr schwer in einem fremden Lande etwas Dauerndes zu bekommen. Aber ich könnte beim besten Willen nicht sagen, dass ich sehr glücklich dabei bin. Der Dienst dauert entweder von morgens bis abends, oder nachmittags bis mitternacht, oder die Nacht hindurch. Da bleibt nicht allzu viel Musse und Kraft übrig, und es erfordert jedes Mal eine Nervenanspannung von ziemlichen Graden sich doch an den Schreibtisch zu setzen. Ich könnte noch eine ganze Weile so fortjammern, aber das würde Sie auch nicht recht trösten. Wenn Sie sagen, dass ich immerhin gelebt habe, so gilt das nur mit Einschränkungen. Ich will nicht undankbar sein gegen das Schicksal, aber manchmal werde ich doch verteufelt müde.

Genug nun von mir. Ich habe im Augenblick wieder meine Mutter hier, die freilich gesundheitlich sehr viel weniger auf dem Posten ist als im vorigen Jahre. Der neue Blockadewinter hat ihr doch schrecklich zugesetzt, und ich fürchte, ich werde sie vielleicht nicht noch einmal herholen können. Dabei ist sie geistig noch immer ungemein frisch, und hat es auch im hohen Alter verstanden, sich einen lebendigen Kreis von Menschen zu schaffen, die an ihr hängen. Gleich auf der Überfahrt im Flugzeug hatte sie wieder eine junge Deutsche kennengelernt, die eigentlich Bildhauerin ist, aber hier eine Stelle in einem Arzthaushalt angenommen hat, weil es mit der Bildhauerei in Berlin nichts ist. Die schrieb ihr nun sofort von ihrer neuen Stelle aus, und legte ihr Herz – ein offenbar recht törichtes, rundes und rosarotes Herzchen – auf den Tisch. Meine Mutter redete ihr sogleich mit grosser Behutsamkeit zu, ermutigte sie, mahnte sie, sich doch zunächst einmal recht zusammenzureissen, auch wenn es ihr schwerfallen sollte, und spann gleichzeitig in aller Geschwindigkeit hundert Fäden um ihr hier in London Verbindungen mit künstlerisch interessierten Kreisen zu schaffen. Wo sie in aller Eile diese Möglichkeiten aufgegriffen hat, ist mir ein Rätsel.

So könnte ich noch lange fortfahren, das Lob meiner Mutter zu singen. Aber nach einer Weile klingt das wie Selbstlob, und so will ich aufhören. Dagegen werde ich nicht aufhören, sehr herzlich an Sie zu denken und Sie zu ermahnen, zu schreiben, zu schreiben, zu schreiben. Früher hiess es in den Märchengeschichten, dass sie mit »blutenden Fingern« an irgend einem grossen Gewebe stickten, das dann doch fertig wurde und sehr schön aussah und irgendeine Art von Erlösung brachte. Etwas der Art schwebt mir bei Ihnen vor, liebe Marieluise. Und ich sage das ja nicht als Verleger oder Kaufmann, der das Gewebe dann erwerben will, sondern als Freund, der sich an dem Muster erfreuen will. Nehmen Sie sich immer wieder eine solche Handarbeit vor, auch wenn die Augen nicht recht wollen.

Und lassen Sie recht bald wieder etwas von sich hören, aber ohne Vorbehalte, dass ich dies oder das wohl nicht gerne an mich heranlassen würde.

Schönste Grüsse und beste Wünsche von
Ihrem Richard

242 An den Kurt Desch Verlag
Dramaturgie, Römerstrasse 14

den 1. 8. 1950

Sehr verehrter Herr Müller,
da der Tod und die Emigration meine wesentlichsten literarischen Verbindungen dahingerafft haben, kann ich Ihnen leider nur spärliche Angaben machen. Ich will Ihnen aber gerne die Leute aufschreiben, die mir nach dem Krieg irgendeinmal ihr Interesse zu erkennen gegeben haben.
Der Rundfunk Baden-Baden hat mich vor ein paar Jahren aufgefordert ihm ein Exemplar der Pioniere in Ingolstadt zum Lesen zu schicken, ich konnte den Wunsch leider nicht erfüllen.
Dr. Emil Burri, Bavaria Filmkunst Geiselgasteig, den ich früher im Brechtkreis ein paarmal getroffen habe. Er hat mir 47 geschrieben und mich gefragt, ob ich nicht einmal was für den Film machen möchte, es ist mir aber kein rechter Stoff eingefallen. Die Leute wollten ausgerechnet einen Flüchtlingsfilm.
L.E. Reindl Zeitschrift Die Erzählung, Konstanz Bahnhofstrasse 8, der im Prinzip etwas von mir bringen wollte, aber die beiden eingereichten Arbeiten wieder zurückschickte, weil ihm die Themen zu erotisch waren. Er hat früher in der Dame ein paar mal was von mir gebracht.
Dr. Gerhard F. Hering, früher Südverlag Konstanz, Adresse Muggenbrunn bei Todtnau, jetzt ist er, soviel ich weiss, in München, wir haben ein paar Briefe gewechselt, ich kenne ihn nicht persönlich.
Hans J. Weitz, 17 b Niedingen, Post Immeneich bei St. Blasien, Haus 3 a, hat als junger Inspizient die Uraufführung der Pioniere miterlebt, er kennt den starken Stamm und den Karl Stuart und steht im ganzen positiv dazu, wir haben ein paar Briefe gewechselt, es war aber die Zeit, in der er sich eben vom Theater wieder zurückzog. Persönlich kenne ich ihn nicht.
Jakob Geis, von dem Sie ja wissen, dass er die Pioniere in Berlin inszenierte.
Hermann Kesten, den ich vom Kiepenheuer Verlag her kenne, hat mir früher in Berlin Interesse gezeigt.

Zuckmayer, Britting, Billinger diese drei kenne ich persönlich, aber flüchtig.
Erich Kästner hat mich, während er an der Neuen Zeitung tätig war, aufgefordert etwas für die Neue Zeitung zu schreiben; ich hatte aber Hemmungen.
Erich Kuby, der für die Süddeutsche Zeitung schreibt. Seine Daueradresse ist wohl Weilheim Oberbayern. Er hat mich während des Krieges in Ingolstadt, wo er vorübergehend Soldat war, ein paarmal aufgesucht.
Sie sehen, das ist nicht eben viel. Die sich am meisten eingesetzt hatten, sind nicht greifbar, Alfred Kerr und Bernhard Diebold sind tot, Brecht und Jhering in Ostberlin, Feuchtwanger und Kurt Pinthus in der Emigration. Eben dort vermute ich meinen Mitentdecker Stefan Großmann. Richard Friedenthal, der bei BBC London tätig ist, kann offenbar nichts Wirkliches für mich tun, ungeachtet aller guten Wünsche und wohlmeinenden Briefe, er kennt den Karl Stuart und geht ihm in hohem Bogen aus dem Weg.

243 An Bertolt Brecht

Durch Münchener Kammerspiele im Schauspielhaus München, Herrenstrasse 54. Dramaturgie

den 12. 9. 1950

Lieber Brecht,
ich freue mich, dass Sie in München sind und möchte Sie gerne sehen. Wenn es Ihnen recht ist, komme ich am Donnerstag den 21. Sept. am frühen Vormittag in die Probe der Kammerspiele, wo ich Sie ja wohl antreffen werde. Ich bringe dann mit, was ich an der Komödie geändert habe. Falls Sie an diesem Tag und Ort nicht erreichbar sind, verständigen Sie mich bitte rechtzeitig, ich kann die Fahrt nicht wiederholen.

Mit den besten Grüssen Ihre

244 *An Alois Johannes Lippl*

Staatsintendant Bayerisches Staatsschauspiel

1. 10. 1950

Sehr verehrter Herr Lippl,
Sie haben wohl mit einiger Überraschung erfahren, dass meine Komödie in den Kammerspielen zur Uraufführung angenommen ist. Als ich Sie seinerzeit besuchte, bin ich in gutem Glauben vor Ihnen gestanden. Es hat sich aber dann doch sehr hemmend ausgewirkt, dass Sie das Stück, wie Sie plötzlich sagten, im Fall Ihrer Annahme erst in der folgenden Spielzeit herausbringen könnten. Ich habe mich trotzdem ernsthaft bemüht, die von Ihnen angeregten Änderungen herauszuarbeiten, es ist mir damit aber ganz mysteriös ergangen. Ich kam nicht vom Fleck. Ich habe zwar in einer längeren Szene Balbina und Bitterwolf einander direkt gegenübergestellt, damit hing mir die Erotik auch zum Hals heraus, es ging nicht mehr weiter. Ich habe den Onkel zur Norm gemacht, aber aus seiner Weisheit ist im letzten Aufzug eine Predigt geworden. Ich bin das Gefühl nicht losgeworden, dass da ganz andere Dinge hineinmüssen, plötzlich hat etwas durchgeschlagen, was auf der mir von Bergold seinerzeit angerissenen Linie lag, ich habe zwar nicht seinen Vorschlag ausgeführt, aber er hat mich auf etwas gebracht, er hat mir plötzlich eigene Beobachtungen, die ich gerade zu jener Zeit in Ingolstadt machen musste, fruchtbar gemacht. Ich habe das dann verhältnismässig rasch geschrieben und ich habe es Bergold gezeigt, als ich vergangene Woche Brecht besuchte. Wie ich nach der Brechtprobe zu Bergold zurückkam, erfuhr ich, dass das Stück, das ich an diesem Abend Brecht geben wollte, schon bei Schweikart liegt.
Es würde mir sehr leid tun, wenn Sie böse auf mich wären. Sie haben mir sofort solches Interesse gezeigt, dass mich das sehr tröstlich berührt hat. Auch bin ich betrübt, dass ich jetzt auf den Rösner für den Vater verzichten muss.
Im übrigen bin ich nach der Annahme aus den groben Sorgen keineswegs heraus. Es ist sehr in Frage gestellt, ob die Giehse die Rolle – sie findet die Sprache wunderbar – noch annehmen

kann, und wenn, dann könnte sie bestenfalls ein paarmal spielen, ihre anderen Verpflichtungen drängen.
Ich kann nun nichts anderes tun als Ihnen für Ihr mir bewiesenes Interesse danken und Sie bitten, mir nicht böse zu sein.

Mit ergebenen Grüssen Ihre

245 *An Helene Weigel*
Berlin-Weissensee, Berliner Allee 190

den 16. 1. 51

Liebe Heli,
etwas verspätet durch verschiedene Abhaltungen schicke ich Dir beigeschlossen die Komödie, die Du zu lesen wünschtest. Ich glaube zwar nicht, dass Du sie in Berlin wirst spielen können, aber ich möchte doch Deinem Wunsch nachkommen.
Es hat mir leid getan, dass Brecht auf der Rückfahrt keinen Magen hatte um in Ingolstadt auszusteigen, vielleicht hat er auch im Nebel die Ausfahrt auf der Autobahn überfahren, und dann kann man schlecht zurück.
Ich bin immer noch ziemlich verstört von meiner Münchener Aufführung und bin, obwohl die Presse im ganzen wohlwollend war, rein aus dem heraus, was ich spürte, jetzt davon überzeugt, dass ich nicht fürs Theater schreiben kann, nie bringe ich eine tragfähige Handlung her, und die Handlung ist fast das Einzige, was auf der Bühne wirklich kommt, alles andere ist für die Katz. Natürlich werde ich es irgendeinmal wieder probieren und mir wieder den Kopf einrennen. Wie kann der Mensch bloss so unsinnig sein, wenn er doch schon darauf gestossen wird, dass es nicht langt und nicht langen kann und schon lang in die Grube geht. Aber meinen Willen habe ich ja jetzt gehabt und habe gesehen, was ich bin und was nicht.
Bitte, grüsst den Lion von mir, wenn ihm einmal einer von euch schreibt. Ich lasse den Brecht sehr herzlich grüssen. Er soll es sich nicht reuen lassen, dass sein Erscheinen so verblüffend die Hemmungen weggesprengt hat, die für eine Auf-

führung noch bestanden. Grüsse auch an Frau Giehse und die Jherings.
Ich weiss, dass Du sehr tüchtig bist und bin mit allen guten Wünschen Deine
Anbei der Starke Stamm.

246 Von Georg Schwarz

München–Solln, den 28. 2. 1951
Zwengauerweg 7

Sehr geehrte gnädige Frau!
Wie Ihnen bereits durch Rundschreiben mitgeteilt, haben

Joh. v. Guenther	Hans Werner Richter
Karl Jacob Hirsch	Rud. Schmitt-Sulzthal
Eugen Kalkschmidt	Georg Schwarz
Walter Kolbenhoff	Dr. Max Stefl
Irma Loos	Johannes Tralow
Ernst Penzoldt	Carl August Weber

auf Grund der Anregung von J.R. Becher, Bert Brecht, Anna Seghers und Arnold Zweig zu einer gemeinsamen Aussprache nach München eingeladen.
Am Ostermontag, den 26. März soll vormittags um 10 Uhr eine Vorbesprechung in kleinerem Kreis mit den Gästen aus dem Deutschen Osten stattfinden. Die unten aufgeführten Kollegen sind hierzu eingeladen worden.
Ich bitte Sie, mir doch freundlichst sofort mitzuteilen, ob Sie an dieser Besprechung teilnehmen können. Es sind eine Reihe von Vorarbeiten noch zu treffen, um möglichst kostenlose Übernachtung und Verpflegung sicherzustellen.
Zum Nachmittag desselben Tages werden weitere 50 bis 70 geladene Gäste erwartet, um das Gespräch in breiterem Rahmen fortzuführen. Der Dienstag bietet uns Gelegenheit, Einzelheiten der in der Diskussion des Vortages aufgeworfenen Probleme eingehender mit den Schriftstellern der DDR zu besprechen.

Die Zusammenkunft wird in einem kleineren Ort der Umgebung Münchens stattfinden. Nähere Angaben erhalten Sie nach Erhalt Ihrer zustimmenden Antwort.

Mit freundlichen Grüssen!
Georg Schwarz

Liste der geladenen Schriftsteller:
Dr. Peter Dörfler, Kasimir Edschmid, Prof. Gerlach, Joh. von Guenther, Hans Ludwig Held, Hans Hennecke, Erich Kästner, Horst Lange, Irma Loos, Prof. Martin, Walter von Molo, Ernst Penzoldt, Hans Reisiger, Hans Werner Richter, Oda Schaefer, Rud. Schmitt-Sulzthal, Georg Schwarz, Dr. Max Stefl, O. von Taube, Johannes Tralow, Carl August Weber, Leo Weismantel

246A An die Münchner Kammerspiele

22. Mai 51

Anbei die Gratulationsadresse, von der können Sie ziemlich was wegstreichen, mir liegen solche Dinge nicht. Die Erinnerungen sind etwas länger geworden, gegebenenfalls müssen Sie halt streichen. Es ist mir erst jetzt zum Bewusstsein gekommen, dass Sie ja eigentlich nicht über das Theater in der Augustenstrasse was wollten, im anderen Fall kann ich aber nicht dienen, ich habe zu wenig gesehen, um diese Zeit war ich nur mehr sporadisch in München. Vielleicht können Sie aber auch das Thema Augustenstrasse anschlagen, ich überlasse es Ihnen. Ich weiss nicht mehr, ob die eine Schauspielerin, die ich nenne Jacobs oder Jacobsen heisst, vielleicht liesse sich das erfragen, wenn Sie die Stelle nicht ganz wegstreichen.
Seien Sie mir nicht böse, wenn ich zu der Feierstunde am 29. Mai nicht nach München fahren kann, es ist mir ganz unmöglich.

Mit herzlichen Grüssen auch an Herrn Schweikart
in Eile Ihre

Gratulationsadresse an die Münchner Kammerspiele
Den Münchener Kammerspielen im Schauspielhaus danken wir dafür, dass es das Theater des schöpferischen Elans geblieben ist und des geistigen Abenteuers, spürsamen Fingerspitzengefühls, der erregenden Regie und jener Ironie selbst, die noch befruchten kann. Wir sind froh, dass wir es haben und weil wir es lieben, wünschen wir ihm, dass es nicht aufhöre jung zu sein mit der Wachheit der Junggebliebenen, wagemutig aus der Lust am unerschöpflich sich bildenden Leben, unruhig durch Begierde nach dem Echten, tapfer durch Unverlogenheit, in seinem Können empfindlich genau und voll Schwung, ein unermüdeter Kristallisationspunkt des Charms und der unterirdischen Dämonie. Möge dies Theater einer unvergessenen Vergangenheit und einer beglückenden Gegenwart auch in der Zukunft das rätselhaft sich verjüngende Theater des Werdens sein.

247 Von Norbert Mayer, Donau-Kurier

Ingolstadt, den 31. Oktober 1951

Sehr geehrte Frau Fleißer!
Es freut mich, daß der geplante Abend bei Frau Treittinger Gelegenheit geben wird, nach so langer Zeit mich mit Ihnen wieder einmal ausführlich unterhalten zu dürfen. Ich werde an dem geplanten Abend gerne teilnehmen und hoffe, daß er auf einen günstigen Termin fällt.
Aus Ihrer Mitteilung über die Absetzung Ihres Stückes vom Spielplan bin ich offen gestanden nicht ganz klug geworden. Sehr wahrscheinlich wurde das Theater durch das Urteil von Dr. Petzet über die von ihm gesehene Aufführung »Der starke Stamm« nochmals verängstigt. Petzet, der für uns während meines Urlaubs die Besprechung der »Medea« schrieb und über Ihr Stück ein absolut positives Urteil hat, war von der Aufführung alles andere als begeistert. Er bemängelte das »Abrasseln« des Stückes, die »forcierte Geräuschkulisse« und sagte hier, er sei froh, das Stück nicht besprechen zu müssen. Frau

Schult-Prasser, die er in der »Medea« ausgezeichnet fand, hätte er im Starken Stamm »verreißen müssen«.
Dieses Urteil braucht nicht unbedingt die Theaterleitung dazu bewegen, das Stück vom Programm abzusetzen. Auch mir ist bekannt, daß es sein Publikum sicher hatte und daß kassenmäßig keinerlei Risiko zu befürchten war.
Und nun noch eine Bitte. Dürfte ich Ihnen von Zeit zu Zeit einige Besprechungsexemplare mit der Bitte um kurze Rezension zuleiten? Ich wüßte die Bücher in guten Händen und könnte mich dann auf das Urteil verlassen. 10 bis 20 Schreibmaschinenzeilen würden pro Werk genügen.
Und nun freue ich mich auf's Wiedersehen.

Ihr sehr ergebener Dr. Mayer

Anlage

248 *Von Bertolt Brecht*

Berlin, den 2. Januar 1952

Liebe Fleißerin, ich schicke Ihnen eine wahre Geschichte, die mir Jacob Geis einmal erzählt hat. Daraus könnten Sie ein großartiges Stück machen, eine Art Gegenstück »Agnes Bernauer«. Wie geht es Ihnen?

Herzlichst Ihr
brecht

249 *An Bertolt Brecht*

5. 2. 1952

Lieber Brecht, ich wills versuchen, weiss aber nicht, ob es geht. Es ist mir zuviel Militär und eine im Grunde monotone Wiederholung immer derselben festgefahrenen Situation. Auf diesem Wege werde ich kaum was finden. Ich müsste mir schon meine Freiheit vorbehalten. Hoffentlich komme ich auf was.
Ihren Brief habe ich vor ca. vierzehn Tagen erhalten.
Ihnen und Heli alle guten Wünsche und herzliche Grüße

Ihre Fleißerin

250 An Bertolt Brecht
Berlin NW 7 Luisenstraße 18

23. Februar 52

Lieber Brecht, ich habe mich nochmal ernstlich damit abgemüht, aber es geht nicht. Je mehr ich darüber nachdenke, desto mehr komme ich auf Sackgassen und Unwahrscheinlichkeiten, und ich kann Militärpersonen nicht glaubhaft machen, weil ich ihren Alltag nicht wirklich kenne. Heutzutage wo jeder zweite Zuschauer einmal beim Militär war, muss man schon mehr davon wissen, wenn man an einen solchen Stoff hinlangt. Ich tus nicht gern, dass ich es Ihnen abschlage, ich sehe aber, es wird nichts, und will mich nun nicht mehr zwingen.
Ich reiche Ihnen beigeschlossen Ihren Stoff wieder zurück, vielleicht brauchen Sie ihn ein andermal.

Mit den besten Grüssen an Sie und Heli
Ihre

Anbei Stoff Geis (König für eine Nacht)

251 Vom Süddeutschen Rundfunk
Abt. Wissenschaft u. Literatur

Stuttgart 29. 4. 52

Sehr verehrte Frau Fleisser,
das unterzeichnende Preisgericht hat die Freude, Ihnen für Ihre zum Erzählwettbewerb des Süddeutschen Rundfunks eingereichte Arbeit

»Das Pferd und die Jungfer«

den ersten Preis zuzuerkennen. Diese Erzählung war unter den rund 400 Einsendungen weitaus die beste. Wir bitten Sie, diese Mitteilung bis zu ihrer offiziellen Bekanntgabe Ende Mai, vor allem gegenüber Presse und Rundfunk ganz vertraulich zu behandeln. Zu der Preisverteilung, die in Verbindung mit der Frühjahrstagung des Südd. Schriftstellerverbandes in Stuttgart am Samstag, dem 24. 5. 52, stattfinden soll, werden wir uns erlauben, Sie als Gast des Senders hierher einzuladen.

In aufrichtiger Freude grüssen Sie,
(zugleich im Namen des zur Zeit abwesenden Ernst Glaeser:)
Dr. Oskar Jancke, Martin Lang, Fritz-Ludwig Schneider, Karl Schwedhelm

252 Von Richard Friedenthal

Verlagsleiter Droemersche Verlagsanstalt, München 22, Thierschstrasse 11

den 14. 8. 52

Liebe Marieluise,
ich habe lange Zeit nichts mehr von mir hören lassen. Aber jetzt bin ich verhältnismässig in der Nähe. Aus dem Brieftitel sehen Sie, dass ich wieder bei der alten Firma Knaur tätig bin (sie ist nur nach dem Inhaber umgetauft worden); wir – das heisst meine Frau und ich – haben aber unser Haus in London beibehalten und nur für längere Zeit möbliert vermietet. Hier in München wohnen wir in der Maria Josephstrasse 2 b, Telefon 3 92 12.
Sicherlich kommen Sie einmal nach München. Ich würde mich ganz ausserordentlich freuen, Sie dann wiederzusehen.
Inzwischen herzlichste Grüsse Ihres alten

Richard Friedenthal

253 Von Richard Friedenthal

München 23, Maria Joseph-Straße 23, den 7. 1. 53

Liebe Marieluise,
ich habe mich sehr über Ihren Gruss gefreut, wenn Ihr Brief auch sehr traurig klang, und das wohl sein musste. Gerade hatte uns Oda Schaefer Ihre Novelle aus der Literarischen Welt zugeschickt, und sowohl meine Frau wie ich waren ganz ungemein angetan von der kraftvollen Sprache und der wirklich unbestreitbaren Originalität, mit der Sie das Thema angepackt haben. Es ist sehr schwer, jemand, der sich in Ihrer Situation befindet, liebe Marieluise, zu raten, und bitte glauben Sie nicht,

dass ich Ihnen mit billigen und »gutgemeinten« Ratschlägen nur das Leben noch weiter verbittern will. Aber Sie sollen doch wissen, dass es eine ganze Reihe von Menschen gibt, die viel von Ihnen halten, sehr viel sogar. Ich habe das immer wieder erlebt, wenn das Gespräch auf Sie kam. Glauben Sie also nicht, dass Sie ganz allein sind, oder dass man Sie völlig vergessen hätte. Und wenn Sie einmal wieder etwas wie diese Novelle vorzulegen haben, so werden Sie sehen, dass man es mit grosser Anerkennung, mit grossem Respekt und mit ehrlichem Interesse aufnimmt. Das ist freilich kein sicheres Kapital an schriftstellerischem Renommee, aber doch ein Besitz, über den nicht Jeder verfügt.

Natürlich weiss ich recht gut, dass Ihnen damit im Augenblick nur wenig geholfen ist, und ich kann gut verstehen wie verzagt Sie sich oft fühlen mögen. Aber das Dichter- und Schriftstellerdasein ist ja immer, auch wenn es äusserlich etwas glatter geht – wo tut es das aber in Wirklichkeit? – eine kummervolle Angelegenheit. Jedes Stück Arbeit muss irgendwelchen Widerständen abgekämpft werden, ob sie nun in oder ausser uns liegen. Wenn man so unter äusserem Druck steht wie Sie, will man freilich von den inneren Schwierigkeiten nichts hören und hält sie für einen durchaus überflüssigen Luxus. Sie können aber noch schlimmer sein als alle Steuerrückstände. Nun, das wissen Sie ebenso gut wie ich.

Auch unsere »stille Insel« hier ist kein so friedliches Eiland wie Sie wohl glauben mögen, wenn es uns auch fernliegt, zu klagen. Ich selbst habe in meiner Arbeit immer eine gewisse Befriedigung gefunden, und über Mangel an Tätigkeit könnte ich am wenigsten jammern, obwohl auch da sehr vieles anders sein dürfte. Für Lisa jedoch ist das Leben hier noch immer ein ziemlich schweres Kreuz, mit dem sie sich schleppt. Sie braucht eine ganze Menge täglicher Anstrengung, um damit fertig zu werden.

Wenn Sie aber der Weg wieder einmal nach München führt, dann kommen Sie doch bitte zu uns. Wir freuen uns immer, Sie zu sehen, und wir freuen uns auch ebenso, brieflich von Ihnen zu hören. Nochmals: Sie sollen nicht das Gefühl haben, dass

man Sie mit Ihren Sorgen ganz allein lassen wolle, und dass Sie gewissermassen »abgeschrieben« seien, wie die Leute hier leider Gottes vielfach die Menschen im Osten abgeschrieben haben.
Recht herzliche Grüsse also, und hoffentlich in nicht zu ferner Zeit auf Wiedersehen!

Stets Ihr
Richard Friedenthal

Die Konzentriertheit und schöpferische Kraft in Ihrer Novelle haben mich tief beeindruckt. Es tut mir leid, dass Ihr persönliches Leben im Augenblick so schwierig ist.
Wenn Sie wieder ein Mal nach München kommen, lassen Sie es uns bitte wissen, damit wir einen Abend zusammen sein können.
Mit vielen Grüßen und guten Wünschen Ihre Lizebeth Friedenthal

254 An Wilhelm Diess, Bayerische Akademie der Künste München

[Mai 1953]

Sehr verehrter Herr Professor Dr. Diess!
Ihre Nachricht ist mir sehr überraschend gekommen. Um so grösser war meine Freude, und ich danke Ihnen aufrichtig für die so unerwartete Ehrung und Hilfe, die mich in einer ziemlich schwierigen Situation antrifft, da mein Mann in den letzten Jahren sehr grosse Verluste in seinem Geschäft erlitten hat. Ich fühle mich fast ein wenig beschämt, dass ich mich im Augenblick nicht für eine schöpferische Arbeit freimachen darf, das wäre wohl die beste Art Ihnen sichtbar zu danken. Ich kann nur hoffen, dass der Zwang der allzu vielfältigen und ermüdenden Pflichten, der mich in der Gegenwart umschliesst, sich mit der Zeit auch wieder lockern wird und ich dann auch wieder Muße und Spannkraft für ein persönliches Leben finde.
Gerne werde ich Sie in der öffentlichen Jahressitzung der Akademie persönlich begrüssen, für diesen einen Tag werde ich

mich schon freimachen können, und ich erwarte Ihre Festsetzung des genauen Termins. Eine Rede kann ich allerdings nicht halten, frei zu sprechen ist mir nicht gegeben, und ich fände keine Zeit um sie vorzubereiten.
Es wird wohl richtig sein, wenn ich von der Nachricht einstweilen keinen Gebrauch mache, solange sie nicht von Ihnen selbst bekanntgegeben wird. Mit gleicher Post teile ich dem Generalsekretariat mit, wohin die Preissumme zu überweisen ist.
Indem ich Ihnen nochmals herzlich danke, bin ich in vorzüglicher Hochachtung Ihre Marieluise Fleißer-Haindl.

255 Von Walter Höllerer

Universität Frankfurt a. M. Deutsches Seminar

8. 9. 53

Sehr verehrte Frau Haindl,
am ersten Februar 1954 wird die erste Nummer einer Zeitschrift für Dichtung und Literaturwissenschaft im Carl-Hanser-Verlag zu München erscheinen. Sie wird gemeinsam von Günter Eich und mir herausgegeben. Die Redaktion ist hier in Fft., Auf der Körnerwiese 19.
Ich erlaube mir die Anfrage, ob Sie, vielleicht schon für eine der ersten Nummern, einen Beitrag vorschlagen könnten. In Frage käme vor allem etwas Dramatisches (ca. 6 bis 10 Seiten) oder etwas Episches: eine Erzählung vielleicht. Dies sollte nicht als Unterhaltungslektüre, sondern als Dichtung geschrieben sein. Für Vorschläge oder für Proben wäre ich Ihnen dankbar. – Die Zeitschrift bringt in ihrem wissenschaftlichen Teil u. a. Aufsätze von Emil Staiger, Martin Heidegger etc. Es ist also, um das »Milieu« der Zs. zu kennzeichnen, an den Stil etwa der »Corona« zu denken; freilich aufs Heute übertragen. (Honorar: ca. 20 DM pro Druckseite). Mit den besten Grüssen
Ihr Walter Höllerer

256 *Von Walter Höllerer, Carl Hanser Verlag*

Frankfurt/Main, den 4. 1. 54

Sehr verehrte gnädige Frau,
ich bitte Sie um Auskunft ob die Dichtung »Die Jungfrau und das Pferd«, die Sie im Rundfunk gelesen haben, schon abgedruckt worden ist. Wenn nicht, so bitte ich Sie sehr um Übersendung des Manuskripts. Wir möchten gern schon in einer der ersten Nummern unserer Zeitschrift »Akzente. Beiträge zur Dichtung«, deren erstes Heft im Februar erscheinen wird, einen Beitrag von Ihnen bringen. Es wäre schön, wenn Sie unserem Vorschlag geneigt wären. Mit den besten Grüssen

Ihr sehr ergebener Walter Höllerer

[auf der Rückseite:]
ANTWORT 10. 1. 54

haben Sie schönen Dank für Ihre erneute Anfrage. Ich stehe Ihrem Vorhaben zwar durchaus positiv gegenüber. Indessen ist das Pferd und die Jungfer vor anderthalb Jahren in der seinerzeit von Herrn Dr. Jancke herausgegebenen Zeitschrift Neue Literarische Welt erschienen. Es käme also höchstens ein Nachdruck in Frage, wenn Sie das wollen und können. Ich hatte versucht eine andere Erzählung, die grösstenteils fertig vorliegt für Sie zum Abschluß zu bringen, es ist mir aber bis jetzt nicht gelungen. Auch hat sie eine sehr leise Handlung, das macht mir gerade für den Schluß viel Schwierigkeit. Wenn ich sie fertig habe, will ich sie Ihnen gerne schicken. Etwas anderes liegt nicht vor.

Ich lebe in einer sehr schlimmen Hetze, sie ist in den letzten Monaten sogar noch grösser geworden. Auch unsere jetzigen Angestellten im Geschäft stehlen wieder und dürfen keinen Augenblick allein gelassen werden – von morgens dreiviertelacht bis abends sieben Uhr durchgehend. An den Abenden und am Sonntag muss ich dann das Vordringlichste vom Haushalt erledigen, und es bleibt noch genug liegen. So kann ich zu keiner inneren Sammlung mehr kommen.

Mit den besten Grüssen Ihre

257 Von Walter Höllerer

Frankfurt, 22. 3. 54

Sehr verehrte gnädige Frau,
Ihr Brief hat mich sehr erschüttert. Ich schreibe Ihnen hier ganz privat und in keinerlei Eigenschaft als Herausgeber usw. Das ist jetzt ganz nebensächlich; auch mit keinerlei Abzielung oder Bedrängung. – Ich bitte Sie herzlich, sich nicht in einer verzweifelten Unabänderlichkeit zu sehen. So ist es fast nie, oder doch nur in den allerseltensten Fällen. Sie sind sicher furchtbar überarbeitet und stecken in einem Alltags-Karussell, das Sie zu erdrücken droht. – Können Sie sich nicht einmal auf ein paar Tage davon zurückziehen und *nichts tun*, um wieder einmal zu sich selber [zu] kommen? Es gibt Tiefpunkte, durch die man hindurch muss, um dann auf einer anderen Ebene umso Besseres zuwege zu bringen. – Ich bitte Sie sehr, sich nicht unterkriegen zu lassen. Denken Sie bitte daran, dass wir alle Sie sehr hoch schätzen und daran glauben, dass noch viele schöne Dinge von Ihnen kommen. – Kommen Sie doch einmal an einem Sa/So zu uns hierher nach *Fft.* oder nach *Heidelberg*. Ich würde mich freuen, wenn Sie kämen. Es genügt eine Postkarte, die Ihre Ankunft anzeigt, ich hole Sie von der Bahn ab. – Lassen Sie sich um Gottes willen durch meine Briefe nicht bedrücken oder bedrängen. So sind sie wirklich nicht gemeint gewesen. – Wir wollen *davon* jetzt gar nicht sprechen. Die Hauptsache ist, dass Sie aus Ihrer Tiefstimmung hinaus kommen.

In Verehrung und mit aufrichtigen Wünschen
Ihr Walter Höllerer

258 An Lion Feuchtwanger

[8. 7. 1954, Entwurf]
Zum 70. Geburtstag

Lieber Lion,
in der Zeitung habe ich gelesen, dass Du siebzig Jahre alt geworden bist, da möchte ich Dir doch über das große Wasser hin alles Gute wünschen und Dir sagen, daß ich Dich nicht verges-

sen habe. Ich habe meiner entsetzlichen Schreibescheu, die mich umklammert hält, einen gewaltigen Ruck geben müssen, ich habe mit Briefen an Menschen, die einem früher verbunden waren, nicht eben die besten Erfahrungen gemacht, wenn es auch gewiss nicht an gutem Willen gefehlt hat, aber es ist die lange Zeit, die aus den Menschen einen so ganz anderen gemacht hat, als man in der Erinnerung hat und das ist mir schmerzlich und ich dachte im stillen immer, beim Lion wirds auch nicht viel anders sein und habe mich vom Schreiben abhalten lassen, es ist immer beim Vorsatz geblieben. Aber jetzt habe ich ein paar Stunden lang nach Deiner Adresse gesucht / das wollte ich mir ersparen / es ist ja schliesslich auch nicht so wichtig, ob ich mir wehtun lassen muss und ich denke und jetzt schreibe ich Dir eben, ob ich nun Antwort haben werde oder nicht und ob sich die verdammte Politik dazwischen stellt oder nicht. Denn ich bin katholisch geworden, wenn auch nicht eben eine Eiferin, aber doch dem Glauben nach und mit gutem Willen, mein Leben war so, dass ich es nicht mehr ausgehalten habe ohne einen Herrgott, und das passt schlecht zu vielem, was früher war und ich könnte bestimmte Auflagen nicht mehr erfüllen. Wenn der Brecht beispielsweise von mir ein Stück haben will von einer bestimmten Tendenz, das geht nicht, das geht nicht, das geht von innen heraus nicht und da hilft die grösste Anstrengung nichts, da muß man eben enttäuschen. Und doch gehörst du hinein in mein Leben, du gehörst so sehr hinein, dass ich manchmal darüber staune, und als der Krieg zu Ende war und man die innere Freude verspürte wieder Brücken schlagen zu können, da habe ich an dich gedacht und an den Brecht, aber stolz war ich halt auch. Wie geht es Dir, Lion, wie lebst Du und bist Du gesund? Der Brecht, nun, das war immer ein Wunschtraum, die Realität, das warst du, kein Ereignis wie ein Sturmwind, aber etwas, das beharrlich und lange dableibt und das überdauert, das spüre ich oft, wenn ich mittendrin an dich denke oder wenn ich aufwache und habe von dir geträumt, immer wieder habe ich einen Geschmack davon, als wäre es erst heute. Immer wieder staune ich darüber, andere Begegnungen, die mit zerstörerischer Dynamik in mein Leben getreten sind, mich von überhaupt allem getrennt haben, was mir nah war und mich unsagbaren Ängsten und Bitternissen ausgeliefert haben, sie habe ich völlig von mir abgestossen und die periodisch wiederkehrenden Versuche von jener Seite sich mir zu nähern, lassen mich völlig kalt. Du aber bist mir geblieben, obwohl ich eine zeitlang ziemlich böse war auf dich und die Empfindung hatte, du hast mir was entwertet. Von Dir träume ich und mit Dir rede ich manchmal, es ist dann eine völlige Frische in mir, und ich möchte es bewahren. Du, Lion, hast ganz anders gelebt, durch Dich ist so viel hindurchgegangen und vielleicht weisst Du nichts mehr von dem, was man hütet und was pures Gold ist, vielleicht bist Du auch schon so alt geworden um es wieder zu wissen. Ich vergesse Dich nicht, aber ich werde Dich kaum je mehr sehn, vielleicht wünsche ich das nicht einmal, ich halte das Bild des Achtunddreißigjährigen in mir fest, das ist mir nah und sehr vertraut.

[Fassung dieses Briefes aus der Feuchtwanger Memorial Library:]

259 An Lion Feuchtwanger
Pacific Palisades
520 Paseo Miramar
California, U.S.A.

11.7.54

Lieber Lion,
in der Zeitung habe ich gelesen, daß Du siebzig Jahre alt geworden bist, da möchte ich Dir doch über das große Wasser hin alles Gute, Glück und Gesundheit wünschen. Ich habe meiner entsetzlichen Schreibescheu, die mich umklammert hält, einen gewaltigen Ruck geben müssen, die lange Zeit macht aus den Menschen so ganz andere, als man in der Erinnerung hat, und ich habe mich sehr mit dem Gedanken beschäftigt, ob es – ich meine innerlich – überhaupt ankommt oder ob Du mich nicht am Ende vergessen hast. Ich schreibe jetzt eben, ob ich nun

Antwort haben werde oder nicht. Mir bist Du irgendwo nah und gehörst hinein in mein Leben, auch wenn es sich so ganz anders entwickelt hat. Vielleicht freut es Dich doch ein wenig, wenn ich Dir sage, dass ich oft an Dich denke und oft aufwache und habe von Dir geträumt, das hängt mir dann immer nach. Als der Krieg zu Ende war und viele die innere Freude verspürten, wieder Brücken schlagen zu können, habe ich an Dich gedacht und an den Brecht, an Euch beide bloss, aber stolz war ich halt auch. Du weisst es ja, es gab eine Zeit in meinem Leben, wo eine andere Begegnung mit zerstörerischer Dynamik über mich kam und mich von allem trennte, was mir inwendig am nächsten war, ich hätte Dir oft gerne gesagt, wie es war, aber ich durfte ja nicht. Sieh, Lion, das hat mich immer beschämt und ich konnte Dir auch nach dem Krieg nicht schreiben, obwohl ich oft an Dich dachte und mir auch von Brecht Deine Adresse geben liess, aber ich brachte es einfach nicht fertig zu schreiben. Das Erstaunliche ist nun, an Draws denke ich gar nicht mehr, seine periodischen Versuche sich mir zu nähern, lassen mich völlig kalt. Du aber bist mir innerlich geblieben, mit Dir rede ich manchmal, obwohl ich, nachdem ich den »Erfolg« gelesen hatte, eine zeitlang böse auf Dich war, ich kann nicht verheimlichen, dass ich einen Schok hatte. Nun, Fehler haben wir alle, vielleicht gab es irgendeinen Grund der Dir das verzerrte, ich habe es nämlich anders gespürt. Vielleicht kommt es Dir komisch vor, wenn ich so schreibe, Du hast ganz anders gelebt und durch Dich ist soviel hindurchgegangen, ich bin wohl sehr unwichtig für Dich. Vielleicht bewahre ich deswegen so lang, weil ich seit zwanzig Jahren im Grunde allein lebe, wenn ich auch verheiratet bin. Es war eine Notheirat in Hitlerdeutschland und es war genau die Heirat, vor der Du mich früher einmal gewarnt hast. Ich bewältige sie wie eine Aufgabe, an die ich mich gewöhnen musste und setze meinen Stolz und meine Selbstachtung darein, dass ich das Schwierige trage, was sie mir bringt, ich kanns natürlich nicht tragen ohne zu schimpfen. Ich habe Wurzeln geschlagen im Klima, in der Landschaft und in der Sprache, bloss nicht in den Menschen, ich lebe allein und ich lebe scheu. Es ist schwer, es war mir von allem Anfang an schwer und ich habs auf die Dauer nicht mehr ausgehalten ohne einen Herrgott, ich hätte sonst meinem Leben ein Ende gemacht. Seit zwei Jahren ist es besonders schlimm und ich sehe keinen Ausweg. Jetzt sind es die materiellen Dinge. Als mein Mann einen großen Umsatz bekam, hat er jede Übersicht verloren, zuviel Kredit gegeben ohne Menschenkenntnis – wir haben ein Großhandelsgeschäft – dazu sind wir laufend bestohlen worden vom Personal, sodass ich jetzt von früh bis spät im Geschäft sein muss um wenigstens das zu verhindern; es nützt auch nichts das Personal zu wechseln jeder sieht heute, wie er seinen Schnitt macht. Ich bin den ganzen Tag in einer unaufhörlichen Hetze. Ein volles Jahr lange habe ich vierzehn Stunden täglich gearbeitet, jetzt sind es zwölf, wenn es gut geht, ich kann einfach nicht mehr, aber wenn das Geringste daherkommt, bin ich wieder eingespannt bis in die späte Nacht. Mein Blutdruck ist hoch. Wir haben viel Aussenstände, die sich nicht eintreiben lassen, darum sind unsere eigenen Schulden zu hoch, jede Woche ist der neue aufreibende Kampf, dass wir bloss den Kredit nicht zu stark überziehn, Zigaretten muss man innerhalb von achtundvierzig Stunden bezahlen, die Bank telefoniert, ich muss was rüberschicken und ich stehe am Telefon und sage, ich habe kein Geld, ich habe das Geld erst am Dienstag und bräuchte es am Samstag oder Montag. Dazu haben wir einen üblen und langwierigen Prozess am Hals mit einem früheren Teilhaber, der meinen Mann mit Hilfe eines Wirtschaftsprüfers mit dem Vertrag schwer hineingelegt hat und jetzt nach vier Jahren die Karten aufdeckt, die Leute gehn über Leichen, und ich muss immer wieder soviel ausrechnen für den Prozess, monatelang und mir wird davon übel. Ich weiss überhaupt nicht, ob mir was bleibt, wenn meinem Mann heut was zustösst, neue Rücklagen können wir nicht bilden, trotzdem wir unsagbar viel Arbeit haben, die Steuern und Unkosten sind zu hoch, wir werden zu oft hineingelegt, die Zigaretten sind jetzt ein Teufelsgeschäft. So lebe ich in lauter Zahlen und Ängsten und unmenschlich viel Arbeit, kann nicht das Geringste daran ändern und weiss, dass ich nicht zusammenbrechen darf, sonst ist sowieso alles hin. Ich kann meinen Mann nicht im Stich lassen, er ist herzkrank und ziemlich erschöpft, vielleicht auch nicht ganz zurechnungsfähig, trotzdem noch die Seele von seinem Geschäft, ohne ihn wäre überhaupt kein Verkauf, was will man da machen?

Ja, Lion, so lebe ich nun, so sieht das jetzt mit mir aus. Eigentlich wollte ich Dir das gar nicht so schreiben, jetzt werde ich auch noch gestört mit meinem Brief und kann nicht mehr nachsehn, ob ich nichts streiche, ich muss heut zu einem Schluss kommen. Ich bin nämlich schon den vorigen Sonntag drüber gesessen, da ist auch nichts draus geworden, zum Briefschreiben bin ich wohl schon zu nervös. Ich werde es jetzt schon so lassen, ich weiss nicht, ob es nächsten Sonntag besser werden könnte, bis dahin wirds ja wohl auch ein wenig spät. Bitte, nimm es so, dass ich Dir endlich ein Lebenszeichen geben wollte mit allen guten Wünschen. Ich hoffe, dass die Adresse noch stimmt und der Brief Dich überhaupt erreicht. Ich hoffe, dass Du gesund bist und gesund bleibst und dass es Dich nicht stört, wenn ich Dir schreibe, dass ich Dich immer ein wenig festhalten will in meinem Herzen.

Ich grüße Dich sehr herzlich Deine Marieluise

260 Von Lion Feuchtwanger

2. August 1954

Liebe Marie Luise,

Es war mir eine besondere Freude, dass Du mir geschrieben hast.

Ich hatte dann und wann über Dich gehört, aber es war recht vag, und ich wusste nicht, wieviel davon ich glauben sollte.

Es ist mir leid, dass es Dir nicht gut geht. Ich sehe Dich ganz genau; Dein Brief ist sehr anschaulich geworden.

Ich habe inzwischen recht viel erlebt, eigentlich viel zu viel; denn im Grunde bin ich für ein beschauliches Leben gemacht. Zur Zeit ist es ruhiger um mich, obwohl nach wie vor, sehr gegen meinen Willen, viel Politik gegen mich anspült. Ich arbeite mit Leidenschaft und nicht ohne Erfolg.

Ich möchte sehr gern mal nach Deutschland kommen, aber zur Zeit ist es sehr schwierig – wiederum aus politischen Gründen. Trotzdem hoffe ich, dass es bald möglich sein wird, und dann werde ich Dich ja wiedersehen.
Lass doch, wenn Dir irgend danach zumute ist, wieder von Dir hören. Sehr herzlich Dein Lion

261 An Lion Feuchtwanger

den 17. 9. 54

Lieber Lion,
darf ich Dir schicken, was ich inzwischen geschrieben habe? Es ist nicht viel und steht wohl auch in keinem Verhältnis zu den inneren und äusseren Widerständen, denen es abgerungen wurde, ich tu mich sehr hart mit dem Schreiben. Mir würde aber doch sehr daran liegen, dass Du es liest.
Ich möchte von Dir gerne wissen, welche Deiner Bücher Dir am nächsten sind. Ich hoffe, ich kann sie mir beschaffen, soweit ich sie noch nicht kenne.
Ich habe immer gleichviel Arbeit, mehr als ein Mensch vernünftigerweise leisten kann, und da ist wohl kein Ende abzusehn. Ich sehne mich sehr heraus und muss einfach aushalten. Ich habe nicht geahnt, dass ich einmal so leben werde. Aber es muss nun eben ertragen werden.
Ich denke oft an Dich und freue mich, wenn ich was von Dir höre, obgleich ich dann weinen muss. Sehr herzlich Deine Marieluise

Ich erfahre soeben auf der Post, dass ich den Brief getrennt schicken muss. Die Manuskripte sind länger unterwegs, weil ich sie nicht mit Luftpost schicken kann. In Eile Marieluise.

262 *Von Lion Feuchtwanger*

9. Oktober 54

Liebe Marieluise,
Deine Manuskripte sind soeben eingetroffen. Ich danke Dir sehr, lese sie in allernächster Zeit und schreibe Dir dann.
Lass mich doch wissen, ob Du von meinen Büchern die folgenden kennst:

EXIL
UNHOLDES FRANKREICH
GOYA
WAFFEN FÜR AMERIKA
NARRENWEISHEIT

Auf sehr bald also
Dein Lion

263 *An Lion Feuchtwanger*

den 24. 10. 54

Lieber Lion,
habe herzlichen Dank für Deinen Brief. Von Deinen Büchern

EXIL
UNHOLDES FRANKREICH
GOYA
WAFFEN FÜR AMERIKA
NARRENWEISHEIT

kenne ich nur den Goya. Letzten Sonntag konnte ich Dir nicht schreiben, ich war der Verzweiflung nahe. Wir haben seit vier Monaten einen Vertreter, bei dem es mit dem Warenrücklauf nicht stimmte. Da mein Mann auf den Vertreter angewiesen ist, weil er wegen seines Herzens nicht mehr im Aussendienst arbeiten kann, hat er immer wieder gezögert und mir nicht reinen Wein eingeschenkt. Jetzt endlich hat er auf mein dauerndes Drängen in einer vierzehntägigen Rechnerei den Fehlbetrag genau festgestellt, und es stimmt nicht um ein paar tausend Mark. Da der Wagen nicht am Abend entladen wurde, weil mein Mann behauptet, dass sich das bei unseren vielen Sorten technisch nicht durchführen lässt, die Mädchen müssten sonst jeden Abend Überstunden machen, und der Wagen somit beladen in der Garage bei unserem Autohändler stand, wo es wegen der nötigen Reparaturen einen zweiten Schlüssel gibt und mein Mann auch noch oft selber abends mit dem Wagen wegfuhr, wird sich der Nachweis der Unterschlagung wohl kaum erbringen lassen, wir selber wissen es natürlich, aber wer gibt uns was dafür. Mein ganzes Reden hilft nichts, das macht mich ganz verzweifelt, die einen Dinge halte ich mit dem Aufgebot all meiner Kräfte und die anderen, die ich nicht auch noch halten kann, weil es einfach über meine Möglichkeiten geht, laufen davon. Dabei müssen wir diesen windingen Burschen immer noch haben; wenn die Belieferung der Tour unterbrochen wird, sitzt am nächsten Tag ja schon die Konkurrenz drin, wir haben in unserer Gegend einen fürchterlichen Wettbewerb. Wir haben jetzt einen anderen Vertreter in Aussicht, der tüchtig sein soll, er wird uns morgen seine Bedingungen mitteilen, soviel habe ich aber schon gemerkt, dass die ziemlich hoch sind, wir wissen nicht, ob wir dann für uns selber überhaupt noch das bischen Leben herausschlagen, mit den Zigaretten verdient man blutwenig und die Unkosten sind zu hoch, die dauernden Autoreparaturen, das Benzin, die Ladenmiete, die Versicherungen, die Bankzinsen und Provisionen und was an den kleineren Ausgaben jeden Monat daherkommt, dazu was mein Mann in die Wirtshäuser trägt und sonst noch kaputt macht durch sein konfuses Wesen, das alles zusammen wird eine unverhältnismässige Summe, sodass mir jeden Monat graust. An das Kapitel Steuern und verlorene Aussenstände darf man dabei noch gar nicht denken. Wenn wir bloss das verdammte Geschäft aufgeben könnten. Und das sieht so ein Bursche mit an und weiss, wie schwer wir an den alten Verlusten zu tragen haben und dass wir schier ersticken an unseren Schulden und schneidet sich auch noch seinen Teil heraus aus unserem lebendigen Fleisch ohne Scham und verkauft Ware ohne Rechnung, wofür er dann das Geld unterschlägt und die Kunden wissen, wie es um einen steht und bringen es trotzdem fertig die Ware ohne Rechnung zu kaufen, damit sie die hohe Umsatzsteuer nicht zahlen müssen und kein Kunde wird jemals zugeben, dass er Ware ohne

Rechnung abgenommen hat, weil er sich damit strafbar macht. Ach, Lion, in diesem Betrieb kann man Menschenverachtung lernen.
Verzeih, wenn ich Dir die Ohrten vollrede von diesen Sachen, ich kann an nichts anderes denken. Ich hoffe, Du bist gesund und warte, was Du mir schreibst. Sehr herzlich Deine

Marieluise

264 Von Lion Feuchtwanger

31. Oktober 54

Liebe Marieluise,
Ich habe von Deinen läppischen und doch so drückenden und erbitternden Schwierigkeiten mit ehrlicher Anteilnahme gelesen. Ich kann mir denken, daß sie Dich ganz ausfüllen.
Die Stücke und Kurzgeschichten, die Du mir geschickt hast, habe ich gelesen. Mit dem »Karl Stuart« kann ich nicht viel anfangen. Hingegen habe ich an der Komödie ehrliches Vergnügen gehabt. Sie erinnert im besten Sinne an Lautensack und ist dabei durchaus selbstständig.
Auch die beiden Kurzgeschichten sind geglückt. Alles, was gut an der frühen Marieluise war, hat sich weiterentwickelt. Ich mag »Das Pferd und die Jungfer« lieber als »Im Netz«. In dieser zweiten Geschichte (»Im Netz«) ist am Schluß eine ganz kleine Sentimentalität. Ich würde den »Gott, der mit einem Aug auf Willi schaut« streichen. Aber die Verknüpfung des sterbenden Pferdes mit Willi ist ganz ausgezeichnet und einmalig.
Darf ich die Manuskripte hier behalten? Meine westdeutschen Verlagsdinge sind zur Zeit ganz nebelhaft und verwickelt. Aber sie werden sich zu Anfang des nächsten Jahres klären, und dann kann ich Dir vielleicht einen Rat geben.
Ich lasse Dir »Unholdes Frankreich« und »Narrenweisheit« schicken und später die beiden anderen Bücher.

Mit sehr herzlichen Wünschen
immer Dein Lion

265 *An Lion Feuchtwanger*

den 28. 11. 1954

Lieber Lion,

herzlichen Dank für Deinen Brief. Ich freue mich, dass Dir die Komödie und die beiden Geschichten gefallen haben. Auch ich ziehe sie ganz entschieden vor. Mit dem »Karl Stuart« ist das ein Kreuz. Zuviel von dem äusseren Druck, unter dem ich stand, ist mit eingeflossen und ich konnte mich von dem Zwang nicht befrein, wenn ich ihn heute anschau, spiegelt er mir die ganze Angst jener eingesperrten Jahre wieder, ich habe auch keinen Zugang mehr zu der stilisierten Sprache, und doch glaubte ich seinerzeit soviel auszudrücken von meiner Ausweglosigkeit und von dem, was ich mit Draws erlebt habe. Es ist ein Jammer um alle Mühe, die daran hängt. Die Verknüpfung des sterbenden Pferdes mit Willi ist mir auch immer das Liebste von der zweiten Geschichte gewesen.

Du kannst die Sachen natürlich behalten, ich wüsste nicht wer ein besseres Recht darauf hätte.

Ich freu mich schon auf Deine Bücher, lass mich bitte auch wissen, ob ich sie Dir zurückgeben soll. Ich wüsste gerne die Reihenfolge, in der Du sie geschrieben hast. Habe ich Dich richtig verstanden, dass die Bücher, die Du mir vorgeschlagen hast, Dir persönlich näher stehen und dass andere Werke mehr für den Markt geschrieben sind oder ziehe ich da eine falsche Schlußfolgerung? Du kannst mit das ruhig sagen, ich mache davon keinen Gebrauch.

Ich hoffe, dass Dich das rote Farbband nicht stört, ich hatte zufällig nur noch dieses zuhause.

Ich hoffe, dass Du gesund bist und bleibe mit allen guten Wünschen

Deine Marieluise

266 Von Lion Feuchtwanger

27. Dezember 1954

Liebe Marieluise,
Schönen Dank für Deinen Brief vom 28. November.
Ich habe Dir von meinen Büchern »Unholdes Frankreich« und »Narrenweisheit« zuerst geschickt, weil ich glaube, sie interessieren Dich mehr als die andern. Natürlich sollst Du sie behalten. Ich schicke Dir auch »Exil« und »Waffen für Amerika«, »Exil« vor allem deshalb, weil es Dir vieles aus meinem Leben in den Dreissiger Jahren erzählt. »Waffen für Amerika« wird Dich interessieren, weil es zeigt, wie ich mir einen historischen Roman vorstelle.
Ich sehne mich sehr danach, deutsche Worte um mich zu hören. Vielleicht werde ich es doch schaffen können, dass ich im nächsten oder übernächsten Jahr nach Deutschland komme. Es wäre eine herzliche, aufrichtige Freude, Dich wiederzusehen.

Mit sehr vielen guten Wünschen

267 An Lion Feuchtwanger

[undatiert, Februar/März 1955]

Lieber Lion,
habe sehr herzlichen Dank für Deine beiden Bücher, Du hast mir mit ihnen eine grosse Freude gemacht. Schon die ganzen Wochen her wollte ich Dir schreiben, war aber völlig zugedeckt von lauter Hetzen, das hat mich sehr betrübt. Ich habe gehofft auf die beiden Feiertage, die waren aber ziemlich scheußlich, ich war nie für mich allein. Bitte, entschuldige, wenn ich so viel Schreibfehler mache, ich kann nicht mehr anders. Ich habe durch den neuen Vertreter noch verschiedene Arbeiten zusätzlich übernehmen müssen und weiss kaum mehr, wie das alles zu bewältigen ist. Ich will Dir nicht vorklagen, ich muss es Dir aber andeuten, sonst denkst Du womöglich, die hätte sich auch besser beeilen können mit ihrem Brief.
Den Teufel in Frankreich habe ich in den Nachtstunden zwischen zwölf Uhr und zwei Uhr gelesen, ich habe ihn zuerst

vorgenommen. Ich war so begierig darauf zu wissen, wie es Dir denn ergangen ist, ich bin ganz ausgehungert danach etwas von Dir zu wissen; ich kann es mir jetzt sehr gut vorstellen. Es ist ja noch einmal gut abgegangen bei aller beschämenden Erniedrigung, aber solang es gedauert hat, war es wohl ziemlich unheimlich vor allem deswegen, weil nicht vorauszusagen war, wohin sich das noch auswachsen konnte. Das Groteske daran war aber wohl Futter für Deine Phantasie, ich könnte mir denken, dass Du ihm in der Erinnerung gar nicht so gram bist. Ich bin aber recht froh, dass ich keine so infernalischen Dinge lesen musste, wie sie mich am SS Staat von Kogon entsetzten. Dabei bin ich mir über das Quälende Deines Erlebens durchaus klar, es konnte Dich so quälen, weil Du noch Kräfte frei hattest zum Reagieren.

Narrenweisheit habe ich erst zur Hälfte lesen können und spüre, dass es stark ist und in seiner Aussage schwer wiegt, mir ist bang, ob Du es durchhalten kannst. Was für ein weiter Weg, Lion, von der hässlichen Herzogin, die ich doch auch sehr gern mag, bis dahin.

Ich habe bis jetzt nicht gewagt, Dich zu fragen, ob Frau Marta noch lebt. Wenn es möglich ist, grüsse sie, bitte, sehr herzlich von mir.

Ich hoffe, Du bist gesund und wünsche Dir auch im neuen Jahr gute Arbeit und ein erfülltes Leben Deine Marieluise

268 An Lion Feuchtwanger

den 27. 11. 1955

Lieber Lion,

ich stehe vor der Notwendigkeit mich von meinem Mann trennen zu müssen, weil er mich völlig aufreibt. So schwer es mir fällt, ihn seinem Zustand zu überlassen, kann ich es doch nicht länger mitmachen bei allem guten Willen, ich muss jetzt endlich an mich selber denken, bevor es zu einer Katastrophe kommt, es ist ja alles völlig sinnlos und ich bleibe unbedankt und stets angefeindet bei all meinen verzweifelten Bemühungen. Jeden

Sonntag bin ich so erschöpft und stumpf, dass ich Dir nicht schreiben konnte, wie ich schon lange wollte. Ich muss da heraus, ich sehe keinen anderen Weg mehr, als dass ich mich auf meine eigenen Füsse stelle, nun ist das sehr schwer, ich bin hier so abgeschnitten und habe keine Arbeit vorliegen, das ist es ja gerade, dass mir hier jede eigene Arbeit unmöglich gemacht wird, wie soll ich mir da selber helfen können? Nur wenn ich mich von meinem Mann trennen, nur wenn ich in mein Leben Ruhe und eine gewisse Sicherheit hineinbringen kann um mich zu sammeln, nur wenn ich von diesen ewigen Ängsten loskomme, kann ich was schreiben, und ich will schreiben, ich will endlich wieder schreiben können.
Was ich brauche, ist eine Rente auf Dauer und weil ich hier im Westen so gar keine Möglichkeiten habe ohne eine Arbeit, die bereits vorliegt, bin ich an Brecht mit der Bitte herangetreten, mir doch eine solche Rente zu verschaffen. Ich setze mein ganzes Vertrauen darein, dass er es zuwege bringt, wenn er sich dafür einsetzt, und nun bitte ich Dich, lieber Lion, dass Du mir dabei hilfst und ihm ein paar Zeilen schreibst, in denen Du ihm dringend vorstellst, dass etwas für mich getan werden muss, ach Lion, ich bitte Dich sehr dringend es zu tun, ich habe niemand als meine alten Freunde, an die ich mich wenden kann, in sie muss ich mein ganzes Vertrauen setzen. Glaube mir, dass ich nicht mit einer so direkten Bitte an Dich herangetreten wäre, wenn es nicht wirklich notwendig wäre, damit ich nicht zugrundegehen muss. Ich kann es einfach nicht länger mitmachen, ich kann Dir gar nicht schildern, was hier alles über mich kommt und wie unbedankt ich bin. Ich bitte Dich sehr herzlich ihm sobald wie möglich zu schreiben, glaube mir, es muss etwas geschehn, man kann es nicht länger hinausschieben, es muss einen Weg für mich geben, damit ich existieren kann. Zudem werden wir im Frühjahr in unserem Laden gekündigt, das Haus soll verkauft sein, und wir haben nicht die Mittel um ein neues Geschäft zu kaufen und einzurichten. Wenn mein Mann bloss mehr für sich allein sorgen muss, kann er vielleicht von der Wohnung aus soviel machen um sich noch durchzubringen, für uns beide kann das nicht reichen, und ich muss dann heraus

sein aus der Wohnung, damit Platz wird, das sehe ich jetzt schon. Ich kann nicht länger warten, Lion, und ich bitte Dich sehr darum, schreibe dem Brecht, damit eine Möglichkeit für mich gefunden wird, sei mir nicht böse, dass ich Dich darum bitte.
Du hast inzwischen ein Buch bei Rowohlt herausgebracht und ich wünsche Dir, dass es sich gut verkauft. Wie geht es Dir gesundheitlich und was macht die beabsichtigte Deutschlandreise, liegt sie noch sehr im weiten? Ich hoffe Dich dann zu sehen, vergiss mich nicht.

Mit allen guten Wünschen grüsst Dich sehr herzlich
Deine Marieluise

269 An Bertolt Brecht

den 27. 11. 1955

Lieber Brecht,
heute schreibe ich Ihnen um Hilfe in einer grossen Not. Ich stehe vor der Notwendigkeit mich von meinem Mann trennen zu müssen, weil er mich völlig aufreibt mit seinem mörderischen Geschäft. Seit dreieinhalb Jahren arbeite ich täglich dreizehn bis vierzehn Stunden, ohne Pausen, weil ich sonst mit meinem Pensum nicht fertig werde, immer gehetzt und darf mich nicht verrechnen und keine Fehler machen, ich bin sehr herunten mit meinen Nerven, habe Kreislaufstörungen usw. Ich muss diesem Zustand, der über kurz oder lang zur Katastrophe führen muss, ein Ende setzen. Ich habe nicht die geringste Möglichkeit für mich selber etwas zu arbeiten, zudem ist alles sinnlos und führt letzten Endes doch nur ins Elend. Unser Tabakwarengroßhandelsgeschäft geht nicht mehr so, wie es müsste, um zu rentieren, der unerhört scharfe Konkurrenzkampf in unserer Gegend und die leistungsfähigeren jüngeren Kräfte haben uns das Wasser abgegraben, wir kommen trotz aller Anstrengungen nicht mehr herunter von unseren Schulden, die Unkosten und die immer wieder auftretenden Verluste sind viel zu hoch. Ich komme aus den Aufregungen und Ängsten nicht mehr heraus. Zudem ist mein Mann von

sehr beschränktem Verstand, ihm wäre manchmal besser, wenn er auf mich hörte, er hat so gar keine Menschenkenntnis, macht aber alles nach seinem Kopf und lässt sich nicht hineinreden, dabei fällt er immer wieder auf die Schönredner herein, ich zittere ständig vor seinen verhängnisvollen Entschlüssen. Ich sehe keinen anderen Weg mehr, als dass ich mich auf meine eigenen Füsse stelle, weiss aber nicht wie, ich habe hier im Westen so gar keine Möglichkeiten. Ich habe keine grössere Arbeit vorliegen und [kann] ja erst dann was machen, wenn ich aus der Situation hier heraus bin, das ist ein Kreislauf ohne Ende. Bitte, helfen Sie mir. Sie haben soviele Beziehungen, es müsste Ihnen vielleicht möglich sein mir eine Existenz zu verschaffen. Meinem Mann kann ich nichts wegnehmen, er ist ohnehin bedrängt genug. Nur dann wenn ich mich von meinem Mann trennen, wenn ich in mein Leben Ruhe und eine gewisse Sicherheit hineinbringen kann um mich zu sammeln, nur dann wenn ich von den mich aufreibenden Ängsten loskomme, kann ich was schreiben und ich will schreiben, ich will endlich wieder schreiben können. Ich glaube, es würde mir weniger schwer fallen einen Roman zu schreiben als ein Theaterstück, meine Begabung ist im Grunde episch. Was ich brauche ist eine Rente auf Dauer, die mir ein wenig Sicherheit gibt, das wäre vernünftiger als eine einmalige Zuwendung, auf die mein Mann unter Umständen Anspruch erheben könnte. Bitte, seien Sie mir nicht böse, wenn ich mit einem solchen Anliegen zu Ihnen komme, ich habe niemand als meine alten Freunde, ich setze mein ganzes Vertrauen darein. Ich habe lange genug versucht es tapfer zu tragen um niemand behelligen zu müssen, nun geht es einfach nicht mehr und ich habe mir ein Herz fassen müssen zu diesem Brief. Es muss einen Weg geben für mich und ich setze meine ganze Hoffnung darein, dass Sie eine Möglichkeit finden, etwas Entscheidendes für mich zu tun. Ich habe auch dem Lion geschrieben, dass er Ihnen ein paar Zeilen in diesem Sinn schreiben möchte und ich hoffe, er wird es baldmöglichst tun. Ich kann Ihnen gar nicht schildern, was hier alles über mich kommt, wenn Sie es mit ansehn müssten, wie unbedankt und stets angefeindet alle meine Bemühungen sind, dann würden Sie selber zu der Überzeugung gelangen, dass etwas für mich getan werden muss um mich da herauszubringen. Sie brauchen nichts überstürzen, ich will mich in Geduld fassen, aber ich wäre froh, wenn ich ein paar Zeilen von Ihnen haben könnte, dass Sie sich der Sache annehmen. Grüssen Sie Heli sehr herzlich von mir und seien Sie herzlich gegrüsst von Ihrer Marieluise Fleißer

270 Von Eduard Claudius, Deutscher Schriftstellerverband

Berlin W 8, den 28. November 1955
Friedrichstraße 169

Sehr geehrte Frau Fleisser!
Vom 10. – 14. Januar 1956 findet in Berlin, veranstaltet vom Deutschen Schriftstellerverband, der IV. Deutsche Schriftstellerkongreß statt.
Das Hauptreferat der bedeutsamen Tagung, die sich mit den Problemen der zeitgenössischen deutschen Literatur auseinandersetzen wird, hält die Präsidentin unseres Verbandes, Frau Anna Seghers. Schriftsteller aus den Volksdemokratien, der Sowjetunion, aus China, Frankreich, Italien und aus anderen Ländern sind als Gäste eingeladen.
Wir bitten Sie, den Kongreß mit Ihrer Anwesenheit zu beehren. Es ist selbstverständlich, daß die Kosten für den Aufenthalt und die Rückreise zu unseren Lasten gehen.
Am 9. Januar nachmittags wird eine festliche Eröffnungssitzung stattfinden.
Wir wären Ihnen dankbar, wenn Sie uns bis Mitte Dezember 1955 Ihre Teilnahme am Kongreß bestätigen könnten und würden uns sehr freuen, Sie zu unseren Gästen zählen zu dürfen.

Mit freundlichen Grüßen
Eduard Claudius (1. Sekretär)

271 Von Bertolt Brecht

Berlin, 2. Dezember 1955

Liebe Fleißerin,
ich bekam heute, Freitag, Ihren Brief. Natürlich würde ich Ihnen besonders gern helfen. Einige Fragen: Wären Sie bereit, in die DDR, d.h. nach Berlin zu kommen und hier zu leben? (Der junge Dramatiker Hacks lebt jetzt hier.) Ich habe bei der Akademie der Künste eine Arbeitsgemeinschaft für Dramatik gegründet. Würden Sie da mitmachen wollen? (Man schreibt eigene Stücke, es gibt Diskussionen, aber nur, wenn man will.) Könnten Sie Feuchtwanger bitten, an die Akademie der Künste, zu Händen Brecht, zu schreiben, man möge sich um Sie sogleich kümmern?
Wie die Aussichten hier sind, müsste ich feststellen: das kann ich erst, wenn Sie interessiert an einer solchen Lösung sind. Wenn Ihnen eine andere vorschwebt, schreiben sie es mir!
Es würde mir Freude machen, für Sie zu tun was ich kann.

Herzlich Ihr alter b

Es wäre wichtig, wenn Sie wieder zum Schreiben kämen!

272 Von Lion Feuchtwanger

5. Dezember 1955

Liebe Marieluise,
Ich weiss nicht, ob ich Dir zu Deinem Entschluss gratulieren, oder ob ich ihn bedauern soll. Auf alle Fälle will ich dem Brecht gleich schreiben. Ich hoffe, dass etwas für Dich getan werden kann.
Ich denke an Dich mit Sorge und herzlicher Anteilnahme.

Dein Lion Feuchtwanger

273 An Bertolt Brecht

den 12. 12. 1955

Lieber Brecht,
haben Sie sehr herzlichen Dank für Ihren Brief, der eine Reihe von Problemen aufgeworfen hat, mit denen ich von hier aus nicht ins reine komme. Trotz meiner grossen Abneigung gegen Kongresse, auf denen ich nicht das Geringste auszurichten pflege, weil ich zu scheu bin, habe ich darum zugesagt zu dem Kongreß des Schriftstellerverbandes im Januar nach Berlin zu kommen. Ich hoffe, dass ich mir an Ort und Stelle Klarheit verschaffen kann. Sie müssen denken, dass ich seit dreiundzwanzig Jahren immer in Ingolstadt lebe und hier sehr verwurzelt bin in der Landschaft und Sprache und in der süddeutschen Lebenshaltung. Als ich vor sieben Jahren das letzte Mal in Berlin war, bin ich dort todunglücklich gewesen. Ich weiss also nicht, ob ich es überhaupt dort aushalten könnte. Andererseits bin ich mir völlig klar darüber, dass es niemand geben wird, der etwas Wirkliches für mich tut als vielleicht meine alten Freunde. Nun, das Beste wird sein, wenn ich darüber mit Ihnen rede. Ich will nur hoffen, dass Sie während des Kongresses, der Sie vielleicht sehr in Anspruch nimmt, auch noch Zeit für meine persönlichen Angelegenheiten finden.

Feuchtwanger, den ich bereits einmal um seine Verwendung bat, schrieb mir inzwischen, dass er Ihnen sogleich schreiben wolle. Dabei handelt es sich aber nicht um jenen speziellen Brief an die Akademie der Künste, den Sie von ihm brauchen. Von diesem weiss er noch gar nichts und ich möchte mich, bevor ich ihn darum neuerdings bitte, zuvor mit Ihnen besprechen. Wir werden uns also in Berlin sehen. Inzwischen grüßt Sie sehr herzlich Ihre

274 An Bertolt Brecht
Berliner Ensemble

den 20. 1. 1956

Lieber Brecht,
beigeschlossen schicke ich Ihnen die beiden Novellen. Sie sind geschrieben 1948. Das Pferd und die Jungfer ist im Juni 1952 in der Neuen Literarischen Welt, herausgegeben von der Deutschen Akademie für Sprache und Dichtung (Darmstadt) erschienen und vorher als preisgekrönte Novelle des Erzählerpreises des Süddeutschen Rundfunks im Süddeutschen Rundfunk gesendet worden. Im Netz erschien im August 1953 in der Süddeutschen Zeitung München und wurde kurz vorher im Bayerischen Rundfunk gesendet.
Die mir vom Berliner Ensemble geschickten Brechtstücke habe ich bereits erhalten und danke Frau Kilian herzlich für ihre Mühe. Dagegen sind die von mir gekauften Bücher, welche sie nachschicken wollte, bis jetzt noch nicht eingetroffen; ich hoffe, sie werden mich auch noch erreichen.
Grüßen Sie Heli von mir, ebenso Elisabeth Hauptmann und Frau Kilian. Ich habe mich sehr gefreut mit Ihnen wieder einmal sprechen zu dürfen und Brechttheater zu sehn.

Mit allen guten Wünschen Ihre

Beiliegend »Im Netz« 12 Seiten, »Das Pferd und die Jungfer« 11 Stn

275 An Lion Feuchtwanger

den 23. 1. 56

Lieber Lion,
nachdem ich jetzt ein paar Tage in Berlin gewesen bin und die Angelegenheit mit Brecht gründlich durchgesprochen habe, schreibe ich Dir, wie die Sache jetzt aussieht. Ich konnte mich nicht entschliessen nach Ostberlin überzusiedeln, so wie Brecht mir zunächst vorschlug. Ich hätte dann wohl Geld bekommen für ein Jahr auf eine Arbeit hin, die ich erst schreiben

müsste, wäre dann aber so festgelegt, dass ich kaum wieder nach hier zurückkehren könnte, und ich habe die begründete Vermutung, dass ich diesen Dingen keineswegs gewachsen wäre. Zudem würde ich mich dort todunglücklich fühlen, verwurzelt wie ich hier bin in der Landschaft und Sprache. Ich hätte freilich hin und wieder einmal die Begegnung mit Genialität, die mir hier so sehr fehlt, ich meine die Begegnung mit einem genialen Menschen, nicht nur mit seinen Werken. Das wäre aber nur selten, um Brecht möglichst wenig zu stören. Zur Not kann ich das ja auch von hier aus, es muss eben möglich gemacht werden, dass ich, wenn es gar nicht mehr anders geht, einmal wieder für ein paar Tage nach Berlin fahre, um Brecht zu sehn, davon kann ich lange zehren. Keinesfalls möchte ich mich an die Kunstbeamten ausliefern, wie ich es, wohnhaft in Ostberlin, tun müsste, die Vorstellung wirkt auf mich geradezu lähmend.

Da ich im Dezember zum Rechtsanwalt gegangen bin, der meine Nöte dann auch mit meinem Mann durchgesprochen hat, habe ich jetzt die Möglichkeit mich aus dem Geschäft ganz rauszuhalten, wobei ich freilich nicht weiss, wielange der Mann das durchhalten kann. Das bedeutet, dass ich die Nachmittage für mich habe und versuchen kann etwas zu schreiben, ohne dass ich gleichzeitig für meinen eigenen Unterhalt sorgen muss, dafür besorge ich am Vormittag den Haushalt. Nach reiflichem Durchdenken bin ich nun dahin gekommen, dass ich es nun doch noch auf diese Weise versuchen will, etwas habe ich ja dabei gewonnen, es wird nicht mehr stündlich an meinen Nerven gezerrt, es kommt jetzt darauf an mich in einen Zustand zu versetzen, in dem ich arbeiten kann. Natürlich sitze ich auf einem Pulverfass, will aber nicht mehr daran denken, wenn ich es nicht ändern kann, dass ich was arbeite, ist jetzt das Vordringliche. Wenn erst einmal was da ist, wird man weitersehn. Ich will nur hoffen, dass die Frage des Arbeitsraums mir nicht so bald auf den Leib rückt.

Ich danke Dir jedenfalls sehr, dass Du selber an Brecht geschrieben hast, er wäre mir sonst vielleicht zu doktrinär gekommen und das wäre ja sicherlich auch das Einfachere für ihn, so hat er sich wirklich Mühe gegeben, das Ganze von meiner

Seite her zu sehn und ich hoffe aufrichtig, dass sich daraus noch was ergeben wird, wenn ich erst was geschrieben habe. Was meinst Du nun selber dazu? Ich muss gestehen, dass es gerade auch Dein Brief war, der mir sehr zu denken gegeben hat, ich weiss, dass Du sehr klug bist und meine Möglichkeiten abschätzen kannst. Natürlich könnte ich mir mehr erlauben, wenn ich mehr gewandt wäre und nicht so langsam produzieren würde. So muss man versuchen das Beste aus dem zu machen, was man ist. Sehr herzliche Grüsse an Dich und Frau Marta, von der ich nicht weiss, ob sie sich noch an mich erinnert.

Deine Marieluise

276 *An Josef Listl*

Ingolstadt, Am Münzbergtor 16

den 23. 1. 1956

Sehr verehrter Herr Dr. Listl,
es hat sich nun um ein paar Tage verzögert, dass ich Ihnen die versprochene Nachricht gab, seitdem ich aus Berlin zurück bin, wollte ich alles doch einmal durchdenken. Ich bereue nicht, dass ich hingefahren bin, ich habe manche Anregung mit heimgenommen, die sich erst noch auswirken wird, sicher auch gewisse innere Schwierigkeiten, die erst im Lauf der Zeit bewältigt werden müssen, ich habe aber auch das Gefühl, dass ich durch sie einen Schritt weiterkomme. Was das Praktische angeht, habe ich aber dort oben ziemlich klar gesehen, dass ich mich dem Dogma der DDR verschreiben müsste, wenn ich dort meine Existenzgrundlage sichern will. Zu diesem Äussersten konnte ich mich nicht entschliessen, ich habe das den Leuten auch zu verstehen gegeben. Ich werde also hier bleiben. Das schliesst nicht aus, dass ich vielleicht einmal bei Brecht etwas spielen lasse, aber eben weil es der Brecht ist, der sich ja aus meiner künstlerischen Entwicklung nicht wegdenken lässt, das wird aber dann von mir geschrieben immer »kritischer Realismus« sein und nicht »sozialistischer Realismus«.
Da ich seit Anfang Januar mich ganz aus dem Geschäft heraus-

gehalten habe und mein Mann damit einverstanden war, mache ich jetzt einen letzten Versuch bei ihm zu bleiben auf der Grundlage, dass ich vormittags für den Haushalt arbeite und am Nachmittag meine persönliche Arbeit. Vorderhand lässt sich nicht absehn, ob dabei was herauskommt, das Entscheidende für mich ist, dass ich was schreibe. Sollte es sich als unmöglich erweisen infolge der psychischen Belastung, müsste ich einen anderen Weg gehn. Ich mache jedenfalls noch ganz ernsthaft diesen Versuch. Er schliesst ein, dass ich mir unter Umständen einen eigenen Arbeitsraum in einem Neubau suchen werde, den ich selber bezahle, wenn sich herausstellt, dass ich anders zu keiner wirklichen Ruhe komme und in den ich mich dann am Nachmittag zurückziehn kann. Ich hoffe selbst, dass es geht und wir dabei verbleiben können.
Hat bei Ihrer Unterredung mit meinem Mann sich noch etwas ergeben, worüber Sie persönlich mit mir sprechen müssten? Ich frage deswegen, weil seine Reaktion mir gegenüber sehr überraschend war, er hat mich plötzlich – nicht mit ganz klaren Worten, aber doch für mich erkennbar – verdächtigt, als ob mein Geld eigentlich sein Geld wäre, als ob ich ihm was genommen und nur so das Geld angesammelt hätte. Das habe ich natürlich nicht und es ist gut, dass ich nachweisen kann, was ich verdient habe. Ich würde Sie aber doch bitten es mich wissen zu lassen, falls er einen derartigen Gedanken auch an Sie herangetragen hätte. Er hat niemals vorher eine derartige Verdächtigung geäussert, ich wäre sonst schon viel länger nicht mehr in seinem Laden.
Da sich auf weitere Sicht kaum was ändern wird, würde ich Sie bitten mir die Rechnung zu schicken und zwar an mich persönlich Roseneckstrasse 4/I. Ich danke Ihnen für Ihre Mühewaltung und verbleibe

mit freundlichen Empfehlungen Ihre

277 Von Josef Listl

Ingolstadt, den 24. 1. 1956

Sehr verehrte Frau Fleisser!

Ich habe mit Interesse Ihr Schreiben vom 23. ds. gelesen und halte Ihre beabsichtigten Maßnahmen für richtig. Mit Ihrem Mann wurde bei der seinerzeitigen Unterredung über Geldangelegenheiten überhaupt nicht gesprochen. Ich habe ihm nur Ihre Wünsche in Bezug auf Ihre weitere schriftstellerische Tätigkeit und die Anpassung Ihrer sonstigen Betätigung in Haushalt und Geschäft auf diese auseinandergesetzt. Ich bin gerne bereit, wenn Sie gelegentlich bei mir vorsprechen, diese Dinge nochmals mit Ihnen zu erörtern.

Die bei mir erwachsenen Kosten betragen DM 21.–. Ich bitte, diesen Betrag gelegentlich an meine Kanzlei einzubezahlen.

Mit vorzüglicher Hochachtung!

Dr. Listl Rechtsanwalt

278 Von Lion Feuchtwanger

1. Februar 1956

Liebe Marieluise,

Ich freue mich, daß Du Brecht gesprochen hast.

Ich kann es gut verstehen, dass Du nicht nach Ost-Berlin übersiedeln willst. Andernteils überlege es Dir nochmals gut; denn wenn Du jetzt die Gelegenheit nicht wahrnimmst, wird sie Dir sicher kein zweites Mal geboten.

Ich kann mir vorstellen, dass für Dich ebenso viele Gründe dafür wie dagegen sprechen. Ich selber habe es mir nun zum Prinzip gemacht, in solchen Fällen, wenn Für und Wider sich die Wage halten, die Dinge zu belassen, wie sie sind.

Ich hoffe sehr, daß es Dir glückt, bald was Gutes zu schreiben, wenn Du jetzt mehr Ruhe hast.

Sehr herzlich

Dein Lion

279 An Bertolt Brecht
Berliner Ensemble, Berlin NW 7
Am Schiffbauerdamm 4a

den 5. 4. 1956

Lieber Brecht!
Unter dem 20. 1. 1956 sandte ich Ihnen die von Ihnen zur Lektüre gewünschten beiden Novellen, von denen ich erst eine Abschrift herstellen musste. Leider habe ich bis heute keine Nachricht von Ihnen und ich wüsste doch gerne, ob sie Ihnen und ob sie Heli gefallen haben und auch, ob Sie sie, wie das Ihre Absicht war, an Sinn und Form weitergeleitet haben. Oder haben die Novellen Sie am Ende gar nicht erreicht? Wie soll ich das von hier aus feststellen, wenn ich gar nichts von Ihnen höre?
Übrigens hat mich kurz darauf Bodo Uhse um Übersendung der Novellen zu seiner Lektüre gebeten, ich schrieb ihm aber, dass ich diese bereits an Sie abgesandt hätte und mich an das halten wolle, was ich mit Ihnen besprochen hätte. Sollte er das krumm genommen haben, so kann ich es nicht ändern.
Ich habe mir hier in einer anderen Gegend einen Arbeitsraum gemietet und eingerichtet, wo ich am Nachmittag hingehn und Ruhe für mich haben kann. Das hat mich die letzten sechs Wochen ziemlich in Atem gehalten und leider auch die Ersparnisse so ziemlich aufgebraucht. Ich will hoffen, dass ich mich mit dem Wagnis nicht übernommen habe und den Raum auf die Dauer halten kann, er ist sehr freundlich und hell.
Ich habe mich in der Roseneckstrasse (die ich als Adresse beibehalte) noch ziemlich abgequält, aber ich habe bis jetzt nichts erzwingen können. Das geht mir doch immer so, wenn ich was mit Gewalt machen will. Hoffentlich bringt der neue Raum mir mehr Möglichkeit und Mut. Vorderhand gibt es freilich keine Kohlen. Wegen der Novellen bitte ich um kurze Antwort, damit ich wenigstens weiss, was los ist.
Bitte, grüssen Sie Heli sehr herzlich von mir.

Mit allen guten Wünschen
Ihre Fleißerin

Grüsse an Frau Hauptmann und Frau Kilian.

280 *An Bertolt Brecht* [Postkarte]

Ingolstadt, den 15. 4. 1956

Lieber Brecht,
mit Bestürzung habe ich von Ihrer schweren Erkrankung gelesen. Ich hoffe aufrichtig, dass es Ihnen bald wieder besser geht und bin mit allen guten Wünschen für Ihre Genesung

Ihre Fleißerin

281 *An Therese Giehse*
Durch Kammerspiele München

den 29. 10. 56

Liebe Frau Giehse,
ich hatte gehofft, Sie bei den Proben in Freimann anzutreffen, wo ich mich mündlich für Ihre freundliche Anregung im Fernsehinterview bedanken wollte, die ja dann auch zu einem greifbaren Ergebnis geführt hat. Ich habe mich sehr darüber gefreut und wollte Ihnen immer schon schreiben. Ich hoffe, Sie sind mir nicht böse, dass es solang nicht geschehen ist. Mein Leben ist ein Kampf um die Minute geworden, und das geht so tagaus tagein mit einem schwerkranken Mann, der sich mit unglaublicher Hartnäckigkeit an sein Leben klammert. Ich hab halt jetzt dreierlei Pflichten auf dem Hals, da ich mich auch noch auf Lektoratsarbeit eingelassen habe aus finanziellen Gründen – das heisst, ich mache das an sich sogar recht gern, um gewisse Dinge mehr in den Griff zu bekommen – und alles drängt jeden Tag, da muss dann in den persönlichen Angelegenheiten der gute Wille fürs Werk gehn. Diese Zeit muss halt durchgestanden werden. Ewig kann sie schließlich nicht dauern. Hoffentlich derkrafte ich alles, solang ich unbedingt muss. Und hoffentlich kommt der Mann nicht noch auf die wahnsinnigsten Ideen. Ich wäre sehr froh, wenn dies nervenaufreibende Risiko mit dem Teufelsgeschäft nicht mehr an mir zerren würde. Ich kann mir schon gar nicht mehr vorstellen, wie das ist, einmal wieder schnaufen können. Wie geht es Ihnen? Haben Sie Freude im Beruf und sind Sie gesund? Ich höre, Sie haben jetzt

eine andere Adresse und hoffe, dass mein Brief Sie bald über die Kammerspiele erreicht.

Mit sehr herzlichen Grüßen und allen guten Wünschen Ihre

282 *An Lion Feuchtwanger*

[undatiert, wahrscheinlich 7./8. Juli 1957]

Lieber Lion,
ich freue mich sehr, dass Du den diesjährigen Kulturpreis der Stadt München bekommen hast, ich hoffe, er hat Dir auch Freude gemacht, und gratuliere Dir sehr herzlich dazu. Ich habe die Hoffnung, dass dies vielleicht dazu beitragen wird, dass Du doch bald einmal nach München kommst. Ich würde mich überaus freuen, Dich dann zu sehen und mit Dir zu reden.
Bei mir sind die Dinge nach wie vor ungelöst. Ich habe inzwischen ein Jahr lang im Lektorat des Bayerischen Rundfunks bei der Hörspielabteilung mitgearbeitet. Leider war die Arbeit von vornherein nur auf ein Jahr befristet mit dem Ziel, dass ich danach Hörspiele schreiben soll. Das fällt mir nun überaus schwer, die andere Arbeit habe ich machen können und war fleissig darin. Hier aber quäle und quäle ich mich und finde nicht den Mut und den Stoff und nicht den Spannungsbogen, der mich über meine Hemmungen wegheben kann, es ist mir alles vergiftet und zuwider und ich glaube nicht daran. Es ist eben vieles zerstört. Wie widersinnig ist das und warum nimmt man einem Menschen nicht das ab, was er noch leisten kann. Wie soll ich auf diese Weise jemals eine Existenz herschaffen können? Und in was für einem Zwischenzustand lebe ich auch immer, herumgestossen jeden Tag und kann mich einfach nicht befrein. Auf was für eine schreckliche Weise muss das noch enden und alle schauen zu und finden es bedauerlich. Ich bin aber doch froh, dass ich nicht nach Berlin gegangen bin. Der Brecht ist tot und wen hätte ich da, an den ich eine wirkliche Bindung habe. Die Weiber brauchen das wie das liebe Brot. Geschäftlich

zehren wir immer noch von dem, was einmal da war und fretten uns so hin, den Kopf gerade noch über Wasser, immer bedroht von überraschenden Widrigkeiten, es ist nicht leben und nicht sterben. Mein Gott, wie habe ich es satt! Ich bin sehr unruhig. Meinen Arbeitsraum, den ich mit soviel Mühen eingerichtet hatte, habe ich wieder aufgeben müssen, nachdem ich nichts mehr verdient habe. Es war auch sehr strapaziös und unwirtschaftlich, ich bin immer erst am Abend für ein paar Stunden hinausgekommen.

Es tut mir leid, dass ich Dir keine schöneren Sachen von mir schreiben kann, Du wirst Dir denken, von der hört man auch nie was Gescheites. Lieber Lion, was meinst Du, wird das mit Deinem Besuch in Bayern wohl noch was werden? Bist Du gesund? Ich denke oft an Dich und würde mich freuen, wenn Du Zeit für ein paar Zeilen findest.

Mit allen guten Wünschen und in der Hoffnung auf ein Wiedersehen grüsst Dich sehr herzlich Deine

283 Von Lion Feuchtwanger

17. Juli 1957

Liebe Marieluise,

Schönen Dank für Deinen Brief und Deine Glückwünsche.

Ich habe mich natürlich gefreut, dass ich den Preis erhielt, und dass es so kam, steigert mein Verlangen, nach Deutschland zu kommen. Es sind leider noch immer Widerstände da, doch ich hoffe, sie können überwunden werden.

Es ist mir leid, dass Du von Dir nicht Schöneres zu berichten hast, und es ist schade, dass so gar keine Möglichkeit da ist, Dir von hier aus zu helfen.

Ich denke aber doch, dass ich es noch schaffen werde, nach Deutschland zu kommen, und ich freue mich darauf, Dich zu sehen. Mit tausend guten Wünschen Dein

Lion

284 *An Franz Stadelmayer, Bayerischer Rundfunk*

den 3. 11. 1957

Sehr geehrter Herr Intendant,
Wie Sie wissen, habe ich mich im vorigen Jahr sehr um ein Lektorat an der Hörspielabteilung bemüht, weil ich infolge der schweren Krankheit meines Mannes, die ihn seit Jahren arbeitsunfähig macht, eine Existenz aufzubauen versuchte. Mein Mann hat seit 1952 ein schweres Herzleiden, das sich seit zwei Jahren besonders verschlimmert hat. Seine Tabakwarengroßhandlung wirft, seitdem er nicht mehr selber auf Tour hinausfahren kann und auch im Laden so gereizt ist – eine Folge des schweren Leidens – nur mehr ein geringes Einkommen ab. Zudem werden wir seit vielen Jahren laufend bestohlen, Monat für Monat um mehrere hundert Mark, obwohl wir die Dinge nicht etwa laufen lassen, sondern in Vorsichtsmaßnahmen und Beaufsichtigung uns förmlich aufreiben und obwohl wir das Personal so und so oft gewechselt haben; wir stehen vor einem Rätsel. Unser Einkommen im Jahr 1955 betrug – bei einem Umsatz von über dreißigtausend Mark monatlich – nur achthundertfünfzig Mark *im Jahr*. Von 1956 und 57 ist es noch nicht ausgerechnet. Die ganzen Jahre her haben wir von der Substanz weggefressen, wir wissen nicht, ob überhaupt noch was bleibt, wenn wir das Warenlager verkaufen an einen anderen Händler. Die laufenden Warenschulden – Tabak ist ein kurzfristiges Geschäft, die Zigaretten, die wir im Großhandel verkaufen, bekommen wir jeweils zwei Tage zuvor angeliefert, infolgedessen sind die laufenden Warenschulden immer hoch, man kann keinen Vorrat halten – die Steuerschulden für 1956 und 57, die in ihrer Höhe noch nicht feststehen, der Steuerberater für zwei Jahre (in unserer Branche sehr teuer wegen viel Arbeit) das Protokoll für den Verkauf, die noch ausstehenden Arzt- und Krankenhausschulden, das alles muss dann von dem Erlös der Ware bezahlt werden. Für die Schulden wird es eben reichen, mehr nicht. Trotzdem können wir es nicht länger hinschleppen, mein Mann will den sinnlosen Kampf jetzt aufgeben, er kann nicht mehr. Vor einem Jahr schon war er wochen-

lang in höchster Lebensgefahr, durch eine Kur in Ebenhausen und einen anschließenden Krankenhausaufenthalt hier wurde es dann wieder etwas besser. Seit drei Wochen liegt er neuerdings in der Klinik, er hat vor vierzehn Tagen die letzte Ölung empfangen, es scheint aber jetzt, dass er es auch diesmal noch durchreisst, die Ärzte schütteln über seine Lebenszähigkeit nur so den Kopf. Das darf nicht darüber wegtäuschen, dass bei ihm für den Rest seines Lebens von Arbeit keine Rede sein kann. Seine Zähigkeit ist etwas sehr Schönes, in ihrer Auswirkung aber auch etwas Trauriges. Wir zahlen sechshundert Mark Krankenkasse im Jahr und wir zahlen sowohl im vergangenen als auch in diesem Jahr etwa 1500.– Mark drauf. Die Privatkrankenkasse zahlt schon wieder seit ein paar Monaten nicht mehr. Er braucht eben sehr viel an spezialärztlicher Behandlung, Medicamenten und Spritzen, damit er überhaupt weiterlebt. Im Krankenhaus wird er jetzt wieder zweimal täglich gespritzt und eine einzige Spritze kostet zehn Mark. Ich kann mich aber nicht weigern, er würde es mir vorwerfen. Wenn mein Mann mit dem Leben herauskommt, will er versuchen, das Geschäft mit allem Drum und Dran gegen eine kleine Leibrente zu verkaufen. Diese Rente kann keinesfalls ausreichend sein, zumal wir keinen Laden zu bieten haben. Wir sind seit Jahren gekündigt, die Erbengemeinschaft, der unser Laden gehört, will das Haus verkaufen und hat es schon ein paarmal zum Verkauf inseriert, bis jetzt nur niemand gefunden, weil sie ziemlich teuer ist. Jedenfalls können wir nicht anbieten, dass unser Nachfolger im Laden bleiben kann, das erschwert die Lage.

Aus diesen Gründen bin ich so sehr darauf angewiesen, etwas durch den Rundfunk hinzuzuverdienen und habe es als ausserordentlich drückend empfunden, dass man mir die Arbeit dort genommen hat. Ich würde auch viel lieber einen Gegenwert durch eigene Arbeit geben, als dass ich mir was schenken lassen muss. Zu allem Unglück konnte ich [in] dem einen Jahr kaum was sparen, ich musste mir nämlich einen eigenen Arbeitsraum suchen und einrichten, da ich in der Wohnung zuhause nicht genug Ruhe gefunden hätte, um eine Arbeit so regelmässig ableisten zu können. Das hat einen großen Brocken der Einnahme von vornherein weggerissen. Ich hatte natürlich gehofft, ich würde nun auf längere Sicht verdienen, zumal mein unmittelbarer Vorgesetzter mit mir recht zufrieden zu sein schien. Die Kündigung traf mich wie ein Keulenschlag und völlig unerwartet. Zu einer schöpferischen Arbeit bin ich aber innerhalb all meiner Aufregungen einfach nicht imstande, ich kann mich nicht zu ihr sammeln und beruhigen.

Ich habe die Hoffnung, dass sich vielleicht doch noch eine Möglichkeit zum Arbeiten bei Ihnen findet, immer noch nicht ganz aufgegeben, wie könnte ich auch, da ich mir ausserdem keinen Ausweg weiss. Ich werde mich in Geduld fassen und auf Gott vertraun. Mit freundlichen Grüssen Ihre

285 Von Georg Britting

München 22, St.-Anna-Platz 10/IV
24. 11. 57

Liebe Frau Fleisser,

ich habe Ihren Brief an Taube weiter geleitet, der dann auch mit Preetorius sprechen wird. Leider kann ich Ihnen nicht viel Hoffnung machen. Die Akademie hat sehr begrenzte Mittel, die wenigsten, oder so gut wie keine, für Unterstützung der Mitglieder. Sicher wird Ihnen Preetorius, der einen kleinen Fond für solche Fälle zur Verfügung hat, einen bescheidenen Betrag überweisen lassen, aber nur einen Tropfen auf den heissen Stein, lächerliche zweihundert DM vielleicht, für eine durchgreifende Hilfe gibt es keine Möglichkeit. Sie bräuchten einen Mäzen, aber diese Sorte von Menschen ist ausgestorben, so scheint es, im technischen Zeitalter.

Traurig genug! Traurig für mich, Ihnen das sagen zu müssen! Ich werde tun, was ich kann, in einem Gespräch mit Preetorius, aber der kann ja auch nicht, wie er will, ist an die Satzungen gebunden, etc. Mit allen guten Grüssen Ihr betrübter

Georg Britting

286 *Von Benno Meyer-Wehlack, Südwestfunk*

23. 3. 1959

Liebe sehr verehrte Frau Fleißer,
Sie haben uns mit Ihrer Geschichte eine große Freude gemacht. Wir finden sie sehr schön. Was für eine traurige, lebendige, kräftige Geschichte! Wie bildhaft, wie drängend! Wie schön, in der Art wie manches offen bleibt und doch alles da ist.
Es tut mir nun aber doppelt und dreifach leid, daß Sie mit der »Großmutter« nicht rausrücken wollen. Warum sind Sie so schrecklich streng gegen sich selbst? Gibt es noch anderes von Ihnen zum lesen? Ich wäre Ihnen sehr, sehr dankbar für alles was Sie mir schicken können. Auch wenn es nicht immer von Ihnen zur Veröffentlichung bestimmt ist.
Nun zurück zur »Kreatur im Netz«. Wir hier in der Fernseh- und Hörspielabteilung können sie ja nicht senden. Aber ich hoffe, es ist Ihnen recht, wenn wir sie Herrn Dr. Peters vom Literarischen Wort geben und empfehlen.
Außerdem habe ich an folgendes gedacht: Ich würde die Geschichte gern Herrn Schwab-Felisch von der Frankfurter Allgemeinen, den ich gut kenne, schicken. Wäre Ihnen das recht? Voraussetzung dafür wäre nur, daß die Geschichte nicht schon in einer anderen Zeitung erschienen ist. Würden Sie mir das, bitte, auch schreiben?
Außerdem habe ich Herrn Dr. Göpfert, dem Cheflektor des Carl-Hanser-Verlags in München, von Ihnen erzählt. Er ist sehr interessiert daran, diese Geschichte von Ihnen kennenzulernen. Darf ich sie ihm schicken?
Damit Sie Ihrerseits etwas mehr von mir wissen, lege ich Ihnen ein Hörspielbändchen von mir bei. Sie würden mir eine Freude machen, wenn Sie es gelegentlich lesen. Ich möchte es Ihnen gern schenken.
Herr von Bechtolsheim wird Ihnen noch extra schreiben.
Für heute auf Wiedersehen. Sehr herzlich
Ihr Benno Meyer-Wehlack

287 An Valda Dreimanis
49 Cedar St., Roxbury 19, Mass., USA

22. 4. 1959

Sehr geehrte Miss Dreimanis!
Es tut mir leid, dass ich Ihnen mit Tatsachen nur sehr wenig helfen und Ihnen nur einige Eindrücke vermitteln kann. Ich will mein Möglichstes tun.
Zu 1. Brechts Englisch beschränkte sich in jener Zeit auf das, was man in einer guten Schule lernt. Er hat bestimmt damals nicht gut englisch gesprochen, noch ein paar Jahre später regte er sich darüber auf, weil sein Bruder Walter, der aus Amerika zurückkam, am Telefon plötzlich englisch mit ihm reden wollte (es machte ihm also Mühe). Dass er Marlowe schriftlich übersetzen konnte, halte ich indessen für durchaus möglich und wahrscheinlich.
Zu 2. weiss ich nicht mehr, als dass Brecht sowie auch Feuchtwanger Richard II. von Shakespeare immer besonders geliebt haben.
Zu 3. Ich glaube nicht, dass Feuchtwanger sich an der Übersetzung aus dem Englischen beteiligte. Meines Wissens ging die Zusammenarbeit so vor sich: Brecht schrieb einen kleineren Teil, vielleicht eine Szene für sich allein nieder und brachte sie dann in Feuchtwangers damalige Wohnung in dem Eckhaus an der Georgenstrasse (die Nummer habe ich vergessen, das Haus steht nicht mehr), wo beide – unter einigen Störungsversuchen von Feuchtwangers Katze – über das Mitgebrachte leidenschaftlich diskutierten und es überarbeiteten. Ich entsinne mich genau, wie Feuchtwanger einmal darüber klagte, Brecht habe ihm über die Feiertage auf einmal etwas ganz Glattes hingeschrieben, so dass sie grosse Mühe hatten es, wie es doch zu Brecht passte, wieder aufzurauhen und holprig zu machen. Feuchtwanger hat den Vorrang von Brecht bei dieser Zusammenarbeit nie bestritten; im Scherz nannte er ihn ja auch seinen Hausdichter. Er hat aber auch seinen Anteil an der Zusammenarbeit – die sich vielleicht mit der eines Regisseurs und eines genial begabten Schauspielers vergleichen lässt – durchaus hoch eingeschätzt und er schrieb später ja auch in das gedruckte Ex-

emplar hinein, das heisst, er lies[s] es eindrucken: Dies Stück schrieb ich mit Bert Brecht, eine Formulierung, die Brecht zwar hinnahm, mit der er aber nicht ganz einverstanden war. Brecht seinerseits schrieb: Dies Stück schrieb ich mit Lion Feuchtwanger. Ich persönlich habe Feuchtwanger niemals mit einer so herrlichen Konzentration und einer völlig entrückten Vertieftheit im Gesicht gesehen wie bei dieser Gelegenheit, als ich eines Tages unvermutet mitten in eine solche Stunde der Zusammenarbeit hineinplatzte und Feuchtwanger für eine Minute zu mir in das nebenan gelegene Zimmer herauskam, er arbeitete offenbar sehr gern mit Brecht, fühlte sich von ihm fortgerissen.

Es ist schade, dass auch Feuchtwanger und Falckenberg von den Münchener Kammerspielen schon gestorben sind; dort hätten Sie genauere Auskunft bekommen. Ich kann Ihnen nur noch die Namen jener Menschen nennen, die damals mit Brecht umgingen. Das sind seine erste Frau, Marianne Zoff, Schwester von Otto Zoff und jetzt mit dem Filmschauspieler Theo Lingen verheiratet. Der Bühnenbildner Caspar Neher aus Augsburg. Die Schauspielerin Sybille Binder, erste Frau von Falckenberg an den Kammerspielen München. Der Schauspieler Erwin Faber, der den König spielte. Vielleicht liesse sich seine Adresse über das Staatstheater München erfahren, dort war er jedenfalls vor ein paar Jahren. Der Schauspieler Oskar Homolka, ich weiss nicht, ob er noch lebt und welche Rolle er hatte, jedenfalls eine wichtige. (Die Königin spielte Maria Koppenhöfer, die ist auch tot.) Ob Friedrich Domin oder Therese Giehse, beide über die Kammerspiele München zu erreichen, etwas wissen, ist mir nicht bekannt.

Mit freundlichen Grüssen

288 An Leopold Ahlsen
München 59, Waldschulstraße 58

den 19. 6. 1959

Lieber Herr Ahlsen,
warum soll ich es Ihnen verschweigen, ich war sozusagen baff, als Ihre Arbeit hier ankam, das heisst, es hat mich auch wieder besonders gefreut. Ich war aber in blindem Glauben, dass die Bearbeitung von mir selber vorgenommen wird.
Da ich inzwischen verreist war, habe ich die Arbeit erst jetzt gründlich durchschauen können. Es hat mich überaus interessiert, wie Sie da herangegangen sind. Sie haben die Handlung und den Ablauf der Szenen wirklich schön herausgelöst, im Sinne des nun einmal Vorhandenen ergänzt und zugespitzt. Es hat mich überrascht, mit wie einfachen Mitteln das möglich war, gerade die Einfachheit hat mir das Auge des Meisters gezeigt. Ich hätte es mir viel schwerer gemacht, weil ich statt der im Stück steckenden Möglichkeit – die mir immer ein wenig verdächtig vorkam – einen Automatenmarder mit Freund neu in die Handlung einführen wollte, das hätte viel Arbeit mit sich gebracht.
Das Stück ist ja vom Stoff her nicht eben neu, sein eigentlicher Vorzug besteht in ein paar wirklich lebendigen Gestalten, in einem manchmal bitter unterströmten Humor und in einem echten Dialog, der sitzt. Unter diesen Umständen ist das ein ziemlicher Schlag, wenn der Dialog aufgeweicht wird und das eine kann ich nicht umhin, es Ihnen zu sagen, mit der Sprache hapert es nämlich in Ihrer Fassung, es stört mich, streckenweise geht es mir geradezu auf den Nerv. Ich habe halt eine ganz bestimmt Art, die Dinge auszudrücken, die man kaum nachmachen kann, man kann es von einem anderen auch nicht verlangen. Lieber Herr Ahlsen, Sie müssen mir halt schon erlauben, dass ich Ihre Bearbeitung dort, wo ich mit der Sprache nicht einverstanden bin, auf die mir eigene Art umschreibe, damit die Arbeit mehr aus einem Guß ist. Wir müssen das ganz unbefangen so anschaun: Sie können das eine sehr gut, ich kann das andere, mit ein wenig gutem Willen müssen wir uns halt zusammenfinden, sodass es der Arbeit zugutekommt. Es wird mich

bestimmt nicht mehr lang aufhalten, ich habe schon den grössten Teil, und ich schicke es Ihnen dann gleich zu.
Ein besonderes Anliegen wäre mir auch, dass man den Hubert nicht als Idioten bringt, er darf das Tumbe nicht so heraushängen lassen, ich habe sein Gespräch mit Annerl darum ein wenig verändert. Der Reiser hat ihn auch seinerzeit im Fernsehen schon – auf meine ausdrückliche Bitte hin – nicht als Idioten gebracht. Er war gut, so wie er war. Es war nur ein Einfall von Schweikart, das so fürchterlich zu betonen und hat mich geradezu erschüttert, bestimmt hat es der Aufführung auch nur geschadet, ein Idiot wirkt irgendwo unerträglich.
Ich möchte noch etwas über meinen Dialog bemerken, er ist dadurch kräftig, dass er eher sparsam ist. Man kann ihn durchaus sprechen, wenn man den Schlüssel dazu hat. (Deswegen wäre mir daran gelegen, dass man den Reiser wieder hereinnimmt, er hat den Dialog nun einmal gelernt und weiss, wie man ihn bringt. Er war seinerzeit im Fernsehen der beste vom Ensemble.)
Ich will nun nur hoffen, dass der Rundfunk sich mit dem Verlag einigen kann. Ich schicke Ihnen bald und hoffe, Sie sind mir nicht gram.

Mit den besten Grüßen und Wünschen Ihre

289 Von Herbert G. Göpfert, Carl Hanser Verlag

27. 7. 1959

Sehr verehrte Frau Fleißer,
es tut mir selbst leid, daß ich erst heute zu einem Brief an Sie komme, aber bitte glauben Sie mir, es ging nicht eher. Zuviel war an Nötigstem für diesen Herbst noch zu tun.
Inzwischen habe ich einiges von Ihnen gelesen: Ihre Novellen »Ein Pfund Orangen«, Ihre bayerische Komödie und Ihren »Karl Stuart«. Die Komödie finde ich köstlich, kräftig, grundecht. Im letzten Akt vielleicht nicht ganz so dramatisch wie in den drei ersten, aber eine Komödie kann das vertragen. Großartig finde ich Ihren »Karl Stuart«: ein Drama, vor dem man

nur allen Respekt haben kann, eine echte Tragödie durch und durch, in der, wie es sein muß, alles, noch die kleinste Nebenfigur, tragisch ist. Im Dialog und in der Szenenführung manchmal vielleicht etwas balladenhaft knapp, aber immer kompromißlose Dichtung. Woran liegt es wohl, daß noch keine Bühne dieses Stück hat aufführen wollen? Unbegreiflich.

Nun aber zu dem, was uns zunächst beschäftigen muß: Ihre Erzählungen. Sie baten mich bei unserer Unterhaltung, wir möchten Ihnen doch vom Verlag aus vorschlagen, welche der in dem Band »Ein Pfund Orangen« enthaltenen Erzählungen nach unserer Ansicht in einen neuen Band Erzählungen übernommen werden sollten. Ein solcher Vorschlag ist sehr schwierig. Ich fand keine Erzählung in diesem Band, die nicht – und sei es wenigstens in Details – die Hand einer begabten Erzählerin zeigte. Dennoch schien mir eine ganze Reihe dieser Geschichten im Thema und zum Teil auch in der Diktion etwas Zeitgebundenes zu haben: zwanziger Jahre. Das enttäuschte Mädchen vom Lande oder aus der Kleinstadt erscheint uns (etwa in seiner Ausprägung in der »Stunde der Magd«) heute fast antiquiert. Man würde sich fragen: gibts das noch? Auch gewisse soziale Differenzen und manches andere, scheint mir, können heute nicht mehr in der Weise wie noch vor dreißig Jahren eine Erzählung mitkonstituieren. Ich empfand diese Zeitgebundenheit mancher Stücke in diesem Buch vielleicht deshalb so stark, weil sich überall ganz erstaunliche Details, Bilder, Sprachfiguren und dergleichen finden, die den Leser packen, aber ihn zugleich wünschen lassen, mancher der Stoffe möchte ihn unmittelbarer und nicht nur mittelbar berühren.

Ich will damit keineswegs sagen, daß aus diesem Buch etwa gar nichts in ein neues übernommen werden sollte. Eine Erzählung wie »Das kleine Leben«, wohl auch »Das Abenteuer im Englischen Garten«, und vielleicht noch die eine oder andere sollten in dem neuen Band enthalten sein. Wieviele und was für Erzählungen man aber tatsächlich wählen soll, das läßt sich meines Erachtens erst sagen, wenn sich absehen läßt, was an *neuen* Erzählungen für diesen Band vorliegen wird. Bisher kennen wir nur jene Erzählung, die uns Herr Meyer-Wehlack zuschickte.

Die ist allerdings etwas ungewöhnlich Gutes, etwas so Gutes, daß es auch die besten anderen aus dem »Pfund Orangen« schwer haben werden, daneben zu bestehen. Ein Band Erzählungen von Ihnen, also sozusagen Ihr come back als Erzählerin auf dem Buchmarkt, müßte aber ein literarisches Ereignis sein. Ich glaube, es hinge viel für Sie davon ab.

So möchte ich Ihnen vorschlagen, daß wir die Frage der Auswahl aus dem »Pfund Orangen« zunächst noch zurückstellen und daß wir erst sehen, was in der nächsten Zeit sich sonst noch an neuen Erzählungen von Ihnen einfindet. Ich habe Sie übrigens im Verdacht, verehrte Frau Fleißer, daß schon jetzt bei Ihnen mehr da ist, als Sie nach außen wahrhaben wollen. Ich müßte mich sehr täuschen, wenn außer jener erwähnten Geschichte und einer geplanten, die Sie mir andeuteten, sich nicht doch noch einiges mehr vorfinden sollte. Bitte lassen Sie uns das doch sehen. Mit Freuden würden wir, so bald es geht, einen Band von Ihnen mit diesem und jenem bringen.

Mit den besten Grüßen bin ich
Ihr Herbert G. Göpfert

290 An Georg Hetzelein

den 1. 8. 1959

Sehr geehrter Herr Hetzelein,

durch Zufall bin ich auf das beigeschlossene Skizzenheft gestossen, das Sie mir einmal als Geschenk geschickt haben und das ich durch Kriegsbombardierung längst verloren glaubte, da der ganze Inhalt meines Schreibtisches nach dem Angriff über die Strasse verstreut lag. Da mich der reine Sexualismus Ihrer Behandlungsweise daran etwas stört, ich es als Künstler aber auch nicht geradezu vernichten will, reiche ich Ihnen das Heft beigeschlossen wieder zurück, damit es im Falle meines Todes nicht Unbefugten in die Hände fällt.

Schönen Gruss
Marieluise Fleißer

291 An Herbert G. Göpfert
Gräfelfing bei München, Maria-Eichstrasse 96

den 5. 2. 1960

Sehr verehrter Herr Dr. Göpfert,
beigeschlossen schicke ich Ihnen die »Großmutter«, ich habe noch keinen rechten Titel dafür, und das einzig vorhandene Exemplar von den »Pionieren in Ingolstadt«, dieses nur auf Ihren dringenden Wunsch und zu treuen Händen.
Es tut mir leid, dass Sie noch warten mussten, ich bin beim Abschreiben wieder in ein Überarbeiten hineingekommen, ich bin gerade erst fertig. Das Stück schicke ich nur mit Überwindung, ich habe eine förmliche Idiosyncrasie dagegen. Sie dürfen es nicht in den Verlag geben, womit ich Herrn Dr. Frank aber nicht kränken will. Ich erbitte es baldmöglichst wieder zurück.
Wenn ich es schon aus der Hand geben muss, stelle ich dazu fest, dass es sich bei den vom Arcadia-Verlag vertriebenen »Pionieren« nicht um das ursprüngliche Manuskript handelt, so wie es vorher Kurt Pinthus vorlag. Die Urform ist mir, ein Exemplar nach dem anderen, im Auftrag Brechts oder des Theaters von Dramaturgen oder Lektoren (nicht von Dr. Heinrich Fischer) abgefordert und hinterdrein dann vorenthalten worden, sodass ich meine eigene Arbeit nie wieder sah. Ich will nicht behaupten, dass die Urform gut war, auch sie hatte keine »Handlung«, sie war aber mehr organisch in der Art des frühen Novellenbands und mir nicht so fremd. Verschiedene Sätze kenne ich hier gar nicht. Es sind Stellen darin von Schauspielern im Stegreif entstanden, in ein unmögliches Schriftdeutsch transponiert. Auch Veränderungen von mir selbst sind im Text, die mir von einem Tag auf den andern in meinem völlig durchgedrehten Zustand abgenötigt wurden; in Eile kann bei mir überhaupt nichts entstehn. Ausserdem sind mehrere Szenen, die in Berlin noch gespielt wurden, herausgeschnitten, eine Friedhofszene, die als besonders anstössig empfunden wurde (ich hatte als Regieanweisung geschrieben »Bank beim Friedhof«, weil mir da eine bestimmte verlassene Bank vorschwebte, die es wirklich gibt, das Theater hat das Gespräch mitten auf ei-

nen Friedhof verlegt, was ja malerisch war, aber doch sehr unpassend) einige andere Szenen wohl nur, weil sie die schwache Handlung unnötig verwirrten.
Ich habe den Text vor der Vervielfältigung für den Bühnenvertrieb überhaupt nicht mehr gesehn, das pressierte damals sehr, ich selber konnte mich nicht an die Arbeit machen, weil ich nach der Aufführung wohl infolge der erlittenen Aufregungen ziemlich krank wurde, ein Nervenfieber, wenn ich nicht vorher schon krank war, ohne es zu wissen. Es ist durchaus möglich, dass ich da telefonisch irgendeine Einwilligung gegeben habe, ich kann mich aus dieser Zeit ja an überhaupt nichts mehr erinnern. Ich weiss nicht mehr, wer den Text in Einzelheiten auf den vorliegenden Zustand gebracht hat, weiss auch nicht, ob der Urtext noch irgendwo existiert, ich selber habe ihn nicht. Ich will auch gar keine Geschichte daraus machen, ich lehne es nur ab mich mit dem vom Arcadia-Verlag vertriebenen Text zu identifizieren.
Ich bin jetzt wieder ganz aufgewühlt und hoffe nur, ich kann es bald wieder vergessen. Lesen Sie die Großmutter hinterher.

Mit schönen Grüßen
Ihre Marieluise Fleißer

292 An Lotte Lenja
über Städtische Bühnen Frankfurt /Main

4. 4. 1960

Liebe Frau Lenja,
ich habe mich aufrichtig gefreut, dass ich über den Rundfunk wieder die herrlichen Songs hören durfte, und dabei ist es mir wieder so recht zum Bewußtsein gekommen, dass die Erinnerungen an jene Zeit unauslöschbar in mir eingegraben sind. Für mich ist ja durch die verdammte Politik alles so ganz anders geworden, als es ursprünglich angelegt schien. Ich lebe hier in Ingolstadt, nicht weit von München, seit ein paar Jahren wieder allein, sodass mir niemand mehr hineinreden kann, und schlage mich so recht und schlecht durch. Zu manchen Zeiten habe ich

kaum Geld fürs Leben und dann habe ich wieder welches, wie das eben so geht.
Als ich Brecht etliche Monate vor seinem Tode noch in Berlin besuchte, sagte er mir, dass Sie kurz vorher auch da gewesen seien, und es tat mir leid, dass ich Sie nicht gesehen habe. Nun soll das nicht heissen, dass ich Ihre Zeit in Anspruch nehmen möchte, wenn Sie es schlecht einrichten können, andere Menschen stehen Ihnen ja auch viel näher. Ich möchte Ihnen nur sagen, dass Sie, wenn Sie Lust haben, mich jederzeit hier besuchen können, ich werde mich immer freuen Sie zu sehen, und vielleicht wollen Sie einmal ein paar Stunden ausruhen, bei mir kann man gemütlich sitzen. Es wäre nur zweckmässig, wenn ich es vorher wüsste, damit ich an diesem Tag auch da bin. Sollte ich Sie nicht sehen, wünsche ich Ihnen auf jeden Fall eine gute Zeit und guten Erfolg für Ihre Aufgabe. Für Ihre Premiere übermorgen: Toi toi toi!

Mit herzlichen Grüßen Ihre

293 Von Lotte Lenja

April d. 15. 4. 1960

Liebe Frau Fleißer,
Ich habe mich so sehr über Ihren lieben Brief gefreut, oft nach Ihnen gefragt und nie die richtige Antwort bekommen, wo Sie sich aufhalten. Und dann kam Ihr Brief. Pioniere in Ingolstadt gehören mit zu den schönsten Erinnerungen an meine kurze Laufbahn in Berlin. Auch noch ein merkwürdiger Zufall, Albert Hoerrmann, der damals die männliche Hauptrolle gespielt hat, hat mir zur Premiere hier geschrieben. Er ist hier am Schauspielhaus engagiert. Ich habe ihn noch nicht gesehen.
Ich komme voraussichtlich am 4. Mai nach München, habe ein Konzert zu »absolvieren« in der Musika-Viva und um den 15. herum werde ich dann dort bleiben und nur zu den jeweiligen Aufführungen hierher fahren. Ich komme Sie ganz bestimmt besuchen, weiss nur jetzt noch nicht genau wann, werde Sie aber rechtzeitig verständigen, sodass wir uns nicht verfehlen.

Ich freue mich schon sehr darauf, Sie nach so langen Jahren (da fällt einem plötzlich ein, wie lange man schon auf dieser Welt ist –) wiederzusehen. Bis dahin seien Sie herzlichst gegrüsst!

Ihre Lotte Lenja

294 An Lotte Lenja

Frankfurt/Main, Baseler Hof

den 26. 4. 1960

Liebe Frau Lenja,

ich freue mich sehr, dass Sie mich besuchen kommen und hoffe, dass alles klappt. Wenn Sie mit der Bahn kommen, ist es vielleicht richtiger, ich hole Sie nicht am Bahnhof ab; wir könnten einander verfehlen, das heißt womöglich nicht erkennen. Ich schreibe Ihnen hier alles genau auf: Sie gehen nach Passieren der Bahnsteigsperre am Bahnhofsgebäude entlang nach vorn, biegen, wo das Gebäude aufhört, ein kurzes Stück links ein und wenn Sie auf die Strasse stossen, steht Ihr Autobus rechts, also ein wenig weiter vorn. (Manchmal stehen da nämlich zwei Busse. Der links, also der hintere, ist der falsche.) Übrigens gehen da ja noch mehr Leute den gleichen Weg. Sie steigen kurz nach der Brücke am Rathausplatz aus, überqueren sofort die Strasse und gehen zwischen Kaufhaus Widmann und Herrenbekleidung Betz die schmale Seitenstrasse hinunter am Café Kürzinger vorbei, bis Sie quer vor Ihrer Nase ein kleines rosa Haus sehen, Sie gehen hier gleich rechts um die Ecke herum, nicht mehr vom Trottoir herunter und stehen vor der Haustüre von Roseneckstrasse 4, ein graues Eckhaus, dort bitte im ersten Stock *einmal* läuten; gleich neben unserem Haus kommen dann die vielen Seitentüren vom Kino. Ich hoffe, ich habe mich genau ausgedrückt, hoffentlich nicht so genau, dass Sie vor lauter Bäumen den Wald nicht mehr sehen. Es sind vom Rathausplatz weg nur ein paar Minuten. Wenn Sie sich nicht zurechtfinden fragen Sie einfach nach dem Roli, das weiss jedes Kind, hingegen ist die Roseneckstrasse, die nur fünf Häuser hat, mit ihrem Namen nicht sehr bekannt.

Sollten Sie mit einem Wagen kommen, müssen Sie in der Theresienstrasse beim Hotel Adler in die Luftgasse einbiegen, die Roseneckstrasse ist eine Fortsetzung der Luftgasse.
Ich kann Sie aber auch am Bahnhof abholen, wenn Sie mir schreiben, dass Ihnen das lieber ist, ich trage immer noch eine Brille und sehe meistens ernst aus.
Ich habe mich gefreut, dass Sie bei Ihrer Premiere grossen Erfolg hatten und freue mich besonders auf ein Wiedersehn. Ich erwarte nun Ihre Nachricht.

Inzwischen sehr herzliche Grüsse
Ihre Marieluise Fleißer

295 An Heiner Fleißer

den 12. 7. 60

Lieber Heiner,
zu Deinem Namenstag wünsche ich Dir von Herzen alles Gute, Glück und vor allem Gesundheit und alles, was Du Dir selber wünschst. Ich schreibe Dir schon heute, damit ich auch sicher dazukomme. Ich hoffe, Dir und Ursula und Moni geht es gut. Ich fahre heute mittag nach München zu einer Vortragsreihe der Bayerischen Akademie der Schönen Künste und komme erst am Samstag wieder zurück. Gesundheitlich bin ich zufrieden, bloss habe ich die letzte Zeit viel Räumerei in der Wohnung gehabt, weil ich einen zusätzlichen Raum für die Untermieter freimachte. Es hat aber trotzdem nichts geholfen, sie verlassen mich im Herbst, weil sie dann eine schöne neue Wohnung bekommen. Das macht mir Sorge, meine Hausfrau lässt keine Untermieter mehr herein und die Wohnung kommt mich dann mit der neuen Steigerung auf ca. 120.– DM. Ziehe ich in eine Neubauwohnung um, kostet es mich das Gleiche und einen Tausch mit einer kleineren Altwohnung erlaubt die Hausfrau nicht, das macht alles so schwierig. Ich muss unbedingt etwas Geld hinzuverdienen, der Jammer ist bei meinem ereignislosen Leben immer, dass ich nicht recht weiss, worüber ich schreiben soll. Ich würde zu gerne eine Geschichte schreiben, die in Rourkela (habe ichs richtig ge-

schrieben?) spielt, dazu müsste ich aber ziemlich gut über das Milieu und die besonderen Eigentümlichkeiten der Einwohner Bescheid wissen, sonst kann das nichts werden. Du hast darüber viel Interessantes erzählt, mein Kopf hält leider nichts und so sehr ich mich besinnen will, fällt mir nur noch wenig ein. Wenn es Dich nicht allzu stark belästigt, würde ich Dich bitten, dass ich demnächst einmal über den Samstag/Sonntag zu Dir nach Erlangen kommen darf, ich würde Dich dann bitten mir nochmal darüber zu erzählen, ich würde meine kleine Schreibmaschine mitnehmen und das gleich ganz zwanglos in Stichworten festhalten, damit mir nicht wieder passiert, dass ich alles vergessen habe. Ich könnte mir dann auch einige Fotos in Ruhe ansehen. So eine Stunde, das ist ja immer wie gar nichts. Bitte, schreibe mir doch ein paar Zeilen oder lass Ursula ein paar Zeilen schreiben, ob und wann es möglich wäre. Ich würde mich sehr freuen. Ich sehe Dich immer gerne wieder und ich höre so gerne von Dir, es ist immer wie ein Tor ins Leben.
Hier sind alle gesund, soviel ich weiss. Ich hoffe von Euch zu hören und bin

mit herzlichen Grüssen und allen guten Wünschen
Eure L.

296 Von Heiner Fleißer

Erlangen, 17. 7. 60

Liebe Luis!
Recht schönen Dank für Deinen Brief und die guten Wünsche. Selbstverständlich kannst Du gerne für ein Wochenende zu uns kommen. Ich übersehe nur noch nicht recht, wie sich das zeitlich machen läßt. In diesem Jahr bin ich bis jetzt nur so etwa 5 – 6 Wochen zuhause gewesen. Morgen muß ich wieder für eine allerdings kurze Reise nach Österreich und anschließend fahren wir sofort in den Urlaub. Plan ist 5 Wochen Süden, Einzelheiten unklar, die werden unterwegs nach Lust und Laune ausgeheckt. Was nach meiner Rückkehr an neuer Reiserei anstehen wird, läßt sich noch nicht sagen. Wir müssen uns also im

Augenblick mit der guten Absicht zufriedengeben. Ich werde Dir schreiben, wenn es paßt. –
Eines aber muß ich Dir vorweg sagen. Ich habe einen Schreck bekommen, als ich in Deinem Brief den Namen Rourkela las. Über dieses Problem ist in den letzten 6 Monaten in Deutschland so viel geschrieben worden, was besser unterblieben wäre. Eine neue Veröffentlichung von einem Autor, dessen Name auch der meine ist, könnte, je nach Resonanz in der Öffentlichkeit, für mich zur Katastrophe werden. Über diese Frage läßt sich aber wohl nur mündlich ein Verständnis herbeiführen.

Bis auf ein Wiedersehn beste Wünsche
Dein Heiner

297 Von Herbert G. Göpfert, Carl Hanser Verlag

8. 8. 1960

Sehr verehrte Frau Fleißer,
vielen Dank für Ihre Karte. Inzwischen habe ich Ihre Geschichte gelesen: eine starke Erzählung, sie hat mir Eindruck gemacht, ich kannte sie aber wirklich noch nicht. Darf ich das Manuskript hierbehalten und zu den anderen legen?
Nun wäre es sehr schön, es kämen bald noch, sagen wir: zwei Geschichten dieser Qualität dazu, dann hätten wir ein zwar nicht umfangreiches, aber nach seiner inneren Kraft so gewichtiges Buch, daß es von niemandem übersehen werden könnte.
Beim Lesen dieser neuen Geschichte dachte ich immer wieder, man müsse Sie animieren, so sehr man könne. Lassen Sie sich nur von dem alltäglichen Kleinkram nicht völlig auffressen. Sie sind eine Schriftstellerin von so eigener kräftiger Begabung und unter den schreibenden Frauen, wie mir scheint, schon vollends singulär, daß Sie wirklich alle Zeit und Kraft, die Sie nur erübrigen können, auf Schreiben legen sollten. Daß es zu Ihrer Art gehört, langsam zu arbeiten, weiß ich, aber vielleicht tut hier und da ein ermunternder Zuruf doch ganz gut.

Mit den besten Grüßen bin ich
Ihr Herbert G. Göpfert

298 *An Jetty Hierl*

den 12. 7. 1961

Liebe Jetty!

Zu Deinem Namenstage wünsche ich Dir von Herzen alles Gute und ganz besonders, dass Deine Gesundheit und Deine seelischen Zustände wieder besser werden. Dein Kranksein kommt aus dem Gemüt und aus der Niedergeschlagenheit, der Du Dich überlässt. Du musst Dich da selber herausfinden, liebe Jetty, das kann kein anderer für Dich tun und Dir abnehmen. Es ist Deine eigene Gesundheit und Dein eigenes Leben, das Du zerstörst, wenn Du nicht eine inwendige Einstellung findest, die Dich die Belastungen Deines Schicksals leichter ertragen lässt. Du darfst die Dinge nicht so schwer nehmen, davon wird es nur schlimmer. Nicht nur Du selber, Du musst Dir denken, auch Dein Mann hat verschiedene Enttäuschungen mitmachen müssen, und man muss sich eben einrichten miteinander, man darf nicht bloss an sich selber denken. Ich weiss ja nicht, wie Dein Leben in Wirklichkeit aussieht, man darf nämlich auch nicht zu weich mit sich selber sein. Es kommt in vielen Ehen vor, dass man sich auseinanderlebt und dass es nicht mehr ist wie in den ersten Jahren, deswegen darf man aber doch nicht an sich selber oder an dem anderen Teil verzweifeln und muss eine gefasste und tapfere Einstellung suchen zu dem Leben, das man nun einmal hat. Was könnte denn Besseres dabei herauskommen, wenn Du aus Deinem Schicksal herausspringen willst? Es würde nur schlechter. Ein Kreuz wird einem gegeben, damit man es trägt. Aber man soll versuchen, wie man es sich erträglicher machen kann, man braucht sich da gar nicht verkrampfen, sondern soll darüber nachdenken, wie man seinem Leben, wenn es einem leer vorkommt, mehr Inhalt oder Ablenkung geben kann. Du bist doch in der Klinik ruhiger gewesen, das ist der beste Beweis, dass Du ja nur etwas brauchst, womit Du Deine innere Leere ausfüllst. Kannst Du Dir denn gar nicht helfen, indem Du etwas geistige Anregung suchst und hin und wieder ein Buch liest und Deine Gedanken beschäftigst, indem Du Dir die Schicksale anderer Menschen vorstellst. Du musst Dich nicht immer bloss in Deinem engen und wenig glücklichen Kreis bewegen. Es gibt doch sicher auch in Mainburg eine Volksbibliothek, wo man für zwanzig Pfennig in der Woche sich ein Buch leihen kann, Du musst Dir eben fürs Lesen eine bestimmte Zeit einteilen, das wird sich mit gutem Willen schon machen lassen, vielleicht wird man Dich in der Bibliothek auch beraten, wenn Du darum bittest, damit Du Dir keinen Schmarren holst. Findest Du denn wirklich gar niemand in Mainburg, mit dem Du Dich ein wenig aussprechen kannst? Wenn Du eine Ehe auf Dich genommen hast, so musst Du Dir denken, dass unser Herrgott Dir damit eine Aufgabe gegeben hat und Pflichten, die einem einen Halt geben, man darf sich nicht bloss treiben lassen, unser Herrgott sieht Dich immer und wenn Du vielleicht glaubst, dass Du etwas Unbedanktes tust, weil die Gewohnheit Menschen stumpf machen kann und wenn Du Dich vielleicht vernachlässigt fühlst, so musst Du das unserem Herrgott in die Hände legen, der in Dein Herz sieht und immer für Dich da ist. Er wird Dir einmal schon dafür lohnen, wenn Du zu ihm Vertrauen hast und ihn bittest um seinen Beistand im Kreuz, damit er Dir Kraft gibt und Geduld. Du hast ja jetzt ein paar Monate ausschnaufen dürfen und musst wieder Mut fassen zu Deinem Tagwerk, weil Du es ja nicht im Stich lassen kannst, und weil du nicht allein dastehst, sondern einen ganz bestimmten Platz hast im Leben, zu dem Du auch Deinen guten Willen mitbringen musst. Du darfst die Dinge nicht einfach gehen lassen, sondern musst selber trachten, dass Du es gut machst. Man sollte immer versuchen, ob man nicht einem anderen ein wenig helfen kann und dass man etwas für ihn tut, und wenn Du nicht bedankt wirst, wie Du möchtest, so liegt doch das Auge Gottes darauf und vergisst Dich nicht. Ein wohlgemeintes Tun hat seinen Lohn in sich. Liebe Schwester, ich weiss, dass es leichter ist einen guten Rat geben als ihn befolgen. Du musst Dir aber doch wieder Mühe geben und sollst nicht verzagen und wenn Du Dir gar so allein vorkommst, musst Du versuchen, wie Du einem anderen helfen kannst. Nur wenn man sich einem Du zuwendet, kann man sich lebendig erhalten, das ist eine Binsenwahrheit. Deine Geschwister haben Dich alle gern, auch wenn sie nicht bei Dir sind. Es würde uns sehr betrüben, wenn es mit Dir immer weiter bergab gehen müsste, weil Du dir selber zuviel nachgibst. Du musst es lernen Dir selber zu helfen in Deinem Gemüt und musst das ernstlich wollen, von aussen kann man es Dir nicht hineinstreichen, das geht leider nicht. Du musst Dir selber kleine Freuden suchen, es gibt sovieles, was schön ist und was man zu wenig beachtet, die Natur ist schön, man muss sie wieder anschaun lernen, die Bäume, den Himmel, die Wolken, die Blumen, die Vögel, das alles ist uns gegeben wie ein Geschenk, man muss sich bloss daran freuen. Man muss schöne Eindrücke sammeln. Enttäuschungen gibt es in jedem Leben. Du musst zufrieden werden mit dem, was Du hast und vielleicht nicht mehr genug schätzt, weil Du es gewöhnt bist. Es könnte Dir viel schlimmer gehn. Ich habe Dir früher einmal ein Buch geschickt von Johannes Müller, das ist schon viele Jahre her. Hast Du es noch, dann such es wieder heraus, da steht viel drin, was einem betrübten Menschen helfen [kann], Du solltest da immer wieder einmal aufmerksam darin lesen. Ich wünsche Dir, liebe Jetty, dass Du es lernst mit Deinem Leben fertig zu werden und noch einmal von Herzen alles Gute und einen neuen frischen Willen, damit Du Dich aufrichten kannst.

Herzliche Grüsse an Dich und Otto
Deine Luis

299 *Von Josef Listl, Oberbürgermeister der Stadt Ingolstadt*

Ingolstadt 23. 11. 1961

Sehr verehrte Frau Fleißer!
Unter den vielen Glückwünschen, die Sie zu Ihrem 60. Geburtstag erhalten, darf die Gratulation Ihrer Heimatstadt, die für manche Ihrer literarischen Arbeiten den folkloristischen Hintergrund abgegeben hat, nicht fehlen. Mit großer Aufmerksamkeit wurden hier die Entwicklung Ihres Schaffens und die Anerkennung, die es von allen Seiten erhielt, verfolgt. So hat der Beifall, den Sie mit Ihrem Schauspiel »Der starke

Stamm« in München erzielten, uns alle mit großer Genugtuung erfüllt. Und die nachfolgenden Aufführungen an unserer eigenen Bühne haben uns von der Berechtigung des von der Kritik gespendeten Lobes und von der lebendigen Kraft des Stückes überzeugt.
Im Laufe Ihres Lebens wurden Ihnen einige schöne Ehrungen zu teil. Am meisten freuen wir uns aber darüber, daß mit Ihnen eine Bürgerin unserer Stadt in den Kreis der kulturellen Elite unseres Landes, nämlich in die Bayerische Akademie der Schönen Künste, aufgenommen worden ist.
Nehmen Sie bitte zu Ihrem 60. Geburtstag den herzlichen Wunsch entgegen, daß Ihren künftigen künstlerischen Weg noch weitere schöne Erfolge umsäumen und daß Ihnen vor allem die zur Verwirklichung Ihrer dichterischen Pläne notwendige Gesundheit und Schaffenskraft erhalten bleibe.

In aufrichtiger Wertschätzung grüßt Sie
Ihr sehr ergebener Dr. Listl

300 An Helene Weigel

Berlin N 4, Schiffbauerdamm 4a den 28. 11. 1961

Liebe Heli!
Ich schicke Dir hier eine Geschichte, die zu meinem sechzigsten Geburtstag in unserer Zeitung »Der Donaukurier« erschienen ist. Ich hoffe, sie freut Dich ein wenig, und Du findest die Zeit sie zu lesen. Hoffentlich gehen die Zeitungsseiten durch, es handelt sich ja nur um die Geschichte darin.
Unser Zeitungsmann Dr. Reißmüller ist ein sehr lebendiger und begabter Mann, der einzige hier, der mal wirklich was für mich tut. Er hat sich sehr ins Zeug gelegt, so wie er die Geschichte herausgebracht hat. Seine Tochter Uta will eine theaterwissenschaftliche Dissertation mit dem Thema »Brecht als Dramatiker in England« schreiben. Sie soll die Arbeit bei Prof. Hederer, München, machen, dem Nachfolger von Artur Kutscher.

Ich möchte ihr gerne helfen und bitte Dich, mir zu schreiben, ob Du hiefür einen bestimmten Personenkreis in England weisst, den man hiefür interviewen könnte oder mit dem man die Fragen besprechen könnte. Uta würde dann nach England fliegen.
Ist es nicht zweckmässig, dass wir uns einfach direkt mit Dir einmal über die Fragen besprechen oder sollen wir uns deswegen an Frau Elisabeth Hauptmann wenden?
Liebe Heli, ich würde Dich so gerne einmal wiedersehen und diese Gelegenheit beim Schopf packen. Dr. Reißmüller würde mir die Reise bezahlen, wenn ich mit Uta zu Dir hinauffahre. Ich würde dem Doktor den Gefallen gern tun. Vor allem wäre es schön, einmal wieder mit Dir zusammenzusein, wir haben uns solange nicht gesehen. Auf andere Art komme ich doch nicht nach Berlin.
Der Doktor möchte auch gern wissen, ob es sinnvoll ist, dass noch eine wissenschaftliche Abhandlung über das Thema geschrieben wird.
Ich bin seit ein paar Jahren Witwe, war sehr schwer krank und versuche jetzt Erzählungen zu schreiben. Endlich fangen die Dinge an, für mich ein wenig locker zu werden, ich war durch soviel Unglück auf den Tod verkrampft. Leider ist meine finanzielle Situation nicht besonders, ich muss sehen, wie ich grad so durchkomme.
Da ich hörte, Du bist nur im Dezember und Januar noch zu erreichen, schreibe ich gleich. Lass mich, bitte, nicht ohne Antwort sitzen. Es wäre mir eine große Freude, wenn Du uns erlauben würdest, Dich zu besuchen, und Uta brennt darauf »die Weigel« kennenzulernen. Wir würden nach Westberlin fliegen, von dort zu Dir hinüberkommen. Wie ich höre, werden Besucher aus Bayern ähnlich wie Ausländer behandelt und können über die Grenze. Ich würde zu gern einmal wieder Brechtisches Theater ansehn.
Wenn Du einverstanden bist, gib mir bitte Tag und Stunde an, wann wir Dich besuchen können. Schreibe mir die Adresse Deiner Wohnung.
Ich muss mir was wegoperieren lassen, es dürfte sich um eine

gutartige Vibrom handeln, und ich schiebe es noch hinaus, bis ich bei Dir in Berlin war. Wie geht es Dir, liebe Heli, und bist Du gesund? Ich denke oft an Dich. Ich hoffe sehr, Du lässt bald von Dir hören.
Mit allen guten Wünschen und in der Hoffnung auf ein baldiges Wiedersehen Deine Marieluise Fleißer

Anlage: »Die Witfrau«.

301 Von Helene Weigel

5. 12. 61

Liebe Fleißerin!
Schönen Dank für den Brief und für die schöne Geschichte. Natürlich würde ich mich sehr freuen, wenn ich Sie und Fräulein Uta Reißmüller bei uns sehen könnte.
Was das Thema Brecht in England betrifft, so gibt es einiges, was man darüber sagen könnte, einige Menschen, an die man sich wenden kann und außerdem ist meines Wissens über diesen Spezialpunkt noch nicht gearbeitet worden. Dabei ist tatsächlich Brechts Einfluß in England recht bedeutend. Also, wenn Ihr es schafft, freu ich mich, Euch hier zu sehen. Außerdem steht natürlich das Bertolt-Brecht-Archiv Fräulein Reißmüller für Anfragen gern zur Verfügung.
Eurem Besuch hier steht nichts im Wege. Der Übergang für Westdeutsche ist: Bornholmer-/ Heinrich-Heine-Straße. Die Telefon-Nummer des Theaters: 42 58 71, wo ich jeden Vormittag bis etwa 14 Uhr zu erreichen bin. Meine Privatadresse: Chausseestraße 125.
Auch Elisabeth würde sich sehr freuen, Sie wiederzusehen. Da ich die Hoffnung habe, Sie in Bälde zu sehen, frage ich nicht mehr nach Ihren näheren Umständen, sondern hoffe auf einen längeren Tratsch. Mit bestem Gruß
Helene Weigel

302 An Helene Weigel

14. 12. 61

Liebe Helene Weigel!
Wenn es nach mir gegangen wäre, wären wir gleich losgefahren. Ich habe immer Angst, es kommt was von aussen dazwischen und ich kann womöglich nicht mehr hinein oder wieder heraus.
Ich musste mich nun doch vorher schneiden lassen, der Arzt erlaubte nicht, dass ich es länger hinausschiebe, in der Befürchtung, es könne sich um Krebs handeln. Zum Glück hat der Befund vom Laboratorium inzwischen ergeben, dass es sich um eine zwar tiefsitzende aber harmlose Wucherung handelte. Ich bin nun doch recht froh, dass ich es weiss. Die Wunde muss aber erst ausheilen und nächste Woche müsste ich sowieso aus einem bestimmten Grund in Ingolstadt anwesend sein, dann kommen die vielen Feiertage.
Im Dezember wird es also nichts mehr. Am besten frage ich Sie, wann es Ihnen lieber ist, ob Anfang Januar oder auch später und gibt es gerade etwas Schönes im Theater zu sehen? Oder kann man gar nicht ins Theater, weil man spät in der Nacht nicht mehr über die Grenze kann? Ich habe ja keine Ahnung. Bitte, schreiben Sie mir doch noch ein paar Zeilen, welche Zeit im Januar oder auch später Ihnen passend wäre. Ich freue mich sehr darauf, Sie und Elisabeth zu sehen und halte mir den Daumen, dass nichts dazwischenkommt.

Inzwischen herzliche Grüsse an Sie und Elisabeth
Ihre Marieluise Fleißer

303 An Heiner Fleißer

den 28. 12. 1961

Lieber Heiner!
Fürs neue Jahr wünsche ich Dir von Herzen Gesundheit, Glück und ein erfolgreiches, erfülltes Leben mit ein paar ausgesparten heiteren Inseln der Erholung und des Kraftschöpfens darin. Möge uns vor allem der Frieden erhalten bleiben. Ich

hatte geglaubt, Dich noch einmal vor dem Winter zu sehn und hoffe, Du bist nicht etwa verstimmt wegen des Briefes, den ich Dir seinerzeit von Mißlbeck schicken musste. Mit diesem Grundstück war so lange Jahre völlige Ruhe, und es tut mir leid, wenn sich neuerdings anhand der gewissen Betriebsamkeit, die sich um diese Gegend bildet, offenbar einige Begleiterscheinungen nicht vermeiden lassen. Ich denke aber, dass es sich letzten Endes dann doch auszahlen wird.
Ich habe ein paar merkwürdige Wochen hinter mir mit allerhand Für und Wider. Die Stadt Ingolstadt hat in diesem Jahr zum ersten Mal überhaupt einen Kunstförderungspreis vergeben, der für die Zukunft als ständige Einrichtung gedacht ist. Es war nicht abzusehn, was bei den sich kreuzenden Vorschlägen herauskommen würde. Es wurde anscheinend ziemlich erbittert gekämpft und Dr. Reißmüller hat, wie er sich das vorgenommen hatte, eine kleine Schlacht für mich geschlagen und schließlich im Kunstausschuß sowie im Stadtrat gewonnen. Am Samstag wurde er mir im Foyer unseres neuen Rathauses vom Oberbürgermeister, der seine Amtskette angetan hatte, vor dem versammelten Stadtrat verliehen. So stehe ich jetzt mit meinem Namenszug im Goldenen Buch meiner Vaterstadt, das hätte ich mir früher auch nicht träumen lassen. Die kleine Feier war von angenehmer Zwanglosigkeit mit Sekt und viel Freude für mich, ich merkte gar nicht, wie die Zeit verging. Bürgermeister Gail hat es am Sonntag beim Frühschoppen Herrmann, mit dem er da immer zusammenkommt, ausführlich geschildert, und Herrmann war ganz aus dem Häuschen, wie mir Ella inzwischen berichtet hat. Ich habe mich schon sehr gefreut. Ich schicke Dir ein paar Zeitungsnummern in diesem Zusammenhang, damit Du siehst, wie geschickt das von Reißmüller aufgezogen war, und weil ich annehme, dass es Dich auch interessiert. Hohoff, welcher in der Akademie unser Vorsitzender der Abteilung Schrifttum ist, hat aus dem besonderen Anlaß ein wenig stark auf die Tube gedrückt, ich ziehe davon einiges ab, das heisst, vorderhand ist das für mich noch ein Wunschtraum, da muss ich schon noch Verschiedenes schreiben.
Regierungsdirektor Ruhwandl hat mir aus München dazu gra-

tuliert, er schreibt, dass er ein Corpsbruder von Dir ist, Ella kennt ihn anscheinend aus jener Zeit vom Tanzen.
Ich war eben rechtzeitig wieder gesund geworden. Ich musste mich Anfang Dezember schneiden lassen an der Brust. Hatte eine Wucherung dicht über den Rippen. In solchen Fällen darf man nicht traun, das Ding muss eingeschickt und genau untersucht werden. Gottseidank war der Befund harmlos. Man wird doch bang, wenn man vor der Möglichkeit steht, dass sie einem in ein paar Wochen die Brust wegschneiden.
Jetty ist inzwischen aus der Nervenklinik zurück und wieder in Mainburg. Hoffentlich gelingt es ihr, sich in ihrem freudeleeren Leben zurechtzufinden. Wenn sie nur besser hören könnte!
Eigentlich wollte ich demnächst mit der Tochter von Reißmüller für ein paar Tage nach Berlin fahren, wir wollten nach Ostberlin hinein, es soll dort einen Zugang geben für Leute, die aus Westdeutschland kommen. Ich wollte ihr für eine zu schreibende Doktordissertation, das heisst für Auskünfte und Empfehlungen nach Theater-England die Bekanntschaft mit Helene Weigel, der Frau von Bert Brecht vermitteln, ich hatte auch schon einen Brief von der Weigel, aber es scheint, die Sache wird jetzt wieder zurückgestellt. Nochmals alles Gute auch für Ursula und Monika und herzliche Grüße Deine Luis

304 Von Helene Weigel

16. 2. 62

Liebe Fleißerin!
Ich freu mich, wann immer Du kommen wirst. Die Nachricht, daß es jetzt gerade besonders schwierig sei, über die Grenze zu kommen, ist Quatsch. Vielleicht muß man ab und zu etwas anstehen, aber andere Schwierigkeiten sind nicht vorhanden.
Alles Gute für den Umzug und wie gesagt, und wenn sie kommt, sie soll willkommen sein.

Mit vielen Grüßen, auch von Elisabeth
Deine Helli

305 *Von Curt Hohoff*

München 27, 28. 3. 62
Adalbert Stifterstr. 27

Liebe Frau Fleißer,
in der Anlage schicke ich die Erzählung zurück. Es ist eine unheimlich große Sache, ich bin ganz niedergeschlagen und erregt. Ich habe auch Frieda Geier zu Ende gelesen. Sie ist einer der besten Romane der Zeit und wird wieder entdeckt werden, wenn die Größen der Zeit, Th. Mann inbegriffen, nur noch dem Namen nach bekannt sind. Ich sprach übrigens gestern mit Dr. Hanser, er möchte die Geier von mir haben. Ob ich ihn dazu bringen kann, Ihre *ganze* Prosa, alte und neue, in einem Band zu vereinen? Die Vollendung, mit welcher Sie diese rohen Stoffe bewältigen, die reine Faktizität als Kunst...
Ich möchte Sie, neben der Ullmann, im Soergel »würdigen« und brauche dazu ein Bild; vielleicht haben Sie was Interessantes aus der Berliner Zeit – evt. mit Brecht, oder eine Zeichnung von Ihnen? Vielleicht brauchen wir auch noch eine Handschrift. Ich komme dann darauf zurück. Mit besten Grüßen

Ihr C. Hohoff

306 *Von Elisabeth Hauptmann*

24. 5. 1962

Liebe Fleisserin:
Helli gab mir Ihren Brief (vom 10. Mai). Natürlich können Sie und Fräulein Reissmüller Manuskripte bzw. Fotokopien im Archiv nachsehen. Es wäre nur schön, wenn Sie etwas vorher schrieben, wann ungefähr Sie kommen möchten, damit auch über Ihre Einsicht hinaus jemand da ist, der Ihnen verlässliche Auskunft geben kann. (Sie wissen, die Urlaubszeit steht vor der Tür.)
Kipling: den hat Brecht als junger Mensch gründlich gelesen und auch von Zeit zu Zeit verwertet. Es kam noch einmal eine zweite kleine Kipling-Zeit. Ein Verlag fing damals an, eine umfassende Ausgabe von Kipling herauszubringen. Das interes-

sierte mich dann brennend und ich fragte Brecht, ob er sich nicht der Gedichte annehmen wollte. Das wollte er dann auch*, aber nur, wenn ich ihm Rohübersetzungen machen würde, und das tat ich auch. Ich suchte mir zunächst etwa ein halbes Dutzend aus, die mir Spass machten; ich glaube, die Rohübersetzungen gibt es noch. Eine Strophe eines Liedes (Mary, pity woman!) rutschte damals auch in die Dreigroschenoper hinein. Von den andern wurde vor allem »The Ladies« bekannt, weil die »Dame« das abdruckte. Ich selbst mochte damals, daran erinnere ich mich gut, besonders den »Cholera-camp« und das »Lied vom Banjo«. Ich habe im Augenblick keine Zeit, mir den Kipling und die Übersetzungen genau anzusehen; vielleicht war noch anderes dabei. Aber das, was ich hier kurz dazu notiere, stimmt. Von der Prosa erinnerte sich Brecht über viele Jahre besonders an eine Erzählung von einem Brückenbauer.
Ob ich nun Fräulein Reissmüller zuraten soll, das Verhältnis Brechts zu Kipling zu untersuchen? Ja, warum eigentlich nicht. Sie sollte dabei aber nicht die anderen vergessen, die damals Brecht auch interessierten. Brecht war ein grosser Leser, ein gewiegter Leser; und der Eindruck, den Gelesenes zu irgendeiner Zeit auf ihn gemacht hatte, der blieb; und der Verwertungsmöglichkeiten waren viele.
Ob es wohl Ihren Kleist-Aufsatz noch gibt? Das wäre gut. Nun, wenn Sie mit Fräulein Reissmüller herkommen, werde ich Sie sicher auch sehen, darauf freue ich mich.

Herzlichen Gruss
Ihre Elisabeth Hauptmann

* Es gibt, wenn ich mich recht erinnere, einen Briefwechsel darüber mit dem Verlag (List?). Aus dem Projekt wurde dann nichts, d. h. von uns aus verlief es sich im Sande.

307 *An Herbert G. Göpfert, Carl Hanser Verlag*

den 20. 6. 1962

Sehr verehrter Herr Dr. Göpfert!
Da ich die Woche nach Pfingsten einen schon seit Jahren geplanten Besuch von auswärts bei mir hatte, wird es mir jetzt erst möglich, Ihnen zu schreiben. Für Ihren Brief und Ihre Bemühungen um den Karl Stuart danke ich Ihnen herzlich. Es scheint wirklich, dass sich das Stück nicht an den Mann bringen läßt. Abgesehen davon, dass man ihm anmerkt, dass es in völliger Abschnürung von der Literatur anderer Länder und in großer Vereinsamung entstanden ist, ist es eben für die Inszenierung zu teuer.
Ich bin unglücklich, dass ich Ihnen nichts Gutes schreiben kann. Der Band Erzählungen lastet wie ein Alpdruck auf mir, da geht nichts vorwärts. Nachdem ich im vorigen Sommer über den Kriegseinsatz zu schreiben begann, bin ich auf einen Punkt gestoßen, wo es hartnäckig nicht mehr weiterging, das aus eigener Anschauung Erlebte ist eben doch zu wenig ergiebig. Ich habe es abgelegt um zu warten, ob ich es irgendwann mit Hilfe der Phantasie weiterspinnen kann. Wahrscheinlich wird das aber keine Erzählung sondern ein zusammenhängendes Buch über Kriegs- und Nachkriegszeit, soviel ich aus den eigenen Beobachtungen weiß. Was mich tiefer beunruhigt, ist, dass ich an einer Geschichte, die ich in diesem Jahr begann, nun schon an die fünf Monate herumprobiere, und es wird nicht das, was ich will. Ich finde mich einfach nicht mehr in die direkte Gestaltung von Vorgängen hinein, ich schürfe ins Tiefe und fördere allerhand zutage, aber nicht das unmittelbar den abrollenden Augenblick Packende, was ich möchte. Ich weiss nicht, habe ich was verloren und wird mir das jetzt immer so gehn? Eines ist mir völlig klar, die Schwierigkeiten kommen aus meinem Gemüt, aber ich weiss nicht, was ich tun kann, um dem abzuhelfen. Ich fühle mich viel zu lange wie in eine Höhle gesperrt. Ich weiß nicht, ob Reisen mir noch was helfen würden? Aber sicherlich sollte man nicht immer so auf einem Fleck leben.

Jetzt ist es sowieso für eine Weile aus. Für die nächsten Monate bin ich völlig eingedeckt mit anderen Sorgen. Mein Umzug wurde offiziell auf den 1. August festgesetzt, nachdem er schon mehrmals verschoben wurde. Mir graust vor der finanziellen Seite, das ändert nichts an dem, dass ich mich Hals über Kopf hineinstürzen muss. Auch bin ich noch ziemlich ratlos, wie ich von den seit fünfundzwanzig Jahren angesammelten Dingen herunterkommen soll. Ich werde froh sein, wenn ich das endlose Räumen überstanden habe. Hoffentlich wird das Wetter nicht allzu drückend, es strengt doch sehr an.
Vielleicht sehen wir uns bei dem Empfang am 10. Juli. Oder haben Sie keine Zeit? Ich habe jedenfalls Podewils erinnert.

Mit herzlichen Grüßen Ihre
Marieluise Fleißer

308 An Herbert G. Göpfert, Carl Hanser Verlag

den 6. Mai 1963

Sehr verehrter Herr Dr. Göpfert!
Nach gründlichem Überdenken kann ich mich nun doch nicht so schnell entschließen. Ich möchte eine derartig wichtige Entscheidung über ein Buch, das ja durch seine ganze Anlage andere spätere Arbeiten nach sich ziehen wird, nicht so Hals über Kopf treffen. Ich halte es für fair, wenn ich mich umhöre, ob ich nicht doch einen günstigeren Vertrag bekommen kann. Eventuell stelle ich den Plan noch zurück, bis das Buch einmal dikker ist. Ich empfinde die Bedingungen als in keinem Verhältnis zur Güte meiner Prosa stehend, vielleicht werden Sie darüber lachen.
Jedenfalls möchte ich mich heute noch nicht festlegen und schreibe Ihnen sofort, nachdem mir dies klar geworden ist.

Mit freundlichen Grüßen
Ihre Marieluise Fleißer

309 *An Günter Eich*

den 8. 5. 1963

Lieber Günter Eich!

Hätten Sie ein Telefon, hätte ich Sie heute angerufen. Ich verstehe mich wenig auf Verlagsverträge, zumal nicht die jetzigen. Ich wollte darüber schon immer mit Ihnen sprechen, habe Sie nun aber solang nicht gesehen. Nun eilt es plötzlich ganz schrecklich, weil die Buchhändlerpropaganda bereits in Satz gehn muß. Ich will nur hoffen, dass der Vertrag sich noch bis 15. Mai schieben läßt.

Da Sie am 15. Mai ohnedies nach München kommen zur Akademiesitzung, wäre es da zuviel verlangt, wenn ich Sie sehr bitte, mit mir am Vormittag oder mittag in den Carl Hanser Verlag hinauszufahren und den Vertrag zu besprechen? Sie müßten dies sowohl Herrn Göpfert als auch mir möglichst frühzeitig mitteilen, damit Göpfert dann auch zu sprechen ist.

Man bietet mir für einen Geschichtenband innerhalb einer Reihe bei ca. 144 Buchseiten, erste Auflage viertausend Stück eine Pauschale von 3000. – DM, also keine zehn % (Ladenpreis des Buches 6.80) bei 96 Buchseiten und nur 2000. – DM Pauschale – ich sehe gerade, er hat mir den Ladenpreis für 144 Buchseiten nicht angegeben.

Ab viertausend Stück hätte ich dann die regulären zehn Prozent, falls Neuauflagen möglich sind. Das sind feste Größen, wobei der Verlag für die Erstauflage das Risiko der Pauschalzahlung trägt. Aber die Nebenrecht[e] geteilt auf fünfzig zu fünfzig (Göpfert ließ was durchblicken von höchstens vierzig in ganz besonderen Fällen, wobei mir auch dies als hoch für den Verlag erscheint).

Was gäbe es zu bedenken ev. einzufügen um sich vor nachteiligen Folgen zu schützen? Ließe sich durchdrücken, dass man über eine zu bestimmende Auflagenhöhe hinaus – falls der Erfolg groß wird, ein Fall, für den man sich immerhin sichern sollte, mehr Prozent festlegt als zehn und wieviel könnte man billigerweise verlangen.

Wie kann man die spätere Freigabe des Buchs für einen anderen

Verlag festlegen, wenn der Hanser-Verlag selbst nicht neu auflegen will bzw. eine Taschenbuchausgabe verweigert und solche Sachen? Oder was gäbe es sonst zu bedenken?
Ich weiss, es ist eine große Zumutung, dass ich Sie damit überfalle. Immerhin haben Sie die größere Erfahrung und ich weiss mir niemand, an den ich mich sonst wenden könnte. Ich weiss nicht, wie man so was macht um sich durchzusetzen.
Ich hoffe auf baldige Antwort. Schöne Grüße auch an Ihre Frau
Ihre Marieluise Fleißer

310 An Herbert G. Göpfert, Carl Hanser Verlag

den 8. 5. 63

Sehr verehrter Herr Dr. Göpfert!
Natürlich gibt es einen Verlag, der ein starkes Interesse an einem fertigen Roman von mir bekundet, ich könnte in diesem Fall auch mit ziemlicher Sicherheit mit Übersetzungen rechnen, die in andere Sprachen gemacht werden. Das wäre aber noch eine Frage der Zeit.
Ich weiss, dass ich Sie bestürzt habe, ich habe aber einen gewissen Schock gehabt. Ich bin eine etwas unterschwellige Person, die Haken stellen sich bei mir hinterher ein, wenn ich es gründlich überdenke. Es wurde mir erst danach klar, dass sich für die kommenden Bücher, die aus dem Anfang mit Naturnotwendigkeit folgen müssen, eine gewisse Zwangslage ergeben könnte. Falls ich einen größeren Erfolg habe, was im Bereich des Möglichen liegt, möchte ich nicht gezwungen sein, dass ich für die folgenden Bücher mit dem Prozentsatz schon festliege.
Sie wissen, in meinen jungen Jahren hatte ich bereits fünfzehn Prozent bei Kiepenheuer, ich empfinde es als sehr schmerzlich, dass ich so stark zurückgehen muß. Ich möchte wenigstens, dass festgelegt wird, dass ich ab einer zu bestimmenden Auflagenhöhe etliche Prozent mehr bekomme als die zehn Prozent, die ab 4000 vorgesehen sind. Dieser Passus tut Ihnen nicht weh, solange es nicht einen größeren Erfolg gibt. Gibt es aber einen, habe ich mich dagegen gesichert, dass ich hereingefallen bin. Sie

können es dann auch leichter machen, weil der Satz schon steht.
Ich hätte wirklich gern mit Günter Eich, der ja mehr Erfahrung hat, mich besprochen, was zu bedenken ist und was sich hinterher als sehr unangenehm herausstellt, wenn man sich nicht rechtzeitig gesichert hat. Eich kommt am 15. Mai nach München. Ich könnte ihn vielleicht dazu kriegen, dass er am Vormittag mit mir zu Ihnen in den Verlag kommt, um den Vertrag durchzusprechen. Könnte man es solange schieben? Am Nachmittag müssten wir pünktlich in der Akademiesitzung sein, wo Eich diesmal zu Beginn der Sitzung vorliest.
An dem Passus der Nebenrechte habe ich mich besonders gestoßen. Sie wissen, dass es gerade diese sind, die oft hinterher das Geld bringen. Auf eine Teilung fünfzig zu fünfzig würde ich mich nicht einlassen. Selbst wenn der Verlag nur 40 % beansprucht, finde ich das noch sehr hoch. In meinem Vertrag mit dem Desch Verlag liegt dieser Passus wesentlich günstiger, er hat nur 25 %, darüber staunen Sie vielleicht.
Es müßte ein besonderer Passus hinein, dass etwaige Preise, die mir zuerkannt werden, nicht unter die Teilung fallen, sondern mir ohne Abzug gelassen werden. Es liegt ja im Sinn und der ausdrücklichen Absicht, die der Verteiler mit dem Preis hat, dass sie dem Autor zugutekommen sollen. (In der DDR sind die großen Preise aus diesem Grunde sogar steuerfrei.)
Da wäre auch noch die Frage späterer Taschenbuchausgaben. Falls Sie selbst eine solche verweigern, müssten diese für einen anderen Verlag freigegeben werden. Es besteht schließlich die Möglichkeit, dass ein Verlag es tun würde, wenn er es ohne Ablösung bekommt, wohingegen es sonst nur im Sarg liegt und nie mehr was geschieht.
Ich müsste auf alle Fälle die 3000.– DM haben. Ich müßte daher genau wissen, wieviel auf einer Buchseite steht, damit ich mir anhand meiner Schreibweise ausrechnen kann, wie ich hinkomme. Die erste Geschichte wird etwas länger, da ich durch Einfügungen schon 45 statt 39 Seiten habe.

Freundliche Grüße

Ihre

311 Von Urs Jenny

München, den 30. Juni 1963

Sehr verehrte Frau Fleisser,

beiliegend bekommen Sie den Text, der für die Hauszeitschrift des Hanser Verlages bestimmt ist. Ich hoffe, Sie haben Verständnis für die Art, wie ich das, was Sie mir erzählten, in einem »imaginären Gespräch« zusammengefasst habe. Bitte korrigieren Sie ruhig alles, was Ihnen ungenau erscheint oder was Sie anders formuliert haben möchten. Nur wäre ich froh, wenn ich den Text dann bald zurückbekomme.

Ich danke Ihnen auch sehr, dass ich den »Karl Stuart« lesen durfte. Es hat mich sehr beschäftigt, die Kraft dieser archaischen Sprache ist ungewöhnlich, und Karl Stuart eine im echten Sinn tragische Figur. Ich verstehe aber auch, dass die Theater davor »zurückschrecken«, wegen des grossen Aufwands, und wohl auch, weil – wie ich Ihnen schon sagte – historische Dramen dieser Art heute einfach nicht »modern« sind. Ein Dramaturg würde vielleicht auch gegen das Stück einwenden, dass es keinen triumphalen theatralischen Höhepunkt hat. Bei Shakespeare etwa wird der Held immer zuerst auf einen Gipfel des Erfolgs geführt, von dem er dann umso tiefer hinabstürzt ins Verderben. Mit Karl Stuart hingegen (das ist nicht Ihr Fehler, sondern liegt in der Natur der Geschichte) geht es von Anfang an konsequent abwärts, nie ist ihm ein Sieg, ein äusserer Triumph gegönnt.

Ich selbst finde einen solchen Einwand nicht zwingend, aber zweifellos ist es bei einem solchen Stück für die Inszenierung schwieriger, einen Spannungsbogen über den ganzen Abend hinweg durchzuhalten; es verlangt äusserste Intensität von den Schauspielern. Trotzdem möchte ich Ihnen wünschen, dass sich einmal ein Theater findet, das den Mut hat, dieses Stück durch eine Aufführung zu erproben. Einige der Kernszenen (etwa Karls erzwungener Verrat an Strafford) besitzen grosse, ganz elementare Kraft. Ich möchte Ihnen sehr herzlich danken für Ihr freundliches Entgegenkommen in Ingolstadt, und ich hoffe nur, dass Sie das Ergebnis dieses Besuchs einigermassen gutheissen.

Mit allen guten Grüssen und Wünschen für Ihre Arbeit

Ihr Urs Jenny

312 An Helene Weigel

Hofmillerstraße 33, (neue Adresse!)
Ingolstadt, den 29. 10. 63

Liebe Helli!
Infolge einer Auslandsreise bin ich erst jetzt mit Verspätung in den Besitz meiner Bücher gelangt und schicke Dir sogleich mein kleines Büchlein, von dem ich hoffe, dass Einiges darinsteht, was bleibt. Liebe Helli, die erste Geschichte sollte eine wunderschöne Geschichte über Brecht werden, ich hab auch gut angefangen und ich bin betrübt, dass ich sie nicht ganz auf der Höhe halten konnte und immer dann, wenn ich nicht weiter wußte, ins allzuenge Autobiografische fiel. Es scheint, man kann nichts dagegen machen, wenn sich Dinge allzusehr eingehängt haben. Ich weiß, dass die Arbeit unvollständig sein muß, ich habe diesen verdammten Einschnitt in meinem Leben immer bedauert. Ich hoffe aber sehr, Du wirst sie gerne lesen und die trotzdem schönen frühen Jahre werden Dir wieder lebendig werden. Sie ist eben doch so unmittelbar aus dem Miterleben jener Zeit gegriffen, dass andere wenn auch umfassendere Werke das gar nicht so rekonstruieren können.
Ich würde gerne von Dir hören, wie Du das Büchlein aufnimmst. Ich lege auch eines für Herbert Jhering bei, den es sicher interessiert, und für Elisabeth Hauptmann, von denen ich hoffe, dass sie gesund sind. Ich kann mich wohl auf die Weiterbesorgung verlassen.
Wie sich die so lange geplante Doktorarbeit der Reißmüllertochter entwickelt, weiß ich nicht im geringsten. Ich lasse es auf mich zukommen, ob es nun kommt oder nicht. Sie muß selber wissen, was sie sich zutraut.
Kommst Du gar nie mehr in unsere Gegend? Ich hoffe bald einmal von Dir zu hören. Ich habe Dich immer sehr gern, auch wenn ich Dich nicht sehe und bin mit sehr herzlichen Grüßen

Deine Marieluise Fleißer

Beigeschlossen dreimal »Avantgarde« für Helene Weigel, Elisabeth Hauptmann und Herbert Jhering.

313 An Herbert Jhering
durch Berliner Ensemble

den 29. 10. 63

Sehr verehrter Herr Jhering!
Ich erlaube mir Ihnen mein kleines Büchlein zu schicken, das im Umfang zwar schmal aber unter Mühen errungen ist und von dem ich hoffe, dass Einiges drinsteht, was bleibt. In der ersten Geschichte versuche ich, mein persönliches Brechterlebnis zu verdichten, wenn auch in Form einer Geschichte und durch Zusammenlegung von zwei Frauengestalten. Ich denke, der frühe Brecht ist mir, wenn auch mit seinen Fehlern wirklich lebendig geworden. Ein Denkmal wollte ich nicht machen, sondern die schonungslose Wirklichkeit eines Genies geben, so weit ich sie aus meiner persönlichen Erinnerung und Beobachtung anschneiden konnte, und ich hoffe, ich werde darin verstanden. Sollte aber aus der Bitterkeit meiner zweiten Lebenshälfte, die ja in genauem Zusammenhang mit jenen entscheidenden Jahren steht, etwas hinübergeflossen sein, so bin ich wohl dagegen machtlos. Ich denke, die Geschichte sagt wirklich was aus und ist für mein Gefühl so unmittelbar aus dem nahen Miterleben jener Zeit gewachsen, dass andere wenn auch umfassendere Werke das gar nicht so rekonstruieren können. In der zweiten Geschichte ist meine Kindheit eingefangen, die zwei letzten entstanden aus Nachkriegsbeobachtungen.
Ich schreibe so schwer und werde von so vielem, was ich tun muß, abgelenkt. Ich hoffe, Ihnen mit dem Büchlein eine Freude zu machen. Ich vergesse nie, wie Sie seinerzeit für mich eingetreten sind. Wie geht es Ihnen? Ich hoffe, Sie sind gesund.

Mit sehr herzlichen Grüßen
Ihre

314 Von Therese Giehse

München, 18. XI. 1963

Liebe, verehrte Marieluise Fleißer,
gestern kam ich aus Hamburg zurück und da lag das Buch und Ihr Brief.
Ich habe das erste Kapitel gleich gelesen – ich glaube es ist nichts Gültigeres über den jungen Brecht geschrieben worden. Gern möchte ich mich mit Ihnen darüber unterhalten, Sie überhaupt einmal wieder sehen. Bitte lassen Sie sich nicht abhalten mich anzurufen, wenn Sie nach München kommen – sollte ich Probe haben, geht's halt nicht, aber dann ein anderes Mal. Meine Nummer ist 220943. Zu jeder Tages- und Nachtzeit können Sie mich anrufen.
Ich danke Ihnen für das Buch und freue mich auf das Wiedersehen.

Mit vielen herzlichen Grüssen
Ihre Therese Giehse

315 An Therese Giehse

Hofmillerstr. 33 18. 12. 63

Liebe Therese Giehse!
Hier schicke ich Ihnen das Jugendstück, das ich wieder zurückhaben muß (ich habe nicht mehr hineingeschaut, sonst brächte ich es nicht fertig, es Ihnen zu schicken) und den »Karl Stuart«, da ich glaube, dass die Kammerspiele ein nur schwer lesbares Exemplar haben.
Die kleine Vorbemerkung zu Karl Stuart würde ich heut nicht mehr machen, weil sie falsche Erwartungen erweckt, wahrscheinlich habe ich momentan gesponnen. Es können natürlich keine Engländer sein, weil ich keine Engländer kenne. Ich habe eine dunkle Erinnerung, daß in dem Jugendstück mir sehr widerwärtige kurze Regieanweisungen stehn. Sie werden unschwer erraten, dass sie von Seeler stammen. Ich habe keine Regieanweisungen gemacht.
Über gestern habe ich mich sehr gefreut.

Mit sehr herzlichen Grüßen
Ihre

316 Von Therese Giehse

München 16. I. 1964

Liebe, verehrte Marieluise Fleisser,
ich habe Ihnen lange nicht für die Stücke gedankt (Sie bekommen sie geschickt) und war überhaupt so um die Jahreswende zu sehr angespannt um zu schreiben. Also bitte entschuldigen Sie.
Vor Ihrem Buch »Avantgarde« stehen meine Freunde in Flammen. Wirklich – besonders die Brecht-Tochter, Kurt Horwitz empfinden es genau wie ich als das endgültigste, was über ihn geschrieben wurde.
Kommen Sie wieder nach München? Sie wollten doch immer so Ende des Monats einmal hier sein. Bitte, melden Sie sich, damit ich mir die Zeit wieder so einteile, daß wir uns wieder zamsetzen können. Vielleicht bleiben Sie einmal ein paar Tage – nicht nur für die Gschwollnen von der Akademie (ohne Ondulation).
Also – ich hoffe, daß wir uns bald sehen.
An die Brechtbilder habe ich gedacht – ich jage nach einem besonderen. Einstweilen herzlichen Gruss von Ihrer
Therese Giehse

317 An Heinz Piontek

den 18. 1. 1964

Sehr verehrter Herr Piontek!
Eigentlich kann ich mir kaum herausnehmen, über Ihr Buch zu schreiben, weil ich weder kritisch veranlagt noch vielbelesen bin und weil es sich mir zum Teil versperrt. Ich halte es durchaus für möglich, dass das an mir liegt, ich bin schon ein vertrackter Leser und sehr eigenwillig. Was ich Ihnen schreibe, ist also mit Einschränkung zu verstehn, es ist meine subjektive Reaktion.
Am besten gelungen sind für mich »Verlassene Straßen« (leider im Schluß unbefriedigend, weil die Geschichte vorzeitig abgeschnitten wird, man hätte sie noch im einzelnen fortführen und

darstellen müssen, die Stichworte allein sind da zu wenig.) Dann »Zieh hin, Fremder!« und »Goldregenland« (sehr gutes Thema!) »Auf dem Lande« spricht vom Thema her ein breiteres Interesse an, andere haben es aber schon besser gemacht. Viel intensiver ist »Tag- und Nachtgleiche«, auch wenn es mit der unorganischen, durch nichts vorbereiteten (man kann nicht alles mit Träumen entschuldigen!) Einbeziehung eines Polizeistaates und einer Christenverfolgung eine aufgepfropfte und künstlich herbeigezogene Entwicklung hat – was nicht hindert, dass auch in seinem späteren Teil immer wieder herrliche Stellen stehn. Viel unangreifbarer sind die kurzen Prosastücke des zweiten Buchteiles, hier spricht der Lyriker. [gestrichen: waltet der Lyriker von Rang.]
Nun mein Haupteinwand: So manches ist mir zu leicht hingeschrieben. Konflikte werden dargestellt, die der Darstellende kaum vom Hörensagen kennt, so angetippt wirken sie. In der Sache mit dem alten Breuer z.B. steckt eine wirkliche Geschichte, wenn sie da wäre. Aber sie wird nicht wahr, weil an der Oberfläche herumgeredet wird, ohne dass es nun wirklich hinuntergeht in den echten Dreck, in die ohnmächtige Drangsal und die würgende Erfahrung. Die wirkliche Demütigung müßte da viel greifbarer werden, damit es von hier aus bis zum wirklichen Mordversuch gehn kann und damit er verstanden wird. Dem Willen zum Töten darf nicht ausgewichen werden, er muß ganz real dagewesen sein, wenn man ihn vielleicht auch hinterher abmildert, indem man den Mann über sich selber erschrecken läßt, sodass er zum Schluß dann doch wieder läuft. Nur so entstehn die echten Bewegungen, Beschönigen und Handschuhe sind immer vom Übel. Aus der echten Schuld steigen dann die echten Gewissensbisse glaubhaft und mörderisch – die vom Schuldigen zwar überspielt werden aus Selbsterhaltung, aber ohne dass es was hilft. Die Schuld wirkt im Unterbewußtsein zerstörend fort. Nun kommt die zweite wirkliche Demütigung dazu, die Realität überführt ihn als einen Mann, der sich übernommen hat, nicht einmal hinschmekken kann er an den Toten, der Tote hatte recht, wenn er ihn duckte. Auch das Verhältnis zur Tochter des Getöteten ist nicht

wesenhaft da, dabei gäbe es eine ganze Stufenleiter von naheliegenden Reaktionen, vom AufderHutsein und Verschweigenmüssen, damit er nicht angezeigt wird, bis zum trotzigen Auskostenwollen, damit doch nicht alles umsonst war, bis zum Pochen auf eine endlich errungene Freiheit und zum Geldhinausschmeißen. Wobei sich dann herausstellt, dass er gar kein Geld zum Hinausschmeißen hat und der freie Mann gar nicht ist und jetzt noch mehr schleppen soll wie zuvor. Dies kann sehr wohl zum Haß auf die Tochter führen, aber der Haß muß realisiert werden, beim Schreiben muß man aufs Ganze gehn. Statt dessen wird eine Beziehung zwischen der Tochter und dem »Dunkel« hergestellt, die geheimnisvoll sein soll, aber rein literarisch ist und eine bloße Ausflucht bleibt. Wenn man spürt, da gehört was hin, darf man sich nicht mit einer schönen Formulierung helfen, als wäre sie ein Zauberstab, eine Formulierung deckt das Loch an wesentlichem Gehalt nicht zu, die Stelle bleibt nach wie vor leer, es fehlt was. Ich möchte Ihnen gerne helfen, ich weiß nicht, ob Sie mir nachspüren können und ob ich Ihnen überhaupt was vermitteln kann. Ich verstehe auch kaum was vom modernen Schreiben. Es gibt ein gutes altes Hausmittel »Die Technik des Dramas« von Gustav Freytag, darin kann man über den Aufbau eine ganze Menge lernen, wenn es auch ein ziemlich altmodischer Herr ist und man frei mit ihm umgehn muß. Mir hat es nicht geschadet, dass ich mich damit auseinandergesetzt habe, ich kann es für Geschichten brauchen. Was man davon brauchen kann schält sich erst heraus, wenn man Vieles davon wieder vergessen hat, es hilft einem doch irgendwie weiter, dass man sich doch einmal klar wird über den wirksamen Lauf einer Handlung. Vielleicht probieren Sie es einmal damit.

Im übrigen lassen Sie sich Ihren Schimmel nicht scheu machen
und schöne Grüße auch an Ihre Frau
Ihre

318 An Therese Giehse

4. 4. 1964

Liebe verehrte Frau Giehse!

Am Dienstag, den 7. 4. komme ich nach München und werde Sie etwa um elf Uhr anrufen. Wenn ich Sie vormittags nicht erreiche, probiere ich es am Nachmittag wieder. Ich habe die Absicht denselben Abend noch zurückzufahren.

Ich bin leider gezwungen mir für eine Ausstellung der Gedok in Hamburg ein Foto anfertigen zu lassen, was ich gar nicht gern tue, ich werde es mit Foto-Zahn (Nähe Haus der Deutschen Kunst) versuchen. Ich habe gar keine Erfahrung mit den Fotografen in München. Hoffentlich wird das Bild nicht völlig ausdruckslos. Kurzsichtige Menschen sind so schwer zu fotografieren.

Die ganzen Wochen hat mir meine Erzählung schwer zu schaffen gemacht, ich bin immer noch nicht völlig fertig, aber ich hoffe, ich bin aus dem Gröbsten heraus. Es pressiert jetzt langsam.

Haben Sie sich schon überlegt, wann Sie zu mir nach Ingolstadt kommen wollen? Ich hoffe, Sie haben diese Absicht immer noch, ich würde Sie sehr gern einmal da haben, und wir können am Dienstag darüber sprechen, wie wir das am besten machen. Hoffentlich bekommen wir bald einmal besseres Wetter, damit Sie mehr davon haben. Karfreitag bis Ostersonntag war ich bei meinem Bruder in Erlangen, der mich überraschend geholt hat, leider auch bei scheußlichem Wetter. Ich hoffe, ich erreiche Sie Dienstag. Bis dahin herzliche Grüße und auf Wiedersehn

Ihre

319 An Klaus Dieter Gültig

4. 5. 64

Lieber Klaus Dieter!

Ich habe über Deinen Fall nachgedacht und ich bin zu dem Schluß gekommen, Du solltest unter allen Umständen versuchen, ob Du die Bahn, die Du nun einmal eingeschlagen hast –

und nach langem Überlegen eingeschlagen hast – nicht trotzdem weitergehn solltest. Du solltest sie nach meiner Überzeugung nicht beenden, ohne nun aber wirklich einen ernsthaften Versuch zu machen, wie Du mit den Widrigkeiten fertig werden und Dich trotz allem durchbeißen kannst. Man soll eine Flinte nicht so schnell ins Korn werfen. Es ist ein Trugschluß zu glauben, dass man Widrigkeiten vermeidet, indem man vor der Widrigkeit kehrt macht. Ich muß es Dir mit großem Ernst und aus einer bitteren Erfahrung heraus sagen, das Leben ist nicht mütterlich, das Leben ist mit Widrigkeiten gespickt, wohin man sich auch wendet. Man kann ihnen einfach nicht entgehn und gerade indem man sie zu vermeiden versucht, zieht man sich in der Regel noch schlimmere Dinge auf den Hals. – Was man von außen ansieht, zeigt in der Regel nicht seine schlimme Seite her, die erfährt man erst, wenn man drin steht. Und so wird, was auch immer Du unternimmst, Dir, wenn Du einmal drin bist, unabänderlich seine Bitterkeiten präsentieren. Es wird in jedem Brotberuf ausgesprochen unangenehme Menschen geben, von denen du abhängen wirst und mit denen Du Dich zurechtfinden mußt, dies wird Dir überhaupt nicht erspart bleiben, darüber sei Dir klar. Du bist nicht reich, das einzige Mittel, das vor solchen Erfahrungen schützen kann. Du wirst immer angewiesen sein auf eine Abhängigkeit, die nicht ohne Dornen ist. Auch als Buchhändler wirst Du mit Menschen arbeiten, die Dir nadelspitze Bemerkungen versetzen und die Du ertragen mußt, wenn Du nicht fliegen willst. Du wirst gezwungen sein in Stoßzeiten die Kasse zu bedienen, zumal in einer Großstadt lange Menschenschlangen möglichst schnell zu bedienen und Dich nicht zu irren, denn für alles, was Dir in Deiner Kasse fehlt, mußt Du geradestehn mit Deinem Gehalt – und ich glaube nicht, dass Dir das gerade liegt. Man stellt Dich überraschend vor die Tatsache, indem von einer anderen Kasse auf Deine Kasse umgeschaltet wird und Du mußt nun einfach mit diesem Menschenstrom und dieser Stoßzeit fertig werden, Du bist ihnen ausgeliefert sozusagen, denn Du kannst die Menschen nicht fortschicken. Ich habe das bei Hugendubel beobachtet, und das ist nur eine Härte, die ich schon als Außenstehender feststellen konnte, ohne in interne Vorgänge überhaupt einzudringen. Meine Freundin Friedl Metzler war nach dem Realgymnasium in München drei Jahre lang Buchhändlerin in der Löwengrube und war damit nicht zufrieden, sie hat sich dann entschlossen doch noch mit dem Studium zu beginnen und ist Mittelschullehrerin geworden und geblieben. Also auch im Buchhändlerberuf gibt es Dinge, die einen abstoßen können, die Bezahlung ist dort aber schlechter. Ich sage Dir das, weil ich sehe, dass Du ein schmerzfreies Leben suchst, das ist pure Illusion. Die Vorstellung in der Donau-Kurier-Buchhandlung anzufangen, stößt Dich schon wieder ab, weil Dir der Mensch, mit dem Du dort zu tun hättest, nicht liegt. Aber auf Menschen, die Dir nicht liegen, wirst Du in überhaupt jedem Beruf stoßen (es muß nicht sein, kann immer wieder sein) und ein schmerzfreies Leben gibt es nicht. Nur bist Du als Buchhändler das ganze Jahr in Deinem Käfig eingesperrt bis auf vierzehn Tage, Du wirst vielleicht auch dort unglücklich sein und Du wirst sehnsüchtig auf die verlorenen Ferien Deines Lehrerdaseins blicken und wirst Dir das verlorene höhere Gehalt ausrechnen und vielleicht bereun. Als Lehrer hast Du doch wenigstens die Möglichkeit in den reichlichen Ferien, die Dir kein anderer Beruf schenkt, abzuschalten und dann Deinen individuellen Vorstellungen vom Leben nachzugehn, die Ferien werden Dir zum Ausgleich für die Widrigkeiten geschenkt, und das ist schon gar nicht so wenig. Es ist ja auch nicht so, dass Du immerzu Berufe wechseln und das eine Loch auf und das andere zu machen kannst, diese Möglichkeiten erschöpfen sich mit dem Lebensalter. Die Zeit kommt, in der Du auch in Notfällen nicht mehr an den häuslichen Herd Deiner Mutter gehn kannst. Ich halte es wirklich für besser, dass Du lernst, Dich in der nun einmal beschrittenen Bahn einzurichten. Was können Dir diese Buben schon in Wirklichkeit tun? Sie sind in einem blöden Alter, sie sind sich gar nicht darüber klar, was sie anstellen. Wenn Dein Selbstgefühl verletzt wird, schlucks hinunter, Du wirst sonst in anderen Lebenslagen noch viel mehr hinunterschlucken müssen. Sage Dir vor, ich muß einfach damit fertig werden, es gibt nichts anderes, die können mir gar nicht wirklich an. Und ich hab was davon, wenn ich damit fertig werde, ich habe meine sicheren Ferien und mein sicheres Geld, ich laß mich doch nicht von diesen boshaften Flegeln aus meiner sicheren Bahn werfen, das sind die gar nicht wert. Ich schneide mir ja nur ins eigene Fleisch, wenn ich vor denen kapituliere. – Versuche es so anzusehn und der Widrigkeit ganz fest ins Auge zu sehn. Du hast Deinen Job noch nicht verloren, wenn Du nur willst. Ich würde an Deiner Stelle nicht darauf verzichten, einen ganz ernsthaften Versuch zu machen und mich zusammenzureißen als ein Mann. Ich fürchte, Du wirst es anderenfalls einmal bereun. Es mag Dir hart klingen, aber ich kann Dir aus ehrlicher Sorge heraus nichts anderes sagen, wenn ich es überdenke.

Mit allen guten Wünschen und herzlichen Grüßen
Deine Tante Luis

320 Von Hans Bender

Köln, Brüderstr. 3

am 5. 5. 64

Sehr geehrte Frau Fleißer,
es hat einige Tage gedauert, bis Herr de le Roi und ich Ihre Erzählung »Der Rauch« gelesen hatten; aber nun ist es geschehen, und unser Urteil ist gleichlautend: eine großartige, eindrucksvolle Erzählung. Wir sind froh, sie zu haben. Sie wird ein Mittelpunkt unserer Anthologie.
In den letzten Maitagen werden Sie die Korrekturfahnen erhalten. Alles Nähere steht auf dem beiliegenden Blatt.
Schon jetzt herzlichen Dank für Ihre Mitarbeit und ergebene Grüße,
Ihr Hans Bender

321 *An Arnd Dengler*

18. 6. 64

Sehr verehrter Herr Dengler!

Sehr herzlich danke ich Ihnen für die mir übersandten Zeitungsausschnitte. Es war sehr freundlich von Ihnen daran zu denken. Es tut mir leid, dass Sie schon seit Wochen krank und zum Liegen verurteilt sind. Hoffentlich wirds bald wieder besser.

In dieser Woche hatte ich sehr viel am Hals, sodass ich Sie bitte, mich zu entschuldigen, wenn ich Ihnen nicht sogleich geantwortet habe. Ich hatte jeden Abend vor, es zu tun, mußte aber immer unaufschiebbare Dinge vorher erledigen, und es ist eigentümlich, wie mich die Müdigkeit schlagartig überfällt und wie es von einer Minute zur anderen dann plötzlich nicht mehr geht, ich würde nur noch Fehler tippen.

Was die Regie der »Pioniere in Ingolstadt« angeht, so hat Geis die Regie zwar dem Namen nach gehabt, er hat aber getan, was der Brecht wollte, und der frühe Brecht hat ja lieber zuviel gewagt und sich um daraus entstehende Folgen überhaupt nicht gekümmert.

Darüber wäre kein Wort zu verlieren, leider hat es sich für mein Leben sehr verhängnisvoll ausgewirkt, und ich weiß, dass mein Leben ohne die besonderen Umstände dieser Aufführung einen völlig anderen Verlauf genommen hätte. Dass ich das Gefühl haben mußte, der Weg zu ihm sei mir völlig verbaut, das allein empfinde ich als eine entscheidende Schädigung in meiner künstlerischen Entwicklung. Sicherlich hätte mein Weg in die Emigration geführt, aber die Dinge wären klar gewesen und vorausgesetzt, dass ich es überlebt hätte, wäre ich heute ganz wo anders, ich könnte zurückblicken auf ein Werk – während ich heute nicht mehr den langen Atem für eine Lebensleistung habe.

In der vorigen Woche hatte ich eine große Freude mit meiner Lesung an der Universität. Es waren zwar nicht allzuviele gekommen – so wie mich ja auch die Buchhandlungen nicht auflegen, ich bin doch ziemlich vergessen – aber die gekommen waren, haben mir wirklich atemlos gelauscht, und man freut sich doch, wenn man spürt, dass man was geben kann. Die

Bondy hat eine sehr eindrucksvolle Besprechung in der Süddeutschen Zeitung geschrieben, es war gut, es zu lesen. Ich habe außerhalb Bayerns zum Teil auch schiere Wunder von Verständnislosigkeit erlebt, einige scheinen sich einzubilden, ich hätte dem Brecht was am Zeug flicken wollen, was mir ja völlig fernlag, ich wollte eine lebendige Wahrheit über eine mich faszinierende Persönlichkeit geben, seine Fehler eingeschlossen, ich wollte kein verklärendes und damit fälschendes Denkmal aus ihm machen. Ich bin sicher, er selber hätte es mit großem Interesse gelesen. Kurt Horwitz, der den frühen Brecht ja von seinen Anfängen her gekannt hat, war von der Darstellung begeistert, er hält es für das Überzeugendste, was darüber geschrieben wurde, natürlich ist es nur der frühe Brecht, eben der, den ich kannte.

Ich muß jetzt sehen, den Brief noch an den Kasten zu bringen. Ich hoffe aufrichtig, daß Sie sich bald wieder erholen werden und bin mit herzlichen Grüßen Ihre

322 *An Therese Giehse*

den 7. 11. 64

Liebe verehrte Frau Therese Giehse!

Endlich sind heute die Sonderdrucke, der im »Jahresring« des Industrieverbands abgedruckten Geschichte bei mir eingetroffen, und ich schicke Ihnen die versprochene Geschichte sogleich. Lesen Sie sie, wenn Sie einmal Zeit dafür haben, es eilt nicht. Gestern hatte ich Gelegenheit, die »Physiker« auf dem Bildschirm zu sehn, die ich bis jetzt nicht kannte und bin von Ihrer Leistung sehr beeindruckt. Dürrenmatt hatte großes Glück mit einer derartig hochwertigen Interpretation. Müssen Sie immer noch fürs Atelier arbeiten, immer noch ins Freie?

Ich bin inzwischen – das heißt schon am 25. 9. aber ich habs erst jetzt vom Verlag bekommen – ganz abscheulich verißen worden in der »Zeit« Hamburg durch eine Elisabeth Endres, die offenbar darauf ausgeht mich unmöglich zu machen und davon überzeugt scheint, dass ich Brecht auf eine raffinierte Art an-

greifen wollte, was für eine törichte Zumutung! Dabei liegt die Raffiniertheit völlig bei der Rezensentin, sie biegt die Dinge mit großen Geschick so hin, wie sie sie haben will und braucht, ohne wirklich eindringen zu wollen, aber sehr wirksam. Professor Max Stefl hat sich darüber so aufgeregt, dass er mir eine Karte geschrieben hat, ich soll mich nicht ärgern. Die »Zeit« ist ein wichtiges linkes Blatt, es freut mich nicht. Hoffentlich läßt sich Radio Zürich dadurch nicht abschrecken, den bestellten Beitrag in der Brechtserie zu bringen. Ich habe darin auch ein paar Sätze zu meiner Brechtgeschichte gesagt, weil sie mir nach einigen Mißverständnissen notwendig erscheinen. Ich habe ja sonst keine Plattform, wo ich mich wehren kann, hoffentlich wird mir der Passus nicht gestrichen. Bei denen, die »wollen«, wirds zwar nicht viel helfen, ich finde aber, dass man nicht alles stillschweigend einstecken soll. Es ist die alte Geschichte, ich bin ein wenig weltfremd und schreibe unvorsichtig, um etwas kräftig zu sagen. Da sind dic Angriffsflächen leicht gefunden.
Die Aufnahme sollte im münchener Funkhaus noch in der ersten Novemberhälfte steigen, ich bin jetzt etwas unruhig, weil Dr. Bruno Schärer von Radio Zürich sich bis jetzt nicht mehr gemeldet hat. Ich meine, inzwischen müßte er doch schon Näheres geschrieben haben, wenn es bei diesem Termin bleibt.
Es wäre schön, wenn ich Sie bei dieser Gelegenheit einmal wieder sehen könnte, Sie gehen mir sehr ab, ich werde ohne Sie so mutlos angesichts solcher absichtlichen Böswilligkeiten. Ich kann Ihnen aber leider noch keinen Tag schreiben, solang Dr. Schärer sich nicht meldet.
Ich würde mich sehr freuen, wenn Sie es einrichten könnten.
Wie ist die Puntila-Aufführung?
Ich hoffe, auf ein baldiges Wiedersehn!

Mit sehr herzlichen Grüßen
Ihre Marieluise Fleißer

323 An Hermann Kesten
Hotel Park Wald Apt. 10a
117 West, 58th street,
New York 19

20. 11. 64

Sehr verehrter Herr Kesten!
Hoffentlich sind Sie durch diese Adresse noch zu erreichen. Ich ließ sie mir schon vor mehreren Wochen vom Desch Verlag geben, mußte dann aber noch lang auf den Sonderdruck warten, den ich Ihnen beilegen wollte. Schon vor einem Jahr stand ich vor der Frage, ob ich Ihnen nicht meinen Band Erzählungen schicken sollte. Ich wußte nicht recht, ob ich Ihnen damit kommen darf. Ich möchte es aber jetzt doch wagen und Ihnen gleich noch eine neue Nicklgeschichte über meine Zeit nach dem Kriege beilegen und als Ergänzung zu »Avantgarde« einen kleinen Beitrag zu einer Brecht-Sendereihe von Radio Zürich. Die neue Nicklgeschichte ist autobiographisch. Die Brechtgeschichte ist dies nur in manchen Teilen, in anderen wieder nicht, entweder spukt mir da eine andere Frau hinein oder ein anderer Mann, der mir einmal nahestand, aus dem Rahmen der Brechtschen Möglichkeiten fällt sie nicht. Ich habe meinen Knall für Brecht geschrieben, der offenbar so stark war, dass er irgendeinmal heraus mußte, aber es ist eine Geschichte um Brecht. Wenn man irgendwelche realen Begebenheiten einbezieht, wird das sofort als Schlüsselgeschichte erklärt. Eigentlich tut man das doch aber immer, das ist beim Schreiben ein ganz normaler Vorgang, und ich wundere mich, dass ich ihn niemand erklären kann.
Die neue Nicklgeschichte gehört in einen Roman hinein, den ich vielleicht noch schreibe, wenn ich das Leben habe. Manchmal bin ich mutlos, dass es ja doch hoffnungslos ist. Offenbar darf man den Menschen nicht zumuten, dass man nach dreissig Jahren wieder auftaucht, nachdem man sich durch all das Begrabende hindurchgewühlt hat. Ich weiß nicht, wie das mit mir noch wird, möglicherweise läßt man mich gar nicht mehr aufkommen. Was nützt das, wenn ich verschiedene gute Besprechungen habe, wenn man mich aber nicht kauft weil ich verges-

sen bin. Zum Teil ist die Kritik auch sehr gehässig, ohne jeden wirklichen Maßstab für meine Sprache, man macht sich nicht die Mühe, genau zu lesen. In der Zeit, Hamburg stand vor kurzem eine geradezu überhebliche Besprechung von jemand, der sich die Dinge hinbiegt, wie er sie braucht und von der wirklichen Schwere der Behinderungen für unsereinen keine Ahnung hat.

Wir haben uns lange nicht gesehen, ich habe Sie immer in guter Erinnerung behalten. Mein Leben in großen Zügen: Sie wissen wahrscheinlich noch von der Verlobung mit diesem merkwürdigen Redakteur von der Berliner Börsen-Zeitung, der meinetwegen aus seiner Zeitung herausflog, wenigstens hat er dies mir immer so hingestellt, es werden wohl noch andere Dinge mitgespielt haben. Ich hatte es mit ihm sehr schwer. Nachdem meine Nerven durch seine dauernden Tobsuchtsanfälle völlig zerrüttet waren, ging ich im Herbst 32 nach Ingolstadt zurück. Die Verlobung wagte ich noch nicht sofort zu lösen, da er mich immer sehr bedroht hat. Heute schreibt er eine haßerfüllte Kritik über mich, obwohl er wissen müßte, was ich alles für ihn getan habe. Trotz vieler Bemühungen war es mir nicht möglich in einem Verlag eine Arbeit für mich zu finden, in meinem Elternhaus konnte ich nicht auf die Dauer bleiben. So habe ich mich 1935 entschlossen, dem Drängen eines alten Freundes nachzugeben, der heiraten mußte. Er hatte einen Tabakwarengroßhandel, aber zu wenig Geld dafür, hatte mir versprochen, dass ich mit dem Laden nichts zu tun haben müßte, und mich dann doch dafür hergenommen. Mir lag das in keiner Weise, ich hatte nicht einmal das Gedächtnis dafür. 1938 bekam ich einen schweren Nervenzusammenbruch, mein Mann nahm mich auf Weisung des Arztes aus dem Betrieb heraus, aber er konnte sich nicht damit abfinden. 1943 wurde ich zum Kriegseinsatz abkommandiert. Infolge der Schlaflosigkeit bekam ich zum Jahresende einen neuen Zusammenbruch, mein Mann mußte zum Schluß noch ins Feld. Das Haus, das wir bewohnten, wurde 1945 teilweise zerstört, das wurde eine große Plackerei, weil es bei jedem Regen schwamm, wir bekamen ein Jahr lang kein Dach. Nach der Währungsreform nahm mein Mann einen Teilhaber in sein Geschäft, der ihn innerhalb von vier Jahren ruinierte. Angesichts einer überwältigenden Schuldenlast mußte ich trotz allem wieder ins Geschäft, 1952. Wir hatten uns gerade aus den Schulden herausgearbeitet, da starb mein Mann 1958 an seinem schweren Herzleiden. Ich bekam unmittelbar danach einen Infarkt und war mit einer schweren Herzbeutelentzündung zehn Wochen im Krankenhaus. Es gelang mir noch in diesem Jahr einen Käufer für die Ablösung der Ware zu finden. Mit der sehr zusammengeschmolzenen Substanz konnte ich mich über die nächsten Jahre wegbringen. Vier Jahre lang suchte ich eine kleine Wohnung, da ich in der großen Wohnung nicht mehr untervermieten durfte. Der Hausherr strebte es an, sämtliche Mieter hinauszusetzen, um die Räume für gewerbliche Zwecke nutzbar zu machen und hat es mit eiskalter Rücksichtslosigkeit vom Dach bis zum Erdboden geschafft. Da ich anders keine Wohnung fand, mußte ich einen Acker verkaufen, der noch von meinem Mann her da war, kein Bauland, aber doch schon so viel wert, dass ich mich auf eine kleine Wohnung einkaufen konnte, und habe jetzt wenigstens diese Frage gelöst. Ich müßte eben immer noch was hinzuverdienen. Eine andere Möglichkeit als das Schreiben habe ich nicht, und das wächst mir nur sehr langsam zusammen. Ich kann nicht schreiben, ohne dass Substanz weggeht, und was habe ich schon erlebt, es war stets eine drangvolle Enge. Ich versuche jetzt viel zu lesen, so lange Jahre hatte ich keine richtigen Bücher und keine Ruhe für mich. Vielleicht komme ich einmal nach Rom im Lauf der nächsten anderthalb Jahre, ich habe mich in der Akademie für die Villa Massimo gemeldet, und da komme ich dann wohl auch einmal dran. Ich weiß nicht, ob Sie was damit anfangen können, wie ich schreibe. Es scheint, außerhalb von Bayern tun sich die Leute schwer die Sprache zu lesen.

Nun weiß ich wirklich nicht, ob ich Ihre Zeit nicht zu lang in Anspruch genommen habe. Ich hoffe, dass diese Sendung Sie bei guter Gesundheit erreicht und würde mich freuen, einmal von Ihnen zu hören.

Mit herzlichen Grüßen
Ihre Marieluise Fleißer

324 An Herbert G. Göpfert, Carl Hanser Verlag

den 5. 1. 1965

Sehr verehrter Herr Dr. Göpfert!

Ihr Brief hat mich ein wenig traurig gemacht. Ich muß gestehen, das war ein Schlag für mich. Andererseits ist zu verstehen, dass Ihnen alle diese Arbeit auf die Dauer zuviel werden mußte, und die moderne Literatur ist natürlich, vom Buchabsatz her gesehen, eine dornenvolle Sache. Der Markt wird von soviel Büchern überschwemmt, dass die Bücher gar nicht mehr aufgenommen werden. Ich verstehe nicht, dass Sie sich mit der »Mehlreisenden« noch so viel Arbeit machen, wenn ich Ihnen doch schon schrieb, dass ich die Arbeit daran abgebrochen habe. Ich kann nicht das mindeste darüber sagen, ob ich sie später nochmal aufnehme. Ich weiß selber nicht, wie das mit mir weitergeht, wenn ich auf meine Jahre und mein verschüttetes Leben sehe und die Reaktion der Jungen darauf beobachte. Die wollen ja mein verschüttetes Leben gar nicht und ich kann keinen Schwindel erfinden. Ich bin ziemlich ungehalten, wenn ich auf böswillige Verdrehung meiner Absichten stoße und frage mich, warum ich mich dem aussetze.

Am 13. Januar (Mittwoch) werde ich, wenn es nicht noch von Zürich aus rückgängig gemacht wird, in München sein. Ich würde dann nach meiner Ankunft in München etwa halb elf Sie gleich am Hauptbahnhof anrufen, ob wir uns treffen können und wann und wo. Ich muß am Nachmittag pünktlich zu einer Bandaufnahme (15 Uhr) im Funkhaus sein. Wenn ich bis zum Mittag nicht angerufen habe, dann mußte der Mann vom 3. Programm Radio Zürich neuerdings verschieben und ich bin dann nicht in München. Ich hoffe aber, dass es diesmal endlich was wird.

Es freut mich, dass Herr Arnold meiner Vorlesung Verständnis entgegenbrachte. Die jungen Leute dort waren ja aufgeschlossen, und es sind sogar eine Anzahl broschierter Exemplare dort verkauft worden. Man weiß natürlich nie, ob jemand drunter ist, in den ein Keim gelegt wurde. Ich melde mich also, sobald ich in München bin.

Mit herzlichen Grüßen

Ihre Marieluise Fleißer

325 An Erich Kästner

den 29. 4. 1965

Sehr verehrter Herr Kästner!
Beigeschlossen schicke ich Ihnen die nach Kriegs- und Nachkriegserlebnissen geschriebene Erzählung »Der Rauch«, die ich in das Hotel Parkwald schickte, ich legte außerdem »Avantgarde« bei und eine für Radio Zürich geschriebene autobiographische Erinnerung an den frühen Brecht – die ich nicht zuletzt deswegen schrieb, weil »Avantgarde« halt doch eine Geschichte war, sozusagen die innere Wahrheit eines Knalls – wenn auch um eine echte Gestalt.
Wie ich Ihnen schon sagte, hat es mich gewundert, dass ich von Kesten keine Antwort bekam, es hat mich auch betrübt. Ich wüßte gern, was daran schuld ist.
In »Der Rauch« ist mir ein blöder Schreibfehler unterlaufen, den ich nicht merkte. Statt Waffen SS muß es richtig heißen SS-Polizei. Alle Männer, die im Februar 45 aus dem Ingolstädter Luftschutz herausgezogen wurden, steckte man dort hinein, das war ein Einberufungsbefehl. Auch dass ich kriegsdienstverpflichtet wurde, war nichts, wogegen man sich wehren konnte, ich versuchte es ja und wurde zur Strafe um vierzehn Tage verfrüht eingezogen. Als ich einmal drin war, mußte mich der Amtmann, der mich wegen meiner chemischen Vorkenntnisse für seine Untersuchungsabteilung angefordert hatte, von der ersten Minute an gegen die Vertrauensleute der Partei verteidigen, die mich an einen möglichst schlechten Platz stellen wollten, weil ich auf einer schwarzen Liste stand. Ich hatte noch nicht eine Stunde lang meine Arbeit angetreten, war auch schon die Werkpolizei bei mir, die mich über die »Pioniere in Ingolstadt« verhörte. Es blieb mir gar nichts übrig, als meine Dienstpflicht zuverlässig zu erfüllen, weil ich allzuscharf beobachtet wurde. Ich habe in meiner Vaterstadt bis zum Kriegsende als eine verfemte und gemiedene Person gelebt. Dass man mich nach dem Krieg verhaftete, war grotesk und geht, wie man mir sagt, auf eine Denunziation angeblich wegen Schwarzhandel meiner Zwangsuntermieterin zurück, deren zwei Zimmer bis zum letzten Kriegstag mit Hitler- und Göringbildern vollge-

hängt waren und die eine Wut auf mich hatte, jetzt könnte es mir besser gehn als ihr. Sie hatte Kinder und wollte mir wohl, während ich eingesperrt war, die Wohnung wegnehmen.
Es kann sein, dass solche Umstände dem im Ausland Lebenden rätselhaft erscheinen, er vermutet etwas dahinter, was nicht ist. Ich muß gestehn, dass das Schweigen Kestens einige Bitterkeit in mir herangeschwemmt hat. Das Dritte Reich hat mein Leben zerstört, das völlig anders verlaufen wäre, und ich bin erschüttert, wenn ich nach allen schweren und trostlosen Erlebnissen mich noch dafür verteidigen muß, dass ich versuchte zu überleben. Ich hing mit heißem Herzen an meiner Muttersprache, ohne die ich nicht sein wollte. Ich bin nicht gerade geschickt, schon gar nicht in einer fremden Sprache und war mir nicht gescheit genug, was ich anders hätte tun können.
Ja, sonst weiß ich nichts, es sei denn Kesten trägt es mir nach, dass ich 1929 unter den eigensinnigen Einfluß meines damaligen Verlobten Draws-Tychsen geriet, der mich absorbierte und mir den Umgang mit dem Brechtkreis für ein paar Jahre unmöglich machte. Ich war meinem Verlobten geradezu verfallen, zu meinem Unglück, ich weiß es. Das war etwas rein menschlich Bedingtes und hatte mit Politik nichts zu tun.
Vielleicht zerbreche ich mir über Möglichkeiten den Kopf, die nicht gegeben sind, und Kesten hat die Sendung nicht erhalten, obwohl sie eingeschrieben war. Ich bringe es jetzt nicht mehr fertig an ihn zu schreiben. Ich wüßte nur gerne, woran ich bin.
Ich freue mich, dass wir den Preis für Koeppen so einstimmig durchbrachten, bei den vorangegangenen Sitzungen versuchten einige es abzuwehren. Ich glaube, das große Aufgebot, mit dem die Abteilung antrat, hat die Widerstände im Keime erstickt. Oder sie haben inzwischen mehr gelesen.
Ich hoffe, Sie mit meiner Sendung nicht zu stören.

Mit herzlichen Grüßen Ihre

326 Von Erich Kästner

München 27, Flemingstr. 52
den 20. 5. 65

Liebe Frau Fleißer,
entschuldigen Sie, daß ich erst heute antworte. Es gab viel zu tun, und ich wollte doch vor dieser Antwort Ihre Erzählung »Der Rauch« in Ruhe und mit gebotener Gründlichkeit lesen. Daß mich Ihre literarischen Arbeiten seit eh und je interessiert haben und noch immer interessieren, wissen Sie vielleicht. Auch gehöre ich gewiß zu denen, die es lebhaft bedauern, daß Sie so wenig publizieren.
Ob Kesten nun die Beiträge, die Sie ihm geschickt haben, zugesagt haben oder nicht, – jedenfalls bitte ich Sie, sich darüber, daß er nicht geantwortet hat, keine Gedanken zu machen. Warum er nicht geantwortet hat, wird bestimmt Gründe haben, die mit seinem Urteil über Ihre Beiträge nichts zu tun haben. Meines Wissens wird er wohl noch in diesem Monat nach Europa kommen, sicher auch nach Deutschland und auch nach München. Die Angelegenheit wird sich demnach in Bälde aufklären, und sicher auf eine Weise, die Ihre Besorgnis und Ihren Verdruß gegenstandslos machen werden.

Mit herzlichen Grüßen und Wünschen
Ihr Kästner

327 An Grete Scheel-Pröhl, Stuttgarter Zeitung

den 6. Juni 1965

Sehr verehrte Frau Pröhl!
Herzlichen Dank für Ihren Brief und die mir zugesandte Kritik, über die ich mich besonders freute, vor allem auch weil sie in der Stuttgarter Zeitung stand.
Den autobiografischen Bericht »Der Rauch« habe ich, was Sie nicht wissen können, erst Anfang des vorigen Jahres geschrieben. Er könnte natürlich auch von früher stammen, aber ich war ja viele Jahre hindurch sehr beschnitten in meiner Zeit. In »Das Pferd und die Jungfer« geht es nicht [um] eine von mir er-

dachte Figur. Es ist eine wahre Geschichte und wurde mir von einer Person erzählt, der sie mit ihren Einzelheiten widerfuhr. Dort war es ein absonderlicher und ernüchternder Rohstoff, der in einem dafür günstigen Augenblick mit meinem eigenen bestimmenden Lebensgefühl hoffnungsloser Ausgestoßenheit zusammentraf, wie sie das Dritte Reich mir brachte und wie sie nicht etwa mit dem Dritten Reich von mir ging, sondern mich festhielt. Ich habe Beides zu etwas Neuem verschmolzen und über die Trivialität hinaus zum Zünden gebracht.
Ich freue mich, wenn ich Ihnen mit der Lesung ein bischen was geben konnte.

Mit herzlichen Grüßen
Ihre Marieluise Fleißer

328 An Gerd Semmer
403 Ratingen-Tiefenbroich, Offerkampweg 8

24. 6. 65

Sehr geehrter Herr Semmer!
Zweifellos hat Brecht geprägte Dinge gesagt, leider habe ich sie mir nicht gemerkt, mein Gedächtnis läßt mich im Stich. Ich will versuchen einiges herauszugraben, damit Sie nicht ganz leer ausgehn.
Über »Freundschaft« hatte B. die zynische Ansicht, »in der Provinz sind die Leute noch dankbar.«
Es gab 27 oder 28 einen Film mit dem Titel »Blutsbrüderschaft« von einem englischen Regisseur. Der Film hatte eine Vorszene, in der englische Kinder sich beim Spielen im Garten den Arm ritzen und Bruderschaft schwören. Der eigentliche Film dreht in Afrika. Rätselhafte Vorgänge bei den Kämpfen um ein Wüstenfort, das Verschwinden von Legionären, finden eine späte Aufklärung in jener ernst genommenen Kinderepisode. B. war von dem Film begeistert. Zum ersten Mal, sagte er, habe ihn durch ein Kunstwerk die Sache überzeugt, die man Treue nennt.
B. veranlaßte Moriz Seeler (Junge Bühne) mein Jugendstück »Fegefeuer in Ingolstadt« (Titel von Seeler) am Deutschen

Theater Berlin uraufzuführen, 26. April 26. »Am schlimmsten wird Sie Alfred Kerr verreißen«, hatte Brecht mich vorbereitet, »er verreißt alles, was von mir kommt.« Als Kerr wider Erwarten gut für mich schrieb, verfiel Brecht in tiefes Nachdenken und sagte: »Er wird schon weich.«

Auf Kerr hatte Brecht eine unverwelkliche Wut, und wenn Kerrs Name im Gespräch fiel, verfehlte Brecht nicht düsterblickend hinzuzufügen: »Er gräbt sein Grab.«

Ende April 26 spielte die Weigel in der Volksbühne, Brecht wollte sie in ihrer Garderobe besuchen und nahm mich mit; wir drangen nicht über die Portiersloge hinaus. »Ich kenne Sie«, sagte der Portier, »Sie sind der Herr Brecht, ich darf Sie nicht einlassen.« – »Sie haben mich ja sonst eingelassen«, sagte Brecht. »Das war einmal«, sagte der Portier. Brecht hatte schon gewußt, dass er Hausverbot hatte, er wollte es nur darauf ankommen lassen, und jetzt wollte er nicht gehn, er verlangte, dass dann wenigstens die Weigel zu ihm herauskäme. Wir standen eine ganze Weile vor dem Portier, der Portier telefonierte nur, weil Brecht so hartnäckig war. »Sie kommt in der nächsten Pause«, sagte er. Noch einmal standen wir eine ganze Weile am Windfang, niemand sagte, wir sollten uns setzen. Da sagte Brecht: »Oderint, dum metuant!« Als die Weigel kam, beschwerte B. sich heftig: »Man läßt mich nicht zu Dir hinein, was soll das heißen?« Er wußte genau, was es heißen sollte, die Weigel wußte es auch. B. schaute sie an, als ob er sie verantwortlich mache. Peinlich berührt fuhr sie den Portier an »wie können Sie so was tun!« Sofort tat es ihr leid, sie zog uns ein paar Schritt beiseite. »Der Portier ist kein unrechter Mann«, sagte sie, »er würde dich einlassen, wenn er könnte.« Brecht wurde freundlich.

Nach der Uraufführung meines Jugendstücks schleppte Brecht mich zu Ullstein und handelte einen Rentenvertrag für mich aus, Julius Elias nahm mich mit offenen Armen auf. An diesem Tag sorgte Brecht für mich wie eine Mutter, die mich mit Warnungen spickte. »Er wird Ihnen eine junge Schauspielerin empfehlen«, sagte er von Elias, »dass Sie ihr eine Rolle versprechen in einem Stück, er hat sie uns allen empfohlen, und da müssen

Sie im voraus wissen, Sie sagen nein. Lassen Sie sich nicht fangen, verstanden. Sie kann nichts, sie hat einen krachledernen Arsch, das ist alles.«

Brecht fand es geschmacklos, wenn Zwerge aus ihrem Mißwuchs ein Schaugeschäft machten. In einem Kino mit kabarettistischem Zwischenprogramm las Brecht während einer ganzen Zwergennummer ostentativ eine Zeitung, die er mit weit ausgebreiteten Armen vor sich hinhielt. Der Zwerg schnitt ihm eine Fratze.

Brecht fuhr leidenschaftlich gern Autobus und zwar oben in der ersten Etage, wo man im Freien saß. Mit Vorliebe fuhr er mit Lotte Lenja, die eine Begabung hatte, im Autobus ausgelassen zu werden. Brecht erinnerte sich noch 1956 daran, dass die Lenja vor den Fahrgästen schier eine Nummer zum besten gab. Darüber weiß ich keine Einzelheiten, vielleicht erfahren Sie darüber von Frau Lenja, die zur Zeit in Deutschland ist.

Was es mit dem Spinngockel auf sich hat, könnte Ihnen nur Herr Münsterer sagen (O. B. Münsterer) Jugendfreund aus Augsburg, jetzt Arzt in München, Naupliastraße Nummer weiß ich nicht, hat Erinnerungen an Brecht in Buchform herausgebracht.

Der Mann mit dem Holz war Josef Aufricht. Brecht sagte mir, er sei Millionär geworden im Holzhandel. Er freute sich diebisch über die Rolle, die er dann im Theaterleben spielte. Er schwärmte Brecht im Auto vor: »Wer war Aufricht?« (nämlich als er reich aber unbekannt war.)

Ich weiß nicht, ob Sie von Elisabeth Hauptmann erfahren können um welchen Lebenskünstler es sich bei jener Veranstaltung im Sportpalast handelte. Der Mann hielt Vorträge über Lebenskunst oder so was Ähnliches. Brecht hatte mich darauf aufmerksam gemacht und ging selber auch hin, er wollte immer was lernen. Brecht machte freche Zwischenrufe und weil er im Saal erkannt wurde und man dem Vortragenden zuflüsterte, um wen es sich handle, suchte dieser ihn zu bestechen, indem er aus seinem Etui eine Zigarre zog und über mehrere Sitzreihen hinweg von der Bühne herunter an Brecht weiterreichen ließ.

Brecht forderte den Redner öffentlich auf, zu einer Diskussion in Brechts Atelier zu erscheinen und der Lebenskünstler sagte es zu, aber hinterher kniff er, er kam nicht. Die Zigarre, sagte Brecht, war eine sehr gute und teure Zigarre und die Frauen, die dem Lebenskünstler seinen Stil bezahlten, ließen es ihm offenbar an nichts abgehn. (Der Mann hatte vorübergehend großen Zulauf, Brecht bezeichnete ihn als reines Großstadtphänomen.)
Mehr will mir nicht einfallen. Vielleicht können Sie was gebrauchen. Ich behalte mir natürlich mein geistiges Eigentumsrecht vor, falls ich das eine oder andere irgendeinmal verwenden will. Mit freundlichen Grüßen

Marieluise Fleißer

329 An Wolfgang Koeppen

München 23, Löwithstraße 2

den 14. 7. 65

Verehrter Herr Koeppen!
Hier das Büchlein. Ich wüßte gerne, was Sie für einen Eindruck haben und bitte um den ungeschminkten Eindruck, nicht um Höflichkeit. Die erste Geschichte wurde als Schlüsselgeschichte abgestempelt, aber so eng ist das nicht zu nehmen. Daneben (und deswegen geschrieben) existiert eine streng biographische Aufzeichnung meiner Begegnung mit Brecht, die ich schon vorigen Sommer im Auftrag von Radio Zürich schrieb, die aber im Rahmen einer Brechtreihe erst diesen Winter gesendet wird. Ich lege Ihnen den Schluß daraus bei, in dem ich mich auf die Geschichte »Avantgarde« beziehe.
Ich persönlich bin überzeugt, daß Brecht selber die Geschichte mit großem Interesse gelesen hätte, vielleicht hätte er auch ein paar Worte voraus geschrieben, denn er wäre der erste gewesen, der sie zu Gesicht bekam. Er war durchaus bereit mir zu helfen, nur war mir in meiner so festgefahrenen Situation fast nicht zu helfen. Wie kann ein Mensch sich noch in das Wagnis stürzen, dass er ausschließlich vom Schreiben leben muß, wenn sich die Dinge so langsam in ihm bilden, wenn er seine Jugend hinter

sich hat und wenn er durch den grausamen Zwang der Umstände nur auf ein verschüttetes zusammengepreßtes Leben zurückblicken kann, sodass etwas in ihm sich sträubt, sagen zu müssen, wie es wirklich war? Und etwas anderes kann er ja gar nicht sagen.
Die Kritik, die mir überwiegend widerfuhr, steht für mein Gefühl zum Buch in keinem echten Verhältnis, man erkennt es nicht wieder, wenn man sie liest. Ich bilde mir ein, dass das kleine Buch ein unzerstörbares Leben hat, auch wenn man es jetzt beiseiteschiebt und nur wenig liest. Es ist naiv, und ich wage zu sagen, was Brecht an mir mochte, war gerade die Naivität, und ich halte es für etwas Gutes, dass diese wenigstens mir nicht verlorenging.
Natürlich sind es Bruchstücke. Ein großes Ganzes zu geben wird mir angesichts der Zertrümmerung, die mir widerfahren ist und die bis in die Zertrümmerung meines Erinnerungsvermögens geht, vielleicht nicht möglich sein. Nun, ich habe schon zuviel darüber geschrieben. Sie werden Ihren Eindruck selber bilden.
Ich habe mich gerne und sehr dafür eingesetzt, dass die Akademie nicht länger an Ihnen vorüberging. Ich hoffe, es hat Ihnen ein wenig Freude gemacht. Ich habe mich aufrichtig gefreut, Sie einmal zu sehen und bin

mit allen guten Wünschen für Ihre Arbeit
Ihre Marieluise Fleißer

330 Von Hermann Kesten

Grand Hotel Continental München
p. A. Kurt Desch Verlag München 19 Romanstr. 7-9
17. Juli 1965

Liebe und verehrte Marieluise Fleisser,
Kästner erzählt mir, wie Sie mit Recht sich über mich beklagen. Dabei liebe ich Ihre Arbeiten wie eh und je, bewundere vieles und denke mit Rührung an alte Zeiten zurück.

Bald schreibe ich Ihnen mehr. Inzwischen mit herzlichsten Grüssen stets Ihr Hermann Kesten

331 Von Wolfgang Koeppen

München, den 26. Juli 1965

Sehr verehrte, liebe Frau Fleißer,
ich habe die mir so liebenswürdig geschickte »Avantgarde« gelesen und möchte Ihnen nun gleich sagen, daß ich die Schrift ein ursprüngliches, in der trefflichen Sprache unverkennbares Werk der Fleißerin, wie wohl Kerr sie nannte, finde: ich denke an die »Pioniere« und das »Fegefeuer«, und das freut mich! Andererseits verstehe ich etwas die Schwierigkeiten, die Sie hatten. Brecht ist ein Klassiker geworden, zu den Göttern entrückt, allzuviele behaupten, mit ihm gelebt, von seinem Genius empfangen zu haben. Und er ist noch nicht lange genug tot, um ihn schon in einem so intimen Spiegel zu zeigen. Viele rufen da Sakrileg, während sie später wohl sagen werden: sieh mal an! Ich bin Brecht leider nur sehr peripher begegnet, kann also nicht beurteilen, wie weit das Bild stimmt. Doch glaub ich's Ihnen! Ein Ungeschick ist das mit dem »Juden«. Ich weiß, Sie meinen das wie der »Dichter«. Aber dies Wort ist nun zu belastet, und der Jude war doch sicher Theaterleiter, Regisseur, Dramaturg, Agent, Verleger oder sonstwas. Auch so bezeichnet, hätte er die Ratgeberrolle jüdisch (was ich durchaus positiv sehe) erfüllt. Was alles nicht meine ehrliche Freude über ihre schön eigenartigen und kräftigen Sätze mildert.
Auf Empfängen bin ich immer etwas verwirrt. So fürchte ich, Ihnen nicht recht für die Würdigung gedankt zu haben. Mir hat sie aber sehr gefallen, und es ist mir wichtig zu wissen, daß sie von Ihnen kam.

Mit herzlichem Gruß bin ich Ihr Ihnen sehr ergebener
Wolfgang Koeppen

332 Von Hermann Kesten

c/o Verlag Kurt Desch, München
Roma, 29. Juli 1965

Liebe und verehrte Marieluise Fleißer,
erst in Rom erhalte ich Ihren Brief vom 19. Juli. Ich war in München diesmal nur auf der Durchreise, sah meine Verleger und Erich Kästner und musste leider wieder weg. Ich hätte mir sehr gewünscht, Sie wiederzusehen, nach so langen Jahren, umso mehr als ich mich von Herzen gefreut habe, in Ihren neuen Arbeiten wieder ihr starkes und originales Talent zu finden. Schon vor vielen Jahren hatte meine Frau mich auf eine Ihrer neuen Geschichten aufmerksam gemacht, die sie in einer Zeitung gelesen hatte. Sie können sich denken, daß ich auch Ihre Brecht-Erinnerungen und Brechtgestaltung mit dem größten literarischen aber auch mit großem persönlichen Intercsse gelesen habe. Übrigens habe ich einen Aufsatz über Brecht in meinem Buch LAUTER LITERATEN im Verlag Kurt Desch geschrieben.

Daß meine Zeit knapp sei, stimmt gar nicht. Nur sind, seit ich Deutschland verlassen hatte, 1933, meine Aufenthalte in Deutschland meist knapp gewesen, viel zu knapp für mich auch, da es mein Vergnügen einschränkt, meine so zahlreichen alten und neuen Freunde in Deutschland wiederzusehen. Ich hoffe im Herbst ausführlicher in München zu bleiben und werde Ihnen dann gleich schreiben, damit wir uns in Ingolstadt oder München wiedersehen. Wenn ich mich nicht irre, war ich noch nie in Ingolstadt und ich kenne es hauptsächlich aus Ihren Werken.

Mit den schönsten Grüßen, auch von Toni, die Sie gleichfalls sehr gern wiedersehen möchte, bin ich Ihr ergebener
Hermann Kesten

333 An Arno Schmidt
3101 Bargfeld Kreis Celle

den 4. 10. 1965

Sehr verehrter Herr Arno Schmidt!
Wie besprochen schicke ich Ihnen mein kleines Büchlein »Avantgarde« sowie die im vorigen »Jahresring« erschienene Erzählung »Der Rauch«. Die zuletzt geschriebene Erzählung »Die im dunkeln« werden Sie ja im neuen »Jahresring« vorfinden. Ich will hoffen, dass Ihnen der süddeutsche Sprachduktus keine unüberwindlichen Schwierigkeiten macht.
Dies ist nun freilich kein entdeckerisches Experiment, sondern einfach ein ehrlicher Versuch zu erzählen, was sich an echter Lebenserfahrung in mir verdichtet hat. Ich bin mir schmerzhaft bewußt, dass ich nur Trümmer geben kann, weil mir mein eigentliches Leben nun eben zertrümmert wurde, das läßt sich halt nicht ändern, und weil ich nicht mehr jung und gesund genug bin, um mir das zurückzuholen, was mir verweigert wurde.
Ich lebe hier als ein ziemlicher Einsiedler und bin vor nicht ganz zwei Jahren durch einen Zufall auf Ihre Bücher gestoßen und habe mich um sie bemüht, nachdem sie mich früher wie ein Fremdkörper abgestoßen haben. Auf einmal waren sie das, was ich brauchte und ich glaube, sie haben etwas in mir aktiviert, sie haben mir Leben gegeben. Ich weiß nicht, ob ein Außenstehender einen Unterschied merken kann an der späteren Geschichte, ich jedenfalls habe es so empfunden. Ich hoffe nur, es geht nicht wieder fort, bei mir wird alles sehr schnell verschüttet, mein Gedächtnis läßt mich im Stich. Ich kann nicht viel Staat mit mir machen, ich arbeite viel zu langsam, als dass ich noch auf eine große Produktion hoffen dürfte. Auch sind meine persönlichen Erinnerungen von sehr widerspenstiger Art, da ich widerspenstig gelebt habe wie in einem Gefängnis und mir auch nach dem Krieg nicht heraushelfen konnte, zuviel stand dem entgegen. Ich würde lieber nicht bloßlegen müssen, was ich leben mußte, ich würde es am liebsten vergraben, und ich bin außer mir, wenn dann andere ihre ahnungslosen Schnäbel daran wetzen, sie, denen alles erspart geblieben ist und die

nicht wissen, was sie da eigentlich tun. Aber ich habe eben nichts anderes und beneide jene, die aus der Phantasie schöpfen können, mir ist das nicht gegeben.
Ich habe mich gefreut, dass ich Sie begrüßen durfte und ich wünsche mir, dass ich noch viel von Ihnen lesen kann.

Mit herzlichen Grüßen
Ihre Marieluise Fleißer

334 An Therese Giehse
8 München 22, Wurzerstraße 16/IV

den 5. 10. 1965

Liebe, verehrte Frau Giehse!
Da man mich nun in Fulda ein wenig bedacht hat, beeile ich mich, Ihnen die beiden Beträge, die Sie mir 1964 und 1965 für die Krankenkasse zur Verfügung stellten, mit herzlichem Dank zurückzugeben. Ich hoffe, Sie haben das Geld inzwischen schon durch die Post erhalten. Jetzt war ja die einzige Gelegenheit für mich, das zu tun und da gab es kein Zögern, ich mußte sie gleich beim Schopf packen. Ich danke Ihnen nochmal herzlich, dass Sie mir das seinerzeit angeboten haben, Sie wissen, ich hatte so was nicht verlangt. Ich habe mich überzeugen lassen, als Sie mir sagten, Sie wollten eben das Richtige tun. Trotzdem habe ich mir vorgenommen, das wieder ins Reine zu bringen, sobald es nur ging. Wenn ein Verlag so was macht, würde ich mir nicht das Geringste dabei denken, privat verschiebt es die Ebenen auf eine Weise, wobei mir nicht wohl ist. Meine Freiheit ist für mich ein sehr großes Gut, ich habe sie solange nicht gehabt und habe sie erst seit 1958 wieder, ich will sie nicht verscherzen, ich kann sonst nicht atmen. Ich will versuchen, das auch in der Zukunft zu derkraften, ich bin jetzt schon in der Kasse drin und weil eine Kündigung nur auf einen bestimmten Termin stattfinden kann, der mit ziemlichem Nachteil verbunden ist, versucht man ja drin zu bleiben.
Dabei hoffe ich sehr, dass ich vom »Starken Stamm« wieder Einnahmen habe und nicht zu unwesentliche, hoffe ich, es soll

ja eine ganze Weile herhalten. Wenn bloß das Buch besser gehen würde, dass eine Neuauflage gemacht werden könnte!
Das Nachkriegsstück, das ich schreiben wollte, ist mir schon wieder ins Dunkel gerückt. Vor ein paar Monaten dachte ich, ich würde nun daran gehn, aber es stockte sehr schnell, ich weiß wirklich nicht, was da schuld ist. Radio Zürich zieht die Veröffentlichung der Brecht-Sendereihe auch endlos hinaus, sodass ich meinen Beitrag anderswo nicht verwerten kann, ich hatte nicht mit einer derart langen Wartezeit gerechnet. Bezahlt ist er ja schon, aber ich würde ihn spielend ein zweites Mal losbringen, wenn er endlich freigegeben wäre. Außerdem ist er so geschrieben, dass er eben ziemlich bald nach Erscheinen meines Buches der Öffentlichkeit zugänglich werden sollte, das heißt man wirklich eine gute Absicht aufs Eis legen!
Ich war zweimal kurz in München, aber nur für ein paar Stunden. Beim zweitenmal habe ich Sie anzurufen versucht, Sie aber leider nicht erreicht.
Wie geht es Ihnen und was machen Sie? Fulda war ziemlich anstrengend, man hatte mir ein Hotelzimmer sehr weit außerhalb gegeben, sodass ich dauernd Taxi nehmen oder auf ein wenig Erholung zwischendurch verzichten mußte, ich habe abwechselnd das Eine und das Andere getan.

Mit herzlichen Grüßen Ihre

335 An Walter Höllerer
Redaktion Akzente
Wichtig!

23. 10. 65

Sehr verehrter Herr Höllerer!
Durch Herrn Bender hörte ich zu meiner Freude, dass Sie meine originären Brechterinnerungen für die *Akzente* angenommen haben. Leider ist vorderhand die Rechtslage nicht klar, wie ich Herrn Bender von Anfang an sagen mußte, d.h. ich kann in eine Veröffentlichung nicht einwilligen, solange Radio Zürich, welches als ursprünglicher Auftraggeber den Beitrag

bei mir für eine Brecht-Sendereihe bestellte, die Arbeit nicht gesendet hat. Unter diesem Vorbehalt habe ich Herrn Bender die Arbeit seinerzeit gegeben, ich hätte sie noch bei mir zurückgehalten, wenn Herr Bender mich nicht wiederholt aufgefordert hätte, sie wenigstens einmal lesen zu lassen.
Der Beitrag wurde mir sofort und gut honoriert, dann sagte man mir, dass sich die Sendung hinauszögern würde, weil verschiedene Beiträge zur Reihe nur sehr schwer zu bekommen seien. Die berüchtigten vorgedruckten Rundfunkhonorarbedingungen sehen vor, dass ich nichts machen kann, wenn die Sendung auf einen späteren Zeitpunkt verlegt wird.
Natürlich freut mich das nicht, dass es sich solang hinauszieht. Ich hatte meinen Beitrag in der Vorstellung geschrieben, dass er bald veröffentlicht würde. Es wäre sogar gut, wenn Sie eine kleine Vornotiz machten, dass meine Arbeit bereits im August 64 geschrieben wurde und für eine baldige Veröffentlichung von mir vorgesehen war, aber vom ursprünglichen Auftraggeber Radio Zürich nicht früher freigegeben werden konnte.
Versprochen war mir, dass Radio Zürich die Sendereihe diesen Winter 65/66 bringt. Gehört habe ich nichts. Ich habe an Herrn Dr. Bruno Schärer, Radio Zürich, Postfach Zürich 42 bereits geschrieben, dass ich meinen Beitrag zur Sendereihe aus besonderen Gründen im Januar in Berlin veröffentlichen möchte und bis dahin dringend um Freigabe bitte, leider habe ich bis heute keine Antwort.
Vielleicht können Sie, wenn Sie sich an ihn selber wenden, Definitives erfahren. Ich hoffe sehr, dass eine Veröffentlichung in den *Akzenten* im Januar möglich ist.

Mit allen guten Wünschen und herzlichen Grüßen

Ihre

336 An Hermann Kesten
Über Verlag Kurt Desch

den 5. 11. 65

Sehr verehrter Herr Kesten!
Ich habe mich aufrichtig gefreut, Sie nach so langer Zeit einmal zu sprechen, habe mir aber auch meine Gedanken gemacht. Es fiel mir auf, dass Sie über meine Situation in Hitler-Deutschland kaum eine richtige Vorstellung haben. Ich konnte das auch nicht ausräumen, es liegt mir wenig darüber zu sprechen, wenn ich nicht gerade was in Form einer Geschichte loswerde. Vielleicht sollte ich aber doch klären: Obwohl ich nicht verhaftet wurde – und ich möchte annehmen, dass mein damaliger Verlobter da etwas erreichen konnte – hatte ich doch keinen Grund mich geborgen zu fühlen, ich mußte mich immer fürchten. Ich wurde von den Studenten verbrannt und nach der Machtergreifung als mißliebige Autorin im Völkischen Beobachter namentlich benannt. Solche Benennungen wirkten auf die öffentliche Meinung ein, es war ein an den Pranger Stellen. Die Reaktion der Bevölkerung in einer so kleinen Stadt wie Ingolstadt war dementsprechend, ich wurde gemieden, man schlich um mich herum wie um eine Aussätzige. Die Heirat meines Mannes wurde noch nach Jahren verurteilt, meine eigene Zugehfrau durfte mich noch nach Jahren dumm anreden, das Personal es mich merken lassen. Vor meiner Heirat waren drei Jahre lang meine Bemühungen um eine einigermaßen passende Arbeit fehlgeschlagen, und meine Ehe wurde nicht etwa eine stille Insel. Die Doppelbelastung von Haushalt und Geschäft war von vornherein gegeben, und ich meine den anspruchsvollen Haushalt der unteren Schichten, keinen Haushalt unter Künstlern, sofort nach dem Mittagessen ging es dann im Geschäft los. Mein Mann hatte kein Gefühl dafür, was möglich war und was nicht, er verschliß die Menschen. Drei seiner weiblichen Angestellten hatten ihm aus diesem Grund nacheinander einen Korb gegeben, als er ihnen einen Heiratsantrag stellte, sie kannten ihn, ich in meiner Weltfremdheit wußte nicht, worauf ich mich einließ. Solang ich verheiratet war, habe ich sehr viel schlechter ausgeschaut als jetzt. Ich bemühe mich, sonst nicht darüber zu sprechen, aber wenn

ich nie was sage, hat man eben keine Vorstellung von dem, was ich ertrug. Für mich war es auch nicht schön und ich habe es nur geschluckt, weil mir nichts anderes übrigblieb. Ein verfehltes Leben ist etwas sehr Schweres und es dauert sehr lang. – In den Kriegseinsatz wurde ich im Januar 43 sehr frühzeitig einberufen, ich erhielt den Befehl vom Samstag auf einen folgenden Montag, obwohl es sonst üblich war, dass man eine Frist von vierzehn Tagen bekam, um die Umstellung vorzubereiten. Bei meiner Vorstellung vor dem Major in der MG-Kaserne wurde es ganz deutlich, dass ich auf einer schwarzen Liste stand. Er hatte mich bereits als Angestellte für ein Büro eingeteilt, gab aber dann telefonisch meine Personalien durch, erhielt nach ein paar Minuten Rückantwort, worauf er völlig verändert war, die Einteilung umstieß und mich als Hilfsarbeiterin verpflichtete, die Bezahlung war dort das Mindeste vom Möglichen, die Arbeit schlecht. Nur aus Mangel an Leuten mit der nötigen Schulbildung wurde ich vom Amtmann für eine bessere Arbeit angefordert und ich war Zeuge, wie man ihm das telefonisch umzustoßen versuchte und wie er sich deswegen herumstritt, aber nicht nachgab. So wurde ich für Angestelltenarbeit zwar eingesetzt, aber als Hilfsarbeiterin geführt. Mein mir unmittelbar vorgesetzter Feldwebel sagte mir unverblümt, ich könne von Glück sagen, dass ich nicht den Russen-Lokus putzen müsse. Auch so mußte ich als einzige meiner Abteilung jeden Samstag den mich treffenden Teil der Werkhallen putzen. Das war viel Schmutz und man gab mir aus einer Lumpenkiste völlig unbrauchbare Tüllhadern dazu, verlangte aber Sauberkeit, sodass ich tatsächlich mit dem eigenen schwer zu beschaffenden Putzlumpen meiner Wohnung in den Arbeitseinsatz ging. Dass ich eine Stunde nach meinem Arbeitsantritt von der Werkpolizei bereits wegen den Pionieren in Ingolstadt und wegen Brecht verhört wurde, habe ich Ihnen ja bereits erzählt. Das alles ist eine noch ungeschriebene Geschichte, und in der Nacht jagte einen der Bombenalarm in den Keller. Dass ich wenigstens am Heereszeugamt in Ingolstadt arbeiten konnte, war noch ein Glück, ohne das von mir verlangte amtsärztliche Zeugnis auf Grund meines früheren Nervenzusammenbruchs hätte ich zum Einsatz nach Desching gemußt. Dort war zwar die Arbeitsstätte modern und nicht so rettungslos veraltet wie im Zeugamt, aber man mußte viel schleppen und es bedeutete jeden Morgen aufstehn um vier Uhr, weil der Bahnhof entfernt liegt und der Arbeiterzug ungünstig abfuhr, in Desching lungerte man dann bis zum Schichtbeginn eine Stunde herum. Ich schreibe Ihnen das nur, weil ich denke, ich habe Ihnen zu wenig erzählt, Sie sehen das zu rosig.

Inzwischen habe ich die neue Geschichte »Die im dunkeln« bekommen und schicke sie Ihnen gleich. Ich habe auch von den beiden Geschichten des Jahresrings je ein Exemplar für Herrn Landshoff beigelegt. Die »Avantgarde« habe ich leider nicht greifbar, es wäre gut, wenn Sie ihm, wie Sie sagten, Ihr Exemplar wenigstens zeitweilig geben. Später könnte ich dann eines beschaffen, wenn er es haben will.

Ich hoffe, dass Ihnen und Frau Toni die neue Geschichte gefällt und wünsche Ihnen alles Gute und gutes Gelingen für Ihren neuen Roman. Ihre Marieluise Fleißer

337 An Dieter Sturm, Schaubühne am Halleschen Ufer
Dramaturgie
1 Berlin 61, Großbeerenstraße 89

den 23. 11. 1965

Sehr verehrter Herr Dieter Sturm!

Herr Dr. Greuel hat mir eine Kopie Ihres Briefes geschickt, den ich nun schon tagelang in meinem Gemüt trage, da ich darüber etwas unglücklich bin. Durch die Einführung der Autorin hatte ich versucht, meinen heutigen Standpunkt zum Stück zu geben, der sich jetzt, wo ich nicht mehr in meiner Fallgrube eingesperrt bin, natürlich verändert und erweitert hat. Es erscheint mir nicht richtig, wenn ein Betrachter von außen an das Stück herantreten soll mit der unwillkürlichen Einstellung, als wäre es erst jetzt geschrieben, und wenn er sich nicht über die eingeengten Voraussetzungen klar ist, unter denen es entstand. Ich fühle mich also jetzt, wenn meine Sprecherin weggelassen wird,

ein wenig unbewehrt, und ich bitte Sie nochmal nachzudenken, was man da machen kann. Mir persönlich erschien das Stück durch die Hinzufügung der Autorin reicher und vielschichtiger, es hätte mich wirklich interessiert.
Ich kann den Regisseur natürlich nicht zwingen, wenn es ihm in dieser Form gegen den Strich geht. Ich wüßte aber wirklich gern, ob nicht doch andere Erwägungen als die rein künstlerischen mitgewirkt haben.
Im übrigen bleibt für mich die Hauptsache, dass wir eine Verbindung geschaffen haben, die mich ermutigt, vielleicht doch einmal wieder was für das Theater zu schreiben.
Sie sagten mir im Sommer, Sie würden mich wohl im Dezember einmal aufsuchen wegen eines Interviews. Damit Sie nicht umsonst herfahren, müssen Sie wissen, dass ich am 29. November nach langwierigen Ohrenentzündungen ins Städtische Krankenhaus muß, wo mir am 30. Nov. die Mandeln operiert werden. Meine Post wird mir im Abstand von einigen Tagen von der Wohnung ins Krankenhaus gebracht, sie erreicht mich also wenn auch mit Verspätung. (Im Krankenhaus bin ich unter meinem bürgerlichen Namen Haindl gemeldet.) Voraussichtlich dauert mein Aufenthalt dort acht Tage. Wenn sich aber Komplikationen einstellen, dauerts länger.
Ich hoffe von Ihnen zu hören.

Mit freundlichen Grüßen
Ihre Marieluise Fleißer

338 Von Hermann Kesten
Auf dem Schiff Batory auf dem Atlantischen Ozean

29. XI. 1965

Liebe Frau Fleisser,
vielen Dank für Ihren Brief vom 5. XI. 65 und die drei Geschichten, (zwei für Landshoff: Der Rauch und Die im Dunkeln) und für die Geschichte für mich, Die im Dunkeln, und besonderen Dank auch für Ihre Widmung.
Ich hoffe, Landshoff in New York zu treffen, dann will ich ihm

Ihre beiden für ihn bestimmten Erzählungen sowie »Die Avantgarde« geben. Sollte er aber schon wieder in Holland sein, dann sende ich ihm die beiden Erzählungen, und gebe ihm das Buch, sobald er wieder nach New York kommt.
Ihre Erzählung habe ich gleich gelesen, mit Erschütterung und Bewunderung, ebenso las ich mit Erschütterung die Beschreibung Ihrer Leiden in Ihrem Brief.
Ich habe Ihnen nicht gleich geantwortet, weil ich erst vorige Woche die Korrekturen meines neuen Romans, von dem ich Ihnen erzählt habe, beendet habe, und ihn meinem Verleger Kurt Desch übergeben habe. Es war *dringend*, da das Buch schon Ende Februar 1966 herauskommen soll.
Natürlich wusste ich, dass wir einander nicht alles erzählen können, und sicherlich nicht bei einem einzigen Mittagessen, und einer Tasse Kaffee. Wir haben alle viel zu viel durchstehen müssen, und es ist nur sonderbar, wie viel man mitmachen und überleben kann. Etwa hundert meiner Verwandten wurden von den Deutschen geschlachtet, nur weil meine Familie jüdisch ist, darunter achtzigjährige Menschen und einjährige Kinder. Meine Schwiegereltern wurden, nur weil sie Juden waren, von einer Minute zur andern aus ihrem Haus getrieben, und in ein Konzentrationslager verschleppt, meiner Schwiegermutter erlaubten sie nicht mal die halbe Minute, um ihre Schuhe anzuziehen, in Strümpfen musste sie sich auf den Marsch machen. Toni und ich waren im Konzentrationslager, natürlich von einander getrennt, undsoweiter, etc.
Ich hatte mir immer gewünscht, in stillen unhistorischen Zeiten zu leben, es war uns leider nicht beschert.
Hier und da erhalte ich im heutigen Deutschland antisemitische Rezensionen meiner Bücher, als hätte sich der Hitler nicht schon längst umgebracht. Was soll man da sagen? Oder soll man es sich zum Mittagessen erzählen?
Wenn ich die junge deutsche Literatur mir ansehe, freue ich mich über das gute Glück der jungen Leute. Seit 1945 kein Krieg, seit 1948 keine Inflation, eine stets wachsende Konjunktur, den jungen Leuten wird alles, was sie schreiben, unfertig aus den Händen gerissen und überzahlt. Zum Dank dafür, dass

sie es so gut haben, erklären sie uns, die es alle viel schlechter hatten, für veraltet, indes sie selber nicht wissen, dass sie schon veraltet zur Welt kamen.
Was kann man da tun? Ich versuche, darüber zu lachen, und meine Arbeit zu machen.
Ich sage das alles, weil ich von Herzen fühle, wieviel Unrecht man uns allen getan hat, Ihnen wie mir, wie vielen anderen.

Mit freundlichen Grüssen auch von Toni
stets Ihr ergebener Hermann Kesten

339 Von Herbert Jhering

Berlin-Zehlendorf, 1. II. 1966
Am Fischtal 61

Liebe Marieluise Fleisser,
ich freue mich sehr, daß Sie endlich wieder in Berlin gespielt werden, und hoffe sehr, daß Sie zur Premiere kommen. Wie schön, wenn Sie dann bei uns in Zehlendorf am alten Fischtal wohnen würden! Schreiben Sie gleich, wann Sie kommen. Das Fischtal 61 wartet dann auf Sie. Die Schaubühne am Halleschen Ufer gehört zu den besten Bühnen Berlins und ist die einzige, die auch den Hauch der Zwanziger Jahre hat. Die Aufführung von »Mann ist Mann« gehört zu den besten.
Liebe Marieluise Fleisser, das Theater freut sich auf Sie, der alte Jhering freut sich auf Sie!
Toi, Toi, Toi!!!
Auf Wiedersehn! Herbert Jhering

340 Von Elisabeth Hauptmann

Berlin 104, Friedrichstrasse 129
4. 2. 1966

Liebe Fleisserin:
Leider kann ich morgen nicht zu Ihnen ins Theater kommen; aber ich gehe bestimmt hin.

Ich hoffe sehr, dass Sie herkommen. Vielleicht bringt Jhering, der Gute, Sie schon Montag mit?! Montag wäre ich z. B. von 2 Uhr (14 Uhr) zuhause. Aber Helli und das Theater sind natürlich schon vorher und auch hinterher fest vorhanden und besuchbar.

Das mit den Fotos habe ich nie vergessen. Es ist nur zwischen viel Krankheit immer wieder weggerutscht. Dies sind nur 3, vielleicht kann ich bis Montag noch ein paar mehr bekommen.

Sonst vorläufig toi-toi-toi. Ihre Elisabeth Hauptmann

341 An Helene Weigel

den 11. 2. 1966

Liebe Helli!

Ich habe mich besonders gefreut Dich einmal wiederzusehn. Das Buch, das Dich nicht erreichte, schicke ich in den nächsten Tagen, ich muß erst eines auftreiben.

Ich habe heute bei unserer Zeitung einen Besuch gemacht, wobei wir auf eine gute Idee kamen.

Ich habe den Auftrag Dich zu fragen, ob Du anschließend an Dein baldiges Gastspiel bei den münchener Kammerspielen mit Deinem Berliner Ensemble hier in Ingolstadt ein kurzes Gastspiel geben möchtest. (Ob einmal oder zweimal, das müßtest Du dann selber klären. Es kommt darauf an, wieviel wir uns leisten können.) Wir wagen diese Frage, weil unser Stadttheater so besonders schön ist und weil die Zeitungen in den vergangenen Wochen viel über seine Einmaligkeit geschrieben haben. Wir haben nämlich einen herrlichen Krug, aber uns fehlt der edle Wein, den man da hineingießen müßte und wir wollen versuchen, doch hie und da eine wirklich interessante Aufführung herzubekommen.

Wir hatten bereits das Bayerische Nationaltheater ein paarmal zu Gast. Unsere auswärtigen Bühnengäste waren über die technische Ausstattung des Theaters entzückt. Unsere Bühne ist groß. Es ist keine Drehbühne, sondern eine Hebebühne, die sich in die Tiefe staffeln läßt.

Wenn Du grundsätzlich ja sagst, laß uns bitte auch gleich wissen, was Du verlangst. Schreibe bitte auch den Termin.
Die Antwort bitte an mich, ich werde mich dann sofort mit der Zeitung in Verbindung setzen, die das alles in die Wege leiten wird. Wie ich Dir schon in Berlin sagte, hat die Zeitung hier einen sehr großen Einfluß auf die Stadt. Sie war auch der treibende Teil für das Entstehen unseres so großzügig gebauten neuen Theaters. Dr. Reißmüller ist ein Mann, der Dich sehr verehrt.
Liebe Helli, ich würde es wunderbar finden, wenn Du kommen willst und kannst. Bitte, antworte mir in jedem Fall und schreibe bald. Nach dem 27. Februar bin ich in Ingolstadt nicht mehr zu erreichen. Ich bin dann für März und April in der Villa Massimo in Rom, Deutsche Akademie, Largo di Villa Massimo 1-2.
Ich hoffe, ich höre bald von Dir.

Mit allen guten Wünschen und herzlichen Grüßen
Deine

342 An Helene Weigel

den 12. 2. 1966

Liebe Helli!
Beigeschlossen schicke ich Dir mein Büchlein und hoffe, dass es diesmal richtig in Deine Hände kommt. Ich lege auch die beiden inzwischen in einer Anthologie erschienenen Sonderdrucke bei. Ich schicke Dir das Buch broschiert, weil ich nur dies im Moment auftreiben konnte und es sonst zu lang dauert.
Ich bitte Dich, mir zu glauben, dass Du die überhaupt Erste warst, der ich es seinerzeit zudachte und schickte, für mich war das eine Selbstverständlichkeit. Dass es nicht in Deine Hände gelangen würde, konnte ich nicht ahnen, und ich habe mir viel Gedanken über Dein Schweigen gemacht.
Liebe Helli, ich hoffe, Du nimmst mir nichts krumm, es sind ein paar Stellen darin, die ich nicht gut hingekriegt habe und heute gar nicht mehr lesen kann, vielleicht kann man da für später noch was verbessern. Man merkt manches ja erst dann,

wenn man einen gewissen Abstand hat. Ich habe mir halt meinen Knall für Brecht von der Seele geschrieben, da ist eine Geschichte daraus geworden und mitten in der Geschichte wußte ich naturgemäß nicht mehr weiter, so entstand der Rest. Es ist natürlich blödsinnig, wenn man es als Schlüsselgeschichte nimmt. Trotzdem glaube ich, ich habe darin eine lebendige Vorstellung vom frühen Brecht gegeben, so wie es in mir webte und wie es ein anderer, der die frühen Jahre nicht mitgemacht hat, gar nicht schreiben kann. Vielleicht wird doch ein Teil von dem Büchlein übrig bleiben, auch wenn man es in Westdeutschland nur wenig liest.

Ich war sehr froh, dass ich Dich einmal wieder sehen konnte und dass ich im Osten so herrliches Theater sah, mir geht das immer sehr ab. Ich hoffe sehr, ich bin rechtzeitig von Rom zurück, dass ich Dein münchener Gastspiel erleben kann, dessen Termin ich nicht mehr weiß und werde mich dann melden. Ich bin den März und April in Rom. Ich würde mich besonders freuen, wenn Du von der Anregung, die ich Dir in meinem gestrigen Brief übermittelte, Gebrauch machen könntest.

Liebe Helli, ich habe Dich immer gern. Bleibe mir gesund! Ich habe Dir noch nicht einmal zur kleinen Eugenie gratuliert und hole das jetzt nach. Glück auf ihren Lebensweg!

Mit herzlichsten Grüßen
Deine Fleißerin

Anbei Avantgarde, Der Rauch, Die im Dunkeln.

343 Von Herbert Jhering

19. 2. 66

Liebe Marieluise Fleisser,
ich hoffe sehr, daß Sie gut nach Ingolstadt zurückgekommen sind. Hier schicke ich Ihnen meine Kritik aus der »Anderen Zeitung«, die erst am Donnerstag erschienen ist. (17. 2.) Mein Manuskript muss immer schon am Sonnabend der vorangegangenen Woche in Hamburg sein.

Liebe Marieluise Fleisser, ich habe mich sehr gefreut, Sie nach so vielen Jahren wiedergesehen zu haben. Ich bin auch in meiner neuen Kritik noch einmal auf Ihre Premiere und die Schaubühne am Halleschen Ufer zurückgekommen. Ich schicke sie Ihnen dann ebenfalls sofort!
Mit herzlichen Grüßen und der Freude über den Erfolg Ihrer Premiere.
Ihr Herbert Jhering

344 *An Herbert Jhering*

den 21. 2. 1966

Lieber Herbert Jhering!
Haben Sie herzlichen Dank für Ihre Kritik, die ich mit großer Freude gelesen habe. Ich habe sie sogleich an meinen Verlag geliehen, damit sie dort litografiert wird. Es war mir eine echte Freude, Sie nach den langen Jahren einmal wieder zu sehn. Ich denke noch mit Entzücken an die herrlichen Aufführungen, die ich in Ostberlin erleben durfte, und es hat mich ordentlich aufgemuntert, dass nach meiner Premiere mir die berliner Presse so positiv gegenüberstand.
Als ich vor ein paar Jahren mein kleines Buch herausbrachte, da war ich über die Reaktion eines Teils der westdeutschen Presse, die ich in ihrer Ursache gar nicht begriff und die ich als ungerecht empfand, weil man dort kein gutes Haar an mir ließ, einfach niedergeschlagen. Da habe ich erst verstanden, dass ich ganz vergessen bin. Um so schöner war für mich nun die Reaktion in Berlin und ich danke diesen Menschen dafür.
Ich bin gerade in ein wahres Kreuzfeuer von Briefen eingespannt, da wir so gern die Helli auf ihrer Gastspielreise auch in Ingolstadt hätten. Hoffentlich können wirs erschwingen, sie wäre grundsätzlich dafür. Dasselbe möchte ich gern für die Schaubühne vermitteln, aber da brauchen wir noch ein paar Theater dafür und sind auf der Suche danach. Dabei geht das alles vorerst noch gar nicht über die Stadt oder die Intendanz,

sondern über die Zeitung, und auch dort kommt die Kanone Dr. Reißmüller, welcher die Stadt in diesem Sinne beeinflussen muß, erst in vier Tagen vom Urlaub zurück. Wir hoffen sehr, dass es nicht nur ein Wunsch bleibt und ein guter Gedanke.

Am 1. März gehe ich für März und April nach Rom. Meine römische Adresse heißt: Deutsche Akademie (Villa Massimo) Rom Largo di Villa Massimo 1-2.

Dies nur für den Fall, dass irgendwas wäre. Danach bin ich wieder in Ingolstadt.

Ihnen, lieber Herbert Jhering, alle guten Wünsche und herzliche Grüße Ihre Marieluise Fleißer

Herzliche Grüße auch an die treu sorgende Frau Zinke!

345 Von Elisabeth Hauptmann

21. 2. 1966

Liebe Fleißerin:

Du wirst von Helli hören. Gerade heute hatte ich einen Brief von Herrn Everding, mit dem ich im Dezember über das Gastspiel des B. E. an den Kammerspielen gesprochen hatte. Es handelt sich jetzt um das gegenseitige Abstimmen der finanziellen Möglichkeiten: so ein Gastspiel ist immer teuer. Helli hält Dich dann auf dem Laufenden; denn mit diesem Teil der Unternehmung habe ich nichts zu tun. Wie schnell das alles geht, weiss ich nicht.

Die beiden Memoiren-Teile habe ich mit ganz großer Wucht und Eile durchgelesen; ich habe dann das Gefühl wie in einem permanenten, mal sich beschleunigenden, mal sich verlangsamenden Sog zu sein. Die Geschichte der Selbstverleugnung über Jahre und ihre grausigen Folgen ist unvergessbar.

John Heartfield und seine Frau gehen morgen in den »Starken Stamm«; sie wollen auch wenns geht mit Piscator sprechen (sie kennen sich gut seit Anfang der zwanziger Jahre), wie man der Aufführung zu mehr Publikumsbeachtung verhelfen kann; leider sitzt ja die drübige Volksbühne der Schaubühne wie eine böse Unke gegenüber.

Alles Gute für die Zeit in Italien.

Herzlich Deine
Elisabeth

346 An Elisabeth Hauptmann

[undatiert]

Liebe Elisabeth!

Da Tutti Heartfield den Wunsch äußerte, auch andere Geschichten von mir kennen zu lernen, schicke ich ihr durch Dich die beiden Sonderdrucke, die im »Jahresring« des Industrieverbands erschienen sind und hoffe, dass diese sie erreichen, sie kann sie behalten, ich habe noch ein paar.

Ich würde gerne den 1929 im Gustav Kiepenheuerverlag erschienen Geschichtenband »Ein Pfund Orangen« beilegen – auch wenn ich ihn heute ein wenig idiotisch finde – aber ich wage es nicht. Sie müßte mir diesen nämlich wieder zurückgeben; er ist für mich unersetzlich, da ich ihn nicht mehr beschaffen kann, und was mache ich, wenn er sie nicht einmal erreicht? Ich habe Dich doch richtig verstanden, dass Tutti Heartfield im Aufbau-Verlag ist? Ich sehe nur die Möglichkeit, dass der Aufbau-Verlag das Buch zur Einsichtnahme offiziell von mir anfordert, dann dürfte es wohl sicher über die Grenze gehn. Oder was läßt sich sonst tun? Könntest Du eine »Erlaubnis« dafür beschaffen? Das müßte rasch geschehn, anderenfalls bleibt die Angelegenheit liegen, bis ich von Rom wieder zurück bin. (Es ließe sich vielleicht schon was machen: Euer Innenminister Abusch, der mich von einem Abend bei Bodo Uhse 1956 her persönlich kennt, hat mich jetzt wieder durch Herbert Jhering grüßen lassen – vielleicht gibt es da irgendeinen Weg.)

Hast Du die Aufführung in der »Schaubühne« inzwischen gesehn? Hast Du den Dialekt verstanden? Für mein eigenes Gefühl waren die berliner Eindeutschungen, die zum Teil gemacht wurden, ziemlich störend, kann aber da nicht für die Norddeutschen reden, und es krankt am Schluß. Ich hatte einen

neuen Schluß geschrieben, den ich inzwischen selber nicht mehr für gut ansehe, weil er die Dinge aufweicht. An der Schaubühne wurde er nicht benützt und mein alter Schluß dahin verändert, dass alle aufeinander böse werden, also auch Annerl und Bitterwolf. Dagegen ist kaum was zu sagen, aber vielleicht müßte man es noch anders formulieren.
Wie mir Jensen in München inzwischen sagte, hat er an Helli den »Karl Stuart« und den »Starken Stamm« geschickt. Zum »Starken Stamm« hatte ich Randbemerkungen durch eine Autorin geschrieben. Ich bin mir nicht ganz schlüssig, ob es gut ist sie zu bringen, oder ob man sie wie an der Schaubühne wegläßt. Diese Randbemerkungen entstanden erst nachträglich. – Zum »Karl Stuart« habe ich das Gefühl, dass ich in den geschichtlichen Studien ersoffen bin, ich müßte versuchen noch was daran zu tun. Das kann ich aber nicht, bevor sich nicht jemand aus der Theaterpraxis gründlich damit befaßt und mit mir eingehend darüber besprochen hat. Es sollte halt in Bälde einmal was geschehn, damit die Aufmerksamkeit, die momentan erregt wurde, nicht wieder in einen Dornröschenschlaf sinkt.
Den »Drachen« fand ich herrlich. Bitte, schreibe mir doch auch den genauen Termin, wann Helli in München gastiert, er ist mir entfallen. Vielleicht kann ich es doch einrichten, dass ich dann schon zurück bin, falls er noch in den April fallen sollte. Ich bin so hungrig danach, Theater vom Berliner Ensemble zu sehn.
Grüße Helli herzlich von mir, ich hoffe, ich bleibe auf meinen Vorschlag wegen eines ingolstädter Gastspiels nicht ohne Antwort, selbst wenn diese negativ ausfallen müßte.

Bleibe gesund und sei herzlichst gegrüßt von
Deiner Fleißerin

(Ich unterschreibe so, weil Brecht mich so rief!)

347 Von Tutti Heartfield

Prof. John Heartfield, 104 Berlin, Friedrichstrasse 129 D1

Berlin, den 24. 3. 1966

Sehr geehrte Frau Fleisser!
Ich bedanke mich recht herzlich für Ihre Aufmerksamkeit, mir die beiden Erzählungen »Der Rauch« und »Die im Dunkeln« durch Frau Hauptmann zu übermitteln. Wie Sie wissen, lese ich mit großem Interesse Ihre Erzählungen, und Ihr kleines Büchlein »Avantgarde« hat mich sehr berührt. Unlängst habe ich auch Ihr Theaterstück »Der starke Stamm« gesehen und mich sehr darüber gefreut, daß Sie in Westberlin gespielt werden.
Bis zur Pause fand ich das Stück großartig aufgebaut und spannend. Auch der zweite Teil ist stark und ich finde, es ist ein wichtiges Zeitstück und gerade für die Bundesrepublik so wichtig gespielt zu werden, damit den Bürgern der Spiegel ihrer Zeit und ihrer Hohlheit und Raffgier vor Augen geführt wird.
Ich hoffe, Sie werden weitere Stücke und noch mehr Erzählungen schreiben. Sie müssen wieder bekannt werden und auch unsere Jugend in unserem Teil Deutschlands muß Sie kennenlernen.
Soviel ich weiß, versucht Elisabeth im Aufbauverlag Verhandlungen wegen einer Lizenzausgabè zu führen.
Ich hoffe, Sie haben interessante Eindrücke in Rom und treffen mit vielen Menschen zusammen.
Alles Gute in Rom, viel Spaß und Freude und gute Gesundheit, damit Sie uns noch viele schöne Erzählungen schreiben können.

Ihre Tutti Heartfield

348 An Ella Gültig

28. 3. 66

Liebe Ella!
Habe nun eine neue Methode, indem ich mir mittag in einer Bäckerei ein paar Kleinigkeiten kaufe und diese dort im Stehen esse, damit ich nicht aus Hunger so früh zurückfahren muß.

Für den Fall, daß Dein Brief mich nicht rechtzeitig erreicht und Du auf Dich angewiesen wärst, teile ich Dir noch mit, wie Du mit dem Bus herausfahren könntest. Das ginge aber nur, wenn Du wenig Gepäck hast und in der ruhigeren Zeit von etwa 14h20 – 15h20, sonst lassen sie Dich nicht herein. Wenn man aus dem Bahnhof Termini (durch die große Halle hindurch) herausgekommen ist, sieht man (meistens) eine unübersehbare Anzahl von Bussen, laß Dich davon nicht verwirren. Für Dich gibt es einen deutlichen Anhaltspunkt, *links* vom Bahnhofsplatz siehst Du ein Gebäude, wo über dem Dach Fiat Agfa Boag Boag geschrieben steht (besonders Boag Boag wird Dir auffallen). Dort ungefähr steht der Bus Nr. 6. Du gehst zunächst geradeaus von Bus-Insel zu Bus-Insel und dann strebst Du nach links auf Boag zu, dort in der Gegend ist die Metropolitana (Untergrund), und dann über eine Straße weg der Bus Nr. 6. Du fragst beim Einsteigen den Billetteur »Piazza Bologna?«, wenn er »si« sagt, stimmts. Fahrt kostet pro Person nur 50 Lire, was Gepäck kostet, weiß ich nicht. Bei der 6 ist aber Piazza Bologna keine Busstation, also heißts hier aufpassen. Du sagst (Langenscheidt Seite 60!) »Mi dica per favore quando devo scendere Piazza Bologna?« (zu einem Umstehenden). Man fährt etwa 20 min, manchmal auch kürzer, manchmal länger. Wenn Du aussteigst, siehst Du über der verkehrsreichen Straße drüben ein auffallendes helles quergestreiftes Gebäude, das keine Ecken, sondern ovale Rundungen hat. Das ist die Post, wenn Du drüben bist, bist Du gerettet. Es gibt Zebras, man kann aber nicht in einem Zebra durchgehen, es sind Teile. Schau halt, wie andere hinübergehen und schließe Dich an. Der Verkehr strömt hier pausenlos, also schließe Dich an andere an, Du mußt auch zur Postseite hinüber, wo die breite Treppe ist. Wenn Du drüben vor der Treppe stehst, geh weiter nach rechts, aufpassen, gleich nach der Post kommt eine Auffahrt, wo Autos aus einer unterirdischen Parkstelle heraufkommen können, gleich darauf überquerst Du eine schmale Straße, kommst an einer kleinen Tankstelle vorbei, etwas später ein Schuhgeschäft, an der Ecke eine Farmazia und ein Konfektionsgeschäft, hier biegst Du links ein in die Via de Ricotti und siehst schon

nach ein paar Schritt die rötlich graue Mauer, die oben einen runden Wulst und darüber Stacheldraht hat, das ist unsere Parkmauer. Überquere die Straße erst ein wenig später, wenn das Grün am Boden aufgehört hat, da gibts Glasscherben, nach dem Grünzeug fängt erst das Trottoir an. Dann halte Dich immer an diese Mauer, Du gehst etwa 5 min lang, alle Ecken und Windungen entlang, bis Du an einem geschlossenen Gartentor vorbeikommst, jetzt gehts ums Eck, in der Wölbung ist links, wo 2 steht, die Pforte, da läutest Du und sagst Peppino dem Pförtner, daß Du die Schwester von Frau Marieluise Fleißer-Haindl bist, wenn er Dich nicht versteht, deutest Du innen auf den Briefkasten mit meinem Namen (Leißer Haind) und sagst »ich Schwester«. Die werden dann schon den Schlüssel der Putzfrau auftreiben und Dir die Tür aufsperren, wenn ich nicht da bin. Du kannst Dich dann im Schlafzimmer aufs Bett legen, bis ich zurückkomme. Das Büro ist erst wieder ab 4h auf.
Dies für den schlimmsten Fall, daß ich den Brief noch nicht habe. Ein Taxi ist natürlich einfacher. Du mußt sagen »Accademia Tedesca, Villa Massimo bei Piazza Bologna.«
Gestern hatten wir Platzregen, heut ists wieder schön.
Ein Facchino (Gepäckträger) nimmt Dir 100 Lire pro Stück und bringt Dich zu einem Taxi. Herzliche Grüße an alle

Deine Luis

349 An Herbert Jhering

Rom, den 30. 3. 1966

Lieber Herr Jhering!
Herzlichen Dank für Ihren Brief vom 28. 3., der mich ausnahmsweise schnell erreichte. Nein, Sie haben mir nur die Kritik aus »Die andere Zeitung« vom 17. 2. 66 geschickt. Von einer zweiten weiß ich nichts, hätten Sie sie nach Ingolstadt geschickt, wäre sie mir automatisch nachgeschickt worden. Es täte mir sehr leid, sie nicht zu lesen, vielleicht findet sie sich gelegentlich bei Ihnen wieder ein.

Mit der Verlagsabrechnung aus der Berliner Aufführung wird ja nicht viel los sein, da die Schaubühne diese Kalamität mit der Volksbühne hatte.
Hier ist es etwas windig von den Bergen her, mein Regenmantel, den ich einzig mithabe, ist fast zu leicht. Mittags wird es immer warm. Jetzt ist schon Halbzeit, die Wochen verfliegen nur so. Die Busfahrt nimmt mir immer viel Zeit weg, die Villa Massimo ist doch sehr außerhalb, man verfährt etwa eine Stunde, bis man ein Ziel erreicht, aber Rom ist eben doch eine herrliche vielschichtige Stadt.
Frau Zinke danke ich herzlich für Ihre Fotos, einen schönen Gruß an sie. Ich erschrecke immer ein wenig, wenn ich mich auf dem Foto sehe.
Berlin liegt jetzt schon wieder so weit zurück für mich, weil sich soviele andre Eindrücke darüber schoben. Ich hoffe, wenn ich erst wieder daheim bin, finde ich die Impulse wieder, die ich von Berlin mitgebracht habe.
Ich hoffe, Sie sind gesund.

Mit allen guten Wünschen und herzlichen Grüßen
Ihre Marieluise Fleißer

350 An Ria Hans

30. 3. 66

Liebe Frau Hans!
Aus dem mich überwältigenden Rom ein kurzes Lebenszeichen! Herzlichen Dank für Ihren Brief und die Beilage. Ich bin im Mai wieder in Ingolstadt und werde mich bei Ihnen melden. Rom ist ebenso großartig wie anstrengend für mich. Da ich die Sprache nicht kenne, muß man sich so durchfretten. Die Leute sind sehr hilfsbereit aber nicht immer über ihre Schätze unterrichtet, sie schicken einen irgendwohin. Und es ist doch eine herrliche Stadt, auch wenn die jungen Leute blasiert darüber reden. Natürlich gibts auch viel, was stört, man muß sich selber verpflegen, man fährt in die Innenstadt eine gute Stunde, um 1 h wenn nicht um 12 h (wie die Kirchen) wird alles geschlossen,

dann kann man wieder herausfahren, so verträgt man viel Zeit. Ich werde mich freuen Joseph Breitbach kennen zu lernen. Bis dahin mit herzlichen Grüßen und allen guten Wünschen

Ihre Marieluise Fleißer

351 An Joseph Breitbach

Rom, den 16. 4. 1966

Sehr verehrter Herr Breitbach!

Herzlich danke ich Ihnen, daß Sie sich die Mühe machten, mir Ihre Bücher nach hier zu schicken. Ich würde mich freuen, Sie nach meiner Rückkehr zu begrüßen und würde jederzeit nach München fahren, wenn Sie mir schreiben wann und wohin.

Nun hat sich allerdings der Termin meiner Rückkehr unerwartet verschoben. Ich könnte kaum vor dem 24. Mai zurück sein. Die Deutsche Akademie plant nämlich am 8. oder 9. Mai eine Sizilienreise, man hat mir eine Verlängerung meines hiesigen Aufenthalts angeboten, damit ich daran teilnehmen kann. Ich möchte das nun natürlich nicht auslassen, den genauen Tag der Rückkehr aus Sizilien kann ich noch nicht erfahren, das ergibt sich unterwegs.

Womöglich sind Sie bis dahin schon über alle Berge, es würde mir leid tun. Wir müßten es dann halt auf ein nächstes Mal verschieben. Nach Sizilien bin ich noch 2 Tage hier in der Villa Massimo, Post von Ihnen oder Frau Hans würde mich vor meiner Heimreise noch hier erreichen.

Inzwischen bin ich mit allen guten Wünschen und herzlichen

Grüßen an Sie und Frau Hans

Ihre Marieluise Fleißer

352 An Joseph Breitbach

8 München 22 Königinstraße 27

den 2. 6. 1966

Sehr verehrter Herr Breitbach!

Nach meinem schönen Romaufenthalt bin ich jetzt wieder nach Ingolstadt zurückgekehrt, wo einige trockene Dinge auf

mich warten, man kann sie eben nur hinausschieben, aber man wird sie damit nicht los.
Ich lasse mich jederzeit davon abrufen und bitte Sie, mir einen Vorschlag zu machen, wann ich nach München fahren soll und wo wir uns dort treffen. Telefon habe ich leider keines, Sie müssen sich brieflich mit mir verständigen, wobei die Post hier im Außenviertel nicht so flink ist wie im Stadtkern.
An der Villa Massimo habe ich eigentlich nur bedauert, dass ich dort nicht schon in meinen jungen Jahren Stipendiat war. Als Ehrengast ist man von den jungen Künstlern halt doch ein bisschen isoliert und man wohnt ja in einem völlig anderenTeil des Geländes. Ich wäre viel lieber mittendrin gewesen, aber das sind wohl unerfüllbare Wünsche. Das soll nicht heißen, dass ich keinen Kontakt hatte, ich habe ein paar sehr nette junge Leute kennen gelernt, und ein paar interessante Begabungen. Ich werde aufpassen, was aus ihnen wird. Die Sizilienfahrt hat mir am meisten gefallen.
Grüßen Sie Frau Hans von mir, wenn Sie sie sehen. Ich hoffe sie ist von Bad Soden wieder zurück.
Lassen Sie mich frühzeitig wissen, was Sie mir vorschlagen.

Mit herzlichen Grüßen
Ihre Marieluise Fleißer

353 An Werner Heider
852 Erlangen, Erwin-Rommel-Straße 52

7. 6. 1966

Lieber Herr Heider!
Beigeschlossen schicke ich Ihnen eine Geschichte. Sie werden ja sehen, ob Sie was damit anfangen können. Mein Buch »Avantgarde«, das im Carl Hanser Verlag erschienen ist, habe ich ja leider schon vollständig weggegeben.
Das alte schöne spannungsgeladene Rom und die Villa Massimo waren ein starkes Erlebnis für mich, und die Sizilienfahrt hat dem noch einen Gipfel aufgesetzt. Ich werde diese lebhaften Eindrücke nicht vergessen.

Ich denke gern an die jungen Begabungen in der Villa Massimo zurück, an die Menschen, die Vögel und die hohen Bäume, die mir besonders auf der zweiten Terrasse über dem Büro, wo ich am Abend meinen Rotwein unter ihnen trank, sehr nahe rückten. Da war eine Baumgrupe, die wie ein riesenhoch aufgebauter Bär über mich hereinhing, der mir hoch vom Himmel her mit seiner Pfote winkte.
Ich hoffe, diese Post bleibt für Sie in Erlangen liegen und erreicht Sie dort. Ich wünsche Ihnen alles Gute auf Ihren weiteren Weg und bin mit herzlichen Grüßen auch an Ihre liebe Frau

Ihre Marieluise Fleißer

354 Von Joseph Breitbach

25. Juni 1966

Hochverehrte Frau Fleisser,
besten Dank für Ihr Schreiben vom 11. Juni 66. Für unser Treffen hoffe ich, daß es im Juli zustande kommt. Ich hänge einerseits davon ab, wann mein Chauffeur wieder gesund ist und auch wann Frau Hans und unsere gemeinsame Freundin Therese Giehse frei sind. Wir haben vor, gemeinsam bei mir zu essen oder sonst irgend etwas Nettes zu arrangieren. Im Moment liegt aber der Mann, der mich fährt und der auch für mich kocht, hier im Krankenhaus. Ich gebe jedenfalls, sobald es mir möglich ist, Nachricht.
Sollten Sie aber ganz unabhängig von unseren Plänen nach München kommen, so flehe ich Sie an, mich zu benachrichtigen, damit ich dann ein gemeinsames Essen mit Therese Giehse arrangieren kann. Hier für alle Fälle auch noch einmal meine Telefonnummer (29 80 52).

Also, ich hoffe auf bald und grüße Sie bestens
Ihr Verehrer Joseph Breitbach

355 Von Joseph Breitbach

3. Juli 1966

Sehr verehrte Frau Fleisser
Wie freue ich mich, dass Sie meine Einladung in den Königshof angenommen haben, ich habe dort meine sozusagen »Freundeszimmer« (das frz. Wort ist nämlich »Chambres d'amis« statt des so abweisenden »Fremdenzimmer«.) Denn meine hiesige Wohnung, die ich ja nur zeitweise bewohne, ist zu klein, ausserdem würde ich Freunde, selbst wenn die Wohnung gross wäre, nicht dort unterbringen, jeder soll tun und lassen können was er will, und das kann man nie, wenn man als Logierbesuch bei Freunden weilt, höchstens auf dem Land ist das erträglich, wenn das Haus sehr gross ist und Garten vorhanden. Im Hotel ist man diese Bequartierungen durch mich sehr gewohnt, Sie müssen nur daran erinnern, bitte, wenn Sie eintreffen, dass es sich um Reservation durch Monsieur Breitbach handelt. Ich werde Sie dann ja wohl ein erstes Mal schon im Karls-Palais sehen.

Für Montag mittag sind wir dann also mit Therese G. und Ria Hans und einem Herrn vom Kürbiskern, Hitzer, sehr netter Mensch, zusammen und vielleicht noch jemand. (Um 13 Uhr, Aufgang 1 Königinstr. 27) Leider kann mein junger Freund, Wolfgang Mettmann [...] mittags nicht dabei sein, aber ich hoffe ihn Ihnen dennoch vorführen [zu] können.

Wir werden dann hier hoffe ich ein nettes, zwangloses Symposion haben.

»Frühe Begegnung« und »Die im Dunklen« haben mir wieder sehr gefallen, d.h. ich fühlte mich wieder in Tiefsten angesprochen von dieser Sprache, dieser ich möchte sagen »wiedergefundenen« Sprache, die nur mit der Hebels, Kafkas und Ernst Blochs vergleichbar ist. Sie sind unsere grösste Sprachkünstlerin seit der Droste-Hülshoff, deren »Judenbuche« ich einzig wegen des Gewichts der Sprache ins frz. übersetzt habe, soweit eine solche Übertragung überhaupt möglich war. *Ihre* Prosa ist so gut wie unübersetzbar, wir werden darüber sprechen, ich meine ins Frz. übersetzbar. Ich habe in Paris bereits mit Übersetzern und Verlegern darüber gesprochen. Da sind ganz grosse

Hindernisse, nur von der Armut des Französischen her. (Brecht ist miserabel übersetzt) Eine grosse Bitte: ich suche alle Ihre früheren Bücher und den Theatertext Ihres letzten Stücks. Gibt es in Ingolstadt einen Buchhändler, der vielleicht noch etwas hätte, möglichst nicht in den Händen von Käufern Gewesenes. Ich bin bereit jeden Preis zu zahlen. Vielleicht hat ein dortiger Buchhändler doch noch etwas.

Ich habe die Hotelreservation also als bis Montag deklariert, wenn Sie länger bleiben wollen, lassen Sie es mich bitte wissen. (Das Restaurant des Hotels ist gut, dort bitte auch alles auf meine Rechnung setzen, die Leute sind das gewohnt.) Sie müssten die Rechnung nur unterzeichnen und Ihre Zimmernummer darauf schreiben.

Ich freue mich sehr, Sie endlich zu sehen, beste Grüsse von Ria Hans, und Wolfgang Mettmann [. . .]

Herzlich Ihr Joseph Breitbach

356 Von Wilhelm Killmayer

8 München 13, Schleißheimer Straße 201a
Rom, 7. Juli 66

Liebe Frau Fleißer.

Haben Sie herzlichsten Dank für Ihren Brief und die Geschichte, die Sie mir schickten. Über Ihre Geschichte will ich Ihnen nichts Verbindliches schreiben, denn sie hat mich in allem, besonders in Ihrer künstlerischen Wahrhaftigkeit bewegt und betroffen. Ich kenne nur ganz weniges (auch aus der Zeit des Expressionismus) wo es so sehr gelungen ist, Erlebtes in Sprache und in Kunst umzusetzen. Etwas enttäuscht von der Schwatzhaftigkeit, der Heuchelei und dem stilistischen Überanstrengtsein der Materialetüden mancher meiner Generationsgenossen habe ich mich über Ihre Erzählung ganz besonders gefreut. Ich danke Ihnen dafür.

Auch ich hoffe, daß wir uns nicht aus den Augen verlieren werden. Ich habe nachträglich Ihnen gegenüber noch ein bißchen

ein schlechtes Gewissen, weil ich gelegentlich mürrisch und grantig war, was etwas in meiner Natur liegt, und dessen Wirkung auf andere mir manchmal nicht ganz bewusst ist.
Ich habe in diesem Romjahr sehr intensiv gelebt und aufgenommen und werde einige Zeit brauchen, alles aufzuarbeiten; es wird mir nicht ganz leicht fallen, wieder zu mir selbst zu kommen, obgleich man doch als Künstler hauptsächlich sein Leben damit verbringt, dies zu versuchen.
Ich war ja schon 1958 fast vier Monate hier und für mich war es interessant, aber auch beklemmend, mit einer Generation zusammenzukommen, die die Nazizeit und den Krieg nicht mehr (auch nicht zum Teil) bewusst miterlebt hat; zehn Jahre wirken hier als Generationssprung.
Sie wissen nicht, was Freiheit ist, und können mit ihr auch nichts anfangen; sie spüren, daß es nicht leicht ist frei zu sein und frei zu urteilen über die Welt und die Dinge und suchen die Bindung in irgendeiner ideologischen Richtung, deren Normen ihnen das Urteil erleichtert oder abnimmt. Frei sein ist ja eine unangenehme Sache, weil es Urteilskraft und Selbstverantwortung bedeutet, und Leute, denen es gut geht, haben unangenehme Sachen nicht so gerne. Protestieren ist leichter als Sprechen und die Sprache als Verständigungsmittel zu benutzen, wird immer schwerer, wenn diese durch Gruppentabus und Gruppenallergien belastet ist. Seit fünf Jahren beobachte ich diese immer größer werdende Schwierigkeit der freien Rede und eine damit ursächlich zusammenhängende ideologische Durchdringung des ästhetischen Bereichs, das in einer politischen und moralischen Ächtung – (hoffentlich sehr spät) – endet. Der Mensch ist offensichtlich nicht zu ändern: in der Bindung strebt er nach Freiheit, in der Freiheit nach Bindung.
Diese Dinge haben mich hier unter anderem wieder beschäftigen müssen und ich hoffe, mich so durchzuwursteln und noch einige Zeit ungeschoren leben zu können.
In vierzehn Tagen werde ich wohl wieder in München sein, ungerne vielleicht, obwohl Rom einen ja auch aufsaugen, um nicht zu sagen wegsaugen kann.

Ich hoffe, ich höre wieder einmal von Ihnen, wenn Sie in München sind und auch sonst; sollte ich nach Ingolstadt kommen, möchte ich Sie gerne besuchen. Sehr herzlich

Ihr Wilhelm Killmayer

357 *An Joseph Breitbach*

20. 7. 1966

Sehr verehrter Herr Breitbach!

Es war mir eine Ehre und ein aufrichtiges Vergnügen, Sie endlich kennenzulernen. Ich werde mich jederzeit freuen, Sie wiederzusehn und ich bedanke mich für die großzügige Gastfreundschaft.

Hoffentlich können Sie den »Starken Stamm« lesen trotz der Mundart und hoffentlich wird er Ihnen ein wenig Freude bereiten. Die paar blöden Schreibfehler drin sollen Sie nicht allzusehr stören.

Sie führen ein erstaunliches Leben, das an Anregungen und guten Freunden reich ist, und Sie verstehen es auch zu führen, das muß schön sein. Ich freue mich, dass Sie es haben.

Ich hoffe sehr, ich habe Herrn Hitzer nicht allzusehr belästigt mit dieser Taschensuche, wo er doch noch zu arbeiten hatte. Ich war sehr froh, als er sie mir brachte. Bei der Rückreise ist mir noch was ganz Komisches passiert, da am Münchner Hauptbahnhof immerzu ein Name (als aus Berlin kommend) ausgerufen wurde, den ich als den – ungewöhnlichen – Namen meines früheren Verlobten verstand, der mich inzwischen schändlich verreißt und warum eigentlich? Ob das nun Einbildung war, dass ich diesen Namen hörte? Aber ich hörte auch das s von Draws und kann es wohl nicht mit Graf verwechselt haben. Ich hätte ihn beim Aufsichtsbeamten gefunden an Bahnsteig 10, ich war aber nicht so neugierig, den Zug zu verlassen, um mir Gewißheit zu verschaffen, die Zeit dazu hätte ich noch gehabt.

Ich habe mich auch über die netten Leute gefreut, die ich bei Ihnen kennenlernte und grüße Sie sehr herzlich

Ihre Fleißerin

358 An Martin Sperr
83 Schönbrunn b. Landshut (Bay.), Klausenfeldweg 1

21. 7. 1966

Lieber Martin Sperr!
Auf Ihren Wunsch schicke ich Ihnen beigeschlossen den »Karl Stuart«. Sie müssen ihn mir aber bestimmt wieder zurückschikken, mittendrin werde ich ihn auch anderweitig einmal brauchen. Also darauf muß ich mich verlassen können, dass ich ihn wieder kriege.
Zu lernen, glaube ich, gibt es da nichts. Ich habe immer wieder erlebt, dass die Leute davor zurückzucken. Ich war damals vollständig abgeschnitten von allen lebendigen literarischen Kontakten, und was in der Luft lag, konnte man nämlich nicht vollständig aus sich verdrängen, selbst wenn man das aus Leibeskräften wollte, man hat es immerzu eingeschnauft. Insofern ist das Stück ein Kuriosum für mich geworden, man müßte wohl noch Verschiedenes daran tun, die Dinge sind angetippt und nicht Fleisch und Blut. Ich bin in den historischen Studien ersoffen.
Ihr Stück möchte ich mir noch ein wenig behalten, da ich momentan soviel am Hals habe, ich weiß auch gar nicht, soll ich es Ruth Drexel zustellen oder Ihnen (war es nicht Ruths Exemplar?).
Ich habe mich gefreut, Sie dort kennenzulernen und denke, wir werden uns schon einmal wieder sehn. In Berlin wünsche ich Ihnen einen guten Erfolg.

Mit herzlichen Grüßen
Ihre Marieluise Fleißer

Anbei »Karl Stuart«.

359 An Ruth Drexel-Adami
8011 Baldham, Ligusterweg 8

[undatiert, Juli 1966]

Liebe Ruth Drexel!
Hier schicke ich mit nochmals herzlichem Dank an Martin Sperr die »Jagdszenen aus Niederbayern«, von denen ich sehr

beeindruckt bin, an Sie zurück. Wie ich Ihnen schon am Telefon sagte, wird sich das Publikum mit dem Thema wahrscheinlich nicht identifizieren können. Mich störts nicht und ich erkenne eine große Begabung.
Ich hoffe, Sie haben es gut überstanden, dass wir Ihnen so spät am Abend noch ins Haus fielen. Herr Breitbach wollte Sie und Martin Sperr durchaus kennenlernen. So hat er die Möglichkeit sehr energisch wahrgenommen.
Seien Sie mir nicht gram, dass der Verlag die »Pioniere in Ingolstadt« direkt an Dieter Sturm geschickt hat. Sturm hatte mir nämlich geschrieben, dass er sie jetzt in den Ferien lesen möchte, und der Verlag hat ja nur ein paar Schreibmaschinenexemplare gemacht, von denen eins schon anderswohin ging. Eine Rolle wäre für Sie wohl nicht darin, das sind blutjunge Weibsbilder, der Witz liegt in der Jugend. Nach wie vor bin ich überzeugt, dass man am Stück allerhand tun müßte, bevor man es heute spielen kann. Da ist zuviel Geschwafel, ich hatte für das Thema zu wenig Menschenerfahrung und war vor eine eigentlich unmögliche Aufgabe gestellt, sodass ich schwamm. Ich könnte mir die Haare ausraufen, wenn ich hineinschaue. Ich würde wünschen, ich käme auf was, was ich daran tun kann.
Schöne Grüße auch an Ihren Mann und Sperr

Ihre Marieluise Fleißer

360 An Joseph Breitbach

29. 7. 1966

Sehr verehrter Herr Breitbach!
Da ich annehme, dass Sie das Exemplar manchmal brauchen, schicke ich Ihnen Ihr Stück mit bestem Dank wieder zurück. Ich habe es gleich gelesen.
Diesmal muß ich gestehen, dass ich mich mit dem Stück – im Gegensatz zu den mir bekannten epischen Arbeiten – nicht anfreunden konnte, ich sage es lieber gleich. Es ist mir zu vordergründig, bleibt in der sicherlich gut beobachteten Milieuzeich-

nung stecken und gibt mir nichts darüber hinaus. Es mußte nicht geschrieben werden, darum läßt es mich kalt. Was ein geschickter Regisseur damit anfangen könnte, wage ich nicht zu entscheiden. Der Sprache fehlt es am entscheidenden Nerv, sie geht nicht über die Rampe. Das ist ein großes Hindernis auf der Bühne, ganz abgesehen von dem nur äußerlich herbeigeführten, nicht zwingenden und sogar wenig glaubhaften Schluß.
Sie werden mir vielleicht böse sein, dass ich mir kein Blatt vor den Mund nehme, und haben sich das vielleicht gar nicht von mir erwartet. Aber es wäre falsch, wenn ich meinen spontanen Eindruck um der Zuneigung willen zudecken würde, und auf die Länge werden Sie es mir schon verzeihn, so gut glaube ich Sie zu kennen.
Mein Neffe Klaus Dieter hat sich über Ihr Buch sehr gefreut und wird Ihnen wohl ein paar Zeilen schreiben, wenn er erst einmal aus dem Krankenhaus heraus ist. Ich wünsche Ihnen eine gute Erholung in Ischia. Mit herzlichen Grüßen

Ihre Marieluise Fleißer

361 An Dieter Sturm
Berlin 31, Nassauische Straße 7/8

1. 8. 1966

Sehr geehrter Herr Sturm!
Ich habe mit dem Verlag gesprochen, dass er die Abschrift der »Pioniere in Ingolstadt« nun direkt an Ihre Privatadresse schickte. Ich hoffe, sie ist inzwischen eingetroffen.
Jhering schrieb seinerzeit zur Aufführung, man müßte den Handlungsablauf bunter machen wie in einem Film. Ich glaube, dass das eine Möglichkeit wäre. Ich schicke Ihnen hier ein paar neue Szenen, die ich dazu geschrieben habe. (Ein großer Teil des Brückenholzes ist seinerzeit wirklich von vier Schwimmern des MTV den Pionieren gestohlen worden, sie haben daraus ihren neuen Steg gebaut, aufgekommen ist es nie.) Also das würde nicht ganz abliegen, das konnte passieren, das kann man drinhaben. Aber jetzt müßte man finden, wie man

glaubhaft auf die Soldaten herüberkommt. Das wäre das Nächste.
Dass man einfach spielen kann, was da ist, glaube ich nicht. Ich finds idiotisch, aber wieder nicht so gut idiotisch, dass es bei zündender Regie sogar trägt. Herzliche Grüße

Ihre Marieluise Fleißer

Anlage 16 Seiten »Pioniere in Ingolstadt«.

362 An Joseph Breitbach

2. 8. 1966

Sehr verehrter Herr Breitbach!
Ich bin aufrichtig froh, dass Sie mir nicht zürnen. Wenns in Paris und Nürnberg geglückt ist, um so besser für Sie!
Vergessen Sie, bitte, nicht mir zu sagen, was ich Fred in sein Buch schreibe, sodass er Freude daran hat.
Ich habe eine große Bitte und lege einen Brief an Wolfgang Mettmann zur gütigen Weiterleitung bei, da ich dringend [um] einige Informationen über das Alltägliche des Pioniers wegen meines alten Stücks bitte. Auch bitte ich sehr um seine Anschrift, es könnte sich in der Tat ergeben, dass ich ihn während Ihrer langen Pariser Abwesenheit plötzlich was über Militärdinge fragen muß, ich weiß leider viel zu wenig und war einmal so unvorsichtig mich an diesen Stoff zu wagen. Ich will versuchen, ob ich nicht was für das alte Stück tun kann. Ich wüßte nicht, wen sonst fragen, er wäre sozusagen mein Experte.
Mit schönem Dank für die Weiterleitung und allen guten Wünschen für Ihre Erholung grüße ich Sie sehr herzlich

Ihre Marieluise Fleißer

363 *An Joseph Breitbach*

18. 8. 66

Lieber Herr Breitbach!
Kennen Sie das Buch von Ernst Josef Aufricht: Erzähle damit du dein Recht erweist, 1966 im Propyläen-Verlag Berlin erschienen? Das sollten Sie lesen. Er schreibt mit großer Kenntnis seines Gegenstands über das Theater-Berlin der 20er Jahre und sein Leben darüber hinaus, sehr interessant!
Ich versuche gerade eine Abschrift von »Ein Pfund Orangen« herzustellen, dabei stoße ich mich an vielem. Viele Stellen kommen mir verschwommen und sentimental vor, einfach zu klein, ich habe mir das zu leicht gemacht, muß da Manches klarer und härter fassen. Das geht durchaus; was zugrundeliegt, war ja hart, ich verfügte nur noch nicht über die Kraft. Natürlich muß der Charakter des Frühwerks gewahrt bleiben. Die Titelgeschichte und ein paar kleinere Skizzen schmeiße ich überhaupt heraus. Ich muß versuchen, dass ich dafür was anderes aus einer nicht zu weit abliegenden Zeit hereinnehme. Ich hoffe, ich bringe das Buch so hin, dass man es heut noch lesen kann.
Ich schreibe Ihnen das, weil Sie mir sagten, Sie wollten sich die alten Dinge beschaffen. Also ich sehe da Manches, was anders werden muß.
Gute Reise! Herzlichst Ihre Fleißerin
Herzliche Grüße an Mettmann!

364 *Von Joseph Breitbach* [Telegramme]

4. 11. 66, 9.29 h

Beste Fleiszerin keine Angst fuer Samstag den zwoelften wir laden die besten unserer Muenchener Freunde ins Theater und wir werden gute Haende haben stop dreimal Daumen –
Ihre Joseph Breitbach und Wolfgang Mettmann.

4. 11. 66, 12.44 h

Ganzen morgen telefoniert damit die richtigen Leute in der Premiere sitzen Beste Grüsse – Joseph Breitbach

365 *An den Carl Hanser Verlag*

23. 11. 1966

Sehr verehrter Herr Hanser!
Herzlich danke ich Ihnen für die Geburtstagsgrüße und die Pflanze mit der fremdartig schönen Blüte.
Über die unerwartet freundliche Presse zur münchener Aufführung habe ich mich sehr gefreut, weniger über die Aufführung selbst, die unter den nicht immer glücklichen Strichen gelitten hat. Die wenn auch nicht sichtbare aber hörbare Gokkelschlachtszene, die in Berlin so gut gelungen ist, wäre eine Schlüsselszene gewesen. Dort hat man den Hubert mit Niethosen und Koteletts gespielt als blutjungen Außenseiter, was mir viel lieber war. Die Drexel war eine erstklassige Besetzung für die Balbina, eine ähnliche werde ich so leicht nicht wieder finden. Der Kampf zwischen Vater und Sohn war dort gekonnt und nicht bloß eine Andeutung wie hier. Usw. Natürlich gabs dort die Sprachschwierigkeiten, die zu »Eindeutschungen« führten und die Pointe vielfach verwischten. In Berlin wurde das Stück hundertvier mal gegeben.
Bestünde im Verlag die Möglichkeit, das Stück als Drucktext herauszubringen? Überlegen Sie sich das einmal.

Mit herzlichen Grüßen
Ihre Marieluise Fleißer

366 *An Joseph Breitbach und Wolfgang Mettmann*

24. 11. 1966

Lieber Joseph Breitbach und Wolfgang Mettmann!
Herzlichen Dank für das Telegramm und die Zeitungsausschnitte. Sehr lesenswert war auch die Kritik im Münchner Merkur vom Montag den 14. 11. und hörenswert die Besprechung im Kulturspiegel. Die Besprechungen waren mir unerwartet wohlgesinnt, vielleicht zu positiv im Verhältnis zur Aufführung, die ich nach wie vor als schwerfällig, als wenig glücklich gestrichen und als zu glatt empfinde. Mein Neffe, der sich die Aufführung genau eine Woche später nochmal an-

schaute, berichtete, bis zur Pause ging das Publikum nicht mit, erst nachher wurde gelacht.
Ich habe viel Geburtstagsbriefe und Telegramme bekommen, einen Geschenkkorb der Stadt Ingolstadt mit Pflanzen und Sekt, vom Stadttheater ein Telegramm mit der Hoffnung auf eine ingolstädter Aufführung. Alles in allem nimmt mir die Beantwortung ziemlich Zeit weg, die ich eigentlich nicht habe. Dabei hatte ich selber den Geburtstag keinem Menschen verraten.
Sie haben sich viel Mühe mit dieser Sache gegeben und sich große Ausgaben gemacht. Ich danke Ihnen nochmals sehr herzlich dafür. Ich wünsche Ihrem Herzen gute Besserung, und dem Wolfgang wünsche ich, dass er nicht mehr weiter so abspinnt, er muß wieder kräftiger werden. Mein Neffe hatte mit dem münchener Erlebnis viel Spaß. Mit herzlichsten Grüßen

Ihre Marieluise Fleißer

Bei Gelegenheit bitte ich um die Anschrift von Ursula von Kardorff!

367 An Joseph Breitbach

[undatiert, wahrscheinlich November 1966]

Lieber Joseph Breitbach!
Stellen Sie sich vor, ich hänge immer wieder am Briefschreiben dran, es kommen noch Nachzügler!
Hätte ich geahnt, dass Sie München früher als geplant verlassen, wäre ich vorher nochmal gekommen um Sie zu sehn. Es hat mir leid getan.
Ich wälze hier allerlei in meinem Kopf. Einmal ist das diese Suhrkampgeschichte. Die wollen eine lange Geschichte nicht, die ich gerade der Länge wegen mit viel Mühe bearbeitet hatte, die haben was dagegen und wahrscheinlich nicht aus den formalen Gründen. Nun müßte ich alle später geschriebenen und noch nicht im Buch erschienenen Arbeiten zu den paar Frühge-

schichten hineinnehmen, damit es ein Band wird und da bekomme ich wohl Unannehmlichkeiten mit Hanser, was mir auch keine Freude macht. Dabei kann ich bei Hanser noch gar nicht sondieren, solang nicht heraus ist, mit Suhrkamp wird es wirklich ernst.
Sagen Sie, stimmt das, dass der Suhrkamp Verlag mit Unseld identisch ist? Meine Buchhandlung behauptet das, aus Ihren Worten neulich glaubte ich anderes zu entnehmen.
Zur Zeit sucht ein Regisseur Georg Hahn mit mir Verbindung aufzunehmen, der lange hier in Ingolstadt gearbeitet hat und den ich für begabt halte, obwohl ihm schon Manches schiefging, besonders die Klassiker. Aber er hat durch einige Sachen, die er im Suff anstellte und auch durch eine Frauengeschichte Todfeindschaft hier mit der Zeitung, und es kann schon sein, dass ich da noch ins Gedränge komme, ich wills zwar nicht hoffen. Ich möchte aber den Mann nicht fallen lassen, soweit es nach mir geht. Ria Hans kennt ihn sicher. Also das neue Jahr kann schon Stürme bringen.
Ich denke mir, dass Sie es in Paris jetzt sehr notwendig haben. Achten Sie mir auf Ihre Gesundheit und kommen Sie und Wolfgang gut ins neue Jahr.

Mit allen guten Wünschen und herzlichsten Grüßen
Ihre Marieluise Fleißer

368 An Yaak Karsunke
8 München 13, Schellingstraße 75/V

7. 12. 1966

Sehr geehrter Herr Karsunke!
Endlich finde ich Zeit Ihnen für die gescheite Rezension zu danken, die Sie mir geschickt haben. Von Leuten, die meinen Text nicht gelesen hatten und nur die Aufführung sahen, konnte sie vielleicht nicht nachempfunden werden. Das ist der Haken beim Theater ja immer, dass man den Zufällen ausgesetzt ist. Zu meinem Schrecken stellte ich am anderen Tag fest, dass im Programmheft ein Text abgedruckt wurde, den ich 1950 mitten in einer großen Hetze für die Kammerspiele ge-

schrieben hatte, ich würde das heute nicht mehr so formulieren. Ich wußte gar nicht, dass die das ausgruben. Inzwischen habe ich eine endgültige Fassung des Stücks an denVerlag gegeben. Er sollte ja einmal als Buchtext kommen, schon dass man den Text vergleichen kann. Der Schluß ist jetzt viel besser, auch wenn es nicht der ist, den Sie in der 2. Fassung lasen.
Da Sie es wünschen, schicke ich Ihnen den »Karl Stuart« zum Lesen, den ich wieder zurückbekommen muß, ich bin sehr knapp damit, ein paar Wochen hat es schon Zeit. Ich habe mich damit lange Jahre herumgequält, in denen ich kein Theater sah, wenig Zeit zum Schreiben und außer Shakespeare und Hölderlin kaum Zugang zur Literatur hatte – ganz abgesehn davon, dass ich immer wieder aussetzen mußte. Er ist vor dem »Starken Stamm« geschrieben. Ich habe das Gefühl, dass ich an dem Stück noch was tun müßte und im Studium der mir in Ingolstadt zugänglichen Quellen ersoffen bin, habe aber bis jetzt keinen Zugang gefunden. Wahrscheinlich geht das nur einmal durch direkte Berührung mit einem Theater und wenn es mir auf den Nägeln brennt.
Ich lege Ihnen eine kleine Arbeit bei, die ich als Ergänzung zu meiner Brechtgeschichte – schon ein halbes Jahr danach, aber es lag immer eingefroren beim Radio – für eine Brechtsendereihe von Radio Zürich geschrieben habe. Wahrscheinlich haben Sie dafür Interesse.
Also den Karl Stuart wieder zurückgeben! Herzliche Grüße
Ihre Marieluise Fleißer

Ich sehe, dass ich 1946 ein Vorwort zum Karl Stuart geschrieben habe, das reiner Quatsch ist. Ich war damals noch sehr verängstigt. In Wirklichkeit wollte ich sagen, dass das keine Engländer sind, weil ich Engländer ja gar keine machen kann. Das andere ist Einbildung. Ich habe den Karl Stuart deswegen geschrieben, weil er das traurigste Gesicht hatte, das ein berühmter Maler (nach dessen Ausspruch) je in seinem Leben gesehen hatte. Ich habe ein Stück über Traurigkeit geschrieben, weil ich selber so traurig war. Das ist alles. Marieluise Fleißer

369 An Herbert G. Göpfert
Kreuth

17. 12. 1966

Sehr verehrter Herr Dr. Göpfert!
Sie haben mir einen schönen Brief geschrieben, über den ich mich aufrichtig freute. Lassen Sie den Schmetterling ja aus dem Fenster, wenn er das einmal verlangt. Draußen geht er schnell zugrunde, während er im Zimmer langsam und sehr qualvoll zugrundegeht. So ein Zimmer steckt für ihn voll Gefahren. Ich habe zum Schluß noch Übles mit meinem Schmetterling erlebt, sodass ich mir in der Apotheke mit viel Worten Äther erbettelte, um ihn von den Qualen zu befrein. Am Abend flog er immer in die Lampe, wo er sich wie ein Irrer aufführte und bei seinem Amoklauf ein Teilchen nach dem anderen von seinen Flügeln abbrach, bis er sich trotz verzweifelter Anstrengung nicht mehr mit den Flügeln zu heben vermochte, wochenlang hat er nur immer wieder zu fliegen versucht und ein elendes Dasein auf dem Boden geführt. Früher ist er mir am Strumpf hochgeeilt, wenn ich da saß, um ihm von meinem Finger etwas Zuckerwasser zu geben. Auf einmal nahm er das Zuckerwasser nicht mehr und floh mich, versteckte sich vor mir unter Stühlen und in Ecken, ich war für ihn der Feind geworden, ich weiß nicht warum, nur dass er eben nicht mehr fliegen konnte. Als ob es ihm vorgegangen wäre, trat ich ihm einmal an die Beine, als er im Sesselschatten hockte und als er sich gewaltsam losriß, riß er sich die Beine an einer Seite aus und war ein hilfloses Wesen, das schrecklich im Zimmer herumhüpfte, immer wollte er davon und bei jedem Hüpfen, das ihn vorwärtsbringen sollte, drehte er sich schier um sich selbst, er hatte keine Balance mehr und beeilte sich, es war grausig anzuschaun. Nach einer schlaflosen Nacht, denn ich hatte seinen krüppelhaften Zustand verschuldet, holte ich mir den Äther, der eigentlich gar nicht verkauft werden darf. Er ahnte es und hing noch am Leben, er zog sich weit unters Bett zurück, dass ich ihn mit ausgestrecktem Arm kaum erreichen konnte. Ich sollte ihm den Äther nur auf den Kopf geben und falls er wieder aufwachen sollte noch einmal und solang, bis er nicht mehr aufwachte. Ich konnte das

nicht, weil er zu weit hinten saß und verschüttete den Äther, dass er in einer kleinen Lache lag, da zuckte er und streckte sich und wurde sofort ganz steif, was mich erschreckte, ich kam mir wie ein Mörder vor. Nie wieder lasse ich einen ins Zimmer, dann tötet ihn die Natur, wie es ihm bestimmt ist, und ich habe keinen Teil daran.

Ich bin eigentlich froh, dass Sie den Starken Stamm verpaßt haben, ich hatte kein gutes Gefühl, die Aufführung fand ich schwerfällig und reizlos, wenn auch ein paar Schauspieler ihr Bestes gaben und wenn auch der Fitz sogar die ideale Besetzung ist. Für mich wichtige Dinge, die in Berlin auch betont wurden, waren völlig gestrichen, das ältere Paar eigentlich zu alt, und den Hubert will ich nicht als solchen Trottel gespielt. Das muß funken können, die Frau etwa 37 jährig, der Mann nur ein paar Jahre älter, das ist denkbar und richtig, weil es noch Reiz haben kann, und so wars in Berlin. Dort war nur das Übel, dass die kräftige mundartliche Sprache, in ein schwächeres Schriftdeutsch verschandelt wurde, wodurch die Pointe verlorenging. Es wäre gut, wenn man den Text einmal in Buchform lesen könnte, dass man sich von der Sicherheit und sogar Raffinesse des von mir geschriebenen Dialogs überzeugen kann, inzwischen liegt ja eine verbesserte Fassung vor. Auf der Bühne ist man den Auffassungen und eben vorhandenen Möglichkeiten ausgesetzt.

Ausgerechnet diese Aufführung wurde fürs Mainzer Fernsehen aufgenommen und kommt am 19. Februar. Mich würde wundern, wenn beim Fernsehn nicht ein gewisses Bedauern über die verpaßte berliner Gelegenheit entstand, sie hatte entschieden mehr Charme, auch wenn sie mich ein wenig vergewaltigte, sie war nur als Ganzes für süddeutsche Abnehmer nicht gut tragbar, einmal wegen der Sprachverfälschung, die ein bayrisches Ohr kaum verkraften konnte, und wohl auch wegen einiger dort hinzugedichteter Kraßheiten, die fürs junge Schaubühnen-Stammpublikum notwendig sind, die man aber beim Funk strikt vermeidet.

Vielleicht werden Sie sich gewundert haben, dass ich seinerzeit in der Akademie, als ich bei Koeppen stand, etwas reserviert

war. Aber ich stand wie auf Kohlen, bis Sie weggingen, ich wollte unbedingt den Koeppen etwas für mich Wichtiges fragen, hatte sonst keine Gelegenheit ihn zu erwischen und sah, dass der Leutscheue schon am Weglaufen war. Ich wollte Ihnen das schon immer sagen, habe Sie aber nicht getroffen.
Auch Ihnen und Ihrer Frau viele gute Wünsche im neuen Jahr

und herzliche Grüße

Ihre

370 An Hans Egon Holthusen
8 München 13, Agnesstraße 48

31. 1. 1967

Sehr verehrter Herr Holthusen!
Leider waren Sie am Carl Hanser Verlagsabend plötzlich verschwunden, ich wollte noch ein paar Worte mit Ihnen sprechen und muß das nun schriftlich tun. Vielleicht kann ich Sie doch noch dazu bewegen, dass Sie sich bei der diesjährigen Preisverteilung für Ernst Josef Aufricht einsetzen. Bitte, lesen Sie sein schönes und erschütterndes Buch »Erzähle, damit du dein Recht erweist«, das im Propyläenverlag herauskam. Vielleicht mag das Ihren Standpunkt ändern. In Berlin, wo dies freilich geschehen sollte, habe ich halt gar keine Möglichkeit, etwas für ihn zu erreichen.
Herr Aufricht ist ein grundanständiger und liebenswerter Mann, der in den zwanziger Jahren an der Entwicklung des deutschen Theaters entscheidend beteiligt war, er hat ein großes Vermögen im Einsatz für die Kunst gewagt und geopfert, später hat man ihm übel mitgespielt und es geht ihm nicht besonders. Auch wird er viel zu wenig geehrt. Jetzt hat er über jene entscheidenden Jahre und sein Emigrantenleben ein schönes und interessantes Buch geschrieben, das wäre die Gelegenheit etwas für ihn zu tun. Es wäre eine notwendige und verdiente Geste, wenn man ihm eine Ehrung und kräftige Unterstützung zuwendet und vor der Öffentlichkeit dartut, dass man einen verdienstvollen Mann in Deutschland nicht vergessen hat.

Sie sagen vielleicht, man müßte das in Berlin tun, aber dort geschieht eben nichts dafür. Dort machen die jungen Avantgardisten die Melodie und sind eiskalt gegen die vom Unglück gezeichnete Generation, die in den zwanziger Jahren heraufkam. Und so müßte das wohl schon eine Einrichtung wie die unsrige tun. Ich betrachte es als persönliche Pflicht mich für den Mann einzusetzen und Sie an ihn zu erinnern. Ich hoffe immer noch, dass sich unsere Mitglieder dazu entschließen werden.
Ich hoffe, Sie nehmen es mir nicht übel, wenn ich Sie mit meiner Bitte in Ihrer Häuslichkeit überfalle.

Mit herzlichen Grüßen
Ihre Marieluise Fleißer

371 An Joseph Breitbach

1. 2. 1967

Lieber Joseph Breitbach!
Es ist mir wie ein Wunder, dass Sie diese Uraufführungsbesprechung von Alverdes in »Die Zeit« gefunden haben, an die ich mich überhaupt nicht erinnerte. Zwölf Jahre später steht nämlich in »Die Zeit« aus der Feder einer Frau Therese Endres (oder Enderle, ich verwechsle das immer, also die Erich-Kästner-Freundin ist es nicht!) unter der Überschrift »Eine Dame aus Ingolstadt« anläßlich der Besprechung meines Buches »Avantgarde« ein häßlicher und sehr hinterhältiger Verriß genau dieser alten Uraufführung, »an die sie sich noch sehr gut erinnert« und den sie nun in die Besprechung des Buches hineinverwebt, als sei das Stück die Hauptsache und als hätte ich mir mit dem Stück Schimpf und Schande zugezogen.
Da die Komödie wegen der Sprachschwierigkeiten für Schauspieler und Zuhörer an andere Bühnen überhaupt nicht weitergeht, obwohl etwas in Schwung kam und diese Bühnen ihr Interesse an mir zum Ausdruck bringen, versuche ich gerade – ohne mich allzulang damit aufhalten zu wollen, aber das Stück kenne ich nun im Schlaf – eine sehr gemilderte Fassung der Mundart. An der Führung des Stücks wird dadurch nichts ge-

ändert, es betrifft einzig die Sprachschwierigkeit. Natürlich wird die Sprache dadurch etwas geschwächt, aber es ist immer noch besser, wenn ich das selber tue. Nun habe ich freilich meine Grenzen, den süddeutschen Sprachduktus und gelegentlich sogar einen kräftigen Mundartausdruck muß ich behalten, darüber kann ich einfach nicht hinaus, und so weiß ich noch nicht, ob es einen Nutzeffekt bringt für Menschen, die keine Bayern sind. Aber ich mache den Versuch, es ist ja schade, wenn das Stück nirgends gespielt wird.
Daß Wolfgang richtig krank ist, betrübt mich sehr und ich wünsche ihm herzlich eine gute Besserung. Wie fühlen Sie sich selber, ist es wieder besser?
Ich kann mir denken, dass sich dort bei Ihnen viel aufgestaut hat und dass Sie kaum wissen, was Sie zuerst anlangen sollen. Sie werden sich schon noch durchwühlen. Diesen Brief brauchen Sie nicht beantworten. Aber ich mußte Ihnen doch für die gefundene Besprechung danken.
Mit sehr herzlichen Grüßen an Sie und Wolfgang und mit allen guten Wünschen

Ihre Marieluise Fleißer

372 An Ernst Josef Aufricht
1 Berlin 19, Altenburger Allee 19

3. 2. 1967

Sehr verehrter lieber Herr Aufricht!
Schon lange wollte ich Ihnen einmal schreiben, aber ich bin eine furchtbare Person, wenn es an ein Briefschreiben geht. Da ich in meinem Haushalt alles und jedes allein mache, werde ich nur zu leicht zugedeckt von den Dingen, die jeden Tag anstehn, und schiebe das Andere vor mir her, ich brauche einen unmittelbaren Anstoß. Sie ahnen vielleicht nicht, wie oft ich mich in den letzten Monaten innerlich beschäftigt habe.
Wäre mir im Februar zum Bewußtsein gekommen, dass Sie in Berlin zu erreichen sind und dass Sie sich so gut an mich erinnern, dann hätte ich in den paar Tagen versucht, ob ich Sie und

Ihre liebe Frau nicht einmal sehen kann. Ich war auch im Herbst einmal anderthalb Tage dort, da aber mit großem Gedränge, da es sich um eine unvermutete Mitfahrgelegenheit handelte. An sich komme ich selten nach Berlin, das gehört zu den großen Sprüngen, die ich mir ohne einen direkten Anlaß nicht leiste.

Ich habe Ihr schönes und klares Buch mit viel Freude und auch mit Trauer gelesen. Ich habe Sie dadurch ein wenig besser kennen gelernt, damals kam das ja nicht richtig zum Tragen, da meine damalige Verlobung und Hörigkeit von einem sehr merkwürdigen Mann mich vier Jahre lang aus dem Brechtkreis entfernte, ich halte das für ein großes Unglück, auch wenn mich dort manches nicht freute. Damals stand ich in einem erregenden Lebenskreis, den ich später so überaus entbehrte. Als ich von meinem schwer pathologischen Verlobten nach vier Jahren wegging, waren meine alten Freunde in alle Länder verstreut, ich war sehr allein, ich war vier Jahre lang ausgeplündert worden und ohne einen Pfennig Geld und ohne eine Möglichkeit in Deutschland meine Existenz zu finden. Ich lebte immer in Angst, die mir in Verbindung mit zuviel Arbeit später einen Nervenzusammenbruch eintrug. In der Zwangslage habe ich einen Mann geheiratet, den ich von früher kannte, aber nicht eigentlich heiraten wollte, und wurde unglücklich in einem Milieu, das mich auffraß und mich sinnlos verbrauchte, jeden Tag angehängt wie ein Kettenhund. Für unsereinen, wenn er arm war, war es wohl drinnen und draußen so ziemlich das Gleiche, ich meine, was die Entwicklungsmöglichkeiten angeht. So kann ich nur auf ein ganz schmales Werk blicken und arbeite auch heute zu langsam und oft entmutigt, weil es keine innere Verbindung zur heute geltenden Literatur gibt. Ich kann mit den heutigen Experimenten nichts anfangen.

Mein Mann ist 1958 gestorben, das waren sechs schwere Jahre vorher, weil er durch einen Teilhaber, mit dem er sich nach der Währungsreform einließ, alles, was er erarbeitet hatte, verlor und abgrundtief in Schulden steckte. Durch die Aufregungen und das von seinem Beruf erzwungene Trinken hatte er ein schweres Herzleiden bekommen, an dem er sechs Jahre lang trug. Auch ich mußte nach seinem Tod für drei Monate ins Krankenhaus mit einem Infarkt und schwerer Herzbeutelentzündung. Seitdem lebe ich auf schmaler Spur, verdiene gelegentlich etwas, verdiene dann wieder nichts. Bis jetzt konnte ich immer Boden unter den Füßen finden. Meine kleine Wohnung, in der mich niemand stört, ist mein Luxus. Durch einen Glücksfall konnte ich einen entlegenen Acker, den mein Mann nach dem Krieg für Gartenzwecke gekauft hatte, gut verkaufen und damit die nötige Anzahlung für die Wohnung leisten, so schmeißt mich wenigstens niemand hinaus.

Die Mitte des Lebens, die ich verloren habe, kann ich nicht einholen, die Jahre der Kraft und Elastizität wurden für andere Dinge und in einem allzu eingeengten Lebensumkreis verbraucht. Ich hoffe, dass ich trotzdem noch ein bischen was schreiben kann, bevor es zu spät ist. Ich könnte niemals ein umfangreiches Buch hinlegen wie Sie, es fällt mir entsetzlich schwer was aus mir herauszubohren.

Es ist schade, dass man die »Pioniere in Ingolstadt« in ihrer alten Form kaum spielen kann. Ich müßte was finden um sie spielbar zu machen.

Gerade schreibe ich eine im Dialekt gemilderte Fassung vom »Starken Stamm«, da das Stück einfach nicht an die Bühnen weitergeht wegen der Sprachschwierigkeiten. Natürlich muß ich den süddeutschen Sprachduktus lassen, ich kann ihn nur etwas abschwächen, verständlicher machen. Ich weiß nicht, ob es wirklich was hilft, aber ich will den Versuch nicht unterlassen. Ich würde mir wünschen, dass ich von mehr Bühnen gespielt werde, obwohl einen das Grausen ankommen kann, wenn man es dann so behelfsmäßig sieht. Über die Fernsehfassung, die demnächst kommt, kann ich [mich] nicht gerade freun, da strahlt halt gar nichts aus, das müßte man doch anders machen können. Ich muß alle Verstümmelungen und Änderungen wehrlos hinnehmen, weil mein Text nicht im Buchhandel vorliegt und weil es keiner vergleichen kann.

Lieber Herr Aufricht, wie geht es Ihnen? Sind Sie gesund? Wie ergeht es Ihrem Buch im Handel? Wir sind kein Volk von Lesern mehr und es kommen zuviel Bücher auf den Markt, da hat

es das einzelne Buch schwer. Ich wünsche Ihnen einen guten Erfolg. Ich hoffe, dass sich einmal eine Gelegenheit ergibt, Sie zu sehen, ich würde mich darüber aufrichtig freuen.
Ich lege Ihnen eine meiner spärlichen Geschichten bei und bin mit sehr herzlichen Grüßen an Sie und Ihre liebe Frau und allen guten Wünschen Ihre Marieluise Fleißer

373 An Elisabeth Hauptmann
durch Berliner Ensemble

18. 2. 1967

Liebe Elisabeth!
Schon lange wollte ich Dir schreiben, aber ich war immer sehr im Zeitdruck. Ich habe gerade eine im Dialekt gemilderte Fassung vom »Starken Stamm« hergestellt. Du hast ihn, glaube ich, nicht gesehen. Ich schicke Dir einen meiner wenigen Durchschläge und hoffe stark, dass er Dich erreicht, ich könnte ihn nicht ersetzen. Ich nehme an, dass das Manuskript über das Berliner Ensemble am besten durchkommt. Gerne würde ich von Dir hören, wie Du über das Stück denkst. Vielleicht kannst du es auch einigen Leuten zeigen.
Ich bin hier sehr geknickt über die münchener Aufführung am Volkstheater, wohin der Verlag das Stück dummerweise gegeben hatte. Ich hätte es verhindert, hätte ich es rechtzeitig gewußt. Sie war ängstlich zusammengestrichen und reizlos, mit zu alten Schauspielern besetzt, sodass es nicht funkte. Ich würde so gern einmal eine wirklich gute Aufführung davon sehn. An der Schaubühne wars ja zügig aber für meinen Geschmack zu sehr ins Schwankhafte abgerutscht und gegen den Schluß hin für den Star zurechtfrisiert. Man müßte das besser inszenieren können.
Der Verständlichkeit halber habe ich mich entschlossen, den vorhandenen Dialekt mehr dem Schriftdeutschen anzunähern, wobei ich natürlich den süddeutschen Sprachduktus belassen mußte. Es geht dadurch einiges Ursprüngliche verloren, aber ich denke doch, ich habe es so hingebracht, dass es immer noch

eine Sprache ist. Hier wird das Stück bis jetzt nirgends nachgespielt, obwohl einige Bühnen an einem Stück von mir Interesse zeigen. Ich bin etwas niedergeschlagen. Es sollte doch einmal mehr Geld eingehn, dass man nicht immer so von Zufällen abhängt, in meinem Alter braucht man das und was ich allein für die Krankenkasse zahlen muß, ist sehr hoch. Ich war eben zu krank, da bin ich hoch eingestuft mit meinem Herzen.

Ich fürchte, die Volkstheateraufführung hat den Weg wieder verbaut und noch dazu kommt es in dieser reizlosen und entschärften Form im Fernsehen. Ich war ja dreimal im Verlag, um das abzubiegen, das heißt, ich wollte das Fernsehn für eine andere Inszenierung interessieren, aber ich konnte nichts machen, man verwies mich auf den bereits abgeschlossenen Vertrag. Ich bin von der Art, wie diese Dinge bei Desch gehandhabt werden, gar nicht erbaut, man koppelt dort Verlagsgeschäfte und geht über meinen Willen hinweg. Wenn ich nur weg könnte! Aber wie soll das gehn ohne einen Prozeß und den will ich nicht. Von Prozeßen habe ich neben meinem Mann gerade genug gehabt, um mich aufzureiben. Er hatte ja eine schreckliche Teilhabergeschichte, die fünf Jahre herumgezogen wurde.

Ich danke Dir, dass Du im Herbst einen Vorstoß gemacht hast im Suhrkamp Verlag für die frühen Novellen. Natürlich hätte ich gerne dort ein Buch herausgebracht, aber es scheint nichts zu werden, da ich nun schon lang ohne Nachricht bin. Der Haken ist dieser, die Geschichten sind entsetzlich ungleich, ich hätte das Buch nie in dieser Form herausbringen dürfen, aber ich hatte ja niemand, der sich wirklich mit mir abgab und mir sagte, was los war, man zog mich so mit. Ich kann mir nicht vorstellen, dass man es in der alten Form publizieren kann und wenn man bloß die guten Sachen hernimmt, ist es viel zu wenig. Ich hatte noch eine längere Geschichte dazugegeben, die ich 1935 schrieb und deren Bearbeitung mich schon schreckliche Mühe kostete, aber die mochte Herr Boehlich nicht. Er schrieb mir, diese müßte er weglassen und er bräuchte nun noch ein paar Geschichten dazu. Die habe ich eben nicht aus der Zeit. Ich habe eine zu schreiben versucht, ich glaubte, es ginge vielleicht, aber ich kriege es nicht mehr hin. Nun weiß ich überhaupt nicht, was wird. Das einzig Wahre wäre, wenn man alle lesbaren Geschichten sowohl aus der Jugend wie der Spätzeit, wobei natürlich dazwischen eine lange Zeit einfach nicht vorhanden ist, zu einem Band vereinigt. Aber wie soll das jemals geschehen, wenn die vier Geschichten des Hanser-Bandes in einem anderen Verlag sind? Es ist alles so verfahren. Obendrein beginnt man mich schon bei Hanser wegen der frühen Geschichten zu bearbeiten, aber dort wäre es dasselbe Lied.

Liebe Elisabeth, was machst Du und wie geht es Dir? Ich hoffe, Du bist gesund. Wie ist Helli beisammen? Bitte, sag ihr von mir sehr herzliche Grüße. Wir sind ja so weit auseinander und ohne einen direkten Anstoß fahre ich nicht leicht bis Berlin. Was anderes wäre, wenn man das aus einem realen Grund haben will, dann komme ich schon und wenn so was eintreten sollte, laß es mich wissen. Wenn ich das Schiffbauerdammtheater nur zu mir herziehen könnte! Kommst Du nicht einmal herunter? Wenn ja, schreibe mir bestimmt vorher, damit wir was verabreden.

Dir alle guten Wünsche und die herzlichsten Grüße

Deine Fleißerin

374 Von Ria Hans

8 München 23, Martiusstraße 2

München, 4. März 1967

Sehr verehrte Frau Fleißer,

am 12. Mai hat Fritz Kortner 75. Geburtstag.

Ein kleiner Kreis von Freunden ist auf die Idee gekommen, ihm eine Freude zu machen, indem er Glückwünsche von bedeutenden Persönlichkeiten der Kunst und des öffentlichen Lebens sammelt. Diese werden schön gebunden am 12. Mai Fritz Kortner überreicht.

Die Unterzeichnete hat es übernommen, dies Schreiben an Sie

mit der Bitte zu senden, auf beiligendem vorbereiteten Bogen Ihre Glückwünsche einzutragen.
Diese Sammlung wird nicht veröffentlicht, sondern soll als privater Erinnerungsband zusammengestellt werden.
Als zweckmässigste Form hat unser Buchbinder das gefaltete Blatt empfohlen, das im Rückantwortkouvert liegt.
Bitte, beschreiben Sie die Innenseite recht bald so, daß die schmale gelochte Seite links liegt.
Machen Sie dem großen Mann des deutschen Theaters die Freude, in dieser Sammlung Ihren Namen zu finden, auch wenn Sie ihm noch auf andere Weise Ihre Glückwünsche zu diesem Tag senden.
Mit verbindlichstem Dank und besten Empfehlungen und herzlichen Grüßen
Ihre Ria Hans

[Marieluise Fleißer schrieb:]

Für Fritz Kortner
Dem großen Künstler und seiner unvergeßlichen Leistung für das deutsche Theater
meine Verehrung, meinen Dank und herzlichsten Glückwunsch.

Ingolstadt, den 12. Mai 1967
Marieluise Fleißer

375 An Elisabeth Hauptmann

16. 3. 1967

Liebe Elisabeth!
Dringend bitte ich Dich um ein Lebenszeichen, ob Du meine Sendung vom 18. 2. erhalten hast. Ich schickte Dir über das Berliner Ensemble zu Deinen Händen die neue, im Dialekt stark gemilderte Fassung vom »Starken Stamm«, der jetzt sprachlich auch für die Nichtbayern zugänglich sein müßte (die Schaubühnen-Aufführung litt ja seinerzeit an den Eindeutschungen) und bat Dich, das Stück zu lesen und zu sehen, ob sich etwas dafür tun läßt. Ich glaube, Du solltest den Text, wie

er jetzt ist, kennen. Das Stück muß etwas satirisch gespielt werden und wenn man es in einer guten und reizvollen Besetzung herausbringt, hat es Erfolgschancen. Ich sehe nicht ein, warum man es in Ostdeutschland nicht spielen sollte, und ich hätte durchaus nichts dagegen, da ich einen kulturellen Kontakt nur begrüßen kann. Offenbar finden sie hier im Westen nicht die richtige Einstellung dazu, man spielt das Stück entweder gar nicht, weil es nicht intellektuell ist, sondern naiv. Oder man faßt es mit ungenügenden Mitteln und zu brav an wie kürzlich in der münchener Volkstheateraufführung, die ganz abgesehen von der reizlosen und vielfach langweiligen Besetzung vom Grundgedanken her falsch war, weil man die innewohnende kritische Tendenz nicht spürte. Ausgerechnet diese Fassung wurde vom Fernsehn übernommen und wurde etwas für die einfachen Gemüter und gab ein falsches Bild. Ich möchte das Stück halt gern einmal gut herausgebracht sehen und setze da einige Hoffnungen auf Ostberlin, dessen hohe Theaterkunst ich bewundere.

Dazu wäre es notwendig, dass man das Stück drüben überhaupt einmal kennt. Wenn es nicht durchgekommen ist, weiß ich nicht, wie ich es machen soll. Hätte ich es an Heli, Berliner Ensemble, oder an Heli privat adressieren müssen oder gibt es einen Weg, wie man es machen muß, damit man ein Manuskript durchbringt? Ich weiß nicht, ob das was hilft und Möglichkeiten schafft, ich bin Herrn Minister Abusch nicht unbekannt und er hat mir seinerzeit bei einer Einladung bei dem inzwischen verstorbenen Bodo Uhse ausdrücklich versichert, dass er an meiner literarischen Produktion stets Interesse nimmt und darauf aufmerksam ist.

Bitte, laß mich doch bestimmt wissen, ob Du das Stück erhalten hast oder nicht. Wenn nicht, hast Du auch den beiliegenden Brief nicht bekommen? Läßt sich das Stück nicht mehr herschaffen? Es ist ja auch nicht so einfach mit den paar Durchschlägen, die ich nur machen kann.

Anläßlich des ingolstädter Gastspiels vom Deutschen Theater habe ich hier auch Herrn Heinz kennnengelernt, er war sehr freundlich zu mir. Über mein Stück habe ich ihm nichts gesagt.

Ich wußte nicht, ob das geht, nachdem ich es schon an das Berliner Ensemble geschickt habe.
Ich hoffe, Du bist gesund und ich höre bald einmal von Dir.

Herzliche Grüße, auch an Helli und gute Gesundheit
Deine Fleißerin

376 An Wolfgang Koeppen

11. 4. 1967

Sehr verehrter Herr Koeppen!
In der Sitzung am Freitag den 28. April wird für die Abteilung Schrifttum darüber entschieden, ob Ernst Josef Aufricht den Hauptpreis der Akademie bekommen kann. Sein Buch »Erzähle, damit du dein Recht erweist« wurde dem Lektor der Akademie Herrn Piontek anvertraut, damit er den Mitgliedern der Akademie, soweit sie das Buch nicht kennen, darüber berichtet. Ich weiß nun nicht, wie dieser Bericht ausfällt, ich weiß nur, dass Herr Piontek selber einen anderen Namen für den Akademiepreis vorgeschlagen hat. Das beunruhigt mich.
Ich für meine Person halte es für wichtig, dass man Herrn Aufricht mit dem Preis auszeichnet um ihn deutlich zu ehren und ihm dafür zu danken, dass er sich seinerzeit mit seiner Person und seinem ganzen Vermögen dafür eingesetzt hat, Brecht den breiten Durchbruch als Theaterautor zu ermöglichen. Das war für Brecht ein großer Glücksfall. Ich kann ein Lied davon singen, was es heißt, wenn man mit unzulänglichen Mitteln aufgeführt wird. Ich weiß den Einsatz von Aufricht, der für Brecht keine Kosten gescheut und ihn in einer wirklich interessanten Aufführung herausgebracht hat in seiner Bedeutung zu würdigen. (Entschuldigen Sie dieses etwas blöde Deutsch.) Der breite Dreigroschenoper-Erfolg wäre nie in diesem Umfang zustandegekommen, wenn Brecht nicht mit erlesener Besetzung und Regie herausgebracht worden wäre und wenn Aufricht nicht unter großen persönlichen Opfern, sein Vermögen zusetzend, das Stück eine sagenhaft lange Zeit am Spielplan gehalten hätte. So eine Leistung für eine große Begabung hat Seltenheitswert, sie wird in ihrem Verdienst von der Nachwelt viel zu wenig er-

kannt. Ich finde es an der Zeit, dass man für einen solchen Mann etwas tut und ich halte es für meine Pflicht mich bei der Akademie, der ich angehöre, dafür einzusetzen. Das im Herbst erschienene klare und schöne Buch ist eine gute Gelegenheit dafür, wir sollten sie nicht vorübergehen lassen.

Wenn Sie meine Meinung über Herrn Aufricht teilen, bitte ich Sie herzlich den Termin nicht zu übersehn und doch ja an der Wahlsitzung teilzunehmen. Wählen können nur die anwesenden Mitglieder und es dürfte auf jede einzelne Stimme ankommen. Herr Aufricht hat zu Unrecht ein schweres persönliches Schicksal erlitten. Der Verlag hat seinen Bucherfolg momentan aufgeputscht und viele Teilvorabdrucke vermittelt, aber das hält ja nicht her und man weiß nicht, wie lange er schon im voraus darauf gelebt hat. Wie ich höre, steckt Herr Aufricht jetzt tief in Depressionen, vielleicht weil er nun nicht weiß, was er noch schreiben soll, nachdem er sein Leben schon erzählt hat. Man müßte etwas Wirkliches für ihn tun und ich weiß keine andere Möglichkeit als diesen Preis, ich habe mir den Kopf schon sehr darüber zerbrochen.

Sollten Sie wichtige Gründe haben, Ihre Stimme dem anderen Vorschlag zu geben, gäbe es noch den Ausweg, dass man den Hauptpreis unter die beiden Autoren verteilt, erfahrungsgemäß werden diese Hälften dann größer angesetzt. Daß man Aufricht mit einem Nebenpreis abspeist, würde ich für unwürdig halten.

Ich würde mich freuen, Sie unter den Anwesenden zu sehn.

Mit herzlichen Grüßen
Ihre Marieluise Fleißer

377 Von Ernst Josef Aufricht

Berlin, 23. Juli 1967

Verehrte, liebe Frau Fleisser,

verzeihen Sie, wenn ich den Brief mit »ich« anfange: Ich bin begeistert von Ihrem »Starken Stamm«. Ich habe beide Versionen gelesen. Auch in der hochdeutschen Fassung bleibt es ein sehr gutes Theaterstück. Lassen Sie mich Ihnen sagen, wie

gelungen und wie originell die Charaktere und wie witzig die Dialoge sind. Echte Fleisserische Sprache, deren überzeugende Einfachheit ich so liebe. Wer ausser Ihnen kann eine »Balbina Puhlheller« schreiben, die so voll von Vitalität und von animalischer Bosheit ist. Schade, dass ich kein Theater mehr habe.
Als ich am Abend in München mit Wolf Jobst Siedler zusammentraf, ich ein bischen verwirrt durch die Anstrengung des ganzen Tages, verstanden wir nicht, warum Sie beide sich verfehlt haben. Wenn Sie in München geblieben wären, hätten wir noch versucht, Sie zu erreichen. Seine fünf Verlage, die er leitet, verlegen keine Theaterstücke. Soll ich mich an meinen Schulfreund Berman Fischer wenden?
Ihre Manuskripte schicke ich Ihnen morgen Eingeschrieben zurück. Wie steht es mit Ihren Geschichten? Sind Sie bei Desch gebunden?
Wollen Sie mir nicht Ihre »Pioniere« noch einmal zum lesen geben? Ich habe gute Beziehungen zu leitenden Fernsehleuten, die sich für literarische Aufgaben interessieren.
Der Aufenthalt in München wurde für meine Frau und mich besonders verschönt durch das Wiedersehen mit Ihnen und die eine Stunde, während der wir uns unterhalten konnten. Eine viel zu kurze Zeit!
Sie hören wieder von mir, sobald ich Ihre Geschichten, die ich erwarte, gelesen habe.

Nochmals vielen Dank und herzliche Grüsse von uns beiden

Ihr ergebener Ernst Josef Aufricht

378 An Fritz Arnold, Carl Hanser Verlag

30. 11. 1967

Sehr verehrter Herr Arnold!
Nach Empfang Ihres Briefes vom 23. November habe ich sofort an den Suhrkamp-Verlag geschrieben, aber bis jetzt keine Antwort erhalten, die werden sich dort auch Einiges zu überlegen haben.

Sie können mir glauben, dass ich mir Sorgen genug mache, was am besten zu tun ist. Angesichts der Reaktion der Presse auf meinen bei Ihnen erschienen Geschichtenband konnte ich mich leider des Eindrucks nicht erwehren, dass ich vielleicht doch an die falsche Stelle gegangen war, weil verschiedene Kritiker von hier aus die Legitimität meiner inneren Brechtverbundenheit nicht erkannten, ein Umstand, der mich sehr wurmte, weil ich an Brecht in der Nazizeit schwer getragen habe. Hätte mich nicht Herr Dr. Göpfert schon so lange bearbeitet, so hätte ich ja auch mein Glück mit der Brechtgeschichte zuerst bei Suhrkamp versucht, das war das für mich logisch und natürlich Gegebene. Es wäre vielleicht am Anfang nicht alles glatt gegangen, aber wir hätten uns schon zusammengerauft und das Buch hätte einen besseren Start gehabt. Was mich dort hinzieht, ist die Brechtnähe und Brechtvertrautheit. Hätte Brecht noch gelebt, wäre sowieso alles anders gekommen, er hat mich ja noch kurz vor seinem Tod aufgefordert für ihn zu arbeiten, aber damals war ich noch nicht frei von meinen ehelichen Pflichten.
Ich kann nicht umhin Ihnen zu schreiben, dass ich trotz der langen Unterbrechung nicht so nackt und bloß war, dass ich mich mit »Avantgarde« nicht auch an einen anderen Verlag hätte wenden können, also so ist das nun wieder nicht! Ich hatte immer noch einen gewissen Namen und konnte darauf hinweisen, dass ich in der Hitlerzeit Schreibverbot hatte.
Sie irren, wenn Sie glauben, dass der Aufforderung von Suhrkamp an mich die bei Ihnen erfolgte Publikation zugrundelag, vielmehr geschah dies nachdem Helene Weigel und Elisabeth Hauptmann sich dort ausdrücklich für mich eingesetzt hatten, darauf hat sich der Suhrkamp Verlag mir gegenüber berufen. Jedenfalls gehören die früher geschriebenen Geschichten, weil sie durch meine Beziehung zu Brecht inspiriert sind, in diesen Verlag auf die natürlichste Weise hinein, und ich sähe sie am liebsten dort.
Sie spielen darauf an, dass ich vertraglich für mein nächstes Buch bei Ihnen gebunden bin. Dies kann sich nicht auf meine schon vor unserer Verbindung vorhandenen früheren Publika-

tionen beziehen, das ist und war immer meine Überzeugung. Ich hatte auch in diesem Sinne an Suhrkamp geschrieben und ihn darauf aufmerksam gemacht, dass er, falls er Neues hinzunehmen möchte, indessen versuchen müßte, ob er sich nicht mit Ihnen einigen könne.

Mehr kann ich dazu vorderhand nicht sagen. Es wird Sie wahrscheinlich interessieren zu hören, dass ich im März – genauer Termin steht noch nicht fest – über den frühen Brecht in Gräfelfing (Literarische Gesellschaft, Lehmann) lese und am 1. April dasselbe an der Volkshochschule Düsseldorf. Vielleicht wollen Sie den Buchhandel auf die bevorstehende Lesung aufmerksam machen. Herr Lehmann schrieb mir auch, dass er sich dafür vom Hauser-Verlag Werbezettel erhofft.

Inzwischen bin ich mit freundlichen Grüßen

Ihre Marieluise Fleißer

379 An Ernst Josef Aufricht

9. 12. 1967

Sehr verehrter, lieber Herr Aufricht!

Besonders habe ich mich gefreut, von Ihnen einmal wieder zu hören, und ich bin froh, dass es Ihnen mit der Gesundheit wieder besser geht. Auch ich wünsche mir, dass der Winter schon vorbei wäre. Die ziemlichen Wegstrecken, die ich von der Bushaltestelle bis zu meiner Wohnung laufe, werden mir bei ungünstigem Wetter schon recht strapaziös.

Ich bin davon bewegt, dass Sie meine Angelegenheiten nicht zur Ruhe kommen lassen wollen. Vom Verlag aus geschieht ja nichts Wirkliches. Es soll Ihnen aber keine Last werden. Ich habe gute Gedanken für Sie, auch wenn Sie nicht so schnell was erreichen. Vielleicht ist es nicht möglich, man kann die Dinge nicht übers Knie abbrechen. Abgesehen von den Schwierigkeiten bei Siedler bleibt ja dann immer noch die Frage, ob man sich mit dem Hanser Verlag arrangieren kann. Er hat ja nun einmal die Option für ein nächstes Buch. Ich bin zwar überzeugt, dass sich diese nicht auf schon früher erschienene Arbeiten er-

streckt. Wenn man aber die paar neuen Geschichten dazunimmt und das müßte man wegen des Umfangs, wäre dazu die Einwilligung von Hanser nötig.
Es wäre schön, wenn sich Monk und Hubalek zum »Starken Stamm« entschließen könnten, und ich danke Ihnen, dass Sie dafür Interesse geweckt haben. Ich habe sofort veranlaßt, dass der Desch-Verlag die hochdeutsche Fassung an die Privatadresse von Hubalek schickt, Desch hat diese Fassung inzwischen. Die Dialektfassung wäre zwar stärker, aber was nützt das, wenn es keine Schauspieler und kein Publikum für den Dialekt gibt. Ich werde nie wieder was im Dialekt schreiben.
Ich habe auch selber an Herrn Hubalek ein paar Zeilen geschrieben. Was ich tue? Ich versuche die »Pioniere in Ingolstadt« spielbar zu machen. Ich schreibe sie nicht etwa ganz neu, ich behalte, was ich daran mag. Aber ich versuche in das Stück mehr Handlung einzuziehn und es besser auszuführen. Das ist nicht gerade einfach, manchmal werde ich mutlos, aber ich bin doch schon ein gutes Stück vorangekommen. Wenn ich damit fertig bin, will ich versuchen, ob ich es nicht bei Unseld im Suhrkamp-Verlag unterbringen kann. Dort hoffe ich, dass man sich besser für das Stück rührt und nicht die falschen Bühnen erwischt wie im Fall Volkstheater. Dort besteht auch die Aussicht, dass ein Stück einmal gedruckt wird, Stücke sollten doch auch im Druck vorliegen. Ich weiß natürlich nicht, ob Suhrkamp es will, das muß sich erst herausstellen. Sie haben allerdings schon schlechtere Sachen genommen, wenn es sich um junge Leute handelt. Ich habe einmal nicht begriffen, dass meine Jugend auch ein Kapital war und wie sehr sie einem für das literarische Geschäft abgeht. Jedenfalls könnte ich mit der Vorstellung, dass es wiederum bei Desch erscheint, wo ich so lange Jahre enttäuscht wurde, überhaupt nicht daran arbeiten. Eine Hoffnung muß man haben.
Vor zwei Tagen stand in unserer hiesigen Zeitung ein langer Artikel über Pioniere, weil sie auf den Tag zehn Jahre wieder in Ingolstadt sind und sowohl am Anfang als auch am Schluß eine deutliche Warnung an mich persönlich, dass ich heute wohl nicht mehr auf die Idee kommen sollte ein Stück über die Pio-

niere zu schreiben, weil dort alles ja ganz anders geworden ist. Nun, über die Pioniere von heute könnte ich gar nicht schreiben, dazu müßte ich Verschiedenes wissen, was ich nicht weiß. Ich kann nur eine Bearbeitung des 1926 spielenden Stückes vornehmen, indem ich es nach den unerweckt in ihm schlummernden Möglichkeiten durchdenke. Halten Sie mir den Daumen!
Ich wünsche mir, dass Sie so gesund wie nötig bleiben und dass wir uns im kommenden Jahr einmal wieder sehn. Vielleicht kann ich, wenn es nicht mehr so kalt ist, einmal nach Berlin fahren. Ich möchte zu gerne auch nach Ostberlin rüber und mir dort die »Johanna der Schlachthöfe« mit Hanne Hiob ansehn. Das Berliner Ensemble wird das Stück ja sehr gut herausbringen.
Hoffentlich hält die Gesundheit von Hanne Hiob durch, sie ist zart und hat es mit dem Magen.
Nochmals danke ich Ihnen herzlich für Ihre liebenswerten Bemühungen und grüße Sie und Ihre liebe Frau mit allen guten Wünschen

Ihre Marieluise Fleißer

380 An Klaus Dieter Gültig

22. 12. 1967

Lieber Klaus!
Wie geht es Dir? Hoffentlich bist Du für die Feiertage schon wieder gesund. Aber Du darfst nicht gleich wieder so herumhaun und mußt mehr auf Dich achtgeben.
Ich habe von der Intendanz eine Einladung für zwei Freikarten für die Silvesterpremiere (Feuerwerk). Nun erhebt sich die Frage, ob Du davon Gebrauch machen kannst und willst oder wer sonst von Euch mitgeht und wie das mit dem Wagen ist. Wenn Du mitgehst, könnte man anschließend noch ein wenig mit den Schauspielern zusammensein, ohne Dich geht so was schlecht. Eine anstrengende Reise wirst Du Dir ja jetzt sowieso verkneifen müssen. Die Silvesterpremiere beginnt schon um 19.00 Uhr.

Ich weiß nicht, ob Gerd es Dir gesagt hat – wir haben unlängst festgestellt, dass in Deinem Auto vorn gelegentlich etwas klingelt, das dürfte mit Deinem Anstoß zusammenhängen und muß nachgesehen werden, damit nicht Schlimmeres daraus entsteht. Hast Du eigentlich Spikereifen für den Winter oder geht das bei diesem Modell nicht? Eine solche Ausgabe kann Dir unter Umständen das Leben retten, man sollte sie nicht vermeiden. Sie kosten natürlich viel Geld, trotzdem solltest Du Dich dazu entschließen, es ist wichtig.
Laß mich, bitte, bald einmal was wissen wegen der Premiere. Ich wünsche Euch allen ein frohes Fest und besonders Dir gute Besserung.

Herzlich grüßt Euch
Eure Luis

381 An Wilhelm Reißmüller, Donau-Kurier

Ingolstadt 13. 2. 1968

Sehr verehrter Herr Dr. Reißmüller!
Bitte, wollen Sie baldmöglichst beigeschlossene Entgegnung an auffallender Stelle bringen, sodass sie möglichst auch von anderen Zeitungen nachgedruckt wird.
Peer Raben hat mir unlängst einen Besuch gemacht mit der Bitte um das alte Stück. Ich mußte es ihm klar und deutlich verweigern. Wenn er tatsächlich Szenenausschnitte von mir bringt, weiß ich nicht, wie ich mich dagegen wehren soll. Ich habe kein Geld um es auch noch dem Rechtsanwalt nachzuschmeißen.
Dies ist sehr wichtig.

Mit freundlichen Grüßen
Ihre

Ich schicke die Notiz auch noch an die Süddeutsche Zeitung

Beklauter Autor?
Einer Notiz im Donau-Kurier vom 13. Februar unter dem Titel »Zum Beispiel Ingolstadt« entnehme ich, dass Peer Raben im Münchener Büchner-Theater eine Szenenmontage zeigen will mit folgender Angabe: »zugrunde liegt Marieluise Fleißers

Stück der zwanziger Jahre ›Pioniere in Ingolstadt‹«. Ich kenne das Opus nicht, das Herr Raben zeigen will. Ich teile hiezu mit, dass ich Peer Raben auf sein Befragen nicht erlaubt habe, das von mir geschriebene Stück »Pioniere in Ingolstadt« ganz oder in Szenenausschnitten zu zeigen. Ich habe in diesen Monaten das alte Stück selbst einer Bearbeitung unterzogen, sie wird also über kurz oder lang an anderer Stelle herauskommen.

Marieluise Fleißer

Erklärung nach dem Besuch im Büchner-Theater

[undatiert, wahrscheinlich 17. 2. 1968]

Nachdem ich inzwischen im Büchner-Theater, Isabellastraße 40, eine Probe der Szenenmontage »Zum Beispiel Ingolstadt« und auch eine Handke-Aufführung gesehen habe, will ich den begabten jungen Leuten nicht im Wege stehn. Ich glaube, dass die vorliegende Szenenmontage ein gangbarer Weg ist, dies frühe Stück in einem Kellertheater zu inszenieren.

Marieluise Fleißer

382 Von Karlheinz Braun, Suhrkamp Verlag

am 23. Februar 1968

Sehr verehrte, liebe Frau Fleißer,
ich komme gerade von Berlin zurück und sehe Ihre Korrespondenz mit Frau Bothe, die Zeitungsausschnitte und den ganzen Ärger, den Sie mit dem Büchner-Theater und den »Pionieren aus Ingolstadt« gehabt hatten. Ich finde Ihre Haltung wirklich sehr vernünftig und verständnisvoll, dem Büchner-Theater doch jetzt zu erlauben, das Stück in seiner Fassung aufzuführen. Natürlich ist die ganze Sache völlig unkorrekt, aber auch ich glaube, daß es zuviel wäre, gegen die jungen Leute jetzt mit gerichtlichen Schritten vorzugehen. Danke für Ihre noble Haltung.

Selbstverständlich würde ich sehr gern sowohl die alte als auch die neue Fassung der »Pioniere« kennenlernen. Ich habe die alte Fassung trotz intensiver Bemühungen niemals auftreiben können, immer nur von dem Stück und seiner Berliner Aufführung gelesen. Wenn Sie das Stück nicht dem Desch-Verlag übergeben wollen, würde es uns natürlich sehr interessieren.
Ich höre von Herrn Boehlich, daß der Plan mit dem Erzählungsband bei uns doch langsam reift, und ich freue mich darüber.
Mit freundlichen Grüßen, besonders auch von Frau Bothe, bin ich

Ihr Karlheinz Braun

383 An Therese Giehse

26. 2. 1968

Sehr verehrte Frau Giehse!
Wie besprochen schicke ich Ihnen beigeschlossen, was von den »Pionieren in Ingolstadt« da ist und was ich Herrn Nagel zu geben versprach. Bitte, reichen Sie es bei seiner Rückkehr an ihn weiter. Er versprach mir es durchzusehn. Hoffentlich kann er mir für das, was ich bis jetzt nicht gefunden habe, eine wirkliche Anregung geben.
Ich bin froh, dass Sie es lesen wollen. Es wäre mir sehr lieb, wenn es auch Herr Stein zum Lesen bekäme, sobald er Zeit dafür hat.
Ich habe in der Abschrift die alten Spitznamen beibehalten, vielleicht ist das nicht gut. Vielleicht müßte man das noch umändern in gewöhnliche Vornamen.
Ich habe das deutliche Gefühl, dass ich vor der letzten Szene noch was machen müßte, aber ich bin bis jetzt auf nichts gekommen, was da zu tun wäre.
Ich bin gespannt, was Sie davon halten und wünsche Ihnen eine gute Lektüre.

Mit sehr herzlichen Grüßen
Ihre Marieluise Fleißer

Anlage »Pioniere in Ingolstadt« bearbeitete Fassung.

384 An Karlheinz Braun, Suhrkamp Verlag

26. 2. 1968

Sehr verehrter Herr Dr. Braun!
Hier schicke ich Ihnen den Text der bearbeiteten Fassung, wie er bis jetzt da ist. Ich habe das deutliche Gefühl, dass ich vor der letzten Szene noch was machen müßte, bin aber bis jetzt auf nichts gekommen, was da zu tun wäre. Die Schwierigkeit liegt darin, dass das Militär für den Zivilisten eine sozusagen unverwundbare Einrichtung ist, sodass ich nichts Glaubhaftes finde, wie ein junger Zivilist in seinem Zorn aktiv dagegen vorgehn kann.
In der Abschrift habe ich noch die alten Spitznamen beibehalten. Vielleicht ist das nicht gut, vielleicht sollte man einfach gewöhnliche Vornamen für die Soldaten nehmen.
Die alte Fassung kann ich Ihnen aber nicht schicken, weil ich sie sonst selber nicht mehr hätte. Wenn Sie sie unbedingt brauchen, könnte nicht das Büchner-Theater sie Ihnen leihn? Ich habe einen Zorn auf die Fassung, ich finde sie läppisch und schizophren. Ich war damals ein ziemlich zerstörter und noch sehr unfertiger Mensch, hatte lange Jahre ganz unvernünftig gehungert und war einer Erschöpfung nahe. In Berlin wars ja mit Lenja, Lorre und Körber eine herrliche Besetzung, nur durch sie war die Aufführung möglich. Für die Lenja wurde es sogar, wie mir Brecht nach seinem Amerikaaufenthalt sagte, der größte Theatererfolg ihres Lebens, den sie nie wieder so stark erreichte.
Die jungen Leute haben mir quergeschossen und sind jetzt obendrein auf mich beleidigt, weil sie so gar keinen Erfolg bei der Presse hatten und weil ich mit Handschuhen angefaßt wurde, was ich natürlich ein anderes Mal wieder büßen muß. Sie werfen mir vor, dass ich mich dagegen gewehrt habe, das ist einigermaßen komisch. Sie werfen mir sogar vor, dass ich jetzt nach vierzig Jahren das Stück auf einmal bearbeitet habe.
Ich tat es, weil mir Helene Weigel vor einiger Zeit sagte, sie möchte gern die »Pioniere in Ingolstadt« aufführen, worauf ich ihr sagte, die alte Fassung könne man nicht spielen. Aber es hat

sich doch in mich hineingebohrt, weil auf dem Schiffbauerdammtheater herrliches Theater gemacht wird. Ich habe nun versucht, eine spielbare Form zu erarbeiten. Man müßte aber versuchen, das Stück zuvor im Westen unterzubringen. Ich müßte halt Geld verdienen mit dem Stück, damit ich wieder eine Weile davon zehren kann.
Bei Desch komme ich auf keinen grünen Zweig, darum möchte ich das Stück Ihnen geben, wenn Sie glauben, damit etwas machen zu können. Ich bin gespannt, was Sie von der Bearbeitung für einen Eindruck haben.

Mit freundlichen Grüßen auch an Frau Bothe
Ihre Marieluise Fleißer

Anlage »Pioniere in Ingolstadt« Bearbeitung

385 An Walter Jensen, Kurt Desch Verlag

17. 3. 1968

Sehr verehrter Herr Jensen!
Es wäre Manches zu sagen, aber ich halte es für sinnlos, wenn wir Briefe hin und her schreiben, es könnte ja nichts ändern. Es bleibt halt doch so, dass das lange vergebliche Warten unter für mich ziemlich üblen Umständen bei mir seine psychologischen Rückwirkungen ausgelöst hat, über die ich nicht hinwegspringen kann. Es liegt aber noch tiefer, denn immer dann, wenn ich Ihnen einen Vorschlag machte, an dem mir wirklich was lag, hat der Verlag ihn mir abgelehnt. Das fing schon beim Geschichtenband an und hörte bei der verweigerten Drucklegung vom Starken Stamm auf. Als ich Ihnen von meinen Vorstellungen erzählte, dass ich ein Stück über den Kriegseinsatz und Hitlerdeutschland schreiben wollte, haben Sie mir lebhaft abgewunken und als ich Ihnen das kurze Stück meiner Bearbeitung der »Pioniere« vorlegte, wollten Sie das nicht und sahen keinen Weg für die Handlung, obwohl für mich der Weg nur über diese paar Szenen weiterging, anders konnte ich es nicht machen. Ich kann daraus nur den einen Schluß ziehn, dorthin zu gehn, wo es diese Schwierigkeiten nicht gibt. Ich schreibe, was

ich muß, und kann nichts anderes schreiben, und dabei muß man halt mit mir mitgehn. Ich könnte sonst überhaupt nicht mehr hoffen, und das ist eine sehr wichtige Voraussetzung für mich. Ich habe das Gleiche schon Herrn Hanser geschrieben, nämlich dass es einen Ort gibt, wo ich mich richtiger plaziert fühle und Herr Hanser hat mir meine Bitte nicht verweigert, obwohl es ihn auch nicht gefreut hat. Ich trage diesen Wunsch schon lange in mir, und jetzt habe ich ihn realisiert. Ich muß Sie da wirklich um Ihr Verständnis bitten, wir wollen darüber keine Feinde werden. Der Starke Stamm wird nach wie vor von Ihnen betreut und vielleicht kommt ein bischen neue Bewegung herein, wenn sich auch von einer anderen Ecke her was rührt.

Mit besten Grüßen

Ihre

386 An Ernst Josef Aufricht

18. 3. 68

Sehr verehrter, lieber Herr Aufricht!

Bitte, veranlassen Sie, dass die von mir dem Propyläen-Verlag eingereichten Manuskripte – eingeschrieben, damit sie nicht verlorengehn – baldmöglichst an mich zurückgereicht werden, und sei es nur, damit ich den Inhalt einsehen kann. Dies ist eine sehr dringende Bitte, da ich zu meinem Entsetzen über keine andere Abschrift verfüge. Es müßte eine vorhanden sein, aber ich habe schon alles danach ausgesucht und weiß nicht, wo ich noch schauen soll. Ich kann das nicht verstehen, die Manuskripte sind wie weggezaubert. Ich weiß nicht, was ich da angestellt habe.

Herr Siedler wird das wohl nicht übel nehmen. Es scheint ja, dass er in seinem Rahmen keine Möglichkeit sieht, er hätte mir sonst doch sicher schon geschrieben.

Ich brauche den Text dringend, um ihn dem Suhrkamp-Verlag vorzulegen, der ein Interesse daran hat, aber erst einen Teil kennt und mehr sehen möchte. Aber bitte, nicht an den Suhrkamp-Verlag schicken, sondern an mich persönlich nach Ingolstadt und ganz gleich in welchem mehr oder minder zerlesenen

Zustand sich die Blätter befinden, ich kann sie dann wenigstens abschreiben.
Ich habe zu der Geschichte »Die im dunkeln« eigens ein größeres Stück hinzugeschrieben, das ist verloren, wenn ich es nicht unter dem Ihnen überlassenen Text finde. Es ist mir wichtig, denn ich glaube nicht, dass ich es nochmal so hinbringen kann, ich habe die Unterlagen auch nicht mehr.
Halten Sie mir den Daumen, dass es mit Suhrkamp was wird und dass ich auch über die »Pioniere in Ingolstadt« mit ihm Vertrag machen kann. Das wäre ein sehr tüchtiger Verlag und ich hoffe sehr, dass man dort auch was für mich tun würde.
Wie geht es Ihnen und Ihrer lieben Frau? Ich hoffe sehr, Sie sind beide gesund und für mich erreichbar. Es wäre ein Schlag, wenn Sie gerade in Amerika wären. Ich lese zur Zeit an einigen Orten über Brecht: Städtische Bühnen Augsburg, Stadttheater Ingolstadt, Literarische Gesellschaft Gräfelfing, Volkshochschule Düsseldorf. Man sagt mir, dass ich eindrucksvoll lese, bloß etwas leise, damit ich durchhalten kann, ich brauche also ein Mikrophon. Die »Pioniere in Ingolstadt« habe ich inzwischen bearbeitet und dem Suhrkamp-Verlag angeboten. Ich wünsche mir sehr, dass das was wird.
Ich hoffe, Sie haben sich inzwischen gut erholt und hoffe, dass der Brief Sie bald erreicht, damit Sie sich bald mit Herrn Siedler oder wer das Manuskript jetzt hat, in Verbindung setzen können. Mit sehr herzlichen Grüßen, auch an Ihre liebe Frau

Ihre

387 Von Ernst Josef Aufricht

Berlin, den 29. III. 68

Sehr verehrte, liebe Frau Fleisser,
Siedler und ich haben gestern ausführlich über Ihre Geschichten gesprochen.
Siedler ist bereit zu drucken. Wir beide aber sind der Ansicht, dass Sie mit Ihrem Oeuvre besser von Suhrkamp vertreten sind, der im Augenblick der lebendigste und potenteste Verlag ist.

Geben Sie mir bitte Bescheid, wenn dort eine Entscheidung gefallen ist.
Ich freue mich, dass die Fleisser wieder im Kommen ist!

Herzliche Grüsse von mir und meiner Frau
Ihr ergebener Ernst Josef Aufricht

388 An Karlheinz Braun, Suhrkamp Verlag

6. 5. 1968

Sehr verehrter Herr Dr. Braun!
Ich habe den Schluß noch etwas gekürzt, damit er nicht kabarettistisch wirkt. Vor allem mußte ich in der Alma Fabian Szene wegnehmen, aber auch der Fotograf und der Feldwebel verlangten eine gewisse Kürzung.
Ich wäre nun sehr froh bald einmal etwas Entscheidendes vom Verlag zu hören. Bitte, teilen Sie mir doch mit, wann Sie nach Ingolstadt kommen. Der Regisseur Stein von den Kammerspielen hat das Stück bereits gelesen und hat Interesse, wie man mir sagt. Beim Residenztheater besteht in der Abteilung Dramaturgie ein Interesse, wobei eine Annahme erst noch durchgesetzt und über den Regisseur entschieden werden müßte. Ich habe dort durch Zufall jemand auf dem Weg über meinen Neffen und einen begabten jungen Schauspieler kennengelernt. Wahrscheinlich lerne ich morgen bei einer Aufführung der »Wände« auch noch Herrn Wendt kennen, der vor ein paar Tagen nur wegen seiner Stuttgarter Reise verhindert war.
Ich hoffe sehr bald von Ihnen zu hören.

Mit herzlichen Grüßen
Ihre Marieluise Fleißer

Anbei gekürzter Schluß der »Pioniere«, neu

389 Von Karlheinz Braun, Suhrkamp Verlag

am 14. Mai 1968

Liebe Frau Fleißer,
herzlichen Dank für den neuen Schluß der »Pioniere«, der gut hier angekommen ist. Leider habe ich es doch nicht mehr geschafft, Anfang Mai nach München und somit auch nach Ingolstadt zu kommen. Ich bin jetzt am 25. und 26. Mai in München, und es wäre wohl am besten, wenn ich anschließend nach Ingolstadt käme, also am 27. Mai. Würde Ihnen dieser Termin passen? Wir können dann noch einmal ausführlich die »Pioniere« besprechen.
Wie ich Ihnen schon sagte, wären wir wirklich sehr glücklich, wenn wir das Stück im Theaterverlag Suhrkamp herausbringen könnten und eventuell dann auch drucken könnten. Ich würde Ihnen am 27. auch einen Vertragsentwurf mitbringen, den wir diskutieren könnten.
Herr Wendt vom Bayerischen Staatstheater war Sonntag in Frankfurt. Er erzählte mir von Ihrem Gespräch. Er will mir auch bis zum 27. einen konkreten Vorschlag für eine Aufführung der »Pioniere« am Staatstheater machen. Ich kann, wenn ich in München bin, auch mit den Kammerspielen sprechen, so daß wir schon Ende des Monats eine feste Entscheidung treffen können, wann, wo und mit wem die beste Erstaufführung der »Pioniere« stattfinden kann.
Bitte schreiben Sie mir doch kurz, ob Ihnen der 27. Mai recht wäre. Bis dahin bin ich mit herzlichen Grüßen

Ihr Karlheinz Braun

[Handschriftliche Notiz von Marieluise Fleißer:]
Schon Donnerstag morgen ! 23. 5.

390 Von Martin Sperr und Monika Koegler

München 25, schmied-kochel-str. 2
[undatiert, Mitte Mai 1968]

Liebe Frau Fleisser,
wir heiraten am Mittwoch, den 22. Mai 68 um 10.45 Uhr hier in München. Anschließend wollen wir essen und trinken mit den Freunden und allen, die wir gernhaben.
Wir würden uns sehr freuen, wenn Sie dabeisein könnten und wollten und würden. Mit Grüßen Ihre
Monika Koegler. Martin Sperr

391 An Heinz Joachim Klein, Stadttheater Ingolstadt

30. 6. 1968

Sehr verehrter Herr Klein!
Ich mache mir über die Besetzung Sorgen. Wie ich Ihnen von allem Anfang an sagte, hängt der Erfolg vom »Starken Stamm« entscheidend davon ab, dass die Balbina und der Bitterwolf jung und charmant genug besetzt sind. Balbina 37 Jahre, Bitterwolf höchstens vierzig Jahre. Darum habe ich Ihnen Ruth Drexel vorgeschlagen, die in Berlin die Balbina ganz ausgezeichnet spielte, sie hatte sowohl die kalte Berechnung, das Schnippische und zugleich Charmante für das erotische Geplänkel mit Bitterwolf, aber auch das Gefährliche, was der eigentliche Grund ist, warum Bitterwolf vor ihr scheut.
Die von Ihnen vorgeschlagene Besetzung Beaujean für Bitterwolf wirkt um zwanzig Jahre zu alt, sowohl für sein Verhältnis Balbina als auch dem Sohn gegenüber; er ist noch nicht einmal ein fünfzigjähriger Vater, geschweige denn ein vierzigjähriger. Er paßt auch sonst nicht für die Rolle, ich wäre sehr unglücklich. Machen Sie sich bloß von der Vorstellung frei, dass ein Vater etwas Reifes und Gesetztes sein muß. Das darf er hier gerade nicht sein, er muß ein eigenwilliger großer Kindskopf geblieben sein, er hat was Naives. So war ja auch sein Urbild, nach dem diese Gestalt geschrieben ist.
Dies Urbild hat immer um zwanzig Jahre jünger ausgesehen,

als er war, ohne kosmetische Kunstgriffe sondern von Natur aus. Er konnte sehr locker sein, leicht hysterisch und zum Jähzorn geneigt, er war leichtsinnig und ein verhinderter Künstler. Man muß schon begreifen, warum die Balbina, die ja auch andere Männer haben kann, sich ihn einbildet. Er muß so sein, dass ihm eine echte Sympathie zufliegen kann.
Ich kann mir nicht helfen, die Besetzung Ulmann erschiene mir für den Bitterwolf durchaus nicht abwegig, sie kommt durch eine Wesensverwandtschaft ziemlich nah an das Urbild heran, er darf nicht etwa auf alt spielen. Der geringe optische Fehler erscheint mir jedenfalls viel kleiner, als wenn Sie eine Besetzung machen, die in der inneren Struktur und im Wesen nicht paßt. Noch dazu würde bei ihm die Sprache natürlich kommen. Ich kann Ihren Widerstand nicht begreifen.
Der Publikumserfolg hängt entscheidend davon ab, dass Bitterwolf und Balbina attraktiv kommen, er darf nicht etwa gesetzt sein oder beleibt und auch nicht in einer Maske auf jugendlich spielen, vielmehr in einem natürlichen Junggebliebensein. Das hat sich in Berlin herausgestellt, wo man kühn war, nicht in Vorurteilen und Clichés befangen und wo man einen Serienerfolg einheimsen konnte.
Bitte, schlagen Sie meine Warnung nicht in den Wind.

Mit freundlichen Grüßen
Ihre Marieluise Fleißer

392 An Karlheinz Braun, Suhrkamp Verlag

1. 7. 68

Sehr verehrter Herr Braun!
Hier schicke ich Ihnen die Pioniere, so wie wir das besprochen haben, und mit zwei neu eingefügten Szenen Haushalt Unertl. Mir war gar nicht wohl, dass wir nur die eine kurze Schwimmbadszene haben, ich hatte das Gefühl, dass sie noch was verlangt. Ich habe darum aus der zweiten gestrichenen Schwimmbadszene einen kleineren Teil gleich nach der Pause eingefügt. Das ist jetzt im Text sehr vereinfacht ohne Spielschwierigkeiten und ich hoffe, Sie werden es so akzeptieren. Der Regisseur

kann sie immer noch wegstreichen, wenn er will. Einem anderen wird vielleicht was fehlen, darum wäre es gut, wenn sie im Text dasteht. Damit sind es vierzehn Bilder geworden, ein paar davon sehr kurz.
Ich danke Ihnen für Ihre Fotokopie vom Starken Stamm, die ich gleich weitergegeben habe, besonders auch für den von Herrn Unseld unterschriebenen Vertrag und für Ihren Brief vom 19. Juni.
Was ist am Residenztheater dazwischengekommen, dass sich das so hinauszieht? Die waren doch so angetan von dem Stück und versprachen es bald zu machen. Ich hoffe, dass nichts Wirkliches im Wege steht. Das wäre ärgerlich, nachdem ich mich jetzt vollkommen umgestellt habe.
Den fälligen Vorschuß aus dem Buch-Vertrag bitte ich zu schikken an mein Sparkonto Nr. 44 110 bei der Bayerischen Staatsbank, Ingolstadt, Ludwigstraße. Herzliche Grüße

Ihre Marieluise Fleißer

393 An Ernst Josef Aufricht
1 Berlin 19 Altenburgerallee 19

1. 7. 1968

Lieber Herr Aufricht!
Bis jetzt war ich so eingespannt, da ich einige Szenen für die »Pioniere« neu arbeiten mußte. Da blieb mir fürs Briefschreiben keine Zeit, aber jetzt will ich Ihnen sogleich schreiben. Ich weiß zwar nicht, ob Sie noch verreist sind, dann wird der Brief Sie eben später erreichen.
Mit Suhrkamp ist es zum Vertrag gekommen und zwar mit dem Theater-Verlag über die bearbeiteten »Pioniere in Ingolstadt« und mit dem Buch-Verlag über die in der Bibliothek Suhrkamp erscheinenden Erzählungen. Ich glaube und hoffe, dass das Buch ansehnlich herauskommt und nicht so sparsam wie die Avantgarde. Jetzt muß ich mich halt darauf verlassen, dass die Reihe trägt und dass das Buch öfter aufgelegt wird, denn siebeneinhalb Prozent von einem niedrigen Verkaufspreis macht sehr wenig aus und steht in keinem Verhältnis zur Arbeit, die

an einem Buch hängt, zumal wenn man wie ich von der Substanz zehrt. Aber man sagt mir, das sei der dort übliche Vertrag und auch Walser und Frisch hätten keinen anderen. (Die haben aber Auflagen.) Das Buch soll am 1. April 69 erscheinen. Es hängt also jetzt alles davon ab, dass der Buchhandel das Buch auch wirklich aufnimmt und verkauft und das wiederum hängt von den Kritiken ab.
Eine größere Erzählung »Schlagschatten Kleist« wollten sie nicht im Buch haben. Sie war in der Hitlerzeit geschrieben und wenns auch gar nicht leicht war, was man dort mitgemacht hat und wenn man auch in der inneren Gegnerschaft stand, dürfte die Erzählung vielleicht was aufgesogen haben von dem, was einen umgab, man war ja von allem anderen abgeschnitten und konnte nichts Wirkliches lesen. Das Biest hat mir schon soviel Arbeit gemacht, ich habe wieder und wieder daran geändert, es wird nicht das Richtige. Also diese Geschichte mußte raus, da war guter Rat teuer. Wir haben, um die Seitenzahl wenigstens zum Teil auszugleichen, zwei Erzählungen aus Avantgarde übernommen, die an den Hanser-Verlag getrennt abgerechnet werden. Wenigstens ist Hanser darauf eingegangen, er hats nicht gerade gerne getan und mich überhaupt nicht gern freigegeben.
Im Spectaculum 12 werden die »Pioniere in Ingolstadt« abgedruckt werden. Für später schwebt die Erwägung, ob man nicht die »Pioniere« und den »Starken Stamm« zusammen in einem Buch abdruckt. Es wäre gut, weil der Text vom »Starken Stamm« ja auch festgehalten werden müßte, damit er mit seiner ganzen Lebendigkeit nicht praktisch verloren ist.
Ich weiß noch nicht, was aus der Aufführung wird. Die »Pioniere« ließen sich zunächst sehr gut an. Das Stück war noch gar nicht ganz fertig, da ließ mich das Residenztheater München (Staatstheater) schon wissen, dass es das Stück sehr gern spielen möchte. Das wäre finanziell ziemlich gut, wenn es ein Erfolg wird. Inzwischen hat sich aber der Dramaturg, der frischen Wind in das Staatstheater bringen will, mit der Regierung etwas angelegt. Seit ein paar Wochen ist das ins Stocken geraten oder es hat jemand ausdrücklich gegen das Stück quer geschossen,

ich weiß es nicht. Der Vertragsabschluß, der dicht vor der Tür zu stehen schien, zieht sich jedenfalls sehr hinaus. Wir werden sehen.

Am Berliner Ensemble gibts Schwierigkeiten, wie ich höre. Der an sich sehr gute Mann Wekwerth mußte entlassen werden. Ich bedaure das, kann in die Hintergründe nicht hineinsehn. Es würde mir sehr leid tun, wenn dies gute Theater entscheidend an Potenz verlöre.

Ich bin gespannt, ob Monk in der nächsten Spielzeit wirklich was für mich tut.

Hoffentlich gehts Ihnen in dieser heißen Jahreszeit gut. Ich wünsche Ihnen und Ihrer lieben Frau Gesundheit und bin mit sehr herzlichen Grüßen Ihre

Ich hab mich im Papier vergriffen, entschuldigen Sie!

394 *An Elisabeth Hauptmann*

Berlin N 4, Friedrichstraße 129 c 3

2. 7. 1968

Liebe Elisabeth Hauptmann!

Jetzt habe ich vorübergehend ein wenig Luft und will Ihnen sogleich den Brief schreiben, den ich Ihnen schon lang schreiben wollte. Wie geht es Ihnen? Ich hörte, dass Sie sehr krank waren und hoffe, dass Sie sich inzwischen wieder aufgerappelt haben. Alle guten Wünsche!

Vielleicht wissen Sie bereits durch einen Prospekt, dass ich endlich mit dem Suhrkamp Verlag Vertrag machen konnte über ein Buch in der Bibliothek Suhrkamp, in dem ein paar alte und ein paar neue Geschichten vereinigt sind. Jetzt muß man halt schaun, ob das Buch seinen Weg macht und nicht wie leider die »Avantgarde« schon in der ersten Auflage stecken bleibt. Weil das Buch billig ist, verspreche ich mir einen größeren Umsatz, aber weil es billig ist, ist auch ein guter Umsatz nötig, sonst habe ich keinen Gegenwert für meine Arbeit und für die verlorene Substanz. Halten Sie mir den Daumen.

Auch über die bearbeiteten »Pioniere in Ingolstadt« habe ich inzwischen mit dem Suhrkamp Theaterverlag Vertrag gemacht und bin schon sehr gespannt, was er auf die Welt bringt. Bei Desch war ich ja zwanzig Jahre lang so ziemlich verloren. Da ist alles anders gegangen, als ich mir nach 1945 erwartete, es hätte ganz anders sein müssen. Er konnte im Wesentlichen nur das erreichen, was ihm von anderen schon entgegengetragen wurde, das war zu wenig. Es ist jammerschade, dass Aufricht kein Theater mehr hat, er hat eine wirkliche Erinnerung an mich und da hätte ich sofort ein gutes Sprungbrett.

Ich habe mir Mühe gegeben, das Stück spielbar zu machen. Die »Pioniere« ließen sich zunächst recht gut an. Ich war noch gar nicht mit dem Stück fertig, da ist das Residenztheater selber an mich herangetreten, dass es das Stück gern spielen möchte. Da ist ein neuer Dramaturg Wendt, der einen frischen Zug in das Staatstheater bringen will, das wäre sehr nötig und es wäre gut, wenn in München die Theater sich wirklich Konkurrenz machen würden. Dann ist er in einem anderen Zusammenhang angeeckt. Ich habe den Eindruck, das hat ihn vorerst gebremst. Mein Vertrag schien schon dicht vor der Tür zu stehn, man versprach es bald zu spielen. Neuerdings ist für mich alles ins Stocken geraten, die Entscheidung will nicht fallen. Das macht mich niedergeschlagen. Die Kammerspiele sind schon seit dem Februar zu für die nächste Spielzeit, würden das Stück auch nur im Werkraumtheater machen, also das geht nicht, ich muß schließlich von meiner Arbeit leben. Dieser Peter Stein wäre ein interessanter Mann, wenn er das Stück aber nicht drunten machen darf, dann gehts eben nicht. Vielleicht läßt mich das Residenztheater doch nicht endgültig im Stich, dort wäre, wenns ein Erfolg wird, eine gute Einnahme zu erwarten.

Im Spectaculum Nr. 12 wird ein Vorabdruck erscheinen, das dauert aber noch. Herr Braun war mal einen Tag lang bei mir und wir sind das Stück von A bis Z durchgegangen. Ich bin bloß mit dem Schluß nicht ganz zufrieden. Man könnte ja schon etwas früher aufhören, aber dann wird der Schluß kammerspielhaft. Vielleicht kann ein guter Regisseur aus meinem Schluß was machen.

Im Herbst wird das hiesige Stadttheater den »Starken Stamm« spielen, Regie Landsittel, der bei Buckwitz gelernt hat. Mit der Besetzung der Rollen wirds leider schwierig werden. Nun, wir werden sehn.

Ich höre, dass das Berliner Ensemble eine Krise durchmacht und hoffe sehr, es arbeitet sich da wieder heraus. Die Aufregungen mit dem Theater werden Helli nicht gerade gut tun und Ihnen auch nicht. Ist sie einigermaßen gesund? Ich hoffe und wünsche, dass Ihr über den Berg kommt.

Viele herzliche Grüße an Helli, auch an Hanne Hiob und ganz besonders grüßt Sie aufs herzlichste

Ihre Fleißerin

395 An Joseph Breitbach

1 Place du Pantheon Paris V^e^

18. 7. 68

Sehr verehrter, lieber Herr Breitbach!

Schönen Dank für das Volksstück, das Sie mir geschickt haben. Endlich war es doch wieder ein Lebenszeichen. Ich hoffe, dass es Ihnen mit der Gesundheit inzwischen wieder viel besser geht. Ich kann soweit nicht klagen. Im vorigen Jahr mußte ich wochenlang zum Bestrahlen laufen wegen einer verschleppten Hautsache am Schulterblatt, damit nicht ein Krebs daraus wird. Es war eigentlich nur ein roter Fleck, aber er wurde immer größer, und ich wußte nicht, dass das bösartig werden kann. Ich vermute, dass die ersten Anfänge entstanden, als man mich 1958 auf die Röntgenplatte legte, um den Infarkt zu finden, den man mit dem EKG nicht fand. Da wir sehr intensiv darüber gehen mußten, ist das nur sehr langwierig abgeheilt, ich hatte das ganze Jahr damit zu tun, mußte immer fremde Leute behelligen, weil ich mir an dieser Stelle das tägliche Pflaster nicht selber erneuern konnte, das war eine tägliche Belästigung. Jetzt scheint es gut zu sein.

Ich komme im April 69 in der Bibliothek Suhrkamp mit einem Novellenband heraus, ein paar alte und ein paar neue Geschichten, Hanser hat mich nur äußerst ungern dafür freigegeben, ich bin ihm dankbar, dass ers getan hat. Ich erhoffe mir, dass das

Buch nicht wie bei Hanser in der ersten Auflage steckenbleibt. Sonst bin ich hereingefallen, denn der Verkaufspreis ist sehr niedrig. Ich habe den Band »Abenteuer aus dem Englischen Garten« benannt nach der frühen guten Geschichte. Auch die Neubearbeitung der »Pioniere in Ingolstadt« ist vom Bühnenvertrieb Suhrkamp Verlag angenommen und wird im Spectaculum Nr. 12 abgedruckt werden.
»Theater heute« interessiert sich für das Stück und wird es, wie mir der Suhrkamp Verlag sagt, hoffentlich stimmts, als sein »Stück des Jahres« veröffentlichen. Das wäre eine gute Reklame.
Die Kammerspiele, denen ich persönlich das Stück schon seit April angeboten hatte, haben gräßlich damit herumgezogen und dann die Aufführung für die übernächste Spielzeit versprochen. Peter Stein, der ja ein hochbegabter junger Regisseur ist, wollte es inszenieren, das hätte mich interessiert, er sagte aber, dass er es nicht allein machen könne, weil er schon zuviel am Hals habe, sondern noch einen jungen Regisseur beiziehen müsse, das war schon faul und schließlich stellte sich noch heraus, dass es nur im Werkraumtheater kommen könnte. Davon hat der Verlag entschieden abgeraten und hat auch von den unzuverlässigen Versprechungen der Kammerspiele abgeraten. Inzwischen ist die Entscheidung gefallen, dass das Staatstheater das Stück macht, dort schaut, wenn es nicht durchfällt, auch finanziell was heraus. Es kann allerdings nicht mehr in der nächsten Spielzeit kommen. Gegen Spielzeitende wird mit den Proben noch begonnen und die Premiere kommt als erste der übernächsten Spielzeit heraus, so ist es mir versprochen. Die Dramaturgie ist mir dort mit viel mehr Liebe entgegengekommen. In einem guten Jahr also! Allerdings macht es nicht Lietzau, weil es ihm nicht liegt. Nun ist ein großes Rätselraten, wer das machen soll, man will dafür jemand engagieren, hoffentlich wird der geeignete Mann gefunden, darauf kommt es ja sehr wesentlich an. – Es ist nun doch dabei geblieben, dass es die Pioniere von 1926 sind, man kann das Stück einfach nicht in die heutige Zeit übertragen, die Mädchen sind anders, die Pioniere sind anders.

Ich bin hier in Ingolstadt viel in unser schönes Stadttheater gegangen, immer zusammen mit meinem Neffen. Mit ihm habe ich auch am Staatstheater München »Die Wände« von Genet gesehen und »Philokthet« von Heiner Müller aus dem anderen Deutschland, beides hochinteressante Lietzau-Inszenierungen, von denen die erste viel von sich reden machte. Auch die Philokthet-Inszenierung war ausgezeichnet, zwei sehr gute Schauspieler, das Stück ist aber so anstrengend, dass ich fürchte, das Publikum wird in der Masse nicht hineingehn, das ist unverdient, aber vorauszusehn.

Es ist nur gut für München, dass da eine schärfere Theaterkonkurrenz entbrannt ist, wir können davon nur profitieren. Mit dem neuen Dramaturgen Wendt ist ein ungewohnter und frischer Wind in das verschlafene Staatstheater hineingetragen worden, hoffentlich kann der Mann sich halten und aus München wieder eine interessante Theaterstadt machen. Wir haben zwar gute Leistungen von Frau Giehse und Peter Stein, aber das langt nicht. Allerdings fiel Tankred Dorst mit der Toller-Aufführung den neuen Männern zum Opfer. Dem Stück fehlt es an unmittelbarem Theaterleben, dazu ist es finanziell aufwendig, man entschloß sich darauf zu verzichten. Dorst wird im Herbst in Stuttgart uraufgeführt.

Lieber Herr Breitbach, ich kann Ihnen ja nachfühlen, dass Sie den münchener Bauarbeiten aus dem Wege gehn. Trotzdem würden wir uns freuen, Sie auch einmal wieder in München zu sehn. – Die Akademie ist seit ein paar Wochen aus dem Prinz-Carl Palais vertrieben – für zwei Jahre voraussichtlich. – Ingolstadt spielt im Herbst den »Starken Stamm«, aber wie sie das Stück besetzen wollen, wenn sie fast lauter Preußen haben, ist mir schleierhaft. Regisseur ist Claus Landsittel, der bei Buckwitz in Frankfurt gelernt hat. Ich würde ihm geeignete Schauspieler wünschen.

Schreiben Sie mir auch einmal, wenn Sie Zeit haben, grüßen Sie den jungen Mettmann von mir und seien besonders Sie aufs herzlichste gegrüßt von

Ihrer Fleißerin

396 *Von Ernst Josef Aufricht*

Berlin, den 20. Juli 1968

Sehr verehrte, liebe Frau Fleisser,
das ist ein Sack voll guter Neuigkeiten!
Danke für Ihren Brief, von dem mich jede Zeile interessiert.
Ich gratuliere zu beiden Verträgen mit Suhrkamp. Bei der hysterischen Mode für links ist er heute der potenteste und einflussreichste Verlag. Der Propyläen Verlag, der auch Ihre Geschichten gedruckt hätte, steht im Moment auf einem toten Gleis.
Wann erscheint Spectaculum 12? Ich will es bei meinem Buchhändler bestellen, um die geänderten »Pioniere« zu lesen.
Zu »Avantgarde«, falls die Titelgeschichte in Ihrem neuen Buch abgedruckt wird:
Ich habe nie mit Holz gehandelt, nur Streichhölzer zum Rauchen gekauft. Ich hatte mich auch nicht in die Kunst verlaufen. Wie Sie in meinem Buch nachlesen können, war ich als Zwanzigjähriger am Staatstheater Dresden Schauspieler und hatte anschliessend mit Viertel das Schauspielertheater »Die Truppe« gegründet und als sein Stellvertreter geleitet. Wenn Sie es für richtig halten, korrigieren Sie die diesbezüglichen Sätze. Wenn Ihnen aber der alte, den Tatsachen nicht entsprechende Text besser gefällt, dann soll es so bleiben.
Die Berliner Akademie der Künste ist an einer Lesung interessiert. Diese Saison ist kein Termin frei. Man muss Ihre Lesung kurz nach Erscheinen Ihres Buches im April veranstalten. Lesungen sind die beste Reklame für den Verkauf.
Monk hat Schwierigkeiten mit der Eröffnung seines Theaters. Unter anderem hat ihm der erfolgreiche Regisseur des Deutschen Theaters in Ostberlin, Besson, kurzfristig abgesagt. Wie ich höre, soll Besson beabsichtigen, zusammen mit Wekwerth ein Theater im Osten zu übernehmen.
Da Sie nicht klagen, hoffe ich, dass es Ihnen gesundheitlich gut geht. Mir geht es mittelmässig, meiner Frau im Sommer immer gut, ihr kann es nicht heiss genug sein. Wir verreisen noch einmal im Herbst, nach Kärnten, wo wir uns mit unseren beiden

Söhnen, Frauen und vielen Enkeln treffen. Sie kommen aus Californien.
Nochmals versichere ich Ihnen meine grosse Freude über Ihre Abschlüsse und verbleibe mit herzlichen Grüssen, auch von meiner Frau,
Ihr Ernst Josef Aufricht

397 An Martin und Monika Sperr

24. 7. 1968

Liebe Monika Sperr!
Meinen herzlichen Dank für die lebendigen Fotos vom Hochzeitsfest. Das Brautpaar und die verschiedenen Mütter haben sich einmalig gut fotografiert. Die Braut hat ein schönes Ohr, was ich immer schätze. Sonderbarerweise sehe ich von vorn ausgesprochen fett und von der Seite ausgesprochen spitzig aus. Aber man muß es nehmen, wie mans hat.
Ich werde Sie bald einmal anrufen, wenn ich wieder in München bin. Mit herzlichen Grüßen an Monika und Martin
Ihre Marieluise Fleißer

398 An August Everding, Kammerspiele München

31. 7. 1968

Sehr verehrter Herr Everding!
Mit Bestürzung höre ich von Gerüchten, wonach der hochbegabte Peter Stein von den Kammerspielen gehen muß. Ich begreife, dass es schwierig ist, mit dem impulsstarken jungen Mann auszukommen, trotzdem halte ich sein plötzliches Ausscheiden für einen echten und beklagenswerten künstlerischen Verlust. Sie wissen, dass es gerade die großen Begabungen sind, die sich auf ihrem Weg die selbstgeschaffenen Hindernisse auftürmen müssen. Ich bitte Sie von ganzem Herzen, diesem hochbegabten jungen Regisseur, der vor der Aufgabe steht, seine Begabung zu entwickeln, in Ihrem Theater noch eine Chance zu geben. Mit freundlichen Empfehlungen
Ihre Marieluise Fleißer

399 An Therese Giehse

31. 7. 68

Sehr verehrte, liebe Frau Giehse!
Sofort heute früh habe ich an Herrn Everding wegen Peter Stein geschrieben und mich bemüht, die Dinge so wirksam zu formulieren, wie es nur geht. Ich weiß natürlich nicht, ob das irgendeine Wirkung tut. Es wäre grauenhaft, wenn man Stein aus dem Theater herausschmeißt, eine Begabung, die am Anfang einer so vielversprechenden Entwicklung steht, dass ich ihr mit Spannung entgegensehe. Es wäre jammerschade, wenn sich das abseits von München vollziehen muß.
Ich war inzwischen höchstens am Abend für ein paar Stunden in München, sodass ich Ihnen noch gar nicht sagen konnte, wie sich die Dinge seit der Hochzeit von Sperr entwickelt haben. Dem Suhrkamp Verlag ist es gelungen, die Aufführung der »Pioniere in Ingolstadt« am Residenztheater unterzubringen. Hoffentlich finden sie einen Regisseur dafür, dem es liegt, da soll Suhrkamp einen heranschaffen. Die Proben sollen noch in der kommenden Spielzeit begonnen werden und das Stück dann im Herbst 69, also in einem guten Jahr, herauskommen.
Eine andere Neuigkeit. »Theater heute« bringt im Augustheft einen vollständigen Vorabdruck der Pioniere in Ingolstadt. Außerdem wird es in Spectaculum Nr. 12 in etwa einem Jahr im Druck herauskommen und später dann noch mit dem Starken Stamm zusammen als Buch bei Suhrkamp aufgelegt werden. Bis dahin vergeht aber noch einige Zeit.
Wie geht es Ihnen? Sie sahen gestern so blaß und bekümmert aus, dass es mich betrübte.
Ich wünsche Stein aufrichtig, dass er sich wieder herausarbeitet. Wenn sich das doch noch in einem guten Sinn weiterentwickeln könnte!

Mit sehr herzlichen Grüßen
Ihre Marieluise Fleißer

400 Von August Everding

München, den 1. August 1968

Sehr verehrte Frau Fleißer,
ich habe mich gefreut, daß Sie sich für Stein einsetzen. Nur muß ich berichtigend sagen: Herr Stein »muß« nicht von den Kammerspielen gehen. Ich habe alle Schwierigkeiten mit ihm lange ertragen und ich bin mit Ihnen der Meinung, daß sein Ausscheiden für uns ein Verlust ist.
Jetzt kann ich ihm keine Chance geben; dazu hat er sich zu offen gegen das Haus ausgesprochen. Mit freundlichen Grüßen

Ihr A. Everding

401 Von Friedrich Luft

1 Berlin 30, Maienstraße 4
9–8–1968

Sehr verehrte Frau Fleisser,
Ihnen haben offenbar die Ohren geklungen: zur Stunde, als Sie offenbar Ihre freundliche Sendung an mich auf den Weg brachten, sassen Herr Aufricht, seine Frau und ich zusammen und sprachen wohl mehr als eine halbe Stunde über Ihr Stück, Sie und die Premiere am Schiffbauerdamm, und dass Sie inzwischen die »Pioniere« bearbeitet haben. Herr Braun von Suhrkamp schickte mir schon die Fassung. Ich las sie und bin sehr neugierig, sie auf der Bühne zu sehen. Ich finde das Stück, wie es jetzt da ist, sehr verlockend und will sehen, was ich tun kann, damit es das Rampenlicht denn auch wieder erblickt. – Vielen Dank für das Heft »Theater heute«.
Alfred Kerrs Besprechung, die ja auch wieder in Rühles »Theater für die Republik« abgedruckt ist, scheint mir äusserst eindrucksvoll. Er kerbt das Wichtige heraus, gibt einen deutlichen, einen sinnenhaften Eindruck von der Aufführung – und hilft auch noch da, wo er kleine Vorbehalte hat. Heute ist Kerr, leider, bei den jungen Leuten etwas in Verachtung geraten. Garnicht einzusehen, weshalb. In Ihrem Falle hat er sich höchst ehrenvoll bewährt.
Schönen Dank wieder für Ihre Freundlichkeit! Ihr F. Luft

402 *An Ernst Josef Aufricht*

15. 8. 68

Sehr verehrter, lieber Herr Aufricht!
Nun muß ich doch noch auf Ihren Brief eingehen, nachdem ich Ihnen zuletzt nur ganz kurz schreiben konnte. Ich freue mich für Sie, dass Sie im Herbst mit Ihrer Frau ein großes Familientreffen veranstalten, da wirds sicher schön werden.
Ich hoffe, Sie sind inzwischen an ein Heft von Theater heute von Anfang August herangekommen. Wenn ich geahnt hätte, dass Friedrich Luft das Stück bereits vom Verlag erhielt, dann hätte ich das Belegexemplar von der Zeitschrift Ihnen zugeschickt, aber so mußte ich haushalten.
Von Herrn Siedler habe ich die erste Geschichte inzwischen zurückbekommen und ihm gerade ein paar Zeilen geschrieben.
Es ist schade, dass das Buch nicht etwa gleichzeitig mit dem Stück herauskommt, so wie das eigentlich geplant war. Beides zusammen, das hätte einander geholfen. Von selber wird das Buch vielleicht wieder nicht gehn, die Menschen haben mich vergessen, der Buchhandel nimmt mich nicht auf. Das Stück kann erst im Herbst kommen.
Wenn die Berliner Akademie kurz nach Erscheinen des Buches eine Lesung von mir ansetzen möchte, bin ich gerne dazu bereit.
Die lange Titelgeschichte von Avantgarde wird nicht im Buch abgedruckt, das hätte Herr Hanser niemals erlaubt, weil ja seine Auflage noch nicht verkauft ist. Ich höre mit Zerknirschung, dass ich den Passus über Sie nicht ganz richtig geschrieben habe. Das kommt nur daher, weil Brecht es mir so erzählt hat und weil das für mich Evangelium war. Er hat ja im Gespräch die Dinge gern vereinfacht und so erzählt, dass sie sich ins Gedächtnis einhängten, und da war er großzügig. Trotzdem würde ich die Stelle lieber nicht umschreiben. Wenn ich sie nämlich im Sinne dessen, was ich jetzt weiß, ändere, dann wird sie gewunden und aufgesetzt, während sie jetzt wie spielerisch hineingenommen ist in den Fluß. In einer Geschichte darf ich mir diese Freiheit schon erlauben, man kann da nicht jedes Wort auf die Wagschale legen, obs genau so passiert ist. Ich

werde die Stelle, sollte ich einmal daraufhin angesprochen werden, mündlich jederzeit berichtigen.
Dass es für Monk mit Besson nicht klappt, tut mir leid, das wäre ein guter Regisseur gewesen.
Über die Gesundheit ist weiter nichts zu sagen, es geht so dahin ohne größere Veränderungen. Ich bin da zur Zeit über meinen Neffen besorgt, der am Auge eine Hornhaut hat, als wären die Wühlmäuse durchgegangen, wie der Augenarzt sich ausdrückt und der zur Zeit wieder große Schmerzen hat. Er sollte sich auf sein Examen vorbereiten, voriges Jahr hat sich das um ein Jahr verschoben, weil ihm die Niere herausgenommen werden mußte, nun kommen heuer die Augengeschichten daher. Vorige Woche hat er mich einäugig mit seinem kleinen Wagen nach München gefahren, weil er schon Theaterkarten besorgt hatte, er ist ein großer Theaternarr, und dann mußten wir in ziemlichem Nebel zurückfahren und mit einem Auge, dabei war ein ziemlicher Verkehr auf der Autobahn, das war aufregend. Hoffentlich wirds bald wieder gut, damit er nicht nochmal um ein Jahr zurückgeschmissen wird.
Lieber Herr Aufricht, ich wünsche Ihnen und Ihrer Frau alles Gute und gute Gesundheit und grüße Sie beide herzlichst

Ihre Marieluise Fleißer

403 Von Joseph Breitbach

Zur Zeit Braffy, 14 La Boissiére, Calvados
17. September 1968

Beste Fleißerin,
Wolfgang soll Ihnen in einem Begleitbrief erzählen, wie schlecht es mir gesundheitlich geht, und warum es für mich sehr anstrengend ist, einen Brief zu diktieren. Aber meine Bewunderung für Ihre »Pioniere in Ingolstadt«, Fassung 1968, ist zu gross, als dass ich sie still bei mir behalten könnte. Ich habe das Stück selbstverständlich, so wie man Stücke lesen soll, ohne die geringste Unterbrechung gelesen. Nun, es ist ein Meisterwerk. Aus zwei, selbstverständlich zueinander gehörenden

Gründen, die aber eben bei manchen anderen, mittelmässig guten Stücken, eben nicht beieinander kommen. Bei Ihnen herrscht die vollkommenste Übereinstimmung von Form und Inhalt. (Dies nur als Behelfsbegriff zur Verständigung, denn es ist eben ja untrennbar.) Dieses Stück ist aus der Sprache heraus ebenso geboren wie aus der Vision der Gestalten, zu der Sie die vollkommen adäquate Handlung erfunden haben. Was auch immer an dem Handlungsplot Frucht irgendeiner Beobachtung oder eines Eigenerlebnisses sei, ist vollkommen gleichgültig, vor der inneren, absoluten Wahrheit, in der die Handlung sich identifiziert mit den Gestalten und deren sprachlichem Ausdruck. Hoch, sehr hoch war mein Genuss an der unverbrauchten, frischen und auch hinterhältigen Gosche, die diese Leute haben und doch bin ich mir selbstverständlich bewusst, wie gross die Kunst Ihrer Stilisierung der Sprache ist. Nur eben, dass diese sich nicht selber über die Schulter guckt und dem Leser (und den hoffentlich zahlreichen Zuschauern) zuzwinkert: »seht und hört, was für eine echte und körnige Sprache.« Eben nicht. Denken Sie, ich begann »Theater Heute« nicht ohne Angst aufzuschlagen, weil ich wusste, dass Sie einen vor Jahren geschriebenen Text umgearbeitet hatten. Wie gefährlich das ist, brauche ich Ihnen nicht zu sagen. Aber nein, schon nach den ersten Szenen im ersten Bild war ich ganz sicher, dass ich vor etwas äusserst Solidem lag (ich las es ja im Bett.) Genuss, ja Genuss, das habe ich empfunden, ich bin nun einmal verliebt in die Sprachfarben des Bayerischen und des Österreichischen, und wie stark ist diese Farbe bei Ihnen, ohne dass Sie die Zuflucht zu billigem Dialekteffekten suchen müssen. Das ist eben die grosse Kunst. Und da stehen Sie heute wahrscheinlich einzig da, mit dem begabten Sperr als Ihren Nachfolger, dieser freilich nur dann, wenn er auf sich acht gibt und nicht in Modisches fällt und sich dem katastrophalen Einfluss gewisser Regisseure entzieht.

Die Personen: Jede steht, gleich mit ein paar Worten, vollkommen da. Ob es nun der wenig sympathische Unertl ist oder die Herren vom Schwimmverein oder dieser ganz und gar grossartige Pionier Korl, der die Berta davor warnt ihn zu lieben. Die

Zwiesprache der beiden, besonders als die törichte Gans sogar zur Polizei schielt, das ist einfach himmlisch. Die Alma ist eine Figur, die etwas ganz Seltenes im deutschen Sprachgebiet darstellt, nämlich: eine aus der Kleinstadt, die das Zeug zur echten Hure hat *und* sich dessen sehr bewusst ist. Dieses Bewusstsein dessen was sie ist, das sie so markant von der Berta unterscheidet, kommt natürlich dem Bühnengeschehen unbedingt zugute, wie überhaupt jede der Personen ein abgeschlossenes Universum darstellt. Der Feldwebel! Ich hoffe, dass kein Regisseur Ihnen je diese Figur verderbe. Er muss auf der Bühne gleichzeitig ein *tüchtiger* Feldwebel sein und nicht einer, der *nur–Leutschinder* ist. Geben Sie da, wo das Stück aufgeführt wird, nur sehr acht, denn er würde ja eine Dimension verlieren und das ist das Schlimmste, was ein Regisseur unseren Geschöpfen antun kann. Die Handlung ist wunderbar eingängig und kommt, immer eine Auszeichnung für ein Stück, mit einem Minimalaufwand an äusserer Motivierung, also an Handlungsgewicht, das nur von aussen in das Stück hineingetragen wird, aus. Das Stück hat ungeheuer viel innere, nie gesagte und gezeigte Handlung, in sich. Selbst bei einer Figur wie dem Unerrtl, oder vielleicht gerade bei einer solchen Figur, ist es ja so schwer, alles was die auf der Bühne präsent stehende Figur an aufgestauter Vergangenheit wortlos mit nach vorne bringen muss, das hat der Unwertl ebenso gut wie die anderen Figuren, denen Sie ja eine grössere Vergünstigung vom Szenischen her zugedacht haben.

Beste Fleißerin, nun bin ich erschöpft von dem Diktat, am liebsten würde ich jetzt neben Ihnen sitzen und Szene für Szene Ihnen zeigen, was ich im Einzelnen daran genoss, was ich darin bewundere.

Mir bleibt heute nur noch, diesem Stück den allergrössten Erfolg zu wünschen, Sie können ganz sicher sein, dass ich zu seinen Propheten gehören werde.

Mit freundschaftlichen Grüssen und meiner allerhöchsten Bewunderung zu Ihren Füssen, bin ich

Ihr Joseph Breitbach

[handschriftlich beigefügt]

17. 9. 68

Liebe Fleisserin
Noch dies: Sollten Sie meinen Brief, wo auch immer, für nützlich halten, verfügen Sie nur über ihn, komplett oder auszugsweise, nach Ihrem Gutdünken. Ihr Joseph Breitbach

404 *Von Ernst Josef Aufricht*

Berlin, den 22. 9. 68

Sehr verehrte, liebe Frau Fleißer,
zwischen Ihrem Brief und meinem heutigen ist vieles vorgefallen. Ich meine jetzt nicht das Politische, die Erschütterung Europas durch die russische Besetzung der Tschechoslowakei, ich meine persönliches.
Das wichtigste Ereignis: ich habe Ihr Stück in »Theater heute« gelesen. Es hat mich sehr angerührt, die Fleisserschen Sätze, die mir schon 1929 so gefallen haben, wieder zu lesen. Sicher hat das Stück durch Ihre Veränderungen an Substanz gewonnen. Es hat aber an Leichtigkeit und Beschwingtheit verloren. Doch ist das heut nicht so wichtig. Leider!
Ich schreibe Ihnen erst jetzt, mein vierwöchentlicher Aufenthalt am Wörthersee liegt dazwischen, währenddessen ich nicht in bester gesundheitlicher Verfassung war. Das Zusammensein mit Kindern und Enkeln, neun Personen, liess mir keine Zeit zum schreiben. Der Besuch war eine grosse Freude für uns.
Monk hat sein Theater mit zwei Produktionen eröffnet und ist elendiglich mit beiden gescheitert. Da ich ihm dies vorausgesagt hatte, höre ich vorläufig nichts von ihm.
Die Verhandlungen mit der Akademie wegen Ihres Leseabends nehme ich wieder auf, sobald die Festspiele in Berlin vorüber sind.
Ihr Neffe tut mir sehr leid. Es ist schrecklich, dass ein junger Mensch so geplagt ist. Hier gibt es einen bedeutenden Augenarzt, Professor Klemens. Wenn Ihr Neffe Gelegenheit hat, nach Berlin zu kommen, sollte er ihn konsultieren.

Wir beiden wünschen Ihnen alles Gute und hoffen, Sie bald einmal zu sehen. Herzliche Grüsse Ihr ergebener

Ernst Josef Aufricht

405 *An Ernst Josef Aufricht*

24. 9. 1968

Sehr verehrter, lieber Herr Aufricht!

Zu Ihrem siebzigsten Geburtstag habe ich Ihnen nicht geschrieben, da ich aus Erfahrung weiß, dass man bei solchen Gelegenheiten um jeden Brief weniger froh ist, den man zu beantworten hat. Dass meine guten Wünsche Sie begleiten und dass ich an Sie gedacht habe, davon dürfen Sie überzeugt sein.

Inzwischen ist mir auch eine Möglichkeit eingefallen, wie ich jene Stelle in Avantgarde zwanglos ändern kann, die Ihnen ein Dorn im Auge ist. Ich werde schreiben: Für die Kunst wollte er sein Erbteil wagen. Das trifft den Kern der Sache ohne lange Veränderungen und Erklärungen, das dürfte auch im Satzbild keine Schwierigkeiten machen, und von da gehts organisch weiter.

Ich kann nur noch nicht versprechen, wann das sein wird, ich meine, wann sich überhaupt eine Gelegenheit zu neuem Satz ergibt. Da das Buch mit der Hälfte der Auflage liegenblieb, liegt es im Sarg, ein anderer kann da nicht heran. Es sei denn, es wird eine Taschenbuchauflage gemacht und das scheint vorderhand nichts zu werden. Der Hanser Verlag wird sie bestimmt nicht anregen, er hat es auch bisher nicht getan. Dass ich die zwei kurzen Geschichten aus Avantgarde notgedrungen in den neuen Band übernahm, das wurde erst nach schwierigen Verhandlungen gestattet, und für die beiden Geschichten muß das Honorar gesondert an den Hanser Verlag abgerechnet werden, was sehr umständlich ist. Ich hätte es seinerzeit gleich bei Suhrkamp versuchen müssen, ich stelle mir vor, dass die Avantgarde dort wesentlich besser gegangen wäre, sie wäre sicherlich bekannter geworden. Dort paßt sie mehr hinein.

Wann die »Pioniere« am Bayrischen Staatstheater kommen, ist

noch nicht heraus. Der Regieassisent Lietzaus, der vor ein paar Tagen bei mir zu Besuch war, stöhnte, dass an den Staatstheatern alles so langsam geht. Gegenwärtig wird verhandelt über den Regisseur. Lietzau, der die Veröffentlichung in »Theater heute« kennt, steht zwar positiv dazu, das Stück zu inszenieren, aber er hat dafür einfach keine Möglichkeit in dieser Spielzeit, er ist schon zu stark festgelegt. Bei Lietzau käme es sicherlich interessant heraus.

Wenn eine Lesung von mir möglich ist, dann bitte nicht vor April, da der neue Band erst im April herauskommt. Im Bayrischen Staatstheater soll ich im Lauf des nächsten Jahres auch einmal lesen.

Ich wünsche Ihnen alles Gute für Ihre Gesundheit und begrüsse Sie und Ihre liebe Frau herzlich

Ihre Marieluise Fleißer

406 *An Kristjan Kogerma*

Berea College. Berea. Kentucky
Department of German
Box 1038

15. 11. 1968

Sehr verehrter Herr Kogerma!

Unmöglich kann ich die Geschichte »Avantgarde« nachlesen und mich ihr kritisch gegenüberstellen. So wie ich sie im Kopf habe, kann ich nur Folgendes sagen:

Die Geschichte »Avantgarde« hieß früher »Das Trauma«. Der Titel gefiel aber dem Verlag nicht, er wollte einen anderen.

Ich habe die Geschichte geschrieben, weil mich die Gestalt Bert Brechts bedrängte, an dem ich sehr hing und der über lange Zeiträume nachwirkend in mein persönliches Leben eingegriffen hat. Ich war abgestempelt auf die »Pioniere in Ingolstadt«, ein Theaterstück, das ich auf seine Veranlassung schrieb, und hatte in Hitlerdeutschland Schreibverbot, ich mußte zwölf Jahre in der Angst leben. Danach war ich in Deutschland vergessen, denn ich konnte nicht schreiben, ich konnte mich aus meinen Lebensumständen nicht befrein.

Brecht war für mich ein Mann mit vielen Rätseln, er konnte einer Sache überdrüssig werden, und dann griff er sie doch immer wieder auf. Brecht hat mich intensiv beeindruckt, als ich ihn 1923 durch Lion Feuchtwanger kennenlernte, mit dem ich seit 22 befreundet war, dieser Eindruck wirkte in mir immer weiter. Er hat sich von Anfang an sehr für mich eingesetzt, aber er konnte es nicht leiden, dass ich schweigsam war und verschlossen, Brecht wollte aktive Frauen, die auf ihn übergriffen. Ich wurde gegen meinen Willen von ihm getrennt. Und doch hat er mich nicht vergessen. 1950 als er zu den Proben von »Mutter Courage« an die Kammerspiele nach München kam, ließ er mich zu den Proben kommen. Er setzte durch, dass Schweikart anschließend an die »Courage« ein Stück von mir spielte, obwohl ich in Deutschland aus dem Literaturbetrieb heraus und unter konträren Lebensumständen völlig verschüttet war. Im Januar 56 habe ich ihn ein letztes Mal in Ostberlin besucht. Er forderte mich auf, ein Stück für ihn zu schreiben, er werde dafür sorgen, dass es an den westdeutschen Bühnen gespielt werde. Er stehe sich zwar nicht gut mit den westdeutschen Bürgermeistern, aber mit den westdeutschen Intendanten stehe er sich gut. Daraus konnte dann nichts werden, ich hatte einen schwerkranken Ehemann und Brecht war nach einem halben Jahr tot.

Vielleicht habe ich Ihnen das schon geschrieben, ich habe meinen früheren Brief nicht zur Hand.

»Avantgarde« war 1962 das Erste, was ich nach vielen Jahren Unterbrechung schrieb. Die Geschichte ist mir nicht in allem gelungen, und doch ist sie wichtig. Brecht war nun schon sechs Jahre lang tot, ich war allein, ich wollte ihn mir ins Leben zurückrufen und habe ihn im Schreiben sehr nahe an mich herangezogen, es war wie eine Beschwörung. Aber es ist eine Geschichte. Eine für den frühen Brecht besonders charakteristische Geschichte.

Über Brecht wird viel und umfangreicher geschrieben, aber stets mit dem Blick von außen und im Hinblick auf sein späteres Leben oder seine politische Einstellung. Ich wollte einfach den frühen Brecht ins Leben rufen, wirklich ins Leben rufen, so wie er eben war und wie er sich als junger werdender Dichter benahm. Wie er sich als Mensch benahm und wie er sich jungen Frauen gegenüber verhielt. Ich wollte das Bezaubernde an ihm festhalten und seine Fehler nicht verschweigen. Ich wollte den ganzen Menschen, so wie er mir gegenwärtig war. In die Gestalt der Cilly sind auch Züge der Elisabeth Hauptmann hineinverwoben und meine eigenen.

Trotzdem es eine Geschichte ist um die Brechtgestalt, weiß ich, dass sie vom Wesen des damaligen Brecht viel mehr aussagt als dicke Bände über ihn gesagt haben, er lebt darin. Ich habe mich gewundert, dass das von der deutschen Kritik zu wenig erkannt wurde, aber die Leute kannten ihn eben nicht und wissen es darum nicht. Elisabeth Hauptmann z. B. weiß es, sie findet die Geschichte besonders gut.

Ich glaube, dass die Geschichte nie ganz tot sein wird, auch wenn das breite Publikum sie nicht liest. Sie wird überleben, weil wirklich was vom frühen Brecht in ihr eingefangen ist.

Ich bin mir der subjektiven Mängel bewußt. Die Geschichte handelt nicht nur von Brecht, sie handelt auch von dem Mann, den ich später geheiratet habe – zuletzt im Dritten Reich dann doch geheiratet habe, obwohl ich früher die Verlobung mit ihm löste. Die eine Gestalt und die andere nebeneinander, das ist für einen Außenstehenden sehr sonderbar, das paßt wie die Faust aufs Auge, aber mein Leben paßt eben wie die Faust aufs Auge.

Ich hätte den Schluß der Geschichte, wo ein dritter Mann hinzukommt, nicht aufnehmen sollen. Ich schrieb ihn als Übergang für eine weitere Geschichte über den Journalisten, mit dem ich in den dreißiger Jahren verlobt war. Der Stoff war mir dann schnell verleidet und ich ließ davon ab.

Ich hoffe, Sie können damit etwas anfangen. Sie haben mich gefragt und ich antworte ins Unbekannte hinein, weil es wichtig ist für ein wirkliches Verständnis der Geschichte und weil vielleicht das, was ich selber davon halte, nicht verlorengehen soll.

Mit vorzüglicher Hochachtung
Ihre Marieluise Fleißer

407 An Otto Stinglwagner, Oberbürgermeister der Stadt Ingolstadt

2. 12. 1968

Sehr verehrter Herr Oberbürgermeister!
Herzlich bedanke ich mich für das wunderschöne Blumenarrangement und für Ihre guten Wünsche.
Wenn Sie Zeit finden, die Komödie »Der starke Stamm« am Stadttheater anzusehn, wünsche ich, dass Sie daran ein wenig Freude haben. Es gab für die Schauspieler natürlich Schwierigkeiten mit unserem Schanzerdeutsch und darüber hinaus fehlt dem Stück eine richtige Balbina, welche der eigentliche Schwerpunkt der Aufführung wäre, aber da beißt es aus. Ich bin aber froh, dass durch den wundervollen Castell und den ausgezeichneten Volker Geißler doch noch etwas entsteht, was sehenswert ist.
Mit den Textänderungen zwecks Modernisierung bin ich leider nicht einverstanden, sie sind nicht immer gut angesetzt und durch sie entsteht in meinem Dialog ein Bruch. Ich muß sagen, da waren sie am Volkstheater in München textgetreu. Im Eifer alles in die Nähe Ingolstadts heranzubringen wurden die angeblichen Marienerscheinungen von Heroldsbach nach Pförring verlegt, das geht einem gegen den Strich. Man weiß ja, dass es dort nie Derartiges gab, wogegen die Wallfahrten nach Heroldsbach vor fast zwanzig Jahren allgemein bekannt wurden. Im übrigen ist Herr Landsittel ein fähiger Regisseur, mit dem die Schauspieler alle besonders gern gearbeitet haben. Er wird sich seine Hörndln schon noch abstoßen.

Mit freundlichen Grüßen und nochmals herzlichem Dank

Ihre Marieluise Fleißer

408 An Siegfried Unseld, Suhrkamp Verlag

9. 2. 1969

Verehrter Herr Unseld!

Nachdem ich alles daran gesetzt habe, um in den Suhrkamp Verlag zu kommen, werden Sie verstehn, dass es ein ziemlicher Schock für mich war zu hören, dass sich vor allem im Theaterverlag eine so einschneidende Änderung vollzogen hat. Nun wünsche ich Ihnen und mir, dass Sie auf die Dauer den rechten Mann finden und dass wir gute Erfahrungen miteinander machen. Herrn Walser werde ich ja wahrscheinlich in einigen Wochen hier in Ingolstadt bei seiner Lesung sehn und ich bitte ihn von mir zu grüßen.

Man muß es betreiben, dass das Residenztheater die Aufführung der »Pioniere in Ingolstadt« nicht mehr zu lange hinausschiebt und dass ein wirklich guter Regisseur dafür verpflichtet wird. Herr Wendt hat mir da bei unserem Gespräch vor ein paar Wochen einige Hoffnungen gemacht, und er glaubt, mir bei der Premiere von Mann ist Mann schon etwas Definitives sagen zu können. Auf keinen Fall darf das einschlafen, die Darsteller müssen schon jetzt unter Herrn Wendt, zu dem ich eine recht positive Einstellung habe, ausgesucht werden. Wie es unter dem nächsten Dramaturgen wird, weiß man nie im voraus.

Herr Dr. Braun hat mir versprochen, von den »Pionieren in Ingolstadt« eine Buchausgabe zu machen und das Stück auch ins Spectaculum aufzunehmen. Dies war ein festes Versprechen und ich nehme an, dass sich daran auch unter den gegebenen Umständen nichts geändert hat. Ich habe fest damit gerechnet. Das Stück sollte möglichst *bald* nach der münchener Aufführung im Druck erscheinen, damit man das Publikumsinteresse, das dadurch besteht, auch wirklich ausnützen kann. Jedes Verzögern ist von Übel. Ich hoffe bald etwas Definitives vom Verlag darüber zu hören.

Ich begrüße Ihre Versicherung, dass sie sich mit unverminderter Aktivität und Passion für meine Arbeit einsetzen werden. Es ist so wichtig, dass jetzt für die »Pioniere« auch wirklich was geschieht.

Mit freundlichen Grüßen

Ihre Marieluise Fleißer

409 An Siegfried Unseld, Suhrkamp Verlag

17. 3. 1969

Sehr verehrter Herr Unseld!
Schönen Dank für Ihren Brief.
Mit dem Buch »Avantgarde« habe ich bei einem Teil der Presse nicht allzugute Erfahrungen gemacht. Die Leute wußten offenbar überhaupt nicht Bescheid. Dem möchte ich diesmal entgegenarbeiten. Da ich mit der Materie besser vertraut bin, habe ich Ihnen ein paar Gedanken für Ihre Verlagsanmerkungen auf dem Buch Abenteuer aus dem Englischen Garten aufgeschrieben und bitte sie zu bringen. Es ist immer nötig, dass man Einiges weiß. Mit freundlichen Grüßen in Eile

Ihre Marieluise Fleißer

2 Beiblätter

Für den Bucheinband
Im dritten Reich wurde Marieluise Fleißer gewaltsam und gegen ihren Willen aus ihrer künstlerischen Laufbahn herausgedrängt. Sie hatte Schreibverbot und wurde, um die Existenz zu fristen, in einem ihrer Veranlagung entgegengesetzten Milieu vergraben und verbraucht. Durch eine unglückliche Verkettung von Umständen konnte sie sich auch unter veränderten politischen Verhältnissen nicht mehr befrein. Erst das Alter hat ihr ihre Freiheit wiedergegeben. Natürlich mußte sich die unfreiwillige Cäsur auf ihre künstlerische Arbeit auswirken. Im vorliegenden Buch ist die Entwicklung ihrer Begabung über die Hindernisse hinweg festgehalten. Frühe und späte Geschichten sind darin vereinigt. Soweit sie früheren Bänden entnommen sind, wurden sie an verschiedenen Stellen überarbeitet. Schreiben heißt für Marieluise Fleißer Substanz geben. Die Entwicklung von einem jungen zu einem durch leidvolle Erfahrung und inneren Widerstand geprüften Menschen wird deutlich.
Die früher geschriebenen Geschichten müssen aus ihrer Zeit heraus verstanden werden. In Moritat vom Institutfräulein z. B. zeigen sich bereits die Anfänge der Satire. Die Scheuklappener-

ziehung der Internatsbildung war seinerzeit, wo die Mädchen noch nicht in die vorhandenen Knabenschulen zum Studium zugelassen wurden, ein gesellschaftliches Phänomen. Abenteuer aus dem Englischen Garten ist eine mit retardierender Kunst geschriebene berühmte Geschichte, in der viel Jugend steckt. Sie wurde aus spontaner Begeisterung für den jungen Brecht geschrieben. Für die Fleißer war ihre frühe Begegnung mit Feuchtwanger und Brecht sehr wichtig. Feuchtwanger hat damals von Brecht gesagt, bei ihm müsse die Sprache holpern, das sei dann die Voraussetzung für ihre Lebendigkeit. Diese Forderung nach holpriger Lebendigkeit hat sich die Fleißer in ihrer Sprache zu eigen gemacht und daraus einen für sie charakteristischen Stil entwickelt, in dem sie Herr wird über die Grammatik. Darum ist es mit flüchtigem Lesen nicht getan, man muß lernen sie zu lesen, dann wird man den Schatz erst heben. Der Rauch hat die Kostbarkeit einer authentischen Beschreibung von Kriegs-und Nachkriegszuständen, gesehen aus der Perspektive des kleinen Mannes. Der letzte Schwerpunkt des Buches Die im dunkeln schildert einen folgenschweren Nervenzusammenbruch in Hitlerdeutschland aus politischen Gründen und ist mit erschütternder Intensität geschrieben. Es besteht kein Zweifel, man hat der Fleißer die besten Jahre für ihre Arbeit genommen, und das ist ihr Problem. Wir sollten es respektieren. Sie hat sich nicht unterkriegen lassen.

410 An Joseph Breitbach

14. 4. 1969

Sehr verehrter Herr Joseph Breitbach!
In diesen Tagen wird mein Suhrkamp-Band an die Buchhandlungen ausgeliefert und ich bin ungeduldig, dass meine Freiexemplare eintreffen. Ich will Ihnen dann sofort ein Buch an Ihre Pariser Adresse schicken und hoffe, dass es Sie bald erreicht. Auch diesen Brief schicke ich sozusagen ins Blaue, weil ich nicht weiß, ob Sie dort sind. Ich bin gespannt, was für einen Eindruck Sie von den gesammelten Erzählungen haben. Es ist

ja grausig, dass bei mir ein so großes Loch in der Produktion entstanden ist, und das kann man halt nicht wegzaubern.
Wie geht es Ihnen? Ich hoffe, Sie fühlen sich wieder besser. Gerade kam mein Neffe nach seiner Sizilienreise auf einen Sprung bei mir vorbei und ich bin heilfroh, dass ihm bei diesem scheußlichen Fahrwetter mit Stürmen und Glatteis nichts passiert ist. Er hat schon eine unvorstellbare Anzahl von Kilometern auf seinem kleinen Renault, er hat den Wagen wirklich ausgenützt. Er war allein fünfmal in Sizilien, in das er ganz vernarrt ist.
Herr Unseld hatte die Idee, ob Sie mir vielleicht einen Brief über mein neues Buch schreiben möchten. Er meint, vielleicht könnte man ihn im nächsten »Dichten und Trachten« veröffentlichen, er würde da ein bißchen nachhelfen. Ich weiß ja nicht, ob Ihre Gesundheit Ihnen das erlaubt und ob Sie davon einen so spontanen Eindruck haben. Mich würde es freuen. Das Buch ist als Band 223 in der Bibliothek Suhrkamp herausgekommen.
Mit Ihren enthusiastischen Ausführungen über die »Pioniere« wußte ich noch nicht recht, was ich machen soll, vielleicht kann ich sie in dem Spectaculum, in dem die »Pioniere« abgedruckt werden, anbringen. Aber sie sind zum Teil so enthusiastisch, dass ich erröten muß. Ich möchte da noch ein paar von den frühen Kritiken hinzunehmen.
»Das Pferd und die Jungfer« ist soeben in einer Anthologie des Bärmeier und Nikel Verlags mit dem komischen Titel »34 mal verbotene Liebe« abgedruckt worden. Ich wußte davon überhaupt nichts, aber der Hanser Verlag hatte die Einwilligung gegeben.
Unseld hatte mir erst einen Prospekt über das Buch versprochen, aber er hatte dafür keinen richtigen Text und wollte auch, als er es sich überlegte, keine Ausnahme mit mir machen. Ich war natürlich geknickt, weil ich mich schon darauf gefreut hatte und gedacht hatte, endlich einmal ein Verlag, der was für einen tut. Ich bin sehr gespannt, ob der Buchhandel das Buch aufnehmen wird oder ob es mir geht wie mit »Avantgarde«, von dem immer noch die Hälfte der Auflage daliegt.

Die »Pioniere« am Residenztheater, das längt sich ganz ungeheuer, aber wenigstens haben sie mich inzwischen für die kommende Spielzeit vorangekündigt. Es scheint, sie bringen absolut keinen passenden Regisseur dafür her. Mit süddeutschem Tonfall ist das ja immer schwierig. Nun, ich will den Mut nicht sinken lassen.

Ich hoffe, dass der Brief Sie bald antrifft und ganz besonders hoffe ich, dass es wieder gut geht und dass Sie wohlauf sind.

Mit sehr herzlichen Grüßen an Sie und den jungen Mettmann

Ihre Marieluise Fleißer

411 Von Ernst Josef Aufricht

Berlin, den 24. 4. 69

Sehr verehrte, liebe Frau Fleisser,

vielen Dank für das Buch und die Widmung, mit der Sie mich so reich beschenkt haben. Buchtechnisch gefällt mir das Exemplar sehr gut, nur finde ich den Klappentext etwas dürftig. Vor allem beide Herren, besonders der Kitschromancier Feuchtwanger, müssten mindestens so stolz auf Ihre Bekanntschaft sein wie umgekehrt.

Ich habe die erste Geschichte gelesen, gedruckt ist sie noch eindrucksvoller. Meine Frau, die von hinten zu lesen angefangen hat, sagt dasselbe von der letzten.

Mit allen Wünschen für eine grosse Auflage verbleibe ich mit herzlichen Grüssen, auch von meiner Frau,

Ihr

für Ernst Josef Aufricht Margot Aufricht

Mein Mann hat den rechten Arm geschient, ein Arzt hat ihm eine schlechte intravenöse Spritze verabfolgt.

412 An Marta Feuchtwanger
zur Zeit München 22, Hotel Pension am Hofgarten, Wurzerstr. 9

25. 4. 1969

Sehr verehrte, liebe Frau Marta Feuchtwanger!
Darf ich mir erlauben, Sie in Deutschland zu begrüßen? Mit großer Überraschung habe ich von Ihrer Ankunft gelesen. Ich freue mich, dass Sie noch so vital sind, eine so weite Reise zu machen, und es tut mir schmerzlich leid, dass der Lion nicht mehr dabei sein kann, ich hatte so sehr gehofft ihn noch einmal zu sehen und mit ihm über manche Dinge zu sprechen, und er hatte es mir versprochen.
Ich bin seit dem Januar 1958 wieder allein und habe zwei Tage nach der Beerdigung meines Mannes einen Herzinfarkt und eine schwere Herzbeutelentzündung bekommen, sodass ich fast drei Monate im Krankenhaus lag und für einen Todeskandidaten galt. Das jahrelange schwere Leid und die Überlastung durch Arbeit inmitten großer Sorgen haben endlich dazu geführt und es in einer gewissen Weise auch gelöst. Ich habe diesen verdammten Laden aufgeben können und seitdem habe ich eine beschränkte Basis, darauf zu stehn, manchmal verdiene ich etwas mit dem Schreiben dazu. Niemand preßt mich mehr zu Dingen, die ich nicht tun will, oder versucht mich umzubiegen, es geht mir also wieder viel besser, als ich es seit 1929 hatte. Ich hoffe, ich werde geistig lebendig bleiben, solange ich lebe und, wenns auch langsam geht, noch das Eine oder Andere machen können.
Ich habe gerade in der Bibliothek Suhrkamp einen Band von ein paar frühen und ein paar späten Geschichten herausgebracht, den würde ich Ihnen gerne schicken oder bringen, wenn Sie mir sagen wohin. Es ist eine Geschichte darin »Die im dunkeln« die ich sehr gerne mag. Oder soll ich Ihnen das Buch nach Amerika schicken? Bitte, schreiben Sie mir Ihre kalifornische Adresse noch einmal, ich bin eine Künstlerin darin, die Dinge durcheinanderzubringen und weiß nicht, ob ich die alte Adresse noch ausfindig machen kann.
Bitte, mich richtig zu verstehn, ich will Ihnen nicht zur Last fal-

len, wenn Ihre Tage allzu gedrängt voll sind. Aber wenn Sie es einrichten können, würde ich mich aufrichtig freuen, Sie zu sehen, Sie brauchen mir nur zu schreiben wann und wohin. Ich bekomme nur einmal am Tag Post und zwar um neun Uhr, ich habe leider kein Telefon.

Ich hoffe, dass dieser Brief Sie bald erreicht. Ich grüble seit gestern darüber nach, wohin ich ihn schicke. Ich hoffe, das Presseamt wird ihn an Sie weiterleiten.

Ich habe eine Bearbeitung von den »Pionieren in Ingolstadt« gemacht, die in der nächsten Spielzeit im Bayerischen Staatstheater (Residenztheater) gespielt werden soll. Hoffentlich finden sie dort einen Regisseur der zum Stück eine wirkliche Einstellung hat und es deutlich machen kann; das Theater ist rettungslos verpreußt. Ich hab das Stück deswegen gern, weil viel Jugend drin ist, und denke mit Wehmut an die herrliche Besetzung mit Lorre, Lenja und Hilde Körber. Das Stück war nur damals viel zu schludrig und kaum spielbar.

Ich wünsche Ihnen, liebe Frau Marta, alles Gute und ein geistig frisches und bewegtes Leben. Ich hoffe kurz von Ihnen zu hören.

Mit sehr herzlichen Grüßen
Ihre Marieluise Fleißer

413 An Elisabeth Hauptmann

29. 4. 69

Liebe Elisabeth Hauptmann!

Hier schicke ich Ihnen durch Hanne mein in der Bibliothek Suhrkamp erschienenes Buch »Abenteuer aus dem Englischen Garten«. Ich wünsche Ihnen eine gute Lektüre. Es hat ein wenig gedauert, weil ich mir erst Hannes Adresse beschaffen mußte, und nun hoffe ich, dass es Sie glücklich erreicht.

Wie Sie sehen, sind darin ein paar frühe und ein paar späte Geschichten vereinigt, wobei ich die frühen leicht überarbeitet habe. Ich finde, es ist ein schönes Buch geworden, in dem trotz des bescheidenen Umfanges allerhand drinsteckt und ich würde ihm wünschen, dass es sich gut verkauft, das weiß man halt nie. Bei diesen Reihenverträgen wäre es unbedingt notwendig, dass das Buch öfter aufgelegt wird, sonst ist man mit den siebeneinhalb Prozent ausgeschmiert. Das Buch sollte ins Volk eindringen.

Das Bayerische Staatstheater (Residenztheater) hat die überarbeiteten »Pioniere in Ingolstadt« für die nächste Spielzeit angekündigt. Es ging verdammt zäh, bis das durch war, ich weiß nicht, welche Gegeneinflüsse sich kreuzten. Es ist schon fast ein Jahr her, dass man mir erklärt hat, man würde das Stück gerne haben, damals hat sich der Intendant nach dem Besuch einer Aufführung mit mir im Opern-Café zusammengesetzt, es lag eigentlich bei den Kammerspielen wenn auch noch inoffiziell. Hoffentlich finden sie einen Regisseur, der damit umgehen kann, sonst wird das Stück verdorben. Haben Sie es eigentlich gelesen? Ich ließ durch den Verlag ein Exemplar an das Berliner Ensemble leiten.

Ich höre, dass es Ihnen gesundheitlich wieder einmal nicht gut geht, und das tut mir aufrichtig leid. Sie haben in dieser Beziehung schon viel ausstehen müssen. Aber wir wollen Optimisten sein, und ich hoffe, Sie kriegen es bald wieder hin. Das wünsche ich von Herzen. Es ist so schade, dass Sie nicht einmal nach München kommen, ich würde sofort hinfahren. Dieser Tage ist Marta Feuchtwanger in München eingetroffen, ich habe ihr geschrieben und bin neugierig, wie sie es aufnimmt, ich bin mir bei ihr nicht ganz klar. Nun, ich habe jedenfalls meine Freude über ihre Reise zu erkennen gegeben. Wenn der Lion noch am Leben wäre, wäre es ganz was anderes. Er hat mir vor langen Jahren in einem Brief versprochen, dass er einmal herüberkommt, ich hätte ihn dann bestimmt gesehen. Leider hat er das immer hinausgeschoben. Er ist einer der ganz wenigen Menschen, die lebendig in mir geblieben sind.

Nun wollen wir halt sehen, was mit mir wird. Es hängt halt sehr davon ab, wie der Novellenband und die »Pioniere« aufgenommen werden und wie sie sich halten. Mit was Neuem ist ja so schnell nicht zu rechnen, bei mir dauert es furchtbar lange, bis ich in eine Arbeit hineinkomme. Mein unvermeidlicher Alltag lenkt mich zu sehr ab. Aber dagegen läßt sich nichts Wirkliches

tun. Ich weiß nicht, wie ich das anstellen soll. Ich hänge halt auch sehr an dem bischen Leben, ich habe zu wenig davon gehabt.
Liebe Elisabeth, ich wünsche Ihnen herzlich recht gute Besserung. Wenn Sie wieder auf dem Damm sind, lassen Sie mich gelegentlich wissen, wie Ihnen das Buch und wie Ihnen die »Pioniere« gefallen. Herzlichste Grüße und alle guten Wünsche

Ihre Marieluise Fleißer

414 An Diether Joseph Wallimann
5 Köln, Kyffhäuserstraße 39

17. 5. 69

Sehr geehrter Herr Wallimann!
Das ist sehr schwierig. Die Uraufführung der ersten Fassung »Pioniere in Ingolstadt« war 26. März 1928 an der »Komödie« Dresden (nicht Leipzig) nach einem Bühnenmanuskript des Arcadia-Verlags Berlin, welcher als Bühnenvertrieb zum Ullstein-Verlag gehörte. Diese alte Fassung habe ich in einem einzigen Exemplar und kann sie nicht aus der Hand geben. Spielleiter war Renato Mordo. Die Aufführung wurde brav, aber nur sechsmal gespielt. Die Reichswehr lieh dazu die Uniformen.
Von der zweiten Fassung, die in Berlin Ostern 1929 im Theater am Schiffbauerdamm gespielt wurde, von den Änderungen also besitze ich überhaupt nichts. Sie entstanden von einem Tag auf den anderen. Ich habe die Einfügungen zum Text, die von mir verlangt wurden über nacht geschrieben und auf handgeschriebenen einmaligen Zetteln – ich hatte ja keine Schreibmaschine dabei – ins Theater mitgebracht, wo sie entweder Brecht oder Jakob Geis an sich nahm. Ich selbst behielt dafür keine Unterlagen, Korrespondenz darüber gibt es nicht, jedenfalls nicht mit mir. Brecht hatte mich einfach durch ein Telegramm nach Berlin zu den Proben berufen und charakteristische Fotos von Ingolstadt und von den Einwohnern von mir bestellt.
Die Regie führte offiziell Jacob Geis, den Brecht herbeizitiert

hatte, aus Kassel wenn ich mich nicht täusche. Es war jedenfalls die erste berliner Inszenierung von Geis. Brecht war bei jeder Probe anwesend und mischte sich lebhaft ein, seine Anregungen wurden von Geis widerspruchslos akzeptiert. Brecht war natürlich in Berlin der weitaus bekanntere Mann und war in Wirklichkeit an der Regie sehr beteiligt. Aufricht, der während der Proben krank war, hat erst die fertige Aufführung erlebt.
Die Regie war sehr reizvoll und besonders in der ersten Hälfte flüssig. Es begann mit der Aufforderung: »Besuchet Ingolstadt!« (Projizierte Schrift) Dann projizierte Stadtansichten. Neue Aufforderung (projizierte Schrift): »Und seine Bewohner!« Projizierte überlebensgroße Fotos von Ingolstädtern, die ich aus meinem persönlichen Besitz beigesteuert und ausgesucht hatte – ahnungslos über den Skandal, der entstehen sollte. Erstkommunikantenbilder, ein Gruppenbild von vier Brustschwimmern, Bilder von Radfahrern, von bleichsüchtigen Mädchen, von ehrbaren Bürgern. Das Küchenmädchenlied, das auf einer Glacisbank von Lotte Lenja und Hilde Körber gesungen wurde, hatte Helene Weigel beigesteuert aus einer Liedersammlung, die sie aufstöberte. Diese kleine Szene gefiel Brecht so überaus gut, dass er sie später in seinen Schweijk übernahm.
Peter Lorre spielte in dieser Aufführung zum ersten Mal in Berlin, auch wenn er nach dem Krieg behauptete zum erstenmal habe er in der Dreigroschenoper gespielt. Das stimmt nicht, in der Dreigroschenoper hatte er seine zweite berliner Rolle, als diese mit neuer Besetzung wieder in den Spielplan aufgenommen wurde. Dieser neuen Besetzung wegen wurden die Pioniere vom Spielplan abgesetzt, aber die letzten Vorstellungen waren ausverkauft, das Stück hätte an sich noch mit Erfolg weiterlaufen können. Es wurde dreiundvierzigmal gegeben. Den größten darstellerischen Erfolg hatten Peter Lorre, Hilde Körber und Lotte Lenja.
Brecht hat es 1949 bei den Proben zur Mutter Courage in München mir gegenüber so formuliert, dass die Rolle der Alma in den Pionieren der größte darstellerische Erfolg der Lenja gewesen sei, den sie später nie wieder erreichte. Sie war sehr reizvoll.

Das Bühnenbild war von Caspar Neher. Dr. Richard Hiepe, Neue Münchener Galerie, 8 München 2, Maximilianplatz 14, Telefon 29 99 31 (diese Nummer jedenfalls vor ein paar Jahren) weiß, wer in München die Entwürfe aufbewahrt und hat sie dort persönlich eingesehen.

Es wäre wichtig, wenn man zur berliner Aufführung das Regiebuch auftreiben könnte, entweder durch das Brechtarchiv in Ostberlin oder durch Jakob Geis, von dem ich nicht weiß, ob er noch lebt und wo er lebt. Nach dem Krieg hat er als Filmregisseur und Produzent in Geiselgasteig gearbeitet, er hat einen Sohn, den er mir einmal nach dem Krieg für eine Regie vorgeschlagen hat. Ob Monk eines hat, der interimistische Hamburger Intendant, weiß ich nicht. Jedenfalls war er 29 bei der berliner Aufführung Hilfsregisseur oder Dramaturg oder so was. Erwin Faber, Schauspieler am Staatstheater München soll ein Textbuch der früheren Pioniere haben oder sollte das ein Regiebuch sein, er hat in der Aufführung nicht mitgespielt aber hat sich damals was beschafft, weil er in meinem Jugendstück mitspielte.

Das ist alles womit ich Ihnen helfen kann und ich bezweifle, dass Sie bei einem Gespräch mehr herausbringen können. Sie könnten höchstens bei mir die Kritikerbesprechungen zur berliner Aufführung und zur Dresdener Aufführung lesen.

Mit vorzüglicher Hochachtung
Marieluise Fleißer

415 Von Marta Feuchtwanger

am 21. Mai 1969

Liebe Marieluise Fleisser,

Vor allem vielen Dank für Ihren Brief nach München, der zu meiner Freude gute Nachrichten von Ihnen brachte. Gestern kam auch Ihr Buch an und heute die Karte mit der Ankündigung. Das Buch habe ich sofort gelesen, es ist ungewöhnlich, ganz hervorragend. Es wird sicher grossen Erfolg haben – es verdient ihn.

Mein Aufenthalt in Deutschland war atemberaubend – jede Minute ausgefüllt. Ich war nur mit guten Leuten zusammen, die meisten Zeitungen fand ich erfreulich liberal – und das bayerische Vorgebirge ist schön und lieblich wie immer um diese Jahreszeit.
Vor allem aber hab ich mich gefreut, wieder von Ihnen zu hören und wieder etwas von Ihnen zu lesen.

Ihre Marta Feuchtwanger

416 An Ernst Josef Aufricht

11. 7. 1969

Lieber Herr Aufricht!
Herzlichen Dank, dass sich Ihre liebe Frau die Mühe gemacht hat, mir zu schreiben. Ich hatte mich schon gewundert, dass ich solange nichts mehr höre und habe es schlecht gedeutet. Ich hatte seinerzeit auch an Friedrich Luft einen Brief geschrieben, ob er bereit wäre eine Einführung für mich zu sprechen und gegebenenfalls eine Übernahme durch den berliner Rundfunk zu organisieren. Von ihm habe ich auch nichts gehört und denke, er will zunächst abwarten, wie sich die Dinge entwickeln.
Das tut mir schrecklich leid, dass Sie wiederum so schwer krank waren und noch so schwach sind. Ich wünsche Ihnen recht gute und baldige Besserung und danke Ihnen für Ihre Grüße.
Es geht mir unberufen ganz gut, eine Arbeit will sich allerdings noch nicht abzeichnen. Ich bin außerordentlich geschockt dadurch, dass Karlheinz Braun, mit dem ich mich gut verstand, kaum dass ich im Suhrkamp Verlag war, von dort wegging. Gerade von ihm hatte ich mir eine gute Zusammenarbeit erhofft, und die Annahme der »Pioniere« im Bayerischen Staatstheater ist sein Verdienst. Im Herbst oder Spätherbst soll ich im Stadttheater Ingolstadt aus meinem Buch lesen.
Hier geht mein Buch gut, soweit Bücher überhaupt in Ingolstadt gekauft werden. In München habe ich über eine Buchhandlung gehört, dass sie ein paar hundert Stück verkauft habe

und über eine andere Buchhandlung, dass das Buch dort wie warme Semmeln wegginge. Ich habe keine Ahnung, wie es in anderen Städten läuft. Besprechungen habe ich meines Wissens bis jetzt nur zwei, in der Süddeutschen Zeitung und in der Zürcher Tat. (In der Süddeutschen sehr gut, in der »Tat« auch positiv, aber nicht so gut formuliert.)

In der Programmvorschau sind die »Pioniere« vom Bayerischen Staatstheater für die nächste Spielzeit angekündigt. In der Abendzeitung vom 8. 7. stand eine fettgedruckte Notiz, dass Niels-Peter Rudolph die »Pioniere« inszenieren wird. Premiere soll Anfang 1970 sein. Rudolph ist von der Saison 70/71 an Spielleiter am Residenztheater. Er ist ein junger Regisseur, der sich in der letzten Spielzeit mit einer begabten und von der Presse beachteten Inszenierung von George Dandin vorstellte. Da die »Pioniere« seine erste Inszenierung als ständiger münchener Spielleiter sind, nehme ich an und hoffe, dass er sich einhängen wird.

Lieber Herr Aufricht, werden Sie bald, bald wieder gesund und seien Sie mit Ihrer lieben Frau sehr herzlich gegrüßt von Ihrer

Marieluise Fleißer

417 An Gerd Witzke

74 Tübingen, Rappstraße 15

23. 9. 69

Sehr geehrter Herr Witzke!

Was ich weiß, will ich Ihnen gern sagen, aber dies ist lückenhaft, weil Brecht über persönliche Erlebnisse ausgesprochen wortkarg war.

Brecht hat von Wedekind in den münchener Jahren mehrmals gesprochen und war von seinen Stücken sehr angetan. Er wies mich auf »Frühlings Erwachen« hin und noch auf ein anderes Stück, ich könnte nicht beschwören, ob das »König Nikkolo« war, ich glaube es.

Die Verbindung zu Wedekind war schon durch Brechts frühen Förderer Lion Feuchtwanger gegeben, der Wedekind gut kannte. Die beiden Ehefrauen Marta Feuchtwanger und Tilly Wedekind waren miteinander befreundet. Feuchtwanger hat auch nach dem Tode Wedekinds von der Witwe dessen Tagebücher oder Tagebuch zur Durchsicht erhalten, weil die Absicht bestand sie eventuell herauszugeben. Dies war ein großer Vertrauensbeweis, weil Feuchtwanger mir andeutete, dass Wedekind in seinen Tagebüchern auch ziemlich unverblümte Stichworte über sein eheliches Liebesleben zu machen pflegte. Die Verbindung von Feuchtwanger zu Wedekind war also viel enger als die Verbindung von Brecht zu Wedekind. Aber ein literarisches Hingezogensein Brechts zu Wedekind war unleugbar vorhanden.

Über die »Rote Zibebe« kann ich Ihnen nichts sagen. Ich weiß nur von dem Künstlerlokal der Kathi Kobus, wo Ringelnatz und Karl Valentin häufig und Brecht gelegentlich auftrat. Brecht lernte damals in München so ziemlich das ganze literarische Deutschland kennen, aber es zog an ihm vorüber, er hakte nicht ein. Der bleibende Zirkel, in dem er sich bewegte und an dem er festhielt, war der um Lion Feuchtwanger in dessen Wohnung an der Georgenstraße, das Haus gibt es heute nicht mehr. In engerer Beziehung stand er zu »Cas«, dem Augsburger Jugendfreund und Maler Caspar Neher, der damals teils in München, teils in Berlin wohnte, zu dem zwischen Berlin und München hin und her pendelnden Dichter Arnolt Bronnen (»Vatermord«) (»Septembernovelle«), zu Marianne Zoff, Schwester des Dramaturgen Otto Zoff, die er dann wegen eines Kindes (Hanne Hiob) heiraten mußte – Feuchtwanger war an der Ehestiftung nicht ganz unschuldig – zu Blandine Ebinger, die ein Kritiker mit einer Herbstzeitlose verglich, und die ihn als Darstellerin für seine Stücke brennend interessierte. Mir ist allerdings nicht bekannt, dass sie in einem Stück von ihm tatsächlich auftrat, aber er hat mit ihr an Songs gearbeitet. Mit Müller-Eisert, dem späteren Arzt, den er schon, als er im ersten Weltkrieg einrückte, beim Abmarsch ins Feld auf den Bahnhof begleitet und mit dem er Medizin studiert hatte. Schon damals setzte er sich für Carola Neher, die eine noch völlig unbekannte Schauspielerin war und der er ein Engagement nach Breslau verschaffte [ein]. Diese Verbindung kam erst nach Brechts Erfolgen in Berlin richtig zum Tragen, Brecht war von ihr fasziniert, sie konnte sich allerhand mit ihm erlauben. Am Bayerischen Staatstheater hatte der Dramaturg Erich Engel – oder war er schon damals Regisseur? – die Annahme des »Dickicht« befürwortet. Später in der berliner Luft zeigte ihm Engel als Theatermann allerdings jahrelang die kalte Schulter und Brecht war darüber verstimmt und enttäuscht, umwarb ihn aber weiterhin und nach dem zweiten Weltkrieg wurde das eine überaus fruchtbare Künstlerfreundschaft. Auch Jacob Geis, welcher das »Dickicht« am Residenztheater inszenierte, lernte Brecht in München kennen. Das ist alles, woran ich mich erinnern kann.

Mir freundlichen Grüßen
Marieluise Fleißer

418 An Margot Aufricht

26. 9. 69

Liebe Frau Aufricht!
Schönen Dank für Ihren Brief. Ich bin betrübt, dass es Ihrem Mann nicht gut geht. Er sollte sich aber damit trösten, dass er ein sehr lesenswertes Buch geschrieben hat, das seinen Platz behaupten wird in der Brecht-Forschung und das auch in einer späteren Zeit beachtet werden wird. Es ist nicht unbedingt notwendig, dass dem ein weiteres Buch folgt, solche Dinge lassen sich nicht erzwingen. Es gibt Begabungen, die nur durch das Selbsterlebte eine wesentliche Aussage machen können, und dem sind natürliche Grenzen gezogen, daran läßt sich halt nichts ändern. Ich hoffe zuversichtlich und wünsche, dass er recht bald aus den depressiven Zuständen wieder herausfinden wird. Es wird nicht so bleiben. Er darf nur den Mut und den Lebenswillen nicht verlieren.
Dass sein Buch jetzt als Taschenbuch herausgekommen ist, habe ich bemerkt und ich wünsche einen guten Verkauf.
Um meine Lesung braucht ihr Mann sich nicht den Kopf zu zerbrechen. Es ist ja traurig, dass so was soviel Schwierigkeiten

macht, aber ich muß es eben auch nehmen, wie es kommt. Leider hat der Suhrkamp-Verlag keinen Prospekt für mein Buch herausgegeben, wie er mir das ursprünglich versprach, ich hätte sonst natürlich mehr verkaufen können. Eine zeitlang ist das Buch in München recht gut gegangen, dann kam die Reisezeit, und nachdem die eigentlichen Interessenten sich inzwischen eingedeckt haben, wirds wohl jetzt langsamer gehn, ich höre nichts darüber. Ich hatte gute Besprechungen in der »Süddeutschen Zeitung«, in der Zürcher »Tat«, in »Publik«. Die Besprechung der Süddeutschen wurde in Wien in der »Presse« wiederholt. Dazu kamen Rundfunkkommentare. Verschiedene große Blätter haben sich immer noch ausgeschwiegen. Vielleicht sind sie vom Verlagswechsel irritiert. Meine Sprache ist auch für Außenstehende nicht eben leicht zu erfassen, es ist dieselbe Geschichte wie mit Vincent van Gogh, es befremdet, und doch läge die Möglichkeit eines starken Erfolgs darin. Ich bin trotzdem überzeugt, dass meine Bücher nicht vergessen, sondern einen bleibenden Platz in der Literaturgeschichte finden werden, ich glaube daran.
Leider besteht an den Zeitungen die Neigung, mein Buch zur Besprechung an Frauen zu geben, »weil eine Frau es geschrieben hat«, und das ist grundverkehrt. Ich schreibe keine »Frauenbücher«! Ich bin keineswegs sicher, dass Frauen mehr Organ dafür haben, im Gegenteil!
Am 5. Oktober werde ich hier am Stadttheater das »Abenteuer aus dem Englischen Garten« lesen. Ich habe nun doch eine Technik für diesen frühen Rhythmus gefunden, und ich sage im vorhinein, dass die Geschichte 1926 geschrieben ist und dass ein junger Maurer spricht. Vielleicht kann ich sie vor der Aufführung der »Pioniere« noch am Bayerischen Staatstheater lesen, der Dramaturg wäre sehr dafür. Die »Pioniere« sind für die zweite Hälfte der Spielzeit 1970 angekündigt. Im Staatsschauspiel wird zur Zeit renoviert. Auch spielen sie sicher noch die »Italienische Nacht« (Horváth) vor mir. Als Regisseur habe ich den jungen Niels Peter Rudolph. Er ist begabt, nur fehlt es ihm an Erfahrung, ich hoffe, er bringt es hin.
Von Sperrs »Jagdszenen« haben die Kammerspiele eine sehr

wirksame Aufführung gemacht, sie haben da ein hochbegabtes Team von Darstellern, einige sind von der berliner »Schaubühne« neu hergekommen. Ich wollte, ich hätte die Jungen, die den Homosexuellen und den Rowo spielen, und die ausgezeichnete Ruth Drexel auch in den Pionieren. Der Sperr hat großes Glück, auch dadurch, dass man ihn an den Kammerspielen als Schauspieler beschäftigt, so ist er immer mittendrin. Herzliche Grüße an Sie und Ihren lieben Mann und recht, recht gute Besserung

Ihre Marieluise Fleißer

419 An Horst Laube, Wuppertaler Bühnen

[undatiert, wahrscheinlich März 1970]

Sehr verehrter Herr Laube!
Frau Ursula Bothe wird Ihnen eine Fotokopie des Jugendstücks zusenden. Ich wollte da erst nicht recht ran, aber Sie sind nun das dritte Theater, das sich für das »Fegefeuer« interessiert, und ich weiß, dass die Wuppertaler Bühnen ein sehr gutes Theater sind. In den beiden anderen Fällen habe ich nein gesagt, weil ich mir der Unzulänglichkeiten des Textes bewußt bin. Aber vielleicht sollte ich doch versuchen, ob ich nicht daraus ein spielbares Stück machen kann.
Vielleicht sollte man die Zeit ein paar Jahre später legen, damit man schon allgemein spürbare Nazi-Einflüsse in den Umwohnern verwenden kann, der Roelle müßte später ein Nazi werden und zum Schluß des Stücks – Olga muß als Judenfreundin gelten – eine Bedrohung der Familie darstellen.
Mir sträuben sich die Haare, wenn ich in dem Text lese, und Ihnen wird es vermutlich nicht anders gehn. Also mit wenig Arbeit geht das nicht. Ich würde mich aber freuen, wenn wir gemeinsam einen Weg finden könnten.
Ich danke Ihnen für Ihr Interesse und hoffe, von Ihnen einmal zu hören.

Mit herzlichen Grüßen
Ihre Marieluise Fleißer

420 An Siegfried Unseld, Suhrkamp Verlag

2. 4. 1970

Sehr verehrter Herr Unseld!

Ich bin froh, dass die Aufnahme der »Pioniere in Ingolstadt« ins kommende Spectaculum jetzt geklärt ist.

Das Stück ist für die kommende Woche endlich einmal öfter angesetzt. Bisher hatte mich »Was Ihr wollt«, das ein besonders großer Publikumserfolg war, sehr an den Rand gedrängt, weil man den Vertrag mit dem Sänger möglichst ausnützen wollte.

Die Aufführung durch Niels Peter Rudolph finde ich reizvoll bis auf die Unertlszenen und den Fotografen am Schluß. Der Fotograf war ein sehr schwacher Schauspieler, der Unertl war nicht richtig besetzt und vielleicht aus diesem Grunde ist der Regisseur mit seinen Szenen nicht zurechtgekommen. Das Stück war wie eine Moritat behandelt und ich halte das für möglich. Natürlich ist das nur ein Weg, es zu inszenieren. Man könnte es auch aggressiver bringen, und so hatte ich es mir eigentlich vorgestellt.

Wir wollen nun hoffen, dass sich noch mehr daraus ergibt.

Mit freundlichenGrüßen
Ihre Marieluise Fleißer

421 Von Horst Laube, Wuppertaler Bühnen, Dramaturgie

Wuppertal, den 7. 9. 1970

Sehr verehrte, liebe Frau Fleisser!

Wir alle hier – Herr Generalintendant Wüstenhöfer, der Oberspielleiter Dr. Günter Ballhausen und zwei Dramaturgenkollegen – haben inzwischen Ihr Stück »Fegefeuer in Ingolstadt« gelesen und sind alle zu der Ansicht gekommen, dass die grossen formalen Qualitäten, wie sie sich in der Konstruktion der Figuren, der Sprache, der Dramaturgie zeigen, gerade jetzt grosse Aktualität haben. Um nur ein paar Stichworte zu sagen: Uns kommt es vor, als redeten die Figuren wie Gefangene in einer

ständig in sich kreisenden Sprache, als bestehe die Handlung aus isolierten Punkten, die wie die Spitzen eines Eisberges den grösseren Teil ihres Gewichts im Unergründlichen haben, als sei die Atmosphäre des Stücks (die Gefangenschaft zwischen einer verquälten Heilssehnsucht und dem Dasein in einer engen, ausweglosen Gesellschaft) auch ohne Bezug auf das Hitlerreich mitteilsam genug für heutige Zeitgenossen. Das Stück würde auch gut nach Wuppertal, wo es vor gar nicht langer Zeit noch an die vierhundert Sekten gab, passen.
Mit einem Wort: wir möchten es spielen – möglicherweise noch in dieser Spielzeit.
Natürlich müssten wir uns, sehr verehrte Frau Fleisser, über den endgültigen Spieltext einigen. Ich glaube jedoch, dass nur geringfügige Eingriffe nötig sind. Hier und da sind einige Vorgänge, wie mir scheint, ein wenig heller zu machen. Die Dunkelheiten Ihres Stückes bedeuten jedoch auch seine theatralische Qualität.
Gerne würde ich Sie zu gegebener Zeit in Ingolstadt aufsuchen
und bin bis dahin mit herzlichen Grüßen
Ihr Horst Laube

422 An Rainer Werner Fassbinder
Antitheater, 8 München 22, Reitmorstraße 8
Einschreiben

11. 12. 70

Lieber Rainer W. Fassbinder!
Ihre Bearbeitung von »Pioniere in Ingolstadt« habe ich Frau Bothe zur schleunigen Ablichtung geschickt. Sie wird Ihnen Ihr Exemplar am Montag zurückschicken.
Unter der Voraussetzung, dass mein Autorenhonorar und das Verlagshonorar nicht geschmälert werden, erlaube ich es Ihnen, dass Sie diesen von Ihnen gewünschten Text in Bremen inszenieren.
Mit den besten Grüßen
Ihre Marieluise Fleißer

423 An Valentin Jeker
7 Stuttgart, Lindpaintnerstraße 94

12. 12. 70

Lieber Valentin Jeker!
Ich danke Ihnen für Ihren Besuch und Sie haben mich nicht erschreckt. Hier schicke ich Ihnen die neue Luitpoldparkszene und die dritte Unertlszene, außerdem eine umgeschriebene Donauszene. Ich denke, das könnte hingehn.
Bitte, grüßen Sie Herrn Dr. Greiffenhagen herzlich von mir.
Ihre Vorschläge über Szenenumstellung bzw. Teilung habe ich mir durch den Kopf gehen lassen und denke, das gibt schon einen Ablauf. Über die Szene mit leerer Tonne kann ich selber nichts sagen, weil hier alles davon abhängt, wie das der Regisseur und die Schauspieler hinbringen, ich kann da nichts hineinreden.
Um das Donaubild tut es mir wirklich leid, ich habe diesen Text immer sehr gern gemocht. Man braucht dafür den dummen einzelnen Zuschauer gar nicht. Ich habe die Szene sehr leicht umschreiben können. Bei leerer Szene findet der Unfall auf dem Fluß als Hörspiel statt. Die Pioniere klettern heraus und machen es unter sich aus, wie das gekommen ist. Einer von ihnen ist dagegen, dass man nicht versucht hat ihn herauszuziehn. Da muß gar nicht herauskommen, dass man ihn etwa absichtlich hat absaufen lassen. Da muß nur eine Spur von Verdacht bleiben.
Überlegen Sie sich das noch einmal. Es freut mich, dass Sie mit einzelnen Szenen schon Anfang Januar proben können.

Mit herzlichen Grüßen
Ihre Marieluise Fleißer

424 An Valentin Jeker

17. 12. 70

Lieber Valentin Jeker!
Hier schicke ich Ihnen den Feldwebeltext nach der alten Fassung (darauf komme ich noch zu sprechen), die Alma Fabian-Szene und meinen neuen Schluß.

Ich hatte in München das Gefühl, dass sich das Schlußbild viel zu sehr zersplittert und mache für den Schluß den Vorschlag, dass wir auf den Fotografen und den Feldwebel überhaupt verzichten. Wir schneiden dann ab mit

Korl: Du wirst müssen

und hängen noch einen kurzen Text von einem anderen Pionier daran, um zu zeigen, wie sehr Berta beschädigt ist.

Die Schlußszene müßte auch einen vorangestellten ersten Satz von Korl bekommen. Korl geht dann an eine Stelle, wo er nicht so sichtbar arbeitet, weil ja Berta ihn nicht sofort sieht.

Ich hoffe, Sie können sich mit meinem Vorschlag befreunden.

Mit herzlichen Grüßen
Ihre Marieluise Fleißer

425 Von Valentin Jeker

23. 12. 70

Liebe Frau Fleisser!

Haben Sie vielen, vielen Dank für Ihren Brief und für den Schluss. Ich glaube nicht, dass man auf den Feldwebel und somit auf den Abmarsch der Pioniere verzichten kann (wobei man den Abmarsch nicht zeigen muss; auch ich werde auf Statisten verzichten); das Stück beginnt mit dem Kommen der Pioniere und hört mit dem Gehen der Pioniere auf, übrig bleiben eine Brücke und 2 beschädigte Mädchen.

Die Alma-Fabian-Szene werde ich in unsere Fassung, die ich Ihnen als Arbeitsfassung zuschicke, einbauen. In unserer Fassung sind Umstellungen und andre Textverteilung bereits vorgenommen. Diese Änderungen sind bedingt durch die Vorstellungen, meine Vorstellungen, wie ich das Stück inszenieren will.

Ich hoffe, der Text ist auch für Sie eine angenehme Weihnachtsüberraschung.

Ich verbleibe mit den besten Wünschen zum neuen Jahr.

Herzliche Grüsse
Valentin Jeker

[umseitig Anmerkung Fleißers:]
Der veränderte Text geht mir häufig gegen mein Sprachgefühl und man merkt, daß das kein Dichter gemacht hat.

426 An Valentin Jeker

30. 12. 70

Lieber Valentin Jeker!
Vom bloßen Text her bin ich nicht glücklich. Sie müssen diesen Text schon auf Ihre Kappe nehmen. Ich empfinde ihn als weniger dichterisch. Die koupierten Sätze gehen mir gegen mein Sprachgefühl und sind farbloser geworden, das stört mich.
Das Stück im Ganzen hat einen zügigen Lauf, nur ist es in sich kleiner und harmloser geworden. Ich habe sogar den Eindruck, Sie streben das an.
Sie dürfen nicht vergessen, den letzten Satz des Feldwebels von der anfallenden Strafanzeige wegen eventueller Folgen zu streichen. Das ist nämlich Unsinn. Beim Militär gibts keine Bestrafung dafür, dass einer ein Mädchen geschwängert hat. Für diesen Satz können Sie nur Hohngelächter ernten.
Natürlich kommt nun alles darauf an, wie dieser dünnere Text inszeniert wird. Hoffentlich gelingt [es].
Mit guten Wünschen für das kommende Jahr

Marieluise Fleißer

427 An den Theaterverlag Suhrkamp

12. 4. 71

Sehr geehrter Herr Hümpfer!
Beigeschlossen schicke ich Ihnen durch Eilboten den Text von »Fegefeuer in Ingolstadt« und bitte um sofortige Herstellung des Bühnenmanuskripts, damit es noch rechtzeitig vorliegen kann.
Ich autorisiere den Text nur, wenn meine eingelegten Seiten berücksichtigt werden. Dabei handelt es sich um kleinere sprach-

liche Veränderungen d.h. ich habe Stellen die von Laube aus dem früheren Manuskript übernommen wurden, mehr in meine Sprache eingeschmolzen, wenn mir etwas unliebsam daran aufstieß. Dabei handelt es sich für gewöhnlich um kurze Stellen, ich habe aber immer die Seite ganz heruntergeschrieben, damit kein Durcheinander entsteht.
Die von Laube und Ballhausen vorgenommenen Umstellungen finde ich durchaus glücklich und ich begrüße es, dass die Alleeszene zwischen Olga und Protasius durch Striche schlanker geworden ist. Dagegen habe ich das Aufbegehren von Gervasius in der Altanenszene, das von Laube gestrichen wurde, wieder hereingenommen. Ich will diesen krausen Zweig im Text drinhaben. Gervasius ist das, was so ähnlich auch aus dem Roelle werden müßte, wenn er bei den Protasiusleuten bliebe.
Der hiesige Intendant spielt mit dem Gedanken, sich seiner Verpflichtung gegen eine ingolstädter Autorin dadurch zu entledigen, dass er von der Wuppertaler Aufführung ein einmaliges Gastspiel in Ingolstadt macht. Ich hoffe, dass die Wuppertaler bei der weiten Entfernung ohnehin nein sagen. Ich will diesen Fluchtweg absolut hintertreiben. Schließlich muß ein Autor von seiner Arbeit leben. Von diesem einen Gastspiel erhalte ich als Tantieme eine Lappalie, gleichzeitig hat er seinem Nachfolger die Möglichkeit genommen, das Stück in Ingolstadt aufzuführen, ich werde also um den Ertrag meiner Arbeit geprellt. Ich will, dass er das Stück *selbst* inszeniert, dann besteht Aussicht, dass es einige Zeit am Spielplan bleibt. Wenn er sich dazu nicht entschließen kann, soll er es bleiben lassen, dann hat er wenigstens seinem Nachfolger nicht die Möglichkeit verbaut. Ich kann ja mit Stücken auch nicht so um mich schmeißen, dass es nicht darauf ankäme.
Wahrscheinlich ist er etwas eingeschnappt, weil ich nicht die gleichzeitige Uraufführung in Ingolstadt mit den Wuppertalern erlaubt habe – dabei kannte er den Text nicht einmal, aber er wollte eine Uraufführung nach Ingolstadt ziehn. Dies wollte ich schon den Wuppertalern nicht antun, die sich wirklich eine besondere Mühe mit der Aufführung geben. Mehr noch, mit der Aussicht, das Stück für Ingolstadt neu zu schreiben, wäre

das Stück nie geschrieben worden, ich wäre dann total verklemmt gewesen, diese Vorstellung hätte mir einfach alles verbaut. Nachspielen kann er natürlich, aber nur wenn er selber inszeniert dann gibt er sich nämlich Mühe. Ich bin ein gebranntes Kind, ich habe mit dem »Starken Stamm« in Ingolstadt keine gute Erfahrung gemacht, man hat mir für die überaus wichtige Hauptdarstellerin eine völlig unmögliche Person als Gast verpflichtet, eine nach fünf Jahren Amerika herübergekommene Treibhauspflanze, die kein Wort bayerisch konnte, und hat die ganze Aufführung damit ruiniert. Hätte der Intendant selber inszeniert, dann hätte er sich um eine andere Darstellerin bemüht. Dies zu Ihrer Orientierung.

Mit den besten Grüßen
Ihre Marieluise Fleißer

428 An Karin Eder
87 Würzburg, Frankfurterstraße 5

19. 5. 71

Sehr geehrtes Fräulein Eder!
In der Uraufführung der »Pioniere« an der »Komödie« Dresden 1928 wirkte das Stück eher langweilig. Es war auch nur eine mäßige Aufführung, erregte keinen Widerstand beim Publikum und keine heftige Kritik.
In der heftig kritisierten, von Kerr, Polgar und Pinthus allerdings heftig gelobten Berliner Aufführung des Theaters am Schiffbauerdamm, Berlin 1929, bei der Brecht gemeinsam mit Geis Regie führte, aber nicht namentlich zeichnete, (Jacob Geis war von Brecht total abhängig, er war von ihm aus einem Provinztheater, ich glaube Kassel, für die Regie nach Berlin berufen worden, – Brecht führte ja nach dem nachhaltigen Dreigroschenoper-Erfolg am Schiffbauerdammtheater das große Wort, Geis inszenierte ja zum allererstenmal in Berlin und sagte ja und amen zu allem, was Brecht bei den Proben vorschlug. Brecht war bei jeder einzelnen Probe von Anfang bis Ende zugegen –) in der Berliner Aufführung also versuchte Brecht die

epischen und zu leisen Szenen des Stücks theaterwirksamer zu machen, indem er durch die Regie einigen Pfeffer dazutat, man könnte sagen Brecht steuerte auf einen Skandal los. Eine Liebesszene mit Alma, für die ich als Ort Bank am Friedhof vorgeschlagen hatte – ich hatte mir darunter nur eine Bank in einer abgelegenen Gegend vorgestellt – verlegte er mitten hinein in den Friedhof, reale Grabsteine standen da auf der Bühne herum. Das erregte Ärgernis und mußte auf Veranlassung des Polizeipräsidenten von Berlin gestrichen werden, damit das Stück nicht verboten wurde. Der Polizeipräsident war selber Leutnant bei den Pionieren in Ingolstadt gewesen und hatte nach seiner Aussage von derartigen Zuständen in Ingolstadt nichts bemerkt. Am Schluß des Stückes, wenn Korl die Berta endlich nimmt, ließ Brecht beide auf offener Bühne und unter den Augen der anderen Pioniere in eine verhängte große Kiste schlüpfen und ließ dann die Kiste durch beischlafähnliche Bewegungen rhythmisch wackeln. Brecht hatte mich auch aufgefordert, einige freche Gymnasiastengespräche über weibliche Anatomie hineinzuschreiben, die waren bei der Premiere noch drin, mußten dann aber auf Veranlassung des Polizeipräsidenten gestrichen werden. Diese für Berlin geschriebenen Einsprengsel existieren nicht mehr. Ich hatte sie von einem Abend bis zum nächsten Morgen auf lose Zettel gekritzelt und in die Probe mitgebracht, ich hatte mir keine Abschriften zurückbehalten. Die Zettel gingen dann verloren.
Ich hatte Schwierigkeiten mit dem Stoff, weil ich dafür eigentlich zu wenig über Soldaten wußte. Nachdem ich inzwischen 1943 im Kriegseinsatz am Heereszeugamt Ingolstadt war, drang ich etwas mehr in die Mentalität von Soldaten ein. Ich habe die Fassung 1968 neu bearbeitet, weil sie für mein Gefühl trotz der ursprünglich schon sehr schönen Liebesszenen zu oberflächlich durchgeführt war. Auch enthielt sie einen an Fabian aufgehängten – mir übrigens von Brecht vorgeschlagenen Autoverkauf: »Da muß ein Auto rein.« Aber ich hatte kein Auto und verstand nichts davon, – einen Autoverkauf der nichts hergab und den ich total hinausschmeißen wollte. Ich habe dafür den Holzdiebstahl durch die Sportler für ihren Ba-

desteg und das Ertrinkenlassen des Feldwebels neu eingezogen. Beide Umstände sind beim Aufenthalt der Küstriner Pioniere 1926 tatsächlich vorgekommen, nur war es kein Feldwebel sondern ein Gemeiner, den sie ertrinken ließen, aus dramaturgischen Gründen mußte das bei mir ein Feldwebel werden. Es erschien mir glaubhafter, wenn ich Vorfälle verwendete, wie sie damals in Wirklichkeit vorgekommen sind und nicht eine illusorische Brückensprengung aus Rache, die in der Realität nie stattfand. Ich habe diese Vorfälle nur deswegen nicht schon bei der ersten Fassung benutzt, weil sie mir seinerzeit noch nicht bekannt waren. Aber mein Mann war selber einer der vier Sportler, die das Holz gestohlen haben für den Verein und war selber beim Herausziehn des ertrunkenen Gemeinen dabei und hat am Volkszorn mit teilgenommen. Durch ihn habe ich beides später erfahren.

Wenn ich in der zweiten Fassung erotische Stellen abgeschwächt habe so deswegen, weil die Berliner Hinzufügungen verlorengegangen sind, und weil man im Alter nicht mehr dasselbe primäre Interesse an Erotik hat.

Meine Schwierigkeiten mit den Verlegern stellten sich erst 1933 ein. In meiner Jugend war ich dagegen vom Glück begünstigt, und die Verleger kamen mir willig entgegen. Schon in den letzten Wochen des Jahres 1932 änderte sich das mit einem Schlag. Die Verlagsstellen richteten sich auf das Kommen Hitlers ein.

In der Berliner Aufführung der Pioniere hatte ich großes Glück durch eine außerordentliche Besetzung mit Lotte Lenja (Alma), Hilde Körber (Berta) und Peter Lorre (Fabian). Der Korl war durchschnittlich gut besetzt. Brecht hat das Stück übrigens immer geliebt.

Kritiken über die Berliner Aufführung 29 könnten Sie vielleicht durch den Theaterverlag Suhrkamp bekommen, der Kopien besitzen muß. Möglicherweise liegen dort auch noch irgendwo meine Originale, ich selbst finde sie trotz wiederholten und gründlichen Suchens nicht mehr. Ich habe den Verlag im Verdacht, dass ich die Originale von dort nicht mehr zurückbekommen habe, denn ich habe sie in überhaupt keinem anderen

Fall aus der Hand gegeben. Ich muß das übersehen haben, dass ich sie nicht wiederbekam. Das war noch in den Jahren, wo Karlheinz Braun den Theaterverlag leitete. Die Leute dort haben natürlich viel um die Ohren, und es kann schon mal was passieren.

Mit den besten Grüßen
Marieluise Fleißer

429 *Von Ernst Josef Aufricht* [Telegramm]

20. Mai 1971

1971 scheint ein fleisserjahr zu werden erst die aufführung von fegefeuer in wuppertal heute abend im fernsehen die pioniere stop die gekonnte unsentimentale bearbeitung und einige gute schauspieler haben mich beeindruckt weil die fleissersche konzeption der figuren und ihre einmalige diktion zur geltung kamen stop ich schreibe ihnen bald herzliche gruesse auch von meiner frau ihr aufricht

430 *An Heiner Fleißer*

25. 7. 71

Lieber Heiner!
Weil ich es völlig übersehen habe, Dir zu Deinem Namenstag zu schreiben, möchte ich Dir jetzt noch ein Lebenszeichen geben. Ich hatte nämlich vier Tage ein Fernsehteam hier bzw. ich war mit den nötigen Vorbereitungen dafür beschäftigt. Erst seit es ruhiger geworden ist, ist mir mein Versäumnis auf die Seele gefallen. Ich hoffe, Du bist gesund und dass ich Dir alles Gute wünsche, weißt Du ja. Ich hoffe, dass Du Deine Arbeit noch bewältigen kannst und Du Dir nicht zuviel zumutest.
Die Filmer wollen in den nächsten Wochen noch einmal für einige Tage kommen. Eigentlich sind die Leute nicht vom Fernsehen, sondern das ist ein Team, dessen Hauptmacher der Journalist Rüdel ist, Dir vielleicht aus der Frankfurter Zeitung

bekannt, und ein paar Kameraleute und Tontechniker. Der Neske-Verlag finanziert den Film. Sie wollen einen Film von etwa 45 Minuten Dauer über mein Leben und meine Arbeit drehen (natürlich keinen Spielfilm sondern in der Art von Interview also life, mit Einblendungen von Ingolstadt und wollen den ans Fernsehen verkaufen. Es ist natürlich ein Risiko, der Verlag muß viel Geld ausspucken, aber sie sind zuversichtlich, dass es sich wieder einbringt. Vom Text her wirds, glaube ich ganz lebendig, ich spreche Dialekt. Was mir dabei für Unvorsichtigkeiten unterlaufen sind, muß man erst sehen, aber gerade die Unvorsichtigkeiten machen ja das Lebendige aus. Sie haben auch ein paar Interviews gemacht mit dem früheren Theatermann Aufricht und dem Kritiker Herbert Jhering, dafür sind sie nach Berlin gefahren, die Lotte Lenja hoffen sie im Herbst noch in Amsterdam zu erwischen, wenn sie ein Gastspiel gibt. Finanziell schaut dabei für mich kaum was heraus, das wird als Reklame betrachtet.
Ich bin vor einigen Monaten, wie Du vielleicht weißt, mit meinem Jugendstück »Fegefeuer in Ingolstadt« an den Wuppertaler Bühnen aufgeführt worden. Die Aufführung war sehr interessant und die Kritik überwiegend positiv mit Ausnahme der Süddeutschen Zeitung und einer Rheinischen Zeitung. Das Publikum hats offenbar nicht ganz kapiert. Leider bekam der Hauptdarsteller, wohl infolge seines artistischen Spiels eine schmerzhafte und langwierige Kniebeutelentzündung, sodass die Aufführung ohne ganz durchs Abonnement gelaufen zu sein, abgebrochen werden mußte. Sie wollen die restlichen Abonnementvorstellungen im Herbst wieder aufnehmen. Ich war ein paar Tage als Gast der Stadt Wuppertal dort für die letzten Proben und für die Premiere. Auch die Stuttgarter Premiere der »Pioniere in Ingolstadt« habe ich mir angesehen. Leider war der Regisseur wenn auch nicht unbegabt, so doch unerfahren, es war praktisch seine erste Inszenierung. Ich fand die Aufführung schwach, vor allem weil die Darsteller mit einer einzigen Ausnahme über die Sprache weghuschten, ohne sie wirklich zu bringen. Ich war also enttäuscht, zu meinem Erstaunen hielt sich das Stück vier Monate hindurch am Spiel-

plan, natürlich nicht en suite. In München, wo die Aufführung viel besser war, ich hatte hervorragende Hauptdarsteller, hielt sich das Stück viel weniger lang. Als es abgesetzt wurde, geschah es gegen den Willen der Hauptdarsteller, die ihre Rollen sehr liebten. Es würde sich schon was tun für mich auf dem Theater. Wenn ich nur wüßte, was ich für ein Stück schreiben könnte! Da will mir gar nichts einfallen.
Mit herzlichen Grüßen an Dich und Deine Lieben und allen guten Wünschen

Deine Luis

431 An Siegfried Unseld, Suhrkamp Verlag

30. 11. 71

Sehr verehrter Herr Dr. Unseld!
Herzlichen Dank für den großen Strauß Nelken zu meinem siebzigsten Geburtstag und für die guten Wünsche. Herr Rach wird Ihnen vielleicht erzählt haben, was hier alles los war.
Ich habe mich sehr gefreut, dass Herr Rach sich die hiesige Aufführung ansehen konnte. Sie war ausgezeichnet, und der junge Regisseur Heinz Engels ist ein guter Mann, der keine Mühe gescheut hat.
Das ist gut, dass das »Fegefeuer in Ingolstadt« ins Spectaculum 16 kommt.
In diesen Tagen hat sich Einiges an Besprechungen und Artikeln über mich gerührt, es wäre gut, wenn man da nachsetzen könnte. Ich habe mich besonders über die Frankfurter Zeitung und den Kroetzartikel in der Süddeutschen Zeitung gefreut. Auch ich halte eine Gesamtausgabe meiner Werke für notwendig und halte es für an der Zeit. Sie wird ja nicht sehr umfangreich werden, aber man muß einmal alles zusammen sehn. Ich hoffe, dass sich dies Projekt bald einmal realisieren läßt.
Nun kommt auch noch der dreiviertelstundenlange Fernseh-Film im Bayerischen Fernsehn III. Programm am 2. 12., von dem ich hoffe, dass er eine Werbekraft ausstrahlt. Der Film im

Ganzen hat eine sehr lebendige Wirkung, ich habe ihn in Freimann schon gesehen.
Hoffen wir, dass aus der Gesamtausgabe was wird.

Mit herzlichen Grüßen
Ihre Marieluise Fleißer

432 An Luise Almer
8 München 19, Nederlingerstraße 24

2. 12. 71

Liebe Luise!
Herzlichen Dank für Deine Geburtstagswünsche. Ich weiß ja eigentlich nicht, warum man einem Menschen gratuliert, wenn er alt wird, aber auf der Welt ist es eben närrisch eingerichtet.
Es tut mir leid, dass Du nicht gesund bist und ich wünsche Dir gute Besserung. Auch bei mir ist es gesundheitlich ein schwieriges Jahr und ich war gleich nach Pfingsten drei Wochen im Krankenhaus wegen Herzattacken, außerdem hatte ich Bekkengelenkhautentzündung und es war mir unmöglich, längere Zeit zu sitzen. Jetzt scheint dies Übel nach viel Amuno-Schlukken etwas besser zu werden.
Die letzte Zeit ist es wieder ziemlich zugegangen, weil ich am Samstag den 30. Oktober hier Premiere von »Fegefeuer« hatte. Das Publikum war von dem Stück und von der modernen Inszenierung so überrascht, dass es bis zum Schluß überhaupt nicht klatschte, da brach dann der Beifall los, und es wurde ein ziemlich guter Erfolg. Die Inszenierung war sehr gut, der Hauptdarsteller faszinierte mich. Von den Darstellern wurde ich nachher bei der Premierenfeier sehr gefeiert, sie spielten das Stück alle sehr gern und haben sich nicht über die langen und intensiven Proben beklagt. Die Kritik von Michael Skasa im Donau-Kurier war enthusiastisch. Ich weiß nicht, wie er geschrieben hätte, wenn das Stück durchgefallen wäre. Es wird allerdings nicht allzu oft gespielt werden, weil das Stück für das Publikum etwas schwierig ist. Aber ich war doch sehr glücklich, dass es eine so schöne Aufführung war. Im Februar soll es

in Zürich im Theater am Neumarkt gespielt werden, was ein sehr kleines aber bekanntes Theater ist. Mir graut etwas davor, dass ich im strengen Winter dorthin fahren soll, ich soll dort zuvor eine Lesung machen, weil ich dem Züricher Publikum ja völlig unbekannt bin und dort wird das Stück natürlich nicht so gut aufgenommen werden, das ist mir klar. Hoffen wir, dass ich das gut überstehe, ich habe da ja meinen Herzarzt nicht in der Nähe. Der war übrigens auch drin, was ich rührend fand, denn er baut eben eine Riesenpraxis auf und arbeitet jeden Tag bis spät in die Nacht hinein.

Liebe Luise, auch Dir alles Gute und herzliche Grüße

Deine Luise

433 Von Herbert G. Göpfert

4. 12. 71

Liebe Frau Fleißer,
darf man wohl auch noch sehr lange post festum mit einem bescheidenen, aber herzlichen Glückwunsch kommen? Ich bin etwas ein saumseliger Zeitungleser, und so kam ich erst kürzlich an jene Sonntagsnummer der Süddeutschen Zeitung, in der auf Ihren 70. hingewiesen wurde. Aber erst heut, am 2. Advent, ist eine ruhige halbe Stunde, in der ich das, was ich beim Lesen sogleich empfand, Ihnen andeuten kann. Mich hat selten ein Zeitungsbericht so gefreut wie dieser. Denn was kann es für einen Menschen, und noch dazu einen, der selbst was macht, und vor allem für einen, der nicht sehr viel gemacht hat und für den noch dazu so besondere Umstände galten wie für Sie – was kann es da Schöneres geben als zu sehen, wie das Eigene aufgenommen wird von anderen, viel Jüngeren, und wie es nun dort weiterwirkt. Ich meine, das muß Sie eigentlich auch freuen. Und die Art, wie das in der Zeitung dargestellt wurde, empfand ich als eine schöne Ehrung.
Natürlich dachte ich dabei an unser Zusammenkommen, nun wohl schon vor rund zehn Jahren, und ich darf Ihnen bei dieser Gelegenheit vielleicht sagen, daß unter den Büchern, deren Zu-

standekommen mir in meiner Verlagsarbeit wirklich wichtig war, Ihre »Avantgarde« mit an erster Stelle steht. Und daß sich dann damals, was gar nicht die Regel ist, ein so schöner persönlicher Kontakt ergab, das hat mich besonders gefreut.
Wenn man den Schicksalen von Büchern nachgeht, wie ichs als Literaturhistoriker nun seit einigen Jahren tue, dann wird einem ganz klar, daß das momentane äußere Schicksal eines Buches nur ganz selten etwas mit seiner tatsächlichen Bedeutung zu tun hat, sondern meist von außerliterarischen Fakten bestimmt wird. Daß Sie aber, liebe Frau Fleißer, Ihren ganz bestimmten, schon jetzt unverrückbaren Platz in unsrer Gegenwartsliteratur haben und behalten werden, daran ist kein Zweifel.
Ich hoffe, daß Sie zu Ihrem 70. ein wenig Freude gehabt haben, ich wünsche Ihnen, daß es gesundheitlich gut geht und daß es auch mit der Arbeit weitergeht, langsam natürlich, das ist Ihre Art – aber dafür kommt auch was dabei heraus!

Seien Sie herzlich gegrüßt von Ihrem
Herbert G. Göpfert

434 An Heiner Fleißer
852 Erlangen, Anton-Brucknerstraße 19

6. 12. 71

Lieber Heiner!
Herzlichen Dank für die Geburtstagsgrüße. Ich kann mich kaum derfangen vor Antwortbriefen, die ich schreiben muß.
Das »Fegefeuer in Ingolstadt« ist auch hier eine schöne Aufführung geworden. Ein begabter 19 jähriger Gastregisseur hat das gemacht, und der männliche Hauptdarsteller, der einen häßlichen Schüler spielen muß, hier in Ingolstadt aber ein schöner großer Mensch war und wohl der beste und vielversprechendste Schauspieler, den ich je in Ingolstadt erlebt habe, hat es trotzdem hingebracht, in seiner Verklemmtheit und Pathologie glaubwürdig zu wirken und die bösen Reaktionen seiner Umwelt herauszufordern.
Schade, dass der Bühnenverein sich nicht entschließen konnte,

das Stück für seine Abonnenten abzunehmen. Also konnte das Stück nur achtmal im Ganzen angesetzt werden, das letzte Mal am Freitag den 10. Dezember 20 Uhr. Zu der Aufführung am 3. Dez. waren der Intendant Hübner von Bremen, der eigens wegen der Aufführung aus Bremen hergeflogen war, und der zukünftige Intendant vom Staatstheater Stuttgart Doll hier. Wir waren nach der Aufführung noch mit ihnen im Schloßkeller beisammen. Sie waren von Stück und Aufführung begeistert. Aus finanziellen Erwägungen interessieren sie sich aber zunächst mehr für den »Starken Stamm«, der publikumssicherer ist und von dem schon lang eine im Dialekt gemilderte Fassung vorliegt.

Falls Ihr den Fernsehfilm im III. Programm des Bayerischen Fernsehns am 2. 12. angesehen haben solltet, der Rüdel ist natürlich ein aggressiver Mann und hackt immer auf der Stadt herum. Mir hat besonders der Schluß nicht gepaßt, mit dem er mich aufs Glatteis geführt hat. Diese Bemerkung habe ich nur einmal zwischendurch und unter dem Eindruck der ingolstädter Hexenjagd gegen den hiesigen Kunstverein gemacht. Er hat ihr, indem er sie an den Schluß setzte, einen nicht von mir gewollten Stellenwert gegeben und natürlich sind solche Voraussagen eines Autors über das, was er in Zukunft tun wird, meistens Unsinn, denn wer kann das schon im voraus wissen. Im Ganzen hatte der Film eine lebendige Ausstrahlung.

Ich bin ja in den Zeitungen in den letzten Wochen sehr herausgestellt worden, besonders von der Frankfurter Allgemeinen Zeitung und von der Süddeutschen Zeitung. Hoffentlich verpufft das nicht wieder sondern hat reale Konsequenzen für den Bühnenvertrieb. Es gibt halt immer Schwierigkeiten mit meinen Stücken, in den »Pionieren« sind es besonders die Dienstmädchen, die es nicht mehr gibt, und im Fegefeuer ist es das Außenseitertum – obwohl dies Stück als moderner empfunden wird als die »Pioniere«. Ein Interesse für mich ist sicherlich vorhanden, aber es setzt sich so schwer für reale Werte um.

Ich hoffe, Du bist gesund und grüße Dich und die Deinen sehr herzlich

Deine Luis

435 An Peter Doll, Staatstheater Braunschweig

14. 12. 71

Lieber Herr Doll!
Schönen Dank für Ihr Kommen und für Ihren Brief. Ich freue mich, dass es Ihnen gefallen hat. Es war ein sehr reizvoller Abend. Natürlich möchte ich ein neues Stück schreiben – wenn ich auch gegenwärtig vor lauter zweitrangigen Dingen, die sich nicht verschieben lassen, eingeklemmt bin. Was meinen Stoff anlangt, bin ich allerdings über die Hemmungen noch nicht hinausgekommen. Etwas noch nicht Ausgeschöpftes aus meiner Lebenserfahrung wären die Erfahrungen und Beobachtungen im Dritten Reich, von einer Ehe zwischen Mann und Frau her gesehen. Und da finde ich noch keinen Zugang, es wäre böse und ich habe das viel zu tief in mir vergraben. Ich weiß auch nicht, ob da ein Publikum noch mitgehn würde. Die einen haben dazu keinen Zugang, weil ihnen die Erfahrung dafür fehlt; die anderen wollen es gar nicht mehr wissen. Ich zögere sehr, sehe aber nicht, was ich sonst für einen Stoff machen könnte.
Grundsätzlich freue ich mich über Ihre Bereitschaft, ein Stück von mir zu spielen.
Die Reise nach Braunschweig zu machen, hätte für mich wenig Sinn, da mich mein Gedächtnis stark im Stich läßt. Ich müßte da schon vor meiner Schreibmaschine sitzen, mit der ich die Dinge festhalten kann. Sie müßten also mit Ihrem Herrn Statkus noch einmal herkommen. Aber wie gesagt, bis jetzt finde ich noch keinen Zugang.
Mit sehr herzlichen Grüßen Ihre Marieluise Fleißer

436 Von Siegfried Unseld, Suhrkamp Verlag

20. Dezember 1971

Sehr verehrte Frau Fleißer,
ich bedanke mich sehr herzlich für Ihren Brief vom 30. November. Auch mir wird der Gedanke einer Gesamtausgabe Ihrer Schriften vertrauter. Wir sollten zumindest einmal eine Vorplanung machen:

a) was sollte nach Ihrer Meinung aufgenommen werden? Außer den bekannten Texten gibt es ja noch frühere Erzählungen und, wenn ich richtig informiert bin, auch noch einen Roman.
b) Die zweite Frage wäre die Klärung der Rechte. Liegen diese bei Ihnen oder sind noch Rechte an andere deutsche Verlage vergeben?
Ich wäre Ihnen sehr dankbar, wenn Sie mir darüber noch schrieben.

Mit freundlichen Grüßen
Ihr Siegfried Unseld

437 An Günther Rühle

3. 1. 1972

Lieber Herr Rühle!
Da Sie dies offenbar für notwendig halten, gebe ich Ihnen meine Einwilligung zum Abdruck der frühen Fassung von »Fegefeuer in Ingolstadt« in Ihrem Buch. Ich tue das mit Hemmungen. Ich bin von der Schlampigkeit des frühen Textes, von den Druckfehlern und von den vom Regisseur eingetragenen Regiebemerkungen entsetzt.
Herr Unseld hat mir schon geschrieben und will einen präzisen Vorschlag. Ich konnte ihm bis jetzt nicht antworten, weil ich keine Zeit fand, Verschiedenes zu lesen.
Dem »Fegefeuer in Ingolstadt« liegt kein bestimmtes Vorkommnis zugrunde, aber ich kenne die Ursachen, von denen es herkommt.
Ein etwa dreizehnjähriger Knabe, Sohn einer Wirtspächterin mit etwas abenteuerlicher Kundschaft, hat sich mit großer Hartnäckigkeit und auch Drohungen an mich, die etwa ein Jahr jünger war, herangemacht und wollte nicht aufgeben, bis ich ihm seinen Willen tat. Was er wollte, hat er nicht bekommen. Ich habe nach diesem Kindheitserlebnis die erste Geschichte geschrieben, die Feuchtwanger gelten ließ, »Die Dreizehnjährigen«. Damals hieß die Geschichte noch »Meine Zwillingsschwester Olga«. Zwischen der Geschichte und dem Stück ist eine Parallele.

Weiter: Lion Feuchtwanger hat mir ein Buch mittlerer Größe zum Lesen gegeben, es war eine Art Abhandlung, kein Roman, ich kann mich weder an den Titel noch an den Autor erinnern, ich habe nie wieder was über diesen Autor gehört. Feuchtwanger sagte: Du mußt dies Buch lesen, damit dir deine Illusionen genommen werden und damit du siehst, dass die Welt böse ist. Das Buch hat mich sehr beeindruckt. Gamper fragte mich kürzlich, ob es etwa ein Buch über die Lebensauffassung der Manichäer gewesen sei, das konnte ich ihm nicht sagen, ich habe einfach keine Erinnerung daran.
Weiter: Das Stück ist aus dem Zusammenprall meiner katholischen Klostererziehung (sechs Jahre Internat im Institut der Englischen Fräulein in Regensburg) und meiner Begegnung mit Feuchtwanger und den Werken Brechts entstanden. Das hat sich nämlich nicht miteinander vertragen. Ich kannte Brecht damals aus den Erzählungen Feuchtwangers, noch nicht persönlich. Ich hatte die »Trommeln« und das »Dickicht der Städte« auf der Bühne gesehn, den »Baal« hatte mir Feuchtwanger zum Lesen gegeben, ebenso bruchstückweise, weil das Stück gerade erst entstand, das »Leben Eduards«.
Das ist die Vorgeschichte vom »Fegefeuer«.
Man sagt, das Stück sei expressionistisch, ich kannte keine Expressionisten, weder persönlich noch ihre Stücke. Ich kannte auch die Lasker-Schüler nicht, mit deren »Wupper« Jhering mein Stück verglich. Ich habe die »Wupper« im vorigen Jahr zum ersten Mal gelesen. Ich kannte keinen Büchner. Außer Brecht und Feuchtwanger kannte ich ein wenig Strindberg, ein wenig Klabund, ein wenig Karl Valentin und den »Vatermord« von Bronnen.
Warum schreibt man ? Ich habe schon auf der Klosterschule geschrieben, dummes Zeug, Geschichten, die in der Wüste spielten, und Gedichte. Ich habe lyrische Prosa auf der Universität geschrieben und sie verbrannt, weil sie Feuchtwanger, dem ich sie später zeigte, nicht gefiel. Er sagte, das sei Krampf und expressionistisch, – junge Leute dürften allerdings Krampf schreiben – aber man schreibe heute »neue Sachlichkeit«.
Ich habe schon als Kind häufig Puppentheater nach Märchen,

ohne jede Vorbereitung und aus dem Stegreif gespielt. Ich habe dafür gegen einen Pfennig Eintritt die Kinder der Kupferstraße eingeladen und hatte immer soviel Kinder bei meinen Vorstellungen, dass ich sie kaum auf den Stühlen unterbringen konnte.

Die frühen Stücke von Brecht haben auf mich starken Eindruck [gemacht]. Aber ich wußte, dass mein Stück etwas völlig Anderes war, als was Brecht schrieb. Ich sah da keine Parallelen.

Ich hatte einen Drang zu schreiben und zwar über etwas, was mit meiner Lebenserfahrung zusammenhing. Ich kann nicht sagen, dass ich etwas Bestimmtes damit wollte. Ich hatte eine Affinität ans Theater.

Ich habe das Stück heimlich geschrieben und Feuchtwanger kein Wort davon gesagt, bis ich das nach meiner damaligen Ansicht fertige Stück dem Feuchtwanger brachte. Feuchtwanger hielt das Stück für sehr begabt, aber verworren. Er hat mich in keinem einzigen Fall darauf hingewiesen, was ich verbessern sollte, er war zu sehr in die eigene Arbeit eingespannt. Aber er hat Brecht für das Stück interessiert. Auch Brecht hat mir nie gesagt, was ich daran verbessern sollte. Als Brecht später mit der »Jungen Bühne« von Moriz Seeler Verbindung hatte und der »Baal« schon dort gespielt war, übte er einen gewissen Druck auf Seeler aus, damit dieser mein Stück spielte. Seeler wollte eigentlich ein Stück spielen von einem jungen Mann, dem er es schon versprochen hatte, das konnte er nun nicht. Der junge Mann war verzweifelt, ging hin und brachte sich einen Lungenschuß bei. Brecht sagte mir das zwei Tage vor der berliner Premiere, und ich ging sehr belastet in meine Uraufführung.

An meinem Text wurde für die Berliner Aufführung überhaupt nichts geändert, außer dass man verschiedene lyrische Stellen strich, und zwar erst am Tag vor der Premiere und auf die Veranlassung Brechts. Brecht wollte nur das gelten lassen, was Bewegung auf der Bühne möglich machte. Der sehr jungen Tochter von Frieda Richard, welche im 2. Akt das für den Heiligen schwärmende junge Mädchen spielte und zum erstenmal auf einer Bühne stand, wurden lyrische Sätze weggenommen. Frau

Richard, die die Mutter-Rolle unter der Bedingung angenommen hatte, dass man ihre Tochter erstmals herausstellte, war wenig davon erbaut, dass man von der ohnehin kleinen Rolle, die man der Anfängerin gab, auch noch Sätze herausstrich. Der Vater (Walter Franck) hatte einen langen Monolog über Weltangst – für mich zählte dieser Monolog zum Schönsten vom Stück, und er war praktisch der Schwerpunkt dieser Rolle. Ich weiß nur noch die letzten Sätze: ». . . man muß aufstehn in der Nacht und eigentlich ist man im Hemd, man muß zum Fenster hingehn. Gott sieht man nicht, dafür haben wir kein Organ.« Walter Franck war sehr aufgebracht über den Strich und sagte, dass er gerade wegen dieses Monologs die unbezahlte Rolle überhaupt genommen habe. Aber Brecht setzte diesen Strich durch.

Die gestrichenen Stellen besitze ich nicht. Vom »Fegefeuer« gab es nur ein einziges Exemplar, ich habe es wohl mit der Hand geschrieben, eine Schreibmaschine konnte ich mir damals noch nicht kaufen. Hätte ich eine Leihmaschine gehabt, hätte ich wohl mindestens einen Durchschlag gemacht. Dies einzige Exemplar wanderte zu Feuchtwanger, dann zu Brecht, dann zu Seeler, ich habe es nie wieder in die Hand bekommen und weiß nicht, bei wem es schließlich blieb. Ich bekam einige Wochen nach der Aufführung das Bühnenvertriebs-Exemplar vom Arcadia-Verlag, mit dem ich nach der Premiere Vertrag schloß. Das Exemplar enthielt eingefügte Regie-Anweisungen. Die gestrichenen Stellen waren darin nicht aufgenommen. Mir war das damals nicht so wichtig, junge Leute sind leichtsinnig, und ich legte die Wörter noch nicht auf die Goldwage.

Beigeschlossen füge ich die Angaben hinzu, wie die neue Fassung gegenüber der frühen Fassung verändert ist. So verstand ich nämlich ursprünglich Ihre Frage. Aber ich glaube, das haben Sie gar nicht gemeint, und ich habe mir viel Arbeit umsonst gemacht.

Mit besten Wünschen für ein gutes neues Jahr und herzlichen Grüßen

Ihre Marieluise Fleißer

Nachtrag:
Bitte, beachten Sie noch: Ich lege ausdrücklichen Wert darauf, dass beim Abdruck der frühen Fassung eine Vorbemerkung gemacht wird, dass die Regie-Anweisungen nicht von mir stammen.
Auch ist es unbedingt notwendig, dass man die reinen Druckfehler korrigiert, bevor man die frühe Fassung in Druck gibt. Sie sind zahlreich, und die Druckfehler sind eine Fälschung meines damaligen Textes, ich erkenne sie auf den ersten Blick. Ich werde Ihnen eine Liste der bloßen Druckfehler herausschreiben und sie Ihnen spätestens übermorgen schicken. Ich bin damit nicht mehr fertig geworden. Ich bedaure sehr, dass damals niemand Korrektur gelesen hat. Man hat mir keine Fahnen zugeschickt.

Marieluise Fleißer

438 An Siegfried Unseld, Suhrkamp Verlag

4. 1. 1972

Sehr verehrter Herr Unseld!
Endlich habe ich mich aus dem Gestrüpp von Geburtstag-Briefschulden herausgearbeitet. Ich danke Ihnen für Ihren Brief vom 20. Dezember. Er verlangt einige Vorarbeit, bevor ich ihn beantworten kann. Ich muß in diesen Tagen noch etwas Eiliges für Dr. Rühle und für das Finanzamt arbeiten. Dann kann ich mich daran machen, den Roman »Mehlreisende Frieda Geier«, etliche Geschichten und auch den »Karl Stuart« zu lesen.
Ich nehme an, dass aus den Rechten keine wesentlichen Schwierigkeiten entstehen werden. Ich weiß nicht, ob dadurch, dass der Carl Hanser Verlag die »Avantgarde« an die Großbuchhandlung Löwith verramschte, seine Verlagsrechte automatisch erloschen sind. Ich nehme aber an, dass er keine Neu-Auflage machen will, und damit wäre das Buch, das eine lange Geschichte über den frühen Brecht enthält, frei. Die Rechte über den Roman (früher Gustav Kiepenheuer Verlag) und einige alte Geschichten liegen sowieso bei mir. Von »Der

starke Stamm« Komödie, einmal in Dialektfassung (künstlerisch stärker) und einmal in einer mehr dem Schriftdeutsch angeglichenen Fassung, und von »Karl Stuart« ein historisches Stück und noch nie aufgeführt, liegen zwar bei Desch. Er hat sie aber, als ich ihn darum bat, nicht gedruckt, sondern erklärt, dass er nichts dagegen habe, falls ein anderer Verlag sie drucken wolle. Das dürfte also kein unüberwindliches Hindernis sein.

Ich bitte noch um ein wenig Geduld.

In der Hoffnung auf eine gute Zusammenarbeit und mit freundlichen Grüßen

Ihre Marieluise Fleißer

439 Von Siegfried Unseld, Suhrkamp Verlag

am 7. Januar 1972

Sehr verehrte Frau Fleißer,

heute ist der 7. Januar und vor 20 Jahren bin ich in den Suhrkamp Verlag eingetreten, und so ist es mir eine besondere Freude, Ihnen heute mitteilen zu können, daß ich mich definitiv entschlossen habe, eine Gesamtausgabe Ihrer Arbeiten zu publizieren.

Wir sollten darüber bald ein Gespräch führen, doch möchte ich noch einmal eine Vorfrage klären: mir schwebt vor, Herrn Günther Rühle die Herausgeberschaft anzuvertrauen. Ist Ihnen das angenehm? Das würde bedeuten, daß wir zu Dritt – Sie, Rühle und ich – die Auswahl bestimmen, daß Rühle werkgeschichtliche Anmerkungen und eine Einleitung schreibt. Ich habe – selbstverständlich unter der Kautel Ihrer Zustimmung – mit Dr. Rühle gesprochen und er ist dazu bereit, auch so bereit, daß wir bis zum 15. Juni 1972 die Satzvorlagen haben, denn ich möchte die Ausgabe, die sich sicherlich auf 2 Bände belaufen wird, noch in diesem Herbst herausbringen.

Würden Sie mir bitte eine Zeile schreiben, ob Ihnen diese Vorstellung angenehm ist? Ich spreche dann noch einmal mit Dr. Rühle und dann möchte ich selbst sehr bald mit Rühle zu Ihnen kommen.

Mit freundlichen Grüßen
Ihr Siegfried Unseld

440 *An Siegfried Unseld, Suhrkamp Verlag*

9. 1. 1972

Sehr verehrter Herr Unseld!
Dass Sie sich an diesem spectaculären Tag, dem 7. Januar, zu dem ich Ihnen herzlich gratuliere, entschlossen haben, eine Gesamtausgabe meiner Arbeiten zu publizieren, ist mir eine große Freude, ebenso dass Sie sie in diesem Herbst noch herausbringen.
Als besonders glücklich empfinde ich auch, dass Sie Herrn Günther Rühle die Herausgeberschaft anvertrauen wollen und dass er sie auch machen will und kann. Ich bin gerne damit einverstanden.
Ich freue mich, wenn Sie mit Herrn Rühle bald zu mir kommen und bitte Sie, mich rechtzeitig zu verständigen. Am 21. Januar kommt zu mir Herr Dr. Meier von der größten Schweizer Tageszeitung. Er will darin anläßlich der Premiere über mich schreiben bzw. ein Gespräch mit mir führen. Wenn ich recht unterrichtet bin, will die Zeitung ihm ziemlich viel Raum dafür geben. Mitte Februar muß ich – falls die Premiere im Theater am Neumarkt nicht verschoben wird – für ein paar Tage nach Zürich zur Premiere und zu einer Lesung. Außer diesen Terminen sind mir bis jetzt keine Abhaltungen bekannt

Mit freundlichen Grüßen
Ihre Marieluise Fleißer

441 An Siegfried Unseld, Suhrkamp Verlag

29. 1. 1972

Sehr verehrter Herr Unseld!
Schönen Dank für Ihren Brief vom 24. Januar.
Den Brief an den Desch-Verlag habe ich genau nach Ihrem Vorschlag geschrieben. Ich habe heute eine sehr unzugängliche Antwort erhalten, die ich Ihnen im Wortlaut abschreibe:

27. 1. 72

Liebe Frau Fleißer,
wir bestätigen den Eingang Ihres Briefes vom 25. Januar 72.
Die mit Ihnen am 17. 10. 45 geschlossenen Verträge über Ihre Stücke »Karl Stuart« und »Der starke Stamm« sind für die Dauer der gesetzlichen Schutzfrist abgeschlossen. Wir sehen keine Veranlassung die Rechte dieser Stücke an Sie zurückzugeben, zumal wir, wie wir das lückenlos nachweisen können, laufend für diese Stücke bei den Bühnen und bei den Sendern arbeiten. Dass an den deutschen Bühnen Interesse an Ihnen wachgehalten wurde, ist ausschließlich unser Verdienst. Auch wir waren es, die Ihre alten Stücke an den Bühnen wieder ins Gespräch gebracht haben. Auch die Gespräche mit Herrn Fassbinder seinerzeit waren zuerst mit uns geführt worden.
Erst vor kurzem schrieb ich Ihnen, dass ich wieder intensiv für »Karl Stuart« bei den Bühnen geworben habe und dass ich ein Gespräch mit Herrn Palitzsch darüber hatte.
Da es einen begründeten Kündigungsgrund Ihrerseits nicht gibt, der auch juristisch haltbar ist, sind wir nicht bereit, Ihnen die Rechte der Stücke »Der starke Stamm« und »Karl Stuart« zurückzugeben.

Mit den besten Empfehlungen Walter Jensen

Beide im Desch-Verlag festgelegten Stücke sind niemals im Druck erschienen, sie sind also für den gewöhnlichen Sterblichen, der sie lesen will, einfach nicht vorhanden.
In dem Vertrag über »Der starke Stamm« vom 17.10. 45 finde ich unter § 2: »Wenn die Möglichkeit vorliegt, das Bühnenwerk als Buch herzustellen und im Buchhandel zu verkaufen, dann

besitzt der Verlag als erster das Recht, eine Buchherausgabe erscheinen zu lassen. Lehnt der Verlag die Buchherausgabe ab, dann hat der Autor das Recht, die Buchherausgabe in einem anderen Verlag erscheinen zu lassen.«
Ich bin gerade dabei, das 20., 21. und 22. Kapitel des Romans »Mehlreisende Frieda Geier« prägnanter umzuschreiben. Ich möchte übrigens den Titel ändern und den Roman »Der Sohn der Sippe« nennen, damit schon im Titel sichtbar wird, dass es sich um eine Schilderung vor-faschistischer Verhaltensweisen handelt. Sonst sind nur kleinere Änderungen nötig, ich werde aber doch den ganzen Roman nochmal abschreiben müssen.
Ich bin sehr unglücklich, dass der Desch-Verlag so zu meinem Schaden auf seinem Buchstaben beharrt. Er hat wirklich nicht viel erreicht. Bei den Kammmerspielen in München hat erst Brecht die Aufführung vom »Starken Stamm« bei Schweikart durchgesetzt. Bei der Berliner Schaubühne am Halleschen Ufer hat, soviel ich weiß, Ruth Drexel den Dieter Sturm auf das Stück hingewiesen. Gegen die angeblich lückenlosen Aktivitäten bin ich skeptisch. Und wie gesagt, der »Karl Stuart« liegt da unaufgeführt seit 1945. Er hat einmal mit Thiele Vertrag darüber gemacht, aber Thiele, der vorübergehend ein kleines Theater zur Verfügung hatte, ist von seinem Vertrag wieder zurückgetreten, weil ihm das Stück zu aufwendig war. Diese dikken Töne, die Jensen da spuckt, das halte ich nicht für anständig.

Mit freundlichen Grüßen
Ihre Marieluise Fleißer

442 An Marta Feuchtwanger

7. 2. 1972

Liebe und verehrte Frau Marta!
Ich danke Ihnen sehr herzlich für Ihren lieben Brief vom 28. Januar und es tut mir sehr leid, dass ich solange nicht dazu kam, Ihnen darauf zu antworten. Ich stecke in einem großen Zeitdruck drin, weil sich der Suhrkamp Verlag kurzfristig entschlossen hat, eine Ausgabe meiner Gesammelten Werke zu machen, die im Juni schon satzfertig vorliegen soll. Das hängt

mit viel Suchen und Kopfzerbrechen und teilweise Neu-Abschreiben zusammen.
Hoffentlich wird die Ausgabe gut. Günther Rühle von der Frankfurter Allgemeinen Zeitung wird sie herausgeben. Aber auch für ihn und seine Nachforschungen für einen dazugehörigen Materialienband ist die Zeit, neben seiner sonstigen beruflichen Arbeit, natürlich kurz. Es kam halt so überraschend. Aber es ist sehr notwendig. Hoffentlich kommt nicht bei den Streitereien mit dem Desch Verlag heraus, dass ich für Manches zweimal an Verleger bezahlen muß.
Es tut mir sehr leid, dass ich die frühe Geschichte »Meine Freundin die lange«, die ich gleich nach der »Zwillingsschwester Olga« schrieb, nirgends auftreiben kann. Sie ist wohl nicht bei Lion stecken geblieben und zufällig noch vorhanden? Das ist kaum zu hoffen.
Ich freue mich, dass Sie sich für die literarischen Dinge in Deutschland interessieren. Ich habe erst vor ein paar Tagen zu Unseld, der mich hier besuchte, gesagt, dass ich von den Persönlichkeiten von Brecht und Feuchtwanger und ihrer Ausstrahlung den in meinem Leben nachhaltigsten Eindruck habe.

Auch Ihnen alles Gute und viele herzliche Grüße

Marieluise Fleißer

443 Von Siegfried Unseld, Suhrkamp Verlag

am 8. März 1972

Verehrte, liebe Frau Fleißer,
unseren Besuch bei Ihnen habe ich in sehr angenehmer Erinnerung. Ich freue mich, daß ich Ihnen endlich begegnet bin und nun auch nach meiner wachsenden Kenntnis Ihrer Arbeiten einen persönlichen Eindruck von ihrem Urheber gewinnen konnte.
Ich habe Ihnen bisher noch nicht geschrieben, und Ihnen für die freundliche Aufnahme unseres Besuches gedankt, weil ich sogleich einen neuen Vertrag ausarbeiten wollte, in dem Ihre Vorstellungen berücksichtigt wurden. Ich nehme an, daß in

dem neuen Vertrag, den ich Ihnen anbei zuschicke, alle die Bedingungen enthalten sind, die wir beide bei unserem Gespräch als sinnvoll und akzeptabel empfanden. Ich habe wieder das normale Vertragsformular benützt, Sie sehen die Einfügungen sogleich. Ich weise Sie insbesondere auf den dritten Abschnitt des § 14 hin, wo wir Ihnen erklärt haben, die eventuellen Prozesskosten übernehmen zu wollen. Doch dürfen Sie sicher sein, daß wir uns bemühen werden, diese Fragen ohne irgendwelche Streitereien zu klären. Haben Sie die Briefe an Desch bzw. Hanser geschickt und wie sind die Antworten? Sobald die Antworten bei Ihnen eingetroffen sind, erbitte ich eine Kopie; danach werden ich mich ggf. an die Verlage direkt werden.
Herr Dr. Rühle war gestern im Verlag, er läßt die für ihn wichtigen Materialien fotokopieren; insgesamt ergab sich doch ein sehr interessantes Material, dem wir viel entnehmen können, was einer neueren Präsenz Ihrer Arbeiten dient.
Ich freue mich über unsere Zusammenarbeit und bin mit

freundlichen Grüßen
Ihr Dr. Siegfried Unseld

444 Von Siegfried Unseld, Suhrkamp Verlag

14. März 1972

Verehrte liebe Frau Fleißer,
ich bedanke mich herzlich für Ihren Brief vom 9. März und bestätige Ihnen gerne den Eingang der Verträge, die ich nun meinerseits unterschreibe. Ein Exemplar, mit meiner Unterschrift versehen, geht Ihnen anbei zu. Ich freue mich, daß wir diese Vertragsprobleme hinter uns gebracht haben. Für die Zukunft können wir dann immer auf diesem Formular aufbauen.
Der Desch Verlag bestätigt in seinem Antwortbrief unsere Rechtsauffassung, d. h. er behält die Bühnenaufführungsrechte für die Stücke »Karl Stuart« und »Der starke Stamm«; beim Volksstück »Der starke Stamm« sind *alle* Verlagsrechte an Sie zurückgefallen, Sie können darüber also in unserem Sinne verfügen. Bei »Karl Stuart« liegt die Situation etwas komplizierter:

die Verlagsrechte liegen beim Desch Verlag, solange die Ausgabe von 1946 lieferbar ist; die Lieferbarkeit sollten wir einmal an Hand der letzten Abrechnung prüfen. Wenn es Ihnen nicht zu viel Mühe macht, sollten Sie die Abrechnung per 30. 6. 1971 oder per 31. 12. 70 einmal heraussuchen. Wir wollen dieses Recht dem Desch Verlag gar nicht streitig machen, doch wollen wir beobachten, ob er tatsächlich noch Exemplare vertreibt und sie in seinen Verzeichnissen aufführt – doch wir haben jetzt mit dem Antwortbrief von Desch abermals die Bestätigung erhalten, daß wir das Stück in die Gesamtausgabe aufnehmen können; weitere Rechte, wie gesagt, haben wir nicht. Vielleicht sollten Sie der guten Ordnung halber an Herrn Jensen etwa folgenden Brief schreiben:

Sehr verehrter Herr Jensen,
ich danke Ihnen für Ihren Brief vom 7. März 1972. Ich freue mich, daß sich unsere Rechtsauffassungen decken, wie ich diese in meinem Brief vom 22. Februar dargestellt habe. Ich danke Ihnen für ihr Verständnis und bin mit besten Grüßen Ihre

Wir werden jetzt von uns aus auch noch einmal an den Desch Verlag herantreten und ihm auch von uns aus noch einmal die Situation bestätigen. Dies, damit Sie sehen, daß auch wir einen Prozeß vermeiden wollen.
Sie werden mich sicherlich von der Antwort Hanser benachrichtigen.
Geben Sie mir bitte Ihr Konto an, auf daß wir den Betrag von DM 2.000,– jetzt überweisen werden.
Ich darf Ihnen jetzt auch mitteilen, daß das Spectaculum 16 mit dem »Fegefeuer in Ingolstadt« erschienen ist, und in diesen Tagen an den Buchhandel ausgeliefert wird. Ich bin froh, das wir in diesen Band das Stück aufgenommen haben; obschon die Auflage des Spectaculum von 30.000 auf 25.000 Exemplare zurückging, ist es immer noch das am meisten beachtete Theaterbuch. Die Aufnahme Ihres Stückes in diese Sammlung wird sicherlich ihre Wirkung tun. Wir haben beim Abdruck der »Pioniere« im Spectaculum ein Honorar von DM 1.500,-- ver-

einbart. Ich möchte Ihnen dasselbe Honorar, ungeachtet der reduzierten Auflage, für Spectaculum 16 vorschlagen. Wenn Sie damit einverstanden sind, lasse ich Ihnen dann diesen Betrag auf Ihr Konto zugehen. Sie können über Freiexemplare verfügen. Wir schicken Ihnen diese Exemplare nach Ingolstadt.
Ich bin einmal mit Dr. Rühle zusammengetroffen, und wir haben unter uns noch einmal das Ingolstädter Gespräch durchdacht. Anhand der Materialien, die er hat, werden wir auch einen sehr interessanten Materialienband über Ihr Werk vorlegen können, so wie dies bei einigen wichtigen Autoren und Büchern des Verlages gemacht wurde. Sie sehen, es geschieht also etwas. Ich freue mich sehr darüber und bin

mit herzlichen Grüßen
Ihr Siegfried Unseld

Anlage

445 *An Siegfried Unseld, Suhrkamp Verlag*

21. 3. 72

Verehrter, lieber Herr Unseld,
der Carl Hanser Verlag schweigt sich aus. Auch vom Desch-Verlag keine Antwort auf meinen von Ihnen vorgeschlagenen Brief vom 15. 3.
Hier schicke ich Ihnen das Stück »Der Tiefseefisch« und den Roman »Mehlreisende Frieda Geier«. Für das Stück würde ich gern einen anderen Titel finden, einen, der für die Bühnen zugkräftig ist. Vielleicht kommt Herr Rach noch auf eine Idee, wenn er das Stück gelesen hat.
Für den Roman bitte ich nochmals, zu überlegen, ob man »Mehlreisende Frieda Geier« nicht in »Gustl ein Schwimmer und Retter« umändert. Der Roman handelt ja hauptsächlich von Gustl, er wäre beim breiten Publikum wohl wirksamer. Ich gehe dabei von der Voraussetzung aus, dass man ihn später einmal gesondert veröffentlicht. Seinerzeit war der Roman in der Volksbücherei Berlin siebzehnmal vorgemerkt, die Leute lasen ihn gern. Oder kann man später den Titel für eine Sonderaus-

gabe immer noch ändern? Für die Gesammelten Werke würde ich mich ja am alten Titel nicht stoßen.
Den »Starken Stamm« werde ich mir als nächstes vornehmen.
Am »Karl Stuart« ändere ich nichts. Ich fühle mich dem in absehbarer Zeit nicht gewachsen. Ich habe Ihnen meines Wissens das Stück schon mitgegeben.
Sie können also schon viel setzen lassen.
Das »Fegefeuer in Ingolstadt« sollte man nach dem uneingestrichenen Bühnenmanuskript drucken, also ohne die Striche, die bei der Ingolstädter Aufführung erarbeitet wurden. Diese Striche sind ja nicht von mir. (Auch das Theater am Neumarkt spielte ungestrichen.)
Dagegen darf man die »Pioniere in I.« nicht nach dem Bühnenmanuskript drucken, da dort im 12. Bild – Donau der Unertl spielt. Statt Unertl muß es im 12. Bild nämlich immer heißen Fabian. Der war es auch ursprünglich. Leider habe ich es mir von Braun ausreden lassen, und bei den Proben stellte sich dann heraus, dass das Stück mit »Unertl« einfach nicht lief. Im Spectaculum 13 habe ich den Fehler meines Wissens schon berichtigt. Man müßte also Spectaculum 13 als Vorlage nehmen. Außer dieser Szene ändert sich nichts am Text der »Pioniere«.
Soviel für heute. Ich wünsche eine gute Lektüre.

Mit herzlichen Grüßen
Ihre Marieluise Fleißer

446 An Günther Rühle
6 Frankfurt/Main 50, Altheimstraße 5

22. 3. 1972

Lieber Herr Rühle!
In Eile nur dies: Ich habe mich nun doch entschlossen den Tiefseefisch in die Gesammelten Werke zu geben und schicke Ihnen hiemit einen Durchschlag. Ich habe nur ein paar Striche gemacht (nicht von Bedeutung), auch ein paar Namen verändert,

weil ich sie nicht mochte. Also lesen Sie das Stück, was Sie dazu meinen.

Auch die Romanfassung lege ich bei:

Die einzelnen Abschnitte werden nicht mehr Kapitel genannt und sind nur durch einen kleinen Abstand voneinander abgehoben.

Die in der Fassung von 1931 verfremdeten Namen von Straßen, Kirchen, Fluß stehen jetzt mit dem richtigen Namen da. Ich habe nur den Bitteren Stein gelassen, weil mir die Bezeichnung als eine aus dem Unterbewußtsein stammende Benennung erschien. Auch habe ich die verfremdeten Namen von Orten der Umgebung beibehalten. An dem erfundenen Namen Amricht habe ich mich inzwischen gestoßen und ihn durch einen Ingolstädter Namen, nämlich Gillich, ersetzt. Es besteht indessen kein Zusammenhang mit dem hiesigen Namensträger.

Der Holzdiebstahl für den Badesteg des Vereins wird jetzt ausführlicher behandelt. (Buch Seite 36, Manuskript Seite 20 bis 23).

Das 13. Kapitel des Buchs wollte ich erst für die neue Fassung streichen, habe es dann nachträglich mit leichten Änderungen wieder eingefügt, um die abgeschnürte Situation von Ingolstadt – nachdem der Versailler Vertrag ihm das Militär genommen hatte und nur sehr wenig Industrie ansässig war – deutlich zu machen. Man versteht sonst nicht, warum Frieda – welche eine gute Schule besucht haben muß – in diesen komischen Beruf hineingerutscht ist.

Ich habe in erster Linie die letzten Kapitel geändert, Buch ab 20. Kapitel (Seite 265) bis zum Schluß – Manuskript Seite 151 unten bis zum Schluß.

Natürlich habe ich öfter sprachliche Änderungen und Präzisierungen vorgenommen, an die ich mich im einzelnen nicht erinnern kann.

Übrigens sind Frieda und Linchen in Wirklichkeit ein und dieselbe Person. Linchen, das ist Frieda etwa zwölf Jahre früher. Daraus erklären sich gewiße Unstimmigkeiten z. B. dass die von Linchen angeschwärmte Schülerin Meta (Buch Seite 104) nichts Geschriebenes über die Grenze nehmen darf, das ist nämlich im ersten Weltkrieg, während das Buch doch sonst in den Jahren 26 bis 28 spielt. Diese zwei verschiedenen Zeiten bringe ich aus dem Buch nicht heraus. (Es handelt sich hier um die Zerlegung einer Figur.) Herzliche Grüße

Ihre Marieluise Fleißer

447 Von Marta Feuchtwanger

Am 24. März 1972

Meine liebe Marieluise Fleisser,

Das ist ja ein sehr erfreulicher Brief, den Sie am 7. Februar an mich geschickt haben. Meinen aufrichtigen Glückwunsch spreche ich Ihnen hiermit aus. Denn trotz aller Mühe, die Sie haben, ist es doch ein grosses Glück, dass Suhrkamp nun endlich Ihr Werk würdig und umfassend herausbringen wird.

Leider kann ich Ihnen nichts sagen über die gesuchte Geschichte »Meine Freundin die lange«. Wir hatten ja alles auf unserer Flucht verloren. In Verbundenheit aus alten Zeiten

Ihre Marta Feuchtwanger

448 Von Günther Rühle

25. März 1972

Liebe Frau Fleißer,

Roman und »Der Tiefseefisch« sind gut angekommen. Ich danke dafür.

Über den »Tiefseefisch« war ich sehr überrascht. Ich habe noch Ihr »Nein, den kriegen Sie nicht« im Ohr; aber nach dem Lesen der Probe aus einem Zeitungsabdruck hatte ich Sie schon bitten wollen, mich den Text wenigstens lesen zu lassen. Der Eingang aus dem Zeitungsabdruck war sehr stark: das ›Schlag und Schlag‹ faszinierte mich. – Den ganzen ersten Teil des Stücks las ich mit der gleichen Spannung und dem gleichen Vergnügen.

Jetzt muß ich aber die Frage stellen: Nehmen wirs auf? Ich habe das Stück zweimal gelesen, aber es kommt mir nicht zusammen. Es endet woanders, als es zuerst hinwill. Die Haupt-

person am Ende ist eine andere als am Anfang. – Es bleibt die Frage offen: Was wird aus Gesine, was aus Laurenz? Der erste Teil ist so ausschließlich eine Auseinandersetzung zwischen G. und L., dass der zweite – ich vermute in ihm eine biographisch bestimmte Auseinandersetzung mit der Brechtgruppe? – wie eine andere, nämlich eine literarische Welt wirkt. Ich meine: die Fäden sind nicht stark genug durchgezogen, die Bindungen von Teil eins und zwei nicht stark genug. Der erste Teil ist an Konzentration, sowohl der Figuren aufeinander wie in ihrer Sprache so stark, dass man eine Aufhebung dieser Konzentration nachher spürt. Ich weiß nicht, ob man im zweiten Teil aber viel verändern kann. Teil eins (etwa bis S. 31) ist fast ein Stück für sich. Man müßte das Ganze von hinten noch einmal fassen. Wahrscheinlich fehlt noch eine Szene, die Laurenz als den Sieger darstellt, die für endgültig genommene Fesselung der G. an L. darstellt; ein Triumph, der vielleicht keiner ist. Aber das Stück sollte so, wie es jetzt ist, nicht enden, nicht ›auslaufen‹; es braucht einen harten Schlußstein. –
Ich sage das nicht, um Sie davon abzubringen, den »Tiefseefisch« aufzunehmen, sondern zu fragen, ob der Stoff in Ihnen nicht wieder so lebendig zu machen ist, dass in der verbleibenden Zeit noch eine Schlußszene dazukommen kann.
Ich möchte, was wir präsentieren, so gut wie möglich machen.
Am Samstag las ich die alte Fassung von »Frieda Geier«, heute die neue. Der letzte Teil, der Anschlag auf Linchen und die Vorbereitung und Entdeckung des Bahnattentats sind nun klarer im Ablauf. Dafür ist man dankbar. Auch die Bedrängnis der Frieda durch die vier jungen Männer, die in der alten Fassung nicht begründet wurde, ist nun klar. Wie Sie sie motivieren (jüdischer Friedhof usf.) läßt sich durchaus in der Zeit, in der der Roman spielt, unterbringen.
Im Zusammenhang mit dem Juden-Motiv gehen Sie aber einen Schritt weiter, den Sie noch einmal bedenken sollten. Sie bringen einige Sätze ein, die nun den Roman als nach 1945 entstanden sein lassen. S. 180: »Wie lang wird sie die freiwilligen Ritter finden, wenn die Zeit kommt, wo es ihnen schadet« lässt sich

gerade noch aus »Ahnungen« für das Kommende begründen, aber S. 182 ist eindeutig: »Den natürlichen Tod hatte sie den Eltern voraus, die einen unnatürlichen Tod sterben würden, aber das wussten sie damals noch nicht« usf.
Auch die Veränderung des Textes MS. S. 185 hängt damit zusammen, wo Sie plötzlich den »Stürmer« und »Christliche Juden« zitieren. Im Vergleich zu der durchgehenden biblischen Sprache dieser Stelle im gedruckten Roman scheint mir das aufgeklebt; die alte Fassung ist sprachlich geschlossener und stärker.
S. 195 ist etwas Ähnliches: »der noch keine Nacktkultur kennt« – auch das wirkt wie eine verspätete (spätere) Zutat.
S. 181: »die einzelnen müssen aufstehen ...« verstehe ich als stärkere Akzentuierung, aber muß das letzte Wort »finden« heißen oder suchen?
S. 155 halte ich die alte Formulierung »daß dir die Massage längst vermeint war« für stärker,
und S. 159: »In den Brustlatz schiebt, dort, wo das Herz sitzt« heißt in der alten Fassung »an die Stelle des Herzens schiebt.« – Ich finde, die neue Stelle erinnert zu sehr an Franks Biographie-Titel »Links, wo das Herz sitzt«. Die alte Fassung ist für mich plastischer.
Das wären meine Anmerkungen; ich trage sie vor, obwohl ich gar keine Berechtigung und keinen Auftrag dazu habe; sozusagen nur nochmal zum Überlegen und nochmaligen Entscheid.
Ich möchte aber nochmal betonen: dass Sie den »Tiefseefisch« geben, halte ich prinzipiell für einen guten Entscheid.
Ich habe bisher deswegen nichts hören lassen, weil ich Sie in der Arbeit am Roman nicht stören wollte. Nun, da er fertig ist, darf ich mit einigen Fragen kommen.
Beigefügt finden Sie eine Aufstellung des Inhalts der drei Bände, wie wir ihn neulich bei Ihnen verabredet haben. Bitte sehen Sie die Aufstellung noch einmal durch. Die roten Zeichen hinter einzelnen Titeln sollen andeuten, welche Texte von Ihnen noch umgearbeitet werden. Alles andere lassen wir hier fotokopieren und haben dann damit druckfertigen Satz.

Für Band II ist dies noch zu entscheiden. In den Bereich der Schweden- und Andorra-Berichte gehört noch ein Zeitungsaufsatz »Die schwedische Aura« der in »Andorranische Abenteuer« nicht gedruckt ist. Ich meine, wir sollten diesen nach »Von Pardelrollern, Wickelbären ...« einfügen. – Ich lege ihn bei (das ganze ausgeliehene Material bringe ich demnächst mit), damit Sie ihn vor Augen haben.
Mir fehlt an Texten nur: »Schlagschatten Kleist«. – Darf ich davon um einen Durchschlag bitten, wenn er überarbeitet ist?
Bei der Durchsicht der Zeitungsbelege fand ich eine Reihe von Erzählungen, die nicht mehr veröffentlicht worden sind. Ich habe mir überlegt, ob ich Ihnen nicht den Vorschlag machen soll, diese unter dem besonderen Titel »Zeitungsgeschichten« aufzunehmen. Der Titel hätte den Vorteil, dass sie damit anders klassifiziert sind, sich als ›Geldarbeiten‹ ausweisen. – Wir sollten darüber reden.
Ich muß nun zunächst den Anmerkungsapparat für die Stücke und die Prosa machen. Es handelt sich dabei um Angaben zur Entstehungszeit und -ort, Anregungen, die Sie aufgenommen haben, Beziehungen, die sie spiegelten, Aufträge, die den Arbeiten zugrundeliegen usf., auch, welche Bedeutung der betreffende Text in Ihrer Biographie hat. –
Könnten Sie mir diese Angaben zunächst zusammenstellen. Sie könnten ja nach der beigefügten Aufstellung vorgehen. Das kann alles im Telegrammstil sein; soviel Sie zusammenbringen.
Für »Fegefeuer in Ingolstadt« habe ich den Apparat von Anmerkungen bereits fertig; ich habe dazu Ihre Darlegungen aus früheren Briefen benutzt. Das wäre also nicht mehr nötig.
Für »Fegefeuer« habe ich einen, wie mir scheint, sehr ergiebigen Text von Ihnen über die Neufassung. Es ist die Frage, ob Sie auch für die »Pioniere« eine solche Zusammenfassung über Gründe und Ausführung der Umarbeitung schreiben könnten. Das wäre dann ein Gegenstück, sonst wäre nur die Neufassung von »Fegefeuer« von Ihnen interpretiert.
Mir läge daran, dies bald zu bekommen.
Für viele Dinge wäre die Klärung im Gespräch besser. Würde

es Ihnen passen, wenn ich am 7. und 8. April nach Ingolstadt käme? Das könnte ich mir einigermaßen einrichten. Vielleicht hätten wir dann auch noch den Sonntag.
Ich glaube, wir bekommen eine sehr schöne Edition zusammen. –

Einstweilen die besten Grüße und viel Freude an der Arbeit

Ihr

PS. Ich halte es für richtig, dass Sie Kapitel 13 im Roman gelassen haben. Es befremdet nur auf den ersten Blick, weil es plötzlich aus der Handlung herausspringt; es ist aber eine wichtige soziale Fixierung und die Bindung an die Hauptperson ist nachher unversehens gelungen.

449 Von Siegfried Unseld, Suhrkamp Verlag

28. März 1972

Verehrte, liebe Frau Fleißer,
herzlichen Dank für Ihren Brief vom 21. März und für die Zusendung der beiden Manuskripte »Der Tiefseefisch« und »Mehlreisende Frieda Geier«. Ich war zu neugierig und nahm mir sogleich das Stück vor. Der erste Teil hat mich fasziniert! Das ist ein Duell! Auch das Nachfolgende habe ich gerne gelesen. Ich telefonierte mit Günther Rühle. Er hatte eine Idee, die mir außerordentlich einleuchtete: es wäre schön, wenn Sie Rühles Idee einer Schlußszene, in der das Anfangsmotiv wieder aufgenommen würde, verwirklichen könnten. Jedenfalls bin ich sehr froh, daß wir dieses Stück für die Ausgabe haben.
Den Roman konnte ich noch nicht lesen. Eine Titeländerung schiene mir im Prinzip möglich, doch wenn Sie mir die Unverblümtheit gestatten, so muß ich sagen, daß mir weder der alte noch der neue jetzt von Ihnen vorgeschlagene Titel »Gustl ein Schwimmer und Retter« gefällt, und bei dieser Situation würde ich dann, gewissermaßen aus historischen Gründen, den alten Titel doch belassen. Schön ist in jedem Fall der Untertitel »Ro-

man vom Rauchen, Sporteln, Lieben und Verkaufen«. Ich blätterte im Manuskript und las auch genauer den Schluß. Könnten Sie sich Titel denken wie »Zierde für den Verein« oder »Die Siegerrunde« oder »Schön war's doch«. Das schienen mir mögliche Titel; wir sollten ja keinen modischen Titel wählen, da der Roman doch lokalisiert und terminiert bleiben soll.

Dr. Rühle kommt ja wohl nach Ostern wieder zu Ihnen nach Ingolstadt; Sie werden mit ihm sicher über diese Dinge sprechen.

Nun zu unseren Vertragsfragen: Haben Sie den originalen Vertrag mit Desch noch zur Hand? Und können Sie mir bitte eine Fotokopie oder, falls das Mühe macht, auch den Vertrag schikken? Wir befinden uns in Korrespondenz mit dem Desch Verlag, die Dinge werden alle in Ordnung gehen.

Machen Sie sich keine Sorgen wegen Hanser, mit Herrn Schlotterer kommen wir schon zu Rande.

Ich freue mich über unsere Zusammenarbeit und bin mit guten Wünschen für Sie und herzlichen Grüßen

Ihr

P. S. Ich war kürzlich mit Erwin Sylvanus zusammen, er läßt Sie freundlichst grüßen.

450 An Günther Rühle

5. 5. 1972

Lieber Herr Rühle!

Ich habe »Ein Pfund Orangen« jetzt durchgelesen, und es ist mir völlig unmöglich diese Geschichte in Band III aufzunehmen. Sie ist banal, seicht, oberflächlich, und ich finde sie einfach dumm, ich kann sie auch nicht bearbeiten, weil sie mir einfach zu dumm ist. Also, die müssen wir weglassen, ich weigere mich! Offenbar habe ich mich da einmal zum Schreiben gezwungen und nichts zum Schreiben gehabt, sie ist ein schlechter Aufguß von »Der Apfel«.

Ich glaube auch nicht mehr daran, dass ich sie 1928 geschrieben

habe. Wahrscheinlich habe ich da gar nichts geschrieben, weil ich mit anderen Dingen beschäftigt war.
Beigeschlossen schicke ich Ihnen »Die Ziege«.

Mit den besten Grüßen
Ihre Marieluise Fleißer

Zur Ziege: Da hatte ich Ihnen was Falsches gesagt. Nach meiner Erinnerung habe ich mit dieser Geschichte was Allgemeines über Mädchen an der Uni schreiben wollen – die ich nur in der Nachkriegszeit kannte, anders nicht, als die vom Krieg zurückgekommenen wesentlich älteren Männer studierten, die ihre Jahre verloren hatten. (Dieser Ausnahmesituation war ich mir gar nicht bewußt, ich konnte ja nicht vergleichen.) Beim Lesen stelle ich fest, dass mir doch wieder die persönlichen Dinge hineingeraten sind, z. B. der Lion.

451 An Günther Rühle
Einschreiben

19. 5. 72

Lieber Herr Rühle!
Hier schicke ich Ihnen die Arbeit »Eine ganz gewöhnliche Vorhölle«. (Es hätte eigentlich über die »Zisch« noch was zu sagen gegeben, aber ich habe dafür keine Zeit mehr.)
Etwa die Hälfte habe ich Herbst 1963 geschrieben und dann abgebrochen, weil es keine Geschichte wurde. Nach vorhandenen Notizen habe ich sie in den letzten Wochen fertig gemacht. Die Arbeit ist unmittelbar autobiografisch.

Mit herzlichen Grüßen in Eile
Ihre Marieluise Fleißer

452 *An Günther Rühle*

23. 5. 72

Lieber Herr Rühle!
Hier »Ein Pfund Orangen«, an dem ich leichte Veränderungen vorgenommen habe, Striche und sprachliche Verbesserungen, eine Einfügung auf Seite 9 (Ich mußte so tun ...) Etwas Wesentliches konnte ich freilich nicht daran tun. Damit müßten Sie – bis auf den Tiefseefisch – alles haben.
Ich würde »Eine ganz gewöhnliche Vorhölle« hinter »Des Staates gute Bürgerin« einschieben. Was meinen Sie dazu?
Ich habe also die in Ihrer Aufstellung rot angekreuzten Erzählungen (Apfel, Orangen, Ziege und Andorranische Abenteuer) neu umgeschrieben, sie müssen in der umgeschriebenen Fassung gedruckt werden, nicht in der im Buch vorliegenden alten Fassung.
Auch »Die schwedische Aura« nach meinem Manuskript.
Auch den Roman nach meinem Manuskript. Er heißt jetzt »Eine Zierde für den Verein Roman vom Rauchen Sporteln Lieben und Verkaufen«
Bei den Drawsgeschichten die eingesandten Veränderungen schon beim Satz berücksichtigen.
»Der starke Stamm« nach meinem Manuskript.
»Fegefeuer in Ingolstadt« nach dem uneingestrichenen (gelben) Bühnenmanuskript (nicht nach Spectaculum),
Dagegen »Pioniere in Ingolstadt« nach dem Spectaculum 13 setzen. (Hier ist im 12. Bild – Donau mit Fabian statt Unertl ein ziemlicher Fehler berichtigt.)
»Karl Stuart« nach dem hellblauen Desch-Exemplar.
»Der Tiefseefisch« – noch abwarten, ob ich da was machen kann.
Dazu die neu hinzugekommenen Texte (Aus der Augustenstraße, Sprecherin zum starken Stamm.)
Ich hoffe, dass kein Durcheinander entstanden ist und dass auch der Suhrkamp Verlag alles hat. Mit herzlichen Grüßen

Ihre Marieluise Fleißer

453 An Günther Rühle

28. 6. 72

Lieber Herr Rühle!
Veranlaßt durch Ihren Telefonanruf habe ich heute einen Antrag auf Nachforschung für die verlorengegangene Einschreibsendung vom 21. 6. gestellt, in der ich Ihnen die Änderungen zum »Tiefseefisch« schickte.
Ich schrieb Ihnen damals: es handelt sich nur um sprachliche Änderungen mit folgender Ausnahme: ich habe im zweiten Akt den Brief gekürzt und den psychopathischen Schluß dieses Akts weggestrichen. Den vierten Akt müssen sie lesen, der ist neu hinzugeschrieben.
»Der Tiefseefisch« muß den Untertitel tragen »Vorläufige Fassung«. Hoffentlich kann ich später noch was für das Stück tun, damit man es auch einmal spielen kann.
Durch den neuen Schluß kommen im Personenverzeichnis zwei Personen hinzu:

Ein Parteigenosse
Seine Freundin.

Mit herzlichem Dank schicke ich Ihnen ihren Text mit meinen an den Rand geschriebenen Anmerkungen zurück.
Ihre Einführung in mein Leben und Schreiben finde ich sehr gut.
Ich habe inzwischen mit Sicherheit festgestellt, dass ich Brecht erst 1924 *persönlich* kennenlernte. Am 22. 3. 24 kannte ich ihn noch nicht persönlich, obwohl ich seine Stücke schon lang kannte. Damals war die Uraufführung vom »Leben Eduards« und er ließ mich durch Feuchtwanger einladen zur Generalprobe zu kommen. Ich habe mich dort aber nicht an ihn herangedrängt, weil er sichtbar tief in seiner Arbeit steckte. Danach dauerte es noch mehrere Monate und ich habe inzwischen das »Fegefeuer« beendet.
Ihr Handgeschriebenes konnte ich leider in den meisten Fällen nicht entziffern.
Mit den »Pionieren« muß man nach Spectaculum 13 gehn, nicht aber mit dem »Fegefeuer« nach Spectaculum 16. Ich konnte inzwischen feststellen, dass dort die Ministrantenszene verstüm-

melt ist. Das ist der eingestrichene Text nach der ingolstädter Aufführung. Die Striche wurden nicht von mir sondern vom Regisseur Engels und den Schauspielern erarbeitet. Die Ministrantenszene wurde deswegen gekürzt, weil die Schauspieler den Text nicht bringen konnten aus Mangel an Begabung. Jürg Löw, der hiesige Roelle, versicherte mir mehrmals, dass ihn gerade diese Szene in ihrem vollen Wortlaut sehr reizen würde und dass er hoffe, sie noch einmal spielen zu dürfen.

Man muß also das zuerst hergestellte uneingestrichene Bühnenexemplar drucken.

Die Fassungen der »Pioniere« konnte ich nicht vergleichen und muß mich da auf Sie verlassen.

An Ihrer Einführung stört mich nur, dass Sie meine ausweglose Situation in der Hitlerzeit offenbar nicht nachvollziehen können. Als ich im Herbst 32 nach I. zurückging, konnte ich in Berlin einfach nicht mehr die Mittel auftreiben, um mein Leben dort zu fristen. Meine Nerven waren so aufgerieben, dass ich zitterte wie Espenlaub. Um überhaupt loszukommen, mußte ich mir 200.– Mark von Landshoff (Gust. Kiepenheuer Verlag) pumpen für die Fahrkarte und die rückständige Miete und bekam sie nur unter der Bedingung, dass Draws dem Verlag dafür bürgte. Der Verlag holte das Geld später fünf Mark weis aus ihm heraus (was ihn sehr erboste). Ich ging völlig mittellos in die Hitlerzeit hinein, konnte keine Arbeit bei einem Verlag oder einer Zeitung finden, konnte auch in meinem Vaterhaus nicht auf die Dauer bleiben, bekam von dort kein Geld, konnte nicht schreiben. Helfen konnten sich ja nur jene, die auf Geld zurückgreifen konnten oder auf Verwandtenhilfe, um umzusatteln.

Bitte auf Romantitel achten: Eine Zierde *für den Verein.*

Im Suhrkamp Programm steht auf dem abgebildeten Einband des zweiten Bandes der Titel Mehlreisende Frieda Geier. Das muß man ändern.

Ich bin neugierig, was Sie vom vierten Akt des »Tiefseefischs«, halten.

Mit herzlichen Grüßen, Dank für ihre Mühe und guten Wünschen Ihre Marieluise Fleißer

Anbei Ihr Text an Sie zurück.

454 An Hans Neuenfels
durch Städtische Bühnen Frankfurt a. Main

10. 10. 1972

Lieber Herr Neuenfels!
Trotz einiger Einwände fühle ich mich gedrängt, Ihnen zu schreiben, dass ich von Ihrer »Fegefeuer«-Inszenierung in einem hohen Grad beeindruckt war und ganze Strecken der Inszenierung fand ich umwerfend schön. Herzlichst

Ihre Marieluise Fleißer

455 An Joseph Breitbach

14. 10. 72

Lieber Joseph Breitbach!
Vorgestern habe ich die letzten Korrekturen der Gesammelten Werke nach Frankfurt abgeschickt und nachdem ich inzwischen in den Sprechzimmern der Ärzte herumwartete, kann ich heute endlich daran gehn meine zwangsläufig aufgestauten Briefschulden abzutragen.
Ich danke Ihnen sehr für die nunmehr in einem Band erschienenen Stücke. Es ist doch immer gut, wenn man sich einen Gesamteindruck machen kann.
Zu meinem Entsetzen habe ich heute durch einen Anruf von Rühle erfahren, dass meine Gesammelten Werke erst im Januar erscheinen werden. Das ist abscheulich, nachdem sie zuvor für den Herbst angekündigt waren und nun nicht einmal für das Weihnachtsgeschäft erscheinen werden. An mir lags nicht, ich mußte endlos herumwarten, nachdem ich auf den Termin genau die letzten Manuskripte am 30. Juni abgeliefert hatte, bis ich die ersten Korrekturen bekam. Mit den Korrekturen hätte ich mich dann überstürzen sollen, dabei mußte ich in der ersten Oktoberwoche für vier Tage nach Frankfurt und mußte unterbrechen. Rühle sagte mir, es hängt an den Korrekturen, weil ich über so lange Jahre hinweg eine unterschiedliche Schreibweise habe und die das nach dem Duden einrichten müssen. Ich weiß ja nicht, ob man meine Sprache überhaupt

nach dem Duden einrichten kann und ob man ihr damit nicht Gewalt antut.
Über die Premiere von »Fegefeuer« an den Kammerspielen der Städtischen Bühnen Frankfurt war Rühle etwas unglücklich. Für mich war es die erste Neuenfels-Inszenierung, die ich gesehen habe, und ich muß sagen, sie hat mich doch sehr beeindruckt, wenn es auch stimmt, dass der Text verschüttet wurde. Ich möchte sie in meinen Theatererfahrungen nicht missen, sie war für mich sehr interessant. Ich hatte gute Schauspieler bis auf den Protasius und Gervasius, die sehr schwach waren. Meinem Neffen und ein paar jungen Freunden, die er mitbrachte, hats auch sehr gut gefallen. Wie das Frankfurter Publikum das Stück aufnehmen wird, weiß ich nicht, bei der Premiere gab[s] Bravos und keine Buhrufe, aber daraus kann ich keine Schlüsse ziehn, wie sich das normale Publikum, das in Frankfurt an Unterhaltungstheater gewöhnt war, reagieren wird und ob es hineingeht. Die neuen Theaterleute leben dort mit ihren Plänen und Absichten in einer sehr schwierigen Situation. Ich wünsche ihnen aufrichtig, dass sie sich auf die Dauer durchsetzen können, aber das wird ein ziemlicher Kampf werden.
Ich bin nun sehr gespannt, was bei der Schaubühne Berlin herauskommen wird. Dort macht es Peter Löscher, ein noch junger und wie man sagt begabter Mann.
Die Fernseh-Aufführung wird nach der Inszenierung vom Züricher Theater am Neumarkt gesendet und kommt, soviel ich weiß, am 30. Oktober. Mir wird ja im letzten Drittel der Aufführung zuviel geweint, ich hab das nicht gern. Sie war natürlich leichter zu übernehmen, weil man durch die dortige kleine Bühne ein Gesamtbild hat.
Nun weiß ich nicht, ob dieser Brief Sie noch in München erreicht, ich will es hoffen. Ich hoffe, Sie sind gesund.
Mit sehr herzlichen Grüßen an Sie und unsere gemeinsamen Freunde

Ihre Marieluise Fleißer

456 *An Siegfried Unseld, Suhrkamp Verlag*
Durch Einschreiben

15. 10. 72

Lieber Herr Unseld!
Zu meiner überaus großen Bestürzung habe ich von Herrn Rühle im Verlauf eines Telefongesprächs gehört, der Verlag habe inzwischen beschlossen, meine Gesammelten Werke erst im Januar herauszubringen.
Wenn dies der Fall sein sollte, so müßte ich hierin einen echten Schaden erblicken und dass man mich gegenüber anderen Autoren benachteiligt. Meine Buchhändler, mit denen ich darüber gesprochen habe, sind entsetzt, dass ich nicht wie geplant und vorangekündigt, am Weihnachtsgeschäft teilnehmen soll. Die Leute kaufen eben die Bücher hauptsächlich vor Weihnachten.
Da ich von Ihnen noch keine derartige Nachricht habe, hoffe ich immer noch, dass es nicht zu dieser beeinträchtigenden Verzögerung kommt.
Ich für meine Person habe seit Vertragsabschluß bis zu dem mir gesetzten Liefertermin Sonntag wie Werktag ohne Ausnahme und bis spät in die Nacht hinein daran gearbeitet, dass ich den Termin einhalten konnte. Ich habe auch in den Wochen, wo es mit meinen Augen besonders schlimm war und ich Buchstabe für Buchstabe mühsam aus dem Ölschleier herausgraben mußte, ohne Unterbrechung an den Korrekturen gearbeitet. Ich habe, als ich von Frankfurt zurückkam, bis nachts zwei Uhr jeden Tag an den Korrekturen gearbeitet, damit ich bereits am 10. 10. fertig wurde und nicht erst am 13. 10. Ich habe jede Sendung mit Eilboten zurückgeschickt, und ich kann erwarten, daß der Verlag meine großen Anstrengungen honoriert, indem er die Werke rechtzeitig wie geplant auf den Markt bringt.
Was meine Schreibweise angeht: gegen orthographische Verbesserungen habe ich nichts. Ich müßte mich aber dagegen verwahren, daß man meine Satzstellung, die meiner Sprache die Lebendigkeit und den Charakter gibt und die schon immer für mich kennzeichnend war, in ein übliches Schriftdeutsch abändern und damit verstümmeln und steril machen wollte.

Ich bitte dringend, daß Sie den geplanten Novembertermin einhalten. Es wäre für mich eine sehr ernste Sache, wenn Sie mein Lebenswerk unter benachteiligenden Umständen herausbringen würden. Davon war beim Vertragsabschluß nie die Rede.
Ich hoffe also, Sie machen es möglich.
Es hat mir sehr gut getan, dass ich in Frankfurt soviel Theater sehen konnte, und auch die Neuenfelsinszenierung hat mich, obwohl der Text oft verschüttet wurde, in einem hohen Grad interessiert.

Mit herzlichen Grüßen
Ihre Marieluise Fleißer

457 *Von Siegfried Unseld, Suhrkamp Verlag* [handschriftlich]

am 30. 11.

Liebe Frau Fleißer
das erste, noch ofenwarme Exemplar!
Diese Ausgabe wird eine bedeutende Stufe in Ihrer Existenz markieren. Ich freue mich sehr, daß wir, Sie und ich, sie unternommen haben. Auf bald

Herzlich
Ihr Siegfried Unseld

458 *An die Redaktion der »Tendenzen«*
8 München 40, Kaiserstraße 54

10. 12. 72

Ihr Schreiben vom 23. 11. 72
Sehr geehrte Redaktion!
Für mich und meine Stücke ist es wichtig, dass ich in der bestehenden Stadttheater-Struktur einen Platz finde. Ich kann mir nicht vorstellen, dass sie als Straßentheater oder Wirtshaustheater entsprechend wiedergegeben werden können. Meine Stücke leben von der Sprache her, und die Sprache würde in diesem Fall ziemlich verschwinden. Man müßte das bisher nicht erreichte Publikum also schon in die vorhandenen Theater hineinziehn.

Ich bin aber skeptisch, dass man den Arbeiter in die Theater hineinziehen kann, jedenfalls nicht, solang nicht eine frühere Anfangszeit festgesetzt werden kann. Der Arbeiter muß am nächsten Morgen frühzeitig an seinen Arbeitsplatz. In Ostberlin beginnen die Theater um 19 Uhr.

Ich habe in den letztvergangenen Jahren in jedem Fall ein interessantes Bühnenbild gehabt.

»Pioniere in Ingolstadt«, Residenztheater München, im Hintergrund eine sich die ganze Bühnenbreite entlangziehende grasbewachsene Böschung, hinter der man den Fluß annehmen konnte. Das Skelett des Brückenbaus bzw. die fertige Brücke wurden dahinter emporgefahren. Auf der Spielfläche vorn nur eine Bank (für die Glacis-Anlagen) oder ein paar Wirtshausstühle (für das Bierzelt) oder der Badesteg für das Bad. Sehr gut, dieser Steg, zwei durch ein kurzes angesägtes Schrägbrett miteinander verbundene, die Bühnenbreite entlang laufende, nach rechts und links leicht absinkende Bretter, die auf ihren paar Stützböcken federnd auflagen. Seitlich hinter der Böschung konnte die schwierige Flußszene, wo der Feldwebel ertrinkt, als Hörspiel überzeugend ablaufen. Für die Haushaltsszenen wurde ein Dreieck mit Tisch und Stuhl oder ganz vorn an der Rampe eine Couch dicht vor der Muschel eingefahren.

Diese vorn hingeklebte Muschel mochte ich allerdings nicht, und dass der Unternehmer im Bademantel auf einer Couch faulenzend dargestellt war, hielt ich für eine fälschende Unterstellung. Nach meiner Beobachtung faulenzen nämlich die Unternehmer nicht, sie würden sonst untergehn. Sie haben zwar mehr Möglichkeiten ihre Zeit einzuteilen, arbeiten aber viel länger. (Ihnen wird das vielleicht ketzerisch vorkommen, aber so ist nun einmal meine ungeschminkte Beobachtung.) Dieser Unternehmer ist ein Ausbeuter, aber er ist persönlich nicht faul.

In München Regisseur Niels Peter Rudolph, jetzt Basel, Bühnenbild Karl Kneidl, jetzt Deutsches Schauspielhaus Hamburg.

»Pioniere in Ingolstadt«, Staatstheater Stuttgart, der ganze Hintergrund eine ähnliche, nur steilere Böschung. Um die

Suhrkamp

2. Halbjahr 2001

heodor W. Adorno
abel Allende
uillermo Cabrera Infante
aul Celan
aul Celan/Hanne und Hermann Lenz
M. Cioran
ászló Darvasi
ankred Dorst
uruddin Farah
iuseppe Ferrandino
arieluise Fleißer
hea Galanaki
urs Grünbein
ermann Hesse
aniel Kehlmann
we Kolbe
runo Latour
aniel Levy/Natan Sznaider
riederike Mayröcker
erhard Meier/Werner Morlang
homas Meinecke
obert Menasse
ees Nooteboom
ans Erich Nossack
lbert Ostermaier
vi Petropoulou
eir Pollen
arcel Proust
annis Ritsos
alf Rothmann
eter Sloterdijk
ürgen Teller
artin Walser
osef Winkler

Jüdischer Verlag

Yehuda Bauer
Die dunkle Seite der Geschichte

Die Shoah in historischer Sicht
Interpretationen und Re-Interpretationen
Aus dem Englischen von Christian Wiese
Etwa 400 Seiten. Gebunden
ca. DM 64,–/ € 32,80
(Oktober 2001)

Der renommierte israelische Historiker Yehuda Bauer legt eine umfassende Deutung der Shoah vor, in der er Positionen klärt und Neubestimmungen unternimmt – eine Summe seiner langjährigen Auseinandersetzung mit diesem zentralen Ereignis der jüdischen Geschichte und der Geschichte des 20. Jahrhunderts.

Fania Oz-Salzberger
Israelis in Berlin

Aus dem Hebräischen von Ruth Achlama
Etwa 220 Seiten. Gebunden
ca. DM 39,90/ € 20,80
(Oktober 2001)

Die israelische Historikerin Fania Oz-Salzberger hat ein Jahr in Berlin gelebt und sich mit den eigenen gemischten Gefühlen wie mit denen anderer Israelis auseinandergesetzt. Lebendig und erhellend erzählt sie von Begegnungen in und mit Berlin, viele persönliche Geschichten, über die sich die jüdische, israelische und deutsche Geschichte in ihren Verflechtungen und Brüchen erschließt.

Wichtige Nachauflage
Anna Maria Jokl
Die Perlmutterfarbe

Ein Kinderroman für fast alle Leute
Mit einem Nachwort von Ulla Berkéwicz
Etwa 290 Seiten. Gebunden
ca. DM 38,–/ € 19,80
(Oktober 2001)

Anna Maria Jokl schrieb *Die Perlmutterfarbe* in den dreißiger Jahren im Prager Exil. Im Mikrokosmos zweier Schulklassen fängt sie klarsichtig die drohende Welt des heraufziehenden Nationalsozialismus ein, vor der sie 1933 aus Berlin geflohen war.

Jüdischer Almanach

Orte und Räume
Herausgegeben von Gisela Dachs im Auftrag des Leo Baeck Instituts
Mit zehn Photographien von Micha Bar-Am
Etwa 180 Seiten. Broschur
ca. DM 28,–/ € 14,80
(Oktober 2001)

Theodor Herzl hatte den kühnen Traum, Geschichte in Geographie zu verwandeln. Er konnte sich aber noch nicht vorstellen, daß man in den Zeiten des Internet Zugang zur »Klagemauer« haben würde, ohne sich eigens vor Ort begeben zu müssen. Hiervon handelt einer der Beiträge des diesjährigen Almanachs, in dem es um Orte und Räume in der heutigen jüdischen Welt geht; der Bogen reicht von Israel bis zu den jüdischen Kurorten, an denen sich an Weihnachten Zuflucht finden läßt.

Stadt ins Bild zu bringen, wurde links ein Kino-Eingang, rechts ein Pissoirhäuschen auf die Spielfläche heruntergesenkt. Die Haushaltsszenen wurden auf einem Podium oder an einem Bett gespielt, das vom Dienstmädchen gerade gemacht wurde. Regie Valentin Jeker, jetzt Städtische Bühnen Frankfurt, den Bühnenbildner kann ich nicht feststellen.

»Fegefeuer in Ingolstadt« Wuppertal. Ein überdimensionaler schwerer Tisch (auf Rollen festgeschraubt), auf dem, an dem und unter dem gespielt wurde. Die Schauspieler mußten sich mit Klimmzügen hinaufschwingen, sie sprangen und stürzten davon herunter. Ein kleiner spitzer Grashügel. Gewellte gegeneinander verstellbare rote Plastikwände. Alles dies wanderte in einem unerschöpflichen Verhältnis zueinander auf der ganzen Bühne herum, stand zum Teil übereck in die Bühne hinein, war für jede Szene einfallsreich neu hingestellt, die Plastikwände teilten sich zu immer neuen Eingängen und verschoben sich immer anders. Den Hügel konnte man begehn, auf ihm stehn, auf ihm sitzen, ihn rundum besessen bespringen (wenn die Mutter auf seiner Spitze saß) Regisseur Günter Ballhausen, Wuppertal, Bühnenbild Adolf Steiof Städtische Bühnen Frankfurt.

»Fegefeuer in Ingolstadt«, gespielt in Ingolstadt. Im linken Hintergrund ein überlebensgroßer, aber nicht erdrückender Engel, gen Himmel zeigend, aus dessen Gewand eine Art Leichentuch faltig und über kleinere Erhebungen hinweg über die ganze Bühnenbreite und Bühnentiefe rollte. Alle Darsteller waren gleichzeitig auf der Bühne, für jede Szene immer neu und statisch gegeneinander gestellt, zum Teil auch sitzend. Die jeweils spielenden Darsteller lösten sich aus ihnen und schmolzen nach der Szene wieder in ihre Erstarrung ein. Gewechselt wurde bei völliger Verdunkelung. Teilweise wurde auch auf dem Engel gespielt (Betrunkene waren hinaufgeklettert). Regisseur Heinz Engels, Düsseldorf, Bühnenbild Erich Fischer, Städtische Bühnen Heidelberg, in der nächsten Spielzeit Stuttgart.

»Fegefeuer in Ingolstadt« Theater am Neumarkt Zürich. Eine Art Garage, in welche durch seitliche Öffnungen Licht einfallen, Personen auftreten konnten. Ein trotz kleiner Bühne optisch tief nach hinten gezogener grauer Raum, auf halber Tiefe zwei karge Empire-Stühle ziemlich rechts, streckenweise ein wenig Kies auf dem Boden (dann war man im Freien) hier wurde viel an den Wänden entlanggespielt, das Stück hätte »Die Eingeschlossenen« heißen können. Regie Jürgen Flimm jetzt Mannheimer Schauspielhaus. Bühnenbild Ambrosius Humm.

»Fegefeuer in Ingolstadt« Städtische Bühnen Frankfurt. Ein herrlich aufgeteilter etwas schräglaufender Raum, zwei rückwärtige aber durch eine Mauer stufenartig versetzte Türen. Der Raum Madonnenblau, Küchenstühle und Tisch, ein leichtes Bett, das man herumziehn konnte, rechtsseitlich eine Madonna auf einer kleinen Kommode. Ein Inferno in der Wohnküche, von meinem Genet-Aufsatz her inszeniert. Regisseur Hans Neuenfels, Bühnenbild Klaus Gelhaar.

Ich habe mit keinem Bühnenbildner zusammengearbeitet. In Ingolstadt wurde mir die Abbildung des Engels, den man verwenden wollte, im voraus gezeigt.

Mit freundlichen Grüßen
Marieluise Fleißer

459 *An Curt Sanger*
7819 Pinemeadow Lane, Cincinatti, Ohio 45224

11. 12. 1972

Lieber Curt!

Dir und Margaret sehr herzlichen Dank für die wunderschönen Nelken. Sie haben sich lang gehalten und mich sehr gefreut. Ich wollte das schon früher tun, wollte es aber dann mit der Antwort auf Deinen Brief verbinden und hatte soviel Abhaltungen.

Das ist schön, dass Dein Vortrag über mich Aufmerksamkeit gefunden hat. Mit der Zeit werde ich auch in das Bewußtsein der Amerikaner ein wenig eindringen, soweit sie sich mit Literatur befassen. Der Materialienband, den Günther Rühle über mich herausgibt und der zu Jahresschluß da sein sollte, hat sich

im Verlag auch wieder verzögert, sodass er erst im Februar herauskommt. Herr Rühle hat mit sehr intensiver Gründlichkeit die über mich vorhandenen Presse-Urteile aufgestöbert.
Meine Gesammelten Werke werden seit dem 4. 12. an den Buchhandel ausgeliefert. Die Buchhandlung Schönhuber hat vorn in der Seitenpassage ein ganzes Fenster für mich eingeräumt, als Dekoration stellte Manfred Fischer ein »Fegefeuer«-Plakat vom Züricher Theater am Neumarkt zur Verfügung, auf der Glasscheibe weisen große Schriftzeilen darauf hin, dass das das Ingolstadt-Geschenk von 1972 ist, die Leute bleiben auch davor stehen, aber sie zucken halt vor dem Preis von 85. – DM zurück. Ich bin neugierig, wieviel er wohl anbringt. Am 4. und 5. 12. war ich in Frankfurt, habe dort vor einem eingeladenen Kreis von Buchhändlern und Literaturfreunden kurz gelesen und Rühle sprach über mich. Obwohl ich schon von Ingolstadt aus ein Mikrophon verlangt hatte, mußte ich dort um eins kämpfen und erst, als man sich überzeugt hatte, dass meine leise Stimme kaum über ein paar Sitzreihen hinwegträgt, bekam ich eins und hatte das Ding mitten im Gesicht. Am nächsten Vormittag hatte ich ein Gespräch mit Rühle im Hessischen Rundfunk und las nachher das am Vorabend Gelesene noch einmal für den Rundfunk.
Auch Peter Palitzsch hatte sich – mit Horst Laube – für die Lesung am Vorabend eingefunden und mir ein paar sehr interessierte Worte darüber gesagt, er mußte anschließend zu einer Theaterprobe gleich wieder weg.
Am Montag den 18. 12. fliege ich nach Berlin, die Premiere von »Fegefeuer« an der Schaubühne am Halleschen Ufer ist am 19. 12. Peter Stein hat den Hauptdarsteller Roelle umbesetzt und ist mit einer verhältnismäßig kurzen Probenzeit – nach dem Scheitern von Peter Löscher – in die Regie eingesprungen. Ich bin mir natürlich klar, dass ich unter diesen Umständen keinen hundertprozentigen »Peter Stein« erwarten darf. Ich bin sehr gespannt, was er daraus machen konnte. Auch Klaus möchte am 21. 12. wegen der Aufführung nach Berlin, ich weiß noch nicht sicher, ob das zustandekommt, denn schon seit gestern bekommt man für den 22. und 23. keinen Rückflug aus Berlin.

Am 25. fliegt er für vierzehn Tage nach den Kanarischen Inseln, danach hat er wieder Schule und wird praktisch keine Gelegenheit mehr dafür haben, es sei denn, dass es einmal über den Samstag Sonntag möglich wird.
Und nun müssen wir eben sehn, was aus den Büchern und was weiterhin aus dem Stück wird.
Lieber Curt, ich wünsche Dir guten Erfolg und grüße Frau Margaret und Dich sehr herzlich

Deine Fleißerin

460 Von Curt Hohoff

8 München 81, Adalbert Stifterstr. 27
8. 1. 73

Sehr verehrte liebe Frau Fleißer,
leider habe ich Sie bei unserer letzten Sitzung und der Eröffnung unserer neuen Räume nicht gesehen. Ich muß Ihnen daher auf diese Weise ein gutes Neues Jahr wünschen. Ich hoffe, daß es Ihnen gut geht. Man liest ja ständig in den Zeitungen vom Come Back der Ml. F. Für mich ist viel wichtiger die schöne Gesamtausgabe, in der ich vieles gelesen, wiedergelesen und entdeckt habe. Augenblicklich ist meine Frau bei der Mehlreisenden Frieda Geier, und liest das Buch »mit den Augen einer Frau« – und dabei kommt natürlich noch viel mehr heraus, als wenn unsereiner durch die Nestwände guckt. *Ich* lese, mal wieder, mein Lieblingsbuch »Andorranische Abenteuer«, die ich in Gestalt des Exemplars von Heinrich S. Bachmair antiquarisch, mit seinem Namenszug, besitze.
Ich war 1937 sechs Wochen in Ingolstadt Soldat. G. Britting nannte mir Ihren Namen; ich solle doch mal versuchen, Sie zu treffen. Er beschrieb mir das Zigarrengeschäft. Ich trat ein. Dort befand sich aber eine junge Person, wohl eine Verkäuferin, und als ich sie fragte, ob »Frau Fleißer« zu sprechen sei, kannte sie dieselbe nicht; und ich wußte nicht, daß Sie Frau Haindl waren. Ich kaufte fünf Eckstein und ging wieder. Ich

werde über die Ausgabe schreiben, kürzer für die Zeitungen, und ev. länger für eine Zeitschrift, vielleicht den »Merkur«.
Herzlichst, Ihr C. Hohoff

461 An Curt Hohoff

10. 1. 73

Sehr verehrter Herr Hohoff!
Schönen Dank für Ihren Brief. In dieser Jahreszeit kann ich mich schwer entschließen nach München zu fahren, da ich in der dortigen Luft von meinem Asthma ziemlich gequält werde. In Berlin mußte ich alles mit dem Taxi fahren, selbst kurze Wegstücke zur Untergrundbahn sind eine Plage.
Auch ich halte die Gesamtausgabe für schön und bin froh, dass sie endlich gemacht wurde. Jetzt kommt es halt darauf an, dass die Bücher nicht liegenbleiben, sondern vom Leser auch gekauft werden und dass ich nützliche und wesentliche Kritiken hereinbekomme. Ich wünsche Ihnen und Ihrer Frau eine gute Lektüre.
Den Zufällen ausgeliefert bleibt man als Autor immer. Im übrigen war ich von der Schaubühnenaufführung, auch wenn sie brüchige Stellen der Frühfassung mit hereinnahm, entzückt. Zwar mußte viel Text gestrichen werden, weil die Aufführung bei der zerdehnten Spielweise sonst fünf Stunden gedauert hätte, aber dieser Peter Stein ist wirklich ein genialer Bursche und liest seinen Text genau. Er bringt ihn zum Leben, stülpt nicht etwas darauf. Ich hatte gute junge Darsteller, die sich über ihre ersten großen Rollen freuten.
Ihr Erlebnis 1937 im Zigarrengeschäft finde ich ja spaßig. Ich habe damals wohl Buchführungsarbeiten in der Wohnung gemacht.
Inzwischen bin ich gespannt auf die Besprechungen.

Mit herzlichen Grüßen Ihre

462 An Karin Struck
6392 Anspach im Taunus Friedrich-Ludwig-Jahnstraße 2

14. 2. 1973

Sehr geehrte Frau Struck!
Seien Sie mir nicht böse, im Gespräch bin ich sehr spröde und unergiebig, meistens kommt es nicht aus mir heraus. Sie würden sehr enttäuscht sein. Wie soll ich also helfen können? Nicht beim Reden kommts heraus, sondern beim Lesen dessen, was ich geschrieben habe, kommts heraus. Allerdings ist für Sie da wahrscheinlich die bayerische Sprach-Barriere, womöglich können Sie die Satzstellung nicht wirklich lesen.
Ihre Leseprobe hat mir gut gefallen, sie hat so was Unmittelbares. Ja, nun muß ich Ihnen sagen, fürs Briefschreiben bleibt mir keine Zeit, die Zeit schwindet mir unter den Händen weg, ich muß so vielerlei tun, alle Laufereien, der Haushalt, wenns auch nur mein eigener ist, aber es geht mir nichts mehr von der Hand, ich bin zu zerstreut und immer ist schon wieder eine Woche herum und ich habe nichts geschrieben, dabei muß ich schreiben, meine persönliche Arbeit tun, davon muß ich ja leben und davon kriegt auch das Leben seinen Sinn, nur – ich komme so wenig dazu und sitze blödsinnig viele Stunden in den Wartezimmern der Ärzte herum, mindestens vier Krankheiten stecken mir im Leib, die man nicht mehr wegbringt, also schlucke ich Tabletten, Tabletten. Ich bin einfach überfordert und darum keine Briefschreiberin. Ihr Buch werde ich sicherlich lesen. Ob ich was darüber sagen kann, weiß ich nicht. So bewußt bin ich nämlich gar nicht.
Viele Grüße
Marieluise Fleißer

463 An Curt Sanger

10. 3. 73

Lieber Curt!
Das ist ja schrecklich, wie Du mit zusätzlichen Arbeiten belastet bist. Ich hoffe, Du kriegst es im nächsten Jahr leichter. Ich weiß nicht, ob Du das »Fegefeuer« im Sommer sehen kannst,

da sind nämlich Theaterferien. Gegenwärtig wird es jede zweite Woche eine Woche lang von der Schaubühne am Halleschen Ufer in Berlin gespielt. Diese Aufführung soll auch im Mai oder Anfang Juni bei den Ruhrfestspielen in Recklinghausen gezeigt werden. Das dortige Literaturforum hat mich gebeten, dass ich auch dort lese.

Dieser sinkende Dollar ist eine Katastrophe. Wir müssen alle am Vietnamkrieg hinzahlen, den wir als so scheußlich empfanden. Besonders der Spekulationsanteil der Amerikaner an unserem eigenen Geldumlauf ist einfach unglaublich und beängstigend. Man liest Zahlen, dass sich die Haare sträuben. Das kann uns in den Abgrund reißen, denn das wirkt sich doch je länger, desto mehr auf unsere Preise aus.

Schade, dass Du die berliner Aufführung vom »Fegefeuer« nicht sehen kannst. Sie hat ein paar Mängel durch die zu kurze Probenzeit – weil Stein die Inszenierung, für die ein anderer Mann zuständig war, unvorhergesehen übernehmen mußte und er das nicht mag, er will das monatelang still bei sich behalten, bevor er anfängt, damit jeden Monat was hinzuwachsen kann, wie er mir sagte. Anstatt vier bis fünf Stunden am Tag zu proben, mußte er den ganzen Tag proben, das ist ermüdend und stumpft die innere Schau ab. So hat er ein paar Szenen ziemlich verschenkt, die Löffelszene z. B. Im Ganzen aber war es mir die liebste Aufführung von allen, die ich bisher sah. Zwar sehr zusammengestrichen, weil Stein die stummen Vorgänge lang ausspielt, und es sonst fünf Stunden gedauert hätte. Ich möchte aber auch die Frankfurter Aufführung nicht missen. Zwar war sie ein dem Eigenkult frönendes Gewächs des Regisseurs, aber ich erinnere mich heute noch an Teile daraus, sie sind mir haften geblieben. Ich habe dem Regisseur zugeschaut wie einem Zauberer, was der alles hext und was dem alles zu meinem Text eingefallen ist. Die Inszenierung war natürlich eine Vergewaltigung, wogegen die Stein-Inszenierung in Berlin aus genauestem Hinhorchen entstand. In Frankfurt wurde die Aufführung 35 mal gespielt. Wie lang die Leute in Berlin hineingehn, weiß ich noch nicht.

Hoffentlich hast Du die Gesammelten Werke inzwischen er-

halten. Die gibts seit dem 4. Dezember im Buchhandel. Vom Materialienband Rühles wurde mir gesagt, er käme im März heraus. Näheres weiß ich nicht. Es ist der dickste Materialienband geworden, den Suhrkamp jemals herausbrachte und soll ungefähr sieben Mark kosten.
Von »Avantgarde« hat die Buchhandlung Schönhuber letztes Jahr den Restbestand aufgekauft und im Dezember, Januar verkauft. Ich konnte noch die zwei letzten broschierten Exemplare und die zwei letzten gebundenen Bücher für Dich ergattern. Letztere gab er gar nicht gern her, weil er sie für sich selbst behalten wollte. Ich hoffe, dass ich Dir von mir noch zwei Exemplare abtreten kann, die ich selber gekauft habe. Das wären dann sechs Stück, ich hebe alles zusammen auf, bis Du kommst.
In den nächsten Wochen lasse ich mir eine Spritze für die Augen geben, damit das Leiden vom letzten Jahr nicht wiederkommt. Bei den einen hilfts, bei den anderen nicht. Halte mir den Daumen.
In der Ganghoferschen Buchhandlung wurden die Gesammelten Werke schon einmal gestohlen. Das war wohl ein junger Mensch, der sie nicht bezahlen konnte. Wie einer die drei doch umfangreichen Bände unbemerkt hinausbringen konnte, ist mir schleierhaft.
Ich freue mich, dass Du in Chikago einen Vortrag über mich hältst und demnächst vielleicht noch andere. Ich habe hier viele Abhaltungen durch Fernseh-Interviews gehabt. Auch der Rundfunk nimmt mich in Anspruch, weil ich für eine Sendereihe einen Beitrag schreiben muß, der mir viel Kopfzerbrechen macht. Und schon wieder will einer für Zeitungen ein Gespräch, dem ich am liebsten absagen möchte. Für die publicity ist es gut, aber man kommt ganz durcheinander und schiebt die eigentliche Arbeit, an die man sich heranmachen müßte, immer weiter vor sich her. Es kommen auch immer Briefe von fremden Leuten, die die seltsamsten Vorstellungen haben, wie man sich mit ihnen abgeben soll.
Wenn ich nur endlich ein paar wirklich wesentliche Besprechungen über die Gesammelten Werke hereinbekäme! Ich meine

über die Arbeit im Ganzen. Die Kritiker picken sich das eine oder andere heraus und sehen einen Teilaspekt. Aber die Mühe ist wohl zu groß, sich durch das Ganze hindurchzuarbeiten und es auch in Beziehung zu ihrer Entstehungszeit und zu meiner langdauernden künstlerischen Abschnürung zu bringen.
Lieber Kurt, meine herzlichen Grüße und Dank für Deine Bemühungen! Herzliche Grüße auch an Frau Marge.

Alle guten Wünsche
Eure Marieluise Fleißer

464 An Günther Rühle

23. 4. 1973

Lieber Herr Rühle!
Zu Ihren Fragen über die verstorbene Elisabeth Hauptmann fiel mir noch ein: Ihre Mutter war eine New Yorkerin und mit einem Gutsverwalter verheiratet, weltabgelegen auf einem Dorf, wenn ich nicht irre, in Schlesien, es muß eine merkwürdige Ehe gewesen sein, ihre Mutter starb, als sie noch ein junges Mädchen war, mit dem Vater mußte sie kämpfen.
Als Emigrantin in Amerika hat sie zuerst gearbeitet in der Nähe von New York, nach ein paar Jahren in Hollywood. Sie beklagte sich bei mir über einen sehr unerquicklichen Job, den sie als Krankenpflegerin bei einer alten sehr schwierigen Person hatte, und in dem sie viel zu lang aushalten mußte. Der Job war sehr schwer, es war einer von jenen Jobs, an welche Emigranten herankamen, weil Amerikaner sich dafür nicht bereitfanden. Dessau habe sich in Amerika zu wenig um sie gekümmert, er hätte sich rechtzeitig um ihre Augengeschichte kümmern sollen. (Aber auch Dessau hatte es wohl schwer, jeder mußte kämpfen für sich.)
Brecht hat es mir so erzählt, dass er die Hauptmann als Heilsarmeemädchen in ihrer Heilsarmeetracht kennenlernte, wo sie auf der Straße ein Lied sang und sammelte und sie ihm auffiel. Er habe sie aufgefordert, wenn sie schon menschenliebend sei, etwas Konkreteres zu tun und seine – nur selten bezahlte – Sekretärin zu werden. Sie hat mir das später in der DDR abgestrit-

ten, das bekannte Foto in der Heilsarmeetracht, das Franz Koch gemacht hat anläßlich Happy end, sei aus dem Theaterfundus und ein gestelltes Foto gewesen; so war es natürlich, aber das schließt nicht aus, dass sie früher doch in dieser Tracht ging, woher wäre man sonst auf die Idee gekommen, sie so zu fotografieren? Sie hat nur zugegeben, sie habe mit Brecht gemeinsam solche Heime besucht, in denen die Mädchen sehr ausgenützt wurden, weil nie Geld da war, die Miete zu zahlen, beide hätten das getan, um die Heime zu studieren.
Sie hat in Amerika einen der dortigen Kurse mitgemacht über erfolgreiches Verhalten und sich benehmen.
Ich habe nachgesehn: die Wohnung Chausseestraße 125 war die von Brecht, die Hauptmann wohnte nicht dort, aber in der Nähe: Berlin N 4 Friedrichstraße 129 c 3.

In Eile und mit herzlichen Grüßen
Ihre Marieluise Fleißer

465 Von Alfons Goppel, Bayerischer Ministerpräsident

8 München 22, den 23. Mai 1973
Prinzregentenstraße 7

Frau Marieluise Fleisser z. Zt. Städtisches Krankenhaus Station 11,
Ingolstadt, Sebastianstraße 18

Sehr verehrte gnädige Frau!
Von Ihrem Neffen hörte ich, daß Ihr Herzleiden Sie gezwungen hat wieder das Krankenhaus aufzusuchen. Ich bedaure sehr, Ihnen deswegen am 30. Mai im Antiquarium der Münchner Residenz den Bayerischen Verdienstorden nicht überreichen zu können. Umsomehr hoffe ich, daß Ihre Beschwerden nur vorübergehender Natur sind. Ihrer baldigen Genesung gelten alle meine guten Wünsche. Mit freundlichen Grüßen

Dr. h. c. Goppel

466 *An Siegfried Unseld, Suhrkamp Verlag*
Persönlich

22. 6. 73

Lieber Herr Unseld!
Ich bedanke mich herzlich für das Arbeitsjournal von Brecht und für das Spectaculum. Ich konnte Ihnen damals nicht schreiben, weil ich im Krankenhaus lag, und nachher war ich noch längere Zeit sehr schwach. Das Journal habe ich mit großem Interesse gelesen, das Spectaculum steht mir noch bevor.
Wahrscheinlich wissen Sie es schon, dass die berliner Akademie der Künste mich zum ordentlichen Mitglied gewählt hat. Ich habe mich darüber gefreut.
Meine Lesungen, die ich für Recklinghausen und angeschlossene Städte geplant hatte, mußte ich nun alle abblasen. Unmittelbar nach der berliner Reise zum Pen-Klub, wahrscheinlich damit zusammenhängend, haben sich meine coronaren Durchblutungsstörungen plötzlich verschlimmert, sodass fast keine Nacht mehr und oft auch kein Tag vergeht, ohne dass ich einen bis zwei Anfälle habe. Sie sind anginöser Art, und ich muß mich deswegen sehr zurückhalten. Ich will nur hoffen, dass das wieder besser werden kann. Solang ich im Krankenhaus war und starke Gegenmittel bekam blieben die Anfälle aus, aber man kann diese starken Mittel eben nicht beliebig fortsetzen. Ich will damit nicht sagen, dass die Anfälle lebensgefährdend sind, aber sie sind halt doch beängstigend, vor allem ängstigt mich die plötzliche Häufigkeit. Früher hatte ich mal einen innerhalb von Wochen. Eine Folge davon: ich bekomme in den nächsten Tagen einen Schwerbeschädigten-Ausweis. Dabei sieht man es mir nicht an.
Haben Sie die Kritik von Benjamin Henrichs in der Süddeutschen Zeitung Nr. 121 26./27. Mai gelesen? Dem Mann ist immerhin was eingefallen. Diese Kritik über meine Gesammelten Werke hat mich am meisten beeindruckt.
Wir haben über Ihren Plan zu Ihrem 50. Geburtstag gesprochen, weil Erwin Sylvanus mich darauf gestoßen hatte. Ich muß Sie ernstlich bitten, mich in diese Ihre Erwägungen einzube-

ziehn. Meine schwere Vergangenheit in Verbindung mit meinem Werk sollte dies rechtfertigen.
Ich habe Ihnen aber, als Sie mich danach fragten, eine viel zu knappe Summe genannt, das war ja von mir überhaupt noch nicht durchdacht. Ich hatte mir dabei vorgestellt, dass ich selber noch zuschießen kann, weil ich in den letzten Jahren durch einige Fernseheinnahmen was verdient habe und weil ich annehme, dass ich auch mit den Gesammelten Werken noch verdiene. Das ist eine Euphorie, die nicht andauern kann. Wenn ich nämlich wirklich nichts mehr habe, dann ist mein Vorschlag völlig unzureichend. Ich bin sehr langsam produktiv und muß damit rechnen, dass über kurz oder lang die Zeit kommt, wo ich nur noch wenig verdienen kann. Andererseits kann es mir einmal passieren, dass ich in ein Altersheim muß, und das ist dann sehr teuer. Man müßte eine bewegliche Regelung finden, die den anfallenden Anforderungen gerecht wird. Bitte, lassen Sie sich das durch den Kopf gehn. Ich weiß einfach nicht, was in ein paar Jahren sein wird.
Ich hoffe, dass Sie sich dem nicht verschließen.

Mit herzlichen Grüßen
Ihre Marieluise Fleißer

467 An Siegfried Unseld, Suhrkamp Verlag

22. 7. 1973

Lieber Herr Unseld!
Schönen Dank für Ihren Brief vom 16. 7. Ich bin gespannt, ob es einmal zu einer amerikanischen Ausgabe meiner Werke kommen wird. Professor Curt Sanger von der Miami Universität in Cincinnati/Ohio versucht jedenfalls in Germanistenkreisen Interesse für mich zu erregen und hat dort vor einem großen Symposium, wie er sagt, einen Vortrag über mich gehalten, er wird heuer noch zwei weitere Vorträge in Boston und in Chikago folgen lassen.
Meine Gesundheit hat sich ein wenig gebessert, aber nur wenn

ich sehr vorsichtig bin, leider schlucke ich eine Unzahl Tabletten und hoffe, dass diese allmählich weniger werden. Inzwischen habe ich mir notgedrungen eine Frau zulegen müssen, die das Gröbste von der Hausarbeit macht. Es ist ein wahres Glück, dass ich jemand gefunden habe, hoffentlich kann ich sie halten.

Ich bin froh, dass Sie die Pensionsangelegenheit in Kopf und Herz haben und will mich nicht sorgen. Es ist schön, solang diese Frage nicht akut ist und solang ich etwas verdienen kann.

Mit allen guten Wünschen für Sie und herzlichen Grüßen

Ihre Marieluise Fleißer

468 An Siegfried Unseld, Suhrkamp Verlag

21. 8. 1973

Lieber Herr Unseld!

Verzeihen Sie, bitte, dass ich Ihren Brief vom 31. Juli nicht früher beantworten konnte. Eine Antwort ins Blaue nützt aber nichts. Zuvor mußte ich mich ein paar Wochen in die mir erreichbaren Arbeiten hineinknien, um zu sehen, ob es geht, und ich habe mich sofort darum bemüht.

Ein Foto von Eich und mir gibt es leider nicht. Dass er schon als junger Mensch auf mich aufmerksam wurde, wußte ich gar nicht, ich habe ihn damals nicht persönlich gekannt. Erst später erzählte er es mir.

Unsere Begegnungen gestalteten sich in der Regel so, dass wir nach den münchener Akademiesitzungen noch ein paar Becher Wein tranken und danach zu Fuß zum Bahnhof gingen, wo sein Zug nach Lenggries kurz vor dem meinen abfuhr. Als er dann über der Grenze lebte, ging das nicht mehr, er hätte eine zu schlechte Zugverbindung gehabt. Seine Mietgeberin in Lenggries hatte zuletzt ihn ziemlich bedrängt. Eine zeitlang spielte er mit dem Gedanken, eine Wohnung in Ingolstadt zu suchen, aber dann hörte er, dass die Luft dort nicht gut war, zuviel Nebel, das schreckte ihn ab.

Wir hatten einfach Gespräche beim Wein, ganz ungezwungen,

und waren gern zusammen. Er klatschte ein bischen und wußte, dass ich es nicht verriet, doch tat er das auf eine liebenswürdige Art. Nie war er bösartig und er sagte, er habe als Soldat zwar ein Gewehr gehabt, aber auf keinen einzigen Menschen damit geschossen.
Im Schloßkeller in Ingolstadt wartete er auf mich am Abend, bevor er hier las. Er saß da an einem der vorderen Tische, das schöne alte Gewölbe gefiel ihm sehr, nur ein paar Leute waren hie und da verstreut, kein Lärm, der in den Mauern hallte. An diesem Abend war er glücklich. Er hätte nicht trinken dürfen, aber er trank, hier mußte er kein gutes Beispiel geben, mußte nicht an sich denken. Es war ihm eine diebische Freude, dass er über die Stränge schlug. Wir gingen an unserem schönen Theater vorbei, er brachte mich zum Taxi, sein Hotel Wittelsbach war ziemlich nahebei. Noch tat ihm nichts weh, ich weiß nicht, ob er es nicht in der Nacht büßen mußte.
Ich war entsetzt, wie er allmählich zusammenschnurrte, und man konnte nichts dagegentun. Er war sehr tapfer. Bei unserem letzten Händedruck in der Akademie, wußten wir, dass er demnächst sterben würde, aber nicht, wie lang es sich hinzog. Er machte sich da nichts vor.
Ich schicke Ihnen »Die bittere Speise« und hoffe, Sie können den Beitrag brauchen.

Mit herzlichen Grüßen
Ihre Marieluise Fleißer

469 An Siegfried Unseld, Suhrkamp Verlag

4. 9. 1973

Lieber Herr Unseld!
Hier die Antwort auf Ihren Kleinschreibe-Brief.

a) Ich halte die generelle Kleinschreibung nicht für einen Fortschritt. In der deutschen Sprache erschwert sie das Lesen, macht Zusammenhänge unklar. Wie das Arbeitsjournal von Bert Brecht beweist, muß man bei grundsätzlicher Kleinschreibung manche Stellen wiederholt oder sogar öfter lesen, um den Stellenwert der Wörter zu erfassen.

b) Ich könnte mir unsere Klassiker nicht in Kleinschreibung vorstellen.
c) Ich würde mich in keinem Fall von Kultusministern zwingen lassen, dass ich in Zukunft nur noch kleine Buchstaben verwende.
d) Ich könnte mir den Kompromiß vorstellen: Es werden außer den Namen alle klar erkennbaren Substantive und substantivierten Verben großgeschrieben, alle Zweifelsfälle jedoch klein. Ich könnte mir des Weiteren vorstellen, dass man zwar in der Rechtschreibung, nicht jedoch in der Groß- und Kleinschreibung Noten gibt.

Mit freundlichen Grüßen
Ihre Marieluise Fleißer

470 An Franz Xaver Kroetz

7. 9. 73

Lieber Franz Xaver Kroetz!
Zur Fassbinderbearbeitung meiner Frühfassung von »Pioniere in Ingolstadt«: Fassbinder hat, ohne mich um Erlaubnis zu fragen, also in Verletzung des Urheberrechts, mein Jugendstück »Pioniere in Ingolstadt« bearbeitet. Das Büchner-Theater in München entschloß sich, diesen Text zu spielen und war bereits mitten in der Proben-Arbeit, als es den Leuten einfiel, mich nachträglich um die Erlaubnis zu befragen. Zu diesem Zweck suchte mich Peer Raben in meiner Wohnung auf. Ich habe es aber verboten. Ich traute meinen Augen nicht, als ich kurz darauf die Vorankündigung des Aufführungs-Termins in der Zeitung las. Ich protestierte in ein paar Zeitungen und beschritt den Gerichtsweg. Die Besitzerin des Büchner-Theaters, ihr Mann und Fassbinder suchten mich daraufhin in Ingolstadt auf und bearbeiteten mich solang, bis ich mich bereiterklärte, mit ihnen nach München zu fahren und mir eine Probe anzusehn. Zur eigentlichen Klage ist es dann nicht mehr gekommen. Als ich dort sah, wie dreckig es den jungen Leuten ging, wollte ich ihnen nicht mehr im Weg stehn. Ich habe mich mit dem Theater arrangiert und doch noch die Erlaubnis zur Aufführung gege-

ben. Ich habe mich aber nicht darauf eingelassen, selber der Premiere beizuwohnen.
Das ist schon sehr lange her, ich kann mich an Einzelheiten nicht mehr so genau erinnern. Ich habe darum mit dem seinerzeitigen Rechtsanwalt, Herrn Franz Stark, Ingolstadt, verabredet, dass er mir meine seinerzeitige eidesstattliche Erklärung heraussucht und werde sie Ihnen schicken.
Auf der Fassbinderbearbeitung meiner »Pioniere in Ingolstadt« beruht auch seine Fernseh-Inszenierung, und er hat sie auch seiner Inszenierung des Stücks am Concordia-Theater, Bremen zugrundegelegt, mir praktisch gegen meinen eigenen Text Konkurrenz gemacht. Es freut mich nicht, wenn das Publikum mich damit identifiziert. Meine eigene Arbeit ist mir lieber.
Gesundheitlich geht es mir seit dem Frühjahr nicht gut. Anginöse Herzanfälle fast täglich, oft mehrmals täglich, Gelenkentzündungen, neuerdings Schwindelanfälle immer wieder am Tag. Tabletten schlucke ich seit siebzehn Jahren, aber jetzt schlucke ich eine Unzahl. Ich hoffe, das wird auch einmal wieder besser. Man sieht es mir nicht so an, weil die starken Tabletten aufputschen, aber das täuscht.
Lieber Kroetz, eigentlich mache ich mir Sorgen. Sie haben sich da was aufgeladen, was sich unter Umständen lang hinziehn kann. Ich will nur hoffen, es geht einen guten Gang.

Das wünscht Ihnen mit herzlichen Grüßen
Ihre Marieluise Fleißer

[Nachtrag:]

10. 9. 73

Ich habe die eidesstattliche Erklärung von Herrn Stark nicht bekommen. Er warnt mich davor, dass ich mich bei meinem schlechten Gesundheitszustand in einen Prozeß hineinziehen lasse.
Ich muß Ihnen allerdings sagen, dass mein Gedächtnis mich bei Einzelheiten häufig im Stich läßt und dass ich mich lieber nicht auf eine Zeugenaussage einlassen möchte.

Ihre Marieluise Fleißer

471 An Joseph Breitbach

21. 9. 73

Lieber Joseph Breitbach!
Bitte, verzeihen Sie mir die Verspätung, ich bin in diesen Wochen nicht immer schreibfähig. Zu Ihrem siebzigsten Geburtstag wünsche ich Ihnen herzlichst alles Glück, das Sie sich selber wünschen, und immer wieder Gesundheit. Ich weiß, dass Sie jetzt kaum zur Besinnung kommen über all den Gratulationen, und ich weiß, dass dieser Tag eine seltsame Zäsur ist in einem Leben, man kann es nämlich kaum glauben, dass man schon so weit ist. Sie haben für diesen Tag ein Buch herausgebracht, ich danke Ihnen herzlich dafür, dass Sie es mir zugehen ließen, und will es in den nächsten Tagen lesen. Das Foto hinten im Umschlag finde ich sehr gut.
Das vergangene Jahr ist für mich ein Fleißer-Jahr geworden, da kam Einiges zusammen, und ich will mich freuen, dass ich das noch erlebte. Aber es hing auch viel Stress damit zusammen, das kam dann hinterher heraus. Mit der Gesundheit steht es zur Zeit nicht gut, das kam gleich nach der Berlinreise im Frühjahr. Die anginösen Herzanfälle haben eine Häufigkeit angenommen, die mich erschreckt, wenn sie auch wohl noch nicht lebensbedrohend sind. Auch ein Krankenhausaufenthalt hat da nicht eigentlich geholfen. Infolge der sehr starken Mittel täuschte ich mich dort über mein Befinden, im Krankenhaus war ich vom Herzen ziemlich verschont, dort quälten mich die Gelenkentzündungen, weil man mir das Amuno abzusetzen versuchte, um es mir schließlich doch wieder zu geben, weil man es mir einfach nicht mehr nehmen kann. Aber die starken Herzmittel kann man nur vorübergehend geben, und wenn man damit aufhört und auf die üblichen zurückgreift, kommt der wahre Zustand auch gleich wieder zum Vorschein. So ein Krankenhausaufenthalt in der dritten Klasse ist ein merkwürdiges Erlebnis, weil man da mit Menschen zusammenliegt, auf die man sonst nie stoßen würde, und es ist auch aufschlußreich, wenn man das Personal beobachtet, und das ganze Drum und Dran. Seit mehreren Wochen sind heftige Schwindelanfälle dazugekommen, ich hatte solche noch nie gehabt und erschrak

zunächst sehr. Von dem Mittel, das mir ein fremder Arzt verschrieb, wurde und wurde es nicht besser, ich bekam einen Kopf davon wie eine Bombe, mein Gehirn war mir völlig fremd. Erst als mein Hausarzt von seinem Urlaub zurückkam und mich an einen Ohrenarzt verwies, bekam ich von diesem das richtige Mittel verschrieben, auf das ich ansprach, und jetzt hoffe ich, ich bringe die Schwindelanfälle in einem Vierteljahr wieder weg, vielleicht dauerts auch länger.

Ich weiß nicht, ob Sie die Zeit fanden, sich die »Fegefeuer«-Inszenierungen in Frankfurt und in Berlin anzusehen. Die Neuenfels-Inszenierung wurde zwar angegriffen von der Kritik und war dem Frankfurter Publikum sehr fremd. Ich habe aber doch fasziniert zugeschaut, was dem Mann alles einfiel zum Text. Einiges fand ich umwerfend schön. Die Peter Stein-Inszenierung an der Schaubühne lag dagegen richtig, ich meine, sie lag nicht neben dem Stück, sondern sie wuchs mitten aus ihm heraus wie ein wildschönes Gewächs. Ich hatte eine herrliche Darstellerin für die Olga in der jungen Angela Winkler, sie war die große Entdeckung der Aufführung. Ich weiß nicht, ob Sie Bilder von ihr gesehen haben, auch das letzte Jahresheft von »Theater heute« beschäftigt sich wieder mit dieser ihrer Rolle als Olga, bringt Bilder. Sie wurde bei der Kritikerumfrage des Jahres gleich neunmal als interessanteste junge Schauspielerin genannt.

Schade war nur, dass Peter Stein sich nicht lang genug mit dem Stück beschäftigen konnte, er sprang sozusagen Hals über Kopf hinein, weil der dafür bestimmte Regisseur mit Stück und Schauspielern nicht fertig wurde und die Regie abgab. Und wie Stein mir selber sagte, mag er das nicht, wenn man ihn hetzt, er trägt lieber einen Text ein halbes Jahr mit sich herum, damit sich Monat für Monat was ansetzt, und erst dann geht er an die reale Inszenierung heran. Er stand unter großem Zeitdruck. Es war also Glück im Unglück, dass er es doch noch machte, er sagte mir, die Aufführung sei noch nicht fertig.

Mit den Streichungen im Text war ich nicht immer einverstanden, man mußte aber kürzen, weil Stein viel stummes Spiel macht. Die Aufführung griff mit Absicht auf die ungelenke

Frühfassung zurück und nahm höchstens dort was vom neuen Text hinein, wo es gar nicht anders ging, und einmal gab es gerade vor der Pause ein unangenehmes Loch, das sich hätte vermeiden lassen, wenn man sich an meinen veränderten Text hielt (die Textfassung war nicht von Stein, sondern von einem jungen Dramaturgen, der vom Studententheater herkommt). Die Premiere war am 19. Dezember, die Aufführung hielt sich von Woche zu Woche umschichtig bis fast ans Ende der Spielzeit hinein. Als ich im Frühjahr in Berlin war, war sie immer ausverkauft, ich selber bin natürlich hereingekommen und fand sie inzwischen etwas auseinandergerissen. Sie wurde auch im berliner Theatertreffen gezeigt.

Dagegen gibts in Hamburg, wo Heising es inszenieren wollte, eine unerklärliche Verzögerung mit dem längst angenommenen Stück. Und die Fernsehinszenierung war nicht gerade das einzig Wahre.

Ich habe leider die Halbjahresabrechnung über die Gesammelten Werke noch nicht, ich wüßte gerne, wie das aussieht. In Ingolstadt gingen sie gut, aber das ist ein Sonderfall. Wie ich von Ria hörte, haben Sie sie oft an Freunde geschenkt, und ich danke Ihnen dafür.

Nun habe ich immer von mir gesprochen und weiß von Ihnen wenig, ich hoffe, es geht Ihnen gut und Sie sind gesund. Wir haben uns lange nicht gesehen. Wenn Sie einmal wieder in München sind, rufen Sie doch bitte an, wir könnten uns doch einmal treffen. Meine Telefonnummer ist 0841 58484.

Inzwischen herzlichste Grüße und alle guten Wünsche für Sie

und für das Buch

Ihre Fleißerin

472 An Oswald Malura

21. 11. 73

Lieber Oswald!

Ich komme auf unser Telefongespräch wegen der Zeichnung für das Unseld-Album zurück. Diese Hilfe ist jetzt nicht mehr nötig.

Muß noch geheim bleiben:
Uwe Johnson hat mir, als ich in der Mitgliederversammlung der berliner Akademie der Künste ihn traf, einen Typ mit Unselds altem, aber hervorragenden Wagen geben können. Ich habe den Wagentyp ausgeschnitten und aufgeklebt, dazu über das rechte Drittel des Bogens den Namen Siegfried Unseld in großen grünen von mir ausgeschnittenen Buchstaben eigenwillig und reizvoll über den ganzen Raum verstreut, unter das Auto noch ein paar Zeilen Text. Damit konnte ich mich ganz gut aus der Affäre ziehn. Es ist mir nach einem Tag vergeblicher Versuche besser gelungen, als ich dachte. Ich habs schon an Johnson abgeschickt. Ich habe diesen Stein also vom Herzen. Vor ein paar Tagen war ich mit anderen Schriftstellern und ein paar Verlegern beim Heinemann in der Villa Hammerschmidt zum Abendessen und einem nachfolgenden Gespräch eingeladen. Das sind dort schöne Räume, und er ist ein bemerkenswerter Mann. Es war mir eine Freude.
Bei mir ist immer viel los, zum Arbeiten komme ich in diesem Jahr gar nicht.
Ich hoffe Dir geht es gut und Du bist mit Deinem Vorhaben im Gebirge einigermaßen fertig geworden. Schöne Grüße

Deine Fleißerin

473 Von Uwe Johnson

Berlin West 41, 26. November, 1973
Stierstrasse 3

Liebe, verehrte Frau Fleißer,
Ihr Beitrag zum 50. Geburtstag von unser aller Siegfried ist wohlbehalten angekommen und einer der sattesten überhaupt in der Farbe.
Bitte, erlauben Sie mir, Ihnen auch im Namen von Herrn Frisch zu danken dafür, dass Sie an diesem Unternehmen teilnahmen.
Ich soll Ihnen einen Tip gegeben haben – ? Nicht dass ich wüsste.
Mit einem schönen Gruss, Ihr sehr ergebener

Uwe Johnson

474 An Wend Kässens
2 Hamburg 78, Mühlendamm 47

27. 11. 1973

Lieber Herr Kässens!
Herzlichen Dank für die Blumen, die Sie mir zum Geburtstag schickten, sie haben mich sehr gefreut und sind immer noch anzuschaun. – Die Beantwortung Ihres Briefes vom 9. 10. habe ich vor mir hergeschoben, weil sie mir die meiste Arbeit machte, und meine Zeit wird so schon aufgefressen. In diesem Jahr habe ist abgesehen von einer Arbeit für den Westdeutschen Rundfunk zum Thema »Wie ich anfing« – ich bin da auf die verzwickte Entstehung des »Fegefeuers« eingegangen, Köln hat bereits gesendet, die Reihe macht Kulturelles Wort, Herr Daiber – überhaupt nichts geschrieben, und dabei wartet sehr dringend Arbeit auf mich.
Ich will versuchen, die Dinge zu beantworten, soweit ich mich daran erinnern kann.
Die Wirkung Brechts in der Weimarer Republik wurde wohl nur durch Jhering als eine gesellschaftliche erkannt. Im allgemeinen und besonders vom Publikum her hat man ihn genossen als einen frechen jungen Dichter, der seinen Spott zu treiben liebte – auch mit dem Publikum, das in seine Stücke ging – und der durch gelegentlich sehr zarte lyrische Einsprengungen seine Anhänger entzückte. Aber diese Zielrichtung hatte er damals nur ungefähr. Sie wurde härter, als er sich ernsthaft mit dem Marxismus zu beschäftigen begann, aber dann hielt er sich auffallend mit dem Schreiben zurück. Brecht war 1927 und die folgenden Jahre nach außen hin ein Dichterstar, der sein Geld vom Ullstein-Verlag bezog und sehr entschlossen war, ihn auszubeuten. Aus diesem Grunde gesellte er sich gerne den Reichen. Besonders nach dem Erfolg der Dreigroschenoper mimte er den Dichterstar, der sich gut bezahlen ließ. Als er sich mit den Lehren von Marx beschäftigte, wurde seine dichterische Schaffenskraft auf Jahre hinaus gebrochen. Sein Hauptwerk zögerte er lang hinaus und sah darin die »Johanna der Schlachthöfe«, mit der er sich den ganz großen und ernsten Erfolg heranholen wollte. Dies

Stück wurde dann aber in der Weimarer Republik schon nicht mehr gespielt.

Der eigentlich politische von beiden Freunden, schon in München, war damals Lion Feuchtwanger, der mir bereits Ende 24 oder 25 aus einem Roman vorlas: »München die dümmste Stadt der Welt«. Dieser Arbeitstitel wurde später geändert in »Erfolg« und bewog ihn später, München zu verlassen noch vor der Veröffentlichung. Feuchtwanger hat den fertigen Roman etwa drei Jahre lang bei sich zurückgehalten, bis er ihn dem Verleger gab. Ich kann nicht beurteilen, wie weit das Bild, das er darin von Brecht (dem Ingenieur Pröckl) zeichnete, auf Brecht einwirkte und ihn klärte. Wahrscheinlich war es damals noch übertrieben, so klar war sich Brecht 1924, 1925 noch gar nicht. Man sieht ihn heute von seinem späteren Weg her, aber er begann als zielloser Anarchist. Man darf nicht vergessen, dass die später bekannt gewordene Form seiner Stücke eine sehr viel später vorgenommene Bearbeitung, diesmal unter einem entschiedeneren Vorzeichen darstellt.

Was mich betrifft: die Zielrichtung auf das Gesellschaftliche hin war instinktiv, sie wurde nicht bewußt angestrebt. Ich habe lediglich beobachtet, erlebt, Druck gespürt, mich innerlich zu befreien versucht von diesem Druck.

Warum ich solange nicht beachtet worden bin nach dem Krieg? 1946 lagen von mir der »Karl Stuart« und »Der starke Stamm« herum, wobei ich den »Starken Stamm« geschrieben hatte, um mich vom »Karl Stuart« zu erholen. Die deutschen Bühnen spielten nach dem Krieg prinzipiell nur Stücke von Ausländern und begründeten das mit dem Nachholbedarf. Sie besannen sich nicht auf ihre Pflicht gegenüber den Schriftstellern, die in der Nazizeit totgeschwiegen waren. Ich habe zu schnell nach dem Krieg, als man die Entwicklung der Verlage noch gar nicht überschauen konnte, einen Vertrag mit dem Desch Verlag abgeschlossen und zwar einen absolut bindenden, aus dem ich mich nicht befreien kann. (Auch Brecht ist mit seinem »Puntila« in den Desch Verlag gegangen.) Es hätte gar nicht pressiert, ich wurde trotzdem erst 1950 in München an den Kammerspielen erstmals wieder gespielt. Und das nur weil Brecht den

Schweikart auf den »Starken Stamm« gestoßen hatte, der Verlag hatte seine Vorversuche vergeblich unternommen. Der »Karl Stuart« ist ein sehr teures Stück, hat zuviel Personen und braucht eine einfallsreiche Inszenierung, um ihn zum Erfolg zu führen. Das Risiko nahm kein Theater auf sich. Übrigens stellt er etwas völlig Ungewohntes innerhalb meiner Arbeitsweise dar. Ich weiß nicht, ob ich ihn auf der Bühne erlebe. »Der starke Stamm« stand gegen den Zug der Zeit und wurde als Heimatdichtung mißverstanden. Aber er entsprang meinem Instinkt. Er war so geschrieben, wie mir der Schnabel gewachsen war und hatte seinen Ursprung in den Gestalten, die ich teils in der Kindheit, teils in der Ehe durch Anverwandte um mich erlebte. Ich habe die echten Gestalten im Stück nur in einen völlig erfundenen und anderen Zusammenhang gestellt. Es kam mir einzig auf die Darstellung von Eigenschaften an, ich wollte Leben geben, wirklich lebendige Gestalten. Lebengeben, das nie verlöschende Vorrecht des Dichters, war in der Theaterliteratur der fünfziger Jahre und weit in die sechziger Jahre hinein nicht gefragt. Im Februar 1966 wurde der »Starke Stamm« plötzlich an der Schaubühne Berlin gespielt (Dieter Sturm hatte ihn angenommen) und zwar 104 mal. Der Erfolg griff nicht auf Westdeutschland über. Ich habe mir selber eine Sprachsperre errichtet durch den Dialekt. Außerhalb von München, Ingolstadt – es geht schon in Augsburg, Nürnberg nicht mehr – hat eine Bühne die Schauspieler nicht, die den Dialekt sprechen können und hat das Publikum nicht, das die Sprache versteht. In Berlin wurde eingedeutscht und zwar für ein bayerisches Ohr nicht gut. Darum habe ich eine mehr dem Hochdeutschen angenäherte Fassung geschrieben, die nicht so stark ist, weil nur der sprachschöpferische Dialekt, der im Grunde etwas Herrliches ist, gewisse Nuancen hergeben kann. Diese sogenannte schriftdeutsche Fassung wird in den nächsten Monaten zum erstenmal ausprobiert in Köln durch die Hurwicz.

Der Verlag tat sich schwer, weil ich vergessen war. Ich war durch meine Pflichten innerhalb der Ehe und des Existierenmüssens so eingezwängt, dass ich keine neuen Stücke nachschob. Es ist meine Überzeugung, dass der Verlag in meinem

Fall nicht besonders rührig war, jedenfalls kein Glück damit hatte. Meinen seltenen Annahmen lag fast immer die Initiative vom Theater her zugrunde. Der Suhrkamp Verlag hätte ohne Zweifel aus den Stücken mehr herausholen können, unglücklicherweise kann Suhrkamp sie nicht bekommen.

Das jetzt erwachende starke Interesse hängt einmal damit zusammen, dass ich 1968 mit der Bearbeitung der »Pioniere in Ingolstadt« zu Suhrkamp ging und damit, dass ein paar junge Autoren mich insgeheim für sich entdeckt haben und in meiner Spur gegangen sind, und zwar sind sie in den Erfolg gegangen. Erst auf diesem Umweg hat man sich für das ursprüngliche Vorbild wieder interessiert. Der Fall Fassbinder ist ein Sonderfall, er hat mich ausgeschlachtet. – Dazu kommt: auf dem Theater hat sich die vorangegangene Ära erschöpft. Das Theater braucht eine Wiederbelebung durch eine andere Art zu sehn. Auch ist das Bewußtsein von gesellschaftlichen Vorgängen deutlicher geworden. Horváth hat bei den Bühnen vorgearbeitet, aber Horváth hats leichter, er ist leichter.

Zum »Fegefeuer«. Gervasius und Protasius waren ursprünglich Karl Valentin-artige Gestalten. Die Wuppertaler Bühnen verlangten eine Ausweitung dieser Figuren, weil sie in Boehlke einen besonders geeigneten Darsteller hatten. Ich selber war eine zeitlang vom Irresein fasziniert. Es gibt da schon in der ersten Fassung (Günther Rühle, Von der Republik zur Diktatur, Zeit und Theater Band 2, 1925 – 33, Propyläen-Verlag) ein paar Stellen, die ich nun ausgeschlachtet habe, freilich ist die Ausweitung für mein Gefühl ein wenig dick geworden. Der Doktor ist ein Mann, der wissenschaftlich arbeitet über die Formen des Irre-Seins in ihren verschiedenen Stadien und der sich seine Objekte zum Zweck der Befragung durch Handlanger zutreiben läßt. (Man muß ihn sich als freischaffend vorstellen, er ist kein angestellter Arzt in einer entsprechenden Klinik, leidet daher unter Mangel an Beobachtungsmaterial.) Die drei Gestalten stehen aber auch für Lebensbedrohung.

Wenn Brecht nicht ins Exil gegangen wäre, hätten ihn in Deutschland zweifellos Folter und Tötung erwartet. Wenn er überleben wollte, konnte er nicht in Deutschland bleiben.

Der engagierte Dichter soll den Faschismus mit der Feder bekämpfen, damit richtet er auf die Dauer viel mehr aus als mit seinem einzelnen Gewehr.
Ich habe erst viel später durch Rühle erfahren, dass Gustav Freytags »Die Technik des Dramas« das Standardwerk der Nazis geworden war, obwohl viel früher geschrieben. Für mich war es ein sehr viel früher geschriebenes Buch, ich habe es durch Zufall in einem Buchladen gesehen. Da ich völlig ausgehungert nach Theater war, aber mir kein Theater ansehn konnte und tief in einem amusischen Bereich steckte, habe ich mir das Buch gekauft und mich eine zeitlang intensiv damit beschäftigt. Der Kauf erfolgte also ganz naiv.
Ich glaube nicht, dass Herr Rühle oder Herr Sanger die Zeit finden, um Ihnen mit Einzelheiten aufwarten zu können. Das wäre ein bischen viel verlangt, und beide sind sehr überlastet.
Es ist spät geworden. Mit freundlichen Grüßen

Ihre Marieluise Fleißer

Ich muß um Entschuldigung bitten, dass ich Ihnen den Durchschlag schicke, ich möchte das Original für mich behalten.

475 An Klaus-Peter Wieland
8 München 81, Engschalkingerstraße 235

14. 12. 1973

Sehr geehrter Herr Wieland!
Ich muß Ihnen den Durchschlag geben, weil ich das Original für mich selber brauche. Seien Sie sicher, dass ich Ihnen Ihre Fragen mündlich nicht so genau beantworten könnte.

1. Es ist mir nicht bekannt, dass der Roman sehr häufig negative Kritik gefunden hat. Ich halte den Roman »Mehlreisende Frieda Geier« für gar nicht so schlecht, weil er in der Person Gustls Verhaltensweisen aufzeigt, wie sie im Vorfeld zum kleinbürgerlichen Nationalsozialismus liegen, auch in der Selbsttäuschung und Selbstvoreingenommenheit und einem zunächst damit verbundenen Charme, der zu ihm hin

verführte. Was ich persönlich am Roman liebe: man merkt, dass ihn ein junger Mensch geschrieben hat. Er ist natürlich in sich ungleich und aus besser und weniger gelungenen Teilen zusammengesetzt. Aber er schildert mit großer Wahrhaftigkeit die Jahre etwa von 1926 bis 28 im Sportleben einer bayerischen Kleinstadt. Im übrigen lasse ich mich von Kritik nicht sehr beeinflussen, ich bin eigensinnig. Die Novellen habe ich am liebsten geschrieben. Aber es ist sehr gefährlich, Novellen zu schreiben. Sie räubern einen aus und nehmen einem die dichterische Substanz weg. Finanziell bringen sie überhaupt nur ein Taschengeld.

2. Bei meinen Geschichten gibt es Abstufungen. Die guten unter meinen Geschichten halte ich für Meisterwerke, die nicht sterben werden und deren Rang man noch nicht einmal völlig erkannt hat. Sie sind weit besser als z.B. die Geschichten Brechts, und er gab es gelegentlich zu. Es ist möglich, dass die Leser wie die Kritiker auf eine gewisse Sprachbarriere stoßen, die ihnen den Zugang schwer macht. Diese Sprachbarriere ist aber untrennbar mit mir verbunden. Wenn ich selber das »Abenteuer aus dem Englischen Garten« lese, wird jede Redewendung einleuchtend, und man begreift erst, wie stark und in sich gegründet diese Sprache ist. Es ist das Pech der anderen, wenn sies nicht nachvollziehen können.
3. Die meisten Stücke und der größte Teil meiner Prosa spielen – auch wenn ich dies Ingolstadt nenne – in einer erweiterten Provinz, weil ich mich meinen eigenen Lebenserfahrungen und Lebensbeobachtungen beim Schreiben verpflichtet fühle. »Die selbstverordnete Beschränkung auf Darstellung des ihm vertrauten Lebensabschnittes«, dies gilt für Peter Handke, der es rigoros so formuliert: »Nur von sich selber schreiben,« wie für mich. Er nennt dies sein Rezept, aber es war bereits im Jahr 1923 mein eigenes Rezept, und ich könnte mir vorstellen, dass Handke auch Einiges aus mir gelernt hat: »Nur von sich selber schreiben, aber mit dem fremden Blick« (beispielsweise mein »Abenteuer aus dem Englischen Garten«, entstanden an den Pfingstfeiertagen 1925) Dahinter steht also dies: unwillkürlich von der Gesellschaft

schreiben, eben weil man mit dem Röntgenblick von sich selber schreibt. Unwillkürlich. In meinem Fall nicht als vorgefaßtes Programm, weil mich Programme verstören, ich will Freiheit.

4. Brecht hat mir unter vier Augen den guten Rat gegeben, nicht in die DDR zu gehn. Er hat mir gesagt, dass ich dort jedes Jahr mein Pensum abliefern muß. Damit wäre ich nicht einverstanden, ich bin eine Langsamschreiberin und halte das längere Brachliegen für einen wesentlichen Teil des schöpferischen Wachstumsvorgangs.
5. Heute in der DDR zu leben, das macht mir der dort geltende Totalitarismus unmöglich.
6. Ich finde, dass man die »Pioniere in Ingolstadt« historisch für das Jahr 1926 spielen sollte. Man macht das ja auch mit anderen Stücken. Entscheidende Einzelheiten haben sich geändert, darum kann man sie nicht auf die heutige Zeit übertragen. Das Grundthema aber: Männer beim Barraß das heißt Männer unter Druck geben den Druck an die Mädchen weiter, kann auch heut noch bestehn, wird wahrscheinlich immer bestehn.
7. Ich glaube nicht, dass man die Sprache hochdeutsch machen sollte, Fassbinder hat sie zum Teil hochdeutsch gemacht, dann war es immer banal. Innerhalb der deutschen Grenzen sollte man diese Sprache noch verstehen können, es handelt sich ja nicht um Dialekt, nur um süddeutsche Sprachstellung, da hört man sich wohl ein.
8. Ich stelle mir eigentlich immer junge Leute vor, wenn ich an mein Publikum denke. Zum Teil habe ich es jedenfalls erreicht.
9. Wenn Sie mich geradezu danach fragen: ich bilde mir immer noch ein, dass in meinen Arbeiten mehr steckt als in den Arbeiten meiner sogenannten Nachfolger. Meine Nachfolger schreiben mehr geradezu und vordergründig, die bei mir vorhandenen Untertöne und Nebentöne fehlen. Dadurch haben sie es allerdings beim Publikum leichter, die Masse will sich nicht plagen. Ich halte aber »Heimarbeit« von Kroetz und die »Jagdszenen« von Sperr für wirklich gute

Stücke. Ausdrücklich möchte ich mich verwahren: Ich schreibe kein Bauerntheater. Ich habe mal ein Volksstück geschrieben »Der starke Stamm«. Das tat ich, um mich von der gehobenen Sprache des »Karl Stuart« zu erholen.

10. So, und jetzt muß ich mich wirklich in meine eigene Arbeit vergraben und habe dem Theater versprochen, rigoros gegen Störungen zu sein. Mit freundlichem Gruß

Marieluise Fleißer

476 An Luise Almer

28. 12. 73

Liebe Luise!

Für Deinen Brief und Deine Festtagswünsche danke ich Dir und wünsche auch Dir alles Gute. Möge Dir das Jahr 74 ein ersprießliches werden.

Das vergangene Jahr war für mich ein Jahr der Ärzte. Es rückt an von allen Seiten. Auf meine alten Tage bin ich ein Bündel von schweren körperlichen Leiden geworden. Wenn dann wie gerade in diesen Tagen ein gefährlicher Lungen-Infekt hinzukommt, kann ich mich vor Tabletten überhaupt nicht mehr retten und würge sie zwischen den Bissen Trockenbrod hinunter. Es sind jetzt schon über zwanzig Stück im Tag, die zusätzlichen Tropfen überhaupt nicht gerechnet. Und keine kann man absetzen, weil sich dann die schlimmen Folgen zeigen. Liebe Luise, ich mache nichts mehr, was ich nicht unbedingt machen muß, vor allem lasse ich mich auf keine Sinnlosigkeiten ein, meine Zeit ist bemessen. Von Besuchen und Gegenbesuchen steht da nichts drin. Es gibt andere Menschen, die mir weit näher stehn oder die weit bessere Gründe haben.

Gerade habe ich eine Einladung nach Rom abschlagen müssen. Ich bin vom römischen Staatstheater eingeladen worden, dort anläßlich der Horváth-Feiern anwesend zu sein, konnte mich aber nicht darauf einlassen. Arbeit gibts bei mir immerzu, lauter unvorhergesehene Kleinarbeit, die einen aufreibt. Der Ruhm hat seine Lasten.

Gottseidank habe ich nun auch noch die Aufzeichnung der

»Pioniere in Ingolstadt« gefunden und gebe sie zu meiner Entlastung zurück, da ich sie nicht länger verwahren will. Schickt mir nichts mehr, ich werde in Zukunft nichts mehr aufheben, ich will mich vom Kram befrein.
Liebe Luise, ich wünsche, dass es Dir gut geht und dass Du fertig wirst mit dem, was auf Dich zukommt. Ich für meine Person hätte nicht mehr die Geduld. Einen schönen Gruß

Deine Luis

477 An Horst Laube, Städtische Bühnen Frankfurt

17. 1. 1974

Lieber Herr Laube!
Ich war gerade etliche Tage in der Schweiz, fahre am Donnerstag den 24. 1. neuerdings in die Schweiz bis 27., habe am 28. eine dringende Abhaltung und muß am 30. 1. zum Arzt. Danach wäre Ruhe bis Mitte Februar, wo die Leute von der verdammten Erdgasumstellung kommen. Ich schreibe Ihnen das, damit Sie sich überlegen, wann Sie zu mir kommen können, um über den »Tiefseefisch« zu sprechen. Ich brauche da entschieden einmal einen Anstoß.
Ich hoffe, Sie finden in absehbarer Zeit einmal eine Möglichkeit. Ich hoffe, es geht Ihnen gut. Es ist schade, dass der Januar so zerrissen ist. Ich würde mich sehr freuen, Sie bald einmal zu sehen.

Herzlich

Ihre

478 An die Dramaturgie des Pfalz Theaters Kaiserslautern

22. 1. 1974

Betr.: Fegefeuer in Ingolstadt von Marieluise Fleisser.

Frau Fleisser wurde gestern überraschend ins Krankenhaus (Intensiv-Station) eingeliefert.
Nun hat sie mich beauftragt Ihnen ihre Neubearbeitung einiger

Szenen zu schicken. Leider wurde sie nicht ganz fertig – es ist ihr aber sehr daran gelegen, daß Sie diese neue Fassung nehmen.
Ob sie zu den Proben am 10./11./12. kommen kann ist fraglich – es hängt ganz von ihrem Gesundheitszustand ab.
Sollten Sie irgendwelche Fragen haben, so schreiben Sie an Frau Fleissers Adresse, Sie bekommt täglich ihre Post.

Mit freundlichen Grüßen von Frau Fleisser
i. A. Liselotte Spreng

479 Klaus Dieter Gültig an den Suhrkamp Verlag [Telegramm]

3. 2. 74

marieluise fleißer am 2. februar verstorben beerdigung mittwoch 14 uhr ingolstadt westfriedhof klaus gültig

Anhang

Editorische Notiz

Der bis zu dieser Edition ermittelte Briefwechsel von Marieluise Fleißer umfaßt über zweitausend Briefe. Der weitaus größte Teil davon ist im Fleißer-Archiv in Ingolstadt verfügbar; andere im Deutschen Literaturarchiv in Marbach, der Staats- und der Stadtbibliothek in München, im Bertolt Brecht-Archiv in Berlin, in der Feuchtwanger Memorial Library in der University of Southern California in Los Angeles, im Literaturarchiv Sulzbach-Rosenberg, in den Archiven der Verlage Hanser und Suhrkamp, im Nachlaß von Josef Breitbach und in privatem Besitz. Die Verfügbarkeit der von ihr selbst (handschriftlich oder mit Schreibmaschine) geschriebenen Briefe verdankt sich zum einen Teil den dort erhaltenen Originalen, zum anderen den Kopien (Durchschlägen) und Entwürfen, die von ihr zu Hause bewahrt und im Nachlaß überliefert sind. Die Wiedergabe der originalen Vorlagen ist erkennbar an ihrer Unterschrift (Marieluise Fleißer, Luis), die von Kopien und Entwürfen am Fehlen dieser Unterschrift. Gelegentlich mögliche Vergleiche zwischen Original und Kopie/Entwurf zeigen Veränderungen der Formulierung beim nochmaligen Abschreiben durch die Autorin. Ein Teil der Fleißerschen Briefe ist nur erschließbar aus den erhaltenen Antworten der Empfänger; ihnen wurde entsprechender Raum eingeräumt.

Aus den Jahren zwischen 1934 und 1945 sind kaum Briefe erhalten. Aus ihrer Verbindung zu Josef (Bepp) Haindl existieren nur Haindls Briefe an sie. Ihre Briefe an ihn wurden anscheinend nicht bewahrt. Aus der Beziehung zu Hellmut Draws-Tychsen sind ihre Briefe an ihn erhalten, die er ihr zurückgab und acht weitere, die er später an das Literaturarchiv in Marbach verkaufte. Von seinen Briefen an MF sind nur drei aus dem Ende der Beziehung erhalten, alle anderen, die er von MF zurückerhielt, wurden wohl von ihm vernichtet (s. Brief 197).
Die Auswahl der Briefe geschah im Hinblick auf das überlieferte literarische Werk; sie geben Einblick in dessen Hinter-

grund und den oft nur vorübergehend aufgehellten, schmerzhaften Lebensvollzug sowie das Personal, das ihn umgab und bestimmte. Im Anmerkungsteil werden Angaben zu den Briefschreibern und den erwähnten weiteren Personen gemacht, soweit diese zu ermitteln waren.

Für die Edition der Briefe wurden die originalen Schreibweisen und die Zeichensetzung beibehalten. Das betrifft vor allem die Briefe von Josef Haindl, aber auch die anderer Personen. Marieluise Fleißer bestand ausdrücklich auf dem ß in ihrem Namen, gleichwohl wird er oft mit ss geschrieben. In Briefen, die mit der Schreibmaschine geschrieben sind, gebraucht sie selbst ss für ß, (z. B. »dass«), in handgeschriebenen Briefen (Sütterlin) dagegen ß. Dies alles ist belassen. Korrigiert wurden nur (zeitweise) falsch geschriebene Eigennamen (Litzau zu Lietzau, Drexl zu Drexel, Weckwerth zu Wekwerth u. a.). Die wechselnde Schreibweise des Namens von Lotte Lenja (im Exil ab 1935: Lenya) wurde in der Schreibform der Zwanziger Jahre erhalten, die des Namens von Herbert Jhering (Ihering) wurde der Lautform entsprechend vereinheitlicht. Das ae für ä etc. (vor allem in Briefen aus Amerika) ist durchgehend als ä etc. wiedergegeben, weil diese Schreibweise nur durch die fehlenden Umlaute auf der Tastatur nichtdeutscher Schreibmaschinen bedingt ist. Anschriften der Adressaten und Absender auf den Briefköpfen wurden nur einmal (beim jeweils ersten Brief) angegeben, Flüchtigkeitsfehler durch Ergänzungen in [ ] beseitigt.

Gelegentlich werden in den Briefen Titel von Erzählungen genannt, die vorhandenen Texten nicht eindeutig zuzuordnen sind. Marieluise Fleißer hat die Titel ihrer Geschichten aus unterschiedlichen Gründen oft gewechselt, meistens, um sie treffender, wesentlicher zu machen, manchmal auch nur, um die gleiche Geschichte noch einmal verkaufen zu können. Es kann auch sein, daß die nicht zuzuordnenden Titel inzwischen verlorene (noch nicht wiedergefundene) Geschichten benennen. Ihre Werkbiographie ist noch immer nicht ganz aufgehellt.

Der Herausgeber hat zwei Personen vor allem zu danken: *Klaus Gültig*, dem Neffen von Marieluise Fleißer, ohne dessen

Impuls zur Beschaffung von Sponsorengeldern und seine begleitende hilfreiche Aufmerksamkeit diese Ausgabe nicht möglich geworden wäre; desgleichen *Margarete Rühle*, meiner Frau; sie hat die Schwierigkeiten der Manuskriptherstellung auf sich genommen und die Texte kontrolliert. Dank auch an *Ingrid Eiden* vom Fleißer-Archiv in Ingolstadt, *Ingrid Kußmaul* vom Literaturarchiv in Marbach, *Dr. Rolf Harder* vom Brecht-Archiv in Berlin, *Marje Schuetze-Coburn* von der Feuchtwanger Memorial Library und den findigen Helfern in den Theaterwissenschaftlichen Instituten und Sammlungen in Hamburg, Köln und München.

g. r.

Verzeichnis der Archive

Wir danken allen Briefpartnern (bzw. deren Erben) und den privaten und öffentlichen Archiven für die Mithilfe beim Zustandekommen dieses Buchs, speziell auch für die Zustimmung zum Abdruck der Briefe. Nicht in allen Fällen ist es dem Verlag gelungen, den jeweiligen Rechteinhaber zu ermitteln; wir bitten Personen, die Abdruckrechte an einzelnen Texten beanspruchen, sich an den Verlag zu wenden.

Die in diesem Band versammelten Briefe entstammen folgenden Archiven:
Fleißer-Archiv Ingolstadt
Deutsches Literaturarchiv Marbach
Staats- und Stadtbibliothek München
Bertolt Brecht-Archiv Berlin
Feuchtwanger Memorial Library, University of Southern California Los Angeles
Literaturarchiv Sulzbach-Rosenberg
Hanser Verlag
Suhrkamp Verlag
Nachlaß Joseph Breitbach
Privatbesitz

Abkürzungen

MF: Marieluise Fleißer

GW: Marieluise Fleißer, Gesammelte Werke, hg. von Günther Rühle, Frankfurt am Main, Suhrkamp Verlag.
Band 1: Dramen (1972, 2. Aufl. 1983 (»Weißes Programm«), 3. Aufl. 1989, Taschenbuch-Ausgabe 1994)
Band 2: Roman, Erzählende Prosa, Aufsätze (1972, 2. Aufl. 1983 (»Weißes Programm«), 3. Aufl. 1989, Taschenbuch-Ausgabe 1994)
Band 3: Gesammelte Erzählungen (1972, 2. Aufl. 1983 (»Weißes Programm«), 3. Aufl. 1989, Taschenbuch-Ausgabe 1994)
Band 4: Aus dem Nachlaß (in Zusammenarbeit mit Eva Pfister, 1989, Taschenbuch-Ausgabe 1994)

Materialien: Materialien zum Leben und Schreiben der Marieluise Fleißer, hg. von Günther Rühle, Frankfurt am Main, Suhrkamp Verlag 1973.

BBC: »Berliner Börsen-Courier«

BT: »Berliner Tageblatt«

DE: Deutsche Erstaufführung

R: Regie

U: Uraufführung

VZ: »Vossische Zeitung«

Anmerkungen

1 Erster erhaltener Brief an Marieluise Fleißer zu ihrem Schauspiel »Die Fußwaschung« (später »Fegefeuer in Ingolstadt«). Als Studentin der Theaterwissenschaft hatte Marieluise Fleißer in München 1922 und 1923 die U von Brechts »Trommeln in der Nacht« und »Im Dickicht« gesehen und nahm auf Einladung Brechts im Frühjahr 1924 an den Proben zu »Leben Eduards des Zweiten von England« teil. Anfang 1924 begann sie »heimlich ein Stück zu schreiben, das sie später ›Die Fußwaschung‹ nennt« (»Meine Biographie«, GW 4, S. 527). Sie gab es Ende 1924 an Lion Feuchtwanger, dieser gab es an Brecht (der es später an Moriz Seeler zur U vermittelte; s. die Briefe Seelers). Anscheinend sind von ihr Anfang 1925 auch weitere Kopien verschickt worden, wie dieser Brief oder der spätere an Herbert Jhering belegt. – *Dr. Georg Kruse (geb. 1902):* Kam im Sommer 1924 als Schauspieler an die Münchner Kammerspiele und ging im Sommer 1925 gastweise als Spielleiter ans Stadttheater in Trier. Kruse, der wohl neue Stücke suchte, gibt eine dieser Kopien zurück. Seine Stellungnahme bezieht sich also auf die Ur-Fassung, die nicht erhalten ist. Erhalten ist nur die durch Streichungen Brechts und Regiezusätze des Regisseurs Paul Bildt veränderte Textfassung der Uraufführung (Junge Bühne Berlin, 25.4.1926). Der Arcadia Verlag (Theaterabteilung des Ullstein Verlags) vertrieb diese Fassung als Bühnenmanuskript nach der U. Sie ist gedruckt in »Zeit und Theater«, Bd. 2, Berlin, Propyläen Verlag 1972, hg. von Günther Rühle. – *erinnert oft an Georg Büchner:* MF kannte Büchner damals noch nicht (s. Brief 437).

2 *Jappes:* Beiname für Alexander Weicker, geb. am 16.10.1893 in Holzem (Luxemburg), Schriftsteller, Journalist, Abenteurer. Marieluise Fleißer: »Er war der erste Mann in meinem Leben und sieben Jahre älter als ich. Ich lernte ihn an der Münchner Uni kennen, als ich ihn im Herbst 1920 auf einem Gang in großer Eile fragte, in welchem Saal Arthur Kutscher lese. Er schaltet sofort: ›Kommen Sie mit. Wenn Sie hingehen, gehe ich auch hin‹. Er verlangte viel vom Leben. Seine Spannweite reichte weiter als die meine, aber ich war genauer. (...) Er war drei Jahre lang mein Freund.« (Notiz im Fleißer-Archiv 1970, V, 14). Weicker lebte ab 1916 in München, studierte seit 1918 an der Maximilian-Universität Staatswissenschaften, veröffentlichte 1921 seinen Roman »Fetzen. Aus der abenteuerlichen Chronika eines Überflüssigen« (Georg Müller Verlag, München; neu ediert in den »Editions du Centre national de littérature«, Mersch 1998, und ausgiebig kommentiert von Gast Mannes, dem auch die Studie »Marieluise Fleißer & Alexander Weicker« in den »Editions Phi & Centre national de littérature«, Echternach, Luxemburg, zu danken ist). Weickers

zweiter Roman »Die Neidmauer« (1922 gedruckt in der »Luxemburger Volkszeitung«) blieb unbekannt. Weicker »flüchtet vor der Münchener Polizei, sie weiß nicht warum« (»Meine Biographie«, GW 4, S. 526) 1922 nach Paris, verdiente als Taxifahrer und wohl durch dunkle Geschäfte das Geld für lange ausgedehnte Reisen durch Rumänien, Portugal und die Schweiz, galt als verschollen, kam 1935 nach Luxemburg zurück, lebte seit 1936 in Wasserbillig, arbeitete nach der Besetzung Luxemburgs unter deutscher Besatzung im Staatsdienst, gründete später eine Firma für Export-Import. Weicker starb am 19. 12. 1983. Fleißer bewahrte ihm ihr Leben lang ein gutes Gedenken. 1927 schrieb sie über ihn in »Der verschollene Verbrecher X«: »Männer, mit denen ich einen Zusammenhang durch Artverwandtschaft spüre, sind (...): Mein erster Freund, der heute verschollene Verbrecher X. Ich bin stolz auf ihn, solange ich lebe. Ich habe seitdem keinen Menschen gesehen, der im Vitalen so groß angelegt war. Eine Naturgewalt von der Art, wie ich mir Jack London vorstelle. Kraft für sieben auf einmal, er mußte immer Obacht geben, daß er mich mit seinen Umarmungen nicht totdrückt. (...) Durch Körpernähe bekam er eine unheimliche Macht über fremde Organismen ...« (Neudruck in »Die List«). – In der Hinterlassenschaft von MFs Schwester Ella fanden sich 1996 die hier gedruckten Jappes-Briefe in einem Umschlag; darauf Vermerk von MF: »Psychologisch interessante Briefe. Er war eine abenteuerliche Erscheinung. Er war Robin Hood. Er hats den Reichen genommen und den Armen gegeben. Ich erinnere mich, daß er einem armen Mädchen, das er gar nicht einmal besonders gut kannte, auf dem Hauptbahnhof in München fünftausend Mark geschenkt hat.« Ob er sie 1927, wie angekündigt, wiedertraf, ist unwahrscheinlich. – Weicker war wohl der erste literarische Mentor für MF. Sie begann – als seine »Mitarbeiterin« – 1921 selbst zu schreiben. Die Arbeiten dieser Zeit, die sich wohl an Weickers exzentrisch-hastigen, »expressionistischen« Stil anlehnten, vernichtete Fleißer, als Feuchtwanger sie heftig kritisierte. (S. »Meine Biographie«, GW 4, S. 525.) – In etlichen Erzählungen Fleißers blieb Jappes gegenwärtig, z. B. in »Der Apfel« (GW 3, S. 311 f.), »Die arme Lovise« (»Moritat vom Institutsfräulein«, GW 3, S. 32 f.), »Die Ziege« (GW 3, S. 76 f.), »Kameraden« und »Der verschollene Verbrecher X« (in: »Die List«). In ihrer späten Erzählung »Das Buch, das nicht ging« bezieht sie sich auf ihre Reise mit Weicker nach Oberammergau 1922. Noch in ihrem Essay »Findelkind und Rebell« (GW 2, S. 324 f.) von 1971 verbindet sich ihr das Phänomen Genet mit der Erscheinung von Jappes; in einem ihrer letzten Texte »Ich ahnte den Sprengstoff nicht« (GW 4, S. 491 f.) erinnert sie an eine kleine Eifersuchtsszene von Jappes auf Feuchtwanger. Briefe von MF an Jappes sind bis jetzt nicht gefunden. Weicker versuchte mit diesen (undatierten) Briefen eine Wiederaufnahme der Verbindung.

3 *Affaire Dr. Fl...:* Auseinandersetzung mit dem Autor Hanns Floerke, bei dem Weicker im Sommer 1922 in München zur Untermiete wohnte, wegen schuldiger Miete.

4 Erster erhaltener Brief von Marieluise Fleißer. Antwort auf ein Schreiben des einflußreichen Berliner Theaterkritikers Herbert Jhering (1888-1977) vom »Berliner Börsen-Courier« (BBC), der zum Freundeskreis Brechts gehörte und wohl von Brecht veranlaßt worden war, der von ihm nun protegierten Autorin Publikations- und Verdienstmöglichkeiten zu verschaffen. MF hatte Ende 1924 (auch auf Einreden Brechts) ihr Studium in München abgebrochen, ging nach Ingolstadt (Kupferstraße 18) zurück, weil der Vater die finanzielle Unterstützung einstellte, und schrieb dort Pfingsten 1925 die Erzählung »Abenteuer aus dem Englischen Garten«. Jherings Brief leitete eine lange Verbindung mit MF ein. Sie schrieb nun für den »Berliner Börsen-Courier« »Der Apfel« und »Die Stunde der Magd« (GW 3); die Arbeiten erschienen im BBC am 18.6.1925 und am 26.7.1925. – *»Die sieben Törichten im Geiste«:* Diese Zusammenfassung zu einem Zyklus kam nicht zustande. – *»Die arme Lovise«:* Erste Veröffentlichung in »Die neue Bücherschau«, Februar 1928. (Späterer Titel »Moritat vom Institutsfräulein«; in GW 3.) – *»An der Schwelle«:* Titel nicht bekannt. – *»Zwischen Schlaf und Schlaf«:* Im BBC vom 2.8.1925; wiedergefunden und ediert von Bernhard Echte in: Marieluise Fleißer, »Die List«, Frühe Erzählungen, Suhrkamp 1995.

5 *Hans von Weber Verlag:* München, verlegte seit 1906 Klassiker und zeitgenössische Autoren in buchkünstlerisch anspruchsvollen Ausgaben. Der Gründer Hans von Weber (geb. 1872) war 1924 gestorben. – *Die vier Geschichten:* Wohl: »Meine Zwillingsschwester Olga«, »Meine Freundin, die Lange«, »Der Apfel« und »Zwischen Schlaf und Schlaf«. – *Die schönste der Geschichten:* »Ein Pfund Orangen«, erschien in »Das Tage-Buch« am 1. 5. 1926. – *Bosch:* Erzählung, nicht ermittelt. – *Ephraim Frisch (1872-1942):* Herausgeber des »Neuen Merkur«.

6 *Stefan Großmann (1875-1935):* Publizist, Journalist und Schriftsteller. Ab 1921 Chefredakteur der Zeitschrift »Das Tage-Buch«.

7 Herbert Jhering schrieb im BBC vom 11. 9. 1925:
»Marieluise Fleißer
Von Marieluise Fleißer sind bisher nur einige Novellen (drei im BBC) erschienen, in Buchform noch nichts. Alles andere, darunter ein Drama, ist Manuskript.
Wer auch nur einen flüchtigen Einblick in einen Teil dieser Arbeiten gewonnen hat, empfindet sofort das Ungewöhnliche. Die Frage der Begabung ist schon ausgeschaltet. Das literarische Talent steht nicht mehr zur Debatte. Marieluise Fleißer ist eine schöpferische Frau (in der deutschen Dichtung der letzten Jahre die erste wieder seit Else Lasker-Schüler).

Marieluise Fleißer wohnt in Ingolstadt. Eine katholische Kleinstadt ist der Nährboden ihrer Phantasie. Es wird zur Realität nichts hinzugetan. Aber die Wirklichkeit selbst geht mit ihren kleinen Zügen in eine neue Welt ein. Ohne Absicht der Gespensterei, ohne Willen zur Phantastik, schreibt Marieluise Fleißer scheinbar sachliche, trockene Berichte, aber von dieser Berichterstattung geht eine seltene Suggestion aus. Das Wort selbst ist wieder Bild geworden. Nicht der Vergleich hebt die Darstellung. Die Darstellung ist das Gleichnis. Marieluise Fleißer hat die entscheidende Begabung der dichterischen Erzählerin: die Mitteilung sofort als Ausdruck zu geben. Dieses ursprüngliche Material-, dieses Werkgefühl scheint mir einer der wesentlichen Bestandteile ihrer Begabung zu sein. So erscheinen die Menschen und die Ereignisse gleichzeitig tragisch und humoristisch, nicht durch Kommentare oder durch Ironie, sondern durch die unheimliche Bannkraft des Blicks, mit dem sie gesehen, und der Sprache, mit der sie gestaltet sind. Welchen Erlebnisraum die Dichterin zu durchschreiten vermag, wieweit sie sich entwickeln wird, kann heute nicht entschieden werden. Aber daß in ihr die Elemente vorhanden sind, ist wichtig genug. Und was das Drama »Die Fußwaschung« betrifft: so könnte nur eine Aufführung, nicht eine Schreibtischbearbeitung entscheiden, wieweit die unheimliche Eindringlichkeit der Gestalten in den Bühnenraum zu transponieren, wieweit sie szenisch angeschaut ist«.

Als Fleißer am 27. Oktober 1926 Ernst Leopold Stahl in München für eine Lesung die Erzählungen »Der Apfel« und »Ein Pfund Orangen« schickt nebst einem »›Song von Ingolstadt‹, der mit Ziehharmonika und Guitarre gedacht ist«, fügt sie diese »von Herbert Jhering vorgenommene Charakterisierung bei, die ich für so vorbildlich halte, daß sie wert ist, bekannt zu werden; ich könnte jedenfalls das Wesentliche über mich nicht mit treffenderen Worten sagen«.

8 Erster erhaltener Brief von Lion Feuchtwanger, den die junge Studentin MF 1922 beim Schwabinger Fasching kennengelernt hatte und zu dem sie – wie ihre Briefe ausweisen – eine lebenslange Zuneigung behielt. – Bezug des ersten Satzes unklar. – *Die Englische Garten-Geschichte:* »Abenteuer aus dem Englischen Garten«, geschrieben Pfingsten 1925. – *Bei Rowohlt:* Der Rowohlt Verlag Berlin nahm nichts von Fleißer an; ihre Verlage wurden zunächst Gustav Kiepenheuer, Potsdam/Berlin und Ullstein, Berlin. – *bei Seeler:* Moriz Seeler leitete damals die Junge Bühne (s. dessen hier folgende Briefe).

9 *Moriz Seeler (geb. 1896, verschollen im Ghetto Riga):* Hatte 1922 in Berlin die Junge Bühne gegründet, die in einmaligen Matineen Stücke junger Autoren mit hoher Besetzung uraufführte. Die Bühne war mit der U von Arnolt Bronnes »Vatermord« am 14. Mai 1922 im Deutschen Theater er-

öffnet worden, hatte zuletzt Brechts »Baal« gebracht (14. 2. 1926). Brecht setzte während der Proben zu »Baal« die U der »Fußwaschung« von MF durch. – *Die Proben:* Begannen Mitte März; am 11. 3. telegrafierte Seeler MF nach Ingolstadt: »Neuer Vorschlag für Titel ›Seelen im Fegefeuer‹. Bitte sofort Einverständnis drahten«; am 18. 3.: »Elften April Uraufführung von Fußwaschung Drahtet sofort Antwort ob einverstanden mit dem Titel Fegefeuer. Brief folgt.« Die Uraufführung war dann nicht am 18. 4. im Lessing-Theater, sondern am 25. 4. 1926 im Deutschen Theater. – *Meßnerknaben:* Die beiden Rollen der Ministranten wurden in der U anders besetzt, s. u. – *Paul Bildt (1885-1957):* Damals schon sehr bekannter Schauspieler in Berlin, führte die Regie zusammen mit Bertolt Brecht. – *auf der Dult:* Jahrmarkt in Ingolstadt. – *Altane:* Höhergelegener terrassenähnlicher Sitzplatz. – *Besetzung der Uraufführung am 25. 4. 1926:* R: Paul Bildt (unter Mitarbeit von Bertolt Brecht), Bühnenbild: Traugott Müller, Berotter: Walter Franck, Olga: Maria Koppenhöfer, Clementine: Helene Weigel, Christian: Martin Koslek, Roelle: Mathias Wieman, Frau Roelle: Frieda Richard, Protasius: Aribert Wäscher, Gervasius: Hanns von Twardowski, Peps: Harry Berber, Hermine Seitz: Maria Paudler, Crusius: Leo Reuß, 1. Ministrant: Rudolf Fernau, 2. Ministrant: Erwin Faber.

10 *Manuskript habe ich:* Feuchtwanger hatte das Fleißersche Manuskript an Brecht gegeben. MF hatte sich auf Seelers Fragen von Feuchtwanger Antwort erbeten, da sie über keine Manuskripte mehr verfügte. – *Brecht, mit dem:* Beide diskutieren im April 1926 über den neu gefundenen Begriff »Episches Theater« und überarbeiten Feuchtwangers Schauspiel »Warren Hastings«; Neufassung »Kalkutta, 4. Mai« (U: 12. 6. 1928, Theater am Schiffbauerdamm, R: Erich Engel). – *furchtbare Zeitungsgeschrei:* Nach den Aufführungen von Bronnens »Die Exzesse« und Brechts »Baal«.

11 *Ihre ausführliche Antwort:* Wohl die erbetene Schilderung des Handlungsablaufs. – *Pepe:* Wurde von Fleißer später zu Peps geändert. – *ein neues Stück schreiben:* Im Juli 1926 motivierte Brecht, angeregt von ihrer Erzählung über die Pioniere, die aus Küstrin zu Übungen nach Ingolstadt gekommen waren, Fleißer zu ihrer Komödie »Pioniere in Ingolstadt«.

13 *eine andere Premiere:* In »Week-End« von Noel Coward; Kammerspiele (R: Erich Engel) am 24. 4. – *Maria Koppenhöfer (1901-1948):* Hatte in allen drei Brecht-Uraufführungen gespielt: die Zeitungsfrau, dann Maria Garga und die Anna (in »Leben Eduards«); später Staatstheater Berlin. – *Erwin Faber (1891-1989):* Hatte den Kragler in Brechts »Trommeln in der Nacht« (U: Kammerspiele München, 29. 9. 1922), Garga in »Im Dikkicht« (U: Residenztheater München, 9. 5. 1923) und die Titelrolle in »Leben Eduards II. von England« (U: Kammerspiele München,

9.3.1924) gespielt. Fleißer sah diese Aufführungen. – *Arnolt Bronnen (1895-1959):* Seeler hatte für diesen neuen Autor, seit 1920 ein Freund Brechts, ein faible. Er hatte die Junge Bühne mit Bronnens »Vatermord« eröffnet (14.5.1922); es folgten dort: »Anarchie in Sillian« (U: 6.4.1924) und »Exzesse« (U: 7.6.1925), die Skandal machten. – *»Septembernovelle«:* Rowohlt, Berlin 1923. – *»Katalaunische Schlacht«:* (U: Frankfurt a.M., 28.11.1924). – *»Ostpolzug«:* (U: Staatstheater Berlin, 29.1.1926). – *neues Stück von Ihnen:* »Pioniere in Ingolstadt«, wurde im Theater am Schiffbauerdamm in Berlin am 30.3.1929 aufgeführt, nicht mehr in der Jungen Bühne, die Seeler 1927 aufgab (s.a. Brief 29). – Über ihre Begegnung mit Brecht und die U von »Fegefeuer« siehe die Fleißersche Erinnerung »Frühe Begegnung«, 1964 (in GW 2, S. 297f.).

16 *Heinrich Fleißer (1868-1946):* Vater von Marieluise Fleißer, Geschmeidemacher (Werkzeugschmied) und Eisenwarenhändler in Ingolstadt, Kupferstraße 18. Ihre Mutter, Anna Maria, geb. Schmidt, war 1918 an der Grippe-Epidemie gestorben, der Vater hatte im Oktober 1921 wieder geheiratet und zwar die damals zwanzigjährige Maria Werler, die, 1901 geboren, also gleichaltrig war mit MF. – *Ich habe einen Erfolg:* Stück und Aufführung von »Fegefeuer in Ingolstadt« wurden von der maßgebenden Kritik in Berlin sehr gut besprochen (s. Materialien, S. 36ff.). – *in Geschäftsbeziehung treten:* Wie Brecht empfahl, schließt sie einen Werkvertrag mit Ullstein, wo Julius Elias den Theaterverlag »Arcadia« leitet; sie erhält vom 1.5.1926 bis 30.4.1927 von dort eine Rente von 200 Mark monatlich. Sie verpflichtet sich, »bis zum Ablauf des Jahres 1927 uns Ihre gesamte Produktion zuerst einzureichen und uns hierauf das Vorrecht einzuräumen« (Brief von Ullstein, 1.5.1926). Am 3.5. ist sie im Verlag, unterschreibt den Vertrag für die Übernahme von »Fegefeuer in Ingolstadt« und den Vertrieb des Stückes durch den Arcadia Verlag (Urheberrechtsanteil für sie: 80 Prozent); von den eingereichten Erzählungen bleibt »Der Apfel« dort für eine geplante Anthologie (Brief des Verlags vom 4. 3. 1926). Mitte Mai ruft Brecht im Ullstein Verlag an und fragt, ob sie »in allernächster Zeit daran gehen würden, Ihre Novellen in Buchform herauszubringen«; der Verlag bedauert und gibt »deshalb dieses Novellenbuch für Kiepenheuer frei« (Brief des Verlags vom 19.5.1926). Brecht ist in diesen Tagen bemüht, die Novellen im Gustav Kiepenheuer Verlag, Potsdam, unterzubringen, reicht dort zwei ihrer Erzählungen ein und erklärt, wie der Verleger an MF schreibt, er wolle sich bemühen, die Rechte von Ullstein »frei zu bekommen unter der Voraussetzung, daß ich Ihnen für den Novellenband, der im Herbst erscheinen soll, einen Vorschuß zahle. Nachdem er wiederholt darauf bestanden hatte, musste ich leider aus diesem Grund die Annahme verweigern und habe Herrn Brecht gestern die Novellen mit einer entspre-

chenden Notiz zurückgesandt«. Kiepenheuer bittet in diesem Brief vom 28.5.1926, in Zukunft auf jede solche Vermittlung zu verzichten, denn »Es ist bisher mein allervornehmstes Prinzip gewesen, mit den Autoren selbst zu verhandeln«. Die ihm »heute« zugesandten drei Novellen werde er zur Lektüre in den Urlaub mitnehmen. Anscheinend war Gustav Kiepenheuer danach bereit, an eine Veröffentlichung zu denken, verzögerte Verhandlungen erlaubten nicht, den Band in der Herbstproduktion 1927 unterzubringen. Am 7.5.1927 gibt er die Erzählungen zurück mit der Aussicht, Anfang 1928 neu zu verhandeln. Der Vertrag mit Ullstein wird nach Ablauf am 30.4.1927 um ein Jahr verlängert (Brief des Ullstein Verlags vom 3.5.1927).

17 *Herbert Jhering:* Hatte die rühmendste Kritik über die U von »Fegefeuer« geschrieben (BBC, 26.4.1926). Er bemühte sich, eine neue Erzählung für die Zeitung zu bekommen, nachdem »Der Apfel«, »Die Stunde der Magd« und »Zwischen Schlaf und Schlaf« erschienen waren. Anscheinend hatte er sich beklagt, daß Fleißer sich nach seiner Rezension nicht gemeldet hatte.

18 Aus Berlin. – *da die feinde fortfallen:* Die U von »Fegefeuer« hatte nicht die Verrisse ausgelöst, die Brechts bisherige Stücke bekamen, bes. »Mann ist Mann«. – *stärkeren tabak:* Brecht stritt mit dem Kiepenheuer Verlag, der die »Ballade vom toten Soldaten« (in der »Hauspostille«) nicht drukken wollte. Brecht wechselte zu Ullstein. – *sir olivers cut plug . . .:* Werbespruch für eine Tabaksorte. – *nach paris:* Brecht flog am 30. Mai mit Caspar Neher nach Paris. – *auto:* Es war Elisabeth Hauptmann nicht gelungen, einen Reklamewagen für Brecht zu beschaffen. – Fleißer war inzwischen nach Ingolstadt zurückgegangen. – *nächste adresse:* S. Brief 19. – *dem kroner:* Friedrich Kroner, seit 1926 Chefredakteur des »Uhu«, satirisch-literarisches Monatsmagazin aus dem Ullstein Verlag.

19 *an dem Lustspiel:* An »Pioniere in Ingolstadt«.

20 *Monty Jacobs (1875-1945):* Theaterkritiker der »Vossischen Zeitung« Berlin, dem Blatt Theodor Fontanes, seit 1921 dort Chef des Feuilletons. – *»Die Nachgiebige«:* Erschien am 16.9.1927. – *»1914 im Blick eines Kindes«:* Vermutlich »Der Gefangene und das Kind«; Text verschollen. – Am Tag nach Erhalt dieses Briefes schickt sie am 29.8.1926 die zurückgegebenen Texte an Herbert Jhering: »Das kleine Leben«, »Das Märchen vom Asphalt«, »Der Gefangene und das Kind«.

21 *in meiner verbrecherlaufbahn:* »Spätsommer und Herbst 26 besucht sie Brecht öfter in Augsburg, das ist ihre schönste Zeit mit ihm« (»Meine Biographie«, GW 4, S. 529). – *Emil Burri (1902-1966):* Regisseur, Dramaturg, Freund und Mitarbeiter Brechts; inszeniert 1932 die U von Brechts »Die Mutter«; später Filmdramaturg.

22 *nach Berlin kommen:* MF ging erst im Januar 1927 nach Berlin. – *drei*

Stücke: »Wird Hill amnestiert?«, Komödie 1925/6; »Kalkutta, 4. Mai«; »Die Petroleuminseln«, Stück in drei Akten (1926). – *»Vasantasena« (Das irdene Wägelchen):* Sehr erfolgreiche Bearbeitung eines indischen Schauspiels, angeblich des Königs Sudraka (U: Mannheimer Nationaltheater, 4.3.1916).

24 *Alfred Kerr (1867-1948):* Seit 1901 Theaterkritiker bei »Der Tag«, ab 1919 beim »Berliner Tageblatt«; der meistbeachtete Theaterkritiker in Berlin. Fleißer verehrte ihn sehr, weil sie sich von ihm erkannt fühlte (s. Brief 212). Der Feuilletonchef des »Berliner Tageblatts«, Fred Hildenbrandt, antwortete am 20.1.1927: »Sehr geehrtes Fräulein Fleisser, Herr Dr. Kerr übergab mir Ihre Erzählung zur Prüfung und ich muss sagen, daß ich höchst entzückt von ihr bin und dass ich sie gerne und sehr bald drucken werde (...).« – *die Erzählung:* »Abenteuer aus dem Englischen Garten«; erschien in der Osternummer des BT am 17.4.1927. Danach schickte sie die Erzählung an Herbert Jhering (s. Brief 25).

26 *Bernhard Diebold (1886-1945):* Dramaturg im Schauspielhaus München, war von 1917 bis 1933 Theaterkritiker der »Frankfurter Zeitung« in Frankfurt, ab 1927 in Berlin. Fleißer zählte ihn zu ihren wesentlichen Kritikern. – *vor meiner Kleistpreis-Verteilung:* Diebold hatte den Kleist-Preis 1926 zuzuerkennen. Unter den elf Kandidaten war auch die von Herbert Jhering vorgeschlagene MF. Er gab den Preis aber an Alexander Lernet-Holenia und Alfred Neumann.

27 *Hannes Küpper (1897-1955):* Radrennfahrer, wurde durch ein eigenes Gedicht mit Brecht bekannt, lernte im Brecht-Kreis in Berlin MF kennen; wurde 1927 Dramaturg im Schauspielhaus Essen und war jetzt, noch in Berlin, mit der Vorbereitung der Spielzeit beschäftigt; gab seit Herbst 1927 mit Erik Reger zusammen die Theaterzeitschrift »Scheinwerfer« heraus. (Über Küpper: s. H.-J. Weitz in Materialien, S. 166f.). Er brachte dem Essener Schauspieldirektor Martin Kerb die »Pioniere«, der sie uraufführen wollte, und im 2. Heft des »Scheinwerfer« den Kleistaufsatz Fleißers (»Der Heinrich Kleist der Novellen«). Versprach, später »Bruder des Blitzes« zu bringen (s. Brief 29). Im Brief vom 30.1.1928 fordert er dringend »ein paar Novellen von Dir« an. – *Aufführungstermin:* 1. April 1928. – *Konventionalstrafe:* Wenn der Termin nicht eingehalten wird. – *Martin Kerb (1880-1953):* Schauspieldirektor in Essen. – *Caspar Neher (1897-1962):* Mitschüler und enger Freund Brechts; Bühnenbildner und Maler; war damals Bühnenbildner in Essen. – *Oberbürgermeister:* Franz Bracht (wurde später Innenminister der Republik). – *Rudolf Schulz-Dornburg (1891-1941):* Leitete die Essener Oper.

28 *Peter Martin Lampel (1894-1965):* Schriftsteller, Dramatiker, hatte mit seinen Büchern und Stücken über Probleme der gegenwärtigen Jugend (»Jungen in Not«, »Revolte im Erziehungshaus«) bald aufsehenerre-

gende Erfolge (1928/29). – *Fegefeuer und den Pionieren:* »Fegefeuer« war uraufgeführt, die »Pioniere in Ingolstadt« noch nicht; das 1926 begonnene Stück war im Dezember vom Vertrieb des Ullstein Verlags (Arcadia) zu den »Fegefeuer«-Bedingungen übernommen worden. (U: 25.3.1928 in Dresden). – *Am Strande:* Lampel, ein alter Freikorpskämpfer, war damals im Kurlazarett in Kolberg. Er hatte erfahren, daß auch die junge Marieluise Fleißer in Kolberg war. Der Grund ihres Aufenthaltes dort ist unbekannt.

29 MF hatte Ende September von Küpper den Text der »Pioniere« zurückerbeten, weil Seeler das Stück in der Jungen Bühne in Berlin aufführen wollte. Die Option der Münchner Kammerspiele vom 12.12.1926 auf das Stück wurde zurückgegeben, die Aufführung damit frei (s. Anm. zu Brief 34). – *das bessere:* Seelers Junge Bühne brachte nur einmalige Aufführungen, in Essen wäre die Aufführung ins Repertoire gegangen. Die Aufführung bei Seeler kam nicht mehr zustande, weil Seeler 1927 seine Junge Bühne aufgab.

30 Die konservative *»Magdeburgische Zeitung«* baute vom Sommer 1926 ab ihr Feuilleton aus, »um den Lesebedürfnissen besonders auch der Frau Rechnung zu tragen«. Der aus Berlin engagierte junge Feuilletonredakteur Bernard Guillemin (Mitarbeiter des »Berliner Börsen-Couriers«) bemühte sich erfolgreich um die Mitarbeit von Autoren wie Brecht, Musil, Polgar, Ernst Weiß, Walter Benjamin, Heinrich Mann, Döblin, Roth, Jahnn u.a., auch um MF. 1927 erschienen hier in schneller Folge etliche Beiträge von ihr. Fleißer erinnerte sich an diese Arbeiten, wertete sie im Gespräch aber sehr ab als »Zeitungsarbeiten, um Geld zu verdienen«, bewahrte die meisten von ihnen auch nicht auf; sie fehlen also auch in den GW. Sie wurden wieder aufgefunden und ediert von Bernhard Echte in »Die List. Frühe Erzählungen«, Suhrkamp Verlag 1995. – *Kleist-Aufsatz:* »Der Heinrich Kleist der Novellen«, erschien am 18.10. gleichzeitig in der »Magdeburgischen Zeitung« und der Hauszeitschrift des Essener Theaters »Scheinwerfer« (s. Briefe 29 und 30).

31 *Über Buster Keaton:* Erschien am 6.12.1927 im BBC (GW 2, S. 321). – *über meinem Roman:* Der Ullstein Verlag verlangte einen Roman; Fleißer beschäftigt sich mit der stigmatisierten Therese von Konnersreuth, versucht einen Briefroman, »kommt aber damit nicht zurecht« (»Meine Biographie«, GW 4, S. 529).

33 *Richard Friedenthal (1896-1979):* Hatte MF in München kennengelernt; seit 1922 freier Schriftsteller, schrieb damals an »Der Eroberer, Cortez«. Zu ihm bestand eine immer wieder auflebende Verbindung. – *Münchener N.N.:* Münchner Neueste Nachrichten. – *Deines Stückes:* Der »Pioniere in Ingolstadt«. – *mit M.:* Mit München, Friedenthal übernahm bald darauf ein Lektorat im Knaur Verlag, wurde 1930 dort Direktor.

34 *»Die Ziege«:* Im BT vom 4.3.1928 (GW 3, S. 76f.). – *Dein Brief:* Nicht überliefert. – *»Die Pioniere«:* Die Komödie »Pioniere in Ingolstadt« war Ende 1926 fertig, wurde 1927 überarbeitet. Die Pläne, die U der »Pioniere« im neuen Schauspiel in Essen herauszubringen (s. Brief 27) zerschlugen sich, weil der neue Schauspieldirektor Martin Kerb nach heftigen Auseinandersetzungen überraschend demissionierte und »die jetzige Direktion unter den heutigen neuartigen Verhältnissen keine Neigung hat, das Werk herauszubringen« (Brief des Arcadia Verlags an MF vom 31.8.1928). Die Direktion der Münchner Kammerspiele (Otto Falckenberg/Adolf Kaufmann) hatte schon am 12.12.1926 mit dem Arcadia Verlag und MF einen Vertrag über die alleinige Uraufführung des Stückes geschlossen, befristet bis zum 1. September 1928. Der Vertrag wurde Ende 1927 gegen Ablösung von 550 Mark aufgelöst. So kam die U nach Dresden. U in der Komödie Dresden am 25.3.1928. Regie: Renato Mordo. – *die Geschichten:* Die bisher geschriebenen Erzählungen; Kiepenheuer veröffentlichte sie im Frühjahr 1929 unter dem Titel »Ein Pfund Orangen« (GW 3, S. 319).

35 Im März war MF in Dresden zu den Proben für die U der »Pioniere« (U: 25.3.1928). – *einen Artikel von mir:* Im BBC vom 25.3.1928 erschien »Bruder des Blitzes. Der moderne Menschentyp« (später: »Sportgeist und Zeitkunst«; GW 2, S. 317ff.). Brecht schrieb im Herbst 1927 in Zusammenhang seiner Mitarbeit an Piscators Inszenierung von Tollers »Hoppla, wir leben« (6.8.1927) über den »Neuen Typus Mensch«. Fleißer zeigt auch hier seinen Einfluß auf ihr Denken und Schreiben.

36 *Josef Haindl (1899-1958):* Geselle im Geschäft von Heinrich Fleißer, von dort Bekanntschaft und heftige Liebesleidenschaft für die junge Marieluise Fleißer; Haindl wurde in der Region bekannt durch seine sportlichen Leistungen und seine Siege in Schwimmwettbewerben. So erscheint er u.a. in Fleißers Roman »Mehlreisende Frieda Geier« (später: »Eine Zierde für den Verein«) als Gustl Gillich, als Nickl in »Avantgarde« und »Der Rauch«. Auch während ihrer Beziehungen zu Lion Feuchtwanger und Brecht hält die durch ihre Rückkehr von München nach Ingolstadt (1924, ohne Examen an der Universität) wieder verstärkte Verbindung zu Josef (Bepp) Haindl. Im Sommer 1927 fährt sie mit ihm an den Wörthersee; 1928 gründet Haindl in Ingolstadt sein eigenes Tabak-Geschäft; auf sein Drängen verlobt sie sich im Sommer 1928 mit ihm. Der Brief, drei Tage vor der Premiere der »Pioniere« in Dresden geschrieben, zeigt wie alle folgenden die bedrängende Leidenschaft des Mannes wie seine Art zu schreiben (s. dazu auch »Avantgarde«, Kap. IIf.). – *In Nürnberg:* Beim Schwimmfest. – *mein Strikerl:* Haindls Kosename für Fleißer; in anderen Briefen »Mein Punny«. – *als beschleunigter:* Beschleunigter Personenzug.

37 *bei mir ist alles in Aufruhr:* Premierentag von Fleißer; U der »Pioniere« in Dresden.

38 *Renato Mordo (1894-1955):* War stellvertretender Intendant der 1926 eröffneten »Komödie« in Dresden und Regisseur der U der »Pioniere«; Mordo hatte in Dresden nach dem Vorbild Moriz Seelers in Berlin eine Junge Bühne eingerichtet. Die U der »Pioniere« übernahm er auf Vorschlag Brechts, der das Stück erst »in der Provinz« erproben wollte. In seiner Rezension der Dresdener Aufführung empfiehlt Jhering das Stück für Berlin. – *Direktor Fischer:* Hanns Fischer; mußte Ende der Spielzeit aufgeben. – *im Namen der Wessely:* Trude Wessely, spielte die Berta.

39 *Reichskunstwart:* Von 1920-1933 der Kunsthistoriker Edwin Redslob. – *Oskar Loerke (1884-1941):* Lyriker, Schriftsteller, Lektor im S. Fischer Verlag. – *Ihren Aufsatz:* »Bruder des Blitzes«; s. Anm. zu Brief 35. Am 25. Juni schreibt Dr. Neumeyer, daß trotz seines persönlichen Vortrags in Amsterdam der Fleißersche Text nicht aufgenommen worden sei, weil »ein Zeitungsaufsatz mit Rücksicht darauf, daß von anderen Ländern kein solcher eingereicht war, nicht mehr in Frage kam«.

42 *Leoni*: Bairisch für »Lyoner Wurst«.

43 *Eumalkal*: Falsch erinnerter Name des 1928 herausgebrachten Hustenbonbons Em-eukal.

47 Haindls Briefe von Juli 1928 an gehen nach München, wohin sich Fleißer zurückgezogen hat, um zu arbeiten (Neufassung der »Pioniere«, Romanversuche); er besucht sie dort an den Wochenenden. – *Schwester Jettie (Jetty):* Aus der ersten Ehe des Vaters mit Anna Maria Schmidt (1.4.1874-14.12.1918) waren sechs Kinder hervorgegangen, vier Mädchen: Anna Theresia Franziska (Sr. M. Fidelis, 7.3.1899-5.11.1949); Louise-Maria (Marieluise, 22.11.1901-2.2.1974, MF gab den 23. als ihren Geburtstag an); Henriette Franziska (Jetty, 12.2.1903-21.12.1974); Gabriele Maria (Ella, 28.10.1909-31.10.1996); und zwei Söhne: Heinrich Andreas (7.3.1899-22.2.1901, neun Monate vor der Geburt von Marieluise) und Heinrich Christian (Heiner, 15.2.1907-20.3.1975).

48 *Feuchtwanger hat:* »Kalkutta, 4. Mai«, Residenztheater München, 7.9.1928, R: Karl Hans Böhm. – *Brecht hat:* Bezieht sich wohl auf die Neufassung dieses Stücks (s. Anm. zu Brief 8).

49 *nach München gekommen:* MF war also am 23. mit Haindl in Ingolstadt bei der Regatta des Ruderclubs. – *mit dem Arbeiten:* Die Briefe Haindls belegen die Notiz Fleißers: »Wird von dem Sportschwimmer und seinem neugegründeten Geschäft sehr in Anspruch genommen, gibt seinem Drängen nach und verlobt sich mit ihm. Aber er bräuchte eine andere Frau« (»Meine Biographie«, GW 4, S. 529).

50 *die Schütt:* Donauauen bei Ingolstadt, mit Auwald bestanden. – *in Pörtschach:* Dem Ort gemeinsamer Ferientage.

52 Josef Haindl hatte sich selbständig gemacht, seinen neuen Tabakladen eröffnet. (S. dazu den Anfang des Fleißerschen Romans »Mehlreisende Frieda Geier«.) – *unten:* Im Laden des Vaters.

53 *Erich Fisch:* Oberspielleiter, freier Regisseur, (ab 1933 Intendant der Oper in Königsberg). Die hier so emphatisch angekündigte Aufführung im Kleinen Theater in Kassel kam nicht zustande (s. Brief 55). Auch seine Absicht, das Stück in Berlin herauszubringen, scheiterte, weil sich Ernst Josef Aufricht, Direktor des Theaters am Schiffbauerdamm, eng verbunden mit Brecht seit dem Riesenerfolg der »Dreigroschenoper« (U: 31.8.1928), um die U der Neufassung der »Pioniere« bewarb (s. Brief 57).

54 Der Rest des Briefes ist nicht erhalten.

55 *die Autogeschichte:* Die erste Fassung der »Pioniere« enthielt eine von Brecht geforderte Szene mit einem Auto; sie war schon ein Problem der Dresdener U; Fleißer nahm sie heraus.

56 *Kurt Pinthus (1886-1975):* Seit 1922 angesehener und einflußreicher Kritiker beim »8-Uhr-Abendblatt« in Berlin, hielt am 18.12.1928 im Berliner Rundfunk seinen Vortrag über Marieluise Fleißer (Text in Materialien, S. 365 f.). Helene Weigel las zehn Minuten aus Fleißer-Texten.

57 Die Auflösung des Vertrags mit Erich Fisch war die Voraussetzung für die Inszenierung im Theater am Schiffbauerdamm bei Aufricht.

58 *in Berlin bist:* Brecht hatte sie durch ein Telegramm von Ingolstadt zu den Proben für die Aufführung der »Pioniere in Ingolstadt« nach Berlin gerufen. – *Ella:* S. Anm. zu Brief 47. – *»Marie«:* Die junge zweite Frau ihres Vaters. – *Glaci (Glacis):* Ringförmige Parkanlage um Ingolstadt, früher freies Schußfeld vor den Festungsmauern. – *von der Sprengung:* Des Eises. – *Giftgas in Berlin:* Peter Martin Lampels neues Stück »Giftgas über Berlin«, das nach der U (5.3.1929 im Theater am Schiffbauerdamm) vom Polizeipräsidenten verboten wurde. – *M.N.N.:* Münchner Neueste Nachrichten. – *Max Hölz (1889-1933):* Anführer des kommunistischen Aufstandes in Mitteldeutschland 1921; zu lebenslangem Zuchthaus verurteilt, war 1928 begnadigt worden; ging nach Rußland.

59 *die Soldatenlieder:* Wurden für die Proben der »Pioniere« gebraucht; anscheinend wußte MF, die auf Brechts Hinweis Texte umschrieb und Soldatenlieder einfügen sollte, sich nicht anders zu helfen als durch die Postkarte (nicht überliefert) an Küpper. – *Die Ereignisse vom 30. März bis Mitte Juni:* Die 1. Premiere der »Pioniere in Ingolstadt« fand am Ostersamstag, 30. März 1929 im Theater am Schiffbauerdamm statt. Marieluise Fleißer schildert in »Meine Biographie« (GW 4, S. 529 f.) den Zusammenhang: »Die offizielle Regie führt Jakob Geis, Brecht steht dahinter und schafft an, zeichnet aber nicht namentlich. Premiere Ostersamstag. Ein vorbereiteter Theaterskandal mit politischem Hintergrund.

Die Leute waren schon vorher aufgefordert worden, Hausschlüssel mitzubringen. Polizeivizepräsident Weiß will das Stück verbieten, Striche müssen gemacht werden. Das eingestrichene Stück wird am Ostersonntag den in aller Eile noch einmal geladenen Kritikern ein zweites Mal präsentiert, ein ziemliches Novum. Angriffe der nationalen Presse und besonders auch der Heimatpresse. Oberbürgermeister Gruber von Ingolstadt protestiert beim Deutschen Städtetag gegen ›das gemeine Machwerk, das Schmäh- und Schandstück‹. Feuchtwanger rät ihr, den Oberbürgermeister auf Beleidigung zu verklagen. Der Vater erteilt ihr Hausverbot. Sonderbare Reaktion von Brecht, er triumphiert. Bruch mit Brecht noch im April. Der Zorn hätte sich allerdings wieder gelegt, wenn nicht ein unerwartetes Ereignis eingetreten wäre.« (Zum Bruch mit Brecht s. die Erzählung »Avantgarde«, GW 3, S. 117f., zu den Rezensionen und Wirkungen der Aufführung s. Materialien, S. 62-132.) – *Besetzung der Aufführung im Theater am Schiffbauerdamm 30. 4. 1929:* R: Jacob Geis, Bühnenbild: Caspar Neher, Korl: Albert Hoerrmann, Schiefing: Marcel Mermino, Schwacher Max: Heinrich Mathies, Blasse Fresse: Heinrich Gretler, Langes Laster: Franz Weilhammer, Fabian Benke: Peter Lorre, Der alte Benke: Ludwig Stößel, Berta: Hilde Körber, Alma: Lotte Lenja, Frieda: Margarete Melzer, Bibrich: Karl Hannemann, Der Fremde: Kurt Gerron, Photograph: Sigismund v. Radezki, Feldwebel: Leo Reuß, Hauptmann: Viktor Gehring u. a.

60 Der Aufnahmeantrag in den »Schutzverband deutscher Schriftsteller« soll die Klage gegen den Ingolstädter Oberbürgermeister Dr. Friedrich Gruber ermöglichen. Der Rechtsvertreter des Verbandes, Dr. Klee, vertritt die Klage in erster Instanz vor dem Amtsgericht Berlin-Mitte, nach deren Abweisung auch die Revisionsverhandlung vor demselben Gericht, die am 14.2 1931 mit einer Verurteilung von Dr. Gruber zu 30 Mark Geldstrafe endet (Dokumentation in Materialien, S. 113f.).

61 Nach dem Sensationserfolg der »Pioniere«, der den Namen von Marieluise Fleißer bekannt machte und ihr viele Angebote zur Mitarbeit an Zeitungen und Zeitschriften einbrachte, erneuerte der Ullstein Verlag den Vertrag. Am 24. 4. sagte daraufhin MF zögernd in Gang gekommene Gespräche mit dem Drei Masken (Theater)Verlag ab, in denen es um ein neues Stück gegangen war, das sie mit Lion Feuchtwanger schreiben wollte (das aber nicht zustande kam).

62 Im Laufe der gerichtlichen Auseinandersetzung schrieb Fleißer, wohl auf Anraten von Lion Feuchtwanger und mit Unterstützung des Feuilletonchefs des »Berliner Tageblatts«, Fred Hildenbrandt, einen *»Offenen Brief nach Ingolstadt«*, erschienen im »Berliner Tageblatt« am 17. 4. 1929. Der Brief wurde in der Hauptverhandlung zitiert, Fleißer bekannte: »Die Form ist mir mißglückt, ich stehe nicht an hier zu erklären,

daß ich den Brief bedaure« (s. Materialien, S. 129). Die ironische Behandlung des Themas entspricht nicht dem Fleißerschen Stil, man spürt die ihr von ihren Freunden zugeschobenen Formulierungen.

64 *beim Stahl gelernt:* Geschäft für Haushalt- und Eisenwaren in der Donaustraße – *Maidult:* Maifest.

66 Der Brief Haindls besagt, daß Fleißer von den Auseinandersetzungen berichtet hat. Sie bleibt nach dem Pioniere-Skandal in Berlin, hat noch im April aus Erregung mit Brecht gebrochen. Josef Haindl schreibt in den folgenden Wochen seine rührend-hilflosen, immer flehenderen und besorgteren Briefe nach Berlin, noch in jenen Tagen, in denen Fleißer eine neue Bindung in Berlin beginnt; die mit Hellmut Draws-Tychsen.

67 *das Verloben durchgesetzt:* Haindls Eltern hatten Einwände gegen diese Verbindung mit einer »Literarischen«.

68 *länger wie den Mai:* Fleißer geht nach dem Bruch mit Brecht (s. ihre Erzählung »Avantgarde«) eine neue Beziehung ein. Aus den haindlschen Briefen geht hervor, daß sie wenig schreibt und verbirgt, was sich vollzieht. Sie beschreibt das später in »Meine Biographie« so: »Auf dringendes Zureden von Feuchtwanger, sich nicht mit der sinnlosen Ehe in Ingolstadt ihre Berufsarbeit zu zerstören, löst sie die Verlobung (mit Josef Haindl). Aber sie fühlt sich schutzlos. Sie hat auf Feuchtwanger gehört. Trotzdem ist das Bedürfnis nach einer engen menschlichen Bindung, an der sie einen Halt finden kann, so übermächtig in ihr geworden, daß sie sich schon bald darauf mit einem Journalisten verlobt. Bei ihm wird sie wenigstens schreiben können, sie wird einen Schutz haben gegen Brecht.« Dieser Journalist ist der Schriftsteller und Redakteur *Hellmut Draws-Tychsen*, eine Gegenfigur zu Brecht, konservativ, in nordischer Dichtung denkend, Redakteur in der »Berliner Börsen-Zeitung«, dem national-konservativen Konkurrenzblatt zu Faktor/Jherings demokratischem »Berliner Börsen-Courier«. Die Verbindung mit Draws-Tychsen beginnt schon Anfang Mai (s. Anm. 139); Fleißer läßt sich Sachen aus Ingolstadt schicken.

69 *heute die Dreigroschenoper:* Die Wiederaufnahme des großen Erfolges löste die Aufführungen der »Pioniere« ab; sie wurden 43 mal gespielt. – *die Pioniere:* Der Intendant hatte das Manuskript angefordert, um die Aufführbarkeit in Ingolstadt zu prüfen. – *1. Mai in Berlin:* Rebellion der Kommunisten gegen das vom Polizeipräsidenten Zörgiebel erlassene Demonstrationsverbot; heftige Zusammenstöße vor allem im Wedding und in Neukölln, »Berliner Blutmai«, insgesamt 31 Tote. – *zum 41 mal:* Die 41. Aufführung des Stücks in Berlin.

70 *Seit Samstag:* Reaktion auf (nicht überlieferte) Briefe von MF, in denen sie die Verlobung mit Bepp Haindl aufkündigte. Josef Haindl sucht eine Aussprache mit ihr in Berlin und kündigt seine Ankunft für Samstag,

18. Mai, an. Bei diesem Zusammentreffen kommt es zu heftigen Auseinandersetzungen; Fleißer spricht sogar von einem Mordversuch in der Nacht (s. »Avantgarde«, Kap. IV und Brief 79) und einer erzwungenen Neuverlobung; die folgenden Briefe von Josef Haindl zeigen, daß er an eine neue Versöhnung und gemeinsame Zukunft glaubt; MF (bzw. Cilly Ostermaier in »Avantgarde«) schickt ihm den wieder angelegten Ring bald wieder zurück.

71 *am Samstag:* 18. Mai 1929. Haindl war fünf Tage in Berlin, fuhr am 23. 5. zurück. (S. dazu »Avantgarde«).

72 *ein Boot ohne Rollsitz:* Haindl war in Ingolstadt ein sehr guter Ruderer.

75 *an deinen Vater:* MF schrieb ihm auf Haindls Drängen am 20. 6. (s. Brief 79). – *mag früher gewesen sein:* Differenzen wegen des abgebrochenen Studiums, die Rückkehr nach Ingolstadt mit den damit verbundenen Spannungen im Haushalt und im Zusammenleben mit der jungen, gleichaltrigen Stiefmutter wurden durch den »Pioniere«-Skandal, der in Ingolstadt heftige Erregungen auslöste, so verstärkt, daß der Vater ihr danach angeblich Hausverbot erteilte. (»Meine Biographie«, GW 4, S. 530 und in »Avantgarde«: »Der Vater schrieb und verbot ihr sein Haus, den Brief las sie als ersten. ›Du darfst nicht herkommen‹, schrieb selbst der Nickl ›die arbeiten dich auf und mich‹.« Beide Briefe nicht überliefert, die Erinnerung von MF ist nicht belegbar; s. a. Brief 81).

78 *Gelegenheit zu einer Aussprache:* Haindl hoffte wohl immer noch, durch die persönliche Begegnung die Bindung wiederherstellen zu können.

79 *Stadtratssitzung:* Öffentliche Sitzung des Stadtrates am 18. April über die Folgen der Aufführung der »Pioniere« für Ingolstadt. Bericht in Materialien, S. 113 f. – *Wortlaut des Protestes* vom 6. April 1929: »Gegen das gemeine Machwerk der Schriftstellerin Marieluise Fleißer ›Pioniere in Ingolstadt‹, wodurch Ingolstadt und seine Einwohnerschaft und die ehemalige Piониergarnison aufs schwerste beleidigt und verhöhnt wird, erheben wir feierlichst Protest. Ebenso protestieren wir gegen die weitere Aufführung dieses Schmähstücks, schließlich protestieren wir auch gegen die Art und Weise der Besprechung dieses Fleißerschen Schandstücks im ›Vorwärts‹. Ingolstadt, Stadtrat.« – *der Oberbürgermeister:* Dr. Gruber (s. Anm. zu den Briefen 59 und 60). – *andere Kritiken:* S. Materialien, S. 68 f. – *wenn Heinrich:* Der Sohn studierte noch immer. – *umbringen will:* Haindl scheint sie während seines Besuches in Berlin in der Erregung tödlich bedroht zu haben (s. a. »Avantgarde«, GW 3, S. 164). – *der Pepp:* Josef Haindl.

80 *mein Erstlingsbuch:* Noch vor der Schwedenreise war ihr erster Erzählungsband bei Gustav Kiepenheuer erschienen: »Ein Pfund Orangen«, Lektor: Hermann Kesten. Hellmut Draws-Tychsen nahm es zum Anlaß

eines Rundfunkvortrags »Aufklang für Marieluise Fleißer« (Text in Materialien, S. 157f.).

81 *das Buch:* »Ein Pfund Orangen«.

82 Am 5. Juli fuhr MF zurück nach Ingolstadt, um ihre Sachen zu ordnen. Sie wird erfaßt vom Konflikt zwischen den beiden Männern; fährt am 10.7. zurück nach Berlin zu Draws-Tychsen, wohnt dann in der Niebuhrstraße 68. – *Von dem Mann:* Josef Haindl. – *Hellmut Draws-Tychsen:* Am 8. 10. 1904 in Elbing geboren, war also drei Jahre jünger als Marieluise Fleißer, stammte aus einer mittelnorwegischen Familie. Zur Zeit der Begegnung in Berlin hat er zwei Tragödien geschrieben »Ylp« (1925), »Welten ohne Brücken« (1927). »Mein Westpreußenland«, Gedichte, erscheint 1929. Während der gemeinsamen Zeit bis 1934 schreibt er »Requiem und Hymnen für Cecilie Tychsen« (Tochter des Orientalisten Thomas Christian Tychsen, starb 1812, 19 Jahre alt, in Berlin) (1930), die Komödie »Norwegische Hummern«, »Nordische Gedichte« (1932) und arbeitet an der Komödie »Opernprobe« (1935). – Sein schriftstellerischer Ehrgeiz dauert bis in die sechziger Jahre, ohne ihm wirklich zu einem Durchbruch zu verhelfen, er wird spät bekannt mit völkerkundlichen Studien. Sein Hauptverdienst ist sein Eintreten für den Jugendfreund Paul Scheerbart (Ausgabe seiner »Dichterischen Hauptwerke« und »Katerpoesie« im Verlag Goverts, 1962), dessen Nachlaßverwalter er ist, und für Walter Serner und Ernst Wilhelm Lotz, dessen Nachlaß er ediert. Draws-Tychsen, viel reisend, sprachgewandt, wird Professor für Völkerkunde, übersetzt Alarcon, kommt im 3. Reich trotz seiner guten Beziehungen in ein KZ. »Vier Jahre hitlerischer Konzentrationslager sind eben doch kein Pappenstil ... Und wofür das Alles? Ich hätte auch rechtzeitig emigrieren sollen« (Brief an Richard Friedenthal vom 17. 10. 1960). Draws-Tychsen starb am 7. 1. 1973 in Gabersee, ein Jahr vor Fleißer. – Die Reise Fleißers mit ihm nach Schweden hatte zu einer engeren Bindung geführt. Sie berichtet: »Mai/Juni: Schwedenreise mit Draws, von der sie als offiziell Verlobte zurückkehren. Sie weiß nicht, daß sie damit größten Schwierigkeiten entgegengeht, weil er der völlige Antipode von Brecht ist und als kleiner Redakteur der ›Berliner Börsen-Zeitung‹ im völlig entgegengesetzten Lager steht. Der Bruch mit Brecht wird damit ein dauernder, sie wird von ihren künstlerischen Freunden dauernd isoliert« (»Meine Biographie«, GW 4, S. 530). Die Reise fand im Juli/August statt; Irrtum von MF.

83 *Bodo Uhse (1904-1963):* Journalist, Lyriker, kam 1927 von Berlin nach Ingolstadt, übernahm dort die Redaktion des nationalsozialistischen Blattes; seit Frühherbst 1927 Mitglied der NSDAP, gehört zu deren linkem Flügel der Brüder Gregor und Otto Strasser. Über diese Zeit Berichte in »Menschen in Ingelsdorf« (aus dem Nachlaß veröffentlicht).

Damals Bekanntschaft mit Fleißer. Im Herbst 1928 geht er nach Itzehoe und gründet dort die »Schleswig-Holsteinische Tageszeitung«, ein NS-Blatt, engagiert sich in der der Partei mißliebigen Landvolkbewegung; mit dem Ausschluß Otto Strassers aus der NSDAP im Juli 1930 endet auch Uhses Engagement für die Partei: Otto Strasser und Uhse wird am 4.11.1934 die deutsche Staatsbürgerschaft aberkannt, die Annäherung an die KPD beginnt, die ihn in den Spanienkrieg, ins Exil nach Mexiko und 1948 in die DDR führt; dort leitet er die Zeitschrift »Aufbau«, dann kurz bis zu seinem Tod 1963 die Zeitschrift »Sinn und Form«. – *Kerr soooo gelobt:* In seiner Rezension über die »Pioniere«: »Prachtvoll bleibt sie. Wertvoll bleibt sie« (»Berliner Tageblatt«, 2.4.1929). – *auch ihre Skizzen:* Nicht erschienen. – *Betrachtung über Kleist:* »Kleist und der heutige Menschentyp« in BBC vom 19.5.1929 (später »Der Heinrich Kleist der Novellen«, GW 4, S. 403 f.). – *aufhängen sollten:* Uhse als Nationalsozialist sieht sie hier noch als Brecht-Anhängerin.

84 *Ihr Buch:* »Ein Pfund Orangen und neun andere Geschichten der Marieluise Fleißer aus Ingolstadt« war im Frühjahr 1929 erschienen. Kerr hörte am 21.11.1929 in Berlin eine Lesung »aus dem reizenden Orangenbüchlein der Ingolstädterin Marieluise Fleißer zwei Geschichten, worin ohne Schlagerabsicht ein unauffälliges Stück Erdbewohnerschaft festgehalten wird« (BT, 23.11.1929). – *ein wirklicher Erfolg:* Nach der Berliner Skandalpremiere von »Pioniere in Ingolstadt« erhielt sie viele Angebote zur Mitarbeit. – *Anthologie des G. Kiepenheuer Verlags:* »24 deutsche Erzähler«, 1930.

87 *deines Verlobten:* Hellmuth Draws-Tychsen. Brief nicht überliefert. – *Heinrich:* Sein Sohn. – *der Maria:* Seiner zweiten Frau. – *von Hummels Worten:* Hummel war Direktor der Bayerischen Vereinsbank in Ingolstadt, Freund des Vaters. – *Sebald Anny:* Gehilfin des Rechtsanwalts Rosenbaum, befreundet mit der Mutter Maria. – *nicht in Schweden:* S. o.

88 Der avisierte Vertrag kam nicht zustande.

90 *Verlobten gegenüber:* Draws-Tychsen führte nach der Verlobung alle Vertragsverhandlungen Fleißers mit dem Gustav Kiepenheuer Verlag. Am 30. 11. bestätigt Rechtsanwalt Dr. Goldbaum dem Verlag, daß MF die Verbindung aufrecht erhalten möchte.

91 *Karlheinz Martin (1888-1948):* Einer der führenden Regisseure im Theater der Weimarer Republik; leitete seit Herbst 1929 die Volksbühne in Berlin.

92 *Rudolf Fernau, d. i. Andreas Rudolf Neuberger (1898-1985):* War 1929 aus Hannover ans Stuttgarter Landestheater gekommen, wurde dort einer der bedeutenden Charakterdarsteller zwischen 1930 und 1970. – *jener Vormittagsaufführung:* Der U am 25.4.1926 in der Jungen Bühne Berlin. – *neben Faber:* Erwin Faber. – *»Der Tiefseefisch«:* Schauspiel über

den Konflikt der Gruppe um Brecht mit der um Draws-Tychsen, geschrieben im Winter 1929/30. Schon im Oktober 1929 will der neue Intendant der Städtischen Bühnen in Frankfurt a.M. über eine U des Stücks verhandeln (Telegramm vom 4.10.1929, s.a. Brief 96). – Jhering veröffentlicht am 18. Mai 1930 Auszüge aus dem 1. Akt im BBC. Daraufhin etliche Anfragen wegen der U (s.a. Anm. zu Brief 94).

93 *Sr. Maria Fidelis:* Die älteste der Fleißer-Schwestern, Anna, geb. am 7.3.1899, wurde Nonne, gest. am 5.11.1949 in Aliwal North in Südwestafrika; sie ging 1926 nach Windhoek, (Windhuk, ehemalige Hauptstadt der Kolonie »Deutsch Südwest«, seit 1919 unter englischem Protektorat); sie arbeitete dort als Lehrerin im Convent of the Holy Cross, kehrte nie mehr nach Deutschland zurück. – *Weihnachtsskizze:* »Als Kind zu Weihnachten«, VZ vom 25.12.1929 (später: »Als wir noch auf das Christkind warteten«); unter der Fleißerschen Überschrift wurde noch ein zweiter Erinnerungstext von Sven Hedin (1865-1952) veröffentlicht. – *»Die Seele im Fegefeuer«:* Früher Titel der »Fußwaschung«. – *Dein 1. Brief:* Nicht überliefert. – *mit den Kindern:* Ihrer Schule. – *In Schweden:* Die Schwedenreise war beendet; Fleißer und Draws-Tychsen bereiteten ihre Reise nach Andorra vor. – *in Lindau:* Anna war dort Lehramtsanwärterin; ging danach nach Südwestafrika.

94 *Ernst Josef Aufricht (1898-1971):* Schauspieler, hatte 1923 mit Berthold Viertel in Berlin »Die Truppe« gegründet, war seit 1929 Direktor des Theaters am Schiffbauerdamm, hatte Brechts »Dreigroschenoper« und die Berliner Premiere der »Pioniere in Ingolstadt« herausgebracht. MF las auf Aufrichts Brief hin etliche Szenen aus dem »Tiefseefisch« im engsten Kreis in Aufrichts Theater. »Aufricht möchte das Stück spielen, der Chefdramaturg Fischer ist strikt dagegen und berichtet Brecht von dem Stück. Brecht läßt sie durch den Kiepenheuer Verlag wissen, daß sie das Stück zurückziehen soll, und sie tut es sofort. Sie sieht das Stück nie wieder an« (»Meine Biographie«, GW 4, S. 531). Erstveröffentlichung des »Tiefseefisch« 1972 in GW 1, S. 289f.; U: im Theater »Die Komödianten«, Wien, 16.4.1980, R: Conny Hannes Meyer; DE: Schloßparktheater Berlin, 7.9.1980. – *Republik Andorra:* Um Ostern 1930 beginnen MF und Draws-Tychsen eine etwa drei Monate dauernde Reise nach Andorra. Die Reise wird von der »Vossischen Zeitung« mit finanziert, dafür schreibt Fleißer drei Reiseberichte, die 1932 im Gustav Kiepenheuer Verlag unter dem Titel »Andorranische Abenteuer« erscheinen (GW 2, S. 250f.).

96 *Alwin Kronacher (1883-1951):* Seit 1929 Intendant in Frankfurt a.M., hatte im Brief vom 27.3.1930 noch einmal bitten lassen, ihm den »Tiefseefisch« »sofort nach Fertigstellung zugänglich zu machen«. Dr. Arthur Sackheim (1884-1931) war zu dieser Zeit Dramaturg.

97 *Lieber D...:* Brief an Draws-Tychsen nach einer schweren Verstimmung; unklar, ob ihm auch persönlich oder nur über die Zeitungsveröffentlichung zugeleitet; erschienen im »Berliner Tageblatt«, Weihnachten 1930, im Rahmen einer Umfrage, ob man noch Liebesbriefe schreibe. Die Situation entspricht der in ihrer beider Wohnung in der Barfußstraße 7 im Norden Berlins. »Die beiden haben in derselben Wohnung ihr eigenes möbliertes Zimmer. Die Bedingungen dieser Bindung sind von Anfang an fast unüberwindbar, aber sie will es durchstehen, um sich zu beweisen, daß sie es kann« (»Meine Biographie«, GW 4, S. 531).

98 *An Draws-Tychsen:* Aus Berlin wahrscheinlich nach Elbing. – *Brust-Belege:* »Alfred Brust, der pruzzische Dichter«, »Berliner Börsen-Zeitung«, 5.1.1931. – *An Frau Wenzel:* Die Vermieterin der Wohnung, die ihr gelegentlich Geld lieh. Die finanzielle Not wurde deswegen so spürbar, weil Draws-Tychsen von ihr die Lösung vom Ullstein Verlag und damit vom Rentenvertrag erzwungen hatte. Er beschaffte dafür einen auf ein Jahr befristeten Rentenvertrag mit Gustav Kiepenheuer für einen Roman (»Mehlreisende Frieda Geier«).

99 Wohl von Draws-Tychsen inspirierter Brief. Draws-Tychsen spannte Fleißer immer wieder für Propaganda für sich ein, weil sie in der Öffentlichkeit jener Jahre bekannter war und höher geschätzt wurde. Die dramatischen Arbeiten Draws-Tychsens sind im Vorschlag Fleißers nicht enthalten. – *meines Mannes:* Beide waren nie verheiratet. – *Wolfgang Jess Verlag:* 1920 in Dresden gegründeter Verlag für Lyrik, Belletristik und Kunstgeschichte. Wolfgang Jess antwortete am 26.5.: »Ihr ausführlicher Brief hat mich sehr gerührt. (...) Unter den heutigen Verhältnissen ist aber leider nicht damit zu rechnen, daß mit der Buchausgabe der erwähnten Dichtungen auch nur ein spärlicher Erfolg zu erzielen ist.« (S. a. Brief 143).

100 Draws-Tychsen war in den Bayerischen Wald gefahren, um dort zu arbeiten. – *Konrad Maril:* Seit 1924 Leiter des Bühnenvertriebs und der Auslandsabteilung im S. Fischer Verlag in Berlin. – *Arthur Silbergleit: (1881-1943, in Auschwitz)*: Lyriker und Kritiker in Berlin. – *Ernestine Münchheim (1874-1934):* Freie Schauspielerin und Lehrerin für Vortragskunst in Berlin. – *Alfred Richard Meyer (1882-1956):* Schriftsteller in Berlin, bekannt unter seinem Dichternamen »Munkepunke«, Geschäftsführer der Notgemeinschaft des dt. Schrifttums. – *mein Roman:* »Mehlreisende Frieda Geier«. – *Peter Lorre, d.i. Làszló Löwenstein (1904-1964):* Hatte den Fabian in der Berliner Inszenierung der »Pioniere« gespielt. – *Deine Uhren:* Draws-Tychsen war ein Uhrensammler.

101 *»Zigaretten-Amricht«:* Arbeitstitel des Romans. Fleißer bot den Roman neben der »Vossischen Zeitung« u. a. auch der »Frankfurter Zei-

tung« an, die daran interessiert war, aber dann doch aus ähnlichen Gründen nicht zugriff.

102 *deinen Roman:* »Mehlreisende Frieda Geier« erscheint im Herbst bei Gustav Kiepenheuer; »die letzten Kapitel bleiben unfertig, weil das Buch schon in Satz muß« (»Meine Biographie«, GW 4, S. 531). Der Roman wird 1971 für die GW umgearbeitet und neu betitelt: »Eine Zierde für den Verein«. – *Stück von Draws:* »Norwegische Hummern«. – *wenn Heinrich:* Der Bruder hatte 1931 sein Studium beendet, blieb vorerst arbeitslos, machte später bei Siemens Karriere. – *Jetty:* Die Schwester Henriette, die das Geschäft zu Hause versorgte, hatte am 18.4.1931 den Lokomotivführer Otto Hierl geheiratet und war nach Mainburg gezogen. – *Anny:* Sr. M. Fidelis. – *Ella:* Die Schwester Gabriele war Bankangestellte in Ingolstadt, da sie wegen der schlechten Erfahrungen des Vaters mit dem Studium der MF nicht Medizin studieren durfte; war verheiratet, lebte im Allgäu, ging, verwitwet, 1957 nach Ingolstadt zurück, zog nach 1974 in die Wohnung von MF in der Hofmillerstraße, bei deren Räumung nach ihrem Tod 1996/7 zahlreiche der in diesem Band gedruckten Briefe gefunden wurden. – *vorbei ist vorbei:* Nach dem Tod der Mutter wollte Frau Ostermeier die zehnjährige Ella adoptieren.

104 *Buchausgaben Ihrer Bühnenwerke:* Fleißer hoffte, ihre Stücke als selbständige Texte in den Buchhandel bringen zu können. Sie blieben aber in der Weimarer Republik nur als Bühnenmanuskript einem engen Kreis von Theaterleuten zugänglich. »Fegefeuer in Ingolstadt« wurde zuerst im Progammheft der Wuppertaler Bühnen im April 1971 gedruckt, »Pioniere in Ingolstadt« in Fortsetzungen 1968 im »Donau-Kurier« Ingolstadt und in Heft 8/68 in »Theater heute«. – *Ihre nächsten drei Romane:* Ihr erster, »Mehlreisende Frieda Geier«, war vom Verlag Kiepenheuer für den November angekündigt. Ullstein wollte seine frühere, erfolgreiche Autorin ganz zu sich herüberziehen, reserviert sich hier den »Vorabdruck« in der »Vossischen Zeitung.« Das führte zu Spannungen mit Dr. Landshoff vom Kiepenheuer Verlag. Weitere Romane erschienen nicht. – Im Antwortbrief vom 3.12.1931 an Max Krell bestätigt Fleißer diese Abmachungen und endet mit: »Ich würde mich freuen, wenn sie meinem nächsten Roman die Spalten der Vossischen Zeitung öffnen könnten.«

105 *Dr. Fritz Helmut Landshoff (1901-1988):* War seit Januar 1927 Mitdirektor von Gustav Kiepenheuer, baute mit ihm den überschuldeten Verlag wieder auf, gewann viele Autoren, u.a. Brecht und Marieluise Fleißer, zurück und machte ihn zu einem »Sammelbecken linksbürgerlicher Autoren«. Anscheinend wollte Fleißer keine Zitate aus Besprechungen jüdischer Autoren, um in der sich verschärfenden politischen Situation keine neuen Ressentiments gegen sich hervorzurufen. Draws-

Tychsen war wohl der Urheber dieses Verlangens, wie aus dem folgenden, undatierten Brief (*»unserer Forderung«*) hervorgeht. Landshoff hatte ihr am 28.10.1931 geantwortet: »Wir haben in unserem Verlag niemals andere Entscheidungen als die des Geistes und die des Talentes gemacht, und denken nicht daran, von dieser unserer Übung, die wir für die einzig richtige und die einzig mögliche halten, jemals abzuweichen. Wir zweifeln daran, dass es in Deutschland angesehene literarische Verlage gibt, die sich von solchen Erwägungen, wie Sie sie von uns fordern, leiten lassen.« Die Verstimmung wurde bald aufgelöst.

107 *in Ostpreußen:* Draws-Tychsen fuhr immer wieder nach Elbing in Westpreußen. – *meinen Reiseartikel:* »Ich reise mit Draws nach Andorra«, gedruckt in VZ, 21.11.1930 (s. GW 2, S. 207f.). – *mein Roman heraußen ist:* Sollte Mitte November erscheinen. – *Tauentzienstraße:* Populäre Geschäftsstraße in Berlin, endet an der Gedächtniskirche. – *Kritik aus der Börsen-Zeitung:* U von Horváths »Geschichten aus dem Wienerwald« im Deutschen Theater Berlin am 2.11.1931; R: Heinz Hilpert; Rezension von Franz Köppen. – *Kleistpreisverteilung:* Carl Zuckmayer hatte den Kleistpreis 1931 Ödön von Horváth und Erik Reger zugesprochen (s. dazu auch in »Ödön von Horváths ›Geschichten aus dem Wiener Wald‹«, Suhrkamp Verlag 1983). – *wegen seines Umzugs:* Der Verlag zog von Potsdam nach Berlin. – *»Der Weg ins Leben«:* Film von Nikolai Ekk 1931, einer der ersten großen Tonfilme. – *Wolfgang Drews (1903-1975):* Damals Redakteur und Kritiker der VZ. – *Vera Skidelski (geb. 1897):* Schauspielerin, hatte dem Dramatiker Arnolt Bronnen, Leiter der Funkstunde beim Berliner Rundfunk, einen Stoff für ein ›Sendespiel‹ (Hörspiel) gegeben, das Fleißer erarbeiten sollte; Titel »Die ewige Eva« (Briefwechsel dazu im Fleißer-Archiv); Fleißer hatte ein Ursendehonorar von 1200 Mark gefordert, die Hauptrolle hatte Frau Skidelski für sich gefordert. MF hat die Arbeit schließlich aufgegeben. – *das Thaliatheater:* Draws-Tychsens neue Komödie »Norwegische Hummern«. – *Rente von:* Erik Reger war Bilanzkritiker und Pressereferent bei Krupp. – *Carola Neher (1905-1942):* Spielte die Marianne; bevorzugte Schauspielerin Brechts; Frau des Dichters Klabund. – Vermutung von MF wohl unbegründet. – *Peter Lorre:* Spielte den Alfred.

109 *Max Friedland:* Fabrikant in Elbing, nannte sich und wurde genannt »Vater Friedland«; befreundet mit Draws-Tychsen.

110 *Dein Buch:* »Mehlreisende Frieda Geier« war also pünktlich ausgeliefert worden. – *den Bazar:* Monatsschrift für Frauen, hatte eine Auskunft Fleißers über sich selbst veröffentlicht; Titel: »Die Dramatikerin«. – *Heinrich Brüning (1885-1970):* Reichskanzler seit dem 28.3.1930; versuchte seine Ordnung der Reichsfinanzen mit Notver-

ordnungen und Deflationierung der Preise und Gehälter durchzusetzen; seit Oktober 1931 auch Außenminister; wurde Ende Mai 1932 vom Reichspräsidenten v. Hindenburg entlassen. – *Marie:* Die zweite Frau des Vaters. – *Vortrag in Hamburg:* Im Rundfunk am 4.11.1931, 19.30 Uhr, »Die Geschichte meiner Andorranischen Reise« (s.a. Brief 107).

111 *Hans Henny Jahnn (1894-1959):* Dramatiker, Romancier, Orgelbauer, Stifter der heidnisch-musikalischen »Glaubensgemeinde Ugrino«, Leiter des Ugrino-Musikverlags; fragt an für eine amerikanische Stiftung (s.a. Brief 117).

112 *Robert Musil (1880-1942):* Österreichischer Schriftsteller, Dramatiker, Essayist, lebte zwischen 1931 und 1933 vorübergehend in Berlin.

113 Unter den Briefen an MF sind öfters Briefe ihrer Leser, vor allem von einstigen Ingolstädtern, die sich an MF erinnern oder an Ereignisse in der Stadt. Der Brief des Dr. Aron steht hier für die Aufmerksamkeit ihr unbekannter Leser.

114 *Deine Zeilen:* Der Brief ist nicht erhalten; er handelte anscheinend von der ersten starken Lebenskrise Fleißers. Gründe: Erschöpfung durch den Roman, das nervenaufreibende Zusammenleben mit Draws-Tychsen, die Auswirkungen der Weltwirtschaftskrise auf das private Leben. In »Meine Biographie« (GW 4, S. 531f.) beschreibt sie die Krise nach Erscheinen des Romans so: »Sie schreibt kein Theaterstück mehr, sie fühlt sich künstlerisch völlig verunsichert. Sie schreibt schwache Arbeiten für Zeitungen. 1932 wird es für sie sehr schwer, sich finanziell durchzubringen. Sie schreibt noch ein paar weitere Berichte für das Buch ›Andorranische Abenteuer‹, das im Herbst im Kiepenheuer Verlag erscheint. Ihre Nerven sind völlig aufgerieben. Mißglückter Selbstmordversuch aus Panik. Im September 1932 kehrt sie nach Ingolstadt zurück.« – *die Jetty mitgenommen:* Als sie nach ihrer Heirat das Haus verließ. – *Hilde:* Die 1923 in der zweiten Ehe des Vaters geborene Tochter Hildegard Maria. – *kommunizieren:* Zur Hl. Kommunion gehen. – *»Donaubote«:* Ingolstädter Heimatzeitung, sehr gegen Fleißer eingestellt.

115 *keinen Verlag-Vorschuß:* Seit der Trennung vom Ullstein Verlag; Kiepenheuer, selbst in finanziellen Schwierigkeiten, konnte keinen Vorschuß mehr zahlen (s.a. Brief u. Anm. 98). – *noch miserabler:* Die Weltwirtschaftskrise trieb ihrem Höhepunkt zu. – *Die Wahlschlacht:* Im Frühjahr 1932, Neuwahl des Reichspräsidenten. Ingolstädter Ergebnisse: Für Hindenburg 8779 Stimmen, für Hitler 4846, für Thälmann (KPD) 1857 Stimmen. – *NSP:* NSDAP, Hitlers Nationalsozialistische Deutsche Arbeiterpartei. – *Der neue Gott:* Hitler. – *Oberst Hoffmann:* Alter Reichswehroffizier, seit 1930 Mitglied der NSDAP, später als Ge-

neralmajor Staatssekretär beim Reichsstatthalter in Bayern (gest. 1942).

116 Die Verhandlungen wegen Übersetzungen von »Ein Pfund Orangen« und »Mehlreisende Frieda Geier« zerschlugen sich. Auch für eine Übersetzung ins Norwegische hatte die Firma Aschehoug & Co. in Oslo am 21.3.1932 abgeschrieben. – *Honorarabrechnung:* Statt 133,40 Mark 152,50 Mark für 42 Exemplare »Ein Pfund Orangen« und 240 Exemplare »Mehlreisende Frieda Geier« im 1. Quartal 1932, zu verrechnen mit dem gezahlten Honorarvorschuß; die Korrektur durch den Verlag geschah umgehend. – *eines kleineren Buches:* Späterer Titel: »Andorranische Abenteuer«, Berichte von der Reise mit Draws nach Andorra. Die Gespräche fanden wenige Tage später statt, das Buch erschien bei Kiepenheuer im Herbst 1932 (s. GW 2).

117 S. dazu Brief 111. – *Oskar Loerke:* Loerke hatte Hans Henny Jahnn 1920 den Kleist-Preis für sein Drama »Pastor Ephraim Magnus« verliehen, was heftige Kritik auslöste.

118 *ein neues Buch:* »Andorranische Abenteuer«.

119 In *»Andorranische Abenteuer«* wurden alle Erlebnisse mit Draws-Tychsen zusammengefaßt. Nur vier der Texte beziehen sich direkt auf die im Frühjahr 1930 unternommene Reise nach Andorra. Der erste »Ich reise mit Draws nach Schweden« aus dem Jahre 1929 und der letzte »Hölderlin in einer Berliner Kneipe« (der noch fehlende sechste) verbinden sich nur durch die Person von Draws-Tychsen mit den anderen. – *Am 1. September:* Ankündigung ihrer Rückkehr nach Ingolstadt; die Honorare aus dem Roman wurden abermals mit den Vorschüssen des Kiepenheuer Verlags verrechnet, Draws-Tychsen schuldete ihr 5700 Mark. Im Brief vom 29.1.1933 an Draws-Tychsen schreibt sie: »Ich halte Deine Schuld bei mir mit fünftausend Mark keineswegs für zu hoch, sondern für um siebenhundert Mark zu niedrig gegriffen, will aber lieber auf fünftausend heruntergehen um Dich keinesfalls zu überfordern.« Daher Fleißers finanzielle Not Mitte 1932. Die Schulden wurden von Draws-Tychsen nie zurückgezahlt.

121 Der Brief ist wohl von Draws-Tychsen diktiert, der sich von der Veröffentlichung der »Draws-Geschichten« auch eine Wirkung für sich versprach. Auch die folgenden Briefe an Max Rychner und die »Neue Presse« Wien zeigen seinen fordernden Ton; er war selbst in großer Geldnot, wie der Brief vom 2.10.1932 zeigt.

123 Die Rückkehr nach Ingolstadt fand doch erst Ende September statt. Sie leitet die Trennung von Draws-Tychsen ein, die in den Briefen vom Januar 1933 sichtbar wird. Zu den Umständen der Rückkehr s. Brief 453.

124 *bei meiner Schwester:* Bei Jetty in Mainburg. – *weil es mir Spaß machte:* MF wurde der Wunsch nach einem eigenen Kind nicht erfüllt (s.a. Brief 148). – *Schrift Alfred Kerrs:* »Was wird aus Deutschlands Theater?«

(S. Fischer Verlag 1932). Darin: »Wir haben heut, zum Glück, wieder fähige Dramatiker; denkt nur an Horváth, Neumeyer, Billinger, an Tagger, an die Fleißerin, an (nur an den wirklichkeitsfesten) Barlach. Das sind Werte. Das sind nicht nur Aussichten.« – *die Handschriften deines Artikels:* Fleißer wurde von Draws-Tychsen als unbezahlte Schreibkraft benutzt, noch nach ihrer Trennung schrieb sie in Ingolstadt über zwei Jahre lang willfährig seine Texte ab, die er dann verschickte. – *Richard Billinger (1890-1965):* Der bayerische Dramatiker hatte durch Jürgen Fehlings Inszenierung von »Rauhnacht« (Staatliches Schauspielhaus Berlin, 17. 10. 1931) einen durchschlagenden Erfolg, sein zweites Stück »Die Reise nach Ursprung« enttäuschte. – *der erfreuliche Novellenverkauf:* Von »Ein Pfund Orangen«. – *ein Schreibfehler:* S. Brief 116.

125 *des Stimmscheins:* Für die Reichstagswahlen am 6. November. – *Kronenstraße 37:* Sitz der »Berliner Börsen-Zeitung«. – *nichts für mich erzwingen:* Sie galt in dem nationalen Blatt noch als Brecht-Anhängerin. – *Mein Buch:* »Andorranische Abenteuer«. – *Paula Schlier (1899-1977):* Ingolstädter Schriftstellerin, Mitarbeiterin der Zeitschrift »Der Brenner«, katholisch-visionäre Dichterin. – *Roman der Seghers:* Anna Seghers (1900-1983), »Die Gefährten« (1932). – *des Halbe-Artikels:* Max Halbes Lebensgeschichte »Scholle und Schicksal«; in »Berliner Börsen Zeitung«, 20. 11. 1932.

126 *Der Brief kam:* Anfrage von der Redaktion des »Tage-Buchs«, welche Bücher MF in diesem Jahr besonders lesenswert fand. Antwort von Fleißer gemäß der Anweisung von Draws-Tychsen in »Das Tage-Buch«, 13. Jg. 1932, S. 1910 (s. GW 4, S. 437) mit starker Hervorhebung Draws-Tychsens und der »Gesammelten Dichtungen« von Luise Weißmann. – *zum 23.:* Der 31. Geburtstag von MF (anderes Geburtsdatum: 22. 11., s. »Meine Biographie«, GW 4, S. 523). – *»Andorranische Abenteuer«:* Gustav Kiepenheuer Verlag Berlin, 1932, 192 S. (GW 2, S. 250).

127 *durch Sie den Kopf zerbrechen:* Weil er, Vater Friedland, sie kannte, ihre Texte las und darüber Briefe an sie schrieb. – *ein Bühnenstück:* »Der Tiefseefisch«, voreilige Ankündigung (s. Anm. zu Brief 94).

128 Draws-Tychsen ist zu dieser Zeit auf einer Reise in Norwegen. – *»Die Herrin von Atlantis«:* Film von Georg Wilhelm Pabst mit Brigitte Helm (U: 6. 9. 1932). – *»Germania«:* Dem Zentrum nahestehende katholische Tageszeitung in Berlin; hatte »Der Baumeister ohne Gnade« am 9. 10. 1932 veröffentlicht; vom 1. 7. 1933 ab (im Zusammenhang mit der Auflösung der Zentrums-Partei) unter der Regie des Ministers von Papen, katholisch-konservativ. – *Franz Köppen (geb. 1872):* Feuilletonchef und Theaterkritiker der »Berliner Börsen-Zeitung«. – *Roald*

Amundsen (1872-1928): Norwegischer Polarforscher (»Die Eroberung des Südpols«), der 1928 auf einem Flug nach Spitzbergen verscholl; Draws-Tychsens Artikel über ihn in der »Berliner Börsen-Zeitung«, 6.1.1933.

130 Brief nach Norwegen. – *Lachsliköre:* Danziger Lachs, eine Likörsorte. – *Sigrid Undset (1882-1949):* Norwegische Schriftstellerin; ihre Romane (»Kristin Lavranstochter« u.a.) erschienen seit 1926 in dichter Folge in Deutschland.

131 Die Aufführung von Brechts *»Heiliger Johanna der Schlachthöfe«* kam wegen der Machtübernahme Hitlers am 30.1.1933 und der Agitation gegen die Darmstädter Theaterleitung, Gustav Hartung und »den Juden Kurt Hirschfeld«, nicht mehr zustande.

132 *Umfrage im »Tage-Buch«:* S. Anm. zu Brief 126.

133 *Die positive Besprechung:* Rudolf Kayser in »Neue Rundschau« Dezember 1932 über »Andorranische Abenteuer«: »Die Einheit der Abenteuer und Eindrücke liegt in der Verfasserin und ihrer reizvollen Erzählfreudigkeit.« – *»Die Dame«:* Artikel von Hans Kafka. – *»Funkstunde«:* Zeitschrift der Berliner Rundfunksendestelle. – *musischen Frauengestalten von Knut Hamsun:* Z.B. Adelheid in »Kinder der Zeit«, Olga in »Der Ring schließt sich« oder Victoria im gleichnamigen Roman. – *Arthur Brunck:* Journalist, Schriftsteller, befreundet mit Draws-Tychsen. Sein Essay »Ein Dichter südlicher Sehnsucht und nordischer Herbheit. Über Hellmut Draws-Tychsen« erschien in der »Berliner Börsen-Zeitung« vom 6.4.1932 (s. Materialien, S. 160f.). – *»Der Wellensittich«:* Erschien am 22.8.1933 in der VZ.

134 *meines letzten Briefes:* Nicht überliefert. – *»Der Mann ohne Eigenschaften«:* Robert Musils Roman war mit Teil 1 1930 erschienen, Teil 2 1933. – *Der Fall Kronacher:* Hatte anscheinend die Komödie von Draws-Tychsen abgelehnt.

135 *Antwort vom 14. c. m:* Nicht überliefert. – *Veröffentlichung meiner beiden Dramen:* Überlegungen im Kiepenheuer Verlag. – *Verwünschtes Kollektiv!:* Auf die Arbeitsgruppe um Brecht, die sowohl die Aufführungen von »Fegefeuer in Ingolstadt« wie »Pioniere in Ingolstadt« nach ihrem Willen einrichtete. – *Paul Gurk (1880-1953):* Romancier und (bühnenferner) Dramatiker, mit Draws-Tychsen befreundet, daher Beziehung zu Fleißer. Sein Roman »Palang« war 1930 erschienen.

136 *Brief vom 15. 10. 1932:* Nicht überliefert. – *an den Alster-Verlag:* Hamburg, Speersort 11, Verlag für Belletristik, Biographien und Kolonialliteratur; Antwort Draws-Tychsens auf eine Anschuldigung des Alster Verlags gegenüber der Redaktion der »Berliner Börsen-Zeitung«, er lasse sich Rezensionen bezahlen, sei also bestechlich. – *»Roman zwischen zwei Briefen«:* Autor A.E. Hilmar, erschien 1932 im Alster Verlag

Hamburg. – *meiner Selbstdarstellung:* Als »Autobiographische Notiz« in »Die List. Frühe Erzählungen«, Suhrkamp 1995. – *Hilmarangelegenheit:* S. den folgenden Brief an Franz Köppen.

137 Der Brief an den Feuilletonchef der »Berliner Börsen-Zeitung« ist ein spontaner Rettungsversuch für Draws-Tychsen in der Auseinandersetzung mit der Redaktion; MF am 7.4.1933 an Draws-Tychsen: »Lieber Draws! Ich bitte Dich um die Erlaubnis eine Abschrift des beigeschlossenen Briefes, den Du behalten kannst, an die Redaktion der Berliner Börsen-Zeitung zu senden. In Eile, Deine Marieluise«; die Redaktion trennte sich dennoch von Draws-Tychsen. MF schrieb, obwohl die Entfremdung zu Draws-Tychsen die Trennung Fleißers von ihm vorbereitete (s. Brief 138). – *Brief vom 3.12.1932:* Nicht überliefert.

138 Die im Brief ausgesprochene endgültige Trennung wurde nicht aufrecht erhalten. Die von Draws-Tychsen im (nicht überlieferten) Antwortbrief vom 7.5. verlangte mündliche Aussprache in Berlin führte zu einem Besuch Fleißers in Berlin (18.5. bis Ende Juni) und (vorübergehend) zu neuer Annäherung (s. Brief 142).

139 *7.5.:* Erinnerung an ihre erste Begegnung mit Draws-Tychsen im Mai 1929; s. Briefe 68 bis 70 und 151. – *in Konkurs:* Mit Hitlers Machtübernahme und der rigoros einsetzenden neuen Kulturpolitik verlor der linke Gustav Kiepenheuer Verlag seine Basis; er wurde im Frühjahr 1933 liquidiert, der Lektor Hermann Kesten (Partner Fleißers in Verlagsangelegenheiten) emigrierte schon im März nach Frankreich, Landshoff gründete noch im Frühjahr in Amsterdam mit dem Verleger Querido den für die deutschen Schriftsteller im Exil wichtig werdenden Querido Verlag. Generalabrechnung des Verlags zum 31.7.1933 für die dort seit 1930 verlegten Werke Fleißers: »Ein Pfund Orangen«: verkauft 2363 Stück, Einnahme 1145,63 Mk; »Mehlreisende Friede Geier«: verkauft 1196 Stück, Einnahme 654,80 Mk; »Andorranische Abenteuer« verkauft 374 Stück, Einnahme 213,18 Mk, aus »24 neue deutsche Erzähler« 100 Mk, Gesamteinnahme 2113,61 Mk. – *Eintreten für Dich:* S. Brief 137. – *Monty Jacobs:* Jüdischer Herkunft, wurde 1933 in seinem Amt als Feuilletonchef der »Vossischen Zeitung« abgelöst, blieb aber bis zur Einstellung der VZ im März 1934 deren Mitarbeiter.

141 Fleißer hatte sich an den Schriftsteller *Max Halbe (1865-1944)* gewandt, um über die von ihm in Bayern geführte Schiller-Stiftung eine Zuwendung für Draws-Tychsen zu erhalten. Wie von Halbe empfohlen, stellte sie dann einen Antrag für sich selbst; Halbe überwies ihr am 16.7. vierzig Mark. – *»Norwegische Hummern«:* Draws-Tychsen hatte sich an Johst als neuem Chefdramaturgen des Berliner Staatstheaters gewandt und um die Aufführung seiner Komödie »Norwegische Hummern« gebeten. – *Kürschner:* Kürschners deutscher Literaturkalender; jährlich

erscheinendes biographisches Werkverzeichnis der deutschen Schriftsteller. – *Albert Langen Verlag:* In München, verlegte bald nationalgeprägte Literatur. – *Korfiz Holm (1872-1942):* Schriftsteller, seit 1931 Geschäftsführer des Albert Langen Verlags.

142 *schon vierzehn Tage hier:* Sie war schon Ende Juni aus Berlin zurückgekehrt (s. Anm. zu Brief 138). Draws-Tychsen hatte sich für sie eingesetzt. »Das nützt in Wirklichkeit nichts. Sie stößt auf Zurückhaltung in den Redaktionen und im Verlag. Sie hat winzige Einnahmen und geht mit Ablauf des Juni [Mitte Juli, Anm. d. Hg.] nach Ingolstadt zurück.« (»Meine Biographie«, GW 4, S. 532.) – *Sankta Cäcilia:* Versdichtung von Draws-Tychsen (s. Anm. zu Brief 82). – *dieser Zwangslage:* Nach der Entlassung aus der »Berliner Börsen-Zeitung«. – *Hanns Johst (1890-1978):* Expressionistischer Dramatiker und Romancier, führender Literat der NS-Kulturpolitik, 1933 neuer Chefdramaturg am Staatstheater in Berlin und seit dem 7. 6. 1933 Präsident der Sektion Dichtkunst in der neubesetzten Preußischen Akademie der Künste, die gleichzeitig in »Deutsche Akademie der Dichtung« umbenannt wird. – *in ein Konzentrationslager:* Der Hauptschriftleiter der »Deutschen Zeitung« wegen der Behauptung, der italienische Luftfahrtminister Balbo, der zur Zeit wegen seines Geschwaderflugs Aufsehen erregte, sei ein getaufter Jude (VZ, 17.7.1933). – *Bie:* Richard Biedrzynski (1901-1969), Kritiker und Redakteur der »Deutschen Zeitung«, genannt »Bie«; Biedrzynski hatte in seinem Blatt am 2.4.1929 die schroffste Kritik zur Aufführung der »Pioniere« geschrieben (s. Materialien, S. 83 f.). – *norske piker:* Kritischer Text von Draws über Norwegen. – *Vom Donauboten angegriffen:* Am 22. Juli im Erinnerungsaufsatz von Hans Kuhn zum Pionierfest in Ingolstadt anläßlich des 25. Bestehens des Bundes Bayerischer Pioniere und Verkehrstruppenvereine (Text in: Materialien, S. 136 f.).

143 Der Brief – ein Notruf für Hellmut Draws-Tychsen – ist nicht an die Amtsadresse von Hanns Johst in Berlin, sondern an seine Privatadresse gerichtet; Johst wohnte bis zu seinem Tod 1978 in Oberallmannshausen am Starnberger See. – Mit Schreiben vom 4. September teilte Werner Beumelburg im Auftrag der »Deutschen Akademie der Dichtung« der »Sehr geehrten gnädigen Frau«, Marieluise Fleißer, mit, daß die »Akademie einstweilen über keine etatsmäßigen Mittel verfügt, um Anträgen auf besondere Zuwendungen entsprechen zu können, obwohl dies in Fällen wie der von Ihnen geschilderte ausserordentlich hart sein muß«. Der Antrag wurde aber dort behalten »für den Fall, daß vielleicht in absehbarer Zeit günstigere Möglichkeiten bestehen werden«. Mit Bescheid vom 11. September 1935 an Draws-Tychsen, Berlin, Barfuss-Str. 7 IV, wurde mitgeteilt, »dass die Preußische Akademie der

Künste, Abteilung für Dichtung, Ihnen eine Werkhilfe von 400 RM bewilligt hat«. – *Werner Beumelburg (1899-1963):* Schriftsteller, Verfasser patriotisch-soldatischer Erlebnisliteratur, war zum Schriftführer der Sektion Dichtkunst gewählt worden, jetzt »Deutsche Akademie der Dichtung«.

144 *Generalabrechnung:* S. Anm. 139. – *an Johst geschrieben:* Am 4.7. fragt MF Draws-Tychsen, ob sie an Johst schreiben solle, auch Max Halbe habe dazu geraten. S. Brief 143. – *»Der Wellensittich«:* Seit dem Abdruck in der »Vossischen Zeitung« (22.8.1933) nur nachgedruckt im »Donau-Kurier« vom 23.11.1996 zum 95. Geburtstag von MF und im Programmheft zu »Der starke Stamm« im Münchner Volkstheater, Spielzeit 1996/97. – *Verhandlung mit Waldheim:* Einklagen von Schulden.

145 *von meinem Honorar:* Für Abdruck »Der Wellensittich«.

146 *mit den Hummern:* Für Draws-Tychsens neue Komödie »Norwegische Hummern« ist keine Aufführung nachweisbar. – *auch S. Fischer:* Peter Suhrkamp hatte am 22.6.1933 Draws-Tychsen die der »Neuen Rundschau« eingereichten Gedichte zurückgeschickt mit der Begründung, die beiden Zyklen hätten ihn zunächst sehr verwirrt und sehr zwiespältige Empfindungen ausgelöst. – *B.T.:* »Berliner Tageblatt«. – *Jugenderinnerungen:* »Meine Tante Krischa« von Draws-Tychsen in BT, 8.1.1934. – *Gurks Uraufführung:* »Kaiser Heinrich VI.«, Schauspiel von Paul Gurk, U: Deutsches Volkstheater Erfurt, 28.10.1932. – *von der Vossischen Zeitung:* Für »Radfahren wider willen« in VZ vom 2.11.1933. – *Reichskulturkammer:* Zentrale Einrichtung zur Neuorganisation und Überwachung des künstlerischen Lebens; gegründet mit Gesetz vom 28.9.1933 (Präsident: Joseph Goebbels). Untergliedert in Reichsschrifttumskammer (Präsident: Hans Friedrich Blunck), Reichstheaterkammer, Reichspressekammer usf.; Zwangsmitgliedschaft aller dem NS-Regime genehmen Künstler, Verweigerung oder Entzug der Mitgliedschaft bedeutete Berufsverbot. – *Hugo Wolf (1860-1903):* Österreichischer Liedkomponist; starb in geistiger Umnachtung.

147 *S. Fischer-Rundschreiben:* Ausgegeben von Peter Suhrkamp im Namen des Verlages S.Fischer; enthielt die Veröffentlichung des ›Reichsverbandes deutscher Schriftsteller‹, wonach sich bei ihm »alle deutschen Schriftsteller zur Eingliederung in die Reichskulturkammer« anzumelden hätten; bis spätestens 15. Dezember, »da ohne diese Anmeldung nach dem Kulturkammergesetz alle Publikationsmöglichkeiten in Buch, Zeitschrift oder Zeitung für Sie aufhören würden«. – *SDS:* Schutzverband Deutscher Schriftsteller. – *An der Vossischen Zeitung:* Der langjährige Feuilletonchef Monty Jacobs war seit dem 1.10.1933 durch Gubler ersetzt. Vom 31.10.1933 an erschien die VZ nur noch als

Morgenblatt, am 31.3.1934 wurde sie eingestellt. – *»Balder und Sylphide«:* Erzählung von 1933, späterer Titel »Frigid«, im »Berliner Tageblatt« vom 9./10.11.1934 (GW 3, S. 86ff.).

148 *Brief vom 11.1.:* Nicht überliefert. – *In der Germania:* »Als wir noch auf das Christkind warteten«, 24. 12. 1933. – *Berliner Anwesenheit:* Mai/Juni bis Anfang Juli 1933. – *der »faule Baptist«:* »Vom faulen Baptist und vom wackeren Schreiner«, in »Deutsche Zeitung«, 30.12.1933. – *die Augen schließen:* Der Vater starb erst am 4.11.1946.

149 *Deiner Komödie:* Draws-Tychsen schrieb an seiner Komödie »Opernprobe«. – *fällt in diesem Jahr:* Die »Vossische Zeitung« wurde am 31.3.1934 eingestellt. – *von Friedenthal:* Draws-Tychsen und Friedenthal waren befreundet, wechselten trotz vorübergehender Verstimmung noch in den fünfziger Jahren freundschaftliche Briefe. – *an einer Novelle:* »Der Geizhals und die Tochter«; dreißig Seiten Typoskript, erst 1996 wieder entdeckt; gehört in den Zusammenhang des unvollendeten Projekts »Ein Schifflein Brüder« von 1934 (s. Anm. zu Brief 172); bis jetzt unveröffentlicht.

150 *Marie Hirscheider:* Mitschülerin von Marieluise Fleißers Schwester Anny im Internat Gnadental; dadurch Bekanntschaft mit MF; im Frühjahr 1934 Einladung zu einem Autoausflug. – *der »junge Mann«:* Georg Hetzelein. – *Georg Hetzelein:* Geb. 13.10.1903, Sohn eines Braumeisters in Nürnberg, forsch und gut aussehend, 1934 Volksschullehrer in Sinnbronn bei Dinkelsbühl, Freund der jungen Marie Hirscheider, Zeichner, Maler, Illustrator und Schriftsteller. Aus der von Marie Hirscheider vermittelten Begegnung entwickelt sich eine Freundschaft und Liebesbeziehung zu Georg Hetzelein, obwohl Marie Hirscheider weiter dessen Freundin bleibt; Abbruch der Beziehung 1934 nach dem Verlangen Fleißers, sich für eine Ehe mit ihr zu entscheiden. Damit Ende des am 5.5.1934 begonnenen Briefwechsels im Dezember 1934; Fleißer entschließt sich danach zur Ehe mit Josef Haindl (September 1935), Hetzelein heiratet im Oktober 1936 Marie Hirscheider. Beide lebten noch zur Zeit der Redaktion dieses Briefbandes. 1948 nimmt MF die Verbindung für kurze Zeit wieder auf im Zusammenhang mit der geplanten Überarbeitung der »Lawine« (»Schlagschatten Kleist«, GW 3, S. 95f.). – *»Der Querschnitt«:* Künstlerisch anspruchsvolle Monatsschrift in Berlin, 1920 von Alfred Flechtheim gegründet, vom Verlag Ullstein weiterentwickelt (Auflage 25000); im »Querschnitt« war im Heft 8/1932 eine kurze Rezension Fleißers über die Autobiographie von Theodor Dreiser, »Jugend«, erschienen (GW 4, S. 438).

151 *fünften Wiederkehr:* Wohl das erste Liebesversprechen in der neuen Begegnung (s. Anm. 139). – *Lehrer-Freundschaftspaar:* Hetzelein-Hirscheider. – *neuen Novellenband:* Projekt »Ein Schifflein Brüder«,

Abb. 1: Zeichnung von G. Hetzelein nach der ersten Begegnung mit Marieluise Fleißer; s. Anm. 152

kam nicht mehr zustande; wurde nach Kriegsende mit anderer Disposition wieder aufgenommen (GW 4, S. 249 f.). – *längere Novelle:* »Der Geizhals und die Tochter«. – *Stadt meiner Erinnerungen:* Fleißer war in Regensburg Schülerin des Instituts der Englischen Fräulein. – *der Umstellung:* Beginn der nationalsozialistischen Herrschaft. – *wieder Militärstadt:* Die 1919 aufgelöste Garnison der Pioniere wurde wieder eingerichtet. – *Honorar der Vossischen Zeitung:* Für ihre letzte Veröffentlichung in der VZ »Radfahren wider Willen« (2. 11. 1933); die Zeitung war da schon eingestellt. – *Simon Dach (1605-1659):* Professor für Poesie an der Universität Königsberg; barocker Liederdichter. – *das Schicksal Bruncks:* S. Brief 183.

152 Dieser Ausflug ist der Beginn der Beziehung zu Georg Hetzelein. Er schickte ihr danach »Das Tagebuch« von J. W. v. Goethe (Roland Verlag, München 1921), in das er eine Zeichnung gemalt hat (s. Abb. 1). Links ist er, rechts Marie Hirscheider und in der Mitte MF zu sehen.

154 *ein Name mit drei e:* Hetzelein. Die Post machte ihn ausfindig.

155 *Theodor Däubler (1876-1934):* Kunstkritiker, rhapsodischer Dichter mit kosmischem Pathos (»Nordlicht«), war am 16. 6. 1934 gestorben.

156 *Die Zeichnungen:* Georg Hetzelein schrieb keine Briefe, sandte aber Zeichnungen in großer Menge (insgesamt 111 sind erhalten; es müssen nachweislich deutlich mehr gewesen sein), die sich auf ihre Begegnung, die Person Fleißers und sein Bild von ihr bezogen. Fast alle Blätter bezeugen die in diesem Verhältnis virulenten Männer- und Frauenphantasien, verweisen auf Dämonien und mystifizieren die als Naturgewalt empfundene erotische Wirkung der damals 34jährigen Marieluise Flei-

Abb. 2: Zeichnung von Georg Hetzelein

ßer, reflektieren aber auch die Situation des Zeichners zwischen zwei Frauen. Die hier abgedruckten Zeichnungen (Abb. 1 bis 5) sind diesem Zyklus entnommen; 98 davon, die unabhängig vom Nachlaß unter Stoffballen versteckt in der Wohnung von MF zufällig entdeckt wurden, liegen im Fleißer-Archiv in Ingolstadt, 13 andere, die MF 1959 an Georg Hetzelein zurückschickte (s. Brief 290), übergab dieser 1987 dem Literaturarchiv in Sulzbach-Rosenberg. (S. a. die Erzählung »Die Versuchung des Neptun«, GW 4, S. 175 ff.)

158 *Hetzelein* war im Sommer von Sinbronn nach Regelsbach (bei Nürnberg) versetzt worden, leitete dort fortan die Volksschule.

159 *Ihr Auge sieht:* siehe Abb. 2.

162 *Novelle an S. Fischer:* MF hatte schon am 14. 1. 1934 »Balder und Sylphide« an Peter Suhrkamp geschickt, der den Verlag S. Fischer leitete. Suhrkamp hatte kurz darauf geantwortet, er könne mit dieser Novelle nichts anfangen, gab sie zurück. Sie versuchte dann über Draws-Tychsen eine andere Arbeit für den Abdruck in der »Neuen Rundschau« einzureichen.

163 Zeugnis des wachsenden Zerwürfnisses. – *Brief vom 11. 6.:* Nicht überliefert. – *RDS:* Reichsbund deutscher Schriftsteller. – *Das Berliner Tageblatt:* »Das hochmütige Herz« (später »Frigid«), gedruckt am 9./10. 11. 1934. – *meiner Komödie:* »Opernprobe«. – *ohne prominente Kritiker:* Anspielung auf Herbert Jhering, der Fleißer im »Berliner Börsen-Courier« sehr förderte und jetzt Nachfolger Alfred Kerrs beim »Berliner Tageblatt« war. – *unser Schicksal:* S. Brief 164. – *der König von Siam:* König Prajadhipok und seine Frau Rambai Barnai kamen am 2. 7. für mehrere Tage nach Berlin, besuchten auch den Reichspräsidenten Hin-

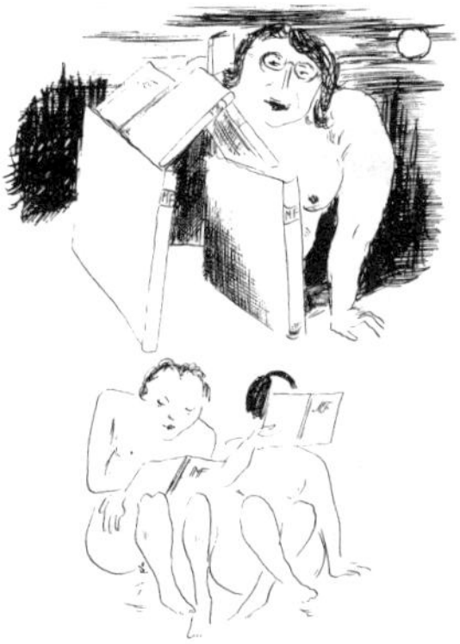

Abb. 3: Zeichnung von Georg Hetzelein

denburg. – *In Privataudienz:* Draws-Tychsen, Literaturwissenschaftler und Völkerkundler, war Übersetzer siamesischer Dichtungen (sein Vater war angeblich Minister am siamesischen Hof); veröffentlichte im BT am 11.7. seine Betrachtung »Lyrik der Siamesen«; seine siamesischen Gedichte »Siamsang« 1955. – *»Onkel Maomore, Ein heiteres heimatliches Erlebnis«:* Im BT vom 3.7.1934.

164 Aufkündigung der Verlobung mit Draws-Tychsen. – *Sturm von psychischen Eindrücken:* Durch die Beziehung zu Georg Hetzelein (s. die vorhergehenden Briefe). Draws-Tychsen schickt am 1. 8. »zehn Mark für Materialien« und erhält von MF am 4. 8. »1 Urschrift und drei Abschriften Deiner ›Opernprobe‹ [...] Das Stück ist ausgezeichnet. Ich gratuliere.«

165 *ein Märchen geschickt:* »Zwerg Auge« (GW 4, S. 210ff.).

169 Der Brief ist ohne Anrede und zum ersten Mal mit der Maschine geschrieben. – *mit dem Sonntag:* Hetzelein hatte MF in Ingolstadt besucht.

170 *Alfred Mühr (1903-1981):* Theaterkritiker in Berlin, Feuilletonchef der »Deutschen Zeitung«, von Gründgens 1934 als Chefdramaturg verpflichtet und stellv. Intendant des Staatstheaters (s.a. Anm. zu Brief 183). – *Hans Flemming (1877-1968):* Kritiker am »Berliner Tageblatt«. – *Die neuen Herrn:* Neuer Feuilletonchef der »Deutschen Zeitung«: Dr. Walter Horn. – *Meine Skizze:* »Vom faulen Baptist und vom wackeren Schreiner«, »Deutsche Zeitung«, 30.12.1933. – *Astrologisch gesehen:* Seit 1933 beschäftigte sich Fleißer »aus Verzweiflung« mit astrologischen Studien (»Meine Biographie«, GW 4, S. 532). Im Nachlaß gibt es zahlreiche Aufzeichnungen dazu. – *Der Giono:* »Der Berg der Stummen«, S. Fischer 1933; von Jean Giono (1895-1970), franz. Erzähler.

Abb. 4: Zeichnung von Georg Hetzelein

171 Der Brief ist Ausdruck der Befürchtungen von MF, daß Hetzelein ihre Briefe seiner Braut zur Kenntnis gibt.

172 *Sadî (1200-1292):* Persischer Dichter, mit seinen Hauptwerken »Rustan« (Obstgarten) und »Golestan« (Der Rosengarten) auch ins Deutsche übersetzt (u. a. von Friedrich Rückert). – *»Die neue Linie«:* Illustrierte, anspruchsvoll modische Zeitschrift, gegr. 1929, Verlag Otto Beyer, Leipzig, Red. Bruno E. Werner. – *»Der Geizhals und die Tochter«:* S. Anm. zu Brief 149. Die Novelle ist im Typoskript zur Sammlung »Ein Schifflein Brüder« erhalten. In einer »Aufstellung zu ›Ein Schifflein Brüder‹, Novellenband von Marieluise Fleißer« befindet sich folgender Entwurf: »›*Zwerg Auge‹ 7 Seiten; ›*Balder und Sylphide‹ 11 S; ›*Heimkehr‹ 7,5 S.; ›Der Baumeister ohne Gnade‹ 4 S.; ›*Die Frau mit der Lampe‹ 3,5 S.; ›*Der Geizhals und die Tochter‹ 33 S.; ›*Die Lawine‹ 16,5 S.; ›Der schielende Pan‹ ca. 20 S.; ›Novelle zu vieren‹ ca. 20 S. Die beiden letzten Novellen, deren Titel noch nicht endgültig feststehen, müssen noch geschrieben werden. Die Erzählungen sind untereinander verknüpft durch eine Rahmenhandlung, in deren Verfolg eine kleine romantische Gesellschaft von Jugendfreunden es sich zur Aufgabe gemacht hat, Geschichten zu erzählen und im Sinne der Kleistschen ›Allmählichen Verfertigung der Gedanken beim Reden‹ das Gesetz dessen findet, was sie unter einer Novelle versteht. Das Buch umfasst 120-130 meiner üblichen Manuskriptseiten.« Handschriftlicher Zusatz (von Draws-Tychsen): »Die mit * bezeichneten Manuskripte sind am 3. 12. 34 an Gustav Kiepenheuer abgeliefert worden.« Kiepenheuer antwortete im Brief an Draws-Tychsen am 13. 12. 1934: »Ich habe wunsch-

Abb. 5: Zeichnung von Georg Hetzelein

gemäß die Novellen von Marieluise Fleißer sofort gelesen. Die Novellen sind teilweise ganz ausgezeichnet. Nach reiflicher Überlegung muß ich Folgendes sagen: Der diesjährige Büchermarkt hat wie immer gezeigt, dass der Roman bevorzugt wird, der Novellenband aber kaum Käufer findet.« Er, Kiepenheuer, sei vorerst darauf angewiesen, nur Bücher zu verlegen, die mit Sicherheit »das zu investierende Kapital auf alle Fälle wieder« herausholen. Darum müsse er ablehnen. – *Paul Fechter (1880-1958):* Feuilletonchef der »Deutschen Allgemeinen Zeitung« seit 1911; konservativer Theater- und Kunstkritiker; MF fürchtete wohl, daß er sie noch zum Brecht-Clan rechnete. Fechter gründete 1933 die Wochenschrift »Deutsche Zukunft«, war 1937-1939 Feuilletonchef des »Berliner Tageblatts«, danach wieder bei der DAZ. – *Maßnahme im Kiepenheuer-Verlag:* Nach der Liquidierung der Kiepenheuer AG 1933 gründete Gustav Kiepenheuer den Verlag 1934 neu als GmbH, die 1944 durch Anordnung der Reichsschrifttumskammer geschlossen wurde. Draws-Tychsen hat wohl Fleißers Interessen nach der Neugründung vertreten. – *Max Krell (1887-1962):* Schriftsteller, Lektor im Ullstein Verlag. – *Schlüter:* Herbert Schlüter (geb. 1906), dessen »Signor Anselmo« Draws-Tychsen 1956 im Huber Verlag Diessen herausgab; darin als Geleitwort ein Brief Draws-Tychsens. – *Pech mit einer Novelle:* Wohl »Schlagschatten Kleist«. – *des Weihrauchs:* Der nationalsozialistischen Selbsthuldigung.

173 Die folgenden, in dichter Folge geschriebenen Verse gehören zu den Antworten Fleißers auf die als Briefe verstandenen Zeichnungen von Georg Hetzelein, sie sind freilich nicht so zahlreich, daß sie einen Gegenzyklus bilden. Wie sehr sich Fleißer in ein Arbeitsbündnis zu Georg Hetzelein hineindachte und -fühlte, s. Brief 180.

177 *Goethes Geburtstag:* Anspielung auf eine Zeichnung Hetzeleins, die seinen Geburtstag mit dem Goethes in Verbindung bringt. – *Das Schwabacher Dockele:* Marie Hirscheider.

179 *ariston toch y taton!:* Ariston to eschaton, griechisch: Das Letzte ist das Beste. – *Kas-Trumm:* Großes Stück Käse.

180 *Bemühung beim BT:* Die Zeitung veröffentlichte »Das hochmütige Herz«. – *neuen Novellenband:* »Ein Schifflein Brüder«, s. Brief und Anm. 172. – *in einen Zusammenhang:* Der hier zuerst geäußerte Plan hat Fleißer lange beschäftigt; da sich das Projekt in den Jahren bis 1945 nicht verwirklichen ließ, wurde es nach Kriegsende wieder hervorgeholt und dem Lektor des Rowohlt Verlags, Herrn Marek (d. i. C. W. Ceram) mit anderer Disposition unterbreitet (GW 4, S. 591). Das Projekt kam aber auch damals nicht zustande. – *noch zwei Novellen:* Zwei Frauen in bezug auf einen Dritten (wohl Hetzelein); das wird »Die Versuchung des Neptun«. Zwischen zwei Frauen und zwei Männern (wohl Fleißer, Hirscheider und Hetzelein und der ›Kirchenmaler‹ Lindl in Berching); d. i. die »Novelle zu vieren«, wohl nicht geschrieben (s. a. Briefe 172 und 184). – *Das Feuilletonistische:* Die nur um Honorare geschriebenen Arbeiten für Zeitungen. – *beiden letzten Buchpublikationen:* »Andorranische Abenteuer«, »Mehlreisende Frieda Geier«. – *D. H. Lawrence (1885-1939):* Englischer Schriftsteller, dessen Romane über die Bedeutung des sexuellen Lebens Aufsehen und Anstoß erregten; seit 1925 zunehmende Beachtung in Deutschland: »Söhne und Liebhaber« (1925), »Lady Chatterley und ihr Liebhaber« (1928), »Der Hengst von St. Mawr« (1931), »Der Zigeuner und die Jungfrau« (1933). – *bei der B. Z.:* Berliner Tageszeitung im »Deutschen Verlag« (früher Ullstein).

181 *schweigsame Photographie:* Georg (nunmehr: Schorsch) Hetzelein hatte ihr in einer Rolle eine neue, große Zeichnung geschickt. – *meinen Geburtstag:* 22. November. – *der Lawine:* Erzählung von 1934, später »Schlagschatten Kleist« (GW 3, S. 95 f.). – *»Der deutsche Schriftsteller«:* Zeitschrift für die Schriftsteller in der Reichsschrifttumskammer, Brunnen Verlag Berlin.

182 *mein wahnwitziges Vorhaben:* Ein Buch mit vielen Illustrationen zu planen; s. Brief 180 und 183. – *Ein Freund:* Arthur Brunck (s. Brief 183). – *Lindlvers*: Des Kirchenmalers Lindl, s. Anm. 180.

183 *Dein Brief:* Nicht überliefert. – *Inger Reimers:* Schwedische Jugendfreundin von Draws-Tychsen. – *Deinen Geburtstag:* Am 8. Oktober. – *Das B. T. hat 75 M gezahlt:* Für »Das hochmütige Herz«, 9./10. 11. 1934. – *Otto Ernst Hesse (1891-1946):* Journalist, Kritiker in Berlin, Redakteur an der B. Z. (»B. Z. am Mittag«, Boulevardzeitung aus dem Hause Ullstein, 1904-1943). – *Bodo Uhse:* S. Anm. zu Brief 83.

Uhse, zur Kommunistischen Partei übergetreten, lebt seit Ende April 1933 als Emigrant in Paris. Im August 1934 hat er in der von Alexander Abusch geleiteten Monatsschrift »Unsere Zeit« die Erzählung »Das Revolutionsmuseum« veröffentlicht. Diese oder einen der Vorabdrucke aus einem entstehenden Roman, »Die Saalschlacht« oder »Die Fahrt nach Itzehoe«, hat er wohl Fleißer zugesandt; da das jetzt gefährliche Lektüre ist, vernichtet MF die Texte gleich. – *Max Halbe:* Sektionschef München der 1895 gegr. Deutschen Schiller-Stiftung zur Unterstützung notleidender Schriftsteller durch Ehrengaben. – *zum Verband:* Reichsverband Deutscher Schriftsteller. – *In deinem Plan:* Draws-Tychsen wurde 1938 Dozent an der Lessing-Hochschule in Berlin. – *Luigi Pirandello (1867-1936):* Der italienische Dramatiker und Romancier, der in den Zwanziger Jahren eine regelrechte Pirandello-Mode auslöste, hatte im Herbst 1934 den Literatur-Nobelpreis erhalten. – *Vorstoß:* Nicht ermittelt. – *Horns Artikel:* Nicht ermittelt. – *Muhrs Artikel:* Alfred Mühr hatte 1928 eine Schrift »Kulturbankrott des Bürgertums« veröffentlicht, in der er für Piscator und den damals noch linksoptierenden Heinrich George Partei nahm. Nachdem Gründgens ihn, der scharfe Kritiken gegen ihn geschrieben hatte, 1934 als Dramaturg und Stellvertreter ans Staatstheater verpflichtet hatte, sah MF ihn nun als »Hans im Glück«, dem der Sprung über die Zeitgrenze von 1933 gelungen war.

184 *die Rahmenhandlung:* Für »Ein Schifflein Brüder«. – *Brief von Berlin:* S. Brief 183. – *Abschriften:* Für Draws-Tychsen. – *Novelle von den Frauen:* S. Brief 180; wird später geschrieben: »Die Versuchung des Neptun« (GW 4, S. 175 f.). – *meine Beischläferin:* MF teilte sich mit ihrer Schwester Ella ein Zimmer. – Zusammen mit diesem Brief schickt sie Gedichte von Draws-Tychsen aus seinen Büchern »Nordische Gedichte« und »Requiem und Hymnen für Cecilie Tychsen«.

185 *allerhand Raritäten:* 1928 schrieb Fleißer viel für Zeitungen. – *»Die Dame«:* »Illustrierte Frauen-Zeitung«, erschien von 1912-1943 im Verlag Ullstein (Deutscher Verlag) als Blatt für Literatur, Kunst, Mode, Kosmetik, Lebensberatung, Salon. – *neugierig auf die Begründung:* Im Brief vom 13. 12. 1934 an Draws-Tychsen begründet der Verlag die Absage damit, »daß der Roman bevorzugt wird, der Novellenband aber kaum Käufer findet.«

186 *G:* Georg Hetzelein. – *»Zwerg Auge«:* Legende (GW 4, S. 210 f.). – *»Baumeister«:* »Der Baumeister ohne Gnade«, Legende, veröffentlicht in »Germania«, 9. 10. 1932 (in GW 4, S. 56 f.). – *»Die Frau mit der Lampe«:* Veröffentlicht in VZ, 24. 6. 1933 (GW 4, S. 70 f.).

187 *Mein Bruder arbeitet:* Heinrich Fleißer fand nach längerer Arbeitslosigkeit eine Anstellung bei Siemens, war zuletzt dort Direktor. – *ge-*

meinsamen Zusammenlebens: Die Erwartung erfüllte sich nicht. Der Bruch wurde endgültig. Da auch Georg Hetzelein zu einer festen Bindung nicht bereit war, heiratete MF am 14. September 1935 Josef (Bepp) Haindl, den früheren Verlobten, um ein Unterkommen zu haben.

188 *Propyläen-Verlag:* Gehörte zum Hause Ullstein, jetzt Deutscher Verlag. – *früheren Verhandlungen:* S. Briefe 104 und 172. Max Krell war zu dieser Zeit schon ausgeschieden, daher die kurze, kalte Antwort.

190 *Wolfgang Weyrauch (1907-1980):* Schauspieler und Schriftsteller, ab 1933 Lektor beim »Berliner Tageblatt«; Fleißer schickte am 30.3.1935 die gerade vollendete Erzählung »Die Versuchung des Neptun« (GW 4, S. 175 f.).

191 Weyrauchs Ablehnung verweist durch ihre Formulierung auf Sperren gegen Fleißer in der Redaktion. Am 11.4. schickte Fleißer die neue Erzählung »Das Eitenzeller Kegeln« (GW 4, S. 233 f.), Weyrauch antwortete Mitte April: »Sehr geehrte Frau, auch diese Arbeit muß Ihnen leider zurückgegeben werden, was ich bedauere. Sehr ergeben Weyrauch.« Er ist einer der ersten, die sich nach Kriegsschluß wieder bei MF melden (s. Brief 202).

192 Am 25.4. hatte der junge Dramatiker Hermann Gressieker (geb. 1903), Dramaturg des Deutschen Theaters in Berlin (Intendant: Heinz Hilpert) im Auftrag Hilperts angefragt, ob Fleißer ein neues Bühnenstück bereit habe. – *dauernden Aufenthalt:* Da sie im Verlag nicht unterkam, mußte sie sich damit abfinden, in Ingolstadt zu bleiben, freilich nicht im Haus der Eltern. »In ihrem Vaterhaus kann sie nicht bleiben, bei einem Verlag kommt sie nicht unter. Trotzdem sie einen inneren Widerstand gegen das Milieu hat, sieht sie keinen Fluchtweg außer dem, daß sie auf sein Drängen den Tabakwarengroßhändler und früheren Verlobten Bepp Haindl heiratet. Der Versprechung des Mannes entgegen muß sie – neben dem Haushalt, den sie allein erledigt – sofort ins Geschäft.« (»Meine Biographie«, GW 4, S. 532.)

Der Briefwechsel hat bis zum Jahr 1939 eine große Lücke. Für die Jahre zwischen 1935 und 1940 berichtet MF kurz in »Meine Biographie«, daß die Beanspruchung durch Geschäft und Haushalt zu Arbeitsüberlastung, Nervenstörungen und 1938 bis zum Nervenzusammenbruch führt. Trotzdem beginnt sie 1937 mit der Arbeit an einem neuen Schauspiel, »Karl Stuart«, »für [das] sie schon vor der Eheschließung historisches Material gesammelt hat« (»Meine Biographie«, GW 4, S. 533), schreibt in diesem Jahr in neun Monaten die erste Fassung des Stücks, dessen Überarbeitung erst 1944 beendet wird.

193 Der Brief belegt, daß der Kontakt von Draws-Tychsen nach Auflösung der Verlobung auch durch die Ehe mit Josef Haindl sporadisch wieder aufgenommen wurde, z.B. Treffen am 12. 3. 1939 in München. – *Petro Antonio de Alarcón (1833-1891):* Spanischer Novellist und Romancier; sein Roman »Der Skandal« (»El escándalo«) erschien 1875. Draws-Tychsen übersetzte Novellen Alarcóns und edierte sie 1953. – *Manuel Venegas:* Novelle von Alarcón (»El Niño de la Bola«, übersetzt als »Manuel Venegas«, Name der Hauptfigur). – *Den Giono:* Der Roman »Bergschlacht« (1939) von Jean Giono.

194 *Ludwig Almer (geb. 1916):* Bruder von Luise Almer (s. Brief und Anm. 432), zeitweise vom Militärdienst freigestellt, studierte Architektur in München, traf Fleißer dort öfter; vermißt nach der Invasion der Alliierten in Frankreich 1944. – *nach Norwegen:* Die Besetzung Norwegens durch deutsche Truppen hatte am 9. 4. 1940 begonnen. – *Hamlet angesehen:* Otto Falckenberg, 1917-1944 Direktor der Münchner Kammerspiele, hatte dort 1939 zum zweiten Mal »Hamlet« inszeniert. – *Horst Caspar (1913-1952):* War 1938 von Bochum an die Kammerspiele gekommen; wurde einer der strahlenden jungen Helden und Charakterspieler der Zeit, ging 1940 nach Berlin zu Heinrich George ans Schiller-Theater. – *Maria Nicklisch (1914-1995):* Spielte, 25 Jahre alt, die Ophelia; sie wurde eine der bedeutenden Schauspielerinnen der Kammerspiele. – *Georg Britting (1891-1964):* Lyriker und Erzähler, von Fleißer sehr geschätzt, lebte in München. – *Georg Trakl (1887-1914):* Frühexpressionistischer Lyriker mit starker Nachwirkung, starb 1914 unter dem Eindruck der miterlebten Kriegsgrauen. 1939 erschienen seine Jugenddichtungen »Aus goldenem Kelch«. – *Ernst Wilhelm Lotz (1890-1914):* Junger frühexpressionistischer Lyriker, fiel 1914. Draws-Tychsen gab 1955 seine Prosaversuche und Feldpostbriefe heraus.

195 Mit diesem Brief und dem von MF wird der Bruch zwischen Marieluise Fleißer und Draws-Tychsen endgültig. In seinem Brief an Richard Friedenthal vom 23. 12 1960 aus Arhus (Dänemark) schreibt Draws-Tychsen von seinem Besuch »in meiner geliebten südschwedischen alma mater, Lund, wo ich mich einmal jugendlich-törichterweise mit Marieluise Fleißer verlobte«. – *Pionier-Prozeß:* Gegen den Bürgermeister von Ingolstadt, 1929. – *bei dem nationalsozialistischen Umbruch:* Indem er sie durch seine Verbindung zu national-konservativen Kreisen vor Diffamierung als Brecht-Freundin schützte. – *ein kleines Büchlein:* Franz von Sonnenberg: »Frankreich und Deutschland. Aufzeichnungen und Oden«, hg. von Draws-Tychsen, 1940.

Lücke im Briefwechsel. »Der Ehemann hatte gehofft, daß sie ins Geschäft zurückkehren würde, sie weigert sich standhaft. Jetzt wendet er sich gegen sie, sucht sie daheim mit Arbeit völlig zuzudecken› damit sie nicht schreiben kann. ›Schreiben, das kannst Du ja in der Nacht machen.‹ Das Zusammenleben wird schwierig.« (»Meine Biographie«, GW 4, S. 533). Ein Brief aus Elmau (vom 8. 7. 1942, Verfasser: Johannes Müller) zeigt, daß sie sich um Gehör und Rat suchend nach draußen gewandt hat. Sie erhält als Antwort: »Heraus aus der Ehe, um sein Leben neu zu begründen.« – Ein langer Brief des Soldaten Erich Kuby vom 21. 2. 1943 berichtet von seinen Erlebnissen in Frankreich. – 1943 wird MF selbst zum Kriegseinsatz eingezogen; sie arbeitet in einer Fabrik, wo sie chemische Messungen vornehmen und putzen muß. Ende 1943 wird sie auf Grund einer Nervenkrise entlassen, geht wieder ins Geschäft, schreibt 1944 den »Karl Stuart« zu Ende und beginnt den »Starken Stamm«: »Für sie ist es eine Flucht aus dem Grauen, sie muß sich einfach davon wegdenken, weil sie es sonst nicht durchstehen kann.« (»Meine Biographie«, GW 4, S. 534.)

198 Der Brief ist ein Zeichen, daß Fleißer im 3. Reich nicht vergessen war; gleichzeitig deutet er an, daß man an einem Programm nach dem sichtbar werdenden Ende des Krieges arbeitete. Am 1. September 1944 waren schon alle Theater geschlossen, die meisten Zeitschriften eingestellt. – *Rudolf Schneider-Schelde (1890-1956):* Romancier und Erzähler in München. – *Die horazischen neun Jahre:* Rat des Horaz in »Über die Dichtkunst«: »Solltest Du einmal etwas schreiben (...) birg es im Pult und halte es volle neun Jahre zurück« (Vers 386 f.).

199 *jene neue schmerzliche Nachricht:* Tod von August Gültig, des Ehemanns von Fleißers Schwester Ella, gefallen am 9. 2. 1945 bei Deutsch-Krone in Pommern. Der Brief ist vier Wochen vor Kriegsende geschrieben. Das Kind, zu dem sie ihrer Schwester gratuliert, ist am 7. 3. 1945, vier Wochen nach dem Tod seines Vaters, geboren.

201 Marieluise Fleißer wurde Mitte Juli verhaftet, angezeigt wegen »Schwarzhandel« mit Zigaretten. Ihr Mann Bepp Haindl war schon im Juni vom Kriegseinsatz zurückgekehrt; er schreibt dieses Gesuch, das – im Verein mit mündlichen Verhandlungen ihres Bruders Heinrich – nach 36 Stunden Haft zur Freilassung Fleißers führt. Im Fleißer-Archiv Ingolstadt gibt es eine längere »Declaration to the affair Haindl« von Josef Haindl, in der er den Sachverhalt klärt und diesen durch viele beigebrachte, eidesstattliche Versicherungen von Ingolstädter Bürgern bekräftigt. (S. a. Brief 325.)

202 Das Jahr ist bestimmt durch die Suche nach neuen Kontakten. Das Angebot des »Ulenspiegel« ist eines der ersten. Die Zeitschrift wird herausgegeben von Herbert Sandberg und Günther Weisenborn in Berlin-Dahlem, Wolfgang Weyrauch ist Redakteur, nimmt den Kontakt aus

dem »Berliner Tageblatt« wieder auf. – *Zinnen-Verlag:* Theaterabteilung des Kurt Desch Verlages. Bereits am 23.10.1945 hatte MF den Vertrag über »Karl Stuart« und »Der starke Stamm« unterzeichnet.

203 *Hans-J. Weitz (1904-2001):* War unter der Schauspieldirektion von Karlheinz Stroux 1946 Dramaturg in Darmstadt. »Antigone« von Jean Anouilh (Titelrolle Maria Pierenkämper), war in der Stroux'schen Inszenierung eine der Eröffnungspremieren. – *»Karl Stuart«:* Begonnen 1937, beendet 1944; Fleißer gab sich unendliche Mühe, das Stück auf die Bühne zu bringen; unaufgeführt bis zum Erscheinen dieser Briefsammlung. – *Hilaire Belloc (1870-1953):* »Oliver Cromwell. Ein Mann und seine Zeit«, 1936.

204 Weitz hatte im April 1946 mit der Demission von Intendant Henrich, dem Weggang von Stroux nach Wiesbaden seine Position aufgegeben, begab sich an seine Edition des »Westöstlichen Diwan« und die Edition des Volksgoethe (6 Bände) im Insel Verlag. – *»inneren Emigranten«:* Schriftsteller, die im »3. Reich« in Deutschland blieben, aber kritisch-distanziert lebten (Beispiel: Werner Bergengruen). – *Uraufführung des »Fegefeuers«:* 25.4.1926. – *unfreiwilligem Abgang:* Weitz war seit 1927 Dramaturg am Städtischen Theater in Düsseldorf, wurde am 1.2.1935 entlassen (»Halbjude«). – *Hannes Küpper:* S. Anm. zu Brief 59. – *Caspar Neher:* Maßgebender Bühnenbildner des Jahrhunderts, eng verbunden mit Brecht; war nicht in der Emigration.

205 *»Der starke Stamm«:* Geschrieben 1944/45. – *Willem Holsboer:* Mitglied der Spielleitung im Münchner Residenztheater.

206 *Hans Eberhard Friedrich (geb. 1907):* Redakteur der Zeitschrift »Prisma«, hatte ihr am 26.6.1946 ein Angebot zur Mitarbeit gemacht. – *»Die Verführung«:* Wahrscheinlich »Die Versuchung des Neptun« (GW 4, S. 175 f.).

207 *dass Du so Pech hattest:* Wohnungsschaden durch die Bombardierung; s. Erzählung »Der Rauch« (GW 3, S. 228 f.). – *Englisch sprechen:* Mit der deutschen Niederlage im 2. Weltkrieg wurde auch im englischen Mandatsgebiet des ehem. Deutsch-Südwestafrika die Anglifizierung vorangetrieben.

208 Am 6. Januar hatte sich MF an Wilhelm Sternfeld, den Chronisten der deutschen Emigration, in London gewandt, damit er ihr einen Brief an *Richard Friedenthal* vermittle, dessen Adresse sie nicht ermitteln konnte. »Mir liegt viel daran, dass der Brief Herrn Dr. Friedenthal endlich erreicht.« – *Hysterikers und Halbnarren:* Friedenthals Abneigung gegen Draws-Tychsen wurde von diesem erwidert; dennoch gab es in den sechziger Jahren einen sehr freundlichen Briefwechsel zwischen beiden. – *In der Kantstraße:* In Berlin. – *von meiner Arbeit:* Friedenthal hatte damals die Edition von »Knaurs Lexikon« abgeschlossen, das er-

ste populäre und für die Masse erschwingliche Nachschlagewerk. – *herrlich getroffen:* Im zerstörten Deutschland war damals die Meinung weitverbreitet, daß die Emigranten ein sorgen- und angstfreies Leben geführt hätten. – *zurückkehren werde ich nicht:* Friedenthal wurde 1951 Verlagsleiter bei Droemer (Nachfolger des Knaur Verlags), von 1945-1950 Mitherausgeber der »Neuen Rundschau«. – *Dr. Heinz M. Graumann:* s. Briefe und Anm. 212 und 220.

209 Der Brief ist wohl geschrieben, als Friedenthals Antwort unterwegs war. – *Alfred Kerr (1867-1948):* Lebte seit 1935 in London im Exil, war dort Präsident des Exil-PEN, Richard Friedenthal sein Stellvertreter (s. a. Briefe 214 und 220).

210 *dem historischen Drama:* »Karl Stuart«. – *Dialektstück:* »Der starke Stamm«. – *[ob sie nicht ...]:* Die eckige Klammer stammt von Weitz. – *»Wozzeck«:* Weitz meint Büchners »Woyzeck«, nicht Alban Bergs Oper »Wozzeck«. – *der »Innen-Emigrant«:* Der in der ideologisierten Kultur des »3. Reiches« im Land blieb und in einer inneren Emigration arbeitete. – *Blut-und-Boden-Tümelei:* Formel für einen Grundaspekt der nationalsozialistischen Kulturpolitik. – *»Der Schwierige«:* U: Residenztheater München, 8. 11. 1921. – *Ernst Wiechert (1887-1950):* Vielgelesener Erzähler und Romancier. Seine »ernsthafte Komödie« »Okay oder Die Unsterblichen« erschien 1946 im Artemis Verlag Zürich. – *Dr. Benno Reifenberg (1892-1970):* Journalist und Publizist; gab seit 1946 mit Friedrich Sieburg und Herbert Küsel die sehr angesehene Zeitschrift »Die Gegenwart« heraus, die später in der »Frankfurter Allgemeinen Zeitung« aufging, zu deren Herausgebern der sehr gebildete und kunstverständige Benno Reifenberg dann gehörte.

211 *von einem guten Freund:* Richard Friedenthal (s. Brief 208). – *praktisch ausgeschaltet:* Durch ihre Anwesenheit im Geschäft und die mit zwei anderen Familien belegte Wohnung.

212 *Dr. H. M. Graumann (geb. 1900):* Schriftsteller und Arzt für Psychodiagnostik, lebte in Amsterdam, mit Fleißer bekannt aus der Berliner Zeit (s. a. Brief 220). – *Wilhelm Sternfeld (1888-1973):* Schriftsteller, Journalist, emigrierte über Prag nach England, dort Sekretär des Chech refugee trust fund, grundlegend für die Exilforschung durch seine »Deutsche Exilliteratur 1933-1945« (1962). – *»Grüne Oliven und nackte Berge«:* Roman (1945) von Eduard Claudius (1911-1976); Schriftsteller, Spanienkämpfer, Emigrant, zog 1947 in die sowjetische Besatzungszone (DDR). – *»Das Leben meiner Mutter«:* Von Oskar Maria Graf (1894-1967), realistisch-sozialistischer Schriftsteller, Romane aus dem bäuerlichen Leben; geschrieben 1940 im Exil in den USA.

213 *Erich Kästner:* s. Anm. 227. © Thomas Kästner.

214 *an einen Bühnenvertrieb:* Fleißer hatte schon im Oktober 1945 »viel zu

früh« mit dem Theaterverlag Kurt Desch in München einen Vertrag für »Karl Stuart« und »Der starke Stamm« abgeschlossen.

215 *Herbert Jhering:* Erster neuer Kontakt nach dem Krieg; Jhering war damals Dramaturg am Deutschen Theater in Berlin (Intendanz: Wolfgang Langhoff). – *den Karl Stuart ablehnen:* Ihering hatte gegenüber dem Desch Theaterverlag ein negatives Votum abgegeben. Das hatte Desch Fleißer mitgeteilt mit der Bitte, doch einmal an Jhering zu schreiben. – *meinen seinerzeitigen Verlobten:* Hellmut Draws-Tychsen.

216 Im April 1947 gab es Verhandlungen wegen der U von »Der starke Stamm« mit dem Bayerischen Landestheater (ehem. Münchner Volkstheater). Briefwechsel um Textänderungen und Besetzung wegen des bayerischen Dialekts. Die Aufführung kam nicht zustande. – *Bernhard Diebold (1886-1945):* Theater- und Literaturkritiker der »Frankfurter Zeitung«, am 14.11.1929 in der Rezension über »Ein Pfund Orangen«: »Marieluise Fleißer schuf den Typus der unbarmherzigen Idylle« (s. Materialien, S. 142 f.).

217 *Jherings »Berliner Dramaturgie«:* Aufbau Verlag, Berlin 1947; enthielt Aufsätze über das andere Berlin, Gerhart Hauptmann und die Wende der Zeit, Max Reinhardt und die Folgen, den Wiederaufbau des Theaters und neue Stücke von Brecht.

218 *nach dem 15. Juni:* Wohl Aufhebung der Briefzensur.

219 *David Luschnat (1895-1984):* Kannte Fleißer noch aus Berlin; war selbst 1927 mit Gedichten und der Novelle »Die Reise nach Insterburg« hervorgetreten; im Exil in Paris Mitbegründer und Schriftführer des Schutzverbandes Deutscher Schriftsteller im Ausland; er hatte im Brief vom 23.6.1947 gefragt, ob die Deutschen den Rückkehrern aus dem Exil allgemein mit Haß und Neid begegneten und wie sie, Fleißer, sich im Hitler-Deutschland verhalten habe. – *Ihre Broschüre:* »Schriftsteller und Krieg«, Vorträge im Exil, Baden-Baden 1947; Fleißer verfaßte eine Rezension, die aber von Benno Reifenberg für die »Gegenwart« nicht angenommen wurde.

220 *das beste Gedicht:* »Wenn ich noch einmal ...« (s. Alfred Kerr, Gesammelte Werke, Bd. 2., S. 280, S. Fischer Verlag 1991). Der achtzigjährige Alfred Kerr kam vom PEN-Kongreß in Zürich zum erstenmal wieder nach Deutschland. Sein Bericht darüber, »Fünf Tage Deutschland«, erschien in »Die Neue Zeitung«, Juli/August 1947. – *James Agate (1877-1947):* Berühmter englischer Theaterkritiker und -schriftsteller; vergleichbar mit Kerrs Bedeutung in Deutschland. – *Graumann:* S. Brief 212. Anläßlich seiner Heirat schreibt Fleißer am 11.9.1947 Glückwünsche, berichtet von sich, darauf Antwort Graumanns mit Schilderung seiner Exilzeit (im Fleißer-Archiv in Ingolstadt unter NR 416-422). Im Nachlaß von MF gibt es den Entwurf zu einem Hörspiel »Der

Emigrant«, das sich auf Graumann bezieht (s. GW 4, S. 386 ff.). – *in Belsen:* Bergen-Belsen, deutsches KZ.

221 *Ihre Jahre in der Fremde:* Friedenthal war 1938 nach England ins Exil gegangen. – *Dramaturgentagung:* Erstes Treffen deutscher Dramaturgen zu Fragen des Theaters, noch nicht unter der Führung der (erst 1953 gegründeten) »Dramaturgischen Gesellschaft«. – *»Des Teufels General«:* U in Zürich, 14. 12. 1946, erste dt. Aufführung am 8. 11. 1947, Deutsches Schauspielhaus Hamburg. – *»Welt im Drama«:* Erste große und grundlegende Veröffentlichung Kerrs zum neuen Theater, 1905; später Titel seiner Kritikensammlung (5 Bde.) in seinen Gesammelten Schriften, 1917 bei S. Fischer. Ihre späte Huldigung für Kerr hat MF in ihrem Bericht von 1927, »Der verschollene Verbrecher X« (Neudruck in »Die List«, S. 73 ff.), so vorweggenommen: »Männer, mit denen ich einen Zusammenhang durch Artverwandtschaft spüre, sind: (...) Alfred Kerr wegen der in seinen Arbeiten immer wieder erwiesenen auffallend männlichen und gesundwüchsigen Einstellung zu den Frauen.« In einem »in Eile« geschriebenen Nachtrag fügt sie dem Brief hinzu, sie habe »heute Morgen aus der Neuen Zeitung« erfahren, daß der Schriftstellerkongreß auf unbestimmte Zeit verschoben werden müsse. MF fragt, wo sie sich dann treffen könnten. – MF traf Richard Friedenthal am 26. 9. 1947 in Berlin.

222 Erster Brief für eine Kontaktaufnahme mit Peter Suhrkamp. – *Peter Suhrkamp (1891-1951):* Leitete seit 1933 treuhänderisch den früheren Verlag S. Fischer, hatte sich als Verwalter und Verleger hohes Ansehen erworben. Am 4. 10. 1945 hatte er als erster deutscher Verleger von den britischen Militärbehörden in Berlin die Lizenz für einen Buchverlag erhalten. 1950 gründete er – nach der Trennung von S. Fischer – in Frankfurt a. M. seinen eigenen, den Suhrkamp Verlag. – *»Karl Stuart«:* Die Aufführung kam nicht zustande. – *»Der Sohn des Gefangenen«:* Späterer Titel: »Er hätte besser alles verschlafen« (GW 3, S. 258 f.). – Auch an Rowohlt (Lektor Kurt W. Marek) richtet sie am 26. 11. 1947 die Anfrage, ob er sich für »Ein Pfund Orangen« interessiere; s. Brief 225. – *Almanach »Theaterstadt Berlin«:* Erschien 1948 bei Bruno Henschel, Berlin. Fleißer schickte ihm am 6. 11. 1947 den erbetenen Text: »Zwei Premieren« (in GW 4, S. 473 ff.).

223 *herüberschicken*: Fleißer bat in einem Brief vom 26. 11., sich noch etwas zu gedulden.

224 *ein kleines Meisterwerk:* »Zwei Premieren« (GW 4, S. 473 f). Jhering hatte sie am 22. 10. 1947 gebeten, für den von ihm herauszugebenden Almanach »Theaterstadt Berlin« »eine kurze Skizze über die beiden Premieren ›Pioniere in Ingolstadt‹ und ›Fegefeuer in Ingolstadt‹ [zu] schreiben. Es wäre auch schön, wenn Sie dabei auf Brecht und Jakob

Geis, Paul Bildt und die Koppenhöfer eingehen«. Der Almanach erschien 1948 im Verlag Bruno Henschel und Sohn, Berlin.

226 *meiner bevorstehenden Scheidung:* Die weit vorangetriebene Trennung unterblieb wegen Erkrankung des Mannes. – *Währungsabwertung:* Die Währungsreform am 20. Juni 1948. – *die Lebensmittelkarten:* Die Lebensmittel waren noch rationiert und wurden alle vier Wochen durch Lebensmittelkarten zugeteilt. – *Anna:* Ihre älteste Schwester, Maria Fidelis, in Südwestafrika. – *Ella:* lebte in Bühl (Allgäu), stand allein, ihr Mann war 1945 gefallen; – *Klaus Dieter, Gert und Erika:* ihre Kinder.

227 *meiner Nachtschicht:* Richard Friedenthal, 1938 nach London emigriert, war 1943-1951 Redakteur im Sender B. B. C. (British Broadcasting Corporation). – *dem Sachsen Kästner:* Erich Kästner (1899-1974): Geb. in Dresden; Schriftsteller; leitete von 1945-1948 das Feuilleton der von der amerikanischen Besatzungsmacht herausgegebenen »Neuen Zeitung« in München. – *Kurt Desch (1903-1984):* Einer der ersten unternehmensfrohen Verleger der Nachkriegszeit; Friedenthals Prognose erfüllte sich, Deschs Verlag scheiterte 1973. – *einen Novellenband:* »Das Erbe des Kolumbus«, 1950. – *der andere Kiepenheuer:* Gustav Kiepenheuer. – *Martin Beheim-Schwarzbach (1900-1985):* War noch am Ende der Republik als Schriftsteller hervorgetreten, kehrte 1946 aus dem Exil in London zurück. – *»Die Welt«:* Damals neben der »Neuen Zeitung« in München führende Tageszeitung, von der englischen Besatzungsmacht lizenziert. – *Joachim Maass (1901-1972):* Um 1930 Redakteur der »Vossischen Zeitung« in Berlin, Schriftsteller; war 1948 noch in der Emigration in den USA und Mitherausgeber der »Neuen Rundschau«, die noch bei S. Fischer in Stockholm erschien (s. a. Brief 229). – *Scheidungsprobleme:* Die Gedanken an die Scheidung von Josef Haindl begannen Ende 1947; Ursache war Fleißers Beanspruchung im Geschäft und ihr Frei-sein-wollen fürs Schreiben (s. Brief 226).

228 Am 26. 1. 1948 hatte Fleißer eine Postkarte »An den Herrn Lehrer in Regelsbach bei Nürnberg« gerichtet, mit der sie nach der »gegenwärtigen Adresse dieses Georg Hetzelein« fragt, der dort vor vierzehn Jahren Lehrer gewesen sei. Hetzelein, noch im Amt, meldete sich gleich. Er hatte inzwischen Marie Hirscheider geheiratet. Der Brief vom 4. 2. stellt den Kontakt wieder her. – *Einen Novellenband:* »Ein Pfund Orangen«. – *»Die Lawine«:* S. Brief 181. Die Novelle bezog sich auf die Begegnung mit Hetzelein. – *einen hiesigen Geschäftsmann:* Josef Haindl. – *sollte ich etwas heraus:* Hetzeleins luden Fleißer daraufhin ein, sie besuchte beide am 21. 2., weil »ich nach einer Währungsumstellung nicht so schnell Geld für eine Reise erübrigen kann« (18. 2. 1948).

229 *aus den Stories:* »Story«, Zeitschrift für neue Erzählungen, bis 1949. –

Abonnenten gesperrt: Die Zeitschriften mußten ihre Abonnentenzahl wegen Papiermangel beschränken. – *Die Frankenreise:* Die Fahrt mit den Hetzeleins während ihres Besuches. – *Den Verlag enttäuschen:* S. Brief 223. – *Von den Fechsern:* von den Schößlingen, Ablegern. – *Steppenwolf:* Roman von Hermann Hesse, 1927.

230 *einen Wunsch geäussert:* S. Brief 226. – *Hans Stenglein (1895-1979):* Cousin von MF, hatte eine sehr geachtete Stellung in der Familie.

231 *Am 3.4. hatte MF den Hetzeleins »Karl Stuart« geschickt. Die Bemühungen Fleißers, ihr Schauspiel »Karl Stuart« bekannt zu machen und einigen Bühnen zur Prüfung vorzulegen, schienen Anfang 1948 erfolgreich zu sein; Heinz Hilpert ließ am 10.2.1948 wissen, daß er das Stück in den Städtischen Bühnen Frankfurt herausbringen wolle. Hilpert (1890-1967) war dort im September 1947 Intendant geworden, kündigte dann überraschend seinen Vertrag zum Ende der Spielzeit; damit scheiterte das Projekt.* – *über die Währung:* Die Währungsreform vom 20.6.1948, die jedem 40 Deutsche Mark zuteilte und die Vermögen und Immobilien neu bewertete.

232 *Noch in Zürich:* Brecht war im September 1947 von Amerika nach Europa zurückgekommen, hielt sich seitdem in Zürich auf, erlebte dort am Schauspielhaus die U von »Herr Puntila und sein Knecht Matti« (5.6.1948) und rüstete sich für den Besuch in Berlin (zur DE der »Mutter Courage«).

234 *Jacob Geis (1890-1972):* Mitarbeiter Brechts, hatte 1929 in Berlin die »Pioniere in Ingolstadt« inszeniert. – *die Kammerspiele erworben:* »Der starke Stamm«. Am 16.12.1949 teilt Werner Bergold (Dramaturgie, Kammerspiele – Volkstheater) Fleißer mit, daß die Aufführung »an der Regiefrage« scheitere. »Das Stück mit einem Regisseur herauszubringen, der keine Beziehung zu der Sprache hat, wäre für alle beteiligten eine Katastrophe.«

235 *ein Geheimnis:* Brecht war im Oktober noch in Zürich, reiste Mitte des Monats nach Salzburg und Prag.

236 Ihre Schwester Fidelis war unheilbar an Lungenkrebs erkrankt. – Die Schwester schrieb noch einige Briefe vor ihrem Tod, sie starb in Aliwal North (Südwestafrika). – *unseren lieben Vater:* Heinrich Fleißer war am 4.11.1946 gestorben.

237 *Brecht* war am 22. Oktober, von Prag kommend, in Dresden zum ersten Mal wieder in Deutschland: ab 23. Oktober in Berlin zur Vorbereitung der Proben zur DE der »Mutter Courage«. – *zu Ihren Erfolgen:* Beginn des Durchbruchs für Brecht im deutschsprachigen Theater: U von »Puntila und sein Knecht Matti« am 5.6.1948 im Schauspielhaus Zürich; 22.11.1948 DE: im Schauspielhaus in Hamburg; 2.12. im »Neuen Theater in der Scala«, Wien, »Mutter Courage und ihre Kinder« mit

Therese Giehse (R: Leopold Lindtberg); 9. 1. 1949 »Puntila« in den Münchner Kammerspielen (R: Hans Schweikart); 11. 1. 1949 DE von »Mutter Courage und ihre Kinder« im Deutschen Theater Berlin (R: Brecht und Erich Engel, Courage: Helene Weigel). Bald darauf Beginn der Gespräche über die Gründung eines Ensembles zur Kontinuierung der Arbeit Brechts in Berlin (Beschluß am 1. 4. 1949). – Brecht verlegt am 30. 5. 1949 seinen Wohnsitz nach Berlin.

238 Für Jherings zweiten Almanach schrieb Fleißer nichts.

239 *Dreigroschenoper:* Am 27. 4. 1949 in den Kammerspielen München (R: Harry Buckwitz). – *die beiden Stücke:* »Karl Stuart« und »Der starke Stamm«. – *Brief nach Berlin:* Brecht hatte Fleißer wohl den Text von »Mutter Courage und ihre Kinder« zugehen lassen; Premiere der »Courage« im Deutschen Theater in Berlin am 11. 1. 1949.

240 *dem neuen Almanach:* »Theater der Welt«, Bruno Henschel Verlag 1949.

241 *bei der B. B. C.:* Friedenthals Vertrag war mit einer »lebenslänglichen« Anstellungsgarantie versehen worden (s. a. Brief 227). – *Der neue Blokkadewinter:* In Berlin; Blockade der Stadt durch die sowjetische Besatzungsmacht, um die Stadt auszuhungern.

242 Dem Brief geht die Anfrage des Verlags nach ihren Verbindungen ins gegenwärtige Theater voraus, um ihre Stücke dort besser anbieten zu können. – *Emil Burri:* S. Anm. zu Brief 19. – *Ludwig Emanuel Reindl (1899-1983):* Schriftsteller (Lyriker), Feuilletonredakteur. – *Gerhard F. Hering (1908-1996):* 1931-1933 Dramaturg bei Gustav Hartung in Darmstadt, 1934-1937 Feuilletonchef der »Magdeburgischen Zeitung«, 1937-1941 der »Kölnischen Zeitung«. Nach dem Krieg Dramaturg und Regisseur in Konstanz (bei Hilpert), München und Stuttgart, ab 1961-1971 Intendant in Darmstadt; Schriftsteller, Publizist. – *Hermann Kesten (1900-1996):* War 1927-1933 Lektor des linksliberalen Gustav Kiepenheuer Verlags, 1933-1940 Leiter des Exilverlags Albert de Lange in Amsterdam, seit 1940 in New York; 1957-1962 freier Schriftsteller in Rom, dann wieder New York. – *Erich Kuby (geb. 1910):* Hatte Fleißer in seiner Soldatenzeit in Ingolstadt kennengelernt, im Krieg gelegentlicher Briefwechsel mit ihr, seit 1947 Chefredakteur der Zeitschrift »Der Ruf«, dann Journalist (»Süddeutsche Zeitung« u. a.). – *Stefan Großmann:* Herausgeber des »Tage-Buchs«, hatte früh Erzählungen Fleißers gedruckt.

243 Am 21. 9. nimmt Fleißer an den Proben zu »Mutter Courage« an den Kammerspielen teil (Courage: Therese Giehse). Sie spricht mit Brecht über den »Starken Stamm«, er gibt Schweikart den Rat, das Stück aufzuführen; am 28. 9. meldet die »Süddeutsche Zeitung« die Annahme des Fleißerschen Stückes durch die Kammerspiele. Am 16. 12. 1949

hatte ihr der Dramaturg der Kammerspiele, Werner Bergold, noch geschrieben, eine Aufführung zu Weihnachten 1949 scheitere »an der Regiefrage«.

244 *Alois Johannes Lippl (1903-1957):* Intendant des Bayerischen Staatsschauspiels (Residenztheater) vom 1.7.1948 bis 31.8.1953; während seiner Direktion keine Aufführungen von Fleißerschen Stücken. – *Meine Komödie:* »Der starke Stamm«. – *die Erotik:* Desch hatte mehr Erotik für das Stück verlangt. – *auf den Rösner:* Den Schauspieler Willi Rösner (1893-1966). – *ob die Giehse:* U von »Der starke Stamm« am 7.11.1950 in den Kammerspielen München, R: Hans Schweikart; Therese Giehse spielte die Balbina (Rezensionen dazu in Materialien, S.217f.). Lisl Karlstadt übernahm später die Rolle.

245 *Helene Weigel (1900-1971):* Schauspielerin; verheiratet mit Bertolt Brecht; ab 1949 Leiterin des Berliner Ensembles. – *die Komödie:* »Der starke Stamm«. – *meiner Münchener Aufführung:* U von »Der Starke Stamm«. – *Die Hemmungen weggesprengt:* Vor einer U des »Starken Stamms« (s. Brief u. Anm. 243).

246 *Georg Schwarz (1902-1991):* Schriftsteller in München. – Die Münchner Kammerspiele veranstalteten am 29.5.1951 eine Feier zu ihrem fünfzigjährigen Bestehen. Für die Festschrift erbat das Theater einen Beitrag von Fleißer.

246A *Augustenstraße:* Dort war das alte Haus der Kammerspiele (s. den Text »Aus der Augustenstraße«, GW 2, S. 309ff.). – *die eine Schauspielerin:* Grete Jacobsen.

247 Der »Donau-Kurier« nahm eine ganz andere Haltung zu MF ein als der frühere, ihr feindliche »Donau-Bote«. Er trug durch die Vermittlung von Dr. Mayer und Dr. Reißmüller sehr zur Versöhnung der Stadt mit MF bei. – *Dr. Norbert Mayer:* Chefredakteur des »Donau-Kuriers« seit 1951 bis zu seinem Tod 1967. – *»Der starke Stamm«:* Im Theater Ingolstadt am 16.9.1951, R: Toni Graschberger. – *Dr. Wolfgang Petzet (1896-1985):* Schriftsteller, Regisseur und Kritiker, 1935-1948 Chefdramaturg der Münchner Kammerspiele, Autor des Buches »Die Geschichte der Münchner Kammerspiele« (1973).

248 *eine wahre Geschichte:* »König für eine Nacht«; Text in Materialien, S.200f.

250 Fleißer im Brief an Curt Sanger, Cincinatti, in dem sie noch einmal ihren Lebensweg wiederholt: »Brecht hat mit seinem Lob des Stoffes übertrieben, und wenn sie ihn wirklich so angesprochen hätte, hätte er sie selbst gemacht. Jacob Geis hat dann einen Film aus der Geschichte hergestellt, der, wenn ich mich recht erinnere ›König für eine Nacht‹ hieß« (17.9.1971). Falsche Erinnerung Fleißers; Geis bestritt diese Zuweisung.

251 *Oskar Jancke (1892-1957):* Schrieb ihr am 6.5.1952, daß er »Das Pferd und die Jungfer« auch in der von ihm redigierten, von der »Deutschen Akademie für Sprache und Dichtung« herausgegebenen Zeitschrift »Neue literarische Welt« drucken werde. Sie erschien dort im ersten Juniheft 1952.

252 *Richard Friedenthal:* hatte 1952 die Leitung des neu gegründeten Droemer Verlags übernommen, der die Linie des alten Verlags Knaur fortsetzte. Er blieb dort bis 1954.

253 *Oda Schaefer (1900-1988):* Lyrikerin und Erzählerin; Mitglied der Akademie. – *für Lisa:* Frau von Richard Friedenthal.

254 Die Abteilung Schrifttum der Bayerischen Akademie der Schönen Künste hatte Fleißer ihren Literaturpreis in Höhe von 3000 Mark verliehen. Die Mitteilung vom Abteilungsdirektor Prof. Dr. Wilhelm Diess ist vom 12.5.1953. In der am 6.5.1953 von Emil Preetorius (Akademiepräsident 1953-1968) und dem Generalsekretär Clemens Graf Podewils unterzeichneten Urkunde heißt es: »Ihr frühes Buch ›Ein Pfund Orangen‹ zeigte Sie schon als eine Erzählerin von Rang. Ihre Prosa ist kräftig und geschmeidig zugleich, gelassen hinströmend, wild ausbrechend manchmal und von hintergründigem Humor erwärmt. Ihre neuesten Erzählungen glänzen in der schönen Reife der Meisterschaft. Sie sind so durch und durch bayerisch, im besten Sinne, entfernt dem so verdächtigen und oft mißbrauchten Begriff der »Heimatliteratur«, daß es gerade der Bayerischen Akademie der Schönen Künste zur Freude gereicht, Ihnen ihren Literaturpreis verleihen zu können.« Der Preis wurde Fleißer am 9.7.1953 in der Jahressitzung der Akademie im Prinz Carl-Palais verliehen. 1957 wurde sie als Mitglied in die Akademie aufgenommen.

255 *Walter Höllerer (geb. 1922):* Damals Assistent am Deutschen Seminar der Johann Wolfgang Goethe-Universität in Frankfurt, bereitete den Start der bald erfolg- und einflußreichen literarischen Zeitschrift »Akzente« vor. Anfragen wie diese erreichten Fleißer damals immer wieder; die Kammerspiele München baten, wieder für die Bühne zu arbeiten (18.3.1953), die »Süddeutsche Zeitung« wollte eine Ostergeschichte, Hermann Mostar wollte eine Erzählung für eine neue Zeitschrift »Neue Stimme« usf.

256 Briefentwurf. – *eine andere Erzählung:* Nicht bestimmbar. – *in einer schlimmen Hetze:* MF mußte 1952 wieder ins Geschäft zurück, weil Joseph Haindl sich von seinem Teilhaber trennen, einen Prozeß gegen ihn anstrengen und Schulden von 30000 Mark übernehmen mußte (s. »Meine Biographie«, GW 4, S. 538).

258 *Lion Feuchtwanger:* War am 7. Juli siebzig geworden. Es gibt den ersten Entwurf des Geburtstagsbriefes (hier gedruckt); einen zweiten, länge-

ren, (im Fleißer-Archiv), der beim Abschreiben am 11.7. noch einmal verändert und dann abgeschickt wurde. Diese letzte Fassung liegt in der Feuchtwanger Memorial Library in der University of Southern California, Los Angeles und ist hier ebenfalls gedruckt. – *nach deiner Adresse gesucht:* Feuchtwanger hatte 1933 Deutschland verlassen und war zunächst in Frankreich, ab 1941 in den USA im Exil; sie hatte die Adresse von Brecht erbeten. – *Katholisch geworden:* MF war von Anfang an katholisch; hatte die religiös-kirchliche Bindung wieder aufgenommen. – *mir was entwertet:* S. Brief 259.

259 *eine andere Begegnung:* Mit Draws-Tychsen. – *seine periodischen Versuche:* Er schrieb Erinnerungskarten. – *»Erfolg«:* Roman Feuchtwangers über die bayerischen Ereignisse zwischen 1919 und 1923; 1930 erschienen. MF sah sich darin gespiegelt. – *eine Notheirat:* Mit Josef Haindl. – *früher gewarnt:* S. Anm. 67. – *vorigen Sonntag:* S. Brief 258.

260 *Politik gegen mich:* Feuchtwanger galt seit seiner Moskaureise 1937 als kommunistenfreundlich; hatte damals die Sowjetunion, in der die ersten Schauprozesse liefen, noch sehr bewundert. – *arbeite mit Leidenschaft:* Feuchtwanger hatte im Exil seine großen Romane geschrieben (»Exil«, »Der Teufel in Frankreich«, d.i. »Unholdes Frankreich«, »Die Brüder Lautensack«, »Waffen für Amerika«, den Rousseau-Roman »Narrenweisheit« u. a., in denen er sich mit seiner Gegenwart auseinandersetzte); zur Zeit schrieb er an der »Jüdin von Toledo«.

261 *die Manuskripte:* »Karl Stuart«, »Das Pferd und die Jungfer«, »Im Netz«; s. Brief 264.

263 *»Goya«:* War 1951 erschienen.

264 *an der Komödie:* »Der starke Stamm«. – *Heinrich Lautensack (1881-1919):* Bayerischer Lyriker und Dramatiker, Autor kraftvoller bäuerischer Komödien (»Der Hahnenkampf«, »Pfarrhauskomödie«, »Die Glückskuh«).

267 *»Der SS-Staat«:* Erste bedeutende Publikation über »Das System der deutschen Konzentrationslager«, 1946, von Eugen Kogon. – *»Die hässliche Herzogin«:* Roman Feuchtwangers über Margarete Maultasch, 1923. – *Frau Marta:* Marta Löffler, aus einer jüdischen Familie in München, hatte im Mai 1912 Feuchtwanger geheiratet. Fleißer beginnt nach Feuchtwangers Tod (21.12.1958) mit ihr einen Schriftwechsel.

268 Der Brief kündigt in seiner Dringlichkeit die Verschärfung der Lebens- und Schreibkrise an, die bis 1958 dauert. Der Wunsch nach Scheidung taucht wieder auf (s. a. Brief 226). – *ein Buch bei Rowohlt:* »Spanische Ballade«, d.i. »Die Jüdin von Toledo«.

269 Brecht bereitet zu dieser Zeit die Inszenierung von »Leben des Galilei« vor, bespricht mit Giorgio Strehler dessen Inszenierung der »Dreigroschenoper« und spürt die ersten Anzeichen seiner Herzerkrankung.

270 Die Einladung zum IV. Deutschen Schriftstellerkongreß wird die Gelegenheit sein, bei der Fleißer in Berlin Brecht treffen kann.

271 Am 4. Dezember erhält MF Brechts Brief mit der Einladung in die DDR; daraufhin sagt sie in einem undatierten Brief (wohl: 5.12.) an Eduard Claudius ihr Kommen zu. »Ich werde Ihrer freundlichen Einladung, für die ich Ihnen danke, gerne Folge leisten und bitte um genaue Angaben ...« – *Peter Hacks (geb. 1928):* Dramatiker mit ersten Erfolgen (»Eröffnung des indischen Zeitalters«, »Das Volksbuch vom Herzog Ernst«, schrieb damals an »Die Schlacht bei Lobositz«), war 1955 in die DDR übersiedelt, um mit Brecht im Berliner Ensemble zu arbeiten.

272 Antwort Feuchtwangers auf Brief 268. – *Deinem Entschluß:* Sich scheiden zu lassen.

273 *Das letzte mal in Berlin:* September 1947, als sie Richard Friedenthal traf. – *in Berlin sehen:* Während des Kongresses in Berlin, den Johannes R. Becher am Nachmittag des 9.1. eröffnet hat, spricht Fleißer wiederholt mit Brecht, Helene Weigel und Elisabeth Hauptmann über Möglichkeiten, ihr zu helfen.

274 Nach der Rückkehr nach Ingolstadt. – *Isot Kilian (1924-1984):* Schauspielerin, Regisseurin und Mitarbeiterin Brechts. – *Brechttheater gesehen:* Während des Schriftstellerkongresses war im BE zu sehen: 9.1.: »Der Tag des großen Gelehrten Wu«; 10.1.: »Winterschlacht« (von J.R. Becher); 11.1.: »Der Kaukasische Kreidekreis«; 12.1.: »Pauken und Trompeten«; 13.1.: »Mutter Courage«; 14.1.: »Katzgraben« (von Strittmatter); wahrscheinlich sah MF »Mutter Courage« und »Der kaukasische Kreidekreis«.

275 *die Angelegenheit:* Brechts Vorschlag, in die DDR zu kommen. – *um Brecht zu sehen:* Eine weitere Begegnung fand nicht mehr statt. – *an Brecht geschrieben:* Am 5.12.1955 hatte Feuchtwanger an Brecht geschrieben: »Lieber Brecht, Marieluise Fleißer schreibt mir einen recht verzweifelten Brief. Es wäre schön, wenn Sie was für sie tun könnten. So einfach freilich, wie sie sich vorstellt, dürfte es kaum gehen.« (Danach weiter über den »Cyklop« von Euripides).

276 *Dr. Josef Listl:* Rechtsanwalt, den Fleißer für die Verhandlungen mit ihrem Ehemann, aber auch für den Prozeß gegen den Teilhaber im Geschäft in Anspruch nahm. Von 1932 bis 1945 und 1956 bis 1966 Oberbürgermeister von Ingolstadt, s.a. Brief 299. – *Kritischer Realismus:* Darstellung der Realität zwecks kritischer Einstellung. – *Sozialistischer Realismus:* Darstellung der Realität mit affirmativer Zielsetzung.

279 *zwei Novellen:* »Das Pferd und die Jungfer« und »Im Netz« . – *keine Nachricht:* Brecht war seit Anfang März an einer Virusgrippe erkrankt, mußte die Proben zum »Leben des Galilei« unterbrechen und schließlich an Erich Engel übergeben; am 12.4. begibt er sich in die Charité

(Krankenhaus in Berlin) zur Behandlung. Am 15.4. läßt er Fleißer auf ihren Brief hin mitteilen, daß er die beiden Novellen erhalten und an Bodo Uhse von »Sinn und Form« weitergeleitet habe.

280 Am Tag, an dem Brecht aus dem Krankenhaus Antwort gibt (s. o.), schreibt ihm Fleißer diesen kurzen Gruß. Es ist der letzte. Brecht bleibt bis zum 12. Mai in der Charité. Er stirbt am 14. August 1956 in Berlin.

281 In den Briefen findet sich keine Reaktion auf Brechts Tod. MF hat sich das Jahr über mit Lektoratsarbeiten für den Bayerischen Rundfunk etwas Geld verdient; sie empfindet diese Arbeit – zehn Hörspiele im Monat – als zerstörerisch, ist gleichwohl darauf angewiesen (s. »Meine Biographie«, GW 4, S. 538). – *Proben in Freimann:* Therese Giehse probte unter Leopold Lindtbergs Regie die Nancy in William Faulkners »Requiem für eine Nonne« (Premiere am 21.12.1956 in den Kammerspielen München). – *eine andere Adresse:* Jetzt Wurzerstraße 16 IV.

282 *Kulturpreis der Stadt München:* Am 5.7.1957; an die Verleihung schlossen sich heftige Debatten wegen der politischen Haltung Feuchtwangers an. – *Im Lektorat:* S. a. Brief 284.

283 *nach Deutschland zu kommen:* Feuchtwanger konnte seine Absicht nicht mehr verwirklichen; er starb am 21.12.1958 in Los Angeles. – *noch Widerstände:* Aus der McCarthy-Zeit, der Kommunistenverfolgung in den USA. Noch einen Monat vor seinem Tod wurde er zu seinem Einbürgerungsantrag von 1948 vernommen; Feuchtwangers Zögern, nach Deutschland zu kommen, war in seiner Furcht begründet, nicht mehr nach Amerika einreisen zu dürfen.

284 *Franz Stadelmayer (1891-1971):* 1956 bis 1960 Intendant des Bayerischen Rundfunks. – *ein Lektorat:* Sie hatte 1956 ein Hörspiellektorat bekommen (Vertrag für ein Jahr), das sie in Ingolstadt wahrnehmen konnte; es war ihr im April 1957 nicht neu angeboten worden. Am 24.5.1957 schrieb sie einen Brief ähnlichen Inhalts an Dr. Heinrich Fischer, Chefdramaturg des Bayerischen Fernsehens, bat um Beschäftigung: »Ich weiß mir keinen Rat, wenn ich nicht eine Arbeit finde.« Fischer war wohl nicht zuständig. Der Brief an Dr. Stadelmayer beschreibt nur die Verschärfung der Situation. – *letzte Ölung:* Josef Haindl starb am 10.1.1958 in Ingolstadt.

285 *Georg Britting* (s. Anm. zu Brief 194) und *Otto Freiherr von Taube (1897-1973):* Mitglieder der Bayerischen Akademie; schrieben in deren Auftrag.

1958: Lücke im Briefwechsel. Begründung in »Meine Biographie« (GW 4, S. 539): »Am 10. Januar [1958] stirbt ihr Mann. Sie bricht sofort den Prozeß ab [gegen den betrügerischen Teilhaber, d. Hg.], will nicht weiter hinzahlen. Letzten Endes bleiben von der Arbeit eines Lebens ein paar tausend Mark und eine kleine Lebensversicherung, die in längstens drei Jahren aufgebraucht ist. Sie haben sich gerade aus den Schulden herausgearbeitet. In der Nacht zum 15. Januar erleidet sie einen Herzinfarkt und muß für fast drei Monate ins Krankenhaus. Die Ärzte bereiten die Geschwister auf ihren Tod vor. Nach dem Befund der Röntgenaufnahme glauben sie nicht, daß sie es übersteht. Vier Wochen später schöpfen sie Hoffnung, weil sie zäh ist. Als sie herauskommt, muß sie zurück ins Geschäft. In diesem Jahr hat sie nur wenig Kraft. Sie braucht das ganze Jahr dazu, um das Geschäft zu verkaufen und abzuwickeln, die noch laufenden Warenschulden zu bezahlen, Außenstände einzuholen, soweit sie sich überhaupt einbringen lassen. Sie ist wieder frei. Sie muß viel lesen, um das Versäumte nachzuholen, sie ist künstlerisch ganz arm geworden. Langsam baut sie sich wieder auf und speichert.«

286 *Benno Meyer-Wehlack (geb. 1928):* War Anfang 1959 als stellvertretender Abteilungsleiter und Chefdramaturg in die Hörspielabteilung des Südwestfunks eingetreten. – *Ihrer Geschichte:* »Kreatur im Netz«. – *»Großmutter«:* »Des Staates gute Bürgerin«. – *Dr. Wolfgang Peters (geb. 1913):* Hatte die Redaktion Kulturelles Wort und verwaltete die Sendung »Erzählung der Woche«; er nannte Fleißers Erzählung eine »großartige, ungewöhnlich starke Sache« (Brief vom 15.4.1959). – *Hans Schwab-Felisch (1918-1989):* Feuilletonchef (neben Martin Ruppert) des Feuilletons der »Frankfurter Allgemeinen Zeitung« (bis 1960), später Herausgeber des »Merkur«. – *Carl-Hanser-Verlag, München:* Dr. Herbert G. Göpfert (geb. 1907): War als Cheflektor, dann Verlagsleiter wesentlich am Aufbau des literarischen Verlags Hanser beteiligt; hier beginnt die Verbindung Fleißers mit diesem Verlag, in dem auch die »Akzente« erscheinen. Im Mai 1959 macht Fleißer dort einen Besuch, bespricht ihre rechtlichen Bindungen an den Gustav Kiepenheuer Verlag (den es in der DDR wieder gibt) und den Desch Verlag, mit dem sie unzufrieden ist. Besprochen wird auch die Vorbereitung eines Erzählungsbandes, eine Neuedition von »Ein Pfund Orangen« (s. Brief 289). Antwort des Hanser Verlags vom 15.5.1959: »Wir würden uns aufrichtig freuen, Sie als Autorin des Verlages gewinnen zu können« (Brief vom 15. 5. 1959); und Bestätigung durch H. G. Göpfert am 27.5.1959: »Erlauben Sie mir aber, Ihnen zu sagen, daß ich über die Beziehung, die zwischen Ihnen und unserem Verlag sich angesponnen hat, sehr erfreut bin. Schon lange schätze ich Ihre Arbeit hoch ...« Er vermittelt die ihm von Meyer-Wehlack übergebene Erzählung »Kreatur im Netz« an die »Akzente« und schließt: »Es ist lange her, daß ich ein so starkes Stück Prosa zu sehen bekommen habe.« Eine Neuedition von »Ein Pfund Orangen« kommt dort nicht zustande. – *Hubert von*

Bechtolsheim (geb. 1929): Chefdramaturg und stellv. Leiter der Abteilung Hörspiel und Fernsehspiel beim Südwestfunk.

287 In ihrem Brief vom 17.4.1959 hatte Frau Valda Dreimanis um Auskünfte für ihre Arbeit über Brechts und Feuchtwangers Zusammenarbeit am »Leben Eduards des Zweiten« und Brechts Englischkenntnisse gebeten. – *Walter Brecht (1899-1986):* Jüngerer Bruder Brechts. – *Christopher Marlowe (1564-1593):* Elisabethanischer Dramatiker, Vorläufer Shakespeares; hatte mit »Eduard II« 1592 die erste Tragödie aus der englischen Geschichte geschrieben, Grundlage für Brechts Arbeit. – *Falckenberg:* Otto Falckenberg (1873-1947), Theaterdirektor und Regisseur. – *Marianne Zoff (1893-1984):* Verheiratet mit Brecht vom November 1922 bis November 1927. – *Otto Zoff (1890-1963):* Schriftsteller, Dramaturg, Regisseur, Schwager Brechts. – *Sibylle Binder (1898-1962):* Schauspielerin. – *Oskar Homolka (1901-1978):* Österreichischer Schauspieler; nach 1937 in Hollywood. – *Friedrich Domin (1902-1961):* Schauspieler und Regisseur. – *Therese Giehse (1898-1975):* Schauspielerin starker Frauenrollen (Mutter Courage, Balbina).

288 *Leopold Ahlsen (geb. 1927):* Junger, aufstrebender Dramatiker und Hörspielautor (»Philemon und Baucis«, 1956). Ahlsen hatte den »Starken Stamm« in eine Fassung für den Rundfunk gebracht. – *Hans Reiser (geb. 1919):* War der Hubert in der U vom 7.11.1950 in den Münchner Kammerspielen und in der Fernsehfassung.

289 *Woran liegt es:* S. u.a. Brief 204. – *heute fast antiquiert:* Die 50er Jahre brachten eine neue, nüchterne Literatur in Deutschland hervor. Von Heinrich Böll erschien 1959 »Billard um halbzehn«, von Günter Grass »Die Blechtrommel«, Arno Schmidt brachte seine Erzählungen »Rosen & Porree« heraus, Martin Walser arbeitete an »Halbzeit«. MF beschreibt ihre eigene Situation damals: »Sie hat das Meiste von Brecht gelesen, vieles bewundert, keinen echten Nutzen mehr daraus gezogen. Sie hat die besten Bücher von Feuchtwanger gelesen und spürt sehr deutlich, da ist ein Graben entstanden, er hat sich entfremdet draußen in der Emigration. Ein tiefer Graben ist zwischen denen, die es von innen erlebt haben, und denen von draußen. Das Glück haben jene, die nach ihnen kommen. Gebrochen sind jene, die nicht mehr jung genug waren, um es nur am Rand zu erleben. Von Horváth nimmt sie was mit, sie weiß noch nicht was. Das sind die Alten. Sie fühlt sich durch die Gedankenspiele, die in der neuen Literatur heraufgekommen sind, nouveau roman usw. völlig frustriert. Arno Schmidt interessiert sie, aber sie kann ihn nicht in etwas Eigenes übersetzen. Sie muß endlich mit dem inneren Versuch aufräumen, da heranzukommen. Es ist eine andere Generation, die das verdammt, was vorher war. Sie kann nur auf sich selber zurückgehn.« (»Meine Biographie«, GW 4, S. 540.) – *Eine Neuedition*

von »Ein Pfund Orangen«: Kam im Hanser Verlag nicht zustande. Auch zu anderen, neueren Texten gab es Meinungsunterschiede. Zu ihrer Erzählung »Freiwild« schrieb H.G. Göpfert am 24.11.1959: »Ich habe sie sehr genau gelesen und glaube zu spüren, worauf es Ihnen dabei vor allem ankam: auf den Sturz vom Himmel zur Hölle, auf den Mann, der der Frau Teufel und Engel sein kann, auf diese mit diesen Bildern bezeichnete Spannung. Wenn ich ganz undiplomatisch es rund heraus sagen darf, so finde ich, daß diese Geschichte Ihnen nicht gelungen ist.« (Der Briefwechsel mit dem Carl Hanser Verlag ist vollständiger abgedruckt in der Dissertation von Sissi Tax: »schreiben, überleben. ein biographischer versuch«, Verlag Stroemfeld/Roter Stern 1984.)

290 Es handelt sich um die Rückgabe der 13 Blätter des »Skizzenbuchs« mit dem Titel »In Memoriam bergincam« (s. Anm. zu Brief 156).

291 *»Pioniere in Ingolstadt«:* Für das Stück gab es noch keinen neuen Verlag. Desch hatte es nicht übernommen, Fleißer stand dem Stück selbst kritisch bis fast ablehnend gegenüber. – *der Aufregungen:* S. dazu ihre spätere Erzählung »Avantgarde«.

292 *Lotte Lenja, d.i. Karoline Blamauer (1898-1981):* (Ab 1935 auch in der Schreibweise »Lenya«); Schauspielerin, Sängerin, Brecht-Interpretin, verheiratet mit Kurt Weill, ab 1933 im Exil in Paris, dann USA; war zur Zeit in Frankfurt am Main zu Proben von Brecht/Weills Ballettoper »Die sieben Todsünden der Kleinbürger«. Die Premiere fand am 6.4.1960 statt.

293 *»Pioniere in Ingolstadt«:* Lotte Lenja hatte die Alma gespielt (30.3.1929). – *Albert Hoerrmann (1899-1980):* Spielte den Korl. – Abdruck des Briefes mit freundlicher Genehmigung der Kurt Weill Foundation for Music, New York; alle Rechte vorbehalten.

294 Der Besuch Lenjas in Ingolstadt kam nicht zustande. Auf einer undatierten Postkarte aus New York schreibt sie: »Liebe Marieluise Fleisser. Leider hat mich mein viel beschäftigter Aufenthalt in Deutschland nicht nach Ingolstadt kommen lassen. So gern hätte ich Sie wiedergesehen. Aber ich hoffe auf ein nächstesmal . . .«

295 *Heiner:* Ihr Bruder Heinrich war in leitender Funktion beim Bau des großen Stahlwerks in Rourkela (Indien) durch deutsche und österreichische Firmen. – *Ursula:* Die zweite Frau des Bruders seit 1941. – *Moni:* Ihre Tochter; Heinrichs erste Frau Ruth war 1939 in Berlin gestorben.

296 *einen Schreck bekommen:* Die Reaktion des Bruders zeigt, wie der Skandal um die »Pioniere in Ingolstadt« die Familie verschreckt hat (Heinrich war damals 22 Jahre alt); er fürchtet, MF könnte die heftige Diskussion um das deutsche Projekt in Indien zum Thema eines Stükkes machen.

297 1962 schrieb Fleißer in »Meine Biographie« (GW 4, S. 540): »Dr. Göpfert vom Carl Hanser Verlag hat solang gebohrt, bis sie wieder anfängt zu schreiben.«

298 *Jetty:* Fleißers Schwester Henriette war eine Zeitlang in einer Nervenklinik. Der Brief ist nach ihrer Rückkehr geschrieben. – *Johannes Müller:* »Vom Leben und Sterben«, C.H. Beck Verlag 1941.

299 *»Der Starke Stamm«:* In München, 7.11.1950; in Ingolstadt, 16.9.1951, R: Toni Graschberger, Bitterwolf: Ludwig Wallberg, Balbina: Josefine Schult-Prasser. – *Aufnahme in die Bayerische Akademie der Schönen Künste:* 1956. – Mit Schreiben vom 18.12.1961 teilt ihr der Oberbürgermeister von Ingolstadt mit, »daß der Stadtrat am 13. Dezember 1961 in nichtöffentlicher Sitzung einstimmig beschlossen hat, Ihnen den Kunstförderungspreis der Stadt Ingolstadt für 1961 zuzuerkennen«. Der Preis – dotiert mit 3000 Mark – werde ihr am 23.12.1961 im Foyer der Rathaussäle verliehen.

300 *eine Geschichte:* »Die Witfrau« (urspr. »Das kleine Leben«; später »Des Staates gute Bürgerin«); im »Donau-Kurier« am 23.11.1961 in drei Fortsetzungen erschienen (GW 3, S. 169f.). – *die Zeitungsseiten durch:* Durch die Postkontrolle der DDR; es war kurz nach dem Mauerbau (13.8.1961) verboten, westliche Tageszeitungen zu schicken. – *Dr. Wilhelm Reißmüller (1911-1993):* Besitzer des »Donau-Kurier« in Ingolstadt; setzte sich sehr für Fleißer ein und half den Bann gegen sie durchbrechen. – *Prof. Edgar Hederer (1909-1962):* Auf Artur Kutschers Lehrstuhl für Theaterwissenschaft in der Universität München.

301 Helene Weigel nimmt die »Du«-Anrede Fleißers nicht auf und distanziert sich mit dem »Sie«. – Fleißer fügt sich dem »Sie« in ihrem Antwortbrief vom 14.12.1961. In ihrem Brief vom 3.2.1962 sagt sie dann die Reise ab. »Man versichert mir, der Plan einer Berlinreise von Uta und mir bestehe in jedem Fall, nur nicht zum gegenwärtigen Zeitpunkt« (wohl wegen der gespannten politischen Lage, die in Westdeutschland sogar zum Versuch eines Brecht-Boykotts führte). Sie nimmt das »Du« wieder auf, in ihrer Antwort tut dies auch Helene Weigel. – *Elisabeth:* Elisabeth Hauptmann (1897-1973); Schriftstellerin, Übersetzerin und Dramaturgin.

303 *der Frieden erhalten:* Damals Eskalation des Kalten Krieges zwischen Ost und West. – *von Mißlbeck:* Vermutlich von Stadtrat Josef Mißlbeck. Heinrich (Heiner), der Bruder von MF, kaufte später das von Bepp Haindl erworbene Grundstück, der Ertrag erlaubte es, daß MF sich die Eigentumswohnung in der Hofmillerstraße 33 kaufte. – *Der Kunstförderpreis:* Verliehen am 23.12.1961; Begründung der Jury s. Materialien, S. 429. – *Oberbürgermeister:* Dr. Listl. – *Hermann:* Hermann Widmann, der Mann der Schwester Hilde (geb. 1923, aus der 2. Ehe des Vaters).

304 *für den Umzug:* Nach langen Querelen mit ihrer Vermieterin in der Roseneckstraße bezog MF die erworbene Neubauwohnung in der Hofmillerstraße 33.

305 *Curt Hohoff (geb. 1913):* Schriftsteller, damals Literatur-Redakteur der »Süddeutschen Zeitung«, leitete die Abteilung Schrifttum in der Bayerischen Akademie der Künste. – *Die Erzählung:* Wahrscheinlich: »Er hätte besser alles verschlafen«. – *Regina Ullmann (1884-1961):* Katholische schweizerische Schriftstellerin, zeitweise in Bayern lebend, poetische Erzählerin aus der kleinen Welt. – *im Soergel:* Hohoff aktualisierte die berühmt gewordene Literaturgeschichte »Dichtung und Dichter der Zeit« von Albert Soergel. – Fleißer antwortet, ein Bild mit Brecht könne sie nicht auftreiben, will aber ein Bild schicken, das Moriz Seeler gemacht hat.

306 *vom 10. Mai:* Brief Fleißers an Hauptmann: nicht überliefert. – *Rudyard Kipling (1865-1936):* Englischer Erzähler, schrieb über seine Erfahrungen in Indien. – *Ein Verlag fing an:* Paul List Verlag Leipzig, Edition Hans Reisiger. – *einem Brückenbauer:* »Die Brückenbauer«, aus den »Geschichten aus Simla«. – *Ihren Kleist-Aufsatz:* »Der Heinrich Kleist der Novellen«. Fleißer antwortet am 15.6.1962: »Den Kleistaufsatz, nach dem Sie fragen, habe ich leider nicht mehr.« Wiederaufgefunden und zuerst wiedergedruckt in »Marieluise Fleißer. Ausgewählte Werke«, Aufbau Verlag 1979 (GW 4, S. 403 f.).

307 *über den Kriegseinsatz:* Wohl Beginn der erst 1972 vollendeten Erzählung »Eine ganz gewöhnliche Vorhölle« (GW 3, S. 189 f.); das hier erwähnte »zusammenhängende Buch« wurde nicht geschrieben; wohl gibt es den Entwurf zu einem Drama »Vom Kriegseinsatz« (GW 4, S. 337 f.). – *Geschichte, die ich in diesem Jahr begann:* »Avantgarde«. – *Mein Umzug:* S. Anm. zu Brief 304. – *Am 10. Juli:* Empfang der Bayerischen Akademie.

308 Antwort von MF auf das Angebot, das Dr. Göpfert beim Treffen am 3. Mai im Münchner Künstlerhaus machte; nach seiner Aktennotiz im Verlag vom 7.5.1963: Erscheinen des von Fleißer gewünschten Erzählungsbandes in der neuen Verlagsreihe »Prosa Viva«; für die 1. Auflage Pauschalhonorar, berechnet mit weniger als 10 Prozent vom Ladenpreis, ab 2. Auflage 10 Prozent; Nebenrechte 50:50, womit MF nicht einverstanden war, s. Briefe 309 und 310. Der Band erschien im Herbst 1963 dann doch als selbständiges Buch, nicht in der Reihe »Prosa Viva«.

309 *Günter Eich (1907-1972):* Lyriker, Hörspielautor, mit ihm hatte Fleißer über die Akademie gute Verbindung bekommen. Schon am 29.12.1960 hatte sie ihm von ihren Wohnungssorgen berichtet und ihm aus ihrer zu räumenden großen Wohnung Möbel zum Kauf angeboten (»Ihre Frau hat mich neulich gefragt, ob ich Möbel abstoße (...) ich habe ein paar

Buffets, die ich nicht mehr unterbringe.«). – *Buchhändlerpropaganda:* Die Ankündigung des Herbstprogramms. – Günter Eich antwortete mit Telegramm, er habe von Verträgen keine Ahnung und verweist an den Desch Verlag.

310 MF gibt für den neuen Band ihrer Erzählungen folgende Titel an: »Avantgarde«, »Des Staates gute Bürgerin«, »Er hätte besser alles verschlafen«, »Das Pferd und die Jungfer«. Es geht um den Vertrag für den neuen Erzählband, der 1963 unter dem Titel »Avantgarde« im Carl Hanser Verlag erscheinen soll; er enthält die vier hier angegebenen Erzählungen. »Er hätte besser alles verschlafen« ist der neue Titel für die in den Briefen zuvor oft besprochene Erzählung »Kreatur im Netz«; »Des Staates gute Bürgerin« der neue Titel für »Die Witfrau«. – *Natürlich gibt es einen Verlag:* Unbekannt. – Am 15.5. fand ein Gespräch im Hanser Verlag statt, in dem eine grundsätzliche Übereinkunft erzielt wurde, die zur Ausfertigung des Vertrags hinreichte. MF schickt den Vertrag nach kleinen Veränderungen am 6.6.1963 unterschrieben zurück.

311 *Urs Jenny:* Damals Lektor im Carl Hanser Verlag, später Journalist und Kritiker (»Süddeutsche Zeitung«, »Der Spiegel«); besuchte Fleißer am 27.6.1963. – *»Imaginäres Gespräch«:* In Materialien, S. 341 f. – MF antwortete Jenny im Brief vom 4.7.1963 mit ihren Änderungen: »An manches habe ich mich hinterher genauer erinnert, auf manches möchte ich mich doch nicht festlegen, so wie es bei Ihnen steht, es könnte womöglich schaden, und manches habe ich vorsichtiger formuliert (...) ich habe es noch durch zusätzliche Erinnerungen farbiger gemacht, schriftlich bin ich ja immer besser wie mündlich.«

312 Aus der neuen Wohnung Hofmillerstraße 33 geschrieben. – *Auslandsreise:* Fleißer begann am 28. September eine Gruppenreise nach Griechenland; finanzielle Beihilfe durch Dr. Reißmüller vom »Donau-Kurier«; Rückkehr Mitte Oktober. – *Meiner Bücher:* Der Belegexemplare. – *Mein kleines Büchlein:* »Avantgarde«, war Anfang Oktober erschienen, 160 S. – *Der Reißmüllertochter:* S. Brief 300. Ein ganz ähnlicher Brief geht am selben Tag an Elisabeth Hauptmann (seit 1924 Brechts Mitarbeiterin, ab 1934 Exil in den USA, 1949 Rückkehr nach Deutschland), ergänzend darin: »Die erste Geschichte (...) ist sozusagen aus der Zusammenlegung von zwei Frauengestalten entstanden.« (Gemeint sind hiermit Elisabeth Hauptmann und Marieluise Fleißer).

313 *seinerzeit für mich eingetreten:* Im »Berliner Börsen-Courier« (s. die frühen Briefe) und auch im »Berliner Tageblatt«, als Jhering die Position Alfred Kerrs übernahm.

315 *Das Jugendstück:* »Fegefeuer in Ingolstadt«. – *Vorbemerkung zu »Karl Stuart«:* »Karl Stuart ist kein historisches Stück. An die geschichtlichen Gestalten eines anderen Volkes und eines anderen Jahrhunderts geknüpft, ist es doch aus der deutschen Passion der zwölf Jahre herausgewachsen. Seine Gestalten sind deutsche Menschen. Karl Stuart ist ein Stück von der unzerstörbaren inneren Freiheit.« – *über gestern:* Giehse und MF trafen sich in München.

316 *die Brecht-Tochter:* Hanne Hiob (geb. 1923), aus der Ehe mit Marianne Zoff. – *Kurt Horwitz (1897-1974):* Schauspieler, Regisseur und Theaterleiter.

317 *Heinz Piontek (geb. 1925):* Lyriker, Erzähler, Autor der Nachkriegsgeneration; hatte für die »Neue Zürcher Zeitung« die Erzählungen Fleißers (»Avantgarde«) besprechen wollen. – *Ihr Buch:* »Kastanien aus dem Feuer«, Kurzgeschichten 1963. – *»Die Technik des Dramas«:* Von Gustay Freytag, 1863, maßgebende Dramaturgie für das Drama des 19. Jh.s – *nicht geschadet:* Fleißer brauchte das Buch für ihre nichtbrechtsche Dramaturgie des »Karl Stuart«. – Piontek bedankte sich in seiner Antwort am 5.2.1964: »daß Sie sich mit meinem neuen Buch so geplagt haben. Das war wirklich nicht beabsichtigt. Meine Erzählungen setzen allerdings bestimmte Fortschritte der modernen Prosa voraus, bauen auf neuen Grundlagen auf – sie an altbewährten Maßstäben zu messen, ist, glaube ich, nicht angebracht, mindestens wird man ihnen auf diese Weise nicht ganz gerecht. So ist beispielsweise das Weglassen, Abkürzen, Aussparen, Andeuten ein Grundzug modernen Erzählens. Wenn Sie schreiben, ich hätte eine Sache nur angetippt, so trifft das genau zu, mehr wollte ich nicht. In Ihren Augen ist es freilich eine Art von Nichtbewältigung.«

318 *Gedok:* Gemeinschaft deutscher und oesterreichischer Künstlerinnen, gegründet 1926/27. Heute Verband der Gemeinschaften der Künstlerinnen und Kunstfreunde e.V. Hamburg; veranstaltet u.a. Ausstellungen. – *meine Erzählung:* »Der Rauch« (GW 3, S. 219f.).

319 *Klaus Dieter Gültig (geb. 1937):* Neffe von Marieluise Fleißer, Sohn ihrer Schwester Ella, der ihr sehr nahestand (s. a. Brief und Anm. 380). Klaus Gültig war im Zweifel, ob er den Lehrerberuf nicht gegen den des Buchhändlers eintauschen sollte; entschied sich für das Lehramt; Verwalter des Nachlasses von MF. – *Hugendubel:* Buchhandlung in München.

320 *Hans Bender (geb. 1919):* Lyriker, Erzähler, Mitherausgeber der »Akzente«; war mit de le Roi verantwortlich für den »Jahresring« (hg. vom Kulturkreis der deutschen Industrie); »Der Rauch« erschien im »Jahresring« 1964/65.

321 Antwort auf einen fast unlesbaren Brief von A. Dengler, Ingolstadt I,

Sauerstraße 2. – *Dichterlesung:* Am 11.6.1964 in der Maximilians-Universität, Veranstaltung der Bayerischen Akademie der Schönen Künste. Lesung aus »Er hätte besser alles verschlafen«, »Das Pferd und die Jungfer« und aus »Avantgarde«. – *Barbara Bondy:* »In der stürzenden Welt ein Wunder«, »Süddeutsche Zeitung« München, 13.6.1964: »Wer wollte, konnte studieren, wie eine Dichterin aussieht, wie nicht. Eine Ingolstädter Hausfrau, darum handelt es sich, die Sechzig überschritten, graue Haare, eine Brille, keine Prätention, dafür die Würde derjenigen, die nur selten siegen. (...) diese Prosa, die ganz ohne Vergleich ist im heutigen Deutschland, kommt vom bayerischen Duktus, doch löst sie sich dann von ihrer Herkunft, erreicht schärfste Nuancierung im groben Gewebe, faßt in der Knappheit den dunkelsten Grund, ist naiv und dämonisch, besteht auf dieser Verwandtschaft; die Sprachmelodie, die daraus entsteht, wird zur Obsession (...).« – *dem Brecht was:* In »Avantgarde«.

322 *die versprochene Geschichte:* »Der Rauch«. – *»Die Physiker«:* Schauspiel von Friedrich Dürrenmatt, U: 20.2.1962, Schauspielhaus Zürich, R: Kurt Horwitz; Fernsehinszenierung von Fritz Umgelter, mit Therese Giehse und Gustav Knuth in der ARD am 5.11.1964. – *verrißen in der »Zeit«:* Rezension von Elisabeth Endres zu »Avantgarde« vom 25.9.1964: »Verführt von der bösen Avantgarde«; Nachdruck in Materialien, S. 323. – *Professor Max Stefl (1888-1973):* Literaturwissenschaftler in München, Spezialist für Adalbert Stifter. – *Radio Zürich:* Hatte bei ihr, ausgelöst durch »Avantgarde«, am 7.9.1964 um Mitwirkung an einer Brecht-Sendung gebeten; sie schrieb dafür »Der frühe Brecht« (GW 4, S. 478 f.). Die Sendung von Radio Zürich wurde immer wieder verschoben. – *Puntila-Aufführung:* Münchner Kammerspiele, 3.11.1964, R: August Everding; Puntila: Martin Held.

323 *den Sonderdruck:* »Der Rauch«. – *meinen Band:* »Avantgarde«. – *neue Nicklgeschichte:* »Der Rauch« (1964). – *Knall für Brecht:* »Avantgarde«. – *In der »Zeit«:* S. Anm. zu Brief 322. – *merkwürdigen Redakteur:* Hellmut Draws-Tychsen. – *haßerfüllte Kritik:* In der »Stuttgarter Zeitung« vom 10.11.1963: »Ihr sprachschöpferisches Lebenswerk kennt keinerlei dynamische Entwicklung (...); es stagniert konsequent wie ein zugeschlickter Tümpel, der alles Lebendige einfach abwürgen möchte. Gift gegen jeden, auch Gift gegen sich selbst, wird da (gleichsam masochistischer) oberster, aber gefährlicher Leitgrundsatz.« – *eines alten Freundes:* Joseph (Bepp) Haindl. – *für die Villa Massimo:* Deutsches Kulturinstitut in Rom zum Aufenthalt für ausgesuchte Stipendiaten. Der Bundesminister des Innern teilte MF am 30.4.1965 mit, daß sie für zwei Monate als Ehrengast im Studienjahr 65/66 eingeladen ist.

324 *Ihr Brief:* Göpfert hatte am 31.12.1964 geschrieben, daß Fritz Arnold

fortan die zeitgenössische Belletristik im Hanser Verlag betreue; er, Göpfert, zöge sich zurück auf die Klassiker-Ausgaben und in die Universität; Göpfert hatte 1964 in München eine Professur für Edition, Buchwissenschaft und Literaturkritik übernommen. – *mit der »Mehlreisenden«:* MF hatte Göpfert einen Teil ihrer neuen Überarbeitung des Romans geschickt; Göpfert dazu: »Vieles gefiel mir gut, manches wollte mir bei der ersten Lektüre noch nicht ganz einleuchten. Die Hauptfrage, ob dieses Sujet, diese Fabel stark genug sind, um heute bei einem breiten Publikum das nötige Interesse zu wecken, läßt sich natürlich sehr schwer beantworten (...) ich bin sehr gespannt, wie es bei Ihnen weitergeht (...).« – *meiner Vorlesung:* In der Jungen Akademie.

325 *von Kesten keine Antwort:* S. Brief 326. – *den Preis für Koeppen:* Preis der Bayerischen Akademie der Schönen Künste an Wolfgang Koeppen (1906-1996); MF hatte sich sehr für ihn eingesetzt und war unter den Mitgliedern der Akademie auf Stimmsuche gegangen (s.a. Brief 331).

326 Im Juli kam Kesten nach München (s. Brief 330).

327 *Grete Scheel-Pröhl:* Journalistin in Stuttgart. Fleißer hatte beim 11. Dichterinnentreffen in Meersburg gelesen; Grete Scheel-Pröhl darüber: »Unbestrittener Höhepunkt des Treffens [war] die Begegnung mit der Schriftstellerin Marieluise Fleißer, und zwar nicht nur mit ihrem Werk, sondern auch mit ihr selbst, mit ihrer Persönlichkeit, denn nicht oft trifft man Autoren, deren Wesen so identisch ist mit ihrem Werk. Einfachheit, Klugheit, Unbestechlichkeit, Festigkeit, Eigenwilligkeit haben diese Frau geprägt ...« (»Stuttgarter Zeitung«, 1.6.1965). – *In der Stuttgarter Zeitung:* Wo Draws-Tychsen den Verriß ihrer »Avantgarde« geschrieben hatte.

328 *Gerd Semmer (1919-1963):* sammelte Brechtanekdoten. Nach der Lektüre von »Avantgarde« bat er Fleißer um solche und fragte speziell nach der Bedeutung von: Spinngockel, Hausverbot, Menschenverächter und ein Mann mit Holz. 1967 erschien im Insel Verlag »Geschichten vom Herrn B. 99 Brecht-Anekdoten, aufgeschrieben von André Müller und Gerd Semmer«. – *in der Volksbühne:* Irrtum Fleißers; Helene Weigel spielte in der U von »Fegefeuer in Ingolstadt« (26.4.1926) in der Jungen Bühne (im Deutschen Theater). – *oderint, dum metuant:* Lateinisch: Mögen sie hassen, wenn sie nur fürchten; Lieblingswort des römischen Kaisers Caligula. – *Hanns Otto Münsterer (1900-1974):* Jugendfreund Brechts; Mediziner und Schriftsteller; Titel seines Buchs: »Bert Brecht. Erinnerungen aus den Jahren 1917-22«, Zürich 1963.

329 *das Büchlein:* »Avantgarde«. – *Begegnung mit Brecht:* »Frühe Begegnung« (GW 2, S. 297f.). – *die Akademie nicht vorüberging:* Koeppen erhielt den »Literaturpreis der Akademie« 1965.

330 S. Brief 325. – Kästner dazu: »Liebe Frau Fleißer, na sehen Sie: es ist al-

les in Butter. Ihr Kästner.« Sie antwortet am 19.7.1965: »Endlich habe ich von Ihnen gehört! Ich konnte es mir schon gar nicht erklären.« Sie regt einen Besuch Kestens in Ingolstadt an.

331 *mit dem ›Juden‹:* Gemeint ist Lion Feuchtwanger. – *Auf Empfängen:* Hier: Der Akademie, die ihm den Preis verlieh.

332 Fleißer bedankte sich im Oktober für den Brief und lud Kesten nach Ingolstadt ein. – *LAUTER LITERATEN:* Essays, Desch Verlag 1963.

333 *Arno Schmidt (1914-1979):* Avantgardistischer moderner Erzähler von phantastisch-skurrilem Humor. – *Ihre Bücher:* »Rosen & Porree«, Erzählungen (1959); »Kaff, auch mare Crisium«, Roman (1960), »Kühe in Halbtrauer«, Erzählungen (1964).

334 *In Fulda bedacht:* Mit dem Förderpreis des Kulturkreises im Bundesverband der deutschen Industrie. – *das Buch:* »Avantgarde«. – *Radio Zürich:* Es lag das Angebot von Hans Bender vor, die Brecht-Erinnerung in den »Akzenten« zu drucken. Fleißer bemühte sich, den von Radio Zürich noch immer nicht gesendeten Beitrag für den Druck freizubekommen (Brief am 23.10.1965 an Walter Höllerer); dies gelang, da Radio Zürich die Erstsendung auf den Herbst 1966 verschob. »Frühe Begegnung« erschien im Juni 1966 in »Akzente«.

335 S. Anm. zum vorangehenden Brief.

336 Kesten kam am 3.11. nach München und traf sich mit Fleißer. – *von den Studenten verbrannt:* Bei der Bücherverbrennung in München wurden die »Pioniere in Ingolstadt« ins Feuer geworfen. – *im Völkischen Beobachter:* Am 11./12.2.1933 (s. in Materialien, S. 186f.).

337 *Dieter Sturm (geb. 1936):* Dramaturg an der 1962 von Jürgen Schitthelm, dem Bühnenbildner Klaus Weiffenbach und ihm gegründeten Schaubühne in Berlin (Schaubühne am Halleschen Ufer). Die Bühne plante im Sommer 1965 die Aufführung des »Starken Stamms«. Fleißer hatte den Text nach der U im November 1950 neu bearbeitet, vor allem einen Kommentar der Autorin angefügt (GW 1, S. 454f.). Das Ergebnis der Diskussionen in der Schaubühne über die Neufassung teilte Dieter Sturm Dr. Greuel vom Desch Verlag am 8.11.1965 mit: »Die psychologische Situation, aus der heraus Frau Fleißer sich zu dem distanzierenden Kommentar der ›Autorin‹ entschloß, kennen und verstehen wir. Dem Stück tun die Einfügungen, wie wir glauben, nur Abbruch. Seine Fabel ist viel heutiger, viel weniger obsolet, viel beißender und kritischer, als Frau Fleißer glaubt. Da wird beileibe keine Idylle auf die Bühne kommen. Die Inszenierung kann alle Kritik aus der Fabel selbst erarbeiten.« Mit anderen kleineren Änderungen erklärt Sturm sich einverstanden. Darauf antwortet Fleißer in diesem Brief. Am 8.1.1966 antwortet ihr Dieter Sturm, man habe sich aus guten Gründen, nicht: Hintergründen, für die erste Fassung des »Starken Stamms« entschie-

den, aber auch ihre Überarbeitung mit einbezogen. In ihrem Schreiben an Dr. Greuel vom 29.1.1966 findet Fleißer sich mit den Sturmschen Einwänden ab und folgert »Nun, ich werde ja sehen, was sie daraus gemacht haben. (...) Wenn der Text, der dort gespielt wird, sich gut anläßt, könnte man ja vielleicht diese Fassung festhalten und versuchen, ob man nicht auch noch andere Bühnen dafür gewinnen kann.«

338 *Fritz H. Landshoff:* MF kannte ihn aus den späten 20er Jahren als Mitdirektor des Gustav Kiepenheuer Verlags (s. die frühen Briefe, s. Anm. zu Brief 139). Landshoff war 1941 in die USA emigriert, kehrte 1946 nach Amsterdam zurück, war 1965 Leiter der europäischen Niederlassung des Kunstverlags Harry N. Abrams, New York. – *meines neuen Romans:* »Die Zeit der Narren«, Desch Verlag 1966.

339 *wieder in Berlin gespielt:* »Der starke Stamm« in der Schaubühne am Halleschen Ufer. – *»Mann ist Mann«:* Premiere am 29.3.1965, R: Hagen Mueller-Stahl.

340 *morgen:* 5.2.1966, Premiere vom »Starken Stamm«; Bitterwolf: Axel Bauer, Balbina: Ruth Drexel (s. Materialien, S.228f.). »Obwohl dies eine lange lange Serie von Aufführungen wird, greift der Erfolg nicht auf Westdeutschland über« (MF in »Meine Biographie«, GW 4, S.541; s.a. Brief 365). – *den Fotos:* Fleißer suchte Fotos, auf denen sie mit Brecht zu sehen ist.

341 das Buch: »Avantgarde«. – *bei unserer Zeitung:* Im »Donau-Kurier«. – *Dein Gastspiel:* Münchner Kammerspiele; kam nicht zustande; auch nicht das erhoffte Gastspiel in Ingolstadt. – *unser Stadttheater:* Neubau von Hardt Waltherr Hämer; eröffnet mit »Die Hochzeit des Figaro« am 21.1.1966. – *Dr. Reißmüller:* s. Anm. zu Brief 300. – *Villa Massimo:* S. Anm. zu Brief 323; Fleißer war Ehrengast vom 1.3. bis 9.5.1966, nahm danach an einer von dort organisierten vierzehntägigen Reise durch Sizilien teil. – Ähnlicher Brief vom selben Tag an Elisabeth Hauptmann, die sie wiedersah; fragt hier aber nach den Kosten des Gastspiels. – Im Brief vom 14.2.1966 lud MF auch die Berliner Schaubühne ein, in Ingolstadt den »Starken Stamm« zu spielen. Antwort der Schaubühne vom 15.2.1966: Ja gerne, Kosten: 13500 Mark ohne Einnahmen für die Bühne.

342 *Sonderdrucke:* Aus »Jahresring« 1964/65: »Der Rauch«; »Jahresring« 1965/66: »Die im Dunkeln«. – *Du die Erste:* S. Brief 329. – *kleinen Eugenie:* Enkelin Brechts und Weigels aus der Ehe ihrer Tochter Barbara mit dem Schauspieler Ekkehard Schall: Jenny Schall.

343 *meine Kritik:* »Die andere Zeitung«, 17.2.1966; auch in Materialien, S.229.

344 *mein kleines Buch:* »Avantgarde«.

345 *die beiden Memoiren-Teile:* Die Berichte über die Kriegsjahre »Der

Rauch« und »Die im Dunkeln«. – *John Heartfield (1891-1968):* Avantgardistischer Graphiker und Fotomonteur, politisch sehr engagiert. – Seine *Frau:* Tutti Heartfield (1910-1983).

346 *Alexander Abusch (1902-1982):* Journalist, kommunistisch engagiert, war 1946 aus dem Exil in Mexiko nach Deutschland zurückgekehrt, einflußreicher hoher Funktionär in der DDR (Aufsicht über das Verlagswesen), u. a. Nachfolger von Johannes R. Becher als Kulturminister, 1961-1971 stellv. Vorsitzender des Ministerrates in der DDR. – *bei Bodo Uhse 1956:* Als sie bei Brecht in Ost-Berlin war. Bodo Uhse war damals Chefredakteur der Zeitschrift »Aufbau« und Sekretär der Sektion Dichtkunst in der Akademie der Künste der DDR. *–Den »Drachen«:* »Der Drache«, Schauspiel von Jewgenij Schwarz im Deutschen Theater, R: Benno Besson; berühmte Aufführung des DDR-Theaters.

347 *in unserem Teil Deutschlands:* In der DDR; dort erschienen zwei Lizenzausgaben: »Marieluise Fleißer. Stücke«, Henschelverlag Berlin 1976 (enthält: »Fegefeuer in Ingolstadt«, Neufassung 1971; »Pioniere in Ingolstadt«, Neufassung 1968, und »Der Starke Stamm«, Neufassung 1972); im Aufbau Verlag 1979: »Ausgewählte Werke in einem Band«, hg. von Klaus Schuhmann.

348 Brief aus der Villa Massimo in Rom, wo MF seit dem 1.3. zu Gast war. MF hatte ihre Schwester Ella für 2 Wochen in ihr weitläufiges Appartement eingeladen.

349 *Herbert Jhering:* Schrieb jetzt Theaterkritiken nur noch für die in Ost-Berlin erscheinende Zeitschrift »Sinn und Form« und in Westdeutschland für »Die andere Zeitung«. – *Kalamität mit der Volksbühne:* Die Besucherorganisation »Volksbühne« schickte ihre Mitglieder noch nicht in die neugegründete Schaubühne in Berlin.

350 *Frau Hans:* Ria Hans, Redakteurin und Kritikerin beim Bayerischen Rundfunk; befreundet mit Joseph Breitbach; vermittelte die Bekanntschaft mit MF auf Breitbachs Wunsch, ausgelöst durch die Aufführung des »Starken Stamms« (s. Anm. zum folgenden Brief). – In einem Brief an den Hanser Verlag vom selben Tag, in dem MF ähnlich von ihrem Rom-Aufenthalt berichtet, ergänzt sie: »Ich ergötze mich an dem Völkergemisch. Ich werde hier immer für eine Engländerin oder Amerikanerin gehalten. An die Deutschen erinnert man sich nicht so gern. Trotzdem ist es schade, daß dies so dicht nach Berlin kam, es hat meine berliner Eindrücke zu schnell überdeckt. Ich hoffe, ich finde sie wieder, wenn ich daheim bin.«

351 *Joseph Breitbach (1903-1980):* Deutsch-französischer Schriftsteller, seit 1929 vorwiegend in Paris, Dramatiker und Erzähler, hatte 1962 mit seinem Roman »Bericht über Bruno« Aufsehen erregt; sehr reich, bis 1929 Mitglied der KP, lebte im großbürgerlichen Stil des 19. Jh.s; intensive

Verbindungen zu französischen und deutschen Schriftstellern, Neigung zu volksstücknahen Autoren, weil er selbst ähnliche Stücke schrieb (»Die Jubilarin«); entwickelte große Sympathie zu Fleißers Werk und Person; wurde 1966 Mitglied der Bayerischen Akademie. – *Ihre Bücher:* »Bericht über Bruno« (1962), »Clemens« (1963) im Insel Verlag.

353 MF schickte anscheinend an einige Bekannte aus der Villa Massimo ihre Texte; wohl die oben genannten »Sonderdrucke«. – *vollständig weggegeben:* Mit Brief vom 2.6.1966 an den Hanser Verlag bestellt sie »fünf Exemplare gebunden und fünf broschiert, gegen Nachnahme. Einige muß ich gleich wegschicken«.

354 Breitbach hielt sich in München auf, arrangierte gern gemeinsame Essen. Dieser und der folgende Brief zeigen seinen Lebensstil.

355 *Friedrich Hitzer:* Mitbegründer der DKP-nahen literarischen Zeitschrift »Kürbiskern«. Breitbach hatte selbst eine politisch linke Vergangenheit (1920-1928 KP-Mitglied). – *Wolfgang Mettmann:* Sekretär von Breitbach; nach Breitbachs Tod Verwalter seines Nachlasses. – *[...]:* »ein glühender Verehrer Ihrer Prosa«. – *[...]:* »sendet Ihnen seine Huldigung«. (Auf Wunsch von Wolfgang Mettmann gestrichen wegen des Eindrucks der »Vereinnahmung« durch J. Breitbach.)

356 *Wilhelm Killmayer (geb. 1927):* Komponist, bis 1964 Ballettkapellmeister an der Staatsoper in München, später Professor für Komposition an der Musikhochschule in München. Killmayer war 1966 Stipendiat in der Villa Massimo. – *suchen die Bindung:* Killmayers Beobachtungen weisen auf die Studentenbewegung 1968 voraus.

358 *Martin Sperr (geb. 1944):* Machte damals durch seine ersten dramatischen Arbeiten auf sich aufmerksam; »Jagdszenen aus Niederbayern« (1965) wurde am 27.5.1966 in Bremen uraufgeführt, R: Rolf Becker und Wilfried Minks. 1966 machte Sperr die bayerische Fassung von Edward Bonds »Gerettet« (für die Inszenierung von Peter Stein in den »Kammerspielen« in München). Freundschaftliche Verbindung mit MF; mit Kroetz und Fassbinder gehört er später zu ihren »Söhnen« (s. a. Brief und Anm. 467); MF hatte Martin Sperr bei Ruth Drexel kennengelernt.

359 *Ruth Drexel (geb. 1930):* Kraftvolle bayerische Volksschauspielerin, Regisseurin und Intendantin des Münchner Volkstheaters. Befreundet mit Fleißer; spielte die Balbina in der U vom »Starken Stamm« in Berlin (5.2.1966).

360 *Ihr Stück:* »Die Jubilarin« im Manuskript; erschien erst 1968 im Insel Verlag.

361 Nach dem Erfolg des »Starken Stamms« gab es bei der Schaubühne Interesse, auch die »Pioniere in Ingolstadt« wieder aufzuführen. MF war

seit einiger Zeit dabei, über eine neue Bearbeitung des Stückes nachzudenken, zu dem sie lange ein negatives Verhältnis hatte (s. dazu die zahlreichen Briefe). Sie schickt hier an Dieter Sturm die ersten Versuche dazu. Der Plan einer Neuaufführung an der Schaubühne wurde nicht verwirklicht.

362 *in Paris und Nürnberg geglückt:* U der »Jubilarin« (1. Fassung) im Théâtre Hébertot in Paris, 21.9.1960, DE: Städtische Bühnen Nürnberg, 26.5.1962. – *Mettmann:* Hatte seinen Militärdienst absolviert.

363 *das Buch von Ernst Josef Aufricht:* Brachte Aufricht, der auch vergessen war, in die Erinnerung zurück; eines der wesentlichen Erinnerungsbücher an die 20er Jahre; auch an die Skandalaufführung der »Pioniere« 1929: »Die Aufführung der ›Pioniere in Ingolstadt‹ halte ich für meine gelungenste« (S. 91 f.).

364 *Samstag, den Zwölften:* Premiere des »Starken Stamms« im Münchner Volkstheater; R: Eduard Loibner, Bitterwolf: Gustl Bayrhammer, Balbina: Charlotte von Bomhard. Die Telegramme bezeugen die Mobilisationsenergie Joseph Breitbachs.

365 *Geburtstagsgrüße:* Fleißer war am 22.11. fünfundsechzig Jahre alt geworden. – *in Berlin so gut gelungen:* Am 5.2.1966; s. Brief 340. – *als Drucktext:* Hanser lehnte ab.

366 *im ›Münchner Merkur‹:* Von Effi Horn: »Marieluise Fleißer kennt ihre bayerischen Pappenheimer«, 14.11.1966. – *Ursula von Kardorff (1911-1988):* Publizistin in München.

367 *diese Suhrkampgeschichte:* MF versuchte, den Suhrkamp Verlag für ihre Prosa zu interessieren, da sie von der Wirkung von »Avantgarde« im Hanser Verlag enttäuscht war. – *eine lange Geschichte nicht:* »Schlagschatten Kleist« (s. a. Brief 373). – *Unannehmlichkeiten mit Hanser:* Wegen der Rechte und des Verlagswechsels. – *Georg Hahn*: Oberspielleiter am Ingolstädter Theater.

368 *Yaak Karsunke (geb. 1934):* Lyriker, Dramatiker, Mitbegründer und von 1965 bis 1968 Mitherausgeber der politisch linken, literarischen Zeitschrift »Kürbiskern« (schied aus wegen seiner Haltung zum Einmarsch der DDR-Truppen in die Tschechoslowakei, die von der Linie der DKP abwich). Karsunkes Rezension über den »Starken Stamm« im Volkstheater war für den Bayerischen Rundfunk geschrieben.

369 Dr. Göpfert hatte Fleißer am 12.12. verspätet zum 65. Geburtstag gratuliert, zu dem viele Glückwünsche eingegangen waren: von Eugen Roth, Wolfgang Koeppen, Wilhelm Killmayer, dem Bürgermeister von Ingolstadt u. a. In seinem Brief hatte er von einem Schmetterlingserlebnis erzählt, auf das Fleißer hier antwortet. – *Den »Starken Stamm«:* Im Münchner Volkstheater. – *In Berlin:* Die Aufführung in der Schaubühne am Halleschen Ufer (s. Anm. zu Brief 365).

370 *Hans Egon Holthusen (1913-1997):* Schriftsteller, Kritiker, 1968-1974 Präsident der Bayerischen Akademie der Künste. – *diesjährigen Preisverteilung:* In der Bayerischen Akademie. – *Hanser-Verlagsabend:* Am 21.1.1967. – *Ernst Josef Aufricht:* Aktion Fleißers aus Dankbarkeit und Verbundenheit mit Aufricht seit 1929; in ihrem Brief vom 22.2.1967 an die Akademie schlägt sie Aufricht für den Akademiepreis vor.

371 *Paul Alverdes (1897-1979):* Schriftsteller; zum »Starken Stamm«, in »Die Zeit«, 23.11.1950. – *Therese Endres:* D.i. Elisabeth Endres (geb. 1934), Schriftstellerin und Kritikerin in München (s. Anm. zu Brief 322). – *Wolfgang:* Wolfgang Mettmann.

372 *merkwürdigen Mann:* Hellmut Draws-Tychsen. – *ausgeplündert worden:* s. Anm. 119. – *Mein Mann:* Josef Haindl. – *Fernsehfassung:* Der Aufführung vom Volkstheater München, gesendet am 19.2.1967.

373 *Erzählung von 1935:* »Schlagschatten Kleist« (s.a. Brief 393). – *für eine andere Inszenierung:* Die der Schaubühne in Berlin.

374 *Fritz Kortner (1892-1970):* Österreichischer Schauspieler und Regisseur; prägende Kraft im Theater des 20. Jh.s.

375 *Hoffnungen auf Ostberlin:* Sie erfüllten sich nicht. – *Wolfgang Heinz (1900-1984):* Schauspieler, 1963-1969 Intendant des Deutschen Theaters in Ost-Berlin.

376 *interessanten Aufführung:* U der »Dreigroschenoper« von Brecht/Weill am 31.8.1928. – Gleichlautende Briefe schrieb sie an Tankred Dorst, Erich Kästner, Günter Eich u.a.; s.a. Brief 370. Die Akademie beschloß eine von 3000 auf 4000 Mark erhöhte Anerkennung für Aufricht, freilich nicht den Ehrenpreis, für den Fleißer ihn vorgeschlagen hatte, weil sie keinen Theatermann auszeichnen wollte.

377 *Wolf Jobst Siedler (geb. 1926):* Leitete die Verlage Ullstein-Propyläen in Berlin. – *Gottfried Bermann Fischer (1897-1995):* Seit 1934 Leiter des S. Fischer Verlags, Frankfurt.

378 *Ihres Briefes vom 23.:* Fritz Arnold hatte geschrieben: »Liebe Frau Fleisser, Sie werden sicher verstehen, wie bitter es für einen Verlag sein muß zu hören, dass ein Autor nichts mehr mit ihm zu tun haben will und seine Bücher lieber an anderer Stelle veröffentlichen möchte. Und in Ihrem Fall kann ich, ganz abgesehen davon, dass wir ja einen Vertrag haben, in dem auch von Ihren weiteren Werken gesprochen wird, wirklich keinen Grund für eine Verstimmung oder Enttäuschung finden. Der Hanser Verlag hat immerhin Ihre neuen Prosaarbeiten als erster wieder an die Öffentlichkeit gebracht und wenn nun andere Stellen und Verlage sich an Sie wenden, so ist das doch zu einem Teil auch auf die Publicity zurückzuführen, die der Hanser Verlag für dieses Buch gemacht hat (...) Ich möchte (...) Sie bitten, uns neue Manuskripte oder Neufassungen älterer Werke zu zeigen, bevor Sie mit anderen Verlagen

Verbindungen aufnehmen.(...).« In einer verlagsinternen Notiz hatte Arnold am 20.11. Dr. Hanser mitgeteilt, daß »sie sehr gern bei Suhrkamp erscheinen möchte (...) denn der Verkauf von ›Avantgarde‹ sei doch sehr enttäuschend und es sei auch noch keine Taschenbuchausgabe abgeschlossen worden«. Die Honorarabrechnung für »Avantgarde« für das Jahr 1966: 15 Leinen, 35 broschierte Exemplare, Honorar 16,20 plus 18,90 DM.

379 *Egon Monk (geb. 1927):* Schüler Brechts, Regisseur, Intendant, ab 1960 Leiter der Abteilung Fernsehspiel beim Norddeutschen Rundfunk; wurde 1968 Intendant am Deutschen Schauspielhaus Hamburg (Rücktritt schon nach 75 Tagen). – *Claus Hubalek (geb. 1926):* Dramatiker (»Der Hauptmann und sein Held« u. a.), Chefdramaturg der Direktion Monk. – *hiesige Zeitung:* Im »Donau-Kurier«. – *»Die Heilige Johanna der Schlachthöfe«:* Berliner Ensemble, 12.6.1968, R: Manfred Wekwerth und Joachim Tenschert, Johanna: Hanne Hiob, Mauler: Martin Flörchinger.

380 *Klaus Gültig:* MF hatte zu ihrem Neffen eine sehr enge Verbindung, sorgte sich um seine Gesundheit, sein Fortkommen. Gültig war selbst stark am Theater interessiert; er fuhr sie zu den Premieren nach München, ermöglichte ihr so den Anschluß nach draußen; der Brief ist charakteristisch für ihr Verhältnis.

381 Beginn eines folgenreichen Konflikts: Peer Raben (geb. 1940), Komponist, Regisseur, hatte 1967 am Büchner-Theater in München begonnen, inszenierte dort »Antigone – frei nach Sophokles«, arbeitete ab 1968 mit Rainer Werner Fassbinder, sie bearbeiteten gemeinsam die »Pioniere in Ingolstadt«. Am 13.2. findet MF folgende Notiz im »Donau-Kurier«: »Peer Raben und Rainer Werner Fassbinder, bisher am action-Theater tätig (Antigone, Leonce und Lena, Die Verbrecher) arbeiten zur Zeit gemeinsam an der nächsten Inszenierung des Büchner-Theaters, die am Sonntag, dem 18. Februar (20.30 Uhr), Premiere hat. Angeregt durch Marieluise Fleißers großen Theaterskandal der zwanziger Jahre ›Pioniere in Ingolstadt‹ entsteht eine freie Szenenmontage unter dem Titel ›Zum Beispiel Ingolstadt‹. Aus spielplantechnischen Gründen wird sie nur 11 Tage zu sehen sein.« – Gegen diese Fassung richtet sich Fleißers Protest. Gleichlautende Briefe an die »Süddeutsche Zeitung« und den Suhrkamp Theaterverlag, dem sie anbietet, das Stück in den Verlag zu nehmen. In einer »Eidesstattlichen Versicherung zur Vorlage bei Gericht« vom 15.2. (im Fleißer-Archiv, Nr. 1771) stellt sie den Fall so dar: »Vor ca. 2 Wochen erschien bei mir überraschend ein junger Mann, der sich als Peer Raben vorstellte, und auf seine Regietätigkeit am action-Theater in München hinwies und mit Zeitungsausschnitten belegte. Er äußerte die Bitte, daß ich mich mit einer Aufführ-

rung meines Stückes ›Pioniere in Ingolstadt‹ im Büchner-Theater in München einverstanden erklären solle. Der Desch-Verlag habe ihm die Aufführung verboten. Ich verweigerte die Zustimmung und erklärte ihm, daß ich eine solche Aufführung nicht wünsche. Ich brachte auch zum Ausdruck, daß ich selbst eine Bearbeitung des Stückes unter der Feder habe und damit andere Pläne verfolge. Herr Raben jammerte, daß er nun kein Stück habe. Ich habe ihm jedoch klar und eindeutig erklärt, daß ich mit einer Aufführung nicht einverstanden bin.« Die Erklärung ist wahrscheinlich im Büro des Rechtsanwalts Dr. Listl im Hinblick auf einen möglichen Prozeß vorsorglich aufgesetzt. – Bei einem nochmaligen Gespräch mit Peer Raben und Rainer Werner Fassbinder nimmt MF eine Einladung nach München zu einer Probe an. Danach zieht Fleißer, die Not des Theaters erkennend, ihren Einspruch zurück und gibt die zweite Erklärung ab, daß sie den jungen Leuten nicht im Weg stehen will. Die Wandlung in ihrem Verhalten begründet sie in einem Brief vom 19. 2. 1968 (Empfänger: Herr Vogelsang): »Nachdem ich die jungen Leute inzwischen kennenlernte, scheint es doch, dass sich da eine interessante Begegnung herausgeschält hat. Ich weiß jetzt, dass das Büchner-Theater – nur auf Schulden aufgebaut von mutigen jungen Leuten – zum Interessantesten gehört, was zur Zeit in München gemacht wird. Das Kellertheater hat leider nicht den Zulauf, den es verdient, man sollte es unterstützen, indem man Leute hineinschickt. Die Handke-Aufführung, die ich dort sah, war theatertechnisch in ihrem ersten und dritten Teil für mich hochinteressant. Die Besitzer sind bemerkenswerte Persönlichkeiten und haben eine Gruppe junger Menschen um sich geschart, sie haben bloß kein Geld, aber es ist ein Ort, wo sich was tut. Es hat mich stark an Paris erinnert. Man muß sich im Mantel hinsetzen, der Ölofen ist kaput und funktioniert nicht gut.« Die Premiere findet am 18. 2. 1968 statt. Franz Xaver Kroetz spielt den Feldwebel, Hanna Schygulla die Berta, Irm Hermann die Alma. Der Konflikt macht MF wieder bekannt und bringt sie in Verbindung mit den jungen Theatermachern Fassbinder, Kroetz und Sperr. (Darstellung und Folgen des Konflikts s. Materialien, S. 251 f.) Die Bearbeitung wird Grundlage der Inszenierung der »Pioniere in Ingolstadt« von Rainer Werner Fassbinder (Musik: Peer Raben), mit der am 26. 1. 1971 in Bremen das »Concordia« eröffnet wird; Fassbinder spielte da den Korl. S. a. Brief 469.

382 *Karlheinz Braun (geb. 1932):* Leiter des Theaterverlages Suhrkamp. – *Ursula Bothe:* Mitarbeiterin im Suhrkamp Theaterverlag, Vertreterin von Karlheinz Braun; sie hatte Fleißer berichtet, daß sie deren Position gegenüber Peer Raben unterstützt habe. – *nicht dem Desch-Verlag:* Mit ihm war noch kein Vertrag über das Stück geschlossen worden; Fleißer hatte ihm nur Abschriften der neuen Fassung zukommen lassen, weil

Interessenten bei Desch nachfragten. Sie übergibt später das Stück dem Suhrkamp Theaterverlag (s.a. den folgenden Brief), trennt sich von Desch (s. Brief 385). – *Walter Boehlich (geb. 1921):* Cheflektor im Suhrkamp Verlag, korrespondierte mit Fleißer über eine neue Edition ihrer Erzählungen, die 1969 unter dem Titel »Abenteuer aus dem Englischen Garten« erscheint.

383 *Ivan Nagel (geb. 1931):* Theaterkritiker, von 1962 bis 1968 Dramaturg in den Münchner Kammerspielen (später Intendant in Hamburg und Stuttgart). – *Peter Stein (geb. 1937):* Seit 1964 Regieassistent und Dramaturg an den Münchner Kammerspielen; hatte mit seiner ersten Inszenierung, »Gerettet« von Edward Bond, gleich Aufsehen erregt; arbeitete jetzt an seiner Inszenierung von Brechts »Im Dickicht der Städte« (1968).

384 Begleitbrief zur Übersendung der neuen Bearbeitung der »Pioniere in Ingolstadt«. – *nach seinem Amerikaaufenthalt:* Nach Brechts Rückkehr aus dem Exil, in München bei den Proben zu »Mutter Courage«. – *die jungen Leute:* Um Fassbinder und Peer Raben. – *sie werfen mir vor:* In Schmähbriefen wie diesem: »Liebe Marieluis, bezugnehmend auf Deinen ›Leserbrief in der Südd. Ztg. v. 17.2.‹ möchten wir, sechs Freunde Peers, unmißverständlich zum Ausdruck bringen, daß Du uns ›den Buckel runter rutschen kannst‹. So war Hitler! Wir hätten von Dir nicht erwartet, daß Du Ingolstadt so in den Rücken fallen würdest.« (Schreiben vom 22.2.1968).

385 Antwort Fleißers auf einen langen Brief, in dem der Leiter des Theaterverlages Desch, Walter Jensen, ihr dargelegt hatte, wie sehr sich der Verlag um ihr Werk bemüht habe.

386 *veranlassen Sie:* Aufricht hatte Wolf Jobst Siedler (Ullstein/Propyläen Verlag) die unter dem Titel »Abenteuer aus dem Englischen Garten« gesammelten Erzählungen zur Prüfung übergeben. – *lese (...) über Brecht:* »Frühe Begegnung« und aus »Avantgarde«.

387 Aufricht besorgt die Manuskripte und sendet sie zurück. Suhrkamp veröffentlicht sie 1969.

388 *den Schluß:* Von »Pioniere in Ingolstadt«. – Fleißer hatte Abschriften des Stückes in die Dramaturgien der beiden Münchner Theater gegeben, denn Suhrkamp hatte das Stück noch nicht angenommen. – *Stein:* Peter Stein. – *Meinen Neffen:* Klaus Gültig. – *»Die Wände«:* Schauspiel von Jean Genet, Residenztheater, 9.2.1968, R: Hans Lietzau; durch diese Aufführung und anschließende Genet-Lektüre Anregung zu ihrem Aufsatz über Jean Genet. – *Ernst Wendt (1937-1986):* Theaterkritiker, 1967-1969 Dramaturg am Residenztheater in München, danach in Hamburg, Berlin, ab 1976 Chefdramaturg und Regisseur an den Münchner Kammerspielen.

389 *die beste Aufführung:* Die »Pioniere« wurden 1970 im Bayerischen Staatstheater (Residenztheater) aufgeführt; noch von Ernst Wendt dort disponiert.

390 Die Einladung zu Martin Sperrs Hochzeit freute Fleißer, sie nahm sie an. Die Hochzeitsanzeige von Martin Sperr und Monika Koegler enthielt ein Foto von Karl Marx und den Spruch: »Wer die Revolution will, muß die Revolution machen.« Zwischen Martin Sperr, seiner künftigen Frau und Fleißer entwickelte sich eine herzliche Freundschaft. Sperr: »Ich lernte die Fleißer kennen, als die Schaubühne Berlin das Stück ›Der starke Stamm‹ wiederaufführte (...) ›Der starke Stamm‹ hat mich besonders beeindruckt.« (s. Sperr in Materialien, S. 403 f.). – Fleißer nahm an der Hochzeitsfeier teil und dachte noch lange daran.

391 *Heinz Joachim Klein (1906-1998):* Intendant des Theaters in Ingolstadt 1967-1973; setzte sich sehr für MF ein, veranlaßte Aufführungen von »Der starke Stamm« und »Fegefeuer« in Ingolstadt. – *Wolfgang Beaujan* und *Kurt Ulmann:* Wurden nicht besetzt; den Bitterwolf spielte Rolf Castell, Beaujan den Metzgerjackl. – *Balbina:* Nicht Ruth Drexel, sondern Ursula Ludwig, R: Claus Landsittel.

392 *Brief vom 19. 6.:* Begleitbrief zur im Brief erwähnten Sendung (s. a. nächster Brief). Zur Verzögerung im Residenztheater konnte Braun noch keine Auskunft geben. Die Fotokopie von beiden Fassungen des »Starken Stamms« war eine freundliche Hilfe des Verlags für die Ingolstädter Inszenierung, obwohl die Rechte dafür bei Desch lagen.

393 *Bibliothek Suhrkamp:* 1951 begründete Buchreihe, in der Klassiker der literarischen Moderne veröffentlicht werden. – *ansehnlich herauskommt:* »Abenteuer aus dem Englischen Garten«, 160 S., war die bis dahin repräsentativste Sammlung ihrer Erzählungen; enthält: »Die Dreizehnjährigen«, »Stunde der Magd«, »Moritat vom Institutsfräulein«, »Abenteuer aus dem Englischen Garten«, »Gustl, ein Schwimmer und Retter«, »Der Venusberg«, »Der Rauch«, »Er hätte besser alles verschlafen«, »Das Pferd und die Jungfer«, »Die im Dunkeln«. Die im Hanser Verlag 1963 erschienene Sammlung »Avantgarde« enthielt »Avantgarde«, »Des Staates gute Bürgerin«, »Er hätte besser alles verschlafen« und »Das Pferd und die Jungfer« (156 S.). – *»Schlagschatten Kleist«:* In GW 3, S. 95 f. – *»Spectaculum«:* Kontinuierlich erscheinende Sammlung neuer oder wieder zu entdeckender Schauspiele im Suhrkamp Verlag. – *vom »Starken Stamm«:* Bis zur Veröffentlichung in GW 1 (1972) nur Bühnenexemplar des Verlags Kurt Desch. – *Der Dramaturg:* Ernst Wendt. – *mit der Regierung angelegt:* Wegen der Notstandsgesetze. – *Manfred Wekwerth (geb. 1929):* Brechtassistent seit 1951, Regisseur am Berliner Ensemble, schied 1968 wegen Differenzen mit Helene Weigel aus, wurde 1977 (als Nachfolger von Ruth Berg-

haus) Intendant am Berliner Ensemble (bis 1991). – *Egon Monk (geb. 1927):* Regisseur und Intendant. – *in der nächsten Spielzeit:* Monks erste (und einzige) Spielzeit als Intendant am Deutschen Schauspielhaus Hamburg.

394 *guter Umsatz nötig:* »Abenteuer aus dem Englischen Garten«: 1. Auflage 1969 5000 Exemplare. – *drunten:* Auf der Hauptbühne; das Werkraumtheater der Kammerspiele liegt im obersten Stock des Verwaltungsgebäudes. – *das Residenztheater:* Brachte die U der neuen Fassung der »Pioniere« erst am 1.3.1970. – *»Der starke Stamm«:* In Ingolstadt am 23.11.1968. – *Claus Landsittel:* Regisseur, lange Zeit Assistent bei Harry Buckwitz in Frankfurt. – *Harry Buckwitz (1904-1989):* Schauspieler, Regisseur und Intendant; nach 1945 Direktor der Münchner Kammerspiele; ab 1951 Leiter der Städtischen Bühnen Frankfurt. – *eine Krise:* Die Trennung von Manfred Wekwerth. – *Helli:* Helene Weigel, Brechts Witwe, Intendantin des BE.

395 *das Volksstück:* »Die Jubilarin«. – *»Theater heute«:* Druckte die »Pioniere« im Augustheft 1968. – *Hans Lietzau (1913-1991):* Regisseur. – *wer das machen soll:* Schließlich Niels Peter Rudolph. – *»Philoktet« von Heiner Müller:* Premiere am 13.7.1968. – *Peter Stein:* Hatte nach »Gerettet« Brechts »Im Dickicht der Städte« an den Kammerspielen inszeniert. – *Tankred Dorst (geb. 1925):* Dramatiker; »Toller, Szenen einer deutschen Revolution« spielt in München zur Zeit der Räterepublik 1919; U: Staatsschauspiel Stuttgart, 9.11.1968, R: Peter Palitzsch.

396 *auf einem toten Gleis:* Die Studentenrevolte von 1968 agitierte scharf gegen die Verlage des Springer-Konzerns. – *Zu »Avantgarde«:* Auf die Berichtigung Aufrichts antwortete Fleißer in ihrem Brief vom 15.8.1968. Weiteres s. Brief 405. – *in meinem Buch:* »Erzähle, damit Du Dein Recht erweist«. – *Benno Besson (geb. 1922):* Schauspieler, Regieassistent am BE bei Brecht, dann Regisseur (1962-1968) am Deutschen Theater Berlin, wechselte im Herbst als Künstlerischer Direktor an die Volksbühne, 1974-1978 deren Intendant. – *Manfred Wekwerth:* Arbeitete nach seinem Ausscheiden aus dem BE am Deutschen Theater.

398 *August Everding (1928-2000):* Regisseur, 1963-1973 Intendant der Münchner Kammerspiele. Kündigte dem jungen Regisseur Peter Stein, der am 27.6.1968 (zusammen mit Wolfgang Schwiedrzik) den »Vietnam-Diskurs« von Peter Weiss inszeniert hatte und am Ende der Vorstellung Geld für den Vietcong sammeln ließ. In der politisch aufgeheizten Stimmung jener Monate, in denen die Studentenrebellion sich den vietnamesischen General Ho-Tschi-Minh zur Leitfigur wählte, erschien Steins Haltung den verängstigten bürgerlichen Amtsinhabern als unduldbare Indienststellung des Theaters. Stein mußte das Haus verlassen.

399 *Sofort heute früh:* Anscheinend ein Wunsch von Therese Giehse, sich für Stein einzusetzen und gegen dessen Entlassung zu protestieren. – *ich wünsche Stein:* Peter Stein wurde von Kurt Hübner, Intendant in Bremen, mit Regieaufträgen für »Kabale und Liebe« und »Tasso« nach Bremen gerufen. Steins Arbeit dort bildete die Grundlage für seine späteren großen Inszenierungen in Zürich und an der Berliner Schaubühne. – *im Herbst 69:* Die Inszenierung hatte am 1.3.1970 Premiere.

401 *Friedrich Luft (1911-1990):* Theaterkritiker, ab 1955 erster Kritiker der Tageszeitung »Die Welt«, sehr angesehen und beliebt. – *Premiere am Schiffbauerdamm:* Der »Pioniere in Ingolstadt« am 30.3.1929. – *Alfred Kerrs Besprechung:* Im »Berliner Tageblatt« vom 2.4.1929 (s. Materialien, S.68f.

402 *Von Herrn Siedler:* S. Brief und Anm.386. – *Das Buch:* »Abenteuer aus dem Englischen Garten«, Bibliothek Suhrkamp Nr.223 (1969). – *mit Zerknirschung:* S. Brief 396. – *Theaternarr:* Ihr Neffe Klaus Gültig.

403 *Wolfgang:* Wolfgang Mettmann. – *Sperr als Nachfolger:* Martin Sperr hatte nach den »Jagdszenen aus Niederbayern« (1966) mit den »Landshuter Erzählungen« 1967 den zweiten Teil seiner Bayerischen Trilogie herausgebracht und schrieb am dritten: »Münchner Freiheit« (1969).

404 *die russische Besetzung:* Im August 1968 waren russische Truppen zusammen mit Truppen aus Polen, Bulgarien und der DDR in die Tschechoslowakei eingerückt, um den politischen Reformkurs unter Alexander Dubček zu beenden. – *Monk hat:* Egon Monk, Nachfolger von Oscar Fritz Schuh am Deutschen Schauspielhaus Hamburg, hatte mit »Über den Gehorsam« (Hubalek/Monk), Martin Walsers »Zimmerschlacht« (3.9.1968) und seiner eigenen Inszenierung von Schillers »Die Räuber« (15.9.1968) eröffnet. Diese und andere Inszenierungen trafen auf Ablehnung; Monk demissionierte zum Ende der Spielzeit. – *Ihr Neffe:* S. Brief 402.

405 *siebzigsten Geburtstag:* Am 31.8. – *jene Stelle in Avantgarde:* Vierter Absatz vor dem Ende des 2. Kapitels; s. Brief 396 und die Anmerkung dazu. Der Satz wurde bei der Überarbeitung für die GW nicht verändert (s. GW 3, S.148). – *Geschichten aus Avantgarde:* »Er hätte besser alles verschlafen« und »Das Pferd und die Jungfer«.

406 Antwort auf eine Erkundigung aus Amerika. – *Schreibverbot:* Die Aussagen darüber sind unklar; das Schreibverbot war wohl nicht absolut, sie durfte nach eigener Angabe in beschränktem Umfang Feuilletons veröffentlichen, unterließ das aber. – *ein Stück von mir:* »Der starke Stamm« an den Kammerspielen (7.9.1950). – *ein Stück für ihn:* »König für eine Nacht«; s. Brief und Anm.248. – *im Januar 1956:* S. Briefe vom Dezember 1955 und Januar 1956. – *von dem Mann:* Joseph Haindl. – *den Journalisten:* Hellmut Draws-Tychsen.

407 *Dr. Otto Stinglwagner (1966-1972):* Oberbürgermeister Ingolstadts. – *am Stadttheater:* Premiere am 23. 11. 1968, R: Claus Landsittel. – *Balbina:* Ursula Ludwig, *Rolf Castell:* Bitterwolf, *Volker Geissler:* Hubert, sein Sohn (s. Anm. zu Brief 394). – Im ähnlichen Brief an den Carl Hanser Verlag vom 7. 1. lobt sie noch Sabine Wackernagel als Annerl.

408 *ziemlicher Schock:* Siegfried Unseld hatte ihr am 4.2.1969 mitgeteilt, daß Karlheinz Braun den Verlag verläßt und Martin Walser interimistisch den Theaterverlag führen wird. Braun hatte für das Hörspielprogramm des Bayerischen Rundfunks im Winter 1969/70 eine Funkbearbeitung der »Pioniere in Ingolstadt« gemacht. – *Ernst Wendt:* Verließ zum Ende der Spielzeit das Residenztheater und ging als Chefdramaturg mit Hans Lietzau ans Deutsche Schauspielhaus Hamburg. – *»Mann ist Mann«:* Residenztheater 12.3.1969, R: Max P. Amman.

409 Für den zur Veröffentlichung vorbereiteten Band »Abenteuer aus dem Englischen Garten« schrieb sie diesen Klappentext, eine Selbstbetrachtung, die aber nicht verwendet wurde.

410 *Mein Suhrkamp-Band:* »Abenteuer aus dem Englischen Garten«. – *»Dichten und Trachten«:* An Buchhändler verschickter Almanach (1950-1969), »Jahresschau« des Suhrkamp Verlags, in der Textauszüge der demnächst erscheinenden Bücher enthalten sind. – *enthusiastischen Ausführungen:* S. Brief 403.

411 *erste Geschichte:* »Die Dreizehnjährigen«. – *der letzten:* »Die im Dunkeln«.

412 *Marta Feuchtwanger (1891-1987):* Witwe von Lion Feuchtwanger, war 78 Jahre. – *nicht mehr dabei:* Lion Feuchtwanger war 1958 gestorben. – *mir versprochen:* S. Briefe 260 und 266. – *herrliche Besetzung:* In der Aufführung im Theater am Schiffbauerdamm am 30. 3. 1929.

413 *Hanne:* Hanne Hiob, Tochter Brechts, Schauspielerin; sie hatte Fleißer in einem kurzen Brief am 19.4. gebeten, ihr das »Abenteuer aus dem Englischen Garten« zu übermitteln. – *der Intendant:* Helmut Henrichs. – *In einem Brief versprochen:* S. Brief 283.

414 Antwort auf eine Anfrage. – *alte Fassung:* Gedruckt in »Zeit und Theater«, Bd. 2, Propyläen Verlag 1972. – *in seinen Schweijk:* »Schweyk im Zweiten Weltkrieg« (1943); in der 4. Szene singen Kati und Anna die alte Moritat »Heinrich schlief bei seiner Neuvermählten«. – *neue Besetzung:* Ab 13. Mai, mit Hermann Thimig als Macheath, Leonard Steckel als Peachum, und Carola Neher als Polly. – *dreiundvierzigmal:* Das Stück wurde seit dem 30. März en suite gespielt. – *Regiebuch:* Im Brecht-Archiv nicht vorhanden. – *Regie vorgeschlagen:* S. Brief 234. – *Ob Monk:* Irrtum Fleißers, Egon Monk ist 1927 geboren.

416 *Karlheinz Braun:* S.a. Brief 416. – *in der Süddeutschen:* Am 24.5.1969 von Curt Hohoff: »Hier heißt Idylle: Verlogenheit«. – *in der Tat:* »Die Tat«, Schweizer Tageszeitung; der Beitrag von Frau Meidunger-Geise erschien am 21.6.1969. – *Niels Peter Rudolph (geb. 1940):* Regisseur seit 1963, wurde einer der führenden Regisseure der siebziger Jahre, später Intendant am Deutschen Schauspielhaus in Hamburg. – *George Dandin:* Ballettkomödie von Jean-Baptiste Molière.

417 Antwort auf eine Bitte um Auskünfte. – *Wedekinds Tagebücher:* »Die Tagebücher. Ein erotisches Leben«, hg. von Gerhard Hay, erschienen erst 1986, Athenäum Verlag Frankfurt. – *»Die rote Zibebe«:* Revue von Bertolt Brecht und Karl Valentin für das Mitternachtstheater der Münchner Kammerspiele, mit Liedern und Gedichten von Ringelnatz, Klabund, Valentins »Kuddel Daddeldu« u.a.; Brecht trat auf als »Klampfenbenke«; U: 30.9.1922, im Zusammenhang mit der U von »Trommeln in der Nacht«; Name der Revue nach der Kneipe in »Trommeln in der Nacht«. – *Blandine Ebinger (1899-1993):* Schauspielerin, Kabarettistin und berühmte Diseuse. – *Otto Müller-Eisert (Müllereisert, 1900-1967):* Enger Freund Brechts, sein Trauzeuge, später Arzt in Berlin, behandelte Brecht. – *Erich Engel (1891-1966):* Schauspieler und Regisseur; 1918-1922 an den Hamburger Kammerspielen, 1922-1924 Regisseur am Residenztheater in München; ab 1924 in Berlin. – *Jacob Geis:* Irrtum Fleißers: Erich Engel inszenierte die U von »Im Dickicht« am 9.5.1923; Jacob Geis nahm mit Brecht an den Proben teil.

418 *lesenswertes Buch:* »Erzähle, damit Du dein Recht erweist«. – *Um meine Lesung:* Aufricht bemühte sich in der Berliner Akademie der Künste um eine Lesung für MF – *in der »Süddeutschen«, in der Züricher »Tat«:* S. Anm. zu Brief 416. – *in »Publik«:* Deutsche Wochenzeitung, 5.9.1969 von Hans Peter Anderle: »Ganghofer in Pension«. – *in der »Presse«:* Wiener Tageszeitung, 12.7.1969, neuer Titel: »Die Dichterin Marieluise Fleißer«. – *Verschiedene große Blätter:* Die »Frankfurter Allgemeine Zeitung«, »Die Welt«. – *Sperrs »Jagdszenen aus Niederbayern«:* Münchner Kammerspiele 11.9.1966.

419 *Horst Laube (1929-1997):* Journalist, seit 1968 Dramaturg an den Wuppertaler Bühnen, von 1972 ab enge Zusammenarbeit mit Peter Palitzsch in Frankfurt, dort auch Regisseur und Dramatiker. – *das dritte Theater:* Die Veröffentlichung der Erzählungen 1969 und die Auseinandersetzung um Fassbinder/Rabens Fassung der »Pioniere in Ingolstadt«, aber auch die Horváth-Renaissance weckten neues Interesse an den Fleißerschen Stücken, die Rudolphsche Inszenierung der »Pioniere« in München (1.3.1970) verstärkte es.

420 *ins kommende Spectaculum:* Nr. 13; dort, wie in »Theater heute« (Heft 8/68) die 3. Fassung des Textes (s. dazu GW 1, S. 441 f.). – *Das Stück:*

»Pioniere in Ingolstadt«; U der neuen Fassung, Münchner Residenztheater, Premiere 1.3.1970, R: Niels-Peter Rudolph, Bühnenbild Karl Kneidl, Alma: Claudia Lobe, Berta: Christine Ostermayer, Korl: Hans Michael Rehberg, Feldwebel: Lambert Hamel. – *»Was Ihr wollt«:* Inszenierung von Johannes Schaaf, 18.1.1970, 44 Aufführungen. – *Unertl:* Max Griesser. – *Fotograf:* Paul Bürks. 22 Aufführungen. – Erste und bislang einzige Aufführung der »Pioniere« in Ingolstadt, 1980, R: Ernst Seiltgen (Dresdner Fassung).

421 Erstes deutliches Bekenntnis zu dem Fleißerschen »Jugendstück« nach Moriz Seelers Stellungnahmen von 1926. Günter Ballhausen bereitete als Regisseur dann die Aufführung vor, die dieses Stück auf der Bühne endgültig durchsetzte und den Rang von MF bestätigte.

422 Fassbinder hatte Fleißer seine neue Bearbeitung der »Pioniere« geschickt, damit sie diese (zur Vermeidung eines neuen Konflikts, s. Anm. zu Brief 381) genehmige. Er bereitete jetzt am Theater in Bremen (Intendanz: Kurt Hübner) zur Eröffnung der neuen Spielstätte im »Concordia« eine zweite, veränderte Inszenierung der »Pioniere« vor. Die Premiere fand am 26.1.1971 statt. Regie: Rainer Werner Fassbinder, Musik: Peer Raben, Bühnenbild: Wilfried Minks/Burkhard Mauer, Berta: Elisabeth Ebeling, Alma: Irm Hermann, Karl: Rainer Werner Fassbinder, Unertl: Kurt Raab, Feldwebel: Hans Hirschmüller (s.a. Materialien, S. 257f.).

423 bis 426 *Valentin Jeker (geb. 1934):* War nach Lehrjahren bei Kurt Hübner, Peter Zadek und Peter Palitzsch in Ulm jetzt in Stuttgart (Intendanz Peter Palitzsch) engagiert. Er bereitete dort eine Inszenierung der »Pioniere in Ingolstadt« vor. – *Gottfried Greiffenhagen (geb. 1935):* War Dramaturg bei Peter Palitzsch, später Mitarbeiter von Peter Zadek. Nach den Erfahrungen in München ging Fleißer an eine abermalige Veränderung des Textes. – *in München:* In der Aufführung des Residenztheaters. – *Korl:* In manchen Bearbeitungen auch Karl. – *»Pioniere in Ingolstadt«:* Württembergisches Staatstheater Stuttgart, Kleines Haus. Premiere: 18.2.1971, Regie: Valentin Jeker, Bühnenbild: Hans Peter Schubert, Alma: Marlen Diekhoff, Berta: Rosel Zech, Fabian: Hans-Peter Korff, Unertl: Traugott Buhre, Korl: Wolfgang Schneider, Feldwebel: Berthold Toetzke (s.a. Materialien, S. 270f.).

427 *Winfried Hümpfer (geb. 1939):* im Suhrkamp Theaterverlag. – *den Text von »Fegefeuer«:* Die neue zweite Fassung (Erstdruck im Programmheft der Wuppertaler Bühnen, dann in GW 1). – *noch rechtzeitig:* Zur Premiere in Wuppertal am 30.4.1971. – *Günter Ballhausen (geb. 1930):* Oberspielleiter in Wuppertal. – *der hiesige Intendant:* Heinz Joachim Klein. – *selbst inszeniert:* Klein brachte dann eine sehr gute Inszenierung des »Fegefeuers« zum Beginn der nächsten Spielzeit (R: Heinz

Engels). – *keine gute Erfahrung:* S. die Briefe vom Herbst 1968. – *Treibhauspflanze:* S. Anm. zu Brief 407.

428 Antwort auf eine Anfrage. Uraufführung der »Pioniere«: s. Materialien, S. 51 f. – *Kerr, Polgar und Pinthus:* S. Materialien, S. 68 f. – *des Polizeipräsidenten:* Karl Zörgiebel; Reste von Zensur in der Weimarer Republik. – *mein Mann:* Josef Haindl; der Holzdiebstahl ist auch in die neue Fassung des Romans »Mehlreisende Frieda Geier«, »Eine Zierde für den Verein«, eingebracht.

429 *ein fleisserjahr:* 1. U der Neufassung *»Pioniere in Ingolstadt«:* Residenztheater München, 1. 3. 1970. – 2. »Pioniere in Ingolstadt«: Theater Bremen (Concordia), R: Fassbinder, 26. 1. 1971 – 3. »Pioniere in Ingolstadt«: Württembergisches Staatstheater, Stuttgart, 18. 2. 1971, R: Valentin Jeker. – 4. »Fegefeuer in Ingolstadt«: U der Neufassung, Wuppertaler Bühnen, 30. 4. 1971, R: Günter Ballhausen. – 5. »Pioniere in Ingolstadt«: ZDF, 19. 5. 1971, R: Fassbinder. – 6. »Fegefeuer in Ingolstadt«: Stadttheater Ingolstadt, 30. 10. 1971, R: Heinz Engels. – 7. Fernsehporträt über Fleißer: im Bayerischen Fernsehen, 2. 12. 1971. – 8. »Fegefeuer in Ingolstadt«: Theater am Neumarkt Zürich, 23. 2. 1972, R: Jürgen Flimm. – 9. »Fegefeuer in Ingolstadt«: Schauspiel Frankfurt, 30. 10. 1972, R: Hans Neuenfels. – 10. Flimms Züricher Inszenierung: Deutschschweizer Fernsehen, 30. 12. 1972. – 11. »Fegefeuer in Ingolstadt«: Schaubühne am Halleschen Ufer Berlin, 19. 12. 1972, R: Peter Stein. – 12. Flimms Züricher Inszenierung: ZDF, 10. 1. 1973.

Nachdem MF wieder die öffentliche Aufmerksamkeit auf sich gezogen hatte, kamen viele Anfragen von Wissenschaftlern wie Studenten. Sie verwendete auf die Beantwortung viel Zeit und Mühe. Wir fügen hier eine dieser Antworten (an Rainer Roth vom 21. 6. 1971) ein. In ihnen wird – oft mit anderen Facetten und Zusätzen – meist Bekanntes wiederholt; aber die Briefe spiegeln sich in diesen Auskünften.

An Rainer Roth
8720 Schweinfurt, Brombergstrase 31

21. 6. 71

Sehr geehrter Herr Roth!
Es tut mir leid, dass ich nicht eher imstande war Ihnen zu antworten. Ich bin zwei Tage danach ins Krankenhaus gekommen und erst vorgestern wieder entlassen worden. Nun bin ich wahrscheinlich zu spät daran mit meinen Informationen, will ihnen aber trotzdem noch antworten.

1. Horribile dictu, ich schreibe mit keinem besonderen Plan für das Theater im Allgemeinen oder ein Volksstück im besonderen. Meine

wesentliche Absicht ist, Menschen zu erreichen, ob das nun durch eine Erzählung ist oder ein Stück. Ich bin nicht intellektuell, ich schreibe aus dem Unbewußten heraus. Ich hab drei für mich wesentliche Stücke geschrieben: »Fegefeuer in Ingolstadt«. Es hieß ursprünglich »Die Fußwaschung« und ist aus dem Zusammenprall meiner katholischen Klostererziehung und meiner Begegnung mit Feuchtwanger und Brecht entstanden. Feuchtwanger kannte ich damals schon persönlich recht gut. Von Brecht kannte ich nur die frühen Stücke, »Trommeln« Kammerspiele, Augustenstraße, »Dickicht« Staatstheater München, »Das Leben Eduards« zuerst bruchstückweise, weil Feuchtwanger mir im Entstehen den Text zu lesen gab, dann sah ich die Generalprobe – ich hatte Brecht inzwischen persönlich kennengelernt – in den Kammerspielen Falkenbergs in der Augustenstraße. Meines Wissens war das die erste Brechtinszenierung überhaupt. »Baal« habe ich durch Feuchtwanger leihweise zum Lesen bekommen, das Stück wurde lang nicht gespielt, zum ersten Mal Anfang 1926 durch die Junge Bühne von Moriz Seeler in Berlin, damals fiel es durch. Das waren die Eindrücke, die mich stark bewegten, als ich das Fegefeuer in mir trug, bzw. daran schrieb. Ich habe aber keineswegs etwas nachzuahmen versucht. Ein Kritiker hat anläßlich der jetzigen Wuppertaler Aufführung einen Zusammenhang hergestellt, indem er erklärte: Brecht habe sein »Dikkicht« über die Großstadt geschrieben und ich mein »Dickicht« über die Kleinstadt. Das mag möglich sein, bewußt geworden ist es mir nicht. Ich habe niemals nachzuahmen versucht.
Die »Pioniere« habe ich 1926 geschrieben, weil Brecht auf einem Spaziergang am Augsburger Stadtgraben dies Stück von mir verlangte. Ich sehe heute noch die Schwäne daneben herschwimmen. Ich hatte besondere Schwierigkeiten mit dem Thema, konnte eigentlich nur die Liebesszenen intuitiv aus mir herausschreiben, aber der Korl ist natürlich kein typischer Pionier, er trägt vielmehr Züge vom jungen Brecht an sich. Erst viel später, als ich 1943 am Heereszeugamt Ingolstadt im Kriegseinsatz war, habe ich mehr über die Psyche des sich eingeengt fühlenden Soldaten erfahren. Ich habe übrigens wegen dieses Stückes Schwierigkeiten im Heereszeugamt gehabt, durfte dort nur als Hilfsarbeiterin für sehr geringe Entlohnung arbeiten, eine der in der Fabrik arbeitenden »Zellen« versuchte mich nach so langen Jahren deswegen in ein Konzentrationslager zu bringen. Ich hatte das Glück, dass der über meiner Abteilung stehende Amtmann die Eisenwarenhandlung meines Vaters schon ein halbes Menschenleben lang kannte und dort im Heereszeugamt dem Schlimmsten entgegenwirken konnte. Auch den Holzdiebstahl an der entsprechenden Pionierbrücke durch vier junge Leute des Männerturnvereins und das Absaufenlassen eines Kamera-

den bei stürmischem Hochwasser in der Donau 1926 durch Pioniere habe ich erst etwa 1928 durch den späteren Ehemann – er war einer der vier, die das Holz für den Steg des MTV Bads klauten – erfahren. Nur auf Grund der Kenntnis dieser »Gefangenen«-Mentalität von Kriegssoldaten – Friedens-Soldaten kannte ich nicht näher – und nach Kenntnis der Sportdetails habe ich mich später an eine Bearbeitung herangewagt. Das Stück ist deswegen historisch.
Das Volksstück »Der starke Stamm« habe ich geschrieben, weil ich an meinem eigenen – in der Hitlernot geheirateten – Ehemann und seinen Verwandten die Mentalität solcher zwischen Bürger- und Bauerntum schwankenden Leute sehr hautnah erfahren und mich hart daran gestoßen habe. Ich habe mir also nicht bewußt Themen gestellt, sondern habe geschrieben, was herausmuß, weil es mir auf der Seele brannte.
2. Karl Valentin hat mich meines Wissens nur in den beiden Strolchgestalten des »Fegefeuer« Protasius und Gervasius inspiriert. Selbst bei diesem Dialog nur teilweise. Ich halte es für wichtiger, dass sie die Strolchgestalten eines Beckett vorwegnehmen. Der Einfluß Brechts auf meine Stücke wirkte sich zunächst darin aus, dass ich episches Theater schrieb, wie man es damals nannte. Ich halte mich für eigenständig, ich versuchte Brecht nicht nachzuahmen. Der Einfluß kam unbewußt. Der gesellschaftskritische Einfluß kam erst langsam zum Tragen. Ich war nämlich bei den englischen Fräulein in Regensburg (Realgymnasium) sechs Jahre lang in einem Kloster erzogen worden und weltfremd, wenn auch unbewußt aufsässig.
Ein Umstand ist vielleicht wichtig. Ich hatte nach der Berliner Aufführung der »Pioniere« auf Brecht einen großen Zorn, der sich allerdings wieder gelegt hätte, wenn ich mir selber überlassen blieb. Aber noch in diesem Zustand, Mai oder vielleicht schon Anfang Juni, geriet ich an einen ostpreussischen Journalisten, der sich stark für mich engagierte und dies wohl nicht ganz ohne Berechnung tat, denn er nützte mich schon sehr bald schauderhaft aus. Aber er war immer für mich da, an ihm suchte ich den persönlichen Halt, den ich weder bei Feuchtwanger noch bei Brecht gefunden hatte. Ich halte diese Bindung für unheilvoll, da er mich bewußt vom Brechtkreis absonderte, alles an meinem Schreiben auszusetzen hatte und meine künstlerische Entwicklung unterbrach, indem er sie zu fördern und nach seinem eigenen Willen zu gestalten versuchte. Das konnte auf die Dauer nicht gutgehn, ich wurde sehr unglücklich. Als ich mich aus dieser Hörigkeit zu lösen begann und mich Brecht wieder zuwenden wollte, hatte die Hitlerzeit schon begonnen, Brecht und Feuchtwanger waren emigriert, ich selber lebte in der Gefahr, um mich herum war alles eingestürzt.
Erst in den Hitlerjahren bin ich mir der Bedrohung durch die herr-

schende Gesellschaft so richtig bewußt geworden. Ich erfuhr, dass man einen Menschen völlig brachlegen kann. Ich verstand allmählich, was Brecht in den »Pionieren« von mir gewollt hatte und was ich ihm in meinem ersten Entwurf schuldig geblieben war. Ich versuchte es ihm später noch zu geben, obwohl er damals schon tot war. Der gesellschaftskritische Einfluß Brechts auf mich kommt erst in meiner Bearbeitung der »Pioniere« 1968 deutlich heraus.
Übrigens hat Brecht die Uraufführung meines Volksstücks »Der starke Stamm« an den Münchner Kammerspielen im Schauspielhaus in eigener Person bei Falkenberg initiiert.
Das Stück kam gleich nach Mutter Courage dort heraus.
3. Der Brecht seiner jungen Stücke – und diese waren es, die mir den nachhaltigen und tiefen Eindruck machten – schrieb noch keine Lehrstücke. Damit fing er erst in der künstlerischen Verzweiflung und der selbst auferlegten Kasteiung an, in die ihn seine spätere leidenschaftliche Hinwendung zum Marxismus stürzte. Ich selbst habe nicht die Absicht Lehrstücke zu schreiben. Ich versuche lebendige Menschen zu gestalten, aber mit einer Art Tiefenblick das, was sie selber nicht über sich wissen, an die Oberfläche zu bringen, sodass man es deutlich sieht. Dadurch wird eine Art Strömung offenbart, die nicht ihnen allein eignet, sondern die sie mit Vielen gemeinsam haben (oder hatten: das Dienstmädchenproblem z. B. in den »Pionieren« existiert heute nicht mehr in dieser Form, es ist historisch, man kann es aber auf andere heutige Arbeits- und Abhängigkeitsverhältnisse übertragen, denn es ändern sich zwar die Zeiten, aber der Mensch bleibt sich immer gleich) und die erkannt werden müssen.
4. Ja, wie soll man das nennen? Ich habe Brecht niemals bewußt nachgeahmt, sondern mich ihm gegenüber zu behaupten versucht. Ebenso unzweifelhaft hat er mit seinen frühen Stücken und mit seiner jungen Persönlichkeit einen tiefen und nachhaltigen Eindruck auf mich gemacht und mein Leben geändert. Wie sich das künstlerisch ausgewirkt hat, darüber müssen sich kritische Außenstehende entscheiden, ich fühle mich hier befangen.
5. Tatsächlich habe ich von Horváth bis zur Drucklegung seiner Werke lang nach Kriegsende nur zwei Stücke gekannt, die »Italienische Nacht« und jenes andere, in dem ein Kleinkind von der Großmutter umgebracht wird, der Titel will mir nicht einfallen. Die Stücke sind mir nicht sonderlich tief gegangen oder ich war dagegen abgekapselt, sie erschienen mir flacher als Brecht. Ich möchte behaupten, dass das, was heute als gemeinsamer Nenner mit mir angesehen wird, sozusagen in der Luft lag. Es gibt Wellen, die an verschiedenen Stellen gleichzeitig heraufkommen. Übrigens hat Benjamin Henrichs in seiner Bespre-

chung der Stuttgarter Aufführung der »Pioniere« in diesem Jahr in der Süddeutschen Zeitung ein paar interessante Sätze darüber gesagt, ich meine über Horváth und mich.

6. Die Fassbinder-Inszenierung für das ZDF habe ich zweimal gesehen, bei der Pressevorführung auf dem Bavariagelände und am 19. Mai. Ich war beide Male deprimiert. Ich kam mir verkrüppelt vor in meiner Sprache. Manches empfand ich als plump, anderes war wieder gut. Der Eindruck war zwiespältig. Ich glaube, dass durch die versuchte Übertragung in eine Jetztzeit Manches einfach nicht mehr stimmt. Ich glaube nicht, dass man das Stück vom Jahr 1926 trennen kann, auch wenn mir die Situationen inzwischen schärfer bewußt geworden sind.

Andererseits freut es einen alten Menschen, wenn er auf einen jungen Menschen eine Ausstrahlung hat.

7. Die Urfassung der »Pioniere« war unzulänglich und schludrig. Sie krankte daran, dass ich zum Thema Soldaten keine wirkliche Einstellung hatte. Das Thema war mir von Brecht als Aufgabe gestellt. Soldaten waren für mich unbekannte Wesen, auch wenn Brecht mich am Abend hinschickte um ihnen zuzusehen, zuzuhören, mich gelegentlich begleiten zu lassen. Ich schnappte dabei ja nur einige Sprüche auf. Erst der Kriegseinsatz hat mir auf die Sprünge geholfen. Brecht wollte, dass ein Auto im Stück vorkommt, ich verstand von einem Auto so wenig wie von einem Soldaten. Der Vater verspricht dem Sohn, ihm ein Auto zu kaufen, wenn er endlich ein Mann wird. Ich habe diese Szene bei der Bearbeitung weggelassen, weil sie für mich unergiebig war.

Die Dresdner Uraufführung 1928 wirkte langweilig, Brecht wollte in seiner Berliner Inszenierung 1929 Pfeffer hinein, also schrieb ich in einer Nacht für die nächste Probe ein Gespräch von drei Gymnasiasten, die über die Anatomie des weiblichen Körpers ihre Witze machen. Diese Gymnasiasten hingen nur außendran, sie kamen sonst im ganzen Stück nicht vor. Ich hätte sie vermutlich später selber weggestrichen, in der Premiere waren sie drin. Der Text ist verlorengegangen, es war eine einmalige Kritzelei, die ich auf die Probe mitbrachte, handgeschrieben, ich hatte keine Kopie. Der Polizeipräsident hat dann ihre Streichung verlangt. Wohin der Text verschwunden ist, weiß ich nicht und halte das nicht für wichtig. Dann war noch eine Szene, Bank am Friedhof, in der sich Alma Korl gegenüber als neuerdings geschlechtskrank zu erkennen gibt. Zwischen Soldaten und gelegentlicher Übertragung von Geschlechtskrankheiten schien mir ein logischer Zusammenhang zu bestehn. Diese Szene wurde in der Berliner Aufführung mitten auf den Friedhof zwischen Grabsteine verlegt, was den Unwillen des Publikums hervorrief, sie wurde ebenfalls verboten. Ich habe sie in die Neufassung nicht hereingenommen, weil ich dann mit der weiteren drama-

turgischen Entwicklung nicht zurechtkam, weil sie mir doch nicht typisch erschien und weil es psychologisch unwahrscheinlich ist, dass ein leichtes Mädchen wie Alma das einem Soldaten sagt, mit dem sie keine echte Liebe verbindet. Auch blieb diese damals angenommene Erkrankung folgenlos für das Stück. (In der Fassbinder-Berarbeitung gefiel es mir nicht, dass die Alma eine Asphaltnutte war, da gefiel mir die Alma der Münchener Residenz-Aufführung viel besser, ein leichtes Mädchen, das sich von Männern helfen läßt aus einer Notlage heraus, das aber nicht eigentlich verdorben ist und irgendwann schon noch einen Ausweg findet in eine andere Existenz.
Ich kann Ihnen keine Textkopie der Erstfassung der »Pioniere« verschaffen. Der Suhrkamp-Verlag besitzt eine Kopie. Es besteht die Möglichkeit, dass Ihnen der Suhrkamp-Verlag gegen Bezahlung eine Kopie davon macht.
Die Wuppertaler Bühnen haben in ihrem Premieren-Programmheft den Text zu »Fegefeuer in Ingolstadt« vollständig abgedruckt. Wenn Sie sich an den Chefdramaturgen Horst Laube, Wuppertaler Bühnen, 56 Barmen, Opernhaus, wenden, vielleicht kann er Ihnen noch eine geben. Das pressiert aber, weil bald die Sommerferien für das Theater beginnen.
»Der starke Stamm« ist bei Desch nur als Bühnenexemplar erschienen, bis jetzt nirgends gedruckt. Aus dem Manuskript geht hervor, dass Martin Sperr, der die Berliner Schaubühnenaufführung kannte, davon nicht unbeeinflußt blieb und die Situation daraus, etwas abgewandelt, für seine Landshuter Erzählungen verwendet hat.
Der Erzählungsband »Abenteuer im Englischen Garten« ist als Band 223 der Bibliothek Suhrkamp erschienen und kann über jede Buchhandlung bestellt werden. Den Erzählungsband »Avantgarde« in dem die lange Titelgeschichte vom jungen Brecht handelt, leihe ich Ihnen beigeschlossen, Sie müssen ihn mir aber wieder zurückgeben, da ich ihn [in] der Zukunft vielleicht für andere Anfragen brauche. Es scheint, dass es Schwierigkeiten macht, das Buch über eine Buchhandlung zu bekommen, obwohl der Carl Hanser Verlag noch Exemplare besitzen müßte, ich begreife das nicht, vielleicht handelt es sich um ein Vorurteil von Buchhandlungen, weil zwei Erzählungen daraus durch das Entgegenkommen des Carl Hanser Verlags für den Suhrkamp-Band verwendet werden durften. Vielleicht bekommen Sie Auskunft durch den Chef Herrn Christoph Schlotterer, 8 München 86, Postfach 86 04 20.
Vorsicht bei der Brechtgeschichte. Es ist eine Geschichte mit stark autobiografischen Zügen, sofern es sich um den jungen Brecht handelt. Die Mädchengestalt aber ist eine Ineinander-Verschmelzung zweier junger Mädchen aus der unmittelbaren Umgebung Brechts, nämlich

seiner Mitarbeiterin Elisabeth Hauptmann und von mir. Von mir persönlich hat Brecht niemals Geld verlangt – das tat mein späterer Verlobter, der Journalist – ich kenne also die entsprechende Situation haargenau – ich habe auch nicht so eng und so abhängig mit Brecht zusammengearbeitet wie die Hauptmann. Die Polly der Geschichte ist die Weigel, der Schwimmer mein späterer inzwischen verstorbener Ehemann.
Beim frühen »Fegefeuer« halte ich für die wesentlichste Kritik die von Herbert Jhering. Bei den frühen »Pionieren« die von Alfred Kerr und Polgar. Die wesentlich negative war die von Biedrzinski, genannt Bie – die im Programmheft des Münchener Residenztheaters abgedruckt wurde und die Sie möglicherweise über den Chefdramaturgen Urs Jenny, Intendanz des Bayerischen Staatsschauspiels, 8 München 1, Postfach 745, noch erhalten können.
8. Es gibt ein Buch von einem sehr bekannten Journalisten Rühle (ich weiß nicht mehr, ob der Vorname Günther war), ich habe ihm vor Jahren die ganzen bei mir vorhandenen Kritiken geliehen und sie mit Sicherheit zurückbekommen. Ich habe sie später noch in der Ära Karlheinz Braun dem Theaterverlag Suhrkamp zum Fotokopieren zur Verfügung gestellt, seitdem sind sie nicht mehr in meinem Besitz. Ich habe offenbar übersehen, dass ich sie nicht mehr zurückbekommen habe. Im Suhrkamp Verlag müssen entweder die Originale oder mindestens Fotokopien mit Bestimmtheit vorhanden sein.
Ich muß in einigen Wochen für eine literarische Verfilmung meines Lebens zur Verfügung stehen, die verhältnismäßig umfangreich sein soll und mich wieder sehr schlauchen wird. Es geht mir nicht gerade gut, ich bitte mit Anfragen auf meine erschütterte Gesundheit Rücksicht zu nehmen.

Mit den besten Grüßen
Marieluise Fleißer

Anmerkungen dazu:
die erste Brecht-Inszenierung: Nicht »Leben Eduards« sondern »Trommeln in der Nacht«, Münchner Kammerspiele, 19.9.1922. – *»Baal«:* Junge Bühne Berlin, 14.2.1926. – *ein Kritiker hat:* Ernst Wendt spricht in seiner Aufführungskritik von »Fegefeuer« (»Theater heute«, Juni 1971: »Hartnäckige Menschenbeobachtung«) vom brechtschen Motiv der »Fremdheit zwischen den Menschen, der aussichtslosen Verständigungsversuche – von Brecht im Dickicht der großen Städte, von der Fleißer in der deutschen Provinz aufgesucht« (s.a. Materialien, S.287f.). – *»Zellen«:* Der nationalsozialistischen Überwachung, des Staatssicherheitsdienstes. – *einen ostpreußischen Journalisten:* Hellmut Draws-Tychsen. – *lebte in Gefahr:* Weil sie noch immer als Brecht-

Schützling galt. – *Horváth bis zur Drucklegung seiner Werke:* Suhrkamp Verlag 1970/71. – *jenes andere:* »Geschichten aus dem Wienerwald«. – *Benjamin Henrichs:* Einer der führenden Theaterkritiker zwischen 1970 und 1995; schrieb am 20.2.1971 in der »Süddeutschen Zeitung«: »Das Stück (...) erzählt eine Liebesgeschichte, die aufrichtiger, bitterer, unsentimentaler ist als die schönsten Liebesgeschichten Horváths. Während Horváth (mit durchaus sentimentaler Geste) immer für die Frauen Partei ergreift, ist bei der Fleißer die Heillosigkeit total.« (Auch in Materialien, S. 275). – *im ZDF:* Fassbinders Fernsehfassung der »Pioniere« (Sendung: 19.5.1971) war ein Mix aus seinem ersten Münchner Versuch (»Zum Beispiel Ingolstadt«, Büchner-Theater 1968) und seiner Bremer Fassung (s. Anm. zu Brief 422, Rezensionen in Materialien, S. 265 f.). Fassbinder hatte Fleißer inzwischen sein Stück »Katzelmacher« gewidmet. – *»Der starke Stamm«:* Zuerst gedruckt in GW I, 1972.

430 *ein Fernsehteam:* Film zum 70. Geburtstag. – *Journalist Rüdel:* Walter Rüdel machte den Film für die Neske-Produktion; war nicht bei der »Frankfurter Allgemeinen Zeitung«; Sendung am 2.12.1971: »Das bemerkenswerte Leben der Marieluise Fleißer aus Ingolstadt«, Bayerischer Rundfunk, III. Programm; die Wiederholung im Fernsehen der ARD am 6.2.1974 aus Anlaß ihres Todes löste einen Protest des damaligen Oberbürgermeisters Peter Schnell gegen die verzerrte Darstellung Ingolstadts und seiner Bewohner aus (s. »Donau-Kurier« vom 9./10.2.1974). – *»Fegefeuer ...« an den Wuppertaler Bühnen:* 30.4.1971; Rez. in Materialien, S. 282 f. – *der Süddeutschen Zeitung:* 6.5.1971, Benjamin Henrichs: »Häßliche Heilige«. – *einer Rheinischen Zeitung:* »Rheinische Post«, 3.5.1971; Reinhard Kill: »Höllischer Zirkel«. – *Hauptdarsteller:* Roelle: Rudolf Brand. – *Stuttgarter Premiere:* 18.2.1971, R: Valentin Jeker. – *In München:* 1.3.1970; s.a. Anm. zu Brief 420.

431 *Rudolf Rach (geb. 1939):* Hatte im Januar 1971 die Leitung des Suhrkamp Theaterverlags übernommen. – *70. Geburtstag:* 22. November; MF feierte den 23. – *die hiesige Aufführung:* »Fegefeuer in Ingolstadt«, 30.10.1971, R: Heinz Engels, Bühnenbild: Erich Fischer, Roelle: Jürg Löw (s. Materialien, S. 290 f.). – Es erschienen in den deutschen Zeitungen jetzt sehr viele Würdigungen: In der *Frankfurter Zeitung:* »Frankfurter Allgemeine Zeitung« vom 22.11.: »Mit meinen sehenden Augen« von Günther Rühle. – *den Kroetzartikel:* In der »Süddeutschen Zeitung« vom 20./21.11.: »Liegt die Dummheit auf der Hand«, Überlegungen zu »Pioniere in Ingolstadt« von Franz Xaver Kroetz. Kroetz schloß: »Die Fleißer wird am Montag siebzig. Von Brecht und Horváth liegen Gesamtausgaben vor. Der Suhrkamp Verlag sollte endlich auch

eine Gesamtausgabe der Fleißerschen Werke herausbringen. Sie ist genau so wichtig.« – *Gesamtausgabe:* Siegfried Unseld hatte ihr durch Rudolf Rach wohl die Überlegungen dazu schon übermitteln lassen (s. a. Brief 436).

432 *Luise Almer:* Mit Marieluise Fleißer befreundet, verwandt (ihre Mutter war eine Kusine von Marieluise Fleißer) und Briefpartnerin. – *Michael Skasa:* »Das Ingolstädter Welttheater«, im »Donau-Kurier«, 2. 11. 1971: »Die grandiose Inszenierung von Heinz Engels erspürte scharf und genau die Anklänge an eine große Passion.« (s. Materialien, S. 292 f.). – *Theater am Neumarkt:* Dort bereitete Jürgen Flimm eine viel beachtete Inszenierung vor. – Der Brief ist von MF wohl irrtümlich auf den 7. 11. datiert.

433 *der Süddeutschen Zeitung:* Der Kroetz-Artikel; s. Anm. zu Brief 431.

434 *Gastregisseur:* Heinz Engels (geb. 1942). – *Hauptdarsteller:* Jürg Löw als Roelle. – *der Bühnenverein:* Die örtliche Volksbühne. – *Kurt Hübner (geb. 1916):* 1959-1962 Intendant in Ulm, 1962-1973 Generalintendant in Bremen, bedeutend durch sein Gespür für junge Kräfte, neue Tendenzen und deren Verwirklichung auf der Bühne. – *Hans Peter Doll (1925-1999):* 1962-1966 Intendant in Heidelberg, 1967-1972 Generalintendant in Braunschweig, danach in Stuttgart; wie Hübner ein Sammler von jungen Talenten. – *gegen den hiesigen Kunstverein:* MF stellte sich auf die Seite des von der Stadt sehr angegriffenen Kunstvereins.

435 *Hans Peter Doll:* War noch Intendant in Braunschweig, übernahm das Württembergische Staatstheater in Stuttgart erst im Sommer 1972. – *Ihnen gefallen:* Die Inszenierung von »Fegefeuer« in Ingolstadt. – *ein neues Stück:* Aus den späten 60er Jahren ist das Fragment eines neuen Stücks überliefert, »Vom Kriegseinsatz« (GW 4, S. 337 f.), das aber nicht weitergeführt wurde. – *Horst Statkus:* Chefdramaturg bei Doll in Braunschweig (später Intendant in Heidelberg).

437 *Günther Rühle (geb. 1924):* Feuilletonredakteur und Theaterkritiker der »Frankfurter Allgemeinen Zeitung«, Publizist, gab im Propyläen Verlag eine dreibändige Sammlung dramatischer Texte und Dokumente heraus: »Zeit und Theater«; dafür bat er um Fleißers Zustimmung zum Abdruck der frühen Fassung von »Fegefeuer in Ingolstadt«. – *Herbert Gamper:* Dramaturg am Theater am Neumarkt, Zürich, das eine Aufführung von »Fegefeuer« vorbereitete (sein Fleißer-Aufsatz in Materialien, S. 386). – *Else Lasker-Schüler (1869-1945):* Lyrikerin, Dramatikerin; ihr Schauspiel »Die Wupper« (U: 27. 4. 1919) hatte ein ähnliches Schicksal wie »Fegefeuer«; wurde auch erst 1966 durch Hans Bauer in Wuppertal, in den siebziger Jahren durch Jürgen Flimm und Luc Bondy wiederentdeckt. – *Frieda Richard (1873-1946):* Starke realistische Schauspielerin. – *Walter Franck (1896-1961):* Ausdrucksstarker

Charakterdarsteller, am Staatstheater und am Deutschen Theater in Berlin (Garga in Brechts »Im Dickicht der Städte«, 1924). – *neue Fassung – frühe Fassung:* Darstellung Fleißers in GW 1, S. 438 f.

438 *Eiliges für:* S. vorhergehenden Brief. – *Löwith:* Baute das erste Großantiquariat für unverkäuflich gewordene Bücher in Wiesbaden auf; dort wurde »Avantgarde« »verramscht«, nachdem zwei Erzählungen daraus in der neuen Suhrkamp-Ausgabe von »Abenteuer aus dem Englischen Garten« erschienen waren (s. Anm. zu Brief 405).

439 *zum 15. Juli:* Es blieben also 5 Monate Zeit für die Gesamtausgabe, die auf drei Bände angelegt und im November ausgeliefert werden sollte.

440 *Premiere:* »Fegefeuer in Ingolstadt« in Zürich am 23. 2. 1972; Dr. Peter Meier interviewte MF für den Tagesanzeiger.

441 *Brief vom 24. Januar:* Siegfried Unseld übermittelte ihr zur Klärung der Rechtsfrage bei Desch einen Text, den sie als Vorlage für ihr Schreiben an diesen Verlag benutzen sollte. – *Peter Palitzsch (geb. 1918):* Übernahm im Herbst 1972 die Intendanz von Schauspiel Frankfurt. – *Walter Jensen:* Leiter des Desch-Theaterverlags. – *»Der Sohn der Sippe«:* Von Siegfried Unseld nicht akzeptiert. – *Vertrag mit Thiele:* Heinz Thiele war Direktor des 1945 eröffneten »Neuen Münchner Theaters« (Tizianstraße).

442 *mit viel Suchen:* Marieluise Fleißer begann sofort nach Unselds Entscheidung mit Ordnen, Durchsicht, Abschreiben und Überarbeitung ihrer Texte. Manche Texte waren verloren, lebten aber in ihrer Erinnerung; so »Meine Freundin, die Lange« (bis heute verschollen).

444 Fleißer hatte den Vertrag umgehend unterschrieben zurückgeschickt.

445 *»Der Tiefseefisch«:* S. Brief und Anm. 92; MF wehrte sich zunächst, den Text in die Gesamtausgabe aufzunehmen. – *Gustl ein Schwimmer und Retter:* So betitelte MF schon das Teilstück aus dem Roman, das sie als Erzählung im Suhrkamp-Band »Abenteuer aus dem Englischen Garten« veröffentlichte; auch dieser Titelvorschlag wurde nicht angenommen. – *von Braun:* Karlheinz Braun, damals noch Leiter des Theaterverlags Suhrkamp. – Über die Veränderungen s. Brief 446.

446 Der Brief gibt Einblick in die Betriebsamkeit, in die MF durch die Aussicht auf eine Gesamtausgabe zu Lebzeiten vom Januar 1972 ab geriet. Ihre Tage wurden ausgefüllt mit Wiederlesen, Umarbeiten, Abschreiben, Erklären und Antworten (s. a. Brief 456).

447 *»Meine Freundin, die lange«:* S. Brief 442.

448 *»Die schwedische Aura«:* Entstand erst Ende Juni 1933, nach dem Besuch einer schwedischen Freundin von Draws-Tychsen; in den Briefen genannt Inger. Der am 14. 7. 1933 in der »Vossischen Zeitung« erschienene Text wurde in GW 2 unter die Draws-Geschichten aufgenommen. – *»Zeitungsgeschichten«:* Fleißer war so kritisch gegenüber diesen

Arbeiten, daß sie den Vorschlag ablehnte. Die Geschichten erschienen erst in GW 4, S. 9-74. Von den in der »Magdeburgischen Zeitung« wiederentdeckten Texten (in: »Die List«, Suhrkamp Verlag 1995) hatte sie keine Belege mehr.

449 *Titel denken:* »Zierde für den Verein« wurde ausgewählt. – *Herrn Schlotterer:* Damals Leiter des Hanser Verlags. – *Erwin Sylvanus (geb. 1917):* Lyriker, Erzähler, zeitweise erfolgreicher Dramatiker (»Korczak und die Kinder«).

450 *»Ein Pfund Orangen«:* Ausdruck für Fleißers Selbstzweifel; es gelang, die Geschichte doch in GW 3 aufzunehmen; s. Brief 452.

451 *die »Zisch«:* Person aus »Eine ganz gewöhnliche Vorhölle« (GW 3, S. 201 ff.): »Die Zisch, das halbe Kind, schaute wie ein Gassenbub aus . . .« Anscheinend wollte MF das junge Mädchen noch ausführlicher beschreiben, wie ihre Gegenfigur, die sie Hellas nannte.

452 *»Ein Pfund Orangen«:* S. Brief 450. Man mußte mit MF oft beharrlich argumentieren, um ihre sich als Selbstkritik gebende Unsicherheit zu überwinden. So auch beim »Tiefseefisch«, den sie schließlich – überarbeitet, aber nicht damit zufrieden – herausgab (s. Brief 453).

453 *Ihre Einführung:* »Leben und Schreiben der Marieluise Fleißer aus Ingolstadt«, in GW 1.

454 *Hans Neuenfels (geb. 1941):* Herausfordernder Regisseur mit oft surrealistisch geprägter Bildkraft, dynamisch, eigenwillig; auch Schriftsteller; gehörte 1972 zur Führungsgruppe von Peter Palitzschs Theater in Frankfurt. Inszenierte am 3. 10. 1972 »Fegefeuer in Ingolstadt« mit Giovanni Früh als Roelle, Marlen Dieckhoff als Olga. Fleißer war bei der Premiere anwesend.

455 *nach Frankfurt:* An den Suhrkamp Verlag. – *in einem Band:* »Die Jubilarin«, »Genosse Veygond«, »Requiem für die Kirche« im Insel Verlag. – *etwas unglücklich:* S. Rez. in »Frankfurter Allgemeine Zeitung« vom 5. 10. 1972. In ihrem Brief an Curd Sanger (Cincinnati/Ohio) vom 18. 10., der meist Bekanntes wiederholt, führt sie zu Neuenfels' Inszenierung noch aus: »Die Inszenierung des Fegefeuer war sehr interessant und eigenwillig. Sie hatte den Fehler, daß sie den Text durch die sich überstürzenden Gänge und Aktionen ziemlich zudeckte. Neuenfels kommt vom Surrealismus her, und es war die erste Inszenierung, die ich von ihm sah. Für mich persönlich wars ein Erlebnis, und auch Klaus hat es nachhaltig gefallen. Wir allerdings kannten den Text. Jene, die ihn nicht kannten, werden sich wohl schwer getan haben. Es war ein einseitiger Aspekt, den die Inszenierung vermittelte. Ich hatte eine gute Besetzung bis auf Protasius und Gervasius, die ich als schwach empfand. Sehr gut waren wieder die Ministranten, die Mutter war die beste, die ich bis jetzt gesehen habe, und sogar mit dem Vater wurde der Regis-

seur fertig, den ich bis jetzt nur als undankbare Rolle kannte. Der Roelle und die Olga waren hochbegabt. Es gab umwerfend schöne Dinge in der Aufführung. Neuenfels arbeitet sehr viel mit Symbolen, das ist manchmal erhellend, manchmal artistisch. Ich habe außerdem den ›Lear‹ von Bond, Regie Palitzsch im Großen Haus gesehen, eine sehr präzise Aufführung mit Publikumseinwänden, streckenweise mit kalter Grausamkeit, die vom Text verlangt wird, im Endziel mit einer humanen Tendenz. (...) Ich hoffe und wünsche, daß die neuen Leute an den Frankfurter Bühnen sich durchsetzen können. Das sind gute Leute, aber sie machen mit demokratischer Mitbestimmung ein gefährliches Experiment, bei dem man nicht weiß, wer sich durchsetzen kann und ob nicht alles zerredet wird. Das wird sicher schwierig. (...) Es wäre ein Jammer, wenn die Pläne am Publikum scheitern müßten, wie vor einiger Zeit in Zürich« (Peter Stein und seine Truppe, d. Hg.). – *Unterhaltungstheater gewohnt:* Unter dem Intendanten Ulrich Erfurth, in Frankfurt 1968-1972. – *die neuen Theaterleute:* Peter Palitzsch, Hans Neuenfels, Horst Laube und ein fast ganz neues Ensemble ab Herbst 1972. – *bei der Schaubühne:* Seit 1970 unter der Künstlerischen Leitung von Peter Stein, der nach dem Scheitern in Zürich nach Berlin ging. »Fegefeuer« sollte der junge Regisseur Peter Löscher inszenieren, scheiterte dabei, Peter Stein übernahm die Regie. – *Die Fernseh-Aufführung:* Zeigte die in einem ganz engen Raum gespielte Inszenierung von Jürgen Flimm (Theater am Neumarkt, 23.2.1972; Olga: Nikola Weisse, Roelle: Michael Maassen, Berotter: Sigfrit Steiner).

456 Auf diesen eindringlichen Brief hin antwortet Siegfried Unseld, die Menge der Veränderungen, also der erhöhte Korrekturbedarf, sei der Grund der Verzögerung. Er will aber darauf hinwirken, daß noch im November ausgeliefert wird.

457 Die drei Bände der Gesamtausgabe waren noch fertig geworden; Auslieferung an den Buchhandel Anfang Dezember.

458 *»Tendenzen«:* Zeitschrift für engagierte Kunst, 1960-1989, im Pahl-Rugenstein Verlag. – *»Pioniere in Ingolstadt«:* Residenztheater München, 1.3.1970. – *»Fegefeuer in Ingolstadt«:* Wuppertaler Bühnen, 30.4.1971; Stadttheater Ingolstadt, 30.10.1971; Theater am Neumarkt Zürich, 23.2.1972.

459 *Curt Sanger:* Prof. für Literaturwissenschaft an der Universität in Cincinnati/Ohio. Zwischen ihm und Fleißer hatte sich über Anfragen zu ihrem Leben und Schreiben ein enger Kontakt hergestellt, der schließlich nach einem Besuch in Ingolstadt das »Du« möglich machte (s.a. Brief 465). – *Materialienband:* »Materialien zum Leben und Schreiben der Marieluise Fleißer«, edition suhrkamp Nr. 549, 1973, 482 S. – *Meine Gesammelten Werke:* Suhrkamp Verlag, 3 Bde., 1972. – *Am 4. und 5.:*

Vorstellung der Gesamtausgabe in Frankfurt für die Presse. MF las »Abenteuer aus dem Englischen Garten«.

460 *letzten Sitzung:* Der Bayerischen Akademie der Künste. – *Heinrich S. Bachmair (1889-1960):* Schriftsteller und Verleger. – *Eckstein:* Bekannte Zigarettenmarke.

462 *Karin Struck (geb. 1947):* Schriftstellerin, die um ein Echo auf ihren gerade veröffentlichten ersten Roman »Klassenliebe« (Suhrkamp Verlag) bat.

463 *»Fegefeuer«:* Schaubühne am Halleschen Ufer Berlin, R: Peter Stein, 19.12.1972; Berotter: Otto Mächtlinger, Olga: Angela Winkler, Clementine: Sabine Andreas, Christian: Ingo Lampe, Roelle: Rüdiger Hakker, Seine Mutter: Christine Oesterlein, Protasius: Tilo Prückner, Gervasius: Klaus Harald Kuhlmann, Peps: Michael König, Hermine Seitz: Elke Petri u.a.; Rezensionen in Materialien, S. 463 f. – *übernehmen mußte:* Von dem Regisseur Peter Löscher. – *wie lang die Leute:* Die Schaubühne spielte »Fegefeuer« 68 mal.

464 *Zu Ihren Fragen:* Gespräch mit MF anläßlich des Todes von Elisabeth Hauptmann, am 20.4.1973. – *Paul Dessau (1894-1979):* Komponist (Pseudonym: Peter Sturm); Exil in Frankreich (ab 1933) und den USA (ab 1939).

465 Nach der Rückkehr aus Berlin war MF wieder erkrankt und mußte ins Krankenhaus. Der bayerische Ministerpräsident Dr. Goppel hatte ihr, da sie nun als bayerische Dichterin gesehen und gerühmt wurde, den bayerischen Verdienstorden verliehen. Im Brief an Graf Podewils von der Bayerischen Akademie vom 25.5.1972 schreibt sie, sich für Genesungswünsche bedankend: »Leider kann man das, was ich habe, nicht wirklich heilen und bei der leichteren Medizin, die ich jetzt wieder einnehme, sind eben auch diese Schmerzen wieder da, die sich bei jeder etwas kühleren oder feuchteren Luft sofort über die Bronchien auf das Herz übertragen.«

466 *das Arbeitsjournal:* Aufzeichnungen Brechts aus den Jahren 1938-1955, 3 Bde., Suhrkamp Verlag; zum 75. Geburtstag Brechts. – *Akademie der Künste:* Fleißers Aufnahme in die Abteilung Literatur zusammen mit Wolfgang Hildesheimer und Siegfried Lenz; Juni 1973. – *Pen-Klub:* Tagung vom 12. bis 14.4. – *Plan zu Ihrem 50. Geburtstag:* Überlegungen, eine Pensionsstiftung für Autoren des Verlages einzuführen. – *Benjamin Henrichs:* »... und wußte nicht mit der Liebe wohin«, »Süddeutsche Zeitung«, 26./27. Mai: »In Ingolstadt hat die Fleißer ihre Sprache gefunden, eine Sprache, wie es sonst keine gibt, und sie hat ihre Entdekkung bockig ein Leben lang verteidigt: vor der Glätte des Intellektualismus wie vor der Plumpheit der Provinz, vor allen Brechts und allen Haindls.«

467 Unseld hatte am 16.7. geschrieben: »In der Pensionsangelegenheit sind keine weiteren Fortschritte gemacht worden, doch dürfen Sie sicher sein, daß mir Ihre Situation sehr deutlich vor Augen, sehr klar in Kopf und Herz steht. Also sorgen Sie sich nicht.« – Wenige Tage nach ihrem Brief vom 22.7. packt sie aber doch neue Sorge. Sie schreibt am 30.7. an Siegfried Unseld: »Noch einmal zur Pensionsangelegenheit: Ihr Jubiläum ist ja wohl die einzige Gelegenheit, bei der sie eine derartige Verpflichtung unterschreiben werden. Sie sollten es darum nicht verstreichen lassen, ohne dass der Verlag mir einen ausreichenden, möglicherweise gleitenden Betrag garantiert, der zu dem Zeitpunkt in Kraft tritt, an dem meine Autoreneinnahmen zu gering werden. Verstehen Sie mich, der Verlag sollte daran gebunden sein, selbst wenn Sie, was ich nicht hoffe und wünsche, noch zu meinen Lebzeiten einen Nachfolger haben sollten.« Zur Gründung des Pensionsfonds ist es zu Lebzeiten vom MF nicht mehr gekommen.

468 Unseld hatte inzwischen gefragt: »Wie stehen die Arbeiten am Tiefseefisch? Denken Sie noch an eine erweiterte, veränderte, neue Fassung?« (25.7.1973). Antwort von MF vom 30.7.: »Zum ›Tiefseefisch‹ habe ich bis jetzt keinen Zugang gefunden«, sie will aber noch nicht aufgeben. Außerdem wird der Band »Ein Pfund Orangen« fürs Frühjahr in der Bibliothek Suhrkamp vorbereitet. – *Günter Eich:* War am 20.12.1972 in Salzburg gestorben. – *über der Grenze lebte:* Eich war ins Salzburgische gezogen. – *»Die bittere Speise«:* Nachruf von MF auf Günter Eich für den Band »Günter Eich zum Gedächtnis«, hg. v. Siegfried Unseld, Suhrkamp 1973 (s.a. GW 4, S. 459f. und 620f.)

469 Vom Verlag erbetene Stellungnahme im Zusammenhang mit der wieder aufgefrischten Debatte um eine Rechtschreibreform.

470 *Franz Xaver Kroetz (geb. 1948):* Schauspieler und Dramatiker in München, gehörte mit Rainer Werner Fassbinder und Martin Sperr zu den jungen bayerischen Autoren, die Mitte der 60er Jahre die Fleißerschen Stücke für sich entdeckten und zur neuen Geltung des Fleißerschen Werks beitrugen. Auf die Aufforderung von Kroetz geht die Entscheidung für eine Gesamtausgabe Fleißer zurück. MF beschrieb in ihrem Beitrag »Alle meine Söhne« (»Theater heute«, Jahresheft 1972) ihre Beziehung zu Kroetz so: »Es gibt liebste Söhne. Er hat mich am tiefsten gegraben, und ich glaube, er hat am meisten gefunden und es um und um gedreht. Er hat das Eigentliche ›erkannt‹. Ich habe nachhaltig auf ihn gewirkt und bis ins Unterschwellige hinein. Das ist ein Vorgang, der mich beglückt. Ich sehe, daß hier etwas weitergeht von innen heraus. Er wird es schwer damit haben. Die Ehrlichkeit hat es nämlich schwer, sie zehrt die Substanz auf.« Sich auf diesen Text berufend, hatte Kroetz in seinem Brief vom 28.8.1973 den Kontakt zu MF wiederaufgenommen

und sie um Auskunft über ihre Auseinandersetzung mit Fassbinder wegen dessen Bearbeitung der »Pioniere in Ingolstadt« gebeten. Anlaß war die Auseinandersetzung von Kroetz mit Fassbinder wegen dessen »entstellender« Fernseh-Bearbeitung des Kroetzschen »Wildwechsel«. Er bat Fleißer, ihm in einem Brief zu sagen, wie das war und warum sie nicht schon damals vor Gericht gegangen sei. MF antwortet darauf in diesem Brief vom 7.9.1973. Kroetz bedankt sich am 12.9., betroffen darüber, daß es ihr nicht gut gehe und sagt, daß es ihm im Traum nicht einfiele, sie als Zeugin vor Gericht zu bitten, da ihre Gesundheit hundertmal wichtiger sei als ein solcher Prozess. – Den Abdruck beider Briefe hat Franz Xaver Kroetz dem Verlag leider nicht gestattet.

471 *Siebzigsten Geburtstag:* Am 20.9.1973. – *ein Buch herausgebracht:* »Die Rabenschlacht und andere Erzählungen«, S. Fischer Verlag 1973. – *ein Fleißer-Jahr:* S. Brief und Anm. 429. – *Angela Winkler:* Die Olga war ihr Durchbruch in die öffentliche Aufmerksamkeit; sie machte Karriere auf der Bühne und im Film. – *von Ria:* Ria Hans.

472 *Oswald Malura (geb. 1906):* Maler in München. – *Unseld-Album:* Zu Siegfried Unselds 50. Geburtstag am 28.9.1974 bereiteten die Autoren des Verlages unter der Federführung von Uwe Johnson (1935-1984) und Max Frisch (1911-1991) ein Album mit selbstgeschriebenen Texten und Glückwünschen vor. – *beim Heinemann:* Gustav Heinemann (1899-1976), 1969-1974 Bundespräsident, residierte in der Villa Hammerschmidt in Bonn.

474 *Wend Kässens (geb. 1947):* Dramaturg am Hamburger Schauspielhaus; Publizist. – *»Johanna der Schlachthöfe«:* U: Deutsches Schaupielhaus Hamburg, 30.4.1959, R: Gustaf Gründgens. – *»Erfolg«:* Von Lion Feuchtwanger, Gustav Kiepenheuer Verlag Berlin, 1930. – *ob ich ihn auf der Bühne erlebe:* »Karl Stuart« ist bis heute nicht aufgeführt. – *an der Schaubühne:* S. a. Brief und Anm. 337. – *Angelika Hurwicz (1922-1999):* Schauspielerin, Regisseurin, war 1949-1958 an Brechts Berliner Ensemble, kam 1958 aus Ost-Berlin in die Bundesrepublik, 1973 Direktoriumsmitglied der Kölner Bühnen. – *schriftdeutsche Fassung:* Schauspielhaus Köln, 9.3.1974; Balbina: Herta Schwarz. MF hat die Aufführung nicht mehr erlebt. – *Horváth hat:* Die Wiederentdeckung Horváths begann Mitte der sechziger Jahre. – *Edgar Boehlke:* Schauspieler, später in Frankfurt.

475 *Klaus-Peter Wieland:* Letzte der Antworten auf die vielen Fragen von Wissenschaftlern und Studenten an MF, Zeugnis ihrer Selbsteinschätzung. – *zum Nationalsozialismus:* Im Rückblick auf ihr frühes Werk erkannte MF damals nicht wahrgenommene Strukturen; sie suchte sie durch Überarbeitung jetzt deutlicher zu machen. – *Peter Handke (geb. 1942):* Zitate aus Handkes Aufsatz »Ich bin ein Bewohner des Elfen-

beinturms«, der in dem gleichnamigen Band (suhrkamp taschenbuch Nr. 56, 1972) enthalten ist: »Es interessiert mich als Autor übrigens gar nicht, die Wirklichkeit zu zeigen oder zu bewältigen, sondern es geht mir darum, *meine* Wirklichkeit zu zeigen (wenn auch nicht zu bewältigen).« (S. 25) »Ich habe keine Themen, über die ich schreiben möchte, ich habe nur ein Thema: über mich selbst klar, klarer zu werden, mich kennenzulernen oder nicht kennenzulernen (...).« (S. 26). – *nicht in die DDR zu gehen:* S. Briefe vom Dez. bis Jan. 1955. – *»Heimarbeit«:* Frühes Schauspiel von Kroetz (1971), mit ihm Durchbruch in die Öffentlichkeit. – *»Jagdszenen aus Niederbayern«:* Martin Sperrs erstes Schauspiel (1966).

476 Letzter Brief von Marieluise Fleißer an ihre Verwandte. – *Horváth-Feiern:* Kongreß zur Durchsetzung Horváths in Italien, veranstaltet von Franco Enriquez, Direktor des Teatro di Roma, und der Deutschen Bibliothek in Rom. (Bericht in der »Frankfurter Allgemeinen Zeitung« vom 24. 1. 1974.)

477 *Horst Laube*, jetzt Chefdramaturg am Schauspiel Frankfurt (Ära Peter Palitzsch) hatte Interesse am »Tiefseefisch« gezeigt, an dessen Vollendung – über die Neufassung in GW 1 hinaus – MF noch immer arbeitete. Sie hatte zu Laube, der ihr »Fegefeuer« für Wuppertal entdeckt und durchgesetzt hatte (s. Anm. 419) besonderes Vertrauen. – *In die Schweiz*: Das Stadttheater St. Gallen brachte im Januar eine Inszenierung von »Fegefeuer in Ingolstadt«. – Eine Verabredung mit Laube kam nicht mehr zustande. MF schickte am 21. 1. noch ein handschriftliches Blatt an den »Kulturkreis im Bundesverband der deutschen Industrie« für eine Hommage zum 80. Geburtstag von Dr. Rudolf de le Roi (ihren Förderer), wurde am selben Tag noch ins Ingolstädter Krankenhaus eingeliefert.

478 Letzter Brief von Marieluise Fleißer, nicht mehr von ihr unterschrieben, aber nach Anweisung von MF verfaßt. Das Pfalztheater Kaiserslautern bereitete eine Inszenierung von »Fegefeuer in Ingolstadt« für Mitte Februar vor. Sie war zu den Schlußproben eingeladen. Erste Fleißer-Inszenierung nach ihrem Tode. – *Liselotte Spreng*: Ingolstädter Malerin, befreundet mit MF

479 Der Tod von Marieluise Fleißer löste eine Flut von Nachrufen aus.

Zeittafel

1901 Marieluise Fleißer in Ingolstadt geboren. Strittiges Datum: 22. oder 23. November. Tochter des Geschmeidemachers (Werkzeugmachers) und Eisenwarenhändlers Heinrich Fleißer und seiner Frau Anna Schmidt.

1907 Beginn der Schulzeit: Volksschule und Töchterschule in Ingolstadt

1914 Mädchenrealgymnasium in Regensburg, Erziehung im Internat der Englischen Fräulein.

1918 Schwere Erkrankung, Lungen-und Gehirnhautentzündung. Tod der Mutter.

1920 Abitur, Beginn des Studiums in München. Theaterwissenschaft bei Arthur Kutscher. Erste Liebesbeziehung: Alexander Weicker (Jappes).

1922 Bekanntschaft mit Lion Feuchtwanger; er kritisiert ihre ersten Erzählungen so scharf als »expressionistisch«, daß sie sie vernichtet. Jappes setzt sich nach Paris ab.

1923 Erste Erzählungen, die Feuchtwanger akzeptiert. »Meine Zwillingsschwester Olga« wird die erste Veröffentlichung (im »Tage-Buch«); »Meine Freundin, die Lange« (geht verloren). Nach »Trommeln in der Nacht« sieht sie in den Münchner Kammerspielen Brechts »Im Dickicht«, liest Brechts »Baal«; wird durch Feuchtwanger neugierig auf Brecht.

1924 Heimliche Arbeit am ersten Stück: »Die Fußwaschung«. Brecht lädt sie in die Kammerspiele ein zur Generalprobe von »Leben Eduards des Zweiten von England«; sie gibt Feuchtwanger »Die Fußwaschung« zur Lektüre; der reicht sie weiter an Brecht. Beginn der Beziehung zu Brecht. Bricht unter seinem Einfluß ihr Studium ab, kehrt nach Ingolstadt zurück. Will nicht Lehrerin, sondern Schriftstellerin werden. Schreibt »Ein Pfund Orangen«.

1925 Schreibt an Pfingsten, aus Begeisterung für Brecht, »Abenteuer aus dem Englischen Garten«. »Es ist wie eine Explosion« (»Meine Biographie«, GW 4, S. 528). Brecht interessiert den Kritiker Herbert Jhering für Fleißer, erschließt ihr so Publikationsmöglichkeiten im »Berliner Börsen-Courier«.

1926 Brecht gewinnt den Leiter der »Jungen Bühne« in Berlin, Moriz Seeler, für die Uraufführung der von diesem jetzt »Fegefeuer in Ingolstadt« genannten »Fußwaschung«. U am 25.4.1926 bei der »Jungen Bühne« im Deutschen Theater. Gute Kritiken der Antipoden Alfred Kerr und Herbert Jhering. Trifft im Spätsommer und Herbst Brecht oft in Augsburg: »Das ist ihre schönste Zeit mit ihm« (»Meine Biographie«, GW 4, S. 529). Beginnt nach Brechts Anregung die Arbeit an den »Pionieren in Ingolstadt«.

1927 Geht Anfang des Jahres nach Berlin, bleibt dort bis zum Sommer. Reise nach Kolberg. Gibt den Plan zu einem Roman »Therese von Konnersreuth« auf, vollendet die »Pioniere«. Intensivierung der Beziehung zu Josef Haindl, Sportschwimmer und Geschäftsmann in Ingolstadt. Schreibt »Die Ziege«.

1928 Uraufführung der »Pioniere in Ingolstadt« in der Komödie in Dresden am 25.3.1928. Geht von März bis Oktober nach München zum Schreiben. Verlobung mit Josef (Bepp) Haindl.

1929 Brecht ruft sie (während des Erfolgs der »Dreigroschenoper«) nach Berlin zu Proben für »Pioniere in Ingolstadt« ans Theater am Schiffbauerdamm. Aufführung der durch Brechts Eingriffe verschärften Inszenierung von Jakob Geis am Ostersamstag (30.4.1929). Skandal, Revision der Inszenierung, 2. Premiere am 31.4.1929. Scharfe Angriffe der nationalen Presse, Proteste in Ingolstadt gegen das »Schmäh- und Schandstück«. Entfremdung und Bruch mit Brecht (s. »Avantgarde«). Auf Zureden Feuchtwangers Lösung der Verlobung mit Haindl. Schutzsuchend verbindet sie sich mit dem Journalisten und Schriftsteller Hellmut Draws-Tychsen, einer Gegenfigur zu Brecht. Erste Sammlung ihrer Erzählungen »Ein Pfund Orangen« erscheint im Gustav Kiepenheuer Verlag. Aussprache mit Bepp Haindl. Mitte Juli bis Ende August: Reise mit Draws-Tychsen nach Schweden, dort Verlobung. Schreibt das Schauspiel »Der Tiefseefisch«. Brecht verlangt, daß sie das Stück, in dem er vorkommt, zurückzieht; sie tut es.

1930 Um Ostern dreiwöchige Reise mit Draws-Tychsen nach Andorra, Berichte für die »Vossische Zeitung« (daraus entsteht »Andorranische Abenteuer«). Schreibt den Roman »Mehlreisende Frieda Geier«.

1931 Vollendung des Romans, erscheint im Herbst 1931 im Gustav Kiepenheuer Verlag.

1932 Im Herbst erscheint bei Kiepenheuer »Andorranische Abenteuer«. Der Verhältnis zu Draws-Tychsen zerreibt sie, Nervenzusammenbruch, mißglückter Selbstmordversuch. Aus Not Rückkehr nach Ingolstadt.

1933 Wegen ihrer Kontakte zu Brecht meiden sie nach Hitlers Machtübernahme die Redaktionen. Noch einmal Berlin, zu Draws-Tychsen. Rückkehr nach Ingolstadt, dort spürt sie die anhaltende Feindschaft unter der Bevölkerung. Schreibt »Frigid«.

1934 Kontakt und Liebesbeziehung zu dem Lehrer und Maler Georg Hetzelein, der in ihre Erzählungen eingeht (»Die Lawine«, später »Schlagschatten Kleist«, »Die Versuchung des Neptun« u.a.). Austausch von Zeichnungen und Versen. Ende des Jahres Abbruch der Verbindung. Endgültiger Bruch mit Draws-Tychsen.

1935 Heiratet, da sie ihr Vaterhaus verlassen muß, aus Not den früheren Verlobten Josef Haindl. Beginn einer schwierigen, aufreibenden, krisengeschüttelten Ehe, da der Mann sie im Geschäft einspannt (Tabakwaren Groß- und Einzelhandel).

1937 Schreibt erste Fassung des Schauspiels »Karl Stuart«.

1938 Nervenzusammenbruch. Weiterarbeit an »Karl Stuart«. Verstummen wegen Überlastung im Geschäft, Widerstand und heftiger Konflikte.

1943 Verpflichtung zum Kriegseinsatz. Starke Überlastung (s. »Eine ganz gewöhnliche Vorhölle«). Neue Nervenkrisen. Entlassung im Herbst.

1944 Vollendung des »Karl Stuart«, Beginn der Arbeit am »Starken Stamm«.

1945 8. Mai Kriegsende. Verhaftung Fleißers wegen angeblichen Schwarzhandels mit Tabakwaren. Zwei Tage Haft. Im Oktober Vertragsabschluß für »Karl Stuart« und »Der Starke Stamm« mit dem Drei Zinnen-Verlag (Theaterverlag Desch).

1946 Versuch, neue Kontakte zu knüpfen. Briefwechsel mit H.-J. Weitz.

1947 Aufnahme der Kontakte mit Richard Friedenthal (London), Herbert Jhering. Verhandlungen über eine Aufführung des »Karl Stuart« zerschlagen sich.

1948 Rückkehr Brechts aus dem amerikanischen Exil. Wiederaufnahme des Kontaktes.

1949 Noch keine Aufführungen ihrer Stücke; schreibt »Er hätte besser alles verschlafen«, »Das Pferd und die Jungfer« und »Des Staates gute Bürgerin«. »Sie fängt an zu denken, daß sie besser umgekommen wäre im Krieg« (»Meine Biographie«, GW 4, S. 537.)

1950 Wiedersehen mit Brecht bei den Proben zu »Mutter Courage« in den Münchner Kammerspielen. Brecht setzt bei Hans Schweikart die Uraufführung von »Der starke Stamm« durch. U am 7. 11. 1950, mit Therese Giehse.

1952 Die »Neue literarische Welt« veröffentlicht die Erzählung »Das Pferd und die Jungfer«. Neue Arbeit im Geschäft; starke Verschuldung durch einen unzuverlässigen Teilhaber.

1953 Literaturpreis der Bayerischen Akademie der Schönen Künste, dotiert mit 3000 Mark. Neuer Kontakt mit Lion Feuchtwanger in Kalifornien.

1954-1955 Lang anhaltende Schreibkrise. Wegen Erkrankung des Mannes Verzicht auf Scheidung. Einladung zum IV. Deutschen Schriftstellerkongreß in Berlin.

1956 Trifft im Januar während des Schriftstellerkongresses Brecht, Helene

Weigel, Elisabeth Hauptmann. Gespräch mit Brecht wegen Übersiedlung in die DDR zur Lebenssicherung. Brecht, bereit, sich zu bemühen, rät im Gespräch unter vier Augen ab. Fleißer verzichtet. Übernimmt Lektoratsarbeiten für den Bayerischen Rundfunk. Tod Brechts am 14.8.1956. Fleißer wird Mitglied der Bayerischen Akademie der Schönen Künste.

1958 Tod des Ehemannes Josef Haindl (10.1.1958). Herzinfarkt am 15.1. mit wenig Überlebenschancen; April: überraschende Rekonvaleszenz. Tod von Lion Feuchtwanger (21.12.1958).

1960 Wiederbeginn des Schreibens.

1961 Ingolstadt verleiht Fleißer den neugeschaffenen Kunstförderpreis. Geplante Reise in die DDR nach dem Mauerbau abgesagt.

1962 Bezug der Neubauwohnung in Ingolstadt, Hofmillerstraße 33. Beginnt »Avantgarde« zu schreiben.

1963 Griechenlandreise im September/Oktober. »Avantgarde« erscheint im Hanser Verlag.

1964 Schreibt »Der Rauch«.

1965 »Die im Dunkeln«. Förderpreis des Kulturkreises im Bundesverband der deutschen Industrie.

1966 »Der starke Stamm« in der Schaubühne am Halleschen Ufer Berlin am 5.2.1966. Gast in der Villa Massimo in Rom, anschließend Sizilienreise. Bekanntschaft mit Joseph Breitbach. »Der Starke Stamm« im Volkstheater München am 12.11.1966. Neues Interesse an den Arbeiten Fleißers.

1967 Neubearbeitung der »Pioniere«.

1968 Rainer Werner Fassbinder zeigt im Büchner-Theater in München seine Fassung der »Pioniere in Ingolstadt«, Titel: »Zum Beispiel Ingolstadt« (später auch im ZDF). Fleißer wechselt zum Suhrkamp Verlag. »Der starke Stamm« im neuen Stadttheater in Ingolstadt am 23.11.1968.

1969 Erster neuer Erzählungsband in der Bibliothek Suhrkamp: »Abenteuer aus dem Englischen Garten«. Beginn der Wiederentdeckung des Fleißerschen Werks.

1970 U der Neufassung der »Pioniere in Ingolstadt« im Residenztheater München (1.3.1970, R: Niels Peter Rudolph). Neufassung von »Fegefeuer in Ingolstadt«.

1971 R. W. Fassbinder inszeniert seine Version der »Pioniere« zur Eröffnung des »Concordia« in Bremen (26.1.1971). U der neuen Fassung von »Fegefeuer in Ingolstadt« in Wuppertal (30.4.1971, R: Günter Ballhausen); Durchbruch in die neue öffentliche Aufmerksamkeit. Fassbinder widmet ihr sein Stück »Katzelmacher«. Franz Xaver Kroetz regt in seinem Artikel zum 70. Geburtstag eine Gesamtausgabe der Fleißerschen Arbeiten an. Wird vom Suhrkamp Verlag aufgenommen und begonnen. Fleißer stürzt sich in diese Arbeit, prüft, schreibt um, vollendet Liegengebliebenes. Erste Inszenierung von »Fegefeuer in Ingolstadt« in Ingolstadt (30.10.1971, R: Heinz Engels); zum 70. Geburtstag.

1972 »Fegefeuer in Ingolstadt« im Theater am Neumarkt Zürich (23.2.1972, R: Jürgen Flimm). Starker Erfolg. Es folgen: Inszenierungen in Frankfurt, (3.10.1972, R: Hans Neuenfels) und Schaubühne am Halleschen Ufer Berlin (19.12.1972, R: Peter Stein). – Im Dezember erscheinen drei Bände Gesammelte Werke im Suhrkamp Verlag.

1973 »Materialien zum Leben und Schreiben der Marieluise Fleißer« in der Edition Suhrkamp Nr. 594, Hg. von Günther Rühle. Fleißer wird Mitglied in der Akademie der Künste Berlin.

1974 Schwere Erkrankung. Marieluise Fleißer stirbt am 2. Februar 1974 in Ingolstadt; Begräbnis am 6. Februar auf dem Westfriedhof in Ingolstadt.

Günther Rühle: Nachwort

Die Briefschreiberin

Schrieb sie gern Briefe? Man möchte es glauben, denn die Zahl der überlieferten ist beträchtlich. Was aber sagte sie? »Dabei schreibe ich Briefe überhaupt ungern«. Der Satz steht in einem Brief an eine Freundin, Herbst 1972, als der neue Ruhm schon über Marieluise Fleißer hereingebrochen war: geschrieben also in einer – endlich – glücklichen Zeit. Die war kurz, und die Krankheit, die sie ums Leben brachte, saß schon in ihr. Ihre letzten Briefe geben davon Bericht.

Marieluise Feißer hat in ihrem bewegten Leben so viele Briefe geschrieben, als hätte ihr das Schreiben von Stücken und Erzählungen nicht ausgereicht. Ihre Generation unterhielt sich noch mit Briefen. Nicht jeder, der von ihr Briefe bekam, hat sie so sorgsam gesammelt wie sie die, die sie erhielt. Und von dem, was *sie* schrieb, hat sie viele Kopien und oft sogar die Entwürfe zu Briefen bewahrt. Briefe sind Lebensspuren; einst waren sie Lebenszeichen, Nachricht über die steilen und abschüssigen, die krummen und die geraden Wegstrecken, die sie zu gehen hatte: und für sie Zeichen, daß es draußen doch Partner des Gesprächs und der Aufmerksamkeit auf sie gab. Die Briefe sind längst Belegstücke ihres Lebens geworden, das sie so gern, so beflissen in ihren literarischen Arbeiten verbarg. Die Briefe sind das Unmittelbare, die Erzählungen die aufhebende Form: doch niemand kann sagen, die Briefe seien eine Vorform des zu Erzählenden oder sogar ein paralleler Vorgang zum Schreiben der Geschichten. Marieluise Fleißer hat keine Briefe mit dem Blick auf eine spätere Edition geschrieben, sie brauchte keine Stilisierung oder Illumination ihres Ichs. Sie war so wie sie war: einfach, direkt, spontan, ihr Talent suchend, prüfend und das Erreichte durch alle Belastungen, Wirrnisse, Verdunklungen und Verzweiflungen behauptend. Die Spannweite dieses Lebens zwischen Hauptstadt und Provinz, Literatur und Haushalt, Sensation und Vergessen, Ruhm und Haß, Liebeshoffnung und -zerstörung wuchs mit den Jahren beträchtlich, und

auch das zerreißende Jahrhundert hinterließ in ihr eine deutliche Spur. Sie geht durch die Briefe.
Das »Fräulein Fleißer«, Studentin in München, hatte längst zu schreiben begonnen, bevor ihre Briefe davon zeugen konnten. Schon mit zweiundzwanzig fand sie sich an prominentem Ort gedruckt. Die Geschichte, die in Stefan Großmanns »Tage-Buch« zu lesen war, »Meine Zwillingsschwester Olga«, war der Keim zu einem Haupt-Werk, das, 1924 geschrieben, 1925 in Umlauf kam. Der erste erhaltene Brief handelt davon. Die entscheidenden Berührungen waren geschehen. Am Anfang die enflammierte mit dem literarischen Abenteurer Alexander Weicker (Jappes), der ihr seinen Begriff vom Schreiben vorgaukelt und noch in seinen späteren Briefen als Lehrer für Poesie auftritt, als sie schon in Feuchtwangers Schule geraten ist, über den Jappes sehr schroffe Worte sagt. Feuchtwanger ist gemäßigter, ernsthafter, gewiß auch pedantischer. Die Berührung mit ihm wird zur lebenslangen Zuneigung und bringt ihr die mit dem jungen Brecht ein, der in München seine ersten Stücke erprobte. Das Jugendstück »Fegefeuer in Ingolstadt« (zuerst »Die Fußwaschung«) verdankt sich, wiewohl »heimlich geschrieben«, diesen Begegnungen.
Vortrefflicher, rühmender kann ein Briefwechsel in jungen Jahren kaum beginnen. Brecht, der in ihr etwas fand, was er nicht konnte, hat Herbert Jhering aufgefordert, etwas für die begabte junge Frau zu tun. Jhering fragt an, und gleich schreibt sie und schickt ihm ihre Texte, denn er ist Redakteur beim »Börsen-Courier« in Berlin: es ist die erste Zeitung, die sich ihr öffnet, und der folgsame Jhering schreibt auch gleich einen »schönen Artikel« über sie. Er vollzieht sozusagen mit seiner konzentrierten Sachlichkeit eine wirksame »Initiation«. Der strenge Feuchtwanger fühlt sich vom »Abenteuer aus dem Englischen Garten«, ihrer Erzählung, die sie »aus Begeisterung für den jungen Brecht« schrieb, »sehr gerührt«. Dann kommt der erste enthusiastische Brief von Moriz Seeler, dem andere folgen. Er schwärmt für das Stück: »Eine ganz große Dichtung.« Auch hinter Seelers Begeisterung steht Brecht. Denn der hat Seeler »Die Fußwaschung« gegeben. Seeler wird es aufführen an sei-

ner »Jungen Bühne« in Berlin. Er sammelt schon vorzügliche Schauspieler, wenn auch nur für eine einzige Vorstellung. Sein Hymnus läßt verstehen, daß er zum Weiterschreiben ruft und ihre künftigen Stücke begehrt. Die Uraufführung wird die beste der »Jungen Bühne«. Kurz: die Briefe aus dem Jahre 1925/26 benennen eine wunderbare Erscheinung im literarischen Feld. Natürlich hat sie Folgen. Nicht nur, weil Brecht die Hand nach ihr reckt und sie in seine Gefilde von Liebe zieht.

Damals, nicht zuletzt durch die Briefe, die sie empfängt, gewinnt sie Zutrauen zu sich selbst. Man sieht es an ihrer literarischen Produktion. Fünfzehn Texte – darunter »Der Apfel«, »Die arme Lovise«, »Der Heinrich Kleist der Novellen« und »Die Ziege« – in einem und einem halben Jahr, und am Ende des Jahres 1926 der Beginn eines neuen Stücks: Auch das ist ein stolzer Anfang. Sie tut, was Brecht sagt. In ihrem Erzählen vom Besuch der Pioniere in Ingolstadt erspürt er gleich das kommende Stück, das auch ihm in den Kram paßt. Er wird auch das durchsetzen auf dem Theater, die Proben begleiten: seine Hand rührt sich mächtig im frühen Erblühen der Fleißer. Zu dem, was er für sie tut, stehen seine knappen Briefe, die mehr Notizen oder Sendschreiben sind, in keinem Verhältnis. Trotzdem sind sie im ganzen markant, ihre Knapp- und Eigenwilligkeit ersetzt langes Palavern. Mitteilung ohne Mitteilungsdrang: Herrschaftsstil, der sich in Ironie versteckt. Jeder Brief sei eine »Kostbarkeit«, weil er so schwer dazu zu bringen ist, selbst zu schreiben, sagt Jacob Geis.

In den Briefen dieser drei Jahre sind die alten Freunde, Jappes und der Dramaturg Hannes Küpper, noch immer gegenwärtig, sie reden sogar – sich wohl an unausgesprochene Erlebnisse erinnernd – von noch bestehender oder gar neuer Liebe, als wären keine Fäden gerissen. Es ist die intensivste Zeit der jungen Marieluise Fleißer mit Brecht: Treffen in Augsburg, Treffen in Berlin, brieflos. Dafür um so mehr Briefe aus Ingolstadt von jenem Meisterschwimmer, der später die Hauptfigur in ihrem Roman sein wird: Josef Haindl, ein einfacher, aber ehrgeiziger Mensch. Seine Briefe enthalten ein Bombardement von Gefühlen, von Besorgtheit, von Verlangen, von Treuherzigkeit, naivtreuer Turtelei, als ob zwei Kinder miteinander spielten; in all seinen rührenden Bezeugungen steckt immer ein heftiges Flehen und ein hartnäckiger Anspruch. Und zwischen allen Liebhabern wird allein der nüchterne Herbert Jhering, auch von Brecht geschickt, der sachliche Freund; denn in ihm wird der Kritiker mobil, der gern junge Talente entdecken und fördern hilft, um sich auch damit einzuschreiben in die Geschichte seiner Zeit.

Es ist ein ziemlicher Lebensknoten, der sich da in den Briefen zeigt. Wären die Antworten Marieluise Fleißers auf Josef Haindls Briefe erhalten, man spürte vielleicht, wie ihr der Mann mit seinem Provinzstolz zum Problem wird, wie sie die Ansprüche hier mit denen dort nicht mehr verbinden kann. Wie lange konnte man in der Uniformierung der langen Röcke und Mäntel und dem Bubikopf, den Brecht an seinen Frauen liebte, in der Großstadt herumlaufen und verlobt sein mit dem Mann in der Provinz? Und scharf zu schreiben und weh zu tun, war nicht ihre Art, wenngleich es ihr nicht erspart blieb; sie mußte erst lernen, die Dinge voneinander zu trennen. Das Lernen geschah nicht auf einfache Art. Es fehlt der Brief, in dem sie dem liebeskranken Bepp Haindl die Verlobung kündigt.

Moriz Seeler konnte seine Hoffnungen, künftige Stücke von Fleißer zu spielen, nicht mehr erfüllen. Er gab auf, bevor das Stück von den »Pionieren in Ingolstadt« fertig war. Die Uraufführung fand an der Komödie in Dresden statt, es war eine Erprobung in der Provinz; auch da hatte Brecht seine Hände im Spiel. Die Autogeschichte, von der Fleißer in ihren Briefen spricht, war ihr von ihm abverlangt; es wurde ein halber Erfolg. Hätte ihn die Enttäuschung nicht beschäftigt, er hätte gewiß den neuen Direktor im Theater am Schiffbauerdamm, dem er mit der »Dreigroschenoper« den Erfolg seines Lebens bescherte, nicht bestimmt, die »Pioniere« auf seinem Theater noch einmal zu zeigen. Brecht war auch hier der Regisseur im Hintergrund. Bei den Proben muß er gespürt haben: an dem Stück war was scharf zu machen. So rief er Marieluise Fleißer aus Ingolstadt nach Berlin, trieb sie nach den Proben in immer neue Textänderungen. Das hat sie fast verrückt, aber wenigstens krank gemacht. Es war Ostersamstag, als die Premiere stieg. Die Emotionen, die sie weckte, trieb sie in Dimensionen, die niemand erahnte, auch nicht der skandalfrohe Brecht. Noch in ihren späten Briefen gibt Fleißer davon Bericht. Eingebrannt ins Leben hatte sich alles.

Die Nacht nach der Premiere – es war die zum Ostersonntag 1929 – muß eine Hölle für die junge Frau gewesen sein. Pfui-Rufe, heftige Pfiffe hatten die Aufführung an den Rand des Abbruchs gebracht. Als das eingeschüchterte Fräulein Fleißer am Ende auf die Bühne kam, tobte der Protest noch gegen den Beifall. Verlegen lächelnd stellte sie sich dem Getümmel. Bald darauf fragte der Polizeivizepräsident Weiß den Direktor des Theaters:» Glauben Sie, daß wir so etwas dulden? Das verbiete ich wieder!« Er meinte damit, daß er Ernst Josef Aufricht kurz zuvor schon das zweite Stück seiner Direktion, »Giftgas über Berlin« von Peter Martin Lampel, von der Bühne gefegt hatte, »wegen Gefährdung der öffentlichen Sicherheit«. Bei Fleißer empörte ihn die angebliche Unsittlichkeit, die Liebeszene auf dem Friedhof und die wackelnde Kiste, in der der regiebestimmende Brecht eines der Ingolstädter Mädchen die erste schmerzliche Freude der Liebe, also die Entjungferung, erfahren ließ. Der Schreck vor dem Verbot muß groß gewesen sein. Selbst Brecht sprach am nächsten Morgen von einem »tiefen Loch«, in dem sie nun säßen. Er ließ Marieluise Fleißer herbeiholen und verlangte von ihr, sie solle bei seinem bisherigen Verächter Alfred Kerr anrufen – und das will bei der bestehenden Feindschaft zwischen den beiden Männern etwas heißen; sie solle sich entschuldigen, es habe bei der Aufführung Verschiedenes nicht geklappt. Damit sollte sie wohl vorfühlen, wie die Kritik ausfiele. Kerr, er war gerade beim Schreiben, sagte, großartig habe ihm alles gefallen. Da war man obenauf – für einen Moment; und ging doch gleich an die Streichungen. Ernst Josef Aufricht berichtet es so in seinem Buch »Erzähle, damit du dein Recht erweist«. Dieses Buch hat Fleißer – froh, daß sie den mutigen Mann nach seiner Rückkehr in Deutschland wiedersehen, ihm wieder schreiben konnte – in ihren Briefen gerühmt; sie hat es ihren Freunden empfohlen; ja, sie hat Aufricht einen

Preis, d.h. auch einen Lobpreis der Bayerischen Akademie gegen das Vergessenwerden verschafft. So zeugen ihre Briefe auch von Lebensdankbarkeit.

Die neu angesetzte Premiere für den Ostersonntag verlief glimpflich. Keiner hat der jungen Autorin ein größeres Lob für ihr Stück geschrieben als Alfred Kerr, Herbert Jhering war ähnlicher Meinung. Aber das reichte wohl nicht, um die Erschütterung in der jungen Frau zu überwinden, die zusehen mußte, wie sich der Skandal im Theater zu einem öffentlichen auswuchs. Die schlimmsten Beschimpfungen, die in der Republik je ein Autor (und nun gar eine junge Autorin) ertragen mußte, prasselten auf sie. »Petrolösen-Dramatik« überschrieb der »Berliner-Lokalanzeiger« die Rezension von Franz Servaes. Die begann so: »Das hat uns gerade noch gefehlt! Wo war bisher die deutsche Frau radikalster Observanz, die sexuelle Aufklärung mit Verhöhnung nationaler Eigenarten zu einem lieblich duftenden Bukett zusammenband. Mit Marieluise Fleißer aus Ingolstadt ist sie uns endlich geschenkt! Vor diesem alles zersetzenden Frauengemüt hält keinerlei Wert noch Sitte stand. In alles gießt sie ihre Jauche hinein ...«. Und Richard Biedrzynski schrieb in der »Deutschen Zeitung«: »Für diese Mitbürgerin wird sich Ingolstadt kräftig bedanken ... Bisher war das Berliner Theater Sache männlicher Zweideutigkeiten, aber die volle Eindeutigkeit hat nun das Weib auf seiner Seite ... Die Verfasserin ... steckt selbst – eine schlimmere Josephine Baker der weißen Rasse – in dem dicksten sexuellen Ur- und Affenwald ... Gegen diese Zensur der Gemeinheit, unter der die Nation leidet, wird sich eine andere rechtschaffene Zensur durchsetzen, die aus ihrer Gesinnung keinen Hehl machen wird und auch gemein werden kann, wenn es nicht mehr anders geht und die Schändung des Berliner Theaters zum Himmel schreit. Dann wird sich eine Literatin wie Marieluise Fleißer nicht mehr vor einem Pfeifkonzert lächelnd verbeugen können, dann werden andere Mittel Zensur sein ... Nur weiter so. Im Theater geht es jetzt los. Das Konzert hat angefangen. Auf der Straße wird es weitergehn. Bald kann die Treibjagd beginnen ...«

Das war die Lektüre Fleißers am Tag nach Ostern, 2. April 1929. Die Zeitungen in Ingolstadt, die keine eigenen Berichte brachten, stürzten und stützten sich auf diese Stimmen; vor allem auf eine Kritik in der »Berliner illustrierten Nachtausgabe«, Verfasser Eric Krünes, die sich als Brief »An den Bürgermeister in Ingolstadt!« gab. Darin hieß es: »Pornodramatisches zwischen Kulissen; Dialoge in einer mit realistischer Ordinärheit auf die Bühne gebauten Latrine; Frühlingserwachen unter einer Holzbrücke (...) Verspottung der Provinz; Ingolstadt als idiotisches Nest; Soldaten als Schweinehunde. Ein Ingolstädter Mädchen hat dieses Zeug zusammengeschrieben. Wir wollen galant sein ... Aber rufen Sie doch die Dichterin zurück! Verheiraten Sie das Mädel, vielleicht gibt sie dann das Stückeschreiben, das eine Folge ungelöster Komplexe zu sein scheint, auf! Binden Sie ihr die Hände, damit sie keinen Federstil mehr in die Hand nehmen kann!« Die drei Ingolstädter Zeitungen, die dies und anderes am 3., 4., 5. und noch am 6. April zitierten, kannten selbst weder Stück noch Aufführung. Im nationalsozialistischen »Donauboten« war am 5. April zu lesen: »Die Scheidung der Geister tut not. Vor allem aber anläßlich dieses Falles die Erkenntnis, daß es mit unverstandener Toleranz unmöglich ist, der sittlichen Bedrohung Einhalt zu gebieten. Hier ist eiserne Energie nötig, um diesen Augiasstall auszurotten. Der Kampf der Nationalsozialisten gegen die jüdisch-marxistische Volkspest hat sich durch diesen Skandal neuerdings als dringende Notwendigkeit erwiesen.« Das alles war deutlich genug. Marieluise Fleißer wurde Objekt in dem losbrechenden politischen Kampf. Die Stadt gab sich öffentlich beleidigt, die Ingolstädter Zeitungen forderten vom Oberbürgermeister Gruber ein Einschreiten, der nannte vor dem Stadtrat das Fleißersche Stück ein »Schmähstück« und ein »Schandstück« und schickte seinen öffentlichen Protest im Land herum. Fleißer hat, sichtlich von Freunden in Berlin getrieben, ihm in einem »Offenen Brief« geantwortet, ihm auch einen Prozeß angehängt und damit etwas von jenem widerständischen Gerechtigkeitssinn zu erkennen gegeben, den wir in ihren Briefen öfter wiederfinden: als Mitglied des Brecht-Clans wurde sie nun in die linke Ecke gestellt.

Die Briefe, die Josef Haindl in diesen Tagen, am 4. und 7. Mai 1929 aus Ingolstadt an Fleißer in Berlin schrieb, haben die Wut der Ingolstädter Presse als Hintergrund. Haindl hat das wohl alles gelesen. Der Anfang von Haindls Brief vom 4. Mai läßt darauf schließen, daß Fleißer ihm in ihrer Bedrängnis schon von den Ereignissen Nachricht gegeben hatte. Die rührenden, von Liebesworten überfließenden Briefe Haindls sind wie ausgesandte Hilfstruppen zur Festigung einer seelischen Front. Daheim hat er sich wie ein Schutzschild vor sie gestellt.

Seine Briefe treffen auf eine junge Frau, die in der Wirrnis dieser Tage mit allen bricht, als wolle sie sich von ihrer ganzen Vergangenheit befreien. Sie bricht mit Brecht, der durch seine forcierenden Eingriffe in die Inszenierung der »Pioniere« den Skandal verursacht hat, aber auch mit Josef Haindl, dessen folgende Briefe sich auch wie flehende Rufe lesen, an ihm festzuhalten und dann plötzlich – im Brief vom 13. Mai – ihren Ton verändern. In diesen Tagen scheint Fleißer auch die Verlobung mit Bepp Haindl aufgekündigt zu haben. So an die Spitze der literarischen Auseinandersetzung getrieben, hat sie wohl deutlich gespürt, was eine Bindung an Haindl bedeutet hätte. Nämlich die Rückkehr in die Fesseln der Provinzstadt, in ein eingeschränktes Feld der Lebenswahrnehmung und Lebensentfaltung. Der immer besorgte Vater, der die Vorgänge aufmerksam verfolgt, der auch sieht, was sie mit der Aufkündigung der Verlobung seinem ehemaligen Lehrling Bepp Haindl antut, hat recht, wenn er seinerseits Bedenken gegen die Rückkehr vorbringt. Seine Briefe bezeugen, wie der einfache, redliche Mann die wachsende Stimmung gegen seine Tochter in Ingolstadt erlebt.

Diese dramatischen Tage sind vielleicht die bewegtesten in ihrem Leben. Der Bruch mit Brecht entspricht einer jähen, unüberlegten Reaktion. Sie hat ihn sich oft zu rechtfertigen versucht: Brecht habe doch ihre ursprüngliche Schreibkraft, ihre Vorstellung von Schreiben gebrochen, (»die Schrift mußte sie stellen«), er habe sie Situationen ausgesetzt, die sie nicht suchte und nicht aushielt; aber andere Bemerkungen, bei ruhigerer

Seelenlage hätte sich alles wieder einrenken lassen, sagen genug darüber, wie sie alles sah, als es zu spät war.
Marieluise Fleißer ist von Brecht nie frei geworden. Ihre Briefe nach Ende des Krieges zeigen, wie sie den Heimkehrer aus dem Exil wieder sucht, wie ihr daran gelegen ist, daß er etwas von ihr liest, wie sie in der Not der fünfziger Jahre Brecht um Hilfe bittet, in der DDR eine Position für sie zu schaffen. Sechs Jahre nach seinem Tod holt sie sich in der Erzählung »Avantgarde« das Geschehen aus dem Jahre 1929 zurück, um dem Mann wieder zu begegnen, der auch die Uraufführung ihrer Komödie »Der starke Stamm« 1950 in München wieder durchgesetzt hat und dessen Bild bis zum letzten Tag über ihrem schmalen Arbeitstisch in ihrer Wohnung hing. Sie selbst hat sich nie aus der Erinnerung an ihn entlassen; aber auch von draußen, von den vielen Fragestellern, für die sie eine Zeugin in Sachen Brecht wurde, ist sie aus der Erinnerung nicht entlassen worden.
Niemand freilich kann sagen, was aus Marieluise Fleißer geworden wäre, wäre es zu jenem Bruch nicht gekommen. Sie hat sich später mit der Frage beschäftigt, ob sie mit ihm hätte ins Exil gehen sollen wie »Helli« (Helene Weigel), wie Elisabeth Hauptmann, denen sie eine Freundin war. Einmal vermutet sie in einem Brief, es wäre ihr dann nach 1945 besser gegangen, aber dann sagt sie auch, sie hätte das Land, ihre Landschaft, ihre Sprache gar nicht verlassen können. Sie lebte im Heimischen. Das, was sie dort erlebte und – in der »Vorhölle« – mitmachend erdulden mußte, hat sie sachlich in ihren Briefen an die Emigranten Richard Friedenthal und David Luschnat berichtet und sich gegen deren Skepsis verteidigt.
In dieser jähen Emotion vom Anfang Mai 1929 hat sie die Tatsachen geschaffen, die fortan ihr Leben bestimmten. Nur der doppelte Bruch, mit Brecht und mit Haindl, erklärt, daß sie sich schnell in eine andere Obhut flüchtete, die ihr Schutz geben sollte. Und Haindls Versuch, ihr Bündnis wiederherzustellen, nach Berlin zu fahren, ihr auf seine Weise zu zeigen, wo Gott wohnt, und sie – in der eigenen eifersüchtigen Verwirrung – am Leben zu bedrohen, hatte nur kurzfristig Erfolg. Das erpreßte Wiederanlegen des Verlobungsrings löste sie bald wie-

der auf. Es war hier kein Bleiben. Zweimal Gewalt: das war wohl zuviel, denn auch Brechts Aktion, die Einfügung von Texten in ihr Stück, die sie nicht gewollt hatte, aber den Skandal heizten, empfand sie als eine solche.

Wann, wo und wie sie jenen eigenartig exzentrischen Schriftsteller, Hellmut Draws-Tychsen aus Elbing, einen Mann schwedischer Herkunft, literatur- und sprachkundig, einen Antipoden zu Brecht, kennenlernte, wie er sie ergriffen, wie sie ihn fasziniert hat, liegt im Dunkel. Von allen ihren Liaisons kennen wir die Genesis der ersten Berührungen. Hier können wir nur sagen, daß umgewirbelte Menschen schnell nach einem Menschen greifen, der das Gespräch mit ihnen aufnimmt, um wieder einen Halt zu finden. Draws-Tychsen, als Schriftsteller in Berlin leidlich bekannt, befreundet mit Alfred Brust, mit Paul Gurk, Richard Friedenthal und anderen, ist ihr wohl als so ein Halt erschienen. Wahrscheinlich hat er sie gesucht. Er war Redakteur in der »Berliner Börsen-Zeitung«, dem Blatt, das die Konkurrenz des »Börsen-Couriers« war, der durch die Verbindung Brechts mit Herbert Jhering so viel für die Erzählerin Fleißer getan hatte. Es muß wie eine Flucht an ein anderes Ufer gewesen sein. Denn es überrascht, wie schnell sie, wenige Monate nach dem Bruch, mit diesem merkwürdig-bizarren Mann die Reise nach Schweden beginnt und als mit ihm Verlobte zurückkehrt. Man spürt im Brief des Vaters noch die Verwunderung darüber, aber auch über das, was der neue Verlobte fordert und womit er schon die kommenden Probleme ankündigt.

Seit diesen emotionalen, skandalbesetzten Tagen von 1929 steht die junge Marieluise Fleißer aber auch plötzlich in der Aufmerksamkeit der literarischen Welt. Viele Zeitungen wollen Erzählungen von ihr, Die »Vossische Zeitung«, das »Berliner Tageblatt« werden neben dem »Börsen-Courier« »ihre« Blätter. Der überlieferte Briefbestand belegt dieses sich verstärkende Interesse. Das skandalisierte Stück wird sogar erfolgreich und bringt Tantiemen. Neue Verlage bemühen sich um sie, Romane werden ihr abverlangt und das, was sie schließlich vorlegt, die »Mehlreisende Frieda Geier«, erhält freundlich gute Rezensionen. Für einen nur dürftig reüssierenden und im-

mer über seine Verhältnisse lebenden Mann wie Draws-Tychsen mag die junge Autorin, die gerade dem mit der »Dreigroschenoper« erfolgreichen Brecht-Kreis entflohen ist, schon eine willkommene Beute gewesen sein. Er hat sich wohl mit ihr zu schmücken versucht, ihr seine Obhut, den Schutz in seinem konservativ geprägten Feld, Fürsprache für sie, Bemühung um Publikationsmöglichkeiten in seiner »Börsen-Zeitung«, in der »Germania« angeboten und auch vollzogen; er hat ihr aber auch schnell seinen Willen aufgezwungen.
Ihre Briefe an diesen schroffen Mann sind voll mit unterwürfig-demütigen Sätzen. Sie spielt dem großen Kind, das in dem hartgesottenen Draws-Tychsen steckt, das aber mit dem Geld nicht umgehen kann und selbst keinen Lebensplan hat, die Mutter. »Mein Bübchen« ist ihre Anrede. »Liebes Bübchen«, sagt sie zu ihm sogar noch in einer Zeit, als aus dem süßen schon ein bitterer Honig geworden ist und – mit der Rückkehr ins Vaterhaus in Ingolstadt 1932 – abermals alles auf Bruch steht und dem endgültigen Zerwürfnis entgegentreibt.
Wir kennen aus dem anscheinend regen Briefwechsel fast nur die Briefe von ihr. Es sind die, die er ihr zurückgab, als er die seinen an sie einforderte. Er hat seine anscheinend vernichtet, bis auf drei, in denen er freilich genug von seiner schroffen Arroganz, seiner autoritären Struktur zu erkennen gibt und damit vieles erklärt, was an Schwierigkeiten in den Briefen Fleißers zutage tritt. Er hat von Anfang an seinen Führungsanspruch gestellt, die Verhandlungen mit den Verlagen für sie geführt, überall mitgeredet. Ihre Briefe zeigen, wie sie sich beugt, wie sie ihr Geld, auch für sich erborgtes, ihm zuschiebt, dann wieder von ihr erschriebene Honorare bei ihm einklagt, jede Not mit ihm trägt, sich freilich auch freut, wenn ihm etwas gelingt. In diesen Briefen erscheint sie als die Gebende, Ausgenutzte, um nicht zu sagen: auch Ausgebeutete. Sie sucht für ihn nach einem Verlag, ja, nach Hitlers Machtübernahme, nach Hanns Johsts Aufstieg zum Präsidenten der Berliner Akademie, schreibt sie an ihn, um Draws-Tychsen als einen national gesinnten Mann zu preisen, damit der neue Mächtige ihm helfe. Sie hat sich da wohl selbst verleugnet, und das in einer Zeit, da die Entfrem-

dung von Draws-Tychsen schon längst bis in die Briefe wucherte.

Sie hängt gewiß nicht nur an diesem Mann, weil er sie im politischen Umschwung jener Jahre durch seine konservativ-nationale Gesinnung zu beschützen versprach. Die junge Frau hat immer Hoffnung auf einen festen Lebensbund, auf eine Unabhängigkeit von zu Hause, sie hat den (unerfüllt bleibenden) Wunsch nach einem Kind. Die Reise mit ihm nach Andorra ist – nach der Schwedenfahrt – wohl ein zweites Lebenserlebnis. Aber die Briefe bezeugen doch: daß all das keine Lebenserweiterung bringt. Die Erkenntnisse verhärten sich, daß trotz aller Liebe, die sich auch aus den körperlichen Begegnungen begründet, das Verhältnis zu einer Frage des Überlebens wird. Sie spricht oft davon, daß sie ihm eine innere Treue, ein verläßliches Zugetansein erhält; ja, sie dient ihm weiter mit einem fronenden Abschreiben seiner Manuskripte und muß in der eigenen finanziellen Not sogar um ein paar Mark für Porto und Papier für die Abschriften betteln. Seine wachsenden Zumutungen und Schulden bei ihr veranlassen sie endlich zu schreiben: »So muß ich Dir bei aller Güte, die für Dich in meinem Herzen wohnt, mit aller Strenge und Eindeutigkeit erklären, daß mir eine Ehegemeinschaft, wie Du sie mit mir im Brautstande geführt hast, nicht zugemutet werden kann. Somit lege ich Dein mir gegebenes Eheversprechen in Deine Hände zurück, wie ich auch das meinige mit dem heutigen Tage zurückziehe.« Der die Begründungen nicht scheuende Brief ist feierlich im Ton, entschieden in der Sache. Aus ihm spricht Umsicht, Glaubwürdigkeit und persönliche Würde: eine ganz andere, fast hoheitsvolle Person kommt hier in der gedrückten Person zur Erscheinung. Die Antwort des Empfängers ist drei Monate später (26. 7. 1934) ein rüdes Ultimatum, als könne man Tatsachen und die von ihnen verursachten Gefühle kommandieren und durch die Einführung des »Führerprinzips« in der Ehe Liebe und Vertrauen wiedergewinnen. Der rigorose Brief verdreht sich bis ins Lächerlich-Komische, wird aber gerade dadurch zum Ausdruck der auch auf dieser Seite fortgeschrittenen Heillosigkeit; ein Horror von Männlichkeit. Flei-

ßer antwortet: »Möge Gott Dir verzeihen, denn mich schauert ob Deiner blinden Starrheit«. Sie besteht auf Achtung und würdevollem Umgang. – Zum zweitenmal zerbricht für Fleißer eine persönliche Bindung in einem literarischen Feld.
Dies in einem Augenblick, in dem sie von der schroff veränderten politischen Situation nur Hemmung erwarten kann; auch nichts mehr vom Vater, der eine junge, zur Fleißer fast gleichaltrige Frau im Haus hat. Obwohl ihr aus München die Nachricht zugetragen wird, daß man dort auch ihre »Pioniere« ins öffentliche Feuer der Büchervernichtung aus der »Systemzeit« geworfen hat, gibt sie das Schreiben nicht auf. Es ist ihre Freiheit. Aber nach dem Einstellen der »Vossischen Zeitung«, dem Verschwinden des »Börsen-Courier«, dem Personal-Wechsel im »Berliner Tageblatt« gibt es niemanden mehr, der sich für sie einsetzt. Selbst die freundlich-gutwilligen Redaktionsbriefe des jungen Wolfgang Weyrauch erkalten.
Damals begegnet sie einem jungen, forschen, durch seine Malerei der Kunst zugetanen Mann; seine Freundin vermittelt arglos die Begegnung, eine gemeinsame Autofahrt, und schon antworten die Körper; er wittert ein Abenteuer und schickt ihr bald eine Zeichnung nach der anderen ins Haus, sie warnt ihn, diese Flamme nicht anzufachen, denn sie weiß längst, wie leicht sie in brennende Leidenschaft gerät. Dreiunddreißig ist sie. Ein pralles Leben mit schlechten Aussichten liegt vor ihr. In ihren Briefen »an den Herrn Lehrer« tut sie so, als spüre sie nicht, wie sie selbst die Lockende, Rufende ist. »Görgen« nennt sie ihn bald, frech, frei und unvermittelt, versteht sich also auch auf die anmachende Kunst. Man weiß nicht, wer hat hier wen verführt? Denn der Maler, Georg Hetzelein, Lehrer in Sinbronn, dann in Regelsbach, heizt weiter mit seinen Blättern, die die Obszönität, die Schamlosigkeit nicht scheuen. Ihre Briefe werden darüber zu Versen, und seine Bilder verwandeln die entfachte Frau in eine Naturkraft, in einen Dämon, der in jedem Hügel der Landschaft seine fordernde Gegenwärtigkeit zeigt. Hier sind die erotisch-sexuellen Energien ins Bild gebracht, zweifeln ist nicht erlaubt. Schon in jenem Brief, den der jetzt verstoßene Bepp Haindl ihr nach dem Berliner Skandal

schrieb, war zu lesen, warum er ihr trotz der Berliner Affäre gar nicht böse sein könne: »weil du mein Herzl mir soviel geschenkt hast wie noch kein Mädchen ich hab von Dir Liebe bekommen und hab von Dir lieben gelernt, das ich nie für möglich gehalten hab«. Das sind Fesseln über die Zeit hinweg. Aber auch die Verbindung mit Hetzelein endet jäh an der Frage, ob der kühne Maler zur Ehe bereit sei. Die Dritte im Bunde, die auf den Zeichnungen von Georg Hetzelein immer klein gemalt ist, die Figur im Hintergrund, behielt doch das letzte Wort. Das war die letzte Hoffnung, die zerstob.

Was von all dem blieb, ist in ihre Erzählungen eingegangen. Die Personen aus den Briefen finden sich dort wieder, ohne daß man sie erkennen muß. Fleißer hat sie verwandelt durch ihre Sprache; in den Erzählungen wird das, was in den Briefen zutage tritt, wie mit formenden Hammerschlägen künstlerisch umgesetzt. Aber trotzdem wird man nicht sagen dürfen, sie habe solche Begegnungen, solche Abstürze, solche Sensationen gesucht, um Stoff fürs Schreiben zu haben, wofür es in der Literatur ja treffliche Beispiele gibt. Das Leben blieb das Primäre, das Schreiben als die Bewältigung der zerschlissenen Hoffnung der mühevoll erreichte, auch lebensrettende Gewinn.

Die Not nach diesem Scheitern der Beziehung muß 1935 groß gewesen sein. Im Hause des Vaters kann sie nicht bleiben, verdienen kann sie fast nichts. Da wird doch jener Mann die letzte Zuflucht, der ihr die rührendsten, süßesten, beseeltesten, gütigsten Liebesbriefe geschickt, sie mit den holperndsten Sätzen und torkelnden Wörtern zu umstricken versucht hat, der sie »Mein Punny«, »Mein Strikerl« zu nennen nicht müde wurde; der Mann, den sie zweimal heftig zurückgestoßen hat und der nie die Hoffnung aufgab und auch in der Zeit der Verachtung in Ingolstadt zu ihr stand. Er ist ein Fänger von der dauerhaften Art, wie der Fleischhauer Oskar in Horváths »Geschichten aus dem Wienerwald«. Als sie das Stück in der Berliner Aufführung sah, konnte sie darüber begeistert nicht schreiben. Im Brief vom 5. November 1931 sagte sie deutlich, warum: »Ich bin mir vollkommen darüber klar, daß Horváth mir auf den Bühnen das Wasser abgräbt. Er hat ja etwas soviel Leichteres, so was mit einem Hui oben drüber weg!« Aber was sie da vor sich sah, war auch wie eine Vorahnung dessen, was auf sie zukommt. Da sagt der Metzger *Oskar* am Schluß: »Mariann. Ich hab dir mal gesagt, daß ich es dir nie wünsch, daß du das durchmachen sollst, was du mir angetan hast – und trotzdem hat dir Gott Menschen gelassen – die dich trotzdem lieben – und jetzt, nachdem sich alles so eingerenkt hat. – Ich hab dir mal gesagt, Mariann, du wirst meiner Liebe nicht entgehn. – *Marianne:* Ich kann nicht mehr. Jetzt kann ich nicht mehr. – *Oskar:* Dann komm. – *Er stützt sie, gibt ihr einen Kuß auf den Mund und langsam ab mit ihr . . .*

Es gibt Szenen in der Dichtung, die wie Geschosse ins eigene Herz sind. Wir lesen im selbstverfaßten Abriß ihres Lebens: »Trotzdem sie einen inneren Widerstand gegen das Milieu hat, sieht sie keinen Fluchtweg außer dem, daß sie auf sein Drängen den Tabakwarengroßhändler und früheren Verlobten Bepp Haindl heiratet. Der Versprechung des Mannes entgegen, muß sie – neben dem Haushalt, den sie allein erledigt – sofort ins Geschäft.« (»Meine Biographie«, GW 4, S. 532.) Das ist ihr »Ich kann nicht mehr«, »Dann komm« – 1935. Von da an beginnt das Verstummen. Kaum noch Briefe bis ans Kriegsende. Über die dunkle Zeit berichten viel später nur ihre Erzählungen »Die im Dunkeln«, »Eine ganz gewöhnliche Vorhölle« und »Der Rauch« und die sie begleitenden, endlich sprechenden neuen Briefe.

Sprechen und Schreiben beginnen gleich nach dem Ende des Hitlerschen Regimes. Es kommen Briefe von draußen. Wolfgang Weyrauch, sich wohl an seine ihm erzwungenen Absagen von 1934 erinnernd, ist einer der ersten. Sie schreibt, um wieder Fuß zu fassen in der neuen Wirklichkeit, an den Dramaturgen H.-J. Weitz, und ist froh, hier einen Mann zu treffen, der nicht nur genau liest, auf ihre Fragen sich einläßt, sondern der selbst noch Erinnerungen an die frühere Marieluise Fleißer hat. Dann findet sie wieder die Verbindung zu Richard Friedenthal in London, und wer seine Briefe liest, spürt, hier blieb ihr ein bedachtsamer Freund; dann meldet sich Herbert Jhering zurück, und Peter Suhrkamp, noch Verwalter des S. Fischer Verlags, spricht ihr Mut zu, liest und schreibt: »Darin habe ich Ihre Art von früher, die mich immer schon angesprochen hat, natürlich sofort wiedererkannt«, und Wilhelm Kosch will sie ins neue Deutsche Literatur-Lexikon aufnehmen. Und Brecht antwortet aus Zürich »Danke für das Lebenszeichen. Konnten Sie arbeiten? Ich würde gern was lesen. Den unerschrockenen Realismus der ›Pioniere‹ könnte man jetzt brauchen, wo sich die Blutsäufer in die Hosen machen.« Und Jacob Geis und Otto Münsterer. Die Vergessene, die schnell (»vorschnell«, sagt sie später) mit dem Desch Theaterverlag in München einen Vertrag schließt, sieht, daß sie nicht vergessen ist. Und wirbt und wirbt nun in ihren Briefen für das Stück, das sie in der NS-Zeit geschrieben hat. Sie hat da ihre Einsamkeit hineingetan, aber auch ihre Haltung gespiegelt: »Karl Stuart«. Das mühsam geformte Schauspiel vom Sterben des englischen Königs bleibt in der neue Formen suchenden Zeit ein Fremdling. Die Begründungen derer, die antworten, lassen allmählich ihr Bitten und Fragen verstummen. Das Stück steht einsam bis heute. Sie hatte gehofft, sie könne damit zurückkehren in das freigewordene Theater. Hätte der zurückgekehrte Brecht nicht in München seine »Mutter Courage« inszeniert, hätte er den »Starken Stamm« nicht gelesen, es wäre zur Uraufführung auch dieses Stücks nicht gekommen, man hatte die Bemühungen im Theater schon aufgegeben. Von allen denen, denen sie Freundin, die ihr ein Freund waren, bleibt Brecht, der Mann ›auf den man nicht bauen kann‹, der beständigste und tätigste. Sie hat ihm das anscheinend nie in einem Brief geschrieben, vielleicht ihm den Dank persönlich gesagt in den zwei Begegnungen, erst in München, später in Ost-Berlin. »Brecht zu sehen, davon kann ich lange zehren«, schreibt sie später an Feuchtwanger, sie entbehrt »die Begegnung mit einem genialen Menschen«. Wann immer sie Brecht fragte, ihm ihre Not schilderte, hat er geantwortet, ihr auch einen neuen Stoff vorgeschlagen. Die Briefe dazu sind knapp wie eh und je. »Liebe Fleißerin, ich bekam heute, Freitag, Ihren Brief. Natürlich würde ich Ihnen besonders gern helfen. Einige Fragen: Wären Sie bereit, in die DDR, d. h. nach Berlin zu kommen …?« Antwort sofort, Vorschlag sofort; man wird die Sache besprechen.

Brechts Tod neun Monate später kann Fleißer nicht unberührt gelassen haben. Es gibt keinen Brief dazu, nur die Postkarte kurz vorher ins Krankenhaus. Aber sie hat viele Antworten gegeben, angefangen von »Avantgarde«, dann ihre Erinnerungstexte (»Frühe Begegnung« u. a.), ihre Auskünfte: alles Verlebendigungen. Keinem anderen hat sie ein solches Nach-Denken gewidmet. Liest man die Briefe an Lion Feuchtwanger, dem sie erst spät – zum siebzigsten Geburtstag 1954 – wieder zu schreiben wagt, spürt man die alte Herzlichkeit, auch eine alte Sehnsucht. Er war der Mann ihres Anfangs in der Literatur. Fast liest sich der Briefentwurf zu diesem Jahrestag wie ein Liebesbrief, der abgeschickte Brief dämmt die Gefühle, bemüht sich um Sachlichkeit. Feuchtwanger nimmt danach die Verbindung wieder auf. Aber man spürt doch die freundlich gehaltene Distanz des inzwischen wieder Arrivierten. Sie bittet ihn, Brecht zu schreiben, daß er ihr hilft; Feuchtwangers drei Sätze an Brecht zeigen den Unterschied: »Lieber Brecht. Marieluise Fleißer schreibt mir einen recht verzweifelten Brief. Es wäre schön, wenn Sie was für sie tun könnten. So einfach freilich, wie sie sich vorstellt, dürfte es kaum gehen«. Punktum. An Brecht habe er geschrieben, schreibt er zurück, und sie dankt dafür. Feuchtwangers lakonischen Brief kannte sie nicht.

Damals ist die Verzweiflung stärker als bisher in ihre Briefe gekommen. Die zehrende Fronarbeit im Geschäft, der Verkauf hinter der Theke, die Buchführung, der Haushalt, der Mann in seinem ihm entgleitenden Geschäft; sie will fliehen aus der Ehe und kann es doch nicht, weil ihr Pflichtgefühl sie zu dem schwer erkrankenden Bepp zurückführt. Ihn trifft oft ihr Unmut in diesen Briefen. Er hat kein Verständnis für ihren Schreibwillen, für die Freiheit, die sie braucht. Er ist ein Mann, der eine Ehe noch, wie die Generationen zuvor, als ein gemeinsames Arbeitsverhältnis versteht: man muß sehen, wie man durchkommt. Das Durchkommen war, angesichts der Betrügereien des Compagnons, von denen sie immer wieder berichtet, mehr von Angst als von Zuversicht bestimmt. Daher ist der Tod des Bepp Haindl, der ihr dreißig Jahre zuvor diese rührend-verliebten Briefe schrieb, der ihr noch aus dem Krankenhaus seine einfachen Tages- und Schmerzensberichte schickt, für sie eine Entlastung. Da bringt sie ihr Herzinfarkt nahe an den Tod. Es ist der Zusammenbruch eines überanstrengten Lebens, das sich unter dem Ehrgeiz des Schreibens an den unterschiedlichsten Realitäten zerrieben hat. Sie muß danach nicht nur ihre Wiederherstellung, sondern auch die endlich erreichte eigene Wohnung und die Verbindung zu H. G. Göpfert vom Hanser Verlag wie eine Erholung und Befreiung empfunden haben. Göpfert bringt sie wieder zum Schreiben, weckt den geschwächten Willen und die Talente und veröffentlicht das erste Buch wieder nach vierzig Jahren: »Avantgarde«. Die Briefe der sechziger Jahre zeigen, daß die Verbindungen sich wieder mehren. In ihrer vertrackten Stadt Ingolstadt schwindet die einstige Verachtung und wird zu Auszeichnung und Verehrung. Hermann Kesten, ihr Lektor von einst, und Erich Kästner, Helene Weigel und Elisabeth Hauptmann, Ernst Josef Aufricht, der sie suchende neue Gönner Joseph Breitbach und Brechts zweite Mutter Courage, Therese Giehse, werden jetzt die Partner für Erinnerung und neues Gespräch. Von den jüngeren Günter Eich und Wolfgang Koeppen, Walter Höllerer und Arno Schmidt, denn sie verlangt von sich Anschluß oder wenigstens Reibung mit der so anders gewordenen Literatur ihrer neuen Gegenwart. Ihr Briefdialog mit Heinz Piontek ist ein treffliches Hin und Her samt einer kräftigen Levite.

Damals, Mitte der sechziger Jahre, entstehen ihre letzten, bedeutenden Erzählungen, ihre Lebensrapporte, die Berichte über die brieflose Zeit. Langsam wächst in ihr wieder das Zutrauen in ihre eigene Arbeit. Durch viele ihrer Briefe zieht sich eine Abrechnung mit sich selbst. Wie oft mißfällt ihr, was sie früher schrieb. Der Unmut gegen sich selbst reicht bis zum Verwerfen der »Pioniere«. »Ich könnte mir die Haare ausraufen, wenn ich hineinschaue«, sie findet darin »zuviel Geschwafel«. Aber es sind wechselnde Empfindungen, die sich durch Widerspruch auch wieder ändern. Die Kritik gegen sich selbst verhindert auf Dauer doch nicht die Selbstgewißheit, daß sie etwas Bleibendes geschrieben hat: »Die guten unter meinen Geschichten halte ich für Meisterwerke, die nicht sterben werden und deren Rang man noch nicht einmal völlig erkannt hat.« Das schrieb sie acht Wochen vor ihrem Tod.

Einen solchen Satz durfte man früher für Übermut halten, aber seit Mitte der sechziger Jahre wuchs mit den Veränderungen im Theater die Aufmerksamkeit für sie. Die Inszenierung des »Starken Stamms« in der neugegründeten Schaubühne in Berlin ist dafür das erste Zeichen, das Hervorholen des vergessenen »Fegefeuers in Ingolstadt« die Bestätigung, und mit der Rückkehr der neugefaßten »Pioniere in Ingolstadt« auf die Bühnen festigt sich der Wunsch, sich neu zu präsentieren. Die drei jungen Bayern, Martin Sperr, Franz Xaver Kroetz und Rainer Werner Fassbinder machen sie stolz. Briefe schreiben sie kaum, der Nachlaß gibt fast nichts her. Aber sie nennt sie bald »Meine Söhne«, denn sie huldigen ihr, jeder auf seine Weise. Fassbinder durch seine umstrittene, doch wirkungsstarke Adaption der »Pioniere« und die Widmung seiner »Katzelmacher« für sie, Sperr durch seine Stücke und seine Freundschaft und Kroetz, den sie am nächsten bei ihrer eigenen Arbeit sah, durch seinen exegetischen Aufruf zum siebzigsten Geburtstag; er wurde Anlaß, ihr den dringenden Wunsch nach einer geschlossenen Sammlung ihrer Werke zu erfüllen.

Seit Mitte der sechziger Jahre hat Fleißer sich um den Eintritt in den Verlag bemüht, den Peter Suhrkamp begründet hatte. Er hatte ihr ja gleich nach dem Krieg, 1946, eine Sammlung mit ihren Geschichten angeboten. Sie konnte den Wunsch nicht erfüllen. Jetzt war sie da mit einem gewachsenen Werk, weil sie ein Umfeld wollte, in dem Brecht präsent war und die Jungen dazu. Ihre Briefe an den Verlag, das langsame Vorbereiten ihres Wiedererscheinens auf dem Markt der Bühnen und der Bücher ist in den Briefen von beiden Seiten Zug um Zug zu verfolgen. Sie setzte viel Arbeit daran, wählte aus, arbeitete um, faßte neu. Man spürt in ihrem Erschrecken und Aufschreien, als sich der Termin des Erscheinens ihrer Gesammelten Werke verschieben sollte, daß ihr das zur Hauptsache geworden war. Denn einen Gewinn sollte das schwere Leben doch haben. Sie wollte ihn sehen – und in der Hand halten.

Wir lesen die Briefe aber nicht nur als den zu ihren Dichtungen gehörenden Bericht. Wir sehen auf die Person, wie sie sich selbst darstellt, wie sie von anderen gesehen wird. Die Person, die sich durchschlägt, ihre Briefe für sich einsetzt, ihren Willen formuliert, ins Klagen, aber nicht ins Jammern kommt, die sich im Schreiben ausspricht über die Sorgen, ihre Nöte, ihre Heimsuchungen, weil das Herz übervoll und der Adressat ihr geduldigster Zuhörer ist. Man mag sich wundern, wie oft sie dasselbe repetiert; sie ist gefangen in ihrem Leben (»wie in einer Höhle«) und darf den Blick darauf lenken. Aber dann gibt es im Wiederholten immer die weiterführende Variation, die Hinzufügung, den neuen Lichtblick, als wäre das abermals zu Erzählende doch noch nicht ausgeschöpft. So hält sie alles lebendig. Man sieht sie vor sich, wenn sie der einen Schwester den tröstenden, stolzen Brief ins Sterben schreibt und den Weg ins Jenseits mitdenkt und der anderen den Weg aufzeichnet, den sie in Rom zu gehen hat, um sie zu besuchen. Die Trennungsbriefe sind bis zur Bewunderung respektvoll gedacht; die Entschiedenheit zeigt ihre Souveränität in der Bedrängnis. Immer ist alles sorgfältig geschrieben: die Hand geführt in der steilen Sütterlin oder alles engzeilig auf der Schreibmaschine getippt. Im Januar 1974 bat sie noch Horst Laube um Hilfe beim »Tiefseefisch«. Es war ihr unvollendetes Sehnsuchtsstück, und selbst für das »Fegefeuer« schrieb sie noch neue Szenen. Der letzte Brief kam schon vom Krankenbett. Als sollte die Arbeit sie retten. Im Brief an ihre Verwandte Luise Almer im Dezember 1973 steckt mehr Wahrheit: »Schickt mir nichts mehr, ich werde in Zukunft nichts mehr aufheben, ich will mich vom Kram befrein.« Ihr Schriftwechsel ging damit zu Ende. Und kurze Zeit später auch ihr Leben.

Frankfurt am Main, im Juni 2001 Günther Rühle

Namenregister